Marilyn French

FRAUEN

Roman

Deutsch von
Barbara Duden, Monika Schmid,
Gesine Strempel

Rowohlt

Die amerikanische Originalausgabe
erschien 1977 unter dem Titel
«The Women's Room»
im Verlag Summit Books, New York
Schutzumschlag- und Einbandentwurf
von Werner Rebhuhn
Autorenfoto:
Helen Marcus

1. Auflage Oktober 1978

Gesetzt aus der Baskerville (Linotron 505 C)
Gesamtherstellung Clausen & Bosse,
Leck/Schleswig
Printed in Germany
ISBN 3 498 02035 8

Für Isabel
und für Janet,
Schwestern,
Freundinnen

I

I

Mira versteckte sich in der Damentoilette. Für sie war es immer noch die Damentoilette, obwohl jemand auf dem Schild an der Tür das Wort *Damen* durchgestrichen und *Frauen* darunter geschrieben hatte. Sie nannte es aus achtunddreißigjähriger Gewohnheit so, und bisher hatte sie nie darüber nachgedacht. «Damentoilette» war eigentlich ein Euphemismus, eine Beschönigung, und Beschönigungen konnte sie prinzipiell nicht leiden. Andererseits haßte sie alles, was sie als vulgär bezeichnete, und hatte nie in ihrem Leben laut *Scheiße* gesagt, selbst wenn sie damit zu tun gehabt hatte. Und jetzt hockte sie hier mit ihren achtunddreißig Jahren, Sicherheit suchend, in einer Toilettenkabine im Souterrain von Sever Hall und starrte auf das Wort, nein, studierte es regelrecht, wie auch die anderen, die auf die grau lackierte Tür und an die Wände geschmiert waren.

Sie saß völlig angekleidet auf dem Rand der Klobrille, kam sich dumm und hilflos vor und sah ständig auf ihre Uhr. Es wäre alles nicht so schlimm gewesen und hätte sogar in Erregung umgemünzt werden können, wenn irgendein finstergesichtiger Walter Matthau im Trenchcoat, die Hand in der vom Revolver ausgebeulten Tasche, oder ein Anthony Perkins, im Rollkragenpullover mit irrem Blick die zuckenden Würgerhände öffnend und ballend, wenn irgend jemand Berühmtes und Berüchtigtes draußen im Flur auf sie gewartet und sie hier in panischer Angst gesessen hätte, auf der Suche nach einem Ausweg. Aber wenn es so gewesen wäre, hätte ganz bestimmt auch ein cooler, verwegener Cary Grant oder Burt Lancaster nicht gefehlt, der sich an der Wand eines anderen Flurs entlangdrückte, um Walter aufzulauern. Und das allein, dachte sie traurig, denn irgendwie fühlte sie sich grauenhaft in die Enge getrieben, das allein hätte ihr schon genügt. Wenn sie nur einen von ihnen hätte, oder irgendwen, der zu Hause auf sie wartete, würde sie sich nicht im Klo im Keller von Sever Hall verstecken. Sie wäre oben im Flur bei den anderen Studenten, sie würde sich – ihre Bücher vor sich auf dem Fußboden – an eine Wand lehnen oder an den Gesichtern, die sie nicht sahen, vorbeischlendern. Sie hätte sich selbst überwinden können, wenn sie gewußt hätte, daß zu Hause einer von ihnen auf sie wartete, und hätte sich allein zwischen Menschen bewegen können. Sie wunderte sich über diesen Widerspruch, aber nur einen Moment. Die Sgraffiti waren zu interessant.

«Nieder mit dem Kapitalismus und dem ganzen verdammten militärisch-industriellen Komplex. TÖTET ALLE FASCHISTISCHEN BULLEN!»

Darauf gab es eine Antwort: «Du vereinfachst zu sehr. Es müssen neue Wege gefunden werden zum Bullentöten. Jede Bullenleiche bringt neue Bullen hervor – wie die bewaffneten Männer, die aus dem Feld sprossen, das Jason, das verdammte männliche Chauvinistenschwein, mit Drachenzähnen besät hatte. Bullen, gemästet mit Bullenblut. Es ist ein langer und mühsamer Weg. Wir müssen die ganze alte Scheiße aus unseren Köpfen räumen, wir müssen in der Stille wirken, in der Abgeschiedenheit, und listig wie dieser Chauvi Joyce. Wir brauchen eine Revolution der Sinne.»

Eine dritte Partei war mit purpurroter Tinte in die Diskussion eingestiegen:

«Bleib in Deinem Kokon. Wer braucht Dich schon? Wer nicht für uns ist, ist gegen uns. Wer den Status quo stützt, ist selbst ein Teil des Problems. WIR HABEN KEINE ZEIT. DIE REVOLUTION IST DA! TÖTET DIE BULLEN!»

Schreiberin Nr. 2 hatte offenbar eine Vorliebe für dieses Klo und war wiedergekommen, denn der nächste Beitrag war in ihrer Handschrift und mit dem gleichen Stift:

«Denn wer das Schwert nimmt, der soll durchs Schwert umkommen.»

Darauf wieder der purpurrote Filzstift in zorniger Schreibe mit großen, fahrigen Buchstaben:

«VERDAMMTER CHRISTLICHER IDIOT! NIMM DEINE GEBOTE UND FRISS SIE! MACHT IST DAS EINZIGE! ALLE MACHT DEM VOLK! ALLE MACHT DEN ARMEN! VORLÄUFIG KOMMEN *WIR* DURCH DAS SCHWERT UM!»

Mit diesem letzten Ausbruch endete das Symposion, aber an den Seitenwänden standen ähnliche Kritzeleien. Fast alle waren politisch. Da waren angeklebte Hinweise auf SDS-Versammlungen, Meetings von *Brot und Rosen* und von den Daughters of Bilitis. Mira wandte die Augen ab von einer unbeholfenen Zeichnung des weiblichen Genitales, unter die «Möse ist schön» gekritzelt war. Jedenfalls nahm sie an, daß die Zeichnung das weibliche Genitale darstellen sollte, wenn es auch eher nach einer großblättrigen Blüte aussah. Mira war sich nicht sicher, sie hatte ihr eigenes nie gesehen – es war ein Teil der Anatomie, der sich dem Blick nicht unmittelbar darbot.

Sie sah wieder auf ihre Uhr: sie konnte jetzt gehen. Sie stand auf, und aus Gewohnheit drehte sie sich um und betätigte die Spülung der unbenutzten Toilette. Auf die Wand dahinter hatte jemand große ausgefranste Druckbuchstaben gemalt, mit etwas, das wie Nagellack aussah. Der rote Lack war nach unten gelaufen,und jeder Strich hatte unten eine dicke Perle. Es sah aus wie mit Blut geschrieben: «MANCHE TODE WÄHREN EWIG.» Sie schnappte nach Luft und verließ das Klo.

Es war 1968.

2

Sie wusch sich entschlossen die Hände, auch aus Gewohnheit, und kämmte sich die Haare, die zu sorgfältigen Locken frisiert waren, trat einen Schritt zurück und prüfte sie im grellen Licht des Waschraums. Sie hatten eine merkwürdige Farbe. Seit sie im letzten Jahr aufgehört hatte, sie zu färben, waren sie nicht richtig grau nachgewachsen, sondern in einem mausig-braunen Ton. Deshalb hatte sie sie getönt, und diesmal waren sie vielleicht ein bißchen zu orange geworden. Sie trat näher an den Spiegel, prüfte ihre Augenbrauen und den blauen Lidschatten, den sie erst vor einer Stunde aufgelegt hatte. Beides war noch in Ordnung.

Sie trat wieder zurück und versuchte sich ganz zu sehen. Es gelang ihr nicht. Seit sie den Stil ihrer Kleidung geändert hatte – das heißt, seit sie in Harvard war – weigerte sich ihr Ich, sich im Spiegel zusammenzufügen. Sie sah nur Teile, Stücke – Haare, Augen, Beine –, aber die Teile wollten nicht zusammenpassen. Die Haare und die Augen paßten zusammen, aber der Mund stimmte nicht: er hatte sich in den letzten Jahren geändert. Die Beine waren in Ordnung, nur paßten sie nicht zu den klobigen Schuhen und dem Faltenrock. Sie wirkten zu dünn unter dem kräftigen Körper – dabei hatte sie noch das gleiche Gewicht wie vor zehn Jahren. Sie spürte, wie in ihrer Brust etwas aufstieg, und sie sah hastig vom Spiegel weg. Das war jetzt nicht der Augenblick, um sich aufzuregen. Mit einem Ruck wandte sie das Gesicht wieder dem Spiegel zu, kramte ihren Lippenstift hervor und zog einen Strich über ihre Unterlippe, wobei sie sich bemühte, nicht mehr zu sehen als ihren Mund. Gegen ihren Willen erfaßten ihre Augen das ganze Gesicht, und sofort kamen ihr die Tränen. Sie drückte ihre heiße Stirn an die kühlen Kacheln. Dann fiel ihr ein, daß dies eine öffentliche Toilette war, voller Bazillen von anderen Leuten, und sie richtete sich auf und ging hinaus.

Sie stieg die drei alten knarrenden Treppen hinauf und sagte sich, daß die Damentoilette so ungünstig lag, weil sie erst später installiert worden war, lange nach dem Bau des Hauses. Die Schule war für Männer gedacht gewesen, und es gab Räume, hatte man ihr gesagt, die Frauen einfach nicht betreten durften. Seltsam. Warum? Frauen waren doch sowieso unbedeutend, warum sollte sich jemand die Mühe machen, sie fernzuhalten? Etwas zu spät kam sie oben an. Kein Mensch mehr im Korridor, keiner mehr, der vor den Türen der Klassen herumlungerte. Die ausdruckslosen Augen, die leeren Gesichter, die jungen Körper, die ihn noch vor zehn Minuten durchschritten hatten, waren verschwunden. Sie, die vorbeigegangen waren, ohne sie zu sehen, die sie angesehen hatten, ohne sie wahrzunehmen, hatten sie dazu getrieben, sich zu verstecken. Denn sie hatten ihr das Gefühl gegeben, unsichtbar zu sein. Und wenn alles, was man hat, ein sichtbares Äußeres ist, ist Unsichtbarkeit der Tod. Manche Tode währen ewig, sagte sie vor sich hin, als sie die Klasse betrat.

3

Vielleicht findest du Mira ein bißchen albern. Mir geht es auch so. Aber ich habe auch Mitleid mit ihr, mehr als du wahrscheinlich. Du meinst, sie wäre eitel und oberflächlich. Vermutlich sind das Worte, die man auf sie hätte anwenden können, aber sie fallen mir nicht als erstes ein. Ich finde, es war albern von ihr, sich im Klo zu verstecken. Obwohl mir das immer noch besser gefällt als der miese Zug um ihren Mund, den sie selbst bemerkt hat und mit Lippenstift zu überdecken versuchte. Das Miese bei ihr war ihre mißbilligende «Na, na!»-Tour. Vornehm knallte sie in ihrem Kopf Türen zu, sperrte jede Barmherzigkeit aus. Trotzdem, irgendwie tut sie mir leid, oder hat mir jedenfalls leidgetan. Inzwischen nicht mehr.

Denn eigentlich ist es nicht so wichtig, ob du Türen aufmachst oder zuknallst – du endest doch in einem Sarg. Es ist mir nicht gelungen, einen wirklichen Unterschied zwischen der einen Art zu leben und der anderen festzustellen. Der einzige Unterschied, den ich sehe, ist der Unterschied zwischen verschiedenen Stufen des Glücks, und ich zucke zusammen, wenn ich das sage. Wenn der alte Schopenhauer recht hat, dann ist der Mensch gar nicht fähig, glücklich zu sein, da Glück das Nichtvorhandensein von Schmerz bedeutet, und das gibt es, wie ein Onkel von mir zu sagen pflegte, nur, wenn du tot oder sterbensbesoffen bist. Da ist Mira mit all ihren geschlossenen Türen, und hier bin ich mit all meinen offenen, und beide fühlen wir uns erbärmlich.

Ich habe hier viel Zeit alleine verbracht, bin bei jedem Wetter am Strand entlanggelaufen, und ich denke immer wieder über Mira und die anderen nach, über Val, Isolde, Kyla, Clarissa, Grete, damals, 1968 in Harvard. Das ganze Jahr war eine einzige offene Tür, eine Zaubertür. Wenn du einmal durchgegangen warst, gab es kein Zurück mehr. Du stehst auf der anderen Seite, blickst zurück auf das, was du hinter dir hast, und es sieht aus wie ein Land in einem Märchenbuch. Lauter kleine bunte Flicken und Karos, Felder und Farmen und Burgen mit Türmchen und Wimpeln und zinnenbewehrten Mauern. Die Häuser sind alle anheimelnd, strohgedeckte Katen, die in der Nachmittagssonne erglänzen, und die Menschen, die in den Burgen und in den Katen leben, haben die gleichen klaren Züge und geben sich sofort zu erkennen. Gute Prinzen, Prinzessinnen oder Feen haben blondes Haar und blaue Augen, böse Königinnen und Stiefmütter sind schwarzhaarig. Ich erinnere mich an ein Mädchen, das schwarzes Haar hatte und trotzdem gut war, aber hier ist die Ausnahme, die die Regel bestätigt. Gute Feen tragen blaßblaue Schleiergewänder und halten goldene Zauberstäbe in der Hand; die bösen tragen Schwarz, haben einen Buckel, ein spitzes Kinn und eine lange Nase. Im Märchenland gibt es keine bösen Könige, höchstens ein paar Riesen von üblem Ruf. Dafür aber Mengen von bösen Stiefmüttern und alten Weibern und Hexen.

Als ich klein war, da war das Märchenland, wie es in den Büchern beschrieben wurde, der Ort, wo ich gern gelebt hätte, und ich beurteilte meine Umgebung danach, wieweit sie dort hineinpaßte: Schönheit, nicht Wahrheit, war Märchenland. Oft versuchte ich ganz fest, dieses Märchenland in meinem Kopf Wirklichkeit werden zu lassen. Wenn mir das gelungen wäre, hätte ich liebend gern die wirkliche Welt aufgegeben und bereitwillig meine Eltern verlassen, um dort zu leben. Vielleicht nennt man so etwas Schizophrenie, aber mir scheint, daß ich am Ende genau das gemacht habe: ich habe im Märchenland gelebt, wo es nur fünf

Grundfarben, nur klare Linien und keine mit Bierdosen übersäten Grasflächen gibt.

Ein Grund, warum ich die Küste von Maine so gern mag, ist, daß sie so wenig Raum für solche Phantasien läßt. Der Wind ist scharf und kalt und rauh; den ganzen Winter lang ist mein Gesicht gerötet. Das Meer rollt heran, und sooft ich es sehe, erregt es mich genauso, wie die Skyline von New York mich jedesmal wieder fasziniert. Großartig, gewaltig, überwältigend – die Worte sind abgenutzt. Oh, es ist einerlei, wie man es nennt. Das, worum es geht, ist für mich der Vorstellung sehr nahe, die ich von Gott habe. Die nackte Gewalt dieser großen Wellen, die ununterbrochen herandonnern und gegen die Felsen branden und weiße Gischt in den Himmel speien. Das ist so gewaltig, so schön und zugleich so erschreckend, daß es mir wie ein Symbol des Lebens überhaupt erscheint. Und dann der Sand, die Felsen und all das Leben, das sie nähren – Schnecken, Muscheln. Ich muß oft lächeln, wenn ich die Felsen Schneckenwohnblocks, Muschelgettos nenne. Aber sie sind es wirklich: die Schnecken leben dort dichter gedrängt als die Menschen in Hongkong. Der Sand wurde nicht für leichtes Laufen geschaffen, und der graue Himmel von Maine scheint sich in die Leere selbst auszudehnen. Dieser Himmel hat keine Ahnung von üppigen Ländern, wo Oliven reifen, Tomaten sich blutrot färben und Orangen zwischen grünen Blättern in sonnenbeschienenen Vorgärten leuchten, hinter weißgekalkten staubigen Mauern, und wo der Himmel fast so blau ist wie das Meer. Hier ist alles grau: Meer, Himmel, Felsen. Dieser Himmel blickt nur nach Norden zu eisigen Polen. Du kannst fast sehen, wie die Farbe immer mehr verblaßt, während der Himmel sich nordwärts wölbt, bis er ganz ohne Farben ist. Die weiße Welt der Schneekönigin.

Ich wollte versuchen, die Märchenphantasien zu vermeiden, aber ich bin anscheinend unverbesserlich. Ich fühle mich allein und ein bißchen überlegen, wenn ich so im Torweg stehe und auf das Märchenland zurückblicke und meinen Schmerz fast genieße. Vielleicht sollte ich mich umdrehen. Aber ich kann es nicht, ich kann noch nicht nach vorn schauen, nur rückwärts. Aber das alles ist lächerlich. Denn eigentlich wollte ich gerade sagen, daß Mira ihr Leben lang im Märchenland gelebt hatte, und als sie durch die Tür ging, war ihr Kopf noch voller Bilder aus dem Märchenland; sie hatte keine Ahnung von der Wirklichkeit. Oder vielleicht doch: das Märchenland war ihre Wirklichkeit. Wenn du also ein Urteil über sie abgeben willst, mußt du entscheiden, ob ihre Wirklichkeit dieselbe war, wie die anderer. War sie verrückt? In ihrer Vorstellung konnte man die böse Königin an ihrer Gestalt und ihrem Gesicht erkennen, und ebenso die gute Fee. Die gute Fee erschien, wenn sie gebraucht wurde, sie nahm nie einen Heller für ihr Wedeln mit dem Zauberstab und entschwand dann passenderweise. Ich überlasse es dir, über Miras Geisteszustand zu urteilen.

4

Ich versuche nicht mehr, die Dinge mit einem Etikett zu versehen. Hier, wo alles unfruchtbar und herb scheint, wimmelt es von Leben: im Meer, am Himmel, auf den Klippen. Ich komme hierher, um einer größeren Leere zu entkommen. Landeinwärts, ein paar Meilen von hier, befindet sich das drittklassige College, an dem ich Kurse abhalte wie «Märchen und Folklore». (Ich komme einfach nicht davon los!) Oder «Grammatik 12». Meistens für Studentinnen, die sich hier alle Mühe geben, um aufs staatliche College zu kommen und die Lehrbefähigung zu erwerben – und mit ihr die Freuden des Zehn-Monate-Jahres. Wartet's nur ab, denke ich mir, wartet's nur ab, und seht zu, wieviel Freude es euch bringen wird.

Sieh dir das Schneckengewimmel an diesem Felsen an! Tausende von Schnecken und auch Muscheln zwischen den aufgetürmten Felsbrocken, dichtgedrängt wie die Bewohner einer alten Stadt. Sie sind prächtig, sie leuchten in Farben, die sie schon seit Tausenden von Jahren haben: rot und golden und blau und weiß und orange. Sie leben alle beieinander. Das finde ich ungewöhnlich. Jede nimmt ihren eigenen winzigen Platz ein, keine scheint sich um mehr Raum zu drängeln. Kannst du dir vorstellen, daß es Schnecken gibt, die sterben, weil sie zu wenig Raum haben? Ihr Leben muß sich vor allem innerlich abspielen. Ich komme gern hierher und schaue sie an. Ich berühre sie nie. Aber während ich sie betrachte, werde ich den Gedanken nicht los, daß sie es nicht nötig haben, sich ihre eigene Ordnung zu schaffen, sich ihr Leben zu gestalten – all das ist schon in sie hineinprogrammiert. Sie brauchen einfach nur zu leben. Oder meinst du, das ist eine Täuschung?

Ich fühle mich grauenhaft allein. Ich hab genug Raum, aber er ist leer. Vielleicht habe ich auch nicht genug Raum, vielleicht heißt «Raum haben» mehr als nur «Platz haben». Clarissa hat einmal gesagt, Isolation sei Wahnsinn. Sie sagt niemals etwas Unüberlegtes, ihre Worte kommen ihr aus dem Mund wie wohlgereiftes Obst. Mit unreifem Obst handelt sie nicht – deshalb ist sie oft schweigsam. Also denke ich, Isolation ist Wahnsinn. Aber was kann ich tun? Auf den ein, zwei Parties im Jahr, zu denen ich eingeladen werde, höre ich mir notgedrungen den akademischen Klatsch an, bissige Antworten, mit denen man es dem Präsidenten (angeblich) mal so richtig gegeben hat, häßliche Witze über die Mediokrität des Dekans. An Orten wie Harvard ist das Gerede prätentiös und seicht, lauter Angeberei mit Namen und feige Ehrfurcht, soweit es nicht Selbstgefälligkeit ausdünstet, die Unverwundbarkeit der Auserwählten. Hier, wo sich jeder als Verlierer fühlt, ist der Klatsch mißgünstig, voll von dem Haß und der Verachtung, die in Wirklichkeit Ekel über das eigene Versagen sind. Alleinstehende gibt es hier kaum, abgesehen von ein paar sehr jungen Lehrern. Es gibt verdammt wenig Frauen hier, und keine, die allein lebt, außer einer sechzig Jahre alten Witwe, die bei Fakultätssitzungen immer stickt. Ich meine, daß die Probleme nicht nur in deinem Kopf existieren, oder? Muß ich wirklich die volle Verantwortung für mein Schicksal übernehmen? Ich glaube nicht, daß es nur meine Schuld ist, wenn ich einsam bin. Die Leute sagen, das heißt, Iso hat mir geschrieben (sie würde es auch sicher tun!), ich sollte am Wochenende mit dem Auto nach Boston fahren und in die Bars für einsame Herzen gehen. Sie brächte das fertig, und sie würde bestimmt jemand Interessantes kennenlernen. Aber ich nicht. Das weiß ich. Ich würde irgendeinen mittelalterlichen, dunkel gebräunten Typ auftun – Koteletten (kein richtiger Bart), modischer Anzug (rosa Jäckchen, kastanienbraune Hosen) und ein Bauch, der nur durch drei Stunden Gymnastik pro Woche oder Tennis in Grenzen gehalten wird. Und seine Hohlheit würde mich noch mehr anöden als meine eigene Leere.

Deshalb laufe ich am Strand entlang. Seit September bin ich das ganze Jahr über hierhergekommen, mit einem Tuch um den Kopf, in Blue jeans voller Flecken von der Farbe, mit der ich versucht hatte, mein Apartment etwas gemütlicher zu machen, und mit einem bestickten Poncho, den Kyla mir aus New Mexiko mitgebracht hat. Und in den Wintermonaten hab ich eine dicke, gefütterte Nylonjacke darüber getragen. Ich weiß, man zeigt schon mit dem Finger auf mich und tuschelt, ich sei eine Verrückte. Wie leicht wird eine Frau für verrückt gehalten, wenn sie einmal das geforderte Image abstreift – wie Mira damals, als sie lächerlicherweise loszog und sich kurze Faltenröcke kaufte, weil sie wieder am College war. Andererseits – vielleicht haben sie recht, vielleicht bin ich verrückt. Es sind nie sehr viele Leute hier – ein paar Wellenreiter, ein paar Frauen mit Kindern und ein paar Leute wie ich, die nur zum Laufen herkommen. Aber alle sehen mich seltsam an.

Sollen sie mich doch seltsam ansehen – ich habe andere Probleme. Letzte Woche ging nämlich das Studienjahr zu Ende. In dem Wirbel von schriftlichen Arbeiten und Prüfungen brauchte ich nicht darüber nachzudenken, und dann plötzlich war es soweit: zweieinhalb Monate und nichts zu tun. Die Freuden des Zehn-Monate-Jahres. Mir kamen sie wie die Wüste Sahara vor, die sich unter einer irren Sonne dehnt, leer, leer. Gut, habe ich gedacht, ich werde meine Kurse fürs nächste Jahr vorbereiten. Ich werde noch ein paar Märchen lesen (Märchen und Folklore), mich bemühen, Chomsky besser zu verstehen (Grammatik 12) und versuchen, ein besseres Buch über Stilistik aufzutreiben (Schreibtraining 1–2).

O Gott.

Jetzt wird mir klar, daß dies seit Jahren und vielleicht sogar in meinem ganzen Leben das erste Mal ist, daß ich völlig allein bin und nichts zu tun habe. Vielleicht fühle ich mich deshalb jetzt so bedrängt. Was sich da alles in meinen Kopf hineinzwängt, bringt mich auf den Gedanken, daß mein Alleinsein vielleicht gar nicht nur eine Sache des Ortes ist, sondern daß ich es irgendwie – auch wenn ich das nicht begreife – gewählt habe.

Ich habe Alpträume, Träume voller Blut. Ich werde Nacht für Nacht verfolgt, und Nacht für Nacht drehe ich mich um und schlage auf meine Verfolger ein, ich haue, ich steche. Das klingt nach Zorn. Das klingt nach Haß. Aber Haß ist ein Gefühl, das ich mir nie gestattet habe. Woher könnte es kommen?

Bei meinen Wanderungen am Strand muß ich immer wieder an Mira denken, an ihre ersten Wochen in Cambridge, wie sie in ihren hochhackigen Schuhen herumstöckelte (sie hatte damit immer einen wackligen Gang, trug sie aber trotzdem immer), in einem dreiteiligen gestrickten Kostüm und mit ihrem wohlfrisierten und gesprayten Haar. Und wie sie in fast panischer Angst in die Gesichter derer, die an ihr vorbeigingen, sah, begierig nach einem aufmerksamen Blick, einem anerkennenden Lächeln, das ihr versicherte, daß sie existierte. Wenn ich daran denke, dreht sich mir der Magen vor Verachtung. Aber wie kann ich mir erlauben, Verachtung zu empfinden – ihr, dieser Frau gegenüber, die mir, die meiner Mutter so ähnlich ist?

Und du? Du kennst sie: sie ist die wasserstoffblonde, angemalte Matrone, die, leicht beschwipst von ihrem zweiten Manhattan, Bridge spielt im Country Club. In den mohammedanischen Ländern lassen sie ihre

Frauen Dschubba und Schleier tragen. Das macht sie unsichtbar. Weiße Gespenster, die durch die Straßen schweben, hier ein Stückchen Fisch, dort ein bißchen Gemüse kaufen, in dunkle enge Gassen einbiegen und hinter Türen verschwinden, die so laut hinter ihnen zuschlagen, daß es zwischen den uralten Mauern hallt. Die Leute sehen sie nicht einmal, sie fallen weniger auf als die Hunde, die zwischen den Obstkarren herumstreunen. Bei uns sind nur die äußeren Formen anders. Du siehst die Frau nicht wirklich, die da am Handschuh- oder Strumpftisch steht oder zwischen Schachteln mit Getreideflocken herumsucht oder sechs Steaks in ihren Einkaufswagen packt. Du siehst ihre Kleidung, ihren spray-gefestigten Haarhelm, und du hörst auf, sie ernst zu nehmen. Ihr Äußeres verkündet ihre Wohlanständigkeit, was heißt, daß sie wie alle anderen Frauen ist, die keine Huren sind. Aber vielleicht ist sie doch eine, wer weiß. Der Unterschied in der Kleidung ist auch nicht mehr der, der er mal war. Frauen sind zu allem fähig. Es spielt keine Rolle, ob Ehefrau oder Hure – Frauen sind die am wenigsten geachtete Klasse in Amerika. Neger, Puertorikaner und Gammler mag man hassen, aber man fürchtet sie auch ein bißchen. Frauen erfahren noch nicht einmal den Respekt der Furcht.

Was ist schon zu fürchten an einer albernen Frau, die ständig hinter ihrem Spiegel herrennt, um zu sehen, wer sie ist? Mira brauchte ihren Spiegel so nötig wie die Königin in *Schneewittchen*. Das ging vielen von uns so – wir verschlangen förmlich, was die Leute über uns sagten, und glaubten es. Ich habe immer die psychologischen Tests in den Zeitschriften gemacht – Sind Sie eine gute Ehefrau? eine gute Mutter? Fördern Sie die Romantik in Ihrer Ehe? Ich glaubte Philip Wylie, wenn er behauptete, Mütter seien eine Schlangenbrut, und ich schwor, mich nie, niemals so zu verhalten. Ich glaubte Sigmunds «Anatomie ist Schicksal» und versuchte, ein verständnisvoller, aufgeschlossener Mensch zu werden. Ich erinnere mich, daß Martha sagte, sie hätte keine richtige Mutter gehabt: ihre Mutter tat nichts von all dem, was von Frauen erwartet wird – sie sammelte alte Zeitungen und Bindfäden, sie wischte nie Staub, und jeden Abend ging sie mit Martha in eine billige Cafeteria zum Essen. Als Martha heiratete und mit anderen Ehepaaren Freundschaft schließen wollte, hatte sie daher keine Ahnung, wie man so etwas machte. Sie wußte nicht, daß von ihr erwartet wurde, daß sie etwas zu essen und zu trinken anbot. Sie saß einfach nur da mit George und unterhielt sich mit ihren Gästen. Die Leute gingen immer früh, und sie kamen nie wieder und luden sie nie ein. «Also bin ich losgegangen und hab mir Zeitschriften gekauft, *The Ladies' Home Journal* und *Good Housekeeping.* Gewissenhaft, viele Jahre lang. Ich las darin wie in der Bibel und versuchte herauszufinden, wie man eine richtige Frau wird.»

Ich höre oft Marthas Stimme, wenn ich am Strand spazierengehe. Und auch die Stimmen von anderen – von Lily, Val, Kyla. Manchmal kommt es mir so vor, als hätte ich jede Frau, die ich je kennenlernte, verschlungen. Mein Kopf ist voller Stimmen. Sie mischen sich, wenn ich am Strand gehe, mit dem Wind und der See, als wären sie losgelöste Naturkräfte, ein Orkan, der mich umtost. Ich komme mir vor, als wäre ich ein Medium, in dem sich ein ganzer Schwarm von Geistern Verstorbener eingenistet hat, die lauthals fordern, herausgelassen zu werden.

So entschloß ich mich heute morgen (Schatten der Vergangenheit!) zu einem Vorhaben, um diesen leeren, sich endlos dehnenden Sommer auszufüllen. Ich will alles aufschreiben, will soweit wie nötig in die Vergangenheit zurückgehen und versuchen, einen Sinn darin zu finden. Aber ich bin keine Schriftstellerin. Ich unterrichte Grammatik (was ich hasse) und Stilistik, aber wie jeder weiß, der einmal einen Kurs in Schreibtraining belegt hat, braucht man nichts vom Schreiben zu verstehen, um es zu unterrichten. Im Gegenteil, je weniger man weiß, um so besser, denn dann braucht man sich nur an die Regeln zu halten. Wenn man dagegen wirklich etwas vom Schreiben versteht, dann gibt es keine Regeln über Satzbau, Gliederung und so weiter. Mir fällt das Schreiben schwer. Ich kann bestenfalls Momente, kleine Beispiele festhalten, Szenen, Bruchstücke vergangener Zeiten, Bruchstücke aus dem einen oder anderen Leben.

Ich will versuchen, die Stimmen herauszulassen. Vielleicht helfen sie mir zu verstehen, warum sie so endeten, wie sie endeten, und warum ich hier gestrandet bin mit dem Gefühl, ganz und gar in Anspruch genommen und zugleich von allem abgeschnitten zu sein. Irgendwie fängt alles mit Mira an. Wie hat sie es fertiggebracht, daß sie sich im Alter von achtunddreißig Jahren in einer öffentlichen Toilette verstecken mußte?

5

Mira war als Kind sehr selbständig. Sie zog sich gern aus und machte an Sommertagen gern Ausflüge in den nächsten Süßwarenladen. Nachdem sie das zweite Mal von einem Polizisten, dem sie den Weg gezeigt hatte, nach Hause gebracht worden war, begann Mrs. Ward sie anzubinden.

Sie meinte das gar nicht böse – Mira hatte eine breite, sehr belebte Straße überquert. Ein Seil, lang genug, daß Mira noch herumlaufen konnte, wurde an die Haustür gebunden. Die befremdliche Angewohnheit, sich alle Kleider auszuziehen, behielt Mira jedoch bei. Mrs. Ward glaubte nicht an körperliche Bestrafung und versuchte es statt dessen mit strengen Vorhaltungen und Liebesentzug. Mit Erfolg. In ihrer Hochzeitsnacht hatte Mira Schwierigkeiten, sich all ihrer Kleider zu entledigen. Mit der Zeit wurden Miras Wut und ihre Tränen über das Angebundensein weniger und sie lernte es, sich auf engem Raum zu bewegen, und befaßte sich sehr gründlich mit allem, da es ihr nicht erlaubt war, frei herumzutoben. Daraufhin wurde die Leine entfernt, und Mira zeigte sich als fügsames, wenn nicht sogar ängstliches Kind, das allerdings oft etwas verdrossen war.

Sie war ein aufgewecktes Kind. Ihre Lehrbücher hatte sie alle schon am ersten Schultag ausgelesen, und vor lauter Langeweile verbrachte sie den Rest des ersten Halbjahres damit, ihre Mitschüler zu erheitern. Daraufhin wurde beschlossen, sie in eine Klasse zu versetzen, die mehr «ihrem Niveau» entsprach, wie der Lehrer es ausdrückte. Man ließ sie noch mehrmals eine Klasse überspringen. Am Ende saß sie zwischen lauter Mitschülern, die um Jahre älter, um Köpfe größer und um Pfunde gewichtiger waren und deren Erfahrungswelt größer war als die ihre. Sie konnte nicht mit ihnen reden und zog sich in Romane zurück, die sie unter ihrem Pult versteckte. Sie las ununterbrochen, sogar auf dem Schulweg.

Mrs. Ward, überzeugt davon, daß Mira für Höheres bestimmt war – was für die gute Frau eine gute Partie hieß –, kratzte ihr Geld zusammen, um ihr Privatunterricht geben zu lassen. Mira hatte zwei Jahre Sprecherziehung, zwei Jahre Tanzunterricht, zwei Jahre Klavierstunde und zwei Jahre Unterricht im Aquarellieren. (In ihrer Jugend hatte Mrs. Ward begeistert die Romane von Jane Austen gelesen.) Zu Hause hielt Mrs. Ward sie dazu an, die Beine nicht übereinanderzuschlagen, nicht mit Jungen auf Bäume zu klettern, nicht auf der Straße Fangen zu spielen, nicht mit lauter Stimme zu sprechen, nicht mehr als drei Schmuckstücke auf einmal und nie Gold und Silber gleichzeitig zu tragen. Danach fand sie, nun habe Mira genügend «Schliff».

Aber Mira hatte noch ihr eigenes Leben. Da sie so viel jünger war als ihre Mitschüler, hatte sie keine Freunde, aber das störte sie offenbar nicht. Sie verbrachte ihre Zeit mit Lesen, Zeichnen und Tagträumen. Besonders gern las sie Märchen und Heldensagen. Dann wurde sie zwei

Jahre lang zum Religionsunterricht geschickt, und ihre Interessen änderten sich.

Mit zwölf beschäftigte sie sich damit, die Beziehungen zwischen Gott, Himmel, Hölle und Erde zu ergründen. Nachts lag sie im Bett und betrachtete den Mond und die Wolken. Ihr Bett stand am Fenster, so daß sie vom Kopfkissen aus bequem nach draußen und nach oben schauen konnte. Sie versuchte sich vorzustellen, wie dort oben im Himmel alle gestorbenen Menschen versammelt standen. Sie versuchte, sie zu erkennen – bestimmt spähten sie nach unten, auf der Suche nach einem freundlichen Gesicht. Aber nie konnte sie auch nur einen flüchtigen Blick von einem erhaschen. Und nachdem sie ein paar Geschichtsbücher gelesen und sich bewußt gemacht hatte, wie viele Millionen Menschen schon die Erde bewohnt hatten, begann sie sich um die Bevölkerungsprobleme des Jenseits zu sorgen. Sie malte sich aus, wie sie auf der Suche nach ihrer Großmutter, die jetzt drei Jahre tot war, ewig durch Massen von Menschen wanderte, ohne sie je zu finden. Alle diese Menschen, sagte sie sich, mußten doch sehr schwer sein, und eigentlich war es unmöglich, daß alle dort oben waren, ohne daß der Himmel einstürzte. Vielleicht waren nur ganz wenige dort oben und die meisten in der Hölle.

Nun ging aber aus Miras Sozialkundebüchern hervor, daß die Armen nicht wirklich böse waren – daß sie die Bösen waren, wußte Mira bereits. Sie waren nur umweltgeschädigt. Mira war überzeugt, daß Gott, wenn er überhaupt etwas taugte, durch ihr unrechtes Tun hindurch in ihr gutes Herz blicken konnte. Und er würde auch die jugendlichen Verbrecher, von denen die *New York Daily News* berichtete, die ihr Vater abends mit nach Hause brachte, nicht einfach der Hölle überliefern. Ein kniffliges Problem. Mehrere Wochen lang machte es ihr schweres Kopfzerbrechen.

Um es zu lösen, war es nötig, daß sie in sich selbst hineinsah, daß sie nicht nur fühlte, was sie fühlte, sondern ihre Gefühle prüfte. Eigentlich wollte sie lieben und geliebt werden, eigentlich wollte sie gut sein und die Anerkennung ihrer Eltern und Lehrer haben. Aber irgendwie gelang ihr das nie. Immer gab sie ihrer Mutter freche Widerreden oder ärgerte sich über die Betulichkeit ihres Vaters. Sie nahm ihnen übel, daß sie sie wie ein Kind behandelten. Sie belogen sie, und sie wußte es. Sie fragte ihre Mutter nach einer bestimmten Anzeige in Zeitschriften, und ihre Mutter behauptete, sie wisse nicht, was Monatsbinden seien. Sie fragte ihre Mutter, was *ficken* heiße – sie hatte das Wort auf dem Schulhof gehört.

Ihre Mutter sagte, sie wisse es nicht, aber später hörte Mira, wie sie Mrs. Marsh zuflüsterte: «Wie kann man einem Kind so etwas beibringen?» Und es gab andere Dinge, Dinge, die sie nicht so genau hätte benennen können, die ihr zeigten, daß die Vorstellung ihrer Eltern vom Gutsein anders war als ihre eigene. Sie hätte nicht sagen können, warum, aber der Gedanke daran, was ihre Eltern von ihr erwarteten, nahm ihr die Luft, erstickte sie.

Eines Abends war sie wegen irgend etwas richtig pampig zu ihrer Mutter gewesen, und zwar deshalb, weil sie recht hatte und ihre Mutter es nicht zugeben wollte. Ihre Mutter hatte sie gescholten, und da war sie auf die dunkle Veranda hinausgegangen und hatte sich trotzig auf den Fußboden gesetzt – sie fühlte sich sehr ungerecht behandelt. Sie weigerte sich, zum Essen hineinzugehen. Ihre Mutter kam heraus und sagte: «Mira, komm jetzt, sei nicht albern.» Nie zuvor hatte ihre Mutter so etwas gemacht. Sie streckte sogar die Hand nach Mira aus, um sie hochzuziehen. Aber Mira saß nur bockig da. Ihre Mutter ging wieder ins Eßzimmer. Mira war den Tränen nahe. «Warum muß ich bloß so trotzig, so eigensinnig sein?» jammerte sie vor sich hin. Sie wünschte, sie hätte die Hand ergriffen oder ihre Mutter würde noch einmal herauskommen. Die Mutter kam nicht. Mira blieb sitzen, und ein Satz formte sich in ihrem Kopf: «Sie verlangen zuviel. Es kostet zuviel.» Was es kostete, wußte sie nicht genau. Sie nannte es «mein Ich». Sie liebte ihre Mutter über alles, und wenn sie trotzig und frech war, verlor sie die Liebe ihrer Mutter, das wußte sie. Manchmal sprach ihre Mutter tagelang nicht mit ihr. Trotzdem hörte sie nicht auf, böse zu sein. Sie war verwöhnt, selbstsüchtig und frech. Das hielt ihre Mutter ihr ständig vor.

Sie war böse, aber sie wollte nicht böse sein. Gott mußte das doch wissen. Sie würde gut sein, wenn es nicht soviel kostete. Und in ihrem Bösesein war sie nicht wirklich böse. Sie wollte nur das tun, was sie tun wollte – war das so schrecklich? Gott würde es bestimmt verstehen. Er verstand es, weil er, so hieß es, den Menschen ins Herz sah. Und wenn er sie verstand, dann verstand er alle Menschen. Niemand wollte in Wirklichkeit böse sein, jeder wollte geliebt und anerkannt werden. Also war niemand in der Hölle. Wenn aber niemand dort war, wozu dann die Hölle? Es gab keine Hölle.

Als Mira vierzehn war, hatte sie alle interessanten Bücher, die ihr in der Bibliothek zugänglich waren, gelesen – die Abteilung für Erwachsene war ihr noch verwehrt. So durchstöberte sie den wenig anregenden Bücherschrank zu Hause. Ihre Eltern hatten keine Ahnung, was dort stand: die Bücher hatten sich im Laufe der Jahre angesammelt. Teilweise stammten sie aus den Hinterlassenschaften gestorbener Verwandter. Mira fand neben Paines *Common Sense* und Nietzsches *Jenseits von Gut und Böse* auch Radclyffe Halls *Quell der Einsamkeit*, ein Buch, das sie mit völligem Unverständnis durchlas.

Sie war schließlich davon überzeugt, daß nicht nur die Hölle, sondern auch der Himmel nicht existierte. Aber ohne Himmel entstand ein neues Problem. Denn wenn es weder Hölle noch Himmel gab, dann gab es auch keine spätere Belohnung oder Strafe und diese Welt war alles, was es gab. Aber diese Welt – das weiß man sogar mit vierzehn – ist ein schrecklicher Ort. Mira brauchte weder die Zeitungen zu lesen noch Bilder von explodierenden Schiffen und brennenden Städten zu sehen oder die vagen Berichte über Stätten, die Konzentrationslager genannt wurden, zu lesen, um zu begreifen, wie schrecklich die Welt war. Sie brauchte sich nur umzusehen. Überall herrschte Brutalität und Grausamkeit: im Klassenzimmer, auf dem Schulhof, in dem Häuserblock, in dem sie wohnte. Eines Tages, als sie auf dem Weg zum Kaufmann war, hörte sie im letzten Haus des Blocks einen Jungen schreien, der offenkundig mit einem Riemen verprügelt wurde. Mira war entsetzt. Sie selbst war mit Güte und Milde großgezogen worden. Wie konnten Eltern einem Kind so etwas antun? Hätten ihre Eltern ihr so etwas angetan, wäre sie noch böser gewesen, als sie schon war. Sie hätte versucht, sich ihnen auf jede erdenkliche Weise zu widersetzen. Sie hätte sie gehaßt. Aber die Schrecklichkeit des Lebens existierte auch bei ihr zu Hause. Da ging es kleinlich und still zu; man sprach kaum bei Tisch. Zwischen ihrer Mutter und ihrem Vater gab es ständig Spannungen, die sie nicht verstand, und oft auch Spannungen zwischen ihrer Mutter und ihr. Sie hatte das Gefühl, als sei sie mitten in einem Krieg, in dem die Waffen wie Lichtstrahlen waren, die durch den Raum schossen und jeden verletzten, aber nicht zu greifen waren. Mira hätte gerne gewußt, ob es in anderen ebenso turbulent und explosiv zuging wie in ihr. Sie betrachtete ihre Mutter und sah bitteres Elend und Groll in ihrem Gesicht; sie sah Traurigkeit und Enttäuschung in ihres Vaters Gesicht. Sie selbst hatte beiden gegenüber wilde, ungestüme Gefühle: Liebe, Haß, Ärger, Wut und ein schmerzhaftes Verlangen nach Zärtlichkeiten, aber sie rührte sich nie, stürzte sich nie auf einen der beiden, weder in Liebe noch im Haß. Die ungeschriebenen Regeln des Hauses verboten ein solches Betragen. Sie überlegte, ob wohl überhaupt irgend jemand glücklich war. Sie selber hatte mehr Grund, glücklich zu sein, als die meisten anderen, die sie kannte: sie wurde gut behandelt, gut genährt, gut gekleidet, sie war behütet. Trotzdem tobte eine Schlacht in ihr. Wie war es denn bei anderen? Wenn dies die einzige Welt war, die es gab, dann konnte es keinen Gott geben. Kein wohlwollender Geist konnte diese Erde erschaffen haben. So erledigte Mira schließlich das Problem, indem sie sich der Gottheit entledigte.

Als nächstes ging sie daran, eine Welt zu entwerfen, in der Unrecht und Grausamkeit nicht geschehen konnten. Eine Welt, deren Grundlage Freundlichkeit und Freiheit für Kinder war und die sich weiterentwickelte, indem die Vernunft als wichtigste Eigenschaft anerkannt wurde. Die Herrscher dieser Welt – eine Welt ohne Herrscher konnte sie sich nicht vorstellen – waren ihre klügsten und weisesten Bewohner. Jeder hatte genug zu essen, und keiner hatte zuviel, wie der feiste Mr. Mittlow. Obwohl sie nicht den leisesten Schimmer von Plato hatte, entwickelte sie ein System, das dem seinen erstaunlich ähnlich war. Aber nach ein paar Monaten ließ sie es fallen – es langweilte sie einfach, nachdem sie die ganze Angelegenheit perfekt durchgespielt hatte. Es war wie mit den Geschichten, die sie sich manchmal ausdachte, Geschichten über sie selbst, in denen sie ein adoptiertes Kind war und eines Tages ein wunderschöner Mann, einer mit einem richtigen Gesicht, nicht wie Daddy Warbuck, aber mit ebensolchem Reichtum gesegnet, in seinem großen schwarzen Wagen vorfuhr, um sie abzuholen. Er nahm sie mit in wunderbare fremde Städte und liebte sie bis in alle Ewigkeit. Andere Geschichten handelten von richtigen Feen, die sich nur nicht mehr zeigten, weil die Leute nicht mehr an sie glaubten, aber sie selbst glaubte an sie, und deshalb kam eine zu ihr und gab ihr drei Wünsche frei, und sie mußte lange nachdenken, und sie besann sich immer wieder anders, aber schließlich kam sie zu dem Schluß, daß das Beste, was sie sich wünschen konnte, Glück, Gesundheit und Reichtum für ihre Eltern waren, denn wenn sie das hätten, dann würden sie alle miteinander glücklich sein bis an ihr Lebensende. Leider war der Ausgang dieser Geschichten immer langweilig, und man konnte nie über das Ende hinaus denken. Sie versuchte sich vorzustellen, wie das Leben sein würde, wenn je einmal alles vollkommen war, aber es gelang ihr nicht.

Später, viel später sollte sie sich dieser Jahre wieder erinnern und staunend feststellen, daß sie sich mit fünfzehn ihre Meinung über das Wesentliche im Leben gebildet hatte und den Rest ihres Lebens daran festhalten würde: die Menschen waren von Natur aus nicht schlecht. Perfektion bedeutete Tod, Leben war wichtiger als Ordnung, und ein bißchen Chaos war gut fürs Seelenleben. Und das wichtigste: es gab nur dieses eine Leben. Unglücklicherweise vergaß sie all diese Weisheiten, und erst durch bittere Erfahrungen wurde sie wieder daran erinnert.

6

Denn zu derselben Zeit, in der sie alle diese Schlüsse zog, wurde sie unterminiert. Sexualität war das Problem. Das hättest du dir eigentlich denken können. Die Geschichte vom Paradies geisterte nicht umsonst durch all diese Jahre. Obwohl die Schöpfungsgeschichte doch darauf schließen läßt und Milton unterstreicht, daß nicht Sexualität den Sündenfall bewirkte, sondern daß sie nur die Gelegenheit war, bei der die ersten Zweifel aufkamen, setzen wir nach wie vor Sexualität mit Sünde gleich, weil es so unserer Erfahrung entspricht. Das große Problem an der Sexualität ist meiner Überzeugung nach (und jetzt rede ich schon wie Val), daß sie über uns kommt, wenn wir bereits geprägt sind. Wenn wir unser ganzes Leben lang gestreichelt und liebkost würden, dann wäre es vielleicht nicht ein solcher Schock. Aber wir werden es nicht, jedenfalls wurden Mira und ich nicht gestreichelt und liebkost, und so ist es, wenn das heftige Verlangen nach körperlicher Berührung uns überfällt, wie eine Vergewaltigung.

Gegen Ende ihres vierzehnten Lebensjahrs bekam Mira ihre Periode, und sie wurde in das Geheimnis der Monatsbinden eingeweiht. Bald danach stellte sie beunruhigende Vorgänge in ihrem Körper fest. Sie war davon überzeugt, daß ihr Verstand angefangen hatte zu verfaulen. Sie spürte geradezu den zunehmenden Verfall, konnte jedoch, wie es schien, nichts dagegen tun. Das erste Anzeichen war, daß sie sich nicht recht konzentrieren konnte, wenn sie nachts im Bett lag und versuchte, sich etwas Neues und Brauchbares auszudenken, nachdem sie Gott und die perfekte Ordnung abgetan hatte. Ihre Gedanken schweiften ziellos umher. Sie starrte auf den Mond und dachte an Lieder, nicht an Gott. Sie roch den Duft der Sommernacht, und ein ungeheures Gefühl von Lust umschloß ihren ganzen Körper. Sie war unruhig, konnte weder schlafen noch denken, und sie richtete sich auf, kniete sich auf ihr Bett, lehnte sich aufs Fensterbrett und spähte hinaus auf die sich sanft wiegenden Zweige und atmete die laue Nachtluft ein. Plötzlich hatte sie ein überwältigendes Verlangen, ihre Hand unter ihren Schlafanzug zu schieben und ihre Schulter zu streicheln, ihre Hüften, die Innenseiten ihrer Oberschenkel.

Und als sie es tat, ging ein seltsames Ziehen durch ihren Körper. Sie legte sich zurück und versuchte zu denken, aber es wirbelten nur Bilder durch ihren Kopf. Diese Bilder drehten sich entsetzlicherweise immer nur um das Eine. Sie hatte ein Codewort für ihren sich verschlimmernden Zustand: *Jungen.*

Sie war in den vorangegangenen fünfzehn Jahren, die sie auf Erden gelebt hatte, immer ziemlich allein gewesen und hatte hauptsächlich in ihrem Kopf gelebt. Sie hatte die Kinder, die sie draußen Seilspringen oder Fangen spielen sah, verachtet: sie fand solche Spiele blöde. Sie verachtete die öde Langeweile im Leben der Erwachsenen, die hauptsächlich dann zutage trat, wenn ihre Eltern Freunde einluden, und fand ihre Gespräche stupide. Nur zwei Leute achtete sie wirklich: ihre Englisch-Lehrerin, Mrs. Sherman, und Friedrich Nietzsche. Aber von all den dämlichen Geschöpfen, die auf der Erde herumkrochen, waren die Jungen die dämlichsten. Sie waren laut, grob, schlampig, schmuddelig, albern, prahlerisch und in der Schule dumm. Das wußte jeder. Sie dagegen war klug und sauber und adrett und korrekt und bekam gute Noten, ohne einen Finger zu rühren. Alle Mädchen waren klüger gewesen als die Jungen, bis in den letzten zwei Jahren auch sie albern geworden waren. Eine nach der andern hatten sie angefangen, sich dauernd die Lippen zu lecken, damit sie glänzten – mit dem Erfolg, daß sie rissig wurden. Sie kniffen sich die Wangen, um sie zu röten. Und rauchten in der Mädchentoilette, obwohl man dafür von der Schule verwiesen wurde. Mädchen, die in der sechsten Klasse ganz vernünftig gewesen waren, benahmen sich in der siebten und achten plötzlich töricht. Sie liefen immer zu mehreren herum, tuschelten und kicherten. Sie fand nicht einmal eine Begleiterin für den Schulweg. Aber jetzt merkte sie, daß sie sich zwar nicht so benehmen wollte wie die anderen, daß sie aber furchtbar gern gewußt hätte, worüber sie tuschelten und kicherten. Es kränkte sie, daß ihre lässige Verachtung für die anderen in verletzliche Neugierde umschlug.

Und erst die Jungen! Sie beobachtete sie verstohlen, wenn sie ihre Latein-Deklinationen heruntergeschrieben hatte und zehn Minuten eher als der Rest der Klasse fertig war. Sie sah magere Hälse, feucht angeklatschte Haare, picklige Gesichter. Sie schnipsten Papierkügelchen und machten Papierflieger, und wenn der Lehrer sie aufrief, wußten sie nie die Antwort. Sie kicherten ohne jeden Anlaß. Und die Mädchen beobachteten sie lächelnd und giggelnd, als täten sie etwas Gescheites. Unbegreiflich. Aber genausowenig konnte sie sich erklären, warum ihr Herz plötzlich zu klopfen begann und sie rot im Gesicht wurde, sobald einer von ihnen sie direkt ansah.

Es gab ein anderes Problem, das noch schwieriger war, weil sie es noch weniger verstand als das, was mit ihr selber passierte. Es hatte mit der Verwandlung der Jungen in Männer zu tun. Alle verachteten die Jungen, jeder sah auf sie herab, die Lehrer, ihre Mutter, sogar ihr Vater. «Diese Jungen!» riefen sie oft voller Entrüstung. Aber Männer bewunderte jeder. Wenn der Direktor in die Klasse kam, wurden die Lehrerinnen (alle Lehrer waren Frauen) aufgeregt und nervös und lächelten ununterbrochen. Genauso war es, wenn sie Religionsunterricht hatte und der Priester hereinkam: die Nonnen verbeugten sich fast bis zum Boden, als wäre er der König, und ließen die Kinder aufstehen und «Guten Tag, Father» sagen, als wäre er wirklich ihr Vater. Und wenn Mr. Ward von der Arbeit nach Hause kam, brachen alle Freundinnen von Mrs. Ward eiligst auf und ließen ihre Kaffeetassen halbvoll stehen, obwohl er doch der sanfteste Mann von der Welt war.

Jungen waren lächerlich, lästig, rauften ständig, gaben an und machten viel Getue und Lärm, aber Männer schritten zielstrebig in die Mitte der Bühne und bestimmten den Verlauf jeder Szene. Warum war das so? Sie erkannte nach und nach, daß da irgend etwas in der Welt verkehrt war. Daheim war ihre Mutter Herr im Haus; in der Schule waren die Autoritäten allesamt Frauen gewesen mit Ausnahme des Direktors. Aber draußen in der Welt war das nicht so. Die Artikel in der Zeitung handelten immer von Männern, außer wenn hin und wieder eine Frau ermordet wurde, und dann war da noch Eleanor Roosevelt, aber über die machte sich jeder lustig. Nur die Seite mit den Kochrezepten und Schnittmustern war für Frauen. Wenn sie Radio hörte, handelten alle Sendungen von Männern oder aber von Jungen wie Jack Armstrong, und sie haßte sie allesamt und wollte die von ihnen angepriesenen Weizenflocken nicht essen, die ihre Mutter kaufte. Jack, Doc und Reggie machten die aufregendsten Sachen, und die Frauen waren immer pflichtgetreue Sekretärinnen, die in ihre Chefs verliebt waren, oder wunderschöne Erbinnen, die der Rettung bedurften. Alles war wie bei Perseus und Andromeda oder Aschenbrödel und dem Prinzen. Sicher, es gab in der Zeitung auch Bilder von Damen in Badeanzügen, denen Rosensträuße überreicht wurden, und unten in der Sunoco-Station hing ein lebensgroßes Plakat mit einer Dame im Badeanzug, die ein Ding hochhielt, das man Zündkerze nannte. Der Zusammenhang zwischen beidem verwirrte sie, und sie grübelte oft und lange darüber nach. Das schlimmste von allem, so schlimm, daß sie möglichst nicht darüber nachdachte, war die Erkenntnis, daß ihre Kindheitsvorstellungen, als sie über Bach, Mozart, Beethoven, Shakespeare und Thomas E. Dewey gelesen und für sie geschwärmt und gedacht hatte, sie würde einmal so werden wie sie, irgendwie unangemessen waren.

Sie wußte nicht, wie sie mit alldem fertig werden sollte, und ihre Angst und ihre Enttäuschung verstärkten ihren eigensinnigen Stolz. *Sie* würde niemals jemandes Sekretärin sein, sie wollte ihre eigenen Abenteuer erleben. Sie würde sich niemals von jemandem retten lassen. Sie würde sich niemals die Kochrezepte und Schnittmuster ansehen, sondern nur die Nachrichten und die Witzseiten. Und einerlei, was in ihrem Kopf über Jungens vor sich ging, sie würde es sie niemals wissen lassen. Sie würde sich niemals die Lippen lecken oder in die Wangen kneifen, würde nie kichern und tuscheln wie die andern Mädchen. Sie würde niemals einen Jungen merken lassen, daß sie ihn auch nur ansah. Sie würde den Verdacht nicht aufgeben, daß Männer bloß ausgewachsene Jungens waren, die Manieren gelernt hatten und denen man nicht trauen konnte, da sie ebenfalls dem niedrigen Geschlecht angehörten. Sie würde niemals heiraten – denn was sie bei den Freunden ihrer Eltern gesehen hatte, genügte, um sie davor zu warnen. Und sie wollte nie, niemals so aussehen wie diese Frauen, die sie hatte herumlaufen sehen, mit ihren aus dem Leim gegangenen, deformierten Figuren. Niemals.

7

Sie begann wieder zu lesen. Sie hielt Ausschau nach Büchern über Jugendliche, Büchern, in denen sie sich selbst und ihre Probleme wiederfand. Es gab keine. Sie las all die seichten, kitschigen «Mädchenbücher», die sie finden konnte, und gab auf. Sie begann Schundromane zu lesen, alles, was sich in der Bibliothek auftreiben ließ an Büchern, die so aussahen, als handelten sie von Frauen. Sie verschlang sie. Ohne Unterschiede zu machen, las sie Jane Austen und Fanny Burney und George Eliot und Schauerromane jeder Art, Daphne du Maurier und Somerset Maugham, Frank Yerby und John O'Hara und daneben Hunderte von namenlosen Liebesgeschichten, Kriminal- und Abenteuerromanen. Aber nichts half. Wie jemand, der dick wird, weil er Essen ohne Nährwert zu sich nimmt und daher ständig hungrig ist und deshalb dauernd ißt, ertrank sie in Worten, die sie das Schwimmen nicht lehren konnten.

Sie hatte dauernd Kopfweh; manchmal war ihr, als läse sie, um dem Leben zu entfliehen, denn die Flucht war zumindest etwas, das geschah. Sie hatte ein Gefühl im Kopf wie Jahre später, wenn sie drei Packungen Zigaretten am Tag geraucht hatte. Sie ging nicht gern zur Schule und behauptete oft, sie sei krank. Und sie saß nicht gern ohne Buch am Eßtisch. Sie las auf dem Klo und in der Badewanne, sie las bis spät in die Nacht, und wenn ihre Mutter darauf bestand, daß sie das Licht ausmachte, las sie mit einer Taschenlampe unter der Decke weiter. Sie hatte als Babysitter angefangen und stöberte in den Häusern, in die sie kam, nach Büchern herum, Büchern, die man ihr in der Bibliothek nicht gab. Eines Nachts wurde sie fündig: sie stieß auf *Forever Amber* und las es in Samstagabendraten, immer auf der Hut, es schleunigst in den verschlossenen Geschirrschrank zurückzustellen, wenn sie das Auto der Evans in die Einfahrt einbiegen hörte. Schließlich lieh ihr eine Freundin in der Schule *The Fountainhead.* Genau das war's. Sie fiel fast in Ohnmacht. Sie las es zweimal, und als das Mädchen das Buch zurückhaben wollte, bat Mira ihre Mutter, es ihr zu Weihnachten zu schenken.

Trotzdem, diese Lektüre, in die sie so vertieft war und die ihr ganzes Denken über ein Jahr lang erfüllte, war ihrer eigenen Ansicht nach *seicht.* Es kam ihr vor wie eine Art Wahnsinn, etwas, gegen das sie sich nicht wehren konnte, das aber nicht gut war. Es schwamm in rosaroten Gewässern im unteren Teil ihres Gehirns und sie versuchte beharrlich, sich daraus zu erheben und den anderen Teil zu benutzen. Zwar langweilte sie die in der Schule verlangte Pflichtlektüre – *Silas Marner, Julius Caesar,* die *Autobiographie* von Lincoln Steffens –, aber sie erkannte, daß dies gehobene Literatur war, was immer das bedeutete. Gute Literatur, das, was ihre Lehrerinnen als gute Literatur bezeichneten, befaßte sich nicht mit dieser Welt. Sich mit der Welt einzulassen, ist niedriger, als über den Dingen zu stehen. Die Welt ist ein Sündenpfuhl, das Fleisch unedel, Geist und Sinn sind erhaben. Der Abstieg in die Welt der Materie war wie das Baden eines sauberen Körpers in einem schmutzigen Pfuhl. Um der Erfahrung willen mochte es verzeihlich sein, aber wirklich nur dann, wenn man daraus lernte und in die höhere Welt zurückkehrte. Und Frauen taten so etwas natürlich *nie.* Nur das niedrigere Geschlecht tat so etwas. Oh, es gab auch ein paar schlechte Frauen, die so etwas taten, aber die kehrten nie in die erhabenere Welt zurück. Frauen waren immer rein und wahr und lauter wie Cordelia und Marina und Jane Eyre. Und sie waren auch immer Jungfrauen, zumindest bis sie geheiratet wurden. Wie Sex wohl sein mochte, wenn Sex haben schon ausreichte, daß du für immer in den Sündenpfuhl verdammt wurdest? Sie wollte gern so gut und rein und wahr wie jene Frauen sein, aber sie wollte nicht, daß es ihr so schlimm erging, wie es ihnen ergangen war. Sie wollte möglichst nicht in den Sündenpfuhl hinabsteigen, sank aber andererseits Tag für Tag tiefer hinein. Sie hatte ein paar Freundinnen gefunden, und sie ertappte sich dabei, daß sie mit ihnen tuschelte und kicherte. Sie wußte nicht, wie es kam. Eine Zeitlang wehrte sie sich gegen die Zeitschriften, die sie lasen, aber dann lieh sie sich welche und schließlich kaufte sie sogar welche. *Seventeen* war voll von Ratschlägen für Mädchen: Mode, Frisuren, Make-up und Jungen.

Im Englischunterricht lasen sie *Der Widerspenstigen Zähmung.* Und zu Weihnachten bekam sie *The Fountainhead* und las es nochmals. Sie versuchte Nietzsche wiederzulesen und stellte fest, daß er behauptete, Frauen seine Lügnerinnen, berechnend und darauf aus, den Mann zu beherrschen. «Wenn du zum Weibe gehst, vergiß die Peitsche nicht», sagte er. Was bedeutete das? Ihre Mutter beherrschte zwar ihren Vater, aber ihre Mutter war keine Lügnerin. Mira log, aber nur, um nicht zur Schule gehen zu müssen. Trotzdem, man mußte Nietzsche respektieren, er war noch geistreicher als die männlichen Lehrer und sehr viel geistreicher als Mr. Woodiefield, der Chef ihres Vaters, der eines Abends mit seiner fetten Frau zum Essen gekommen war, und über den Miras Mutter hinterher gesagt hatte, wie geistreich er sei. Aber warum sagte Nietzsche das mit der Peitsche? Miras Vater mochte es, daß ihre Mutter ihn beherrschte. Er hatte sie gern. Wenn er murrte und schimpfte, ging es um Mira, nicht um ihre Mutter. Kate sei sein Pferd, sein Ochse, sein Esel, sagte Petruchio, und die Lehrerin hatte erklärt, so sei es früher üblich gewesen. Aber wenn sie bei den Mittlows zum Abendessen waren, brauchte der feiste Mr. Wittlow nur «Milch!» zu brüllen, und schon sprang seine Frau, die ebenso groß wie er und auch ziemlich dick war, vom Tisch auf und holte den Krug. Und wenn sie nachts manchmal Schreie hörten, sagte Mrs. Ward flüsternd zu Mira, Mr. Willis schlage seine Frau. Sie erzählte ihr auch, daß der deutsche Metzger, der gegenüber auf der anderen Straßenseite mit seiner Tochter wohnte, das Mädchen ans Bett kettete, wenn er abends zum Trinken ausgehen wollte, und wenn er nach Hause kam, verprügelte er sie. Mira fragte nicht, woher ihre Mutter das wußte.

Und seit sie angefangen hatte, Zeitschriften zu kaufen, glitt ihr Blick über die ausgelegten neuen Nummern, und sie sah, obwohl sie sofort die Augen abwandte, daß auf vielen Titelseiten Bilder von Frauen in schwarzer Unterwäsche waren, oder nackte Frauen in Ketten und ein Mann, der über ihnen stand mit einer Peitsche. Auch im Kino passierten diese Dinge. Nicht gerade die, die im Emporium gezeigt wurden, dem Filmtheater, in das sie und ihre Freundinnen nicht gehen durften, obwohl draußen in den Schaukästen auch solche Bilder hingen. Aber sogar in ganz normalen Filmen kam es vor, daß der Held die Heldin verprügelte, weil sie frech und patzig war, genau wie Mira. Er stürmte durch eine Tür herein und legte sie übers Knie, und die Heldin schrie gellend auf, aber danach betete sie ihn an, folgte ihm mit den Augen und gehorchte ihm unterwürfig, und man merkte, sie würde ihn immer und ewig lieben. Man nannte das Eroberung und Hingabe und das eine gebührte dem Mann, und das andere der Frau, und jeder wußte das.

8

Solche Dinge schlichen sich in ihre Phantasie, wenn sie im Bett lag und ihre Hände über ihren Körper strichen – es war wohl unvermeidlich, daß da verschiedene Elemente zusammentrafen. Ihre ersten Versuche mit sich selbst – erst Jahre später wußte sie, daß man das Masturbation nannte – waren ungeschickt, aber unglaublich erregend. Sie konnte gar nicht anders, als mutig weiterzumachen, entsetzt darüber, was sie ihrem Körper antun konnte, und doch unerschrocken weitertastend. Und während sie sich suchend streichelte, zog es ihre Gedanken unaufhaltsam zu dem, von dem sie erst Jahre später wußte, daß man es masochistische Phantasien nannte. Sie griff nach allem, was sich anbot, und da herrschte kein Mangel. Lektionen über die Behandlung der Frauen im alten China, die Gesetzgebung in England vor dem 20. Jahrhundert oder die Bräuche in mohammedanischen Ländern versorgten sie wochenlang mit Stoff für neue Phantasien. Shakespeares *Komödie der Irrungen* und Theaterstücke von Griechen, Römern und Engländern boten Einblick in Welten, wo solche Dinge erlaubt waren. Außerdem gab es eine Menge Filme wie *Vom Winde verweht* oder Nazi-Filme, in denen zum Beispiel die Deutschen in eine kleine Stadt in Holland einfielen und dort das große Haus beschlagnahmten, in dem die Tochter des Besitzers wohnte, oder Filme mit niederträchtigen Männern, zum Beispiel James Mason, die eine schöne Frau bedrohten. Selbst weniger aufregende Szenen genügten, um die rege Phantasie in Gang zu setzen.

Sie wählte sich eine bestimmte Kultur, einen Ort, eine Zeit und malte sich alle übrigen Umstände aus. Im Mittelpunkt des Geschehens mußte ein Machtkampf stehen. Als sie Jahre später mit Pornographie Bekanntschaft machte, fand sie sie langweilig und stumpfsinnig, verglichen mit ihren eigenen glanzvollen Phantasien und den dazugehörenden Szenerien, Kostümen und erbitterten Machtkämpfen. Nachdem sie Hunderte von Stunden in Gedanken durch die Gänge männlicher Grausamkeit gegenüber Frauen gewandert war, wußte sie, daß ein wesentliches Element ihrer eigenen Erregung Erniedrigung war und daß es deshalb eines Machtkampfs bedurfte. Die Frauengestalten ihrer Phantasien mochten edel und tapfer, draufgängerisch, zäh oder hilflos und passiv, aber gekränkt sein – immer mußten sie sich einem Kampf stellen. Ihre Männergestalten waren dagegen immer gleich: anmaßend, überzeugt von der männlichen Überlegenheit und grausam, aber immer zutiefst fasziniert von der Frau. Sie zu unterwerfen ist für sie das Wichtigste, was es gibt, und jeder Anstrengung wert. Da der Mann alle Macht hat, kann sie ihn nur herausfordern, indem sie Widerstand leistet. Der Moment der Hingabe, der Augenblick des Orgasmus, war für Mira immer die Hingabe *beider*. Alle Furcht und aller Haß, den die Frauengestalt empfunden hatte, verwandelte sich in diesem Moment in Liebe und Dankbarkeit, und sie wußte, der Mann mußte ebenso empfinden. In dieser kurzen Zeitspanne löste sich alle Macht in Harmonie auf.

Doch ihre masochistischen Phantasien bedeuteten nicht, daß Mira auch so handelte. Sie erkannte, daß ein großer Unterschied zwischen Leben und Kunst bestand. In Filmen und in ihren Phantasien tat das, was der Heldin angetan wurde, zwar weh, aber es verletzte nicht wirklich. Es hinterließ keine Narben. Sie empfand danach keinen Haß gegen den Helden. Aber im Leben war das anders. Im Leben verletzten solche Dinge und hinterließen Narben und erzeugten unglaublichen Haß. Mr. Willis verprügelte Mrs. Willis, aber Mrs. Willis war mager und zerbrechlich, sie hatte Zahnlücken und einen gekrümmten Rücken und sah ihren Mann mit ausdruckslosen Augen an. Mira konnte sich nicht vorstellen, daß Mr. Willis, der selbst ziemlich mager und zerbrechlich und ausdruckslos wirkte, so handelte wie Rhett Butler. Oder Mr. und Mrs. Wittlow. Sie waren beide groß und herrschsüchtig. Er trug eine Brille, und sie hatte einen großen, schweren Busen, und sie lebten in einem makellosen Haus und unterhielten sich über ihre Nachbarn und ihr Auto. Aber obwohl Mrs. Wittlow aufsprang, wenn er etwas wollte, konnte Mira sich nicht vorstellen, daß er seine Frau ankettete und folterte.

Mira kam zu dem Schluß, daß die Sexualität selbst die Erniedrigung war. Das war der Grund, warum ihr solche Gedanken kamen. Zwei Jahre zuvor war sie noch Herr über sich und ihre Gedanken gewesen, war ihr Verstand ein klarer, sauberer Bereich, in dem man klare, saubere und interessante Probleme lösen konnte. Mathematik hatte Spaß gemacht, eine komplizierte Tüftelei, und die Menschen waren unwillkommene Ablenkungen vom Spiel des Verstandes gewesen. Plötzlich hatte etwas Ekelhaftes, Übelriechendes von ihrem Körper Besitz ergriffen, etwas, das in ihrem Unterleib Schmerzen bereitete und ihre Gedanken beunruhigte. Konnten andere es riechen? Ihre Mutter sagte, sie würde das für den Rest ihres Lebens haben, bis sie alt würde. Den Rest ihres Lebens! Das Blut verkrustete in der Binde und rieb sie wund. Es roch. Sie mußte es in Klopapier wickeln – sie brauchte dazu fast ein Viertel der Rolle – und es dann in ihr Zimmer tragen und in eine Papiertüte stecken und später hinaustragen und in den Mülleimer werfen. Fünf- oder sechsmal am Tag, fünf oder sechs Tage lang in jedem Monat. Kam das wirklich aus ihrem sauberen weißen glatten Körper? Mrs. Wittlow hatte gesagt, daß Frauen in ihrem Körper Gifte ansammelten und sie loswerden müßten. Frauen flüsterten immer darüber, denn Männer, soviel hatte sie begriffen, waren solchen Dingen nicht unterworfen. Sie hätten nicht dieselben Gifte in ihrem Körper, meinte Mrs. Wittlow. «Ach, Doris!» sagte Miras Mutter. Aber Mrs. Wittlow ließ sich nicht davon abbringen. Sie wüßte es vom Pfarrer. Männer blieben also Herr über ihre Körper, sie wurden nicht von schmerzhaften und ekelhaften und blutigen Vorgängen überfallen, die sie nicht in der Gewalt hatten. Das war das große Geheimnis, das war es, was die Jungen wußten und worüber sie lachten, deshalb stießen sie einander an, schubsten sich gegenseitig an und grinsten, wenn sie Mädchen beobachteten. Deshalb waren sie die Eroberer. Frauen waren von Natur aus Opfer.

Es war schon schlimm genug mit dem Körper, aber auch in ihre Gedanken drängten sich dunkle Wünsche, Sehnsüchte, so heftig und so unklar, daß sie, wenn sie auf ihrem Bett am Fenster saß, glaubte, nur der Tod könne sie erfüllen. Sie begann für Keats zu schwärmen. Die Mathematik machte keinen Spaß mehr, und sie gab die Differential- und Integralrechnung auf. In Latein ging es immer nur um Männer, die blödsinnige Sachen machten, und in Geschichte genauso. Nur Englisch war immer noch interessant – da kamen Frauen vor, Blut und Leid. Doch ihren Stolz behielt sie. Ein Teil von ihr wandte sich von der Welt ab, aber ihre Gefühle behielt sie streng für sich. Was immer ich fühle, sagte sie sich, ich brauche es wenigstens nicht zu zeigen. Bisher war sie scheu und zurückhaltend gewesen, jetzt wurde sie linkisch und abweisend, mechanisch und starr. Ihre Haltung und ihr Gang wurden steif – ihre Mutter drängte darauf, daß sie, obwohl sie schlank war, einen Hüfthalter trug, ihr Po könnte sonst beim Gehen wackeln und die Jungen würden das bemerken. Jungen gegenüber verhielt sie sich feindselig oder auch schroff. Sie haßte sie, weil sie Bescheid wußten. Sie wußte, daß sie es wußten und daß sie nicht unterworfen waren, sie waren frei, und sie lachten über sie, über alle Frauen. Die Mädchen, die mit ihnen lachten, wußten es auch, aber sie hatten keinen Stolz. Weil die Jungen frei waren, beherrschten sie die Welt. Sie rasten auf Motorrädern herum, sie hatten sogar ihr eigenes Auto, sie gingen abends allein aus, und ihre Körper waren frei und sauber und klar, und sie waren Herr über ihre Gedanken, und sie haßte sie. Sie ging sofort zum Angriff über, wenn einer von ihnen sie nur anzusprechen wagte. Bei Nacht mochten sie ihre Phantasie beherrschen, aber sie war verloren, wenn sie bei Tag auch nur daran rührten.

9

Als ihr Körper weiblichere Formen annahm und die Jungen sie zu umschwärmen begannen, bemerkte Mira nach und nach, daß die Jungen sich ebensosehr nach Mädchen sehnten wie umgekehrt. Sie hatte auch ein paarmal über Dinge flüstern hören, die feuchte Träume genannt wurden. Und wenn sie männliche Wesen auch noch nicht als ihresgleichen ansah – damals sah sie auch weibliche Wesen nicht als ihresgleichen an –, so waren sie zumindest nicht mehr ganz die furchterregenden Fremdlinge wie bisher. Auch sie waren der Natur unterworfen, das war ein gewisser Trost. Auch ihre Körper hatten sich verändert: sie waren nicht mehr so mager und picklig, und der Duft von Rasierwasser und Pomade bestärkte sie in dem Gefühl, daß sie wie Mädchen auf ihr Äußeres bedacht waren. Vielleicht hatten sie manchmal ja nur aus Verlegenheit gelacht, einer Verlegenheit, die so groß war wie ihre eigene. Vielleicht sahen sie auch gar nicht so sehr auf Frauen herab, wie sie dachte. Vielleicht.

Sie besuchte ein kleines College in der Stadt und war noch immer viel allein. Das Handikap des Altersunterschieds bestand nun nicht mehr: sie hatte nach der High School ein Jahr lang als Büroangestellte in einem

Warenhaus gearbeitet, um das notwendige Geld fürs Studium zusammenzusparen. Es waren schlechte Zeiten für die Wards. Sie war inzwischen achtzehn oder fast achtzehn, wie die anderen, abgesehen von den entlassenen Soldaten, die jetzt in Scharen aus dem Zweiten Weltkrieg heimkehrten. Mädchen versuchten mit ihr Freundschaft zu schließen, aber im Gespräch stellte sie fest, daß sie genauso albern waren wie die Mädchen an der High School, an nichts anderem interessiert als an Jungen und an Kleidern. Wie bisher zog sie sich hinter ihre Bücher zurück. Damals, 1948, war die Samstagabendverabredung eine Lebensnotwendigkeit für jede, die jemand sein wollte: Mira war oft ein Nichts. Aber sie hatte wieder ihren klaren Verstand, und wenn er nicht ganz so klar war wie früher, umfaßte er doch mehr. Sie saß gern da und las, schlug sich mit Hawthornes Moralphilosophie herum oder versuchte, die politischen Folgerungen der Philosophie Rousseaus herauszufinden. Sie war enttäuscht, wenn sie ihre eigenen Entdeckungen dann in den Büchern fand, aber so ging es ihr fast immer. Sie saß oft in der Cafeteria, trank Kaffee und las, und wenn sie aufblickte, waren sie da, lauter aufgeregte Jungen um sie herum. Sie war verwirrt, überrascht, etwas ratlos und geschmeichelt. Sie saßen um sie herum, sie erzählten Witze, sie neckten sie. Einige baten sie um eine Verabredung am Samstagabend. Und dann ging sie mit einem von ihnen ins Kino. Sie wollten mit ihr knutschen, aber das verachtete sie. Dem ersten, der einen flüchtigen Kuß auf ihre Lippen drückte, hatte sie eine Ohrfeige heruntergehauen – sie fand es feucht und häßlich und ekelte sich vor der Berührung. Manche warfen ihr vor (ihr, die solche Angst hatte vor ihrem eigenen Verlangen danach, daß ihr männliche Gewalt angetan würde), daß sie ihnen durch ihr Verhalten Gewalt antue. Das bescherte ihr eine Atempause. Wie auch immer, sie kam aus dem Auto heraus. «Meine Eltern erlauben mir nicht, daß ich in der Einfahrt im Auto sitze», erklärte sie mit fester Stimme.

Trotzdem lungerten sie weiter in der Cafeteria herum. Sie lachten und machten Witze und wetteiferten um ihre Aufmerksamkeit. Sie kam sich wie der einzige Zuschauer in einem Affenzirkus vor: einer nach dem andern sprangen sie auf den Tisch, um ihre Stückchen zu vollführen, kratzten sich am Arm und schnitten Grimassen, bis ein anderer kreischender Artgenosse sie wegschubste, um Purzelbäume zu schlagen und zu grunzen. Wenn ihr Verhalten sie nur mäßig belustigte – Mira war sehr ernst –, so versetzte sie die Verwunderung darüber, daß sie gerade sie auserkoren hatten, in ehrfürchtiges Schweigen. Sie lächelte über ihre

Witze, die meist schmutzig, manchmal auch obszön waren. Sie hatte inzwischen genug mitbekommen, um zu begreifen, worum es ging – meistens jedenfalls. Doch was daran komisch sein sollte, verstand sie nie. Sie versteckte ihre Unwissenheit hinter ihrem Lächeln und war sehr erstaunt, als sie später erfuhr, daß sie sich mit ihrer nachsichtigen Billigung dieser ihr unbekannten Sprache den Ruf eines leichten Mädchens eingehandelt hatte.

Allerdings erfuhr sie das erst einige Zeit später, und erst da verstand sie, warum sie in den Autos solche Schwierigkeiten gehabt hatte. Sie wäre trotzdem ganz zufrieden gewesen, wenn sie ihrem Gefühl gefolgt wäre, aber inzwischen hatte sie sich ein bißchen mit Psychologie beschäftigt. Sie hatte gelernt, daß ihre Art von Orgasmus unreif war und erkennen ließ, daß sie noch nicht die «genitale» Entwicklungsstufe erreicht hatte. Reife war das hohe Ziel, darüber waren sich alle einig. Eine reife Frau hat Beziehungen zu Männern – auch das weiß jedermann. Wenn sie also den Arm um sie legten oder versuchten, ihren Körper zu begrapschen, ließ sie es passiv über sich ergehen und wandte ihnen sogar das Gesicht zu. Darauf beugten sie gewöhnlich den Kopf zu ihr herunter und küßten sie. Dann versuchten sie, ihr die schleimige Zunge in den Mund zu schieben. Bäh! Doch da sie sich nicht ganz abweisend verhalten hatte wie früher, bildeten sie sich aus unerfindlichen Gründen ein, sie schulde ihnen etwas. Sie zerrten sie nach hinten und mühten sich ab, die Hand unter ihre Bluse zu schieben oder unter ihren Rock zu fassen und zu ihrem Oberschenkel vorzudringen. Sie fingen an, schwer zu atmen. Sie war empört. Sie fühlte sich überfallen, vergewaltigt. Sie wollte nicht ihre schleimigen Münder, ihre plumpen, rohen, fremden Hände, ihren Atem auf ihrem Mund, auf ihrem sauberen Körper, an ihren zarten Ohren. Sie hielt es nicht aus. Sie riß sich heftig los, dankbar, daß sie bei ihr zu Hause in der Einfahrt parkten, sprang aus dem Wagen und rannte auf die Haustür zu – es war ihr egal, was sie dachten oder sagten. Manchmal kam einer hinter ihr her und entschuldigte sich, manchmal knallten sie nur die Wagentür zu, die sie offen gelassen hatte, und brausten mit quietschenden Reifen aus der Einfahrt. Einerlei, es machte nichts. Es war ihr egal. Sie ging nicht mehr zu Samstagabendverabredungen.

10

An einem hellen klaren Herbsttag (Mira war neunzehn) kam ein großer schlaksiger Mann, der Lanny hieß und mit ihr im Kurs über Musiktheorie war, auf sie zu, als sie über den Campus ging, und sprach sie an. Er war ihr in der Klasse aufgefallen: er war offenbar intelligent und verstand etwas von Musik. Sie unterhielten sich einen Moment, und plötzlich fragte er sie plump und unvermittelt, ob sie mit ihm ausgehen würde. Er strahlte sie an. Ihr gefiel seine ungeschickte Art, sein Mangel an Schliff – so anders als das leere, höfliche Getue. Sie sagte zu.

Als sie sich am Abend ihrer Verabredung zurechtmachte, merkte sie, daß sie aufgeregt war, daß sie Herzklopfen hatte, daß ihre Augen glänzten. Warum? Sie hatte seine Art sympathisch gefunden, aber es war nichts Besonderes an ihm, oder doch? Ihr war, als sei sie dabei, sich zu verlieben, aber sie verstand nicht, warum und wieso. Den ganzen Abend über merkte sie, wie sie auf ihn einging, wie sie über Bemerkungen von ihm lächelte und sein Gesicht schön fand. Als er sie nach Hause brachte, wandte sie sich ihm zu, und als er sie küßte, küßte sie ihn wieder und der Kuß durchdrang ihren ganzen Körper. Erschrocken riß sie sich los; aber er wußte Bescheid. Er ließ sie gehen, aber zwei Abende später gingen sie wieder zusammen aus.

Bei Lanny begegnete sie einer neuen Intensität. Er hatte eine üppige Phantasie; er war unabhängig, fröhlich, ungebunden. Seine Eltern hatten ihn verwöhnt – vorbehaltlos akzeptiert, anerkannt –, und er war frei und unbekümmert, voller Fröhlichkeit und Selbstvertrauen und ausgefallener Ideen. Er erzählte ihr, daß er morgens, wenn er aufwachte, sofort anfing zu singen, daß er seine Gitarre mit aufs Klo nahm und dort saß und sang und spielte, während er seinen Stuhlgang erledigte. Sie war verblüfft. Sie selber gehörte zu den Menschen, die sich morgens mühsam aufraffen müssen, und lebte in einem stillen Haus, in dem man ein solches Betragen als verrückte Ruhestörung angesehen hätte. Aber er war immer so. Er holte oft Leute zusammen, rief unverhofft bei ihr an, kam, um sie mitzunehmen, und dann ging's los, eine ganze Wagenladung von Leuten zu einer Kneipe, einer Wohnung, nach Greenwich Village. Er war immer und überall voller Unruhe, wollte wieder los, um eine Pizza zu holen, um irgendwo Musik zu machen, um jemanden zu besuchen, der ihm gerade eingefallen war und der plötzlich sein bester Freund war. Ganze Nächte hindurch hielt er sie auf den Beinen, und fast nie bedrängte er sie mit Sex. Sie war bezaubert. Sie kam sich neben ihm schwerfällig vor, behindert durch ihre Pflichten: eine fällige Seminararbeit, ein Job, der zu erledigen war, Bücher, die sie lesen mußte – kurz, Verpflichtungen. Solche Banalitäten tat er mit einem Achselzucken ab. Das sei nicht das Wesentliche im Leben, meinte er. Das Wesentliche im Leben sei Freude. Sie fühlte sich sehnsuchtsvoll zu ihm hingezogen, sie wäre gern so gewesen wie er, aber es gelang ihr nicht. So lebte sie sein Leben und daneben ihr eigenes. Sie war die ganze Nacht unterwegs, Nacht für Nacht, und schlief dann bis weit in den Tag hinein, aber sie tat auch ihre Arbeit. Sie magerte ab, war ständig übermüdet, und schließlich kam Groll in ihr auf, weil sie das Gefühl hatte, daß Lanny nur an Publikum gelegen war. Er wurde frostig, wenn sie mitmachen wollte – wenn sie aufsprang, um sich zu den Singenden zu stellen und ihre Arme um seine (und, wie sie glaubte, auch ihre) Freunde legte. Für ihn war sie lächelnde Zustimmung, Applaus, strahlende Bewunderung.

Sie waren selten nachts allein, denn wenn sie gehen mußte, kletterten alle zu ihnen in den Wagen und fuhren mit. Oder er war zu betrunken zum Fahren und jemand anders brachte sie nach Hause. Aber die wenigen Male, wenn er sie allein nach Hause brachte und in der Einfahrt die Arme um sie legte, wandte sie sich ihm ganz zu, begierig ihn zu küssen, ihn festzuhalten und von ihm festgehalten zu werden. Die Regungen in ihrem Körper erschreckten sie nicht mehr; es war wie ein Rausch. Sie mochte es, wie er roch, nicht – wie die meisten Jungen – nach Rasierwasser oder Eau de Cologne, sondern nach sich selbst. Sie mochte seine Hände auf ihrem Körper, und er ging nie zu weit. Sie glaubte, daß sie ihn liebte. Nach einiger Zeit ging sie dazu über, ihn nach Hause einzuladen. Er verstand es als weitere Ermunterung, was es wahrscheinlich auch war, aber sie wußte genau, wie weit sie sich in ihrer Leidenschaft gehen ließ, ehe sie sich zurückzog.

Sie sprachen darüber, er voller Zuversicht, sie voller Zweifel. Aber sie konnte weder vor noch zurück. Sie wollte ihn: ihr Körper sehnte sich nach seinem, und sie sehnte sich nach der Erfahrung. Aber die schrecklichen Warnungen ihrer Mutter hatten sich in ihr Gehirn eingegraben. Sie hatten nichts mit Schmutz und Sünde zu tun, sie waren sehr viel gewichtiger. Sex, sagte Mrs. Ward, führte zu Schwangerschaft; die Jungens mochten reden, was sie wollten, es gab kein sicheres Mittel, sie zu verhüten. Und Schwangerschaft führte zur Ehe, zu einer beiden aufgezwungenen Ehe, und das hieß: Armut, Bitterkeit, gleich ein Baby – und «ein Leben wie meines», schloß Mrs. Ward mit einem Gesicht, das allein schon bezeugte, was das für ein Leben war. Mira hatte schon lange bemerkt und sich darüber geärgert, wie sehr ihr Vater ihre Mutter verehrte und wie ihre Mutter ihn verachtete. Die abgewandte Wange, wenn er abends nach Hause kam und sie mit einem Kuß begrüßen wollte, die abfälligen Grimassen bei allem, was er sagte, die heftigen Auseinandersetzungen im Flüsterton nachts im Dunkeln, wenn sie annahmen, daß Mira längst schlief, die zermürbende Armut ihres Lebens, die erst in letzter Zeit etwas nachzulassen begann – es war ein Leben, das sich keiner aussuchen würde, wenn er die Wahl hätte. Sie erzählte Lanny davon, erzählte ihm von ihrer Angst vor einer Schwangerschaft. Er sagte, er werde «etwas benutzen». Sie sagte ihm, ihre Mutter habe sie gewarnt, daß nichts sicher sei. Er sagte, wenn sie ein Kind bekomme, würden sie heiraten. Schließlich bot er sogar an, sie vorher zu heiraten.

Im Rückblick konnte sich Mira seine Gefühle in etwa vorstellen. Er mußte das Gefühl gehabt haben, daß er ihr mehr als den halben Weg entgegengekommen war und daß sie sich nicht von der Stelle gerührt hatte. Sie war also eine, die nur flirten wollte, eine «Schwanzfopperin». Er hatte ihr angeboten, zu heiraten – was mehr konnte eine Frau sich wünschen?

Doch genau die Eigenschaften, die Mira an Lanny so gern mochte, jagten ihr Furcht ein, wenn sie ihn sich als Ehemann vorstellte. Mira war sich darüber im klaren – und welche junge Frau ist das nicht? –, daß die Wahl eines Ehemannes die Wahl eines Lebens bedeutet. Sie hätte nicht erst Jane Austen lesen müssen, um das zu wissen. In einem gewissen Sinne ist es die erste, die letzte und die einzige Wahl einer Frau. Eine Heirat und ein Kind machen sie völlig abhängig von dem Mann, abhängig davon, ob er reich oder arm, zuverlässig oder unzuverlässig ist, abhängig davon, wo zu leben und was für eine Arbeit zu übernehmen er sich entscheidet. Ich nehme an, das ist auch heute noch so. Ich weiß es nicht, ich bin nicht mehr so vertraut mit all dem, aber manchmal höre ich im Autoradio einen Schlager, der anscheinend gerade sehr beliebt ist. Sehr hübsch, aber der Text geht ungefähr so: «Wenn ich nur ein Tischler wär und du wärest mein, wärst du, um mein Kind zu tragen, dir dann nicht zu fein?» Es verlangt von der Frau, ihrem Mann zu «folgen», wie auch immer er zu leben beliebt, als könnte ein Mann einem ein Leben ersetzen. Jedenfalls kann ich Miras Bedenken verstehen. Sie hatte nämlich plötzlich gemerkt, daß sie den Wunsch hatte, ihr Leben selbst in die Hand zu nehmen. Eine atemberaubende Entdeckung – und erschrekkend, da sie nicht wußte, wie sie es bewerkstelligen sollte. Sie erkannte, daß es eine unerhörte, entzweiende, anmaßende Spaltung des gesellschaftlichen Gefüges bedeutete. Zum Beispiel ihren Eltern klarzumachen, daß sie nun nicht mehr zu Hause wohnen wollte – allein das würde ihr einen Kraftakt abverlangen. Und was würde sie dann tun? Sie hatte zwar eine Vorstellung davon, was für Jobs sie interessierten, aber sie hatte nie von Frauen gehört, die solche Stellungen auch bekamen. Sie wußte, daß sie ihre sexuellen Bedürfnisse frei ausleben wollte, aber wie würde sie das erreichen?

Wenn sie sich vorstellte, mit Lanny verheiratet zu sein, sah sie sich in Gedanken auf Händen und Knien den Küchenfußboden schrubben, ein schreiendes Kind im Zimmer, während Lanny draußen mit seinen Freunden auf einer Sauftour war. Das Wesentliche im Leben sei Freude, würde er beharrlich erklären, und wenn sie Verantwortungsbewußtsein von ihm verlangte, würde sie mit der Zeit die tyrannische Ehefrau werden – der Hemmschuh, die hagere, grimmig-gesichtige Alte, die nicht begreifen wollte, daß Jungen nun einmal Jungen waren. Im Geiste sah sie, wie sie sich jammernd bei ihm beklagte und wie er aus dem Haus marschierte, um bei seinen Freunden Trost zu suchen. So und nicht anders würde es sich abspielen; ein erfreulicheres Bild konnte sie sich nicht ausmalen. Nein, sie war nicht erpicht auf die Rolle, die er ihr anbot. Sie weigerte sich weiterhin, mit ihm zu schlafen.

Er rief jetzt seltener an, und wenn sie zusammen ausgingen, sprach er nicht mit ihr. Er stand immer im Mittelpunkt einer Gruppe von Freunden. Manchmal ließ er sie im Stich, und jemand anders mußte sie nach Hause bringen. Aber keiner machte einen Annäherungsversuch – sie war Lannys Eigentum. Sie merkte, daß sie sich im College einen bestimmten Ruf erworben hatte. Sie verstand nie so recht, wie es dazu gekommen war. Sie äußerte sich immer sehr offen und freimütig und scheute kein Thema. Sie hatte oft ernste Gespräche über konventionelle Moral und auch über Sexualität, Themen, an die sie leidenschaftslos und abstrakt heranging und mit sehr wenig Wissen. Sie bekannte sich offen zum Atheismus; sie kritisierte verächtlich jede Bigotterie und Gefühlsduselei und konnte Langweiler und Dummköpfe nur schwer ertragen.

Immer häufiger sahen Leute sie schief an und machten komische Bemerkungen. Doch nicht, daß man an ihren Ansichten oder ihrem Betragen Anstoß genommen hätte – es ging um ihre «lockere» Moral: sie war ein loses Biest, was immer das hieß. Eindeutig glaubten die Leute, daß sie nicht nur mit Lanny, sondern auch mit anderen schlief. Als sie sich um einen Job in der College-Buchhandlung bewarb, erklärte ihr der Geschäftsführer, ein Mittzwanziger mit Hühnerhals und Pickelgesicht, abgesehen davon, daß er nicht daran denke, sie einzustellen, bedauere er den Mann, der sie einmal heirate. Sie wunderte sich darüber, sie war dem Mann noch nie begegnet, aber er schüttelte nur vielsagend den Kopf: er habe viel über sie gehört, sagte er. Eine Kastriererin sei sie, eine, die immer dominieren wolle. Ein paar Freunde erzählten ihr, daß manche sie für hochgestochen hielten. Eines Tages kam auf dem Campus ein junger Mann aus ihrem Geschichtskurs auf sie zu, die Pfeife im Mund. Er wollte sich offenbar unterhalten und sie freute sich, denn sie mochte ihn – er war ein netter, intelligenter Kerl. Er stellte ihr Fragen: ob ihre Eltern geschieden seien, ob sie jemals in der christlichen Lehre unterwiesen worden sei? Als sie ihm daraufhin fragend ins Gesicht sah, zeigte er auf ihre Zigarette und erklärte, sie müsse doch eigentlich wissen, daß sie, wenn sie über den Campus gehe, nicht rauchen dürfe. Das sei für Frauen verboten, sagte er.

Die Anmaßung dieser Männer, die ihr sagten, was sie zu tun und zu lassen habe, machte sie wütend, aber unter dem Ärger und der Verachtung spürte sie ein tiefes Unbehagen, wurde ihr die Unrechtmäßigkeit bewußt. Sie hatte das Gefühl, daß die Leute sich gegen sie verbündet hatten, um sie zu zwingen, das aufzugeben, was sie inzwischen «mein Ich» nannte. Aber sie hatte ja ein paar gute Freunde – Lanny, Biff, Tommy, Dan – die sie unverändert mochten und respektierten und mit denen sie gern zusammen war und Spaß hatte. Es war ihr gleichgültig, was die Leute hinter ihrem Rücken sagten, und obwohl sie hoffte, sie würden ihr so etwas nie ins Gesicht sagen, tat sie die Leute und ihre Bemerkungen als dumm und belanglos ab.

Es kümmerte sie auch nicht, was andere Leute vielleicht zu Lanny über sie sagten. Er wußte – da war sie ganz sicher –, daß sie ihn liebte, und er wußte auch, daß sie ihm nicht recht traute. Und bestimmt wußte er, daß sie, wenn sie mit ihm nicht schlafen wollte, auch mit keinem andern schlief. Aber die Freundschaft zwischen ihnen verkümmerte. Sie hatten mehrere böse Auseinandersetzungen. Wenn sie nicht offen stritten, zerrten sie aneinander, als zögen sie an verschiedenen Enden eines Seils, ohne auch nur ein paar Schritte in die eine oder andere Richtung zu gelangen. Er rief sie jetzt nur noch selten an; er erzählte ihr, er habe ihretwegen notgedrungen zu Ada, der Campus-Prostituierten, gehen müssen. Zum erstenmal in ihrem Leben war Mira eifersüchtig.

Trotzdem, sie konnte nicht nachgeben. Sie wollte sich nicht in einen Machtkampf mit ihm einlassen, aber alles, was er tat, überzeugte sie von der Richtigkeit ihres Urteils, daß er unzuverlässig war. Sie hatte zu sehr

Angst vorm Sex, sie mochte nicht mit ihm schlafen, wenn sie nicht das Gefühl haben konnte, daß er jetzt und später für sie da sein würde. Wenn sie jetzt zusammen waren, sprach er immer nur davon, wieviel Spaß er mit seinen Freunden hätte; und er drängte sie, mit ihm ins Bett zu gehen. Nichts anderes schien ihn an ihr zu interessieren. Wenn sie etwas sagte, hörte er kaum zu. Er fragte sie nie, wie es ihr ging. Schließlich rief er sie überhaupt nicht mehr an.

Ihr war elend zumute. Sie verkroch sich in sich selbst. Sie hatte das Gefühl, daß sie aufgeben mußte, sie fühlte sich geschlagen. Letzten Endes ging es darum, daß sie die Welt wollte und zugleich ablehnte. Aber sie hatte keine Wahl. Sie versuchte sich einzureden, daß ein Leben, wie sie es sich wünschte, eines Tages möglich sein würde. Irgendwann würde sie alles haben: Abenteuer und aufregende Erlebnisse und Unabhängigkeit. Aber sie wußte, daß zu einem solchen Leben, jedenfalls für sie, Sex gehörte,und sie sah keine Möglichkeit, wie sie die damit verbundenen Gefahren und alle ihre Hoffnungen in Einklang bringen konnte. Sie sah deutlich, daß sie zwischen Sex und Unabhängigkeit wählen mußte, und das lähmte sie. Eine Frau, die ihre Sexualität auslebte, riskierte immer, schwanger zu werden, was hieß, in Abhängigkeit zu geraten, lebte also immer mit dem Damoklesschwert über ihrem Kopf. Sex bedeutete Auslieferung an den Mann. Wenn sie das unabhängige Leben wollte, mußte sie auf sexuelle Erfahrung verzichten. Ihre masochistischen Phantasien waren auf schreckliche Weise Wirklichkeit geworden. Frauen waren wirklich von Natur aus Opfer.

II

Junge Männer sagen gern, daß junge Frauen vergewaltigt werden wollen. Zweifellos zielt diese Behauptung darauf ab, ihre Schuldgefühle wegen des vielfältigen Drucks, den sie auf Frauen ausüben, zu vermindern, aber sie enthält ein Körnchen Wahrheit. Junge Frauen, die psychisch so verstrickt sind wie Mira, mögen sich in kurzen Augenblicken eine gewaltsame Lösung des Dilemmas halb erhoffen. Aber die Vergewaltigung, die sie sich vorstellen, ist ungefähr so wie die in *The Fountainhead*: sie entspringt Leidenschaft und Liebe, und ihre Konsequenzen sind nicht ernster als die Spuren, die all die Auspeitschungen und Peinigungen an Justines Körper hinterlassen haben. Keine Knochenbrüche, keine Narben, keine tiefen Wunden. Akt ohne Konsequenzen, Pfeile mit

Gummispitzen, eine Komödie: wie in den Zeichentrickfilmen für Kinder, in denen die Katze oder der Bär immer wieder zermalmt wird und sich trotzdem jedesmal wie Phönix aus der Asche erhebt. Das Geschehene ungeschehen machen zu können, ist ein Wunschtraum, er befreit uns von der schrecklichen Unbarmherzigkeit des puritanischen Beharrens auf dem Ernst aller Dinge.

Für junge Menschen ist Sex, so wie er ist, eine ziemlich trübe Angelegenheit. Val sagte immer, an die jungen Leute sei er verschwendet. Bei ihnen sei äußerste Begierde mit äußerstem Unvermögen gepaart, meinte sie. Ich sagte ihr, sie hätte zu viel Shaw gelesen. Sie lächelte nicht einmal. Nein, im Ernst, fuhr sie fort und präzisierte ihre Behauptung: Jungen hätten die äußerste Begierde. Frauen, sagte sie, erlebten die äußerste Begierde erst um die Dreißig, sei es aus Furcht oder aus physiologischen Gründen. Sie glaubte, daß die Natur die Menschen so seltsam gemacht hatte – nach dem Plan der Natur sollten junge Männer junge Frauen vergewaltigen und schwängern, und dann sollten sie wie die Götter in den griechischen Mythen ihrer Wege gehen. Aufgabe der jungen Frauen war es, die Kinder zu bekommen und großzuziehen – allein. Dann, um die Dreißig, wurden die Frauen sexuell aktiv – sofern sie nicht inzwischen gestorben waren. Und das ist der Moment, wo sie dem männlichen Geschlecht Angst und Schrecken einjagen. Die Männer wittern die Rache der Frauen und setzen solche Frauen mit unantastbaren Müttern oder Skorpionen, Hexen und Sibyllen gleich. Inzwischen sind die meisten älteren Männer von ihren Abenteuern oder Ausschweifungen völlig erledigt, und so versuchten die reiferen Frauen, junge Männer zu verführen, doch ohne die Gewalt, die junge Männer den Frauen meist antaten. Die ideale Ehe, sagte Val, sei die zwischen verbrauchten Männern mittleren Alters und jungen Frauen oder zwischen Frauen mittleren Alters und jungen Männern. Die junge Frau ließ sich von einem jungen Mann schwängern, und dann übernahm sie der ältere und sorgte für sie, ohne ihr allzusehr mit sexuellen Forderungen zuzusetzen, und wenn er mit ihr schlief, würde er schon ungefähr wissen, was er zu tun hatte, um auch ihr wenigstens ein bißchen Vergnügen zu bereiten. Später dann, wenn sie älter war und der alte Knacker ins Gras gebissen hatte, würde sie ihre Kinder in die Welt hinaus schicken und sich einen emsigen jungen Burschen ins Haus holen, der sie sexuell befriedigen konnte, nachdem sie ihm all das beigebracht hatte, was sie in den Jahren mit dem alten Knacker gelernt hatte.

Val amüsierte uns oft mit solchen Gutenachtgeschichten, aber ich fand, die Sache klang ganz vernünftig, zumindest ebenso vernünftig wie die gegenwärtige Ordnung der Dinge. Ich sagte, das Hauptproblem für die jungen Frauen sei das Großziehen der Kinder. Das war anders, als jedermann sich noch vom eigenen Acker ernährte und die Frau gleichzeitig ihr Gemüse und ihre Kinder ziehen konnte. Val sagte, wenn eine Gesellschaft Kinder wolle, müsse sie ihrer Meinung nach genauso dafür bezahlen, wie sie für Geschütze und Bombenflugzeuge bezahlte. Eine Gesellschaft, die für Kinder Geld bezahlte, werde ihnen möglicherweise etwas mehr Wert beimessen und sie etwas weniger verderben.

Jedenfalls stimmt es wohl, daß junge Frauen sich gelegentlich auf eine Art und Weise verhalten, die man als aufreizend bezeichnen kann, und daß Männer dieses Verhalten so auffassen, als sei es ausschließlich auf sie gemünzt. Es ist gar keine Frage, daß die meisten von uns etwas netter, etwas attraktiver und etwas sprühender sind, wenn jemand im Raum ist, den wir sexuell anziehend finden. Ich habe oft gesehen, wie junge Männer erröteten, glänzende Augen bekamen und sich genauso verhielten, aber ihnen sagt niemand nach, sie wollten vergewaltigt werden. Wenn sie nach ein paar Schritten vorwärts beschließen, sich zurückzuziehen, wirft ihnen niemand vor, sie seien «Mösenfopper». Vielmehr glaubt die enttäuschte Frau wahrscheinlich, es sei alles ihre Schuld. Das Paarungsspiel ist so kompliziert wie die Tänze, die sich daraus entwickelt haben – der schreckliche, herrliche machistische Flamenco zum Beispiel. Vielleicht war es einfacher in den alten Zeiten, als Leibwächter, die man Anstandsdamen nannte, das Spiel überwachten: die Mädchen konnten genauso frei und ausgelassen und unbefangen sein wie die Jungen, ohne daß sie sich über Konsequenzen Gedanken machen mußten. Heute haben wir die Pille, aber die Wirkung ist nicht ganz die gleiche. Obwohl sie der armen Mira wahrscheinlich geholfen hätte. Es gab einfach keinen vernünftigen Ausweg aus ihrem Dilemma; keine der Alternativen taugte etwas. Es war wie in einem brennenden Haus: hinter dir das Feuer, vor dir zwei Fenster, und durch das eine sah man hinunter auf eine Gruppe winziger Feuerwehrmänner, die ein Sprungtuch hielten, das nicht größer aussah als ein Daumen, und durch das andere blickte man auf den schmutzigen Hudson hinunter. In solchen Situationen kannst du nur eines tun: die Augen schließen und springen. Du kannst dir noch so sehr das Hirn zermartern, es hilft dir nicht, zu entscheiden, ob das Feuer nur den Flur erfaßt hat und du das Treppenhaus dahinter erreichen könntest, oder ob du mit dem Wasser oder mit dem Sprungtuch die besseren Chancen hast.

12

Eines Abends, nachdem Mira lange nichts von ihm gehört hatte, rief Lanny an und fragte, ob sie mit ihm ausgehen wolle. Ihr Herz flatterte ein wenig, wie ein Vogel, der lange flügellahm gewesen ist und nun seine geheilten Schwingen vorsichtig ausprobiert. Vielleicht war Lanny ja damit einverstanden, es auf ihre Weise zu versuchen – befreundet zu sein, einander nahe zu sein und sich zu lieben, bis sie eines Tages bereit sein würde, es zu wagen. Und als sie ihm die Tür öffnete, wußte sie, daß sie oder zumindest ihr Körper den schlaksigen, linkischen Jungen mit den blassen, weit auseinanderstehenden Augen und den sanften schmalen Händen liebte. Aber er war steif und höflich; im Auto sagte er kaum ein Wort.

«Du scheinst sauer zu sein», bemerkte sie vorsichtig.

«Warum sollte ich sauer sein?» Aber in seiner Stimme war ein sarkastischer Unterton, der sie verstummen ließ.

Nach einer Pause fragte sie kühl: «Warum hast du mich eigentlich angerufen?»

Er antwortete nicht. Sie sah ihn an. Sein Mund arbeitete. «Warum?» drängte sie.

«Weiß nicht», sagte er tonlos.

Ihre Gedanken gerieten in Aufruhr. Anscheinend hatte er sie gegen seinen Willen angerufen. Was anderes konnte das bedeuten als Liebe, etwas, das mehr war als nur körperliches Verlangen? Sie wollte irgendwo hingehen, wo es still war, wo sie reden konnten, aber er fuhr zu Kelley, einer Studentenkneipe in der Nähe des Campus, in der sie schon oft gewesen waren. Es war ein Saloon: Kiefernholztäfelung und Collegefähnchen, vorn eine lange Theke, im Hintergrund ein paar Tische und eine Jukebox – rot-karierte Tischtücher, ohrenbetäubende Musik und Bierdunst. Wie an jedem Samstagabend war es gerammelt voll, man stand in Viererreihen an der Theke. Sie stand nicht gern in Kneipen, und Lanny führte sie nach hinten und half ihr, ungewohnt höflich, aus dem Mantel. Sie setzte sich; er ging zur Theke, um für sie beide etwas zu trinken zu holen. Zwar gab es einen Kellner, der an den Tischen bediente, aber bei dieser Fülle hätten sie ewig auf ihn warten müssen. Lanny tauchte in der Menge an der Theke unter. Mira zündete sich eine Zigarette an. Sie wartete. Sie rauchte noch eine Zigarette. Männer auf dem Weg zur Toilette blieben stehen und musterten sie mit abschätzendem Blick. Sie war gekränkt und beunruhigt. Bestimmt hatte er Freunde getroffen. Sie blickte suchend in die Menge, konnte ihn aber nicht entdecken. Sie rauchte noch eine Zigarette.

Als sie die dritte Zigarette ausdrückte, kamen Biff und Tommy durch die Hintertür herein und sahen sie. Sie kamen an den Tisch, fragten, wo Lanny sei, und unterhielten sich stehend mit ihr. Tommy ging zur Theke hinüber und kam nach ein paar Minuten mit einem Krug Bier wieder, und er und Biff setzten sich zu ihr. Sie sprach mit ihnen, aber sie saß stocksteif da und ihre Mundwinkel zitterten. Als der Bierkrug fast leer war, tauchte Lanny plötzlich auf, ein Glas Canadian Club für sie in der Hand. Er starrte kühl seine Freunde an, dann sie, stellte das Glas mit einem Knall vor sie hin und stakste zurück zur Theke. Biff und Tommy sahen sich an, sahen Mira an: alle drei hoben fragend die Schultern. Dann plauderten sie weiter.

Mira zitterte innerlich. Sie ärgerte sich über Lanny, aber vor allem war sie verwirrt, verlegen und auch etwas erschrocken. Warum hatte er sie überhaupt angerufen? Hatte er sie ausführen wollen, um sie dann den ganzen Abend links liegen zu lassen? Sie erinnerte sich an viele Nächte, in denen er das getan hatte, aber es war immer eine Gruppe von Freunden dabeigewesen. Sie fühlte sich vor allem gedemütigt, und das gab ihr Kraft. Zum Teufel mit ihm! Sie würde so tun, als machte es ihr nichts aus. Sie würde so tun, als amüsierte sie sich. Und sie würde sich amüsieren. Sie wurde sehr lebhaft, und ihre Freunde gingen munter darauf ein.

Andere setzten sich zu ihnen. Biff holte noch einen Krug Bier und brachte ihr einen Whiskey. Sie war gerührt. Biff war so arm. Sie lächelte ihm zu, und er strahlte sie an. Biff behandelte sie immer so, als wäre sie zerbrechlich und unschuldig: er suchte ihre Nähe, er beschützte sie, machte aber nie Anstalten, sie für sich zu beanspruchen. Seine ausgezehrten Wangen, seine ausgefransten Jackenärmel taten ihr weh. Sie hätte ihm gern irgend etwas geschenkt. Sie wußte, daß er es sich nie einfallen lassen würde, sich ihr sexuell zu nähern. Wahrscheinlich weil er hinkte. Auf dem College war er dank eines Stipendiums, das an bedürftige Körperbehinderte vergeben wurde. Biff hatte Kinderlähmung gehabt. Deshalb ergriff er nie die Initiative bei Frauen, obwohl er gescheit war und blendend hätte aussehen können, wenn er genug zu essen gehabt hätte. Und da sie sich bei ihm sicher fühlte, konnte sie sich erlauben, ihn zu lieben. Sie lächelte ihm liebevoll zu, und er lächelte voller Liebe zurück. Auch Tommy strahlte sie an. Und Dan. Jetzt sangen sie alle über dem dritten oder vierten Krug Bier – sie hatte die Übersicht verloren; sie selbst war bei ihrem dritten Whiskey.

Sie brauchte nun nicht mehr zu schauspielern: sie amüsierte sich tatsächlich. Sie amüsierte sich mehr, als wenn Lanny dabei war. Er vermittelte ihr immer das Gefühl, als gehörte sie nicht dazu, als sollte sie nicht mithalten, sondern auf einem Stuhl an der Eßzimmerwand sitzen und mit einem artigen Lächeln den tafelnden Männern zuschauen. Sex, dachte sie, das war die Ursache des Problems. Hier, bei den Freunden, kam dieses Problem nicht auf, deshalb konnten sie einfach Freunde sein und sich zusammen amüsieren. Sie waren ihre Kameraden, ihre Brüder, und sie liebte sie alle. Sie hatten die Arme gekreuzt und hielten sich rund um den Tisch an den Händen und sangen den «Whiffenpoof Song».

Lanny kam nicht wieder. Irgend jemand ließ die Musicbox spielen, und Tommy forderte sie zum Tanzen auf. Es lief gerade eine alte Platte von Glenn Miller, die sie sehr gern mochte. Dann folgten nacheinander «Sentimental Journey», «String of Pearls» und «Baby, It's Cold Outside». Sie tanzte weiter. Die Jungen holten immer neue Krüge Bier,und auf dem Tisch stand ein beschlagenes Glas mit ihrem vierten Whiskey. Andere kamen dazu, Leute, die sie nicht näher kannte, die aber in ihrer Klasse waren und ihren Namen wußten. Jetzt wurde Stan Kenton gespielt, und die Musik kam ihr immer lauter und wilder vor. Genau wie ihr Kopf. Beim Tanzen bemerkte sie, daß kein anderes Mädchen in diesem Teil der Kneipe war, daß sie die einzige war, die tanzte, daß die Jungens herumstanden, fast als stünden sie Schlange, wartend. Aber es war alles in Ordnung, dachte sie sich, weil ja auch immer nur einer von den Jungens tanzte.

Der Lindy ist ein Tanz für Männer. Der Mann muß seine Partnerin auf dem Tanzboden herumwirbeln und braucht selber nur dazustehen. Sicher war er für Männer erfunden worden, die nicht tanzen konnten. Ihr war ganz schwindlig von all dem Gewirbel, aber sie fand es herrlich. Sie drehte sich und schwang herum, und ihre Schläfen hämmerten, aber die Außenwelt war versunken, sie mußte nicht mehr an Lanny denken. Sie war nur noch Musik und Bewegung, sie war nicht mehr verantwortlich, sie brauchte sich nicht einmal Gedanken über ihren Partner zu machen, denn wer immer es war, er interessierte sie nicht. Sie wirbelte durch einen großen Ballsaal, sie war nichts als Bewegung.

Als wieder ein Song zu Ende war, stand plötzlich Biff neben ihr und faßte sie am Ellbogen. Er flüsterte ihr ins Ohr: «Ich glaube, du solltest jetzt lieber gehen.»

Empört drehte sie sich nach ihm um: «Wieso?»

«Mira», sagte er drängend, «komm jetzt.»

«Ich muß auf Lanny warten.»

«Mira!» sagte er leise, aber es klang fast verzweifelt. Sie war völlig verblüfft.

«Du kannst mir vertrauen», sagte er, und da sie ihm vertraute, ließ sie sich von ihm folgsam durch die Menge und zur Hintertür hinausführen. Draußen blieben sie einen Augenblick stehen, dann sagte er rasch: «Laß uns nach oben gehen.»

Oben war ein Apartment, in dem Biff und Lanny mit zwei anderen Jungen wohnten. Sie war schon zu vielen Festen dort gewesen,und oft hatte Biff sie, wenn Lanny hinüber war, mit Lannys Wagen nach Hause gebracht. Deshalb war sie nicht im geringsten beunruhigt. Aber in der frischen Luft hatte sie gemerkt, wie betrunken sie war – drei Whiskey waren mehr, als sie gewohnt war –, und als sie oben ankamen, ließ sie sich auf die Couch fallen.

«Nicht hier», sagte Biff und deutete aufs Schlafzimmer.

Sie gehorchte, ließ sich von ihm aufhelfen und in ein Zimmer führen, das, wie sie wußte, Lannys Schlafzimmer war. Er half ihr behutsam aufs Bett, und als sie dort lag und zusah, wie das Zimmer sich um sie drehte, breitete er fürsorglich eine Decke über sie, ging hinaus und schloß die Tür. Sie meinte zu hören, wie er den Schlüssel drehte, aber ihr war so entsetzlich schwindlig und elend, daß sie nur noch schlafen wollte.

Nach einiger Zeit wurde sie, aus tiefer Benommenheit auftauchend, wach. Ihr war, als hörte sie Lärm, Schreie, Türenschlagen, streitende Stimmen. Der Lärm wurde lauter. Sie versuchte sich aufzusetzen. Das Zimmer drehte sich noch immer. Sie saß, auf ihren Arm gestützt, halb aufgerichtet da, horchte und versuchte herauszufinden, was los war. Die Stimmen kamen näher, schienen durch den Flur auf die Schlafzimmer zuzukommen. Dann ein dumpfes Krachen, Schläge, es klang wie eine Rauferei. Sie sprang auf und stürzte zur Tür und wollte sie öffnen. Sie war verschlossen. Sie stolperte zurück und hockte sich aufs Bett, barfuß und in die Decke gehüllt. Der Lärm legte sich. Sie hörte mehrmals Türen schlagen. Dann Stille. Sie wollte wieder aufstehen, wollte laut klopfen, damit Biff sie herausließ, als plötzlich die Tür aufflog. Vom hellen Licht geblendet, sah sie eine dunkle Gestalt auf der Schwelle stehen.

«Ich hoffe, du bist zufrieden, du Schlampe!» schrie Lanny.

Sie blinzelte. Er warf die Tür zu. Sie saß da und blinzelte. Wieder knallten mehrere Türen. Dann wieder Stille. Und dann öffnete sich abermals die Tür. Biff kam herein und knipste eine kleine Lampe auf dem Schreibtisch an. Sie sah ihn blinzelnd an. Er kam herüber und setzte sich neben sie aufs Bett.

«Was ist passiert?»

Seine Stimme klang brüchig, ganz anders als sonst. Er redete ewig um die Sache herum. Sie verstand nicht, was er ihr verschweigen wollte. Sie fragte ihn. Er wich ihren Fragen aus. Sie ließ nicht locker. Schließlich verstand sie. Das Tanzen, sagte er, und daß Lanny sie allein gelassen hatte. Lanny sei an allem schuld, der Schuft. Dadurch hatten die anderen einen falschen Eindruck bekommen. Es sei nicht ihre Schuld. Sie kannten Mira nicht, wie Biff sie kannte, wußten nichts von ihrer Unschuld, ihrer «Sauberkeit», wie Biff das nannte. Und so . . .

«Alle?» fragte sie entsetzt.

Er nickte finster.

Sie konnte es nicht fassen. Wie wollten sie das anstellen? «Der Reihe nach?» fragte sie ihn.

Er zuckte angeekelt mit den Schultern.

Sie legte die Hand auf seinen Arm. «Und du mußtest sie alle fortprügeln? Oh, Biff!»

Er war zierlich, er wog weniger als sie. «War nicht so schlimm. Keine richtige Prügelei. Bloß ein bißchen Geschrei und Gerangel. Keiner ist verletzt.» Er stand auf. «Ich bringe dich nach Hause. Ich habe Lannys Autoschlüssel.»

Er hatte sich alle Mühe gegeben, ihr die häßliche Wahrheit zu ersparen – als wäre es weniger häßlich, sie nicht zu wissen. Aber nichts hätte ihr das Häßliche ersparen können. Während der Heimfahrt schwieg er mitfühlend, und da sie ihm unendlich dankbar war, nicht nur für das, was er für sie getan hatte, sondern auch dafür, daß er so war, wie er war, konnte sie nicht mit ihm sprechen. Sie dankte ihm immer wieder, aber mehr konnte sie nicht sagen. Sie ging in ihr Zimmer hinauf, legte sich auf ihr Bett und fiel sofort in einen tiefen Schlaf und schlief vierzehn Stunden lang. Am nächsten Tag stand sie überhaupt nicht auf. Sie sagte ihrer Mutter, sie fühle sich nicht wohl. Den ganzen Samstag und Sonntag blieb sie liegen.

13

Sie war überwältigt. Darum also ging es bei all den sonderbaren Dingen, die man sie gelehrt hatte. Alles rückte an seinen Platz, alles bekam einen Sinn. Und dieses Alles war zu groß für sie. Andere Mädchen gingen in Bars, andere Mädchen tanzten. Der Unterschied war, daß es so ausgesehen hatte, als sei sie allein. Wenn eine Frau nicht als Eigentum eines männlichen Wesens gekennzeichnet war, galt sie als läufige Hündin, die jeder beliebige Mann, oder sogar alle Männer auf einmal, anfallen durften. Daß eine Frau nicht allein ausgehen und tanzen und sich amüsieren konnte, ohne sich Gedanken darüber zu machen, was die Männer im Lokal wohl dachten oder, schlimmer noch, was sie ihr antun konnten, war für sie eine so ungeheuerliche Ungerechtigkeit, daß sie es nicht glauben konnte.

Sie war eine Frau, und das allein genügte, ihr die Freiheit zu nehmen, einerlei ob die Geschichtsbücher behaupteten, das Frauenwahlrecht habe das Ende der Ungleichheit gebracht, oder die Füße der Frauen seien nur in einem uralten und überlebten fernen Land wie China eingebunden worden. Sie war von Geburt her unfrei. Sie konnte abends nicht allein ausgehen. Sie konnte nicht, wenn sie einmal einsam war, in die nächste Kneipe gehen, um in Gesellschaft etwas zu trinken. Zweimal hatte sie am hellichten Tag den Zug nach New York genommen, um dort Museen zu besuchen, und beide Male war sie ständig angesprochen worden. Sie durfte nicht mal so aussehen, als sei sie ohne Begleitung, und wenn es ihrer Begleitung einfiel, sie zu verlassen, war sie hilflos. Sie konnte sich nicht selbst verteidigen, sie war auf einen Mann angewiesen. Sogar Biff, der so zierlich war und hinkte, konnte eine solche Situation besser meistern als sie. Wären die Kerle zu ihr vorgedrungen, kein Zorn und kein Hochmut und keine Kampfeslust hätte ihr geholfen.

Und sie würde nie frei sein, niemals. Es würde immer so weitergehen. Sie dachte an die Freundinnen ihrer Mutter, und plötzlich verstand sie diese Frauen. Einerlei wohin sie ging oder was sie tat, sie würde sich immer Gedanken darüber machen müssen, was die Männer dachten, wie man sie betrachtete, was sie womöglich taten. Irgendwann vor ein paar Monaten hatte sie in einem Fahrstuhl auf dem Weg zum Zahnarzt gehört, wie zwei Frauen sich über Vergewaltigungen unterhielten, die eine alt und häßlich, mit rot gefärbtem Haar und gekrümmtem Rücken, die andere fett und um die Fünfzig. Sie schnalzten beide mit der Zunge und sprachen über Türschlösser und Fensterverschlüsse, und dabei sahen sie Mira an, als wollten sie sie in das Gespräch mit einbeziehen, als sei sie eine von ihnen. Sie hatte weggesehen, voller Verachtung für sie. Wer wollte diese Frauen schon vergewaltigen? Reines Wunschdenken, dachte sie. Doch ein paar Abende später stand eine kleine Meldung in der Zeitung, nach der eine Achtzigjährige in ihrer eigenen Wohnung vergewaltigt und getötet worden war.

Sie dachte daran, was geschehen wäre, wenn Biff nicht dagewesen wäre, und ihr wurde schwarz vor Augen bei dem Gedanken an das Grauen, das Blut, die Entweihung. Nicht, daß sie ihre Jungfräulichkeit wie einen Schatz hüten wollte, wohl aber ihr Recht auf sich selbst, auf ihren Geist und ihren Körper. Grauenhaft, es wäre grauenhaft gewesen, und ihr geliebter Lanny würde sie ohne Zweifel eine Schlampe genannt und gesagt haben, sie hätte bekommen, was sie verdiente. Er hätte sie einfach aus der Liste der Frauen, die man mit Respekt behandeln mußte, gestrichen. Das war die Lage der Dinge. Und einerlei, wie hoch sie den Kopf trug, einerlei, wie allein sie umherging, so würden die Dinge bleiben. Es war lächerlich, von Ungerechtigkeit zu reden, es war sinnlos aufzubegehren. Sie wußte von ihren wenigen Versuchen, über Frauen und Freiheit zu sprechen, daß Männer solche Proteste immer nur als Ermunterung auffaßten, sich ihr gegenüber noch größere Freiheiten herauszunehmen.

Mira trat den Rückzug an. Sie war geschlagen. Sie bot ihren ganzen Stolz auf, soweit er ihr geblieben war, um sich die Niederlage nicht anmerken zu lassen. Sie ging allein über den Campus, den Kopf erhoben und einen eisigen Ausdruck im Gesicht. Sie saß allein in der Cafeteria oder allenfalls zusammen mit Biff oder einem Mädchen aus ihrer Klasse. Sie wandte die Augen ab, wenn irgendein männliches Wesen an ihr vorüberging, und auch Männer, von denen sie gegrüßt wurde, lächelte sie nie an. Sie wußte nicht genau, wer von ihnen in der Nacht damals dabeigewesen war – es waren so viele gewesen, so viele vertraute Gesichter und eine so schwindlig machende, rauchige Luft. Wenn sie Lanny zufällig in einiger Entfernung sah, nahm sie einen anderen Weg.

Am Ende des Schuljahrs begegnete sie Norm. Er war der Sohn von Freunden von Freunden ihrer Familie, und sie lernte ihn bei einem Familienpicknick kennen. Er war freundlich und intelligent, er behandelte sie mit Achtung, und er bedrängte sie nie sexuell. Ihr Traum, ein eigenes Leben wählen und leben zu können, war vergangen. Jedes Leben, in dem sie allein war, barg die Gefahr eines Zusammenstoßes mit dieser Horde von Wilden. Bitter dachte sie, daß sie denen, die man gewöhnlich als Wilde bezeichnete, Unrecht tat – sie würden sich wahrscheinlich nie so verhalten; nur zivilisierte Männer verhielten sich so. Bitterkeit überkam sie. Sie hatte *ihr* Leben verloren. Sie würde ein halbes Leben leben, wie die anderen Frauen. Ihr blieb nichts anderes übrig, als Schutz zu suchen vor einer wilden Welt, die sie nicht verstand und mit der fertig zu werden allein schon ihr Geschlecht ihr verwehrte. Ehe oder Kloster. Sie zog sich in das eine zurück, als wäre es das andere, und weinte bei ihrer Hochzeit. Sie wußte, daß sie der Welt entsagte, der Welt, die noch vor einem Jahr so aufregend und verlockend geschimmert hatte. Sie war auf ihren Platz verwiesen worden. Sie hatte die Grenzen ihres Muts kennengelernt. Sie war gescheitert, sie war besiegt worden. Sie wollte für Norm dasein und kroch in seine Arme wie in eine Festung. Zu Recht hieß es: Die Frau gehört ins Haus. Als Biff erfuhr, daß sie heiraten würde, kam er in die Cafeteria und gratulierte ihr vor einer Gruppe junger Männer. «Ich kann Norm nur beglückwünschen», sagte er mit lauter Stimme. «Er bekommt eine Jungfrau, das weiß ich.» Er wollte sie irgendwie rechtfertigen, das wußte sie; aber er hatte ihr damit auch ein Kompliment machen wollen. Sie verschloß sich jetzt auch vor ihm. Sie dachten das eine, oder sie dachten das andere – so oder so, ihr Denken war immer das gleiche.

14

Aus einem gewissen Sinn für das Dramatische heraus, den ich wahrscheinlich der Lektüre von Theaterstücken oder weiblichen Bildungsromanen verdanke, die ja immer mit der Heirat der Heldin enden, möchte ich hier eigentlich einhalten und einen formalen Einschnitt machen, wie wenn der Vorhang heruntergeht. Heirat – das sollte eine große Veränderung bedeuten, ein neues Leben. Für Mira war es weniger ein neuer Anfang als eine Fortsetzung. Zwar änderten sich die äußeren Umstände ihres Lebens, aber die inneren blieben sich ziemlich gleich.

Oh ja, Mira konnte die angespannte Atmosphäre ihres Elternhauses verlassen, und sie durfte ein paar Kleinigkeiten aussuchen – Handtücher, Überdecken, ein paar Vorhänge – die die möblierten Zimmer in ihr eigenes «Zuhause» verwandeln würden, und das machte ihr Freude. Sie und Norm hatten eine kleine möblierte Wohnung in der Nähe von Coburg gemietet, wo Norm Medizin studierte. Sie hatte das College verlassen und trauerte ihm nicht nach. Sie hatte nicht den Wunsch, zurückzukehren, die Gesichter dort wieder ansehen zu müssen. Die nötigen Bücher las sie ohnehin selbständig, sagte sie sich, und ohne das College würde sie genausoviel lernen. Norm würde erst sein Studium und dann seine Pflichtassistentenzeit hinter sich bringen, und sie würde solange arbeiten und ihren Lebensunterhalt verdienen. Wenn er erst einmal fertig war, dann war die Zukunft gesichert. Sie hatten alles genau geplant.

Nach den Flitterwochen im Sommerhaus von Norms Eltern in New Hampshire kehrte er zu seinen Büchern zurück, und sie versuchte einen Job zu finden. Ein Handikap dabei war, daß sie nicht fahren konnte; sie bat Norm, es ihr beizubringen. Er war dagegen. Erstens brauche er den Wagen an den meisten Tagen, und zweitens sei sie ungeschickt in technischen Dingen und werde nie eine gute Fahrerin abgeben. Er nahm sie in die Arme. «Ich könnte nicht weiterleben, wenn dir etwas zustoßen würde.» Irgend etwas bohrte in ihr, aber sie war so umgeben von seiner Liebe und so dankbar dafür, daß sie keinen Versuch machte, herauszufinden, was es war. Sie nahm den Bus oder bat ihre Mutter, sie herumzufahren, bis sie schließlich eine Arbeit als Büroschreibkraft für 35 Dollar in der Woche fand. Sie konnten zwar davon leben, aber nicht sehr gut, und so beschloß sie, sich in New York eine Stellung zu suchen und täglich mit dem Zug hin und her zu fahren. Norm war entsetzt. Die Stadt! New York war ein so gefährliches Pflaster. Und die Fahrerei mit der Bahn würde ein Drittel ihres Verdienstes verschlingen. Sie würde früh aufstehen müssen und erst spät abends nach Hause kommen. Und dann die Männer dort . . .

Mira hatte ihm nie von der Nacht in Kelley's Kneipe erzählt, aber entweder hatte er die gleichen Ängste wie sie, oder er hatte gespürt, daß sie diese Ängste hatte, denn in den folgenden Jahren sollte er immer wieder die unausgesprochene Drohung, die in dem Wort «Männer» enthalten war, benutzen – so lange, bis es nicht mehr notwendig war. Hätte er das nicht getan, hätte Mira vielleicht gelernt, ihre Ängste zu überwinden. Ausgerüstet mit dem Titel «Mistress», Eigentum eines Mannes, fühlte sie sich stärker in der Welt. Man würde sie wahrscheinlich nicht so leicht angreifen, wenn man wußte, daß ein Mann sie unter seinen Schutz genommen hatte.

Sie gab die Idee, in New York zu arbeiten, auf und nahm den Posten als Büroschreibkraft an. Norm bekam einen Teilzeitjob und verbrachte die meiste Zeit damit, schon im voraus die Lehrbücher zu lesen, die er im

Herbst durcharbeiten mußte. Und sie richteten sich in ihrem gemeinsamen Leben ein.

Sie hatte die Flitterwochen genossen. Es war wunderbar, sich zu küssen und zu umarmen, ohne Angst haben zu müssen. Norm benutzte nur Kondome, aber das Verheiratetsein machte es irgendwie weniger bedrohlich. Sie hatte Scheu, ihren Körper zu enthüllen. Norm übrigens auch. Und beide kicherten sie und ergötzten sich an ihrer wechselseitigen Schüchternheit, ihrem wechselseitigen Vergnügen. Das einzige Problem war, daß Mira keinen Orgasmus bekam.

Nach einem Monat kam sie zu dem Schluß, daß sie frigide sei. Norm sagte, das sei lächerlich, sie wäre nur unerfahren. Er hatte verheiratete Freunde, und er wußte, daß sich das mit der Zeit geben würde. Sie fragte ihn zaghaft, ob es ihm möglich sei, sich etwas zurückzuhalten, sie hätte immer das Gefühl, kurz davor zu sein, aber dann komme er und es sei aus mit seiner Erektion. Er sagte, kein gesunder Mann könne oder dürfe versuchen, sich zurückzuhalten. Sie fragte, diesmal noch zaghafter, ob sie es ein zweites Mal versuchen könnten. Das wäre ungesund für ihn, sagte er, und außerdem wahrscheinlich nicht möglich. Er war Medizinstudent, und so glaubte sie ihm. Sie begnügte sich damit, zu genießen, so gut sie konnte, und wartete, bis er eingeschlafen war, um sich dann bis zum Orgasmus zu masturbieren. Er schlief nach Sex immer sofort ein.

So machten sie weiter. Gelegentlich luden sie Freunde ein: sie lernte kochen. Er half ihr bei der Wäsche und kaufte mit ihr am Freitagabend, wenn sie ihren Lohn bekam, Lebensmittel ein. Wenn sie ihm genügend in den Ohren lag, half er ihr am Samstag, die Wohnung zu putzen. Manchmal kam sie sich mächtig erwachsen vor – wenn sie einem Gast einen Drink anbot, zum Beispiel, oder wenn sie sich schminkte und Schmuck anlegte, ehe sie mit ihrem Mann ausging. Aber die meiste Zeit kam sie sich wie ein Kind vor, das gestolpert und ins falsche Haus geraten war. Ihre Arbeit war geisttötend, die langen Busfahrten mit anderen grauen, müden Menschen bewirkten, daß sie sich schmutzig und armselig vorkam. Abends schaltete Norm das Fernsehgerät ein (die einzige größere Anschaffung von dem Geld, das sie zur Hochzeit geschenkt bekommen hatten), und es blieb ihr nichts anderes übrig, als es mit anzuhören, da sie außer der Küche nur das eine Wohn- und Schlafzimmer hatten. Sie versuchte zu lesen, konnte sich aber nicht richtig konzentrieren – die Röhre hat etwas Forderndes. Das Leben fühlte sich abscheulich leer an. Aber das kam nur daher, sagte sie sich, daß Frauen darauf gedrillt wurden zu glauben, die Ehe sei das Allheilmittel gegen alle Leere. Zwar hatte sie sich von solchen Vorstellungen freigemacht, doch war sie zweifellos von ihnen beeinflußt worden. Sie sagte sich, daß es allein ihr Fehler war: Wenn sie ernsthaft hätte studieren und geistig arbeiten wollen, hätte sie es auch gekonnt. Andererseits, so argumentierte sie, war sie einfach zu erschöpft nach acht Stunden im Büro, zwei Stunden im Bus, nach dem Essenkochen und dem Geschirrspülen – Norm weigerte sich rundheraus, dabei zu helfen. Außerdem hatte Norm abends immer das Fernsehgerät laufen. Gut, es würde sicher besser werden, sagte sie sich, wenn der Vorlesungsbetrieb wieder anfing, dann würde er abends lernen müssen. Und doch, ihr zwanzigster Geburtstag stand bevor . . . Sieh dir an, was Keats mit zwanzig vollbracht hatte, sagte ihr anderes Ich. Und zum Schluß empörte sich ihr ganzes Ich und fegte alles beiseite: Hör auf, quäl mich nicht damit! Ich tue, was ich kann!!

Etwas in ihr wußte, daß sie nur überlebte und keine andere Wahl hatte. Einen stumpfsinnigen Tag nach dem anderen trottete sie durch ihre Verpflichtungen, bewegte sie sich auf ein Ziel zu, das sie nicht erkennen konnte. Das Wort *Freiheit* war aus ihrem Vokabular verschwunden; das Wort *Reife* war an seine Stelle getreten. Und sie ahnte dunkel, was Reife bedeutete: zu wissen, wie man überlebte. Sie war so einsam wie eh und je. Außer, wenn sie und Norm sich manchmal nachts aneinander kuschelten und ernsthaft miteinander sprachen. In einer Nacht sprach sie darüber, daß sie gern wieder aufs College gehen und ihren Doktor machen und Lehrerin werden wolle. Norm war entsetzt. Er zählte die Probleme auf, erwähnte die finanziellen Schwierigkeiten, ihre Erschöpfung – sie würde zu all dem noch kochen und putzen müssen, denn wenn er wieder zur Vorlesung ging, würde er keine Zeit mehr haben, ihr zu helfen. Sie erwiderte, sie müßten sich die Hausarbeit teilen. Er erinnerte sie daran, daß schließlich er für den Lebensunterhalt verantwortlich war – nicht rechthaberisch, nicht herrisch, nicht fordernd. Er stellte es lediglich fest und fragte, ob es nicht so sei. Stirnrunzelnd und verwirrt stimmte sie widerwillig zu. Er war das, was sie gewollt hatte: Norm war verantwortungsbewußt, war nicht wie Lanny. Er würde sie nie allein lassen, nie mit den anderen eine Sauftour machen, während sie auf allen vieren den Küchenfußboden schrubbte und im Zimmer ein Baby schrie. Das Medizinstudium sei schwierig, anstrengend, fügte er hinzu. *Sie* würde es schaffen, erwiderte sie beharrlich, sie würde es schaffen, was er, wie er sagte, nicht schaffte: Medizin zu studieren und trotzdem noch zu Hause zu helfen. Er holte sein schwerstes Geschütz hervor: da würden Kerle sein, sie würden ihr schwer zusetzen, und dann die männlichen Professoren, die sie nötigen würden, sich bis zu ihrem Doktor durchzuvögeln. Diesmal war er zu deutlich. Sie überlegte. «Manchmal glaube ich, du würdest mich am liebsten in ein Kloster sperren, wo nur du allein mich besuchen kannst.»

«Das stimmt», sagte er in ernstem Ton.

Sie kehrte sich von ihm ab, und er schlief ein. Innerhalb von drei Monaten war der Schutz, den sie gesucht hatte, zur Bedrückung geworden. Es war das, was sie gewollt hatte, oder nicht? Wäre ihr weniger elend zumute gewesen, sie hätte laut gelacht.

15

Das Überleben ist eine Kunst. Sie verlangt das Abstumpfen des Geistes und der Sinne und eine vorsichtige Einstimmung auf das Warten, ohne daß man auf einer Präzisierung dessen, worauf man wartet, besteht. Mira dachte verschwommen an «das Ende», wenn nämlich Norm sein Studium und seine Pflichtassistentenzeit hinter sich haben würde. Aber das lag in so weiter Ferne, und der Gedanke, die augenblickliche Langeweile noch fünf Jahre ertragen zu müssen, war so schrecklich, daß sie es vorzog, überhaupt nicht zu denken.

Norm besuchte wieder die Vorlesungen, und wie sie erwartet hatte, sah er abends nicht mehr fern. Aber sie stellte fest, daß sie sich trotzdem nicht konzentrieren konnte. Sie hatte den Verdacht, daß das Problem gar nicht die Erschöpfung war. Wenn sie ein ernsthaftes Buch zur Hand nahm, eines, das sie zum Nachdenken zwang, dachte sie nach, und das war unerträglich, weil jedes Nachdenken ein Nachdenken über das eigene Leben einschließt. Sie las am Abend, sie las viel. Wie am Anfang ihrer Jugendzeit. Sie las harmlose Sachen, Kriminalromane, leichte Satiriker wie O'Hara und Marquand und Maugham. Etwas, das mehr Wahrheit enthielt, konnte sie nicht an sich heranlassen.

Sie machte Norm keinen Vorwurf. Sie sorgte für ihn, sorgte sich um ihn, kochte ihm, was er gern mochte, und verlangte nichts von ihm. Sie haßte nicht Norm, sondern ihr Leben. Aber was für ein anderes Leben konnte sie haben, so wie die Dinge nun einmal waren? Obwohl Norm oft schlecht gelaunt war, beteuerte er, daß er sie liebe und glücklich mit ihr sei. Er haßte das stupide Büffeln, die stupiden, kleinlichen Professoren. Er kam nicht gut voran – sein erstes Jahr schloß er mit schwachen

Leistungen ab. Er gab den mäßigen Noten die Schuld daran, daß er sich über sie aufregte. Denn sie war schwanger.

Im Mai war ihre Blutung ausgeblieben. Das machte sie nervös, weil sie sonst regelmäßig war, aber sie war auch deshalb beunruhigt, weil Norm nach ihren ersten schrecklichen Versuchen mit einem Pessar gewollt hatte, daß sie auf die alte Art weitermachten. Er mochte es nicht gern, daß sie zehn Minuten im Badezimmer herumfummelte, wenn er voller Inbrunst wartete. Außerdem hatte sie den leisen Verdacht, daß er die Situation selber unter Kontrolle haben wollte. Sie machte sich Sorgen wegen des Risikos mit Kondomen, aber manchmal, wenn sie schon alt und brüchig waren, nahm Norm überhaupt nichts und zog sich vor dem Orgasmus zurück. Sie hielt das für riskant, er versicherte ihr, es könne nichts passieren.

Die Art, wie sie sich ihm in diesem Bereich überließ, sollte ihr in späteren Jahren sonderbar vorkommen. Tatsache war, daß sie es haßte, ein Pessar zu benutzen. Sie hatte allmählich einen regelrechten Widerwillen gegen Sex, denn Norm machte sie erst erregt und ließ sie dann unbefriedigt. Jetzt weinte sie, wenn sie masturbierte. Im Rückblick erkannte sie, daß sie ihm ihr Leben genauso überantwortet hatte, wie sie es zwangsläufig ihren Eltern überantwortet hatte. Sie hatte lediglich ihre Kindheit verlagert. Und Norm war nicht alt genug, um ein zwanzigjähriges Kind zu haben, obwohl er sieben Jahre älter war als sie, im Krieg bei der Army gewesen war und ein paar Abenteuer erlebt hatte. Vielleicht hatte sie sich in einem dunklen, verborgenen Winkel ihres Kopfes ein Kind gewünscht: vielleicht gehörte es dazu, zu dem, worauf sie wartete, was sie Reife nannte, vielleicht gehörte es dazu, ein Kind zu haben und auch das alles hinter sich zu bringen. Vielleicht.

Damals traf es sie wie eine Katastrophe. Wie sollten sie leben? Mit weißem, eingefallenem Gesicht ging sie zu einem Gynäkologen. Sie kam mit der Nachricht an einem Abend nach Hause, an dem Norm für ein wichtiges Examen lernte. Sie war ausgelaugt von der Arbeit, den Busfahrten, dem stundenlangen Warten in der Praxis des Arztes. Als sie von der Bushaltestelle nach Hause ging, malte sie sich aus, Norm hätte etwas zum Abendessen gekocht. Aber er lernte und aß Käse und Cracker, als sie hereinkam, und war gereizt, daß sie so spät kam, obwohl er wußte, wohin sie gegangen war und warum. Als sie die Wohnung betrat, sah sie quer durch den Raum zu ihm hinüber – er starrte wortlos zurück. Drei Wochen lang hatten sie über nichts anderes gesprochen. Es war nicht nötig, etwas zu sagen.

Plötzlich warf er das Buch, das er in der Hand hielt, quer durch das Zimmer.

«Du hast mein Leben ruiniert, ist dir das klar?»

Sie setzte sich auf den Rand eines Schaukelstuhls. «*Ich* habe *dein* Leben ruiniert?»

«Jetzt muß ich das Studium hinschmeißen, wie anders wollen wir sonst leben?» Er zündete sich mit nervöser Intensität eine Zigarette an. «Und wie stellst du dir vor, daß ich für mein Examen lernen soll, wenn du mit sowas nach Hause kommst? Wenn ich bei diesem Examen durchfalle, fliege ich raus. Ist dir das klar?»

Sie lehnte sich zurück, die Augen halb geschlossen, weit weg. Sie wollte ihn auf die Unlogik seiner letzten Sätze hinweisen. Aber die Tatsache, daß er sich im Recht fühlte, ihr Vorwürfe zu machen, daß er glaubte, er hätte rechtmäßigen Grund, sie wie ein unartiges Kind zu behandeln, überwältigte sie. Das war eine Gewalt, gegen die sie nicht ankam. Was er für sein Recht hielt, unterstützte die gesamte Außenwelt, und das wußte sie. Sie machte einen Versuch. Sie beugte sich vor.

«Habe ich dich etwa ums Bett gejagt? Du hast gesagt, deine Methode sei sicher. *Du* hast es gesagt, Mr. Medical Student!»

«Ist sie auch!»

«Aha. Deshalb bin ich also schwanger.»

«Sie ist sicher, ich sage es dir.»

Sie sah ihn an. Sein Gesicht lief an den Schläfen blau an, sein Mund war ein scharfer, grausamer, anklagender Strich.

Ihre Stimme stockte. «Willst du damit sagen, daß du nicht der Vater dieses Kindes bist? Willst du damit andeuten, es könnte anders passiert sein?»

Er starrte sie an, in bitterem Haß. «Wie soll ich das wissen? Du sagst, du hättest nie mit einem anderen als mit mir geschlafen, aber wie soll ich das sagen? Es hat weiß Gott genug Gerede um dich und Lanny gegeben. Jeder hat über dich geredet. Du warst sehr frei damals, warum sollte es heute anders sein?»

Sie lehnte sich wieder zurück. Sie hatte Norm von ihrer Angst vor Sex erzählt, ihrer Angst vor Männern, ihrer Schüchternheit in einem Teil der Welt, den sie nicht verstand. Und er hatte liebevoll zugehört, hatte ihr Gesicht gestreichelt und sie fest an sich gezogen. Sie hatte gedacht, er hätte alles verstanden, hatte es um so mehr gedacht, als er, trotz der Geschichten über seine Abenteuer bei der Army, ihre Scheu und ihre Angst und ihre Schüchternheit zu teilen schien. Sie glaubte, sie sei entkommen, und dabei hatte sie den Feind in ihr Haus gelassen, hatte ihn in ihren Körper gelassen, und dort wuchs er jetzt. Er dachte wie die anderen, er glaubte wie die anderen, er hätte angeborene Rechte über sie, weil er männlich war und sie weiblich. Er glaubte wie die anderen an das, was sie bei Frauen Jungfräulichkeit und Reinheit nannten, oder Verkommenheit und Hurerei. Aber er war freundlich und respektvoll, er war noch einer der besseren. Wenn er so war wie die anderen, gab es keine Hoffnung. Es lohnte sich nicht, in solch einer Welt zu leben. Sie lehnte sich noch weiter zurück und schloß die Augen und begann leise auf ihrem Schaukelstuhl hin und her zu schaukeln. Sie verkroch sich in einem stillen, dunklen Winkel ihres Inneren. Es gab viele Arten zu sterben, darüber brauchte sie sich jetzt nicht den Kopf zu zerbrechen. Sie hatte nur einen Ausweg finden müssen, und den hatte sie jetzt gefunden. Sie würde sterben, und all das würde aufhören. Es würde weggehen von ihr. Sie würde nie mehr das Gefühl haben müssen, das sie jetzt hatte – nämlich genau das, was sie seit Jahren fühlte, nur noch viel stärker. Die Raketen explodierten überall auf ihrem Körper. Ihr Herz tat ihr weh, aber ihr Magen oder ihr Gehirn nicht weniger. Alles explodierte in Feuer und Tränen, und die Tränen waren so brennend heiß wie die Feuer des Zorns. Da gab es nichts zu sagen. Er hätte es doch nicht verstanden. Es saß zu tief drinnen, und anscheinend war sie allein, war sie der einzige Mensch, der so empfand. Es konnte nur so sein, daß sie Unrecht hatte, obwohl sie sich absolut im Recht fühlte. Es machte nichts aus. Nichts machte noch etwas aus.

Nach einer langen Pause kam Norm zu ihr. Er kniete sich neben ihren Stuhl. «Liebling», sagte er zärtlich. «Liebling?»

Sie schaukelte.

Er legte seine Hand auf ihre Schulter. Sie zuckte zusammen.

«Laß mich», sagte sie matt, die Zunge klebte ihr am Gaumen. «Laß mich allein.»

Er zog einen Schemel heran und setzte sich zu ihr, legte seine Arme um ihre Beine, legte seinen Kopf in ihren Schoß. «Liebling, es tut mir leid. Es ist nur, daß ich nicht weiß, wie ich das Studium hinter mich bringen soll. Vielleicht helfen uns meine Eltern.»

Sie wußte, es stimmte. Sie wußte, daß er nur erschrocken war, so erschrocken wie sie. Aber er fühlte sich berechtigt, ihr die Schuld zu geben. So bestürzt sie gewesen war, als sie die Nachricht hörte – es war ihr gar nicht in den Sinn gekommen, ihm die Schuld zu geben. Sie hatte es einfach als ein Unglück aufgefaßt, das sie beide betraf. Sie legte ihre

Hand auf seinen Kopf. Es war nicht seine Schuld. Es lag einfach daran, daß alles vergiftet war. Es machte nichts. Sie würde sterben und alles hinter sich lassen. Als sie ihn berührte, fing er an zu heulen. Er *war* erschrocken, genauso wie sie, mehr noch vielleicht. Er umklammerte ihre Beine noch fester, er schluchzte, er entschuldigte sich. Er hatte es nicht so gemeint, er wußte nicht, was in ihn gefahren war, es war lächerlich kindisch gewesen, es tat ihm leid. Er umklammerte sie und heulte, und sie begann seinen Kopf zu streicheln. Er faßte wieder Mut, er sah sie an, er streichelte ihre Wange, er scherzte, er wischte das Wasser weg, das über ihr Gesicht rann, er legte seinen Kopf an ihre Brust. Sie weinte bitterlich, sie schluckte heftig und er drückte sie verwundert an sich, er hatte es nicht gewußt, und sagte: «Liebling, es tut mir so leid, o Gott, es tut mir so leid.» Und sie stellte sich vor, daß er wahrscheinlich annahm, sie weinte über seinen Zweifel an ihrer Treue. Er wußte nichts, würde nie etwas wissen, würde nie begreifen. Zum Schluß sah er lächelnd zu ihr auf, als das Schluchzen nachließ, und fragte sie, ob sie nicht hungrig sei. Sie verstand. Sie erhob sich und machte Abendessen. Und im Januar bekam sie das Baby, und anderthalb Jahre später bekam sie ein zweites. Norms Eltern liehen ihnen Geld gegen einen Schuldschein: achttausend Dollar, zurückzahlbar, sobald er zu praktizieren begann. Danach bekam sie ein neues Pessar. Aber bis dahin war sie ein anderer Mensch geworden.

16

Virginia Woolf, die ich sehr verehre, beklagte sich einmal über Arnold Bennett. In einem literarischen Manifest attackierte sie ihn wegen seiner Art, Romane zu schreiben. Sie fand, daß er zuviel Gewicht auf Fakten und Figuren legte, schmutzige Dollars – oder Pfunde – auf äußere Elemente, die nichts aussagten über die flüchtigen Augenblicke, die einen Menschen ausmachten. Das Wesentliche schien, so meinte sie, durch meine Art zu sprechen hindurch, durch zehn Jahre alte Wintermäntel und Einkaufsnetze, die mit Gemüse und Spaghetti vollgestopft waren. Es zeigte sich in einem kurzen Blick, in einem Seufzer, in einem schweren, aber gleichmäßigen Trott die Stufen eines Eisenbahnwaggons hinunter und hinaus in das trübe Licht von Liverpool. Man braucht nicht die Bankauszüge eines Menschen, um seinen Charakter zu erkennen. Ich interessiere mich nicht besonders für Bennett, und ich liebe

Virginia Woolf, aber ich denke, seine schmutzigen Pfunde und Pennies hatten mehr mit ihrer Rhoda und ihrem Bernard zu tun, als sie zugeben mochte. Oh, sie wußte Bescheid. Sie wußte, wie man auf fünfhundert Pfund im Jahr und auf ein eigenes Zimmer angewiesen sein konnte. Sie vermochte sich Shakespeares Schwester vorzustellen. Aber sie malte sich ein gewaltsames, ein apokalyptisches Ende für Shakespeares Schwester aus, während ich genau weiß, daß es nicht so gewesen ist. Es ist gar nicht nötig. Ich weiß, daß eine Menge chinesischer Frauen, hineingepreßt in Ehen mit Männern, die sie verabscheuten, und in ein Leben, das sie verachteten, sich umbrachten, indem sie sich in den Familienbrunnen stürzten. Ich will nicht behaupten, daß so etwas nicht vorkommt. Ich sage nur, es ist nicht das, was gewöhnlich passiert. Andernfalls hätten wir kein Bevölkerungsproblem. Und es gibt so viele einfachere Arten, eine Frau zu zerstören. Man muß sie nicht vergewaltigen und töten; man muß sie nicht einmal prügeln. Man braucht sie nur zu heiraten. Und nicht einmal das ist nötig. Du brauchst sie bloß in deinem Büro arbeiten zu lassen, für fünfunddreißig Dollar in der Woche, Shakespeares Schwester folgte zwar, wie Virginia Woolf es sich vorstellte, ihrem Bruder nach London, aber sie kam nie dort an. Sie wurde in der ersten Nacht vergewaltigt. Blutend und mit inneren Verletzungen stolperte sie obdachsuchend ins nächste Dorf. Nicht lange danach merkte sie, daß sie schwanger war. Sie suchte nach einer Möglichkeit, sich und ihr Kind in Sicherheit zu bringen. Sie fand einen Kerl, der scharf auf sie war, stellte fest, daß er leichtgläubig war und vögelte ihn. Als sie ihm ein paar Wochen später eröffnete, daß sie schwanger sei, heiratete er sie pflichtschuldig. Das Kind, etwas zu früh geboren, macht ihn mißtrauisch: sie streiten, er verprügelt sie, aber am Ende gibt er klein bei. Weil an der Situation irgend etwas ist, was ihm gefällt: er hat alle Annehmlichkeiten, die er zu Hause hatte, und darüber hinaus etwas, was seine Mutter ihm nicht geboten hat, und wenn er sich mit einem schreienden Kind abfinden muß, das vielleicht gar nicht von ihm ist, kommt er sich jetzt wie einer der Burschen unten in der Dorfschenke vor, die alle nicht wissen, ob sie die Kinder ihrer Väter oder die Väter ihrer Kinder sind. Aber Shakespeares Schwester hat die Lektion gelernt, die alle Frauen lernen: Männer sind der ärgste Feind. Gleichzeitig weiß sie, sie kann in der Welt nicht ohne einen zurechtkommen. Und so benutzt sie ihre Begabung, die sie vielleicht befähigt hätte, Stücke und Gedichte zu schreiben, zum Reden statt zum Schreiben. Sie traktiert den Mann mit Sprache: sie krittelt, nörgelt, neckt, geht ihm um den Bart, schmeichelt ihm, verführt ihn, sie durchschaut und beherrscht diese Kreatur, der Gott aus unerforschlichen Gründen Macht über sie verlieh, diesen ungeschlachten Idioten, den sie verachtet, weil er beschränkt ist, und den sie fürchtet, weil er ihr Leid zufügen kann.

Soviel zur natürlichen Beziehung zwischen den Geschlechtern.

Aber du siehst, er braucht sie gar nicht besonders zu prügeln, und ganz bestimmt braucht er sie nicht umzubringen: er würde ja nur sein Dienstmädchen verlieren. Die Pfunde und Pennies sind schon eine ungeheure Waffe! Sie sind natürlich auch für Männer wichtig, aber für Frauen sind sie noch weit wichtiger, auch wenn ihre Arbeit im allgemeinen unbezahlt ist. Denn Frauen, auch die unverheirateten, werden gezwungen, eben diese Art Arbeit zu verrichten, ohne Rücksicht auf ihre Ausbildung und ihre Neigungen, und sie können gar nicht davon loskommen, ohne die glitzernden Pfunde und Pennies. Jahre werden damit verbracht, mit dem Küchenmesser Scheiße aus Windeln zu kratzen oder Läden zu finden, wo das Pfund grüne Bohnen zwei Cent weniger kostet, oder zu lernen, beim ersten leisen Hustengeräusch aufzuwachen, oder die ganze Intelligenz darauf zu verschwenden herauszufinden, wie man am wirkungsvollsten und mit dem geringsten Zeitaufwand Männeroberhemden bügelt oder den Küchenfußboden aufwischt und wachst oder wie man Haushalt und Kinder versorgt und gleichzeitig berufstätig ist und spart (und das Geld vor dem Säufer versteckt), damit das Kind später einmal aufs College kann – all das kostet nicht nur Kraft und Mut und Verstand, es macht oft den wesentlichen Teil eines Lebens aus.

Das mag ja so sein, sagst du gelangweilt, aber wen interessiert das? Schon gut, lies nur weiter über Walfische oder Schlachthöfe oder von mir aus über Nieten, oder lies *Ein Tag im Leben des Iwan Denissowitsch.* Ehrlich, ich hasse schmutzige Details genauso wie du. Ich liebe Dostojewskij, der nicht darauf herumreitet, sondern sie nur andeutet – im Hintergrund sind sie immer gegenwärtig, wie der geflügelte Wagen der Zeit. Aber im Leben der meisten Frauen stehen die schmutzigen Details leider nicht im Hintergrund; sie nehmen vielmehr die gesamte Oberfläche ein.

Mira war zweimal untergegangen, und sie sollte noch einmal untergehen. Dann ertrank sie. Nach all den Jahren des Erwachsenwerdens und der Vorbereitung erreichte sie die Reife – ist die Geburt eines Kindes nicht die Verwirklichung von Reife? Und dann begann das Schrumpfen. Virginia Woolf sah das, sie bemerkte es oft, wie Frauen nach der Heirat verkümmerten. Aber Miras Versinken oder gar Ertrinken wird auch gesunder Menschenverstand genannt – man akzeptiert das Unvermeidliche, das man nicht zu ändern vermag, weil man nicht die Macht dazu hat. Trotzdem hatte sie recht, als sie weinend durchs Kirchenschiff hinunterging, um sich verheiraten zu lassen. Trotzdem hatte sie recht, als sie weinend im Schaukelstuhl saß und den Tod wählte.

In unserer Gesellschaft glaubt man daran, daß starke Individuen ihre äußeren Umstände überwinden können. Ich für mein Teil finde nicht viel Gefallen an den Büchern von Hardy, Dreiser oder Wharton, wo die Außenwelt so mächtig, so überwältigend ist, daß das Individuum keine Chance hat. Ich werde ungeduldig. Ich werde das Gefühl nicht los, daß die Karten irgendwie gezinkt sind. Und genau das ist natürlich der Fall, aber ich habe das Gefühl, daß ich nicht mitspielen will, wenn das wahr ist. Ich ziehe es vor, an einen anderen Tisch zu gehen, wo ich an meiner Illusion festhalten kann, wenn es eine Illusion sein sollte, daß ich nur gegen Wahrscheinlichkeiten ankämpfe und eine Chance habe zu gewinnen. Wenn du verlierst, dann kannst du es wenigstens deinem eigenen schlechten Spiel zuschreiben. Tragisches Mißgeschick nennt man so etwas, und wie Schuld ist es etwas sehr Tröstliches. Du darfst weiterhin glauben, daß es doch einen richtigen Weg gibt und daß du ihn bloß nicht gefunden hast.

Menschen, vor denen ich höchste Achtung habe, wie zum Beispiel Cassirer, die schöne Seele, halten daran fest, daß das Innere vom Äußeren unberührt bleibt. Ist das wahr? Glaubst du das auch? Mein Leben lang habe ich gelesen, daß der lebendige Geist über allem andern steht und über allen körperlichen Verfall erhaben ist. Aber diese Erfahrung habe ich nicht gemacht. Wenn dein Körper sich alle Tage mit Scheiße und grünen Bohnen befassen muß, dann tut es dein Geist auch.

17

Norms unerschütterliche Überzeugung, irgendwie sei dieses Kind allein Miras Schuld, wirkte ansteckend auf sie. Bei nüchterner Überlegung wußte sie natürlich, daß das absurd war, aber Norms Verhalten – er tat so, als müßte er sich bei seinen Eltern für seine widerspenstige Frau entschuldigen, die genau das getan hatte, wovor man sie dringend gewarnt hatte, übte Mira gegenüber freundliche Nachsicht und schüttelte seine armseligen Prüfungsergebnisse am Ende des ersten Studienjahres mit der Bemerkung ab, sie könne ja nicht *wirklich* etwas dafür – war wirkungsvoller als jedes vernünftige Argument. Und inzwischen war es natürlich ganz ihre Sache: das Ding wuchs in ihr. Sie war sehr empfindlich und ihr wurde leicht schlecht. Bei der Dachdeckerfirma, bei der sie arbeitete, sah man nicht gern schwangere Frauen im Büro – Schwangerschaft war etwas Obszönes, das man lieber versteckte, wie benutzte Monatsbinden. Mira packte ihren restlichen Stolz in die kleine Andenkenschachtel, wo er hingehörte, und ging betteln. Sie erklärte, ihr Mann sei Student, *Medizin*student. Es war ein magisches Wort. Aus reiner Herzensgüte gestattete man ihr, bis zu ihrem achten Monat zu arbeiten, nicht ohne sie zu beschwören, immer sauber, adrett und gepflegt zur Arbeit zu erscheinen.

Während der ganzen Schwangerschaft fühlte sie sich elend, sie litt ständig unter Brechreiz und Magenschmerzen. Daß dies andere als physische Gründe haben könnte, kam ihr nie in den Sinn. Ihr kleiner Körper schwoll ungeheuer an, und vom siebten Monat an war ihr erbärmlich zumute. Um ihren Magen zu beruhigen, aß sie ständig und nahm dreißig Pfund zu. In den letzten beiden Monaten, nachdem sie mit der Arbeit aufgehört hatte, war sie so aus dem Gleichgewicht, daß sogar das Gehen sie anstrengte, und wenn sie lag, war es nicht viel besser. Meist saß sie im verdunkelten Wohn- und Schlafzimmer, den dicken Bauch von beiden Seiten her mit Kissen abgestützt, die Füße auf einer Fußbank, und las *Remembrance of Things Past.* Sie kaufte ein und putzte die Wohnung, kochte und brachte die Wäsche in den Waschsalon (nicht ahnend, daß dies nach der Geburt des Babys eines ihrer größten Vergnügen werden würde – die Chance, einmal aus dem Haus zu kommen, allein oder doch nur von einem großen, weißen, stillen, nicht-brüllenden Wäschesack begleitet). Sie bügelte Laken und Norms Oberhemden und bezahlte Rechnungen und las die Kochrezepte in den Zeitungen, immer auf der Suche nach interessanten oder einfach anderen, nicht zu teuren Gerichten, die sie auf den Tisch bringen konnte. Bemerkenswert war nur, wie wenig sie nachdachte.

Ich weiß nicht, wie es ist, wenn eine Frau willentlich schwanger ist. Ich nehme an, es ist eine wesentlich andere Erfahrung als die der Frauen, die ich kenne. Vielleicht ist es schön – eine von der Frau und dem Mann geteilte Freude. Aber für die Frauen, die ich kenne, war die Schwangerschaft schrecklich. Nicht weil es so schmerzhaft wäre – das ist es gar nicht, es ist nur unbequem. Sondern weil es dich wegwischt, dich auslöscht. Du bist nicht mehr du selbst, du mußt dich vergessen. Wenn du in einem Park eine grüne Wiese siehst und dir ist heiß und du möchtest dich furchtbar gern ins Gras setzen, dich in der kühlen Feuchtigkeit wälzen, dann kannst du das nicht; du mußt zur nächsten Bank watscheln und dich vorsichtig darauf niederlassen. Alles ist eine Anstrengung – eine Konservendose von einem hohen Fach herunterzuangeln ist ein Unternehmen. Du darfst dich nicht fallen lassen, gleichgewichtsgestört wie du bist, weil du noch für ein anderes Leben verantwortlich bist. Durch einen winzigen Nadelstich in einem Kondom bist du in ein gehendes und redendes Vehikel verwandelt worden, und wenn das gegen deinen Willen geschah, ist es entsetzlich.

Schwangerschaft ist ein langes Warten, bei dem du lernst, was es heißt, völlig die Herrschaft über dein Leben zu verlieren. Es gibt keine Kaffeepausen, keine Feiertage, in denen du deine normale Figur und dein Selbst wiedergewinnst, um dann erholt wieder an deine Arbeit zu gehen. Nicht einmal für eine Stunde kannst du dir das Ding wegwünschen, das dich so aufbläht, das deinen Bauch dehnt und dehnt, bis du denkst, die Haut müsse platzen, und das dich von innen tritt, bis du schwarz und blau bist. Nicht einmal zurückschlagen kannst du, ohne dich selbst zu verletzen. Der Zustand und du, ihr seid identisch: du bist kein Mensch mehr, sondern eine Schwangerschaft. Du bist wie ein Soldat im Schützengraben, dem es heiß und beengt ist und der das Essen haßt, der aber neun Monate lang aushalten muß. Es kommt der Augenblick, wo er die Schlacht herbeisehnt, selbst wenn er dabei vielleicht getötet oder verstümmelt wird. Du wartest geradezu sehnlich auf die Schmerzen der Geburt, weil sie dem Warten ein Ende machen werden.

Dieses Gefühl, kein eigenes Selbst mehr zu sein, bewirkt, daß die Augen schwangerer Frauen oft so leer aussehen. Sie dürfen sich nicht erlauben, darüber nachzudenken, weil es nicht zu ertragen ist und weil sie doch nichts daran ändern können. Selbst wenn sie nur über das Nachher nachdenken, ist es zu deprimierend. Schließlich ist die Schwangerschaft erst der Anfang. Wenn sie überstanden ist, geht es erst richtig los: das Baby wird da sein, und es wird dir gehören, und es wird dich fordern für den Rest deines Lebens. Für den Rest deines Lebens: dein ganzes Leben dehnt sich vor dir in diesem großen von Kissen gestützten Bauch. Und es sieht aus wie eine unendliche Folge von Fläschchen und Windeln und Gebrüll und Fütterungen. Du bist nicht mehr du selbst, sondern nur noch das Warten, deine Zukunft sind Schmerzen,und du hast nichts anderes vor dir als die Last niedriger Arbeiten. Schwangerschaft ist der größte Drill- und Abrichtungstrick. Daneben ist die Disziplin beim Militär, die darauf abzielt, den einzelnen zu erniedrigen und so «auf Vordermann» zu bringen, daß er wie eine Maschine funktioniert, noch sanft. Der Soldat bekommt frei und kann zu sich selbst zurückkehren, er kann sich, wenn er das Risiko auf sich zu nehmen gewillt ist, gegen seine Vorgesetzten wehren, ja er kann sogar abhauen. Nachts, wenn er in seiner Koje liegt, kann er Poker spielen, Briefe schreiben, seinen Erinnerungen nachhängen, sich auf den Tag freuen, an dem er entlassen wird.

Über all dies dachte Mira nicht nach. Zumindest versuchte sie nicht darüber nachzudenken. Es geschah in diesen Monaten, daß sie den strengen Zug um den Mund und die Falten zwischen den Augenbrauen bekam. Sie sah den Zustand als das Ende ihres persönlichen Lebens. Seit Beginn der Schwangerschaft gehörte ihr Leben einem anderen Wesen.

Was ist denn los mit dieser Frau? fragst du. Die Natur hat es so eingerichtet, da ist nichts zu machen. Sie muß sich fügen und das Beste daraus machen – sie kann es doch nicht ändern. Aber der Verstand läßt sich nicht so leicht unterjochen. Wut und Empörung wachsen in ihm – Wut und Empörung gegen die Natur. Bei manchen wird der Wille gebrochen, aber in den anderen bleibt für immer die Saat des Hasses. Alle Frauen, die ich kenne, fühlen sich ein bißchen als Geächtete.

18

Gegen Ende ihrer Schwangerschaft konnte Mira kaum noch schlafen. Ihr Körper war so dick und empfindlich, daß ihr in jeder Lage nach kurzer Zeit alles weh tat. Sie stand leise auf, damit Norm nicht aufwachte, zog sich ihren Morgenrock über, das einzige Ding, das ihr jetzt noch paßte, und schlich auf Zehenspitzen in die Küche. Sie machte sich eine Tasse Tee, setzte sich an den Küchentisch und trank und starrte die Wände an, die irgend jemand mit gelbem Wachstuch tapeziert hatte: gemustert mit kleinen roten Häusern, aus deren Schornsteinen Rauch aufstieg, und einem kleinen grünen Baum neben jedem Haus.

Eines Nachts konnte sie nicht sitzen. Eine Stunde lang ging sie in der Küche auf und ab, ohne zu denken, und horchte in ihren Körper hinein. Die Wehen fingen an, und sie weckte Norm. Er untersuchte sie, stellte fest, wie weit sie war, und witzelte über den glücklichen Zufall, der ihm im vorigen Semester seinen Kurs in Gynäkologie beschert hatte. Es sei noch nicht soweit, sagte er, aber er werde sie ins Krankenhaus bringen.

Die Schwestern waren frostig und kurz angebunden. Sie mußte sich hinsetzen und Fragen beantworten: Name des Vaters, Name der Mutter,

Adresse, Religionszugehörigkeit, Blutgruppe. Dann gaben sie ihr ein Krankenhausnachthemd und sagten ihr, sie solle sich ausziehen. Das Zimmer war kalt und feucht, und es sah so aus und roch so wie der Umkleideraum einer Turnhalle. Inzwischen hatte sie ziemliche Schmerzen, und allein schon die Luft in dem Raum machte sie frösteln. Sie mußte auf einen Tisch steigen,und man rasierte ihr die Schamhaare. Das Wasser war warm, erkaltete aber sofort auf ihrem ohnehin schon zitternden Körper. Dann machten sie ihr einen Einlauf, und sie drehte fast durch, sie konnte es nicht fassen, daß man ihr so etwas antat. Ihr Bauch und ihr Unterleib schmerzten immer heftiger, als ob Teile ihrer Eingeweide sich losrissen und die Organe mit sich rissen und stetig auf ihre Beckenknochen hämmerten. Es ließ keinen Moment nach, es ging ohne Pause ununterbrochen weiter. Und gleichzeitig pumpten sie ihr warmes Wasser in den Hintern. Es pulsierte in einem anderen Rhythmus aufwärts, und sie krümmte sich doppelt in einem anderen Krampf. Als es vorüber war, mußte sie wieder auf den Tisch steigen und wurde in einen anderen Raum gerollt. Kahl und zweckmäßig: weiße Wände und vier Betten, je zwei an beiden Längswänden, Fußende gegen Kopfseite. Sie stellten ihre Füße hoch, in eine Art Steigbügel, und legten ihr ein Laken über die Knie. Ab und zu kam eine Schwester oder ein diensttuender Arzt herein, lüftete das Laken und spähte hinein. Draußen im Flur standen Reihen rollbarer Betten vor dem Kreißsaal Schlange. Die Frauen darauf stöhnten, manche jammerten, manche waren still. Eine Frau schrie: «Morris, du verdammter Schuft!» Und eine andere wimmerte ununterbrochen «O Gott, lieber Gott, Maria, Jesus, Joseph. Hilfe, Hilfe!» Die Schwestern schlängelten sich durch die Flure, ohne darauf zu achten. Als eine Frau gellend aufschrie, drehte sich eine der Schwestern um und fuhr sie an: «Hör auf, dich wie ein Säugling zu benehmen! Man könnte meinen, du liegst im Sterben!»

Das Bett hinter Mira war durch einen rosa Vorhang abgeteilt, der an Eisenringen von einer an der Wand befestigten Stange herunterhing. Die Frau in dem Bett stieß dauernd gewaltige Mengen von Luft aus: «Unnh! Unhh!» Sie rief nach der Schwester, aber niemand kam. Sie rief mehrere Male und gab schließlich einen gellenden Schrei von sich. Eine Schwester kam hereingerannt.

«Was ist denn los, Mrs. Martinelli?» Es klang gereizt und verächtlich. Mira konnte die Schwester nicht sehen, aber sie stellte sich vor, wie sie dastand, die Hände in die Hüften gestemmt, einen spöttischen Ausdruck im Gesicht.

«Es ist Zeit für die Narkose», wimmerte die Frau in dem aufreizenden weinerlichen Ton eines Kindes, des hilflosen und ohnmächtigen und ergebenen Opfers. «Sagen Sie dem Doktor, er soll kommen, es ist soweit.»

Die Schwester sagte nichts. Ein Laken raschelte. «Es ist noch nicht soweit.»

Die Frau kreischte hysterisch. «Doch! Doch! Ich muß es schließlich wissen, ich hab schon fünf Kinder gekriegt. Ich merke, wenn es soweit ist. Sonst ist es zu spät, das ist mir schon einmal passiert, da war es zu spät, und sie konnten mir keine Narkose mehr geben. Sagen Sie dem Doktor Bescheid!»

Die Schwester verschwand. Nach einiger Zeit kam ein Mann mit einem grauen Gesicht und einem zerknitterten Kittel herein. Er trat an Mrs. Martinellis Bett. «Aber Mrs. Martinelli! Was höre ich da von Ihnen? Sie machen hier ein Spektakel? Ich dachte, Sie sind ein tapferes Mädchen.»

Die Stimme der Frau winselte unterwürfig: «Doktor, bitte, bitte, geben Sie mir die Narkose. Es ist soweit, ich weiß es, es ist soweit. Ich habe fünf Kinder gekriegt . . . In der Sprechstunde hab ich Ihnen doch erzählt, was mir das letzte Mal passiert ist! Bitte!»

«Es ist noch nicht soweit, Mrs. Martinelli. Beruhigen Sie sich, und stören Sie die Schwestern nicht. Regen Sie sich nicht auf. Vertrauen Sie mir, es wird alles gut.»

Sie verstummte, und der Arzt schlurfte hinaus. Bestimmt rümpfte er verächtlich die Nase über diese lästige Person, dachte Mira. Sie preßte die Lippen zusammen. Ihr sollte das nicht passieren, beschloß sie. Sie würde sich nicht weinerlich und kindisch benehmen und schreien. Keinen Ton wollte sie herauslassen. Sie würde es gut machen. Wie weh es auch tat, sie würde ihnen beweisen, daß eine Frau tapfer sein konnte.

Mrs. Martinelli aber blieb halsstarrig. Sie war nur so lange still, bis der Doktor gegangen war. Wie ein Kind, dem man eine weitere Tracht Prügel angedroht hat, wenn es nicht aufhört zu schreien, und das nur wartet, bis die Eltern aus dem Zimmer sind, um dann erneut loszuheulen. Sie jammerte leise vor sich hin, sprach mit sich selbst, murmelte immer wieder, ohne Pause: «Ich muß es doch wissen, ich habe schließlich schon fünf gekriegt, nachher ist es zu spät, o Gott, bestimmt ist es dann zu spät, ich weiß es, ich weiß es.»

Mira versuchte ihre Gefühle zu betäuben. Was sie quälte, waren nicht die Wehen. Es tat weh, aber nicht zu sehr. Das Schlimme war die ganze Situation – die Kälte und Sterilität, die verächtliche Haltung der Schwestern und des Arztes, die Demütigung, daß sie in Steigbügeln daliegen und fremde Leute auf ihre offen dargebotenen Genitalien starren lassen mußte, wann immer es ihnen einfiel. Sie versuchte sich in einen inneren Bereich zurückzuziehen, wo all dies nicht existierte. Ein Satz ging ihr immer wieder durch den Kopf: Es gibt keinen anderen Ausweg.

Plötzlich ein neuer Aufschrei von Mrs. Martinelli. Eine Schwester kam herein, schnaubte ärgerlich, sagte kein Wort. Mrs. Martinelli schrie jetzt nur noch. Die Schwester rannte hinaus. Dann kam sie mit einer anderen Schwester zurück. Hastig schoben sie den rosa Vorhang beiseite. Mira richtete sich halb auf. Eine dritte Schwester kam mit dem Arzt herein und sah sie.

«Setzen Sie sich, legen Sie sich hin!» schnauzte sie Mira an. Aber Mira setzte sich auf und drehte mühsam den Oberkörper, um zuzusehen. Sie schoben Mrs. Martinellis Bett aus dem Zimmer. Mira blickte hin – zwischen Mrs. Martinellis gespreizten Knien kam, aus einem rötlichen Durchgang, ein kleiner behaarter brauner Kopf zum Vorschein. Eine Schwester sah zu Mira hin und warf rasch ein Bettuch über Mrs. Martinellis Knie. Die Frau schrie jetzt nur noch. «Oh, Jesus, hilf mir! Lieber Gott, hilf mir.» Es war zu spät für die Narkose, zu spät für Vorwürfe. Sie rollten sie in den Kreißsaal.

19

Anderthalb Stunden später schickten sie Mira nach Hause. Die Wehen hatten völlig aufgehört. Sie saß in der Wohnung, knetete ihre Finger. Norm ging zur Vorlesung. Er sagte, er werde den ganzen Tag in der Nähe eines Telefons sein. Sie saß in der Küche, starrte auf die Tapete. Am frühen Nachmittag fingen die Wehen wieder an. Sie rührte sich nicht. Sie aß und trank nichts. Als Norm, früher als gewöhnlich, nach Hause kam, sah er kurz nach und schrie: «Was machst du denn, Liebling? Du müßtest längst im Krankenhaus sein!» Er zog sie hoch und half ihr die Treppen hinunter. Sie ließ sich willenlos führen.

Sie stopften sie in dasselbe Bett, in dasselbe Zimmer. Sie wußte, das Baby kam. Es tat weh, aber es waren nur physische Schmerzen. In ihrem Kopf war ein anderer, schlimmerer Schmerz. Sie dachte immer nur: Wenn du da einmal drin bist, kommst du nie wieder raus. Sie lehnte sich auf. Sie weigerte sich, etwas damit zu tun zu haben. Es war ihr gegen ihren Willen widerfahren, ohne daß sie es wußte, und es mochte enden, wie es wollte, gegen ihren Willen, ohne daß sie es wußte. Das Zimmer, die stöhnenden Frauen, die Schwestern – alles versank. Gleich über dem Schmerz war ein klarer, weißer Raum, und sie reckte den Kopf, um dort zu atmen. Nebelhaft nahm sie wahr, daß jemand ihr eine Spritze gab, daß sie irgendwohin gerollt wurde. Sie hörte die Stimme ihres Arztes, die sie beschimpfte: «Sie müssen pressen! Pressen! Sie müssen mithelfen!»

«Geh zum Teufel», sagte sie. Oder meinte, daß sie es sagte. Und verlor das Bewußtsein.

Sie holten das Baby mit der Zange. Es kam mit zwei tiefen Dellen an den Schläfen und einem Spitzkopf zur Welt. Früh am nächsten Morgen kam der Doktor, um nach ihr zu sehen.

«Warum haben Sie sich selbst hypnotisiert?»

Sie sah ihn ratlos an. «Davon weiß ich nichts.»

Sie lag, von rosa Vorhängen umgeben, in einem anderen Raum. Licht fiel durch die Vorhänge – die Welt war rosa.

Sie wollten ihr das Baby nicht zeigen. Nach ein paar Stunden fragte sie danach, und man sagte ihr, daß es ein Junge sei und daß es gesund sei. Aber sie brachten es nicht.

Sie richtete sich im Bett auf. «Schwester!» rief sie gebieterisch. Es war das erste Mal, daß sie so auftrat. Als die Schwester durch die rosa Vorhänge kam, sagte Mira mit verhaltener Wut: «Ich will mein Kind sehen! Es ist mein Kind, und ich habe ein Recht darauf! Holen Sie es!» Die Schwester sah sie erstaunt an und schoß davon. Nach ungefähr zwanzig Minuten erschien eine andere Schwester mit einem in eine Decke eingewickelten Säugling. Ungefähr einen halben Meter von Mira entfernt blieb sie stehen und zeigte es ihr, wollte aber nicht, daß Mira es anfaßte.

Mira tobte. «Holen Sie meinen Arzt!» schrie sie. Glücklicherweise war er im Krankenhaus und kam nach etwa einer halben Stunde angerannt. Er sah sie besorgt an, er stellte ihr verschiedene Fragen. Warum sie das Baby sehen wolle?

«Weil es mein Baby ist!» explodierte sie. Als sie sein kummervolles Gesicht sah, legte sie sich auf ihr Kopfkissen zurück. «Die Art, wie man es mir vorenthalten will, legt den Verdacht nahe, daß irgend etwas mit ihm nicht in Ordnung ist», sagte sie mit etwas ruhigerer Stimme.

Der Arzt nickte verständnisvoll. «Ich werde dafür sorgen, daß es gebracht wird», sagte er freundlich und tätschelte ihre Hand.

Allmählich verstand sie, daß man sie wegen ihres Verhaltens bei der Geburt für verrückt hielt und fürchtete, sie würde dem Kind etwas antun. Später in der Woche bestätigte ihr eine Schwester, daß so etwas manchmal vorkam. Manchmal brachten sich Frauen sogar um oder versuchten es zumindest. Die Sache hatte auch einen Namen: post partum-Depression. Sie lächelte bitter. Wahnsinn war es, eindeutig. Alle Frauen waren begeistert, schwanger zu werden, waren überglücklich, in die Wehen zu kommen, und strengten sich mächtig an, um dem reizenden Doktor zu helfen. Sie waren alle brave kleine Mädchen, und sie waren so glücklich, wenn ihre Babies dann geboren waren! Und herzten ihre kleinen Lieblinge und liebkosten sie. Natürlich. Und wenn du das nicht tust, dann bist du verrückt. Es kam niemandem in den Sinn, danach zu fragen, warum Frauen ihre Babies töten wollten, die sie so viele Schmerzen gekostet hatten, oder warum sie sich umbringen wollten, nachdem die Schmerzen überstanden waren. Aber sie hatte ihre Lektion gelernt. Sie hatten die Macht. Du mußt dich so verhalten, wie sie es von dir erwarten, sonst können sie das Kind, das du unter Schmerzen geboren hast, von dir fernhalten. Du mußt dir ausrechnen, was sie von dir erwarten, und dich ihren Wünschen anpassen. Wenn du das tust, kommst du vielleicht in dieser Welt zurecht. Als die Schwester wieder mit dem Kind erschien, sah Mira sie lächelnd an. Sie erkundigte sich noch einmal nach den Dellen und dem spitzen Kopf, weil sie dem, was die Morgenschwester ihr erzählt hatte, nicht traute. Sie verstand, daß diese Male ein Schandfleck waren, der sie beschmutzte, nicht das Kind: *sie hatte nicht gepreßt.* Schließlich legte ihr die Schwester den Säugling in die Arme, und nachdem sie sie ein paar Minuten beobachtet hatte, ging sie hinaus.

Es war ein komisches Gefühl. Die Schwester hatte gesagt, man dürfe den Nacken nicht ungestützt lassen, denn das Baby könne seinen Kopf noch nicht allein hochhalten. Und oben durfte der Kopf nicht berührt werden, weil er noch weich, weil der Schädel noch nicht ganz geschlossen war. Es war erschreckend. Das Baby sah alt und verschrumpelt aus wie ein Greis. Es hatte flaumiges Haar auf dem Kopf. Als sie sicher sein konnte, daß die Schwester fort war, hörte sie mit dem Lächeln auf und öffnete die Decke. Sie spähte hinein. Zwei Arme, zwei Beine, Hände und Füße heil. Staunend betrachtete sie die zehn winzigen Nägel an Händen und Füßen. Sie waren etwas blauer als der übrige Körper, der rot und blau gefleckt war. Nervös, und immer mit einem Auge Ausschau haltend, ob die Schwester schon zurückkam, öffnete Mira die Sicherheitsnadeln auf einer Seite der Windel. Ein Penis, winzig wie ein Wurm, schoß plötzlich auf und pißte ihr direkt ins Auge. Sie mußte lachen.

Sie machte die Windel wieder zu und betrachtete das Baby. Sie sah Ähnlichkeiten mit der Familie, vor allem mit einem verstorbenen Onkel von ihr. Es lag mit geschlossenen Augen da, aber der Mund bewegte sich und die winzigen Händchen schlossen sich krampfartig. Wahrscheinlich war es verstört, dachte sie, nach all der Zeit im warmen Dunkel. Als sich die winzige Faust einen Moment öffnete, schob sie ihren kleinen Finger hinein, und das Baby umklammerte ihren Finger und hielt ihn fest. Die winzigen Finger wurden blau vor Anstrengung, die Nägel waren durchsichtig weiß. Irgend etwas durchzuckte ihren Körper, als es ihren kleinen Finger so preßte. Anscheinend versuchte es, ihn an seinen Mund zu kriegen. Sie lächelte: immer, immer, vom allerersten Anfang an: Haben, haben! Sie ließ ihren Finger in seiner kleinen Faust und half ihm, ihn zum Mund zu führen. Das Baby versuchte daran zu saugen, obwohl es nicht recht zu wissen schien, wie. Sie hielt es ganz dicht an ihre Brust und legte sich zurück und ruhte sich mit ihm aus. Es lag ganz dicht an ihr, fast wandte es sich ihr zu und erschlaffte. Nach einer Weile kam die Schwester und nahm es mit.

Mira legte sich ins Kopfkissen zurück, ihr Körper lag still da. Ihre Arme fühlten sich leer an. Sie spürte, daß in ihrem Körper irgend etwas vorging. Es war ein Ziehen, das von der Gegend der Genitalien ausging und ihren Magen durchzuckte, ihre Brust, ihr Herz, bis oben in die Kehle. Ihre Brüste schmerzten. Sie wollte sie ihm in sein Mündchen stecken, sie wollte es in ihren Armen halten. Sie wollte ihren Finger in seine Hand stecken und es bei sich liegen lassen, wollte es wärmen, wollte, daß es ihren Herzschlag spürte. Sie wollte für das Baby sorgen. Sie wußte, was sie fühlte, war Liebe, eine Liebe, noch blinder und irrationaler als sexuelle Liebe. Sie liebte es, weil es sie brauchte. Es war nebensächlich, daß es durch Zufall ihr gehörte, aus ihrem Körper gekommen war. Es war hilflos, und es bewegte sich an ihr, als ob ihr Körper der seine wäre, als ob sie eine Quelle all dessen wäre, was es wollte. Sie wußte sehr wohl, daß ihr Leben von jetzt an von dieser winzigen Kreatur beherrscht würde, daß seine Bedürfnisse das Wichtigste in ihrem Leben sein würden, daß sie sich immer und ewig mühen würde, diese krampfartig zupackenden Hände, dieses rosenknospige Loch von Mund zu füllen, während sie sich Urin aus dem Auge wischte. Aber irgendwie war es in Ordnung wegen dieser Liebe, die nicht einfach nur Liebe war, die sogar mehr noch war als Notwendigkeit: absoluter Wille und die Antwort auf alle Schmerzen.

20

Den ganzen Tag lang hatte sie außerhalb des rosa Vorhangs Stimmen gehört. Es waren leise, ja, flüsternde Stimmen, und sie hatte nicht verstanden, was sie sagten. Aber jetzt zog die Schwester, die augenscheinlich beschlossen hatte, sie doch nicht für verrückt zu halten, die Vorhänge um ihr Bett zurück. Sie lag mit drei anderen Frauen in einem geräumigen hellen Zimmer; die Betten standen alle mit der Kopfseite an den Wänden. Die Frauen begrüßten sie wie einen späten Gast, auf den sie lange gewartet hatten.

«Oh, Sie sind wach! Wir haben uns Mühe gegeben, Sie nicht zu stören.»

«Wie geht es Ihnen? Tun Ihnen die Nähte weh?»

«Ein schönes Baby haben Sie! Ich habe gesehen, wie die Schwester es Ihnen brachte. Das wird ein richtiger Schreihals. Letzte Nacht hat er die ganze Entbindungsstation aufgeweckt.» Sie lachte und zeigte dabei mehrere Zahnlücken.

Auch Mira lachte. «Danke, ich fühle mich prima. Und Sie?»

Sie fühlten sich alle prima. Sie waren mitten in einer Unterhaltung. Später konnte Mira sich nicht erinnern, worüber sie gesprochen hatten. Es war gleichgültig: ihre Gespräche verliefen nie linear, sie hatten weder Anfang noch Ende, noch ein bestimmtes Ziel. Sie drehten sich im Kreis, immer wieder. Sie konnten über alles, alles reden, denn das Entscheidende war nicht, was gesprochen wurde. Vier Tage lang hörte Mira ihnen zu, beteiligte sich sogar an ihren Gesprächen. Sie verglichen die Anzahl Stiche, mit denen sie genäht worden waren, beklagten sich aber nie darüber. Nur einmal, als Amelia von der Schwester hinter dem geschlossenen Vorhang gebadet wurde, hörte Mira sie ängstlich flüstern, daß sie «da unten» ziemliche Schmerzen hätte. Sie verglichen Pfund und Gramm der von ihnen produzierten Kinder und hatten viele Oohs für den Dreizehnpfünder der zierlichen Amelia. Sie verglichen Zahl und Reihenfolge der Kinder. Grace hatte sieben, Amelia vier, Margaret zwei, und für Mira war es das erste. «Ihr erstes!» riefen sie und lächelten voller Freude, als hätte sie eine unerhörte Heldentat vollbracht. Und das hatte sie. Jetzt war sie eine von ihnen.

Sie sprachen über ihre anderen Kinder. Margaret sorgte sich um ihren Dreijährigen: ob er das neue Baby akzeptieren würde? Grace lachte, dann hielt sie jäh inne und preßte ihre Hand stöhnend an ihren Leib. Sie hatte mit Kaiserschnitt entbunden. Sie mache sich wegen solcher Sachen keine Sorgen mehr, erklärte sie. Ihre Kinder würden die Welt nicht mehr verstehen, wenn sie nicht alle zwei Jahre ein neues Baby im Kinderbettchen vorfänden. Wie alt ihr ältestes Kind sei, wollte Mira wissen. Sechzehn, sagte sie. Mira hätte sie gern gefragt, wie alt sie selbst sei, unterließ es aber. Sie könnte zwischen vier- oder fünfunddreißig und fünfzig gewesen sein, schätzte Mira, aber sie sah wie über fünfzig aus. Grace war die mit den Zahnlücken. Als Mira ihren Mann sah, der sie an diesem Abend besuchte, wußte sie, daß Grace um die dreißig sein mußte: ihr Mann sah jung aus.

Sie redeten und redeten, waren aber sehr feinfühlig. Wenn sich eine von ihnen in ihr Kissen zurücklegte und die Augen schloß, senkten die anderen die Stimme, und manchmal schwiegen sie. Sie redeten über Kinder, Ausschläge, Koliken, Säuglingsnahrung, Krankenkost, wunde Stellen. Sie sprachen darüber, wie sie am besten einen zerrissenen Teppich reparierten, wie sie Hamburger am liebsten zubereiteten und wie sie ohne viel Mühe ein Spielhöschen nähen konnten. Sie hatten ihre Kinder eingeteilt und sprachen über sie etwa so: eines hatte Launen, ein anderes war schüchtern, ein drittes war gescheit, ein viertes kam mit seinem Vater nicht zurecht. Aber sie schienen über diese Eigenschaften kein Urteil zu fällen. Sie erweckten nie den Eindruck, daß sie erfreut oder unzufrieden waren über Launen, Schüchternheit, Intelligenz oder Unverträglichkeit. Ihre Kinder *waren* ganz einfach – sie waren so, wie sie waren, und die Frauen liebten sie, einerlei wie sie waren. Ihre Kinder beschäftigten sie – ihre Männer erwähnten sie nur selten. Und wenn sie sie erwähnten, dann beiläufig, wie sie die Bestimmungen einer Institution erwähnt hätten, in der sie eingesperrt waren. Ehemänner waren seltsame, unerklärliche Wesen, denen sie nachzugeben hatten, äußere Zwänge, mit denen sie zurechtkommen mußten. Der eine aß keinen Fisch, der andere kein Gemüse, wieder einer weigerte sich, abends mit den Kindern bei Tisch zu sitzen. Einer ging an drei Abenden in der Woche zum Bowling und mußte früh essen. Ein anderer duldete nicht, daß Staub gesaugt wurde, während er zu Hause war. Ihre persönlichen Beziehungen zu ihren Männern, ihre Gefühle blieben verborgen, und Mira spürte sehr deutlich, daß sie nebensächlich waren gegenüber der großen, alles in Anspruch nehmenden Aufgabe, für die Kinder dazusein.

Sie fühlte sich hingezogen zu diesen Frauen, wegen ihrer Wärme und weil sie so freundlich zu ihr waren. Hätte sie mit einer von ihnen im nächsten Wohnblock gewohnt, wäre sie vielleicht nicht so freundlich zu ihr gewesen. Die Station, das Krankenhaus schafft mühelos eine freundliche Gemeinschaft, wie jedes künstliche Kollektiv. Ihre Gespräche langweilten sie oft, obwohl sie daraus lernte: wieder zu Hause, besserte sie den Teppich im Wohn- und Schlafzimmer aus, wie Amelia ihr geraten hatte, und siehe, es ging. Aber es war eigentlich auch nicht die Unterhaltung, der sie zuhörte – sie horchte auf das, was darunter lag. Als es ihnen wieder besser ging und die Nähte nicht mehr weh taten, lachten sie öfter und ausgelassener. Ehemänner, Schwiegermütter, Kinder – alle waren Gegenstand von Witzen. Aber niemals sprachen sie über sich selbst.

Sie beklagten sich nicht, sie beharrten auf nichts, sie forderten nichts – für sich selbst wollten sie anscheinend nichts. Mira, an die selbstgefällige männliche Welt mit ihrem endlosen «ich» gewöhnt und selber ein Teil dieser Welt, war erstaunt über die Selbstlosigkeit dieser Frauen. Sie hatte es immer genossen, *ihre* Intelligenz, *ihre* Ansichten, *ihr* Wissen zur Geltung zu bringen. Doch als sie jetzt diesen Gesprächen zuhörte, die sie noch vor einem Monat als dummes Geschwätz bezeichnet hätte, hörte sie heraus, was die Frauen wirklich sagten, und es beschämte sie. Es hieß: Ja, ich bin wie du. Ich mache mir Gedanken um die gleichen Sachen wie du – das tägliche, das unbedeutende, das kleinliche Sparen und die kleinen «Reparaturen». Und ich weiß wie du, daß diese irdischen Dinge mehr bedeuten als die großen, umfassenden Aktionen, die Firmenfusionen, die wirtschaftlichen Invasionen und Depressionen und die Beschlüsse des Präsidenten. Nicht daß die Dinge, mit denen ich mich herumschlage, irgendwie bedeutend wären, Himmel, nein, es sind nur Kleinigkeiten, aber sie zählen, verstehst du, sie zählen mehr als alles andere im Leben. In meinem Leben, im Leben meiner Kinder und sogar im Leben meines Mannes, auch wenn er es nie zugeben würde. Mein Mann bekam neulich morgens einen Wutanfall, weil kein Kaffee im Haus war! Würdest du das für möglich halten? Ein erwachsener Mann. Ja, diese Dinge sind sehr wichtig für sie. Und mein eigenes Leben – nun ja, mein Leben wird von kleinen Dingen beherrscht. Wenn Johnny in der Juniorenliga einen schönen Tag hatte, wenn die Sonne an einem Herbstmorgen auf eine bestimmte Art durchs Küchenfenster scheint, wenn es mir gelingt, aus billigem Fleisch ein köstliches Gulasch zu machen oder unsere schäbige Bude in ein fast – wenn auch nicht ganz – schönes Zimmer zu verwandeln – das sind die Augenblicke, in denen ich glücklich bin. Wenn ich mich nützlich fühle, wenn Eintracht in meiner Welt herrscht.

Sie hörte zu und sie hörte die Bereitwilligkeit der Frauen heraus, ihre Liebe, ihre Selbstlosigkeit, und zum erstenmal in ihrem Leben dachte sie, daß Frauen großartig waren. Neben ihrer Größe wirkten alle Heldentaten von Kriegern und Herrschern wie pompöse Versuche, sich selbst zu erheben, und sogar die Dichter und Maler wirkten daneben wie geltungsbedürftige Kinder, die auf und nieder hopsten und riefen: «Guck mich mal an, Mami!» Ihre Schmerzen, ihre Probleme waren für die Harmonie des Ganzen nebensächlich. Dieselben Frauen, die einen Stock tiefer im Kreißsaal gestöhnt und geflucht hatten, hatten beschlossen, den Schmerz, die Bitterkeit zu vergessen. Tapfer waren sie. Tapfer, gutwillig und bereitwillig. Sie lasen die gezogenen Fäden vom Boden auf und strickten für irgend jemanden einen warmen Pullover, ließen ihre eigenen Zähne verfaulen und sparten an Kleidung, um Johnnys Zahnarztrechnung bezahlen zu können, sie legten ihren Wunschtraum beiseite – wie eine gepreßte Blume vom ersten verliebten Spaziergang, die nun zwischen den Seiten eines Säuglingspflegebuches lag.

Sie sah sie an, mit Augen, die vom Sonnenlicht geblendet waren, und lächelte, wenn sie hörte, wie Margaret sich schon wieder Gedanken machte, ob ihr Dreijähriger auch nicht zu unglücklich war ohne sie, und wie Amelia sich sorgte, ob ihre Mutter auch nicht vergaß, Obst statt Süßigkeiten in Jimmys Lunchbox zu tun, oder wie Grace still und mit Sorgenfalten auf der Stirn hoffte, daß Johnny sein Fahrrad hatte flicken können und daß Stella mit dem Kochen zurechtkam. Sie lächelte mit ihnen, lachte mit ihnen über die Absurditäten der großen Welt. Es war ihr nicht möglich, mehr als mit dem Herzen bei ihnen zu sein, aber das war sie. Sie spürte, daß sie endlich Frau geworden war.

21

Valerie schnaubte natürlich, als sie das hörte. Irgendwann saßen wir nachts in Vals Wohnung, Iso und Ava, Clarissa, Kyla und ich, und Mira erzählte uns von ihren Erlebnissen bei ihren Geburten. Das war im Winter 1968, irgendwann im Februar oder März, wir kannten uns damals als Gruppe noch nicht sehr gut. Wir gingen immer noch höflich um einander herum, waren einander noch nicht vertraut genug, um einfach alles herauszulassen, waren aber schon nahe daran.

Was uns zusammengebracht hatte – damals war uns das noch nicht bewußt –, war ein gemeinsames Unbehagen über die gleichen Dinge – Wertvorstellungen und Verhaltensweisen, denen wir überall in Harvard begegneten. Unser Unbehagen war von besonderer Art. Alle Studienanfänger waren unglücklich dort. Wir dagegen waren weniger unglücklich als vielmehr empört, und unser Unbehagen war, wie wir nach und nach feststellten, der Ausdruck eines starken und sicheren Gefühls, wie die Dinge eigentlich sein sollten. An diesem Abend jedoch waren wir noch dabei, einander abzutasten.

Wir machten Val Komplimente zu ihrer schönen Wohnung. Sie hatte wenig Geld, aber sie hatte sie selbst ausgemalt und mit Pflanzen geschmückt und hatte überall Kleinigkeiten und Erinnerungsstücke von ihren Reisen verteilt. Es war wirklich hübsch dort.

Und Mira sagte in ihrer typischen überschwenglichen Vorortshausfrauenart, wie wunderbar Frauen doch seien, seht euch Vals wunderschöne Wohnung an, kein Mann hätte sich diese Mühe gemacht, kein Mann hätte die Phantasie gehabt, vor allem nicht mit so wenig Geld. Und Kyla, die ihre und Harleys Wohnung auch wunderschön eingerichtet hatte, stimmte eifrig zu. Dann sagte Mira, wie großartig Frauen seien, das sei ihr nach Normies Geburt plötzlich klar geworden, und sie berichtete von ihren Erfahrungen. Und Val schnaubte.

«Du hast es geschluckt! Du hast den ganzen alten Mist auch noch geschluckt!»

Mira sah sie blinzelnd an.

«Wie praktisch, daß es eine ganze Klasse von Menschen gibt, die ihr eigenes Leben für andere aufgeben! Wie hübsch, eine Frau im Haus zu haben, die im Badezimmer aufwischt und deine dreckige Unterwäsche aufliest, während du fort bist und Sachen machst, die deinem Ego dienen! Und ganz bestimmt kocht sie dir nie, niemals Blumenkohl, weil du nämlich keinen magst.»

Alle schrien auf einmal los.

«Genau! Stimmt!» krähte Kyla.

«Warum machst du das eigentlich nicht für mich?» meinte Isolde und sah Ava grinsend an.

Clarissa, wie immer mit ernstem Gesicht, versuchte sich Gehör zu verschaffen: «Ich glaube nicht –»

Aber Val war nicht mehr zu halten. «Im Ernst, Mira, merkst du nicht, was du da sagst? ‹Die Größe der Frauen liegt in ihrer Selbstlosigkeit.› Genausogut könntest du sagen, die Frau gehört ins Haus.»

«Unsinn!» Mira errötete leicht. «Ich schreibe ja nicht vor, ich *be*schreibe. Die Zwänge existieren. Einerlei was du sagst, wie es sein sollte, die Dinge sind so wie sie sind. Und wenn sich die Welt morgen änderte, für diese Frauen wäre es zu spät . . .»

Kyla fuhr sofort dazwischen: «Ist es für dich zu spät?»

Mira lehnte sich zurück. Sie mußte lachen. «Hör zu, ich sage doch nur, daß Frauen großartig sind, eben weil sie so viel geben, obwohl sie so wenig bekommen . . .»

«Genau!» rief Val stürmisch.

Isolde kicherte. «Laßt sie doch erst mal ausreden.»

«Sie haben so wenig Platz», fuhr Mira unbeirrt fort, «aber sie sind nicht bitter oder sauer, sondern geben sich Mühe, das bißchen Platz, das sie haben, hübsch und harmonisch zu machen.»

«Erzähl das mal den Frauen in den Irrenanstalten. Oder den Frauen, die in ihrer Küche sitzen und sich zu Tode saufen. Oder denen, die mit grünen und blauen Flecken bedeckt sind, weil ihre Männer sich letzte Nacht besoffen haben. Oder denen, die ihren Kindern die Hände verbrennen.»

«Ich sage ja nicht, daß alle Frauen . . .»

«Okay», begann Clarissa entschieden, und es wurde etwas ruhiger, «aber das hat doch nicht alles dieselbe Ursache. Auch Männer unterliegen Zwängen.»

«Die Männer sind mir gleichgültig», rief Val. «Sollen sie für sich selbst sorgen. Sie haben in den vergangenen viertausend Jahren recht gut für sich selbst gesorgt. Und die Probleme der Frauen *haben* allesamt dieselbe Ursache: es ist die Tatsache, daß sie Frauen sind. Alles was Mira uns über ihr Leben erzählt hat, zeigt doch, daß es eine einzige Übung in Selbsterniedrigung ist, eine einzige Erziehung zur Unterdrückung des eigenen Ichs.»

«Das klingt, als wolltest du sagen, daß Frauen nicht ihre eigene Identität haben», wandte Isolde ein.

«Haben sie auch nicht. Nicht, wenn du von der Größe der Frauen oder von den Zwängen sprichst, denen sie unterliegen: sobald du so etwas sagst, gehst du von einer allen Frauen gemeinsamen Identität aus, was Mangel an Individualität bedeutet. Kyla hat gefragt, ob Mira durch ihre Zwänge zerstört worden ist, und die Antwort lautet: ja, oder doch fast. Hört zu!» Sie knallte ihr Glas auf den Tisch. «Mir geht es darum: wenn du Frauen sagst, daß sie großartig sind, weil sie sich selbst aufgegeben haben, dann forderst du sie damit doch auf, daß sie so weitermachen.»

Mira hob die Hand wie ein Verkehrspolizist. «Warte», befahl sie. «Ich möchte, daß du eine Minute lang den Mund hältst, Val, weil ich dir antworten will, aber ich muß mir überlegen, wie ich es sage.»

Val lachte und stand auf. «Okay. Wer möchte noch Wein?»

Als sie wieder hereinkam, sagte Mira: «Okay.» Sie sagte es in der nachdenklichen Art, die wir alle von Clarissa übernommen hatten, deren Hirn präzise wie ein Uhrwerk treffende Sätze ausspuckte, und jedem Satz ging ein «Okay» voraus. «Ja, ich will auch, daß sie so weitermachen.»

Gebrüll.

«Ich meine das im Ernst. Was wird aus der Welt, wenn sie es nicht mehr tun? Es wäre nicht auszuhalten. Wer sonst würde es tun? Die Männer gehen zur Arbeit, um das Leben möglich zu machen und die Frauen arbeiten, um es erträglich zu machen.»

«Warum bist du dann wieder an der Uni?» Kyla sprang fast von ihrem Stuhl auf. «Warum lebst du dann – entschuldige – in einem so sterilen, trostlosen Apartment? Warum machst du nicht deinem Jungen und deinem Mann ein hübsches, behagliches Zuhause?»

«Hab ich ja gemacht! Und würde ich auch wieder machen!»

«Und es hat dir Spaß gemacht.»

«Ich fand es gräßlich.»

Alle lachten. Mira grinste etwas schief und fing dann auch an zu lachen.

«Okay. Du meinst also nicht – aber sag, wenn ich dich falsch verstanden habe, Mira –, du meinst also nicht, Glück zu erzeugen sei das einzige, was Frauen tun sollten. Du meinst, daß es ein Teil ist von dem, was sie tun sollen. Ist das richtig?» Kyla hockte immer noch vorgebeugt da, als wäre Miras Antwort für sie das Wichtigste auf der Welt.

«Nein. Ich meine, es ist das, was sie tun, und es ist wunderschön.»

«Okay.» Diesmal war es Clarissa. «Und wenn sie etwas anderes tun wollen und tun können, dann um so besser. Stimmt's?»

Mira nickte, und alle lehnten sich aufatmend zurück. Eine friedliche Stimmung breitete sich aus. Sie waren froh, daß die Grenzen zwischen ihnen sich verwischten. Aber der Frieden war nur von kurzer Dauer.

Val lehnte sich in ihrem Sessel zurück und verschränkte die Arme. «Sicher. Sicher. Solange Frauen das machen, was man von ihnen erwartet, was sie immer getan haben, wie man uns sagt. (Aber ich glaube nicht daran. Als sie noch draußen die Felder pflügten oder die Fischnetze einholten oder in den Krieg zogen, wie sie es in Schottland und anderswo taten, blieb ihnen nicht viel Zeit für Innenausstattung oder Feinschmeckerküche. Der ganze Scheiß mit der angeblichen ‹Frauenarbeit› ist erst ungefähr hundert Jahre alt – ist euch das klar? Nicht älter als die industrielle Revolution, und richtig angefangen hat das erst in der Viktorianischen Zeit.) Also gut, wie auch immer, wenn Frauen das tun, was inzwischen als ihre natürliche und eigentliche Arbeit angesehen wird, und wenn sie dann noch Zeit und Energie übrig haben, dann erlaubt man ihnen, noch etwas anderes zu tun. Aber es ist doch so: wenn du erst einmal durch Gehirnwäsche auf Selbstlosigkeit gedrillt bist, würde es dir doch gar nicht mehr einfallen, das zu tun, wozu du Lust hättest, du würdest gar nicht mehr in solchen Begriffen denken. Es gibt nicht mehr genug, was *du* wirklich willst.»

«Das ist nicht wahr!» rief Kyla heftig. «Ich mache beides. Ich sorge richtig für Harley, ich kümmere mich um die Wohnung, ich koche – Harley macht allerdings immer das Frühstück», fügte sie rasch hinzu. «Und außerdem tue ich das, wozu ich Lust hab.»

Isoldes sanfte Stimme ertönte unerwartet. «Sieh dich nur mal an!»

Alle drehten sich um und sahen statt dessen Isolde an, sogar Kyla, die fast mit ihrem ganzen Stuhl herumgeschossen wäre.

«Du bist ein Nervenbündel, du hast Tränensäcke unter den Augen, du wirst jedesmal hysterisch, wenn du drei Gläser getrunken hast . . .»

«Moment mal, so schlimm ist es ja nun auch nicht . . .»

«Superfrauen», sagte Val und sah Kyla lächelnd an, «mögen so etwas hinkriegen, wenn auch nur mit Mühe. Aber was ist mit den gewöhnlicheren Sterblichen?»

So ging es weiter. Schließlich schlug Clarissa eine Lösung vor. Die einzige Möglichkeit, das Problem zu lösen, meinte sie, sei, darauf zu beharren, daß alle, Männer und Frauen, ein bißchen Selbstlosigkeit üben, daß alle sich in beiden Rollen betätigen sollten. Alle stimmten zu.

Nur nützte es nichts. Es war eine rein rhetorische Lösung. Weil nämlich nicht jeder aus beiden Rollen heraus handelt oder handeln kann und weil nicht einmal jeder bereit wäre, diese Lösung zu akzeptieren. Und so kam mir das Ganze vor, als ob wir über den Straßenverlauf und den Bauplan des Himmels gesprochen hätten. In Wirklichkeit hatte es selbst für uns nicht viel Sinn, darauf zu beharren, daß Männer und Frauen beide selbstlos sein sollten, weil wir, obwohl wir alle studierten, zu Hause selber die weibliche Rolle übernahmen, vor allem Kyla und Clarissa, die Ehemänner hatten, und Val, die ein Kind hatte und bei der manchmal ein Mann lebte. Sogar Ava, die kaum je Hausarbeit machte, rannte nach der Arbeit nach Hause, wenn sie und Iso Gäste zum Abendessen hatten, weil sie fest davon überzeugt war, daß Isolde mit ihren Kochkünsten alle vergiften würde. Sie kochte Huhn in Estragon und

Risotto und machte sich große Sorgen deswegen. Und wir wollten «befreite» Frauen sein!

Ich erwähnte das, und Isolde stöhnte. «Ich hasse Diskussionen über Feminismus, die damit enden, wer den Abwasch macht», sagte sie. Ich auch. Aber was am Ende übrig bleibt, ist eben doch immer der verdammte Abwasch.

II

II

I

Nach dem Hochgefühl im Krankenhaus kam Mira in den Hausfrauenalltag zurück, und in den nächsten Jahren erschien ihr das Leben als ein unendlicher Berg von schmutzigem Geschirr. Nach Normies Geburt blieben sie und Norm noch einige Monate in dem kleinen Apartment, aber es war zu eng, und so zogen sie in eine etwas größere Wohnung mit einem Wohnzimmer und einem Schlafzimmer. Als sie merkte, daß sie zum zweitenmal schwanger war, machte ihr das nur kurz zu schaffen. Ich kann es genausogut jetzt kriegen, sagte sie sich und dachte den Gedanken nicht zu Ende. Mit «jetzt» meinte sie: jetzt, wo ich sowieso schon niemand bin und in diesem Leben stecke.

Monatelang begann ihr Tag nachts um zwei, wenn eins der Kinder schrie. Dann stand sie schnell auf, wickelte das Baby in eine Decke und trug es ins Wohnzimmer, damit Norm nicht geweckt wurde. Sie legte es auf den Boden und machte leise die Schlafzimmertür zu, zog sich ihren alten Flanellbademantel über – in der Wohnung war es um diese Uhrzeit immer eiskalt –, ging in die Küche, machte den Backofen an und ließ die Tür offen. Dann wärmte sie das Fläschchen. Als das Baby den Kopf allein hochhalten konnte, trug sie es mit sich herum und drückte es an sich, wenn sie am Herd stand. Sie machte die Küchentür zu, setzte sich mit dem Kind an den Tisch und fütterte es in dem warmen Raum.

Gegen drei Uhr lag sie gewöhnlich wieder im Bett, das Baby war satt und frisch gewickelt, und sie konnte bis halb sieben oder sieben schlafen, je nachdem, wann Normie oder Clark ihren leeren Magen spürten. Auch Norm stand um diese Zeit auf, und es begann ein einstündiges Chaos – das Baby schrie, Norm duschte, Mira versuchte die Flasche zu wärmen, machte Kaffee und briet für Norm ein paar Eier. Nach Clarks Geburt wurde das Chaos noch schlimmer, weil jetzt der kleine Normie auf der Suche nach Abenteuern ununterbrochen zwischen den Küchenstühlen und den Beinen seiner Mutter herumkrabbelte. Wenn Norm aus dem

Haus war, setzte Mira sich hin, fütterte das Baby oder beide Kinder mit weichen Eiern und Haferschleim, badete sie und zog sie an und packte den Kleinen, nachdem sie ihn auf den Fußboden gelegt – vom Fußboden kann man nicht herunterfallen – und die vollgepinkelten Bettücher gewechselt hatte, wieder ins Bett. Gegen neun Uhr waren die Babysachen im Waschbecken eingeweicht, und die schmutzigen Windeln kochten in einem großen Topf auf dem Herd. Dann machte sie das Bett, räumte das Bad auf, steckte die Babyflaschen in den Sterilisator, zog sich an und machte die ewig verstaubte und unordentliche Wohnung sauber – sie war zu klein für so viele Personen. Gegen halb zwölf hängte sie die Babywäsche und die Windeln, nachdem sie sie auf einem Waschbrett geschrubbt hatte, auf die Leine, die vom Fenster zu einem Pfosten im Hinterhof gespannt war. Eine vertrackte Sache, vor allem bei kaltem Wetter, wenn sie klamme Finger hatte. Wenn ihr etwas hinunterfiel, mußte sie die Kinder allein lassen, die drei Treppen in den Hof hinunterrennen, die Sachen aufheben, völlig außer Atem wieder hinaufrennen und sie noch einmal durchwaschen – und konnte dabei nur hoffen, daß ihr dieses Mißgeschick nicht noch einmal passierte. Dann stellte sie die Kartoffeln zum Backen in den Ofen und machte die Gläser mit püriertem Fleisch warm. Auch das war eine vertrackte Sache: Normie mochte keine Leber und kein Lammfleisch, und wenn sie ihn damit fütterte, spuckte er alles aus. Clark mochte kein Huhn. Aber an manchen Tagen spuckten sie auch das aus, was sie noch am Tage zuvor anstandslos gegessen hatten.

Babies brauchen frische Luft, deshalb wickelte sie, sobald sie das Geschirr gespült hatte (nebenher hatte sie selbst einen Schluck Tee getrunken und die Schalen der gebackenen Kartoffeln gegessen), das Baby ein, zog sich selbst etwas Warmes über, nahm das Baby in den einen Arm und den klappbaren Kinderwagen unter den andern und schleppte beides die drei Treppen hinunter. Vollends problematisch wurde es dann unten, wenn sie beide Hände brauchte, um den Wagen aufzuklappen, und einen Platz finden mußte, wo sie das Baby absetzen konnte. Machmal half ihr eine Nachbarin, manchmal mußte sie das Kind auf den Fußweg legen. Noch schwieriger wurde es, als es zwei waren und Normie noch nicht laufen konnte. Wenn sie schließlich beide im Wagen verstaut hatte, ging sie zum Einkaufen. Sie mußte jeden Tag einkaufen, weil sie nicht sehr viel auf einmal tragen konnte. Nach dem Einkaufen ging sie in den Park, wo meist schon andere junge Mütter auf den Bänken saßen.

Sie mochte diese Frauen und freute sich, wenn sie sie sah. Oft waren es die einzigen Menschen, mit denen sie tagsüber sprach, denn Norm war abends oft weg, und wenn er nach Hause kam, mußte er noch arbeiten. Die Frauen unterhielten sich mit leidenschaftlichem Interesse über die Farbe des Stuhlgangs ihrer Kinder, über Mittel gegen Koliken und deren Ursachen. Sie tauschten Erfahrungen aus, gaben einander hilfreiche Tips und bewunderten gegenseitig ihre Kinder. Es war, als bestünde eine geheime Verbundenheit zwischen ihnen, als bildeten sie eine Untergrundbewegung, der jede Frau, die ein Kind hatte, angehören konnte. Jede neue Frau, die mit einem Kleinkind im Wagen daherkam, wurde spontan willkommen geheißen, war sofort Freundin. Die Gespräche drehten sich fast immer nur um die Kinder. In den zwei Jahren, die Mira diese Frauen kannte, erfuhr sie von den Ehemännern nicht mehr als deren Vornamen und vielleicht noch, wo sie arbeiteten. Das hatte nichts mit Zurückhaltung zu tun. Die Frauen waren einfach an nichts anderem als an ihren Kindern interessiert. Sie hätten es nie so ausgedrückt, aber sie fühlten sich alle wie Mitglieder eines Geheimkults. Sie brauchten ihre Zusammenkünfte nicht zu verschweigen, brauchten keine Riten, kein Händeschütteln, keine Regeln: niemand außer ihnen interessierte sich dafür. Sie fühlten sich durch ihr tiefes Wissen verbunden; ohne Worte, nur durch ein Lächeln oder ein Kopfnicken gaben sie einander zu verstehen, daß das hier die Hauptsache, nein, das einzig Wichtige im Leben war. Alle anderen Menschen schienen ihnen abgeschnitten vom Herzschlag des Lebens.

Mira blieb immer so lange wie möglich bei ihnen sitzen. Als Normie laufen konnte, spielte er im Gras – oder im Schnee – mit den anderen Kindern. Aber gegen halb vier wurde er unruhig und begann zu schreien. Alle verstanden. Jedes Kind hat seine schlechte Zeit. Wenn eine Frau früher ging oder zu sehr abgelenkt war, um sich zu unterhalten, sagte keine etwas. Die Kinder kamen an erster Stelle, die Kinder waren alles, niemand erwartete etwas anderes.

Mira ging heim, den müden, überreizten Normie auf dem einen Arm, während sie mit der anderen Hand den Wagen schob. Die Treppen waren immer etwas problematisch. Sie machte es in zwei Schichten: sie trug zuerst das Baby, die Lebensmittel und das Portemonnaie nach oben, ging in die Wohnung, legte das Baby auf den Boden und brachte die Lebensmittel in die Küche und ging dann wieder hinunter und holte den Wagen. Nach Clarks Geburt nahm sie beim ersten Gang nur die Kinder und das Portemonnaie und holte dann die Lebensmittel und den Wagen. Sie war ständig in Angst, fürchtete, daß das Baby oder beide

Kinder sich verletzten oder daß der Wagen und die Lebensmittel gestohlen wurden, während sie oben war.

Wieder in der Wohnung, sank ihr der Mut, denn jetzt kam die schlimmste Zeit des Tages. Das Baby wachte auf und wollte, daß jemand mit ihm spielte, Normie war quengelig und hungrig. Und sie mußte mit dem Abendessen anfangen. An den Abenden, an denen Norm früh nach Hause kam, wollte er sofort essen. Sie arbeitete in der Küche, ging hinüber und spielte mit den Kindern, lief in die Küche, wenn es angebrannt roch oder wenn sie hörte, daß etwas überkochte. (Norm beklagte sich in diesen Jahren oft über das Essen.) Und jedesmal, wenn sie wieder in die Küche ging, schrie eines der Kinder, und manchmal schrien sie beide. Sie ließ sie schreien, schälte Kartoffeln oder Rüben oder putzte die Bohnen und ging dann wieder zu ihnen. Norm schätzte dieses Durcheinander nicht, deshalb versuchte sie die Kinder zu füttern, ehe er nach Hause kam, aber welchem von beiden sie auch zuerst etwas zu essen gab, der andere schrie aus Leibeskräften.

Norm spielte hin und wieder ein bißchen mit ihnen, aber ihm fiel nichts anderes ein, als sie in die Luft zu werfen und aufzufangen, und das hatte sie nicht so gern. Da die Kinder dann gerade gegessen hatten, wollte sie nicht, daß sie vor dem Schlafengehen noch einmal so aufgedreht wurden. Trotzdem wurden sie und Norm, wenn sie in der Küche beim Essen saßen und sich unterhalten wollten, mehrmals von den quengelnden Kindern gestört. Mira sprang dauernd auf, um nach ihnen zu sehen, und nach einiger Zeit brachte sich Norm ein Buch mit an den Tisch.

2

Mit der Zeit änderte sich natürlich manches. Die Kinder wurden größer. Als sie die Kunst des Staubsaugens mit einem (wegen des Staubsaugerlärms) schreienden Kind auf der Hüfte perfekt beherrschte, konnten sie laufen. Und dann waren da die Abende.

Norm ging gleich nach dem Essen ins Wohnzimmer, um zu arbeiten. Mira spülte das Geschirr, trocknete ab und dachte nur daran, daß sie in ein paar Minuten erlöst sein würde. Dann duschte sie, bürstete sich die Haare und ging mit einem Buch ins Wohnzimmer. Von halb neun bis elf las sie. Gegen zehn wurde sie müde, aber es hatte noch keinen Sinn zu Bett zu gehen, da um elf das Baby seine letzte Flasche bekam. Sie und

Norm sprachen kaum miteinander. Norm war im Juni nach Clarks Geburt mit dem Studium fertig geworden, aber jetzt machte er seine Assistentenzeit und mußte eher noch mehr arbeiten als vorher. Er hatte oft Nachtdienst, und Mira ertappte sich dabei, daß sie sich darauf freute. Da er tagsüber «in dieser verdammten Wohnung mit all dem Lärm» keinen Schlaf fand, fuhr er vom Krankenhaus zu seiner Mutter, wo er in seinem früheren Zimmer friedlich schlafen konnte. Manchmal blieb er auch zum Essen dort, und Mira bekam ihn drei oder vier Tage lang nicht zu sehen. Norm entwickelte Schuldgefühle, als er merkte, daß Mira sich darüber nicht beklagte. Aber sie fand es einfacher, wenn er fort war. Sie konnte ihren Tagesablauf dann ganz auf die Kinder einstellen und war nicht halb so ängstlich, wenn sie schrien. Norm war oft müde und gereizt: es war schwer, dachte sie, den ganzen Tag angestrengt arbeiten zu müssen und dann in eine winzige Wohnung voller schreiender Kinder zu kommen. Es würde besser werden, wenn sie etwas mehr Platz hatten; es würde besser werden, wenn die Kinder etwas größer waren; es würde besser werden, wenn sie etwas mehr Geld hatten.

Sexuell spielte sich wenig zwischen ihnen ab. Norm war entweder nicht da, oder er war müde. Aber das Gewohnheitsmäßige, das mit ihrer Heirat begann, hatte sich so verfestigt, daß es kaum noch zu durchbrechen war. Ein schneller, unbefriedigender Koitus. Mira lag da und ließ es über sich ergehen. Norm merkte anscheinend, daß es ihr keinen Spaß machte, und seltsamerweise schien ihm das zu gefallen. Sie konnte das nur vermuten – sie sprachen nie darüber. Ein- oder zweimal versuchte sie mit ihm darüber zu reden, aber er weigerte sich hartnäckig. Er weigerte sich nicht feindselig, sondern ganz freundlich, neckte sie, nannte sie einen «Sexpot» oder sagte lächelnd, daß er absolut glücklich sei, und streichelte ihre Wange. Aber sie hatte das Gefühl, daß er es irgendwie ganz in Ordnung fand, daß sie keinen Spaß dabei hatte: es machte sie noch achtenswerter. In den seltenen Fällen, wenn er mit ihr schlafen wollte, verteidigte er sich deswegen und erklärte, der männliche Körper brauche das.

Aber es gab Freuden in Miras Leben: die Kinder. Sie waren ein echtes Vergnügen, vor allem wenn sie allein mit ihnen war und sich nicht um Norms Essen kümmern oder Angst haben mußte, daß die Kinder Lärm machten. Ohne daß es ihr bewußt war, lächelte sie ständig, wenn sie sie im Arm hielt und sie badete, bis sie vor Vergnügen gluckten, oder sie einölte und puderte, wobei sie ihr oder sich selbst den Finger ins Gesicht stießen, um herauszufinden, was Augen und Nasen waren. Sie sah ihre

Geburt und die Geburt ihrer Liebe zu ihnen als etwas Wunderbares an. Aber genauso wunderbar war es, als sie das erste Mal lächelten, als sie plötzlich sitzen konnten, als sie die ersten geformten Laute von sich gaben, die, natürlich, wie Mama klangen. Die langweiligen Tage waren voller Wunder. Wenn dich ein Baby das erste Mal bewußt anschaut, wenn es voller Aufregung einen Lichtstrahl sieht und wie ein Hund, der nach einem Lichtschimmer tappt, versucht, ihn mit der Hand einzufangen, oder wenn es lacht, mit diesem tiefen, unbewußten Glucksen, oder wenn es schreit und du es auf den Arm nimmst und es sich weinend an dich klammert, gerettet vor irgendeinem schrecklichen Schatten, der durch den Raum wandert, oder vor einem lauten Geräusch auf der Straße oder schon vor einem bösen Traum: dann bist du – nein, glücklich ist nicht das richtige Wort – erfüllt. Mira dachte noch wie damals, als sie Normie im Krankenhaus zum erstenmal im Arm hielt, daß das Kind und ihr Gefühl für das Kind irgendwie etwas Absolutes waren, echter und verbindender als jede andere Erfahrung, die das Leben zu bieten hatte: sie fühlte, sie lebte im verborgenen wahren Zentrum des Lebens.

Plötzlich kamen die ersten Zähne, winzig und weiß im vulvaweichen rosa Zahnfleisch. Die Kinder krabbelten herum, standen auf, taten ein paar Schritte mit dem erhebenden Gefühl, dem Entzücken und dem Schrecken, wie es der erste Mensch empfunden haben muß, als er sich aufrichtete. Dann fingen sie an zu sprechen, erst zwei Worte, dann sieben, dann zählte sie nicht mehr. Sie sahen sie ernst an, schauten ihr in die Augen, fragten und sprachen. Sie waren vollständige kleine Menschen, die mit ihr aus einer Gedankenwelt heraus sprachen, von der sie nichts wußte und die sie erst zu begreifen lernen mußte. Obwohl dieser Mensch in ihrem Körper gewachsen war, ihn zerrissen hatte, um herauszukommen, obwohl er einmal Puls, Nahrung, Blut, Freude und Leid mit ihr geteilt hatte, war er nun eine eigenständige Person, deren Innerstes, deren Verstand, Geist und Gefühl sie nie ganz verstehen würde. Es war, als ob man nicht plötzlich geboren wurde, sondern nach und nach, als ob jede Geburt auch ein Tod war, jeder Schritt, den sie in ihrer Entwicklung machten, sie weiter von ihr entfernte, vom Einssein mit ihr, und irgendwann einmal würden sie weit, weit weg von ihr mit anderen verschmelzen, selbst Kinder haben, sich zusammentun und trennen, bis zur endgültigen Trennung, die auch eine Geburt, der Übergang in eine neue Form, sein würde. Sie fragten, äußerten sich und forderten alles in gebieterischem Ton: «Is blau?» – «Heiß, Streichholz, heiß.» – «Keks haben!» Sie antwortete, sagte ja oder nein, aber sie hatte keine Vorstellung davon, was ihre Erklärungen bewirkten, in was für einen Zusammenhang von Gedanken und Gefühlen sie einflossen, welches Netz von Farben, Gerüchen und Geräuschen sie bereits gebildet hatten.

Persönlichkeiten waren sie von Anfang an. Mira besaß ihren eigenen Schatz von Altweibermärchen und glaubte so fest daran wie eine alte Irin, die in Galway am Herd sitzt. Normie, der in einem aufgewühlten, ängstlichen und unglücklichen Bauch gelegen hatte und den sie mit Zangen aus ihr hatten herausziehen müssen, war eigenwillig und unfreundlich. Er lächelte erst, als er über vier Monate alt war. Sobald er gehen konnte, stolperte er in der Wohnung herum, lehnte Miras Hilfe ab und war wütend, wenn er etwas nicht anfassen durfte. Er hatte etwas Forderndes; er war oft unglücklich und beruhigte sich erst, wenn sie ihn in die Arme nahm. Er wollte etwas, wußte aber nicht, was. Er war sehr aufgeweckt, sprach früh und konnte schon logisch denken, bevor er laufen konnte. Als sie ihn eines Tages nach dem Mittagsschlaf auf dem Arm hatte, starrte er auf die Garderobe und sagte: «Daddy bye-bye.» Zuerst verstand sie nicht, dann begriff sie: er sah, daß Norms Mantel fehlte, was bedeutete, daß Norm weg war. Er war ein unruhiges Kind, ständig auf der Suche, und immer wollte er einen Schritt weiter sein, als er war.

Clark dagegen hatte in einem ruhigen, bejahenden Bauch gelegen. Seine Geburt war einfach gewesen – er schlüpfte geradezu heraus. Mit zehn Tagen lächelte er bereits. Norm sagte, das seien Blähungen, aber Clark lächelte jedesmal, wenn er sie sah, und schließlich mußte Norm zugeben, daß es ein Lächeln war. Er schmiegte sich an sie, er lächelte sie an, er plapperte, er liebte sie. Trotzdem konnte sie ihn eine Stunde lang in seinem Sprungsitz lassen – er hüpfte herum und vergnügte sich allein. Als kleines Kind war er das, was die Leute einen richtigen kleinen Engel nennen, und Mira machte sich manchmal Sorgen, ob er vielleicht zu brav war. Hin und wieder wandte sie absichtlich ihre Aufmerksamkeit von Normie ab, um mit Clark zu spielen, da sie fürchtete, durch seine fordernde Art könnte Normie sie dazu bringen, daß sie sich nur mit ihm beschäftigte und Clark vernachlässigte.

Natürlich gab es auch Sorgen. Du lieber Himmel, wenn ich an diese Jahre denke! Ein Nachmittag in gereizter Stimmung, und du bist davon überzeugt, daß ein Monster aus dir geworden ist. Zwei Regentage mit streitenden Kindern, und du bist sicher, daß es sich um einen schweren Fall von Geschwisterneid handelt (und dabei ist es dein Fehler: du hast ihnen zu wenig Aufmerksamkeit geschenkt). Jedes Fieber ist ein potentieller Mörder, jeder Husten quält dich in der eigenen Brust. Ein paar vom Tisch genommene Cents sind die ersten Anzeichen für einen potentiellen Dieb. Ein schön gemaltes Bild deutet auf einen potentiellen Matisse hin. Mein Gott! Ich bin froh, daß ich's für meine Enkel besser weiß, falls ich je welche haben werde.

Ja, das verborgene wahre Zentrum. Es war so, wie ich mir das Leben auf einem riesigen Ozeandampfer vorstelle, der von unsichtbaren Maschinen unter Deck betrieben wird, wo du das große pochende Herz bedienst, den ganzen Tag, jeden Tag: du fütterst es, belebst es, hörst und schaust ihm zu – außer wenn du beobachtest, daß es wächst und sich verändert und das Schiff übernimmt. Und das ist großartig, aber es bringt dich auch um. Du existierst nicht, sogar sie, die Kinder, sind zweitrangig neben dem Leben selbst. Ihre Bedürfnisse und Wünsche sind dem Überleben untergeordnet, dem großen pochenden Herzen, das am Leben gehalten werden muß. Der Hüter eines Kindes ist der Priester in einem Tempel: das Kind ist das Gefäß, und das Feuer darin ist heilig. Im Gegensatz zu Priestern aber genießen die Hüter von Kindern weder Privilegien noch Respekt, ihr Leben verstreicht, ohne das sie es selber bemerken. Waschen und Füttern, Streicheln und Schlagen: «Heiß! Streichholz heiß! Nein, nein!» Und immer so weiter.

Gesicht und Körper verändern sich, die Augen vergessen die Welt, die Interessen verengen sich, konzentrieren sich auf die Energien von ein, zwei oder drei kleinen Körpern, die gerade mit Gebrüll auf ihren «Pferden» aus Besenstielen im Zimmer herumtoben. Heiliges Feuer mag gelegentlich rauchen; heiliges Leben kreischt oft.

Beides aber zerstört das Individuum. Während Mira für ihre Kinder sorgte, ging in der Welt allerlei vor sich. Eisenhower wurde gewählt; Joseph McCarthy legte sich mit der Army der Vereinigten Staaten an. Aber das eindrucksvollste Ereignis in Miras Dasein, von den Kindern abgesehen, spielte sich ab, als sie eines Tages auf allen vieren den Küchenfußboden schrubbte und eines der Kinder zu schreien anfing und Norm nicht zu Hause war, sondern im Krankenhaus oder bei seiner Mutter zum Schlafen oder irgendwo sonst. Sie hockte sich hin, nickte halb lächelnd, halb Grimassen schneidend mit dem Kopf und erinnerte sich an ihre Befürchtungen damals, als Lanny sie hatte heiraten wollen. Irgendwie war alles eingetroffen. Ödipus konnte seinem Schicksal nicht entrinnen und sie auch nicht. Das Drehbuch war schon lange vor ihrer Geburt geschrieben worden.

3

Als Tad einmal hörte, wie Val von ihrem früheren Mann erzählte, schüttelte er bedächtig den Kopf und sagte: «Ich habe mir immer gewünscht, ich hätte dich kennengelernt, als du noch ganz jung warst. Ich habe mir vorgestellt, wie du mit wehendem Haar auf deinem Fahrrad die Straße hinunterfährst und mir zuwinkst und wie ich auf dem Bürgersteig stehe, ein frecher Zwanzigjähriger, und dir einen speziellen Blick zuwerfe und dich auserwähle für mich. Inzwischen wünsche ich mir das nicht mehr. Ihr Frauen freßt die Männer auf. Ihr holt sie euch, damit sie euch schwängern, damit sie für euch und die Kinder sorgen, solange die Kinder klein sind, und dann macht ihr die Tür zu, schmeißt sie raus, krallt euch eure Kinder – denn es sind *eure* Kinder – und geht vergnügt euren Weg. Ich bin froh, daß ich dich jetzt erst kennengelernt habe, wo du vergnügt bist, wo du Zeit für mich hast.»

Es war im Grunde eine ungerechte Bemerkung, aber Val war so betroffen, daß sie mir davon erzählte. Ich selber fühlte mich nicht im geringsten getroffen, aber auch ich war betroffen. Denn es klingt fast so – jedenfalls hat man das Gefühl –, als ob auch die Männer sich als Opfer fühlten. Es klingt, als sei Tad der Meinung, daß die Männer von Natur aus vom verborgenen, wahren Zentrum der Dinge abgeschnitten seien, als ob sie nur über die Frauen Zugang dazu hätten, als müßten sie sogar ihren eigenen Kindern grollen, weil sie sich zwischen sie und ihre Frauen stellten. Dabei gibt es gar keinen Wettstreit zwischen dem Baby und seinem Vater – in meinem Buch jedenfalls nicht. Ein Baby wird durch den Zwang der Umstände, nicht weil du es so willst, dein Leben. Das ist seit Urzeiten so – es liegt gleichsam zusammengerollt im Herzen des Mythos. Allerdings weiß ich nicht, ob es wirklich so sein muß. Kannst du dir eine Welt vorstellen, in der keiner, weder Mutter noch Vater, zum Überleben auf den andern angewiesen ist, in der beide, Mutter und Vater, das Baby lieben und versorgen, so daß sie beide mit dem pochenden Motor des Lebens in Berührung kommen? Ich kann es mir irgendwie vorstellen. Wenn auch nur vage. Doch kann ich mir nicht vorstellen, daß eine solche Neuordnung in einer Gesellschaft möglich ist, die nicht zugleich auch das verändert, was man die menschliche Natur nennt – das heißt, die nicht nur den Kapitalismus ausrottet, sondern auch Gier, Tyrannei, Apathie und Abhängigkeit. Schön wär's!

Wie auch immer, Tad war vierundzwanzig, und wir alle hatten den Eindruck, daß er Val, die neunnunddreißig war, anbetete, und er tat es, aber trotzdem sah er sie als verschlingendes Ungeheuer. Es ist so, als ob tief, tief im Herzen, in dem stillen Herzen, aus dem nur selten etwas hervorbricht, das stillhält, weil sonst die Welt zugrunde ginge, die Geschlechter einander hassen und fürchten. Frauen sehen Männer als Unterdrücker, als Tyrannen, als einen Feind, der stärker ist als sie und überlistet werden muß. Männer sehen Frauen als Wesen, die alles unterminieren, als Sklaven, die drohend mit den Ketten rasseln und ständig die Männer daran erinnern, daß sie ihnen, wenn sie wollten, Gift ins Essen tun könnten: paß bloß auf!

Ich weiß eine ganze Menge darüber, was Frauen in der Ehe fühlen, aber ich weiß nicht, was Männer fühlen. Es gibt haufenweise Bücher, in denen die Leiden der Ehe aus männlicher Sicht beschrieben werden. Das Problem ist, daß sie nicht ehrlich sind. Hast du je ein Buch von einem männlichen Autor gelesen, in dem gezeigt wird, daß der Held an seiner Frau hängt, weil sie eine ausgezeichnete Hausfrau ist? Oder weil sie Verständnis für seine sexuellen Probleme hat und ihm nicht das Gefühl vermittelt, hoffnungslos unzulänglich zu sein – etwas, was er von keiner anderen Frau erwarten könnte? Oder weil sie sich nicht viel aus Sex macht und er fein heraus ist – weil er selbst sich auch nicht viel draus macht? Nein, bestimmt nicht. Und falls du doch so etwas gelesen hast, dann war es bestimmt ein «humoristischer» Roman mit einem «Antihelden» als Hauptgestalt.

Jedenfalls will ich keinen unaufrichtigen Bericht schreiben, und deshalb versuche ich herauszufinden, was Norm in diesen Jahren fühlte. Eines meiner Probleme dabei ist, daß Mira kaum wußte, was Norm in jenen Jahren fühlte. Ich nehme an, er war wesentlich mehr mit seinem Medizinstudium beschäftigt als mit ihr und den Kindern. (Du nickst: absolut richtig.) Er war oft mürrisch und brummig, strich ihr aber jedesmal, wenn sie ihn fragte, was los sei, über die Wange und sagte, nichts. Er war völlig glücklich mit ihr. (Trotzdem mußte sie sich mit seinen Launen und seinen Nörgeleien abfinden.) Er sah ihr oft zu, wenn sie das Baby versorgte, und bekam, wenn er von seinen Büchern aufschaute und quer durch den Raum blickte, verträumte Augen, aber er hatte auch begonnen, sie herumzukommandieren, was er vor der Geburt der Kinder nie gewagt hätte.

Ich kann nicht einmal den nächsten Satz, den ich schon im Kopf hatte, hinschreiben – Vals Aufschrei kommt dazwischen: «Ha! Nachdem die Kinder geboren waren, wußte er, daß er sie hatte, daß sie nun abhängig von ihm war und hinnehmen mußte, was er ihr auftischte.» Daran ist vermutlich etwas Wahres, aber ich wollte herausfinden, was Norm fühlte, und falls er *das* fühlte, war es ihm nicht bewußt, was mehr oder weniger darauf hinausläuft, daß er es gar nicht fühlte. Das ist doch richtig, nicht? Oder nein, das ist wahrscheinlich Unterdrückung. Ich bin völlig durcheinander. Laß mal, Val. Ich versuche, an Norm heranzukommen.

Okay, er hatte seine Traumfrau geheiratet, und es steht außer Frage, daß er Mira wirklich liebte. Er liebte das, was er als ihre Unabhängigkeit ansah. Aber es war eine besondere Unabhängigkeit, die er nicht hatte: Er hatte den Eindruck, daß sie immer nach der Wahrheit strebte, und wenn dieses Streben sie mit den Vorstellungen der Menschen in ihrer Umgebung in Konflikt brachte, schickte sie die Leute einfach zur Hölle – natürlich nicht mit diesen Worten. Gleichzeitig aber war sie sehr abhängig – zerbrechlich, empfindlich, ängstlich. Er hatte das Gefühl, daß sie ihn als Beschützer brauchte, und da er selbst zerbrechlich, empfindlich und ängstlich war, konnte er sich stark fühlen, wenn er den Arm um sie legte und ihr versicherte, daß er für sie sorgen werde.

Alles verständlich. Was mich irritiert – oder, genauer gesagt, was Val irritiert, die mir nicht von der Seite weicht –, ist, daß die Eigenschaften, die uns am anderen anziehen, nichts mit der Wirklichkeit zu tun haben. Vielleicht ist es so, Val, daß unsere kulturellen Traditionen uns eine solche Beziehung als wünschenswert erscheinen lassen. Bitte, laß mich jetzt eine Weile allein.

Denn wovor hat Norm denn eigentlich Mira beschützt? Ha, ich nehme an, vor anderen Männern. Er sagte oft, sehr oft, und schüttelte dazu weise den Kopf: «Du kennst die Männer nicht. Ich kenne sie. Sie sind schrecklich.» Und wenn Mira sagte, sie glaube schon, daß sie eine Ahnung hätte, schüttelte er den Kopf und erzählte ihr, wie er als zarter Zehnjähriger vor dem Süßwarenladen an der Ecke von einer Horde irischer Katholikenkinder, die dort den Kindern von der staatlichen Schule auflauerten, überfallen worden war. Oder wie seine Freunde bei der Army dem einzigen armen Juden, der ihrer Einheit zugewiesen worden war, das Leben schwergemacht hatten. Er berichtete ihr von jeder Vergewaltigung, von der er gehört hatte.

Tatsächlich aber war Norm nicht genug um Mira herum, um sie vor Männern zu beschützen. Sie schützte sich selbst, indem sie sich einsperrte, indem sie sie nicht ansah oder nicht an sie dachte. Sie konnte das tun, weil sie eine verheiratete Frau war.

Ich versuche immer noch, an Norm heranzukommen. Er hatte sein Mädchen geheiratet. Die Dinge standen nicht schlecht. Sie verdiente den

Lebensunterhalt, während er Medizin studierte. Zwar besaßen sie an materiellen Dingen nicht das, was er sich gewünscht hätte, aber er besaß im Bett ihren schönen Körper, wenn er wollte, und sie war eine gute Köchin. Das Studium fiel ihm schwer, aber da er verheiratet war, arbeitete er mehr, als wenn er allein gewesen wäre. Er hatte nicht das Geld, um mit anderen jungen Männern auf Sauftour zu gehen, aber er wollte es auch gar nicht. Er genoß es, abends zu Hause zu sein und zu arbeiten und, wenn er aufblickte, Mira zu sehen, wie sie nähte, bügelte oder las, immer konzentriert, wobei die Sanftheit ihres Gesichts sich mit der Zeit in Strenge verwandelte. Dann fühlte er sich wohl, heimisch, versorgt.

Komme ich jetzt an ihn heran?

Und wenn er sich hin und wieder über sie ärgerte, wegen irgendwelcher Dinge, für die sie nichts konnte – nun, er war schließlich auch nur ein Mensch, oder? In gewisser Weise war es, auch wenn er sich das nie wirklich klar machte, ganz angenehm, jemanden zu haben, den man anschreien konnte, ohne befürchten zu müssen, daß er nie wieder mit einem sprach. In den Vorlesungen tagsüber mußte er höflich sein. Auch zu seinem Vater hatte er immer höflich sein müssen. Seine Mutter hatte er manchmal angebrüllt, aber die sprach dann tagelang nicht mit ihm. Zum Schluß verzieh sie ihm zwar immer, aber vorher mußte er leiden. Mira brachte es nicht fertig, ihm so lange böse zu sein, und er kriegte sie immer wieder herum, brachte sie dazu, wieder zärtlich zu ihm zu sein. Er war überzeugt, daß Mira mit ihm genauso glücklich war wie er mit ihr.

Aber dann kamen die Kinder. O Gott, zuerst schwillt sie an wie ein Luftballon, dann ist sie plötzlich verängstigt und in sich gekehrt und er muß sich dauernd um sie kümmern, während sie anscheinend überhaupt keine Rücksicht mehr auf ihn nimmt, und dann, wenn das vorbei ist, ist das Baby da. Es ist da, da, da. Nicht daß er es nicht gern hat, nur – es ist *immer da.* Er machte ihr keine Vorwürfe: das Kind schreit dauernd, und sie muß entweder Windeln waschen oder seinen Kartoffelbrei kochen. Dabei gehörte sie doch eigentlich ihm, war sein, ganz und gar sein – sind denn Frauen nicht dazu da, ganz für einen dazusein? Plötzlich gehört sie nicht mehr ihm, sondern dem Kind.

Ich weiß nicht. Ich glaube, hier stimmt irgend etwas nicht. Ich habe das Gefühl, als ob Val sich an den Kanten der Buchstaben hochschlängelt, noch während ich sie tippe. Falls ihr mir Briefe schreiben wollt, um euch darüber zu beklagen, wie ich Norm behandle, dann adressiert sie bitte an Val.

4

1955, als andere Leute sich wegen des Kalten Krieges Sorgen machten und Luftschutzkeller bauten, machten Norm und Mira sich Sorgen um die Anzahlung für das kleine Haus in Meyersville, das sie sich kaufen wollten. Norm hatte seine Pflichtassistentenzeit beendet und war in die Praxis eines alten Freundes seiner Familie eingestiegen. Er hätte gern seine Ausbildung fortgesetzt, um seinen Facharzt zu machen, aber schon der Gedanke, es noch ein weiteres Jahr in der winzigen Wohnung mit den Kindern aushalten zu müssen, war ihm unerträglich. Mit Hilfe ihrer beider Eltern kauften sie ein kleines Haus in einer Neubausiedlung. Es hatte zwei Schlafzimmer und ein Eßzimmer. Mira war begeistert, obwohl sie keine Möbel hatten. Die Verwandten durchstöberten ihre Dachböden, und bald war das junge Paar eingerichtet.

Meyersville war ein Getto in einer Welt aus lauter kleinen Enklaven, die den Zweck hatten, die Menschen nach Klassen und Hautfarbe, nach Alter und Gebrechlichkeit voneinander zu isolieren. Die Siedlung bestand aus zahllosen identischen kleinen Häusern, jedes mit seinem Kühlschrank, seinem Herd, seiner Waschmaschine und mit seinem umzäunten Garten. Und fast alle Leute, die hier einzogen, waren junge Paare mit kleinen Kindern, die in Mietshäusern unwillkommen waren und die den kleinen Garten und die Waschmaschine brauchten. Die Leute, die sich früher in ihrer Heimatstadt ein Häuschen gemietet hätten, kauften sich heute, da es kaum noch Häuser zu mieten gab, ein Haus in Meyersville – Anzahlung $ 500 und eine Hypothek zu viereinhalb Prozent. In Meyersville unterschied man sich nach drei Kategorien – die Rassenzugehörigkeit stand gar nicht erst zur Debatte –: Religion, Alter und Ausbildung. Es gab viele Katholiken, zahlreiche Protestanten, ein paar wenige Juden. Nur wenige ältere, nicht mehr berufstätige Ehepaare waren dem Kindergeschrei gewachsen, das von morgens bis abends durch die Straßen hallte. Fast fünfzig von hundert Männern hatten ein College besucht. Ein Collegeabschluß galt 1955 noch etwas. Er sagte zwar nichts über Intelligenz oder Bildung aus, deutete aber auf gute Aufstiegsmöglichkeiten hin, obwohl von all den Leuten, die Mira und Norm in den Jahren hier kennenlernten, die beiden Männer, die wirklich reich wurden, nicht das College besucht hatten: der eine handelte mit Gebrauchtwagen und bekam schließlich die Chevrolet-Vertretung und wurde Millionär, der andere war Immobilienmakler, der den Aufstieg mit ein paar günstigen Grundstücksverkäufen schaffte.

Jedenfalls brauchte sich Norm mit seinem Doktortitel nicht zu verstekken. Da waren andere junge Ärzte, Rechtsanwälte, Steuerberater und Lehrer – alles angesehene Leute in Norms Augen. Und unter ihren Frauen waren einige Krankenschwestern, Lehrerinnen oder Privatsekretärinnen gewesen – Leute, mit denen Mira reden konnte, so glaubte sie jedenfalls. Sie waren alle in der gleichen Lage. Sie hatten kein Geld und strampelten sich ab, sie hatten kleine Kinder, sie strebten aufwärts. Ganz ohne Frage gab es für sie alle nur einen wirklichen Maßstab: Geld. Nichts kam ihm an Wert auch nur annähernd gleich. Sie waren die jungen Leute, die schäbige alte Autos, vollgestopft mit Kindern, fuhren und sehnsuchtsvoll in die Welt hinausgingen. Sie wünschten sich eine neue Couch fürs Wohnzimmer, eine Eßzimmereinrichtung, einen neuen Wagen. Von Dingen wie Reisen nach Europa, Pelzmänteln oder einem Swimmingpool im Garten konnten sie nur träumen. Was sie sich auch wünschten, die Träume, die in ihren Köpfen tanzten, galten materiellen Dingen.

Vorläufig mußten sie – in manchen Fällen jahrelang – ohne dergleichen auskommen, und sie lebten Tag für Tag mit ihrer Sehnsucht und merkten nicht, daß darüber das Leben verstrich, unwiederbringlich. Die Männer nahmen ihre Hoffnungen mit zur Arbeit, wo das Verlangen ihrem Verhalten die scharfe Kante des Konkurrenzdenkens verlieh. Die meisten von ihnen hatten keine Freunde. Die Frauen blieben zu Hause bei den Kindern und beobachteten den Himmel, um rechtzeitig, ehe es regnete, die Wäsche von der Leine zu nehmen oder, falls es nicht regnete, den Rasensprenger aufzudrehen. Die wenigen alten Häuser an den Hauptstraßen solcher Ortschaften wurden abgerissen, die Straßen verbreitert, und zu beiden Seiten schossen Geschäfte aus dem Boden, Läden für Gartengeräte, Gebrauchtwagenplätze, Möbel-Discount-Läden, Radio- und Fernsehgeschäfte, Teppichhandlungen. Manche Leute sagen, damals habe die Verunstaltung Amerikas begonnen, aber häßliche Hauptstraßen gab es auch vorher schon mehr als genug. Vielleicht ist das Material häßlicher geworden: Holz und Backstein wurden von Chrom, Glas, Neon und Plastik verdrängt. Es gab mehr Häßlichkeit, weil es mehr Menschen gab. Fast schien es, als hätte der Zweite Weltkrieg weniger Menschen umgebracht als hervorgebracht. Die Welt war im Umbruch und die Menschen auch. Auf Grund des GI-Gesetzes gingen Männer aufs College, die sonst nicht gegangen wären. Jeder ersehnte es sich, jeder wünschte es sich, das gute Leben. Und das gute Leben bestand, wie jedermann wußte, aus Kühlschränken mit Abtauautomatik, Hi-Fi-Geräten mit zwei Lautsprechern, Teppichboden und Wäschetrockner.

Es ist leicht, heute die Nase darüber zu rümpfen. Es hat nicht funktioniert, *la dolce vita* wurde nicht mitgeliefert wie das Waschmittel mit der neuen Waschmaschine. Aber den Frauen brachte die neue Waschmaschine oder der Wäschetrockner oder die Tiefkühltruhe wirklich eine kleine Erleichterung der Sklaverei. Ohne die neuen Geräte und ohne die Pille gäbe es heute keine Revolte der Frauen. Tatsachen, Madam, ich will nur die Tatsachen. Auf die schmutzigen Pfunde und Pennies kommt es an. Virginia Woolf wußte das, auch wenn sie meinte, sie gehörten nicht in die Literatur. Immerhin war sie diejenige, die fragte: Warum haben Frauen kein Geld? Haben sie nicht zu allen Zeiten genauso geschuftet wie die Männer, im Weinberg gearbeitet und in der Küche, auf dem Feld und im Haus? Wie kommt es dann, daß am Ende die Männer die Pfunde und Pennies haben? Warum haben Frauen nicht einmal einen Raum für sich, wenn doch, zumindest zu Virginia Woolfs Zeit, jeder bessere Herr sein Studierzimmer hatte?

Nun, die Welt platzte aus den Nähten: wenige Menschen hatten einen Raum für sich. Sie mußten sich mit Waschmaschine und Gartengrill begnügen. Die Arbeiterklasse war in den Bereich des Menschseins vorgedrungen.

5

Miras Leben war nach dem Umzug um so vieles leichter geworden, daß sie sich wie ein Luxusgeschöpf vorkam. Nach und nach wurde die Mahlzeit nachts um zwei abgesetzt, aus den sieben Mahlzeiten täglich wurden sechs, dann fünf, dann vier, und schließlich waren die Fläschchen verschwunden. Nach einem weiteren Jahr verschwanden auch die Windeln. Es ist ein großer Tag im Leben einer Frau, wenn die Windeln verschwinden, aber nur wenige Frauen sind sich sicher genug, um sie wegzuwerfen. Die meisten packen sie auf den Dachboden – «für alle Fälle». Natürlich blieb immer noch Wäsche genug, aber inzwischen hatte sie eine Waschmaschine und brauchte nur noch dreimal in der Woche zu waschen. Auch mußte immer noch saubergemacht werden. Mira hatte geglaubt, das Saubermachen würde einfacher werden, wenn sie erst einmal eine größere Wohnung hatten. Sie hatte nicht bedacht, daß in einer größeren Wohnung auch eine größere Fläche sauberzumachen ist. Sie machte die Erfahrung, daß die Arbeit des Saubermachens im direkten Verhältnis zum Wohlstand wuchs, und sie ließ sich nur vermeiden, wenn man entweder als Mann geboren war oder eine andere Frau dafür bezahlte. Trotzdem, es war ein luxuriöses Leben. Die langen Sommertage lagen vor ihr, sie summte in der Küche vor sich hin, während sie das Frühstücksgeschirr abwusch und die Kinder draußen im Garten spielten. Vielleicht würde sie ein richtiges Leben wiederbekommen. Einmal in der Woche, an einem Abend, an dem Norm zeitig genug nach Hause kam, fuhr ihre Freundin Theresa mit ihr zur Bücherei und sie lieh sich einen Stapel Bücher aus, immer alle von demselben Schriftsteller. Sie las alles von Henry James, Aldous Huxley, Faulkner, Woolf, Jane Austen und Dickens. Sie las unkritisch, ohne Unterschiede zu machen. Sie holte sich populärwissenschaftliche und wissenschaftliche Bücher über Psychologie, Soziologie und Anthropologie, und erst nach einiger Zeit erkannte sie den Unterschied zwischen mehr oder weniger vereinfachenden Einführungen in einen Wissenschaftsbereich. Sie vergaß das meiste von dem, was sie las, weil ihr die Zusammenhänge fehlten, und nach einiger Zeit hatte sie das Gefühl, daß alles irgendwie sinnlos war und daß sie nicht wirklich etwas dabei lernte. Aber in den ersten Jahren war sie glücklich. Ihre Wohnung glänzte und funkelte, ihre Kinder waren niedlich und schrien nur ein- oder zweimal am Tag. Sie bekam ihr Leben wieder.

Die Kinder hielten noch Mittagsschlaf, und so hatte sie dann ein oder zwei Stunden Ruhe. Abends brachte sie die beiden um sieben zu Bett, so daß ihr auch dann noch ein paar Mußestunden blieben. Abends las sie, auch wenn Norm fernsah. Die Nachmittage verbrachte sie mit anderen.

Es heißt oft, daß die Frauen in den Vororten ganz ähnlich wie die Frauen im alten Griechenland im Haus eingesperrt sind und den ganzen Tag außer den Kindern niemanden zu sehen bekommen. Die Griechinnen sahen die Sklaven, vermutlich ganz interessante Leute. Die Frauen in den Vororten dagegen haben einander.

Die Frauen in der Nachbarschaft waren alle darauf bedacht, Freundschaften zu schließen, und jede «Neue» wurde reihum zum Kaffeeklatsch eingeladen. Mit der Zeit bildeten sich Gruppen. Mira hatte mehrere Freundinnen. Bliss, Adele und Natalie. Alle drei hatten ihrerseits noch andere Freundinnen, so daß eine Art Netz aus verschiedenen Zellen entstand. Mira war fünfundzwanzig, ihre Freundinnen ein oder zwei Jahre älter. Sie hatten alle kleine Kinder. Und sie waren alle mit Männern verheiratet, die ihr Leben als Beruf und nicht als Job betrachteten.

Den größten Teil ihrer freien Zeit verbrachten sie gemeinsam in ihren Küchen und Gärten bei heißem oder eisgekühltem Kaffee und einem aus abgepackten Zutaten selbstgebackenen Kuchen und paßten auf die Kinder auf. Bei schlechtem Wetter saßen sie eher in der Küche als im Wohnzimmer, weil hier alles in greifbarer Nähe war, wenn es galt, einem Kind, das weinend angelaufen kam, ein paar Kekse zu geben oder den Frauen Kaffee nachzuschenken, und wenn die Kinder mit Matsch, Schokolade oder Hundedreck beschmiert hereinkamen, wurde nur die Küche schmutzig. Die Häuser standen so dicht beieinander, daß man es sogar wagen konnte, die Kinder, wenn sie mittags schliefen, allein zu lassen: bei offenem Fenster hörte man jedes Geräusch aus den Nachbarhäusern.

Im Sommer saßen sie auf dem Rasen oder auf der selbstgebauten Terrasse, schlürften Eistee oder Eiskaffee und sahen den Kindern zu, die in der Sandkiste oder im Plastikplanschbecken spielten. Um ihre Kleider kümmerten sie sich nicht viel: sie wurden ständig von klebrigen Kinderfingern betatscht oder von den Babies vollgesabbelt. Jede Unterhaltung war eine körperliche Anstrengung: man mußte die Worte herausbringen, während einem ein Baby am Hals hing oder auf dem Schoß saß und an Mutters Ohr zupfte, oder während man aufsprang, um Johny den Stein aus dem Mund zu nehmen, ehe er ihn herunterschluckte, oder um Midge davon abzuhalten, daß sie Johnny die Schaufel über den Schädel schlug, oder um Deena aus dem kleinen Loch im Zaun herauszuziehen, in dem sie bei dem Versuch, sich aus dem Garten zu stehlen, steckengeblieben war.

Auch wenn ständig etwas los war, es war ein träges Leben, weil es nirgendwohin führte. Ein Tag war wie der andere: die Sonne schien oder sie schien nicht, Jacken wurden gebraucht oder Winteranoraks und Stiefel. Die Erziehung zur Sauberkeit zeitigte Erfolge oder machte Schwierigkeiten. Manchmal froren die Bettücher auf der Wäscheleine. Die Frauen arbeiteten vormittags, am späten Nachmittag und manchmal abends, wenn sie flickten, bügelten oder ein neues Kleid für Cheryl oder Midge nähten, während im Fernsehen «Dragnet» oder Mike Wallace plärrte. Kein schlechtes Leben – sehr viel besser, verdammt, als den ganzen Tag Mautgebühr zu kassieren oder Konservendosen, die vom Fließband kamen, zu kontrollieren. Die unausgesprochenen, unreflektierten Umstände, die dieses Leben bedrückend machten, hatten sie alle vor langer Zeit akzeptiert: daß sie keine Wahl gehabt, sondern automatisch in dieses Leben hineingeschlittert waren und daß sie sich nie in

Freiheit bewegen konnten (die Kinder waren als Fesseln wirksamer, als ein Gefangenenlager es hätte sein können). Sie hatten sich mit der Scheiße und den grünen Bohnen abgefunden, sie waren zufrieden.

6

Durch ihre täglichen Gespräche waren sie sehr vertraut miteinander. Die meisten von ihnen erfuhren später nie wieder so viele und so intime Details aus dem Leben anderer Menschen. Nie vergaßen sie zu fragen, wie es mit Johnnys Husten heute ging, ob Miras Periode immer noch so stark war oder ob Bill das kaputte Klo in Ordnung gebracht hatte. Solange es kaputt war, hatte die Familie nämlich dein Klo oder das deiner Nachbarn benutzt; deshalb wußtest du über die Reparatur so genau Bescheid, wie du deine eigenen Duschgewohnheiten kanntest.

Am häufigsten unterhielten sie sich über die Kinder. Jede sah ihr eigenes mit leuchtenden Augen an und entdeckte bei allen Schönheit und Klugheit. Und sie waren wirklich alle schön und klug und lustig, auch wenn sie einander manchmal den Schädel einschlugen. Voller Mitgefühl gingen die Frauen auf das Schluchzen des schlimmsten Schlägers, der schlimmsten Heulsuse ein. Hin und wieder fuhren sie die Kinder an, gelegentlich langten sie ihnen eine. Aber schon bald darauf weinte das Kind herzzerreißend in Mutters Schoß oder legte den Kopf an ihre Brust. Das bedeutet nicht, daß man nicht auch zuweilen eine Frau kreischend vor Zorn oder Frustration nach ihrem Kind rufen hörte oder daß es in der Nachbarschaft nicht auch Eltern gab, die ihre Kinder mit dem Hosengürtel prügelten. Aber das war nicht das Übliche. Diese Generation von Kindern wuchs behütet auf, weitab von der sich immer mehr ausdehnenden Großstadt und ihren verseuchten Miethäusern, weitab vom Elend verarmter Farmen.

Die Kinder waren ein unerschöpfliches Thema: ihre Koliken, ihr Fieber, ihre komischen Einfälle und Reden, ihre Schulnoten, ihre Dickköpfigkeit – alles. Du magst solche Gespräche langweilig finden, lieber über Autos oder Fußball reden. Ich für mein Teil finde sie menschlich, und ob du es glaubst oder nicht, wir lernten auch dabei, zum Beispiel, was man tun kann, wenn das Fieber nicht heruntergeht, oder wie man einen bestimmten Fleck aus Johnnys Spielanzug kriegt, und wir lernten etwas über das Akzeptieren vieler Variationen: die Kinder waren alle verschieden, und wenn auch eines größer und stärker war und ein anderes klüger und wieder ein anderes hübscher, so gab es doch keinen grundlegenden Unterschied zwischen ihnen. Erst unsere Liebe zu ihnen machte sie zu etwas Besonderem: dein eigenes Kind liebtest du natürlich am meisten.

Aber neben den Kindern gab es noch andere Themen. Die Speisenfolge eines festlichen Abendessens (die Schwiegereltern kamen am Sonntag) war Gesprächsstoff für Stunden. Neue Shorts oder eine neue Bluse konnten die Frauen zwei Tassen Kaffee lang beschäftigen. Sie stöhnten und lachten zusammen über den Hausputz, aber die Häuser waren allesamt makellos. Wo kleine Kinder sind, herrscht ständig Unordnung, deshalb wahrscheinlich hielten die Frauen ihre Häuser sauberer, als sie es in späteren Jahren taten. Über die Ehemänner wurde kaum gesprochen, aber im Hintergrund waren sie immer gegenwärtig. Meist wurden sie erwähnt, wenn es darum ging, eine Absurdität oder einen Zwang zu illustrieren.

«Paul mag gern starken Kaffee, also mache ich ihn stark und gieße in meinen Wasser nach.»

«Norm ißt kein Schweinefleisch.»

«Hamp rührt keine Windel an. Hat er nie getan. Als die Kinder noch klein waren, konnte ich sie ihm deshalb nie überlassen. Darum hab ich sie auch so früh zur Sauberkeit erzogen.»

Niemand ging auf solche Äußerungen näher ein, niemand fragte, warum Natalie oder Mira nicht einfach stur blieben oder warum Adele den Kaffee nicht so kochte, wie sie ihn mochte, und es Paul überließ, sich seinen eigenen zu machen. Ehemänner waren wie Mauern, etwas Absolutes, zumindest in kleinen Dingen. Die Frauen klagten und kicherten oft über sie, über ihre unglaublichen Ansprüche und ihre unmöglichen Vorstellungen, über ihre unerklärlichen Eßgewohnheiten und ihre eigenartigen Vorurteile, aber es klang immer ein bißchen so, als wären sie die Schwarzen unten in der Hütte, die sich über die verrückten Forderungen der weißen Herren oben im großen Haus ausließen.

Denn die Männer erlebten das Leben natürlich auf einer anderen Ebene. Hamp flog für seine Firma im Land herum, natürlich erster Klasse, speiste in teuren Restaurants und wurde von Stewardessen und Kellnern von vorn bis hinten bedient. Bill war Navigator bei einer Fluggesellschaft und flog rund um die ganze Welt, wohnte in teuren Hotels und Luxusherbergen, speiste in berühmten Lokalen und wurde von Stewardessen und Kellnern von vorn bis hinten bedient. Und sogar Norm und Paul gingen mittags oft teuer essen, «geschäftlich», wie das hieß, und wurden von Krankenschwestern und Sekretärinnen von vorn bis hinten bedient. Sie brachten ihre Ansprüche mit nach Hause und mit der Zeit empfanden sie ihr Zuhause und ihre Frauen als provinziell, kleinkariert, ärmlich. In zunehmendem Maße und möglicherweise unvermeidlich wurden aus den gleichberechtigten Frauen, die sie geheiratet hatten, Hausangestellte. Als Bill im Winter einmal mit einer Grippe lag, rief er genau dreiundzwanzigmal nach Bliss – sie hatte es gezählt –, damit sie ihm Tee brachte, ein Gingerale, noch ein Aspirin, eine Zeitschrift. Bliss steckte sich bei ihm an, aber da er einen Flug hatte, bestand er darauf, daß sie ihn zum Flugplatz fuhr. Sie tat es. Lily erzählte uns eine absurde Geschichte von Carl, der, über ihre Kochkünste erbittert, Kartoffelpfannkuchen nach dem Rezept seiner Mutter machen wollte, aber den Teig auf dem Herd verschüttete und voller Wut die ganze Schüssel durch die Küche schleuderte, ehe er mit den Worten, das sei sowieso ihre Aufgabe, aus dem Haus stürmte, um bei McDonalds etwas zu essen: er ließ sie mit dem ganzen Dreck sitzen, und die Kinder mußten gefüttert und gebadet werden, und beide heulten, erschrocken über den Krach und das Durcheinander und weil nun aus Papas vielgerühmtem Essen nichts wurde. Samantha konnte eine halbe Stunde über ihre Poltergeist-Eiswürfelbehälter plappern, die ihr immer irgendwie um die Ohren flogen (was stimmte), und daß Simp ihr nicht erlaubte, andere zu kaufen. Martha erzählte in immer neuen Fortsetzungen die Geschichte, wie jedes Werkzeug in Georges Hand zur tödlichen Waffe wurde: kürzlich war ihm, als er auf der Leiter stand, der Hammer aus der Hand gefallen, Jeff direkt auf den Kopf, so daß die Wunde mit zehn Stichen hatte genäht werden müssen. Der Kalte Krieg war harmlos im Vergleich zu der Hartnäckigkeit, mit der Sean täglich frische Bettwäsche verlangte und zu Norms jahrelanger Weigerung, Mira das Autofahren beizubringen.

Aber keine von ihnen deutete je an, daß die Situation sich vielleicht ändern ließe. Keine stellte je das Recht der Männer, Ansprüche zu stellen und Macht auszuüben, in Frage. Nur Martha äußerte sich verächtlich über ihren Mann: «Er ist unfähig, er ist ein Holzklotz!» sagte sie lachend. Die anderen lachten nur und schüttelten den Kopf über die Sturheit des einen und die Dummheit des anderen. Männer hatten wie Kinder ihre Marotten, und die Frauen mußten damit fertig werden. Und wenn gelegentlich die saubere Bettwäsche, die glatte Eiswürfelschale oder die Fahrstunden Anlaß zu einem heftigen Streit waren, dann spielte sich das spät abends im Haus ab. Bei Tag, im hellen Sonnenschein und wenn die Kinder auf dem Rasen tobten, wurde dergleichen nie erwähnt.

Die Frauen machten Andeutungen, aber keine sagte etwas über die Gründe, als Samantha an den Händen Hautausschlag bekam oder als Natalie plötzlich nachmittags zu trinken anfing und ihre Whiskeyflasche von Haus zu Haus mitschleppte, da keine der Frauen es sich leisten konnte, Alkohol zu kaufen, außer für Abendeinladungen, wenn die Männer dabei waren. Keine hörte anscheinend etwas, als Bliss eines Tages aus dem Haus stürzte und nach Cheryl rief, damit sie ihr Fahrrad von der Straße nahm, und ihre Stimme sich dabei überschlug, so daß es wie ein hysterisches Kreischen klang. Alle wußten, daß es ihnen mit ihren eigenen Stimmen manchmal ähnlich erging, so an Tagen, an denen die Waschmaschine überlief, der Schinken anbrannte, Johnny sich beim Hinfallen den Kopf aufschlug – und dann rief abends Norm oder Paul oder Hamp an und sagte, er werde heute abend spät nach Hause kommen, er müsse noch zu einem Geschäftsessen, einer Konferenz oder einer Party bei einem Kollegen.

Keine machte eine Bemerkung oder fragte nach einem Zusammenhang, wenn sie alle in Miras Küche saßen und Bliss gerade mitten in einer komischen Geschichte über Bills Ansprüche war und plötzlich Bill den Kopf zur Tür hereinsteckte und fragte, ob Bliss da sei, und Bliss dann hastig aufsprang und im Hinausgehen lachend die Augen verdrehte.

Es gab zwei Gesellschaften – die Welt, in der es Männer gab, und ihre eigene, die ausschließlich aus Frauen und Kindern bestand. In ihrer eigenen Welt waren sie alle füreinander da, physisch und emotional. Durch gute Laune und stummes Verstehen halfen sie einander, zeigten sie einander ihre Zuneigung und ihr Verständnis, auch für ihre gemeinsamen Sorgen. Mira dachte, daß sie füreinander wichtiger waren, als ihre Ehemänner es für sie waren. Sie fragte sich, ob sie ohne einander hätten leben können. Sie liebte sie.

7

Bei den meisten von ihnen besserte sich die finanzielle Situation im Laufe der folgenden Jahre so weit, daß die Frauen sich ein- bis zweimal im Jahr ein neues Kleid leisten konnten, oder aber den Stoff, um sich eines zu nähen, und daß sie Alkohol und Essen kaufen und eine Party geben konnten. Bliss und Bill kauften sich einen billigen kleinen Tisch und eine Lampe für ihr kahles Wohnzimmer. Norm und Mira ließen sich für die alte Couch von Norms Mutter einen abnehmbaren Bezug anfertigen. Die

Kinder wurden größer, einige gingen schon zur Schule. Die Frauen hatten überschüssige Energie und beschlossen, sie zu nutzen. Die Wohnzimmer sollten allmählich zur allgemeinen Benutzung freigegeben und die Ehemänner in ihre Gemeinschaft mit einbezogen werden. Bisher hatten die Männer nur hin und wieder am Sonntag nachmittag flüchtig über den Rasenmäher hinweg ein Wort miteinander gewechselt.

Mira gab die erste Party. Fast alle Gäste kamen gleichzeitig. Das kleine Wohnzimmer war blitzblank und aufgeräumt: der Stapel Wäsche, der am Nachmittag auf der Couch gelegen hatte, die über den Fußboden verstreuten Spielsachen – alles war für diesen Abend in den Wandschränken verstaut worden. Platten mit russischen Eiern und Oliven, mit Käse und Keksen, Körbchen mit Kartoffelchips und Brezeln standen auf den kleinen Tischen. Obwohl sich die Frauen fast täglich sahen, breitete sich bei ihrer Ankunft knisternde Spannung aus. Die Männer sahen aus wie immer: etwas weniger formell gekleidet, als wenn sie morgens zur Arbeit fuhren, aber ordentlich und gepflegt, in Blazer oder Sportjacke und mit geputzten Schuhen. Aber die Frauen! Die lumpigen Hosen, die ungeschminkten Gesichter, die Lockenwickler und Schürzen waren verschwunden. Sie kamen in tief ausgeschnittenen Kleidern, mit Modeschmuck, hoch aufgetürmten Haaren, Seidenstrümpfen, Stöckelschuhen, Lidschatten, Rouge. Sie waren alle attraktiv, und heute abend sahen sie wunderbar aus in ihren prächtigen Kleidern und sie wußten es. Etwas befangen betraten sie das Wohnzimmer: ihre Stimmen klangen höher als sonst, und sie lachten lauter und öfter als sonst.

Die Männer, die spürten, daß irgend etwas anders war, zuckten mit den Schultern und überließen das Wohnzimmer den «Mädchen». Sie standen mit ihren Highballs in der Küche und sprachen über Fußball, Autos und wo man am besten Autoreifen kaufte. Die Frauen, unsicher in dem ungewohnten Raum und in den ungewohnten Kleidern, setzten sich und betrachteten einander. Und plötzlich taxierten sie einander, nahmen die Figur der anderen oder die Länge ihrer Wimpern wahr, wie sie sie vorher nie zur Kenntnis genommen hatten. Es war ihnen nur halb bewußt, was da geschah.

Diese Frauen kamen nie heraus, kamen nie von ihren Kindern fort. Ausgehen, das kostete Geld für Babysitter, fürs Essen, für die Theater- oder Kinokarten, Geld, das sie so gut wie nie hatten. Die Schwangerschaft hatte sie alle dazu erzogen, nicht zuviel über die Zukunft nachzudenken: die Zukunft war lediglich ein Mehr an Gegenwart. Ihr Horizont war durch ihr Leben begrenzt.

Aber heute abend hatten sie gut gerüstet das Wohnzimmer betreten, todschick und in voller Kriegsbemalung, mörderisch, wie sie kichernd untereinander sagten. Sie hatten sich selbst und einander mit neuen Augen gesehen. Sie waren noch jung, sie waren attraktiv. Ehe sie zu Hause aufgebrochen waren, hatten sie sich von oben bis unten im Spiegel betrachtet und dabei festgestellt, daß sie sich nicht sonderlich von den Geschöpfen unterschieden, nach deren Vorbild sie sich zurechtgemacht hatten – den Glamourmädchen in den Mode- und Filmzeitschriften. Es ging ihnen auf, daß sie noch ein anderes Ich besaßen als das, mit dem sie täglich lebten. Es war wie ein Wunder. Als ob sie noch einmal eine Chance hätten, als ob sie ein anderes Leben leben könnten als das, das sie jetzt lebten. Was für ein Leben das war, wußten sie nicht. Sie gingen der Sache nicht weiter nach. Nicht eine von ihnen hätte ihre Kinder aufgegeben, und nur wenige hätten ihre Männer aufgegeben – und beides hätten sie wohl tun müssen, um ein anderes Leben führen zu können. Trotzdem fühlten sie sich irgendwie angespannt.

Sie wollten sich nicht eingestehen, daß es eine Illusion war. Während sie da im Wohnzimmer saßen, so wie sonst meist in der Küche, nur daß sie Highballs statt Kaffee tranken, sprachen sie darüber, daß Amy nicht hatte kommen können, weil ihr Jüngster Masern hatte, über Tommys Reaktion, als er Krabbenomelett zum Abendessen bekam, und darüber, wie die Fox ihr Haus ausbauen wollten, wenn das neue Baby da war. Aber sie waren alle kribbelig, sie kochten. Bis schließlich eine von ihnen (Natalie?) sagte: «Diese Männer!» und alle sofort zustimmten. Eine (Bliss?) stand auf und sagte: «Ich hole sie!» und ging in die Küche, kam aber nicht zurück. Der Sinn des ganzen Unternehmens, darüber waren sie sich alle lachend einig, der Grund, warum sie sich unbequeme BHs und Hüftgürtel und Stöckelschuhe angezogen und sich falsche Wimpern angeklebt und sich das Haar mit Spray toupiert hatten, war ja nicht, daß sie hier herumsaßen und über dieselben Dinge redeten wie jeden Tag. Natalie hatte ein paar Schallplatten mitgebracht, und sie und Mira legten sie auf. Sinatra und Belafonte, Andy Williams und Johnny Mathis und Ella Fitzgerald und Peggy Lee – Platten, die ihnen allen gefielen. Nach und nach kamen die Männer hereingeschlendert, die Unterhaltung wurde lebhafter. Grüppchen bildeten sich, verteilten sich, bildeten sich neu, und ein paar Leute waren schon leicht beschwipst. Schließlich stand Paul, Adeles Mann, auf und tanzte mit Natalie; Sean tanzte mit Oriane und anschließend mit Adele.

Gegen Mitternacht tanzten viele Paare, bildeten sich, gingen auseinander, bildeten sich neu. Fast jeder flirtete vorsichtig mit jemandem. Wozu sonst das Rouge, der Schmuck, die Mieder? Und alle waren sich am nächsten Tag darüber einig, daß es ein schöner Abend gewesen war, so schön wie seit Jahren nicht mehr. Keine Frage, daß weitere Parties veranstaltet werden sollten: die Männer waren genauso angenehm wie die Frauen.

Es mag vielleicht verrückt klingen, aber tatsächlich waren die Parties schrecklich harmlos – schrecklich, weil Harmlosigkeit schrecklich ist. Die kleinen Flirts taten ihnen gut. Sowohl die Männer als auch die Frauen hatten jahrelang in Welten gelebt, die durch ihr Geschlecht und ihre Tätigkeit abgegrenzt waren. Wenn die Frauen Mühe hatten, über Dinge in der großen Welt draußen zu sprechen, so fiel es den Männern schwer, über irgend etwas anderes als ihre Arbeit zu sprechen. Sie konnten noch über so unverfängliche Themen wie Autos, Sport oder auch Politik reden, aber nicht über persönliche oder allgemein menschliche Dinge, sie wußten nichts als Klatsch übereinander und über sich selbst nichts als das, was ihrem äußeren Image entsprach. Und beide Gruppen wußten nichts übereinander.

War es unrecht, wenn gegen Ende des Abends die Augen glänzten und die Wangen gerötet waren? War es eine Sünde wenn man im Gespräch mit dem Ehemann einer anderen einen Charme oder Humor entwickelte, von dem man nicht gewußt hatte, daß man ihn besaß? Oder wenn man von Zuneigung überströmte, weil man feststellte, daß jemand anders einen attraktiv fand? Mochten sie auch so mondän ausgesehen haben wie die Frauen in *Vogue*, die meisten von ihnen waren so unschuldig, wie sie es mit vierzehn gewesen waren. Sie hatten Sex ausprobiert, sie hatten Kinder zur Welt gebracht, aber sie wußten noch immer nichts. Sex war für die meisten der Männer und für alle der Frauen eine Enttäuschung, über die sie nie sprachen. Sex war nun einmal *die* Sache, die sich auf natürliche Weise einstellte, und wenn nicht – sofern es für sie nicht von vornherein mit all der Verstohlenheit und den schmutzigen Witzen und Pinup-Kalendern und Männerzeitschriften oder mit dem Schock und der Entsagung von Hunderten von Heldinnen in Hunderten von Büchern verknüpft war – warum sollte es dann daran liegen, daß sie unzulänglich waren? Für die Männer war Sex etwas seltsam Unvollkommenes: ein physischer Vorgang, der gut tat, aber danach fühlten sie sich allein, ohne Liebe, ausgelaugt. Für die Frauen war es eine lästige Pflicht. Warum genossen sie dann so sehr das Fließen und Pochen, das eine Party auslöste?

Da die meisten Menschen eine äußerst begrenzte sexuelle Erfahrung haben, sind sie schnell bei der Hand, ihrem Partner die Schuld zuzuschieben, wenn es zwischen ihnen nicht klappt. Es würde anders sein, wenn Don statt mit der ergrauenden Theresa mit ihren schlaffen Brüsten und ihrem Hängebauch, der sechs Kinder getragen hat, mit – nun, sagen wir, mit Marilyn Monroe schlafen würde. Oder auch mit Bliss. Und Bliss dachte vielleicht, Sean würde ihr, da er Erfahrung mit Frauen hatte, mehr Lust verschaffen als Bill und würde auch wissen, wie diese Lust wachzuhalten war. Heutzutage gibt es so viele Lehrbücher für Do-it-yourself-Sex, da liegen die Dinge vielleicht anders. Aber damals blickten wir nach draußen, sahen wir das Problem nicht in unserer Unwissenheit, sondern darin, daß man den falschen Partner hatte. Diese Schlußfolgerung wird scheinbar bestätigt: mit einem neuen Partner ist die Erregung oft groß genug, um Mängel in der Technik auszugleichen – erst wenn aus der Affäre eine Gewohnheit geworden ist, treten die Mängel deutlich hervor.

Aber all die sexuelle Energie und Unzufriedenheit blieb bei den Frauen unter der Oberfläche. Sie sprachen nur von Parties, die sie feiern wollten. Sie planten sie, und sie taten die ganze Arbeit. Die Männer wirkten hinter ihren Frauen wie Schatten. Sie waren farbloser, weniger verschieden, hatten weniger Persönlichkeit. Sie waren wie die Männer in Pornofilmen: Männer schreiben das Drehbuch, führen Regie und produzieren die Filme, es gibt männliche Darsteller, und die Filme sind für Männer gemacht, sollen Männer befriedigen. Aber der ganze Film dreht sich um die Frau, um ihren Körper, um ihre Lust, wenn der Samen über ihr Gesicht spritzt oder wenn sie anal penetriert wird. Iso sagte einmal, die Pornographie des 20. Jahrhunderts sei wie die griechische Tragödie, alles Gefühl sei in der Frau angesiedelt. So war es auch hier.

Die Männer beklagten sich nicht über die Parties, sie waren sogar bereit, zusätzliche zwanzig Dollar dafür zum Haushaltsgeld zu legen. Die Frauen durften planen, einkaufen, kochen, saubermachen, sich ein neues Kleid nähen oder sich eines kaufen. Sie selber standen jedesmal in der Küche herum und mußten jedesmal extra gebeten werden, herüberzukommen. Sie kamen nur zögernd ins Wohnzimmer und witzelten dabei über die «Mädchen». Sie erlaubten den Frauen großzügig, sie zum Tanzen aufzufordern, und lächelten erfreut über das Lob, das ihnen für ihre Tanzkünste ständig gezollt wurde. Sie waren schüchterne Jungfrauen, was Ehebruch betraf – die Frauen waren die geilen (oder die Hunnen, wie Val zu sagen pflegte). Sie wurden umworben. Sie leckten sich die Lippen.

8

Ich habe die acht oder zehn Paare, die bei diesen Parties zusammenkamen, alle in einen Topf geworfen, aber jedes Paar war anders. Ihnen gehören einige der Stimmen, die ich höre.

Natalie: Sie stand immer früh auf. Sie mußte Hamp zum Bahnhof fahren und die größeren Kinder auf den Weg zur Schule bringen. Nach dem Chaos, am frühen Morgen, und wenn Deena gebadet war und in ihrem Laufstall saß, machte sie sich in der bunten Plastiktasse, die sie immer nahm, einen Pulverkaffee und setzte sich an den unaufgeräumten Küchentisch, um ihren Tageslauf zu planen.

Natalie, hochgewachsen und üppig, war voller Energie. Sie arbeitete gern mit ihren Händen: sie malte und tapezierte, arbeitete Möbel auf, schrubbte und wachste die Fußböden, nicht um Geld zu sparen, sondern weil sie sich körperlich ausarbeiten mußte. Ihr Konsuminteresse war ausschließlich auf das Haus gerichtet. Es war ihr ganzer Stolz, und es sah immer fast so aus wie ein Haus in einer Zeitschrift für schönes Wohnen – fast, weil Natalie nie fertig war. Wenn sie eine Sache beendete, fing sie sogleich mit der nächsten an, so daß immer Unordnung im Haus herrschte.

Sie hatte jung geheiratet, und ihre Eltern hatten erleichtert aufgeatmet. Sie war eine wilde Hummel gewesen. Inzwischen hatte sie drei Kinder. Ihr Mann arbeitete in der Firma ihres Vaters – er hatte dort eine hohe Stellung inne, in der er vor jedem Kontakt mit wichtigen Dingen oder Leuten abgeschirmt war. Hamp war ein Versager, aber sie wußten beide, daß Daddy ihn nie feuern würde, und seine Einkünfte waren damals so hoch, daß Nat daran dachte, in ein größeres Haus umzuziehen.

Tagsüber ging es ihr gut. Sie legte gern die Beine auf den Tisch, schlürfte ihren Kaffee und plante ihren Vormittag. Sie mußte Tapetenkleister besorgen, und wenn sie schon einmal bei Mr. Johnstone war, konnte sie auch gleich die Musterbücher durchblättern und nach einer neuen Tapete fürs Badezimmer suchen, das allmählich schäbig aussah. Sie würde bei Carver hereinschauen und fragen, ob der gläserne rosa Lampenschirm schon gekommen war. Sie mußte daran denken, Whiskey und etwas zum Abendessen zu kaufen. Wenn sie wieder zu Hause war, würde sie mit dem Arbeitszimmer anfangen. Sie wollte die eine Wand mit einer samtartigen roten Tapete bekleben, die einen warmen Gegensatz zu den drei übrigen holzverkleideten Wänden schaffen würde.

Natalie schlüpfte in ihre Sandalen, zog sich eine Jacke über die Bluse, nahm das Baby und setzte es im Auto in den Kindersitz. Sie bewegte sich völlig ungezwungen, und einerlei wie sie angezogen war, sie sah immer «nach etwas» aus, sah immer so aus, als ob sie «dazu gehörte». Sie sauste von Geschäft zu Geschäft, machte überall einen kleinen anzüglichen Scherz, war um halb elf wieder zurück, und um zwei hatte sie die Wand fertig, den Fußboden gesäubert und stand, zufrieden auf den Tapetentisch gelehnt, da und bewunderte ihr Werk.

Sie hatte eine unendliche Geduld und einen untrüglichen Geschmack – es war sehr hübsch. Sie reckte sich wohlig, gab dem Baby ein paar Cracker mit Käse, legte es ins Bett und goß sich selbst einen Whiskey mit Soda ein. Dann ging sie in ihr Badezimmer und duschte. Sie war die einzige in der Nachbarschaft, die ein zweites Badezimmer hatte. Sie verstand die anderen nicht: wer duscht gern in einem Bad, in dem es nach Windeln stinkt? *So* teuer war es nun auch wieder nicht, keine tausend Dollar.

Sie zog sich an, räumte die Küche auf und sah auf die Uhr. Kurz vor drei. Uff, gleich kamen die Kinder aus der Schule. Sie rief Adele an. Aber Adele konnte nicht kommen – sie konnte nie.

«Was ist denn eigentlich mit dir los?» fragte Natalie vorwurfsvoll und verzog das Gesicht, als eine von Adeles unzähligen Entschuldigungen folgte: eines mußte zum Zahnarzt, eines zu den Pfadfindern, eines war krank. «Ist aber auch wirklich beschissen, daß du so viele Gören hast», folgerte Nat, wie immer unbesorgt um die Empfindlichkeiten anderer. Geld ist ein guter Waffenschmied, und Natalie war immer reich gewesen. Sie brauchte sich keine Sorgen zu machen um die Gefühle ihrer Mitmenschen, denn sie gab die schönsten Parties und war großzügig – wenn ihren Freundinnen etwas gut gefiel, schenkte sie es ihnen.

Sie rief Mira an, die wie immer gerade las. Clark schlief noch und Normie war noch nicht aus dem Kindergarten zurück. Da es draußen regnete, sagte sie, müßten sie im Haus bleiben. Natalie verzog spöttisch das Gesicht, aber sie war der Verzweiflung nahe: «Dann bring die Kinder mit. Komm, sobald Clark wach ist. Doch, doch, das geht schon.»

Mira kam um halb vier, und Lena und Rena kamen aus der Schule und aßen Brote mit Erdnußbutter und Marmelade, und die vier Kinder, die wegen ihres unterschiedlichen Alters nicht miteinander spielten, setzten sich im frisch tapezierten Arbeitszimmer vor das Fernsehgerät. Später kam Evelyn noch vorbei mit ihren beiden Kindern, die sich zu den anderen gesellten. Die Frauen saßen in der Küche und tranken Whiskey. Die Kinder waren quengelig, immer wieder kamen sie an und wollten ein Kekschen oder ein Eis, was ihnen großzügig gewährt wurde, obwohl Mira die Stirn runzelte. «Genug jetzt, Normie, sonst ißt du wieder nichts zum Abendbrot.»

«Was bist du nur für eine Glucke», sagte Nat lachend. «Was macht es schon, ob sie Abendbrot essen oder nicht?»

Gegen halb fünf gingen alle, und Nat fühlte sich im Stich gelassen. Lena kam in die Küche und wollte noch ein Brot mit Erdnußbutter und Marmelade. Nat fuhr sie an.

«Ich muß jetzt meine Hausaufgaben machen, und dafür brauche ich Energie», erklärte das Kind ungerührt.

Rena sah aus dem Fenster und stellte fest, daß es aufgehört hatte zu regnen. Sie rannte in die Küche, durchwühlte alles nach ihrem Rollschuhschlüssel und lief hinaus. Nur Deena war jetzt noch da: sie saß wie ein kleiner Kloß in ihrem Laufstall. Natalie beugte sich zu ihr herunter.

«Sind die großen Schwestern fortgegangen und haben Deena ganz allein gelassen? Böse Schwestern. Warte, Mami nimmt dich mit.» Sie hob sie heraus, trug sie in die Küche und setzte sie zum Krabbeln auf den Fußboden.

Das Abendessen, dachte Nat, und ihr sank das Herz. Sie haßte diese Tageszeit, haßte das Kochen. Sie selbst wäre mit einem Käsebrot zufrieden gewesen. Sie hatte jedoch ein paar Schweinekoteletts gekauft und blätterte jetzt in ihrem Kochbuch auf der Suche nach einem interessanten Rezept. Sie fand ein Kasserollengericht mit weißen Bohnen und Tomatensoße und hielt sich beim Zubereiten genau ans Rezept. Rena kam herein, wütend, weil es schon wieder regnete, und schaltete den Fernsehapparat ein. Deena, die nörgelig war, klapperte mit Kochtöpfen auf dem Küchenfußboden und wimmerte vor sich hin. Um Viertel vor sechs nahm Nat ihren Mantel, setzte Deena in den Laufstall und ermahnte Rena, auf sie aufzupassen. Sie fuhr zum Bahnhof und holte Hamp ab, der sich, kaum hatte er das Haus betreten, einen doppelten Whiskey eingoß und eine Dose Bier aus dem Kühlschrank nahm. Dann ließ er sich in «seinem» Sessel im Arbeitszimmer vor dem Fernsehgerät nieder.

«Wie findest du die Wand?» fragte Natalie begeistert.

«Hübsch, Liebling, sehr hübsch.» Seine Stimme klang leblos.

Natalie setzte Deena auf den hohen Kinderstuhl, machte ein paar Gläser Babynahrung warm und fütterte sie. Die Kasserolle im Ofen brutzelte, und sie fand, es roch gut. Sie goß sich noch einen Whiskey ein. Wie jeden Abend ging es jetzt im Haus etwas chaotisch zu. Lena und Rena stritten sich wegen irgend etwas, das Baby quengelte, der Fernsehapparat plärrte – und Hamp saß wie ein Klotz in seinem bequemen Sessel, das Glas in der Hand, las Zeitung oder schaute sich einen stupiden Cowboyfilm an.

«Kannst du nicht dafür sorgen, daß die Kinder den Mund halten, Nat?» rief er.

«Verdammt noch mal!» Nat hob Deena aus dem Kinderstuhl und trug sie nach oben. «Seid jetzt endlich still, Kinder, habt ihr mich verstanden? Ihr stört euren Vater!»

Rena kam heulend ins Kinderzimmer, wo Nat gerade das Baby für die Nacht wickelte. «Lena hat mir meinen Block weggenommen. Sie sagt, es ist ihrer! Aber es ist mein Block!»

«Laß ihn ihr, sie braucht ihn für ihre Hausaufgaben.»

Lautes Geheul.

«Morgen kaufe ich dir einen anderen.»

Einen Moment lang stritten Groll und Befriedigung in Renas Brust. Einerseits wollte sie den neuen Block, andererseits wollte sie nicht so schnell nachgeben oder den Anschein erwecken, als hätte ihr das Unrecht, das ihr angetan worden war, nichts ausgemacht. Sie schniefte, murmelte etwas von Ungerechtigkeit und ging in das Zimmer hinüber, das sie mit ihrer älteren Schwester teilte.

«Du bist gemein, Lena, und ich hasse dich. Und morgen kauft Mami mir einen ganz neuen Block, bääääh!»

«Oh, halt die Klappe, Rena. Mir kauft sie bestimmt auch einen.»

«Tut sie nicht. Sie kauft nur mir einen.»

«Tut sie doch!»

«Tut sie nicht!»

Lena sprang auf und lief ins Kinderzimmer. «Du kaufst mir doch auch einen neuen Block, Mami?» Wilder Blick, fordernder Mund.

«Willst du wohl still sein, Lena! Du machst das Baby wieder wach!» Natalie machte das Licht aus und schloß die Tür hinter sich.

Lena stand im Flur und ließ sie nicht aus den Augen. «Mir kaufst du auch einen, ja?»

«Wenn du einen brauchst, kaufe ich dir auch einen.»

«Ich brauche einen.»

Rena, die hinter der Tür ihres Zimmers stand, kam herausgeschossen.

«Das ist ungerecht! Erst nimmt sie mir meinen Block weg, und dann kriegt sie noch einen neuen! Das ist ungerecht!»

Lena wirbelte herum. «*Ich* brauche ihn für meine Hausaufgaben und nicht zum Rumkritzeln wie du, du Baby!»

Rena heulte wieder los.

«RUHE!» dröhnte es von unten herauf. Die Mädchen waren still. Das Baby fing an zu schreien.

«Jesus Christus», murmelte Nat und ging wieder hinein, um das Baby zu beruhigen. Die Mädchen schlichen in ihr Zimmer und starrten einander böse an.

Das Kasserollengericht war schrecklich, trocken und pampig, keiner wollte davon essen. Die Kinder stopften sich mit Keksen und Eis voll, Hamp aß eine Scheibe Brot mit Erdnußbutter. Natalie scheuchte die Mädchen ins Bad und ins Bett, räumte die Küche auf, und gegen neun ging sie mit einem Drink zu Hamp ins Arbeitszimmer.

Es war gerade eine Show zu Ende, und Hamp blickte auf, als sie hereinkam. Sie lächelte.

«Wie war's heute?»

«Okay.» Es klang schläfrig: seit er zu Hause war, hatte er vier doppelte Whiskey und vier Bier getrunken.

«Sieht die Wand nicht toll aus?» Nat war zufrieden mit sich.

«Ja, Liebling, hab ich doch schon gesagt. Sieht wirklich gut aus.»

«Mira und Evelyn waren heute nachmittag da.»

Er horchte etwas auf. «Oh, ja?»

«Evelyn kam vom Doktor. Tommy ist hingefallen und mußte an der Lippe genäht werden, drei Stiche. Und Clark jaulte die ganze Zeit, während Mira da war. Mein Gott, die verwöhnt den Jungen vielleicht.»

Er starrte auf die Mattscheibe.

«Ich war bei Carver, aber der Schirm ist noch nicht da.»

«Hmmm.»

Sie sah ihn mit einem koketten Lächeln an. «Mr. Carver sagt jedesmal, wenn er mich sieht, er wünschte, er wäre zwanzig Jahre jünger. Ist das nicht nett von ihm?»

«Entzückend.»

«Also wirklich, du bist so interessant wie ein Buch mit leeren Seiten.»

«Vielleicht bin ich das ja.»

«Ich zweifle nicht daran. Papa sagt, er bezahlt dich dafür, daß du Schemabriefe diktierst.»

«Aha!» Er drehte sich um und sah sie an. «Und wann äußerte das Seine Eminenz?»

«Letzten Monat. Als wir mit der Jacht draußen waren.»
«Und warum sagt er's nicht mir?»
Sie zuckte mit den Schultern.
Er wandte sich wieder dem Fernsehgerät zu, sah aber nicht hin. «Möchtest du, daß ich den Job aufgebe? Geht es darum?»
«Oh, Hampy! Ich möchte, daß du das tust, was *du* willst. Du weißt, daß ich dich wirklich für klug halte», sagte sie mit säuselnder Stimme und ihrem koketten Lächeln. Sie ging zu ihm, setzte sich neben ihm auf den Fußboden und lächelte zu ihm auf. «Vergiß nicht, du hast doch diesen Kurs angefangen für . . . – was war es doch gleich? Du bist Ingenieur, du könntest einen anderen Job kriegen.»
«Und du würdest von dem leben, was ich verdiene.»
«Warum sollte ich, wenn Papa mir immer noch Geld gibt?»
«Warum sollte *ich* dann weggehen, wenn Papa *mir* immer noch Geld gibt?»
«Weil du da nicht glücklich bist.»
Er stand auf und drehte den Ton lauter. Schüsse knallten, ein Cowboy ging zu Boden. Nat seufzte vernehmlich, stand auf und ging in die Küche, um sich noch einen Drink zu holen. «Bring mir auch einen mit, ja?» rief Hamp. Sie brachte ihm Whiskey und Bier, ging noch einmal hinaus, um ihr Glas zu holen, und ließ sich dann in einem Sessel am andern Ende des Zimmers nieder.
«Bliss hat angerufen», begann sie wieder. «Nächstes Wochenende gibt sie eine Party.»
«Oh, ja?» Wieder sah er auf.
«Ja. Das ist das einzige, womit man deine Aufmerksamkeit erregen kann, stimmt's? Wer ist es denn? Evelyn ist es jedenfalls nicht, so schön, wie sie ist. Ist es Mira, mit ihren Büchern, oder Bliss, die kleine magere Bliss mit ihrem Arsch? Wen liebst du zur Zeit? Mir kannst du es ruhig sagen. Ich weiß, daß ich es nicht bin», sagte sie mit schneidender Stimme.
Er sah langsam zu ihr herüber. «Was soll das heißen, zur Zeit?»
Er war ein großer, schwerer Mann und hatte ein jungenhaftes rundes Gesicht. Gewöhnlich grinste er freundlich und sah dann aus wie ein harmloser Schuljunge. Auch seine Stimme klang jungenhaft. Natalie hatte, vor allem wenn sie sich ärgerte, eine hohe Piepsstimme, und einerlei, worüber sie sich stritten, es hörte sich immer so an, als würde Nat zustechen und zustoßen, während Hamp ihre Hiebe parierte und sich zurückzog.

«Mit mir willst du nicht schlafen, aber jede andere findest du anscheinend unwiderstehlich.»

«Natalie», er sah ihr fest in die Augen, «du bist die letzte, die jemanden beschuldigen sollte.»

Sie errötete ein wenig und sah weg. Beide hatten sie immer so getan, als hätten Nats Affären nie existiert, und sie war sich nicht sicher, wieviel er wußte. Aber sie hatte nun schon seit einem Jahr kein Verhältnis mehr gehabt – seit ihr Vater Hamp nicht mehr auf Geschäftsreisen schickte. Hamp hatte sich als Vertreter nicht bewährt, und so war er «befördert» worden und kam nun jeden Abend nach Hause.

Sie riß sich zusammen. «Mein Gott, du bist doch jede Nacht hier, du weißt doch, was ich mache. Nichts!» Ihre Furcht verkehrte sich in Wut. «Ich sitze hier und starre in die blöde Glotze, während du wie ein Fettkloß dasitzt und dir langsam der Geist ausgeht. Du tust nichts! Du hilfst mir nicht bei den Kindern, du trägst nicht einmal den Müll raus. Du rührst keinen Finger, läßt dich von vorn bis hinten bedienen, und dann behauptest du, ich vögele in der Gegend rum!»

«Bleiben ja immer noch die Tage», sagte er bissig.

«Klar, klar!» Sie war jetzt den Tränen nahe, Tränen des Selbstmitleids, der Selbstrechtfertigung und der Wut. «Ich hetze rum und kaufe ein und tapeziere und passe den ganzen Tag auf *deine* Gören auf, lasse mich hier von Mira und Evelyn besuchen und finde immer noch die Zeit für einen kleinen Fick mit Norm im Heu!»

Er sagte nichts, sondern beobachtete drei Cowboys, die sich mit gezogenen Pistolen hinter einem Felsen versteckten.

Sie sah ihn an. «Oder mit Paul!» fügte sie hinzu, um ihn zu reizen. «Oder mit Sean! Oder – was meinst du, mit wem?»

Er wandte sich ihr müde zu. «Oh, Natalie, was zum Teufel macht das schon? Du bist eine Hure. Du bist immer eine gewesen, und du wirst immer eine sein – was macht es da, mit wem du es treibst.»

Schüsse knallten, und drei Cowboys lagen tot am Boden. Natalie sprang auf und haute Hamp eine Ohrfeige herunter. «Du Schuft, du Lügner! Und was zum Teufel bist du, wenn ich fragen darf? Mister Superior, du hättest Priester werden sollen! Weil du dir aus Sex nichts machst, soll ich auch darauf verzichten!»

Sie stand schreiend da und wartete. Als er nicht antwortete, schlug sie ihn noch einmal. Ihr Körper tat ihr weh. Sie wünschte, er würde aufstehen, sie bei den Handgelenken packen und sie auf die Couch zwingen und mit Gewalt nehmen. So war es in ihren ersten Ehejahren gewesen.

Sie griff ihn an, er schlug zurück, er vergewaltigte sie, und dann lag sie zufrieden in seinen Armen und versprach mit Babystimme, ein braves Mädchen zu sein und alles zu tun, was Daddy Hamp wollte.

Er saß da und starrte sie teilnahmslos an. Ein müdes Grinsen lag in seinem großen grauen Gesicht.

Sie schrie auf, warf sich auf ihn und schlug mit beiden Armen, wenn auch nicht zu fest, auf ihn ein. Er packte sie bei den Handgelenken – ihr Herz klopfte. Er seufzte. Sie schluchzte. Er stand auf, ohne sie loszulassen, und stieß sie in den Sessel. Dann nahm er seine Jacke und ging aus dem Zimmer. Sie saß schluchzend da und hörte ihn mit dem Wagen fortfahren.

9

«Oh, ich mache mir mit dem Kochen keine besondere Mühe. Hamp macht sich nicht viel aus Essen, er lebt von Broten mit Erdnußbutter. Aber ich mache gern sauber. Als wir jung verheiratet waren, fuhr Hamp, wenn er nach Hause kam, immer mit dem Finger über die Fensterbretter oder die Fußleisten. Bei der Navy, sagte er, hätten sie das den Weißen-Handschuh-Test genannt. Und wehe, wenn er ein Stäubchen fand!»

«Norm ist auch sehr konservativ. Alles, was nicht Rindfleisch oder Huhn ist, betrachtet er als Schlangenfraß. Und Schweinefleisch lehnt er rundheraus ab. Daran ist meiner Meinung nach seine Mutter schuld.»

«Ich weiß nie, wer eigentlich was bei mir ißt.» Fröhlich hingesagt, aber die zuckende Stirn strafte sie Lügen. «Jeder ißt zu einer anderen Zeit. Es ist unmöglich! Manchmal kommt Paul nicht vor neun oder zehn nach Haus, manchmal ißt er auswärts. Das Baby ißt noch kein normales Essen. Und dann die anderen! Dieser Umstand. Eric hat seine Pfadfinder, Linda ihre Klavierstunden, Billy muß zum Kiefernorthopäden, und ich hab dienstags Frauengruppe – das reinste Irrenhaus!» Ein fröhliches Lachen, das die zuckenden Hände Lügen straften. «Also mache ich entweder eine große Portion Eintopf oder Spaghetti oder Huhn oder sonstwas, und davon teile ich jedem aus, wenn er nach Hause kommt.»

«Nimm dir noch ein bißchen Wein, Adele.»

«Eigentlich sollte ich nicht, aber ich nehme noch ein Schlückchen», sagte sie lachend.

«Ich weiß nicht, wie du das schaffst, wirklich, du bist phantastisch. Ich drehe schon durch mit meinen drei Bälgern.»

«Adele hat eine leichte Hand», sagte Bliss und lachte liebevoll.

Adele lächelte dankbar. «Jedenfalls gebe ich mir Mühe, die Dinge so zu nehmen, wie sie kommen. Ich rege mich nicht auf. Ich bin in einem großen Haus voller Kinder aufgewachsen. Meine Mutter war wunderbar, immer die Ruhe selbst. ‹Davon geht die Welt nicht unter›, war ihre ständige Redensart. Wir hatten das riesige Haus, ein richtig altmodisches Monstrum, ja, mit zehn Schlafzimmern! Aber wir waren ja auch neun Kinder. Ein Mädchen aus der Nachbarschaft half meiner Mutter, und wir mußten alle mit zupacken. Wenn meine Kinder etwas größer sind, wird alles leichter sein. Wenn Mindy aus den Windeln ist, wird es schon besser gehen.» Ihre Hand, die auf ihrem Knie lag, zuckte, und sie hob sie und trank ihren Wein.

10

Sie stieg über den Zaun zwischen ihrem und Bliss' Garten und half Mike hindurch. Dann reichte Bliss ihr Mindy herüber, die verabschiedeten sich, und Adele ging durch die hintere Tür in ihr Haus. Sie legte Mindy im Wohnzimmer in den Laufstall, aber das Baby war überreizt und jammerte vor sich hin, immer kurz vorm Losschreien.

«Spiel mit Mindy, Mike», sagte Adele, und Mike tapste zum Laufstall und wedelte, schwenkte Spielsachen über Mindys Kopf.

Adele ging wieder in die Küche und warf einen Blick auf ihren Terminkalender. Mittwochnachmittag: Eric zu den Pfadfindern, Kasten Limonade für das Pfadfindertreffen besorgen, Pauls grauen Anzug von der Reinigung abholen, Billy zu den Di Napolis zur Projektarbeit. MILCH hatte sie in großen Druckbuchstaben unten auf die Seite gekritzelt. Sie sah auf die Uhr: fünf nach drei. Sie griff nach dem Telefon.

«Hallo, Elizabeth. Wie geht's? Oh.» Sie lachte ein bißchen. «Ja, ganz gut. Wir schlagen uns durch.» Wieder das fröhliche leise Lachen. «Weißt du, ich denke immer nur, Hauptsache, ich überstehe den heutigen Tag. Genau wie ein anonymer Alkoholiker.» Wieder ein Kichern. «Was hat sie gemacht? Ooooh, Elizabeth! Das kenne ich. Hör zu, du kannst gern deine Sachen herbringen und sie hier waschen. Meine geht wieder prima, seit sie damals die ganze Lauge ausgespuckt hat, daß sie bis ins Wohnzimmer floß.» Lachen. «Oh, ja. Sicher. Also, wenn du möchtest . . . Ja, ist gut. Nein, hör zu, ich fahre die Kinder, ich bin an der Reihe, und das trifft sich gut, weil ich sowieso raus muß. Kannst du die

Mädchen morgen zur Tanzstunde fahren? Du bist ein Engel. Ich weiß nicht, was ich ohne dich tun würde.» Hier zitterte Adeles Stimme ein wenig, aber sie nahm sich zusammen. «Ja, bin ich. Ja, mein Haus ist ein guter Abladeplatz für alte Kleidung. Ich dachte, ich sehe sie mal durch, und ein paar von den Sachen sind noch tadellos.» Kichern. «Kommst du denn zu dem Treffen? Father Spinola hat gesagt, er möchte uns sprechen, will sich wahrscheinlich bedanken. Es gibt Kaffee und Kuchen, und wir brauchen noch Freiwillige, die was mitbringen. Oh, vielen Dank, Elizabeth. Man muß nur die fragen, die sowieso schon am meisten zu tun haben, dann klappt's. Ich bringe mein Ingwerbrot mit. Ja, das. Oh, ich bin ja so froh. Ja, das weiß ich auch nicht, wie ich die alle ins Auto kriegen soll. In der Garage habe ich noch haufenweise alte Kleidung. Erst hatte ich sie in der Küche liegen, aber das Baby ist dauernd drüber gestolpert.» Kichern. «Ja, weich schon, aber irgendwie . . . na ja, irgendwie *riechen* sie. Nein, nein, sie läuft noch nicht, ich meinte Mike, ich glaube, ich muß allmählich aufhören, ihn Baby zu nennen!» Sie lachte laut, und ihre Stimme wurde fast gellend. «Bestimmt. Wir müssen uns unbedingt bald mal sehen. Vielleicht können wir mal abends etwas unternehmen. Nein, nicht diese Woche – Paul hat so viele Verpflichtungen –, aber vielleicht in der nächsten Woche. Vielleicht können wir mal zusammen ins Kino gehen, oder so. Oh. Oh, Nachtschicht, oh. Für länger? Ehrlich gesagt, manchmal ist es gar nicht so übel. Manchmal bin ich gar nicht so unglücklich, wenn Paul länger arbeitet.» Lachen, schallendes Gelächter. «Jaaaa, und dann schreit er, daß er bei all dem Lärm nicht schlafen kann. Ich kenne das. Der arme, muß schon ein komisches Gefühl sein, bei Tageslicht schlafen zu müssen. Ich könnte es nicht, bestimmt nicht. Ja. Ruhe und Frieden bei Nacht, ich weiß, was du meinst. Ja.» Lachen.

Kindergeschrei drang in die Küche.

«Elizabeth? Du, ich muß aufhören. Die Indianer greifen an, und es klingt so, als sei die Kavallerie ihnen auf den Fersen. Ist recht. Bis bald.»

Eric und Linda heulten beide. Sie nahm sie in die Arme, zog ihnen die Mäntel aus, beruhigte sie und versuchte herauszufinden, was passiert war. Sie schluchzten und rangen nach Luft. Ein großer Junge hatte Eric im Schulbus getriezt, Linda hatte ihn geknufft, und der Junge war mit ihnen ausgestiegen und hatte sie nach Hause gejagt und ihnen angedroht, er werde wiederkommen und es ihnen heimzahlen. Sie zog ihnen die Mäntel wieder an. Sie trug immer noch ihre Jacke.

«Okay, Kinder, jetzt suchen wir diesen großen frechen Kerl», sagte sie und wollte zur Haustür gehen, als im Wohnzimmer ein Krachen ertönte, dem ein panisches Gebrüll folgte.

Sie rannte hinein. Der Laufstall war umgekippt. Mindy lag hilflos auf den Holzstäben und schrie, und Mike lag auf ihr, jammerte vor sich hin und schielte schuldbewußt nach seiner Mutter. Adele riß Mike unsanft hoch und setzte ihn wütend auf den Boden. Er fing an zu schreien. Sie bückte sich, nahm Mindy auf den Arm und drückte sie an sich und wiegte sie sanft. Mit der freien Hand stellte sie den Laufstall wieder auf.

«Wie ist das passiert?» fragte sie ärgerlich. Mike, der mit seinen achtzehn Monaten noch kaum sprechen konnte, versuchte es, schluchzend und gekränkt wegen ihrer Grobheit, zu erklären und starrte sie vorwurfsvoll an Er hatte mit dem Baby spielen wollen und versucht, in den Laufstall zu klettern.

«Schon gut, schon gut», sagte sie begütigend und strich ihm übers Haar. «Schon gut, Mikey, sie hat sich ja nichts getan.» Er beruhigte sich allmählich, japste aber immer noch schluchzend nach Luft. «Komm, wir holen ein paar Kekschen.»

Er zottelte hinter ihr her in die Küche. Das Baby beruhigte sich auf ihrem Arm. Sie langte nach der Keksdose, die ganz oben aufbewahrt werden mußte, und gab ihm zwei Kekse. Die größeren Kinder protestierten. Sie gab jedem zwei. Das Baby war still. Sie setzte es wieder in den Laufstall. Wütend brüllte Mindy los.

«O Gott», stöhnte Adele. Sie wandte sich energisch Mike zu: «Ich muß kurz aus dem Haus. Jetzt paß auf Mindy auf, hörst du, und versuch nicht in den Laufstall zu klettern. Bleib bei ihr und paß auf sie auf!» Sie ging weg.

Mike sah ihr mit großen Augen nach, verwirrt, aber halb befriedigt mit seinen Keksen. Er setzte sich hin und beobachtete, wie das Baby losschrie, als es seine Mutter fortgehen sah. Er streckte die Hand aus, um Mindy zu streicheln, und beschmierte sie über und über mit Schokolade. Er saß da, bis er die Kekse aufgegessen hatte, dann legte er die Arme um seine Knie und schaukelte hin und her und redete ununterbrochen auf Mindy ein. Nach zehn Minuten gab sie auf und sank in Schlaf.

Adele hatte die beiden älteren Kinder am Kragen gepackt und zur Tür hinaus geschoben. «So, wo ist der Junge! Zeigt ihn mir!»

Besänftigt durch die häusliche Sicherheit und den Trost der Kekse, wollten sie die ganze Sache auf sich beruhen lassen. Aber Adele ließ nicht locker. Sie schleppte die beiden die Straße hinunter. In diesem Moment kam der Schulbus der Gardiner-Schule (4.–6. Klasse), und einige Kinder stiegen aus. Ein Junge, der offenbar hinter einem Busch gestanden hatte, rannte hin, um einzusteigen. «Da ist er!» riefen die Kinder, und Adele lief auf den Bus zu, stieß aber mit Billy zusammen, der bei ihrem Zusammenprall zur Seite sprang. Adele fiel der Länge nach auf den Gehweg. Als sie aufblickte, fuhr der Bus gerade ab. Sie lag da, das Kinn auf die Hand gestützt, und überlegte, ob sie verletzt war, ob sie es etwa fertig gebracht hatte, sich ein Bein zu brechen. Na, immerhin gab die Sache eine gute Geschichte ab, die sie den anderen erzählen konnte. Sie stand auf und humpelte; sie hatte sich das Knie aufgeschlagen.

Auf dem Heimweg ermahnte sie Linda und Eric. Sie sollten nicht mehr mit diesem ungezogenen Jungen sprechen, sie sollten ihn gar nicht beachten. Falls er wieder ankomme oder ihnen nach Hause folge, sollten sie ihr sofort Bescheid sagen, dann werde sie sich darum kümmern. Sie nickten mit großen Augen und ernsten Gesichtern und sahen sie schuldbewußt an: sie hatten gekichert, als sie hingefallen war.

Sie sah auf die Uhr. «O Gott! Eric, zieh deine Uniform an!» Sie nahm eine Flasche aus dem Kühlschrank und stellte sie in einen Topf mit Wasser. Dann ging sie ins Wohnzimmer. Mit zusammengepreßten Lippen hob sie das Baby aus dem Laufstall, trug es in die Küche, wusch ihm die Schokolade von Gesicht und Händen ab, zwängte es in ein Jäckchen und setzte es mit einem Plumps auf den Fußboden. Das Baby wimmerte leise, die anderen verhielten sich alle mucksmäuschenstill – sie erkannten den kritischen Punkt ihrer Mutter. Sie zogen sich schnell ihre Mäntel an. Adele zwängte Mike in seinen Mantel und prüfte die Flasche. Sie war zu heiß, also ließ sie kurz kaltes Wasser darüber laufen, dann nahm sie das Baby und ihre Handtasche und befahl allen einzusteigen. Sie schnallte Mindy in ihrem Kindersitz fest und drückte ihr die Flasche in die Hand. Das Baby fing an zu nuckeln und brüllte los. Adele entriß ihm die Flasche, prüfte sie wieder und stellte fest, daß sie immer noch zu heiß war. Sie setzte sich vorn ins Auto, legte den Kopf aufs Steuerrad und sagte: «O Gott, o Gott!» Immer wieder. Dann riß sie sich zusammen und fuhr den Wagen mit einem Ruck aus der Einfahrt. Das Baby schrie, weil es sich die Zunge verbrannt hatte. Adele tat das Knie weh, das sie sich aufgeschlagen hatte. Die anderen Kinder waren immer noch mucksmäuschenstill. Sie sagte sich, daß sie das Knie hätte waschen sollen, und sie fuhr ruckweise die Straße hinunter, bis sie sich etwas beruhigt hatte.

Sie ermahnte die Kinder, keinen Unsinn zu machen, ging in den Getränkediscount und kaufte einen Kasten von der billigsten Dosenlimonade. Dann fuhr sie zu Elizabeth und hupte. Tom kam herausgelaufen und stieg ein. Als nächstes fuhr sie zu Mrs. Armory, bei der die Pfadfinder sich diese Woche trafen. Tom half Eric, den Limokasten ins Haus zu tragen. Dann fuhr Adele zu den Di Napolis, setzte Billy ab und sagte ihm, er solle anrufen, wenn er abgeholt werden wolle. Dann fuhr sie ans andere Ende der Stadt, zum Schneider – der einzige, wie Paul meinte, der anständig arbeitete –, holte seinen grauen Anzug ab, hängte ihn an einen Haken über dem Rücksitz und befahl den Kindern, ihn ja nicht anzufassen. Sie hielt bei Milkmart und kaufte eine Gallone Milch. Inzwischen war das Fläschchen abgekühlt, und Mindy nuckelte friedlich daran. Dann fuhr Adele nach Hause. Das Baby war vom vielen Schreien völlig erschöpft, und die warme Milch hatte es wieder in Schlaf sinken lassen. Es war schwer, als Adele es, die baumelnde Tasche am Arm, aus dem Kindersitz hob. Linda wollte helfen und nahm die Milch, um sie ins Haus zu tragen, aber die Flasche war zu schwer, und sie ließ sie mitten in der Einfahrt fallen. Adele hörte das Klirren und drehte sich um. Kreidebleich und zu Tode erschrocken, blickte Linda zu ihrer Mutter auf. (Oh, mein Gott, mein Gott!) Adele machte kehrt, ging zurück und setzte das Baby wieder in den Kindersitz. Linda stand da und rührte sich nicht. Mit mühsam beherrschter Stimme sagte Adele: «Steig wieder ein, Linda.» Sie fuhr wieder zu Milkwart und holte eine neue Gallone Milch.

«Nimm meinen Geldbeutel, Linda», sagte sie, als sie wieder in die Einfahrt einbogen. Sie hob Mindy, die inzwischen fest schlief, wieder aus dem Kindersitz. Linda folgte ihr die Einfahrt hinauf. «Paß auf die Scherben auf», sagte Adele streng. Linda hüpfte gefährlich zwischen den Glasscherben herum. Adele trug das Baby ins Wohnzimmer und legte es in den Laufstall. Sie seufzte. Mindy würde in den späten Abend hinein wach sein – drei Nickerchen am Tag waren zuviel. Sie ging wieder zum Auto, nahm die Milch und den Anzug, trug beides ins Haus, stellte die Milch in den Kühlschrank und hängte den Anzug an einen Haken. Dann nahm sie Besen und Kehrblech und sagte zu Linda, sie solle mitkommen. Sie fegte das Glas zusammen, während Linda das Kehrblech hielt. Sie schüttete die Glasscherben gleich in den Mülleimer und vergewisserte sich, ob sie den Deckel auch fest zugemacht hatte – man konnte nie wissen, was den Kindern einfiel und wo sie überall herumstöberten. Sie drückte Linda Besen und Kehrblech in die Hand, zog den Gartenschlauch vom Gestell und drehte den Wasserhahn auf und spritzte die ausgelaufene Milch weg.

Sie ging hinein und zog ihre Jacke aus. Linda stand im Flur und starrte sie an. «Warum siehst du mich so an!» schrie Adele. «Willst du den ganzen Tag da stehen und mich anglotzen?» Linda schlich davon. «Zieh dir den Mantel aus und häng ihn auf!»

Linda zog langsam ihren Mantel aus und ging zum Flurschrank. Adele ging ins Wohnzimmer und zog dem Baby die Jacke aus. Sie nahm es auf den Arm und wollte nach oben gehen, da sah sie Linda mit zuckenden Schultern in der Tür des Wandschranks stehen. Adele ging wieder hinunter. Linda lehnte an der Schrankwand und weinte. Adele streckte die Hand aus und strich ihr über den Kopf. Da brach Linda in lautes Schluchzen aus und vergrub den Kopf in den Mänteln.

«Es tut mir leid. Es tut mir leid», sagte Adele, selber den Tränen nahe. «Ist schon gut, mein Kleines, ich weiß, du hast es nicht absichtlich getan.» Das Kind drehte sich plötzlich um und drückte sein Gesicht an die Hüfte der Mutter. Adele stand da, das schwere Baby auf dem Arm, und strich Linda mit der Hand über den Kopf und sagte leise: «Ist ja gut, ist alles wieder gut, Kleines.» Linda hörte auf zu weinen, und Adele beugte sich zu ihr herunter. «Mindy muß ins Bett, willst du nicht mitkommen und mir helfen?»

Linda nickte heftig, Adele nahm das Kind bei der Hand, und zu dritt gingen sie die Treppe hinauf. Adeles Herz floß über vor Rührung – die kleine Hand lag so vertrauensvoll in der ihren, obwohl sie Linda so oft verraten hatte. Adele wechselte Mindys Windeln und legte sie in ihr Bettchen.

«Warum schläft Mindy jetzt, Mami?»

«Sie ist müde.»

«Aber darf ich noch mit meinen Puppen spielen?»

«Auf keinen Fall! Im Zimmer muß es dunkel und leise sein.»

«Ich möchte aber mit meiner Barbie-Puppe spielen.» Die Stimme drohte sich schon wieder zu überschlagen.

«Dann nimm sie mit nach unten. Schnell, nimm sie und sei leise.»

Linda nahm ihre Puppe und ihre Puppensachen und ließ dabei einiges zu Boden fallen, mitten hinein in Adeles geflüstertes «Sei leise, habe ich gesagt!»

Sie schleppte ihre Sachen in eine Ecke des Wohnzimmers. Adele ging in die Küche und setzte sich einen Augenblick auf einen hohen Hocker und dachte nach. Heute abend hatte sie es bequem: Paul ging aus. Für Eric und Linda war noch etwas von den Spaghetti da. Paul rührte keine Spaghetti an, angeblich mochte er sie nicht, aber Adele vermutete, daß er um seine Figur besorgt war. Billy hatte diese Abneigung übernommen.

Für ihn war noch ein Rest Huhn da. Sie würde die Sachen aufwärmen. Zusammengesunken saß sie da. Sie hatte die Kinder noch nicht einmal gefragt, wie es in der Schule gewesen war, und sie mußte herausfinden, was Linda im Kindergarten passiert war. Sie richtete sich auf, atmete tief und ging ins Wohnzimmer. Linda hockte auf dem Fußboden und spielte mit ihrer Puppe.

«Du bist ein böses Mädchen, ein ganz böses Mädchen», sagte sie zu der Puppe und schlug ihr mehrmals auf den Hintern. «Geh sofort in dein Zimmer, und komm ja nicht raus! Und weck das Baby nicht auf!» sagte die kleine Stimme zornig. Sie stellte die Puppe auf die Füße und ließ sie auf die Couch zu marschieren.

«Mmmmmm», wimmerte sie, «ich hab es nicht mit Absicht getan, Mami», jammerte sie mit dünner hoher Stimme.

«Du hast es gemacht, und du bist böse!» sagte sie mit ihrer Mamistimme und warf die Puppe zu Boden, aufs Gesicht. Die Babypuppe war rund vierzig Zentimeter groß. Die Mamipuppe war gut zehn Zentimeter kleiner. Sie band der Barbie-Puppe eine Schürze um und sagte mit ruhiger, glücklicher Stimme: «Was soll ich Papa denn heute mal zum Abendessen machen? Ich weiß, ich mache Schokoladenkuchen mit Rosinen und gebratenen Speck.» Dann ließ sie die Barbie-Puppe im Kreis herum stolzieren und summte vor sich hin. «Hallo, Liebling», sagte sie plötzlich mit gekünstelter Stimme. «Wie ist es dir denn heute ergangen? Rate mal, was ich dir gemacht hab! Schokoladenkuchen mit Rosinen!» Dann Schweigen, vermutlich antwortete der Vater irgend etwas. «Ach ja, das war wieder mal ein Tag! Wenn du gegessen hast, geh bitte rüber und schimpf mit der Kleinen, sie war so böse heute! Ist der Schokoladenkuchen nicht köstlich?»

Adele stand schweigend da, dann machte sie kehrt und ging in die Küche. Sie goß sich ein Glas Wein ein und stellte das Radio an. Die Gallone mit dem billigen California ging rasch zur Neige – Paul würde es merken. Sie sah sich verstohlen nach Linda um und goß etwas Wasser in die Flasche. Dann setzte sie sich wieder. Das Radio spielte Musik à la Mantovani: «You'd be so nice to come home to, You'd be so nice by the fire.» Sie und Paul hatten einst zu dieser Melodie getanzt, eng aneinander geschmiegt. Wie lange lag das zurück, Jahre, eine Ewigkeit. Sie war damals munter und tüchtig und unabhängig gewesen, Sekretärin bei einem Anwalt, mit einem guten Gehalt für eine Frau. Paul hatte noch Jura studiert. Sie war sich immer darüber im klaren gewesen, daß sie im Grunde keine Karriere anstrebte, sondern heiraten und Kinder haben wollte; sie wünschte sich einen Mann in guter Position und ein wenig Luxus, ein weniger gehetztes Leben, als ihre Mutter es gehabt hatte. Aber sie hatte sich hoffnungslos in Paul verliebt – wie jemand, der vom Sprungbrett springt, ohne vorher geprüft zu haben, ob Wasser im Bekken ist.

Auf die Ellbogen gestützt, trank sie den Wein. Das Lied war zu Ende, im Radio wurde die Zeit angesagt: es war fünf Uhr. Müde stand sie auf und nahm die Spaghetti und das Huhn aus dem Kühlschrank. Irgend jemand hatte Eric heimgebracht; murrend kam er zur Tür herein. Adele schickte ihn nach oben, damit er sich umzog und seine Hausaufgaben machte.

«Was gibt's zum Essen?» fragte Eric. Befriedigt über die Aussicht auf Speghetti ging er die Treppe hinauf.

Linda kam in die Küche geschlichen. «Muß ich auch Spaghetti essen?»

Adeles Rücken straffte sich. «Du magst doch Spaghetti!»

«Nein. Ich mag keine Spaghetti, ich hasse Spaghetti!»

«Du hast immer gern Spaghetti gegessen!» erwiderte Adele. «Am Montag haben sie dir noch geschmeckt.»

«Nein. Ich will keine Spaghetti. Ich esse keine Spaghetti!» Die Kleine stampfte wütend mit den Füßen auf. Adele holte rasch aus und gab ihr einen Klaps auf den Hintern, worauf das Kind in ohrenbetäubendes Gebrüll ausbrach. Sie lief ins Wohnzimmer und warf sich schluchzend auf die Couch.

Die Haustür ging auf, und Paul trat ein. «Um Gottes willen», sagte er leise, «kann denn nie Ruhe und Frieden herrschen, wenn ich nach Hause komme? Den ganzen Tag lang muß ich mir Scheiße anhören.»

Kalkweiß im Gesicht drehte sich Adele zu ihm um. «Du hast fünf Kinder», sagte sie heiser. «Was erwartest du da?»

Er wandte sich ihr zu. Er sah blendend aus, war gut gekleidet und bewegte sich mit großer Eleganz. «Hast du meinen Anzug abgeholt?»

Sie nickte und deutete auf den Kleiderhaken.

«Um Gottes willen, Adele, warum hast du ihn nicht ins Schlafzimmer gehängt. Du läßt ihn hier, wo die Kinder mit ihren schmutzigen Pfoten ...»

«Ich hatte keine *Zeit*!» fuhr sie ihn an. «Außerdem», fügte sie hinzu, «ist ein Plastikbeutel drüber. Und die Kinder haben ihn nicht angerührt.»

Die Tür ging auf, und Billy kam herein. Billy war acht. Adeles Augen leuchteten auf, als sie ihn sah. «Mrs. Di Napoli mußte noch Milch holen, da hat sie mich gleich mitgenommen.»

«Oh, das ist aber nett, Liebling. Wie ist es gegangen mit eurem Projekt? Seid ihr fertig?»

Billy, der sehr bestimmt und klug für sein Alter war, erklärte ihr die Schwierigkeiten des Projekts, und wie unglaublich dumm Johnny Di Napoli sei.

Paul stand immer noch in der Küche herum. «Kann ich hier wenigstens einen Drink bekommen?» warf er ein.

«Oh, Paul!» sagte Adele erschrocken. «Entschuldige!» Sie ging eilig an den Kühlschrank, wo sie einen kleinen Krug Martini kaltgestellt hatte.

«Spaghetti?» Paul rümpfte die Nase. «Ein Glück, daß ich auswärts esse.»

«Ooh, gibt's wirklich Spaghetti, Mami?» protestierte Billy und heulte fast los. Sie sah ihn grimmig an. Für Kinder war das Essen alles, dachte sie. Der ganze Abend stand und fiel für sie damit, was es zum Essen gab.

Paul saß mit seinem Drink und der Zeitung im Wohnzimmer. Linda hatte sich auf der Couch an ihn herangekuschelt. «Ich hasse Spaghetti!» rief sie in Richtung der Küche.

«Ja, ich muß zugeben, ich hasse sie auch», sagte Paul. Er legte den Arm um sie und kitzelte sie.

«Großartig! Das ist wirklich großartig!» Adele kam hereingestürmt. «Ich versuche mit dem Haushaltsgeld auszukommen, und Spaghetti sind eines der billigsten Gerichte, die es gibt, und du fällst mir in den Rücken!»

«Oh, um Gottes willen, Adele, wenn Linda keine Spaghetti mag, warum soll sie sie dann essen?»

«Weil ich nichts anderes habe», sagte Adele und war selbst überrascht, wie laut und hoch ihre Stimme klang. «Das Huhn reicht nur noch für Billy, und ich hatte keine Zeit, noch irgend etwas anderes zu machen.»

Paul sah sie kühl, fast abschätzend an. «Warum eigentlich nicht? Deiner Gesichtsfarbe nach, hattest du heute nachmittag zumindest Zeit, dir mit den anderen einen anzutrinken.» Er stand auf, nahm seinen Anzug und seinen Drink und ging nach oben.

Sie starrte ihm nach. Tränen standen ihr in den Augen, und ihre Kehle war wie zugeschnürt. Ungerechtigkeit! Ungerechtigkeit!

«Kriege ich Huhn, Mami?» fragte Billy.

Linda fuhr auf: «Warum kriegt er das Huhn und nicht ich?»

«Halt den Mund! Halt doch den Mund! Du kriegst, was du kriegst!» schrie sie, rannte in die Küche und goß sich ein Glas Wein ein. Dann richtete sie den Salat an und deckte den Tisch. Paul kam herunter, und er sah phantastisch aus. Er küßte sie leicht auf die Wange und sagte, es würde wahrscheinlich nicht spät werden, aber sie solle sich keine Sorgen machen.

Adele fühlte sich ruhiger, als er gegangen war. Sie rief die Kinder zum Essen. Linda starrte auf ihre Spaghetti und weigerte sich mit schriller Stimme, davon zu essen.

«Dann gehst du ohne Abendessen zu Bett», sagte Adele kurz.

Linda heulte los.

Adele sank auf einen Stuhl. Sie faßte Linda am Arm und zog sie zu sich, bemüht, nicht grob zu sein. «Linda, ich wußte nicht, daß du keine Spaghetti magst. Du hast sie bisher immer gemocht. Schau Billys Teller an. Es ist nicht genug Huhn für euch beide.»

«Warum kriegt er es und nicht ich? Immer kriegt er alles!» heulte Linda.

«Er hat das Huhn bekommen, weil ich wußte, daß Billy keine Spaghetti mag. Hör zu. Ich werde von jetzt an keine mehr für dich machen, okay? Ich wußte nicht, daß du sie nicht magst. Okay?»

Linda starrte ihre Mutter an und wog ihre Chancen ab. Es sah ganz danach aus, daß es für sie entweder Spaghetti oder gar nichts zum Abendessen geben würde, einerlei wie sie sich benahm, aber sie war sich nicht sicher, ob sie der momentanen versöhnlichen Stimmung trauen konnte. Sie war sich nicht sicher, ob sie überhaupt die Versöhnung wollte: eigentlich wollte sie gegen irgend etwas protestieren. Aber Adele ließ sie los und stand müde auf. Es sah nicht so aus, als ob sie nachgeben würde. Linda aß ihre Spaghetti und hoffte auf eine Belohnung. Aber es gab keine.

Adele ließ das Badewasser einlaufen. Sie badete Mike, dann Linda, und dann rief sie Eric, er solle baden. Und jedesmal ließ sie das Wasser ablaufen, putzte die Wanne und ließ frisches Wasser einlaufen. Sie brachte Mike ins Bett und kam dann wieder herunter.

«Lies mir eine Geschichte vor», forderte Linda.

Forderungen, dachte Adele düster. Es gab nichts Schlimmeres als die Forderungen eines Kindes, das etwas angestellt hatte. Sie läßt die Milch fallen, und ich muß es büßen – den ganzen Abend lang. «Ich habe noch zu tun», sagte sie.

Linda zog einen Flunsch.

«Mach den Fernseher an.»

Das Baby schrie. Adele ging hinauf und klopfte an die Badezimmertür. «Beeil dich, komm aus der Wanne.» Sie wickelte das Baby frisch und nahm es mit nach unten. Sie holte eine Dose aus dem Kühlschrank und stellte sie in einen Topf mit Wasser. «Eric!» rief sie nach oben. Keine Antwort. Sie ging die Treppe hinauf und öffnete schnell die Tür zum Badezimmer. Eric sah sie schuldbewußt an. Der Fußboden schwamm. Eric saß in der Wanne, rosarot vor lauter Hitze, und hatte ein Spielflugzeug in der Hand. Sie ging hinein, rutschte fast aus im Wasser, zog den Stöpsel aus der Wanne und zerrte Eric unsanft heraus. Unsanft rubbelte sie ihn mit dem Handtuch ab. Dann sagte sie: «Zieh jetzt deinen Schlafanzug an und mach deine Hausaufgaben fertig.» Sie bückte sich und wischte den Fußboden trocken. Auch eine Möglichkeit, das Badezimmer sauber zu machen, dachte sie und nahm sich vor, das morgen den anderen zu erzählen.

Als sie wieder in die Küche kam, kochte das Wasser. Sie nahm die Dose heraus und stellte sie ins Spülbecken. Dann machte sie ein Fläschchen warm.

«Bettzeit, Linda», rief sie. Linda stand auf, kam in die Küche geschlichen und sah ihre Mutter vorwurfsvoll an.

«Ins Bett», sagte Adele mit fester Stimme. Linda drehte sich auf dem Absatz um, reckte den Kopf und zeigte ihrer Mutter, was sie von ihr hielt. Feierlich und streng stapfte sie die Treppe hinauf.

Adele goß etwas Milch in die Schüssel mit den Flocken und fütterte das Baby mit Flocken und eingemachten Pflaumen. Danach ließ sie das Baby in seinem hohen Kinderstuhl sitzen, gab ihm Gummispielsachen zum Spielen und räumte die Küche auf. Ihr fiel ein, daß sie noch nicht gegessen hatte. Sie tat die Reste von den Tellern der Kinder in den Spaghettitopf und aß, was übriggeblieben war.

Eric und Billy stritten sich. Sie befahl Billy, seine Hausaufgaben nach unten zu bringen, und Eric, ins Bett zu gehen. Eric war wütend. Er murmelte etwas von Ungerechtigkeit und knallte die Tür zu. Als sie mit der Küche fertig war, warf sie einen Blick auf die Uhr.

«Billy?»

«Ja», seufzte er widerwillig.

«Bist du mit deinen Hausaufgaben fertig?»

«Ja», stöhnte er.

«Okay, Bettzeit!»

«Oh Mami, kann ich nicht diese Sendung noch zu Ende sehen?»
«Also gut. Aber sobald sie vorbei ist . . .»
«Es ist ein Spielfilm, Mami.»
«Wann ist er zu Ende?»
«Um zehn.»
«Aha, dann erheb dich mal gleich, junger Mann.»
«Oooh, kann ich nicht . . .»
«NEIN!»

Mißmutig stellte er das Fernsehgerät aus, mißmutig gab er ihr einen Kuß. Aber sie hielt ihn einen Augenblick lang fest und gab ihm einen festen Kuß, und da umarmte er sie und schmiegte seine Wange an die ihre. Ein paar Sekunden lang verharrten sie so, dann ging er nach oben.

Es war kurz nach neun. Im Haus war es jetzt ruhig. Adele trug das Baby hinauf, legte es mit seinem Fläschchen ins Bett und schickte ein Stoßgebet zum Himmel. Und Mindy, so als ob sie heute nicht schon dreimal geschlafen hätte, schlief sofort ein. Wahrscheinlich wird sie gegen vier Uhr wieder aufwachen, seufzte Adele und ging ins Bad. Sie ließ Wasser in die Wanne und goß Badeöl hinein, ein Luxus zu achtundneunzig Cents die Flasche, aber sie hatte das Gefühl, das war sie sich heute schuldig. Sie badete, zog ihr Nachthemd und ihren Morgenrock an und ging wieder nach unten. Sie genoß die Stille, sie hatte das Gefühl, sie zu trinken, sie einzuatmen. Sie goß sich ein Glas Wein ein. Zum Teufel mit Paul. Dann ließ sie sich im Wohnzimmer nieder. Es war ein einziges Durcheinander: in der einen Ecke lagen die Puppensachen, auf dem einen Sessel stapelten sich die Unterlagen von Billys Sozialkundeprojekt, und über dem anderen Sessel lagen ein paar hingeworfene Mäntel. Über der Couch baumelte Pauls Krawatte, die er sich abgenommen hatte, als er und Linda dort gesessen hatten. Adele nahm die Krawatte und hängte sie übers Treppengeländer. Von der übrigen Unordnung wandte sie entschlossen die Augen ab und setzte sich hin. Das ist dein Leben. Mrs. O'Neill.

Als sie aus der Badewanne gestiegen war, hatte sie in den Spiegel geschaut und ein großes, hübsches Gesicht erblickt, gerahmt von glänzenden schwarzen Locken. Es war wirklich ein Gesicht. Könnte auch in einer Zeitschrift abgebildet sein, dachte sie wohlgefällig. Sie hatte wahrhaftig schlimmere Gesichter gesehen. Aber sie wollte gar nicht in einer Zeitschrift abgebildet sein, darum ging es nicht. Sie hatte sich nie ein Leben in Glanz und Luxus gewünscht. Sie dachte daran, wie Linda beleidigt abgezogen war und wie Eric gemurrt hatte. Sie dachte an

Mikeys entsetzten Gesichtsausdruck, als er aus dem umgestürzten Laufstall zu ihr aufblickte, und an Lindas totenbleiches Gesicht, als sie die Milch hatte fallen lassen. Tränen traten ihr in die Augen, sie legte die Hände vors Gesicht. «O Gott, hilf mir, bitte, hilf mir. Ich will nicht böse sein. Ich will nicht, daß meine eigenen Kinder Angst vor mir haben. O Gott, was mache ich nur falsch? Ich gebe mir solche Mühe, sie nicht anzuschreien. Ich will nicht unglücklich sein, ich will nicht, daß sie unglücklich sind. Ich will doch gut sein, oh, Maria, heilige Mutter Gottes, hilf mir, sag mir, was ich tun soll.» Sie dachte an die heiligen Märtyrer der Kirche, an Maria Magdalena, an Christi Leiden am Kreuz. Wenn ich ein besserer Mensch wäre, sagte sie sich, könnte ich auch zu anderen gut sein, könnte ich gütig, geduldig und liebevoll sein. Und das war alles, was sie sich immer gewünscht hatte. Sie ließ sich zu Boden gleiten, kniete neben der Couch nieder und betete.

«Herr, gib mir Kraft, laß mich nicht grausam zu ihnen sein, ich liebe sie so sehr.»

Sie erhob sich mühsam. Es war noch früh am Abend, und sie wollte eigentlich noch ein bißchen fernsehen oder die Zeitung lesen. Aber sie fühlte sich völlig ausgelaugt. So ging sie in die Küche, goß sich noch ein Glas Wein ein, machte überall das Licht aus, außer an der Haustür und im Flur, nahm Pauls Krawatte und ging nach oben.

Sie knipste die Lampe im Schlafzimmer an und sah sich um. Es war ein schäbiges Zimmer; wenn sie Besuch hatte, machte sie immer die Tür zu. Sie hatten nie das Geld gehabt, um es ordentlich einzurichten. Da war das Doppelbett ohne Kopfbrett, da waren die zwei alten, nicht zusammenpassenden Toilettentische. Eine Orangenkiste diente als Nachttisch. Sie hatte sie immer anmalen wollen, aber irgendwie war nie Zeit dazu.

Wer weiß, wenn ich nicht dauernd mit den anderen Frauen zusammen sitzen würde . . . dachte sie, schob aber den Gedanken energisch beiseite. Ich brauche das für mein Gleichgewicht, entschied sie.

Wie eine Gebrechliche ließ sie sich auf das Bett nieder und saß zusammengesunken da, die Hände zwischen den Knien. Sie dachte an Paul, und wie phantastisch er ausgesehen hatte, als er fortging. Ein vornehmes Dinner. Vielleicht aßen sie Krabbencocktail als Vorspeise. Sie hätte gern gewußt, ob die anderen Anwälte ihre Frauen mitgebracht hatten; sie hätte gern gewußt, ob es nur männliche Anwälte waren. Dann schob sie den Gedanken als unwürdig weg: auch ein Zeichen dafür, daß sie von Natur aus schlecht, erbärmlich, mißtrauisch, eifersüchtig war. Sicher . . . aber er kam immer wieder zu ihr nach Hause. Mehr konnte sie nicht verlangen. Sie trank von ihrem Wein, und dann zog sie – wie eine Frau, die es lange vor sich hergeschoben hat, sich ihren Kontoauszug anzusehen, weil sie weiß, daß sie wahrscheinlich ihr Konto überzogen hat, nun aber doch beschließt, den Tatsachen ins Auge zu sehen – ein kleines Buch aus dem Stapel von Papieren und Taschenkrimis in der Orangenkiste. Sie schlug es bei einem Kalenderblatt auf. Sie zählte die Tage, immer und immer wieder. Sie saß da und starrte mit regungslosem Gesicht und zusammengekniffenen Lippen ins Leere. Sie hörte schon Pauls Stimme: «Du mußt es wissen, Adele, ich bin nicht fanatisch darin. Aber es wird langsam etwas viel. Ich kann ja was benutzen, dann brauchst du es nicht zu tun.» Als ob es eigentlich ihre Sache sei. Aber das war es nicht. Das war es nicht: es gab ein höheres Gesetz. Sie mußte gehorchen.

«Bitte, lieber Gott, laß mich lernen, geduldig zu sein. Laß mich lernen, deinem Willen zu gehorchen. Schau auf mich, ich bin die Dienerin des Herrn.»

Aber ihr Gesicht war zerfurcht, und ihr Mund hart. Gottes Gnade ruhte nicht auf ihr. Sie war überzeugt, daß ihre Gebete nie bis zum Himmel aufstiegen.

II

Adele, die viel von Höflichkeit hielt, ärgerte sich manchmal über Natalies herbe und direkte Art, und bei Mira, die sie sehr gern mochte, hatte sie immer das Gefühl, sie würde etwas auf sie herabsehen. Am meisten fühlte sie sich zu Bliss und Elizabeth hingezogen, aber Elizabeth wohnte am andern Ende der Stadt, und sie schafften es nur selten, sich zu sehen. Es war einfach, die Kinder mal eben über den Zaun zu heben und mit Bliss eine Tasse Kaffee zu trinken, aber es war ein Unternehmen, sie mit zu Elizabeth zu schleppen. Bliss war höflich und sanft und sehr weiblich, was Adele bewunderte. Dagegen hatten Natalies Art, sich zu kleiden und zu bewegen, und Miras Art zu reden fast etwas Männliches. Bliss lachte viel und hatte diese ungezwungene, beiläufige Art, die Adele nachzuahmen suchte. Und obwohl sie nicht katholisch war, schien sie doch Verständnis zu haben.

Bliss saß bei einer Tasse Kaffee in Adeles Küche. Die Frauen hatten einander in den drei Jahren, die sie nun befreundet waren, niemals kritisiert. Wenn sie über sich sprachen, dann um sich Neuigkeiten mitzuteilen, um Gefühle wenigstens oberflächlich zu analysieren. Aber Adele kam sich heute schrecklich plump vor; sie war tags zuvor bei Mira zum Kaffee gewesen, und Mira hatte ihr ihre neuen Sessel und Lampentischchen gezeigt. Das Haus war sauber und aufgeräumt und leer gewesen: Normie war jetzt den ganzen Tag in der Schule, und Clark war im Kindergarten. Mira hatte gerade ein philosophisches Buch gelesen, als Adele mit Mikey und Mindy kam, und es war ihr so vorgekommen, als ob die Kinder Miras Haus schmutzig gemacht hätten. Irgendwie hatte sie sich nicht wohl gefühlt, und sie beschloß, nicht mehr zu Mira zu fahren. Sie ging lieber in Häuser, die sowieso schon voller Kinder waren.

«Weißt du», sagte sie, «manchmal denke ich, daß Mira neurotisch ist. Warum liest sie sonst diese komischen Bücher? So als wollte sie damit angeben.»

Bliss lachte ihr sanftes Lachen, tief unten in der Kehle. Es klang wie ein gelachter Seufzer. «Bill sagt, sie ist einfach hypergebildet.»

«Und immer redet sie von den Rechten der Frau.»

«Ich glaube nicht, das sie als Hausfrau glücklich ist.»

Adele sah entgeistert auf. «Was erwartet sie? Sie hat Kinder. Sie ist neurotisch. Manchmal bete ich abends für sie.»

«Du, vergiß *mich* nicht dabei. Wir können alle hin und wieder ein Gebet brauchen», sagte Bliss und lachte leise. «Heute morgen mußte Bill um acht am Flughafen sein – und du hättest das Irrenhaus hier erleben sollen! Dann beschloß Cheryl, Halsschmerzen zu haben und wollte nicht zur Schule, und Midge heulte und sagte, sie würde auch nicht gehen, wenn Cheryl nicht ginge.» Bliss lachte. «Also blieben alle zu Hause und sahen fern.»

«Machst du dir keine Sorgen, wenn sie so oft in der Schule fehlen?» In Adeles Stimme schwang ein tadelnder Unterton mit.

«Nein.» Bliss zuckte mit den Schultern. «Sie lernen ja doch nichts.» Sie nahm sich Zucker und rührte ihren Kaffeee um. «Ich würde sie überhaupt nicht hinschicken – beim Fernsehen lernen sie mehr –, aber ich will sie aus dem Haus haben.»

Alle Frauen redeten in diesem Ton über ihre Kinder. Sie lachten darüber, daß sie sie zum Spielen auf die Straße schickten, oder sie nannten sie «die Bälger». Alle außer Mira, die das für unmoralisch hielt, obwohl sie auch glaubte, dies sei vielleicht ihre Art, sich einen Ausgleich zu schaffen, für ihre fast ausschließlich auf ihre Kinder ausgerichtete Liebe und Sorge. Aber wenn Bliss so etwas über ihre Kinder sagte, klang es so gelöst und komisch – man glaubte ihr einfach nicht, daß sie es auch so meinte. Bei Natalie dagegen klang es ganz ernst.

«Ja, ja.» Adele runzelte die Stirn. «Billy kommt ganz gut zurecht in der Schule, er scheint eine Menge zu lernen.»

«Oh, ich nehme an, bei einem Jungen ist das was anderes.»

«Ja.» Adele spielte mit ihrem Löffel. «Aber bei Mira dürftest du so etwas nicht sagen. Sie wäre empört. Aber was hat sie schon von ihrer ganzen Ausbildung?»

«Oh, mir ist meine Ausbildung viel wert», sagte Bliss lächelnd und erinnerte Adele daran, daß Mira zwar aufs College gegangen war, daß aber von den Frauen in ihrem Kreis nur sie, Bliss, einen Abschluß gemacht hatte. «Eines Tages gehe ich wieder an die Schule und unterrichte die erste Klasse. Bis dahin muß ich meine drei ABC-Schützen zu Hause bei der Stange halten. Das ist eine gute Übung. Der Unterricht wird danach ein Klacks sein.» Sie lachte, während sie sprach.

Adele lachte. «In welcher Klasse ist Cheryl denn jetzt? In der dritten?»

«So steht es in ihrem Zeugnis, aber ich kann's mir nicht vorstellen.»

«Und was steht in Bills Zeugnis?»

«Da steht, er sei Navigator, aber das ist er nur, solange er arbeitet. Sonst ist er auch Erstkläßler.»

Adele beneidete Bliss darum, wie gut sie mit ihrem Mann zurechtkam. Bliss zog ihn ganz offen auf, und er lachte mit ihr darüber. Sie, Adele, würde das nie wagen. Nicht daß sie Angst vor Paul hatte, es war eher . . . nein, sie wußte nicht recht, was es war. Bliss nahm auch das Leben leichter. Es war ihr egal, ob sich Wäsche im Wohnzimmer stapelte oder ob die Kinder aßen oder nicht. Sicher, sie hatte auch nur zwei, und Bill war viel zu Hause, so daß sie allein einkaufen gehen konnte. Aber so viel half er ihr auch nicht – meist saß er oben in dem kleinen Zimmer, das er sich auf dem Dachboden ausgebaut hatte, und bastelte Modellflugzeuge.

«Fährst du heute abend einkaufen?»

«Ja. Norm ist wahrscheinlich zu Hause. Ich werde also die Kinder bei Mira lassen und Mira im Auto mitnehmen. Willst du mitkommen?»

«Ich kann nicht. Paul hat heute abend eine Versammlung. Aber könntest du mir eine Dose Pulverkaffee mitbringen? Meiner ist fast alle.»

«Klar. Sonst noch was?»

Adele runzelte die Stirn. «Also, wenn es dir nicht zu viele Umstände macht . . . könntest du mir Milch mitbringen? Mein Auto ist kaputt, und wir haben kein Geld, es diese Woche noch reparieren zu lassen.»

«Klar. Eine Gallone?»

«Ja. Oh, vielen Dank, Bliss. Das ist eine große Hilfe. Ich weiß gar nicht, wie ich ohne euch zurechtkommen würde.» Es schnürte ihr die Kehle zu. «Ihr seid alle so großartig», fuhr sie fort. Aber jetzt standen ihr Tränen in den Augen. Bliss saß ruhig da und beobachtete sie.

Adele hob den Kopf und sah ihre Freundin an.

«Was ist denn?» fragte Bliss mit ruhiger Stimme.

«Ach, nichts», sagte Adele, jetzt wieder in dem spröden, fröhlichen Ton, in dem sie sonst immer sprach, und griff nach einem Kleenextuch, um sich die Nase zu putzen. «Nur –» und wieder brach ihre Stimme – «daß ich wieder schwanger bin.»

«O Gott!»

«Na ja, eins mehr – was ist das schon?» Wieder in dem fröhlichen Ton.

Aber Bliss saß nur still da, und Adele fing wieder an zu weinen. «Es muß nach Natalies Party passiert sein. Paul und ich waren ein bißchen beschwipst und . . . na ja, du weißt schon . . . obwohl es in der kritischen Zeit war, haben wir es riskiert.»

«Und was sagt Paul dazu?»

Sie zuckte mit den Schultern. «Er ist wirklich wunderbar. Ich meine, er sagt, das ist meine Sache. Er regt sich nicht auf. Er sagt, er wird bald mehr verdienen und das Geld würde reichen. Er macht sich keine Sorgen. Aber ich . . .»

«Du willst es nicht.»

«Es ist nicht so, daß ich es nicht will. Ich liebe Kinder. Es ist nur . . . Ich weiß nicht, es ist alles so schwer, ich schaffe es nicht mehr . . .» Sie hatte aufgehört zu weinen und hatte sich die Tränen abgewischt. Ihr Gesicht war fleckig und verquollen. Sie starrte an die Wand.

«Adele», sagte Bliss langsam, «ich weiß, es ist gegen deine Religion, aber hast du mal an eine Abtreibung gedacht? Hör zu, Mindy liegt noch in den Windeln und Mikey ist noch nicht einmal zwei. Es wird furchtbar viel Arbeit für dich sein.»

«Ich weiß.»

«Und du bist erst . . . wie alt bist du?»

«Nächste Woche werde ich dreißig.»

«Billy ist erst acht. Es wird noch Jahre dauern, bis du in den Kindern eine Hilfe hast.»

«Ich weiß.»

Bliss schwieg, aber auch Adele sagte nichts mehr. Bliss fürchtete, daß sie ihre Freundin verärgert hatte. «Du denkst wahrscheinlich, daß es falsch ist . . .»

«Nein!» brach es aus Adele hervor. «Ich würde es liebend gern tun! Aber wenn ich es täte, müßte ich zur Beichte gehen und sagen, daß ich es bereue, und ich würde es doch gar nicht bereuen, also könnte ich es nicht sagen, also könnte ich nicht zur Beichte gehen und könnte nie wieder zur Kommunion gehen!» Voller Zorn sprudelten die Worte aus ihr hervor.

«O Gott», murmelte Bliss leise.

Adele stand auf und griff nach der Weinflasche. Sie war fast leer, und es schoß ihr durch den Kopf, ob sie Bliss bitten sollte, ihr noch ein paar Flaschen mitzubringen, damit Paul es nicht merkte . . . «Ach, wir werden schon durchkommen, denke ich. Wenn das Baby geboren wird, kann Mindy schon laufen, und wenn ich mir Mühe mit ihr gebe, ist sie vielleicht auch schon aus den Windeln. Im Zimmer der Mädchen ist noch Platz für ein Bett. Also – wenn es ein Mädchen wird, ist alles okay», lachte sie. «Bei der Women's Guild überlegen wir zur Zeit, ob wir eine Krippe aufmachen sollen. Die Kirche will uns die Räume zur Verfügung stellen, und jede von uns müßte einen Nachmittag in der Woche mitmachen, dann brauchten wir nur *eine* Arbeitskraft einzustellen, die das ganze leitet. Und es würde nicht viel kosten. Mikey ist alt genug dafür. Das Geld wird noch ein paar Jahre lang knapp sein, bis Paul seinen Gesellschaftsanteil abgezahlt hat, aber dann sind wir fein heraus. Mein Auto liegt zwar in den letzten Zügen, aber . . .» Sie rieb sich die Stirn.

Bliss starrte sie an. Sie war entsetzt, als sie hörte, daß Adele ein Jahr jünger war als sie. Adele hatte ein hübsches Gesicht, hübscher als ihres, aber es war von Falten gefurcht, und ihr dunkles Haar wurde schon grau. Bliss dachte, daß Adeles Kirche zu ihren Frauen sehr grausam war, aber sie sprach es nicht aus.

«Klar», sagte sie aufmunternd. «Und solange es klein ist, macht es nichts, ob es ein Junge oder ein Mädchen ist, du kannst das Körbchen zu den Mädchen ins Zimmer stellen, bis ihr euch ein größeres Haus leisten könnt. Und bis es geboren wird, ist Billy neun und Eric sieben und Linda sechs und Mikey im Kindergarten und Mindy läuft, und du hast nichts mehr zu tun!»

Sie lachten beide. «Das hat Paul auch gesagt, als ich ihm von der Kinderkrippe erzählte. Kinderkrippen, sagt er, sind etwas für verwöhnte Frauen, die den ganzen Nachmittag Bridge spielen wollen.»

Sie goß den Rest Wein in zwei Gläser und gab Bliss das eine.

«Soll ich dir heute abend etwas Wein mitbringen?» fragte Bliss.

«Klar!» sagte Adele übermütig, als wäre es eine Unabhängigkeitserklärung. Lachend setzte sie sich wieder. «Und außerdem hab ich ja noch all die Babysachen.»

«Die dürften allmählich etwas abgetragen sein.»

«Oh, das *waren* sie. Es ist bereits die zweite Garnitur. Die kann auch noch aufgetragen werden.»

«Klar.» Bliss' Gesicht wurde ernst. «Aber danach . . .»

«Daran will ich jetzt nicht denken. Daran will ich einfach nicht denken.»

«Gut», sagte Bliss und lächelte wieder. «Wenigstens kannst du dich in den nächsten Monaten sicher fühlen.»

Adele lachte, und Bliss fügte hinzu: «Die einzige Entschädigung für eine Schwangerschaft.»

12

Bliss hatte ein blasses ovales Gesicht. Es schimmerte weiß im Spiegel des unbeleuchteten Zimmers. Ihre Bewegungen waren langsam und anmutig, ihr Körper lang und schmal. Ihre Augen verrieten Intelligenz, einen vorsichtigen Verstand, der Situationen erst abschätzte, bevor er ihr zu handeln erlaubte. Für ihre Verhältnisse war sie immer gut angezogen, sie bevorzugte Hosen, die ihren Hintern zeigten, und weiche, locker fallende Blusen. Sie sprach leise und lachte leise und zeigte anderen Menschen wenig von sich selbst. Sie traute niemandem.

Sie brachte ihre Kinder zu Mira und fuhr dann mit ihr zum Supermarkt. Wie an jedem Freitagabend war es sehr voll. Beim Einkaufen sprachen sie wenig miteinander; beide konzentrierten sich darauf, für das wenigste Geld die besten Lebensmittel zu bekommen, was viel Geschick, wenn nicht Kunst erforderte. Man mußte etwas von Lebensmitteln verstehen, mußte wissen, wie man aus einem billigen Lammfleisch ein feines *Navarin* zubereitete oder wie man aus Knochen, die es damals noch umsonst gab, und einem preisgünstigen Stück Rindfleisch eine gute Suppe machte. Komisch. Ich habe Jahre meines Lebens damit verbracht, das zu lernen, und ich kann es auch sehr gut, aber jetzt brauche ich es nicht mehr.

Als sie wieder im Auto saßen, erzählte Bliss Mira von Adele.

«Oh, nein! Die arme Seele! Sie ist so schon am Rande des Nervenzusammenbruchs.»

«Sie ist zu verkrampft. Sie versteht es nicht, die Dinge leichter zu nehmen. Wenn ich Adele wäre, würde ich einfach zu Paul sagen, daß er an einem Abend in der Woche zu Hause sein muß, damit ich auch mal ausgehen kann. Sie verlangt viel zuwenig. Ich würde ihn nicht so einfach davonkommen lassen.»

«Sicher, das wäre vielleicht eine Hilfe, aber trotzdem, mit fünf Kindern . . .»

«Sechs demnächst.»

«Warum läßt sie es nicht abtreiben?»

Bliss erklärte es ihr. Mira verschlug es die Sprache. «O Gott, o Gott!» stöhnte sie.

«In früheren Zeiten gab es auch keine Geburtenkontrolle.»

«In früheren Zeiten starben die Babies.»

«Und die Mütter.»

Beide schwiegen. Bliss setzte Mira ab und sammelte ihre Kinder ein. Zu Hause verstaute sie die eingekauften Sachen, sorgte dafür, daß die Kinder sich wuschen, und brachte sie zu Bett. Dann kletterte sie über den Zaun und klopfte bei Adele und brachte ihr die Lebensmittel und den Wein.

«Komm einen Moment rein», sagte Adele. Sie sah elend aus.

«Ich kann nicht, die Kinder sind allein», sagte Bliss, froh, eine Entschuldigung zu haben. Sie hatte keine Lust, sich zu intensiv mit Adeles Elend zu befassen.

Sie ging zurück, machte die Küche sauber, und dann duschte sie und wusch sich die Haare. Sie blieb lange im Badezimmer. Nach dem Duschen cremte sie ihren Körper ein und stand lange vor dem großen Spiegel und betrachtete sich.

Sie war einunddreißig. Ihre Haut war glatt und weiß, und wenn sie ihr rotes Haar aufmachte, hing es ihr fast bis auf die Hüften. Sie sah wie eine Flamme aus, dachte sie, weiß in der Mitte. Sie zog sich einen Morgenrock an, räumte das Badezimmer auf und schlurfte dann in ihren weichen Frotteeschuhen hinaus und goß sich ein Glas Diätlimonade ein. Sie schaltete das Fernsehgerät ein und ließ sich mit dem Kleid, das sie sich genäht hatte, auf der Couch nieder. Es fehlten nur noch ein paar Stiche, die mit der Hand gemacht werden mußten. Es würde phantastisch werden, dachte sie. Sie hatte es sich für ihre Party gemacht.

Sie genoß die Abendstunden, wenn alles still war, vor allem wenn Bill weg war. Sie konnte dann in Ruhe ihren Gedanken nachhängen. Irgendwie hatte sie, wenn Bill zu Hause war, immer das Gefühl, daß er, obwohl er sonst alles andere als feinfühlig war, ihre Gedanken lesen konnte. Und zur Zeit wollte sie nicht, daß er sie auch nur erahnte.

Bliss war in einem strengen, armen Elternhaus aufgewachsen, wo es oft nicht genug zu essen gegeben hatte. Ihr Vater hatte sich als Rancher bezeichnet – ein elegantes Wort für einen kleinen Farmer, wie Bliss den Leuten erzählte. In Wirklichkeit war er nicht einmal das gewesen, und die Blockhütte in Texas – mehr war es nämlich nicht – hatte so armselig ausgesehen wie jede Hütte in Kentucky oder Tennessee, von denen sie Bilder gesehen hatte. Sie waren viele Geschwister gewesen; einige waren gestorben. Aber Bliss war der Liebling ihrer Mutter, die den wachen Geist des Mädchens erkannte und sah, wie sie jede Situation erfaßte und den besten Weg zum Überleben aufspürte. Der Vater war oft betrunken und manchmal brutal gewesen, aber nach ein paar Jahren hatte er Bliss nicht mehr angerührt. Er hatte Angst vor ihr. Als sie zehn war und ihre Brüder einige Jahre älter, verließ er seine Familie. Es war ihnen danach nicht viel schlechter gegangen als vorher. Der Krieg rettete ihre Brüder: sie wurden eingezogen und blieben bei der Army. Es war ein besseres Leben, als sie in Texas gehabt hatten. Bliss' Mutter knauserte und sparte; Bliss büffelte in der Schule. Gemeinsam schafften sie es, daß Bliss auf die staatliche Lehrerbildungsanstalt kam, und irgendwie schlug sie sich bis zum Examen durch. Über ihre Intelligenz machte sie sich keine Illusionen. Sie wußte, daß sie klug und schnell und aufgeweckt war, aber sie war keine Intellektuelle. Sie hatte von Kind auf gelernt, daß Leben Überleben heißt, und für Leute, die das noch entdecken mußten, hatte sie nur Verachtung übrig. Man tat, was man tun mußte, denn die Welt war weit und kalt und unbarmherzig und wer oder wo man auch war, man war allein.

In ihrem ersten Jahr als Lehrerin hatte sie Bill kennengelernt. Sie unterrichtete eine erste Klasse in einer Kleinstadt in Texas und bekam dafür ein Gehalt von $ 2000 im Jahr. Wofür sie offenbar auch noch dankbar sein sollte. Tatsächlich schaffte sie es, davon zu leben und noch ihrer Mutter etwas Geld zu schicken – was sie bis zu dem Tag tat, an dem ihre Mutter starb. Bill war im Krieg Pilot bei der Air Force gewesen und hatte danach einen Job bei einem texanischen Geschäftsmann bekommen, dessen Privatflugzeug er flog. Er verdiente $ 7000 im Jahr. Bliss heiratete ihn. Sie mochte ihn durchaus. Sie fand ihn reizend und lustig und leicht zu lenken. Der Grund, warum ihre Ehe so viel besser war als die ihrer Freundinnen, war ihrer Ansicht nach der, daß sie so viel weniger erwartet hatte als die anderen Frauen: Überleben, nicht Glück.

Als Bill den Job bei Crossways bekam, hatten sie in die Nähe von New York ziehen müssen. Es war ein guter Job mit glänzenden Aussichten: in zehn Jahren würde Bill über $ 30000 im Jahr verdienen. Aber Bliss hatte einen Horror vor dem Umzug. New York – das bedeutete für sie Juden und Neger, und sie konnte die einen wie die anderen nicht ausstehen. Und sie hatte auch etwas Angst, daß man ihr in der großen Stadt ihre provinzielle Herkunft anmerken würde. Sie hatte in Texas nachts wach gelegen und sich genau überlegt, wie sie sich verhalten wollte: gelassen und kühl, wie sie es ohnehin von Natur aus war; sie würde nie über ihre Vergangenheit sprechen, und sie würde immer auf der Hut sein. Das war ihr normales Verhalten. Sie brauchte sich keine Gewalt anzutun.

Sie mieden New York, indem sie ein kleines Haus in einem der Vororte in New Jersey kauften. Bliss fuhr Bill nach Newark, wenn er fliegen mußte. Und es gab hier nur wenige Juden und keine Neger, so daß Bliss sich mit diesem Problem nicht auseinanderzusetzen brauchte. In den vier Jahren, die sie jetzt hier lebten, hatte sie auch die letzten provinziellen Kanten, die sie gehabt haben mochte, abgeschliffen. Im übrigen, fand sie, war es damit gar nicht so schlimm gewesen – die Städter unterschieden sich nicht sehr von den Leuten in Texas, und mit ihrer legendären Überlegenheit war es nicht so weit her. Sie nahm an, daß zum Beispiel Mira auf sie herabsah, weil sie aus dem Süden kam. Mira hatte ein paar Bemerkungen gemacht über den Süden und darüber, wie man dort die «farbige Bevölkerung» behandelte. Insgeheim verzog Bliss bei solchem Geschwätz verächtlich den Mund. Der Süden behandelte ihrer Meinung nach seine Neger besser als der Norden seine «farbige Bevölkerung». Im Süden kannte man die Neger: sie waren Kinder, nicht imstande, auf sich selbst aufzupassen. Wenn ein schwarzes Dienstmädchen krank wurde, brachten die weißen Frauen in Redora es sofort zum Arzt und warteten so lange, bis die Untersuchung zu Ende war, und bezahlten die Rechnung. Die Negerfrauen hatten nicht genug Verstand, um das ohne Hilfe zu tun.

Es gab vieles, was Bliss im Norden nicht gefiel. Die Sozialfürsorge zum Beispiel, die immer mehr ausuferte. Eine Menge Puertorikaner kamen nach New York, um hier Unterstützung zu kassieren. Bliss wußte, woher sie kam, und sie wußte, daß sie es geschafft hatte. Wenn sie es gekonnt hatte, konnten die anderen es auch. Sie erinnerte sich noch gut daran, wie es war. Sie erinnerte sich an den Hunger – an den Schmerz, an den man sich mit der Zeit gewöhnte, an den mit Gasen gefüllten Bauch. Sie erinnerte sich an die Gesichter ihrer Eltern und staunte, wenn sie sich überlegte, wie alt sie damals gewesen sein mußten. Beide hatten große Zahnlücken gehabt, beide waren verrunzelt und hager gewesen, wie sehr alte Leute. Sie erinnerte sich, wie sie sich gewünscht hatte, da herauszukommen. Wie sie mit acht, neun oder zehn mit zusammengebissenen Zähnen im Bett lag und hörte, wie ihr Vater ihre Mutter verprügelte, oder später, als er fortgegangen war, wie ihre Brüder sich zankten und wie ihre Mutter versuchte, sie zum Schweigen zu bringen. Sie hörte die tobende Wut, die Armut bedeutet, und sie wußte Bescheid. Sie brauchte sich nichts weiter zu sagen. Sie biß die Zähne vor der Gegenwart zusammen und wußte, sie mußte raus und sie würde rauskommen, koste es, was es wolle. Sogar wenn ihr Leben, wenn ihre Gefühle der Preis sein würden.

Und sie hatte es geschafft.

Und sie war so glücklich, wie sie es sich vorgestellt hatte. Sie mußten sich ihr Geld einteilen, und sie würden auch weiterhin sparen müssen, bis Bill als Flugkapitän flog, was, wie sie meinten, nur noch wenige Jahre dauern konnte. Aber sie hatten immer genug zu essen, und sie besaßen ein ordentliches kleines Haus, und jetzt saß sie hier, ein wunderschönes Chiffonkleid auf den Knien, pfirsichfarben, einen Ton heller als ihr Haar, dessen Glanz es noch hervorheben würde. Sie nähte zufrieden.

Um elf schaltete sie das Fernsehgerät ab, sah nach, ob die Türen abgeschlossen waren und ob sie überall das Licht ausgemacht hatte, und ging hinauf ins Schlafzimmer. Sie hatte sich einen Roman mitgenommen, ein Taschenbuch, das Amy Fox ihr geliehen hatte. Eine Liebesgeschichte, die in den Südstaaten in der Zeit nach dem Bürgerkrieg spielte. Auf dem Einband sah man eine wunderschöne rothaarige Frau in einem tief ausgeschnittenen weißen Kleid, aus dem ihre Brüste hervorquollen. Man sah nur den Oberkörper, da das Bild ziemlich weit unten plaziert war. Hinter ihr stand in voller Größe ein gutaussehender Mann mit einer Reitpeitsche in der Hand, und hinter ihm leuchtete vor einem grünen Hintergrund ein weißes Haus im Kolonialstil. Normalerweise las sie solchen Schund nicht. Normalerweise las sie überhaupt keine Bücher. Aber Amy hatte sie neugierig gemacht, und irgendwie hatte sie Lust auf eine leichte, unterhaltsame romantische Geschichte. Und heute abend konnte sie gut damit anfangen.

Sie zog ihren Morgenrock aus und legte ihn über einen Sessel. Als sie sich dem Bett zuwandte, sah sie einen Moment lang ihr Bild im Spiegel über Bills Kommode. Ihr Haar war offen und ihre Schultern leuchteten warm und pfirsichfarben über dem weißen Nachthemd. Sie stand da, ohne an sich selbst zu denken, als betrachtete sie ein Bild. Es war ein schönes Bild. Immer noch ohne zu denken, ließ sie das Nachthemd von den Schultern gleiten und betrachtete ihren Körper. Er war schön, weiß und schmal, die Brüste rund und fest, die Beine schlank und makellos. Es würde nicht immer so sein. Bliss dachte an den Körper ihrer Mutter, die schlaffen Hautfalten an ihren ausgemergelten Armen. Sie strich mit den Händen über ihre Brüste, ihre Hüften, ihren Bauch, ihre Oberschenkel. Die Berührung ließ das Blut in ihren Adern pochen, als ob es darauf gewartet hätte. Seit sie erwachsen war und ein richtiges Badezimmer hatte, hatte niemand außer Bill je ihren Körper gesehen. Und niemand außer Bill hatte ihn je berührt. Sie hatte nie viel über Sex nachgedacht, dafür war in ihrem Leben kein Platz gewesen. Sex war etwas für die Reichen. Angenommen, sie hätte sich zu jemandem hingezogen gefühlt und ihrem Gefühl nachgegeben. Angenommen, es wäre ein Lastwagenfahrer oder ein Bauarbeiter gewesen oder ein Taugenichts wie ihr Vater? Und wenn sie dann hätte heiraten müssen (was, wenn sie sich wirklich zu jemandem hingezogen gefühlt hätte, aller Wahrscheinlichkeit nach passiert wäre, denn sie hätte ihn nicht so lange hinhalten können, wie sie es später mit Bill gemacht hatte), dann hätte sie dagesessen, auf immer und ewig.

Bliss verstand, wie Frauen Prostituierte werden konnten: wenn du schon die Rechnung bezahlen mußt, dann sieh zu, daß sie wenigstens die ersten Raten zahlen. Sonst zahlst du am Ende mit deinem Blut, auf immer und ewig – wie ihre Mutter. Wenn Adele und Mira über ihre Geldsorgen jammerten . . . Um Gottes willen! Sie sagte nichts oder machte einen Scherz, aber innerlich konnte sie dabei nur grinsen. Armut! Was wußten die von Armut. Ihre Mutter mit dem eingefallenen Gesicht, den vom Wäscheschrubben gichtigen Händen, den Schwielen und dem krummen Rücken – krumm vom Schleppen großer Blecheimer voll Wasser, um Wäsche zu waschen, die Kinder zu baden oder den Fußboden zu scheuern. Ihre Mutter, die in dem verkrauteten, trockenen Gemüsegarten Rüben erntete. Ja. Sie zog ihr Nachthemd wieder hoch und wollte zum Bett gehen. Aber irgend etwas bewog sie, sich noch einmal umzudrehen und in den Spiegel zu schauen, sich zu betrachten, mit ihrem offenen Haar. Sie merkte, wie ihr Körper bebte: es war, als sei jede Pore ein winziger offener Mund, hungrig, durstig, sterbend vor Durst. Und so würde es kommen. Ihr Körper würde verschrumpeln und sterben. Sie machte das Licht aus und schlüpfte ins Bett. Die kühlen Laken liebkosten sie. Und während sie so dalag, kam sie sich wie eine weiße Blume vor, auf das Bett hingebreitet, bebend, warm, wartend, daß sie gepflückt wurde.

13

Jedesmal, wenn neue Gäste eintraten, wandten die Frauen die Köpfe, und Mira merkte, daß alle auf Paul warteten. In dem Jahr, seit sie begonnen hatten, Parties zu geben, war Pauls Stern aufgegangen. Vorher war er nur Adeles Ehemann gewesen, den man gelegentlich im Garten hinter dem Haus ungeschickt Unkraut jäten sah. Jetzt jedoch war er der Mittelpunkt der Parties, auch wenn niemand das zugegeben hätte.

Es gab Gerüchte über ihn und seine Affären, die den Frauen, so sehr sie sie mißbilligten, einen Kitzel bereiteten. Er sah gut aus, war ein guter Tänzer, tanzte gern und liebte die Frauen. Er hatte für jede eine Schmeichelei – sie hatten sie untereinander heimlich verglichen –, die er, leicht abgewandelt, immer wieder anbrachte, wenn er die Stimmung für geeignet hielt. Mira stellte fest, daß sie enttäuscht war, wenn sie bei einer Party nicht mit Paul getanzt hatte oder wenn ihm die Stimmung nicht intim genug gewesen war, um ihr tief in die Augen zu sehen und zu murmeln: «Weißt du, daß du Augen wie eine Katze hast? Sexy Augen.» Mira wäre nie auf den Gedanken gekommen, daß sie etwas haben könnte, was sich so beschreiben ließe, aber insgeheim fühlte sie sich geschmeichelt. Und sie spürte, daß es den anderen ähnlich erging. Bliss erzählte, zu ihr habe er gesagt, sie hätte einen wunderschönen Hals, um den er gern seine Hände legen würde; Natalie erzählte, zu ihr habe er gesagt, sie rieche nach Sex. Mira war im stillen entsetzt darüber, aber Nat schien es als Kompliment zu nehmen.

Mira unterhielt sich mit Bliss im Wohnzimmer, als sie plötzlich ein winziges Aufleuchten in Bliss' Gesicht bemerkte. Sie drehte sich um und sah, daß Paul und Adele im Flur standen. Sie wandte sich wieder Bliss zu, um das Gespräch fortzusetzen: «Ja, wirklich wunderschön. Ich beneide dich um dein Talent. Eine herrliche Farbe!» Bliss trug ein fließendes Chiffonkleid in einem blassen Pfirsichton, der den Glanz ihres roten Haares noch hervorhob.

Die Party fand bei Bliss statt, und es waren die üblichen Gäste versammelt. Ein neues Paar war eingeladen worden, Samantha und Hugh Simpson, die vor kurzem in ein Haus in der Nachbarschaft eingezogen waren. Sie waren mit Amy und Don Fox befreundet. Mira ging zu Samantha, die allein dastand, und stellte sich vor. Samantha war noch sehr jung, nicht älter als drei- oder vierundzwanzig Jahre. Nicht viel jünger, dachte Mira, als ich damals war, als ich hierherzog. Jetzt bin ich die einzige, die noch unter dreißig ist. Samantha sprudelte nur so – sie erzählte glücklich von ihrem neuen Haus, wie toll es sei, in einem Haus zu wohnen, und was für Katastrophen schon seit ihrem Einzug passiert waren. «Also mußte Simp – mein Mann – das Schloß aus der Badezimmertür herausnehmen, und Fleur schrie völlig hysterisch, und ich versuchte, sie durch die Tür zu beruhigen, und wir hatten kein Werkzeug und Simp mußte in der Nachbarschaft rumlaufen, bis er jemanden fand, der Werkzeug hatte . . .» So ging es immer weiter. Die Katastrophen waren immer ulkig, auch wenn sie es in Wirklichkeit gar nicht waren, sogar wenn ein Kind sich dabei verletzt hatte. Die Katastrophen waren ulkig, die Männer unfähig, und die Frauen kämpften gegen die überwältigende Übermacht der Umstände an, schon geschlagen, ehe sie begannen. Das war der Mythos, dachte Mira, während sie Samantha zuhörte; ein Mythos von Heldenhaftigkeit und Heiterkeit. So stellten sie es dar. Sie mochte Samantha, trotz ihres Aussehens.

«Du mußt mal zum Kaffee zu mir kommen», sagte sie.

«Oh, gern! Seit der Umzug geschafft ist und Simp wieder arbeitet, fühle ich mich so einsam!»

Sie unterhielten sich. Die Party war jetzt in vollem Gange. Man ging von Grüppchen zu Grüppchen. Man begann zu tanzen. Mira wollte sich noch etwas zu trinken holen. Bliss schleppte gerade noch mehr Eis an.

«Gott, siehst du prächtig aus! Wirklich!» sagte Mira noch einmal.

Bliss sah sie mit einem gespielt mürrischen Lächeln an. «Danke. Ich glaube, Paul findet das auch. Er hat mich gefragt, ob ich mit ihm auf die Bahamas komme. Irgendeine Juristenkonferenz. Was meinst du, soll ich mitfahren?»

Mira beherrschte den üblichen witzelnden Ton genügend, um das Spiel mitspielen zu können. «Warum nicht? Es ist ein langer und kalter Winter. Aber ich bin eifersüchtig. *Mich* hat er nicht gefragt.»

«Oh, wart's nur ab. Er wird dich schon noch fragen.»

Und bald darauf tat er es. Es war nach Mitternacht, die Gäste hatten begonnen, sich auszuziehen – die Männer legten ihre Jacketts und ihre Krawatten ab, die Frauen ihre Schuhe und Ohrringe. Paul tanzte in einem braunen Hemd und in einer cremefarbenen Hose, die seine schlanke Figur erkennen ließ. Sein hübsches irisches Gesicht war vom Wein und von der Hitze gerötet. Mit einer Flasche Beaujolais in der Hand tanzte er mit Mira den Cha-Cha-Cha. «Trink», sagte er immer wieder.

Die Musik wechselte in einen langsamen Tanz über, und mit seinem freien Arm faßte er Mira, die wie immer etwas steif reagierte, um die

Taille und zog sie dicht an sich. Er sah ihr ins Gesicht. «Oh, diese Katzenaugen», murmelte er. «Ich würde zu gern wissen, was hinter ihnen vorgeht. Gibst du mir nicht eine Chance, es herauszufinden? Komm mit mir auf die Bahamas, ich fliege am Dienstag.»

«Ich dachte schon, du würdest nie fragen», sagte sie und grinste.

Norm tanzte mit Adele. Er neckte sie dabei ununterbrochen, so daß ihr Tanzen eigentlich nur eine «bewegte Plauderei» war. Hamp saß auf der Couch und sprach mit Oriane. Er tanzte nie. Sean tanzte mit Samantha.

«Ich bin eifersüchtig – darf ich mal unterbrechen? Ich hab den ganzen Abend noch nicht mit Paul getanzt, stimmt's, Baby?» Natalie war ein bißchen betrunken.

«Komm zu Papa», sagte Paul und wollte beide Frauen in seine Arme schließen, aber Mira lachte und entschlüpfte. «Spielverderber!» rief er hinter ihr her.

Mira ging ins Badezimmer. Nach einer Weile – sie frischte gerade ihr Make-up auf – klopfte es. «Einen Moment!» rief Mira.

«Oh, Mira?» Es war Samantha. «Kann ich reinkommen?»

«Klar.»

Samantha kam herein und hob ihren Rock hoch. «Verdammtes Ding!» schimpfte sie.

Mira warf ihr einen Blick zu. «Kann ich dir helfen?»

«Nein, es ist bloß dieses verdammte Korselett. Wenn ich pinkeln muß, ist das jedesmal ein gewaltiges Unternehmen.»

Mira lächelte. Sie fragte nicht, warum jemand, der so schlank war wie Samantha, so ein Ding anzog. Sie trug auch eins. Schließlich hatte Samantha es geschafft und setzte sich auf die Toilette. Mira hockte sich auf den Rand der Badewanne und zündete sich eine Zigarette an. Anfangs, als sie neu in Meyersville war, hatte diese Art Vertraulichkeit sie schockiert. Inzwischen hatte sie sich daran gewöhnt.

«Mira», begann Samantha verlegen, «ich hab dich vorhin mit Paul tanzen sehen. Paul – O'Connor?»

«O'Neill. Ja, warum?»

«Was ist das eigentlich für ein Mensch? Ich meine, ist er ein Freund von dir?»

Mira lachte. «Was hat er denn getan?»

«Mira!» Samantha beugte sich vor und sprach fast flüsternd. «Er hat seine Hand auf meinen – Hintern gelegt! Ich war so verlegen, ich wäre fast gestorben! Ich wußte nicht, was ich sagen sollte! Zum Glück tanzte ich gerade mit dem Rücken zur Wand, so daß es, glaube ich, niemand gesehen hat. Und dann sagte er, ich hätte einen – du, er sagte, ich hätte einen *sexy Arsch.* Stell dir das vor!»

«Und dann hat er dich gefragt, ob du mit ihm auf die Bahamas fährst.»

«Ja! Woher weißt du das? Als ob ich das könnte . . . am Dienstag muß ich mit dem Baby zum Arzt. Außerdem kenne ich ihn doch überhaupt nicht.»

«Er wird mit großem Gefolge reisen – er hat nämlich jede Frau hier auf der Party gefragt.»

«Oh.» Samantha sah enttäuscht aus.

«Außer Theresa und Adele, möchte ich annehmen.»

«Und warum die nicht?»

«Weil Theresa immer schwanger ist, und weil Adele seine Frau ist.»

Samantha starrte Mira an. Mira fühlte sich überlegen, weltgewandt. Ihre Stimme nahm einen «Reifere Frau gibt Ratschläge»-Unterton an. «Oh, er versucht es nur bei attraktiven Frauen. Und bestimmt meint er bis zu einem gewissen Grade, was er sagt. Aber das übrige . . . das ist sein Spiel, seine Art, sich gesellschaftlich durchzuschlagen. Zuerst findet man es ein bißchen schockierend, nehme ich an, aber er versucht wenigstens mit Frauen zu reden. Und er ist harmlos.»

Samanthas Gesicht hellte sich auf. «Oh, ich mag ihn! Ich meine, ich fand ihn lustig, auch wenn er mir . . . Ich weiß nicht, Mira, ich finde die Leute hier alle furchtbar klug und überlegen. Vielleicht habe ich zu behütet gelebt. Ich bin im Süden auf ein Junior College gegangen, und als ich zurückkam, hab ich zu Hause gewohnt und hab angefangen, mit Simp zu gehen. Dann haben wir geheiratet und bei meiner Familie gewohnt. Das hier ist unser erstes eigenes Zuhause. Ich komme mir schrecklich babyhaft vor.»

Samantha stand auf, wusch sich die Hände und kämmte sich oder fuhr sich vielmehr mit einem Kamm ganz leicht über ihr Haar, das hellblond, fast weiß gebleicht und zu einem hohen, mit Spray gefestigten Dutt aufgetürmt war. Kleine starre Locken rahmten ihr Gesicht. Sie legte noch mehr Rouge auf. Mira beobachtete sie und fand, daß sie wie eine Aufziehpuppe aussah.

«Warum bleichst du dir die Haare? Sie sind doch bestimmt noch nicht grau.»

«Ich weiß nicht. Angefangen hab ich damit, weil ich dachte, ich würde damit ein bißchen erfahrener aussehen. Und Simp gefällt es.»

«Gefällt es dir auch?»

Samantha drehte sich überrascht um. «Wieso? Ich meine, ich glaube schon.» Sie war ein wenig gekränkt.

«Ich meine nur, es muß doch furchtbar viel Mühe machen.»

«O ja, das stimmt. Ich brauche den ganzen Tag dafür, und alle zwei Wochen muß ich es nachfärben, sonst sieht man den dunklen Haaransatz.» Sie begann, Mira die ganze Prozedur zu schildern.

Paul tanzte nicht mehr mit Natalie. Er war jetzt bei einem langsamen Foxtrott mit Bliss angelangt und hielt sie eng an sich gepreßt. Hamp saß mit Adele auf der Couch. Er erzählte ihr von einem neuen Buch über den Kalten Krieg. Er hatte es nicht gelesen, aber es war sehr gut besprochen worden. Adele langweilte sich, saß aber mit aufmerksamem Gesicht da, scheinbar ganz Ohr. Sie dachte darüber nach, daß er einem nie richtig in die Augen sah, daß er immer etwas an einem vorbeiblickte. Trotzdem, er war ein netter Kerl, alle mochten ihn. Er sagte nie ein unfreundliches Wort. Aber er sah irgendwie elend aus.

Natalie, die mit Evelyn gesprochen hatte, unterbrach sich plötzlich. «Ich brauche noch einen Drink!» verkündete sie. Ihr Gesicht war rot gefleckt. Sie schwankte ein bißchen, als sie die Küche betrat, wo sich ein paar Männer unterhielten. Sie goß sich ihr Glas fast bis zum Rand mit Whiskey voll und stand einen Moment wartend da, aber niemand sprach sie an. «Ihr kotzt mich an!» brach es plötzlich aus ihr hervor. «Das einzige, wovon ihr was versteht, ist Fußball! O Gott! Zum Kotzen!» Mit ihrem Glas in der Hand stolperte sie wieder hinaus.

Die Männer sahen ihr kurz nach und sprachen weiter.

Im Wohnzimmer steuerte sie auf die Couch zu, wo Hamp saß. «Und du, du bist genauso schlimm wie die da draußen. Den ganzen Abend hockst du wie ein Fettkloß auf der Couch und redest und redest und redest! Wahrscheinlich über Bücher! Als ob du je eines lesen würdest! Warum sprichst du nicht über Schemabriefe oder übers Fernsehen? Das ist doch das einzige, wovon du eine Ahnung hast!»

Im Zimmer war es mucksmäuschenstill geworden. Natalie sah sich verlegen um und wurde wütend auf die anderen, weil sie sich nicht wohl fühlte in ihrer Haut. «Ich gehe nach Hause! Diese Gesellschaft stinkt mir!» Und sie ging. Sie nahm nicht einmal ihren Mantel, hatte aber ihren Drink immer noch in der Hand. Schlitternd stapfte sie in ihren Stöckelschuhen aus roter Seide durch den Schnee und fiel zweimal hin.

Niemand sagte etwas. Man wußte, daß Natalie gelegentlich zuviel trank. Die anderen zuckten mit den Schultern und nahmen ihre Gespräche wieder auf. Mira wunderte sich, wie leicht sie so etwas abtun konnten, als ob Betrunkene keine Menschen seien und nicht mehr ernst genommen zu werden verdienten. Sicher, Nat würde ihren Rausch ausschlafen und die Sache vielleicht sogar vergessen. Aber in letzter Zeit schwang Kummer in ihrer Stimme mit, Verzweiflung, die sich hinter dem Zorn verbarg. Woher kam das? Mira blickte zu Hamp hinüber. Er unterhielt sich ungerührt weiter. Er war doch eigentlich ein guter Kerl, etwas lethargisch, vielleicht sogar langweilig, aber das waren die meisten Ehemänner, eine Frau mußte ihre eigenen Interessen entdecken. Und tagsüber wirkte Natalie durchaus glücklich.

Paul flüsterte Bliss etwas ins Ohr; Norm kam herüber und nahm Mira in Beschlag, und sie tanzten unbeholfen miteinander. Er preßte sie an sich und ihr sank das Herz: später würde er erotisch werden.

Dann forderte sie jemand, den sie kaum kannte, zum Tanzen auf. Roger und Doris waren verhältnismäßig neu in dem Kreis. Roger war attraktiv, dunkelhaarig und hatte einen durchdringenden Blick. Mit einer Selbstsicherheit, die keiner der anderen Männer besaß, legte er den Arm um sie. Pauls Berührungen hatten etwas Sexuelles: er tastete sich zögernd, feinfühlig und suchend vor. Roger berührte sie, als ob er ein Recht auf ihren Körper hätte, als ob er mit ihr machen könnte, was er wollte. Sie spürte es sofort, obwohl sie es erst später so ausdrücken konnte. Sie fühlte sofort eine Abneigung gegen ihn. Er war jedoch ein guter Tänzer. Sie wußte nicht, was sie sagen sollte, und so hielt sie sich steif und redete ununterbrochen. Sie fragte ihn, wo sie wohnten, wie viele Kinder sie hätten, wie viele Zimmer es in ihrem Haus gebe.

«Kannst du nie still sein?» sagte er und zog sie fester an sich. Er hielt das sicher für romantisch, dachte sie. Und in einer Weise empfand sie es auch so. Er hatte eine gute Figur, er roch angenehm. Aber sie ließ sich auf so etwas nicht ein, ließ sich nicht schelten wie ein Kind, ließ sich nicht einfach seine Bedingungen diktieren.

«Ich bin still, wenn *ich* still sein will», sagte sie heftig und riß sich von ihm los.

Einen Moment lang sah er sie verblüfft an, dann änderte sich sein Gesichtsausdruck. «Weißt du, was dir fehlt», sagte er verächtlich, «du mußt mal kräftig gefickt werden.»

«Ja, ja, ich hab das Spiel gesehen. Sie haben es auf dem letzten Down verloren.»

«Den Teufel haben sie», sagte Simp. «Es war der Fehlpaß von Smith.»

Hamp grinste. «Na, so oder so, sie haben es verloren.»

«Sicher, aber sie haben besser gespielt, als sie im Grunde genommen sind. Eigentlich hätten sie mit zwanzig Punkten verlieren müssen.»

«Ich weiß nicht», meinte Roger. «Auf dem eigenen Platz sind sie immer besser. All die Ärsche auf den Rängen, die ihnen zujubeln.»

«Ja, jetzt krabbelt sie. Das ist schön, weil ich sie aus dem Laufstall lassen kann. Aber natürlich ist jetzt auch nichts mehr vor ihr sicher.»

«Fleur bleibt einfach nicht im Laufstall. Wenn ich sie nur reinsetze, schreit sie los.»

«Sie ist dein erstes. Wenn du fünf hast, bleiben sie im Laufstall.»

«Stimmt es, daß du wieder schwanger bist?»

«Ja, klar! Je mehr, um so besser.»

«Man sieht dir wirklich nichts an.»

«Ich bin ja auch erst im dritten Monat. Ich gehe schon auf wie ein Ballon.»

«Dafür, daß du fünf Kinder hast, hast du noch eine tolle Figur.» Samanthas Augen wanderten zu Theresa hinüber, die an der Wand stand und sich mit Mira unterhielt. Sie war groß und hatte einen nach vorn gekrümmten Rücken. Ihr Bauch hing buchstäblich wie ein Sack voller Steine an ihrem Körper. Sie hatte einen Hängebusen und dünnes, grau durchsetztes Haar.

Adele folgte Samanthas Blick. «Arme Theresa. Sie haben sehr wenig Geld. Das macht alles so schwer.»

Samantha beugte sich mit weit aufgerissenen Augen zu Adele und flüsterte: «Ich habe gehört, daß der Milchmann ihnen aus lauter Mitleid die übriggebliebene Milch umsonst gibt.»

Adele nickte. «Don ist jetzt schon ein ganzes Jahr lang arbeitslos. Er macht Gelegenheitsarbeiten, Teilzeitjobs oder vorübergehende Sachen, aber das reicht nicht bei sechs Kindern. Die meiste Zeit sitzt er zu Hause rum. Sie hat sich um einen Posten als Aushilfslehrerin bemüht – sie hat ein abgeschlossenes Studium –, aber jetzt ist sie wieder schwanger. Ich weiß nicht, was sie tun werden.»

Samantha betrachtete Theresa voller Abscheu und Furcht. Schrecklich, daß es mit einer Frau so weit kommen konnte, daß sie so aussah. Schrecklich, was ihr da passiert war. Was konnte man machen, wenn ein Mann keine Arbeit hatte. Es war furchtbar. Sie würde nie zulassen, daß ihr so etwas passierte, auf keinen Fall, niemals. Man mußte sein Leben in der Hand behalten. Sie wandte sich an Adele. «Ist sie katholisch?»

«Ja», sagte Adele bestimmt. «Und ich auch.»
Samantha wurde rot.

«Ich habe Paul schon seit einer Weile nicht mehr gesehen.»
«Oh, er ist gegangen.»
Mira drehte sich überrascht um. «Paul ist gegangen? Aber Adele ist doch noch da.»
Bliss lachte. «Er ist Natalie nachgegangen. Er sagte, sie tue ihm leid, er glaube, sie sei völlig durcheinander. Adele weiß, daß er weg ist. Er kommt schon wieder.»
Mira war überrascht. Daß er so feinfühlig und fürsorglich sein konnte, hätte sie ihm nicht zugetraut. Ein Verdacht schlängelte sich zwischen ihre Gedanken, aber sie verdrängte ihn. «Sehr nett von ihm», sagte sie ernst. «Ich habe mir schon Sorgen um Natalie gemacht.»
Sie wunderte sich über den seltsamen Blick, den Bliss ihr zuwarf.

Bill stand mit ein paar Leuten in der Küche, und alle lachten. Er war gerade von einem Flug nach Kalifornien zurückgekommen, und wie immer hatte er eine Menge komischer, obszöner Geschichten mitgebracht. «Sagt die Stewardess: ‹Kann ich Ihnen sonst noch etwas bringen, Captain?› Und er dreht sich um und mustert sie von oben bis unten und sagte: ‹O ja, Sie können mir eine liebe kleine Muschi bringen.› Und sie steht da und sieht ihn an, kühl wie eine Hundeschnauze, und sagt: ‹Da kann ich Ihnen nicht helfen, Captain, meine beißt wie ein Tiger.› Und geht.»
Dröhnendes Gelächter.
«Ich kapiere das nicht.» Mira sah sich hilfesuchend um. «Warum wollte er denn eine Katze?»

14

«Er hatte was gegen Frauen!» schrie Val, und Kyla schimpfte: «Oh, so ein Angeber!» Und Clarissa grinste und sagte: «Ganz schön saftig!» Und Isolde schüttelte den Kopf: «Kaum zu glauben.» Alle platzten gleichzeitig los, nachdem Mira uns die Geschichte dieser Party zu Ende erzählt hatte.
«Ich meine, wie konntet ihr bloß alle so . . . so naiv sein?»
«Ich sage dir ja, Iso, genau das war das Problem. So waren wir da-

mals. Deshalb sage ich auch, daß heute alles so anders ist. In Samanthas Augen waren wir alle unerhört erfahren. Das waren die fünfziger Jahre!»

«Und du, du Frau von Welt!» spöttelte Kyla liebevoll.

«Furchtbar, nicht? Ich weiß noch, wie erhaben und abgeklärt ich mir vorkam, und dann überlegte ich, wie das gekommen war, wie ich plötzlich diese erfahrene Frau von Welt geworden war, nachdem ich mich doch am Morgen noch wie ein Kind gefühlt hatte. Und so streng, so ernst, so moralisch. Mein Gott! Es war alles nur Spaß, es hob die Stimmung. Ich habe das wirklich geglaubt. *Mir* wäre es nie in den Sinn gekommen, eine Affäre anzufangen, und so nahm ich an, daß es auch den anderen nicht in den Sinn kam. Das konnten sie nicht tun! Sie waren schließlich – *anständig.* Gott, wie ich die Sexualmoral verinnerlicht hatte.»

«Aber diesem Roger gegenüber», warf Clarissa ein, «hattest du damals schon ein fortgeschrittenes Bewußtsein.»

«Ich hatte ein fortgeschrittenes *Unter*bewußtsein», berichtigte Mira. «Ich hätte es nicht artikulieren können, ich hatte nicht die Worte, um beschreiben zu können, was ich fühlte.»

Sie sprachen alles durch, griffen die eine oder andere Person heraus, fragten nach Motivation, nach der Art ihrer Beziehungen untereinander, nach Konsequenzen. Sie ließen nichts aus. Aber Val war nicht zufrieden.

«Du sagst, dieser Typ – Paul? – mochte die Frauen. Ich sage dir, er mochte sie nicht. Er benutzte sie. Sie waren für ihn nichts weiter als Sexualobjekte.»

Mira schüttelte bedächtig den Kopf, als ob sie hin und her überlegte. «Ich weiß nicht, Val.»

«Hat er wirklich geglaubt, daß bei seinen Schmeicheleien etwas herauskommt?» fragte Clarissa. «Du sagtest doch, daß es einfach sein Verhalten in Gesellschaft war.»

«Ja», seufzte Mira, «ich weiß es auch nicht. Kann sein, daß er einfach Schmeicheleien von sich gab und daß es ihm egal war, ob und bei wem sie ankamen. Aber Samantha war lange mit Adele und Paul befreundet. Und einmal, als sie in schrecklichen Nöten war und sie sich sehr nett um sie kümmerten, besonders Adele, fing Paul an, sie sexuell zu bedrängen. Sie hat es mir erzählt, und ich war wütend, weil ich dachte, er wollte versuchen, ihre Freundschaft mit Adele zu zerstören, indem er Eifersucht ins Spiel brachte, verstehst du? Aber sie sagte, nein. Sie meinte, daß er sich so verhielt, weil sexuelles Verhalten die einzige Möglichkeit war, die er kannte, um einer Frau mit Freundlichkeit zu begegnen. Er wollte ihr zu verstehen geben, daß er ihr Freund war, aber er konnte das nur, indem er ihr anbot, ihr Liebhaber zu werden. Das hat mir eingeleuchtet.»

Valerie schnaubte verächtlich.

«Wenigstens hat er versucht, mit Frauen zu reden», sagte Mira traurig.

«Und wie eine brave Frau warst du ihm dafür dankbar», sagte Kyla boshaft.

«Hört, hört!» fuhr Iso auf. «Wer sprach da eben? Jedesmal wenn Harley sein Buch hinlegt und dich ansieht, hüpfst du vor Freude auf und nieder!»

«Tu ich nicht, tu ich nicht», protestierte Kyla, aber sie fielen alle über sie her, und da ergab sie sich schließlich: «Gut, dann bin ich wenigstens eine brave Frau.»

15

Am Montag nach der Party rief Natalie schon vor neun bei Mira an, aber Mira konnte erst am Nachmittag von zu Hause fort. Natalie stand summend in der Küche, als Mira durch die hintere Tür hereinkam. Sie sah anders aus als sonst: ihre Augen strahlten, und ihr ganzes Gesicht wirkte entschlossener.

«Wie wär's mit einem Drink? Nein? Ich mach dir eine Tasse Kaffee, ja?» Sie fischte eine bunte Plastiktasse aus der Geschirrspülmaschine, um die Mira sie jedesmal wieder beneidete. «Mann, am Samstagabend hab ich mir mächtig einen angetrunken. Mein Kleid ist hin, ich hab mir die ganze Seite aufgerissen, als ich hinfiel, und die Schuhe, die ich mir extra hatte färben lassen, damit sie dazu paßten, sind auch hin. Alles ruiniert. Und ich hab neunzig Dollar für das Kleid bezahlt und siebzehn für die Schuhe.»

Mira verschlug es die Sprache. Sie kaufte sich ein oder zwei Kleider im Jahr und bezahlte zehn oder fünfzehn Dollar dafür. «O Gott, Natalie! Kannst du die Sachen nicht wieder hinkriegen?»

Nat zuckte mit den Schultern. «Nein, ich hab sie weggeworfen.»

«Arme Nat», sagte Mira voller Mitgefühl.

«Oh, aber das war es wert», erwiderte sie munter.

«Wieso? Ich dachte, du hättest dich nicht sehr wohl gefühlt.»

«Ich hab mich hundeelend gefühlt auf der Party!» sagte Natalie lachend und grinste Mira vielsagend an.

Mira sah sie nur an. Sie hatte keine Ahnung, wovon Nat eigentlich sprach.

Nat strich Mira liebevoll über das Gesicht. «Du bist solch ein Unschuldslamm. Du bist so süß.» Sie setzte sich Mira gegenüber an den Tisch. «Hast du nicht bemerkt, daß Paul weggegangen ist?»

«Doch. Es war sehr nett von ihm. Ich machte mir auch Sorgen und war froh, daß er dir nachging. Allerdings war ich überrascht, ich hätte ihn nie für so feinfühlig gehalten . . .»

«Oh, er ist sehr feinfühlig!» sagte Natalie lachend.

Mira stutzte. «Willst du damit sagen . . .?»

«Natürlich! Was hast du denn gedacht?»

«Ich denke, daß Männer und Frauen auch befreundet sein können, ohne daß es immer sexuell sein muß», sagte Mira mißbilligend. «Ich dachte, er verhält sich wie ein Freund.»

«Schmonzes. Scheiß drauf. Ich brauche keinen Freund, von der Sorte habe ich genug! O Gott, es war so romantisch! Ich war splitternackt, mein Kleid lag auf dem Boden, und obendrauf meine Unterwäsche. Ich hatte die Haustür für ihn offengelassen. Und plötzlich stand er da, in der Tür – ich hatte ihn nicht heraufkommen hören. Ich war nur mit einem Bettuch zugedeckt, und ich setzte mich auf und rang nach Luft. Wirklich, ich *war* überrascht, daß er plötzlich dastand. Ich war mir nicht sicher gewesen, ob er kommen würde. Und er kommt auf mich zu, ganz langsam, und sieht mich die ganze Zeit an, wie Marlon Brando oder so, und setzt sich neben mich aufs Bett und stößt mich heftig zurück, gegen das Kopfende, und küßt mich. O Gott! Es war phantastisch! Er preßte sich an meine Brüste, und dann schlang er den Arm um meine Taille, hielt mich so fest, daß ich kaum atmen konnte, und küßte mich immer wieder. Oh, es war toll!» Ihre Stimme war immer lauter geworden, und blickte verzückt vor sich hin.

Mira saß wie versteinert da.

Plötzlich wechselte der Ausdruck in Natalies Gesicht. Häßliche Falten zeigten sich, und ihre Stimme wurde schrill und schroff. «Und Hamp, der Dreckskerl, kann von mir aus zur Hölle gehen, er soll mich am Arsch lecken. Soll er sich doch selber ficken. Wenn er mich nicht ficken will, werde ich schon jemanden finden, der es tut. Soll er sich doch selber ficken!»

«Er schläft nicht mit dir?» fragte Mira schüchtern, und ihr Gesicht belebte sich etwas. Wenn es einen Grund gab, dann war es natürlich etwas anderes. Sie hatte es oft genug gelesen. Ehepartner gehen nicht fremd, es sei denn, daß irgend etwas mit der Ehe nicht stimmte. Und wenn es Hamps Schuld war, dann gab es sicher eine Erklärung dafür, und mit Zeit, Geduld und Gesprächen ließ sich das Problem lösen.

«Der Dreckskerl hat seit zwei Jahren nicht mehr mit mir geschlafen. Ich war wirklich am Durchdrehen. Aber von mir aus kann er sich selber ficken.»

«Warum schläft er nicht mit dir?»

Natalie zuckte mit den Schultern und schaute weg. «Wie soll ich das wissen? Vielleicht kann er nicht. Er kann auch nichts anderes, wie Gott weiß. Am Sonntag habe ich ihn gebeten, mir beim Streichen von Deenas Zimmer zu helfen, und alles, was er zustande brachte, war, daß er einen ganzen Eimer Farbe auf den Teppich kippte. Und dann überläßt er es auch noch mir, den ganzen Dreck wieder sauberzumachen – er selber setzt sich in seinen Sessel und sieht fern. Das reinste Kind!» sagte sie verächtlich.

Mira dachte nach.

Nat erzählte weiter. «Nicht einmal den Mülleimer trägt er raus. Wahrscheinlich hat er Angst, daß er in die Mülltonne fällt, und daß die Müllmänner ihn nicht von dem übrigen Dreck unterscheiden können. Jeden Abend sitzt er hier in seinem Sessel, Abend für Abend. Er redet nicht mit den Kindern, er redet nicht einmal mit mir. Er sitzt einfach nur da, betrinkt sich, bis er blau ist, und sieht fern. Er schläft vor dem Kasten ein. Einmal hätte er fast das Haus niedergebrannt – seine Zigarette brannte ein großes Loch ins Polster, deshalb hab ich den Überzug drüber gezogen. Ich roch, daß irgend etwas brannte, und kam runter. Schau dir den Teppich an! Überall Brandflecken um seinen Sessel herum.»

Mira mußte aufstehen und es sich ansehen.

Nat war jetzt in Fahrt und hörte nicht mehr auf. Hamps Sünden waren mit Blut in ihr Gedächtnis geschrieben. Mira war sprachlos. Nicht über Natalies Enthüllungen – solche Klagen waren ihr vertraut. Natalie hatte früher öfter über so etwas gewitzelt, und alle Frauen hatten ähnliche Klagen über ihre Männer. Nein, es war der Ernst. Natalie meinte es ernst. Mira hatte das Gefühl, Neuland zu betreten. Wenn die Frauen sonst lamentierten und klagten, taten sie es humorvoll und leichthin. Ihre persönlichen Beziehungen zu ihren Männern waren nie zur Sprache gekommen. Sie waren alle Bestandteil der immer weitergehenden amerikanischen Sage von den unbezähmbaren Kindern, den unfähigen Ehemännern und den tapferen Frauen, die sich selbst dann noch die Schuld gaben, wenn sie gerade einen weiteren Sandsack auf den Deich packten. Aber Natalie machte ernst, sie holte alles aus dem Bereich des Mythos (an dem sich nichts ändern läßt) in den Bereich der Wirklichkeit (an der man als ordentlicher Amerikaner etwas tun muß). Die Frauen konnten über Ehe und Kinder witzeln wie die Italiener über die Kirche, weil sie existiert, fest, unverrückbar, unangreifbar, unzerstörbar.

«Ich glaube, ich hätte doch gern einen Drink.»

Und als Natalie ihr einschenkte, sagte sie: «Warum verläßt du ihn nicht? Wenn du so unglücklich mit ihm bist?»

«Der verdammte Schuft! Ich sollte ihn wirklich verlassen. Es würde ihm recht geschehen.

«Warum tust du es dann nicht?»

Natalie stürzte ihren Drink herunter und stand auf, um sich noch einen einzugießen. Ihre Stimme klang belegt. «Der verdammte Schuft, ich sollte wirklich.»

«Dein Vater würde dir Geld geben. Deshalb brauchst du doch nicht bei ihm zu bleiben.»

«Verdammt, wahrhaftig nicht. Der blöde Arsch, der tut doch den ganzen Tag nichts anderes, als Schemabriefe zu diktieren. Wenn ich von dem leben müßte, was er verdient ... Wir würden alle verhungern. Scheißkerl! Es geschähe ihm recht, denn wenn ich mich scheiden ließe, würde mein Vater ihn auf der Stelle feuern. Er tut den ganzen Tag nichts anderes, als Schemabriefe zu diktieren, den ganzen Tag. Mein Vater hat es mir erzählt. Das ist alles, was er tut. Der blöde Arsch.»

Mira war jetzt unerbittlich. «Nach allem, was du so erzählst, können die Kinder doch nicht sehr an ihm hängen.»

«Natürlich nicht! Verdammte Bälger! Er kümmert sich überhaupt nicht um sie. Einmal im Monat schreit er ‹Ruhe!›, und damit hat sich's. Sie laufen um ihn herum, klettern über ihn rüber, wenn er in seinem Sessel liegt, der Fettkloß. Ein fetter Kerl, das ist alles, was er ist. Er hat mir wirklich einen fetten Haufen Unglück beschert, der fette Kerl.»

«Dann würden die Kinder ihn wahrscheinlich gar nicht vermissen. Sie brauchen ihn nicht, und du brauchst ihn auch nicht. Warum also bei ihm bleiben?»

Natalie brach plötzlich in Tränen aus. «Weißt du, daß ich die Kinder hasse? Ich hasse sie! Ich kann sie nicht ausstehen!»

Mira erstarrte. Sie mißbilligte weniger Natalies Gefühle, als vielmehr ihre Ausdrucksweise. Schon lange war ihr aufgefallen, wie Natalie sich ihren Kindern gegenüber verhielt. Nicht daß sie sie mißhandelte, aber es lag immer etwas Geringschätziges in ihren Reden über sie: sie waren «die Bälger». Und sie versuchte immer nur, sie loszuwerden, schickte sie nach draußen oder nach oben, weg, weg. Nur um sie loszuwerden. Sie kümmerte sich um die physischen Bedürfnisse der Kinder – sie kochte für sie, so gut sie konnte, machte ihre Zimmer sauber, wusch ihre Wäsche und kaufte neue Unterwäsche, wenn es nötig war. Sie wollte sie nur nie um sich haben. Aber bis zu einem gewissen Grade war das bei allen Frauen so. Trotzdem hatte Mira das Gefühl, daß es ein Unterschied war, ob man so empfand oder ob man es aussprach. Es auszusprechen, machte es irgendwie grausam und unwiderruflich. In einem dunklen Winkel ihres Gehirns glaubte Mira daran, daß die Kinder, solange man nicht aussprach, daß man sie haßte, es auch nicht merkten.

«Warum hast du sie bekommen?» fragte sie streng.

«Du lieber Gott, wie wir alle sie kriegen! Unglücksfälle, meine drei kleinen Unglücksfälle. Gott. Was für ein Leben.» Sie stand auf und goß sich noch einen Drink ein. «Als sie Babies waren, mochte ich sie sogar. Ich liebe Babies. Du kannst sie auf dem Arm rumtragen und mit ihnen schmusen, und sie sind warm und hilflos, und sie lieben dich. Aber wenn sie größer werden! Meine Mutter ist genauso. Ich kann es nicht vertragen, wenn sie dann anfangen mit ihren Widerreden, dem Frechsein und all dem Scheiß. Meine Mutter ist genauso.»

«Mir geht es ganz anders. Je älter meine Kinder werden, um so mehr mag ich sie. Man kann viel mehr mit ihnen anfangen», sagte Mira spitz.

Natalie zuckte mit den Schultern. «Schön. Schön für dich. Mir ist es nicht vergönnt, so zu empfinden.»

Miras Mundwinkel zuckten nervös. «Aber was haben die Kinder damit zu tun, daß du Hamp nicht verlassen willst?»

Tränen flossen über Natalies Wangen. «O Gott, Mira, was soll aus ihm werden, wenn ich ihn verlasse? Er ist hilflos; kannst du dir vorstellen, daß ich ihm sagen muß, wenn er frische Unterwäsche anziehen soll, daß ich sein Badewasser ablaufen lassen muß? Er ist so klug, Gott, er ist klug – du mußt es doch wissen, Mira, du hast bei den Partys viel mit ihm geredet –, er hat wirklich Verstand, aber was macht er damit? Sitzt in diesem verdammten Sessel und sieht fern. Wenn ich ihn verlassen würde, hätte er keinen Job mehr, hätte er nichts mehr.»

Mira sagte nichts.

«Er wüßte ja nicht mal, wann er sich die Nase putzen muß!» brach es wieder aus Nat hervor.

«Du liebst ihn», sagte Mira.

«Liebe, Liebe», höhnte Nat. «Was ist das? Vor Jahren, als die Kinder noch nicht geboren waren, waren wir glücklich.» Ihre Stimme veränderte sich, wurde höher und dünner, sie klang wie eine Kinderstimme. «Wir hatten unsere Spiele. Er kam nach Hause, entdeckte irgendwo ein Stäubchen, und dann hat er mich verhauen. Nicht fest, verstehst du. Oder er zog mir die Hosen runter, legte mich übers Knie und schlug mich, richtig fest, so daß es weh tat. Und ich brüllte und weinte.» Sie lächelte. Mira machte ein entsetztes Gesicht. «Er war mein Daddy, und ich mußte tun, was er sagte. Ich war so glücklich damals, so aufgeregt die ganze Zeit. Ich bin den ganzen Tag rumgelaufen und habe alles getan, um ihm zu gefallen. Ich hab es gern getan. Ich hab all die Sachen gekauft, die er gern aß, und Schallplatten, die er gern hörte, und ich kaufte mir Nachthemden, die richtig sexy waren, und immer hatte ich einen Krug mit Orangenblüten im Haus stehen – außer wenn ich verhauen werden wollte.» Sie kicherte. Ihre Stimme und ihr Gesichtsausdruck waren jetzt ganz die eines Kindes. Sie hatte den verträumten, süßen Blick eines Kindes, das dir eine Geschichte erzählt, die es gerade gelesen hat. «Oh, und wie er mich verhauen hat! Ich schrie und klammerte mich an ihn.» Sie unterbrach sich und trank einen Schluck. «Ich weiß nicht mehr, wann sich das geändert hat. Ich glaube, nach Lenas Geburt. Da mußte ich erwachsen werden», sagte sie bitter. «Ich mußte die vollgeschissenen Windeln waschen. Ich konnte nicht mehr rumlaufen und Sachen einkaufen, ich konnte nicht mehr so oft spielen. Und jetzt sieh dir das an. Mein Gott, ich bin hier nicht nur die Mami, sondern auch noch der Papi. Er tut nichts.»

«Du bist erwachsen geworden.»

Ihre Stimme wurde lauter. «Ich mußte erwachsen werden! Ich hatte keine Wahl!»

«Er wollte entweder ein kleiner Gott sein oder gar nichts», sagte Mira, und sie hörte die Bitterkeit in ihrer Stimme und wunderte sich, woher sie kam. «Manchmal denke ich, das ist das einzige, was die Männer sind. Kleine Götzen. Sie wollen entweder alles sein, oder sie sind nichts.»

«Nichts, nichts! Richtig! Genau das ist dieser Schuft – nichts!» Natalie hatte sich wieder gefangen. Sie wischte sich die Tränen ab und stand auf und goß sich noch einen Drink ein.

16

Spät am Abend dieses Tages erzählte Mira Norm die ganze Geschichte. Sie war ziemlich durcheinander. Es ging ihr vieles im Kopf herum, aber über das meiste war sie sich nicht im klaren. Was in ihrem Bericht dominierte, war das Entsetzen über Natalies Ehebruch. Norm hörte ungeduldig zu und machte ein angewidertes Gesicht. Er sagte, Natalie sei dumm und eine versoffene Schlampe. Sie zähle nicht, es lohne sich nicht, auch nur einen Gedanken an sie zu verschwenden. Mira sollte die ganze Sache vergessen, sie sei unwichtig. Natalie sei eine Hure, und Paul ein Dreckskerl, und damit Schluß.

Er ging zu Bett. Mira sagte, sie würde gleich nachkommen, aber sie ging ruhelos durch die Zimmer unten, starrte in die Nacht hinaus, auf den Mond, der über den Dächern stand, auf das bedrohlich raschelnde Buschwerk. Überall sah sie sich etwas bewegen, verstohlene und angsteinflößende Bewegungen. Um sich zu beruhigen, goß sie sich einen kleinen Schluck von Norms Brandy in ein Saftglas und nahm es mit ins Wohnzimmer. Sie setzte sich, trank, rauchte und überließ sich ihren Gedanken. Es war das erste Mal, daß sie das tat, und der Anfang eines neuen Verhaltensmusters.

Sie hätte sehr gern mit jemandem über die ganze Sache gesprochen, vor allem um herauszufinden, warum es sie so sehr beunruhigte. Sie überlegte: War sie eifersüchtig? Wünschte sie sich, sie wäre es gewesen, über die Paul sich hergemacht hatte? Aber wenn Paul wie Marlon Brando auf sie zugekommen wäre, hätte sie laut gelacht. War der Groll, den sie in ihrer eigenen Stimme gehört hatte, Ausdruck ihrer Gefühle gegenüber ihrer eigenen Ehe? Drängte sie vielleicht Nat, Hamp zu verlassen, weil sie selber Norm verlassen wollte? Sie wußte es nicht, und sie konnte es einfach nicht herausfinden.

Sie beschloß jedoch, niemandem zu erzählen, was Nat ihr gesagt hatte. Nat hatte sie zwar nicht zum Schweigen verpflichtet, aber für Mira war es Ehrensache, nicht darüber zu sprechen. Das bedeutete allerdings, daß sie auch mit niemandem über die Dinge sprechen konnte, die ihr an der Situation so problematisch erschienen. Sie beschloß, sich ein bißchen mit Psychologie zu beschäftigen.

Die Zeit verstrich, der Winter ging in einen regnerischen Frühling über. Theresa beugte sich über ihren geschwollenen Bauch und legte einen Gemüsegarten an; Don bekam einen Job – er reparierte Dächer. Die Fox waren mit dem Ausbau ihres Hauses fertig und gaben eine

Party. Adeles Schwangerschaft zeigte sich allmählich. Nat hatte ihr Badezimmer neu dekoriert und dachte daran, das Dachgeschoß auszubauen. Mira hatte die Freud-Biographie von Jones zu Ende gelesen und mehrere Freud-Monographien und las jetzt verschiedene andere Psychologen. Sie wollte Wilhelm Reich lesen, aber in der Bücherei gab es seine Bücher nicht, und als sie Norm bat, ihr aus der medizinischen Bibliothek der Universität eines mitzubringen, verbot er ihr strikt, Reich zu lesen.

Es war ein langsamer nasser Frühling, und jeder war unruhig. Die Welt draußen – Berlin und Kuba und ein verblaßter Joseph McCarthy – schien weit weg. Bill bekam eine Gehaltserhöhung, und Bliss war in Hochstimmung: es bedeutete, daß sie sich hin und wieder einen Babysitter nehmen und abends ausgehen konnte, wenn Bill unterwegs war. Sie meldete sich sofort zu einem Bridgekurs an.

Ende Mai kam die Sonne zum Vorschein. Eines Nachmittags erschien Nat bei Mira zum Kaffee. In den vergangenen Monaten hatte Mira die Affäre mit Paul nie wieder erwähnt. Und Nat auch nicht. Aber ihre Beziehung hatte sich verändert: Natalie erzählte Mira jetzt bis ins Detail von ihrem täglichen Ärger mit Hamp. Sie wetterte eine Dreiviertelstunde gegen ihn und ging dann fröhlich zu einem anderen Thema über. Mira langweilte sich und ärgerte sich darüber; sie begann Nat zu meiden. Und Natalie spürte das und war beleidigt und wütend. Sie kam nicht mehr spontan vorbei, rief aber noch hin und wieder an. Mira war immer irgendwie beschäftigt. Natalie verstand einfach nicht, wie jemandem, der nicht einmal auf der Schule war, das Lesen irgendwelcher Bücher wichtiger sein konnte als ihre Gesellschaft. Und so rief sie auch nicht mehr an. Aber eines Nachmittags Ende Mai kam sie durch die hintere Tür bei Mira hereingeschlendert.

«Hallo! Weißt du was? Ich hab ein Haus gekauft!»

«Nat! Toll! Wo?»

«Im Westend.»

«Im Westend! Wow! Wirklich ein Aufstieg!»

Mira goß Wein und Soda in zwei Gläser. Das Haus, erzählte Nat, hatte zehn Zimmer, zweieinhalb Badezimmer, zwei Kamine, eine Geschirrspülmaschine, und alle Zimmer waren mit Teppich ausgelegt. Das Grundstück lag direkt hinter dem Golfplatz des Country Club und war ungefähr einen Acre groß. Und sie würden automatisch Mitglieder werden – und Nat sprach nur noch vom «Club», als ob sie schon ihr Leben lang Mitglied wäre.

Mira konnte nicht einmal Neid empfinden. «Wann habt ihr euch dazu entschlossen? Und warum?»

Das Haus in Meyersville war zu klein, sie brauchten mehr Platz und hätten entweder den Dachboden ausbauen oder aber anbauen müssen, und das war sehr teuer und man kam womöglich nicht auf seine Kosten, wenn man das Haus eines Tages verkaufte. Die Mädchen wurden größer, und sie stritten sich die ganze Zeit und sollten jede ihr eigenes Zimmer haben. «Außerdem habe ich das Kaff hier satt. Was hält mich hier schon?»

Mira spürte den leichten Vorwurf. Ohne darüber nachzudenken, fragte sie: «Triffst du dich noch mit Paul?»

«Paul? Nein. Warum? Oh! Dieser Dreckskerl! Nein!» Dann lächelte sie. «Aber ich bin an jemand anders interessiert.»

«An wem?»

«Lou Mikelson. Ich kenne ihn ja schon seit Jahren, und ich habe ihn immer geliebt, aber . . .» Sie lächelte verzückt wie ein Kind.

«Ich dachte, Evelyn sei deine beste Freundin.»

«Ist sie auch! Ich liebe Evy! Ich mag sie wahnsinnig gern! Aber sie hat ihre zwei kleinen Krüppel – sie hat keine Zeit für Lou.»

«Die Älteste ist in einer Anstalt, nicht?»

«Ja, aber Nancy ist noch zu Hause. Und du weißt ja, sie ist groß, sie ist elf und ein mächtiger Brocken. Immer noch muß sie gewindelt werden, und obwohl sie seit ein paar Jahren laufen kann, stößt sie ständig irgendwo gegen – sie sieht nicht gut. Und sie muß immer noch gefüttert werden.»

«Ein Alptraum. Säuglingspflege bis in alle Ewigkeit.»

«Und Tommy ist auch nicht gerade ein Engel. Ich meine, er ist wenigstens normal, aber er hat dauernd irgendwelche Schwierigkeiten. Ich glaube nicht, daß es Evelyn etwas ausmachen würde. Sie würde mir wahrscheinlich ihren Segen geben.»

«Bist du denn richtig verliebt?»

«Nein», sagte Natalie gedehnt. «Es ist noch alles im Anfangsstadium.» Sie lächelte. Sie war sehr nervös. Sie kratzte sich ständig – ihre Hände waren mit Ausschlag bedeckt, die Haut schälte sich.

«Du, das mit dem Haus ist toll, Nat. Ich freue mich für dich.»

«Ja. Es muß natürlich renoviert werden. Ich nehme dich mal mit, irgendwann, sobald die jetzigen Besitzer ausgezogen sind. Es hat einen wirklich hübschen Aufenthaltsraum für die ganze Familie – der müßte toll aussehen, wenn ich überall Glasschiebefenster einbauen ließe . . .»

Sie war bei ihrem Lieblingsthema. Mira hörte sich die tausend Pläne an, die sie für das Haus hatte, und sagte sich, daß es gut so war; es würde sie mehrere Jahre lang beschäftigen und sie davon abhalten, sich zu sehr in die andere Sache zu stürzen. Mira nahm die Geschichte mit Lou nicht ernst. Sie hatte Lou und Natalie schon oft bei Parties erlebt, wo sie immer auf eine freundschaftliche, fast familiäre Art flirteten. Nat hatte Lou erwähnt, um ihren Stolz zu wahren, der es offenbar verlangte, daß ein Mann sie attraktiv fand. Aber sind wir nicht alle so? dachte sie. Jedenfalls möchten wir es alle. Für die Männer scheint es nicht so wichtig zu sein. Auch hier sind die Frauen Opfer. Warum sind die Männer eigentlich so wichtig für uns, und wir für sie nicht? Ist auch das naturgegeben? Sie seufzte und las weiter ihre männlichen Psychologen.

17

Bliss sah sich im Zimmer um. Hugh Simpson, «Simp», schob sich zu ihr herüber, sein Glas in der Hand.

«He, Bliss, siehst heute abend ja mal wieder zum Anbeißen aus, wie?» Er konnte keine Bemerkung machen, ohne daß sie so klang, als ob er intim mit einem wäre und als ob der Grund für die Vertraulichkeit ein gemeinsames schmutziges Geheimnis sei.

«He, Bill, dir gehen die Locken ja auch ganz schön schnell aus, wie?»

Er hatte bei den drei letzten Parties genau dasselbe gesagt, und Bliss ärgerte sich, aber sie lächelte anmutig und sagte: «Ich hoffe, er sieht eines Tages wie Yul Brynner aus.» Dabei sah sie Bill mit einem liebevollen Lächeln an, und er kicherte und tätschelte seine kahle Stelle. Bill ergötzte Simp mit seinem neuesten schmutzigen Witz, den Bliss in der vergangenen Woche schon viermal gehört hatte. Sie schnitt ihm eine Grimasse, ein «Ärgerliche Mami schimpft kleinen Jungen aus»-Gesicht und sagte: «Aber nicht wieder, Billy!» Dann lächelte sie, und er grinste zurück, machte ein «Kleiner Junge böse, aber weiß, daß Mammi gleich wieder lieb»-Gesicht und sagte: «Nur noch einmal, Blissy.» Sie lachte und verbeugte sich leicht und ging in die Küche.

Paul stand mit Sean neben dem Spülbecken; sie sprachen leise miteinander und lachten. Den Kopf zur Seite gelegt, ging Bliss mit einem wissenden Lächeln auf sie zu.

«Ich sehe euch so richtig an, worüber ihr beide redet», sagte sie. Paul streckte den Arm aus und legte ihn um sie, als sie näher kam.

«Wir haben gerade über das Auf und Ab an der Börse gesprochen.» Sean lächelte.

«Du weißt nie, was morgen ist. Du investierst hier ein bißchen, und da ein bißchen und plötzlich zahlt sich eine von deinen Investitionen aus.»

«Aha!» Bliss sah Paul lächelnd an. Ihre Gesichter waren nahe beieinander. «Demnach gibt es also keine, auf die du besonders setzt?»

«Aber klar.» Paul knabberte an ihrem Ohr. «Nur kannst du nie sicher sein, ob gerade die dir Gewinn bringt.»

«Und du würdest jeden Gewinn, der sich bietet, mitnehmen.»

«Ich spekuliere nun mal gern.»

«Warum wagst du es nicht mit einem Drink für mich?»

«Dann müßte ich meinen Arm wegnehmen.»

«Das läßt sich ja reparieren.»

Sean verzog sich. Paul ging und holte zwei Drinks.

«Ich erinnere mich an einen Abend, da hast du nicht nur den Arm, sondern deine ganze Person von mir entfernt», spottete Bliss. «Heute abend brauchst du wenigstens nicht noch woanders hinzugehen.» Die Party fand in Natalies Haus statt.

Paul schnitt ihr eine Grimasse. «Ich habe nicht dich verlassen, sondern Adele.»

«Aber ich war da.»

«Und hast nichts geboten. Ein Mann muß schon etwas damit anfangen können. Wenn die Frau, die ihn erregt, sich dazu nicht durchringt, muß er sich eine andere suchen.»

Sie verzog das Gesicht. «Das ist die ärmlichste Entschuldigung, die ich je dafür gehört habe, daß man einfach kein Niveau hat.» Sie nahm ihm den Drink aus der Hand. «Sicher», fügte sie in affektiertem Ton hinzu, «kein Mensch kann etwas für seinen Geschmack.»

«Manche Frauen sind sexy, und manche tun nur so als ob.»

«So? Woher weißt du das?»

«Ich weiß es.»

«Du kannst es auch anders ausdrücken: *manche* Frauen haben Niveau.»

Er sah ihr fest in die Augen. Während ihres Geplänkels hatten sie beide nicht einen Moment aufgehört zu lächeln. «Und ich, entspreche ich deinem Niveau?»

«Interessiert dich das?» Sie reckte sich, ließ ihren Körper vibrieren und ging davon.

Norm saß allein im Arbeitszimmer. Schuldbewußt schaltete er den

Fernsehapparat ab, als Bliss hereinkam. Er sah sie an wie ein ertappter unartiger kleiner Junge.

«Ich wollte mir nur die letzten Spielergebnisse anschauen. Mira kriegt einen Wutanfall, wenn ich bei einer Party den Fernseher anmache.»

Sie sah ihn mit gespielter Entrüstung an. «Und ich wette, du traust dich nicht einmal, spazierenzugehen, wenn Mira es dir nicht extra erlaubt. Hab ich recht?» Sie stupste ihm mit dem Zeigefinger auf die Nase. «Und ich werde dich verpetzen.»

Er duckte sich in komischem Entsetzen. «Oh, bitte nicht! Ich tu auch alles, was du willst.»

«Okay. Ich petze nicht, wenn du mit mir tanzt.»

Er preßte beide Hände an die Schläfen. «O nein, das bitte nicht! Das bitte nicht! Alles, nur *das* nicht!»

Sie versetzte ihm einen leichten Tritt, und er krümmte sich, beugte sich herab und hielt sich das Bein. «Oh! Aua! Sie hat mich zum Krüppel gemacht. Okay, okay, ich gebe auf!» Und er folgte ihr hinkend in das große Wohnzimmer.

Natalie hatte den Teppich im Wohnzimmer aufgerollt, damit man tanzen konnte. Es war ihr Abschiedsfest, und sie hatte sechzig Leute eingeladen. In ihrem Haus, das mehr Zimmer hatte als die Häuser der anderen, war genug Platz für so viele Menschen.

Mira saß bei Hamp, als Norm und Bliss hereinkamen. Sie sah zu, wie sie tanzten. Es war die reinste Clownerie – wie immer, wenn Norm mit einer anderen als mit ihr tanzte.

«Ich glaube, Norm hätte gern was mit Bliss», sagte sie.

«Macht es dir was aus?» Hamp und Mira hatten sich bei den Parties angefreundet. Wenn Hamp auch nicht las, so wußte er doch immerhin über Bücher Bescheid, und sie hatte in seiner Gegenwart immer das Gefühl, auf einer sicheren Insel zu sein. Aber es waren nie sehr persönliche Gespräche gewesen.

«Nein», sagte sie mit einem Achselzucken. «Vielleicht täte es ihm ganz gut.»

Hamp sah sie mit strahlenden Augen an. Sie sah ihn nicht an. Sie beobachtete gerade, wie Roger herrisch den Arm um Samantha legte und sie zur Tanzfläche führte. Sie wäre am liebsten aufgesprungen, um Samantha zu beschützen und ihn von ihr wegzustoßen. Aber Samantha folgte ihm powackelnd wie eine kleine Aufziehpuppe, ein breites Lächeln auf ihrem Puppengesicht.

«Ich komme mir so meilenweit entfernt von allem vor», sagte sie zu

Hamp. «So weit weg von all den Leuten, die ich kenne. Ich glaube fast, ich hab immer das Gefühl gehabt, nicht dazuzugehören.»

«Du bist zu gut für sie», sagte Hamp.

Sie drehte sich erstaunt zu ihm um. «Was soll das heißen?»

«Eben das, was ich gesagt habe.»

«Ich verstehe nicht, wie ein Mensch besser sein soll als ein anderer. Ich weiß nicht, was das soll.»

Hamp lächelte und zuckte mit den Schultern. «Flaschen sind sie alle.»

«Oh, Hamp!» Ihr war unbehaglich zumute, und sie überlegte, wie sie, ohne unhöflich zu sein, von ihm fortkam. «Ich glaube, ich hole mir noch einen Drink», brachte sie schließlich heraus.

In der Küche ging sie an Nat vorbei, die laut von ihrem neuen Haus schwärmte. Seit Monaten sprach sie von nichts anderem. Bliss stand mit Sean nahe der Wand; sie sprachen leise miteinander und lächelten beide. Bliss neckte ihn, und Sean, der sich überlegen fühlte, genoß es und überlegte, ob er zustoßen sollte oder nicht. Roger stand, mit dem Rücken zu Mira, am Spülbecken und unterhielt sich mit Simp. Sie hörte, wie er gerade sagte: «Möse ist Möse. Der einzige Unterschied ist, daß manche feucht und manche trocken sind.» Sie trat ans Spülbecken, stellte sich neben ihn und goß sich einen Drink ein. Sie sah ihn nicht an, sie begrüßte ihn nicht. Anschließend ging sie in das kleine Wohnzimmer. Oriane saß mit Adele zusammen: sie sprachen über die Kinder. Oriane sah fast ebenso mitgenommen aus wie Adele, sie hatte gerade eine schlimme Zeit hinter sich: ihre beiden Jüngsten hatten abwechselnd nacheinander Masern, Mumps und Windpocken gehabt, und ihr Ältester hatte sich bei einem Fahrradunfall fast die Hand abgerissen. Adele sah einfach erschreckend aus. Mira setzte sich zu ihnen.

«Du hast ja allerhand hinter dir», sagte sie.

Oriane lachte und verdrehte die Augen. «Oh, es war reizend!» Wieder begannen die Witzeleien – worüber sie auch immer mit Adele gesprochen hatte, es war ein ernstes Gespräch gewesen, und jetzt wurde das alles beiseitegeschoben, weil es so üblich war. Ruhelos blieb Mira sitzen und stand, sobald es ging, wieder auf. Sie wanderte herum.

«Nein, Theresa und Don kommen zu keinen Parties mehr. Ich weiß auch gar nicht, ob Nat sie eingeladen hat. Terry sagt, sie kann es sich nicht leisten, selber eine Party zu geben, also will sie auch zu keiner gehen. Aber ich finde es ziemlich dumm, sich so zu isolieren, meinst du nicht auch?» sagte Paula.

«Stolz. Du hast ihn, wo du ihn haben kannst», sagte eine feste Stimme.

Mira drehte sich um. Sie mochte die Person, die das gesagt hatte. Es war Martha, eine Neue in der Gruppe. Mira ging zu ihnen. «Theresa liest sehr viel», sagte sie.

18

Bliss hatte einen kleinen Flirt mit dem Bridgelehrer. An Abenden, wenn Bill einen Flug hatte, führte er sie in eine Bar und erzählte ihr von sich, von seiner Einsamkeit und seiner Ehe. Bliss lächelte viel und neckte ihn. Er fuhr sie zum Einkaufszentrum zurück, wo sie immer ihren Wagen abstellte, und dann küßten sie sich noch ein paar Minuten im Auto. Schließlich bat er sie, mit ihm in ein Motel zu gehen. Sie sagte, sie müsse es sich überlegen.

Bliss machte sich nicht vor, daß ihr Problem moralischer Natur sei. Sie war in einer rauhen Gegend aufgewachsen, unter Menschen, die schlimm und sogar barbarisch sein konnten. Mehr als eine ihrer Highschool-Freundinnen hatte irgendwann in einem Auto voller betrunkener halbwüchsiger Jungen gesessen. Ihre Tante, die nach wenigen Ehejahren von ihrem Mann verlassen worden war, hatte eine endlose Reihe von Liebhabern gehabt; manche behaupteten sogar, sie verdiene sich so ihren Lebensunterhalt. Bliss war zu arm gewesen, um sich den Luxus einer mittelständischen Moral leisten zu können. Sie fand, wenn ihre Tante aus diesen Männern etwas hatte herausholen können, um so besser für sie. Sie empfand eine abgrundtiefe, bissige Verachtung für Leute, die eine im wesentlichen ökonomische Situation mit einer moralischen verwechselten. Und die Beziehung zwischen Mann und Frau war ökonomischer Natur.

Ökonomisch und politisch. Und für beides hatte Bless keine ausgefallenen Wörter – es hätte ihr Schwierigkeiten gemacht, es abstrakt auszudrücken. Sie sagte sich: Du mußt mitspielen, und du mußt auf ihre Art mitspielen. Sie erkannte sie an, die Herrenklasse und ihre Erwartungen gegenüber einer Frau. Sie spielte das Spiel nach den Regeln, die lange vor ihrer Geburt festgelegt worden waren – in grauer Vorzeit, soweit sie wußte. Aber Bliss wollte nur eines: sie wollte gewinnen. Nichts war ihr wichtiger außer den wenigen Menschen, die irgendwo in ihrem wilden Herzen wohnten – ihre Mutter und ihre Kinder, und ihre Mutter war inzwischen tot. Sie hätte, wäre es nötig gewesen, für ihre Kinder ebenso gekämpft wie ihre Mutter für sie. Irgendwie wußten ihre Kinder das. Obwohl ihr Vater viel mit ihnen alberte und sie neckte und ihre Mutter oft mit ihnen schimpfte, spürten sie ihre Wildheit und ihre Liebe und erwiderten sie. Ihre fröhliche Unabhängigkeit beruhte auf einer Grundlage, von der sie wußten, daß sie unerschütterlich war.

Bliss hatte nie bei betrunkenen Jungen im Auto gesessen. Sex und Romantik waren Teil des großen Angebots von Delikatessen, die sie sich nicht hatte leisten können. Später hatte sie dann ein bißchen besser gegessen, und ihr Körper verlangte nach mehr. Sie hatte sich an Bill verkauft, wohlwissend, was sie tat, und mit den ehrbarsten Absichten. Ihren Teil an dem Handel würde sie einhalten. Sie war Gattin, Dienstmädchen und Zuchtstute, und er bezahlte sie für ihre Dienste. Sie war treu, denn das war eine der Bedingungen. Und Bill hatte seinen Teil eingehalten. Sie hatten nicht das, was man ein «sorgenfreies Leben» nannte, aber sie hatten zu essen. Und er war ihr treu, dessen war sie sich sicher, trotz – oder vielleicht wegen – all seiner Geschichten von stratosphärischen Vögeleien. In absehbarer Zeit würde er recht gut verdienen. Er bedeutete *Sicherheit.*

Das alles aufs Spiel zu setzen, machte ihr Angst. Sie saß da und grübelte darüber nach. Immer wieder spielte sie in Gedanken alle Möglichkeiten durch. Schlimmstenfalls würde er sich scheiden lassen – umbringen würde er sie jedenfalls nicht. Wenn er sich scheiden ließ, konnte sie vielleicht einen Job in New Jersey bekommen, aber mit ihrem hier im Norden wenig angesehenen Diplom aus Texas würde sie möglicherweise keine Stelle als Lehrerin finden. Und selbst wenn sie unterrichten könnte, würde sie höchstens sechs- oder siebentausend Dollar im Jahr verdienen – Bill hatte schon seit Jahren sehr viel mehr. Es würde schwer sein für sie und die Kinder, davon zu leben, ohne jemanden zu haben, der das machte, was sie tat – die unbezahlte Arbeit: sie würde einen Babysitter für die Zeit nach der Schule bezahlen müssen, sie würde fürs Wäschewaschen bezahlen müssen, sie würde jemanden bezahlen müssen, der bei den Kindern blieb, wenn sie krank waren. Und falls sie keine Stelle als Lehrerin bekommen konnte, würde sie noch weniger verdienen. Manchmal, wenn Bill weg war, las sie die Stellenanzeigen für Frauen. Nur Topsekretärinnen verdienten mehr, und sie konnte nicht einmal ein Diktat aufnehmen. Sie konnte Büroangestellte werden, Verkäuferin in einem Kaufhaus oder Angestellte in einer Reinigung. Sie konnte in einer Fabrik arbeiten. Sie konnte mit ihrem Diplom nach New York gehen und sich dort eine bessere Stellung suchen, wo sie mehr verdienen würde, allerdings auch mehr für Kleidung und das Hin- und Herfahren ausgeben mußte.

Es gab keinen Ausweg. Als Frau mußte man verheiratet sein.

Aber wer würde sie haben wollen, mit ihren zwei kleinen Kindern? Als Geliebte ja, aber Bliss gab sich nicht der Illusion hin, daß sich irgend jemand bis über beide Ohren in sie verliebte und sie mitsamt ihren zwei Kindern zu sich holen würde.

Natürlich bestand auch die Möglichkeit, daß Bill sich nicht scheiden ließ. Vielleicht konnte sie die Büßerin spielen, und da er so sehr auf sie angewiesen war, würde er vielleicht bereit sein, sie wieder aufzunehmen, und ihr in seiner männlichen Großherzigkeit Verzeihung gewähren. Aber von da an würde er immer mißtrauisch sein und ihr nachspionieren. Das wäre nicht auszuhalten. Sie würde für den Rest ihres Lebens praktisch eine Gefangene sein.

Natürlich bestand auch die Möglichkeit, daß er nichts merkte. Wenn sie vorsichtig und geschickt genug vorging, gab es keinen Grund, warum er dahinter kommen sollte. Aber auch die ausgeklügeltsten Pläne . . . Eine zufällige Begegnung, eine unvorsichtige Bemerkung genügte. Wie vorsichtig sie auch war, diese Möglichkeit war nie auszuschließen. Kurz, selbst wenn sie noch so vorsichtig und geschickt vorging, würde er womöglich dahinterkommen. Und dann würde sie all ihr Geschick aufbieten müssen, um es so hinzudrehen, daß er es nicht glaubte, und gleichzeitig mußte sie es so hindrehen, daß er ihr, wenn er es doch glaubte, verzieh. Das war einfach zuviel und für einen Bridgelehrer zu aufwendig.

Sie sagte ihrem Bridgelehrer, sie fände ihn schrecklich attraktiv, und sie sei auch die ganze Zeit ziemlich einsam gewesen, so einsam, daß sie eine verwandte Seele zum Reden gebraucht hätte. Aber sie liebe ihren Mann und hätte das Gefühl, sie könne ihm so etwas nicht antun. Es täte ihr leid, aber sie hielte es für besser, wenn sie sich nicht mehr träfen.

Er verstand sie nicht. Das Problem bei solchen Spielen ist, daß nicht alle Spieler die gleiche tiefe Einsicht in die Regeln haben. Er begriff nicht, daß sie nur seinen männlichen Stolz beschwichtigen und seinem männlichen Ego schmeicheln wollte: er glaubte ihren Worten. Er fing an, sie zu Hause anzurufen. Sie bekam es mit der Angst zu tun. Gott sei Dank rief er immer in Augenblicken an, wenn Bill nicht zu Hause war. Aber beim drittenmal sagte sie ihm, wenn er noch einmal anriefe, würde sie seine Frau anrufen und ihr alles erzählen. Das half. Bliss kam im Bridge nie über die Anfangsgründe hinaus.

Aber ihr Körper gab keine Ruhe, und nachdem das Drängen des Bridgelehrers aufgehört hatte, wurde das Drängen in ihr immer stärker. Auf Parties spielte sie die Verführerin. Sie wußte, was sie tat, wußte, daß auch die Männer es wußten, und war doch nicht imstande, zuzugreifen. Sie spielte die Verführerin und sagte sich, sie habe sich in der Gewalt. Bliss, die Schlange.

Bliss, die Leidende. Denn wenn die Parties vorbei waren, ging sie mit Bill nach Hause und zog sich im Badezimmer aus, während er schon im Bett lag und nach ihr rief.

«He, Mami, kommen! Baby will an Mamis Titten saugen. Kleiner Billy kalt, braucht kleine Blissy. Soll mit Billy spielen.»

Sie duschte, entfernte sorgfältig ihr Make-up, bürstete sich hundertmal das Haar. Aber er hörte nicht auf. «Maaaamiii! Billy so allein!»

Sie stand schweigend da oder rief: «Ich komme!» Und betrachtete sich. Und sie ließ ihre Hände über ihre Hüften gleiten und malte sich aus, wie das wohl war, hart und fest und leidenschaftlich von jemandem im Arm gehalten zu werden, der sie *besitzen* wollte, der sie in Besitz nehmen und sie beherrschen wollte, jemand, der sie umarmen und umschließen und fest an sich pressen würde, einerlei was sie tat, und ihr zeigte, daß sie ihm gehörte.

19

Mira war beim Fensterputzen, als sie die Tür schlagen hörte. Es war heiß, und der Schweiß lief ihr über das Gesicht und die Arme. Sie hörte Natalies Stimme und sagte leise «Verdammt!» Bestimmt wollte Natalie reden, und sie wollte doch die Fenster noch vor Mittag fertig haben, ehe die Hitze unerträglich wurde. Sie kam von der Leiter herunter. Natalie stand in der Schlafzimmertür.

«Ich muß mit dir reden!» sagte sie, und es klang fast zornig. Sie hielt etwas in der Hand und schwenkte es hin und her.

«Nat, kann ich später zu dir kommen? Ich würde so gern die Fenster fertig putzen.»

«Nein! Ich bin dabei, den Verstand zu verlieren. Ich muß mit dir sprechen.» Mira sah sie an, und aus Natalie brach es hervor: «Ich habe Angst um mein Leben!»

Sie gingen die Treppe hinunter. «Hast du irgend etwas zu trinken?» fragte Nat, und Mira suchte im Schrank und fand einen Rest Bourbon. Sie goß Nat ein Glas ein und machte sich einen Eiskaffee.

Natalie machte so ein sonderbares Gesicht. Sie hielt einen dicken Packen Papiere in der Hand, der von einem Gummiband zusammengehalten wurde. Es sah aus, als enthielte der Packen neben losen Blättern auch einige Notizbücher. Ihr Verhalten kündete nichts Gutes.

«Ich hab heute die Sachen aus dem Schlafzimmer eingepackt. Dabei kam ich auch an Hamps Kommode. Ich sehe mir nie seine Sachen an», sagte sie steif und paffte nervös an ihrer Zigarette. «Ich meine, ich lege seine Unterwäsche und seine Socken zusammen und bügle seine Taschentücher und lege alles in seine Schubladen, aber ich durchsuche seine Schubladen nicht. Ich sehe mir nie seine Papiere an», beteuerte sie.

«Ich glaube dir», sagte Mira, und ihr wurde bewußt, daß sie sich Norms Papiere auch nie ansah.

«Aber ich mußte alles einpacken. Morgen kommen die Umzugsleute. Deshalb leerte ich auch seine Schubladen. Und ganz hinten in der Schublade mit den Socken, hinter den Skisocken, die er seit Jahren hat und noch nie getragen hat, lag das hier!» Sie hielt Mira den Packen Papier unter die Nase.

«Ich hätte natürlich nie einen Blick hineingeworfen, aber sie sind mir runtergefallen, und eine Seite lag offen da. Und nachdem ich eine Seite gelesen hatte, mußte ich auch den Rest lesen.»

Mira starrte sie an. Natalie fächelte sich mit den Papieren Luft zu.

«Mira, du wirst es nicht glauben. Ich kann es selber nicht glauben! Der sanfte Hamp, der immer in seinem Sessel sitzt! Wann hat er das bloß geschrieben? Es ist seine Handschrift. Das weiß ich. Er muß es im Zug geschrieben haben oder im Büro, und zu Hause muß er die Seiten dann in der Schublade vergraben haben. Warum hat er sie aufgehoben? Mira, ich glaube, er will mich umbringen!»

Mira sagte: «Warum denn? Was steht denn drin?» Und sie streckte die Hand aus. Aber Natalie hielt die Papiere umklammert.

«Schrecklich! Schrecklich! Es sind Geschichten, lauter Geschichten. Keine ist fertig, es sind nur Anfänge, und alle handeln von ihm. Er benutzt seinen eigenen Namen. ‹Hamp tat dies, Hamp tat das!› Schrecklich!»

Mira beugte sich bestürzt zu ihr hinüber.

Natalie versuchte die Geschichten zu beschreiben. Nach einiger Zeit öffnete sie eines der kleinen Notizbücher und begann daraus vorzulesen. Sie hielt es sich so dicht vor die Augen, daß Mira nicht hineinsehen konnte. Aber es bestand kein Zweifel, daß sie aus dem Buch vorlas. Sie schlug ein anderes Notizbuch auf, dann noch eins und griff wahllos einzelne Stellen heraus. Es war immer das gleiche.

Jeder der Anfänge, denn tatsächlich waren es Anfänge, handelte von einem Mann namens Hamp, der sich mit einer Frau eingelassen hatte. Manchmal hatten die Frauen Namen – Natalie, Penelope («seine *Mutter*, Mira!»), Iris («seine Schwester!»), aber auch andere Namen, wie Ruby, Elisa und Lee («Er mag Lee Remick, ich wette, die ist damit gemeint!») und Irene. Es ging weniger um Sexualität als um Gewalt. In jeder Geschichte hatte der Mann sich die Frau unterworfen: gefesselt, ans Bett gekettet, an einen Haken in der Wand gekettet. Und in jeder wurde gefoltert. In der Geschichte mit Penelope stieß er ihr einen glühenden Schürhaken in die Vagina. Er verbrannte Iris die Brüste mit einer Brennschere, peitschte Ruby mit einer neunschwänzigen Katze, spannte Lee auf die Folterbank und fickte sie gleichzeitig. Alles Variationen über das gleiche Thema. Die Szenen waren nicht weiter ausgeführt, weder wurde das Milieu skizziert noch etwas an näheren Beschreibungen geboten. Immer waren da ein Mann, eine Frau und der Sexualakt, und nur der Akt war liebevoll, in allen Einzelheiten beschrieben. Die Anzahl der Hiebe, die Anzahl der Stöße, das Wimmern, das Schreien, das Flehen der Frauen – alles war sorgfältig festgehalten. Die Gefühle des Mannes wurden nicht beschrieben. Ob er Haß oder Liebe empfand, ob er aus diesen Akten Lust zog oder wie die Szenen endeten – all das wurde nicht gesagt. Nur der Akt zählte. Mira war entgeistert. Der sanfte, nette, freundliche Hamp! Und die ganze Zeit unter der Oberfläche ein solcher Frauenhaß.

«Glaubst du, daß vielleicht der Krieg daran schuld ist, Mira?» fragte Natalie. «Verstehst du, ich meine, als er gefangengenommen und in dieses Gefangenenlager gesteckt wurde. Weiß der Himmel, was sie da mit ihm angestellt haben.»

Mira überlegte. «Ich glaube nicht. Mir scheint, das geht auf seine Kindheit zurück.»

«O Gott, Mira, glaubst du, er wird mich umbringen?»

«Nicht, solange er schreibt.» Mira lachte unsicher. Sie stand auf und goß sich einen Drink ein und schenkte Nat nach. «Er hat wahrscheinlich gedacht, daß er da pornographische Geschichten schreibt. Wahrscheinlich hatte er die Vorstellung, er könnte sie verkaufen und Geld damit verdienen – Geld, das nichts mit deinem Vater zu tun hat. Im übrigen hat er nichts anderes gemacht, als sich seine Phantasien von der Seele zu schreiben. Und er haßt. Mein Gott, wie er haßt. Uns alle. Alle Frauen.»

«Nicht alle», tönte es bissig hinter ihr.

Sie drehte sich um. Natalie starrte sie an und schwenkte langsam die übrigen Papiere hin und her. «Es gibt eine Frau, die er mag. Nur *eine.*»

Mira runzelte die Stirn. Sie begriff nicht, was sollte dieser Tonfall? «Was willst du damit sagen?»

«Erzähl mir nicht, daß du es nicht weißt!» sagte Nat anklagend. Und als sie Miras verständnislosen Blick sah, platzte sie los: «Sie sind an dich! Willst du etwa sagen, du hättest es nicht gewußt?»

Mira sank auf einen Stuhl. «Was?»

«Liebesbriefe. Unmengen von Liebesbriefen. ‹Mira, mein Liebling›, ‹Mein süßes Kleines›, ‹Meine en zückende kleine Mira›. O ja! O ja! Aber die brauche ich dir ja vermutlich nicht zu zeigen.»

«Natalie, ich habe nie einen Brief von Hamp bekommen.»

«Nein, wirklich?» fragte sie mit honigsüßer Stimme. Sie entfaltete einen der Bogen. «‹Meine geliebte kleine Gigi, früher warst Du ein Kind, aber jetzt bist Du eine Frau. Du bist unter meinen Augen erwachsen geworden. Aber für mich wirst Du immer Gigi bleiben.› Ich könnte noch weitermachen», schloß Natalie, während sie den Bogen wieder zusammenfaltete.

«Natalie», sagte Mira mit ruhiger Stimme, «wenn du die Briefe gefunden hast, sind sie doch offenkundig nie abgeschickt worden.»

«Dies könnten ja Kopien sein.»

«Könnten. Sind es aber nicht. Natalie, irgendwo in deinem Innern weißt du, daß Hamp mir diese Briefe nie geschickt hat.»

«All die Jahre über hab ich gedacht, du wärst meine Freundin.»

«Das war ich auch.»

«O ja. Auf jeder Party habt ihr zusammengesessen, du und Hamp, und habt miteinander geredet . . .»

«Nur, weil wir uns beide meistens etwas verloren fühlten.»

Aber Natalie war nicht zu überzeugen. Sie goß sich noch einen Drink ein. Sie steigerte sich immer mehr in ihre Vorstellung von der Geschichte hinein und beschuldigte Mira, sie auf Schritt und Tritt verraten und betrogen zu haben. «Ich möchte wetten, daß du ihm auch von Paul erzählt hast! Deshalb hat er die Farbe über den Teppich gekippt! Und ich dachte, du wärst meine Freundin, ich dachte, ich könnte dir vertrauen!»

Mira gab es auf, ihr zu widersprechen. Es war offenbar sinnlos. Natalie tobte immer weiter. Mira saß da, trank, rauchte, wartete ab. Natalie goß sich noch einen Drink ein. Mira goß sich noch einen Drink ein. Schließlich fing Natalie an zu weinen, und Mira wußte, daß es nun zu Ende war. Nat schlug die Hände vors Gesicht und sprach schluchzend darüber, wie sehr sie Hamp liebe und daß sie es nicht ertragen könne, wenn er sich für eine andere interessiere. Sie schluchzte minutenlang, dann beruhigte sie sich allmählich.

«Aber er liebt mich doch gar nicht», sagte Mira kühl.

«Was soll das heißen?» Natalie war empört. «Ich hab dir doch die Briefe vorgelesen!»

Mira zuckte mit den Schultern. «Es ist dasselbe wie mit den Notizbüchern. Was glaubst du wohl, warum er die Sachen zusammen aufbewahrt? In den Briefen bin ich ein entzückendes Kind, das er beherrschen will; in den Notizbüchern beherrscht er Frauen, die keine entzückenden Kinder mehr sind. Einen Schritt nur aus der Rolle des entzückenden Kindes, und du wirst gefoltert.»

Natalie verstand nicht. «Er liebt dich.»

«Komm, Nat, du hast auch andere geliebt.»

«Nein! Nie! Ich habe mit anderen Männern gevögelt, aber ich habe sie nicht geliebt.»

Mira lehnte sich zurück. Es war hoffnungslos.

«Ich glaube dir, daß du die Briefe nie bekommen hast», sagte Natalie schießlich.

Mira lächelte. «Gut.»

«Ich muß jetzt weiterpacken. Wir müssen uns irgendwann mal wieder treffen.»

«Ja.»

Natalie ging davon wie ein geläutertes Kind. Aber Mira wußte Bescheid. Einerlei was nun wirklich geschehen war, sie wußte, daß die Tatsachen Tatsachen blieben. Hamp hatte in dieser Art an sie gedacht, und das war es, was Natalie verletzte. Daß Mira nichts davon gewußt hatte oder daß sie sich, hätte sie es gewußt, nie mit Hamp eingelassen hätte, zählte nicht weiter. Es machte die Sache sogar noch schlimmer: daß sie es wagte, Hamp zu verschmähen, den Mann, den Nat liebte, den Mann, der Nat zurückwies. Doch statt die Sache mit Hamp auszutragen, hatte Nat Mira angegriffen, die ihr, wenn nicht eine treue, so doch eine ehrliche Freundin gewesen war. Natalie würde ihr nie verzeihen.

«Was kümmert's dich?» sagte Norm, als sie ihm davon erzählte.

20

Natalie zog im Juli um; im August wurde Adeles Baby geboren. Sonst war es ein ereignisloser Sommer. Die Kinder wimmelten ständig herum. Die Frauen hatten schon vor langer Zeit gelernt, die schwülen Tage mit Eistee zu überstehen, immer mit einem Ohr bei den Kindern. Mira hatte sich mit Bliss etwas näher angefreundet; sie erzählte ihr sogar die Sache mit Natalie, die ihr immer noch zu schaffen machte, nicht weil sie verletzt gewesen wäre – sie war es nicht –, sondern weil sie beunruhigt war über das, was sie dahinter sah. Sie versuchte es Bliss zu erklären: «Sie drehen sich immer im Kreis. Sie kommen nie einen Schritt weiter. So geht es allen, allen in diesen unglücklichen Ehen. Sie tun und sagen immer wieder das gleiche, sind unglücklich und elend, aber niemals versuchen sie zu verstehen, was sie eigentlich tun und warum, nie versuchen sie mal anders zu machen, damit sie ein bißchen glücklicher sein können. Ich sehe das überall. Es kommt mir wie die Hölle vor. Vielleicht ist es nur Dantes erster Höllenkreis, aber es ist Hölle genug. Sich ewig so im Kreis zu drehen.»

Bliss zuckte mit den Schultern. «Natalie *war* aber auch ein ziemliches Luder.»

«Ich weiß», sagte Mira zögernd, «aber sie war auch ziemlich unglücklich.»

«Wenn sie nicht so ein Luder gewesen wäre, dann wäre Hamp vielleicht auch besser gewesen.»

«Oh, Bliss! Er war krank! Wir geben immer der Frau die Schuld. Es war nicht Natalies Fehler, es war die Schuld seiner Mutter.» Als sie merkte, was sie gesagt hatte, schüttelte sie den Kopf. Aber all die Weisheit, die sie aus all den Büchern geschöpft hatte, ließ sie zu keinem anderen Schluß kommen: es war die Schuld der Mütter. Und es war einfacher, Penelope Vorwürfe zu machen als ihrem Mann: sie war groß und herrschsüchtig und tüchtig, und er war ein verschrumpelter kleiner Mann, freundlich und unfähig.

Bliss hatte keine Lust, über Natalie zu sprechen. Sie verhielt sich merkwürdig in der letzten Zeit. Immer summte oder sang sie vor sich hin, und wenn man sie ansprach, hielt sie abrupt inne, antwortete und fing dann wieder an, vor sich hin zu summen. Es war, als hätte sie sich in einen geheimen Raum zurückgezogen, aus dem sie nur höchst ungern herauskam: ihr Singen war die Mauer, die sie um diesen Raum errichtet hatte.

«Ich wünschte, jemand würde eine Party geben», sagte Bliss plötzlich.

«Mmmm. Ich kann nicht. Für die kümmerlichen zwei Tage, die Norm und ich am Lake George verbracht haben, müssen wir zwei Monate lang knapsen», sagte Mira lachend.

Bliss lächelte und begann leise «Sand in My Shoes» zu singen.

Im September beschloß Samantha aufgeregt, einen Versuch zu wagen. Sie war nervös und voller Sorgen – sie hatte noch nie eine Party gegeben. Aber es ging gut. Die Parties gelangen zum Teil deshalb so gut, weil im Mittelpunkt immer eine kleine Gruppe von Leuten stand, die sich gut kannten und sich so sicher fühlten, daß sie sich nicht aneinander klammerten, sondern auch aufgeschlossen waren für diejenigen, die weniger vertraut waren. Mira dachte manchmal, daß die Vereinbarung dieser Parties eigentlich ein Modell für eine Gemeinschaft war. Sie bargen das Geheimnis des Zusammengehörigkeitsgefühls und der Abkapselung, der Nähe und der Fremdheit. Das Problem bei den meisten Gemeinschaften ist die Feindseligkeit Fremden gegenüber; das Problem in den meisten modernen Ortschaften ist die zu starke Isolation. Sie dachte darüber nach, denn sie hatte inzwischen den *Staat* gelesen.

Mira kaufte sich für diese Party ein neues Kleid aus weißem Taft mit großen dunkelroten Blumen und einem weiten Rock. Es hatte $ 35 gekostet und war das teuerste Kleid, das sie je besessen hatte. Sie trug es so, als ob sie es sich von ihrer Schwiegermutter geliehen hätte, und bewegte sich darin, als fürchtete sie, eine Wand zu streifen.

«Also habe ich das Eis herausgenommen», sagte Samantha. «Ich stellte die Tabletts oben auf den Kühlschrank und wollte die Zitronen holen. Und auf einmal: peng!» Sie griff mit der Hand an den Kopf. «Die Beule ist so groß wie eine Murmel!»

Mira dachte darüber nach, daß sie sich in letzter Zeit öfter in ihre eigenen Gedanken zurückzog, wenn sie mit Leuten zusammen war. Sie fühlte sich seit einiger Zeit abgeschnitten von den Ereignissen rings um sie her, auch von ihren Freundinnen und von den Parties. Was passierte, beschäftigte nicht mehr ihre Gefühle, es beschäftigte ihre Gedanken. Und sie vermißte die Gefühle, vermißte es, nervös und aufgeregt zu sein. Alles hatte sich verändert. Natalie war nicht mehr da. Bliss lebte in ihrer eigenen Welt, Adele war nicht mehr so freundlich wie früher – sicher, sie hatte natürlich schrecklich viel zu tun mit dem neuen Baby – und mehr noch, Mira war des Spiels, das sie gespielt hatten, überdrüssig geworden. Sie hielt das, was den Frauen passierte, nicht für komisch, und sie hatte es satt, wenn es so dargestellt wurde. Sie hatte es satt, Witze über die

Unfähigkeit oder Abwesenheit der Männer zu machen, die selbst dann abwesend waren, wenn sie physisch anwesend waren. Auch das war alles andere als komisch. Es ekelte sie alles an – Bills obszöne Witze, Rogers Auftreten, Norms alberne Art, sich wie ein ungezogenes Kind zu benehmen. Sie mochte Samantha gern, aber ihr Aufziehpuppen-Verhalten ging ihr auf die Nerven, und Samantha schien entschlossen, ein großäugiges Kind zu bleiben. Außerdem spielte Samantha immer noch das alte Spiel nach dem Motto: Was sind wir doch komisch, aber tapfer. Mira hatte zwei neue Frauen kennengelernt, die sie mochte, aber sie gehörten nicht zu dem Partykreis. Und irgendwie schien die alte Gruppe Lily und Martha auch nicht zu mögen. Mira wanderte von einer Gruppe zur andern, sie kam sich mürrisch und ungesellig vor.

Dann forderte Bill sie zum Tanzen auf. Das war ein Ereignis, da er nur selten tanzte, und wenn, war es furchtbar. Aber eine so seltene Bitte konnte man nicht abschlagen – man durfte die männliche Eitelkeit nicht verletzen. Also lächelte sie dankbar und ließ sich durch den einzigen Tanz, den er kannte, schleifen, einen wilden Lindy. Er sprang auf dem Boden herum wie ein Affe und schleuderte seine Partnerin ausgelassen hin und her. Es war ein Tanz ohne Anmut, anstrengend und chaotisch – da war kein Gespür für die vorgeschriebene Bewegung, die beim Tanzen so befriedigend war. Bill hatte kurzes Haar und eine Schmachtlocke und ein sommersprossiges offenes Gesicht – er sah wie ein typischer amerikanischer Junge aus, und wahrscheinlich, dachte sie, hatte er mit zwölf ganz genauso ausgesehen. Er wußte nichts zu erzählen, abgesehen von einem nicht versiegenden Strom schmutziger Witze, auf die jedesmal schrilles, fast wieherndes Gelächter folgte. Mira achtete Bliss nicht zuletzt deswegen, weil sie, intelligent wie sie eindeutig war, Bill stets mit Respekt und Zuneigung begegnete. Nie ließ sie sich auch nur durch einen flüchtigen Blick anmerken, daß sie ihn lächerlich fand, obwohl sie ihn, wie Mira annahm, lächerlich finden *mußte*.

Bill schleuderte Mira im Kreis herum und sprang von einem Bein aufs andere, wobei er ihr gleichzeitig auch noch einen Witz erzählte.

«Sagt der Captain, daß er schnell noch mal zurücklaufen und etwas pennen muß, und alles lacht, verstehst du.» Er krümmte sich und kicherte hysterisch, als er auf die Pointe zusteuerte. Und als er sie schließlich von sich gab, trompetete er los und warf die Arme in die Luft und schlug mit der Hand gegen ein Glas, das auf dem Fernsehapparat stand. Das Glas flog Mira gegen die Brust, und der ganze Inhalt ergoß sich über ihr Kleid. Bill krümmte sich vor Lachen und zeigte mit dem

Finger auf Mira. Sie mußte sehr komisch ausgesehen haben, wie ihr da das Zeug über das ganze Kleid lief, und mit ihrem verdutzten Gesicht. Ihr neues Kleid! Sie konnte es nicht glauben, konnte sich nicht damit abfinden. Nach all den Jahren hatte sie endlich ein gutes Kleid bekommen, und am ersten Abend, an dem sie es trug, mußte dieser Clown, dieser Trottel, dieser dämliche kichernde Idiot . . .

Sie ging ins Badezimmer, um die Flecken auszuwaschen, und stellte fest, daß es Coca-Cola war – sie würden nie aus dem Taft herausgehen. So wusch sie sie aus, so gut es ging, aber sie war den Tränen nahe. Jemand klopfte an der Tür, und sie machte das Badezimmer frei, aber sie brachte es nicht fertig, hinunterzugehen. Wenn jemand sie ansprach, würde sie sicher in Tränen ausbrechen, und sie wollte sich wegen einer Lappalie nicht wie eine Idiotin oder eine Heulsuse aufführen. Sie beschloß, sich eine Weile in Samanthas Schlafzimmer zu setzen, und öffnete die Tür, um hineinzugehen. Und blieb auf der Schwelle stehen.

Bliss und Paul standen da und sprachen miteinander. Wenn sie sich geküßt hätten, wäre sie weniger überrascht gewesen – die Leute kriegten Appetit auf Parties. Aber sie standen da und sprachen miteinander, standen so nahe beisammen und sprachen so ernst miteinander, daß die Intimität zwischen ihnen schon länger bestehen und tiefer gehen mußte. Hätten sie sich geküßt, dann hätten sie aufgehört und sich umgedreht und einen Scherz gemacht, und sie selber hätte auch lachen können. So aber drehten sie sich um und sahen sie an, und sie mußte nach einer Entschuldigung suchen.

«Bill war bei dem Lindy ein bißchen zu begeistert», sagte sie und zeigte auf ihr Kleid. «Ich wollte bloß mal sehen, ob Sam vielleicht etwas hat, das mir passen würde.»

Es klappte; sie gingen darauf ein, erklärten ihr, warum sie hier seien – es hatte mit Plänen für Adeles Geburtstag zu tun – und gingen aus dem Zimmer. Sie ließ sich aufs Bett sinken, die Tränen hatte sie vergessen.

Sie dachte nach. Sie machte Bliss keine Vorwürfe. Für eine Frau mit ihrem Verstand und ihrem Takt mußte es eine ständige Qual sein, mit Bill verheiratet zu sein. Und jeder wußte, was für einen Horror eine Scheidung für eine Frau bedeutete: Armut, gesellschaftliche Ächtung und Einsamkeit. Was blieb Bliss also anderes übrig? Mira hatte Respekt vor ihrem Mut – sie hätte panische Angst gehabt, das zu tun, was Bliss tat. An Paul dachte sie nicht weiter – den Gerüchten nach hatte er dauernd Affären. Sie hatte die Gerüchte nie ernst genommen, hatte sie für eine Folge seines Benehmens bei Parties, seines Auftretens gegenüber Frauen gehalten. Sie hatte immer angenommen, daß es sich nur um harmlose Flirts handelte.

Und das war es, was sie schmerzte. Ihr war zumute, als wäre sie angeschossen, als hätte sie mitten in der Stirn ein Loch, das sie überdies verdiente. Sie hatte geglaubt, sie wären alle glückliche Kinder, die Ringelreihen tanzten. Alle, bis auf Natalie, und Natalie war sowieso anders, denn sie war immer reich gewesen, sie lebte, da sie es sich leisten konnte, nach ihren eigenen Spielregeln. Aber jetzt ging es um Bliss. All das Flirten, das sie bei Bliss beobachtet hatte, all das Herumscharwenzeln, das sie manchmal an ihr gestört hatte, hatte also ernste Folgen gehabt. Sie saß da und kam sich dumm vor. Trotz ihrer vielgerühmten Intelligenz war sie die dümmste Person, die sie kannte, zu dumm, um sich in dieser Welt zurechtzufinden. Das war der Grund, warum sie sich in die Ehe zurückgezogen hatte. Sie war zu dumm, um in der realen Welt zu überleben. Sie lebte in einer Traumwelt, in Illusionen, statt in der Wirklichkeit und war dabei so überheblich, daß sie darauf beharrte, die Dinge so zu sehen, wie sie sie sich wünschte. All ihr Verstand und ihr Dünkel hatten sie nur blind gemacht. Eine Kategorie, in der sie nie gedacht, ein Wort, das sie nie benutzt hatte, flammte in ihr auf: sie fühlte sich wie eine Sünderin.

21

Bliss hatte nichts von Miras Ahnungslosigkeit. In dem Augenblick, als sie Miras Gesicht in der Tür erblickte, hatte sie gewußt, daß Mira die Wahrheit erkannt hatte. Bliss hatte Angst. Nicht daß sie glaubte, Mira würde ihr nach all den Jahren der Freundschaft absichtlich Schaden zufügen. Mira war anständig, das wußte sie. Aber aus eben diesem Grund mißtraute sie ihr auch. Mira hatte zu viele Prinzipien; vielleicht kam sie zu dem Schluß, daß es für alle Beteiligten das beste wäre, die Sache aufzudecken und bekanntzumachen. Womöglich kam sie mit irgendeiner verrückten Idee heraus – daß man die Ehe auf eine neue Basis stellen, daß alle betroffenen Parteien sich mit wechselseitiger Untreue einverstanden erklären müßten. Mira war alles zuzutrauen. Und bestimmt würde sie es Norm erzählen. Vielleicht sogar Samantha: sie waren neuerdings ziemlich viel zusammen. Und sie würden es anderen erzählen. Sicher, es gab keine Beweise, aber Bliss wußte sehr wohl, daß

Dinge wie diese keines Beweises bedurften. Selbst wenn sie und Paul kein Verhältnis gehabt hätten und das Gerücht aufkäme, sie hätten eines, würde sie letztlich dafür bezahlen müssen.

Aber sie wußte nicht, was sie tun sollte. Zum Glück hatte Bill am Montag einen Flug, und sie würde fünf Tage allein sein und konnte sich alles genau überlegen. Als erstes mußte sie herausfinden, wie Mira zu der Sache stand. Falls sie sie mißbilligte und verurteilte, mußte sie sich auf ein hartes Gefecht gefaßt machen. Andernfalls konnten sie sich sanfter anfassen.

Sie brauchte nicht lange zu warten. Sie ging am Montag zu Mira zum Kaffee, und sobald sie saßen, schaute Mira ihr in die Augen und sagte: «So.»

Bliss lachte und machte eine wegwerfende Handbewegung. «Ja, so.»

«Wie stellst du es an?» fragte Mira neugierig.

«Nun ja, Billy ist weg.»

«Ich weiß. Aber die Kinder!»

«Ich gebe ihnen Schlaftabletten, wenn er kommt.»

Mira sah sie entsetzt an. «Oh, Bliss!»

«Es schadet ihnen nichts. Ich gebe ihnen nicht viel, nur ein bißchen, damit sie etwas tiefer schlafen.»

«Kommst du dir nicht komisch vor, wenn du mit Adele redest?»

«Kein bißchen.»

Während sie weitersprachen, merkte Bliss, daß Mira es im großen und ganzen billigte, aber sie erkannte auch die Gründe für Miras Vorbehalte: die Kinder und Adele. Sie bat Mira nicht um Verschwiegenheit. Dazu war sie zu stolz. Und außerdem hätte es nichts genützt. Mira würde reden oder nicht reden, wie sie es für richtig hielt. Und Bliss hatte das Gefühl, daß Mira nicht reden würde. Aber falls Mira je sah, daß es Adele schlecht ging oder daß die Kinder glasige Augen hatten, dann war kein Verlaß mehr. Dann mußte gehandelt werden.

Sie erwartete Paul am Dienstagabend. Und bis dahin hatte sie sich einen Plan zurechtgelegt. Er kam ein bißchen früher als verabredet: «Ich konnte es nicht erwarten», sagte er. Ihr sprang fast das Herz aus der Brust, als sie ihn sah. Und als sie sich umarmten, dachte sie, daß die Trennung von ihm ihren Tod bedeuten würde. Sie konnten nicht voneinander lassen. Jedesmal wenn sie es versuchten, zog der eine den anderen wieder an sich. Bliss hatte eine Platte aufgelegt, und ihre Küsse und Umarmungen waren wie ein Tanz. Sie verschmolzen, schwebten. Einen Moment lang, während sie an seiner Brust lag, dachte Bliss, wie es wohl wäre, mit ihm verheiratet zu sein, ihn immer für sich zu haben. Aber sie wischte den Gedanken beiseite: es war unmöglich, und tapfer und vernünftig blickte sie auf und sah ihn an.

«Komm, setz dich. Wir müssen miteinander reden!»

Sie holte den Krug mit den Martinis, die sie nach seinem Rezept zubereitet hatte, und füllte zwei eisgekühlte Gläser. Sie trug einen fließenden neuen Morgenrock, smaragdgrün, und hatte ihr Haar gelöst. Er sah sie staunend an wie einen unvermuteten Schatz, über den er gestolpert war und von dem er nicht glauben konnte, daß er ihm gehörte. Immer wieder streckte er die Hand aus und berührte sie sanft, spielte mit einer Strähne ihres Haares, strich ihr über die Wangen, ließ seine Finger leicht über ihre Lippen gleiten. Manchmal griff sie nach seiner Hand und küßte sie, und schon lagen sie sich wieder in den Armen. Doch schließlich riß sie sich los und setzte sich neben ihn auf die Couch.

«Paul.» Sie legte ihre Hand auf die seine. «Mira weiß Bescheid.»

«Wieso?» Er stellte sein Glas hin. «Du hast es ihr doch nicht etwa *erzählt?*»

«Natürlich nicht. Samstagabend – sie hat uns gesehen.»

«Wir haben doch gar nichts gemacht.»

Sie schnitt eine Grimasse. «Du bist vielleicht etwas schwer von Begriff, aber sie ist es nicht.»

«Hat sie gesagt, daß sie es weiß?»

«Ja.» Es hatte keinen Sinn, in Details zu gehen, dachte sie und lachte innerlich. Männer waren nun einmal schwer von Begriff.

«Glaubst du, daß sie was sagen wird?»

«Nein. Vorläufig nicht. Aber ich bin mir nicht sicher. Du weißt ja, wie sie sich aufregt, wenn es um Ideen und Prinzipien geht.» Bliss erhob sich und ging auf und ab in der bewußt lässigen Haltung, um die sie sich bemühte, so daß ihr schmaler Körper zugleich angespannt und sinnlich wirkte. Sie sprach schnell und frei heraus und ließ sich dann wieder auf die Couch nieder. Ihre Anmut verschleierte nur oberflächlich die gewaltige aufgestaute Energie, die in dem Käfig ihrer dünnen Rippen und ihres schmalen Beckens eingeschlossen war. Sie saß da und sah ihn an, auf nahezu alles gefaßt – auf Proteste, auf einen Rückzieher und vielleicht sogar auf Verachtung. An Mut fehlt es mir jedenfalls nicht, dachte sie. Aber Paul lachte. Er hielt es für eine blendende Idee.

«Und das ausgerechnet ihr! Dieser verklemmten Jungfrau!»

Bliss lachte zufrieden. Sie und Paul *waren* vom gleichen Schlag.

Es war ein sehr einfacher Plan. Es würde einige Zeit in Anspruch nehmen und verlangte ein sorgfältiges Spiel, aber darin waren beide, Paul wie Bliss, Könner. Und wie es nun so geht: Adele spielte ihnen direkt in die Hände. Als sie, ein paar Tage später, auf eine Tasse Kaffee bei Bliss war, erzählte sie von einigen Bemerkungen, die Doris über Mira gemacht hatte. Roger und Doris mochten Mira nicht, sagte Adele. Sie hielten sie für neurotisch. «Ich weiß, du bist mit ihr befreundet, Bliss, und ich möchte dir nicht zu nahe treten, aber ich glaube, ich mag sie auch nicht so besonders.»

Bliss senkte den Blick und rührte ihren Kaffee um. «Warum nicht?» fragte sie in einem Ton, der so klang, als sei sie betroffen und bemühe sich, es sich nicht anmerken zu lassen.

«Ich weiß auch nicht, irgendwie fühle ich mich in ihrer Gegenwart nicht wohl», sagte Adele verlegen.

Paul, so war es ausgemacht, sollte zu Miras Haus hinüberstarren, wenn er wußte, daß Adele ihn sehen würde, und sollte wie ertappt zusammenfahren, wenn Adele etwas zu ihm sagte. Bliss kam zu dem Schluß, daß er es bereits getan hatte, aber Adele erwähnte es nicht.

Bliss sagte nichts, sondern rührte weiter mit gesenktem Blick ihren Kaffee um.

Adele sah sie unverwandt an. «Hast du mir nicht mal was über sie und Natalie erzählt? Über Briefe, die Hamp angeblich an sie geschrieben hat?»

«Ja», sagte Bliss zögernd.

«Was war das doch damals?»

Bliss seufzte und hob den Kopf. «Ach, nichts. Du weißt doch, wie Natalie war. Sie dachte, Mira hätte eine Affäre mit Hamp.»

«Und? Hatte sie was mit ihm?»

Bliss zuckte beklommen mit den Schultern. «Woher soll ich das wissen?»

«Sie ist mit dir befreundet.»

Mit einem Achselzucken sagte Bliss: «So eng nun auch wieder nicht.»

Es funktionierte. Und sie machten so weiter. Paul starrte oft lange und schmachtend zu Miras Haus hinüber und machte ein schuldbewußtes Gesicht, wenn Adele ihn dabei überraschte. Bliss war immer sehr freundlich zu Adele – freundlicher als sonst. Sie behandelte sie fast so, als ob sie Mitleid mit Adele hätte. Hin und wieder, als ob sie Bliss auf die Probe stellen wolle, machte Adele eine unfreundliche Bemerkung über Mira. Sie paßte gut auf, aber Bliss reagierte nie darauf. Sie verteidigte Mira nicht. Eines Tages fragte Adele, wie es Mira gehe, und Bliss zuckte mit den Schultern und sagte: «Oh, ich weiß nicht. Ich sehe sie nicht mehr so oft.»

«Warum nicht?»

«Oh», Bliss machte eine wegwerfende Handbewegung, «ich weiß nicht. Nur, verstehst du . . . also, irgendwann hört die Freundschaft auf.»

«Was meinst du damit?»

«Ich kann nicht darüber sprechen», sagte Bliss bekümmert. Sie nahm Adeles Gesicht zwischen ihre Hände. «Es tut mir leid, Dell, aber ich kann nicht.»

Vor Weihnachten war wieder eine Party. Adele beobachtete Paul sorgfältig. Er tanzte den ganzen Abend mit Mira. Er ging immer wieder zu ihr und sprach mit ihr. In der Woche darauf, beim Kaffee, sah sie Bliss offen ins Gesicht.

«Mira hat etwas mit Paul, nicht?»

Bliss sah bestürzt und verlegen auf. «Adele!»

«Stimmt's?»

«Sie ist über vier Jahre meine Freundin gewesen, Adele. Verlang nicht von mir, daß ich ihr in den Rücken falle.»

«Stimmt's?»

Bliss legte die Ellbogen auf den Tisch und stützte das Kinn in die Hände. «Ich weiß nicht», sagte sie mit gedämpfter Stimme. «Ich habe Geschichten gehört. Aber ich weiß es nicht. Ehrlich.» Sie blickte auf und sah Adele in die Augen. «Ich glaube nicht daran, ehrlich!»

III

I

Eine der Eigenschaften, durch die sich die Kunst vom Leben unterscheidet, besteht darin, daß in der Kunst die Dinge eine Form haben, daß sie Anfang, Mitte, Ende haben. Im Leben dagegen sind die Dinge fließend. Im Leben hat jemand eine Erkältung, und du behandelst sie als Bagatelle, und plötzlich stirbt er. Oder die Leute haben einen Herzanfall, und du bist aufgelöst vor Kummer, bis sie sich wieder erholen, um weitere launische dreißig Jahre zu leben und von dir zu verlangen, daß du sie bedienst. Du glaubst, eine Liebesgeschichte sei zu Ende, und du steckst mittendrin in einem Drama à la Karenina, aber zwei Wochen später steht der Kerl vor deiner Tür, klemmt sich mit hocherhobenen Armen und offenem Jackett in die Türfüllung und sagt mit dümmlicher Miene: «He, du, nimmst du mich wieder, ja?» Oder aber du denkst, du hast eine große, blühende Liebesaffäre und merkst gar nicht, daß sie in den vergangenen Monaten kümmerlicher und immer kümmerlicher geworden ist. Mit anderen Worten, du hast im Leben fast nie das einem Ereignis angemessene Gefühl. Entweder du merkst nicht, daß etwas geschieht, oder du erkennst die Bedeutung des Geschehens nicht. Wir feiern Geburten und Hochzeiten, wir beklagen Todesfälle und Scheidungen, doch was feiern wir eigentlich, was beklagen wir? Rituale bringen Gefühle zum Ausdruck, aber Gefühl und Ereignis fallen nicht zusammen. Gefühle sind groß und über ein ganzes Leben verteilt. Ich tanze Polka mit dir und stampfe kraftvoll mit den Füßen und feiere alle Energien, die ich je fühlte. Aber diese Energien waren Momente, sie lassen sich nicht aufschlüsseln, nicht bescheinigen, nicht erfassen – du könntest versucht sein zu denken, meine Feier gilt dir. Wie auch immer, das ist etwas, was die Kunst für uns tut. Sie gestattet uns, unsere Gefühle mit Ereignissen zu verbinden, in dem Augenblick, in dem sie geschehen. Sie erlaubt uns die Einheit von Herz und Kopf und Sprache und Gefühl. Während wir im Leben von einem Augenblick zum andern nicht eine Zwiebel von einem Stückchen trockenem Toast unterscheiden können.

Mira lebte zufrieden in den letzten Monaten des Jahres 1959, ohne zu erkennen, daß ihr Leben sich bereits drastisch verändert hatte. Natalie war fortgezogen. Theresa, völlig zerstört, war immer unzugänglicher geworden. Und Mira war seit längerem mit Adele nicht mehr so eng zusammen, doch ihrer anderen Freundschaften wegen war ihr das bisher noch nicht aufgefallen. Sie war Bliss sehr viel näher gekommen und liebte sie wie sonst nur ihre Familie. Die Vertrautheit zwischen ihnen äußerte sich nicht unbedingt in Worten; sie entstand vielmehr daraus, daß sie in bestimmten Situationen das gleiche fühlten und sich nur anzusehen, sich nur mit einem Blick zu streifen brauchten, um zu wissen, daß sie Bescheid wußten, daß sie das gleiche dachten, daß sie gemeinsam fühlten.

Im Herbst schaute Bliss eine Zeitlang nur noch ein- oder zweimal in der Woche herein; sie war den ganzen Sommer über verwirrt gewesen, immer vor sich hinsummend, immer unterwegs, um Farbe zu kaufen. Eine Zeitlang kam sie überhaupt nicht mehr. Dann, ganz plötzlich, wie es schien, war sie jedesmal beschäftigt, wenn Mira bei ihr hereinschaute. Sie steckte viel Zeit in ihr Haus, strich das Wohnzimmer, nähte neue Vorhänge, strich das Schlafzimmer, nähte einen neuen Bettüberwurf, machte neue Lampenschirme, nähte neue zartrosa Gardinen, die das Licht nicht durchließen. Schließlich stellte Mira sie zur Rede, fragte, was sie habe, was geschehen sei. Bliss summte und hob die Augenbrauen. Gar nichts habe sie, nichts habe sich geändert, sie habe bloß viel zu tun. Mira ging nach Hause, wie vor den Kopf geschlagen. Was für sie Liebe und gegenseitige Hilfe gewesen war, hatte einfach aufgehört, hatte aufgehört ohne jeden Grund, oder zumindest ohne eine ausgesprochene Begründung. Sie wußte, daß es sinnlos war, weiter in Bliss zu dringen; denn sie wußte jetzt, wie hart Bliss war. Bliss war fertig mit ihr, sie wußte nicht warum und würde es nie wissen. Vielleicht deshalb, weil sie von der Affäre zwischen Bliss und Paul wußte. Aber selbst wenn es das war, begriff sie immer noch nicht, warum.

Spät im Herbst, ehe Bliss die Verbindung zu ihr gänzlich abbrach, gaben Paula und Brett eine Party. Mira hatte das unbestimmte Gefühl, in ihrem eigenen Kreis Außenseiterin zu sein, und sie betrank sich mehr als sonst und schneller als sonst. Am nächsten Tag erinnerte sie sich, daß Paul oft zu ihr gekommen war, häufiger als sonst, um sie zum Tanzen aufzufordern. Sie hatte das seltsam gefunden und hatte ihn mehrmals abgewiesen. Aber er war immer wieder angekommen. Sie hatte ein komisches Gefühl dabei gehabt, aber betrunken, wie sie war, und verunsichert, wie sie sich fühlte, hatte sie keinerlei Schlüsse daraus gezogen außer dem, daß sie durcheinander war. Es war das Gefühl – wie ihr erst später bewußt geworden war –, daß sie als Köder benutzt wurde. Aber es war unmöglich, das auszusprechen, unmöglich, ihre Wahrnehmung anhand der Wirklichkeit zu prüfen. Von Bliss hatte sie nur noch gesellschaftliche Höflichkeit zu erwarten, mehr nicht. Dann, an einem stürmischen Januartag, als sie gerade die gefrorenen Bettücher von der Wäscheleine nahm, trat Adele aus der hinteren Tür, um einen Mop auszuschütteln. Mira rief ihr ein «Hallo!» zu. Adele blickte auf, sah zu ihr herüber, machte kehrt und ging wieder ins Haus.

Da wußte sie Bescheid. Sie dachte viel darüber nach, spätabends, wenn sie mit einem Glas Brandy im Dunkeln saß und rauchte. Sie kam zu dem Schluß, daß Paul seinen Ruf verdiente: er hatte Affären gehabt, und Adele wußte davon. Aber was konnte sie schon tun – mit all den Kindern und bei den üblichen Unterhaltsbeiträgen! Sie und die Kinder würden wie die Bettler leben müssen. Sofern sie eine Scheidung überhaupt in Erwägung zog. Jemand, der die Geburtenkontrolle ablehnte, würde sich kaum scheiden lassen. Und das allein schon gab Paul eine enorme Freiheit. Vielleicht hätte er sich manches zweimal überlegt, wenn er sich hätte sagen müssen, daß er es riskierte, seine Familie, sein Heim, seine Frau zu verlieren. Es ist leicht, dergleichen zu ignorieren oder zu schmähen, wenn man es besitzt, aber es zu verlieren, ist unerfreulich. Adeles einzige andere Möglichkeit war, ihn zu verdreschen. Vielleicht gab es ja eine unausgesprochene Vereinbarung zwischen ihnen: er bestand nicht auf Empfängnisverhütung, aber dafür war sie für die Kinder verantwortlich, und er behielt seine Freiheit. Trotzdem wollten Paul und Bliss sicher nicht, daß Adele etwas über sie erfuhr, denn so konnten die Ehepaare auch weiterhin gesellschaftlich miteinander verkehren, sie hatten sich überlegt, daß es das beste war, Adeles Verdacht auf ein anderes Ziel zu lenken. Um Bill machte sich Bliss keine allzu großen Sorgen, er merkte nichts, aber selbst wenn er Verdacht schöpfte, die Geschichte von Paul und Mira würde auch ihn ablenken. Denn mit wie vielen Frauen kann ein Mann sich schon auf einmal abgeben? Es war ein genialer Plan. Verbittert malte Mira sich aus, wie die beiden zusammengesessen und ihn kichernd ausgeheckt hatten.

Aber ein Teil von ihr verstand. Sie waren verliebt, und sie wollten ihre Liebe beschützen. Das war verständlich, und ihre Motive konnte Mira ihnen nicht so sehr verdenken. Was sie verletzte, war Bliss' Verrat an ihr.

Sicher, sie, Mira, mußte das Opfer sein. Weil sie Bescheid wußte, weil sie vielleicht reden würde. Gut, sollte sie doch reden, jetzt würde ihr niemand mehr glauben. Und Adele würde sich die Geschichte kaum von jemandem anhören, mit dem sie nicht mehr sprach. Oh, dachte Mira, sie konnte zu Adele hinübergehen, darauf bestehen, daß sie eingelassen wurde, und die Wahrheit herausschreien. Oder sie konnte Bliss' Haus beobachten und in einer Nacht, in der Paul dort war, Adele gewaltsam hinschleifen, damit sie die beiden zusammen sah. Aber was würde dabei herauskommen? Adele würde womöglich glauben, daß Mira sich rächen wollte, weil Paul sie wegen Bliss verlassen hatte. Oder sie würde Mira glauben, aber nie wieder ihre Freundin sein. Adele würde Bliss hassen; und sie würde vielleicht nie wieder einer anderen Frau trauen. Sie würde weiterhin mit Paul leben, gedemütigt und voller Verachtung. Und Paul und Bliss würden verlieren, was sie hatten, und Adele würde vielleicht Bill etwas sagen, so daß Bliss verlieren würde, was sie hatte, und nur Paul würde am Ende ziemlich ungeschoren davonkommen und bei einem neuen Gesicht, einem neuen Körper Trost suchen. Nein, das war es nicht wert. Mira wollte nur eines: die Dinge ungeschehen machen. Alles sollte wieder so sein, wie es gewesen war, und das war unmöglich. Sie wollte Bliss' Zuneigung, etwas, das sie besessen hatte, wie sie sich sagte, wenn sie an die langen, vertrauten Gespräche mit ihr dachte. Aber man konnte nicht erwarten, daß Bliss' Zuneigung zu ihr stärker war als ihr Wunsch, sich selbst zu schützen. Sie hatte Bliss' Zuneigung besessen, aber sie würde sie nie wieder besitzen, einerlei, was geschah. Bliss würde sie nie wieder mögen können nach dem, was sie ihr, Mira, angetan hatte.

Mira dachte immer wieder darüber nach, bis sie es so genau verstand, daß es ihr nicht einmal mehr weh tat. All ihre Zuneigung für Bliss hatte sich in Verstehen umgewandelt, ein Verstehen ohne Gefühle, das sie dem Haß vorgezogen hatte. Am Ende (daß es das Ende war, stellte sie erstaunt fest, als sie eines Tages, nachdem sie das Haus saubergemacht hatte, jemanden besuchen, mit jemandem reden wollte) blieb schließlich Einsamkeit. Sie hatte keine Freundinnen mehr.

Eines Abends, als Norm zu Hause und guter Laune war, erzählte sie ihm die ganze Geschichte, einschließlich ihrer Theorie. Er tat alles mit einer Handbewegung ab. Sie habe eine zu lebhafte Phantasie. Es sei lächerlich – kein Mensch würde ihr so etwas zutrauen. Der Rest der Geschichte interessierte ihn nicht, er äußerte nur sein Mitgefühl für Bill: «Armer Kerl», sagte er. «Als die O'Neills im letzten Sommer verreist waren, bei Adeles Verwandten, ist Bill sogar drüben gewesen und hat ihren Rasen gemäht.»

Im Laufe der Jahre hatte Mira eingesehen, daß es zwecklos war, mit Norm zu sprechen. Sie sahen die Welt zu verschieden. Norm konnte nicht begreifen, warum Natalie oder Bliss oder Adele ihr soviel bedeuteten. Sie entgegnete, er rege sich doch auch auf, wenn er das Gefühl habe, daß bestimmte Patienten oder wichtige Leute von der ärztlichen Vereinigung etwas gegen ihn hätten. Das sei etwas ganz anderes, meinte er, da gehe es um Berufliches, da stehe seine Existenz auf dem Spiel. Auf persönliche Zuneigung lege er nicht den geringsten Wert. Und er könnte nicht verstehen, warum sie solchen Wert darauf lege, warum sie sich über dumme Schlampen und Hausfrauen aufrege. Sie wurde blaß, als er das sagte. «Und ich? Was bin ich?»

Er legte zärtlich den Arm um sie. «Liebling, du hast doch Köpfchen.»

«Die anderen auch.»

Er blieb dabei, daß sie anders sei, aber sie machte sich von ihm los. Irgend etwas war schrecklich falsch an dem, was da gesagt worden war, das wußte sie. Aber sie wußte nicht, was es war. Sie verteidigte die Frauen gegen seine Angriffe, und er wunderte sich, warum sie gerade die Leute verteidigte, die sie verraten hatten. Sie gab es auf.

Sie machte sich auf die Suche nach neuen Freundinnen, wenn auch ohne die Begeisterung, die sie vor Jahren an den Tag gelegt hatte. Sie mochte Lily sehr gern, die ein paar Straßen weiter im Norden wohnte, und Samantha, die etwa zehn Blocks entfernt wohnte, und Martha. Aber Martha lebte in einer anderen Stadt, und ohne Auto konnte Mira sie nicht besuchen. Sie besuchte gelegentlich Lily und Samantha, aber es war ein großer Unterschied, ob man ein längeres Stück gehen mußte, um jemanden zu besuchen, und dann, fast förmlich, bei Kaffee oder einem Drink zusammensaß, oder ob man einfach ins nächste oder übernächste Haus lief, von wo man die Kinder sehen konnte, wenn sie nach Hause kamen, oder man legte ihnen einen Zettel hin, so daß sie rüberkommen konnten, wenn sie einen brauchten. Diese Art Gemeinschaft vermißte Mira zutiefst – den täglichen vertrauten und freundschaftlichen Umgang mit Menschen von nebenan. Sie sagte sich, daß sie so etwas wahrscheinlich nie wieder haben würde.

Sie hätte es sowieso verloren. Im Frühjahr 1960 verkündete Norman, daß er alle Schulden an seine Familie zurückgezahlt hatte, und ein oder zwei Monate später schloß er die nötigen Verhandlungen ab, um aus der Praxis, in der er arbeitete, auszuscheiden und sich einer Ärztegruppe an der modernen neuen medizinischen Klinik, die gerade gebaut wurde, anzuschließen. Seinen Kostenanteil wollte er innerhalb der nächsten fünf Jahre abbezahlen, und zwar aus seinem Anteil an den erwarteten phantastischen Gewinnen. Es sei an der Zeit, sagte er, daß sie in ein «richtiges» Haus zögen. Im Frühsommer fand er eines, das ihm gefiel. Er nahm Mira mit, um es ihr zu zeigen. Es war ein schönes Haus, aber es bedrückte sie. Es war zu groß, und es lag zu isoliert. «Vier Badezimmer – wie soll ich die putzen!» rief sie. Er fand ihre Bedenken provinziell und spießig. «Vier Kilometer bis zum nächsten Laden, und ich habe kein Auto.» Er wollte das Haus. Er versprach ihr ein Auto und eine Hilfe für das Haus, falls sie darauf bestehe, fügte aber noch hinzu: «Du hast doch sonst nichts weiter zu tun.»

Mira überlegte hin und her. Sicher, sie wollte das Haus gern haben, auch sie hatte sich materiellen Erfolg gewünscht. Aber es machte ihr Angst. Sie hatte das Gefühl, zu versinken, immer tiefer – nur daß sie nicht genau wußte, worin. Norms Eltern waren stolz auf ihren Sohn. Daß er sich mit nur siebenunddreißig Jahren ein solches Haus leisten konnte! Aber sie waren auch ein bißchen besorgt. Stürzte er sich auch nicht zu tief in Schulden? Das Einlagekapital, das abbezahlt werden mußte, der Kauf des Hauses und auch noch eines Zweitwagens . . . Sie warfen Mira einen bedeutungsvollen Blick zu. In ihren Augen bin ich vermutlich eine ehrgeizige Antreiberin, dachte Mira. Sie kümmerte sich nicht mehr darum, was sie von ihr dachten, aber die Ungerechtigkeit nagte trotzdem an ihr. Ihre eigenen Eltern zeigten mehr Begeisterung. Mira habe doch wirklich gut für sich gesorgt, als sie ihren Mann heiratete, der sich ein solches Haus leisten konnte.

Mira versank. Sie war dreißig, als sie nach Beau Reve zogen.

2

Ja, ich weiß, du glaubst, du kennst das alles. Nachdem ich dir die häßliche Kehrseite des Lebens der jungen, sich abstrampelnden weißen Mittelschicht vorgeführt habe, will ich dir nun die häßliche Kehrseite des Lebens der älteren, wohlhabenden weißen Mittelschicht zeigen. Du bist ein bißchen ärgerlich. Ich stöbere dich in Harvard auf, mitten in einer aufregenden Zeit, inmitten junger, aufregender Leute, voller neuer Ideen, nur um dich durch einen melodramatischen Familienserien-Nachmittag zu schleppen. Es tut mir leid. Wirklich. Wenn ich irgendwelche aufregenden Abenteuergeschichten zu erzählen hätte – ich würde sie schreiben, ich versichere es dir. Und falls mir unterwegs irgendwelche einfallen, werde ich sie nur zu gern einfügen. Es geschahen wichtige Dinge in den Jahren, die ich gerade beschrieb: die Berliner Mauer, John Foster Dulles, Fidel Castro, der der Liebling der Liberalen war, bis er alle diese Leute erschoß (er hatte seinen Machiavelli gelesen) und plötzlich der Teufel wurde. Und ein Senator von nicht einmal nationalem Ruhm ließ sich von der Demokratischen Partei als Kandidat aufstellen und zwang Lyndon Johnson, mit ihm zusammenzugehen.

Manchmal wird mir beim Schreiben so schlecht, wie es dir vielleicht beim Lesen wird. Aber du hast eine Alternative. Ich nicht. Mir wird schlecht, weil alles wahr ist, verstehst du, es ist alles geschehen, und es war langweilig und schmerzhaft und verzweiflungsvoll. Ich glaube, ich würde es nicht so schrecklich finden, wenn es anders zu Ende gegangen wäre. Natürlich kann ich nicht von Ende sprechen, weil ich noch lebe. Aber ich würde die Dinge vielleicht anders sehen, wenn ich nicht in dieser trostlosen Einsamkeit lebte. Und das ist ein unlösbares Problem. Ich meine damit, du könntest einen Fremden auf der Straße ansprechen und sagen: «Ich bin so furchtbar einsam», und er würde dich vielleicht mit zu sich nach Hause nehmen, dich seiner Familie vorstellen und dich bitten, zum Essen zu bleiben. Aber damit wäre dir nicht geholfen. Einsamkeit ist nicht Sehnsucht nach Gesellschaft, Einsamkeit ist Sehnsucht nach Gleichen. Und mit Gleichen meine ich Menschen, die sehen, wer du bist, und das heißt, daß sie genug Verstand und Einfühlungsvermögen und Geduld dazu haben. Und das heißt auch, daß sie dich akzeptieren können, da wir nicht sehen, was wir nicht akzeptieren können – wir löschen es aus oder packen es hastig in die eine oder andere Schublade. Wir möchten nichts anschauen, was die geistige Ordnung, die wir so sorgfältig errichtet haben, erschüttern könnte. Ich respektiere diesen Wunsch, sich die eigene Psyche unverletzt zu erhalten. Gewohnheit ist eine gute Sache für die Menschheit. Bist du zum Beispiel einmal umhergereist, von Ort zu Ort, ohne je länger als ein oder zwei Tage an einem Ort zu bleiben? Du wachst morgens schon genervt auf, und jeden Tag mußt du suchen, wo du abends die Zahnbürste gelassen hast, und mußt überlegen, ob du Kamm und Bürste schon ausgepackt hast. Jeden Morgen mußt du dich entscheiden, wo du deinen *café* und dein *croissant* oder deinen *capuccino* oder *kawa* zu dir nehmen willst. Und du mußt auch nach den richtigen Worten suchen. Ich habe noch zwei Wochen lang *si* gesagt, als ich von Italien nach Frankreich kam, und als ich von Frankreich nach Spanien weiterfuhr, sagte ich noch zwei Wochen lang *oui.* Dabei ist das Wort einfach genug, um damit klarzukommen. Du mußt so viel Energie aufwenden, um durch den Tag zu kommen, wenn du keine Gewohnheiten hast, daß dir für produktive Arbeit keine Kraft mehr bleibt. Du bekommst den glasigen Blick von Touristen, die an einer weiteren Kirche hochstarren und im Reiseführer nachschlagen, in welcher Stadt sie überhaupt sind. Jeden Tag kommst du in einem neuen Ort an, wo du zwei oder mehr Stunden damit zubringen mußt, dir ein einigermaßen anständiges billiges Hotel zu suchen. Die Selbsterhaltung macht plötzlich das ganze Leben aus.

Na, du weißt schon, was ich meine. Jeder neue Mensch, den du kennenlernst und wirklich wahrnimmst, stört bis zu einem gewissen Grade deinen Seelenfrieden. Du mußt mit deinen Kategorien jonglieren, damit er hineinpaßt. Hier, wo ich lebe, sehen mich die Menschen irgendwie – nur, ich weiß nicht genau, wie. Als ‹mittelalterliche› Matrone, als rabiate Feministin, freundliche Dame, als eine Verrückte – ich weiß es nicht. Aber sie sind nicht in der Lage, zu sehen, wer ich bin. Deshalb bin ich einsam. Ich nehme an, ich wäre vielleicht selbst nicht in der Lage, zu sagen, wer ich bin. Man ist auf eine Spiegelung von außen angewiesen, um ein Bild von sich zu bekommen. Manchmal, wenn ich ganz unten bin, kommen mir die Worte von Pjotr Stepanowitsch in den Sinn: Du mußt *Gott* lieben, denn er ist der einzige, den du für alle Ewigkeiten lieben kannst. Das klingt mir sehr durchdacht, und mir kommen jedesmal die Tränen, wenn ich es sage. Ich habe es nie jemand anders sagen hören. Aber ich glaube nicht an Gott, und wenn ich es täte, könnte ich Ihn, Sie oder Es nicht lieben. Ich könnte niemanden lieben, von dem ich glaubte, daß er diese Welt geschaffen hat.

Oh, Gott. (Metaphorisch gesprochen.) Also werden Menschen mit der Einsamkeit fertig, indem sie sich selbst in einen größeren Zusammenhang stellen, in einen Rahmen oder einen Plan. Aber diese großen, äußeren Dinge – ich weiß nicht, sie kommen mir einfach nicht so wichtig vor wie das, was Norm zu Mira gesagt hat oder Bliss zu Adele. Ich meine, interessiert ihr euch wirklich für das Jahr 1066? Val würde schreien, das sei wichtig, aber meinen Schülern ist das Jahr 1066 gleichgültig. Ihnen ist sogar der Zweite Weltkrieg oder die Vernichtung der Juden gleichgültig. Sie kennen nicht einmal mehr Jean Arthur. Elvis Presley ist für sie Teil einer schrulligen, unbedeutenden Vergangenheit. Nein, es sind die kleinen Dinge, auf die es ankommt. Aber wenn du mit vielen unbedeutenden Leben zu tun hast, wie setzt du dann die Dinge zusammen? Wenn du auf dein eigenes Leben zurückblickst, gibt es da Stellen, auf die du mit dem Finger zeigen kannst wie auf Straßenkreuzungen auf einem Stadtplan oder wie auf die Klippe eines Studenten bei Shakespeare, wo du sagen kannst: «Hier, das ist die Stelle, an der sich alles änderte, das ist das Wort, an dem alles hing!»

Ich finde das schwierig. Ich komme mir vor wie eine Verrückte. Ich gehe durch meine Wohnung, die ein Schweinestall ist, vollgestellt mit Krimskrams, altem Gerümpel des Hausbesitzers, und mit ein paar sterbenden Pflanzen auf den Fensterbänken. Ich führe Selbstgespräche, Selbstgespräche, Selbstgespräche. Oh, ich bin geistreich genug, um einen einigermaßen guten, flüssigen Dialog hinzulegen, das Problem ist nur, daß keine Antwort kommt, daß da keine andere Stimme als meine eigene ist. Ich möchte die Wahrheit eines anderen Menschen hören, aber ich bestehe darauf, daß es eine Wahrheit ist. Ich spreche zu den Pflanzen, aber sie vertrocknen und gehen ein.

Ich wollte aus meinem Leben ein Kunstwerk machen, aber wenn ich es zu betrachten versuche, dann schwillt und schrumpft es wie die Wände, die du im Fieberwahn siehst. Mein Leben dehnt sich und hängt wie eine ausgebeulte Hose, die immer noch irgendwie paßt.

Genau wie Mira, Val und viele andere, ging ich ziemlich spät im Leben wieder an die Universität. Ich tat es verzweifelt und erwartungsvoll. Es war ein neues Leben, es sollte dich wiederbeleben, dich mit leuchtenden Augen in neue Erfahrungsbereiche schicken, wo du dich mit Beatrice Portinari anfreunden und in ein Paradies auf Erden führen lassen würdest. In der Literatur führt ein neues Leben, eine zweite Chance fast immer zu Visionen der Stadt Gottes. Aber ich habe schon seit längerem den Verdacht, daß alles, was ich je las, Lügen waren. Den ersten vier Akten kannst du noch glauben, nicht aber dem fünften. Lear verwandelt sich in Wirklichkeit in einen geschwätzigen alten Narren, der sabbernd seinen Haferbrei löffelt und dankbar ist für einen Platz am Kamin in Regans Haus in Scarsdale. Hamlet übernimmt die Aktiengesellschaft, nachdem er den Verwaltungsrat bestochen und Claudius aus dem Amt geworfen hat, und dann zieht er sich eine schwarze Lederjacke und deutsche Militärstiefel an und läßt überall bekanntmachen, daß auf Unzucht und Hurerei hinfort die Todesstrafe steht. Er schreibt Briefe an seinen Cousin Angelo, und gemeinsm beschließen sie die gesamte amerikanische Ostküste zu säubern. Und so tun sie sich mit der Mafia, den Ledernacken und der CIA zusammen, um jeden Sex für ungesetzlich zu erklären. Romeo und Julia heiraten und haben ein paar Kinder, dann trennen sie sich, weil Julia wieder aufs College gehen und er in einer Kommune in New Mexico leben möchte. Sie bezieht jetzt Sozialfürsorge, und er hat lange Haare und ein indianisches Stirnband und sagt alle Nase lang *Oom*.

Die Kameliendame lebt. Sie führt ein kleines beliebtes Hotel in Bordeaux. Ich habe sie kennengelernt. Sie hat gebleichtes blondes Haar, ein dickes orangefarbenes Make-up und einen harten Mund, und sie kennt genau die Preise von Wermut, sauberen Bettüchern, Orangensaft in Flaschen und gewissen käuflichen weiblichen Körpern. Sie ist rundherum ein bißchen dicker als früher, hat aber immer noch Figur. Sie irrt in einem glänzenden, blaßblauen Hosenanzug umher und sitzt lachend mit Freunden in ihrer Bar, immer mit einem Auge nach Bernard Ausschau haltend, dem verheirateten Mann, ihrem neuesten Liebhaber. Von ihrer Leidenschaft für Bernard abgesehen, ist sie robust und lustig. Frag mich nicht, was sie an Bernard findet, daß sie ihn derart anbetet. Aber es geht auch gar nicht um Bernard, sondern um die Liebe. Sie glaubt an die Liebe und glaubt weiter daran, trotz aller Widrigkeiten. Deshalb ist Bernard ein bißchen gelangweilt. Es ist langweilig, angebetet zu werden. Mit achtunddreißig sollte sie robust und lustig sein und nicht anbeten. Wenn er sie verläßt, in ein oder zwei Monaten, wird sie an Selbstmord denken. Hätte sie sich dazu bringen können, mit dem Glauben an die Liebe Schluß zu machen, wäre sie robust und lustig gewesen, und er hätte sie immer und ewig angebetet. Was sie gelangweilt hätte. Es wäre dann an ihr gewesen, ihm zu sagen, daß er abhauen solle. Es ist eine Wahl, die einen nachdenklich stimmt.

Tristan und Isolde heiraten, nachdem Issy sich von Mark hat scheiden lassen, der sich ohnehin zu diesem Zeitpunkt gerade einem Groupie zugewandt hatte. Und sie entdecken, daß die Freuden einer bequemen Ehe nicht an die Verlockungen des Tabus heranreichen. Deshalb haben sie eine Anzeige im Bostoner *Phönix* aufgegeben: sie suchen einen dritten, vierten oder auch fünften Partner, einerlei welchen Geschlechts, der mit ihnen die Freuden des Tabus auskosten will. Sie werden kiffen, vielleicht sogar ein bißchen Kokain schnupfen, gerade genug, um die Angst zu genießen, von der Polizei aufgestört zu werden. Verurteile sie nicht: sie versuchen wenigstens, ihre Ehe zusammenzuhalten. Und du?

Die Schwierigkeit bei der großen Literatur der Vergangenheit besteht darin, daß sie dir nicht verrät, wie du mit dem wirklichen Ausgang einer Geschichte leben sollst. In der großen Literatur der Vergangenheit heiratet man entweder und lebt glücklich bis an sein Ende, oder man stirbt. In Wirklichkeit passiert weder das eine noch das andere. Oh, du stirbst, gewiß, aber nie zum richtigen Zeitpunkt, nie, wenn große Worte dich umschmeicheln und ein ganzes Theater deinem Todeskampf zuschaut. In Wirklichkeit passiert doch folgendes: Du heiratest oder auch nicht, und du lebst *nicht* glücklich bis an dein Lebensende, aber du lebst. Und das ist das Problem. Ich meine, denk mal darüber nach. Stell dir vor, Antigone hätte weitergelebt. Eine Antigone, die jahraus, jahrein Antigone ist, wäre nicht nur lächerlich, sondern langweilig. Die Höhle und der Strick sind unerläßlich.

Es geht nicht nur um das Ende. Wie kannst du im wirklichen Leben feststellen, ob du dich gerade in Buch I oder in Buch III befindest, oder im zweiten oder im fünften Akt? Kein Bühnenarbeiter kommt dir zu Hilfe, um den Vorhang im richtigen Moment herunterzulassen. Wie kann ich also wissen, ob ich gerade in der Mitte des dritten Akts lebe und einem großartigen Höhepunkt zustrebe oder am Ende des fünften und fertig bin? Ich weiß nicht einmal, wer ich bin. Ich könnte Hester Prynne sein, oder Dorothea Brooke, oder ich könnte die Heldin eines Fernsehspiels von vor ein paar Jahren sein – wie hieß sie doch? Mrs. Muir! Ja. Sie lief den Strand entlang und war in einen Geist verliebt, und eigentlich sah sie wie Gene Tierney aus. Ich wollte auch immer so aussehen wie Gene Tierney. Ich sitze im Sessel, und ich habe niemanden, für den ich wollene Strümpfe stricken könnte, also ist es belanglos, daß ich nicht stricken kann. (Val könnte, merkwürdigerweise. Nichts ist so, wie es in Büchern ist. Könnt ihr euch eine strickende Penthesilea vorstellen?) Ich sitze einfach nur hier und durchlebe irgend etwas bis zum Jüngsten Gericht – aber was? Valeries Vision? Nur daß sie vergessen hat, mir zu sagen, was als nächstes an die Reihe kommt!

3

Mira lebte ein neues Leben. Es sollte prächtig sein, sollte Lohn für all die harten Jahre in den Zwei- oder Dreizimmerwohnungen sein, das, worum es immer gegangen war. *Dafür* hatte Norm, hatte sie lange Stunden hart gearbeitet. Nicht jeder, der lange Stunden hart arbeitete, erreichte so etwas – sie hatten Glück gehabt. Mira hatte jetzt ihr eigenes Auto, das alte von Norm; für sich selber kaufte er einen neuen kleinen MG. Und sie hatte ein Haus mit vier Badezimmern. Sie hatte auch (nach einigem Ringen mit ihrem Pflichtbewußtsein und einigen spannungsgeladenen

Diskussionen mit Norm, der nicht geradeheraus sagen wollte, daß er keine Lust hatte, Geld für eine Hilfe im Haushalt auszugeben, und statt dessen behauptete, sie könnten nur eine farbige Frau bekommen, die sie zweifellos arm stehlen würde – als ob sie etwas zum Stehlen besessen hätten!) einen Wasch- und Trockenautomaten, eine Geschirrspülmaschine; alle zwei Wochen kam ein Mann, der den Küchenfußboden bohnerte, und eine Wäscherei wusch die Bettwäsche und Norms Hemden. Nie wieder gefrorene Laken im Januar!

Das sagte sie sich, wenn sie durch die großen, fast leeren Räume schritt. Sie stand in der geräumigen Halle mit dem eindrucksvollen Kronleuchter und der Wendeltreppe und sagte sich, daß sie doch eigentlich glücklich sein konnte, sein mußte. Sie hatte gar keine andere Wahl: auf ihrem Gewissen lastete der moralische Imperativ, glücklich zu sein. Sie war nicht auf eine greifbare Art unglücklich. Sie war einfach – nichts.

Der Rhythmus des Lebens war anders in Beau Reve. Morgens um sieben stand sie mit Norm auf und kochte Kaffee, während er duschte und sich rasierte. Das Frühstück aß er nicht mehr zu Hause. Dann saß sie ein paar Minuten mit ihm beim Kaffee, während er ihr Hausaufgaben für den Tag erteilte – Anzüge zur Reinigung, Schuhe zur Reparatur bringen, etwas bei der Bank erledigen, den Versicherungsvertreter wegen der Beule an seinem Wagen anrufen. Dann ging er, und sie weckte die Kinder, die sich anzogen, während sie ihnen ein paar Eier briet. Wenn die Kinder aßen, zog sie sich an und fuhr anschließend die Kinder die anderthalb Kilometer bis zur Haltestelle des Schulbusses. Alle außer Norm waren Morgenmuffel und sprachen wenig. Dann fuhr sie zurück, nach Hause.

Das war der schlimmste Moment des Tages. Sie betrat das Haus durch die Tür, die von der Garage in die Küche führte, und im ganzen Haus roch es nach Schinken und Toast. Die fettige Bratpfanne stand auf dem Herd und dahinter die bespritzte Kaffeekanne. Schmutziges Geschirr stand auf dem Küchentisch. Die vier Betten waren ungemacht, schmutzige Unterwäsche lag herum. Im Wohnzimmer und im Eßzimmer war alles staubig, und im großen Wohnzimmer standen noch die benutzten Limonadengläser vom Vorabend, überall lagen Krümel von Kartoffelchips.

Was sie störte, war nicht das erdrückende Pensum der Aufgaben, die sie zu erledigen hatte, und auch nicht, daß sie langweilig waren. Es war vielmehr das Gefühl, daß die drei anderen ihr Leben lebten und daß sie hinter ihnen den Dreck wegräumte. Sie war eine unbezahlte Dienstbotin, von der erwartet wurde, daß sie hervorragende Arbeit leistete. Als Gegenleistung wurde ihr erlaubt, daß sie das Haus das ihre nannte. Aber das taten die anderen auch. Meistens dachte sie nicht darüber nach, nur morgens, an jedem Morgen, wenn sie die Kinder am Bus abgesetzt hatte und wieder zurückkam. Sie dachte sich kleine Belohnungen für sich aus: Ich mache jetzt dies und das, und dann setze ich mich hin und lese die Zeitung. Sie stürzte sich in die Arbeit, stopfte eine Ladung Wäsche in die Maschine, räumte die Küche auf, machte die Betten, brachte die Zimmer in Ordnung und nahm dann das übrige Haus in Angriff, in dem jeden Tag irgend etwas gemacht werden mußte – so groß war es. Und wenn sie auf Händen und Knien in einem der endlosen Badezimmer herumrutschte, sagte sie sich manchmal, daß sie glücklich dran war: ein Klo säubern, das von drei Männern benutzt wurde, und den Fußboden und die Wände ringsherum, das hieß Konfrontation mit der Notwendigkeit. Und das war der Grund, weshalb Frauen gesünder waren als Männer und auch nicht solche verrückten, absurden Pläne entwickelten wie die Männer: Frauen lebten in Tuchfühlung mit der Notwendigkeit – sie mußten die Kloschüssel und den Fußboden sauber machen. Sie sagte sich das immer wieder.

Gegen halb zwölf kochte sie sich eine Kanne frischen Kaffee und ließ sich mit der *New York Times* nieder, die sie (ein weiterer neuer Luxus) zugestellt bekam. Sie saß mindestens eine Stunde da und genoß es. Am Nachmittag erledigte sie ihre Besorgungen oder besuchte vielleicht, wenn nichts zu besorgen war, Lily oder Samantha oder Martha. Aber um drei Uhr mußte sie wieder zu Hause sein, denn dann kamen die Jungen aus der Schule. Sie waren noch nicht groß genug, um allein im Haus zu sein. Es machte ihr nicht viel aus, obwohl es schön gewesen wäre, hin und wieder einmal das Gefühl zu haben, so lange fortbleiben zu können, wie sie wollte. Sie wußte gar nicht, was sie mit dieser Freiheit angefangen hätte, denn Lilys, Marthas und Samanthas Kinder kamen ebenfalls um diese Zeit nach Hause, und die Frauen mußten sich um ihre Kinder kümmern. Es war nur das *Gefühl* der Freiheit, *danach* sehnte sie sich. Aber es machte ihr Freude, sich mit den Jungen zu unterhalten, wenn sie nach Hause kamen. Sie waren aufgeweckt und witzig, und sie nahm sie oft in die Arme. Sie erzählten, während sie eine Kleinigkeit aßen, danach zogen sie sich um und gingen nach draußen.

Sie hatte dann noch eine Stunde für sich. Sie nahm die Wäsche aus dem Trockenautomaten und legte sie sorgfältig zusammen. Oder sie nahm etwas aus der Tiefkühltruhe, damit es auftaute. Dann setzte sie sich mit einem Buch hin und las. Die Jungen rannten rein und raus, und sie wurde oft unterbrochen; deshalb las sie nachmittags nur leichte Sachen. Dann wurde es allmählich Zeit, das Abendessen vorzubereiten. Norm kam gewöhnlich gegen halb sieben nach Hause, und zur Zeit aßen sie alle zusammen. Aber Norm hackte beim Abendessen ständig auf den Kindern herum – sie benutzten entweder die falsche Gabel, oder sie hatten die Ellbogen auf dem Tisch, oder sie kauten mit offenem Mund. Das Abendessen verlief deshalb immer in gespannter Atmosphäre. Anschließend machten die Jungen ihre Hausaufgaben. Norm setzte sich mit der Zeitung ins große Wohnzimmer, und Mira räumte die Küche auf. Die Jungen badeten jetzt schon allein, und sie brauchte sie nur daran zu erinnern, aufzupassen, daß sie es auch taten, und hinterher die Wannen zu säubern. Bevor sie zu Bett gingen, kamen sie, um ein bißchen fernzusehen, aber sie mußten immer das Programm sehen, das Norm sehen wollte. Einmal hatte Mira durchgesetzt, daß sie eine bestimmte Sendung für Kinder sehen durften, worauf Norm den ganzen Abend lang schlechte Laune gehabt hatte. Mira setzte sich zu ihnen und las oder nähte. Dann gingen die Jungen zu Bett. Norm saß noch etwas länger, aber gegen zehn schlief er in seinem Sessel ein. Dann ging sie zu ihm hinüber und schüttelte ihn: «Norm, schlaf nicht im Stuhl ein.» Er wachte auf und erhob sich und taumelte benommen ins Schlafzimmer.

Dann schaltete Mira den Fernsehapparat ab. Sie war meist zu müde, um jetzt noch etwas Ernsthaftes zu lesen, wollte aber noch nicht ins Bett gehen. Sie goß sich ein Gläschen Brandy ein, knipste die Lampen aus und setzte sich in die Fensterecke im großen Wohnzimmer. Dort saß sie und trank und rauchte bis elf oder zwölf, dann ging sie ins Bett.

Sie lebte den «amerikanischen Traum», das wußte sie, und sie versuchte, die richtige Maske dazu zu tragen. Sie ließ sich im richtigen Salon das Haar richten, und als die Friseuse bei ihr das erste Grau entdeckte und ihr empfahl, das Haar zu färben, ließ sie es färben. Sie kaufte sich teure dreiteilige Strickkostüme, ließ sich die Hände maniküren, sie hatte einen Ordner voller Rechnungen . . .

Es gab schöne Augenblicke. Manchmal, wenn sie die Betten der Jungen machte und über sie nachdachte, strömte Liebe in ihr Herz, und sie legte sich auf ihre Betten und roch an den Laken und vergrub ihr Gesicht darin. Sie rochen genauso wie die Jungen. Und manchmal, wenn sie ihren Kaffee trank und ihre Zeitung las, fiel die Sonne schräg durch das große Küchenfenster und ergoß sich über den Holztisch, und ihr Herz wurde still. Und manchmal, wenn sie sich angezogen hatte, um wegzugehen, wanderte sie noch einmal langsam durch das große Haus, spürte die Sauberkeit und Ordnung und dachte, daß diese geordnete Behaglichkeit am Ende sicher das Beste war, worauf man hoffen konnte, vielleicht sogar genug.

Sie war nicht unglücklich. Sie lebte viel durch ihre Freundinnen, die alle Schwierigkeiten hatten. Wenn sie Lily oder Sam oder Martha einen Nachmittag lang zugehört hatte, war es ein gutes Gefühl, heimzukommen in ihr friedliches und geordnetes Haus, gemessen an dem, was sie über das Leben anderer Menschen wußte – wie hätte sie sich da über ihr eigenes beschweren können?

Da war zunächst einmal Lily.

4

Die Frauen waren alle attraktiv, solange sie jung waren, aber Lily war wunderbar. Sie hatte ein grobknochiges, klassisches Gesicht – hohe Augenbrauen, ein starkes Kinn – und große, weit auseinander stehende braune Augen und einen schlanken Hals. Ihre Figur war vollkommen. Das heißt, sie besaß den Körper, den jede Frau haben sollte, aber nicht hatte: breite, aber nicht zu breite Schultern, einen schönen Busen, eine schlanke Taille, keinen Bauch, schmale Hüften und lange schlanke Beine, alles vollendet proportioniert. Ihr Haar und ihre Augenbrauen waren rot gefärbt, und sie neigte dazu, ziemlich auffällige Kleider zu kaufen. Viel mit Zechinen und Chiffon und viel silbern Durchwirktes. Wenn Lily in ein Restaurant oder eine Bar ging, drehten sich die Köpfe aller Männer nach ihr um. Das hätte ihr wahrscheinlich Spaß gemacht, wenn sie es bemerkt hätte. Sie bemerkte es nicht. Sie war sich nicht einmal ihrer Schönheit bewußt. Ständig war sie um ihr Aussehen besorgt. Sie studierte Modezeitungen, um sich über Make-ups zu informieren und experimentierte stundenlang mit den verschiedenen Marken und Arten herum. Sie benutzte für manche Teile ihres Gesichts eine dunkle Grundierung, für andere eine helle und eine Spezialsorte für die fettige Haut um die Nase herum. Sie zupfte die Augenbrauen und färbte sie mit großer Sorgfalt. Sie verwendete drei verschiedene Make-ups für ihre Augen. Über die Grundierungen legte sie ein besonderes Rouge und Puder. Sie konnte über diese Kosmetika klug und kenntnisreich sprechen. Mira wunderte sich, warum Lily sich überhaupt soviel Mühe machte. «Du bist so schön, du brauchst das doch alles gar nicht», sagte sie. Aber Lily sah sie nur an: «Oh, du hast mich nie ohne Make-up gesehen», sagte sie mit ernstem Gesicht. «Ich bin die reinste Vogelscheuche.» Und sie beschrieb alle Makel ihres Äußeren, und es klang, als ob sie nur aus Schönheitsfehlern bestünde.

Mit ihrem Leben war es das gleiche. Die Oberfläche sah gut aus. Carl, ihr Mann, war ein ruhiger, umgänglicher Mann, der sich nie über irgend etwas aufzuregen schien. Bei allen kleineren Krisen mit den Kindern sagte er immer nur: «Schon gut, Lily, das wird sich schon wieder einrenken.» Andrea, das ältere der Kinder, schien das heitere Gemüt des Vaters geerbt zu haben. Der kleine Carl, den sie Carlos nannten, war schwieriger. Aber Lily lebte in einer so zermürbenden inneren Zerrissenheit, daß ihr schon mit siebenundzwanzig Jahren vier Fünftel des Magens hatten entfernt werden müssen. Im Gespräch war sie sehr unergiebig, es wurde nie klar, warum eigentlich. Ihre Stimme stieg die Tonleiter hinauf und hinab; ständig zupfte sie an ihrem Haar oder verzog den Mund. Die Leute sagten schlicht: «Lily ist affektiert.» Oder: «Lily ist nervös.» In einer anderen Zeit wäre die Diskussion damit beendet gewesen; aber in der Kultur, in der Lily und Mira lebten, glaubte man, daß Glück ein unveräußerliches Recht sei, und versuchte herauszufinden, was nicht stimmte, wenn man es nicht besaß. Also fügten die Leute hinzu: «Lily ist neurotisch.» Das war keine Beschreibung, es war ein Urteil. Lily fragte nie, warum sie unglücklich war – sie schien es zu wissen. Aber im Gespräch sprang sie von einem Problem zum anderen und gab so unvollständige und unbestimmte Erklärungen von sich, daß es schwer war, herauszufinden, was sie wirklich beunruhigte. Sie äußerte sich nie konkret über irgend etwas.

In den ersten Gesprächen, die Mira mit ihr gehabt hatte, als sie beide noch in Meyersville lebten, war es um Lilys Kindheit gegangen, die grausam gewesen war. Dafür muß man immer bezahlen. Alle ökonomischen Theorien basieren auf dem falschen Prinzip. Im Leben mußt du für Schmerzen bezahlen und wirst für Freude belohnt. Lilys Vater war ein Verrückter, ein süßer, schmächtiger Mann mit italienischem Akzent, der nach außen den treusorgenden Ehemann und Vater spielte, der weder trinkt noch Schlimmeres macht. Die Heirat mit Lilys Mutter war von ihrer Familie forciert worden, als sie sechzehn war. Sie wollte weder diese Ehe noch diesen Mann und riß aus, aber getreu den alten Sprüchen über Frauen tat sie es nur halben Herzens. Verängstigt und unfähig, allein in der Welt zurechtzukommen, kehrte sie in den Schoß der Familie zurück – sie telegrafierte sogar, mit welchem Zug sie ankommen würde.

Ihre Leute holten sie an der Grand Central Station ab, den Bräutigam im Schlepptau. Und genau dort, mitten auf dem Bahnhof, die Familie stand dabei, verprügelte er sie, schlug ihr ein blaues Auge und die Nase blutig. Einen Monat später heiratete sie ihn. *Was das Weib will?* Es war eine alte sizilianische Familie.

Seine Methode änderte sich nicht. Als die Kinder kamen, waren sie lediglich ein Objekt mehr für seine fortgesetzte und scheinbar grundlose Wut. Er sorgte mit seinem Maurerlohn anständig für ihren Unterhalt, und sie waren nie hungrig, wenn auch oft zerschunden. Im Laufe der Jahre sparte er soviel Geld, daß er ein dreistöckiges Haus in der Bronx kaufen konnte; das obere Stockwerk wurde vermietet. Die Geschichten über seine Brutalität in Lilys Kindheit und ihre Ängste will ich auslassen. Genug ist genug.

Als Lily die High School abgeschlossen hatte, wollte sie gern in einem Atelier arbeiten. Sie hatte immer Künstlerin werden wollen, obwohl sie nur vage Vorstellungen davon hatte, was Künstler machen. Aber ihre Familie hielt diesen Wunsch für einen Beweis ihrer rebellischen, selbstsüchtigen Natur. Ihre Mutter, die, wenn ihr Mann wütend nach Hause kam und nach einem Opfer suchte, schrie: «Schlag die Kinder! Nicht mich!» sorgte dafür, daß Lily einen tadellosen Job in einer Bekleidungsfabrik bekam, wo sie $ 25 in der Woche verdiente, von denen $ 20 an die Familie gingen. Aber auch als sie arbeitete, wurde sie noch von ihrem Vater geschlagen.

Eines Morgens nach einer schlimmen Nacht betrachtete Lily ihr geschwollenes Gesicht und die blauen Flecken an ihren Schultern im Spiegel und ging beherzt zu ihrer Mutter. «Ma, ich bin achtzehn Jahre alt, und ich bringe Geld ins Haus. Ich bin kein Kind mehr. Wann hört er auf, mich zu schlagen?»

Diese Frage muß der Mutter, die selber blaue Flecken hatte, wie ein Witz geklungen haben. Trotzdem tobte sie über Lilys unglaubliche Anmaßung. «Solange du in diesem Hause lebst, wirst du geschlagen werden!»

Schweigend beschloß Lily, daß sie dann lieber ausziehen würde.

Sie sparte jeden Pfennig, den sie sparen konnte, knauserte mit dem Lunch, opferte ihr einziges Vergnügen, den Kinobesuch am Samstagabend mit ihren Freundinnen – aber sie empfand es nicht als Opfer: sie hatte ein Ziel, das alle anderen Wünsche unterdrückte. Sie bekam eine kleine Gehaltserhöhung in der Fabrik, die sie zu Hause nicht erwähnte. Nach einigen Monaten hatte sie etwas Geld beisammen.

Du wirst sagen, Lily hat sich selbst betrogen, sie wollte gar nicht wirklich weg. Du wirst sagen, wenn sie es gewollt hätte, dann hätte sie das Geld genommen und sich eine Fahrkarte nach Peoria oder Chicago gekauft. Aber Lily war noch nie in ihrem Leben aus der Bronx herausgekommen, man hatte ihr nie erlaubt, selbständig zu handeln. Sie hatte Angst, und ihr Horizont war begrenzt. Sie nahm sich ein Zimmer beim YWCA, fünf Kilometer von ihrem Zuhause entfernt. Möglicherweise wollte sie die Verbindung zu ihrer Familie gar nicht lösen, sondern nur ihre Unabhängigkeit, ihre Individualität durchsetzen. Sie stellte es klug an: jeden Tag, wenn sie zur Arbeit ging, stopfte sie ein Kleidungsstück in ihre Tasche und ließ es in ihrem Schließfach in der Fabrik. Freitagabends brachte sie dann, unter dem Vorwand, mit einer Freundin auszugehen, alles, was sich in der Woche angesammelt hatte, in einer Papiertüte in ihr noch unbenutztes Zimmer beim YWCA. Nach und nach versammelte sie dort alles, was sie mitnehmen wollte. Sie wagte es nicht, alle ihre Sachen mitzunehmen – es wäre aufgefallen. Dann begann sie, Teile ihrer Nähmaschine einzupacken, die ihr einziger wertvoller Besitz war. Jeden Tag nahm sie eines der kleineren Teile mit, aber der Motor war ein Problem. Sie wartete bis zuletzt, und als eines Sonntags ihre Eltern ein paar Häuser weiter im Block Verwandte besuchten, packte sie den Motor und den Rest ihrer Habe in eine Papiertüte und verließ das Haus. Sie schrieb ihren Eltern einen Zettel, sie sollten sich keine Sorgen machen, aber sie könne die Situation zu Hause nicht mehr ertragen und wolle woanders leben.

Ihr Zimmer beim Verein Christlicher Junger Frauen kam ihr wie ein Palast vor – sie war frei!

Ahnungslose Lily! Sie arbeitete weiter in der Fabrik. Die Freiheit dauerte nicht lange. Am Dienstag stand ihr Vater da und wartete auf sie, als sie aus der Fabrik kam, und mit ihm wartete der Priester der Gemeinde. Ihr Vater zog sie aus der Reihe der aus der Fabrik strömenden Frauen heraus, zerrte sie grob am Arm. Er schrie sie an, sie sei ein Flittchen, eine Hure, eine *mala femmina*, die es gewagt habe, ihres Vaters Haus zu verlassen. Er schlug sie wieder und wieder. Der Priester sah zu. Sie wimmerte, sie versuchte zu erklären, wollte sich verteidigen, bekräftigte ihre Tugend, sagte, sie lebe im Verein Christlicher Junger Frauen, sie sei keine billige . . . Es half alles nichts. Ihr Vater sah den Priester an, ob er der Verurteilung des Mädchens zustimmte, und der Priester stimmte zu. Gemeinsam schoben und stießen sie Lily zum YWCA, sammelten ihre Sachen zusammen und schleiften sie nach Hause zurück.

Nach einem Glas Wein und ein paar selbstgebackenen Keksen und ein paar Worten über die wiederhergestellte Tugend ging der Priester, und Lily wurde für ihren hurenhaften Lebenswandel bestraft. Sie ging nie wieder zur Kirche.

Sie begriff damals, daß es für sie nur *eine* Möglichkeit gab, ihres Vaters Haus zu entkommen, und so sah sie sich um. Trotz ihrer starken sexuellen Bedürfnisse hatte sie nie Kraft in dieses verbotene Gebiet gesteckt – immer hatte es Dringenderes gegeben. Sie erhielt von ihren Eltern die Erlaubnis, sich «zu verabreden». Das war aus irgendeinem Grund in Ordnung. Sie akzeptierte ihre Rolle. Und so lernte sie Carl kennen. Er war sanft und freundlich, ganz anders als ihr Vater. Und er war auch beständig, in seinem Wesen wie in seinem Leben. Ihre Eltern waren einverstanden. Lily und Carl verlobten sich. Von diesem Moment an änderten sich die Dinge. Ihr wurde mehr Freiheit zugestanden, ihr Vater hörte auf, sie zu schlagen, wenn er ihr auch manchmal noch einen Klaps gab. Sie verstand – sie wurde jetzt als das Eigentum eines anderen Mannes angesehen.

Da Carl so sanft war, kam ihr diese Einengung wie eine Befreiung vor. Sie fing an, immer selbständiger zu handeln, und mit zwanzig kam sie eines Abends nach Hause und verkündete, daß sie einen Laden gemietet und in der Fabrik gekündigt habe und daß sie ein Bekleidungsgeschäft aufmachen werde. Sie fragten sie nicht einmal, woher sie das Geld dafür hatte – vielleicht dachten sie, Carl hätte es ihr gegeben. Aber es waren ihre Ersparnisse von eineinhalb Jahren. Ihre Eltern zuckten mit den Schultern, sie waren nicht mehr für sie verantwortlich.

Ahnungslose Lily! Was wußte sie von der Bekleidungsbranche? Sie ging in Fabriken und kaufte, was ihr gefiel, dachte sich Preise aus und arbeitete in ihrem Laden von morgens bis in die Nacht hinein, sieben Tage in der Woche. Sie hatte viel Energie; sie war glücklich. Sonnabendabends suchte sie sich etwas aus ihrem eigenen Laden aus, trug sich ein millimeterdickes Make-up auf und ging mit Carl in einen Nachtclub. Carl machte es Spaß, mit ihr in Nachtclubs zu gehen, er machte sich gern fein und zeigte sie gern vor und gab gern Geld mit seinen Freunden aus. Mit der Ehe hatte er es nicht eilig.

Aber Lilys Geschäft ging nicht gut. Sie war nicht hart genug, und sie hatte keine Erfahrung. Die Frauen kauften am Freitag ein Kleid und brachten es am Montag wieder in den Laden, offensichtlich getragen, und verlangten ihr Geld zurück. Lily wußte nicht, wie sie es ihnen abschlagen sollte. Ihre Auswahl an Kleidern war auch nicht objektiv genug, sie ließ sich nur von ihrem eigenen Geschmack leiten. Eine Zeitlang hielt sie durch; sie arbeitete allein im Laden, mit unermüdlicher Energie. Dann waren alle ihre Ersparnisse aufgezehrt, und es kam der Monat, in dem sie die Miete nicht mehr bezahlen konnte. Der Traum hatte gerade ein Jahr gewährt. Mit Tränen in den Augen verkaufte sie ihre kärglichen Lagerbestände unter dem Einkaufspreis, erklärte ihren Bankrott und heiratete Carl.

5

Carls ruhige Oberfläche war das Ergebnis sorgfältiger Selbstbeherrschung wie auch eines ererbten Temperaments. Sein Vater hatte die Familie verlassen, als Carl fünf war. Seine Mutter, eine passive und sehr stille Frau, fand Arbeit als Putzfrau, und die fünf Kinder waren meistens sich selbst überlassen. Sie verdiente sehr wenig. Wenn sie spät abends nach Hause kam, war sie müde – ihr eigenes Haus wurde nicht geputzt, ihre Kinder wurden nicht versorgt. Die älteste Tochter, Marie, sprang ein, so gut sie konnte, aber sie war, wie Carl es später ausdrückte, «selbstsüchtig». Sie wollte ihr eigenes Leben leben. Sie kochte, mehr nicht, und auch das nur mit halbem Herzen. Sie tat es vier Jahre lang. Mit achtzehn ging sie auf und davon, um ihr eigenes Leben zu führen. Niemand machte sauber, und eingekauft wurde, wenn gerade Geld da war.

Ein trostloses Leben für ein Kind und frustrierend für jemanden so Anspruchsvolles, wie Carl es damals bereits war. Auch als er älter wurde, machte er nie Anstalten, im Haushalt zu helfen. Er war zutiefst davon überzeugt, daß das Frauenarbeit sei. Carl verachtete seine Mutter wegen ihrer Schwäche und wegen ihrer Unfähigkeit, die Dinge in den Griff zu bekommen und zu lenken und seinem Leben eine anständige Basis zu geben.

Alle Kinder mußten arbeiten. Sie taten alles, was sich ihnen bot – verkauften Zeitungen, putzten Schuhe, erledigten Botengänge, fegten Lebensmittelgeschäfte aus. Der mittlere Sohn starb an Tuberkulose, als er zwölf war. Nachdem Marie die Familie verlassen hatte, sprang Lilian ein. Carl, der jüngste, folgte seinem Bruder Edwin auf die Straße. Die Straße bot ihnen ein Ventil für einiges von dem, was in ihnen gärte. Ihre arbeitsfreien Nachmittage waren mit Wettkämpfen, üblen Streichen und Prügeleien ausgefüllt. Einmal wurden sie erwischt, als sie Obst von einem Marktstand stahlen, und einmal entführten sie den «Waschlappen» des Viertels und hängten ihn an einem Wäschepfosten auf. Jemand bemerkte das Kind und schnitt es los, bevor es stranguliert war. In beiden Fällen gab es keine große Aufregung. Aber im Laufe der Jahre verschwanden die Jungen von der Straße, zunächst in Erziehungsheime und später ins Gefängnis. Carl begann, über die Zukunft nachzudenken.

Carl sagte immer, der Zweite Weltkrieg sei das Beste gewesen, was ihm je passiert sei. Er hatte ein paar körperliche Mängel, nichts Ernsthaftes, hauptsächlich Folgen der unzureichenden Ernährung als Kind, aber zusammengenommen genügten sie, um ihn dienstuntauglich zu machen. So konnte Carl, als andere Männer eingezogen worden waren, eine Stellung in einer Rüstungsfabrik bekommen, wo schließlich ein geschickter Maschinenschlosser aus ihm wurde. Er leistete gute Arbeit. Vielleicht hatte er von seinem deutschen Vater einen Sinn für Präzision und Ordnung geerbt. Er machte sich gut und war beliebt. Auf der Straße hatte er gelernt, ruhig und gelassen zu reagieren. Er war unbekümmert, umgänglich, nett und warf sich nie zum Richter auf. Was hinter dieser äußeren Schale vor sich ging, konnte man höchstens raten. Sogar Lily war sich da nie sicher. Er drehte nie durch.

Als Carl, Edwin und Lillian alle drei Geld verdienten, zogen sie mit ihrer Mutter in eine ordentliche Wohnung und bewogen sie, ihre Arbeit aufzugeben, um die Früchte der Arbeit, die sie für ihre Kinder getan hatte, zu genießen. Aber die Frau war schwach und verbraucht. Sie hatte schon seit langem aufgegeben. Sie kochte und ging einkaufen, aber sie lernte es nie, mit der Waschmaschine umzugehen, die sie ihr gekauft hatten. Sie machte ein bißchen sauber, aber ohne daß man es sah. Carls frühere Verachtung wuchs: es war wohl ihre italienische Herkunft, dachte er, daß sie so schlampig war. Und er änderte seine Meinung auch nicht, als sie zwei Jahre nach ihrer Aufnahme in ein Leben im Luxus ausgelaugt starb.

Carl hatte nichts dagegen, zu heiraten, er wollte nur sein Leben nicht ändern. In der Woche hing er abends mit seinen alten Freunden aus der früheren Nachbarschaft herum und spielte Karten; am Sonnabendabend ging er mit Lily aus, und den größten Teil des Sonntags verschlief er. Er genoß sein Leben. Als seine Mutter starb, wurde der Haushalt aufgelöst: Edwin heiratete, Lillian bekam eine Stellung in Manhattan und zog um. Und als Lily sagte, daß sie ihren Laden aufgeben müsse, war es, wie es schien, gerade der rechte Augenblick. Für Carl war die Ehe der beste Weg, sein Leben so weiterzuführen wie bisher. Er drängte Lily, sich eine Arbeit zu suchen. Darüber freute sie sich; es war für sie ein

Zeichen, daß er sie nicht so einzuengen gedachte, wie ihre Mutter eingeengt gewesen war. Sie fand eine Stelle als Empfangsdame in einem eleganten Büro. Das sei gut, meinte Carl, sie verdiene zwar nicht viel, aber die Arbeit sei einfach. Sie fand erst nach und nach heraus, was Carl von ihr erwartete, denn er sprach es nie aus. Er wollte, daß sie arbeitete, damit sie weiterhin Geld genug hatten, um Sonnabendabends in die Nachtclubs zu gehen. Außerdem erwartete er von ihr, daß sie die Wohnung tadellos in Ordnung hielt und die Einkäufe, die Wäsche und das Kochen stillschweigend besorgte. Das sagte er zwar nicht, doch wenn sie irgend etwas versäumte, monierte er es mit einer kalten, verächtlichen Bemerkung: «Du hast die Wäsche nicht gemacht.» Oder: «Der Küchenfußboden ist schmutzig, Lily.» Er selber half nie. Er saß im Sessel, las Zeitung und sah fern und erhob sich nur ab und zu, um ihre Arbeit zu bemängeln. Sie stritt sich mit ihm, aber irgendwie verlor sie immer. Carl wurde nie laut, er starrte sie nur kalt an. Und wenn er sie bei einer Unordentlichkeit oder bei einem Versäumnis ertappte, strafte er sie mit Verachtung, wendete sich im Bett von ihr ab und erlaubte ihr nicht, ihn auch nur anzurühren – als ob ihr Körper besudelt wäre.

Lilys Mut und ihre Unabhängigkeit zerbröckelten unter dieser unausgesprochenen Mißachtung. Wenn er sie mißhandelt hätte, wie ihr Vater, sie hätte die Kraft gefunden, gegen ihn zu kämpfen. So aber kuschte sie. Seine Verachtung war für sie etwas so Grausames, daß sie alles tat, um sie nicht herauszufordern. Sie schrubbte und saugte Staub; sie saß grübelnd über Kochbüchern. Trotzdem, er fand immer einen Fehler: eine Stelle, wo nicht Staub gewischt war, ein Gericht, das ihm nicht schmeckte. Viele Nächte kehrte er ihr im Bett den Rücken zu. Er hatte während der Hochzeitsreise entdeckt, daß Lily sexuelle Bedürfnisse hatte. Es ist merkwürdig, ja, es scheint aller Schulbuchweisheit zu widersprechen, aber Lily hatte Freude am Sex. Sie hatte einen Orgasmus nach dem anderen, während Carl sie mit ungläubigem Abscheu beobachtete. Es war für sie eine schlimmere Strafe als jede Züchtigung, wenn sie Carl mit sanften Fingern berührte und er sich schaudernd von ihr abwandte. Sie merkte, daß er sie unanständig, schmutzig fand. Sie versuchte, ihm zu beweisen, daß sie würdig war.

Trotz des ihr häufig zugekehrten Rückens wurde Lily schwanger. Das erschütterte Carl von Grund auf. Ein Kind – das bedeutete das Ende seines Lebens. Lily würde ihren Job aufgeben müssen – es würde nicht mehr genug Geld da sein, um dreimal in der Woche mit seinen Freunden Poker zu spielen oder am Sonnabendabend mit der ganzen Horde bei

Carmine herumzuhängen. Man würde sich statt dessen mit einem Kind abplagen müssen. Er bestand darauf, daß sie es abtreiben ließ.

Lily gehorchte wie eine Sklavin. Sie stand es durch wie ein Roboter, sah kaum das dreckige Hinterzimmer, sah kaum die Schmierigkeit rings um sie her. Aber der Vorgang veränderte sie, veränderte ihre Beziehung zu Carl. Sie verzieh ihm die Abtreibung nie. Sie sprach nicht darüber, weder mit ihm noch mit anderen – das tat sie erst Jahre später. Sie verhärtete sich ihm gegenüber. Sie war sich nicht sicher, ob sie ein Kind wollte, der Gedanke daran erschreckte sie. Aber die Abtreibung hatte etwas in ihr verletzt, von dem sie nicht einmal gewußt hatte, daß es existierte. Ein Kind zu haben, wurde für sie ungeheuer wichtig. Es war das Zeichen des Sieges in dem Machtkampf, zu dem ihre Ehe mit Carl geworden war. Ein paar Monate später wurde sie wieder schwanger, und diesmal blieb sie fest. Keines von Carls Argumenten berührte sie. Nicht einmal seine Weigerung, mit ihr zu schlafen. Sie brauchte gar nicht einmal zu kündigen: sie wurde gefeuert. Empfangsdamen ist es nicht erlaubt, sichtbar schwanger zu sein. Carl wollte, daß sie eine andere Arbeit annahm, wenigstens für ein paar Monate, aber sie weigerte sich. Sie erkämpfte sich ihr Recht, zu Hause zu bleiben und nichts weiter zu tun, als die Wohnung in Ordnung zu halten. Sie versuchte immer noch, den Haushalt zu Carls Zufriedenheit zu führen. Carl war mürrisch und verzichtete auf zwei Abende Poker und auf Carmine am Sonnabendabend. Als Lily zeterte, daß sie ausgehen wolle, ging Carl mit ihr alle paar Wochen einmal in ein chinesisches Restaurant. «Du kannst nicht alles haben», sagte er grollend zu ihr. Das Baby war ein Mädchen, ein friedliches, glückliches Kind. Carl ignorierte es und rief nach Lily, sobald es sich meldete. Lily war verwirrt. Sie fühlte, daß sie die Schlacht gewonnen, aber den Krieg verloren hatte.

Auf Lilys Drängen zogen sie in ein kleines Haus in Jackson Heights. Ein paar Jahre später wurde Lily wieder schwanger, und als das Baby, ein lebhaftes, lärmendes, wildes Geschöpf, geboren war, zogen sie wieder um. Carl hatte eine gute Stellung bei einer Firma, die ihren Hauptsitz in New Jersey hatte, gefunden, und sein Geld reichte aus, um ein kleines Haus in einem Vorort zu kaufen. Ihm fehlten seine alten Pokerkumpel. Er versank in Häuslichkeit, las Zeitung, sah fern, mähte den Rasen. Und er nahm die Gewohnheit an, der immer zänkischer werdenden Lily, einerlei, was sie sagte, stereotyp die Antwort zu geben: «Ja, Lily, schon gut, es wird schon werden.»

6

Carlos war ein riesiges Kleinkind. Er hatte einen gewaltigen Kopf und war schon mit zwei so groß wie mancher Vierjährige. Er hatte ein ungestümes Temperament: er war schnell enttäuscht und hatte dauernd Wutanfälle. Er erinnerte Lily an ihren Vater. Sie ängstigte sich vor ihm. Ständig versuchte er, an ihr hochzuklettern; dauernd griff er nach ihr, faßte sie an, klammerte sich an ihre Beine. Und sie stieß ihn dauernd fort. Sie mochte ihn nicht nahe um sich haben. Zog sie eine seiner Hände von ihrem Ohr weg, schlang er beide Arme um ihren Hals, und zog sie sie von dort weg, klammerte er sich an ihren Arm. Wenn sie dann beide Hände von ihrem Körper löste und versuchte, ihn auf den Boden zu setzen, schrie er, bis er blau wurde.

Die Art, wie Lily das Kind zurückwies (Carl kümmerte sich um keines der Kinder), hatte scheinbar widersprüchliche Folgen. Einerseits war der Junge ungewöhnlich schüchtern. Er hielt sich die Hände vors Gesicht, wenn ein Fremder ins Zimmer kam, und krabbelte manchmal, obwohl er laufen konnte, in eine Ecke, um sich vor Gästen zu verstecken, selbst wenn es vertraute Menschen wie seine Großmutter waren. Aber Lily gegenüber schrie und tobte er aggressiv. Als er größer wurde, trug er beides, seine Schüchternheit und seine Aggressivität, in die Außenwelt. Mit den Kindern, die er kannte, war er gewalttätig und häßlich, und vor fremden Kindern lief er davon und versteckte sich.

Mit fünf versuchte er nicht mehr, Lily zu berühren, und er zuckte zurück, wenn sie ihn anfaßte. Er hatte die unausgesprochenen Urteile seines Vaters übernommen, mit einer Schärfe, die verblüffte: «Du, wozu bist du denn schon gut! Du taugst zu nichts, du kannst ja nicht einmal den Fußboden richtig scheuern. Warum gehst du nicht und scheuerst den Fußboden, du Dumme?» Lily regte sich auf und schimpfte. Wenn Carl nach Hause kam, beschwerte sie sich bei ihm. Und Carl sagte: «Er ist doch nur ein Kind, Lily, schon gut, laß nur, das verliert sich mit der Zeit.» Und dann setzte er sich an den Abendbrottisch und fügte hinzu: «Außerdem hat er recht. Sieh mal, du hast nicht einmal Gabeln gedeckt.»

Das stimmte. Lily fühlte sich schuldig: sie war eine schlechte Hausfrau. Sie hielt die Wohnung sauber, aber sie war unsystematisch. Ihr war immerfort ganz wirr im Kopf, weil sie wußte, daß sie es so gewollt hatte, sie hatte Hausfrau sein und zu Hause bei den Kindern bleiben wollen, aber irgend etwas bohrte in ihr, irgend etwas gefiel ihr nicht an ihrem

Leben. Sie kam zu dem Schluß, daß es Carls Schuld sei. Er sprach nie mit ihr, spielte nie mit den Kindern. Sie begann eine Beschwerdekampagne und nörgelte. Wenn sie abends ihre Tiraden losließ, legte Carl seufzend die Zeitung beiseite, schaltete den Fernsehapparat aus und saß mit verschränkten Armen in seinem Sessel und sah sie an.

«Okay, Lily, okay. Worüber willst du reden?»

Nach einer Pause fragte sie: «Also – was ist heute bei deiner Arbeit gewesen?»

Carl schwieg lange, überlegte. Schließlich sagte er: «Ach ja, etwas ist heute tatsächlich gewesen. Es kamen zwei Kerle mit Werkzeug und Drähten ins Geschäft, und sie machten Löcher und bohrten und verlegten hämmernd eine Leitung und arbeiteten ungefähr eine Stunde lang. Und dann stellten sie ein neues Telefon ans andere Ende des Ladens.»

Lily lachte nervös. «Carl . . .» begann sie zu protestieren.

Er griff wieder nach seiner Zeitung. «Das war's, Lily. Das ist alles, was heute bei uns gewesen ist.»

Sie beschwerte sich, daß er sich gar nicht um die Kinder kümmerte. Carlos zum Beispiel wolle nichts mehr essen als Kekse und Brote mit Erdnußbutter. Er müsse lernen, zu essen, was auf den Tisch komme. Carl ließ es durchgehen. «Okay, Lily, schon gut, laß nur, wenn er Erdnußbutter essen will, laß ihn Erdnußbutter essen.» Aber hin und wieder, wenn Carlos sich weigerte, sein Abendessen zu essen, stand Carl auf, packte Carlos, schleppte ihn hinauf in sein Zimmer und schlug ihn mit seinem Gürtel. Dann schrie Lily und weinte und rang die Hände. Und Carl sah sie treuherzig an: «Also, was willst du eigentlich? Du hast gesagt, er muß lernen. Ich weiß nicht, was du willst, Lily.»

Lily war genauso stur wie er. Ihre Klagen hörten nicht auf. Ihre Stimme schraubte sich mit jedem Jahr in höhere Höhen und tiefere Tiefen. Carl hielt es nicht mehr aus. Er holte seinen Bruder, und drei Monate lang bauten die beiden mit ein paar Freunden ein Zimmer über der Garage. Es wurde ein großes, helles Zimmer, mit eigenem Bad und einer eigenen Treppe außen am Haus. Von drinnen war es nicht zu erreichen. Dort richtete er sich ein. Jetzt aß er, wenn er von der Arbeit nach Hause kam, mit der Familie und zog sich dann gleich in sein Zimmer zurück, zu dem nur er einen Schlüssel besaß. Dort sah er fern und las in aller Ruhe seine Zeitung und schlief, ungestört von zaghaften Fingern. Lily schimpfte, wenn sie ihn sah, aber er antwortete milde: «Schau, du hast das Haus, du hast die Kinder, ich bezahle die Rechnungen. Wir gehen zusammen aus, oder? Niemand weiß etwas. Worüber beklagst du dich eigentlich?» Ungefähr zu dieser Zeit war es, daß Mira Lily kennenlernte und sich über ihr auffälliges Auftreten wunderte. Lily machte nicht den Eindruck, als ob sie Männer betören wollte. Es kam Mira gar nicht in den Sinn, daß Lily versuchte, ihren eigenen Mann zu verführen.

7

Die Erfahrung, die Mira machte, war völlig anders. Sie hatte sich vollkommen an ihr neues, bequemes Leben gewöhnt. Morgens allerdings war es schlimm. Sie haßte es aufzustehen. Norm mußte sie wecken, sie wachrütteln, und dann wankte sie die Treppe hinunter und hing wie eine entkräftete Alkoholikerin über ihrem Becher Kaffee.

Die Kinder waren morgens genauso unglücklich wie sie. Sie stritten sich und mäkelten über das Frühstück. Sie weigerten sich, ein Ei zu essen, das etwas zu lange oder nicht lange genug gekocht hatte. Sie mochten keine Flocken mehr. Sie wollten englische Muffins oder Toast essen. Sie ging aus der Küche, um sich anzuziehen, während sie ihr elendes Dasein beklagte, und nicht selten mußte sie, wenn sie von der Bushaltestelle zurückkam, ihr Frühstück in den Mülleimer werfen.

Nach ihrer Rückkehr, nach dem niederschmetternden Moment des Zurückkommens zu der fettigen Pfanne und dem bekleckerten Tisch, ging es ans Saubermachen. Die Nachmittage jedoch waren besser. Geld war, trotz aller Schulden, reichlich vorhanden, und wenn Norm es für etwas bereitwillig ausgab, dann für das Haus. So verbrachte Mira ihre Nachmittage in wahren Orgien: sie entwarf Pläne für die Einrichtung und kaufte Möbel, Teppiche, Vorhänge, Lampen, Bilder. Langsam füllte sich das Haus. Und es war schwer in Ordnung zu halten. Deshalb kaufte sie sich einen kleinen Karteikasten und ein paar Päckchen Karteikarten. Auf jeder Karte notierte sie einen Arbeit, die regelmäßig erledigt werden mußte, und ordnete die Karte dann in eine bestimmte Abteilung ein. Die Abteilung *Fensterputzen* enthielt zum Beispiel Karten für jedes Zimmer des Hauses. Und jedesmal, wenn sie in einem Zimmer die Fenster geputzt hatte, trug sie das Datum auf der Karte ein und steckte sie ganz hinten in die Abteilung zurück. Das gleiche galt für *Möbel polieren, Teppich mit Schaum behandeln* und *Porzellan.* Regelmäßig nahm sie alles Geschirr aus dem Geschirrschrank im Eßzimmer, wusch es mit der Hand ab – es war gutes Porzellan, das man nicht der Spülmaschine anvertrauen konnte – und stellte es wieder in die frisch ausgewischten

Fächer. Das gleiche tat sie in der Küche, und das gleiche machte sie mit den Büchern: sie nahm sie heraus, staubte sie ab und stellte sie wieder in die sauberen, ausgewischten und gewachsten Regale zurück. Für die normalen täglichen Arbeiten legte sie keine Karteikarten an, nur für die größeren, besonderen Arbeiten. Jeden Tag, wenn sie die kleinen Arbeiten erledigt und die Küche aufgeräumt, die Betten gemacht und die beiden Hauptbadezimmer gesäubert hatte, machte sie eines der Zimmer gründlich sauber: sie putzte Spiegel und Fenster, bohnerte den Holzfußboden, wo er zu sehen war, reinigte all die kleinen Verzierungen, staubte Decken und Wände und Möbel ab und saugte. Dann vermerkte sie auf der entsprechenden Karte, daß die Hauptarbeit erledigt worden war. Auf diese Weise, hatte sie sich überlegt, würde sie immer auf dem laufenden bleiben. Sie brauchte zwei Wochen, um einmal durch das ganze Haus zu kommen – zehn Werktage. Am Wochenende machte sie nicht sauber. Und außergewöhnliche Arbeiten wie das Säubern jedes Tellers und jeder Tasse in Küche und Speisekammer machte sie nur zweimal im Jahr. Das gleiche galt für die Gardinen. Es war gute Hausfrauenarbeit noch im alten Stil. Ihre Mutter machte nach der gleichen Methode sauber, allerdings ohne die Karteikarten. Und sie hatte noch Laken und Oberhemden auf dem Waschbrett geschrubbt und war drei Kilometer weit zum Markt gelaufen, hin und zurück. Das Wardsche Haus glänzte stets und roch immer frisch nach Zitronenöl und Seife.

Mira war immer ungeheuer befriedigt, wenn sie die Morgenarbeit hinter sich hatte. Dann badete sie. Sie benutzte ein teures Badeöl und rieb sich nach dem Baden den ganzen Körper mit einer teuren Lotion ein. Es bereitete ihr ein Gefühl von Luxus. Dann stand sie in einem dicken Velourmorgenmantel vor ihrem riesigen Kleiderschrank und überlegte, was sie für den Nachmittag anziehen sollte. Dazu passend wählte sie Parfum und Make-up. Dann ging sie durch das Haus, fertig angekleidet zum Ausgehen, und genoß die Ruhe und die Ordnung und den Glanz des polierten Holzes in der Sonne. Ihre Schwiegermutter hatte ihr eine Uhr geschenkt, ähnlich der, die sie selbst besaß, eine altmodische Uhr mit einem großen Glassturz darüber, die die Stunden mit Glockenspiel und die Viertelstunden mit kleinen Glöckchen verkündete. Sie tickte laut, man konnte das Ticken in fast allen unteren Räumen hören. Sie ging umher und lauschte dem Ticken und spürte die Ruhe und den Frieden, die Sauberkeit, die Behaglichkeit. Sie ging in die Küche – die Morgensonne war inzwischen weitergewandert, und das blassere Licht ließ das saubere Porzellan, die alten Kannen und Schalen und die zauberhaften Teller, die in den Regalen standen, erglänzen. All die Schönheit war ihr Werk. Die Uhr tickte.

Dann unternahm sie ihre Einkaufsexpedition oder erledigte Aufträge oder machte einen ihrer unregelmäßigen Besuche bei einer ihrer Freundinnen. Die Jungen waren jetzt älter; sie brauchte sich jetzt nicht mehr abhetzen, brauchte nicht mehr vor vier Uhr zu Hause zu sein. Aber meistens war das Nachhausekommen mit Ärger verbunden. Irgend etwas gab es immer: Fußstapfen, Fingerabdrücke an einer sauberen Wand, ein schmutziges Handtuch. Sie schimpfte mit den Jungen, aber sie beachteten sie kaum. Sie verstanden sie nicht, das wußte sie. Die Sauberkeit und die Ordnung waren ihr Leben, dafür hatte sie alles hingegeben.

Wenn sie nach Hause kam, mußte sie meist gleich wieder fortfahren. Die Jungen hatten Termine beim Zahnarzt oder beim Zahnorthopäden, ein Ligaspiel oder ein Pfadfindertreffen, Clark hatte Geigenunterricht, Normie Trompetenunterricht. Sonnabends fuhr sie die Jungen morgens zum Reitunterricht und wartete, bis sie sie wieder mit zurücknehmen konnte – Norm spielte unterdessen Golf. Die Abende verliefen ruhiger als früher. Norm hatte sehr viel zu tun und kam oft gar nicht zum Abendessen nach Hause. Sie gewöhnte es sich an, den Jungen früh Abendessen zu machen, und tat das schließlich auch an Abenden, wenn Norm zeitig nach Hause kam. Es war besser so: sie konnten essen und dann ihre Hausaufgaben machen und dann fernsehen oder an Sommerabenden noch hinausgehen und eine Weile Ball spielen, ehe sie badeten und ins Bett gingen. Norm war etwas freundlicher bei Tisch, wenn die Jungen nicht dabei waren. Nach neun Uhr hatte sie frei. Norm saß dann vor dem Fernsehapparat; sie warf gelegentlich einen Blick hin und sah dann wieder in ihr Buch. Aber Norm wurde früh müde und ging zu Bett. Sie saß gern dort allein im Zimmer und horchte auf die Stille des schlafenden Hauses und die nächtlichen Geräusche draußen – ein bellender Hund, ein anfahrendes Auto –, alles gemessen durch das Ticken der Uhr.

Bei schönem Wetter arbeitete sie im Garten. Im Frühling fuhr sie zur Gärtnerei, holte Kisten mit Frühlingsblumen, Stiefmütterchen, Veilchen, Krokussen, Iris, Maiglöckchen, Narzissen und setzte sie liebevoll in die feuchte, süß-saure Erde ein. Die Luft war weich und ein wenig dunstig, und sie genoß es, die kühle, feuchte schwarze Erde an den Händen zu fühlen. Sie stand da und sah sich um und überlegte, wie sie den Garten anlegen sollte. Sie würde weiße schmiedeeiserne Gartenmöbel mit hübschen Verzierungen kaufen und drüben am Steingarten aufstellen. Sie kaufte Liegen und Sessel für die Terrasse und Tische mit Glasplatten. Sie hängte Futterringe für die Vögel auf.

Wenn Norm nicht zum Abendessen kam oder wenn er nur kurz zum Essen kam und dann fort mußte, zu einer Sitzung, verbrachte Mira den Abend mit Lesen. Gegen elf goß sie sich dann etwas zu trinken ein und machte die Lichter aus und saß da und dachte nach. Norm kam nie sehr spät nach Hause, meist gegen zwölf, und jedesmal stolperte er über die Schwelle von der Garage zur Küche, und jedesmal beschwerte er sich und rief: «Zum Teufel, warum läßt du nicht eine Lampe an?» Trotzdem ließ sie nie eine brennen.

Sie bot ihm etwas zu essen an, aber er hatte nie Hunger. Er goß sich einen Whisky ein, Canadian Club, oder einen Brandy und setzte sich ihr gegenüber hin, nachdem er Licht gemacht hatte.

«Wie war dein Tag?»

«Okay», seufzte er. Sein Hemdkragen war offen, die Krawatte gelokkert, und er sah müde aus. Dem Verbrennungsfall ging es etwas besser. Der Fall mit dem Nesselfieber war ernster, als sie gedacht hatten – er lag jetzt auf der Inneren. Die arme Mrs. Waterhouse, die er zu Bob rübergeschickt hatte – CA, schon ziemlich fortgeschritten, es gab keine Hoffnung mehr. Sie konnten ihr Bestrahlungen geben, aber das würde nur den Todeskampf verlängern. Ihre Kinder wollten es trotzdem. Er hatte ihnen erklärt, und Bob ebenfalls, daß es eine teure Sache war und wenig nützen, sondern die Sache nur verlängern würde. Aber sie bestanden darauf, sie wollten das Gefühl haben, daß sie alles, was möglich war, getan hatten.

«Sie fühlen sich schuldig, weil sie wollen, daß sie stirbt.»

«Warum sagst du so etwas?» rief er erbittert. «Das ist ja lächerlich! Du kennst die Leute doch gar nicht und sagst so etwas! Sie brauchen einfach das Gefühl, daß sie alles getan haben, was sie tun konnten, daß sie nichts versäumt haben. Mein Gott, es ist ihre Mutter!»

Mira hatte die Angewohnheit, sich kleine unsinnige Verse auszudenken, nur so für sich. Sie schrieb sie nie auf; sie dachte gar nicht weiter darüber nach, daß sie es tat. Wie zum Beispiel jetzt.

Manche Vögel fliegen und manche Vögel fallen, und manche Vögel können nur lallen. Laut sagte sie: «Weil sie wissen, daß es nicht helfen kann. Also bestehen sie nur darauf, um ihre Schuldgefühle zu verringern. Und die Schuldgefühle, das liegt auf der Hand, entstehen aus ihrem Wunsch, daß sie stirbt.»

«Das ist lächerlich, Mira», sagte er entsetzt. «Nicht alle Menschen denken so wie du. Ihre Beweggründe sind einfach, sie möchten einfach nur alles, was in ihrer Macht steht, tun für einen Menschen, den sie lieben.»

Lieben, lieben, der Himmel sind sieben, wir stehlen gleich Dieben und sagen, wir lieben.

Als sie schwieg, wechselte Norm das Thema. «Maurie Sprat war da, erinnerst du dich noch an ihn? Ich glaube, er war zwei Klassen über dir. Ich kenne ihn, weil sein Bruder Lennie in meine Klasse ging, ein großer Basketballspieler. Maurie sagt, sein Bruder sei jetzt Vizepräsident einer Aluminium-Gesellschaft und verkauft Hausverschalungen oder sowas.» Er lachte. «Gott, das kann ich mir überhaupt nicht vorstellen! Der dürre Lennie Sprat als erfolgreicher Geschäftsmann – das haut mich glatt um! Maurie kam in die Klinik wegen einer Skalp-Behandlung, wie er sagte. Skalp-Behandlung! Er ist völlig kahl, kannst du dir das vorstellen? Kahl wie eine Billardkugel. Ulkig. Er arbeitet bei einer Gesellschaft für Erfrischungsgetränke. Er hat mir einen guten Tip gegeben: Sunshine fusioniert mit der Transcontinental Can Company und bringt Erfrischungsgetränke in Büchsen auf den Markt. Vielleicht werde ich ein bißchen spekulieren.»

«Spekulieren?»

«Ein paar Aktien kaufen.»

«Oh.»

Schweigen.

«Und du? Was hast du den ganzen Tag gemacht?»

«Ich hab saubergemacht – das Zimmer hier. Findest du nicht, daß es glänzt?»

Er sah sich um. «Hab ich gar nicht richtig gemerkt.»

«Und dann habe ich ein paar Blumen gepflanzt.»

«Oh, wie schön.» Er sah sie mit einem wohlwollenden Lächeln an. Ihr Leben war so einfach, so süß. Sie konnte Dinge tun wie Blumen pflanzen und Freude daran finden. Weil er für die nötigen Mittel sorgte.

Was fängst du mit dem Tag nur an?
Fragt seine Frau der kleine Mann.
Was du zu tun hast, ist nicht viel,
Wischst Staub, kochst Tee – ein Kinderspiel!
Und singst nach deines Herzens Lust,
Wenn für die Miet' ich schuften muß!

Sie räusperte sich und wandte sich dem zu, was sie bei sich ihre Familiennachrichten nannte.

«Normie hat heute beim Baseballspielen eine Fensterscheibe eingeworfen.»

«Ich hoffe, du hast ihm gesagt, daß er sie von seinem Taschengeld bezahlen muß!»

«Er hat es nicht mit Absicht getan.»

«Das ist mir egal. Er muß lernen, sich verantwortlich zu fühlen.»

«Schon gut, Norm. Ich werde ihm sagen, daß du meinst –»

«Warum mußt du mich immer als den Spielverderber hinstellen? Ich dachte, du wärst genauso interessiert daran, daß er ein bißchen Verantwortungsgefühl entwickelt! Dieses Kind glaubt, das Geld wächst an Bäumen.»

In meinem Garten, da wächst ein Baum,
Der blüht und trägt Dollars, du glaubst es kaum!
Ich harke und gieße, damit er gedeiht,
Die Nachbarin schielt, beäugt mich voll Neid,
Doch all die Klein-Dollars, was denkst du dir,
Gehören nur Norm, dem Doktor, nicht mir.

«Ja, Norm. Und Clark hat ein A in der Mathematikarbeit.»

«Gut. Gut.» Er stand auf. Er seufzte. Er war müde. Er stellte sein Glas auf den polierten Tisch. «Ich gehe ins Bett», sagte er. «Morgen ist ein wichtiger Tag.»

Morgen ist ein wichtiger Tag. Sie hörte, wie er sich im Bad fertig machte, nahm wahr, wie im Schlafzimmer das Licht ausgedreht wurde. Sie stand auf und nahm sein Glas. Mit dem Ärmel wischte sie den nassen Rand weg. Sie trug sein Glas in die Küche, kam zurück, goß sich noch einen Brandy ein und machte das Licht aus. Sie ging nie zur gleichen Zeit ins Bett wie er, wenn sie es vermeiden konnte.

8

Ein wichtiger Tag morgen. Sie fragte sich, wie einem da wohl zumute war. Für sie war jedes «morgen» ein wichtiger Tag. Morgen zum Beispiel würde sie das Wohnzimmer in Angriff nehmen. Trotzdem waren es keine wichtigen Tage. Wie sah so ein wichtiger Tag aus? Sie konnte sich so etwas nur ausmalen – sie stellte sich vor, daß sie frühmorgens das Haus verließ und einfach mit dem Auto losfuhr, oh, irgendwohin, vielleicht nach Manhattan, und, ja, in ein Museum ging oder eine Dampferfahrt rund um die Insel machte. Ein Tag, an dem sie einfach ihre Arbeit liegen ließ, nicht rechtzeitig nach Hause kam, die Kinder sich selbst überließ – sollten sie sehen, wie sie zurechtkamen. Ein Tag, an dem sie spät nach Hause kam, so spät wie Norm, ein bißchen betrunken vielleicht.

Nein, selbstverständlich würde sie so etwas nie tun. Nicht einmal tun wollen. Die Kinder würden sich aufregen, sich ängstigen. Norm tat seine Arbeit, und sie würde ihre tun. Sie tat sie.

An manchen Abenden verlief die Unterhaltung anders. Norm kam vielleicht ein bißchen früher nach Hause und war in heiterer Stimmung. Mira wußte immer sofort Bescheid und ihr wurde beklommen zumute. Wenn sie ihn dann gefragt hatte, wie sein Tag gewesen sei, wandte er sich ihr mit einem ganz besonderen, süßen Lächeln zu und sagte: «Und was hat unsere kleine Mutti heute gemacht?»

Mira wußte, daß Norm sie für eine wunderbare Mutter hielt. Zu ihr hatte er es nie gesagt, aber sie hatte gehört, wie er es zu anderen sagte, und er sagte es oft, wenn er mit den Jungen schimpfte: «Warum macht ihr solche Sachen, die eure Mutter aufregen? Ihr wißt doch, was für eine wunderbare Mutter sie ist!» Er selber hatte keinerlei Geduld mit ihnen. Sie schienen immer die Milch zu verschütten, wenn er mit ihnen am Tisch saß, und ausgerechnet an den Tagen, an denen er da war und sie mit Verachtung strafen konnte, kamen sie jedesmal wegen irgendeiner kindlichen Tragödie weinend zu Hause angerannt.

Aber irgendwie, wann immer Norm ihr diese Frage stellte, drehte sich ihr der Magen um. Und immer lag dasselbe Lächeln auf seinem Gesicht, schüchtern und väterlich zugleich, ein Lächeln, mit dem man vielleicht ein kleines Mädchen ansehen würde, das einem gerade auf den Schoß geklettert ist. Mira wurde jedesmal rot oder hatte zumindest das Gefühl, daß ihr heiß im Gesicht wurde. Und dann stammelte sie irgend etwas, über die Preise von Lammkoteletts, oder daß sie Mrs. Stillmann in der Chemischen Reinigung getroffen habe, oder daß man beim heutigen Eltern-Lehrer-Treffen beschlossen habe, für jede Klasse einen Weihnachtsbaum zu kaufen. Was sie auch sagte, sie sagte es stammelnd, mit dem hochroten Kopf und der stolpernden Zunge der unerfahrenen Ehebrecherin. Aber er schien es nie zu bemerken. Vielleicht erwartete er, daß sie nervös wurde, wenn er sie etwas fragte, wie die jungen Empfangsdamen im Büro, die ständig eingestellt und wieder rausgeschmissen wurden, oder wie die jungen Frauen, die ihn flüsternd wegen eines Ausschlags in der Vagina konsultierten und auf seine schnellen Fragen errötend und mit leiser Stimme antworteten.

Er hörte sich ihre Belanglosigkeiten geduldig und verständnisvoll an, um ihr seine Zuneigung zu zeigen, und wartete, daß sie zum Schluß kam. Dann sah er sie freundlich an, räkelte sich ein bißchen und sagte: «Kommst du mit ins Bett?» – als ob es eine Frage wäre. Manchmal sagte sie: «Ich möchte erst noch die Zeitung lesen.» Oder: «Ich bin noch nicht müde.» Aber er streckte einfach die Hand aus, und sie wußte, daß sie aufzustehen hatte, daß sie seine Hand nehmen und mit ihm ins Bett gehen mußte. Sie hatte keine andere Wahl. Sie wußte es, und er wußte es auch. Es war ein ungeschriebenes Gesetz. Vielleicht war es sogar ein geschriebenes Gesetz: er hatte ein Recht auf ihren Körper, auch wenn sie es nicht wollte. Pflichtschuldig erhob sie sich, aber irgend etwas in ihr sträubte sich und lehnte sich auf. Sie kam sich vor wie ein Bauernmädchen, bei dem der Edelmann vom *droit de seigneur* Gebrauch macht. Sie kam sich gekauft und bezahlt vor, und es war alles eins; das Haus, die Möbel, sie – alles gehörte ihm, so stand es auf irgendeinem Stück Papier. Er prüfte, ob die Lampen ausgedreht und die Türen verschlossen waren, während sie dort stand, dann kam er wieder zu ihr, legte den Arm um sie und drängte sie behutsam die Treppe hinauf ins Schlafzimmer. Ihr Widerstreben schien ihm zu gefallen.

Und sie merkte, daß ihr Körper sich anders bewegte als sonst. Manchmal sah sie eine Frau im Kosmetiksalon, manchmal eine auf der Straße, die sich genau so bewegte, wie sie jetzt das Gefühl hatte, sich zu bewegen. Als ob die Hüften und die Arme und der Hals geliehene Porzellanteile seien, auf die man besonders gut achtgeben mußte, als wären es Juwelen, die jemand anders gehörten, als käme die Bewegung nicht durch Muskeln und Knochen zustande, sondern würde von einer fremden Musik diktiert. Solche Körper waren nicht aus Knochen und Muskeln, Fett und Nerven. Sie bestanden wie bei den Sklavenmädchen, die hereingebracht wurden, damit sie vor dem Scheich tanzten, aus weicher zarter Haut, die in warmen Bädern geölt und parfümiert worden war: für ihn. Solche Körper existierten nur durch das Auge und die Hand des Besitzers, selbst wenn er nicht anwesend war. Sie erinnerte sich, daß Bliss sich so bewegt hatte in den Tagen, als sie anfing, ständig vor sich hinzusummen. Und Mira hatte geglaubt, Bliss bewege sich zu der Melodie, die sie summte! Sie wußte nicht, wie ihre eigenen Bewegungen wirkten, aber genau so fühlten sie sich an.

Norm bestand immer darauf, daß sie in sein Bett kam, und er bestand immer darauf, Präservative zu benutzen. Ihr Pessar trocknete in einer Schachtel in ihrem Nachttisch. Sie lag da und wartete, bis er es übergezogen hatte – er hatte immer Schwierigkeiten mit den Dingern –, und sie kam sich bereits hilflos und vergewaltigt vor. Dann legte er sich hin und beugte sich über sie und nahm ihre Brustwarze in seinen Mund und saugte daran, bis es weh tat und sie seinen Kopf wegschob. Er nahm an, das sollte bedeuten, sie sei bereit, und er drang in sie ein, kam in wenigen Sekunden, den Kopf zurückgeworfen, die Augen geschlossen, die Hände auf ihrem Kröper, aber mit seinen Gedanken tausend Meilen weit weg. Und sie lag da und beobachtete ihn mit bitterem Sarkasmus und fragte sich, woran er wohl dachte, an welchen Filmstar oder an welche Patientin, aber vielleicht stellte er sich auch nur eine Farbe oder einen Geruch vor. Es war schnell vorbei, und er sah sie nie an. Er stand sofort auf und ging ins Badezimmer und reinigte sich gründlich. Wenn er wiederkam, lag sie schon wieder in ihrem eigenen Bett, hatte die Augen geschlossen und besänftigte streichelnd ihre Genitalien. Er sagte: «Gute Nacht, Süße», legte sich ins Bett und schlief sofort ein. Sie lag da und streichelte sich eine halbe Stunde oder länger, bis sie erregt wurde, und dann masturbierte sie fünfzehn oder zwanzig Minuten, bis sie kam, und wenn sie kam, weinte sie harte, bittere Tränen, die sie nicht verstand, denn im Moment des Orgasmus spürte sie neben der Erleichterung eine Leere, ein lähmendes, grausames und hoffnungsloses Vakuum.

Im Laufe der Jahre hatte Mira sich ein wenig sexuelles Wissen angeeignet. Ein paar Monate lang hatte sie versucht, Norm dazu zu bringen, etwas zärtlicher mit ihr zu schlafen, aber er widersetzte sich jeder Veränderung. Er glaubte, alles, was anders war als das, was er tat, würde sein Vergnügen beeinträchtigen, und das schien ihm falsch, unnatürlich. Die einzige andere Art, die für ihn in Frage kam, war Fellatio, und das lehnte Mira strikt ab. Norm dachte wahrscheinlich, das, was für ihn angenehm war, müsse auch für sie angenehm sein, und wenn es das nicht sei, liege es daran, daß sie, wie so viele Frauen, frigide sei. Mira gab ihre Versuche, ihn zu verändern, auf, suchte aber nach anderen Möglichkeiten, das Ganze für sie weniger erbärmlich zu machen. Sie versuchte, an etwas anderes zu denken, ihn machen zu lassen, was er wollte, und mit ihren Gedanken anderswo zu sein. Aber es gelang ihr nie. In dem Moment, in dem sein Kopf sich auf ihre Brust senkte, war sie so voller Zorn, daß sie sich auf nichts anderes konzentrieren konnte. Und einerlei, wie kurz es war, sie kam sich vergewaltigt und benutzt und willenlos vor, und mit jedem Monat, jedem Jahr wuchs dieses Gefühl. Sie fürchtete das geringste Anzeichen von Verlangen bei ihm. Zum Glück erschienen diese Zeichen immer seltener.

9

Bei Miras Freunden veränderte sich manches. Paula und Brett ließen sich scheiden, und Paula heiratete einen Mann, der Brett bemerkenswert ähnlich und nur eine Spur lebendiger und erheblich reicher war. Roger und Doris ließen sich scheiden, und Doris war verbissen, verbittert, und sie arbeitete bei einer Behörde, wo sie den ganzen Tag lang Formulare abtippte. Samantha hatte fröhlich verkündet, sie langweile sich und bekomme jetzt einen Job. Mira war entsetzt: der kleine Hughie war erst drei, und auch Fleur war mit ihren sechs Jahren im Grunde immer noch ein Kleinkind. Sie fand, das sei Habgier. Samanthas Haare waren nicht mehr gefärbt, und die Farbe ihrer Wangen war inzwischen echt, aber sie ging immer noch wie eine Aufziehpuppe. Und ständig passierte irgend etwas: Fleur wurde in der Schule plötzlich krank, während Sam bei der Arbeit war, und eine Nachbarin mußte sich um das fiebernde Kind kümmern. Hughie, den Sam tagsüber bei derselben Nachbarin ließ, fiel von einem Baumhaus herab und brach sich das Handgelenk. Er mußte stundenlang unter Schmerzen in der Unfallstation des Krankenhauses warten, bis Sam dort eintraf und die Erlaubnis unterschreiben konnte, daß man ihn behandelte. Bei solchen Neuigkeiten preßte Mira die Lippen zusammen. All dies geschah nur, weil Sam nicht zu Hause war. Wäre sie zu Hause bei ihren Kindern gewesen, wie es sich gehörte, wäre alles nicht so schlimm gewesen und manches überhaupt nicht passiert. Sie, Mira, hätte nie einem Dreijährigen erlaubt, in einem Baumhaus zu spielen. Mira reagierte kühl und mißbilligend, wenn Sam anrief, um ihr von der neuesten Katastrophe zu erzählen.

Sean und Oriane waren auf die Bahamas übergesiedelt. Sie hatten sich ein Boot gekauft und lebten, wie sie schrieben, dank des Erbes, das Seans Vater seinem Sohn hinterlassen hatte, das paradiesische Leben der Reichen. Und Martha hatte ihr Studium wieder aufgenommen, zuerst nur halbe Tage, und als sie es schaffte, schrieb sie sich als reguläre Studentin ein. Sie wollte Rechtsanwältin werden, sagte sie. Auch dabei preßte Mira die Lippen zusammen. Es war absurd. Norm stimmte ihr zu. Wenn Martha mit ihrer Ausbildung fertig war, würde sie siebenunddreißig oder achtunddreißig sein. Wer würde eine Frau in mittleren

Jahren einstellen, eine unerfahrene Anwältin? Man werde sie gar nicht erst zum Jurastudium zulassen, versicherte Norm. Mira glaubte es. Sie brauchte sich nur in ihrer Umgebung umzusehen, um zu wissen, daß es stimmte. «Na, wenn es ihr Spaß macht», sagte Mira schließlich und schob die wahren Gründe ihres Unbehagens beiseite. Es gab jetzt nur noch wenige Freundinnen, die Zeit hatten: alle arbeiteten oder studierten oder waren einfach nicht mehr da. Sie sah sie meist nur, wenn sie sich gelegentlich abends trafen. Dann geschah etwas, das auch dem ein Ende machte.

Lily hatte die Idee gehabt. Sie war, wie sie sagte, seit Jahren nicht mehr aus gewesen, und ihre Freundinnen Sandra und Geraldine auch nicht. Ob sie nicht mal alle zusammenkommen wollten, die alte Gruppe, und gemeinsam zum Bowling gehen wollten? Martha und George, Samantha und Simp, Mira und Norm, Lily und Carl und die beiden neuen Paare, alte Freunde von Carl und Lily. Es hörte sich lustig an, sie stimmten zu.

Sie saßen in der Bowling-Nische, redeten alle durcheinander, bestellten große Tabletts voller alkoholischer Getränke von der Bar. Mira freute sich über das Wiedersehen. Sie wunderte sich über Sam, die abgespannt und müde aussah, aber übersprudelnd wie eh und je von den jüngsten Katastrophen in ihrem Haushalt berichtete. Simp war zuvorkommend, in seiner üblichen schleimig-vertraulichen Art. Er trank große Mengen doppelter Martinis, aber man merkte ihm Alkohol nie an. Martha sah glücklich aus. Sie war klein und zierlich, mit einer Haut wie aus Porzellan und großen dunklen, blauen Augen. Sie sah süß aus, was möglicherweise der Grund dafür war, daß die Leute oft so schockiert von ihr waren.

«Oh, dieser verdammte Idiot», sagte sie lachend und sah in Georges Richtung. «Dieses Arschloch! Ich hab ihm noch gesagt, daß etwas nicht stimmt. Aber er sah gar nicht erst hin, wollte um keinen Preis runterkommen und es sich erst mal *ansehen*! Er stieg weiter rauf – wie ein blinder Idiot. Und als er aufhörte, hing die Leiste, die er anbringen wollte, so schräg, daß sie fast parallel zur Treppe verlief. Oh, Gott!» rief sie lachend. «Sie war immer noch ein bißchen schiefer geworden! Ich schrie, aber – oh, dieser Mann ist zu nichts zu gebrauchen.»

George saß da und sah sie ausdruckslos an. Aber Sam war die Art, wie Martha ihn kritisierte, irgendwie unbehaglich. Hätte sie das Ganze in das übliche Gelächter und in eine mildere Ausdrucksweise gehüllt, wäre es eine komische Geschichte gewesen. Aber in Marthas Stimme und in ihrem Lachen hatte zuviel echter Ärger mitgeklungen, und sie hatte sich zu grob ausgedrückt.

«Nun ja», Sams Stimme senkte sich beruhigend. «George ist eben ein Dichter und kein Zimmermann. Simp hatte neulich auch Schwierigkeiten, eine Lampe anzubringen, und schließlich mußte mein Vater rüberkommen und uns helfen. Erinnerst du dich, Simp?» Sie wandte sich ihm strahlend zu.

«Das hätte ich auch allein geschafft, wenn Hugie nicht dauernd die Schrauben weggenommen und verbummelt hätte.»

«Oh, Simp!»

«Aber es ist doch wahr!» sagte er fast weinerlich. «Dieses Kind mischt sich überall ein.»

«Nun, George versucht es doch wenigstens», sagte Mira etwas förmlich. «Norm tut nicht einmal das. Letzte Woche mußte ich ganz allein eine Jalousie anbringen – Norm saß dabei und sah sich ein Fußballspiel im Fernsehen an.»

«Er arbeitet die ganze Woche, Mira», sagte Carl mit müder Stimme.

«Was glaubst du wohl, was ich mache», erwiderte sie scharf.

«Und darum», fuhr Carl fort, als hätte er es nicht gehört, «muß er das Fußballspiel und deinen Hintern alles gleichzeitig sehen.»

George beteiligte sich nicht an der Unterhaltung, die sich an seiner Unfähigkeit entzündet hatte. Er hielt sich meistens heraus, und wenn er sprach, wandte er sich an die Frauen. Er hatte irgendeinen Dutzendjob bei einer großen Firma. In seiner freien Zeit schrieb er Gedichte, aber er zeigte sie niemanden. Er hatte sich auf dem Dachboden eine Ecke zurechtgezimmert, wo er seine Sammlung mystischer Bücher aufbewahrte. Dort verbrachte er die meiste Zeit, wenn er zu Hause war. Sie hatten zwei Kinder und eine neun Jahre alte Klapperkiste, in die Martha nie ohne Tritte und Flüche einstieg. Die Männer und einige der Frauen fanden George merkwürdig. Weil er bei den Parties nie in der Küche stand und über Fußball und Autos redete. Immer saß er bei den Frauen, manchmal redend, meist jedoch schweigend. Er hatte Mira einmal anvertraut, daß er Frauen bevorzugte – sie seien, sagte er, lebendiger, interessanter und sensibler. Frauen gingen auf andere Menschen ein, die Männer nicht. Wenn George sprach, brachte er das Gespräch auf irgendeine mystische Lehre: er konnte stundenlang über die Kabbala reden oder die Weda. Niemand interessierte sich dafür; niemand hörte ihm zu. Und als ob das noch nicht genug gewesen wäre, um ihm seine «Männlichkeit» abzusprechen, hielt er sich so, daß er wie ein windschief auf einem Drahtbügel hängendes Kleidungsstück wirkte. Er ließ die Arme hängen, ging mit leicht gebogenen Knien und sah oft so aus, als würde er jeden Moment vornüberfallen. Mira nahm an, daß er sich schäme, überhaupt einen Körper zu haben, und daß er ihn, wenn er in seinem «Arbeitszimmer» war, ablegte, vergaß. Immerhin aber tanzte er gern und gut und war, wie Martha oft sagte, ein großartiger Liebhaber.

«Du solltest es mal mit George versuchen», sagte Martha, wenn Mira über ihr Sex-Leben mit Norm klagte. «Im Ernst, er ist gut.» Mira starrte sie etwas ungläubig an. Sie hatte noch nie eine Frau so etwas über ihren Mann sagen hören. «Die Probleme, die wir beim Sex haben, gehen alle auf mein Konto», beteuerte Martha. «Er ist großartig im Bett, nur kann ich mich nicht richtig loslassen.»

«Und wenn du masturbierst?»

«Ich kann nicht. Ich kann nicht masturbieren. Ich kann keinen Orgasmus haben, egal wie. Dabei ist George bereit – Gott, er ist sogar mit Freuden bereit –, mir stundenlang zu helfen. Aber es klappt nicht. Ich denke, ich sollte vielleicht mal zu einem Psychiater gehen.»

Nachdem sie mit dem Kegeln an der Reihe gewesen waren, setzten Mira und Martha sich etwas abseits von den anderen.

«Lilys Freunde sind komische Leute», sagte Mira mißbilligend.

«Ja, ungewöhnlich.» Sie beobachteten die vier verstohlen. Harry war klein und dick und graugesichtig. Sie hatten gehört, daß er irgend etwas Illegales machte, Buchmacher war oder so, aber richtig kriminell, wie ein Filmgangster, sah er nicht aus. Er wirkte traurig und müde und konnte nur mit Mühe die Augen offenhalten. Tom war groß, breit und muskulös und sah aus wie jemand, der ständig schwere körperliche Arbeit verrichtet. Er war dunkelhaarig, hielt sich immer etwas abseits von denen, die er nicht näher kannte, und blickte unter dichten dunklen Augenbrauen hervor. Auch seine Frau hielt sich im Hintergrund, nicht in seiner Nähe, aber auch nicht weit von ihm entfernt. Sie trug ein blaßblaues, mit Silberfäden durchwirktes Kleid aus einem dünnen, sich anschmiegenden Stoff. Sie hatte eine gute Figur. Ihre blaßblauen Satinpumps hatte sie gegen Bowlingschuhe getauscht; sie standen jetzt unter der Bank, auf die sie ihre Silbertasche gelegt hatte. Ihr Haar war blond gefärbt und noch aufgetürmt, und sie trug falsche Wimpern. Eine merkwürdige Aufmachung für einen Bowling-Abend.

Lily schaffte drei Kegel, wandte sich ächzend ab und kam zu Martha und Mira. Sie sank auf die Bank. Auch sie war wie für eine Party angezogen: sie trug eine Satinbluse zu ihrer Hose und einen Straßkamm im Haar.

«Diese Geraldine hat es in sich», sagte Martha.

Geraldine war klein wie ihr Mann und ein bißchen dick, aber sie hatte Figur. Sie war ungeheuer energiegeladen: Sie redete, wog die Kugel in der Hand und rollte sie über die Bahn, alles mit scheinbar unerschöpflicher Kraft.

«Ja, sie ist sexy. Das war sie schon immer», sagte Lily.

Mira betrachtete sie aufmerksam. Sexy? Was war das? Was war an ihr, daß die Leute sie sexy nannten? Sie war nicht attraktiver als sie alle, bestimmt nicht attraktiver als Lily. Für Miras Geschmack war sie zu dick. Sie wackelte nicht mit dem Hintern, noch streckte sie den Busen hervor, wie Mira es bei anderen Frauen beobachtet hatte. Trotzdem waren die Männer fasziniert von ihr.

«Dieser . . . wie heißt er doch, Lily, der Große?»

«Tom.»

«Ja. Er sieht aus, als ob er sie haßt.»

Tom beobachtete Geraldine mit feindselig funkelnden Augen.

«Ja», seufzte Lily. «Er ist seltsam. Geraldine ist ein liebes Mädchen, sie ist lustig, lebendig, verstehst du? Tom ist so . . . ach, ich weiß nicht. Sie kommen alle aus demselben Viertel. Carl und Tom und Harry und Dina – sie sind alle zusammen aufgewachsen, nur daß Dina sehr viel jünger ist. Sie sind alle sonderbar, diese Männer, sie leben alle noch in den alten Vorstellungen. Carl ist schlimm, aber Tom ist der schlimmste. Sie kommen mit dem Leben nicht zurecht, diese Männer. Sie können nur töten. Harry ist okay, er ist gut zu Geraldine, nur daß diese Mafia-Typen mit ihren großen schwarzen Autos regelmäßig kommen und ihr dauernd Angst einjagen. Ich glaube, Harry hat Ärger mit ihnen. Die arma Sandra kommt nie aus dem Haus. Tom hält sie hinter Schloß und Riegel. Deshalb habe ich diesen Abend arrangiert – ich dachte, es würde ihr helfen . . . eine kleine Unterbrechung.»

«Du willst doch nicht sagen, daß er sie wirklich einschließt?» rief Mira.

«Na ja . . . sie lebt in einem kleinen Haus in Farmington, meilenweit vom nächsten Geschäft entfernt, und sie hat kein Auto.»

«Sie hat doch sicher Freundinnen, die ein Auto haben.»

Lily blickte ausweichend zur Seite. «Sicher, ich denke schon.»

Geraldine landete einen Volltreffer. Sie hüpfte auf und nieder, klatschte in die Hände, drehte sich mit leuchtenden Augen zu Carl um und schrie: «Bin ich nicht großartig, Carlie?» Sie umarmte ihn und George, der neben Carl stand, und lief zu Sandra hinüber und umarmte sie ebenfalls. Dann stolzierte sie zu den drei Frauen hinüber und ließ sich neben ihnen auf die Bank fallen.

«Habt ihr das gesehen?»

Sie lachte ihnen mit ihren warmen braunen Augen gerade ins Gesicht. Selig plapperte sie weiter, wie schlecht sie gespielt, wie sie sich verbessert habe, und beobachtete die anderen, die an der Reihe waren, und stieß Freudenschreie aus, wenn es ein guter Wurf war und jammerte voller Mitleid bei einem schlechten. Als sie wieder an der Reihe war, marschierte sie, einen Tusch intonierend, an ihren Platz.

Tatsächlich war sie der Mittelpunkt von weit mehr Emotionen, als sie ahnte. Alle beobachteten sie, alle reagierten auf sie. Samantha beneidete Geraldine um ihre Spontaneität und Fröhlichkeit, aber sie mochte die Art nicht, wie Simp mit ihr umging. «Wißt ihr, was ich glaube? Sie ist verzweifelt, ungeheuer verzweifelt», meinte sie, Mira und Martha zugewandt. Mira stimmte ihr zu, fand aber, daß sie auch irgendwie naiv sei. «Das ist eine gefährliche Mischung. Ich habe ein bißchen Angst um sie.»

Martha kicherte: «Gott, bist du blöde! Sie ist eine berechnende, läufige Hündin!»

«Oh, sie will nur beachtet werden», wandte Lily mit sanfter Stimme ein. «Sie war schon immer so. Sie meint es nicht böse.»

«Sie ist wunderbar», sagte Martha, «ich liebe sie! Trotzdem ist sie eine berechnende, läufige Hündin!»

Die Männer äußerten sich nicht mit Worten. Simp schien nicht zu bemerken, daß sie sich allen gegenüber gleich verhielt, er rutschte neben sie, schmuggelte den Arm um sie und lächelte dicht vor ihrem Gesicht sein vertrauliches Lächeln. Norm hielt sich steif von ihr fern, folgte ihr aber mit den Augen. Auch Carl hielt Distanz, aber wenn sie zu ihm kam, lächelte er und legte den Arm um sie. Nur Tom beobachtete sie mit finsterem Blick, und wenn sie zu ihm hüpfte und ihn wegen irgend etwas neckte, spuckte er ihr ein paar Worte entgegen und wandte sich ab. Harry saß auf der Bank und lächelte zu allem milde und schläfrig. Jedesmal, wenn sie zu ihm kam, legte sie den Arm um ihn oder drückte ihn an sich, oder berührte ihn sonst auf irgendeine Art. Er blieb gleichmütig und lächelte sie nur ausdruckslos an.

Sie machten Schluß mit dem Bowling und gingen ins Restaurant, um weiterzutrinken und eine Kleinigkeit zu essen. Es war ein großer nüchterner Raum mit langen Tischen und einer Jukebox. Eine Bar nahm die ganze Länge der einen Wand ein. Der Raum sah ein bißchen schäbig und nicht besonders sauber aus.

Norm verzog den Mund und warf Mira einen finsteren Blick zu.

Solche Restaurants besuchen *deine* Freunde, sagte er stumm.

«Ehepaare nicht zusammen!» befahl Samantha. Das war eine alte Tradition, die sie aufgenommen hatten, um untereinander mehr ins Gespräch zu kommen. Pflichtschuldig tauschten einige die Plätze, obwohl sie inzwischen schon so viele Jahre befreundet waren, daß nicht mehr viel dabei herauskam. Aber Tom warf Sam einen finsteren Blick zu. Er plazierte seine Frau am Ende des Tischs und setzte sich neben sie und Lily. Er sprach mit niemandem. Mira fand sich unten am Tisch zwischen Harry und George wieder. Geraldine stand bereits an der Musikbox und steckte Münzen hinein. Sie kam tanzend an den Tisch zurück.

«Wer will tanzen?»

Simp sprang auf. Andere Paare folgten. Norm führte Samantha auf die Tanzfläche. Übrig blieben Tom und Sandra am einen Ende des Tisches und Harry und Mira am anderen.

«Sie sind anders, was?»

«Anders?»

«Ich bin auch anders.»

«So?»

«Ich lebe in der Gosse. Sieht man mir das nicht an?»

Sie starrte ihn mißbilligend an.

«Ich wette, Ihr Mann ist ein lausiger Liebhaber.»

«Ich muß doch bitten!»

«Das sehe ich. Ich sehe das, ich sehe so etwas immer», sagte er unbekümmert, während seine schläfrigen Augen nach der Kellnerin suchten. Er signalisierte ihr, daß er einen neuen Drink wollte, und wandte sich wieder Mira zu. «Bei mir brauchen Sie nicht auf das hohe Roß zu klettern. Das lohnt sich nicht.»

Sie trank einen Schluck aus ihrem Glas. Ihre Worte hatten selbst für ihre eigenen Ohren affektiert geklungen. Sie starrte auf den Tisch.

«Ich bin auch ein lausiger Liebhaber», fuhr er ungezwungen fort. Er sprach mit leiser, undeutlicher Stimme, kaum die Lippen bewegend. Er sah sie nicht einmal an, sondern starrte müde ins Leere. «Ja, arme Geraldine! Sie hatte keine Ahnung, sie heiratete mich, als sie sechzehn war, sie flehte mich geradezu an, sie zu heiraten, und so tat ich es. Sie mußte weg von zu Hause. Ihr Vater schlug sie ständig. Ich war fünfundzwanzig und kannte sie, seit sie auf der Welt war. Sie wohnte nämlich im gleichen Block. Jetzt hat sie drei Kinder! Sehen Sie sich das Mädchen an, das hätten Sie nicht gedacht, wie? Wo sie doch selbst noch ein Kind ist. Aber ich kann ihr nicht helfen, nicht mehr. Das geht jetzt schon seit Jahren so. Wenn ich unterwegs bin und sie anrufe, dann passiert es einfach so, wenn ich nur mit ihr rede, verstehen Sie? Ich brauche nur ihre Stimme zu hören. Ich mache überhaupt nichts, es passiert ganz von selbst. Es ergießt sich in meine Hose und läuft mir die Beine runter. Aber wenn ich mit einer Frau zusammen bin, bringe ich nichts zustande. Es liegt nicht an Geraldine. Ich habe es versucht. Ich kann nicht.»

Die Tänzer kamen zurück, als die Musik in Rock überwechselte. Simp forderte Mira zum Tanzen auf, und sie stand sofort auf. Geraldine tanzte mit Carl eine Mischung aus Lindy und Twist. Als der Tanz zu Ende war, zog Mira sich einen Stuhl von einem Nebentisch heran und setzte sich zwischen Martha und Samantha. Harry saß allein am Ende des Tisches und starrte auf die Wand. Geraldine war in Hochstimmung. Mit jedem Partner, den sie ermuntern konnte, flog sie durch den Raum.

Die Pizza kam, und alle außer Geraldine fingen an zu essen.

«Essen, Essen, wie könnt ihr nur ans Essen denken!» Sie tanzte allein weiter, ganz in der Nähe des Tisches. «He, Harry, komm, mein Süßer!»

Harry drehte sich nicht zu ihr um, er schüttelte nur den Kopf.

«Carlie?» Die Musik wechselte in eine langsame Melodie über.

«Oh, mein Lieblingsschlager!» rief Geraldine den Tränen nahe.

Sandra sah sie liebevoll an. «Ich tanze mit dir, Dina», sagte sie mitleidig.

Sofort legte sich Toms große Hand auf ihren Unterarm und zog sie herrisch auf den Stuhl zurück.

«Oh!» jammerte sie.

«Du bleibst sitzen!» befahl er.

Da erhob sich George. «Ich tanze mit dir, Baby», sagte er freundlich und ließ seine halb gegessene Pizza stehen.

Geraldine schmiegte sich eng an ihn, und sie tanzten zusammen. Wieder wurden Getränke gebracht. Als die Pizza verspeist war, erhoben sich wieder einige, um zu tanzen. Eine Gruppe junger Männer in schwarzen Lederjacken, Motorradhelme unter dem Arm, kam lärmend in den Raum und drängte sich an die Bar. Wieder warf Norm Mira einen vielsagenden Blick zu. Sie ignorierte ihn, machte sich aber auf einen baldigen Aufbruch gefaßt und nahm ihre Zigaretten und ihr Feuerzeug vom Tisch und stopfte beides in ihre Tasche. Geraldine ließ wieder ihren Lieblingsschlager spielen. Die anderen Paare setzten sich. Nur sie und George blieben auf der Tanzfläche. Sie bewegten sich kaum, wiegten sich eng aneinandergepreßt. Martha beugte sich vor und wollte mit Sandra sprechen, aber Sandra wagte kaum, die Augen zu heben und murmelte kurze Antworten. Hin und wieder wandte Tom die Augen von Geraldine, um Sandra zu beobachten, so wie du schon zu Beginn der Schlacht einen ergriffenen Gefangenen beobachten würdest, um sicherzugehen, daß er nicht irgend etwas anstellt, solange die Schlacht noch im Gange ist. Die Hände des Gefangenen sind hinter dem Rücken zusammengebunden und seine Füße aneinandergefesselt, und du hast ihn in eine Ecke des Schützengrabens geworfen, aber inzwischen wird von draußen auf dich geschossen und du mußt zurückschießen, und dein Gesicht ist ruß- und schlammverschmiert und wütend und wachsam, aber du mußt dich hin und wieder umdrehen, um sicherzugehen, daß der Gefangene nicht seine Fesseln gelockert hat, daß er sich nicht gerade hochzieht, um ein fallengelassenes Gewehr mit aufgepflanztem Bajonett zu ergreifen und es dir in den Rücken zu bohren. Obwohl Sandra vor sich auf den Tisch starrte, flackerten ihre Augen jedesmal, wenn er sie ansah, was sie aus dem Augenwinkel wahrnahm.

Die Musik ging in eine Rumba über. Geraldine und George tanzten immer noch eng aneinandergeschmiegt, doch statt sich nur zu wiegen, bewegten sie jetzt ihre Hüften miteinander, stießen und drängten sie gegeneinander, als vögelten sie. Sandra murmelte gerade eine Antwort auf Marthas Frage nach ihren Kindern, als Tom plötzlich aufsprang, so jäh und heftig, daß sein Stuhl umkippte, mit langen Schritten über die Tanzfläche stürmte und mit den Fäusten auf George losging. George hob die Hände vors Gesicht. Die anderen sprangen auf. Carl und Simp versuchten, Tom an den Armen zu packen. Samantha schrie: «Simp! Deine Zähne! Paß auf deine Zähne auf!» Sie zog an Toms Jacke. Tom drosch auf Simp ein. Simp duckte sich. Tom packte ihn am Arm und riß ihm dabei den Ärmel aus der Jacke. Die Frauen fielen prügelnd über Tom her und versuchten, ihn von George wegzudrängen, der jetzt auf einem Barhocker saß, die Arme vor dem geduckten Kopf verschränkt. Der Rausschmeißer kam hinter der Theke hervor. Er war kleiner als Tom, aber es gelang ihm, Tom bei den Armen zu greifen und ihn zur Tür zu schieben. An der Schwelle drehte Tom sich um und sagte etwas zu dem Rausschmeißer, der ihn jedoch nicht losließ. Tom blickte zu Sandra hinüber, die weiß und wie gelähmt am Tisch stand.

«Beweg deinen Arsch hierher!» brüllte er. Sandra griff nach ihrer Tasche und nach ihrem Mantel und lief hinaus.

«Nicht mal seine Scheiß-Drinks hat er bezahlt», sagte George später verächtlich.

10

Norm preßte die Lippen zusammen. Er nahm Mira so fest am Ellbogen, daß es ihr weh tat, und verabschiedete sich. Sie war froh, daß er beim Golfspielen war, als am nächsten Morgen stundenlang das Telefon klingelte. Das reicht, hatte er gesagt. Mit so einer rüden Horde wolle er nichts mehr zu tun haben. Sie wandte ein, daß nur Tom sich rüde benommen habe und daß er nicht zu ihren Freunden zähle. Aber Norm weigerte sich, weiter darüber zu sprechen. Er werde nicht mehr auf Parties dieser Leute gehen, noch sie einladen. Er wolle mit ihnen nichts mehr zu tun haben, mit keinem von ihnen.

«Es sind doch meine Freunde, Norm!» protestierte Mira.

Er sah sie kühl an. «Das ist dein Problem. Meine sind es nicht.»

«Ich gehe doch auch mit zu deinen langweiligen Ärzteessen», sagte sie, den Tränen nahe.

«Meine Freunde sind höfliche und anständige Leute. *Ich* mute dir keine Flegeleien und Schlägereien zu!»

«Wenn du nicht mehr zu Parties mitkommst, gehe ich eben allein», erklärte sie hartnäckig.

«Das wirst du nicht», sagte er mit leiser, von Wut bebender Stimme.

Sie mußte an Sandras Gesicht denken, als Tom sie auf den Stuhl zurückgezogen hatte, und glaubte jetzt zu wissen, wie Sandra zumute gewesen war. Man konnte ihnen nicht entkommen. Es gab keinen Ausweg. Sie würde nicht . . . natürlich würde sie nicht. Er würde es ihr nicht erlauben. Sie war eine erwachsene Frau von zweiunddreißig Jahren, mußte aber wie ein Kind um Erlaubnis bitten, wenn sie irgend etwas tun wollte. Sie glühte vor Zorn und fühlte sich hilflos.

Aber am nächsten Tag, als ständig das Telefon klingelte, merkte sie über all den Erklärungen, Deutungen und Beobachtungen, daß sie sich zurückzog. Es war alles zu vulgär.

Samantha sprudelte über vor Schadenfreude und Erregung. Kichernd gab sie zu, sie hätte nur einen Gedanken gehabt: Simps neue Brücke. Im letzten Jahr habe er sich alle Zähne überkronen lassen, und dafür hätten sie fünfzehnhundert Dollar bezahlt. Sie sei schockiert über Georges Feigheit, Martha tue ihr leid. Und dieser Tom war doch verrückt!

Lily war voller Mitgefühl für Sandra. Man stelle sich ihr Leben vor, sagte sie.

«Eines Abends bin ich mit ihr bei einer Tupperware-Party gewesen. Oh, nichts Besonderes, langweilig, für langweilige Hausfrauen, verstehst du, aber es war eine Möglichkeit, mal rauszukommen, deshalb fragte ich sie, ob sie mitkäme, und sie bearbeitete Tom, und schließlich kam sie wirklich mit. Ich holte sie ab, und wir fuhren zu meiner Freundin Betty, bei der die Party war. Nach der Party, als alle anderen gegangen waren, holte Betty eine Flasche, und wir tranken noch ein paar Gläser. Oh, wir hatten solchen Spaß! Wir haben geredet und gelacht. Es tat richtig gut. Jedenfalls wurde es etwas spät. Ich nehme an, es war um Mitternacht, als ich Sandra nach Hause brachte. Wir gingen ins Haus – wir hatten soviel Spaß gehabt und konnten uns noch nicht trennen, und Sandra sagte, ich müßte noch auf einen Kaffee mit reinkommen, ich wäre zu betrunken, um Auto zu fahren – und da sitzt Tom auf der Couch vor dem Fernsehapparat, und er sieht sie nur an und springt auf und schlägt ihr so fest ins Gesicht, daß sie hinfällt. Dann ging er auf mich los. Ich rannte weg.»

«Er wollte dich auch schlagen?» Mira war entsetzt.

«Klar. Er glaubte sicher, er würde Carl damit einen Gefallen tun.»

«Lily!»

«Oh, aber genauso sind sie! Du kennst sie nicht. Die alten Vorstellungen, die alte Nachbarschaft.»

Mira erzählte Lily, was Harry ihr gesagt hatte. Lily war nicht überrascht.

«Ja, der arme Harry. Er ist kein schlechter Kerl. Wir kommen alle aus dem Nichts, verstehst du? Brutalität gehörte nun mal dazu. Ohne sie fühlten die Männer sich, als ob sie ein Nichts wären, verstehst du?»

George tat ihr leid, aber sie verachtete ihn auch ein bißchen.

«Wenn du mit solchen Leuten umgehst, mußt du ihre Sprache sprechen», sagte sie hart und entschieden.

Von Sandra und Tom hörte man nie wieder etwas. Harry und Geraldine hatten sich, nachdem Georges Gesicht gereinigt worden war, ziemlich fröhlich auf den Weg gemacht, und Lily und Carl trafen sich auch weiterhin mit ihnen.

Aber Mira beschäftigten die Reaktionen ihrer Freundinnen auf den Vorfall. Sie grübelte wochenlang darüber nach. Was sie auch dazu meinten, sie hatten den Abend hochdramatisch gefunden. Es war etwas geschehen – etwas Wahres. Es war fast so, als ob sie – Mira wehrte sich dagegen, den Gedanken auch nur in Worte zu fassen – Tom um seine direkte Art beneideten. Ihrer aller Leben war angefüllt mit Subtilitäten – subtilen Machtspielen, subtilen Bestrafungen, subtilen Belohnungen. Dieser Tom mochte ein Barbar sein, aber sein Verhalten hatte etwas Sauberes und Klares.

Nur Martha war anderer Meinung. Als einzige gab sie George keine Schuld. Geraldine habe mächtig aufgedreht, und George sei darauf eingegangen. Er habe sie weder bedrängt, noch habe er ihr Gewalt angetan. Das sei alles ganz natürlich. Tom ist scharf auf Geraldine und geht in einer puritanischen Projektion seiner eigenen Lust mit den Fäusten auf George los. Was soll George machen? Tom wiegt glatt dreißig Kilo mehr als er und ist besser als er mit Speck gepolstert. Er verteidigte sich, indem er sich schützte, und das war die einzig vernünftige, gewaltlose Reaktion, die ihm blieb.

Mira vertraute ihr zögernd ihre Verwirrung an, daß sie das Gefühl habe, die meisten Frauen hätten die Szene genossen, hätten sie belebend gefunden. Warum, was glaubst du?

Martha lachte bitter. «Na, das solltest du doch wissen, Mira», sagte sie in sauersüßem Ton.

Mira starrte sie an.

«In der Beziehung von Tom und Sandra sehen sie die Wahrheit über ihre eigene Ehe, die konkrete Form ihrer Beziehungen zu ihren Ehemännern. Geht dir das nicht auch so?»

Mira schüttelte den Kopf. Das war lächerlich. Norm würde sie nie schlagen, und sie fürchtete sich auch nicht vor ihm. Gereizt ging sie von Martha nach Hause. Norm hatte recht. Ihre Freunde hatten keine Manieren, keinen Anstand. Warum konnten sie nicht etwas . . . annehmbarer sein? Norm hatte wirklich den Kern getroffen. Sie würde seine Entscheidung akzeptieren müssen. Sie beschloß, sich mit ihren Freundinnen nur noch tagsüber zu treffen. Und Martha wollte sie eine Zeitlang überhaupt nicht sehen. Martha war wirklich zu gemein. Sie würde nur Lily und Samantha besuchen.

Aber auch das wurde schwierig.

Mit sechs hatte sich Lilys Sohn Carlos zu einem richtigen Ungeheuer entwickelt. Er war abwechselnd jähzornig und nahezu katatonisch ängstlich. In der Schule kam seine ängstliche Seite zum Vorschein. Er sprach kaum, arbeitete nicht mit und antwortete nicht, wenn die Lehrerin ihn etwas fragte. Aber sobald er aus der Schule kam, verspottete er die anderen Kinder, verprügelte sie, rief ihnen Schimpfworte nach, warf mit Steinen und klingelte an Türen und rannte davon.

Daran änderte sich auch nichts, als er größer wurde. Mit acht war er in der ganzen Nachbarschaft bekannt und berüchtigt. Die Kinder in seinem Alter, die alle kleiner waren als er, liefen vor ihm weg, wenn sie ihn nur von ferne sahen. Doch mit der Zeit erzählten sie hin und wieder ihren älteren Brüdern, sofern sie welche hatten, wie er sie piesackte. Und die älteren Kinder begannen, es Carlos heimzuzahlen. Sie schnappten ihn sich auf dem Weg zur Schule, weil er dann immer am ängstlichsten war, kreisten ihn ein, schlugen ihn, warfen ihn zu Boden und zerrissen ihm seine Sachen. Dann lief er weinend nach Hause und weigerte sich, zur Schule zu gehen. Außer sich rannte Lily zur Schule und verlangte, daß man etwas dagegen tue. Sie schrie Carl an, er müsse einen Weg finden, um dem ein Ende zu machen. Sie begann, Carlos zur Schule zu fahren und ihn nach der Schule wieder abzuholen.

Aber manchmal mußte er allein gehen. Eines Nachmittags ging er allein zum Süßwarenladen an der Ecke, um sich ein Eis zu kaufen. Eine Horde von Kindern sah ihn und folgte ihm. Und als er aus dem Laden kam, umringten sie ihn. Unter Hohn und Spott zwangen sie ihn, zu einem leeren Platz hinter einer aufgegebenen Tankstelle zu gehen, ein ganzes Stück von seiner Straße entfernt. Sie schmierten ihm das Eis ins Gesicht. Dann schickten sie einen los, damit er einen Strick holte. Während sie darauf warteten, verspotteten und verhöhnten sie ihn und drohten ihm. Carlos war außer sich, aber es waren zu viele, selbst für seine wutgeladene Kraft. Als das Seil kam, legten sie ihm eine Schlinge um den Hals und versuchten ihn an einem Ast aufzuhängen. Das war schwierig, weil er so groß war und so heftig um sich schlug. Der Ast erwies sich als zu dünn, um sein Gewicht zu tragen, und sie konnten nicht zu einem höheren hinaufklettern und ihn gleichzeitig hochziehen. Sie stritten und sprachen mit hellen, ärgerlichen Stimmen, die das Dämmerlicht des Herbstnachmittags durchdrangen.

Schließlich beschlossen sie, es mit der Kante des schrägen Tankstellendaches zu versuchen. Sie schleiften ihn dorthin. Er brüllte und schlug und trat um sich. Sie legten die Schlinge um seinen Hals, und eines der Kinder kletterte auf das Dach und befestigte den Strick am Schornstein. Dann kam es heruntergeklettert, und sie sahen sich an. Sie wußten nicht, wie sie es machen sollten, daß er hing. In den Filmen, die sie im Fernsehen gesehen hatten, gab es immer Pferde. Einer beschloß, ein Fahrrad zu holen.

Eine Frau, die in der Nähe wohnte, hörte den Lärm und die Schreie. Sie war daran gewöhnt. Sie blickte aus ihrem Fenster und sah nur eine Horde Kinder, die sich wie gewöhnlich stritten. Aber die Schreie dauerten an, und das war ungewöhnlich. Sie blickte noch einmal hinaus und sah ein Kind mit einer Schlinge um den Hals vor der früheren Tankstelle stehen. Sie rief die Polizei. Die kam schnell wie die Feuerwehr. Die Kinder flohen, bis auf Carlos, der dastand und hysterisch schrie. Der lose Strick baumelte an ihm herab.

Die Polizisten beugten sich zu ihm hinunter, befreiten ihn von dem Strick, versuchten ihn zu beruhigen und fragten ihn, wer er sei, wo er wohne und wer das getan hätte. Aber Carlos weinte nur. Sie versuchten, ihn in das Polizeiauto zu schaffen, aber er trat nach ihnen und nannte sie Schweine und riß sich los und lief weg. Die Polizisten sprangen in ihr Auto und folgten ihm. Sie gingen auf das Haus zu, das dem Garten, in den er hineingeschossen war, am nächsten lag, und läuteten an der Tür. Lily öffnete, Andrea stand hinter ihr. Ja, sie hätte einen Sohn mit blonden Haaren und blauen Augen, ja, er sei zu Hause. Ja, er sei gerade gekommen. Sie versuchte zu verstehen, was sie sagten. Sie wollten unbedingt hereinkommen und sehen, ob er in Ordnung sei. Sie führte sie in Carlos' Zimmer. Der Junge blickte auf, als sie hereinkamen, starrte sie an, trotzig, außer sich. Einer der Polizisten hockte sich neben das Bett, auf dem er lag, und redete freundlich auf ihn ein. Der Polizist untersuchte seinen Hals und fragte ihn ganz ruhig, wer die anderen Kinder gewesen seien, fragte, ob sie ihm weh getan hätten, ob alles in Ordnung sei. Carlos öffnete nicht den Mund; seine Lippen waren fast blau.

Lily war fassungslos. Carlos war durch die hintere Tür hereingeschossen, sie hatte sich mit einem Lächeln nach ihm umgedreht und «Hallo» gesagt, und er hatte nur geschrien! «Schlampe! Nutzlose Schlampe!» und war in sein Zimmer gestürzt und hatte die Tür zugeknallt. Sie hatte gerade in sein Zimmer gehen wollen, als es an der Tür klingelte. Und nun waren plötzlich Polizisten da und redeten auf ihn ein, und er antwortete nicht. Was hatte er angestellt? Ihre großen Augen sanken immer tiefer in die Höhlen. Die dunklen Ringe wurden immer dunkler, bis die Augenhöhlen wie Löcher in einem Totenschädel aussahen. Die Polizisten gingen. Sie wandte sich an Andrea. «Was ist? Was war los?»

Die elfjährige Andrea erklärte, was geschehen war. Sie erklärte es immer wieder, wenn Lily fragte: «Ja, was war denn nur los? Was hat er getan?» Endlich begriff Lily. Einige Jungen hatten versucht, ihr Kind zu erhängen. Carlos zu hängen. Buchstäblich. Ihn zu töten. Lily begann, vor sich hin zu murmeln.

Als Carl von der Arbeit nach Hause kam, stürmte Lily durch das Haus, redete laut vor sich hin, weinte, stieß die Fäuste in die Luft und schrie einen unsichtbaren Feind an, der unter der Zimmerdecke zu leben schien. Plötzlich hörte sie auf umherzulaufen, hob ihr Gesicht und ihre Faust und schrie ihn an. Wer er auch sei, er sei ein Schweinehund, ein Dreckskerl, ein Haufen Scheiße. Carl versuchte herauszubekommen, was los war, aber er vermochte nicht zu begreifen, was sie sagte. Andrea beobachtete sie, sagte aber nichts, bis er sich an sie wandte.

«Was zum Teufel geht hier vor?»

Andrea verstand es auch nicht, aber sie erzählte ihm, was sie wußte. Carl versuchte, Lily zu einem Sessel zu steuern.

«Ist ja gut, Lily. Es wird schon wieder werden. Komm, setz dich. Komm.»

Sie setzte sich, tobte aber weiter. Carl sah nach Carlos, der immer noch auf seinem Bett lag. Er redete zwar nicht mit seinem Vater, aber er beschimpfte ihn auch nicht. Seinen Vater beschimpfte er nie. Carl überzeugte sich davon, daß mit Carlos alles in Ordnung war, und kehrte zu Lily zurück.

«Hör zu, Lily, es ist nichts. Ich habe das als Kind auch gemacht. Ich und die Kinder aus unserer Nachbarschaft, wir haben versucht, einen, der als Feigling verschrien war, aufzuhängen. War alles in Ordnung. Es ist nichts passiert. Kinder! So sind Kinder nun mal.»

Seine Stimme war beruhigend, besänftigend, begütigend. Es half nichts. Lily tobte immer heftiger.

Er zuckte mit den Schultern. «Die Kinder sind verdorben, Lily, wie alle Leute verdorben sind. Dagegen kannst du nichts machen. Dem Jungen fehlt nichts.»

Lily beruhigte sich etwas. Sie sah ihn nicht an, sie starrte immer noch auf irgendein feindseliges Wesen, aber sie wurde ruhiger. Als ihr Geschrei verebbte, spitzte Carlos die Ohren. Er stieg aus seinem Bett und öffnete die Tür.

«Jetzt komm, Lily», sagte Carl. «Ich hole dir einen Drink.»

Carlos schlich durch den Flur und die Treppe hinunter und setzte sich so, daß man ihn vom Wohnzimmer aus nicht sehen konnte, auf eine Stufe. Sein Vater brachte seiner Mutter einen Drink. Sie rang nicht mehr nach Luft, sie weinte nicht mehr. Sie trank einen Schluck. Er trank einen Schluck. Sie war still.

«Aber sag mal, Lily», fing Carl wieder an, «warum hast du ihn denn auch allein zu dem Laden gehen lassen? Du weißt doch, du hättest mit ihm gehen müssen. Und als er nicht gleich wiederkam, warum bist du da nicht gleich losgegangen und hast ihn gesucht?»

Lily fing wieder an, keuchend zu atmen. Carlos rutschte zwei Stufen weiter hinunter. Seine großen gefühlvollen Augen – Augen wie die seiner Mutter – beobachteten. Carls Stimme, so ruhig wie immer, klang jetzt nicht mehr tröstend, sondern anklagend.

«Du weißt doch, daß der Junge Schwierigkeiten hat. Weshalb läßt du ihn dann allein nach draußen?»

Sie wollte antworten. Sie richtete sich auf und sagte: «Mein Gott, Carl, er ist acht Jahre alt! Er kann doch wohl allein an die Ecke gehen und sich ein Eis holen! Das muß er können – was soll er denn machen, wenn er sich nie frei bewegen darf . . .» Und dann wurde ihre Stimme wieder lauter, und wieder verlor sie die Nerven und weinte und schrie und raufte sich die Haare. Carl stand angewidert auf.

«Um Gottes willen, Lily», protestierte er. Aber es war zwecklos. Ihr Geschrei erfüllte das Haus. Carlos kam die Treppe ganz herunter und sah zu. Er war zufrieden. Er hatte gewußt, daß seine Mutter an allem schuld war.

II

Gegen halb acht rief Carl bei Mira an. Ob sie rüberkommen könne. Zuerst glaubte sie, daß er sie angerufen habe, weil er einfach nicht wußte, was er machen sollte. Später glaubte sie eher, daß er sie angerufen hatte, weil er wollte, daß es jemand anders machte, weil er gerechtfertigt dastehen wollte.

Lily raste und tobte, als Mira eintrat. Als sie ihre Freundin sah, rannte sie weinend und gestikulierend auf sie zu. Mira umarmte sie steif. Dann machte Lily sich los. Ihre Augen blickten traurig und ernst, sie wollte Mira etwas erzählen. Mira konzentrierte sich auf Lilys Gesicht. Sie hörte zu, nickte. Lily beruhigte sich etwas. Mira sagte: «Komm, wir setzen uns, und dann erzählst du mir.»

Sie setzten sich zusammen auf die Couch. Carl saß am anderen Ende des Zimmers. Lily sprach und brachte alles durcheinander. Mira unterbrach sie geduldig und stellte ihr Fragen. Manchmal fing Lily wieder an, zu toben. Dann streckte Mira die Hand aus und berührte ganz leicht Lilys Arm. Lily erschrak jedesmal und starrte Mira verängstigt an. Dann lächelte Mira freundlich und bat Lily, es noch einmal zu erklären. Schließlich hatte Mira die Geschichte verstanden, aber sie hatte noch immer keine Erklärung für Lilys Zustand.

«Klar, natürlich bist du außer dir, daß ein paar Kinder versucht haben, dein Kind zu töten.»

Aber das allein war es nicht. Lily tobte und weinte. «Wurzeln, Wurzeln, Wurzeln!» schrie sie. «Du brauchst Wurzeln! Aber wie kannst du dich verwurzelt fühlen, wenn sie dich überall umbringen wollen? Ich habe versucht, ihnen ein Zuhause zu schaffen, eine Nachbarschaft, und was geschieht? Wo sollen wir jetzt hin? Ein schrecklicher Ort, keine Wurzeln! Ich brauche Wurzeln!»

Nach längerer Zeit gelang es Mira, einige Verbindungen herzustellen: Haus, Sicherheit, Terror und Gewalt – das alles war in Lilys Kopf miteinander verbunden. Und die Widersprüche zwischen diesen Dingen oder vielleicht ihre enge Verwandtschaft machten Lily verrückt. Wenn man keinen Platz hat, wo man sich sicher fühlt, wo man ruhig schlafen kann, wird man verrückt. Mira versuchte, Lily das klarzumachen.

«Du hast also das Gefühl, daß ihr – du und deine Kinder – nicht sicher seid, daß ihr nichts habt, wo ihr hingehen könnt, daß . . .»

Aber Lily hörte nicht zu. Ihre Stimme erreichte eine neue Tonhöhe und schwirrte um sie alle herum wie eine Lassoschlinge. Sie drehte sich im Kreis, immer wieder, sie wiederholte sich, hörte nicht zu, schrie in höchster Verzweiflung. Sie war benommen von ihren eigenen Gefühlen, von ihrer eigenen Stimme. Sie flog auf einem Karussel herum, das nicht anhielt, sie konnte es nicht anhalten, und sie schrie und schrie.

«Oh, mein Gott, laß mich sterben. Ich will sterben, bitte, jemand soll mich töten. Carl, töte mich! Mira! Irgend jemand. Tötet mich! Ich kann es nicht mehr aushalten!» Sie sprang auf und rannte in die Küche. Carl und Mira hinter ihr her. Sie hatte eine Schublade aufgezogen, in der ein großes Messer lag. Carl packte sie, hielt sie fest, und sie machte sich stocksteif unter seinen Händen und schrie: «Töte mich, töte mich! Ich halte es nicht aus!»

Als Carl ihre Handgelenke fest im Griff hatte, stand sie schlank und verletzlich da, zitternd am ganzen Leibe, und schluchzte: «Bitte, bitte, bitte. Bitte, töte mich!»

«Ich glaube», sagte Mira leise, langsam, überrascht über die Leichtigkeit, mit der sie die Lösung gefunden hatte, «du solltest sie lieber ins Krankenhaus bringen.»

Carl war plötzlich Herr der Lage. Erst später, sehr viel später, wurde sich Mira dessen bewußt. Aber wahrscheinlich wußte er gar nicht, was er da tat. Um gerecht zu sein: so war es wahrscheinlich. Bleibt die Frage: Bist du verantwortlich für das, was du tust, ohne es dir selbst einzugestehen? Plötzlich war alles anders. Carl hatte Lilys Mantel in der Hand, und schon hatte er ihn ihr übergestreift. Einen Augenblick vorher noch war sie gewalttätig gewesen, jetzt war sie friedlich.

«Möchtest du, daß ich mitkomme?» fragte Mira ängstlich. Wie sollte er fahren und gleichzeitig auf Lily achtgeben? «Wir können die Kinder auf den Rücksitz setzen und ich kann mit Lily vorn sitzen und sie halten.»

«Nein, nein, Mira, nicht nötig, es geht schon, ich komme schon zurecht. Wenn du bei den Kindern bleiben würdest, bis ich zurückkomme . . .»

«Das kann ich nicht. Meine Kinder sind allein. Ich nehme sie mit zu mir. Du kannst sie dort abholen.»

«Klar. Okay.» Er legte seine Hand auf Lilys Rücken und schob sie sanft voran. «Okay, Lily. Schon gut. Jetzt komm», sagte er immer wieder, während er sie sanft zur Tür schob und dann die Stufen vor dem Haus hinunter und ins Auto. Er behandelte sie, als wäre sie eine Bombe, die im Haus explodieren könnte. Lily hatte aufgegeben. Sie mußte den Moment erkannt haben, in dem Carl die Herrschaft übernahm. Sie mußte darauf gewartet haben; sie akzeptierte es völlig. Lammfromm, nur ein wenig schluchzend, verließ sie das Haus, ging die Stufen hinunter und stieg in das Auto. Sie saß zusammengekauert auf dem vorderen Sitz, als sie abfuhren.

12

Lily bekam ein Beruhigungsmittel und wurde für die Nacht in der geschlossenen Abteilung des Krankenhauses untergebracht. Man behielt sie dort ein paar Tage und teilte Carl dann mit, entweder würde man sie in eine staatliche psychiatrische Klinik überweisen, oder aber er könne sie in eine Privatklinik bringen. Er brachte sie in eine teure, luxuriöse Privatklinik.

Mira dachte darüber nach. Sie kam zu dem Schluß, daß alles Lilys Schuld war. Sie erinnerte sich, daß Lily Carlos immer weggestoßen, immer seine Arme von ihrem Körper gelöst hatte. Sie erinnerte sich, daß Lily ihm Kekse gegeben hatte, wenn er nicht zu Mittag essen wollte. Und sie erinnerte sich an Lilys wildes Klagen und an ihre unmöglichen Forderungen. Sie hatte Carl Geld für Kleider abgerungen, hatte in einem billigen Laden irgend etwas gekauft und dann zu Hause gesagt, es sei nichts, eigentlich sei es Ramsch, aber mit ihrer Nähmaschine könne sie sich etwas Hübsches daraus machen. Dann hatte sie daran herumgeschnippelt und genäht und gestückelt, und zum Schluß hatte sie alles in Fetzen gerissen. Nein, nach Miras Urteil – und Urteil bedeutete damals für sie das Verteilen von Lob und Tadel oder vielmehr von Schuld und Schuldlosigkeit – hatte Carl alles getan, was er konnte. Er war freundlich und nachsichtig, und Lily war verrückt. Allerdings war das nur zu verständlich: Lilys Krankheit war auf ihre Kindheit zurückzuführen. Aber krank war sie eindeutig.

Nach ein paar Monaten wurde Lily aus der Klinik entlassen. Mira erfuhr es erst, als Lily sie eines Tages anrief. Mira konnte sie weder an diesem noch an einem anderen Tag in jener Woche besuchen. Sie war beim Frühjahrsputz. Sie besuchte Lily in der darauffolgenden Woche. Sie tranken Kaffee und unterhielten sich über Kleider. Lily versuchte immer wieder, das Thema zu wechseln und Mira von den Schrecken der Schockbehandlungen und von ihren angsterfüllten Botschaften zu erzählen: sie hatte mit Lippenstift «HILFE!» auf Toilettenpapier geschrieben und es an ihr Fenster geklebt, bis die Schwester hereinkam und es entdeckte. Oder von den Zetteln, die sie sonntags aus dem Fenster auf die Köpfe der Besucher fallen ließ. Oder von ihren flehentlichen Bitten jedesmal, wenn Carl zu Besuch kam, er möge sie dort herausholen. Mira lächelte, nickte. Natürlich. Sie besuchte Lily so bald nicht wieder.

Sie sah kaum noch jemanden. Sie war mit ihrer Hausarbeit beschäftigt, mit dem Herumkutschieren der Jungen, mit der Eltern-Lehrer-Vereinigung, den Bridge-Abenden mit den Ärztefrauen und mit ihren jetzt immer sehr formellen gesellschaftlichen Verpflichtungen. Andere Leute, die zwanzig Personen zum Abendessen einluden, hatten einen Butler und ein Mädchen. Mira mußte dasselbe leisten und hatte keine Hilfe. Sie lernte es. Sie hatte viel zu tun. Manchmal rief jemand an. Sean hatte Oriane auf den Bahamas verlassen, war einfach verschwunden, mit allem Geld, und hatte sie mit den drei Kindern, einem gemieteten Haus und zwei noch nicht bezahlten Booten sitzenlassen. Sie hatte beim Gouverneur der Insel, bei der amerikanischen Botschaft oder wo immer um Hilfe nachsuchen müssen. Man hatte ihr und den Kindern den Flug in die Vereinigten Staaten bezahlt. Sie wohnte jetzt bei Martha. Paula hatte sich von ihrem reichen Mann scheiden lassen. Sie arbeitete irgendwo als Sprechstundenhilfe und versuchte, sich und ihre Kinder durchzubringen. Theresa war nach ihrem achten Kind verrückt geworden – sie hatte es in der Badewanne ertränkt und war jetzt in einer staatlichen Heil- und Pflegeanstalt.

Die Telefonanrufe kamen aus einer anderen Welt. Sie hatten nichts mit ihr zu tun. Draußen herrschte das Chaos. Ihre Welt war ordentlich, sauber und strahlend, aber auch – zu ihrer Ehre muß gesagt werden, daß sie es wußte – kleinlich und eng und voller Ärger. Die Jungen zankten sich dauernd, und sie zankte mit ihnen wegen jedes beschmutzten Handtuchs. Norm war meistens fort, und wenn er zu Hause war, meinte er offenbar, alles im Hause hätte seinem Wohlbehagen zu dienen. Schließlich bezahlte er das Ganze, oder etwa nicht? Sein Schweiß, seine Unfreiheit hielt alles in Gang – war es nicht so? Also hatte alles zu seinem Wohlbehagen beizutragen, oder er brüllte und tadelte und verbannte die Störenfriede ins Gefängnis ihrer Zimmer.

Als John Kennedy umgebracht wurde, war Mira gerade bei ihrem Herbstputz. Sie hörte es im Radio und konnte es nicht glauben. Sie hatte für ihn gestimmt, gegen Norms massiven Widerstand, und diese Meinungsverschiedenheit hatte den größten Ehekrach seit Jahren ausgelöst. Undenkbar, daß er tot war! Sie hing am Radio. Die Berichte widersprachen sich. Er war tot, er war nicht tot. Er war tot. Mira mußte zurückdenken, an damals, als Marilyn Monroe sich umgebracht hatte. Irgendwie fügten sich die beiden Ereignisse in ihren Gedanken zusammen. Sie wußte nicht, warum. Bilder, dachte sie. Sie trauerte. Sie vernachlässigte den Hausputz, um die Fernsehberichte über das Begräbnis zu sehen. Jackie Kennedys stoische Stärke, Charles de Gaulle, wie er hinter dem von Pferden gezogenen Leichenwagen ging. Sie brachte sogar ein Lächeln zustande bei dem Gedanken daran, wie Charles de Gaulle über Pferdeäpfel schritt.

Das Leben ging weiter. Ein Anruf kam: Sean hatte sich von Oriane scheiden lassen oder hatte sie dazu gebracht, in eine Scheidung einzuwilligen. Er war bereit, jährlich $ 10000 Unterhalt für sie und die Kinder zu zahlen: eine üppige Vereinbarung, verglichen mit dem, was die meisten geschiedenen Frauen erhielten, aber nicht genug, um in diesen üppigen Zeiten vier Menschen zu unterhalten. Sean kaufte sich einen kleinen, am Wasser gelegenen Landsitz in East Hampton und lebte dort mit seiner Geliebten.

Eines Nachmittags, in einem Anfall von Einsamkeit und Schwunglosigkeit entschloß sich Mira, Lily zu besuchen. Das mechanische Gesicht, das Lily bei Miras letztem Besuch zur Schau getragen hatte, war verschwunden, aber auf das neue Gesicht war Mira nicht vorbereitet: Lily war alt! Sie war genauso alt wie Mira, vierunddreißig, aber sie sah aus wie – eigentlich war alles möglich. Man konnte nicht sagen, wie alt sie war, man konnte nur sagen, daß sie alt war. Sie war schrecklich dünn, ja, hager. Ihr Haar war gewachsen und zeigte verschiedene Farben – an den Wurzeln ein paar Zentimeter lang dunkel, dunkel mit grau vermischt, dann rot und zu den Spitzen hin heller. Lily trug ein dünnes baumwollenes Hauskleid ohne Gürtel. Sie sah aus wie eine Dienstmagd in irgendeinem primitiven Dorf, unterernährt und überarbeitet, an Schläge und Verzweiflung gewöhnt! Mira war entsetzt: das Bild, das Lily bot, besaß mehr Macht als alle Worte. Alle «vernünftigen» Erklärungen, alle Begründungen und Verurteilungen wurden dadurch aufgehoben: wenn Lily so aussah, mußte es ihr auch so gehen. Plötzlich glaubte sie an Lilys Elend, fühlte es vielleicht sogar. Es war eine nackte Tatsache, jenseits jeder Verurteilung, jeder Schuldverteilung, jeden Scheins von Rechtschaffenheit. Es bedurfte keiner Rechtfertigung, keiner Erklärung. Es war einfach da.

Mit zitternder Hand goß Lily Kaffee ein, die Milch vergaß sie. Als sie den Kaffee schon fast ausgetrunken hatten, sprang sie auf und packte einen Kuchen aus, den sie extra für Mira gekauft hatte. «Hab ich ganz vergessen», sagte sie ängstlich. Schon wieder ein Versagen!

«Sieh mich an, sieh, was sie mit mir gemacht haben», sagte Lily. Aber ihre Sätze hörten sich an wie ein Lied, wie beherrschtes und in eine Form gebrachtes Klagen. Sie streckte die Hände vor: sie waren fast orangefarben, und Mira bemerkte, daß auch Lilys Gesicht gelblich war. «Sie haben mich gelbsüchtig gemacht mit ihren Tabletten», sang Lily, «sie haben gemacht, daß ich zerfließe. Fühl mal meine Hände!» Sie waren glitschig-feucht. «Mein ganzer Körper strömt Schweiß aus. Ich zittere dauernd. Ich hasse sie, diese Ärzte! Es ist ihnen egal, was sie mit dir machen, Hauptsache, sie werden dich schnell wieder los. Ich bin nur eine Verrückte, was interessiere ich sie schon? Mira, ich nehme schon eine geringere Dosis, aber ich traue mich nicht, sie ganz abzusetzen. Ich kann nicht dorthin zurück, Mira. Das wäre mein Tod. Das würde mich in den Wahnsinn treiben.»

Mira stand auf, ging hinüber zur Anrichte, zog eine Schublade auf und suchte nach Kuchengabeln. Lily merkte es nicht. Mira war fassungslos über das Durcheinander in der Schublade. Sie suchte darin herum. Schließlich fand sie ein paar Kuchengabeln.

«Carl sagt, ich mache alles falsch. Ich weiß es nicht, Mira. Ich gebe mir Mühe. Ich putze und putze und putze. Wenn ich es nicht tue, schicken sie mich wieder zurück. Und das könnte ich nicht ertragen, Mira. Es ist Folter, mittelalterliche Folter, du glaubst nicht, was sie mit dir machen! Jetzt habe ich kein Gedächtnis mehr. Jedesmal, wenn Carl kam, hab ich ihn angefleht, er soll mich da rausholen, und immer hat er gesagt: ‹Schon gut, Kind, es wird schon wieder werden.› Er hat nichts unternommen – nichts. Es war ihm egal, was sie mir antaten. Jeden Tag kommen sie und holen dich und bringen dich in diesen Raum, und sie ziehen dich nackt aus, splitternackt, Mira, als ob du ein Nichts wärst, und sie werfen dich auf den Tisch und binden dich fest, Mira, sie fesseln dich an den Tisch! Und dann geben sie dir diesen Schock, oh, es ist furchtbar, so kränkend, es ist so gewaltsam! Aber es ist ihnen egal, was sie dir antun, du zählst nicht, du bist nur eine Verrückte, du hast keine Würde.»

Lily hatte nur mit ihrer Gabel in dem Kuchen herumgestochert, aber nichts davon gegessen. Auf ihrem Teller lag ein Haufen Krümel. Ihr Gesicht war verzerrt, eine schreckliche Falte stand zwischen ihren Brauen, und ihre Augen starrten, als ob sie immer noch den Schrecken sähen. Ihr ganzes Gesicht war verkrampft. Die Falten um ihren Mund wirkten so, als wären sie von einem Maskenbildner mit einem schwarzen Stift gezeichnet, und über den Backenknochen war die Haut straff gespannt.

«Ich bin also nach Hause gekommen. Und ich gebe mir Mühe. Ich weiß, sie schicken mich sonst zurück. Und Carl, was tut *er*? Er sitzt im Sessel vor dem Fernsehapparat. Ich bitte ihn, ich flehe ihn an, mal an einem Wochenende mit uns wegzufahren, zum Picknick, zum Camping, irgend etwas. Die Kinder werden groß, und nie unternehmen wir etwas gemeinsam. Du brauchst eine Familie, sie sollte dein Zuhause sein. Und alles, was er dazu sagt, ist, daß er, wenn ich so weitermache, wieder in sein Zimmer über der Garage zieht. Es wäre kein großer Unterschied – eine Person weniger, die das Wohnzimmer in Unordnung bringt. Abends kommt er nach Hause wie ein Nazi: er kommt hier rein, bleibt in der Tür stehen und sagt – oh, er ist so eisig – wie ein Spieß auf dem Kasernenhof: ‹Lily, warum ist das Geschirr nicht abgetrocknet?› Warum Geschirr abtrocknen? Es trocknet von selbst. Aber dann muß ich laufen und es abtrocknen. Sonst gibt es Streit. Sonst muß ich sagen, daß ich keine Zeit hatte oder daß ich es nicht abtrocknen will, daß es albern ist, das Geschirr abzutrocknen, und schon haben wir Streit, und ich habe immer unrecht, einerlei was ich tue oder sage. Ich bin schon im Unrecht, ehe ich überhaupt anfange – ich weiß nicht, wie das kommt.»

Sie zerdrückte die Krümel auf ihrem Teller zu einem Brei. Mira beobachtete sie. Sie war ganz benommen. Sie kam sich vor wie auf einem Floß auf hoher See.

«Ich hatte vergessen, seine Socken zu waschen. Es waren dunkle, und ich wollte sie nicht mit den weißen zusammen waschen, verstehst du, und es waren nur ein paar, und ich habe die zweite Ladung einfach vergessen. Ist das verrückt? Ist das so furchtbar? Er tat so, als ob ich reif sei, abgeholt zu werden. Er war wütend, er konnte kaum die Lippen bewegen, so verkniffen war sein Mund. Also sagte ich, ich würde sie mit der Hand waschen, aber er mußte weg, er hatte nur eine halbe Stunde Zeit, und so sagte ich, zieh doch deine weißen Socken an, die sind sauber, worauf er so tat, als ob ich ihn geschlagen oder ihm sonstwas angetan hätte. Er hätte ja auch schmutzige Socken anziehen können, findest du nicht. Mira? Bin ich verrückt? Also habe ich sie mit der Hand gewaschen, und er marschiert durchs Haus und tut so, als ob ihm ein Messer im Rücken steckt, und ich war schon ganz nervös, und ich legte die Socken zum Trocknen in den Backofen, und dann kriegte Carlos einen Wutanfall, oh, ich weiß nicht mehr warum, ich glaube, weil er kein weichgekochtes Ei wollte, irgend so etwas, und ich vergaß die Socken, und sie sind im Ofen angesengt. Ein Gestank war das!» Sie begann zu kichern. «Angebrannte Socken! Hast du das schon mal . . .?» Jetzt lachte sie wirklich, lachte von Herzen, und Tränen strömten ihr über das Gesicht. «Du hättest Carls Gesicht sehen sollen!»

Lilys Bewegungen waren ruckartig und jäh, aber nicht immer gezielt. Sie sprang auf und wollte den Kaffee holen, zögerte dann aber, weil sie offensichtlich nicht mehr wußte, warum sie aufgestanden war. Sie sprach weiter. «Ich glaube, die Männer sind tot. Verstehst du, sie haben kein Leben in sich. Ich lese all die Zeitschriften, ich sehe mir die Fernsehshows, die Podiumsdiskussionen mit Frauen an. Diese Frauen sind großartig, sie haben soviel Kraft, soviel Vitalität. Kennst du Mary Gibson? Sie ist fabelhaft. Sie hat erzählt, daß sie bei allen Tests durchfällt. Ich auch. Bei den Tests in den Zeitschriften, du weißt ja: Teste dich selbst, wie gut du als Ehefrau bist, wie gut du als Mutter bist, wie weiblich du bist. Ich versage immer. Mary sagt, sie glaubt, daß es an den Tests liegt!» Lily verkündete das, als handelte es sich um eine tolldreiste, köstliche Unverschämtheit, und sie lachte, als sie es sagte: «Ich *liebe* sie. Du solltest sie dir ansehen, immer um 10 Uhr, und dann ist da Katharine Carson, die ist geschieden, und sie weiß Bescheid!» Lily redete immer weiter über ihre Fernsehfreundinnen – denn das, dachte Mira, waren sie für Lily, und wahrscheinlich sogar die einzigen Freundinnen, die sie hatte.

«Oh, sie retten mich, wirklich, sie retten mir den Verstand. Ich weiß, daß er mich wieder dorthin zurückbringen will, aber ich werde es nicht zulassen. Nein, nie! Niemals!» schloß sie, eigensinnig, widerspenstig wie eh und je. Ihr Kinn stach hervor, und ihre Augen, ihre schrecklichen Augen starrten auf ein fernes Feuer, unter dem lockeren Hauskleid straffte sich ihr dünner Körper und sah hart und kantig aus, wie aus Stahl.

13

«Sie hat die Lektion nicht gelernt», sagte Martha in ihrer direkten Art, mit der sie es fertigbrachte, Bitterkeit mit Humor zu verbinden. «Diese Scheißkerle erzählen ihr doch nur eins: *Du hast nicht gelernt, dein Leben zu akzeptieren.* Und das sollte sie man auch lieber tun, sonst ist sie wieder drinnen, ehe sie sich's versieht.»

«Sie kämpft, sie gibt sich alle Mühe.»

«Scheiß drauf! Was zählt, ist Anpassung! Wenn die Welt verrückt ist, tust du gut daran, mit ihr verrückt zu spielen, sonst stecken sie dich ins Irrenhaus. Scheißpsychiater! Ich wundere mich nur, daß sie nicht versucht haben, ihr mehr als nur den Verstand zu verficken. Jede attraktive junge Frau, die mal bei einem Psychiater in Behandlung war, jedenfalls alle, die ich kenne, mich selbst eingeschlossen, ist irgendwann mit nacktem Arsch auf der Couch gelandet.»

Mira stieß sich an Marthas Sprache und ihrer Direktheit, aber irgendwie brachte Martha etwas Erfrischendes in ihr Leben. Nach einem Gespräch mit Martha kam es ihr jedesmal so vor, als hätte sie etwas mehr Luft zum Atmen. Aber manchmal kam sie sich auch wie eine Voyeurin vor.

«Wirklich? Wieso denn das?»

Martha erzählte es unbekümmert. Sie lachte über die Masche des Psychiaters, lachte über die Bereitwilligkeit, mit der sie es geschluckt hatte, lachte über ihre eigenen Erwartungen.

«Ich wußte, daß er ein Widerling war. Aber ich *betete* ihn an. Übertragung, du weißt. Also dachte ich, das sei *die* Gelegenheit. Ich dachte, wenn ich mit ihm vögele, klappt es vielleicht, habe ich vielleicht endlich einen Orgasmus!» Sie lachte herzhaft. «Was war er für ein Klotz! Mein Gott, ich glaube, daß er, was den Körper einer Frau betrifft, nicht das geringste kapiert hatte. Aber ich kann mir vorstellen, daß er denkt, er hätte mir einen großen Gefallen getan. Physische Therapie, verstehst du? Sie sind alle davon überzeugt, daß ihr heiliger Schwanz alle Krankheiten heilen kann, und ich bin ja durchaus gewillt, das zu glauben, weil ich selber eine Anbeterin des heiligen Schwanzes bin. Das Problem ist nur, daß ich noch einen finden muß, der heilig ist.»

Mira fühlte, wie ihre Lippen sich kräuselten.

«Gut, Martha, davon verstehe ich nicht viel, aber als Lily aus der Klinik kam, dachte ich, wegen ihrer unguten Gefühle gegenüber Männern wäre es vielleicht gut, wenn sie zu einer Psychiaterin, einer Frau ginge. Ich habe darüber auch mit Newton Donaldson gesprochen, einem Psychiater, einem Freund von Norm. Aber er sagte, das sei Gift für sie. Er war regelrecht entsetzt. Er sagte, das würde zu Homosexualität führen.»

«Ach, wirklich? Und hast du ihn auch gefragt, wie das denn ist, wenn männliche Patienten zu männlichen Psychiatern gehen?»

«Nein», sagte Mira unsicher.

«Nein», sagte Martha lachend, «natürlich nicht! Sein Wort war für dich Gottes Wort – wie wenn Norm irgend etwas sagt. Du solltest dich mal hören! Norm hat dies gesagt, Norm hat das gesagt. Norm, der große Gott!» Lachend lehnte sie sich zurück und schwenkte ihren Drink.

Manchmal überkam Mira eine starke Abneigung gegen Martha. «Was macht das Studium?» fragte sie verkrampft.

Martha kicherte. «Wird dir wohl zu heiß, wie? Okay.» Sie erzählte von ihrem Studium, und obwohl sie nur von sich selbst sprach und von den Leuten, die sie dort kennengelernt hatte, war Mira ebenso unbehaglich zumute, wie wenn Martha über ihr, Miras, Leben gesprochen hätte. Sie überlegte, ob sie einen masochistischen Hang hatte, ob sie deshalb an Martha hing. Martha verteilte Hiebe und Stiche. Aber Mira wußte, daß das nicht der springende Punkt war. Martha war wie ein Prüfstein. Sie besaß einen unfehlbaren Detektor für Scheiß. Sie fand nicht jede Wahrheit heraus, aber sie entdeckte jede Lüge. Weil sie, wie sie sagte, selber ihr Leben lang eine große Lügnerin gewesen war. «Ich habe mich vom Kindergarten bis zur 12. Klasse durchgeschwindelt. Mit Erfolg. Deshalb erkenne ich die Kreatur auf Anhieb.» Sonst, in allen anderen Dingen, war sie großzügig. Sie hörte zu und versuchte zu verstehen – einfach nur zu verstehen. Sie hatte keine Schublade für jede Verhaltensweise parat – Lily ist verrückt, Carl sollte ein Machtwort sprechen, Natalie ist eine Hure, Paul ist ein Schweinehund –, hatte nicht wie Norm ein abschließendes Urteil über alles und jedes. Wenn jemand zu Martha sagte: «Ich komme mir so nutzlos vor», antwortete sie nicht wie die meisten Leute sofort: «Wieso, das ist doch albern, natürlich bist du nicht nutzlos.» Oder dumm, oder unzulänglich, oder gemein, oder was auch immer. Sie sagte einfach: «Warum?» Und hörte sich die Gründe an und versuchte, sie zu verstehen. Man konnte sicher sein, daß Martha einem keine Lüge durchgehen ließ und einem doch nie die eigene Wirklichkeit absprach. Das machte Martha so ungewöhnlich.

Trotzdem, sie machte Mira unsicher. Sie setzte sich über alle Spielregeln hinweg und hatte Erfolg damit. Vor Jahren hatte Mira sie darum beneidet, wie unbekümmert sie George verfluchte und ihm sagte, was für ein Klotz er sei, und wie unbekümmert er über ihre Angriffe lachte und lachend rief: «Ich weiß, ich weiß!» Doch als alle anderen George als Feigling und geilen Bock verurteilten, hatte Martha das Urteil der Umwelt mit einem Achselzucken abgetan und zu ihm gehalten: er habe das Beste getan, was er unter den Umständen habe tun können. Sie konnte darüber sprechen, daß sie Jura studieren wollte, und merkte entweder nicht oder kümmerte sich nicht darum, daß die Leute rings um sie her sie für versponnen oder übergeschnappt hielten. Und ihre Rückkehr aufs College hatte Martha Selbstvertrauen und Autorität in anderen als nur den persönlichen Bereichen verliehen. Das war besonders schwierig für Mira, die sich selbst immer als *die* Intellektuelle in jeder Gruppe gesehen hatte. Martha war in einen Bereich vorgedrungen, der nicht nur neu, sondern größer und weiter war als der, den Frauen normalerweise besetzten. An der Universität waren die Beziehungen sachlicher: die Gefühle waren die gleichen, aber die Regeln waren andere. Die Kaffeeklatsch-Politik, wenn auch ihrem Wesen nach ähnlich, lag auf einer persönlicheren Ebene als die Politik im Hörsaal, im Büro des Dekans, in der Lehrer-Studenten-Konferenz. Wenn Martha davon sprach, hatten ihre Schilderungen etwas von dem Eifer und dem ehrfürchtigen Ton des Kindes aus der Nachbarschaft, dem man als einzigem erlaubt hat, sich aus der vertrauten Umgebung fortzuwagen, oder des Dörflers, der zurückkehrt, um den anderen von der großen Stadt zu erzählen. Die Hochschule war großartig und schrecklich und wunderbar und furchtbar, aber sie war aufregend. Und sie barg die doppelte Verlokkung, Grenzen zu überschreiten. Ihr Französisch-Professor hatte sie nach einer Besprechung über ihre Semesterarbeit zu einem Drink eingeladen. Er war groß und sonnengebräunt, ein Skiläufer. Er hieß David. Sie hatten viel gelacht, und er hatte sie mit seinen großen braunen Augen verschlungen. Eines Abends nach der Vorlesung ging sie zu ihm, um ihn etwas zu fragen. Sie unterhielten sich eine Zeitlang, und wieder lud er sie ein. Daraus entwickelte sich eine Gewohnheit – jeden Dienstagabend.

Eines Dienstags schlug er ihr vor, gemeinsam essen zu gehen, und da George nicht in der Stadt war und sie vor der Vorlesung nur eine Tasse Suppe gegessen hatte, willigte Martha ein. Mit der Zeit gingen die Vorschläge weiter. Martha war beunruhigt. Heute war Montag, und sie hatte ihm für morgen abend eine Antwort versprochen.

«Er ist reizend, ein richtiger Schatz, verstehst du? Und ich mag ihn sehr, auch wenn er nicht halb so klug ist, wie er sich einbildet. Und natürlich schmeichelt es mir, daß er gerade mich aus einer Klasse voller Mädchen aussucht, die alle sehr viel jünger und schlanker sind als ich. Aber die Politik an der Sache stört mich. Wenn ich mit ihm ins Bett gehe und ein A für den Kurs kriege, dann werde ich immer denken – nicht, daß ich diese Note nicht verdient hätte, ich weiß, daß ich sie verdiene, aber daß mir vorgeworfen werden könnte, ich hätte sie mir im Bett verdient. Und das gefällt mir nicht.»

«Warum sagst du ihm das nicht.»

«Ja, genau. Das ist die Lösung. Ich werde ihn bitten, zu warten, bis das Semester zu Ende ist, und wenn er dann noch interessiert ist, werden wir sehen. Ja, genau.»

Sie ging. Fröhlich, beschäftigt, selbstbewußt. Mira saß da. Ihr war, als ob eine rote Flut in ihrem Kopf brodelte, feuerheiß, wie flüssiges Feuer. Zum erstenmal begriff sie, was es hieß, von Neid verzehrt zu werden. Martha war beunruhigt, Martha hatte Probleme. Aber was für Probleme! Es ging nicht darum, daß sich ein allem Anschein nach attraktiver Mann für Martha interessierte, auch nicht darum, daß sie etwas leistete, daß sie ein Examen machte und ein Jurastudium plante. Es ging darum, daß Martha, deren Bewegungsfreiheit sich noch vor zwei Jahren auf den gleichen kleinen Kreis beschränkte, in dem Mira lebte, sich jetzt ungezwungen und selbstbewußt in jener größeren Welt zurechtfand und sich ohne jede Angst darin bewegte, ja, sogar so weit gehen konnte, sich in Schwierigkeiten einzulassen, indem sie mit David ausging und riskierte, daß aus der Bekanntschaft eine sexuelle Beziehung wurde, und sich in der Lage fühlte, auch damit fertig zu werden.

Das verblüffte Mira. Sie ahnte, daß es besonderer Eigenschaften bedurfte, um aus dem kleinen Kreis auszubrechen, und welche es auch sein mochten – Mut, Selbstvertrauen, Energie, Zähigkeit –, sie besaß sie nicht. An diesem Abend und an vielen Abenden danach saß sie grübelnd da. Sie schämte sich, sie kam sich vor wie ein Feigling. Sie erinnerte sich daran, wie hoch ihre Lehrer ihren Intellekt und ihre Fähigkeiten eingeschätzt hatten, so wie ein gealterter Sportler sich an das Tor erinnern mag, mit dem er einst für seine High School-Mannschaft den Pokal gewann. Die Ambitionen ihrer Kindheit kamen ihr wieder ins Gedächtnis. Sie wischte sie weg, aber sie blieben, so wie die Fäden eines Spinnennetzes an zerbröckelndem Stuck haften bleiben, auch wenn du versuchst, sie wegzuwischen.

Vor allem mußte sie versuchen, mit dem Neid fertig zu werden: er war zu schmerzhaft. So saß sie da, trank zwei, drei, manchmal sogar vier Brandies, beobachtete, wie sich der Mond durch die Wolken schob, und konzentrierte ihre Gedanken auf den Sinn menschlichen Strebens. Asche zu Asche, Staub zu Staub – was bedeutete das alles letzten Endes? Sie sagte sich, daß das, was in der Welt Erfolg genannt wird, oft trügerisch und zumindest vergänglich ist. Alles, was Hände und Geist der Menschen geschaffen haben, wird am Ende zu Staub. Denk doch nur daran, wieviel Zeit und Konzentration es gekostet haben muß, die Hebelwirkung zu entdecken, oder welch eines Geniestreichs es bedurfte, um auf die Idee zu kommen, kleine grüne Blätter um das Fleisch zu wickeln, ehe man es briet. Alles war so schwer und kostete soviel Zeit. Mira erinnerte sich, wie sie in der Schule Arbeiten geschrieben und monatelang gelesen und nachgedacht hatte und schließlich zu einem Ergebnis gekommen war, das ihr erstaunlich originell und scharfsichtig erschien, bis sie es ein Jahr später zufällig in einem Essay entdeckte, der vor ihrer Geburt veröffentlicht worden war. Was kostete es, ein Königreich zu schaffen? Ein Kaiserreich? Damit es irgendwann, wie Mari, im Wüstensand versank . . . Die Menschen taten sich selbst Gewalt an, wenn sie andere mit dem Schwert oder dem Gewehr töteten oder vergifteten oder verhungern ließen, um eine Dynastie zu errichten, die nach einem Jahr, nach zehn oder hundert Jahren zerfiel. Was bedeuteten ein paar Nullen mehr oder weniger, wenn etwas dem Untergang geweiht war?

Es waren Männer, die diese Dinge taten. Pompös und sich selbst verherrlichend, versuchten sie unablässig, draußen in der Welt Symbole für die Erektion ihres Penis zu errichten, die sie leibhaftig nicht aufrechterhalten konnten. Ein Wahn, ein abscheulicher Wahn, dem sie Millionen weniger kranker Menschen geopfert hatten. Norm, der große Gott: stimmt es, daß sie ihn wie einen Gott zitierte? Sie konnte sich an Zeiten erinnern, da hatte sie ihn für weniger intelligent gehalten als sich selbst. Was war geschehen? Aus dem schüchternen Jungen war ein autoritärer Mann geworden, aber sie wußte, daß er noch so hohl war wie eh und je. Trotzdem erlaubte sie ihm, daß er aus seiner Stellung heraus die ihre bestimmte. Angenommen, sie rührte sich jetzt, entfernte sich aus ihrer

Stellung unter ihm und sagte: «Ich fühle mich nicht wohl hier!» Was bedeutete das, was war damit erreicht? Sie würde anderen und sich selbst Kummer bereiten – und wofür? Wagte sie, das Universum durcheinanderzubringen?

Und wenn es ihr gelang, sich selbst herauszuziehen, was dann? Sie würde vielleicht die Erregung und die Freude empfinden, mit der Martha zu leben schien, aber alles in ihr sagte ihr, daß diese Erregung und die Freude nur in eine Richtung führen konnte – zunehmende Einsamkeit. Du kannst gegen die Spielregeln der Gesellschaft verstoßen, und du kommst vielleicht sogar damit durch, aber nach einem solchen Erfolg – wie zurück? Du wärst für immer und ewig allein. Vielleicht könntest du dann große Kunst schaffen, oder gute Kunst. Aber wofür? In einer Welt, in der Gedichte dazu benutzt werden, um Feuer zu entzünden, und Gemälde von den Wänden gebombt werden, in der Bibliotheken zerstört werden und Monumente zerfallen, in einer Welt, in der selbst die Kunst, die weiterbesteht, so tot wie Stein im Museum begraben liegt, in das keiner geht, weil keiner versteht, was er betrachtet? Würde es den Menschen von 1964 etwas ausmachen, wenn der *Beowulf* für immer verschwunden wäre? Wäre die Welt dann anders?

Das Leben ging dahin: die Bäume wechselten ihre Färbung, die Blumen blühten und welkten, die Luft war milde oder schneidend. Das Beste, was man tun konnte, war, dazusitzen und alles zu beobachten und an dem Unvermeidlichen, das man nicht ändern konnte, Freude zu finden. Das war es, was die Frauen taten. Die Frauen hielten die Welt in Gang, die Frauen beobachteten die wechselnden Jahreszeiten und hielten die Schönheit hoch, die Frauen reinigten das Haus der Welt, entfernten die Spinnweben von den Fenstern, damit die Menschen weiter nach draußen sehen konnten. Ausdauer und Beständigkeit – das undankbare Los. Und niemand heftet dir dafür Orden an die Brust oder verleiht dir einen Ehrendoktor; du hast gar nicht die Zeit dazu, feierliche Gewänder zu tragen und in Prozessionen dahinzuschreiten; nie wird deine Büste in einer heiligen Halle der Großen aufgestellt werden. Aber es ist deine Aufgabe. Der Rest ist der Klang schwacher, gegen den Wind erhobener Stimmen.

In diesem Winter und Frühling strahlte Mira heitere Gelassenheit aus, friedliche Abgeklärtheit. Die Leute rühmten ihr gutes Aussehen, und sie fühlte sich irgendwie gesegnet. Trotz aller Verwirrung und Unzufriedenheit im Laufe der Jahre hatte sie Harmonie und Gnade, Frieden mit sich und ihrem Leben gefunden. Martha hätte es Anpassung genannt, aber irgendwie lag ein himmlischer Hauch darüber. Sie fand sich fraulicher. Sie konnte bei Parties schweigend dasitzen, den Reden der Männer zuhören und sie nachsichtig und wohlwollend anlächeln, statt mit ihnen zu diskutieren und sich zur Geltung zu bringen. Sie zog die Männer an wie ein Magnet: sie fühlte sich geliebt. Irgendwie, dachte sie, war es ihr gelungen, die richtigen Entscheidungen zu treffen. Sie war dem alten, ständig bohrenden Schmerz entronnen. Sie fühlte sich wie eine der Auserwählten, und unbewußt glaubte sie, daß sie diese einmal erreichte Gnade nie wieder verlieren würde. Sie hatte nicht nur Gnade erlangt, sondern Unverwundbarkeit.

14

Sie bewahrte ihre Ausgeglichenheit auch, als Martha sich verliebte – in David, den Französischlehrer, der ihr Zögern vollkommen verstanden hatte, der sich «genau richtig» verhalten hatte, der gewartet hatte, bis das Semester vorbei war, und sich ihr danach leidenschaftlich, doch ohne tyrannisch zu werden, zugewandt hatte. Er wollte sie, war aber nicht der Meinung, daß er ein Recht auf sie hätte. Er war wunderbar. Es war schwer für Mira, sich das anzuhören, aber sie hörte es sich an, stundenlang, tagelang, wochenlang: Marthas Glück, ein Glück, das ihr aus den Augen leuchtete, das in ihrem Gesicht geschrieben stand und sie zehn Jahre jünger aussehen ließ – so alt, wie David war. Jede gemeinsame Kaffeepause und jedes Mittagessen, jeden Apéritif und jede Bettszene – Mira hörte sich alles an. Er war Marthas Bruder, ihr Zwilling, ihr anderes Ich – Mira dachte über die Gefahren des Narzißmus nach. Er war ein großartiger Liebhaber, mit einem Stoß, der so großartig war wie sein Schwanz, und erregte Martha mit seinem, wenn auch nicht ihrem Orgasmus – Mira dachte über Projektion und Formen der Homosexualität nach. Er war alles, was sie, Martha, sein wollte, aber nicht war: zupackend und selbstsicher in der Welt und gleichzeitig anmutig – Mira dachte über die Theorie nach, wonach Liebe Neid ist. Sie konnten einander ertragen, weil sie beide Besessene waren, Kleinigkeitskrämer und Sauberkeitsfanatiker. Ihr schlimmster Streit hatte sich darum gedreht, ob die Flaschen mit Shampoo und Conditioner ständig auf dem Rand der Badewanne stehen durften oder ob der Rand stets und immer frei sein sollte von allem Krimskrams. Der Streit hätte fast zu einer Prügelei geführt, doch hinterher vermochten sie beide darüber zu lachen.

Martha war immerfort in Hochstimmung, ihr Mund war voll von David. (So oder so, dachte Mira häßlich.) David war ebenfalls verheiratet und Vater eines zwei Jahre alten Mädchens. Aber für Mira klang es, als ob Martha, ungerührt von solchen Details, David nicht als Liebhaber, sondern als ständige Einrichtung in ihrem Leben betrachtete. «Bei ihm schaffe ich es fast. Sex ist herrlich, und schon das Reden ist herrlich, und mit ihm zusammen zu sein, macht mich glücklich bis in die Zehenspitzen. Ich brauche nichts darzustellen, ich kann einfach ich sein. Ich kann dir nicht sagen, wie wunderbar das ist.»

Aber Mira wußte es. Wissen wir es nicht alle? Ist es nicht das, womit man uns füttert, wovon unsere Träume voll sind, sobald wir groß genug sind, um von Liebe zu träumen? Mira war glücklich für ihre Freundin, obwohl bei ihr selber das Gefühl eines persönlichen Mangels durch diese ständige Seligkeit gleich nebenan, die sich unmöglich aus dem Gedächtnis löschen ließ, noch verstärkte. Sie mußte sich Mühe geben, um ihre abgeklärte Haltung zu bewahren. Sie mußte sich daran erinnern, wie vergänglich die Liebe war, wie zerbrechlich. Sie mußte die Dinge in ihren gesellschaftlichen Zusammenhang stellen, mußte an die Ansprüche von Ehegatten und Kindern denken, an das ganze gesellschaftliche Gefüge. Doch nichts konnte das Ungestüm der Gefühle ihrer Freundin daran hindern, über all das hinwegzubranden, so wie gut gepflegtes Ackerland von einer Flut weggeschwemmt wird. Solange die Flut anhält, ist sie das einzige, was zählt – eine so intensive Wirklichkeit, daß Abgeklärtheit sich ihr gegenüber schwer aufrecht erhalten läßt. Mira kam sich vor, als säße sie hoch auf dem Dach eines wackligen Hühnerhauses, das schwankend flußabwärts getrieben wird. Aber sie behielt ihr Gleichgewicht und arbeitete viel im Garten.

Sie arbeitete auch gerade im Garten, ein kleines Transistorradio neben sich, um einen Bericht über die drei jungen Bürgerrechtler zu hören, die in Mississippi verschwunden waren, als das Telefon klingelte und Amy Fox, eine alte Freundin aus Meyersville, ihr mit schriller Stimme etwas über Samantha mitteilte. Mira verstand nicht, aber es klang so, als ob Samantha in Gefahr sei, ins Gefängnis zu kommen. Amy sagte dauernd: «Ich weiß, du bist eine gute Freundin von ihr, vielleicht kannst du ihr helfen.»

Mira versuchte, Samantha anzurufen, erfuhr aber, daß der Telefonanschluß gesperrt war. Merkwürdig. Sie hatte seit Wochen nichts mehr von Samantha gehört. Mira duschte, zog sich an und fuhr zu Samantha. Es war ein Haus mit sieben Zimmern in einem angenehmen Vorort – kleine

Grundstücke mit alten Bäumen, die der Architekt hatte stehenlassen. Kinder fuhren auf der Straße Fahrrad, aber die Gegend wirkte verlassen wie die meisten Vororte. Als sie auf das Haus zuging, bemerkte sie einen Zettel, der an die Tür geheftet war. Waren sie krank? Sie ging näher heran: es war ein vom Sheriffsbüro ausgestellter Pfändungsbescheid. Pfändung? Sie klingelte und überlegte gerade, ob Samantha fort war, zur Arbeit, da öffnete sie die Tür. Mira starrte sie an. War das Samantha, die Aufziehpuppe? Sie hatte eine alte Hose und ein schäbiges Hemd an. Ihr Haar, kurz, strähnig und ungekämmt, war mausbraun, sie trug kein Make-up, und ihr Gesicht war blaß und ausgezehrt.

«Sam», sagte sie und streckte beide Hände aus.

«Hallo, Mira.» Samantha ergriff die Hände nicht. «Komm rein.»

«Amy hat mich angerufen.»

Samantha zuckte mit den Schultern und führte Mira in die Küche. Das ganze Haus war voller Kisten.

«Zieht ihr um?»

«Mir bleibt nichts anderes übrig», sagte Sam bitter. Das sollte die süße, übersprudelnde Samantha sein, die durch die Tage wirbelte und sich für alles begeistern konnte?

Sie goß Kaffee ein.

«Was ist passiert?»

Sie erzählte ihre Geschichte mit tonloser Stimme, als ob sie sie schon viele Male erzählt hätte, aber sie verweilte bei jeder Einzelheit. Es war ihr Epos, das sich durch puren Schmerz in ihr Gedächtnis eingegraben hatte. Es hatte vor Jahren begonnen, bald nachdem sie und Simp von Meyersville hierhergezogen waren. «Aber wir haben es niemandem erzählt. Stolz, nehme ich an. Es war für uns eine solche Schande.» Simp hatte seine Stellung verloren, und es dauerte Monate, bis er eine neue fand. Sie hatten hohe Schulden gemacht. Sam nahm einen Job an, versuchte, einzuspringen. Schließlich fand Simp etwas, aber sie kamen nicht aus den Schulden heraus. Dann hatte er seine Zähne in Ordnung bringen lassen müssen, und es dauerte zwei Jahre, bis sie die Rechnung abbezahlt hatten. In der Zwischenzeit hatte er seine Stellung wieder verloren. Diesmal bekam er ziemlich bald eine neue, aber jetzt fühlte Samantha sich erschöpft und vom Schicksal verfolgt. Allen anderen ging es gut, so kam es ihr jedenfalls vor: sie stiegen auf, schafften den Durchbruch. Sie knapste mit allem, und trotzdem kamen sie nie von den Schulden herunter. Dann verlor Simp wieder seine Stellung. Es gab Streit. Sam wollte, daß er aus dem Vertreterberuf ausstieg und etwas anderes anfing. Er würde einen guten Lehrer abgeben, meinte sie, und er hatte doch sein Collegeexamen. Er konnte aushilfsweise unterrichten und noch ein paar Pädagogikkurse nehmen und schließlich eine feste Stelle als Lehrer bekommen. Aber er gab nicht nach. Er wisse, wo das Geld sei, und eines Tages werde er es schaffen. Es war nicht seine Schuld – er hatte Aufträge bekommen. Aber immer war irgend etwas schief gegangen: der Hersteller lieferte nicht termingerecht, der Hersteller ging pleite oder das Gebiet, das man ihm zugeteilt hatte, war schlecht. Diesmal allerdings gab er sich keine so große Mühe, einen neuen Job zu bekommen. Er saß zu Hause, sah die Zeitung durch und fuhr nur in die Stadt, wenn er eine interessante Anzeige entdeckte. Ständig war er im Weg, und sie lebten von einer mageren Arbeitslosenunterstützung.

Mira mußte daran denken, daß sie Sam im stillen dafür verurteilt hatte, daß sie ihre Kinder allein ließ, und sie erinnerte sich an Sams munteres Auftreten und ihre lustige Art, und sie erinnerte sich auch daran, daß ihr Verhalten ihr gekünstelt vorgekommen war, fast brüchig . . . Sie hatte Sam für habgierig gehalten.

«Aber wo war denn Simp? Ich meine, ich erinnere mich doch noch an ein paar Unfälle, die passierten, als niemand zu Hause war . . .»

Samantha zuckte mit den Schultern. «Wer weiß.» Sie wandte sich ab. Die tonlose Monotonie ihrer Stimme zerbrach, und sie verbarg ihr Gesicht in ihren Händen. Alles weitere kam aus der Kehle, mit tränenerstickter Stimme. Sie konnte nicht viel verdienen, weil sie keine richtige Ausbildung hatte. Sie bekam einen Job, tippen für $ 75 in der Woche. Simp erhielt Arbeitslosenunterstützung. Sie sparte, wo es ging, aber es war unmöglich, die Hypothek abzuzahlen und etwas zu essen zu haben. Die Situation verschärfte sich, als sie ihn jeden Abend, wenn sie nach Hause kam, bei seinem dritten Martini sitzen sah, ohne daß er die geringste Anstrengung unternommen hatte. «Er konnte seine Ansprüche nicht herunterschrauben. Es fiel ihm nicht ein, einen Job als Tankwart anzunehmen oder irgend etwas, irgendeinen Job, um seine Kinder zu ernähren.» Dann platzten plötzlich ihre Schecks, und sie stellte Nachforschungen an und fand heraus, daß er tagsüber ausging, Gott weiß wohin, und überall in den Bars der Umgebung, Gott weiß wofür, Schecks ausstellte. Sie gerieten mit ihrer Hypothekentilgung mehr und mehr in Rückstand.

«Es wurde einfach zu schlimm. Jeden Abend, wenn ich nach Hause kam, schrie ich ihn an. Die Kinder kamen nicht nach Hause, wenn es sich irgendwie vermeiden ließ. Es war schrecklich. Ich war gezwungen, unser gemeinsames Konto aufzulösen, und mußte die Bank davor warnen, seine Schecks einzulösen. Ich konnte es nicht mehr ertragen. Es war, als ob man mit einem schrecklichen Kind zusammenlebte. Deshalb veranlaßte ich ihn, auszuziehen.»

Sie putzte sich die Nase und goß noch einmal Kaffee ein. «So.» Sie lehnte sich zurück, die Augen in tiefen Höhlen, der Mund wie ein ausgeleiertes Gummiband. «Neulich kam der Sheriff. Ich bin hysterisch geworden und hab versucht, ihn daran zu hindern, den Wisch da draußen an meine Tür zu nageln. Meine armen Kinder! Die Nachbarn. Na, jetzt weiß jeder Bescheid. Wir haben nichts mehr zu verlieren. Ich weiß nicht, wohin wir gehen sollen. Simp lebt bei seiner Mutter in ihrem großen Haus in Beau Reve. Ich habe ihn angerufen, und er hat gesagt, wir sollten uns an die Fürsorge wenden. Beim Packen habe ich seinen Schrank ausgeräumt. Oben im Fach standen ein paar Kästen, und dahinter lag das hier.» Sie deutete auf einen Haufen Papiere, die, aufeinandergeschichtet, einen ansehnlichen Stapel ergeben hätten. «Rechnungen. Lauter Rechnungen. Manche sind zwei Jahre alt. Die meisten hat er nicht einmal aufgemacht. Er hat sie einfach hinter die Kästen gesteckt, als ob sie damit verschwinden würden.»

Sie nahm die Zigarette, die Mira ihr anbot, zündete sie an und inhalierte tief. «Hmmm . . . Was für ein Luxus. Ich habe es mir für die Dauer der Dürre abgewöhnt», sagte sie lächelnd. Es war ihr erstes Lächeln. «Es ist nämlich so: alles in allem haben wir ungefähr sechzigtausend Dollar Schulden. Kannst du dir das vorstellen? Ich nicht. Wenn Simp sich Geld geliehen hat, hab ich die Schuldscheine immer mitunterschrieben. Und jetzt, da bei ihm nichts zu holen ist – er arbeitet ja nicht, aber ich arbeite –, jetzt pfänden sie mein Gehalt. Dabei hab ich immerhin zwei Kinder zu ernähren! Und da pfänden sie mein Gehalt!» Wieder stiegen ihr Tränen in die Augen. «Ich bin einunddreißig Jahre alt, und der Rest meines Lebens ist bereits verpfändet – für diese Schulden. Das einzige, was mich gerettet hat, sind meine Freundinnen. Sie sind wunderbar.»

Die Frauen in der Nachbarschaft hatten sich zusammengetan, als sie von Samanthas Schwierigkeiten hörten, und hatten mit großem Zartgefühl geholfen, wo sie nur konnten: «Ich hatte einen großen Topf Spaghetti für heute abend gemacht, Sam, aber es war zuviel, und du kennst ja meine Familie – bloß keine Reste! Deshalb wollte ich dich fragen, ob du mir einen Gefallen tust. Deine Kinder essen doch gern Spaghetti, nicht? Kannst du sie nicht deinen Kindern zum Mittagessen geben?» Oder:

«Sam, Jack war gestern fischen, und ich ersticke in Makrelen. Kannst du mir nicht ein paar abnehmen? Bitte!» Oder: «Sam, Mick und ich gehen heute abend in den Club, und da ist es so verdammt langweilig, kannst du nicht mitkommen und ein bißchen Leben in die Bude bringen?» Zartfühlend und behutsam, damit es nur nicht nach Almosen aussah. Zartgefühl auch, wenn es um getragene Kleidung, um kleine Unternehmungen oder darum ging, daß man sie abholte, damit sie nicht extra tanken mußte. «Was mir am meisten weh tut, ist der Gedanke, sie verlassen zu müssen.»

«Was geschieht jetzt?»

Sie zuckte wieder mit den Schultern. «Wenn ich nicht dreihundert Dollar aufbringe, um die nächste monatliche Tilgungsrate zu bezahlen, sitzen wir ab Freitag auf der Straße. Wenn ich einen Monat Zeit hätte, könnte Nick – Mays Mann, er ist Rechtsanwalt, und er hat sich fabelhaft benommen – vielleicht etwas aus Simp rausholen und irgend etwas arrangieren, damit wir über die Runden kommen, bis ich eine neue Bleibe gefunden habe.»

«Was ist mit deinen Eltern?»

«Mein Vater ist im letzten Winter gestorben. Die Pension hat mit seinem Tod aufgehört. Meine Mutter lebt jetzt von einer Rente und seiner Lebensversicherung – er hatte nicht viel. Sie kommt selber kaum zurecht. Ich habe ihr von alldem nichts erzählt. Sie lebt in Florida bei meiner Tante. Ich würde sie nur beunruhigen, und helfen kann sie mir doch nicht.»

«Mein Gott.»

«Ja. Weißt du, was mich verrückt macht, ist, daß ich ja *gern* arbeite. Ich meine, wenn *ich* der Mann gewesen wäre, *mir* hätte es nichts ausgemacht. Und Simp hätte zu Hause bleiben können. Verstehst du? Aber alles hängt immer an ihnen. Ohne sie bist du niemand. Wenn sie versagen, bist du erledigt. Du bist – so *abhängig*, verstehst du, was ich meine?»

Mira wollte nicht daran denken.

«Absolut abhängig», fuhr Samantha fort. «Ich meine, in allem. Davon, ob sie arbeiten oder nicht, ob sie trinken oder nicht, ob sie dich lieben oder nicht. Wie die arme Oriane.»

«Du weißt ja, sie lebten in großem Stil, und Oriane ist mit ihm rübergezogen, auf die Bahamas, und eines Tages beschließt er, daß er nicht mehr mit ihr leben will, und verschwindet einfach und läßt sie mit einem gemieteten Haus, zwei unbezahlten Booten, drei Kindern und ohne Geld auf dem Konto sitzen. Du hast doch sicher davon gehört.»

«Ja. Das liegt daran, daß sie sich nicht verantwortlich für ihre Kinder fühlen. Sie sind ihnen einfach egal. Und deshalb sind sie frei. Die Frauen sind die Opfer. Immer wieder», hörte Mira sich sagen.

«Und jetzt hat sie Krebs.»

«Was?»

Sam schüttelte den Kopf. «Sie wird nächste Woche operiert. Brustkrebs.»

«Oh, mein Gott.»

«Und so geht es überall. Letztes Jahr hat die Frau, die hier zwei Häuser weiter wohnt, einen Selbstmordversuch gemacht. Nick sagt, Frauen wären labil, aber ich weiß, daß sie es nur getan hat, weil es für sie die einzige Möglichkeit war, ihren Mann etwas anzubinden. Er ist ein furchtbarer Rumtreiber, und er ist gemein zu Joan. Manchmal denkt man, alles fällt auseinander. Ich verstehe das alles nicht. Als ich ein Kind war, war es jedenfalls nicht so. Angeblich haben wir mehr Freiheit, aber in Wirklichkeit ist es nur mehr Freiheit für die Männer.»

Samantha erinnerte Mira ein bißchen an Lily. Sie redete und redete, ohne sich ihrer Zuhörer wirklich bewußt zu sein, und hinter all der Erschöpfung drückte ihr Gesicht Verwirrung aus: das fassungslose Erstaunen eines Menschen, der aufwacht und feststellt, daß er ein Mistkäfer ist.

«Weißt du, ich bin ganz gern Hausfrau gewesen. Ist das nicht verrückt? Aber es ist wahr. Ich habe mich gern mit den Kindern beschäftigt, und als wir pleite waren und kein Geld hatten für Weihnachtsgeschenke, hat es mir richtig Spaß gemacht, mit den Kindern und mit Alice und ihren Kindern zusammen Weihnachtsgeschenke zu basteln. Und auch das Kochen und Putzen hat mir nichts ausgemacht. Ich habe gern Menschen um mich, und ich finde es schön, den Tisch zu decken und Blumen hinzustellen und etwas Leckeres zu kochen. Ironie des Schicksals, wie?»

Mira murmelte irgend etwas.

«Ich habe nie viel für mich haben wollen. Ich meine, ich wollte ein Heim und eine Familie und ein anständiges Leben, aber ich war nie sehr ehrgeizig. Ich bin gar nicht klug genug, um ehrgeizig zu sein, glaube ich. Und jetzt . . !» Sie sprach den Satz nicht zu Ende, sondern öffnete die Hände wie eine Frau, die plötzlich gemerkt hat, daß die Handvoll Wasser, die sie so vorsichtig vom Brunnen hergetragen hat, ihr bereits durch die Finger geronnen ist.

Doch Mira hörte ihr kaum noch zu. Dreihundert Dollar. Das war wenig genug. Soviel gab Norm in anderthalb Monaten im Golf-Club aus. Sie hatte ihr Scheckbuch in der Brieftasche. Sie brauchte es nur rauszunehmen und einen Scheck auszuschreiben. Eine Kleinigkeit. Aber sie schaffte es nicht. Sie gab sich Mühe. Sie konzentrierte sich auf ihre Handtasche, sie stellte sich vor, wie ihre Hand das Scheckbuch herauszog. Wenn sie das fertigbrächte, könnte sie nicht mehr zurück. Aber sie brachte es nicht fertig.

Aber sie verließ Samantha mit dem Versprechen, daß sie sehen wolle, ob sie helfen könne. Samantha lächelte müde. «Du, vielen Dank, daß du gekommen bist und dir meine traurige Geschichte angehört hast. Ich weiß, man hat keinen Bedarf an solchen Geschichten. Die Welt ist voll davon.»

Meine Welt nicht, dachte Mira.

15

«Ganz bestimmt nicht», sagte Norm.

«Norm, die arme Samantha!»

«Samantha tut mir sehr, sehr leid», sagte Norm feierlich, «aber ich denke nicht daran, mein schwerverdientes Geld herzugeben, um diesem widerlichen Simp zu helfen.»

«Du würdest nicht Simp helfen. Er lebt gar nicht mehr dort.»

«Aber es ist sein Haus, oder? Es wäre etwas anderes, wenn ich annehmen könnte, daß er es irgendwann zurückzahlt. Aber nach dem, was du erzählst, ist er ein Versager und ein blöder Hund – ich würde das Geld nie wiedersehen.»

«Aber Norm, was macht das schon aus? Wir haben doch genug.»

«Du hast gut reden. Ich schufte mich ab für das Geld.»

«Und was glaubst du, was ich den ganzen Tag mache? Was ich in all den Jahren gemacht hab? Ich schufte genauso wie du.»

«Oh, hör doch auf, Mira.»

«Was heißt hier, hör doch auf?» fragte sie wütend. «Bin ich etwa nicht ein gleichberechtigter Partner in dieser Ehe? Trage ich etwa nicht dazu bei?»

«Natürlich tust du das», sagte er beschwichtigend, aber in seiner Stimme schwang eine Spur von Verachtung. «Nur – du trägst andere Dinge dazu bei. Nicht Geld.»

«Meine Arbeit ermöglicht es dir, dieses Geld zu verdienen.»

«Oh, Mira, mach dich nicht lächerlich! Glaubst du, daß ich dich brauche, um meine Arbeit tun zu können? Ich könnte überall leben, könnte eine Haushälterin anstellen oder im Hotel leben. Ich ermögliche dir deinen Lebensstil durch meine Arbeit, nicht umgekehrt.»

«Und ich habe kein Wort mitzureden, wie das Geld ausgegeben wird?»

«Doch, natürlich. Gebe ich dir nicht alles, was du dir wünschst?»

«Ich weiß nicht. Ich wünsche mir offenbar nie etwas.»

«Beschwere ich mich je über deine Ausgaben für Kleider oder über den Musikunterricht der Kinder, oder ihre Ferienlager?»

«Also, dann wünsche ich mir *das.* Ich wünsche mir dreihundert Dollar für Samantha.»

«Nein, Mira. Und damit Schluß.» Er stand auf und ging aus dem Zimmer, und ein paar Minuten später hörte sie ihn duschen. Er hatte am Abend noch eine Sitzung.

Sie stand auch auf, und erst da merkte sie, daß sie am ganzen Körper zitterte. Sie hielt sich an der Lehne des Küchenstuhls fest. Sie wollte ihn ergreifen und die Treppe rauflaufen und die Badezimmertür einschlagen und ihn Norm über den Schädel schlagen. Ihr Blick fiel auf ein Tranchiermesser, und sie stellte sich vor, wie sie es ergriff und ihm ins Herz bohrte, wie sie immer wieder zustach. Sie atmete in kurzen Stößen.

Sie hatte das Gefühl, daß er sie vernichtet hatte. Er war verärgert darüber, daß sie nicht einsehen wollte, daß sie machtlos war. Wie war es dazu gekommen, daß er alle Macht besaß? Sie erinnerte sich an den Abend, als sie im Schaukelstuhl gesessen hatte und beschloß, zu sterben. Damals hatte sie die Macht gehabt. Jedenfalls die Macht, zu sterben. Sie fühlte, daß sie nicht gegen ihn ankämpfen konnte. Sie konnte Samantha das Geld ohne seine Erlaubnis nicht geben. Doch wenn sie es nicht tat, würde das irgendwie das Ende von etwas bedeuten. Sie hatte ihm erlaubt, ihre Freunde aus ihrer beider Leben auszuschließen, und war dadurch schon kleiner geworden, aber wenn sie ihm das jetzt erlaubte, war sie endgültig ausgelöscht. Doch sie konnte sich nicht rühren.

Als er frisch angezogen herunterkam, stand sie in der Küche und er warf ihr einen Blick zu.

«Es wird vielleicht spät, warte also nicht auf mich», sagte er mit ganz normaler Stimme, als ob nichts geschehen wäre. Er tätschelte ihr die Wange und ging durch die Küche in die Garage. Einen Moment lang wollte sie rausrennen und die Garagentür abschließen und ihn zwingen, im Auto sitzen zu bleiben und das Kohlenmonoxyd einzuatmen. Sie war entsetzt über die Vorstellungen, die ihr da durch den Kopf schossen.

Einer der Jungen kam in die Küche gerannt. «He, Mom, Onkel Good Humor ist da. Kann ich einen Vierteldollar haben?» Sie fuhr wie eine Rachefurie herum. «Nein!» schrie sie.

16

Sie ging durch den Abend wie eine Schlafwandlerin. Sie saß im großen Wohnzimmer, die Jungen sahen fern, und sie schaltete den Apparat auch nicht ab, als sie zu Bett gingen, sondern saß einfach nur da, und die Nachrichten kamen, und die Leute sprachen immer noch über Schwerner, Goodman und Chaney, und jeder nahm an, daß sie tot waren, und das brachte sie wieder zu sich. Gestorben für eine Sache. In ihrer Jugend war sie auch für die Rassenintegration eingetreten, doch jetzt hatte sie schon lange nicht einmal mehr darüber nachgedacht. Was nützte es? Trotzdem, dachte sie, es mußte schön sein, für eine Sache zu sterben. Wenn man schon sterben muß, dann lieber für eine Sache. Denn sonst . . . In ihrem Kopf war ein dumpfes Durcheinander. Sie stand auf, schaltete den Fernsehapparat ab und goß sich einen Brandy ein. Aber das war das Falsche; denn als der Brandy ihr Inneres erwärmte, brandete die Hitze in ihr hoch, und sie begann zu weinen, aber es war kein Weinen, sondern ein wildes, ungestümes, heftiges Schluchzen, das sie nicht zu unterdrücken vermochte, es war, als ob mit diesem Schluchzen ihr Innerstes aus ihr hervorbrach.

Als sie sich endlich beruhigt hatte, dachte sie über die drei jungen Männer nach, die glaubten, sie könnten die Dinge verändern. Sie hatten wahrscheinlich nicht damit gerechnet, zu sterben, hatten es nicht gewollt, hatten nicht den Märtyrertod gesucht. Sie hatten einfach gedacht, daß ihre Sache das Wagnis wert war. Aber wenn es sich um deine Sache handelt, steigen Schuldgefühle in dir auf. Wie kannst du es wagen, für dich selbst zu kämpfen? Das ist selbstsüchtig. Doch vielleicht kämpfte Chaney auch in eigener Sache, und das fand keiner selbstsüchtig. Sie trank noch einen Brandy, und noch einen. Sie wurde betrunken. Sie begann sich Szenen vorzustellen. Norm würde von seiner Sitzung nach Hause kommen, und sie würde aufstehen und sagen . . . Sie dachte sich würdevolle Reden aus. Sie legte ihm Punkt für Punkt dar, und er war erstaunt über ihre Logik und kapitulierte, entschuldigte sich, bat um Vergebung. Oder er kam, und sie würde ihm mit der Axt den Schädel einschlagen und zusehen wie er, hoffentlich langsam, starb. Oder er würde gar nicht kommen – er würde betrunken sein und einen Autounfall haben und dabei umkommen. Oder er würde auf der Straße überfallen werden und von einem Straßenräuber erstochen werden. Und alle ihre Probleme hatten ein Ende.

Der Himmel wurde schon hell, als ihr klar wurde, daß Norm überhaupt nicht nach Hause kam. Gleichzeitig wurde ihr klar, daß Norm nicht der Feind war, sondern nur die Verkörperung des Feindes. Denn was konnte er ihr schon antun, wenn sie den Scheck ausschrieb? Würde er sie schlagen, sich scheiden lassen, ihr das Haushaltsgeld verweigern, sie zwingen, die dreihundert Dollar zurückzuzahlen? Er konnte überhaupt nichts machen. Sie sah plötzlich, daß seine Macht über sie auf einem gegenseitigen Abkommen beruhte, daß sie sich auf Luft gründete, auf nichts, und daß er sie deshalb so oft und auf so merkwürdige Weise hervorkehren mußte. Sie konnte diese Macht ganz leicht brechen, indem sie einfach das Gesicht abwandte. Warum hatte sie solche Angst davor? Es war da noch etwas, draußen, draußen in der Welt, etwas, das ihm die Macht verlieh, oder etwa nicht? Oder fürchtete sie nur, seine Liebe zu verlieren? Welche Liebe? Was war es, ihre Ehe? Sie saß da, betrunken schaukelnd auf dem soliden Schaukelstuhl, sah zu, wie die Sonne hinter den Bäumen heraufkam. Sie war eingeschlafen, als die Jungen ins Zimmer gestürmt kamen und schrien: «Mami, du hast uns ja gar nicht geweckt, Mom, wir kommen zu spät.»

Sie rüttelte sich wach und starrte die beiden an.

Sie rannten umher, suchten ihre Schulbücher zusammen, schrien sie an und schrien sich gegenseitig an.

«Wir haben noch nicht einmal gefrühstückt», sagte Normie vorwurfsvoll.

Sie saß da und sah ihn an. «Du ißt doch sowieso nie dein Frühstück.»

Er hielt inne und warf ihr einen Blick zu. Er merkte, daß sich etwas verändert hatte. Aber es blieb keine Zeit, dem auf den Grund zu gehen, und sie sausten los, zur Bushaltestelle, denn offensichtlich war sie nicht gewillt, sie hinzufahren. Sie saß da, mit einem bösen Grinsen im Gesicht; dann stand sie auf und machte sich etwas Kaffee. Danach duschte sie, zog sich an, nahm ihr Scheckbuch, stieg ins Auto, fuhr zu Samantha und gab ihr einen Scheck über $ 350. «Ein kleiner Beitrag, damit du über die

Runden kommst», erklärte sie. «Ich kann es dir nicht richtig erklären, aber in Wirklichkeit ist es für mich, nicht für dich.»

Sie trug den Betrag und die Empfängerin in großen Buchstaben in ihr gemeinsames Scheckbuch ein. Aber Norm erwähnte es nicht, niemals.

17

Und die ganze Zeit fragst du dich: «Was ist eigentlich mit Norm? Wer ist er, dieser Schattenmann, diese Galionsfigur von einem Ehemann?»

Du wirst es nicht glauben, aber dazu kann ich dir nicht viel sagen. Ich kannte ihn, kannte ihn sogar ziemlich gut, aber da ist trotzdem nicht viel, was ich dir erzählen kann. Ich kann dir sagen, wie er aussah. Er war ziemlich groß, fast zwei Meter, blond, blauäugig. In jüngeren Jahren hatte er einen Bürstenschnitt. Als er älter wurde, bekam er ein rotes Gesicht und setzte etwas Speck an, aber nicht zuviel. Er hielt sich fit mit Golf und Squash. Im Rollkragenpullover und mit weißen Golfschuhen sah er sehr gut aus. Als der Stil sich in den Siebzigern gründlich änderte, hielt er Schritt. Er ließ sein Haar – was ihm davon geblieben war – ein bißchen länger werden und ließ sich Koteletten wachsen, und er ging dazu über, farbige Hemden und breite Krawatten zu tragen. Er hatte ein nettes Gesicht – das hat er immer noch. Und er hat ein angenehmes Wesen. Er kennt ein paar Witze, keine allzu obszönen, er sieht gern Fußball, und manchmal fährt er sogar nach Westpoint, um sich ein Spiel anzusehen. Er liest, was er muß, um sich in seinem Beruf auf dem laufenden zu halten, aber sonst nichts, außer den Schlagzeilen der Zeitung. Wenn er zu Hause ist, sieht er fern. Er sieht gern Western und Krimis. Er hat kein ausgesprochenes Laster. In vielerlei Hinsicht war er der Idealmann der fünfziger Jahre.

Du denkst, ich hätte ihn erfunden. Du denkst: Aha! Eine symbolische Gestalt in einer, wie sich nun doch herausstellt, erfundenen Geschichte. Ach, wenn es doch so wäre! Dann wäre er mein Versagen, und nicht der des Lebens. Ich würde sehr viel lieber glauben, daß Norm ein Strichmännchen ist, weil ich keine großartige Schriftstellerin bin, als weil er wirklich eins ist.

Im Laufe der Jahre habe ich viele Romane von männlichen Autoren gelesen, und in meiner Vorstellung besteht kein Zweifel darüber, daß ihre Frauengestalten – ausgenommen die von Henry James – Strichfiguren mit Polstern an bestimmten Stellen sind. So mag das Problem einfach darin bestehen, daß wir, Männer und Frauen, einander nicht gut genug kennen. Vielleicht brauchen wir einander zu sehr, als daß wir einander kennen könnten. Andererseits glaube ich auch nicht, daß die Männer Norm besser kannten als ich. Und das gilt nicht nur für Norm. Ich glaube auch nicht, daß irgendeiner Carl kannte, Paul oder Bill, oder gar den armen Simp, obwohl ich mehr Verständnis für ihn habe als für die anderen. Beim kleinsten Ausrutscher oder Verstoß gegen die Achtbarkeit wirst du irgendwie greifbarer. Verstehst du, was ich meine? Es ist, als ob es eine hauptamtliche Tätigkeit wäre, weiß und männlich und ein Angehöriger des Mittelstands zu sein, so ähnlich, wie wenn man Colonel in der Army und ehemaliger West Point-Zögling ist. Selbst wenn du dein schmuckes Kostüm nicht trägst, mußt du dastehen wie ein Ladestock, mußt reden, ohne den Mund zu weit aufzureißen, Witze machen über das Saufen und die Weiber und einen Gang haben wie ein Roboter. Der einzige Weg, da herauszukommen, ist ein Rausschmiß wegen irgendeines schrecklichen Vergehens – wenn du dann auf der schiefen Bahn landest und mit irgendeinem Jüngling in der Garküche der Heilsarmee ins Gespräch kommst, dann kannst du es dir leisten, dein wahres Ich zu zeigen. Simp ist abgerutscht. Das ist eine unverzeihliche Sünde in den Augen der anderen weißen Mittelstandsmänner – fast so schlimm wie schwul sein. Und deshalb kann ich mir gut vorstellen, wie er in den Bars hockt, in die er mit dem Geld seiner Mutter immer noch geht, elegant bei seinem zweiten doppelten Martini sitzt und lässig über das große Geschäft spricht, das er an diesem Nachmittag abzuschließen gedenkt – gegen drei erwartet er einen Anruf (in der Bar, fragst du dich), der alles verändern wird. Und er ist nicht hohler als die anderen, die genauso tönen – nur daß du in seinem Fall weißt, daß es nicht stimmt. Und du beobachtest ihn verstohlen und merkst, daß er irgendwie gar nicht weiß, daß es nicht stimmt, daß er nicht einmal clever genug ist, um ein guter Lügner zu sein, daß er sich ein Image gekauft hat und es zu mehr nicht gebracht hat, und jetzt ist dieses Image alles, was er hat, und er dreht sich darin im Kreis und lebt darin wie Kinder in ihren Tagträumen.

Wie auch immer, die anderen behielten ihre Uniformen an, und mehr war nicht über sie in Erfahrung zu bringen. Soldaten sehen, wie Nigger und Gelbe, alle gleich aus.

Trotzdem will ich versuchen, dir zu erzählen, was ich über Norm weiß.

Er war ein glückliches Kind. Sein Vater war Apotheker, seine Mutter Hausfrau und sehr gesellig. Er hatte einen jüngeren Bruder, der Zahnarzt wurde. Beide, Norm und sein Bruder, waren durchschnittlich begabt in der Schule, durchschnittlich sportlich, durchschnittlich beliebt. Sie waren, soweit ich weiß, in keiner Weise außergewöhnlich, und genau diese Durchschnittlichkeit macht es so schwer, über sie zu reden.

Er war nicht sehr auf Sex versessen. Von seinen ersten Jahren an hatte seine Mutter darauf geachtet, daß er mit den Händen über der Bettdecke einschlief – sie zog sie sogar wieder hervor, wenn sie im Schlaf unter die Decke glitten. Sie erlaubte ihren Jungen nie, morgens länger im Bett zu bleiben, und sie warnte Mira oft und nachdrücklich vor den Gefahren solcher Nachgiebigkeit. Mit fünf beteiligte Norm sich an einem Wettstreit mit anderen Nachbarsjungen, wer am weitesten pinkeln konnte. Seine Mutter erwischte ihn und drohte ihm, er werde sein Glied verlieren, wenn er so etwas je wiedertäte. Die Drohung machte wahrscheinlich weniger Eindruck auf ihn als ihr totenbleiches Gesicht und ihr Ringen nach Luft, als sie ihn nach Hause zerrte. Mit neunzehn verliebte er sich in das erste Mädchen, mit dem er sich je verabredet hatte. Sie verlobten sich, aber während er auf dem College war, brannte sie mit dem Autoschlosser von der Essotankstelle durch. Norm trug viele Jahre lang an der Bürde dieses tragischen Verrats. Freunde von ihm brachten ihn mit Antoinette, der Hure der kleinen Stadt, zusammen, und er verlor seine Unschuld auf dem Rücksitz eines Ford, Baujahr 1959. Diese Erfahrung war von so vielen Schuldgefühlen und so zahlreichen unbekannten unangenehmen Empfindungen oder Gefühlen begleitet, daß er sich nicht so bald um eine Wiederholung bemühte. Norm hatte, damals zumindest, ein gewisses Feingefühl: er lachte zwar mit seinen Freunden über die Erfahrung und über Antoinette, aber irgendwie wußte er, daß es nicht so gewesen war, wie es hätte sein sollen, nicht so, wie er es sich gewünscht hätte.

Als Kind zeichnete er gern, aber seine Eltern ermunterten ihn nicht. Sie verboten es ihm auch nicht – es war nur so, daß die ganze Familie auf eine andere Richtung festgelegt war. Die einzigen Bilder, die seine Eltern aufgehängt hatten, waren Drucke von Currier und Ives. Sie lasen weder Bücher, noch hörten sie Musik. Und sie vermißten nichts. Solche Dinge existierten einfach nicht in ihrer Welt. Norm bekam Reitunterricht – sein Vater war im Ersten Weltkrieg bei der Kavallerie gewesen. Man bestärkte ihn in seinem Wunsch, nach West Point zu gehen. Seine Wutanfälle waren immer von der gleichen Sorte: jedesmal, wenn West Point ein Spiel verlor, trat er nach dem Radio. Das tat den Radios zwar nicht gut, aber aus irgendeinem Grunde wurde es hingenommen von seinen Eltern, die sonst keine Zornesausbrüche duldeten. Alle Tobsuchtsanfälle galten als Verirrung, und Norm wurde kühl und ohne Abendessen in sein Zimmer geschickt.

Norm lernte, das zu werden, was sein Vater einen Gentleman genannt hätte. Er versuchte sich in allem, konnte aber nichts besonders gut. Er tat nichts mit Leidenschaft. Er studierte und machte mittelmäßige Examen. Er spielte Baseball, aber selten erstklassig. Er war unternehmungslustig, aber nicht wild. Er verabredete sich, war aber sexuell nicht sehr aktiv.

Mira lernte er durch ihrer beider Familien kennen. Er fand sie sehr hübsch, zerbrechlich und unschuldig, aber gleichzeitig sehr intellektuell. Sie kam ihm wahrscheinlich deshalb intellektuell vor, weil sie über manche Dinge nachgedacht hatte und er nicht; doch als er mehr mit ihr zusammen war, hörte er von seinen Freunden an der Universität Geschichten über sie und bekam den Eindruck, daß Mira nicht die Unschuld war, für die er sie gehalten hatte. Er machte nie den Versuch, den Widerspruch zwischen diesen beiden Eindrücken zu untersuchen – als er sie für sich behalten wollte, sprach er von der Außenwelt als der Masse strotzender aggressiver Männlichkeit, als die er sie empfand und vor der Mira, wie er wußte, Angst hatte. Wenn er wütend auf sie war, klagte er sie an, sie sei eine Hure. Für ihn besaß sie die mythische Qualität von Jungfrau und Hure in einer Gestalt, auch wenn er selber nicht so darüber dachte. Er dachte überhaupt nicht darüber nach. Er dachte nie über irgend etwas Gefährliches nach. Seine Gefühle für seine Eltern, gegenüber seinem Beruf, gegenüber der Welt, in der er sich bewegte, waren immer anständig, mit Humor gefärbt und schnell abgetan. Seine Abneigung, in schwierige oder gefährliche Probleme einzudringen, war charakteristisch für ihn wie für seine Mittelmäßigkeit. Er wandelte immer auf dem breiten, ausgetretenen Weg und hielt alle, die schmalere Pfade wählten, für verrückt oder ungezogen. Tatsächlich waren diese beiden Worte in seinem Sprachschatz fast Synonyme. Verrücktheit war nur eine gesteigerte Form von Mangel an Manieren. In gewisser Weise war er der ideale Gentleman alter Schule.

Mira war für ihn, so schien es, die vollkommene Partnerin. Er war der Wissenschaftler, derjenige, der mit den Fakten umging und sich in den irdischen Gefilden des Sports, des Geldes und des Status auskannte; sie war künstlerisch und literarisch interessiert. Sie spielte ein bißchen Klavier, verstand ein bißchen von Kunst und Theater. Sie hatte etwas Feines, das ihr angeboren schien. Sie würde ein gutes Licht auf ihn werfen. Es kam ihm nie in den Sinn, trotz ihrer zwei Jahre an der Universität, daß sie anders handeln könnte als seine Mutter. Sie würde für ihn und ihrer beider Kinder sorgen, und sie würde die kulturelle Note beisteuern, den Glanz, der seiner eigenen Familie so gänzlich fehlte. Und oberflächlich betrachtet, gab es nichts, was gegen ihre Ehe sprach. Beide kamen aus dem Mittelstand, aus republikanischen Familien. Und wenn Mira auch bis zu einem gewissen Grade katholisch erzogen worden war, so bestand doch weder bei ihr noch ihren Eltern die Gefahr, daß sie die Verachtung seiner Familie gegenüber Nicht-Protestanten hervorriefen. Sie war gebildet, sie war gesund, sie war nicht in Luxus aufgewachsen und würde sich nicht gegen die Arbeit sträuben, die ihr die ersten Jahre abverlangen würden. Und außerdem war Mira auf eine Art hilflos und verletzlich, die ihn zutiefst berührte. Alles schien vollkommen.

Und das war es in der Tat. Sie waren jetzt vierzehn Jahre verheiratet, und Norm hätte sicher geschworen, daß sie keine ernsthaften Probleme hatten. Sie war eine wunderbare Mutter, eine ausgezeichnete Hausfrau, eine gute Gastgeberin. Sie war nicht sehr sexuell, aber Norm respektierte das. Er hatte das Gefühl, daß seine Wahl weise gewesen war, und blickte selbstgefällig auf jene seiner Kollegen herab, die häusliche Probleme hatten. Er war mit sich und seinem Leben zufrieden, zufrieden mit Mira. Sein Gesicht hatte sich mit den Jahren in gutmütige, freundliche Falten gelegt. Sie hatten ihr Leben so gelebt, wie man es von ihnen erwartet hatte, und für Norm war es durchaus ein erfülltes Leben. Nur manchmal, wenn sie ins Kino oder in ein Musical am Broadway gingen und eine attraktive Frau ihren Körper auf eine bestimmte Art bewegte – nicht nur irgendeine attraktive Frau, sondern eine, die, selbst wenn sie mit dem Körper wackelte, eine gewisse Hilflosigkeit und Verletzlichkeit ausstrahlte –, dann stieg so etwas wie ein Schrei in ihm auf, ein Verlangen, die Hand auszustrecken und hart zuzupacken, festzuhalten und an sich zu reißen, auch gegen Proteste, und – aber das Wort kam ihm nie auch nur in den Sinn – zu vergewaltigen, zu überwältigen und zu besitzen und in Besitz zu behalten. So wie seine frühesten Gefühle für Mira gewesen waren – nur daß er sie nie ausgelebt hatte. Er würde es auch jetzt nicht tun. Er lachte über sich und seine komischen Wünsche, verlachte sie als absurd und ging nach Hause und bestand ruhig und sachlich darauf, mit der widerstrebenden Mira zu schlafen, und konnte nie den Akt mit dem Gefühl in Einklang bringen.

18

Was ist überhaupt ein Mann? Alles, was ich in der Popkultur um mich herum sehe, sagt mir, ein Mann ist einer, der fickt und tötet. Aber alles, was ich im Leben um mich herum sehe, sagt mir, ein Mann ist einer, der Geld verdient. Vielleicht gibt es zwischen beidem einen Zusammenhang, denn das Geldverdienen in unserer Welt verlangt häufig, das Ficken und Töten sorgfältig zu vermeiden – so sorgt vielleicht die Kultur für den nicht ausgelebten Teil. Ich behaupte nicht, es zu wissen, und es ist mir auch nicht einmal so wichtig. Ich nehme an, das ist ihr Problem. Die Frauen heute geben sich alle Mühe, sich von den Bildern zu befreien, die ihnen aufgezwungen worden sind. Die Schwierigkeit besteht darin, daß in diesen Bildern doch soviel Wahrheit liegt, daß ihre Ablehnung oft auch die Ablehnung eines Teils dessen, was du wirklich bist, bedeutet. Vielleicht sitzen die Männer im selben Boot, aber ich glaube das eigentlich nicht. Ich glaube, sie sind mit ihren Bildern eher zufrieden, finden sie brauchbar. Wenn nicht, ist es an ihnen, sie zu verändern. Ich weiß nur, wenn die Männer wirklich so sind, dann bin ich geneigt, für immer auf sie zu verzichten und Kinder nur noch durch Parthenogenese zu bekommen, was heißen würde, daß ich nur weibliche Kinder bekäme, was mir sehr recht wäre. Aber die andere Seite des Bildes, die Wirklichkeit, ist genauso schlimm. Denn wenn sich die Männer, die ich kenne, auch nicht dem Töten ergeben haben und keine großartigen Helden im Ficken sind und (in den meisten Fällen) nur in bescheidenem Maße Geld verdient haben, so haben sie doch auch nichts anderes zu bieten. Sie sind nur langweilig. Vielleicht ist das der Preis dafür, daß sie auf der Seite der Gewinner stehen. Denn die Frauen, die ich kenne, sind gefickt und angeschmiert worden, und sie sind trotzdem großartig.

Einer der Vorteile, einer verachteten Spezies anzugehören, ist, daß du Narrenfreiheit hast, die Freiheit zum Beispiel, so verrückt zu sein, wie du willst. Wenn du dem Gespräch von ein paar Hausfrauen zuhörst, wirst du eine Menge Unsinn hören, darunter wirklich verrücktes Zeug. Das kommt, glaube ich, von dem dauernden Alleinsein, davon, daß man immerfort seinen eigenen komischen Gedankengängen nachhängt, ungehindert von dem, was manche Leute Disziplin nennen. Das Ergebnis ist Verrücktheit, aber auch Scharfsinn. Ganz normale Frauen kommen mit den verfluchtesten Wahrheiten heraus. Du ignorierst sie auf eigene Gefahr. Und sie dürfen weiter wilde Aussagen machen, ohne daß sie dafür in die eine oder andere Art von Gefängnis gesteckt werden (manche werden es trotzdem), weil alle Welt weiß, daß sie verrückt und machtlos sind. Ob eine Frau fromm oder sehr weltlich ist, passiv oder wild und aggressiv, liebevoll oder haßerfüllt – sie hat auch nicht viel mehr auszustehen, als wenn sie das alles nicht ist: sie hat die Wahl, als Klotz am Bein oder als Hure beschimpft zu werden. Was ich nicht begreife, ist, woher die Frauen plötzlich diese Macht haben. Denn sie haben sie. Daß die Kinder sich fast immer zu einem Haufen Scheiße entwickeln, ist doch, wie wir alle wissen, Mamas Schuld. Wie hat sie das fertig gebracht, diese machtlose Kreatur? Wo war all ihre Macht in den Jahren, in denen sie fünf Waschmaschinenladungen in der Woche wusch und aufpaßte, daß sie nicht das Weiße mit der Buntwäsche zusammentat? Wie konnte sie Papas positiven Einfluß zunichte machen? Wie kommt es, daß sie von dieser ihrer Macht erst nachträglich erfährt, wenn sie plötzlich Verantwortung genannt wird?

Ich möchte gern begreifen, wie das mit dem Gewinnen und Verlieren ist. Zur Zeit gilt die Spielregel, daß die Männer gewinnen, solange sie ihre Nase einigermaßen sauber halten, und daß die Frauen verlieren, immer, auch außergewöhnliche Frauen. Die Edith Piafs, die Judy Garlands dieser Welt werden groß, indem sie aus ihrer Niederlage Kapital schlagen. Dieser Teil ist klar. Nicht klar ist, welches Spiel wir eigentlich spielen. Was gewinnst du, wenn du gewinnst? Ich weiß, was du verlierst, darin habe ich einige Erfahrung. Ich weiß aber nicht, was für Preise mit dem Sieg verbunden sind, außer Geld. Vielleicht ist das alles, vielleicht gibt es nicht mehr. Ich nehme es fast an, denn wenn ich mir all die Gewinner ansehe, all die Norms dieser Welt, kann ich nicht viel anderes sehen: Geld und eine gewisse Selbstsicherheit in der Welt, das Gefühl der Rechtmäßigkeit.

Du denkst jetzt, ich hasse die Männer. Ich glaube, das stimmt, obwohl einige meiner besten Freunde . . . Ich mag diese Haltung nicht. Ich mißtraue jedem verallgemeinerten Haß. Ich komme mir vor wie einer jener Mönche im 12. Jahrhundert, die wider die Schlechtigkeit der Frauen wetterten und verlangten, daß sie sich völlig verhüllten, wenn sie ausgingen, damit sie die Männer nicht auf schlechte Gedanken brächten. Die Annahme, daß die Männer diejenigen sind, die zählen, und daß die Frauen nur in Beziehung zu ihnen existieren, wird unterschwellig so selbstverständlich akzeptiert, daß selbst wir sie bis vor kurzem nie angefochten haben. Aber sieh dir doch an, was wir lesen! Ich habe Schopenhauer und Nietzsche gelesen und Wittgenstein und Freud und Erikson. Ich las Montherland und Joyce und Lawrence und albernere Leute wie

Miller und Mailer und Philip Roth und Wylie. Ich habe die Bibel gelesen und die griechischen Mythen, und ich habe nie gefragt, warum alle neueren Ausgaben Gaia-Tellus und Lilith in eine Fußnote verwiesen und Saturn zum Schöpfer der Welt machten. Ich habe auch, ohne viel zu fragen, die alten Inder und die Juden gelesen, Pythagoras und Aristoteles, Seneca, Cato, Paulus, Luther, Samuel Johnson, Rousseau, Swift ... na, du verstehst schon. Jahrelang habe ich das alles nicht persönlich genommen.

Deshalb fällt es mir jetzt schwer, andere bigott zu nennen, da ich es doch selber bin. Ich sage den Leuten immer gleich, um sie zu warnen, daß ich an einer Charakterdeformierung leide. In Wahrheit bin ich es einfach sterbensleid, dieses viertausend Jahre währende Gerede der Männer, wie verrottet mein Geschlecht sei. Es kotzt mich an, besonders, wenn ich herumblicke und so verrottete Männer sehe und so großartige Frauen, die alle mit dem heimlichen Verdacht leben, daß die Bemerkungen aus den viertausend Jahren zutreffen. Zur Zeit komme ich mir wie eine Ausgestoßene, wie eine Kriminelle vor. Vielleicht ist es das, was die Leute wahrnehmen, die mich so seltsam ansehen, wenn ich am Strand entlanggehe. Wie eine Ausgestoßene fühle ich mich nicht nur deshalb, weil ich die Männer für verrottet und Frauen für großartig halte, sondern auch weil ich zu der Überzeugung gelangt bin, daß unterdrückte Menschen das Recht haben, «kriminelle» Mittel anzuwenden, um zu überleben. «Kriminell» – das heißt natürlich, sich den Gesetzen zu widersetzen, die von den Unterdrückern gemacht werden, um die Unterdrückten in Schach zu halten. Eine solche Haltung bringt dich jedoch erschreckend in die Nähe der Befürworter von Unterdrükkung. Wir sind eingeengt durch die Satzglieder: Subjekt, Prädikat, Objekt. Das beste, was wir tun können, ist, sie umzudrehen. Und das ist keine Antwort, oder?

Gut, das Antworten überlasse ich anderen, einer künftigen Generation vielleicht, die von den Deformationen, unter denen meine litt, verschont bleibt. Meine Gefühle den Männern gegenüber sind das Ergebnis meiner Erfahrung. Ich empfinde wenig Sympathie für sie. Wie ein Jude, der gerade aus Dachau entlassen worden ist, sehe ich, wie der hübsche junge Nazisoldat sich windend, mit einer Kugel im Bauch, zu Boden fällt, und ich sehe nur kurz hin und gehe weiter. Ich brauche nicht einmal mit den Schultern zu zucken. Es berührt mich einfach nicht. Was für ein Mensch er war, meine ich, ob er sich schämte und wonach er sich sehnte, es spielt keine Rolle. Es ist zu spät, ich interessiere mich nicht mehr dafür. Einst, vor langer Zeit, hätte ich mich dafür interessieren können.

Aber das Märchenland liegt weit zurück, hinter der verschlossenen Tür. Immer und ewig werde ich die Nazis hassen, selbst wenn du mir beweisen kannst, daß auch sie Opfer waren, daß sie Täuschungen erlegen sind, durch eine Gehirnwäsche mit Bildern beeinflußt waren. Der Stein in meinem Bauch ist wie die Perle in einer Auster – die Akkumulation von Verteidigungsenergien gegen eine Reizung. Meine Perle ist mein Haß: mein Haß erwuchs aus Erfahrung – das ist kein Vorurteil. Ich wünschte, es wäre ein Vorurteil, dann könnte ich es vielleicht ablegen.

19

Ich glaube, ich sollte zu meiner Geschichte zurückkehren, aber es macht mich so müde, mich in diese Richtung zu wenden. Oh, diese Leben, diese Leben! Diese Jahre. Du weißt, wie dir zumute ist, wenn jemand dir zuflüstert, daß Soundso krank ist, und du sagst «wie schade!» und fragst, was sie denn hat, und man dir flüsternd sagt: «Eine Frauensache.» Du bohrst nie weiter. Du hast die vage Vorstellung von ständigem Sotten und Tropfen, von Blut, das beharrlich aus bestimmten Öffnungen fließt, von Organen, die auslaufen mit all dem andern klebrigen Zeug und zu zerfallen drohen, von Brüsten, die schlaff oder knotig werden und manchmal abgenommen werden müssen. Und vor allem ist da die Vorstellung von einer widerwärtigen Höhle, in die niemals frische Luft eindringt, dunkel und übelriechend, mit einer dicken schmierigen ekelerregenden Schicht am Grund.

Ja. Und für jede Geschichte, die ich dir erzähle, lasse ich drei andere aus. Ich habe dir zum Beispiel nicht alles erzählt, was Doris und Robert widerfuhr, oder Paula und Brett, oder Sandra und Tom, oder der armen Geraldine. Ich weiß es, aber ich erzähle es nicht. Es hat keinen Sinn, es zu erzählen, es ist alles mehr oder weniger das gleiche. Ich werde auch nicht ausführlich schildern, was Oriane geschah – allerdings möchte ich dir erzählen, daß Sean sie im Krankenhaus besuchte, nachdem ihr die Brust abgenommen worden war, und daß er sein schönes Gesicht voller Abscheu abwandte.

«Laß bloß Timmy das Ding da nicht sehen, wenn du nach Hause kommst», sagte er mit verzerrtem Mund. «Es ist ekelhaft.»

Er hätte sich keine Sorgen zu machen brauchen. Als sie nach Hause kam, beging sie Selbstmord. Trotzdem, es war nicht seine Schuld: sie hätte ihn nicht so lieben sollen, hätte nicht zulassen sollen, daß seine Meinung ihr soviel bedeutete. Hätte. Hätte nicht. Auf jede der großartigen Frauen, die ich inzwischen kenne, kommt eine Oriane, eine Adele, eine Lily oder eine Ava. Irgendwo.

Gescheitert, gestrandet. Davongekommene Schiffbrüchige, wir alle. Überlebende des Schlachtfelds unseres eigenen Lebens. Und die einzige Hilfe, die wir je hatten, erhielten wir voneinander. Alice war es, die Nacht für Nacht bei Samantha saß, bis sie die Hysterie, das Gefühl, verraten worden zu sein, den furchtbaren, schmerzenden Haß überwunden hatte. Martha war es, die Mira mit aufgeschlitzten Handgelenken auf dem Boden liegend fand. Mira war es, die Martha zu Bett brachte und die restlichen Schlaftabletten beseitigte und bei ihr blieb, als sie merkte, daß sie am Leben bleiben würde. Doch Lily konnte niemand retten. Sie war jenseits unserer Reichweite.

Glaubst du irgend etwas davon? Das ist kein Stoff für einen Roman. Es hat nicht die Form und nicht die Ausgewogenheit, die in der Kunst so wichtig ist. Du weißt, wenn die eine Linie so verläuft, muß die andere so verlaufen. Hier verlaufen alle Linien gleich. Diese Leben sind wie Fäden, die alle in einen Teppich gewoben werden, und wenn er fertig ist, wundert sich die Weberin, daß die Farben alle ineinander übergehen: Blut und Tränen in vielen Schattierungen und der Geruch von Schweiß. Selbst die Leben, die nicht passen, passen. Ethel zum Beispiel. Du kennst Ethel nicht, sie war eine Schulfreundin von mir, und sie wollte Bildhauerin werden. Natürlich heiratete sie. Sie ist ziemlich komisch im Kopf geworden und sammelt Muscheln. Ihr Haus ist voll von Muscheln, und sie redet über nichts anderes. Niemand besucht sie mehr.

Manchmal, während ich dies alles aufzuschreiben versuche, komme ich mir so vor, als täte ich da etwas, was ich einst als Kind getan habe: Anziehpuppen zeichnen. Sie sahen alle ziemlich gleich aus, nur daß die eine blonde Haare hatte, eine andere rote und eine dritte schwarze. Ich zeichnete ganze Kleiderkollektionen, alle austauschbar: Abendkleider, Schneiderkostüme, lange Hosen, Shorts, Nachthemden. Dabei hätte ich eine Medea oder eine Antigone sehr viel besser zeichnen können. Aber sie, verstehst du, hatten scharfe Kanten, und ihr Leben Anfang und Ende, und die Menschen, die ich kenne, nicht, und ihr Leben auch nicht. Ich sehe, ich sah, wie die Jahre sie langsam zermürbten. Nicht in stiller Verzweiflung gelebte Leben: nein, da war nichts Stilles in diesen Leben. Da waren Leidenschaft und höchste Not, gellendes Geschrei und Mißhandlungen – des eigenen Körpers, natürlich. Und wir alle sind letzten Endes gestrandet. Es scheint sich also mehr um ein allgemeines als um ein individuelles Problem zu handeln. Oh, falls du nach Fehlern suchst, die gibt es, aber ist letzten Endes keine Tragödie. Oder doch? Ich denke an Miras Pedanterie und Selbstgefälligkeit und Überheblichkeit und Kälte, oder an Samanthas Abhängigkeit, an ihre kindische Art, alles Simp zu überlassen, bis es zu spät war, oder an Marthas arrogante Art, anzunehmen, sie könnte so leben, wie sie wollte, und könnte haben, was sie wollte, oder an Orianes große und beständige Liebe zu Sean, oder an Paulas drängenden Ehrgeiz ... Ja, alle diese Fehler gab es.

Aber denk mal darüber nach: keiner der Männer ist gescheitert. Gut, Simp natürlich. Aber er fühlt sich im Grunde sauwohl bei seiner Mutter und mit seiner täglichen Ration an Martinis, mit seinen Selbsttäuschungen und seinen Zuhörern in den Kneipen. Alle anderen jedoch haben recht gute Jobs, einige sind wiederverheiratet, und alle haben in unterschiedlichem Grade das, was man ein gutes Leben nennt. Sicher, sie sind langweilig, aber das stört schließlich nur andere Leute, nicht sie. Sie selbst finden sich wahrscheinlich keineswegs langweilig. Sean lebt auf einem kleinen Landsitz auf Long Island und hat wieder zwei Boote. Roger hat zur Zeit ein glänzend gehendes Etablissement an der East Side und verbringt seine Ferien im Club Mediterranée, während Doris Sozialfürsorge bezieht. Begreifst du das? Gibt es für so etwas irgendeinen Grund? Vielleicht sind die Männer schlechter dran, als ich annehme. Vielleicht durchleiden sie alle möglichen inneren Qualen und zeigen es nur nicht. Das wäre möglich. Ich überlasse ihren Schmerz denen, die ihn kennen und verstehen, Philip Roth und Saul Bellow und John Updike. Und dem armen, gebärmutterlosen Norman Mailer. Ich weiß nur, daß die Frauen alle mittleren Alters und scheißarm sind und sich mit allem möglichen herumschlagen müssen – sie versuchen den ältesten Sohn vom Heroin abzubringen, die Mädchen durchs College zu steuern, den Psychiater zu bezahlen, der die Magersucht der Tochter oder die Depressionen des Sohnes zu behandeln versucht, oder den Kiefernorthopäden, der Billy helfen soll, den Mund zu schließen. Es deprimiert mich. Ich erinnere mich, daß Valerie einmal sagte: «Ah, begreifst du denn nicht, daß wir deshalb so großartig sind? Wir wissen, worauf es ankommt. Wir lassen uns nicht auf ihre Spielchen ein.» Aber der Preis scheint mir schrecklich hoch. Wenn ich auf mein eigenes Leben zurückblicke, sehe ich nichts als zerbombtes Gelände voller Krater, umgestürzter Felsen und Schlammlöcher. Ich fühle mich wie eine Überlebende, die alles verloren hat bis auf ihr Leben und umherläuft in einem hageren, verschrumpelten Körper und Löwenzahnblätter sammelt und mit sich selbst spricht.

20

Samantha schaffte es. Anderthalb Jahre lang machten juristische und finanzielle Sorgen ihr das Leben zur Hölle, aber schließlich landete sie in einer kleinen Wohnung im falschen Viertel der richtigen Stadt. Sie wußte, daß sie in der Nähe ihrer Freundinnen bleiben mußte, um gerettet zu werden, und sie wurde gerettet, was immer das heißt. Sie ging wieder zur Schule, abends, mit dem Ziel, einen besseren Job zu bekommen. Wie sie das bezahlte, weiß ich nicht. Wenn es darum ging, aus Steinen Geld zu pressen – Samantha wußte wie. Oder vielmehr, sie lernte es. Sie hatten zu essen, die Kinder waren gesund und manchmal sogar glücklich. Sie halfen Sam sehr, so jung sie waren. Sie hatten verstanden. 1964 war Fleur acht und Hughie fünf. Jetzt, zehn Jahre später, geht Fleur aufs College. Irgendwie haben sie es geschafft. Natürlich hat Samantha sich verändert. Sie wurde sehr dünn, und ihr Äußeres bekam etwas Strenges, das bis heute geblieben ist. Sie lebte nur ein paar Monate von der Sozialfürsorge: es war ihr schrecklich. Aber später sollte sie sagen, dem Himmel sei Dank, daß es diese Möglichkeit gab, für die wenigen Monate. Die Männer mögen Sam, und manchmal sagt sie, sie würde gern wieder heiraten. Aber da ist irgend etwas. Sie zieht sich immer ein ganz klein wenig von ihnen zurück – sie ist sich dessen kaum bewußt. Sie ist noch nicht bereit, ihr Leben in die Hände eines Mannes zu legen, was die Ehe ja doch immer noch verlangt. So bleibt sie unverheiratet. Sie hat jetzt eine recht gute Stelle als Büroleiterin in einer kleineren Firma, und die drei leben von ihren $ 200 brutto in der Woche, als ob sie reich wären. Aber ich eile der Zeit voraus. Damals, im Sommer 1964, gab es nur Angst und Veränderung und Verlust und Not und die grauenvolle Frage, ob sie es überleben würden und wenn ja, wie. Was würde benachteiligten Kindern in einem wohlhabenden Vorort passieren? Wer hat darüber nicht schon Horrorgeschichten gehört? Nun, ihre Kinder sind die besten, die ich kenne, aber das liegt wahrscheinlich an Samantha. Jedenfalls war es nicht vorherzusehen, und die Ängste mußten ebenso durchgestanden werden, wie wenn es anders ausgegangen wäre.

Mira hatte nicht das Gefühl, daß sie dazu beigetragen hätte. Samanthas Freundinnen lebten in ihrer Nähe – Mira lebte in Beau Reve und polierte Möbel. Daß sie Samantha das Geld gegeben hatte (anderthalb Jahre später wollte Sam es doch tatsächlich zurückzahlen), war für Mira nahezu eine Unabhängigkeitserklärung, einmalig in ihrem Leben. Und Norm hatte verstanden. Er erwähnte die Sache nie, aber nachdem er das Scheckbuch gesehen hatte, betrachtete er Mira mehrere Wochen lang aus größerer Distanz. Seine Augen ruhten kühl auf ihr – sie merkte, daß er eine Fremde betrachtete. Oft wollte sie die Sprache darauf bringen, sie ausdiskutieren, aber sie wagte es nicht. Sie erinnerte sich an ihr letztes Gespräch darüber und an ihre Gefühle danach und hatte Angst, was alles noch gesagt werden könnte, Angst, zu entdecken, was Norm wirklich fühlte, und selber zu fühlen, was sie in jener schrecklichen Nacht gefühlt hatte. Das Leben ging weiter. Im August wurden die Leichen der jungen Bürgerrechtler gefunden, und es begann die sinnlose, lächerliche Suche nach einem Schuldigen. Der Fall ist erledigt, dachte Mira bitter. Sie bemerkte, daß ihr Mund schmal wurde und einen bitteren Zug bekam. Sie polierte Möbel.

Marthas Leben dagegen war turbulent, und sie kam in diesen Monaten oft zu Mira, weil Mira der einzige Mensch war, mit dem sie reden konnte. Ihre Augen, ihr Lachen, ihre Stimme waren immer noch voll von David. Obwohl von «Anbetung» keine Rede sein konnte. Sie sah David mit all seinen Seiten. Sie wußte, daß er arrogant und selbstsüchtig und anziehend und herrisch und intelligent und manchmal verbohrt und unglaublich gemein und kleinlich war. Sie akzeptierte es. «Wer bin ich, daß ich mehr verlangen könnte?» sagte sie lachend. Sie hatten eines Abends eine furchtbare Auseinandersetzung im Xerox-Raum der Bibliothek, als er einen Aufsatz fotokopieren wollte, der veröffentlicht werden sollte, und sie eine Ausarbeitung für einen ihrer Kurse fotokopieren wollte. Er ließ sie nicht zuerst an den Apparat, obwohl sie ihre Arbeit bis fünf Uhr abgeben mußte, und es endete damit, daß er ihre Seiten in Fetzen riß. Mira war entsetzt. «Und das hast du dir gefallen lassen?»

«Ich hab ihn verprügelt», sagte Martha. «Ich hab ihn ins Gesicht geschlagen und ihn getreten.»

«Und er?»

«Er hat zurückgeschlagen.» Sie setzte ihre Sonnenbrille ab und führte ihr blaues Auge vor.

«O Gott!»

«Aber dann», fuhr sie befriedigt fort, «hat er meine Arbeit abgetippt und hat Professor Epstein, mit dem er befreundet ist, erklärt, es sei seine

Schuld, daß meine Arbeit zu spät komme. Ich habe keine Ahnung, was Epstein nun denkt, wahrscheinlich hält er uns beide für übergeschnappt, aber er hat die Arbeit jedenfalls trotz der Verspätung noch angenommen.» Wieder lachte sie. «Es war ein Machtkampf, wie wir ihn dauernd führen. Aber darauf verstehe ich mich, ich kann das aushalten. Das Problem bei George ist, daß er sich nicht wehrt und mich immer schön mit meinen eigenen Schuldgefühlen ringen läßt. George wird nur schwermütig. Ich nehme lieber ein blaues Auge in Kauf.»

«Oh, Martha!» Mira schüttelte sich. Genau das waren die Dinge, die sie immer wieder bewogen, sich zurückzuziehen.

«George hat seine übliche Tour zur Zeit», erzählte Martha lebhaft weiter. «Du weißt ja, ich habe ihm sofort von David erzählt, als ich wußte, daß es mehr war als eine flüchtige Geschichte.»

«Du hast doch gesagt, er hat es gut aufgenommen», sagte Mira und fragte sich, wie sie so kühl darüber sprechen konnte. In ihrem eigenen Leben konnte sie sich so etwas nicht vorstellen.

«Ja, damals. Was blieb ihm auch anderes übrig? Er hat seit einem Jahr immer mal wieder mit seiner Sekretärin geschlafen. Wenn er in der Stadt übernachtet, bleibt er bei ihr. Wir sind immer ehrlich zueinander gewesen.»

«Ich weiß.»

«Aber das Problem ist David. Er ist so gottverdammt eifersüchtig.» Martha sagte das mit einer gewissen Genugtuung. «Er kann den Gedanken nicht ertragen, daß ich mit George schlafe. Er hält mich in den Armen, spricht über meinen Körper, als ob er für ihn der Mittelpunkt des Universums wäre. Ich glaube, so ist es. Es ist nicht mehr mein Körper. Aber es ist nicht Besitzgier, was ihn so handeln läßt. Es ist, daß wir beide wirklich eins sind. Er benutzt eine bestimmte Seife nicht mehr, weil ich sie nicht mochte, er hat sein Deodorant weggeworfen, weil ich es nicht mag. Vor ein paar Wochen hatte er auf der Brust einen Ausschlag und wollte nicht mit mir schlafen, weil er nicht wollte, daß ich es sehe. Er möchte vollkommen für mich sein. Und es stimmt, wir denken über alles gleich, wir haben beide die gleichen Gefühle. Deshalb geht es bei uns so turbulent zu. Wir sind einander so nahe, wir wollen wirklich *eine* Person sein, und das heißt, daß keiner dem andern erlauben kann, über irgend etwas anderer Meinung zu sein. Die kleine Meinungsverschiedenheit ist für uns ein Abgrund. Und wir sind beide Kämpfer, keiner will nachgeben. Ich habe das Gefühl, als ob ich zum erstenmal in meinem Leben einem Mann begegnet bin, der mir ebenbürtig ist.»

Sie strahlte noch immer. Sie kleidete sich damals nach Davids Vorstellungen, der einen ausgezeichneten Geschmack hatte, und sah immer fabelhaft aus. Ihre helle Haut hatte einen rosigen Schimmer, ihr Haar war glatt und lang, ihre Kleidung schlicht und gut geschnitten. Mira starrte sie neidlos an, als ob sie ein Wunder betrachtete.

«Deshalb will er, daß ich mich von George trenne, und das kann ich nicht. George ist gut zu mir gewesen, wir führen eine gute Ehe, wir mögen uns. Und wir haben nicht genug Geld – es reicht kaum, um davon zusammen zu leben und meine Studiengebühren zu bezahlen. Wenn George allein leben müßte, würde es schwierig werden.»

«David lebt doch auch mit seiner Frau zusammen.»

«Ja, aber er sagt, das sei etwas anderes. Er mag seine Frau nicht. Er sieht sie als Dienstmädchen. Er kommt spät nach Hause, er sagt ihr nie, wo er ist. Sie macht die Wohnung sauber, kocht für ihn und beschwert sich nicht, wenn er dann nicht zum Abendessen erscheint, und sie versorgt das Kind. Die Göre sollte ich sagen. Einmal brachte David sie mit, als ich ihn ‹zufällig› im Park traf. Uff! Ich kann sowieso keine Kinder ausstehen, sie sind allesamt Ungeheuer, aber sie ist noch schlimmer als die meisten. Er sagt, er schläft nicht mit seiner Frau.» Martha lachte. Es war das wiehernde Lachen, das sie hatte, wenn ihr Detektor für Scheiß in Betrieb war.» Auf jeden Fall hat er mir hart zugesetzt – aber ich bin standhaft geblieben. Und jetzt kriege ich es plötzlich von der andern Seite. George ist zu dem Schluß gekommen, daß ich David wirklich liebe. Zuerst hat er, glaube ich, gedacht, es wäre nur eine Affäre, und ich sei schließlich mehr mit ihm zusammen als mit David und daß er und ich doch noch mehr seien, als nur ein Liebespaar, du weißt schon. Aber als er zu dem Schluß kam, daß ich David liebe, wurde er auf einmal impotent. George! Der große Liebhaber! Ich war platt. Ich meine, letzten Endes wird er eben doch nicht damit fertig! Also muß ich mich jetzt, zusätzlich zu allem anderen – ich sitze an einer Arbeit über den deutschen Sozialismus in den zwanziger und dreißiger Jahren, die bis Mittwoch fertig sein muß, eine Scheißarbeit! – und zusätzlich zu Davids Murren und seinen Angriffen – also muß ich mich jetzt auch noch mit Georges verdammter Niedergeschlagenheit rumschlagen! Denn natürlich ist alles meine Schuld, meine eigene beschissene Schuld. Jesus. Warum eigentlich? Bin *ich* impotent geworden, als *er* anfing, mit Sally zu schlafen?»

Sie kicherten beide.

«Klar, ich bin mein ganzes beschissenes Leben lang impotent gewesen. Macht nichts!» sagte sie wiehernd. «Weißt du, es ist ganz praktisch, Frau zu sein!»

«Wenn du impotent bist, was bin dann ich? Ich hab nicht einmal Spaß am Sex.»

«Aber du kannst dich selbst befriedigen.»

Sie dachten nach.

«Es schlaucht, eine Frau zu sein», verkündete Martha schließlich.

Nachdem sie gegangen war, dachte Mira über alles nach. Es war wie eine andere Art von Märchen. Sie stellte sich Martha mit George im Bett vor – «Ich schaffe es nicht, ich hebe nicht ab, aber ich bin eine verdammt gute Hure», würde sie sagen – wie sie ihn umschlang, ihn mit ihren Händen und mit ihrer Zunge liebkoste, und wie George, der normalerweise schnell reagierte, schlaff dalag. Wie ich, dachte sie, dann sprach sie sich frei: Norm war alles andere als eine gute Hure. Und sie stellte sich Martha vor, wie sie das beste aus Georges Impotenz machte und sie wie ein Geschenk zu David trug, wie eine in Bananenblätter gewickelte Speise, um dem weißen Fremdling wohlgefällig zu sein, der auf der Insel gelandet war. Er würde lächeln, seine Augen würden aufleuchten angesichts der exotischen Gabe und er würde davon kosten und sich zufrieden zurücklegen, und all ihre Probleme wären gelöst.

Aber so kam es nicht. David, der liebe David, der schwierige David, wurde ein wandelnder Sprengkörper. Zuerst warf er ihr vor, sie belüge ihn. Sie brauchte Wochen, um ihm das auszureden. Schließlich, in einer tränenreichen, dramatischen Sitzung, gab er zu, daß er ihr glaubte. Aber dann wurde er noch merkwürdiger und noch wachsamer. Er fing an, schneidende Bemerkungen über George zu machen. Und Martha verteidigte George natürlich standhaft. Nach anderthalb Monaten leidenschaftlicher Gespräche, auf die jedesmal wilder Sex folgte (was Martha liebte), fragte und bohrte sie so lange, bis er es ausspuckte: wenn ihr Mann mit ihr leben könne, ohne mit ihr zu vögeln, dann müsse er schwul sein, und wenn ihr Mann schwul sei, was sei sie dann? Und davon abgesehen, er selber habe immer einen starken Hang zum Schwulsein in sich gespürt. Dieser starke Strom trug sie weiter bis zum Thanksgivingday. Mira hörte zu, ließ sich treiben. Sie waren so leidenschaftlich, so beschäftigt miteinander. Mira hatte David mehrere Male gesehen, hatte mit den beiden zu Mittag gegessen und hatte David unwiderstehlich attraktiv gefunden. Also, was bedeutete das? War sie in Wirklichkeit in Martha verliebt und scharf auf David, weil sie mit Martha nicht vögeln konnte? Ihre Gedanken sträubten sich. Sie war angewidert. Es erschien ihr so lächerlich, so absurd. Es war schwer, sich vorzustellen, daß Menschen um solcher Dinge willen lebten und starben, daß sie sich wirklich verletzt oder beunruhigt oder vernichtet fühlten, daß sie sich der Illusion hingaben, die Dinge, die sie fühlten, zählten.

Kurz vor Weihnachten traf Mira sich mit Martha zum Mittagessen.

«Es ist alles entschieden», sagte Martha und sie grollte und strahlte gleichzeitig. «Es gibt keine andere Lösung, es bleibt nichts anderes, wir werden uns beide scheiden lassen, und später, wenn alles sich etwas beruhigt hat – wir wollen Davids Karriere nicht gefährden –, werden wir heiraten.»

Martha sah heiter und gelassen aus. Sie strahlte. Dann wurde ihr Gesicht wieder finster.

«Ich habe ein schlechtes Gewissen wegen George. Aber er muß eben lernen, ohne mich zu leben. Es wird schwer für ihn sein, er ist so abhängig von mir, in allem. Aber er wird es schaffen. Ich hoffe es. Mit soviel Schuld werde ich nicht fertig.»

«Bist du dir sicher, daß es das Richtige ist?»

«Absolut!» verkündete Martha zuversichtlich. «Absolut richtig. Wir gehören zusammen.»

Aber sie wartete bis nach den Feiertagen, ehe sie es George sagte. Anfang Januar 1965 zog George aus.

21

George tat Mira leid, und sie lud ihn, obwohl Norm dagegen war, zum Abendessen ein. Martha hatte recht gehabt: George konnte ohne sie nicht leben. Er kam zum Essen, trank zuviel und jammerte. Er ging neuerdings zu einem Psychiater. Er hauste in einem schäbigen Zimmer in der Nähe seines Büros. Er hatte keine Freude am Leben, er hatte kein Geld. Es ging ihm schlecht. Mira lud ihn zweimal ein, dann nicht mehr. George hörte auf, Martha soviel Geld zu schicken wie bisher: er hätte, sagte er, auch ein Anrecht zu leben. Martha konnte die Rechnungen für das Haus nicht mehr bezahlen, konnte den Kindern keine Schuhe mehr kaufen. Es ging immer so weiter. Und trotzdem, Martha war glücklich. David konnte sie jetzt besuchen, sie konnten ganze Abende zusammen verbringen und dann ins Bett gehen, luxuriös, in Marthas Zimmer. Sie stellte ihn ihren Kindern vor und beobachtete fasziniert und liebevoll, wie sie es «lernten, verwandt zu sein», wie Martha es ausdrückte.

«Er ist zehnmal mehr für die Kinder da, als George es je war. Er *spricht* mit ihnen, Mira, und er hört ihnen zu, wenn sie etwas sagen!»

Es gab Probleme. David hatte seine Frau nicht verlassen, und jetzt wurde das für Martha wichtig. David hatte das Ganze zu einem Prüfstein gemacht – fast zu einer Art Liebesprobe. Und Martha hatte sie bestanden, aber es hatte sie einiges gekostet, sich von George, den sie liebte, zu trennen. David erklärte, er hätte finanzielle Probleme. Und seine Frau stellte doch keine Schwierigkeit dar, oder? Sie war ein hilfloses kleines Ding und würde zerbrechen, wenn er ging. Er müßte warten, bis . . .

Das Ende dieses Satzes variierte, aber dennoch vertraute ihm Martha. Mira saß da und dachte bitter über die Leichtgläubigkeit der Frauen nach, aber die wenigen Andeutungen, die sie fallen ließ, wurden von Martha nicht aufgegriffen. Es stimmte, daß David im Moment fast mit ihr zusammen lebte. Er war fast täglich bei ihr. Und es stimmte, daß er in Martha verliebt war – wenn Mira die beiden zusammen sah, mußte sie es zugeben. Warum dann also? Aber es war die alte Geschichte! Mira hatte es satt. Frauen und Männer! Sie spielten nach verschiedenen Regeln, weil die Regeln, die für sie galten, verschieden waren. Es war sehr einfach. Die Frauen sind es, die schwanger werden, und die Frauen sind es, die dann am Ende die Kinder zu versorgen haben. Daraus ergibt sich alles weitere. Also mußten die Frauen lernen, sich selbst zu schützen, sie mußten wachsam und vorsichtig sein. So wie die Regeln aufgestellt worden waren, richtete sich alles gegen sie. Martha war mutig und ehrlich und verliebt, aber sie war auch verdammt blöde.

Zu diesem Schluß kam Mira, als sie im Dunkeln bei ihrem Brandy saß. Sie kam sich niedrig und schäbig vor, weil sie eine Tragödie auf Martha zukommen sah. Und eine Tragödie würde es werden, wenn David sie enttäuschte. Es konnte gar nicht anders kommen – ihre Gefühle für ihn waren zu stark, zu ausschließlich. Vielleicht kam es ja auch nicht dazu, sagte eine andere Stimme in ihr, vielleicht sagt er ihr die Wahrheit. Schließlich glaubt sie ihm, und sie hat einen eingebauten Detektor für Scheiß. Vielleicht ging alles gut, und sie würden glücklich leben bis an ihr Ende. David hatte sich um eine Stelle an einem College in Boston beworben. Die Bezahlung dort war besser, und falls er die Stelle bekam, würden Martha und er heiraten und dorthin ziehen, und er konnte immer noch für seine erste Frau sorgen. Das hatte er gesagt. Vielleicht stimmte es. Aber die andere Seite in Mira gab keine Ruhe. Warum hatte er Martha gezwungen, etwas zu tun, wozu er selber nicht bereit war?

Doch beide Stimmen vereinten sich, wenn sie über sich selbst nachdachte. Sie wußte, was richtig für sie war, und sie hatte es getan. Sie hatte sich abgesichert. Sie hatte die Regeln zwar nicht durchschaut, als sie das Spiel begann, aber es war ihr gelungen, richtig zu spielen. Sie hatte offenbar das richtige Gespür gehabt. Ihre Intelligenz, die sie im Augenblick darauf verwandte, eine Kartei über zu putzende Fenster zu führen, war nicht verschwendet worden. In einer Welt, in der die Frauen die Opfer sind, war es ihr gelungen, auf der Seite der Gewinner zu überleben. Sie hatte ein herrliches Haus, zwei prächtige Jungen, schöne Kleider. Sie und ihr Mann aßen mindestens einmal in der Woche im Club zu Abend, und hätte sie gewollt, sie hätte dort jeden Nachmittag Golf spielen können. Sie machte den Hausputz aus freien Stücken selber, nicht aus einer Notwendigkeit heraus. War das nicht gewinnend? Sieh dir Samantha an und Lily und jetzt auch Martha, die nun *David* um Geld bitten muß.

Sie saß da und schob nervös immer wieder die Lippen vor, als sie hörte, wie die Garagentür aufging. Norm kam, stolperte über die Schwelle, murmelte «Scheiße» und kam in das Zimmer, in dem sie saß. «Hallo», sagte sie, und er sagte «Hallo», und er ging durchs Zimmer und goß sich einen Drink ein, aber er machte kein Licht.

Sie sagte nichts, aber die ganze Oberfläche ihrer Haut spannte sich wachsam. Irgend etwas geschah. Sie hatte es sich, weiß Gott, oft genug vorgestellt. Eines Nachts würde er nach Hause kommen und ihre Silhouette vor dem Fenster sehen, und er würde sich an die Zeiten erinnern, als er sie noch achtete, und er würde sich auf das Sitzkissen zu ihren Füßen setzen, einen Schluck trinken und ihr dunkles Profil betrachten, und sie würde sein Gesicht nicht erkennen können, aber sie würde sich an den Eifer und das Leuchten in seinem Gesicht erinnern, an seine Jungenhaftigkeit damals, als er sie fragte, ob sie ihn heiraten wollte, und all das würde in seinem Gesicht sein, und er würde sagen: «Ich verstehe, warum du im Dunkeln sitzt, ich möchte es auch, vielleicht können wir gemeinsam hier sitzen und einander an den Händen berühren, nicht festhalten, nur berühren, ganz leicht. Ich möchte dich gern fragen, was du letzte Nacht geträumt hast. Und warum du, wenn der Mond hinter den Wolken verschwindet, fast angstvoll darauf wartest, daß er wieder zum Vorschein kommt. Und warum es, wenn ich die Hand ausstrecke, um Clark über den Kopf zu streichen, seinen hübschen kleinen, über ein Spiel gebeugten Kopf, fast immer damit endet, daß ich ihm einen Knuff versetze, einen freundschaftlichen Knuff, sicher, aber eben einen Knuff, irgend etwas sage wie: ‹Na, du alter Schummler?› und er sich umdreht, als ob ich irgend etwas Lästiges in seinem Leben wäre, so wie das Händewaschen eine lästige Sache ist, die man so kurz und schmerzlos wie möglich hinter sich bringt. Und Normie. Gott, ich hasse dieses Kind. Wie ist das möglich, Mira, wenn ich ihn doch so liebe? Aber wenn er durch den Flur stolpert, genauso ungeschickt wie ich es war als Kind, dann könnte ich ihn umbringen. Ein Teil von mir will hinspringen und ihn auffangen, damit er sich nicht wehtut, ihn tragen, überallhin tragen, damit er sich nie wehtut, und ein Teil von mir will durch den Flur stürmen und ihn an die Wand schmettern, weil er ein solcher Idiot ist, daß er sich selber weh tut, und zum Schluß tue ich gar nichts, außer daß ich eine häßliche Bemerkung mache, und er dreht sich nach mir um, Haß und Verachtung im Gesicht, und es durchläuft mich kalt, denn das wollte ich nicht, das will ich ihm nicht antun. Wie kommt das alles, Mira, kannst du es dir erklären, geht es dir auch so? Und ich wollte dir noch erzählen, daß ich letzte Nacht einen Traum hatte, einen Alptraum. Kann ich dir davon erzählen?»

Wer weiß, vielleicht dachte Norm so etwas. Es hätte ja sein können . . .

Als er sich setzte und schwieg, hörte sie ihr Herz klopfen, denn sie wußte, gleich würde es geschehen, gleich würden ihre Erwartungen Wirklichkeit werden. Und sie versuchte, zu helfen und nicht zuviel zu helfen, es war schwierig, das rechte Maß zu finden, sie wollte ihn nicht drängen und durch ihr Drängen abstoßen, sie wollte ihn nur willkommen heißen, wollte ihm sagen, daß er willkommen war in ihrer dunklen Welt, in der man in die Nacht hinausblicken und gleichzeitig ein Teil der Nacht sein konnte, und so sagte sie mit leiser Stimme: «Der Mond ist so schön heute abend.»

Und als er nicht antwortete, hörte sie ihre Worte in ihrem Kopf, hörte sie immer wieder, Worte eines Arschlochs, einer schwärmerischen Idiotin, die gurrte: «Der Mond ist so schön heute abend.» Worte, wie aus einer italienischen Oper – nur daß sie dort dankenswerterweise auf italienisch gesungen wurden, so daß du dir, wenn die Liebenden ihr Duett sangen, dein Teil denken mußtest, weil du den Text nicht verstehen konntest. Sie kam sich dumm vor, zurückgewiesen, und sie öffnete gehorsam den Mund, um die üblichen Worte zu sagen: «Wie war dein Tag?» Aber sie brachte sie nicht heraus.

«Ich sehe ihn gern von hier aus im Winter», sagte sie statt dessen, «wenn die Zweige sich vor ihm abzeichnen. Es ist alles so zart, so dicht. Ein einziger Baum. Schau nur – verstehst du, was ich meine? Nur ein einziger Baum, aber sieh dir die Verästelungen an. Wie die feinste Spitze. Stell dir vor, wie die Wurzeln aussehen müssen!»

Er trank. Sie hörte die Eisstückchen in seinem Glas klirren. Er räusperte sich. Ihr floß das Herz über vor Zärtlichkeit. Er machte es sich so schwer. Sie wollte die Hand ausstrecken und ihn berühren, aber sie hielt sich zurück.

«Mira», sagte er schließlich, «es fällt mir sehr schwer, und ich erwarte nicht, daß du es überhaupt verstehst, ich verstehe es selbst nicht, und ich möchte nicht, daß du denkst, es hätte irgendwie mit dir zu tun, es liegt nur an mir, nur an mir . . .»

Sie wandte ihm das Gesicht zu, verwirrt. Eine tiefe Linie durchzog ihre Stirn.

«Also, ich nehme an, du hast gemerkt, daß ich in letzter Zeit nicht viel zu Hause gewesen bin, und der Grund dafür ist . . . Oh, verdammt, es hat keinen Sinn, es hinauszuzögern. Mira, ich möchte die Scheidung.»

IV

I

Wenn ich recht verstehe, sah man die Sünde im Mittelalter als etwas sehr Persönliches. Dante plazierte Mörder in einem höheren Kreis der Hölle als Betrüger, Sünde – das ist eine Verletzung nicht des Gesetzes, sondern eines Teils der eigenen Person; die Strafe wird danach bemessen, welcher Teil des Ichs mißbraucht worden ist. In der klaren Hierarchie der Danteschen Hölle wiegen die Sünden der Begehrlichkeit weniger schwer als die Sünden des Zorns, doch die schlimmsten sind jene, die die höchste Gabe des Menschen verletzen, die Vernunft.

Das mag uns merkwürdig erscheinen. Wir sind es gewohnt, Verbrechen (nicht Sünde – die einzige Sünde, die wir noch kennen, ist Sexualität) nach dem Schaden zu beurteilen, der dem Opfer zugefügt wurde. Nur die seltsame Kategorie des opferlosen Verbrechens erinnert uns noch an frühere Denkweisen. Aber ich finde die alten Vorstellungen irgendwie reizvoll. Nicht daß ich zu ihnen zurückkehren wollte – es ist aber witzig, eine äußere Autorität anzuerkennen, die dir sagt, was richtiger Gebrauch und was Mißbrauch deiner Fähigkeiten ist, und es ist lächerlich, die Vernunft höher einzuschätzen als den Leib oder das Gefühl. Und doch, es ist etwas Richtiges und Gesundes an der Überzeugung, daß Taten wie Mord oder Diebstahl oder Gewaltanwendung den Täter ebenso verletzen wie den, dem sie zugefügt werden. Vielleicht gäbe es sogar weniger Verbrechen bei uns, wenn wir so denken würden. Landläufigen Vorstellungen nach, soweit ich sie mir aus Film und Fernsehen ableiten kann, ist das Verbrechen die Verletzung eines Gesetzes durch jemanden, der glaubt, damit ungestraft davonzukommen; womit unausgesprochen gesagt wird: Eigentlich möchte jeder gern das Gesetz übertreten, doch ist nicht jeder überheblich genug, sich einzubilden, er käme ungestraft davon. Darum ist es für die Ordnungshüter sehr wichtig, solche Überheblichkeit zu entmutigen. So zeigt der Fernsehkrimi einen Machtkampf zwischen zwei Kräften – und in gewisser Weise ermuntert diese Konzeption auf subtile Weise den Mutigen, sich den Gesetzen zu widersetzen. Manche der populärsten Ordnungshüter sind deshalb beliebt, weil auch sie die Gesetze brechen und höchst unorthodox vorgehen, obwohl sie auf der Seite der «Guten» stehen.

Während es einen in Wirklichkeit vermutlich einiges kostet, einzubrechen, zu stehlen, zu morden – ganz unabhängig von der Angst vor Entdeckung oder Bestrafung. Was genau, kann ich nicht sagen, meine Erfahrung mit gewöhnlichen Verbrechern ist gleich null, doch nehme ich an, daß das Selbstverständnis und die Beziehung zur Umwelt gestört, geschädigt sein muß, einen Knacks haben muß, einen Keim von Hoffnungslosigkeit. Klar, viele Menschen, die keine Verbrechen begehen, sind sicher genauso angeknackst. Und natürlich sind die schlimmsten Verbrechen völlig legal. So hat all das hier vielleicht gar keinen Sinn, vielleicht ist es unmöglich, über Verbrechen zu reden. Doch dann drängen sich die alten Kategorien auf, verlockender denn je, wenn auch revisionsbedürftig: ein gutes Leben ist eines, in dem kein Teil des Ichs erstickt oder verleugnet wird oder einen anderen Teil des Ichs unterdrücken darf – ein Leben, in dem das ganze Sein Raum zum Wachsen hat. Aber Raum kostet etwas, alles kostet etwas, und einerlei was wir wählen, wir sind nie glücklich, wenn wir dafür bezahlen müssen.

Mira wurde in die Freiheit gestoßen, so wie sie in die Sklaverei gerutscht war, so jedenfalls kam es ihr vor. Sie hätte Norm die Scheidung verweigern oder sie hätte ohne weiteres zustimmen und auf alles verzichten können, aber sie willigte in die Scheidung ein und legte eine bittere Rechnung vor, in der die Kosten ihrer fünfzehnjährigen Dienste aufaddiert waren. Norm war entsetzt, daß sie ihre Ehe auf solche Art sehen konnte, bemängelte jedoch gleichzeitig, daß sie ihre Verpflegung, Unterkunft und Kleidung nicht abgezogen hatte.

Die Trennung und Scheidung vermittelte ihr nicht das Gefühl einer angenehmen Freiheit – ihr war eher so, als würde sie aus dem Iglu in den Schneesturm gestoßen. Da ist eine Menge Platz zum Wandern, aber überall ist es kalt.

Ihre Stimmung schwankte zwischen kalter Bitterkeit, wenn sie am Schreibtisch saß und Seite um Seite auflistete, was sie an Arbeiten verrichtet hatte, und sich dann bei Stellenvermittlungsbüros nach den üblichen Tarifen dafür erkundigte, und völliger Selbstaufgabe. An manchen Tagen tobte sie wie ein führerloser Zug, raste durchs Haus, putzte es mit zwanghafter Wildheit, säuberte Keller und Dachboden und jeden Wandschrank von fünfzehn Jahren Scheiß. Doch noch immer blieben

Stücke von Norm: da waren zunächst einmal die Jungen, und manchmal wandte sich ihre Wut gegen sie. An anderen Tagen weinte sie, untröstlich, unaufhörlich, und mußte am nächsten Morgen beim Einkaufen eine Sonnenbrille tragen. Manchmal verbrachte sie ganze Tage im Badezimmer, badete und ölte sich ein, rasierte sich Achselhöhlen und Beine, frischte ihre Haarfarbe auf, schminkte sich und betrachtete sich in allen möglichen Aufmachungen, um sich dann am Ende auszuziehen und in ein altes, abgetragenes Kleid zu schlüpfen.

Sie fing an, schon tagsüber zu trinken. Mehrere Male taumelte sie, als die Jungen aus der Schule kamen. Norm fand sie eines Tages betrunken vor, als er kam, um sich irgend etwas zu holen, was er vergessen hatte, und er ermahnte sie ernstlich: wenn sie sich nicht «zusammenreiße», wie er sich ausdrückte, werde er ihr die Jungen wegnehmen. Unordentlich und mit wirrem, zu Berge stehendem Haar hing sie in einer alten ausgeleierten Hose, die sie sonst nur zur Gartenarbeit anzog, in ihrem üblichen Sessel. Sie lehnte sich zurück und lachte.

«Nur zu!» kreischte sie. «Du möchtest sie doch so gern haben – nimm sie nur! Sind ja auch deine! Sind gebaut wie du! Haben beide das mächtige männliche Zubehör!»

Schockiert und besorgt schob Norm sich rückwärts aus dem Zimmer und betrat das Haus nicht wieder. Mira kicherte jedesmal, wenn sie daran dachte. Sie erzählte Martha die Geschichte, erzählte sie immer wieder. «Ha! ‹Ich warne dich, Mira, ich werde dir die Jungen wegnehmen!› Ha! Er will sie genauso sehr, wie er mich will! Eine ganz schöne Fußfessel wären sie für ihn, wenn ich mir vorstelle, wie er da mit seinem Flittchen lebt!»

Nachts jedoch führte das Trinken sie in Depressionen. Eines Nachts rief Martha an. Sie hatten sich angewöhnt, sich zu jeder Tages- und Nachtzeit anzurufen – es waren ja keine Ehemänner da, die sich beklagen konnten. Sie rief um eins an, um halb zwei, um zwei – Mira meldete sich nicht. Martha machte sich Sorgen. Sie zog sich an und fuhr zu Mira. Das Auto stand in der Garage. Martha klingelte und klingelte immer wieder, bis schließlich Normie mit verschlafenen Augen aufmachte. Martha tat so, als wäre es nichts Ungewöhnliches, daß sie nachts um drei zu Besuch kam, und schickte Normie wieder ins Bett. Beide Jungen hatten angesichts des unerklärlichen Chaos, das plötzlich in ihr Leben eingebrochen war, eine Art Wahrnehmungsblockade entwickelt. Sie sahen, hörten und sagten nichts. Sie starrten ausdruckslos vor sich hin und gingen ihre eigenen Wege. Normie ging also wieder ins Bett und schlief auch wieder ein, während Martha durchs Haus wanderte und Mira suchte. Sie fand sie schließlich – auf dem Boden in ihrem Badezimmer. Beide Handgelenke aufgeschnitten. Auf dem Boden Blut, allerdings nicht sehr viel. Martha wusch Miras Unterarme und band sie ab. Die Schnitte in den Handgelenken waren nicht tief. Mira hatte das Kunststück fertiggebracht, die kleineren Blutgefäße zu durchschneiden, aber die Pulsader zu verfehlen. Immerhin war sie bewußtlos. Martha säuberte das Badezimmer und wusch Mira das Gesicht mit kaltem Wasser. Langsam kam Mira wieder zu sich.

«Was hast du gemacht? Wolltest du abkratzen?»

Mira starrte sie an. «Vermutlich.» Sie blickte auf ihre Arme. «Oh, tatsächlich. Ha, ich hab's getan, ich hab's wirklich getan! Ich hab es schon so lange tun wollen!»

«Na, sehr glanzvoll hast du's nicht gerade gemacht», sagte Martha.

Mira stand auf. «Ich brauche einen Drink.»

Sie gingen nach unten.

«Sind deine Kinder allein?»

Martha nickte.

Mira sah auf die Uhr. «Geht das auch?»

«Lisa ist vierzehn – Herrgott, da sollte das doch möglich sein.»

«Ja.»

Sie saßen da, rauchten und tranken.

«Ich dachte immerfort: ‹Du mußt an die Jungen denken.› Aber es war mir egal.»

«Ja. Ich verstehe. Alles andere zählt nicht mehr, wenn du so leidest.»

«Genau. Nicht einmal der Gedanke, es Norm auf diese Weise heimzuzahlen. Mag sein, er würde sich eine Zeitlang schuldig fühlen, aber hauptsächlich würde er sich darüber ärgern, daß ich seine Pläne durchkreuze, indem ich ihm die Jungen aufhalse. Und selbst damit könnte er bequem fertig werden, er hat genug Geld. Es gibt einfach nichts, was ich ihm antun kann, außer daß ich ihn umbringe. Wenn ich ihn verprügeln könnte, würde mir schon wohler sein, aber ich kann's nicht – ich müßte ihn erschießen, oder etwas in dem Stil. Und das ist nicht sehr befriedigend. Ich möchte, daß er weint, ich möchte ihn ebenso leiden sehen, wie ich leide.»

«Ich stelle mir vor, daß so etwa George mir gegenüber empfindet.»

«Oh, George ist so voller Selbstmitleid, daß er gar nicht darauf kommt, zu toben. Es wäre geradezu herzerfrischend, wenn er's könnte.»

«Ja. Hör zu, Mira, du mußt etwas tun.»
«Ich weiß», sagte sie seufzend.
«Wie wär's, wenn du wieder an die Uni gehst?»
«Ja.»
«Okay.» Martha stand auf. «Ich bin morgen in der Hochschule. Um neun habe ich Vorlesung. Wir treffen uns um zwölf im Studentenzentrum zum Mittagessen, und dann ziehen wir los und sehen, was wir in Erfahrung bringen können.»
«Okay.»
Damit war die Sache abgemacht. Weitere Diskussionen waren nicht nötig: inzwischen kannten sie sich so gut, daß sie einander nie zu erklären brauchten, was sie taten und warum.

2

In diesem Frühjahr fand ein Marsch von Selma nach Montgomery statt und eine neue Musik kam auf, die von seltsam aussehenden Kreaturen gemacht wurde, die sich selbst die Beatles nannten. Der Marsch stieß bei vielen aus Miras Generation auf Bewunderung: er war für sie ein bewundernswertes Symbol einer unerfüllbaren Hoffnung. Die Beatles dagegen waren einfach nur laut. Und weder das eine noch das andere hatte in ihren Augen größere Bedeutung: die Generation, die in den fünfziger Jahren erwachsen geworden war, glaubte nicht an die Möglichkeit von Veränderungen.

Mira schrieb sich für das Herbstsemester an der Universität ein. Ihre zwei früheren Studienjahre sollten ihr voll angerechnet werden. Die Episode mit den Handgelenken hatte sie etwas ruhiger werden lassen. Sie hatte ihr Bestes getan, um ihrem Leben ein Ende zu machen, und hatte festgestellt, daß sie es nicht gut genug konnte. So konzentrierte sie sich jetzt auf den Versuch zu überleben. Sie arbeitete viel im Garten. Die Jungen machten ihr nicht viel Arbeit. Sie kamen und gingen und wollten von ihr nur Essen und saubere Sachen, und in beiden waren sie nicht sehr anspruchsvoll. Manchmal betrachtete sie die beiden und fragte sich verwundert, wann und wie es passiert war, daß ihre Gefühle für sie aufgehört hatten. Sie erinnerte sich daran, und es schien noch gar nicht lange zurückzuliegen, wie sie bei ihr auf dem Schoß gesessen hatten, wie sie mit ihnen gesprochen und ihnen zugehört hatte. Doch je weiter sie in ihren Erinnerungen zurückging, um so schwächer wurden sie. Die Jungen waren jetzt zwölf und dreizehn: die letzte Zärtlichkeit, an die sie sich erinnern konnte – das war noch im alten Haus gewesen, lag also mindestens fünf Jahre zurück. Clark war von einer Horde von Jungen verprügelt worden und schluchzend und zerschrammt nach Hause gekommen, und sie hatte ihn auf den Schoß genommen und ihn gehalten, während er weinte, und mit der Zeit beruhigte er sich und saß schließlich still da, den Kopf an ihre Schultern gelehnt, die Augen vom Weinen gerötet, und immer noch japste er nach Luft, und dann hatte er den Daumen in den Mund gesteckt, was er nachts immer noch tat, und plötzlich war Norm ins Zimmer gekommen und war explodiert.

«Willst du einen Schwulen aus dem Jungen machen, Mira? Hältst ihn auf dem Schoß und läßt ihn am Daumen lutschen! Um Gottes willen! Was denkst du dir eigentlich?»

Hastiges Herunterrutschen, Miras Proteste, ein tobender Norm, neue Tränen von Clark. Und Clark wurde in Ungnade in sein Zimmer geschickt, während Norm den Kopf schüttelte, sich einen Drink eingoß und etwas murmelte von der Dummheit der Frauen und der unbewußten Besitzgier der Mütter. «Ich mache dir keine Vorwürfe, Mira. Ich weiß, du hast nicht darüber nachgedacht. Aber ich sage dir, du mußt darüber nachdenken. Du darfst einen Sohn nicht so falsch behandeln!»

Hatte sie danach noch manchmal den Wunsch gehabt, die Arme auszustrecken und sie zu berühren, sie in die Arme zu nehmen, wenn sie sie berührten? Hatte sie sich nur zurückgehalten? Sie konnte sich nicht daran erinnern. Es war eine andere Welt gewesen, eine von Norm beherrschte Welt. Alles schien jetzt anders. Sie machte alles so, wie sie es für richtig hielt. Sie putzte nur, wenn es nötig war, sie trug alte Kleider im Haus. Die Mahlzeiten waren einfach und unverkrampft und entsprachen dem Geschmack der Jungen. Mit der Zeit, als rings um sie her die Ruhe wiederhergestellt war, verbrachten sie wieder mehr Zeit zu Hause, und manchmal setzten sie sich sogar zu Mira und fingen ein Gespräch an. Aber Normie war Norms Ebenbild, und Clark hatte die Färbung seiner Haut und seine Augen, und wenn sie die beiden ansah, verhärtete sich etwas in ihr. Sie gehörten zu *ihnen.* Sie erinnerte sich, wie Lily Carlos' Hände weggeschoben, wie sie ihn abgewehrt hatte, als wäre er ein erwachsener Mann und wollte sie angreifen. Sie merkte, daß sie, wenn sie sprachen, ständig grammatikalische Fehler korrigierte, sie an ihre Hausaufgaben oder ihre häuslichen Pflichten erinnerte, ihnen sagte, sie seien schmutzig und sollten duschen, ihnen Vorwürfe machte, weil sie ihre Zimmer nicht aufräumten. Die Wirkung zeigte sich: sie blieben nicht lange bei ihr sitzen und hörten bald ganz auf, bei ihr hereinzusehen. Es war ihr gleichgültig.

Der einzige Mensch, dem sie tiefe Gefühle entgegenbrachte, war Martha, die einen schrecklichen Sommer hatte. Die Geldsorgen wuchsen, sie hatte Angst, das Haus aufgeben zu müssen. «Es wäre ja nicht so schlimm, nur sind Wohnungen noch teurer als das Haus! Wo also sollen wir leben? Ich kann George keinen Vorwurf machen, obwohl ich den Verdacht ha b, daß er in dieser Hinsicht ein ziemliches Schwein ist. Ich nehme an, das ist seine Art, seine Wut zu zeigen. Er hat sein Apartment und geht zweimal in der Woche zu seinem Seelendoktor: das kostet eine Menge. Ich muß mir einen Job suchen. Aber mit dem Haus, den Kindern und der Schule – ich weiß nicht, wo ich die Zeit hernehmen soll. Und David. Allmählich werde ich nun doch wütend. Es sind jetzt schon fast neun Monate, und er lebt immer noch mit Elaine zusammen. Er gibt mir hin und wieder etwas Geld, nur so konnte ich mich bisher am Leben erhalten, aber jetzt dient ihm das Geld als Ausrede dafür, daß er bei ihr bleibt. Aus der Stelle in Boston ist nichts geworden. Ich habe den Eindruck, er hat jede sich bietende Ausflucht benutzt. Für ihn ist dies die ideale Welt: zwei Frauen, zwei Familien, beide mit ihm als Mittelpunkt. Er hat seinen Scheißharem – mein Gott!»

Doch sie hatte Angst, die Auseinandersetzung auf die Spitze zu treiben.

Mira nahm ihr Studium wieder auf; sie war furchtbar aufgeregt und belegte nur zwei Kurse, voller Zweifel, wie sie nach all den Jahren zurechtkommen würde. Aber es gab eine ganze Gruppe von Frauen mittleren Alters an der Universität, die wieder studierten. Mira war erstaunt, sie dort anzutreffen, und den anderen ging es ebenso. Alle hatten die gleichen Ängste, alle hatten häusliche Sorgen. Mira war nicht allein. Die Kurse kamen ihr verblüffend einfach vor, und sie tat dreimal soviel, wie nötig war, nicht aus Ängstlichkeit, sondern aus Interesse. Sie hatte die Zeit dazu. Sie hatte viel Zeit.

Zum erstenmal seit Jahren dachte sie sehnsüchtig an Sex. Immer wieder spielte sie in Gedanken Marthas Geschichten durch, stellte sich Martha und David zusammen vor und überlegte, ob sie so fühlen könnte, wie Martha fühlte. Aber Martha und David waren sonderbar, fand sie. Nicht jeder war so. Beide ekelten sich vor ihrem eigenen Körper. Dreimal am Tag gingen sie unter die Dusche. Martha schauderte, wenn sie an ihre eigenen Genitalien dachte, und sie stieß David weg, als er sie dort das erste Mal küssen wollte. Er war verrückt nach ihrer Möse, er war wild auf Cunnilingus, und wenn sie sich schließlich entkrampfte, mochte sie es. Aber zuerst fand sie es jedesmal widerwärtig. Und sie war verrückt nach seinem Penis, betete ihn fast an, was ihm absurd und abstoßend erschien. Sie konnte Fellatio mehr genießen als den normalen Coitus, und David lernte es, auf dem Rücken zu liegen und es auch zu genießen. Beim Coitus war es sein Stoß, das Spüren seines Glieds in ihr, was ihr die Sinne schwinden ließ, und es war der Anblick ihrer Lust und das Spüren ihrer Feuchtigkeit, was ihn kommen ließ. Beide erfuhren ihre Ekstase durch den anderen, fast *für* den anderen. Und auch außerhalb des Bettes – es war, als ob einer im andern lebte, als ob jeder der andere sein wollte und oft über lange Zeit hin das Leben so erfuhr, wie der andere es erlebte. Es war, dachte Mira, eine Erweiterung, so als könnte man außerhalb seiner selbst leben. Aber es war zu intensiv. Dies «zu» ging ihr nie aus dem Kopf. Wie ließ sich das auf die Dauer aushalten?

Ende Oktober klingelte eines Nachts bei Mira das Telefon, und eine matte, ferne Stimme rief ihren Namen. Es war Martha. Es war nicht genau zu erkennen, ob sie sprach oder weinte. Sie rief mit schwacher Stimme: «Mira!» Dann schien sie den Hörer sinken zu lassen. Dann wieder: «Mira?» Und wieder Stille, in der ein fernes Seufzen oder Schluchzen oder ein Geräusch in der Leitung zu hören war.

«Martha? Was ist?»

Die Stimme wurde etwas kräftiger. «Mira!»

«Brauchst du Hilfe?»

«O Gott, Mira!»

«Ich komme sofort.»

Sie zog sich etwas an und ging hinaus in die frostige Oktobernacht. Am Abend war der Mond orangerot gewesen, jetzt verblaßte er allmählich. Die Sterne glitzerten über ihr, genau wie für die frisch Verliebten, die das Leben noch vor sich hatten. Oder es wenigstens glaubten, dachte Mira bitter. Sie wußte, daß Marthas Probleme mit David zu tun haben mußten.

Die Haustür war nicht verschlossen und sie trat ein. Martha saß auf dem Rand der Badewanne, den Kopf über die Klosettschüssel gebeugt – die Klobrille war hochgeklappt – und in der Hand eine Flasche. Sie blickte auf, als Mira hereinkam. Ihr Gesicht war verschwollen, und die eine Wange war schwarz und blau. Das eine Nasenloch war rot und geschwollen, und ein Rinnsal Blut sickerte daraus hervor. Ihre Schulter, soweit das Nachthemd sie nicht bedeckte, war ebenfalls schwarz und blau.

Mira seufzte. «Mein Gott.»

«Ruf *ihn* nicht an, er ist auf der Seite der Männer», sagte Martha, dann sackte sie plötzlich zusammen, ließ das Gesicht in ihre Hand fallen und begann heftig zu schluchzen.

Mira ließ sie weinen, nahm ihr vorsichtig die Flasche aus der Hand und musterte sie. Es war Ipecac. Mütter kennen es: es bringt Babies zum Erbrechen. Du gibst es ihnen in den schrecklichen Nächten, wenn du fürchtest, das Kind könnte das halbe Fläschchen von Großmamas Schlaftabletten verschluckt haben.

«Was hast du gemacht?»

Martha konnte nicht sprechen. Sie weinte. Sie schüttelte immer nur den Kopf, und dann plötzlich übergab sie sich fürchterlich, ein gewaltiger Strahl, mit fedrigen Stückchen darin. Mira wartete, und dann wusch sie ihr das Gesicht mit einem kühlen Tuch. Martha wollte nicht, daß Mira das Klo säuberte. «Laß nur, ich weiß wie das ist. Ich hab es oft genug für die Kinder gemacht.»

«Ich auch. Ich bin daran gewöhnt.»

«Du gewöhnst dich nie dran!» erklärte Martha und kniete sich hin und reinigte das Becken. Als sie fertig war, stand sie auf. «Ich denke, das war's. Ich bin jetzt wieder okay.»

«Was hast du gemacht?»

«Ein Fläschchen Schlaftabletten genommen.»

«Wann?»

«Ungefähr zehn Minuten, ehe ich das Ipecac genommen hab», sagte Martha und lachte. «Ich muß jetzt erst mal duschen und dann werde ich die Bude hier lüften.»

«Du bist eine angenehme Selbstmörderin. Ich muß schon sagen!» Mira lächelte. «Kann ich einen Drink haben?»

«Ja. Gieß mir auch einen ein.»

Martha ging unter die Dusche. Mira setzte sich in Marthas Schlafzimmer, trank und rauchte. Alle sollten ihr Erbrochenes selbst beseitigen. Alle sollten das Klo, das sie benutzen, selber saubermachen! Warum eigentlich nicht? Das Problem sind die Kinder. Du kannst es von ihnen nicht verlangen. Aber warum eigentlich nicht? Marthas Schlafzimmer war streng und zierlich zugleich. Schlicht und karg, aber mit zierlichen Drucken in anmutigen Rahmen und gerade herunterhängenden Vorhängen aus zartem Stoff. Es war sehr erholsam, sehr angenehm. Warum auch nicht? Ausgewogenheit, Balance. Die Dinge mußten nicht unbedingt so sein, wie sie üblicherweise waren.

Martha erschien. Sie sah grauenhaft aus. Ihr zierliches Gesicht hatte tiefe Falten, unangenehme Falten – bittere Linien um den Mund, eine tiefe Falte auf der Stirn und die Augen waren geschwollen. Sie setzte sich ans Fußende des Bettes und nahm das Glas, das Mira ihr gab. Mira wartete, sah sie an. Martha trank einen Schluck. Sie blickte auf.

«Ja, das war's», sagte sie.

Mira sah sie aufmerksam an.

«David war heute abend zum Essen da», sagte sie, tief atmend, und stürzte sich auf die gerade zur Ruhe gekommene Wunde. «Es sollte eine kleine Feier sein. Sein Aufsatz ist vom *Journal of Comparative Literature* angenommen worden, und er war so glücklich. Ich habe mich so für ihn gefreut. Du weißt, ich habe mir in letzter Zeit keine große Mühe mit dem Kochen gemacht – die Zeit reicht einfach nicht, seit ich arbeite –, aber heute nachmittag bin ich rumgerannt nach Filet für Tournedos und frischem Spargel. Gestern hatte ich schon ein Huhn gekocht – die Kinder hassen gekochtes Huhn! –, nur um die Brühe für den Risotto zu haben. Ich kaufte eine kleine Dose Kaviar – ein ziemlicher Wahnsinn – und habe ein paar Eier hart gekocht. Und ich besorgte frische Erdbeeren – die letzten der Saison, sie kosteten ein Vermögen – und Rotwein. Und es war phantastisch. Wenn ich das schon sage. Es war wunderschön, und ich war so glücklich, und alles kam mir irgendwie richtig vor. Ich war so glücklich, ich tat das alles für ihn und hatte das Gefühl, das könnte ich immer und ewig tun. Und er sah so wunderbar aus, wie er da saß. Er war sehr komisch, erzählte von der Reaktion seiner Kollegen auf die Nachricht von seinem Artikel. Sie sind alle furchtbar neidisch in dem Institut, einer redet hinter dem Rücken des andern. Er war komisch, aber im Grunde hat er Verständnis für die Leute. Weißt du, er ist nicht wie die meisten Männer. Er denkt über das, was die Leute empfinden, ebenso nach wie über das, was sie sagen. Deshalb ist er so interessant.»

Sie trank einen Schluck und beugte sich vor, um sich die Nase zu wischen. Sie schniefte. Blut sickerte ihr aus der Nase, mit Schleim. Sie putzte und wischte sich die Nase und richtete sich wieder auf, aber das Schniefen hörte nicht auf.

«Und wir saßen da und tranken von dem Cognac, den er mitgebracht hatte, und Lisa war in ihrem Zimmer und machte ihre Hausaufgaben, und Jeff schlief, und wir saßen auf der Couch im Wohnzimmer, nicht zu dicht beieinander, weil ich sein Gesicht sehen wollte, und der Kaffee stand auf dem Tisch vor der Couch, halb ausgetrunken . . .»

Da fing sie an zu weinen. Mira wartete.

Sie riß sich zusammen. «Und dann ging Lisa ins Bett, und ich lehnte mich zurück und sah ihn an, sonnte mich in ihm, fühlte mich wohlig und sexy und behaglich und genoß es einfach, ihn anzusehen, und plötzlich wendet er sich mir zu, mit ernstem feierlichem Gesicht und sagt: ‹Martha, ich muß dir etwas sagen.›»

Sie weinte jetzt, während sie sprach, brachte schluchzend die Worte hervor.

«Aber ich ließ mich immer noch treiben, ich schwebte in diesem wunderbaren Gefühl und paßte nicht auf, ich streckte die Hand aus und sagte: ‹Ja, Liebster.› Oder irgend so was Dummes. Und er nahm meine Hand und sagte: ‹Martha, Elaine ist schwanger.› Dann schlug er die Hände vor den Kopf, und ich setzte mich auf und schrie: ‹Was!› Und er schüttelte den Kopf, den er immer noch in den Händen vergraben hatte, schüttelte ihn ununterbrochen, und da merkte ich, daß er weinte, und ich kam zu ihm herüber und nahm ihn in die Arme, hielt seinen Kopf, hielt seinen Rücken und wiegte ihn, und er fing an zu sprechen, er sagte, es sei ein Unfall und er habe keine Ahnung, wie es passiert sei, sie hätte ihn in die Falle gelockt, weil sie wüßte, daß er aus der Ehe raus wolle, und ich weinte auch und wiegte ihn und sagte: ‹Ja, ich verstehe, Baby, es ist okay, es wird schon alles gut werden›, und nach einer Weile wurde er etwas ruhiger, aber die ganze Zeit schwirrte mir der Kopf, und mir wurde heiß und heißer und immer heißer, und als er aufhörte zu weinen, stieß ich ihn von mir fort, ich setzte mich zurück und schrie ihn an. Unfall? Wenn sie nicht miteinander schliefen? Wie das denn möglich sei? Okay, Lüge Nummer eins, aber ich wußte immer, daß es eine Lüge war. Aber sie wußte von mir, sie wußte, daß er von ihr weg wollte, wie konnte er ihr dann die Empfängnisverhütung überlassen? War er denn so ahnungslos? Und dann fiel mir ein, daß er einmal gesagt hatte, wie schön es wäre, wenn er einen Sohn hätte. Er liebe seine Tochter, aber . . !» Martha lachte bitterlich: «Und ich sah in sein Gesicht, und ich wußte Bescheid. Ich wußte, daß er es in Wirklichkeit so wollte. Er hatte nie vorgehabt, sich von ihr scheiden zu lassen. Er hat mich dazu gebracht, mein Leben für ihn zu verpfuschen, aber er selbst hat nie die Absicht gehabt, seines zu gefährden. Ich sah ihn an, und ich hätte ihn umbringen können. Ich brüllte nur noch und ging auf ihn los. Ich schlug auf ihn ein, ich trat ihn, ich kratzte ihn. Er wehrte sich. Ich nehme an, ich sehe schlimm aus, aber glaub mir, er ist auch ein sehenswerter Anblick! Dann hab ich ihn rausgeschmissen. Dieser Arschficker, dieser Schwanzlutscher, dieser Scheißkerl!» Sie tobte wieder, schrie und schluchzte vor Wut und vor

Schmerz. Die Türen der Kinderschlafzimmer blieben geschlossen. Martha weinte eine halbe Stunde lang. «O Gott, ich möchte nicht mehr leben», sagte sie schließlich keuchend. «Es tut so weh!»

3

Wir hatten uns damals alle ein Wort angewöhnt, das Wort *die*, und wir meinten damit alle das gleiche: *die Männer.* Jede von uns fühlte sich von einem reingelegt, aber das allein war es nicht. Jede von uns hatte Freundinnen, und unsere Freundinnen waren genauso von ihnen reingelegt worden. Und jede von unseren Freundinnen hatte Freundinnen . . . Und es waren nicht nur Ehemänner. Wir hatten von Lilys Freundin Ellie gehört, deren Mann ein brutaler Rohling war; sie hatte mühsam eine Trennung von ihm durchgesetzt, aber danach drang er regelmäßig in das Haus ein und verprügelte sie mitten in der Nacht, und sie konnte nichts dagegen unternehmen. Buchstäblich nichts. Die Polizei wollte nicht eingreifen, da er noch immer der Besitzer des Hauses war. Ihr Rechtsanwalt sagte, er könne nichts tun. Vielleicht hätte er etwas tun können, aber Bruno hatte auch ihn bedroht, und vielleicht hatte er einfach nur Angst. Sie konnte niemanden dazu bewegen, ihr zu helfen. Sie wollte nicht zur Polizei gehen und Anzeige gegen Bruno erstatten. Sie meinte, dann würde er vielleicht seinen Job verlieren und sie wolle ihn ja auch nicht unbedingt ins Gefängnis wandern sehen. Aber schließlich blieb ihr nichts anderes übrig. Und er verlor seinen Job. Er kam nicht ins Gefängnis, aber er hörte auf, ihr auch nur einen Cent zu zahlen. Ein großartiger Handel. Sie hatte gewonnen. Was gewonnen? Den Status einer fürsorgeempfangenden Mutter.

Oder Doris. Roger wollte die Scheidung, und sie war so wütend, daß sie ihn regelrecht schröpfte. Sie verlangte fünfzehntausend Dollar im Jahr für sich und die drei Kinder. Aber immerhin verdiente er auch fünfunddreißigtausend, und sie hatte ihre Ausbildung aufgegeben, als sie heirateten, und ihn drei Jahre lang ernährt, während er zu Ende studierte. Sie hatte bereitwillig alles auf die gemeinsame Zukunft gesetzt, was er ja wollte, und dann ist die Zukunft im Eimer. Du kannst ihr keinen Vorwurf machen. Sie war fünfunddreißig und jahrelang nicht mehr berufstätig gewesen. Davor hatte sie als Stenotypistin gearbeitet. Sie hatte weder Aussicht auf Rente noch irgendeine Altersversicherung. Aber Roger ärgerte sich über die Entscheidung des Richters und ließ sich in einen anderen Staat versetzen. Dort kann sie ihn nicht belangen. Er schickt ihr jeden Monat einen Hunderter für die Kinder. Die drei Kinder. Und sie kann gar nichts machen.

Oder Tina, die es wagte, einen Liebhaber zu haben, nachdem sie geschieden war. Auch Phil hatte eine Geliebte, aber das ist natürlich etwas anderes. Er hatte ja nicht die Kinder. Er würde ihr so lange kein Geld geben, wie der Kerl da bei ihr herumlungere, sagte er, und falls sie deswegen gerichtlich gegen ihn vorginge, würde er ihr die Kinder wegnehmen. «Jeder Richter», sagte er drohend, mit dem Gehabe eines Richters von Gottes Gnaden, «jeder Richter in diesem Land würde einer Frau die Kinder wegnehmen, die einen Mann über Nacht bei sich behält. Hure bleibt Hure, denk daran.» Mag sein, daß er da nicht richtig informiert war, aber Tina war viel zu verängstigt, um das herauszufinden. «Phil», sagte sie zu ihm, «er ist ein netter Kerl, und die Kinder mögen ihn. Er hat mehr Zeit für sie, als du je hattest.» Das war nun nicht gerade sehr geschickt. Vielleicht hätte es gewirkt, wenn ihr Gespräch, wie Tina meinte, eine menschliche Auseinandersetzung gewesen wäre. Für ihn jedoch war es nur ein Machtkampf und der Versuch, sie einzuschüchtern. Tina verklagte ihn nicht, und er zahlte nicht. Auch sie lebt von der Fürsorge. Wenn du wissen willst, wer all die Mütter unter den Fürsorgeempfängern sind, dann frag nur deine geschiedenen männlichen Freunde. Von Fürsorge leben – das klingt so einfach. Aber abgesehen von der Demütigung und dem Zorn, kannst du auch nicht gerade gut davon leben. Falls du das noch nicht gewußt hast. Was unangenehm ist für eine Frau, sie aber völlig verrückt macht, wenn sie ihre Kinder betrachtet.

Das Entscheidende ist, daß wir alle diese Geschichten immer wieder hörten. Es war, als ließen sich alle Leute scheiden. Nach einiger Zeit fragtest du nicht mehr, wessen Schuld es war; nach einiger Zeit hörtest du sogar auf, nach dem Warum zu fragen. Wir hatten alle ohne einen vernünftigen Grund geheiratet, und jetzt wurden wir alle ohne einen vernünftigen Grund geschieden. Nach einiger Zeit kam es einem gar nicht mehr unnormal vor. Wir hatten nicht mehr das Gefühl, die Welt ginge unter. Jede, die längere Zeit verheiratet gewesen ist, weiß, wie verrottet die Ehen sind, und die Fernsehkommentare, in denen die hohen Scheidungsraten beklagt wurden, empfanden wir wie so vieles andere als fromme Heuchelei. Unser Problem war nicht, ob wir verheiratet waren oder nicht. Es ging darum, daß wir alle so wenig Geld hatten, daß man bei uns eindringen konnte (sogar Norm kam ins Haus und las Miras Post

– er habe ein Recht darauf, sagte er, das Haus gehöre ihm), daß wir verprügelt werden konnten, daß man uns alles antun konnte, und daß niemand, wirklich niemand – von der Polizei über die Gerichte bis zum Gesetzgeber – auf unserer Seite war. Manchmal hatten wir nicht einmal unsere Freunde und Familien auf unserer Seite. Verunsichert taten wir uns in kleinen Gruppen zu zweit oder zu dritt zusammen, schimpfend, verbittert. Selbst unsere Psychiater waren nicht auf unserer Seite. Wir machten *die* herunter, bis zum Erbrechen, aber das war auch alles: wir erbrachen die unmittelbare Ursache unserer Magenbeschwerden. Die Krankheit selbst war chronisch. Wir begriffen: die Gesetze waren samt und sonders für *die* gemacht, die Gesellschaft, ihr Aufbau, alles war für *die* da, alles existierte für *die.* Aber wir wußten nicht, was wir dagegen unternehmen konnten. Wir hatten das dunkle Gefühl, daß da irgend etwas schrecklich verkehrt war in den USA. Wir krochen in unsere Löcher und lernten das Überleben.

4

George und Martha kamen, nicht ohne Verluste, wieder zusammen. Der Hauptgrund waren ihre finanziellen Probleme, aber George hatte es nie richtig geschafft, allein zurechtzukommen, und war darum dankbar für Marthas Schwierigkeiten. Und George ist ein gutmütiger Kerl. Er hat das, was gewesen ist, nie gegen Martha benutzt, auch nicht wenn er sehr wütend war.

Allerdings hatte er es auch gar nicht nötig. Die Geschichte mit David hatte Martha völlig erledigt. Sie war danach nie wieder die alte Martha. Aber ich eile mir schon wieder voraus. Will diese Geschichte denn niemals enden? Mein Gott, es geht weiter und weiter. Nur ein Atomschlag würde sie beenden. Manchmal verstehe ich die Falken: auch sie haben, wie ich, Momente, in denen der Schmerz so unerträglich ist, daß sie am liebsten alles in die Luft fliegen sähen und noch den Atompilz freudig begrüßen würden.

Weihnachten kam, dann Ostern, dann der Sommer. Norm beharrte auf einer Scheidung, Mira stellte ihre Forderungen. Sie zählte die Jahre, rechnete aus, was er für eine Haushälterin, für ein Kindermädchen, für eine Waschfrau und für einen Chauffeur hätte bezahlen müssen – und für eine Prostituierte, denn das empfindet sie heute als ihre peinvollste Rolle. Und sie präsentierte Norm die Rechnung.

«Das ganze Geld gehört dir. Du hast mir vor einiger Zeit einmal gesagt, du könntest genausogut im Hotel leben. Stell dir vor, du hättest fünfzehn Jahre lang für alle Dienstleistungen bezahlen müssen. Soviel etwa hätte es dich gekostet.»

Norm war empört, sein Rechtsanwalt war empört, ihr Rechtsanwalt hielt sie für verrückt. Immer wieder gingen sie ihre Aufrechnung durch. Am Ende schlossen sie einen Vergleich. Mira wußte so gut wie ihr Rechtsanwalt, daß der Richter ihr niemals bewilligen würde, was sie forderte, trotz Norms hohem Einkommen. Was ihr zugesprochen wurde, war das Haus, solange sie darin wohnte (es lag eine Hypothek darauf, und Miteigentum – falls sie auszog, würde sie die Hälfte ihres gemeinsamen Anteils erhalten), der Wagen (ein bezahlter Chevrolet, Baujahr 1964), sechstausend Dollar im Jahr für sich und weitere neuntausend für die Kinder (bis die Kinder einundzwanzig waren). Sie rechnete es sich aus: mit dem Haus und den Möbeln und ihren Kleidern hatte sie zweitausend Dollars pro Jahr bezahlt bekommen für die fünfzehn Jahre, die sie verheiratet gewesen waren, und sechstausend im Jahr würde sie für jedes Jahr bekommen, das sie nicht verheiratet waren. Eine seltsame Übereinkunft war das, doch inzwischen war Mira so dünn und zerbrechlich wie ein Salzcracker geworden. «Also doch etwas mehr als nur Sklavenarbeit, scheint mir. Etwas mehr als Kost und Logis.»

Mira kam mit ihrem Studium gut voran, und es machte ihr Spaß, wieder geistig zu arbeiten. Martha überlebte. Samantha überlebte. Lily überlebte nur mit Mühe. Die Jungen wurden größer. Die Jahre vergingen. Miras Leistungen waren gut, sogar ausgezeichnet. Ihre Lehrer rieten ihr, zu promovieren. Sie hörte «Eleanor Rigby» und fand, daß die Pop-Musik sich irgendwie verändert hatte. Lily hatte einen neuen Zusammenbruch. Martha machte ihr College-Examen und wurde zum Jurastudium an der Universität zugelassen. Sie war also jedenfalls nicht ganz kaputt gegangen. Mira schrieb Bewerbungen, bat um Empfehlungen. Martin Luther King wurde ermordet. Bobby Kennedy wurde ermordet. My Lai geschah – wenn wir es damals auch noch nicht wußten. Die Post kam. Mira war in Yale und in Harvard angenommen worden. Sie saß da, starrte auf die Briefe und konnte es nicht fassen. Norm war wieder verheiratet – mit der Frau, die Mira einmal sein Flittchen genannt hatte. Mira wollte gerade das Haus zum Verkauf anbieten, als Norm anrief und erklärte, er wolle ihr ihre Hälfte abkaufen. Er wollte ihr $ 5000 weniger geben, als ihre Hälfte ihrer Meinung nach wert war, wenn man davon ausging, was das Haus auf dem freien Markt bringen würde.

Sie stritten sich. Sie akzeptierte sein Angebot, als er $ 2500 dazulegte. Schließlich wäre es doch wieder an ihr gewesen, es jeden Morgen in Erwartung von Käufern zu putzen, seufz, seufz. Scheiße, Mann. Genug. Ich halte es nicht mehr aus. Was passiert ist, war schlimm genug, auch ohne daß man alles noch einmal an sich vorüberziehen läßt. Es tut mir leid, daß ich damit überhaupt angefangen habe. Aber ich nehme an, ich mußte es tun. Und nun habe ich das Gefühl, ich muß es auch zu Ende führen. Es ist erst der 26. Juli. Die Vorlesungen beginnen nicht vor dem 15. September. Und im übrigen – wie sagten sie doch immer so schön? – was habe ich sonst schon zu tun?

Mira verkaufte Norm alle Möbel. Sie meldete die Jungen in einer guten Privatoberschule an. Und eines Morgens, im August 1968, packte Mira ihre Koffer in ihr Auto, um nach Boston zu fahren. Sie stand eine Weile vor dem leeren Haus. Die Jungen waren bei Norm. Sie würden alle zurückkommen, morgen, wenn Norm und seine neue Frau hier einzogen. Sie überlegte, was diese Frau wohl empfinden würde, wenn sie in ihr, Miras, Haus einzog, das vollstand von Möbeln, die sie ausgesucht und gepflegt und denen sie ihr Leben gewidmet hatte. Ja. Sie salutierte.

«Lebt wohl, Möbel», sagte sie. Und die Möbel, weil sie Möbel waren, rührten sich nicht.

5

Bevor sie abfuhr, machte Mira zwei Besuche. Den ersten bei Martha. Obwohl Martha wußte, daß sie kam, trug sie einen alten, fleckigen Morgenrock, in dem sie schwanger aussah, und hatte sich ein Tuch um den Kopf gewickelt. Sie kniete in der Küche auf dem Fußboden und schabte mit einem kleinen Messer Wachs ab.

«Es macht dir doch nichts aus, wenn ich weitermache, während wir reden. Ich habe jetzt immer so wenig Zeit», sagte Martha.

Mira setzte sich auf die Küchenbank. Sie trank den Gin Tonic, den Martha ihr gegeben hatte. Martha redete. Sie hatte das erste Jahr an der juristischen Fakultät hinter sich. Sie wußte nicht, worauf sie sich spezialisieren sollte. Internationales Recht interessierte sie, aber für eine Frau kam das überhaupt nicht in Frage. Sie sprach länger über die verwickelten Verhältnisse an der Fakultät. Martha hatte sehr zugenommen. Ihr zarter Körperbau nahm sich seltsam aus unter all der Fülle. Martha schaute Mira in der letzten Zeit selten in die Augen. Sie sprach zu den Wänden, den Fußböden, zu Messern und Gabeln. David erwähnte sie niemals. George war unglücklich. Während ihrer Trennung hatte er sich an eine gewisse Unabhängigkeit gewöhnt. Jetzt fühlte er sich durch Marthas Tüchtigkeit eingeengt. Er erwog, sich scheiden zu lassen.

«Komisch, nicht? Er hat eine Affäre mit einer Frau aus seinem Büro, aber das ist nicht der Grund, weshalb er sich scheiden lassen will. Er wünscht sich eine sturmfreie Wohnung in Manhattan. Er möchte gern ausprobieren, was er nie hatte. Schon verständlich, nur daß das alles so verdammt pubertär ist.» Sie lachte. Quadratzentimeter für Quadratzentimeter entfernte sie das Wachs. Sie arbeitete sehr langsam.

«Wenn du noch so einen Spachtel hast, helfe ich dir», sagte Mira. «Bei deinem Tempo brauchst du zwei Wochen, bis du fertig bist.»

«Es geht schon. Ich bin eine solche Perfektionistin, daß ich sowieso alles nochmal machen würde, was du gemacht hast.»

«Meint George es ernst?»

«Mit der Scheidung? Keine Ahnung. Er meint es ernst mit der Wohnung in New York. Er vermißt die Wonnen des Junggesellendaseins», sagte sie lachend, «obwohl er sie, als er sie hatte, gar nicht so wonnig fand.»

Kratz. Kratz.

«Aber für mich wäre es katastrophal. Ich brauche noch zwei Jahre bis zum Examen. Mein Teilzeitjob wirft gerade nur soviel ab, wie ich für Essen brauche. Und was George da vorschwebt, ist ein schickes Apartment, nicht so eine Bruchbude, wie er sie damals hatte. Ich kann mir nicht vorstellen, wie wir das alles bezahlen wollen. Er hat vor ein paar Monaten eine ordentliche Gehaltserhöhung bekommen, aber er träumt, wenn er sich einbildet, das würde ausreichen. Wir haben noch zweitausend Dollar Schulden aus der Zeit der Trennung, davon schuldet er tausend dem Psychiater.»

«Geht er denn noch hin?»

«Nein. Jetzt hat er ja mich.» Martha lachte sarkastisch.

Sie hatte Mira noch nicht ein einziges Mal in die Augen gesehen.

Sie sprachen über ihre Kinder, über die Zukunft. Marthas Stimme war monoton, hatte weder Höhen noch Tiefen.

«Siehst du ihn manchmal noch?» fragte Mira schließlich. Martha hielt mit dem Schaben inne und schob sich das Tuch aus der Stirn.

«Selten. Unsere Fakultät ist genau am entgegengesetzten Ende vom Campus. Manchmal sehe ich ihn im Studentenzentrum. Er scheint mich nicht zu sehen. Er sieht aus wie immer. Ich habe Gerüchte über ihn gehört: er hat etwas mit einer verheirateten Studentin. Romanistin, höheres Semester. Sagt man.»

Sie fing wieder an, den Fußboden zu bearbeiten. Inzwischen hatte sie einen Viertelquadratmeter fertig.

«Und du? Wie fühlst du dich jetzt so?»

Martha stand auf. «Trinkst du noch einen?» Sie ging an den Schrank und goß, mit dem Rücken zu Martha, zwei Drinks ein. «Wie ich mich fühle.» Sie sagte es wie eine Feststellung. «Ich weiß nicht. Ich fühle eigentlich gar nichts. Einfach gar nichts. Ich fühle mich so, als ob ich nie wieder etwas fühlen würde. Er ist ein Schwein, aber ich liebe ihn. Ich komme mir vor wie all die Schlampen in den Schlagern, ‹My Man Bill› und so. Ich würde morgen zu ihm zurückgehen, wenn er nur wollte. Ich weiß, ich würde es tun. Ich sage nicht, daß ich ihm nicht die Hölle heiß machen würde, aber ich würde zurückgehen. Aber er wird mich nicht fragen. Er weiß, warum.»

«Warum suchst du dir nicht einen anderen?»

Martha zuckte mit den Schultern. «Tu ich ja. Wenigstens bilde ich es mir ein. Aber mein Herz ist nicht dabei. Im Moment ist das einzige, was mich beschäftigt, das Diplom. Ich will raus. Ich habe zu lange die Schulbank gedrückt. Mein Gott, ich bin sechsunddreißig Jahre alt.»

«Ich auch, und ich fange gerade erst an.»

Martha lachte. «Niemand kann behaupten, daß wir uns keine Mühe geben.»

«Aber ich empfinde es genauso wie du – als ob nichts je wieder so wichtig sein kann, wie die Dinge früher gewesen sind. Als ob dir nie wieder etwas so zu Herzen gehen, dich so verletzen könnte.»

«Vielleicht werden wir alt.»

«Vielleicht.»

Sie verließ Martha, die immer noch auf dem Fußboden hockte. Ein halber Quadratmeter des Küchenfußbodens war entwachst. «Viel Glück», sagte Martha tonlos. «Und laß uns in Verbindung bleiben.»

In Verbindung. Was hieß das? Sich Weihnachtsgrüße schicken? Wie kannst du mit jemandem in Verbindung bleiben, den du nicht erreichst, der die Nerven unter der Haut gekappt hat, um keine Berührung, keinerlei Berührung zu spüren? Sie verstand, was Martha tat und warum sie es tat, doch es bewirkte, daß sie sich schrecklich allein fühlte. Aber was blieb Martha anderes übrig? Weiter etwas zu fühlen? Wie Lily?

Mira ging durch den Park des Greenwood Mental Hospital: viele Rasenflächen, umgeben von Bäumen, die den Maschendraht-Zaun verbargen, der, über vier Meter hoch, das Gelände umgab. Auf den einzelnen Rasenflächen standen ebenfalls Bäume und Bänke, und sie sah auch ein paar Blumenbeete. Leute spazierten herum oder saßen da, ordentlich gekleidete Leute. Man hätte nicht sagen können, ob es Patienten oder Besucher waren. Mira fragte in Lilys Schlafsaal nach der Freundin, und eine Schwester führte sie lächelnd hinaus zu einer Rasenecke, wo mehrere junge Frauen auf Bänken saßen und redeten. Lily sprang auf, als sie Mira sah, und sie umarmten sich unbeholfen, Miras Steifheit und Lilys starke Anspannung trafen zur gleichen Zeit aufeinander wie ihre Zuneigung.

Lily war schrecklich dünn, aber sie war hübsch angezogen, sehr viel besser, als sie sich zu Hause anzog: sie trug eine saubere braune Hose und einen beigen Pullover. Sie hatte Make-up aufgetragen, viel Make-up, und ihr Haar war frisch gefärbt. Die anderen jungen Frauen wurden vorgestellt. Auch sie waren gut gekleidet und stark geschminkt, mit schillernden Lidschatten, falschen Wimpern, orangefarbenem Puder-Make-up, viel Rouge, dunkelrotem Lippenstift. Mira wußte nicht, ob es Patientinnen oder Besucherinnen waren. Sie sprachen eine Weile über das Wetter, und dann gingen die drei jungen Frauen. Lily hatte Zigaretten, aber keine Zündhölzer und war entzückt über Miras Feuerzeug. «Du mußt immer die Schwester um Feuer bitten. Das ist eine der Regeln hier. Sie haben Angst, daß die Irren das Haus anzünden.»

«Die Frauen da», sagte Mira und nickte in Richtung der entschwindenden Gestalten, «sind das Besucherinnen?»

«Oh, nein. Die sind wie ich.» Lily lachte. «Weißt du, in Wirklichkeit ist das hier ein Country Club für Frauen, die von ihren Ehemännern nicht mehr gebraucht werden.»

Mira sah sich um. Das klang sehr nach Lilys Verrücktheiten, aber es waren fast ausschließlich Frauen zu sehen, Frauen zwischen dreißig und fünfzig.

«Sind denn keine Männer hier?»

«Oh, doch, aber das sind meist ältere Alkoholiker.»

«Und gibt es auch ältere Alkoholikerinnen?»

«Ja, haufenweise. Wir sind allesamt Leute, die niemand will.» Lily rauchte hastig, als wollte sie ihre Zigarette schnell zu Ende rauchen, damit sie noch eine bekommen und sie sich selbst anzünden konnte. «Aber alle meine Freundinnen sind wie ich.» Sie erzählte von ihnen, von sich selbst.

«Ehe ich krank wurde, habe ich meine Tante besucht. Sie sagte, ich sei ein verwöhntes Gör, ihr Mann sei schlimmer als Carl. Sie sagte, Carl ist ein guter Ehemann, verglichen mit den meisten. Meine Tante sagte, ich soll dankbar sein für Carl, er behandelt mich nicht schlecht. Manchmal denke ich, sie hat recht, aber ich kann es nicht ertragen, ich kann es nicht ertragen, mit ihm zu leben. Ich wollte mich scheiden lassen, darum bin ich hier. Ich wollte die Scheidung, aber dann, als er aus dem Haus ging, rannte ich hinter ihm her. Ich rannte schreiend die ganze Straße hinter ihm her und versuchte, ihn an seiner Jacke festzuhalten. Ich konnte nicht allein sein, ich wußte nicht, wie man das alles macht. Wie sollte ich das schaffen? Rechnungen bezahlen. Ich habe nie in meinem Leben eine Rechnung bezahlt. Und die Birne in der Küchenlampe ging kaputt, und ich saß nur da und weinte. Ich dachte, jetzt muß ich im Dunkeln leben. Ich weinte, und ich flehte ihn an, zurückzukommen, aber als er dann wiederkam, konnte ich ihn nicht ertragen, diesen Nazi, diesen Schinder, und ich hab immer wieder versucht, ihn dazu zu bringen, menschlich zu handeln. Deshalb hat er mich wieder einsperren lassen. Meine Tante, die ist in einer Selbstmordgruppe. Selbstmordgruppe! Sie wollte, daß ich mich ihnen anschließe.» Lily lachte schallend.

«Eine Selbstmordgruppe?»

«Ja, sie rufen sich gegenseitig an, verstehst du, mitten in der Nacht, sie sagen Sachen wie: ‹Heute war ein grauer Tag, und morgen wird der Himmel blauer sein! Oder: ‹Ich bin hier und helfe dir, ich weiß, du hast den Mut, es durchzustehen.›» Sie lachte wieder, es war das alte, herzhafte Lachen, ohne eine Spur von Hysterie. Und sie zitterte anscheinend auch nicht. «Ich hab einmal eine Anzeige von so einer Gruppe gesehen. In dicken großen Buchstaben stand da: RUFEN SIE UNS AN, WENN SIE HILFE BRAUCHEN. Irgend so etwas. Und dann stand da, wenn du ein Drogenproblem hättest oder kurz vor dem Selbstmord wärst, oder wenn du irgend etwas hättest, worüber du mit jemandem sprechen wolltest, dann solltest du sie anrufen, und sie hätten die und die Telefonnummer. Und dann stand da in kleinen Buchstaben: ‹Montag bis Donnerstag von 12 bis 22 Uhr.› Ich hab mir die Nummer aufgeschrieben, aber ich hab nie angerufen. Wenn sie Sprechstunde hatten, hab ich mich nie schlecht gefühlt.» Gelächter.

«Das Problem ist», fuhr sie fort, immer wieder in Gelächter ausbrechend, «daß ich kein Selbstmordkandidat bin! Das ist so, wie wenn du eine Erkältung kriegst statt einer Lungenentzündung – dagegen kann kein Mensch was machen. Der Psychiater hier – ein Witz! Er will, daß wir alle Make-up tragen, aufgezäumt wie Mrs. Astors Pferd! Wir spazieren herum mit all der Schminke, gehen zum Tee, meine Liebe.»

Eine kleine pummelige Frau kam über den Rasen geschlendert und ließ sich allein auf einer Bank nieder. Sie hatte krauses Haar und einen verwirrten Gesichtsausdruck. «Das ist Inez», sagte Lily. «Ihr Mann besucht sie nicht oft, nicht wie Carl. Carl kreuzt mit den Kindern fast jeden Sonntag auf. Sie bleiben nicht lange, aber niemand kann behaupten, daß er nicht alles tut, wie es sich gehört. Inez' Mann kommt nur hin und wieder mal. Ich höre ihnen zu, wenn sie miteinander sprechen. Sie weint, die Tränen laufen ihr übers Gesicht, sie weint leise, verstehst du, kein lautes Schluchzen oder Kreischen, nur wie ein anhaltender sanfter Regen. Und sie wimmert, sie sagt: ‹Bitte, Joe, laß mich raus. Ich verspreche dir, ich werde diesmal brav sein, ich werde mir Mühe geben, eine gute Frau zu sein, ehrlich, ich werde mir wirklich alle Mühe geben, ich werde es lernen.› Aber sie ist einfach zu intelligent, verstehst du? Sie könnte sich geistig nie genug bremsen, um eine gute Ehefrau zu sein.»

Inez stand plötzlich von der Bank auf und kniete dahinter auf der Erde nieder. Es sah aus, als wollte sie den Baum anbeten.

«Sie liebt Käfer», sagte Lily. «Sie beobachtet die ganze Zeit Käfer. Zu Hause hat sie dauernd Bücher über Käfer gelesen, aber ihr Mann hält das für verrückt, sie saugt den Teppich nicht und wäscht das Geschirr nicht ab, sondern liest immer nur Bücher über Käfer. Der Psychiater ist auch seiner Ansicht. Sie finden beide, daß sie in ihren Verrücktheiten nicht noch unterstützt werden sollte, deshalb geben sie ihr keine Bücher mehr. Aber sie beobachtet die Käfer immer noch!» sagte Lily triumphierend.

«Und das da ist Sylvia.» Sie deutete auf eine sehr dünne Frau, zierlich, adrett und schlicht. Sie hatte das Haar zu einem kunstvollen Bienenkorb aufgetürmt, und ihr Mund war eine leuchtend rote klaffende Wunde. «Ihr Mann kommt nie. Sie ist seit acht Monaten hier. Sie hat vor fünfzehn Jahren geheiratet und wünschte sich Kinder, aber ihr Mann konnte keine haben, und so ging sie arbeiten, sie war Kunsterzieherin an einer Grundschule. Sie lebte nur für ihren Mann. Dann, ungefähr vor einem Jahr, ging ihr Mann fort von ihr, um mit einer fetten Puertorikanerin zusammenzuleben, die fünf Kinder hat. Sie wohnte nur ein paar Häuser weiter, und sie hat sie dauernd gesehen. Sie versuchte, allein zurechtzukommen, aber sie war todunglücklich. Sie war so bitter, weil sie sich Kinder gewünscht hatte und seinetwegen keine bekommen hatte. Sie flehte ihn an, zurückzukommen. Sie war so einsam. Er wollte nicht.

Er sagte ihr immer nur, wie häßlich sie sei. Also hat sie sich die Puertorikanerin angeschaut und hat sich selbst angeschaut, und da wußte sie Bescheid. Sie nahm alle ihre Ersparnisse und ging ins Krankenhaus und hat sich operieren lassen, Silikon, verstehst du? Damit sie ihr zwei Brüste gaben. Zweitausend Dollars hat sie bezahlt. Aber als es ihr besser ging, hat die Schwester sie angesehen und gesagt: ‹Sie armes Ding, hat man ihnen die Brust amputiert?› Es war ein schrecklicher Reinfall. Sie hat geweint, aber der Arzt hat trotzdem sein Geld kassiert. Dann hat sie sich mit einer Bräunungscreme eingeschmiert und ist zu ihrem Mann gegangen, und schließlich kam er zurück, aber jedesmal, wenn sie miteinander schliefen, packte er ihr ein Kissen aufs Gesicht. Weil er es nicht aushalten könnte, sie anzusehen, sagte er. Sie fühlte sich elend. Sie dachte, er wollte sie vergiften. Sie sagte, er würde sich noch mit der anderen treffen. Er sagte, sie sei verrückt. Es wurde schlimmer und schlimmer mit ihr, sie war wahnsinnig mißtrauisch, sie rief ihn bei der Arbeit an. Sie konnte nicht schlafen. Sie dachte dauernd, er wollte sie umbringen. Wenn er ihr das Kissen aufs Gesicht legte, hatte sie Angst, er würde sie ersticken. Er ging mit ihr zu einem Psychiater, und der Doktor fragte ihn, ob es irgendwelche Gründe für ihr Mißtrauen gebe, und er schwor, nein, es gebe keine, und der Doktor sagte, sie leide unter Verfolgungswahn, und so landete sie hier. Sie ist ganz friedlich, aber sie weint viel. Sie geben ihr eine Medizin dagegen. Egal, was das Leben dir antut, wenn du weinst, bist du verrückt. Sogar Tiere weinen, nicht wahr, Mira? Jedenfalls hat sie jetzt eine Zeitlang nicht geweint, und deshalb dachten sie daran, sie rauszulassen, und haben ihren Mann benachrichtigt. Und der kam hier angerast, er wollte nicht, daß sie entlassen wurde. So ein verdammter Idiot! Er kam in einem offenen Kabriolett, mit der Puertorikanerin und ihren fünf Kindern, und die Schwester sah sie und erzählte es dem Doktor, und der Doktor stellte ihn zur Rede, und er gab es zu, gab zu, daß er sich die ganze Zeit über mit ihr getroffen hatte, und der Doktor war wütend und sagte, weil er gelogen hätte, sei sie acht Monate eingesperrt gewesen. Er gibt dem Mann die Schuld. Aber ich sage, wie kommt es, daß er dem Mann geglaubt hat und nicht Silvia? Ich meine, es ist doch genausogut möglich, daß sie die Wahrheit sagt. Aber auf den Gedanken würden sie nie kommen. Sie glauben immer dem Mann. Sie glauben, daß alle Frauen ein bißchen verrückt sind. Nächste Woche wird sie also entlassen, und sie geht zurück, um mit ihm zu leben. Mit ihrem Ehemann!» Lily lachte. «Ich habe zu ihr gesagt, ich glaube, daß sie *hier* verrückt geworden ist.»

«Das Problem ist», begann Mira mit fester Stimme, bemüht, der Woge von Wahnsinn zu entkommen, die sie über sich zusammenschlagen fühlte, «daß diese Frauen zuviel über die Männer nachdenken. Ich meine, ihre Männer bedeuten ihnen alles. Wenn die Männer sie für attraktiv halten, sind sie attraktiv; wenn sie's nicht tun, sind sie's nicht. Sie geben den Männern die Macht, über ihre Persönlichkeit, ihren Wert zu befinden, sie zu akzeptieren oder sie zurückzustoßen. Sie haben kein eigenes Ich», schloß sie und verzog ihren schmalen, strengen Mund.

«Ja», sagte Lily, und ihre traurigen Augen suchten den Rasen nach einem weiteren Beispiel ab, von dem sie Mira erzählen konnte.

«Warum vergessen sie nicht die Männer und sind sie selbst?» insistierte Mira.

Lily richtete ihre schrecklichen Augen auf sie, als wäre sie eine Närrin. «Ja», sagte sie wieder. «Wir alle wissen das. Wie machst du das?»

«Du schneidest sie dir einfach aus deinem Herzen, so wie ich das mit Norm gemacht habe», sagte Mira selbstgerecht.

«Oh, Carl ist so kalt, so kalt. Er schafft es, daß ich mir immer so wertlos vorkomme.» Sie sprach weiter über Carl, erzählte eine Geschichte nach der andern.

«Hör auf, über Carl zu reden! Hör auf, an ihn zu denken!» schrie Mira schließlich.

Lily zuckte mit den Schultern. «Er war fast mein ganzes Leben. Ich habe durch Carl gelebt. Ich war zu Hause, und er war draußen in der Welt. Als ich jung war, hatte ich Energie, aber die hat man mir genommen. In der Küche ging das Licht aus, und ich wußte nicht, was ich machen sollte. Es war eine von diesen komischen Birnen, verstehst du? So eine lange, schmale – wie nennt man sie doch? Neonröhre. Ich wußte nicht, daß du sie im Laden kaufen kannst. Ich dachte, sie hielten ewig. Carl ging in den Laden und holte eine, und er stellte sich auf die Trittleiter und nahm den Plastikkasten von der Decke ab und nahm die eine Röhre raus und tat die andere rein. Wieso kann er all so etwas? Alles, was ich konnte, war, im Dunkeln zu sitzen und zu heulen.

Carl, der Roboter, hat sich umgebracht, damit er mich umbringen konnte. Warum mußte er das tun? Er spaziert durch die Gegend wie sein Automat: ich habe weiter geschrien, ich kreischte. Deshalb sperrt er mich hier ein. In Harlem fördert die Regierung den Verkauf von Heroin, um die Nigger niederzuhalten, und Tausende von Ärzten geben all den Hausfrauen Barbiturate und Beruhigungspillen: Ruhe unter den Eingeborenen! Wenn die Drogen nicht mehr wirken, stecken sie die Schwarzen ins Gefängnis und uns hierher. Mach keinen Lärm. Ich las einmal ein Gedicht, indem eine Zeile vorkam, die ungefähr so lautete: ‹Du verhältst dich stiller, wenn bei jeder Bewegung, die du machst, ein Mißton erklingt.› Diesmal wird er mich nicht rausholen. Er hat nie genug Geld gehabt, um mal mit uns essen zu gehen, aber die zwölftausend Dollar im Jahr, die es ihn kostet, mich hier eingesperrt zu halten, die hat er.

Warum sollte er mich vermissen? Ich war immer nur eine Last. Mit den Kindern geht er zu McDonald's; eine Putzfrau macht ihm das Haus sauber. Sex vermißt er nicht – wir hatten nie Sex. Ich war deswegen mal bei einem Rechtsanwalt, und der sagte, ihr Mann braucht nur einmal im Jahr mit Ihnen zu schlafen, dann können Sie sich deswegen nicht scheiden lassen. Ob das auch umgekehrt so ist? Einmal im Jahr! Es war etwas, woran ich Spaß hatte, also hat er es abgestellt. Manchmal, wenn ich geduscht hatte und im Bett lag, ging er auch unter die Dusche, und ich wurde richtig aufgeregt, weil er sonst abends nie duschte, und ich sprang aus dem Bett und zog mein schönstes Nachthemd an, und dann lag ich wartend da, während er sich rasierte und vor sich hin summte, und ich wurde immer erregter, und dann kam er ins Schlafzimmer und ging ins Bett und drehte sich um und machte das Licht aus und machte es sich gemütlich und sagte: «*Gute* Nacht, Lily!» So richtig zufrieden, verstehst du? Ein Sadist ist er, ein Nazi. Klar, daß ich gezetert und gebrüllt hab. Was würdest du tun? Warum mußte er so etwas tun? Es hätte mir nichts ausgemacht, wenn er mir ein Kissen aufs Gesicht gepackt hätte, so verzweifelt war ich. Ich hab's versucht, aber ich konnte kein Verhältnis haben. Ich hatte zu große Schuldgefühle. Ich hab versucht, zu masturbieren. Mein Arzt hat mir gesagt, mein Inneres würde langsam vertrocknen, es wäre wie der Unterleib einer Achtzigjährigen. Er hat versucht, mir zu erklären, wie ich masturbieren soll, aber ich hab es nie gekonnt. Was mag Carl bloß für ein Mensch sein? Es ist so, als ob er mich in eine Schachtel gesteckt hatte, und darin war alles Farbe und Leidenschaft und Sex, und dann verbrachte er den Rest seines Lebens damit, einen Schlauch über der Schachtel zu halten, um mich hinauszutreiben. Was wußte ich schon von ihm. Ich hab einen Anzug geheiratet.»

Sie ist immer noch dort. Lily. Mira hat sie seit Jahren nicht mehr gesehen. Ich auch nicht. Nicht weil ich nicht an sie denke; aber manchmal weiß ich nicht mehr, wer eigentlich wer ist, ich denke, ich bin Lily, oder daß sie ich ist, und wenn ich dort bin, bin ich mir nie sicher, wer von uns beiden schließlich aufstehen und sich herabbeugen und die andere küssen und über die steinernen Wege zum Tor laufen muß und nach draußen, auf den Parkplatz mit all den Leuten, die genauso aussehen wie die Leute drinnen, die in Autos steigen und fortfahren. Und selbst wenn ich im Auto sitze, bin ich mir nicht sicher, ob ich dort sitzen soll, habe ich nicht das Gefühl, als ob ich in meinem Körper wäre. Mein Körper lenkt den Wagen, sitzt auf dem Sitz, aber ich bin immer noch in der Klinik, meine Stimme tönt weiter, endlos, wild, ich kann sie nicht aufhalten, sie redet weiter, immer weiter. Lily hatte eine grenzenlose Energie, aber es ging alles in ihre Augen und in ihre Stimme. Sie wird nie müde, sie ermattet nie, ihr geht nie der Stoff aus. Sie spricht über mohammedanische Frauen, chinesische Frauen, Frauen in den machistischen Ländern, spanische, italienische, mexikanische Frauen. «Wir sind verantwortlich für alle Frauen», sagt sie, und ich weiß, sie hat das nicht in einem Buch gelesen, denn sie liest nicht. «Ich fühle mich nicht losgelöst, wenn ich von ihnen höre, ich habe das Gefühl, als würde es mir passieren. Ich glaube, wir sind wiedergeboren, und ich kann mich erinnern, zu anderen Zeiten andere Frauen gewesen zu sein, in anderen Ländern. Ich trage dieses Gewicht mit mir herum, ich beuge mich unter dem Reisigbündel, während ich einen Hügel in Griechenland erklimme; ich schleiche verstohlen im Purdah durch die Straßen und fühle mich schuldig, daß ich überhaupt zu sehen bin; meine Füße sind vom Einbinden verkrüppelt; meine Klitoris ist amputiert und ich werde der Besitz meines Ehemannes, und ich fühle nichts beim Sex und gebäre unter Schmerzen meine Kinder. Ich lebe in Ländern, in denen das Gesetz meinem Ehemann das Recht gibt, mich zu schlagen, mich einzuschließen, *disciplina.*»

Tatsächlich sind Lily und ich gar nicht so verschieden: sie sitzt hinter jenen Toren, ich hinter diesen. Wir sind beide verrückt, bewegen uns beide immer weiter, immer in der gleichen Spur, immer im Kreis herum – hoffnungslos. Nur, daß ich einen Job und eine Wohnung hab und mein Zimmer selbst saubermachen und mir mein Essen selbst kochen muß und nicht zweimal in der Woche Elektroschocks bekomme. Sonderbar, daß die glauben können, du würdest, wenn sie dir Elektroschocks geben, die Wahrheiten, die du weißt, vergessen. Vielleicht glauben sie in Wirklichkeit, daß du, wenn sie dich genügend bestrafen, so tun wirst, als ob du die Wahrheit, die du weißt, vergessen hättest – daß du dann brav bist und deine Arbeit im Hause tust. Ich habe seit langem immer wieder erfahren, daß Heuchelei das Geheimnis geistiger Gesundheit ist. Du darfst sie nicht merken lassen, daß du es weißt. Lily weiß das auch, die letzten zwei Male hat sie ihr Wissen angewandt: sie täuschte vor, folgsam zu sein und ihre Sünden zu bereuen, und sie ließen sie raus. Aber jetzt ist sie zu wütend, sie will nicht mehr so tun als ob. Ich habe ihr einen Brief geschrieben, ich habe ihr berichtet, was mit George Jackson passiert ist. Aber sie hat ihn nicht beantwortet.

Mira schickte Lily ein Buch über Käfer, für Inez, aber eine Schwester fand es und nahm es ihr weg, und Inez wurde wild und gewalttätig und wollte auf die Schwester losgehen – sie wurde auf eine andere Station verlegt, wo sie Zwangsjacken benutzen und den Frauen täglich Elektroschocks geben und wo sie nicht jeden Morgen angezogen und geschminkt werden. Soviel über die guten Absichten. In Rußland stecken sie dich einfach in eine Irrenanstalt, wenn du mit dem Staat nicht einverstanden bist. So anders ist es hier nicht. Ruhe unter den Eingeborenen!

6

«Für uns ist das anders», beharrte Kyla. «Wir hatten Glück, wir sind später geboren.»

«Ja», bestätigte Clarissa. «Ich glaube, ich hab nie das Gefühl gehabt, eingeengt oder eingeschränkt zu sein. Ich hab die ganzen High School-Jahre über Fußball gespielt.»

«Und ich habe immer gewußt, daß ich einen richtigen Beruf haben würde.»

«Ich gebe zu», ergänzte Clarissa, «daß sie es geschafft haben, mich von den Naturwissenschaften abzubringen und auf das Gleis der Geisteswissenschaften zu schieben. Aber es ist für mich nicht so schrecklich wichtig, *wo* ich meinen Kopf gebrauche, solange ich ihn *überhaupt* gebrauche. Und im Grunde bin ich vielleicht ganz froh, daß sie mich in diese Richtung gedrängt haben.»

«Die Geisteswissenschaften», warf Iso ein, «sind ‹geistiger›, ‹feiner›.»

«Die Wissenschaften schon, wenn auch nicht die Geister», spottete Kyla.

Val saß schweigend da, was so ungewöhnlich war, daß wir uns alle zu ihr umdrehten und sie ansahen.

«Nein, ich bin nicht grundsätzlich anderer Meinung. Bestimmt ist vieles für eure Generation besser. Ich frage mich nur, um wieviel besser? Ihr kommt alle von guten Schulen, ihr seid alle privilegiert, wenn ihr an die allgemeine Situation der Frauen denkt, und keine von euch hat bisher Kinder. Ich will hier ja nicht in Pessimismus machen, aber ich glaube, ihr unterschätzt vielleicht doch, was euch bevorsteht.»

«In gewisser Weise macht das gar nichts. Wir müssen fest daran glauben, daß wir erreichen können, was wir wollen – sonst sind wir verraten und verkauft, ehe wir überhaupt anfangen», widersprach Clarissa.

«Ja. Wenn ihr nicht Hals über Kopf in die Falle plumpst, weil ihr sie vorher nicht gesehen habt», sagte Val grimmig.

«Du bist aber auch wirklich eine Pessimistin!» protestierte Iso.

«Vielleicht. Aber ihr seid naiv, wenn ihr im Ernst glaubt, eine Situation, die so alt ist wie die Menschheit, hätte sich in fünfzehn oder zwanzig Jahren so geändert, daß ihr euch nicht mehr damit herumzuschlagen braucht. Ihr fühlt euch großartig. Ihr denkt, ihr seid davongekommen. Den Teufel seid ihr. Ihr seid immer noch im Kloster. Mit all den kleinen Jungen. Wer hat vorhin gesagt, daß allen männlichen Studenten in Harvard das fundamentale Organ zu fehlen scheint? Alle möchten hier eingesperrt bleiben, weil sie alle nicht werden wollen, was sie, wie sie genau wissen, wohl werden müssen, wenn sie nach draußen in die Welt gehen. Und es sieht alles danach aus, daß sie es werden: du hast keine großen Chancen gegen ES.»

«Die ES-Theorie der Geschichte!» verkündete Kyla.

«Jetzt brauchten wir Milton, damit er uns erklärt, wie frei wir sind.»

«Genug, um widerstanden zu haben, aber frei auch, zu fallen», sagte Kyla lachend.

«So? Gilt das für dich?» fuhr Val sie wütend an.

«Vielleicht nicht, aber . . .» Kyla begann wieder von ihrer wunderbaren Ehe zu erzählen, von den Vereinbarungen, den Regelungen, die sie getroffen hätten . . .

«Oh, Mira!» sagte Kyla in gespielt-gereiztem Ton. «Warum mußt du uns nur immer auf die Ebene des Weltlichen, des Vulgären, des stinkenden, beschissenen Kühlschranks herunterholen? Ich sprach über Ideale, Noblesse, über Grundsätze . . .» Und sie sprang auf und stürmte durch den Raum und warf sich auf Mira und umarmte sie, hielt sie fest in den Armen und begann sie zu preisen! «Vielen Dank, oh, vielen Dank, Mira, daß du so wunderbar bist und so furchtbar, daß du nie und nimmer den stinkenden schmutzigen Kühlschrank vergißt!» Ihr Lobgesang ging weiter, und die ernsthafte Diskussion endete in Gelächter.

Mira verzog das Gesicht. «Wie kann ich ihn vergessen?» jammerte sie.

«Oh, arme Mira!» schrie Kyla. «Auf immer und ewig, bis ans Ende der Zeiten, an den stinkenden Kühlschrank gekettet!»

«Schreib ein Referat darüber», schlug Clarissa vor. «‹Das Bild des Kühlschranks im Roman des 20. Jahrhunderts.›»

«‹Das Frost-frei-Syndrom in Feuer und Eis›», rief Iso.

«Nein! Nein! NEIN!» rief Mira. «Ein schmutziger Kühlschrank muß es sein! Einer, der saubergemacht werden muß, nicht einfach nur abgetaut. Auch wenn das Abtauen schon schlimm genug ist!»

«Daraus können wir einen Schlager machen», fand Iso. «‹Es war schon schlimm genug, daß ich dich abtau'n mußte, Baby, und jetzt muß ich dich auch noch saubermachen›.»

«Oder: ‹Bist du auch nur ein schmutz'ger Schrank, so bist du doch mein Bester!›» sang Kyla.

Alle redeten durcheinander, riefen ihr Titel zu. Sie lachte, und als immer mehr Titel durch den Raum flogen, darunter etliche Anspielungen auf Titel, die in der letzten Zeit über den Seminararbeiten dieser Gruppe gestanden hatten, senkte sie mit Tränen in den Augen den Kopf und japste nach Luft vor Lachen. Dann hob sie ruckartig den Kopf.

«Fickt euch doch alle selbst, von mir aus!» rief sie, und sie kreischten los und johlten und pfiffen durch die Zähne. Kyla fing an, Beifall zu klatschen, dann applaudierten auch die anderen. Clarissa stand auf, sie alle standen auf, sie war umringt von einem Kreis applaudierender verrückter Weiber, die kreischend vor Lachen riefen: «Bravo! Du hast's geschafft! Du hast's gesagt!»

«Hab ich eine Prüfung bestanden?» brüllte sie. «Einen Initiationsritus?»

«Mal sehen, wie viele du kennst», sagte Kyla provozierend, beugte sich zu Mira hinunter und bleckte die Zähne.

«Um Himmels willen, wie viele wird es schon geben? Nicht sehr viele, das ist ja das Problem. Zu Shakespeares Zeiten . . .»

«Er hat seine selbst erfunden!» erklärte Clarissa. «Du mußt die nehmen, die ES für dich bereithält.»

«Die ES-Theorie der Sprache!» sagte Iso und nickte.

«Scheiße», sagte Mira, und wieder applaudierten sie und pfiffen. «Hört zu, es gibt eben nicht sehr viele. Die Armut der Sprache. Da wären verdammt und Hölle und Hure und Bastard und Scheißkerl und Scheiße und ficken und Mutterficker. Allerdings gibt es da ein interessantes Wort . . .»

Aber sie hatte keine Chance, nicht jetzt, nicht in diesem Raum. Mitten während des Beifalls und des Gebrülls hatte Iso den Plattenspieler angestellt, und Janis Joplin dröhnte durch den Raum, und sie hatten sich in Zweiergruppen aufgespalten und hielten Zwiegespräche, die irgendwann das Thema anderer Zwiegespräche sein würden, und irgendwann würden alle alles über alle anderen wissen, und alle würden über alles sprechen, was sie über alle anderen wußten, und alle würden alles billigen, was sie über alle anderen wußten. So war das.

7

Es war nicht immer so. Mira und Val und ich gehörten zur «Greisen-Clique», wie ein bedeutender Englisch-Professor dieser gepriesenen Institution es einmal spöttisch bezeichnet hatte. Es gab auch ein paar ältere Männer, hauptsächlich Jesuitenpatres. Ich weiß nicht, warum man uns in Harvard überhaupt genommen hat; es war schon eine Ausnahme. Vielleicht wegen des Vietnam-Krieges – wir waren in einem besonderen Maße «uneinziehbar». Doch wir waren immerhin so wenige, daß wir uns schrecklich verloren fühlten in dieser Masse ungeprägter Gesichter, die alle so aussahen, als wären sie unter zwanzig. Natürlich waren sie es nicht: Kyla war vierundzwanzig, Isolde sechsundzwanzig, Clarissa dreiundzwanzig. Aber Mira und ich waren achtunddreißig, und Val war neununddreißig. Und das war ein ziemlicher Unterschied. Viele unserer Professoren waren jünger als wir; der für uns zuständige Studienleiter war fünfunddreißig. Eigenartig – wir alle hatten viel allein gelebt und hatten großes Zutrauen zu unserem Auffassungsvermögen, und wir waren es nicht gewohnt, wie Idioten oder gönnerhaft von oben herab behandelt zu werden. Wir fühlten uns sehr unwohl in unserer Haut, wenn der Studienleiter uns wie widerspenstige Kinder behandelte. Aber wir wußten nicht, wie wir uns dagegen wehren sollten. Anscheinend hattest du im Rahmen institutioneller Beziehungen keine menschliche Gleichheit zu erwarten. Wenn du verstehst, was ich meine. Also zogst du dich zurück. Ich jedenfalls. Ich meine, du sprachst einfach nicht mehr viel mit ihnen, du machtest deine Arbeit, machtest deine Examen und wandtest dich nicht weiter an sie, wenn du es vermeiden konntest. Und wenn du fertig warst und um Empfehlungen batest, bekamst du hübsche Briefe über deine Vortrefflichkeit als Mutterfigur oder deinen reifen, gefestigten Charakter.

Wie auch immer, es dauerte einige Zeit, bis wir einander gefunden hatten, und anfangs hatte Mira, wenn sie durch die Straßen von Cambridge ging, das Gefühl, einer fremden und verachteten Spezies anzugehören. Mit ihrem getönten und gelockten Haar, ihren dreiteiligen Strickkostümen, ihren Strümpfen samt Hüfthalter, ihren Stöckelschuhen und der dazu passenden Handtasche kam sie sich vor wie ein Dinosaurier in der Bronx. Sie lief an ihnen vorbei, sah sie einen nach dem andern vorüberziehen, meist waren es junge Gesichter, bärtig, wenn sie männlich, mit langem Haar, wenn sie weiblich waren, und sie trugen abgewetzte Jeans oder Bürgerkriegsuniformen oder Umhänge oder lange Großmutterkleider oder Saris oder irgend etwas, was durch ihre Phantasie in Mode gekommen war. Niemand sah Mira an; niemand sah irgend jemanden an. Und wenn zufällig ein Blick auf sie fiel, ordneten die Augen sie mit einem Wimpernzucken ein und taten sie mit einem Wimpernzukken ab. Es machte sie rasend.

Sie war gezwungen, Dinge an sich wahrzunehmen, die sie vorher nie bemerkt hatte. Ihre Studienjahre in New Jersey hatten sie darauf nicht vorbereitet. Die Universität dort hatte sich bis in die Vororte hinein ausgedehnt; die Menschen waren den Anblick von Vorstadtmatronen gewohnt, sie waren das Leben im Vorort gewohnt, sie waren Vorortbewohner. Dort war sie als Mitglied der menschlichen Rasse angesehen worden. In den Augen der Männer blitzte es manchmal auf, wenn sie an ihr vorbeigingen, und das versicherte ihr, daß sie immer noch anziehend war. Manchmal spürte sie, wie sich jemand nach ihr umdrehte, wenn sie vorbeiging oder vorbeigegangen war.

Erst in Cambridge, das so betont jung ist, das damals, 1968, so betont gegen all das war, was Mira zu repräsentieren schien, wurde ihr nach und nach bewußt, wie sehr sie um ihres Selbstgefühls willen abhängig war von diesem Aufblitzen, von den sich nach ihr umdrehenden Köpfen. In den ersten Tagen lief sie mehrmals los, um sich für ihr Apartment Schrankpapier oder Heftzwecken zu besorgen, und starrte hinterher jedesmal wütend in den Spiegel, machte an ihrem Haar herum, probierte verschiedene Make-ups aus, zog sich vor dem Spiegel die Kleider an und aus. Sie rannte los und kaufte sich kurze Faltenröcke und weiße Socken, sie holte ihre Perlen aus der verstaubten Schachtel. Aber nichts half. Zum erstenmal seit ihrer Scheidung von Norm fühlte sie sich völlig allein und völlig gesichtslos. In New Jersey hatte sie ihre Freundinnen gehabt; einige der Ehepaare, mit denen sie und Norm befreundet gewesen waren, luden sie auch weiterhin gelegentlich zum Abendessen ein – natürlich wurde immer irgendein alleinstehender Mann aus dem Bekanntenkreis mit dazu eingeladen. Sie war eine «bekannte Größe» gewesen: eine geschiedene Frau, die in einem schönen großen Haus wohnte und zwei Söhne hatte und jetzt wieder studierte.

Aber Cambridge war voller junger Leute, die sich wie Pfeile auf ein

Ziel zubewegten; sie waren zornig, sie konnten nicht begreifen, wie die die alte Welt so verrottet sein und trotzdem beharrlich weiterbestehen konnte. Sie konnten nicht begreifen, warum sie nicht ihrer Krankheit erlag oder, besser noch, angesichts ihrer Krankheit Selbstmord beging. Sie bewegten sich auf Ziele zu, ohne einander zu sehen, sie rasselten auf der Mass Avenue zusammen und dachten nicht einmal daran, «Entschuldigung» zu sagen. Sie waren jung, sie hatten alles gehabt oder jedenfalls vieles gehabt. Sie wußten über alles Bescheid, außer über Grenzen.

Aber Mira sah das nicht so. Sie sah alles von ihrem eigenen Standpunkt aus. Ihr kam es so vor, als würde sie, sie persönlich, zurückgewiesen. Sie saß bis tief in die Nacht hinein bei ihrem Brandy. Ihr ganzes Leben lang, so erkannte sie jetzt, hatte sie ihr Ich mit Hilfe von Lappalien aufrechterhalten. Da war das Lächeln des Fleischers, wenn er sie sah und ihr Komplimente zu ihrem Aussehen machte, oder der Mann, der den Fußboden wachste und sie mit funkelnden Augen ansah, oder ein Männerkopf, der sich umdrehte, wenn sie über den Campus ging. Sie war entsetzt; sie mußte an Lily denken. Wie machst du es, daß du damit aufhörst? Wie konntest du dich mit solchen Absurditäten aufrechterhalten? Wie kannst du dich davon befreien?

Sie saß im Dunkeln und rauchte. Im Dunkeln brauchte sie das schäbige möblierte Apartment, in dem sie wohnte, nicht zu sehen: die sich ablösende Tapete, die wackligen Kunststofftische. Sie erinnerte sich daran, wie sie in dem Jahr, nachdem Norm fortgegangen war, im Dunkeln in ihrem luxuriösen Haus in Beau Reve gesessen und versucht hatte, ihre Verbitterung zu ergründen, die unbeherrschte Wut, die sich jetzt gegen die Jungen wandte, gegen den Fleischer, den Mann, der den Fußboden wachste. Sie kam sich so fehl am Platze vor in Cambridge. Aber eigentlich war sie sich immer fehl am Platze vorgekommen. Sie hatte hart gearbeitet, hatte alle ihre Intelligenz angewandt, und sie hatte das Geheimnis entdeckt, wie man den Anschein erweckt, am rechten Platz zu sein, und hatte herausgefunden, daß der Schein alles war. Sie hatte ihr Leben damit verbracht, den Schein aufrechtzuerhalten, so wie Martha ihr Leben damit zugebracht hatte, *The Ladies' Home Journal* und *Good Housekeeping* zu studieren.

All diese Jahre, all die Jahre lang hatte sie es auch getan. Wenn sie auch nicht so weit gegangen war, sich die Zeitschriften zu kaufen und sich anhand der Tests zu prüfen, so hatte sie sie doch immer beim Zahnarzt studiert. Prüfe dich selbst: Bist du eine gute Ehefrau, bist du noch attraktiv? Bist du verständnisvoll, mitfühlend, großzügig? Frischst du deinen Lidschatten regelmäßig auf? Hast du in langen einsamen Stunden, beim Staubwischen oder beim Bügeln seiner Hemden, der Versuchung nachgegeben, einen ganzen Kuchen zu verspeisen? Hast du ÜBERGEWICHT?

Mira hatte sich an den üblichen Normen gemessen. Sie hatte sich das Haar gefärbt und gefastet, hatte stundenlang Perücken aufprobiert, um sich zu vergewissern, daß ihre Frisur zu ihrem Gesicht paßte, hatte gelernt, im richtigen Tonfall gehässige Fragen zu stellen: «Hat Clark etwas Schreckliches getan, Norm, daß du ihn so verprügelt hast?» Oder: «Oh. Also gut. Selbstverständlich, wie du willst, Liebling. Nur, wir haben den Markleys versprochen, daß wir kommen – ja, wir sprachen darüber, Liebling, gestern abend, als du nach Hause kamst. Kannst du dich nicht mehr erinnern? Mir liegt nicht das geringste daran, aber es wäre mir sehr unangenehm, wenn ich sie anrufen und ihr sagen müßte, daß wir nicht kommen, weil du es vergessen und dich zum Golf verabredet hast.» Sie ging mit seinem männlichen Ich, mit seinem zerbrechlichen Stolz durchaus behutsam um. Sie stichelte mehr, als daß sie die Stimme hob, sie machte ihm nie eine Szene. Sie war eine perfekte Mutter: sie schlug ihre Kinder nie, sie waren sauber und wohlgenährt. Das Haus glänzte. Sie kochte recht ordentlich. Sie achtete auf ihre Figur. Sie hatte alles getan, alles, was nach den Zeitschriften, dem Fernsehen, den Zeitungen, den Romanen von ihr erwartet wurde. Sie hatte nie gemurrt, wenn Norm Abend um Abend spät nach Hause kam; sie hatte nie erwartet, daß sie und die Jungen vor seiner Arbeit rangierten. Sie hatte ihn nie gebeten, irgend etwas im Haushalt zu tun.

Sie hatte alles richtig gemacht, sie war vollkommen gewesen, und er war trotzdem nach Hause gekommen und hatte gesagt: «Ich möchte die Scheidung.» Der Gedanke daran erfüllte sie mit ohnmächtigem Zorn, sie warf ihr Glas durchs Zimmer, der Brandy ergoß sich über den Teppich und spritzte gegen die Wände, und die Glassplitter prasselten klirrend auf ihre Gedanken. Das letzte Mal, erinnerte sie sich, als solche Gedanken ihr makellos zurechtgemachtes Gehirn überflutet hatten, war sie weinend nach oben gestolpert, hatte eine Rasierklinge genommen und damit auf ihre Handgelenke gehackt – hatte immer noch sich selbst angegriffen, immer noch Mrs. Makellos Norm. Wenn ES dich erwischt, verschwindest du von der Bühne, machst Platz für eine neue Mrs. Makellos Norm – die moderne Form der freiwilligen Witwenverbrennung. Verbirg dich im Dunkeln, du wirst nicht länger gebraucht. Und bei Tage achte auf deine Schritte und befolge die Regeln, sonst nennen sie dich Kastriererin, Hündin, Schlampe, Sau, Kuh, Hure, Nutte, Prostituierte, Flittchen, Rumtreiberin. Du bist keine Prostituierte, auch dann nicht, wenn du alle zehn Tage oder so den Beischlaf absolvierst mit einem, den du nicht begehrst. Du bist keine Prostituierte, weil du nicht dafür bezahlt wirst. Alles, was du bekommst, ist Logis, Kost und Kleidung. Und Norm bekam alles, wofür er bezahlte.

Auf allen vieren wischte sie den Brandy auf, fegte die Glassplitter mit einem Papiertuch zusammen, dachte dabei, daß Frauen immer selber ihren Dreck beseitigen müssen, überlegte, wie es wohl sein würde, wenn du wen hättest, der hinter dir herräumt, konnte sich nicht so weit zurückerinnern in ihre Kindheit, spürte den bitteren Zug um ihre Mundwinkel – und hockte sich plötzlich auf ihre Absätze. Sie dachte: Es ist sinnlos, Gerechtigkeit zu fordern. Mit einem neuen Brandy setzte sie sich hin, mit einem Gefühl im Kopf, als ob sie eine Türe geöffnet und frischen Wind hereingelassen hätte. Sie war mit einem ganzen Paket von Bedingungen konfrontiert worden: deine Funktion ist, zu heiraten, Kinder aufzuziehen und, wenn du kannst, deinen Mann zu halten. Wenn du diese Regeln befolgst (lächeln, fasten, lächeln, nicht nörgeln, lächeln, kochen, lächeln, saubermachen), wirst du ihn halten können. Die Bedingungen waren klar, und sie hatte sie akzeptiert – und sie hatten sie scheitern lassen. Diese Ungerechtigkeit hatte sie seit ihrer Scheidung immer bitterer gemacht – die Ungerechtigkeit, wie die Welt die Frauen behandelte, Norms Ungerechtigkeit ihr gegenüber. Und sie tat nichts dagegen, sondern wurde immer noch bitterer und zerstörte ihr Leben, zerstörte, was ihr von ihrem Leben geblieben war.

Es gibt keine Gerechtigkeit. Es gab keine Möglichkeit, die Vergangenheit wiedergutzumachen. Es gab nichts, was die Vergangenheit hätte wiedergutmachen können. Sie saß eine Weile wie betäubt da, befreit von einer Last, und spürte, wie ihr Mund weicher wurde, ihre Brauen sich glätteten.

Und als sie nun alles aus einer gewissen Entfernung sah und es so als ein Ganzes sah, das Raum und Zeit umspannte, aber vollständig, für sich, in sich abgeschlossen war, da kam ihr in den Sinn, daß das, was verkehrt war, tiefer reichte als das Paket von Bedingungen oder deren Verlogenheit. Verkehrt war die Annahme, die dahinter stand, sie könnte ein Leben nur durch eine andere Person leben. Sie spürte ihre Handgelenke, ihre Arme, strich mit der Hand über ihre Brüste, den Bauch, die Oberschenkel. Ihr Körper war warm und glatt, und ihr Herz schlug ruhig, wunderbare pulsierende Energie durchströmte sie, sie konnte laufen, sie konnte sprechen, sie konnte fühlen, sie konnte denken. Und plötzlich war alles richtig, die Vergangenheit, auch wenn sie völlig verkehrt war: sie hatte sie befreit, hatte sie hierhergebracht, lebend noch und lebendiger, als sie je gewesen war seit den lange vergangenen Tagen, als sie alle ihre Kleider ausgezogen hatte und zum Bonbonladen spaziert war.

Es gab keine Gerechtigkeit, es gab nur Leben. Und Leben hatte sie.

8

Unglücklicherweise ändert sich die Welt, die uns umgibt, nicht notwendigerweise in dem Tempo, in dem wir uns verändern. Mira, es war die zweite Woche, seit sie wieder an der Universität war, sah sich um, schaute, staunte, beurteilte, statt hindurchzukriechen, eingekapselt in ein Bild, und nur daran zu denken, wie sie gesehen, beurteilt wurde. Sie wußte, sie würde sich nicht wieder in einer Toilette verstecken, es sei denn, Walter Matthau war wirklich hinter ihr her. Aber sie mußte trotzdem jemanden finden, mit dem sie sprechen konnte.

Eines Tages, irgendwann nach Hootens Renaissance-Vorlesung, kam ein nicht sehr großes rothaariges Mädchen mit großen blauen Augen, langen, glatten Haaren und einem weichen ovalen Gesicht auf sie zu: «Du bist graduierte Englisch-Studentin, nicht? Ich heiße Kyla Forrester. Hast du Lust auf eine Tasse Kaffee?»

Mira war so dankbar für das Angebot, daß sie beim Anblick des Mädchens nicht den Mund verzog: Kyla hatte eine Ponyfrisur, und sie trug einen weiten Minirock und einen weißen Rollkragenpullover – sie sah aus wie ein Cheerleader.

Kyla nahm sie mit in die Lehman Hall, eine Cafeteria für Studenten, die nicht in Studentenhäusern wohnten. Sie redete ununterbrochen, als sie über den Hof gingen, sprach über Einsamkeit und das grauenvolle Harvard-System, über die grauenvollen graduierten Studenten in Harvard, über all die Widerlinge und Schleimscheißer, die in der Welt herumliefen. Sie sprach lebhaft, eifrig und energisch und unterstrich ihre Bemerkungen mit weit ausladenden Bewegungen ihres freien Armes – der andere war voller Bücher – und vielen eingestreuten «Uuuhs!» und «Yicks!» Mira war bezaubert.

Die Lehman Hall war ein großer Speisesaal mit Teppich, sechs Meter hohen Fenstern, Kristallüstern. Der Teppich war ein billiges Gewebe, die Tische aus Kunststoff, im Cafeteria-Stil. Es roch nach Tomatensuppe aus der Dose. Einer der langen Tische an der Ostseite war mittags zwischen zwölf und drei der übliche Treffpunkt von etlichen Kunst- und Soziologiestudenten. Kyla stellte Mira der Gruppe am Tisch vor.

Da war Brad, ein hitziger junger Mann mit einem breiten, ausdrucksvollen Mund, der seine Imitation irgendeines Professors gerade lange genug unterbrach, um «Hallo» zu sagen. Missy, ein kurzhaariges Pfadfindermädchen aus Iowa, reizend und interessiert – sie erzählte Mira von ihrem dringenden Verlangen, den ganzen Milton zu computerisieren. Isolde, eine große, sehr dünne Frau mit mausbraunem Haar, das hinten zu einem festen Knoten gebunden war, einem blassen, starren Gesicht und einem entsprechenden Verhalten, die mit einem aufgeschlagenen Buch am Tisch saß. Val, eine breite Frau ungefähr in Miras Alter, die laut sprach und einen fließenden Umhang trug und die, wie sich herausstellte, Sozialwissenschaften studierte. Und Clarissa, eine stille junge Frau mit langen kastanienfarbenen Haarflechten und aufmerksam blikkenden Augen. Kyla und Mira setzten sich ans untere Ende des Tischs, und Kyla begann mit einer Reihe von Fragen, auf die sie schon die Antworten wußte.

«Wie fühlst du dich denn an diesem miesen Ort, na, man sieht ja, es berührt dich nicht, du stehst drüber. Ich wünschte, ich hätte deine Art von Würde, ich kriege 'ne Gänsehaut bei all den schleimigen Kriechern, wie schaffst du das nur? Ich meine, ich flippe dauernd aus, ich gehe die Wände hoch, Scheißspiel, hier rumzulaufen zwischen all den Schleimscheißern, Mann! Wo ist das Leben geblieben, ist es verschwunden mit der Entwicklung des Gehirns? Na, dir geht's ja anscheinend nicht so, dann kann ich ja noch hoffen, ich meine, ich will nicht hoffen, daß ich so ende wie die, wie all die andern . . .»

Von da an ging Mira jeden Tag in die Lehman Hall; auch wenn das äußere Drum und Dran nicht sehr einladend war – es war wenigstens immer jemand da, mit dem sie sprechen oder dem sie zuhören konnte.

«Ich habe dauernd solche Alpträume», sagte der sanfte, gut aussehende Lewis beunruhigt. In den Händen hielt er die Antikriegspetition, die er herumgehen ließ. Alle Männer mußten dauernd damit rechnen, daß sie eingezogen wurden. «Ich hasse Gewalt, warum muß ich dann diese Träume haben?» Er erzählte sie, ohne daß sein Gesichtsausdruck sich irgendwie veränderte, mit sanfter Stimme, ein stetiger plätschernder Redefluß. Er hatte heiße Schürhaken in die Vagina seiner nächsten weiblichen Familienangehörigen gestoßen, hatte sich an aufgeschlitzten Bäuchen und Eingeweiden geweidet, hatte empfindliche Teile der Anatomie mit Stromstößen traktiert, hatte Menschen an Pfähle gefesselt und Honig über sie gegossen und gewartet, bis die Ameisen kamen, hatte kastriert, verstümmelt, gequält und getötet. «Töten, töten, töten», sagte er mit sanfter Verwunderung, «meine Träume sind voller Blut. Letzte Nacht hab ich alle Professoren von Harvard antreten lassen, und dann habe ich sie mit dem Maschinengewehr niedergemäht. Glaubst du –», er spähte in Miras Gesicht – «daß mit mir irgendwas nicht in Ordnung ist?»

Mira blickte kurz zu Iso hinüber und sah zu ihrer Überraschung, wie es in ihrem starren Gesicht vor Lachen zuckte. Isolde hatte seltsame Augen – blaßgrün und scheinbar leblos – die Augen eines uralten Menschen, der weiß, daß alles menschliche Streben vergeblich ist. Mira, die sich um seinen besorgt-teilnahmsvollen Gesichtsausdruck bemüht hatte, brach nun auch in Lachen aus. «Ein wesentlicher Teil deines Problems besteht darin, daß du ein Mann bist», platzte Val heraus und stand auf, um sich Kaffee zu holen. Lewis wandte sich bekümmert wieder an Mira und Iso: «Sogar meine Mutter! Und ich liebe meine Mutter!» Iso konnte sich nicht mehr halten.

Clarissa, die neben ihnen saß, starrte schweigend Morton Awe an, der ihr ausführlichst die jeweiligen Vorzüge verschiedener lieferbarer und vergriffener Aufnahmen von der *Entführung aus dem Serail* erklärte, und Missy hörte sich, nach Einzelheiten fragend, Marks Rezept für selbstgebackenes Brot an. Kyla, die gerade versuchte, sich das Rauchen abzugewöhnen, saß allein am Tischende, lutschte an einem Plastiklöffel und las Griechisch. Auf die Fragen jedes Neuankömmlings brüllte sie wie ein Feldwebel heraus: «Orale Fixierung, unschädlicher Ersatz.»

«Ich werde nie reinkommen. Niemand schafft es im ersten Jahr. Jones beschränkt seine Seminare auf zwei oder drei Graduierte.»

«Sonia Toffler ist drin!»

«Was!!!?»

«Geh nicht, bleib noch ein bißchen. Ich will noch zu Coop und ein paar Platten kaufen.»

«Ich muß gehen. Ich muß Latein lernen. Ich lerne jeden Tag zehn Stunden.»

«Du bist verrückt.»

«Nein, ich bin nur übereifrig. Kein Verstand, pure Paukerei.»

«Was hältst du von Purdy?»

«Mann, das ist doch ein Arschloch.»

Endlich hatte Mira auch etwas beizusteuern. Sie beugte sich vor: «Er hat ein ausgezeichnetes Buch über Milton geschrieben.»

«Na ja, wer Verb-Ballungen mag . . .»

«Du meinst, es stehen *Verben* im *Paradise Lost*? Scheiße, Mann, das hab ich noch gar nicht gewußt.»

«Na, hör mal, Mann, wie hätten Adam und Eva sonst klarkommen sollen? *Ficken* ist ein Verb.»

«Vielleicht für dich. Für mich ist es ein Adjektiv. Bis zum verbalen Stadium hab ich's noch nicht geschafft. Gib mir das verfickte Salz, ja?»

«Ich muß WIRKLICH gehen.» Hohle Augen, hohle Stimme. «Ich bin ein Wrack. Ich werd's hier nie zu was bringen.»

«Scheiße, Mann, du kommst immerhin von Swarthmor. Ich bin vor dir an der Reihe – *magna* vom P. C.»

«P. C.?»

«Ja. Providence College, Mann. Und du bildest dir ein, du hast Probleme?»

«Also habe ich das Zimmer im Wohnheim für Graduierte genommen. Du weißt ja, wie die Undergradnates wohnen, in Studentenhäusern mit langen Zimmerfluchten und diesen Bibliotheken mit Konzertflügeln und Orientteppichen und Kronleuchtern und all dem ganzen Scheiß? Also, mein Zimmer ist so klein, daß gerade ein Bett und ein Schreibtisch reinpaßt. Schluß. Das Fenster ist so hoch, daß ich mich auf einen Stuhl stellen muß, wenn ich raussehen will. Und die Wasserleitung tropft. Deshalb liegen zur Zeit alle meine Bücher auf der Heizung zum Trocknen. Ich glaube, ich laß sie da liegen, für ein Bücherregal ist gar kein Platz.»

«Hast du schon gehört, daß Lawrence Kelly in Baileys Seminar ‹Humanismus der Renaissance› reingekommen ist?»

«Wie hat er das geschafft?»

Ehrfürchtiges Schweigen.

«Er muß große Klasse sein.»

«Er kommt von Berkeley. Hat mit Malinowski gearbeitet.»

«Ah, Malinowski. Ein alter Freund von Bailey!»

«Oh.»

«Ich habe immer geahnt, daß es nicht gerade von Vorteil ist, *Our Lady of the Swamp* besucht zu haben.»

«Wann ist die Sprachprüfung?»

«Welche?»

«Hier trieft's von elitärer Überheblichkeit. Drei Sprachen. Jesus! Die müssen ihre Überlegenheit unter Beweis stellen.»

«Oh, das schlaucht ganz schön, Mann.»

«Warum seid ihr dann überhaupt hier?» hörte Mira sich in scharfem Ton fragen. Aber die anderen beachteten sie nicht.

«Ja, aber ich erinnere mich, daß es mal fünf waren. Alt-Norwegisch, um Himmels willen! Und Gotisch, und Isländisch. Echt lebendige Kulturen!»

«Ich möchte nur wissen, ob sie auch einen unbekannten Bantu-Dialekt akzeptieren würden. Den Tonfall beherrsche ich perfekt. Eine hochinteressante Sprache – nur zweihundert Worte!»

«Eine flektierende, nehme ich an?»

«Ja. Alle Stämme. Um ein Verb zu bilden, hängst du *ficken* an, und ein Substantiv bildest du, indem du *es* anhängst.»

«Du bist vulgär, Brad.»

«Diese verdammten Ärsche. Drei Sprachen, und ein allgemeines Examen: die gesamte englischsprachige Literatur. Sie erwarten, daß wir die ganze Zeit studieren und von den mageren zweitausend leben, die sie uns geben. Ich finde, das ist ein Witz.»

«Du hast wenigstens die zweitausend. Ich arbeite nachts in einer Kneipe an der Bar und hab mir trotzdem noch Geld leihen müssen.»

«Echt beschissen, Mann.»

«Alles Scheiße.»

«Ja.»

Es war nach drei. Mira stand auf und machte sich auf den Weg zur Bibliothek. Niemand sagte: *Good-bye.*

9

Ungefähr einen Monat, nachdem die Vorlesungen angefangen hatten, nahm Iso eines Tages Mira schüchtern beiseite und lud sie zum Abendessen zu sich nach Hause ein. «Ich wohne mit einer Freundin zusammen – keine Studentin –, und sie ist ziemlich einsam – hier kann man wirklich einsam sein! Deshalb habe ich gedacht – also, ich hab ein paar von den netteren Leuten eingeladen, verstehst du?» Isos Mund bewegte sich kaum, wenn sie sprach. Aus irgendeinem Grund rührte sie Mira.

Es war die erste Einladung, die Mira, seit sie hier war, bekam, und sie freute sich darüber. Eine Zukunft tat sich auf. An diesem Nachmittag ging sie zu Kupersmith und kaufte ein paar billige Pflanzen für ihre Fensterbank. Als sie nach Hause kam, packte sie das selbstklebende Dekorationspapier, das sie vor einer Woche gekauft hatte, aus und beklebte damit die fleckige Oberfläche des kleinen Tisches. Sie riß den brüchigen Plastikvorhang von den Küchenfenstern herunter und nahm Maß: sie wollte einen festen roten Baumwollvorhang kaufen, ein rotes Tischtuch, neue Handtücher. Sie würde bald Gäste haben.

Ehe sie zu der Einladung ging, wusch sie sich das Haar, badete mit Badeöl und zog sich Hüfthalter und Strümpfe, Stöckelschuhe und ein Kimberly-Kleid an. Zwanzig Minuten verbrachte sie damit, sich zu schminken. Langsam stieg sie die Treppe hinunter – sie hatte ganz vergessen, wie mühselig Schuhe mit hohen Absätzen waren. Dann stökkelte sie über die unebenen, mit Ziegelsteinen gepflasterten Gehwege die vier Blocks zu Isos Wohnung.

Iso wohnte im zweiten Stock eines alten dreistöckigen Hauses in einer von Bäumen gesäumten Seitenstraße. Die zerkratzte Haustür war offen, man konnte einfach hineingehen. Mira stieg die knarrende Treppe bis in den zweiten Stock hinauf und klopfte zaghaft. Sie unterdrückte das Gefühl, einen Besuch in einem Elendsviertel zu machen. Die Treppenhauswände waren rissig, die Farbe blätterte ab. Das Geländer zwischen dem ersten und zweiten Stock wackelte. Sie versuchte, sich zu entkrampfen, aber ein leises Rascheln ließ sie schaudern. Sie meinte, gleich würde eine Ratte auf sie zuspringen.

Iso öffnete ihr die Tür. Sie hatte den gleichen unförmigen Pullover und die gleiche alte Hose wie am Morgen an.

«Oh, du siehst aber schick aus», sagte sie überrascht.

Mira hörte von drinnen her Stimmen, und ihr Herz klopfte schneller. Was erhoffte sie sich? Ein neues Leben, eine Runde faszinierender, gescheiter, charmanter, gebildeter Menschen? Iso führte sie hinein. In ihrem Wohnzimmer sah es wie bei Mira aus: die Tapete zeigte die verschiedensten Brauntöne, ein riesiger Heizkörper beherrschte die eine Wand, die Fenster waren grau und gingen auf einen Hinterhof hinaus, in dem Autos parkten. Aber eine ganze Wand war vollgestellt mit Büchern in selbstgebastelten Regalen, und auf dem Fußboden gegenüber lagen

Stapel von Schallplatten. Über dem Plattenspieler hing ein riesiges Ölgemälde: fünf stehende Frauen, die sich umarmten, ein Abklatsch von Matisses «La Danse», dachte Mira.

Und da saßen Brad, der sich über das elitäre Harvard ereiferte, Lewis, der von einem blutrünstigen Kriegsroman erzählte, den er gerade gelesen hatte, Missy, die von Davey Potter wissen wollte, wie man mit dem Auto am besten von Boston nach New York fuhr, und Val, die mit glasigem Blick zuhörte, wie Morton Awe über die jeweiligen Vorzüge verschiedener lieferbarer und vergriffener Schallplatten von Mahlers Neunter sprach. Auf dem Fußboden saß ein bärtiger junger Mann mit gekreuzten Beinen und hielt eine Weinflasche umklammert. Mira ließ sich in einen dick gepolsterten rotbraunen Sessel nieder und schlug die Beine an den Knöcheln übereinander. Sie zündete sich eine Zigarette an, beugte sich vor, um das Streichholz in den Aschenbecher zu werfen, der vor dem bärtigen Mann auf dem Fußboden stand, und die Armlehne des Sessels fiel herunter. Sie schnappte nach Luft.

Iso kam angestürzt und setzte die Lehne wieder ein. «Tut mir leid», sagte sie mit fast geschlossenen Lippen. «Meine Möbel sind alle von der Wohlfahrt.» Sie ging wieder in die Küche hinaus.

Der Bärtige zog eine Augenbraue hoch und sah Mira an. «Wie zu Hause», sagte er sarkastisch.

Mira reagierte nervös. «Ja, bei mir auch. Wohnen Sie in Cambridge?»

«Wohnt da nicht jeder?» antwortete er müde und wandte sich ab.

«Grant», rief Iso aus der Küche, «gieß Mira Wein ein und paß auf, daß alle was zu trinken haben.»

Mira kam zu dem Schluß, Grant sei Isos Freund.

Der Wein wurde herumgereicht, aber alle tranken nur wenig. Grant legte eine Platte auf, und man unterhielt sich über jemanden, eine Sängerin. Mira fand sie grauenhaft. Ihre Stimme dröhnte im Raum, schien von nirgendwoher zu kommen. Sie hatte einen merkwürdigen Namen: Aretha. Dann sprachen sie über eine Sängerin mit einem noch seltsameren Namen und legten eine Platte von ihr auf. Sie war noch schlimmer und Mira dachte: wie können die Leute solche Geräusche mögen? Die Sängerin – es *war* eine Frau, aber ihrer Stimme nach hättest du nicht sagen können, ob es ein Mann oder eine Frau war – nannte sich Odetta. Mira traute sich nicht zu fragen, wie sie Peggy Lee fanden.

Sie wandte sich Grant zu, holte tief Luft, versuchte es noch einmal und fragte ihn, was sein Hauptfach sei. Er riß einen albernen Witz, sprach von Galbraith, fuchtelte mit einem Arm in der Luft herum. Mira war verwirrt. «Wirtschaftswissenschaften», sagte er kurz, und wandte sich ab.

Die Musik spielte, der Wein wurde herumgereicht, die Gespräche wehten an ihr vorbei. Val stand auf und ging in die Küche. Als sie nach einer Weile zurückkam, setzte sie sich neben Mira auf den Fußboden – sie schlug Grant aufs Knie und sagte, er solle seine Tentakeln einziehen. Mira kam zu dem Schluß, Grant sei Vals Freund.

«Du siehst aus, als ob du nicht dabei bist», sagte Val.

Mira hatte nicht gemerkt, wie nahe sie den Tränen gewesen war, aber jetzt sprudelte es aus ihr hervor: «Es war ein Fehler, nehme ich an, in meinem Alter noch mal an die Universität zurückzukommen. Ich habe keine Ahnung, worüber sie überhaupt sprechen, ich weiß nicht, wer sie sind, ich weiß nicht, wie ich mit ihnen sprechen soll, und ich dachte – neulich, mitten in der Nacht, da dachte ich, ich hätte es begriffen, ich wüßte, was falsch gewesen ist in meinem Leben, aber du änderst dich nicht nur dadurch, daß du zu einem Schluß kommst, und alles ist noch so, wie es war, wer ist übrigens dieser Grant? Und mag irgendwer von euch Brad, er ist so widerwärtig, merkt er denn gar nicht, wie widerwärtig er ist? Ich verstehe nicht, worüber sie reden», schloß sie und sah Val mit feuchten Augen an.

Val war stattlich, und sie sah gut aus. Sie hatte klare Augen, fast schwarz, und sie sah einem offen ins Gesicht. «Ich verstehe, ich verstehe. Sie reden über Musik, sie reden viel über Musik. Weil sie nichts anderes haben, worüber sie reden können, sie wissen nicht, wie man Konversation macht, die Musik ist das, was sie verbindet. Du merkst es vielleicht nicht, aber sie sind schlechter dran als du, isolierter, verstörter, verwirrter.»

Mira sah sie an. «Du verstehst sie.»

Val zuckte mit den Schultern. «Ich lebe ja auch schon zehn Jahre in Cambridge.»

«Bist du schon zehn Jahre in Harvard?»

«Nein. Hab erst angefangen. Ich habe in einer Kommune in Sommerville gelebt. Ich hab alles mögliche gemacht, war bei der Friedensbewegung engagiert, hab zeitweise von Arbeitslosenunterstützung gelebt. Als man beschloß, meine politischen Aktivitäten gegen mich zu benutzen, um mir mein Einkommen zu beschneiden, hab ich beschlossen, meinen Verstand gegen sie zu benutzen. Ich bewarb mich um ein Stipendium in Harvard, und ich hab es bekommen. Und da bin ich nun.»

Mira sah sie nachdenklich an. «Ich glaube, es ist nicht das Alter. Es ist

– ich komme mir vor wie aus einer anderen Welt. In den Vororten – nicht daß ich gern dort gelebt hätte, ich habe nie richtig dazugehört –, in den Vororten gelten andere Regeln. Ich fühle mich auch hier nicht dazugehörig.»

«Vielleicht kommt das, mit der Zeit», sagte Val lächelnd. «Ich glaube, Cambridge ist eine ganz gute Heimat für Heimatlose.»

Eine Frau kam, ziemlich groß, sehr schmal, mit einer Figur, die wirklich an eine Weide erinnerte – lang und anmutig und, so schien es, voller Biegungen und Windungen. Iso kam leicht gerötet aus der Küche und stellte sie vor. Es war Ava, ihre Mitbewohnerin. Ava ließ sich auf dem Boden nieder, saß mit gekreuzten Beinen da – ihr Oberkörper wuchs wie ein Stengel aus dem Lotos ihrer Beine, ihr Kopf war wie eine Narzisse. Scheu betrachtete sie die Fremden. Grant sprang auf und reichte ihr ein Glas Wein, sie nahm es mit einem flackernden Blick, einem spröden, bescheidenen Lächeln. Sie hielt den Kopf gesenkt, und ihr langes, glänzendes schwarzes Haar hing glatt und seidig herunter und verbarg fast ihr Gesicht. Sie schaute Val und Mira kurz an, hob die Augen, als wäre das Schauen ein bedeutsamer Akt, und senkte sie dann wieder. Sie starrte auf ihr Glas. Sie sprach nicht. Im Zimmer sprach man über den Krieg.

Iso hatte im Flur einen Bridgetisch aufgestellt, ein helles Tischtuch darübergelegt und einen Essigkrug mit Stiefmütterchen darauf gestellt. Sie rief zum Essen. Es gab Spaghetti und Käse und Salat und aufgebakkenes italienisches Brot mit Knoblauch. Jeder füllte sich seinen Teller und ging an seinen Platz zurück. Mira sah sich mit der Armlehne ihres Sessels vor. Sie aßen und unterhielten sich, und der Wein ging herum. Jemand fragte Ava. Nein, sie sei nicht Studentin, sie sei nur Sekretärin, antwortete sie mit sanfter Stimme. Ihre Antworten auf andere Fragen wirkten nur deshalb nicht kurz angebunden, weil sie eine so sanfte, scheue Art hatte. Nachdem sie Iso beim Hinaustragen der Teller geholfen hatte, ging sie in ihr Zimmer und schloß die Tür. Wenige Minuten später drang Musik aus dem Zimmer, ein Intermezzo von Brahms, fehlerlos gespielt. Alle blickten auf. Das sei Ava, erklärte Iso, fast als müßte sie sich entschuldigen, sie sei scheu gegenüber Fremden.

«Dürfen wir die Tür aufmachen?»

«Dann hört sie auf. Sie spielt nicht für andere, nur für sich selbst», sagte Iso, und in ihrer Stimme lag etwas Abschirmendes, eine Warnung vielleicht. Es war wie der Ton einer Mutter, die mit kritischen Nachbarn über ihr Problemkind spricht.

Das Gespräch wandte sich wieder dem Krieg zu. Iso erzählte von Vietnam. Sie war anscheinend vor mehreren Jahren dort gewesen, war illegal eingereist und dann geflohen – eine Maschine der Air Force hatte sie mitgenommen. Sie sprach in ihrer steifen, ausdruckslosen Art, und es war schwierig sich vorzustellen, daß diese zurückhaltende, steife Frau so abenteuerliche Sachen gemacht hatte. Die anderen fragten. Sie war, so schien es, überall gewesen, in Afrika, Asien, Mexiko, hatte Monate in einer Felsenhöhle in Indien verbracht, hatte mit Indianern in Yucatán gelebt.

«Ich wurde immer wieder unruhig. Eine Zeitlang hab ich als Kellnerin Geld verdient, dann habe ich mein Bündel geschnürt und bin abgehauen.»

Mira war überwältigt. «Bist du allein gereist?»

«Manchmal schon. Aber du triffst immer Leute, wenn du reist. Ich hab eine Kamera mitgehabt und Fotos gemacht, und manchmal konnte ich sie an Reisezeitschriften verkaufen. Das hat mir weitergeholfen.»

Die ersten brachen auf. Wegen der Arbeit, sagten sie. Grant ging plötzlich unvermittelt davon. Mira kam zu dem Schluß, er sei niemandes Freund. Sie und Val blieben noch und boten an, beim Geschirrspülen zu helfen, aber Iso wollte es nicht. Ava hörte auf zu spielen und kam scheu herüber. Sie hörte sich mit einem reizenden Lächeln die Lobsprüche an, während sie sich langsam auf dem Boden niederließ.

«Spielst du schon lange?» fragte Mira.

«Seit der zweiten Klasse. Meine Lehrerin erlaubte, daß ich nach der Schule dablieb und im Klassenzimmer Klavier spielte.

Während sie sprach, sah sie mit scheuen Blicken die anderen an, dann senkte sie wieder die Augen. Anscheinend wollte sie nicht weitersprechen.

«Sie hat erst Unterricht bekommen, als sie zwölf war», sagte Iso stolz. «Dann hat ihr Daddy ihr ein Klavier gekauft.»

«Ja, aber als ich fünfzehn war, hat er's wieder verkauft», sagte Ava und kicherte.

«Es ging ihnen damals schlecht», erklärte Iso, so als sei sie Avas Sprachrohr. Aber Ava warf ihr einen warnenden Blick zu, einen scharfen, zornigen Blick, und Iso verstummte. In dieser etwas peinlichen Situation stand Mira auf, wobei sie noch einmal die Sessellehne abbrach.

«O Gott!» jammerte sie, und der Abend endete mit einem allgemeinen Lächeln.

10

«Valerie ist keine Person, sie ist eine Erfahrung», sagte Tadziewski, der sie erst wenige Wochen kannte.

Sie war groß – über einssiebzig – und grobknochig und gut gepolstert. Und sie hatte eine so mächtige Stimme, daß du sie, auch wenn sie normal sprach, in ganz Harvard hören konntest. Wahrscheinlich konnte sie nichts dafür, dachte Mira und verzog mißbilligend den Mund. Obwohl sie so alt war wie Mira, schien sie sich in Harvard in keiner Weise unwohl zu fühlen. Unbefangen schritt sie über den Campus, mit ihrem unvermeidlichen, wehenden Cape. Sie hatte Capes von überallher – aus Spanien, Griechenland, Rußland, Arizona. Sie trug Stiefel und drehte beim Gehen die Füße nach innen, und sie lachte viel und laut und zog jeden ins Gespräch, jeden, der ihr über den Weg lief. Und sie war obszön.

Mira fühlte sich zu Val hingezogen, weil sie fast gleichaltrig waren und weil Val die Erfahrung und das Wissen zu haben schien, die ihr selbst fehlten. Aber sie war entsetzt über Vals Sprache und fühlte sich etwas abgestoßen von ihrer direkten, etwas . . . krassen Art – sie wußte es nicht genau zu benennen. Sie fühlte sich fast ein bißchen bedroht, als hielte Val sich womöglich nicht an die Spielregeln, so wie andere Leute das taten, als ob ihr nichts heilig sei. Es war keine offenkundige Bedrohung, aber sie war spürbar. Mira hätte nicht sagen können, womit Valerie ihr weh tun könnte, aber sie fühlte sich verwundbar. Für sich nannte sie es Valeries Fähigkeit, «alles, überhaupt alles» zu tun oder zu sagen. Manchmal, wenn sie Lehman Hall satt hatten, gingen Iso, Val und Mira über die Straße ins Toga zum Mittagessen. Mira bestellte Kaffee, Iso Milch, aber Valerie trank Bier. Sie trank literweise Bier. Valerie ließ nie ein Thema fallen, wenn es ihr zu persönlich wurde, und jedes Thema wurde irgendwie persönlich, wenn sie darüber sprach. Sie brachte alles mit Sex in Zusammenhang und benutzte Sexualbegriffe so selbstverständlich wie alle anderen Wörter. Mira konnte gerade noch das Wort «Scheiße» ertragen – es war eines von Norms Lieblingswörtern gewesen. Aber bei härteren Ausdrücken zuckte sie zusammen und sah sich besorgt um, ob die Leute entsetzt zu ihnen herüberstarrten.

Zu Iso fühlte sie sich sehr hingezogen, trotz – oder wegen – ihres ausdruckslosen Gesichts, ihrer leblosen Augen und der monotonen Art, wie sie interessante Geschichten vortrug. Iso rührte sie, und Mira, selbst zurückhaltend und eher geneigt, körperliche Kontakte zu vermeiden, hatte das Verlangen, die Hand auszustrecken und ihre Freundin zu berühren, sie physisch wie psychisch anzurühren. Aber Isos unpersönliche Art machte das unmöglich. Iso sprach über alles, aber nicht über sich selbst. Sie stellte anderen durchaus persönliche Fragen, aber sie waren so offenkundig harmlos, daß sie nie jemanden verletzten. «Welchen Cowboy-Star mochtest du am liebsten, als du klein warst?» Oder: «Was für Bücher hast du als Teen gern gelesen?» Oder: «Welches Auto würdest du dir kaufen, wenn du viel Geld hättest?» Solche Fragen regten immer zu lebhaften Diskussionen an, und die Gespräche hatten dann oft etwas Freies, Kindliches, Spielerisches, weil sie sich um Dinge drehten, die eigentlich Themen für Kinder waren. Aber Mira sah, wie aufmerksam Iso die Gesichter beobachtete, wenn sie über Roy Rogers, The Lone Ranger und James Arness grinsten und kicherten. Sie beobachtete, hörte zu und hörte mehr, als die Sprechenden sich träumen ließen. Später sagte sie dann vielleicht: «Ich glaube, Elliott ist auch so ein empfindsamer Kerl, der sich aus Angst in autoritäres Verhalten geflüchtet hat, weil er in den Augen der anderen Kinder nie männlich genug war. Unter seiner anmaßenden Art schlägt das Herz eines furchtsamen Jungen.» Und auf solche Weise brachte sie einem besonders unangenehmen jungen Mann mehr Barmherzigkeit und Verständnis entgegen als irgend jemand sonst.

Die drei, Mira, Val und Iso, bildeten eine kleine Gruppe. Sie kannten und mochten Kyla und Clarissa, aber die beiden waren verheiratet und lebten ganz anders als sie. Beim Kaffee und bei Parties kamen andere Studenten dazu, aber die drei Frauen empfanden eine besondere Nähe zueinander. Ava ging selten zu irgendwelchen Parties in Harvard, aber sie ging oft mit Iso zu Val oder Mira, und mit der Zeit sprach sie freier, sah sich freier um, blieb länger im Raum.

Mit der Zeit hörte Mira auch auf, ständig an ihr Äußeres zu denken. Sie zog sich lässiger an, nicht gerade Jeans, aber doch Hosen und weiche Blusen oder Pullover und Stiefel mit flachen Absätzen. Sie ließ ihr Haar nachwachsen, bis es wieder seine echte dunkelblonde Farbe hatte; sie lief durch die Straßen und nahm zur Kenntnis, was sich dort abspielte, statt ständig ihr Spiegelbild zu suchen. Sie fühlte sich allein, abgesondert, aber es war kein schlechtes Gefühl. Sie wäre vollkommen glücklich gewesen, wenn sie nur jemanden gehabt hätte, den sie hätte lieben können.

Val, der sie das anvertraute, reagierte nicht sehr mitfühlend.

«Hmm. Hattest du denn jemanden?»

«Ich war verheiratet.»

«Schon, aber hast du ihn wirklich geliebt, diesen – wie hieß er doch? – Norm? Ich meine, hast du Liebe empfunden, wenn du ihn gesehen oder mit ihm gesprochen hast? Oder war es bloß Gewohnheit?»

«Es war ein Gefühl von Sicherheit.»

«Und das willst du wieder?»

Sie saßen in Vals Küche. Mira und Iso – Ava hatte Ballettstunde – waren zum Abendessen gekommen. Val wohnte auch in einem dreistökkigen Haus, aber ihre Wohnung hatte hohe Decken und hohe Fenster mit Fensterläden. Sie war sauber und weiß gestrichen, und vor den Fenstern befand sich ein Urwald von Pflanzen, die dort hingen oder auf niedrigen Korbtischen standen. Es gab keine Gardinen, nur Bambusrollos, aber die Pflanzen tauchten den Raum in ein kühles grünes Licht. In dem Zimmer standen zwei niedrige Liegen mit bunten Decken und zahllosen Kissen, ein paar weiße Korbstühle mit kühlen grünen und blauen Kissen, Bücherregale, und an den Wänden hingen Poster, Drucke, afrikanische Masken.

«Es ist wunderschön bei dir, Val», sagte Mira, als sie hereinkam. «Wie hast du das nur so hingekriegt?»

«Die Wohnung war ein Saustall, als wir hier einzogen. Aber Chrissie und ich –» sie legte den Arm um die Schulter ihrer Tochter – «haben geschmirgelt und gegipst und geschmirgelt und gemalt. Es hat uns Spaß gemacht, wie, Chris?»

Das Mädchen war zart und schmal, sehr hübsch, aber mürrisch. Sie entzog sich vorsichtig dem Arm ihrer Mutter.

«Chrissie macht gerade eine Phase durch: sie haßt mich», sagte Val lachend und das Mädchen errötete.

«Oh, Mami!» sagte sie und ging aus dem Zimmer.

«*Du* hast geschmirgelt und gegipst und gemalt?»

«Klar. Ist nicht schwer.»

Mira folgte Val in die Küche. «Ich muß nur noch ein bißchen Grünzeug kleinschneiden», entschuldigte Val sich.

Chris saß am Küchentisch und sprach mit Iso – in gedämpftem, ernstem Ton. Sie standen auf, als Val und Mira hereinkamen, und gingen langsam aus der Küche. «Wir müssen allein sein bei diesem Gespräch», sagte Iso und sah Val bedeutsam mit rollenden Augen an. Sie wandte sich wieder Chris zu. «Richtig, ja, zum Beispiel wenn du die flämische Kunst im 15. Jahrhundert mit der flämischen Malerei im 16. und 17. Jahrhundert vergleichst, dann siehst du es. Da kommt es zu einer Besessenheit von Dingen – Besitz. Und *er* will darauf hinaus, daß Reichtum das Merkmal der weltlichen Auserwählten war, und so wurde der Calvinismus in gewisser Weise säkularisiert, wandelte sich zum Kapitalismus . . .» Sie entschwanden.

Val warf Mira einen belustigten Blick zu. «Meine frühreife Tochter.»

«Wie alt ist sie?»

«Sechzehn. Im Februar wird sie siebzehn. Sie ist in der Oberstufe der High School. Sie ist frühreif.»

«Sie ist sehr hübsch.»

«Mmmm.» Val schnitt Zwiebeln.

Mira wanderte in der Küche herum, die ebenfalls groß und hell war. Pflanzen standen auf der Fensterbank und hingen am Fenster. Auf dem runden Tisch lag eine knallbuntgestreifte Tischdecke und vor dem Spülstein eine große leuchtende Matte. Die eine Wand war Gewürzständern vorbehalten: Dutzende von Gewürzen, darunter welche, von denen Mira noch nie gehört hatte. Auf den Arbeitsflächen an der Wand standen glänzende, helle Büchsen aufgereiht nebeneinander, Plastikdosen, wie es schien, rote und purpurrote und orangerote.

Eine andere Wand war mit Drucken «tapeziert». Mira ging hin und sah sie sich an. Sie waren aus einem Buch oder einer Zeitschrift ausgeschnitten. Es waren persische, indische oder chinesische Bilder, alle pornographisch. Mira wandte die Augen ab und ging wieder ans Fenster und atmete aus. «Wie lange warst du verheiratet?» fragte sie angespannt.

«Scheißlange!» Val goß etwas Wein über brutzelndes Fleisch. «Vier Jahre. Er war ein Schweinehund, wie alle Männer. Ich hab's aufgegeben, ihn zu hassen, oder irgendeinen von ihnen. Sie können nicht anders: sie werden zu Schweinehunden abgerichtet. Wir werden zu Engeln erzogen, damit sie Schweinehunde sein können. Man kann das System nicht abschaffen. Sie können's jedenfalls nicht», schloß sie lachend.

«Willst du damit sagen», fragte Mira vorsichtig, «daß du nie wieder heiraten würdest?»

«Ich kann mir nicht vorstellen, warum ich sollte», antwortete Val etwas abwesend, da sie gerade ein Gewürz in einem kleinen Löffel abmaß. Sie rührte das Gewürz in das Fleisch und drehte sich zu Mira um. «Warum? Würdest du?»

«Ich dachte eigentlich. Ich meine, irgendwie hab ich immer angenommen, daß ich wieder heiraten würde. Die meisten Geschiedenen heiraten wieder, oder?» Ihre fragende Stimme klang etwas ängstlich.

«Ich glaube schon. Das behaupten jedenfalls die Statistiken. Aber die meisten Frauen, die ich kenne, wollen nicht wieder heiraten.»

Mira setzte sich.

«Ich glaube, sie sind einsam. Bist du's nicht? Na, du hast ja auch Chris.»

«Einsamkeit – das ist eine Frage der Einstellung. Es ist wie die Jungfräulichkeit ein Bewußtseinszustand», sagte Val lachend.

«Wie kannst du so etwas sagen?» Miras Stimme hatte einen scharfen Unterton. «Einsamkeit ist Einsamkeit.»

«Ich schließe daraus, daß du einsam bist.» Val lächelte sie an. «Aber bist du nicht auch oft einsam gewesen, als du verheiratet warst? Und ist es nicht manchmal ganz angenehm, allein zu sein? Und bist du, wenn du manchmal allein bist, nicht vor allem deshalb traurig, weil die Gesellschaft dir sagt, du solltest nicht allein sein? Und du stellst dir vor, daß jemand da wäre und jede Regung deines Herzens und deines Denkens verstehen würde. Während doch, wenn jemand da wäre, er – oder auch sie – vielleicht gar nicht in der Lage dazu wäre. Und das ist noch schlimmer. Wenn jemand da ist und doch nicht da ist. Ich glaube, wenn du ein paar gute Freunde hast und eine ordentliche Arbeit, dann fühlst du dich nicht einsam. Ich glaube, Einsamkeit ist eine Erfindung der Bewußtseinsindustrie. Ein Teil des romantischen Märchens. Die andere Seite: wenn du deine Traumperson findest, wirst du dich nie wieder als selbständige Person fühlen. Womit du ein Krüppel bist.»

«Du schlägst mir das ein bißchen zu schnell um die Ohren», sagte Mira. «Ich bin nicht sicher, ob ich dem folgen kann.»

Isolde kam mit breitem Grinsen in die Küche gestürmt: «Jesus, diese Chris! Sie löchert mich nach Tawney. Ich mußte ihr empfehlen, ihn selbst zu lesen, sich mit dem Buch und nicht mit mir zu streiten. Das ist ja eine!» Sie goß Wein in ihr und in Miras Glas. «Wie steht's mit dir, Val?» Val nickte. Sie maß Sahne in einer gläsernen Meßtasse ab. «Wie wirst du denn mit ihr fertig?»

«Ich lasse sie in Ruhe», sagte Val kurz, aber mit einem Lächeln. «Meine Theorie, was Kinder angeht.» Sie wandte sich an Mira. «Ich habe, fürchte ich, zu fast allem eine Theorie.» Sie bedachte Mira mit einem so anmutigen, reizenden, fast entschuldigenden Lächeln, daß Mira sie fast mochte. «In Wirklichkeit ist Chris' Problem ihre Schüchternheit. Wir sind so oft umgezogen. Sie hat keine Freundinnen in ihrem Alter. Ich habe sie gedrängt, etwas aus sich herauszugehen, aber ihr wißt ja, was es bedeutet, schüchtern und sechzehn zu sein.»

Das Abendessen wurde in der Küche eingenommen – es gab kein Eßzimmer.

«Ich hoffe, ihr mögt Brunnenkressecremesuppe», sagte Val.

Brunnenkressecremesuppe? Aber es roch gut.

«Jedesmal, wenn ich sie Gästen anbiete, muß ich an einen Typen denken, den ich einmal kannte. Ich war ziemlich engagiert, und alles war noch im Anfangsstadium, und es fehlte ein kleiner Anstoß von meiner Seite, versteht ihr? Sie sind immer so schwerfällig. Na, jedenfalls waren die Dinge bis zu *diesem* Punkt gediehen – ich war aufgeregt, wollte furchtbar gern gefallen, und er kam mir vor wie der Goldjunge persönlich . . .»

Chris schlüpfte auf ihren Platz. «Sprecht ihr wieder über Männer?»

«Warum nicht, immerhin machen sie die Hälfte der Menschheit aus, oder etwa nicht?» fuhr ihre Mutter sie an.

«Männer, Männer, Männer», sagte Chris mit dumpfer, spöttischer Stimme. «Ich hab sie satt, die Frauen, die dauernd über Männer reden. Warum redet ihr nicht über den Kapitalismus? Da könnte ich was bei lernen.»

Iso kicherte und verbarg ihren Mund in ihrer Serviette.

«Ich habe dir bereits alles beigebracht, was ich über den Kapitalismus weiß, Chrissie», sagte Val leichthin. «Es ist ganz einfach, ein Spiel, verstehst du? In der ersten Runde kriegen die Leute, die gut im Grapschen sind, die meisten Chips. In der zweiten Runde machen sie die Spielregeln, und sie machen sie so, daß sie selber ganz bestimmt die meisten Chips behalten können. Danach ist es wirklich einfach. Die Reichen halten die Armen in Schach, und die Reichen werden reicher, und die Armen werden ärmer. Ich habe das Spiel sogar gespielt, mitgespielt – irgendwann mal.»

Chris warf ihrer Mutter einen angeekelten Blick zu. «Manche Leute könnten dich der allzu großen Vereinfachung beschuldigen, Mami.»

«Hast du was Besseres vorzuschlagen?» Val warf ihr einen überlegenen Blick zu und fuchtelte mit ihrem Löffel vor Chris herum. Mira merkte, daß sie spielten.

«Ihr könnt mein Referat lesen, wenn es fertig ist», sagte Chris. «Es ist für den Sozialkundeunterricht, und der Lehrer ist ein richtiges Schwein. Er ist der Meinung, alle schwarzen Kinder sind Tiere – er nennt sie sogar so –, er ist der Meinung, Joseph McCarthy ist ein verleumdeter Heiliger.»

«Na, du bist doch auch der Meinung, *er* sei ein Tier: du hast ihn als Schwein bezeichnet.»

Chris schnitt ihrer Mutter eine Grimasse. «Getroffen – ein Punkt für dich. Na, vielleicht findet ihr ja mein Referat interessant. Er gibt mir sicher eine fünf dafür.»

Val sah ihre Tochter an, und sie blickte sanft und liebevoll und fast ein bißchen schmerzlich.

«Die Schulen in Cambridge sind ein echter Horror», sagte sie zu Mira. «Klassenkabbeleien: weiße Spießer, die versuchen, die Nigger unten zu halten. Die schwarzen Kinder sind zornig, die weißen verängstigt – keine Schule, eine Zeitbombe. Eines Tages . . . Ich hoffe nur, daß Chrissie raus ist, ehe das ganze explodiert.»

«Ohoo!» Chris neckte sie. «Ich dachte, du seist eine tapfere Radikale.»

«Scheiße, Pisse und Korruption», sagte Iso. «Deine Mutter würde vielleicht selbst ganz gern eine Bombe werfen, aber ganz bestimmt möchte sie dich nicht in Reichweite irgendeiner Bombe sehen.»

«Ich bin eine lausige Radikale», sagte Val. «Ich rede nur. Das solltest du inzwischen wissen.»

Chris lachte zufrieden. «Das hast du gesagt, nicht ich.»

Val stand auf, um die Suppenteller wegzustellen. Chris sprang auf und half ihr. Val stellte mehrere Schüsseln auf den Tisch – einen Salat aus Spinat und Pilzen, dazu, in einer kleinen Schüssel, eine Salatsoße mit Käse, Nudeln und einen wunderbar duftenden, rotbraunen Burgunderbraten. Chris half ihrer Mutter; sie sprachen nicht. Sie arbeiteten zusammen, als wüßten sie voneinander, was die andere tun wollte, ohne daß ein Wort nötig war. Es gab französisches Stangenbrot und wieder Wein. Chris spülte die Suppenteller kurz unter fließendem Wasser ab und setzte sich. Das Essen roch köstlich.

«Die Suppe war phantastisch», sagte Mira. «Was wolltest du vorhin erzählen? Von irgend jemandem, für den du sie einmal gemacht hast? Du sagtest, daß du richtig verliebt warst . . .»

Iso fing an zu kichern. «Erzähl ihr von der Liebe, Val.»

Chris ächzte. «Warte bis nach dem Nachtisch.»

Iso lachte leise, fast lautlos, aber sie mußte immer weiter lachen, kicherte immer wieder. «Nun los», drängte sie, immer noch lachend.

«Darf ich bitte mein Abendessen in Ruhe genießen, Mutter?» fragte Chris wütend. Es klang ernsthaft.

«Zum Teufel, Chris», sagte Val. «Warum bist du heute so kribbelig?» Sie wandte sich Mira zu. «Oh, es war nichts. Er mußte sich übergeben. Nachdem er gegessen hatte, meine ich. Nicht wegen der Suppe, er war betrunken, kam schon betrunken hier an. Es war einer von diesen

Abenden, wo du unruhig hin und her läufst, weil ER, ER, der Magier, im Kommen ist. Na, ihr wißt ja Bescheid.»

«Ich nicht. Wirklich.»

«Liebe. Richtig verliebt sein. Verrückt sein.» Val goß ihnen wieder Wein ein.

«Val haßt die Liebe», erklärte Iso mit einem boshaften Lächeln im Gesicht.

Mira blinzelte Val an. «Warum?»

«Ach, Scheiße.» Val trank von ihrem Wein. «Ich meine, Liebe gehört zu den Dingen, die sie eingerichtet haben, wie die Madonna, oder die Unfehlbarkeit des Papstes, oder das Königtum von Gottes Gnaden. Ein Haufen Unsinn zur Wahrheit aufgebauscht, *erigiert* – und das ist das entscheidende Wort –, durch einen Haufen kluger *Männer* – das zweite entscheidende Wort. Worin der besondere Unsinn besteht, ist nicht wesentlich. Das Wesentliche ist, warum sie's getan haben.»

«Komm, Val, überspring dies eine Mal die Theorie.»

«Die Liebe ist eine Geisteskrankheit. Die alten Griechen wußten das. In einem vernünftigen und klaren Verstand ergreifen Selbsttäuschung und Selbstzerstörung die Macht. Du verlierst dich selbst, du hast keine Macht mehr über dich selbst, du kannst nicht mehr richtig denken. Das ist der Grund, warum ich die Liebe hasse. Nicht, versteht das richtig, weil ich eine Rationalistin wäre. Ich glaube, alles ist vernünftig. Das Wort irrational wird auf rationale Zusammenhänge angewandt, die wir nicht ganz verstehen. Und ich glaube auch nicht, daß Vernunft und Verlangen getrennte Dinge sind, ich glaube an keinen dieser sauberen kleinen Zäune in der Wüste, die die Menschheit so gern errichtet. Alles kommt aus allen Teilen der eigenen Person, aber manche Teile verstehen wir besser oder meinen wir besser zu verstehen als andere. Aber die Liebe ist eine Geisteskrankheit, die außerhalb von uns erzeugt wird – durch die Struktur. Es gibt noch eine Menge andere . . .»

«Val . . .» Iso drohte Val mit ihrer Gabel.

«Okay. Liebe gehört zu den Dingen, von denen du meinst, daß sie einfach passieren müssen, daß sie ein Faktum des Lebens sind, und wenn sie dir nicht passiert, fühlst du dich betrogen. Du läufst rum und fühlst dich mies, weil es dir nie passiert ist. Und eines Tages begegnest du dem Kerl – stimmt's? Und BOING! Er ist phantastisch! Egal, was er macht. Er mag in einer Diskussion etwas sagen, er mag eine asphaltierte Straße aufhacken, ohne Hemd und mit gebräuntem Rücken. Es ist egal. Selbst wenn du ihm schon mal begegnet bist und er dir nicht weiter aufgefallen ist – irgendwann schaust du ihn an und alles, was du bis dahin über ihn gedacht hast, verflüchtigt sich aus deinem Kopf. Du hast ihn vorher nie richtig wahrgenommen! Du erkennst das im Bruchteil einer Sekunde. Du hast einfach nie bemerkt, wie absolut phantastisch er ist!

Aber plötzlich siehst du es. Dieser Rücken, diese Arme! Diese Kraft in seinem Kinn, als er sich vorbeugte, um seinen Gegner abzuschmettern. Dieses Leuchten in seinen Augen! Was für Augen. Und wie lässig, wenn er sich mit den Fingern durchs Haar streicht. Oh, diese Haare!»

Iso saß über den Tisch gebeugt und lachte. Vals Gesicht vollbrachte, während sie sprach, wahre Kunststücke an schauspielerischer Mimik: sie war zugleich voller Bewunderung und Spott.

«Seine Haut, oh, mein Gott, diese Haut! Wie Seide. Du sitzt da und kannst kaum an dich halten, du möchtest deine Hände über diese Haut gleiten lassen. Und seine Hände! Mein Gott, was für Hände! Stark, zart, breit und kraftvoll, egal, wie sie sind – es sind phantastische Hände. Jedesmal, wenn du sie ansiehst, fängst du an zu schwitzen, deine Achselhöhlen werden feucht . . .»

Iso verschluckte sich an ihrem Wein und mußte aufstehen, ging aber nur bis zur Tür. Val achtete nicht darauf.

«Du kannst diese Hände nicht sehen, ohne sie dir auf deinem Körper vorzustellen. Seine Hände anzusehen, wird eine verbotene Tat, ein Akt der Wollust. Seine Hände sind voller Gefühl, und du verspürst ein Prickeln, als ob sie dich berührten. Dich berührten, in dieser Umgebung! Himmel, nein! Du wendest die Augen von seinen Händen ab. Aber diese Arme! Mein Gott, was für Arme! So stark, so biegsam, wie geschaffen zum Umarmen, zum Umschließen, zum Beschützen und zum Trösten, aber sie könnten dich auch zerbrechen, das ist Teil des Spaßes, diese Arme sind unberechenbar, sie könnten deinen Körper foltern, wären imstande, dich in ein Stück Lehm zu verwandeln . . .»

«Ts, ts», machte Mira zu ihrer eigenen Überraschung.

«Und sein Mund! Oh, dieser Mund. Sinnlich und grausam, oder voll und leidenschaftlich, er sieht aus, als könnte er dich mit diesem Mund verschlingen. Du willst diesen Mund, egal, was er dir antun wird. Du sehnst dich nach ihm, sogar nach seiner Grausamkeit. Und wenn er ihn öffnet! Mein Gott, welche Perlen! Alles, was er sagt, hat einen Heiligenschein, er sprüht vor Scharfsinn. Ob inhaltsschwer oder symbolisch, alles was er sagt, bedeutet, Teufel noch mal, viel, viel mehr, als du auf Anhieb erkennst. Er wendet sich dir zu und sagt: ‹Draußen regnet es.› Und du siehst ein Glitzern in seinen Augen, siehst, wie er sich in

Gedanken ausrechnet, ob ihr zwei in der Nacht irgendwie zusammenkommen könnt, und du siehst, wie er auf Mittel sinnt, siehst Leidenschaft und Begierde, siehst unbeugsamen Willen, und all dieser Wille ist auf *dich* gerichtet. Oder er redet über Politik, und alles, was er sagt, ist brillant, du kannst nicht verstehen, warum die anderen Leute im Raum nicht aufspringen, wie du es am liebsten tätest, um ihm die Füße zu küssen, dem Retter. Wenn er sich dir zuwendet und lächelt, möchtest du dich zu einem kleinen Ball zusammenkringeln und herunterfallen und dich unter seine Füße schmiegen wie ein Fußkissen. Wenn er sich von dir abwendet, ist dir, als hätte die Welt aufgehört, sich zu drehen, und du willst sterben, du möchtest ein Messer nehmen und es dir ins Herz stoßen, möchtest dastehen und rufen: ‹Wenn er mich nicht liebt, will ich nicht länger leben.› Jede Kopfwendung in eine andere Richtung vernichtet dich: du bist eifersüchtig, nicht nur auf andere Frauen, sondern auch auf Männer, auf Wände, auf Musik, auf den beschissenen Druck, der über dem Sofa hängt.

Nun, mit der Zeit kommt ihr euch etwas näher. Deine Leidenschaft ist so extrem, daß es keine andere Möglichkeit gibt. Und irgendwo weißt du das. Du weißt, irgendwie hast du selbst das alles in Gang gebracht. Deshalb traust du dem Frieden nicht. Du hast dauernd das Gefühl, daß du ihn zwar irgendwie dazu gebracht hast, dich zu einer Tasse Kaffee einzuladen, oder zum Mittagessen oder zum Abendessen, oder zu einem Kammermusikkonzert, oder was auch immer, daß aber, wenn du nur eine Minute die Beherrschung verlierst, der Zauber gebrochen ist und du ihn für immer verlieren wirst. Deshalb bist du, wenn du mit ihm zusammen bist, immer groß in Fahrt, immer geistreich, deine Augen blicken etwas verrückt, sind aber sehr schön, du spielst deine Rolle genau richtig, nur hat die Art, wie du spielst, nichts mit dir selbst zu tun, du spielst, genau wie jemand auf der Bühne, spielst die Gestalt, von der du annimmst, daß sie bei ihm ankommt, und du schwebst in höchsten Ängsten, weil du auch erschöpft bist und nicht weißt, wie lange du das noch durchhältst, aber jedesmal, wenn er auftaucht, schaffst du es wieder.

Meistens, wenn du ein weibliches Wesen bist, lächelst du dauernd, hörst dauernd zu, kochst dauernd. Du betest ihn an während der zwölf Minuten, die er braucht, um das Werk deines ganzen Nachmittags hinunterzuschlingen. Und allmählich kriegst du ihn dahin, wo du ihn haben willst, nämlich in dein Bett. Wenn du's nicht schaffst – nun, das ist ein anderer Trip, und da kenne ich mich nicht aus. Ich kann nur von dem sprechen, was ich weiß. Du kriegst ihn in dein Bett, und eine Zeitlang ist alles wunderbar. So schön war Sex noch nie für dich – er ist der großartigste Liebhaber, den du je gehabt hast. Und in gewisser Weise stimmt das sogar. Ihr liegt beide in einem warmen Liebesbad, ihr schlaft miteinander und ihr eßt und sprecht und geht zusammen spazieren, und es ist kaum eine Trennungslinie zwischen diesen Dingen, sie fließen alle zusammen, und alles ist warm und heiß und von den leuchtendsten Farben, und es ist gut und richtig, du schwebst darin, nichts ist je so richtig in deinem Leben gewesen. Ihr beide seid ein einziges Miteinander, seid verschmolzene Zärtlichkeit, eure Haut fließt ineinander, du spürst, wenn ihn friert, selbst wenn er in einem anderen Zimmer ist. Und jedesmal, wenn er deine Haut berührt oder du die seine, springen die Funken über, als ob ihr Blitze in euch trüget, als ob ihr beide Zeus wäret.»

Mira starrte sie nur an. Isolde war zurückgekommen und goß sich Wein ein, aber sie war still, grinste höchstens. Chris saß da, den Kopf über ihren halb geleerten Teller gebeugt, und stocherte verdrossen mit der Gabel in ihrem Essen herum. Val war in voller Fahrt. Ihr Gesicht war gerötet vom Wein und vom Kochen, sie hielt ihr Glas in der Hand und gestikulierte damit und starrte auf einen Punkt an der Wand über Isos Kopf.

«Du kannst nicht über praktische Einzelheiten, über Lappalien wie Geldverdienen und Studium nachdenken. Es ist so, als ob die empfindsame Oberfläche deiner Haut und die Innereien deines Körpers eine direkte Verbindung hätten, und als wäre das das Wesentliche im Leben. Nichts sonst zählt. So machst du eine Zeitlang weiter, Monate vielleicht, fällst bei den Prüfungen durch, verlierst deinen Job, wirst aus deiner Wohnung rausgeschmissen – was auch immer. Es macht nichts, denn nichts anderes existiert. Du reagierst vielleicht ein bißchen paranoid, denkst, die ganze Welt hätte sich gegen die Liebenden verschworen. Du findest alles furchtbar gemein, denkst, alle anderen sind blöde und grob und schwerfällig und verstehen nichts von dem Feuer, das das Leben ist.

Dann, eines Tages, passiert das Undenkbare. Ihr sitzt zusammen am Frühstückstisch und du hast einen kleinen Kater, und du schaust zu dem Geliebten hinüber, dem wunderschönen Goldknaben, und der Geliebte öffnet seinen lieblichen Rosenknospenmund, entblößt seine schimmernden weißen Zähne, und der Geliebte gibt irgendeine Dummheit von sich. Dich rührt der Schlag: deine Temperatur stürzt. Der Geliebte hat noch nie irgend etwas Dummes gesagt. Du siehst ihn an, du bist sicher, du hast dich verhört. Du bittest ihn, es noch einmal zu sagen. Und er tut es. Er sagt: ‹Draußen regnet es.› Und du siehst aus dem Fenster, der Himmel ist ungetrübt. Und du sagst: ‹Nein, es regnet nicht. Vielleicht solltest du mal deine Augen untersuchen lassen. Oder deine Ohren.› Du fängst an, an allen seinen Sinnen zu zweifeln. Es kann ja nur ein Defekt in seinem Sinnesapparat sein, was ihn so etwas sagen ließ. Aber selbst dieser kleine Defekt ist nicht wichtig. Die Liebe läßt sich nicht durch einen Hufschmied, durch Kontaktlinsen oder Hörgeräte stoppen. Es lag einfach daran, daß du einen Kater hattest.

Aber das ist nur der Anfang. Weil er nämlich weitere Dummheiten sagt und du ihn weiter befremdet ansiehst. Und, mein Gott, weißt du was? Du siehst plötzlich, daß er dürr ist! Oder schlaff! Oder fett! Seine Zähne sind schief, und seine Fußnägel sind schmutzig. Du merkst plötzlich, daß er im Bett furzt. Und daß er tatsächlich keine Ahnung, nicht die geringste Ahnung von Henry James hat. Die ganze Zeit über hat er gesagt, er hätte von Henry James keine Ahnung, und du hast seine komischen hingeworfenen Bemerkungen über James als Zeichen einer glänzenden Auffassungsgabe verstanden, aber plötzlich merkst du, er hat das Wesentliche nicht kapiert.

Aber das ist noch nicht das schlimmste. In all den Monaten, die du ihn angebetet hast wie einen herabgestiegenen Gott – nun ist er davon überzeugt, daß er einer ist. Und jetzt stolziert er mit selbstgefälliger, überheblicher Miene herum, eingebildet und blind und unsensibel, genau wie alle die anderen Männer, die du abgewiesen hast, nur daß es diesmal dein Fehler ist! Du hast das vollbracht. Du! Ganz allein du! Mein Gott, du hast dieses Ungeheuer erschaffen! Dann denkst du, nun ja, er hat auch was dazu getan! So ganz ohne seine Hilfe hätte ich es nicht geschafft. Und du haßt dich dafür, daß du dich in ihm getäuscht hast (du redest dir ein, daß du dich in *ihm* getäuscht hast, nicht in der Liebe), und du haßt ihn, weil er deiner Täuschung geglaubt hat, und du fühlst dich schuldig und verantwortlich, und du versuchst, vorsichtig, dich zu lösen. Aber jetzt versuch mal, ihn loszuwerden! Er klammert sich an dich, klebt an dir, er versteht nicht. Wie kannst du dich von einer Gottheit trennen wollen? Er hat dich gerettet, du hast es ihm selbst gesagt. Er war – wann war das eigentlich? – der beste Liebhaber, den du je hattest. Er glaubt noch immer fest an alles, was du ihm gesagt hast, und er glaubt dir nicht, wenn du jetzt versuchst, es ungesagt zu machen. Und schließlich, was kannst du schon sagen? Daß er nicht der beste Liebhaber war, den du je hattest? Aber er war es einmal. ‹*So* ist es also jetzt›, sagt er und nickt einsichtig mit dem Kopf. ‹Es ist für mich zu sehr zur Gewohnheit geworden. Ich muß mehr mit den Gedanken dabei sein. Ich habe alles zu sehr als selbstverständlich hingenommen, und das mögen Frauen nicht.› Was kannst du sagen, ohne sein zerbrechliches männliches Ich endgültig zu zerstören oder aus dir selbst eine desillusionierte Idiotin oder eine Lügnerin zu machen?»

Val trank einen Schluck. Mira hing an ihren Lippen. «Und was hast du gemacht?» fragte sie gespannt.

Val setzte das Glas ab und sprach so sachlich wie nur möglich: «Na, du bringst einen anderen Mann ins Spiel, natürlich. Das ist das einzige, was sie verstehen. Eine Frage des Hoheitsgebiets, verstehst du? Wenn du sie um ihrer selbst willen abweist – das ist unbegreiflich für sie und verheerend für ihr Selbstbewußtsein. Wenn du zu einem andern gehst, so ist das schlimm, aber immerhin begreiflich. Sie haben immer gewußt, daß sie nicht mehr als Durchschnitt waren, daß ein anderer sie ausstechen könnte. Und dann machst du ja nicht einfach Schluß mit ihnen und ziehst dich in die Einsamkeit zurück, sondern bist eben nur eine geile Hure mehr. So paßt alles zusammen. So läuft das Spiel, das muß dir nur klar sein.»

«Ich weiß nicht, ob ich je richtig geliebt habe», sagte Mira nachdenklich. «Und wenn, dann war ich damals noch so jung . . .»

Chris sah Mira mitfühlend an. Dann wandte sie sich ihrer Mutter zu. «Es sind nicht alle so wie du, Mami!»

«Und ob sie so sind», sagte Val unbekümmert. «Sie wissen es nur nicht.»

So war Val. Resolut, entschieden. Es hatte keinen Sinn, mit ihr zu streiten. Und tatsächlich war sie oft so im Recht, daß man über ihre gigantische Arroganz einfach hinwegging. Sie gehörte zu ihr wie die ausladende Art, in der sie dasaß, wie ihre ausladenden Gebärden und die Art, wie sie ihre Zigarette hochhielt. Und mit der Zeit merkte man, daß Vals auf die Spitze getriebenen Äußerungen arglos waren. Sie drängte anderen ihre Ansichten nicht mehr auf, als jeder andere das tut – sie verkündete sie nur lautstärker.

11

Im Oktober ist es in Cambridge am schönsten. Die leuchtend goldenen und karmesinroten Blätter verleihen dem Sonnenlicht auf den roten Backsteinwegen einen dunklen, weichen Hauch, und der Himmel ist sehr blau. Die sanfte, fahle, flammend traurige Herbstluft, das traurige

Geräusch trockener, unter den Füßen raschelnder Blätter, die den Herbst fast überall zu einer Zeit des Sterbens machen, werden hier aufgewogen durch Tausende neuer junger Gesichter, die herbeigeeilt kommen zu tausend Ereignissen – alle geplant für ein weiteres neues Jahr.

Mira fand ihre Kurse wenig anregend, aber die Leselisten waren eine Herausforderung. Sie verbrachte Stunden in der Widener Library oder der Child Library, stöberte in Buchhandlungen und spürte, wie sich ihr Wissen erweiterte durch diese Gelegenheit, viel und gründlich zu lesen. Das Hauptgewicht lag auf Primärtexten, Textzusammenstellungen wurden lediglich als Leitfäden betrachtet. Das war eine erfreuliche Veränderung gegenüber dem, was sie von früher gewohnt war.

Sie hängte ihre Vorhänge auf, kaufte ein paar Kissen und noch ein paar weitere Pflanzen und machte Pläne für ihre erste Einladung zum Abendessen. Sie lud Iso und Ava und Val und Chris ein und bemühte sich, auf dem verrußten Herd in der kleinen Küche etwas ebenso Köstliches zu kochen wie die anderen. Ihr fiel jedoch nichts Exotischeres ein als gebratenes Hühnchen, aber alle taten so, als hätte sie ihnen ein Festmahl bereitet, und sie glühte vor Freude. Sie hatte rote Nelken für den Küchentisch gekauft, und Ava sagte «Oh!» und «Ah!» und beugte sich über den Strauß und sagte, wie schön sie seien – sagte es, als ob die Blumen in ihrer Seele Wurzeln geschlagen hätten und ihr Körper von ihnen umschlungen sei.

«Ich schenke sie dir, nimm sie mit nach Hause.»

Avas Augen weiteten sich. «Ich? Oh, Mira, das kann ich nicht! Ich mag sie nur so gern.»

«Es würde mich glücklich machen, wenn du sie mitnehmen würdest.»

«Wirklich? Oh, Mira, vielen Dank!» Ava reagierte, als ob Mira ihr ein großes kostbares Geschenk gemacht hätte. Sie umarmte Mira, tauchte ihr Gesicht in die Blumen, dankte Mira immer wieder. Avas Verhalten wirkte oft so manieriert, daß es schwerfiel, es für echt zu halten, aber es war klar, auch wenn Mira sie erst kurz kannte, daß Ava selber daran glaubte, daß es wirklich in gewisser Weise ihre Ausdrucksform war.

Nach dem Essen saßen sie im Wohnzimmer und tranken Wein.

«Sieh dir doch zum Beispiel *dein* Leben an», sagte Val zu Iso. «Du bist auf einer Orangenplantage, oder wie das genannt wird, groß geworden, du kannst Wellenreiten, Schwimmen, Skifahren, du bist mit einem Rucksack durch die ganze Welt gereist, du hast Wildwasser-Kanu-Fahrten gemacht, bist mit dem Fahrrad durch Kenia gefahren. Oder nimm mich: mein Leben war nicht ganz so glanzvoll, aber ich bin überall gewesen. Chris und ich sind mit einem VW-Bus durch Europa gefahren; wir haben im Süden mit dazu beigetragen, daß die Wähler sich in die Wahllisten eintrugen; wir haben in Indianerreservaten gelebt und unterrichtet und ein bißchen Krankenpflege gemacht; wir haben in den Appalachen gearbeitet und versucht, Widerstand gegen die ausbeuterischen Bergwerksgesellschaften zu organisieren; wir haben in der Friedensbewegung gearbeitet, uns mit Schul- und Stadtteilproblemen in Cambridge beschäftigt, jetzt schon seit Jahren . . .»

«*Du*, Mama, nicht ich.»

«Oder Ava . . .»

Ava hob die Augen von den Blumen. «Oh, ich habe nichts getan.»

«Doch, hast du. Du stehst seit Jahren auf eigenen Füßen, verdienst dir deinen Lebensunterhalt mit einem langweiligen Neun-bis-fünf-Uhr-Job, haust in einem Rattenloch, damit du an vier Abenden in der Woche und am Sonnabend Ballettunterricht nehmen kannst. Dazu braucht man Mut, Kraft.»

«Ich interessiere mich eben dafür», wehrte Ava mit leiser Stimme ab.

«Aber was sehen wir im Kino, im Fernsehen? Die gleichen alten Bilder, die Sexbombe und die Hausfrau, das heißt, wenn sie sich überhaupt die Mühe machen, weibliche Gestalten zu zeigen . . .»

«Es gibt drei Typen: die Heldin, die Schurkin und die Kreuzung von beiden. Die Heldin ist blond, überaus moralisch und hat soviel Persönlichkeit wie ein pappiges Brötchen. Die Schurkin ist dunkelhaarig und wird am Ende getötet. Ihr Verbrechen heißt Sex. Die Kreuzung ist eine gute Frau, die schlecht wird, oder eine schlechte Frau, die gut wird. Auch sie wird immer umgebracht – auf die eine oder andere Weise», lachte Iso.

«Ich wollte immer die Schurkin sein», sagte Ava.» Aber manchmal hat auch die Heldin dunkles Haar.»

«Eigentlich gibt es noch einen Typ», sagte Iso nachdenklich. «Den asexuellen. Ihr wißt schon, die asexuelle Doris Day tritt auf wie ein kleiner Junge und albert mit dem asexuellen Rock Hudson rum, der sich wie ein etwas größerer kleiner Junge aufführt. Auch Presley ist so und die Beatles.»

«Stimmt», sagte Mira. «Asexuell – oder vielleicht auch androgyn. Wie Katharine Hepburn.»

«Oder die Garbo. Oder die Dietrich.»

«Oder Judy Garland mit ihrem Kindergesicht und ihren Zöpfen.»

«Oder Fred Astaire. Du könntest ihn dir nie beim Vögeln vorstellen.»

«Woher kommt das, was meint ihr?» fragte Mira.

«Vielleicht, weil richtige Frauen entweder Engel oder Teufel sein müssen. Und ein richtiger Mann muß *macho* sein, darf nicht süß sein. Vielleicht sind die dazwischen angesiedelten Charaktere, die asexuellen und die androgynen, von diesem moralischen Imperativ befreit», meinte Iso.

«Ich habe immer gewußt, daß ich ein Teufel bin», murmelte Ava.

«Du benimmst dich mehr wie ein Engel», sagte Mira lächelnd.

«Als ich fünf war, bekam ich ein neues Sonntagskleid, und ich ging hinaus in den Hof, um es meinem Daddy zu zeigen, und ich war so glücklich, ich kam mir so hübsch vor, und ich drehte mich im Kreis, um es ihm vorzuführen, und mein Rock flog hoch, und meine Hose war zu sehen, und mein Vater packte mich und schleppte mich ins Haus und schlug mich mit seinem Gürtel.»

Sie starrten sie an, Vals Stirn war zerfurcht, als ob sie Schmerzen hätte. «Und was empfindest du heute für ihn?» fragte sie.

«Oh, ich liebe meinen Daddy. Aber wir streiten uns viel. Deswegen fahre ich nur selten nach Hause. Weil wir uns dauernd streiten und Mama sich dann aufregt. Das letzte Mal war ich Weihnachten vor zwei Jahren zu Hause, und mein Vater hat mich geschlagen, weil ich gesagt hab, ich könnte Lyndon Johnson nicht leiden – er hat einfach nur den Arm ausgestreckt und mir eine gelangt, aber fest, daß es brannte, versteht ihr, die Tränen traten mir in die Augen, und ich nahm eine Gabel, die auf der Anrichte lag, eine lange, mit der du Fleisch wendest, und stach ihm damit in den Bauch.» Sie erzählte das in ihrem weichen Alabama-Tonfall, zutraulich wie ein Kind, und ihre langbewimperten Augen blickten vertrauensvoll, fragend.

«Hast du ihn verletzt?» fragte Mira entsetzt.

«Hast du ihn umgebracht?» fragte Val lachend.

«Nein.» Avas Augen tanzten. «Aber er hat ganz schön geblutet!» Sie kicherte los und lachte schließlich laut, bog sich vor Lachen. «Der war vielleicht schockiert!» fügte sie hinzu und setzte sich wieder gerade hin. «Und ich hab ihm gesagt, wenn er mich noch einmal schlüge, würde ich ihn umbringen. Und jetzt habe ich Angst, nach Hause zu fahren, denn wenn er mich schlägt – und das ist gut möglich, er ist nämlich ein Bulle –, dann müßte ich es tun, dann müßte ich ihn umbringen.»

«Schlägt er deine Mutter auch?»

«Nein. Meinen Bruder auch nicht. Jedenfalls nicht mehr, seit mein Bruder größer ist als er. Mich hat er immer am meisten geschlagen.»

«Die kleinen Lieblinge», sagte Val trocken.

«Das stimmt.» Ava blickte zu Val hoch. «Genau. Er hat mich immer am meisten geliebt, und ich wußte das.»

«Abrichtung», fügte Val hinzu.

Ava saß mit gekreuzten Beinen auf dem Boden und hielt den Krug mit den Nelken. Sie tauchte ihr Gesicht in die Blumen. «Na, ich weiß nicht, worauf er mich abgerichtet hat. Ich bin zu nichts zu gebrauchen.»

«Ava, das stimmt nicht!» protestierte Iso.

«Nein, wirklich nicht! Ich möchte Klavier spielen, aber ich habe Angst, vor anderen Leuten zu spielen, und ich möchte tanzen, aber ich bin zu alt dazu. Alles was ich kann, ist den ganzen Tag lang auf eine alte Schreibmaschine einzuhämmern. Das kann ich recht gut, aber es ist langweilig auf die Dauer.»

Iso sagte, zu Val und Mira gewandt: «Ava hatte nur ein paar Jahre Unterricht, als sie zwölf war, und dann wieder auf dem College, zwei Jahre lang. Aber sie war so gut – sie holten sie auf die Bühne und ließen sie mit dem Cleveland Symphony Orchestra spielen.»

«Ach, Iso, ich habe einen Wettbewerb gewonnen», berichtigte Ava gereizt. «Du bauschst das so auf. Es war nur ein Wettbewerb.»

«Aber das ist doch großartig!» rief Mira.

«Nein, das war es nicht.» Ava senkte den Kopf und betrachtete die Blumen. «Weil es mir nämlich eine solche Angst eingejagt hat, daß ich wußte, ich würde es nie wieder tun. Ich könnte so etwas nicht noch einmal durchstehen. Es war zu schrecklich. Das war dann das Ende vom Klavierspielen.»

«Und warum kannst du nicht tanzen?» fragte Mira. «Du bist doch nicht alt.»

Ava blickte zu ihr auf. «O doch, Mira, ich bin achtundzwanzig. Ich habe erst vor ein paar Jahren mit dem Tanzen angefangen . . .»

«Sie ist großartig», unterbrach Iso.

«Na», sagte sie, warf Iso einen kurzen Blick zu und sah dann wieder Mira an, «ich glaube, daß ich für eine Anfängerin recht gut bin, aber es ist zu spät.»

«Sie hätte als Kind Unterricht haben müssen. In der zweiten Klasse hat sie sich einfach hingesetzt und auf dem Klavier gespielt. Einfach irgend etwas. Die Lehrerin dachte, sie hätte schon Klavierunterricht.»

«Ich hatte es im Radio gehört.»

«Du hättest Unterricht haben sollen.»

«Meiner Mutter und meinem Vater ging es finanziell nicht sehr gut. Und ich glaube nicht, daß sie überhaupt daran gedacht haben. Versteht ihr? Es ist ihnen einfach gar nicht in den Sinn gekommen.»

«Ich wünschte, meine Mutter wäre auch so gewesen. Als ich sieben war, habe ich viel gemalt, und gleich rennt meine Mutter los und sucht mir einen Zeichenlehrer. Ein schauriger Kerl aus der Nachbarschaft, der als Gegenleistung eine warme Mahlzeit erhielt. Ein Widerling!» Chris faßte sich an die Stirn.

«Das war einer meiner wenigen Fehler», gab Val zu.

«Dein Fehler, aber ich mußte ihn ausbaden», rief Chris in scherzhaftem Ton. «Die Sünden der Väter . . .»

«Ich bin nicht dein Vater.»

Chris zuckte mit den Schultern. «Du mußt zugeben, Mami, daß du mein einziger ständiger Vater bist. Die anderen sind nur Vaterfiguren – Dave, Angie, Fudge, Tim, Grant . . .» zählte sie an den Fingern ab und grinste Val boshaft an.

«Vielleicht bist du so besser dran», sagte Ava nachdenklich. «Wünschst du dir manchmal einen Vater?»

Chris sah sie ernst an. «Manchmal. Manchmal, verstehst du, stelle ich mir vor, daß jemand abends nach Hause kommt, mit der Zeitung unterm Arm.» Sie kicherte. «Weißt du, jemand, der einen in den Arm nimmt und so'n Scheiß.» Sie kicherte wieder.

«Das nennt man Liebhaber, Chris», sagte Iso lachend.

«Einer, der mit mir ausgeht, weißt du, nicht wie meine Mutter, die mich zu Märschen gegen den Krieg mitnimmt, sondern der mit mir irgendwohin geht, in den Zoo zum Beispiel.

«Ich habe nie gewußt, daß du gern in den Zoo gehen willst.»

«Will ich auch gar nicht. Es ist nur ein Beispiel.»

«Gut, denn ich hasse Zoos.»

«Was ist mit Zirkus?»

«Ich hasse Zirkus.»

«Du haßt alles, wo nicht gesprochen wird.»

«Das stimmt.»

«Ich liebe Zirkus», sagte Iso. «Ich gehe mal mit dir hin, Chris.»

«Wirklich?»

«Versprochen. Sobald wieder einer nach Boston kommt.»

«Toll!»

«Oh, darf ich mitkommen? Ich finde Zirkus herrlich», sagte Ava seufzend.

«Klar. Wir gehen alle zusammen.»

«Als Kind war ich ein richtiger Teufel. Ich habe mich immer, ohne zu bezahlen, in den Zirkus geschmuggelt», kicherte Ava.

«Du bist wirklich wie ein Teufel», murmelte Val.

«Ihr richtiger Name ist Delilah. Wie würdest du dir vorkommen, wenn man dich Delilah nennen würde?» fragte Iso grinsend.

«Iso!» Ava richtete sich auf und sah Iso mit funkelnden Augen an. Dann sagte sie zu den anderen: «Es stimmt, ich habe meinen Namen in Ava geändert, nach Ava Gardner. Meine Mutter hat mich Delilah Lee genannt.»

«Das bist du auch», sagte Iso liebevoll. «Eine Mischung zwischen Delilah, der Verführerin, und Annabel Lee.»

«Ich wäre lieber Margot Fonteyn», sagte sie schnell, wütend und ihr Rücken war wie biegsamer Stahl. Mit flammenden Augen sah sie Iso an. «*Du* willst, daß ich all das bin, *du* glaubst, ich sei eine Verführerin. Glaubst du auch, daß ich sterben muß?»

«Du bist eine Verführerin, Ava! Du flirtest ständig. Du klimperst mit den Wimpern, ja, das tust du, und du lächelst und tust so schüchtern. Du bekommst sogar dein Auto umsonst abgeschmiert. Die ganze Tankstelle hört auf zu arbeiten, wenn du erscheinst!»

«Gut!» antwortete Ava flammend. «Wozu sind sie sonst gut? Männer sind bloß Vehikel, um an etwas ranzukommen. Wenn ich weiß, wie ich sie benutzen kann, um so besser für mich!» Ihr Körper war angespannt, ihre Fäuste waren geballt, und ihr Gesicht war plötzlich wie entstellt, das hübsche scheue Schmollen war verflogen. Sie sah edel und kraftvoll und zugleich geschlagen aus.

«Weiß Gott, du weißt, wie du sie benutzen kannst», sagte Iso neidvoll.

Ava beugte sich wieder über die Nelken. «Wenn du es sagst, klingt es so, als ob ich dauernd versuche, von den Männern irgend etwas zu bekommen. Das tue ich nicht. Ich finde das nicht nett von dir. Du weißt, daß die Männer immer hinter mir her sind, auch wenn ich sie gar nicht ansehe. Du weißt, wie es in der U-Bahn ist. Oder der Kerl gestern, als wir einkaufen gingen. Oder der Kerl in der Wohnung unter uns. Ich bitte sie um nichts. Ich brauche sie nicht. Ich brauche die Männer nicht, meistens. Alles, was ich brauche, ist Musik.»

Alle waren still und sahen sie an.

«Und ich fühle mich unwohl, weil alle mich anstarren», fügte sie, ohne aufzublicken, hinzu.

«Wenn du machen könntest, was du wolltest, was würdest du dann tun?» fragte Iso in einem neuen, fröhlichen Ton.

«Tanzen. In einem richtigen Ballett. Auf einer richtigen Bühne.»

Iso wandte sich an Val. «Was würdest du tun?»

Val lachte. «Ich will nicht viel. Ich möchte nur die Welt verändern.»

Iso wandte sich an Mira. «Ich weiß nicht.» Sie fühlte sich ein bißchen überrumpelt. «Als ich jung war, wollte ich . . . *leben*. Was immer ich darunter verstand. Was immer es war, bis jetzt habe ich es nicht getan.»

«Chris?»

«Ich weiß es auch nicht.» Ihr junges Gesicht wirkte nüchtern und fast traurig. «Ich würde gern alle glücklich machen, wenn es ginge. Ich glaube, ich möchte Leuten helfen, die hungern. Überall in der Welt.»

«Ein edler Gedanke.» Iso lächelte sie an.

«Und du?»

Iso lachte. «Ich würde skilaufen. Wirklich. Immer, wenn ich mir eine tiefe Befriedigung vorstelle, denke ich ans Skifahren. Ich bin nicht so ernst wie ihr.»

«Aber das *ist* ernst», sagte Ava liebevoll. «Es ist genauso ernst wie tanzen.»

«Nein, das eine ist Kunst, das andere Vergnügen.» Sie trank einen Schluck Wein. «Aber ich frage mich, was zum Teufel ich hier eigentlich treibe.»

Val stöhnte. «Müssen wir das wieder durchkauen?» Sie wandte sich an Ava: «Tag für Tag sitzen wir alle stundenlang in der Lehman Hall und trinken Kaffee und rauchen Zigaretten und schlagen uns an die Brust und erforschen unsere Seelen, um herauszufinden, was zum Teufel wir hier treiben.»

«Also, ich frage mich ja auch, was ihr hier eigentlich treibt. Es ist eine schreckliche Stadt.» Ava schüttelte sich. «Keiner redet mit dem anderen, und wenn, dann immer nur über merkwürdige Sachen.»

«Warum geht ihr dann nicht alle weg von hier?» Chris sah sie an. «Warum kaufst du nicht», fragte sie ihre Mutter, «ein großes Bauernhaus auf dem Land? Ich würde gern auf dem Land leben, mit Kühen und Schweinen und all dem Scheiß.»

«Buchstäblich», warf Iso ein.

«Und wir könnten alle zusammen leben. Ich habe wirklich gern in der Kommune gelebt, nur daß einige Leute sich so breitmachten. Aber mit euch allen – das wäre *cool*. Wir könnten abwechselnd Holz hacken und so'n Scheiß.»

«Chris, hast du vielleicht schon einmal gehört, daß *Scheiß* kein Synonym für *et cetera* ist?» fragte ihre Mutter.

«Und Ava könnte den ganzen Tag tanzen, und Iso könnte den ganzen Tag skifahren, und Mami könnte jeden Morgen losziehen und die Welt verändern, und Mira könnte rumsitzen und rausfinden, was sie machen möchte, und ich könnte reiten.»

Alle waren sich einig, daß das wunderbar wäre, und sie fingen an, Pläne zu machen: Größe und Lage des Hauses, was für Tiere sie halten wollten und wer für welche Tiere verantwortlich sein würde. Beim Thema Schweine gab es Streit: Iso behauptete, sie wären sauber, und Ava blieb dabei, daß sie keine Schweine haben sollten. Einen weiteren Streit gab es wegen der Arbeiten im Haushalt, die Ava allesamt verweigern wollte. Sie war nur gewillt, das Füttern der Hühner zu übernehmen.

«Ich liebe Hühner», seufzte sie. «Wenn sie gack, gack, gack machen!»

Die Streitigkeiten endeten in lautem Gelächter und mit ein paar schiefmäuligen Bemerkungen über die trüben Aussichten für die Harmonie in der menschlichen Gemeinschaft.

Als sie gegangen waren und Mira das Geschirr gespült hatte, ging sie mit der Brandy-Flasche ins Wohnzimmer, machte das Licht aus, setzte sich ans Fenster und atmete die kühle, feuchte Oktoberluft ein. Unten auf der Straße waren die Schritte zu hören, Schritte eines Mannes. Sie lauschte, bis sie nicht mehr zu hören waren.

Sie fühlte sich emporgehoben in etwas Kostbares, Lebendiges, aber auch Fremdartiges. Sie dachte über die Beziehung zwischen Iso und Ava nach. Es war fast so, als ob Iso Avas Mutter wäre. Und über die Namen, die Chris aufgezählt hatte: waren das Vals Liebhaber gewesen? Brachte Val Männer mit nach Hause, vor den Augen ihrer Tochter? Störte es Val nicht, wenn Chris so sprach! Nein, natürlich nicht, sie sprach selber so. Aber Chris war erst sechzehn. Sie dachte über Chris' Vorschlag nach, sie sollten alle zusammenleben. Es war nur ein Wunschtraum, klar, aber warum waren sie alle so befreit und aufgeregt gewesen, als sie darüber sprachen? Es war eine Idee – sie war nicht besonders glücklich darüber, allein zu leben, doch wäre es ihr nie in den Sinn gekommen, daß es noch eine andere Möglichkeit als die Ehe gab. Es müßte Spaß machen, mit solchen Freunden zusammenzuleben, die so voller Ideen, so lebendig waren – nicht wie die Männer, die immer versuchten, sich und ihre Würde zu behaupten. Norm wäre über den Abend, der jetzt hinter ihr lag, entsetzt gewesen – über die Themen, die Sprache, über einige ihrer Vorstellungen, vor allem Vals, über die Ausgelassenheit, die verspielte

Fröhlichkeit. Er wäre mit einem mißbilligenden Blick aufgestanden, hätte auf die Uhr gesehen und ernst von seinen wichtigen Terminen morgen gesprochen und wäre um halb neun gegangen.

Und doch war es so schön gewesen. Sie fühlte sich reich, voller Energie, sie wollte sich in die Arbeit stürzen. Es schien ihr, als wurden ständig Dinge in ihr befreit, als hätte die Einkerkerung dieser Dinge sie all die Jahre hindurch müde gemacht. Aber was für Dinge es waren, wußte sie nicht. Es war einfach so, daß du mit diesen Freunden *aufrichtig* sein konntest: das war das einzige Wort, das ihr dazu einfiel.

Sie dachte über Val und Chris nach. Unter ihrem Geplänkel und ihren Kabbeleien konntest du die Nähe, das Vertrauen spüren. Sie fand das beneidenswert. Ihre eigenen Söhne, diese Babies, die aus ihrem Körper gekommen waren, die sie einmal so geliebt hatte, kannte sie jetzt kaum noch. Sie erinnerte sich, wie ihr ums Herz gewesen war, als sie laufen lernten, als sie aus der Schule kamen und die ersten Seiten eines Buches lesen konnten, wie sie sie mit klarem Kinderblick angesehen und ihr etwas aus der Schule erzählt hatten. Sie erinnerte sich, wie sie das Gesicht in ihre Laken gedrückt hatte, um den Geruch ihrer Körper zu riechen.

Und jetzt? Sie schrieb ihnen jede Woche kurze, freundliche Briefe über das Wetter, was sie las und was sie gemacht hatte. Sie hatte, als die Schule wieder anfing, von jedem einen kurzen Brief bekommen, seitdem nichts mehr. Wahrscheinlich waren sie gar nicht so traurig, von ihr getrennt zu sein. Sie war so schrecklich gewesen in den ersten Monaten, nachdem Norm sie verlassen hatte, und seither distanziert. Es war alles ein solches Durcheinander: ihre Wut auf sie, weil sie Norms Kinder waren, weil sie ihm ähnlich sahen, ihre Schuldgefühle, weil sie versagt hatte – denn wäre sie besser gewesen, dann wäre die Ehe sicher nicht kaputtgegangen, und auch Groll. Nachdem Norm weggegangen war, war ihre Stellung deutlicher denn je: Dienerin eines Hauses und zweier Kinder. Und wußten sie es zu schätzen? Ja, das alles hatte sie gefühlt, und noch mehr, wahrscheinlich. Deshalb hatte sie sie verlassen, nicht physisch, aber psychisch. Und jetzt auch physisch.

Plötzlich wurde sie von Kummer überwältigt. Es gab keine Möglichkeit, sich zu entschuldigen, keinen Weg zurück, keine Möglichkeit, all das aus ihrer Erinnerung zu löschen. Es gab keine Gerechtigkeit, erinnerte sie sich. Aber vielleicht gibt es noch Liebe.

Sie beschloß, darauf zu dringen, daß die Jungen Thanksgiving Day mit ihr verbrachten.

12

Im Herbst 1968 war Normie sechzehn und Clark fünfzehn. Sie waren stille, scheue Jungen. Vor der Trennung ihrer Eltern waren sie mehr aus sich herausgegangen, aber danach war irgend etwas mit ihnen geschehen. Sie waren typische Vorortungeheuer, die jeden Luxus beanspruchten, überall mit dem Auto hingefahren werden wollten, sich vor der Unabhängigkeit ängstigten und ihre Eltern für diese Ängste verantwortlich machten. Und beide waren Spätentwickler. Keiner hatte bis jetzt Haare auf der Oberlippe, und Normies Stimme überschlug sich immer noch manchmal schrill. Die Privatschule hatte sie etwas aufgerüttelt. Normies Reaktion auf die Veränderung bestand darin, daß er extrem gesellig geworden war, worunter seine Zensuren litten. Clark hatte sich abgekapselt und saß oft stundenlang vor dem Fernsehapparat, worunter seine Zensuren litten. Als Mira anrief, um ihnen zu sagen, daß sie mit ihrem Vater besprochen habe, sie sollten Thanksgiving bei ihr verbringen, hatten beide nur eine einzige Frage: «Hast du einen Fernseher?»

«NEIN!» sagte Mira wütend, beleidigt.

Sie kamen auf dem Flughafen Logan an, mit zwei Segeltuchtaschen – und einem in einer Kiste verpackten tragbaren Fernsehapparat.

Valerie wollte ein großes Thanksgivingfest veranstalten, zu dem sie vierzehn Leute eingeladen hatte, aber Mira fürchtete sich etwas vor dem Eindruck, den Val bei ihren Söhnen hinterlassen würde, und erklärte, sie hätte sie so lange nicht gesehen, daß sie lieber mit ihnen allein sein wolle. Sie hatte tatsächlich etwas vor. Sie wollte sprechen, richtig sprechen. Sie dachte an die Zeiten, als sie versucht hatten, mit ihr zu sprechen, und sie sie abgewiesen hatte – die Erinnerung schnürte ihr das Herz zusammen.

Spätabends am Mittwoch kamen sie an und waren so müde, daß sie sich nicht weiter aufregte, als sie mit schläfrigen Augen vor dem Fernsehapparat saßen und früh zu Bett gingen. Am Donnerstag, als sie mit dem Kochen beschäftigt war, wollten sie ein Fußballspiel sehen. Aber als sie das Gerät auch während des Abendessens laufen lassen wollten, protestierte sie. Das Spiel sei noch nicht zu Ende, schrien sie empört.

«Bei Dad dürfen wir auch immer den Fernseher anlassen», schrien sie. Ein taktischer Fehler.

«So! Wunderbar! Aber bei mir nicht!»

Das ganze Essen über saßen sie mufflig da, antworteten einsilbig auf ihre Fragen, und sobald sie gegessen hatten, sahen sie sie an: «Dürfen wir aufstehen, Madam?»

Sie seufzte. Es war hoffnungslos. «Geht schon. Aber ich erwarte, daß ihr abtrocknet.»

Sie sprangen auf, gingen ins Schlafzimmer, das Mira ihnen für die Dauer ihres Besuches überlassen hatte, legten sich aufs Bett und sahen fern.

Die Teller standen auch noch im Gestell, als sie zu Bett gegangen waren.

Am Freitag zeigte sie ihnen den Freedom Trail. Sie trotteten hinter ihr her und hörten unwillig zu, wenn sie ihnen die Bedeutung des einen oder anderen Gebäudes erklärte. Sie sahen sich gegenseitig an, mit Gesichtern, die besagten, daß sie beknackt sein mußte, wenn sie soviel Getue machte um die Leute, die auf dem alten Friedhof begraben waren. Aber sie mochten die *Old Ironsides* und das italienische Eis, das sie sich am North End kauften. Zu Hause stürzten sie sofort an den Fernsehapparat.

Am Sonnabend ging sie mit ihnen über den Campus und über den Square. Der Coop-Laden gefiel ihnen, und sie gaben eine beachtliche Summe für Schallplatten aus. Zum Mittagessen ging sie mit ihnen in ein französisches Restaurant – sie wollten jeder einen doppelten Cheeseburger.

«Ihr kriegt eine Quiche», zischte sie. «Deshalb bin ich mit euch hierhergekommen. Quiche und Salat und Wein.»

Aber sie ließen das meiste stehen, probierten von dem Wein und ließen ihn stehen und wollten Coke und beklagten sich über den Salat, der mit Essig, Öl und Estragon angemacht war.

Auch im Aussehen kamen sie ihr fremd vor. Sie waren hübsche Jungen und noch braun vom Tennisspielen. Ihr Haar war sehr kurz geschnitten, und beide waren in marineblauen Blazern und Flanellhosen gekommen. Sie hatte so etwas monatelang nicht mehr gesehen: zuerst starrte sie sie an, als wären sie Araber, die zu Verhandlungen kamen. Und sie sagten «Sir» und «Ma'am». Norm hatte es so gewünscht, sie selbst hatte nie darauf bestanden. Offensichtlich aber war man an der Schule der gleichen Meinung wie Norm. Sie waren reinlich und höflich und nichtssagend. Sie überlegte, woran sie sie erinnerten: an Ken, die Puppe, die mit Barbie «ging».

Am Samstagabend kochte sie vor Wut. Sie holte eine große Tüte voll billiger Cheeseburgers und Pommes frites und ein paar Flaschen Cola. Die Jungen aßen mit Genuß: Das, sagten sie, das sei bisher überhaupt die schönste Mahlzeit gewesen.

Sie sah sie kühl an.

«Dürfen wir uns entschuldigen, Ma'am?»

«Verdammt! Hört endlich auf, mich Ma'am zu nennen!» schrie sie. Die Jungen waren schockiert. «Alles andere soll mir recht sein», fügte sie süßsauer hinzu. Aber sie lachten nicht. Sie sahen einander erstaunt an.

«Hört zu», sagte sie, um Verständnis bittend, «ich sehe euch nicht sehr oft, und ich möchte gern mit euch sprechen. Ich möchte wissen, wie es euch geht, wie es euch in der Schule gefällt . . . und alles. Versteht ihr das?» Ihre Stimme schwankte ein wenig.

«Klar, Ma- . . . Mami», sagte Normie schnell. «Nur, wir haben es dir doch schon erzählt. Es geht uns gut.»

Beharrlich ging sie die ganze Litanei noch einmal durch. Ihre Antworten waren die gleichen: «Okay.»

«Gut, reden wir also über was anderes. Wie findet ihr es, daß Daddy und ich uns scheiden ließen?»

Sie sahen einander an, sahen sie an. «Okay», sagte Normie.

«Kommt ihr euch irgendwie komisch vor? Anders als die anderen Kinder?»

«Nein. Bei allen sind die Eltern geschieden», sagte Clark.

«Wie findet ihr Daddys neue Frau?»

«Sie ist okay.»

«Nett. Sie ist nett.»

«Wie findet ihr Cambridge? Wie findet ihr meine Wohnung?»

«Cambridge ist okay. Deine Wohnung – für eine Wohnung ist sie, glaube ich, nicht schlecht.»

«Nur, du müßtest einen Fernseher haben.»

«Ich nehme an, wenn ihr bei Daddy seid, habt ihr mehr Spaß.»

Clark zuckte mit den Schultern. «Na ja, man kann Ball spielen.»

«Und wir dürfen beim Essen fernsehen», erinnerte Normie sie diskret.

«Und sprecht ihr viel mit ihm?»

Wieder sahen sie einander an und dann sie, schweigend. Schließlich, nach längerem Nachdenken, sagte Clark: «Er ist ja nie zu Hause.»

«Und wie findet ihr es, daß ich wieder studiere? Kommt euch das nicht komisch vor?»

«Nein», murmelten beide, uninteressiert.

«Ihr seid wirklich sehr gesprächig», sagte sie und stand auf und ging ins Badezimmer und weinte. Sie sagte sich, daß sie an übertriebenem Selbstmitleid litt, und daß Rom auch nicht an einem Tag erbaut war. Sie gab sich Mühe, das Schluchzen zu unterdrücken. Sie wusch sich das Gesicht mit kaltem Wasser und schminkte sich. Sie ging wieder in die

Küche. Während sie im Bad war, hatten sie den Fernseher in die Küche geschleppt – sie hatte ihnen noch nicht erlaubt, vom Tisch aufzustehen, und da sie wohlerzogen waren und nicht ungezogen sein wollten, hatten sie das Monstrum in die Küche geholt. Auf einen Blick von ihr drehten sie den Ton leiser, und sie fing wieder an.

«Seht mal, was zwischen Daddy und mir geschehen ist, muß euch doch irgendwie beschäftigt haben. Ich würde wirklich gern wissen, was ihr denkt. Ich will kein Verhör anstellen. Ich würde es nur gern *wissen.*»

Sie starrten sie mit leeren Gesichtern an, und plötzlich schlug Normie Clark auf die Schulter. «Hast du den Pass gesehen?» schrie er begeistert.

Mira stürmte an das Gerät und machte es aus. Dann fuhr sie herum. «Ich SPRECHE mit euch! Ich versuche mit euch zu reden!» Sie sahen beide vor sich hin. Sie merkte, daß die Unbeherrschtheit ihrer Mutter sie verlegen machte – und beklommen: wahrscheinlich fürchteten sie eine Szene wie vor drei Jahren. Ihr kamen wieder die Tränen. Sie setzte sich ihnen gegenüber an den Tisch und stützte den Kopf in die Hände. Sie saßen schweigend da und beobachteten sie gespannt. «Okay, okay. Wenn ihr nicht mit mir reden wollt, dann werde ich mit euch reden. Ich werde euch erzählen, wie es mir geht. Mir geht es nämlich *miserabel*!» Sie merkte, wie sich ihre Blicke trafen, ohne daß sie den Kopf bewegten. «Ich hasse diese Stadt. Ich hasse die jungen Leute, es sind verwöhnte Gören, und jeder lebt für sich allein, und wenn ich nicht zwei, drei Leute hätte, wär ich schon völlig durchgedreht! Und diese gottverdammte Uni ist frauenfeindlich, sie verachten Frauen, besonders Frauen in meinem Alter. Es ist ein gottverdammtes Männerkloster, in das ein paar Leute mit Röcken eingedrungen sind, und die Männer, die das Ganze in der Hand haben, hoffen nur, daß die Leute in Röcken Pseudomänner sind und nicht alles durcheinanderbringen und nicht darauf bestehen, daß das Fühlen ebenso wichtig ist wie das Denken, und der Körper ebenso wichtig wie der Geist . . .»

Sie sah den glasigen Schimmer in ihren Augen, aber sie blickten sie unverwandt an, als begriffen sie, daß etwas Wichtiges passierte, auch wenn sie ihre Worte nicht begriffen. Unbeirrt fuhr sie fort: «Sie bringen mich dazu, daß ich mich mies fühle. Genau wie euer Vater. Als ob ich ein Nichts wäre, unsichtbar, oder als ob ich zumindest wünschen müßte, unsichtbar zu sein. Und manchmal wünsche ich es mir tatsächlich. Und es gibt noch etwas Schlimmeres, ich bin einsam. Ich bin so verdammt einsam . . .» Sie weinte wieder. «In drei Monaten hat mich nicht ein einziger gefragt, ob ich nicht mal eine Tasse Kaffee mit ihm trinken will.

Nicht einer.» Sie schluchzte heftig, verwundert über sich selbst – sie hatte nicht geahnt, daß ihre Gefühle so stark waren, daß es ihr so miserabel ging, daß dies die Gefühle waren, die sie im Dunkeln und im Brandy begraben hatte. Sie sah die Jungen nicht mehr an. Sie hatte die Hände vors Gesicht gelegt und sich von ihnen abgewandt. Sie erinnerte sich jetzt ganz genau, was sie in jenem verzweiflungsvollen Jahr für sie gefühlt hatte, wie sie gespürt hatte, daß sie zwar da waren, Fleisch von ihrem Fleisch, vielleicht, aber nicht mit ihr verbunden. Sie wußten nicht, wer sie war, und es interessierte sie nicht, solange sie sie bediente. Sie waren nur zufälligerweise ein Produkt von ihr. Sie erinnerte sich, daß sie sie darum gehaßt, daß sie sich selbst beschimpft hatte wegen ihrer Unvernunft, daß sie Trost und Anteilnahme erwartet hatte von so kleinen Kindern, die gar nicht begriffen, was geschah. Aber sie hatte gespürt, daß sie ihre Gesichter absichtlich von ihr abwandten. Sie fühlte es jetzt: sie war unendlich allein.

Dann spürte sie etwas Warmes, Festes. Sie sah auf. Clark stand neben ihr. Er legte unbeholfen den Arm um ihre Schulter. Sie lehnte ihren Kopf an ihn, und er klopfte ihr sanft auf den Rücken, unrhythmisch, unsicher in der Rolle des Trösters. «Weine nicht, Mami», sagte er, und in seiner Stimme waren Tränen.

13

Am Tag vor Thanksgiving fing es an zu schneien, und der Schnee blieb bis zum Frühling. Cambridge war den ganzen Winter lang verschneit. Schneewälle zogen sich am Rand der Gehwege hin. Ich lief daran entlang und dachte über den Schnee als Symbol in der Literatur nach, etwas, was mich nie überzeugt hat. Aber in dem Jahr hatte ich das Gefühl, die Natur versuche zu reinigen, was Männer getan hatten, versuche, die blutgetränkte Erde zu bedecken und ruhen zu lassen.

Vielleicht ist kein Jahr schlechter als irgendein anderes. Vielleicht wird immer gleich viel Fleisch zerschlitzt und entstellt, gleich viel Blut gewaltsam in die Erde getrieben, in jeder Zwölfmonatsspanne. Es dürfte schwierig sein, statistische Unterlagen über gewaltsame Tode zu bekommen – was rechnest du als Mord? Wenn Menschen Hungers sterben, infolge der Politik von Regierungen und Konzernen, ist das Mord? Die Natur selbst vollbringt ein beachtliches Maß an Morden, wodurch überhaupt erst die Vorstellung einer alles beherrschenden Natur entstand:

etwas, das seinerzeit eine gute Lösung zu sein schien. Wer käme auch auf den Gedanken, daß die Therapie das schlimmere Übel als die Krankheit ist. Und vielleicht ist sie es gar nicht. Auch eine Invasion von Mikroben, die einen Körper zerstören, kann Mord genannt werden. Alle Tode sind gewaltsame Tode, nehme ich an. Du siehst, wenn du so denkst wie ich, kommst du nie zu irgendeinem Schluß.

Dennoch, 1968 schien schlimmer als andere Jahre. Ich kam mir vor wie eine Gewebszelle in einem riesigen, über einen Kontinent ausgedehnten, zuckenden Körper, der sich aufbäumte unter den Schüssen, die King, Kennedy und namenlose Bauern in My Lai töteten. Man litt darunter, der Mörder zu sein – denn waren sie nicht aus unserer Mitte, hatten sie nicht gelernt, was wir lernten? – und der Ermordete. Natürlich ist man immer beides: der *Getötete* – ein Körper, ein gellender Schrei, die Bahn heißen Metalls durch Hirn, Brust, Bauch, die Hitze, die Verbrennung, der Schmerz, der in jedes empfindsame Glied hineinfährt, und, in Zeitlupe, das Drehen und Fallen, eine dünne Spur heißen Bleis, die ausreicht, um einen Menschen auszulöschen, alles in ihm, das Stehen und das Verstehen – und der *Mörder* – der nervöse, juckende Finger des Jungen am Abzug, die schwitzenden Achselhöhlen des Verschwörers, die stumpfen Augen des gekauften Mörders, der straffe Rücken des Retters der Welt vor den Juden oder den Kommunisten oder den Albigensern – der eine, denn es ist schließlich immer *einer*, der tötet, und *einer*, der getötet wird. Dieses Jahr, 1968, war ein einziger Mord in Zeitlupe, über das ganze Jahr hin, über den ganzen Kontinent hinweg, ein Bild, das ein ewiges Fallen einfing.

Aber wir alle sterben, und alle Tode sind gewaltsam, sind der «Umsturz» bestehenden Lebens – warum erschien also gerade dieses Jahr so schrecklich? Sind King und Kennedy oder die Leute in einem Reisbauerndorf wichtiger als die in Biafra Verhungerten oder die Namen auf der Selbstmörderliste von Detroit? Vielleicht spiele ich ein intellektuelles Spiel, wenn ich ein oder zwei Jahre auf dem Kalender als besonders grauenvoll markiere, um hinzufügen zu können, daß sie auch von besonderer Bedeutung waren und so das Grauen kompensieren oder gar aufwiegen. Die Menschen suchen immer gern nach Möglichkeiten, für ihre Leiden dankbar sein zu können, sie nennen Niederlagen glückliche Fügungen und Todesfälle Auferstehung. Keine schlechte Idee, meine ich: wenn du schon leiden mußt, kannst du auch gleich dankbar dafür sein. Manchmal allerdings denke ich, wenn wir nicht immerzu erwarteten, leiden zu müssen, würden wir auch nicht soviel leiden.

Was immer in meinem Kopf vorgeht, ich kann es nicht ändern: ich sehe einfach die Gewalt jenes Jahres und der darauffolgenden Jahre als symbolisch an, wenn auch nicht im üblichen Sinne. Was ich sehe – und was mich erschreckt – ist, daß jede Handlung lediglich symbolisch sein kann, und nur der tödliche Teil ist real. Als ob der Pappdolch, mit dem Cäsar auf der Bühne erstochen wird, in der Sekunde, in der er auf echtes Fleisch und Blut trifft, sich in einen echten Dolch verwandelt – in einer grotesken Abwandlung der Geschichte von der schrecklichen Gabe des Königs Midas, die letztlich die wahre Legende unserer Zeit ist.

Manche Menschen benutzen den Stierkampf, andere die Messe, und wieder andere die Kunst, um den Tod zu ritualisieren oder in Leben zu verwandeln oder ihm zumindest einen Sinn zu geben. Aber mein Alptraum ist, daß das Leben selbst ein Ritual ist, das alles in Tod verwandelt. Die Menschen kritisieren das, was sie als Medien bezeichnen, weil diese die Ereignisse umformen, die Leute sagen: verdrehen. Viele Ereignisse werden nur für die Medien inszeniert. Märsche, Sit-ins, Leute, die sich selbst an Zäune ketten. Ich meine, es ist eine gute Idee. Ein langer, freiwilliger Marsch ist besser als eine noch so kurze Belagerung, ein symbolischer Protest besser als eine wirkliche Bombe. Und wenn du es recht bedenkst, hat es immer Medienereignisse gegeben. Der ganze Pomp, die Zeremonien, die schmetternden Trompeten, die Hermeline und der Samt und die Juwelen, mit denen sich die Regierenden und die Kleriker umgaben, der Orden, der eine Machtstellung offiziell bestätigte, der Ring, der einen Kuß verlangte, das Zepter, vor dem man die Knie beugte – all dies gehörte zu dem, was wir heutzutage PR-Ereignisse nennen. Nur daß damals die Mächtigen gefeiert wurden, während die Ereignisse, die heutzutage beklagt werden, die Aufmerksamkeit auf Menschen ohne Macht lenken. Ich habe den Verdacht, hier liegt das Problem. Wer hatte je einen besseren Riecher für PR als der Kaiser des Heiligen Römischen Reiches, der meilenweit barfuß durch den Schnee wanderte, um Papst Gregor in Canossa zu huldigen?

Nur, wann hört das Symbolische auf, und wann beginnt das Wirkliche? Die Symbolik ändert sich je nachdem, ob du glaubst, daß King vom FBI ermordet wurde oder von militanten Schwarzen, die einen Märtyrer wollten, oder von einem Einfaltspinsel, der an den Teufel glaubte – an der Tatsache des Todes ändert sich nichts. Bob Kennedy sympathisierte mit Israel, einige der Leute in My Lai mögen Soldaten aus dem Norden bei sich versteckt haben. Diese Tatsachen oder möglichen Tatsachen haben kaum eine Beziehung zu dem, was geschah. In diesen Fällen also wurde ein Image ermordet, aber das Sterben war Wirklichkeit. Und genauso war es mit der ganzen Bewegung jener Jahre: mit all den langhaarigen bärtigen Freaks und Drogenabhängigen, die wir von Berkeley bis Chicago mit Tränengas und der chemischen Keule bearbeitet haben, mit all den arbeitsscheuen und verlogenen Niggern, die wir von Kalifornien bis Chicago, von Alabama bis Attica gesteinigt und erschossen haben, mit all den schlitzäugigen kommunistischen «Charlies», die wir mit dem Maschinengewehr niedergemäht und mit Napalm verbrannt haben, obwohl sie alle beteuerten, sie seien nicht das, was wir aus ihnen machen wollten, was sie aber sein würden – und wenn wir sie töten mußten, um Recht zu behalten, falls du verstehst, was ich meine. Nixon begab sich in die Madison Avenue und kaufte sich ein neues Image. Wer weiß, hätten die anderen das Ganze als ein Medienereignis aufgefaßt, wären sie vielleicht auch noch am Leben.

Was ist real außer Muskeln, Knochen und Blut, außer dem Körper? Das Image kann verinnerlicht werden, kann den Mund formen und den Blick und die Haltung bestimmen. Wenn du ein Leben lang als Kellner arbeitest, stehst du vielleicht immer leicht nach vorn gebeugt. Doch man kann sich auch davon lösen – Galileo Galilei hat sich nicht brennen sehen. Und selbst der Körper verändert sich: Alter, Gewicht, Unfälle, gebrochene Nasenbeine, gefärbte Haare, farbige Kontaktlinsen.

Ich sehe uns alle nackt und frierend in einem großen Kreis sitzen, und wir sehen, wie der Himmel schwarz wird und die Sterne erlöschen, und eine, die ein Bild in den Sternen zu erkennen meint, fängt an, eine Geschichte zu erzählen. Und dann erzählt eine andere eine Geschichte über das Auge des Hurrikans, das Auge des Tigers. Und die Geschichten, die Bilder, werden Wahrheit, und wir werden uns eher gegenseitig umbringen, als nur ein Wort in der Geschichte zu ändern. Doch ab und an sieht eine einen neuen Stern oder behauptet einen zu sehen, einen Stern im Norden, der das gesamte Bild verändert, und das hat mörderische Folgen. Die Menschen geraten außer sich, sie stehen wutschnaubend auf und wenden sich gegen diejenige, die den Stern bemerkte, und prügeln sie zu Tode. Dann setzen sie sich murmelnd wieder hin. Sie fangen an zu rauchen. Sie kehren dem Norden den Rücken zu, niemand soll auf den Gedanken kommen, sie versuchten vielleicht, die Halluzination der einen zu erspähen. Manche unter ihnen jedoch sind wahre Gläubige, sie können mit offenen Augen nach Norden blicken und sehen nie auch nur einen Abglanz dessen, worauf die andere hinwies. Die Weitsichtigen versammeln sich und flüstern. Sie wissen bereits: sobald jener Stern anerkannt wird, müssen alle Geschichten geändert werden. Argwöhnisch blicken sie umher, um alle zu ertappen, die verstohlen ihre Köpfe drehen und in die Richtung spähen, wo der Stern sein soll. Und sie ergreifen einige, von denen sie meinen, daß sie es getan haben, trotz ihrer Proteste werden sie getötet. Der Sache muß schon an der Wurzel Einhalt geboten werden. Doch die Alten müssen dauernd achtgeben, und ihre Wachsamkeit überzeugt die anderen davon, daß da wirklich etwas ist, und so drehen sich immer mehr Menschen um, und schließlich sehen es alle oder meinen es zu sehen, und jene, die es nicht sehen, behaupten, daß sie es sehen.

So spürt die Erde die Wunde, und die Natur von ihrem Sitz her seufzt durch alle ihre Werke hindurch und gibt mit viel Weh und Ach zu erkennen, daß alles verloren ist. Die Geschichten müssen allesamt geändert werden; die ganze Welt erschauert. Die Menschen seufzen und weinen und sagen, wie friedlich es doch früher war, in den glücklichen, goldenen Zeiten, als alle noch an die alten Geschichten glaubten. Aber in Wirklichkeit hat sich gar nichts geändert, bis auf die Geschichten.

Ich glaube, daß die Geschichten das einzige sind, was wir haben, daß sie alles sind, was uns vom Löwen, vom Ochsen oder von den Schnecken auf dem Felsen unterscheidet. Ich bin mir nicht sicher, ob ich mich von den Schnecken unterscheiden will. *Die* wesentliche Tat des Menschen ist die Lüge, die Erschaffung oder Erfindung von Fiktionen. Hier zum Beispiel, in dem Teil der Welt, in dem ich lebe, ist eine der Hauptfiktionen, daß es möglich sei, ohne Schmerz zu leben. Sie entfernen Höcker von Nasen und Seelen, das Grau aus dem Haar, Lücken aus den Zähnen, Organe aus dem Körper. Sie geben sich Mühe, Hunger und Dummheit abzuschaffen, oder behaupten es doch. Sie laborieren an einem kernlosen Pfirsich, einer Rose ohne Dornen.

Gibt es Rosen ohne Dornen? Ich bin verwirrt. Ich bin verwirrt, weil ein Teil von mir denkt, eine Rose ohne Dornen, das wäre doch hübsch, während ein anderer Teil von mir puritanisch den Stengel mit den Dornen packt, auch wenn das Blut von meiner Handfläche tropft. Und alles in mir denkt, daß es schön wäre, wenn es weder Hunger noch Unwissenheit gäbe – letzteres bleibt wohl eher ein Scherz, denn ich fürchte, des einen Dummheit ist des anderen Weisheit. Und ich will auch nicht auf dem Leiden beharren, dieser sich selbst verwirklichenden Prophezeiung. Es muß wohl so sein, daß der Schnee alles wegwäscht, oder der Regen, oder der Wind. Denn sonst – wie könnte die Welt sonst mit all ihren Narben, ihren Verstümmelungen zurechtkommen? Wir haben die Belagerung von Paris vergessen, die Albigenser und Hunderte anderer alter Geschichten. Die Fähnlein, die kostbar geschmückten hochtrabenden Pferde, die Hermeline und der Samt sind heute allesamt Märchenzubehör.

Das Entscheidende ist: wenn nur wirklich ist, was überdauert – wie Shakespeare es zum Beispiel glaubte –, dann ist nur der Tod real. Der Rest ist Bild, Vorstellung, Image – vergänglich, veränderlich. Auch unsere Geschichten, obwohl sie uns überdauern. Warum sollten sie es wert sein, warum sollte irgend etwas es wert sein, daß man dafür stirbt? Wenn alles, außer dem Tod Lüge, Fiktion ist?

Damals, 1968, behaupteten Leute auf beiden Seiten, Ideen seien es wert, für sie zu sterben, obwohl diejenigen, die am lautesten schrien, selten die waren, die starben. Eines Tages wagte es Mira in der Lehman Hall, in der es schwärte vom Gerede über die Revolution, die Bemerkung zu machen, daß Revolutionen nicht sehr lustig seien. Brad Barnes, der kurz zuvor in den SDS (Students for a Democratic Society) eingetreten war, saß unter den Kronleuchtern, einen Cheeseburger und Pommes frites vor sich auf dem Tisch, und hob gerade eine Cola an den Mund. Er hielt inne, starrte sie an und sagte: «Also, Mira, wenn die Revolution kommt, werde ich mich bemühen, die Leute daran zu hindern, dich an die Wand zu stellen. Ich weiß ja, daß du es eigentlich nicht so meinst.»

14

Trotz Kummer und Revolte ging das gewöhnliche Leben weiter, Vorlesungen und Parties, die Mira pflichtschuldig besuchte. Die Parties der graduierten Studenten waren laut, ohne Mittelpunkt und unverbindlich. Sie wurden in schäbigen, postergeschmückten Wohnungen gefeiert. Ein Zimmer wurde gewöhnlich leergeräumt, bis auf die Stereoanlage, aus der die üblichen Stones- und Joplin-Songs dröhnten. Die graduierten Studenten hätten ohne Essen auskommen können, aber nicht ohne Musik. Manchmal war in dem Zimmer stroboskopisches Licht installiert, und immer wurde getanzt. In der Küche gab es Bier und Wein, Brezeln, Kartoffelchips, manchmal Käse und Cracker. Immer wurde die Tür zu einem der Zimmer geschlossen gehalten. Mira dachte, daß die Leute in dieses Zimmer gingen, um zu «schmusen», wie sie es nannte. Komisch war nur, daß sich dort immer mehrere zur gleichen Zeit aufhielten, während doch alle, um ungestört zu sein, einfach irgendwoanders hätten hingehen können. Es dauerte mehrere Monate, bis sie in das Zimmer gebeten wurde und erfuhr, was sich dort wirklich abspielte. Sie rauchten, reichten den Joint oder die Pfeife mit gleichgültiger Gelassenheit weiter, die jedesmal, wenn sie eine Polizeisirene hörten oder wenn die Musik zu laut wurde, ins Wanken geriet. Dann riß jemand die Tür auf und brüllte: «He, stellt die Musik leiser, oder wollt ihr, daß die Bullen kommen?»

«Grass» schien jeden einzelnen von ihnen in ein eigenes, privates Reich der Sinne zu schicken. Sie inhalierten tief, saßen auf dem Boden oder räkelten sich auf dem Bett, starrten nach draußen, ohne wirklich hinauszublicken. Sie waren friedlich, redeten unzusammenhängend und mit leiser Stimme. Sie hatte den Eindruck, daß sie nur zusammen waren, weil sie sich im gleichen Zimmer befanden und etwas miteinander teilten, was als Verbrechen galt – «wir» gegen «*sie*», «die anderen». Es war ganz ähnlich wie ihre Art zu tanzen, fand sie. Sie tanzten zusammen zu derselben Musik, aber keiner berührte den anderen, keiner führte, keiner folgte, kein Paar, das du als Paar hättest bezeichnen können. Cambridge war, so schien es, eine Welt völliger Unverbindlichkeit und Isolation.

Sie verließ das «Rauchzimmer» und ging durch die anderen Räume. Manche Wohnungen waren groß und wurden von drei oder vier Studenten bewohnt. Überall waren Leute, aber überall sagten sie die gleichen Dinge, die sie auch bei jeder anderen Party sagten.

Sie kam an Steve Hoffer vorbei, der gerade einen seiner Monologe hielt: «Ein Vogel, ein Flugzeug, ein Superatemhauch! Da kommt er mit Donnergetöse, zu befreien die Unterdrückten und das Böse zu besiegen und Daddy Warbuck als König des Universums einzusetzen! Er fliegt in den Raum, wo Doktor Caligari sich gerade über eine reglose Gestalt beugt – es ist niemand anderes als . . . Barbarella! Er öffnet seinen Supermund und haucht: Puuuh! Alle im Zimmer fallen in Ohnmacht, unglückseligerweise auch Barbarella. Mit sorgfältig geschlossenem Mund springt er an ihre Seite und reißt die Wunderschöne von der Folterbank. Wie der Blitz ist er verschwunden, schwebt mit ihr empor und hoch über die Wolkenkratzer hinweg. Das phantastische Weib kommt zu sich, öffnet die Augen, klimpert anmutig mit ihren zwölf Zentimeter langen Wimpern (deren Länge sie mit dem unentbehrlichen Belliball Eyeliner und mit Mascara nachgeholfen hat), und als sie das hübsche Gesicht ihres Retters gewahr wird, preßt sie ihren Mund warm und feucht auf den seinen – um sogleich wieder in Ohnmacht zu sinken! Armer Superatemhauch! Eine Träne umflort sein Auge: der schreckliche Fluch, der auf seiner Macht lastet, kann nicht gebrochen werden! Nie wird er die Liebe einer Frau kennenlernen! Auf immer und ewig wird er die Himmel durchstreifen, um das Böse aufzuspüren und das Königreich von Daddy Warbuck errichten, auf daß die Welt mit emsig summenden Fabriken überzogen und mit glücklichen Arbeitern gesprenkelt und mit noch glücklicheren Millionären getüpfelt werde! Doch bis zu dem Tag, an dem die Welt errettet ist und er endlich sein Cape ablegen kann, darf er die Freuden gewöhnlicher Sterblicher nicht genießen. Doch wenn dieser Tag gekommen ist, liebe Jungen und Mädchen, der Tag, da er felsenfest und auf ewig das Königreich des Geldes und der Maschinen errichtet haben wird, dann darf auch er endlich seine Zähne mit Crest putzen und mit Lysteria-Mundwasser gurgeln – etwas was ihr, liebe Jungen und Mädchen, schon heute, jetzt auf der Stelle, tun dürft! Und er wird ein normales Leben in einem Ranchhaus in Jeanstown führen, und Barbarella, seine Frau, wird nichts als ein kleines weißes Schürzchen tragen . . .»

«Natura naturans», sagte Dorothy.

«Nein, *naturata*», widersprach Tina.

«Gleich schreie ich», sagte Chuck Spinelli milde lächelnd.

«Die erste Ursache ist dieselbe wie die Endursache, nicht? Ich meine, metaphysisch gesehen, oder wenn du hinter die gewöhnlichen Kategorien in die mystische Realität gehst . . .»

«Das wäre keine Wirkursache.»

«Ursache genug jedenfalls, um zu gehen», sagte Chuck.

«Hallo, Mira!» sagte Howard Perkins, so als freute er sich tatsächlich, sie zu sehen. Er bestand nur aus Haut und Knochen und litt an einem nervösen Zucken der Augenlider. Er hielt sich krumm und hatte einen schlaksigen Gang. Dünn und lang, wie er war, schien ihm sein Körper eine besondere Last zu sein – als wäre er ein langes Bündel gekochter Spaghetti und hätte den Kniff noch nicht heraus, die Spaghetti aufrecht hinzustellen. Immer drapierte er sich über oder um etwas herum.

«Kaum zu glauben, daß ein halbes Jahr um ist. Nur noch sechs Monate. Das war das schlimmste Jahr meines ganzen Lebens.»

Mira gab ein mütterliches Murmeln von sich.

«Du hast es gut», sagte er.

«Wieso?»

«Du bist älter, du bist selbstsicherer. Wir anderen . . . oh, es ist einfach gräßlich gewesen.»

«Willst du damit sagen, daß du Angst hast, es nicht zu schaffen?»

«Klar! Haben wir alle. Ich immer noch. Weißt du, als wir anfingen, waren wir alle Superstars. Nur A's und so. Nie irgendwo durchgesegelt. Aber die ganze Zeit über weißt du im Hinterkopf, daß du in Wirklichkeit dumm bist – du weißt, wieviel du nicht weißt. Die Lehrer, auch die besten, wissen es nicht, sie sind nie darauf gekommen, dir solche Fragen zu stellen, und deshalb geben sie dir auch weiter deine A's. Aber du weißt, der Tag der Strafe naht! Und dann kriegst du ihn, den Zulassungsbescheid für Harvard! Du kriegst ihn, weil deine Lehrer dich empfohlen haben, Lehrer, die dich nicht kennen. Aber du spürst es in den Knochen, die Strafe naht. In Harvard werden sie dir auf die Schliche kommen. Du wirst elendiglich versagen. Und dann werden es alle wissen.» Er stöhnte.

«Also lernst du wie ein Verrückter gegen die Dummheit an.»

«Natürlich.» Hilfesuchend, vertrauensvoll sah er sie an. «Was meinst du, wann werden sie bei mir dahinterkommen? Beim Abschlußexamen?»

Sie lachte. «Als ich klein war, hab ich geglaubt, mein Vater wüßte alles. Weil er nie viel zu Hause war. Es war aufregend, denn ich wußte, er würde genau wissen, von wem die schmutzigen Fußspuren unten in der Halle stammten. Später, als ich etwas älter war, wurde mir klar, daß jeder gewußt hätte, von wem sie stammten, weil es im Haus nur einen Menschen mit so kleinen Füßen gab. Ebenso kam ich dahinter, daß mein Vater eigentlich gar nichts wußte, sondern daß meine Mutter ihm alles erzählte: sie war also diejenige, die ich zu fürchten hatte. Aber als ich dann herausfand, daß keiner von beiden siebenundzwanzig mal sechsundfünfzig so schnell multiplizieren konnte wie ich, waren sie beide für mich erledigt. Ich glaubte jetzt, die Lehrerin wüßte alles. Na, das dauerte nicht lange, aber dann, auf dem College, dachte ich, die Professoren seien nun wirklich diejenigen, die alles wüßten. Auch das dauerte nicht lange. Wenn du dein erstes A bekommst, bist du überglücklich, dann kriegst du noch eins und noch eins und noch eins . . . Inzwischen bist du davon überzeugt, daß keiner der Professoren auch nur irgend etwas weiß. Du machst weiter, schleichst dich auf Zehenspitzen durch das Minenfeld, wartest auf die Explosion. Aber die kommt nie. Jahre und Jahre vergehen, und nichts passiert, niemand kommt dir auf die Schliche. Du hast weiterhin Erfolg, steigst auf, immer höher, und eines Tages wachst du auf und bist Präsident, und nun kriegst du es richtig mit der Angst zu tun. Weil du inzwischen endlich kapiert hast, daß niemand irgend etwas weiß, daß aber alle glauben, du wüßtest Bescheid. Das ist dann der

Punkt, wo du anfängst, dir über die Zukunft der Menschheit Sorgen zu machen . . .»

Er lachte, es war ein herzliches, unbefangenes Lachen, und alle drehten sich um nach ihnen. Dann ließ er wieder den Kopf hängen.

«Manchmal frage ich mich, was ich eigentlich hier mache», jammerte er.

O Gott! Schon wieder! «Was könntest du denn sonst machen?»

«Schlitzaugen umbringen.»

«Richtig.»

«Das wäre vielleicht besser.»

«Wenn dir so etwas Spaß macht . . .»

«Vielleicht gehe ich zum Friedenskorps.»

«Und wie würde dir eine Kost aus Fischköpfen und Reis munden?»

«Ich esse sowieso nur Naturreis und Bohnen und Joghurt. Ich muß hier raus. Überall hier wimmelt es von losgelassenen Schwachköpfen. Jeder will mit jedem konkurrieren und versucht, bei Hooten Eindruck zu schinden, soviel Eindruck möglichst, daß er einen für Harvard oder vielleicht Yale oder Princeton empfiehlt. Kein Mensch ist wirklich er selbst.»

«Vielleicht ist das die Wirklichkeit.»

«Nein. Du bist wirklich. Du sagst, was du wirklich denkst.»

Nein, tue ich nicht, dachte sie, oder ich müßte dir sagen, wie sehr mich das langweilt.

«Ich glaube, ich hole mir noch ein bißchen Wein», sagte sie. So wird man Alkoholikerin, dachte sie. Immer nach der Flasche rennen, sobald es langweilig wird.

Eine junge Frau mit langem glattem roten Haar stand am Tisch und goß sich Wein ins Glas. Sie goß so lange, bis das Glas überlief.

«O Gott!» Sie sah Mira an und lachte nervös. «Ich weiß nicht, warum ich dieses Zeug trinke, ich bin schon sternhagelvoll.»

«Falls du einfach nur gern eingießt – hier ist noch ein Glas.»

Kyla lachte. «Ich sehe dich überhaupt nicht mehr, Mira.» Sie füllte Miras Glas und schaffte es, nur wenig zu verschütten. Mira sah, daß ihre Hände zitterten.

«Nein. Wahrscheinlich, weil ich nicht mehr so oft in der Lehmans Hall bin wie früher.»

«Da gehe ich überhaupt nicht mehr hin. Gott, wie ich das hier alles hasse!» Sie drehte den Kopf und sah sich nervös um. Ihre Augen blickten ängstlich.

«Ja.» Mira bot Kyla eine Zigarette an.

Sie klopfte sie mehrere Sekunden lang auf dem Küchentisch auf. «Aber du bist großartig, so gelassen. Als ob es dir überhaupt nichts ausmacht – du segelst einfach durch.»

Mira war überrascht. «Gerade hat mir schon jemand so etwas gesagt. Merkwürdig. Welchen Eindruck andere von einem haben, meine ich.»

«*Bist* du denn nicht gelassen?»

«Na, ich glaube schon, doch. Ich bin nicht nervös. Aber ich bin nicht sehr glücklich hier.»

«Nicht sehr glücklich hier! Nein, klar, wer ist das schon? Aber du überschaust das Ganze, du weißt, was wichtig ist.»

«Ich?» Sie sah Kyla an.

«Ja!» beteuerte Kyla. «Wir anderen rennen rum wie die Idioten, machen uns Sorgen, haben Angst. Unsere ganze Zukunft, unser Leben steht auf dem Spiel.»

«Willst du damit sagen, daß dein ganzes Selbstgefühl davon abhängt, ob du hier gut zurechtkommst?»

«Wunderbar», sagte Kyla milde lächelnd. «Wie richtig!» Sie hielt die Zigarette hoch, und Mira zündete sie ihr an. Kyla paffte nervös. «Nicht einfach nur durchkommen, sondern glanzvoll durchkommen. Das wollen wir alle, das hoffen wir alle. Es ist verrückt. Wir sind verrückt.»

«Dann ist also mein Wohlergehen eine Folge meines beschränkteren Horizonts», sagte Mira. «Ich würde auch gern nach Harvard oder Yale, aber ich sehe keine Chance, daß sie einer Vierzigjährigen – und das werde ich dann ja sein – die Zulassung geben. Also denke ich nicht darüber nach. Ich denke überhaupt nicht viel über die Zukunft nach. Ich kann mir nicht vorstellen, wie sie aussehen wird.»

«Es ist Rattenrennen, ein Rattenrennen», sagte Kyla beharrlich. Sie paffte an ihrer Zigarette und starrte angestrengt auf die Weinflasche. «Wenn doch wenigstens jemand Anteil nehmen würde. Da bin ich mit so einem großartigen Mann verheiratet – und ihm ist es scheißegal, ob ich es gut schaffe oder nicht. Oh, ganz so ist es nicht, aber er ist nicht bereit, mir zu helfen. Findest du es verkehrt von mir, wenn ich ihn bitte, mir zu helfen?» Sie sah Mira mit feuchten Augen an. «Ich helfe ihm. Wirklich. Wenn er deprimiert ist, höre ich ihm zu, und wenn nötig, richte ich ihn wieder auf, und ich liebe ihn. Ich liebe ihn wirklich.»

«Ich glaube, ich kenne deinen Mann noch gar nicht», sagte Mira und blickte sich um.

«Oh, er ist nicht hier. Er ist Naturwissenschaftler und sitzt gerade an seiner Dissertation. Er ist fast jede Nacht im Labor. Findest du, daß ich das Recht habe, ihn um etwas zu bitten? Ich weiß, er hat viel zu tun.»

«Selbstverständlich», hörte Mira sich sagen. «Natürlich hast du das.»

Kyla sah sie an.

«Frag ihn nur», sagte Mira und lachte grimmig. «Wer nichts fordert, kriegt auch nichts. Vielleicht kriegst du trotzdem nichts, aber dann hast du wenigstens gefragt!»

«Oh, vielen Dank», rief Kyla laut und umarmte Mira und bekleckste dabei Miras Bluse mit Wein. Mira war gerührt und verlegen.

«Was habe ich denn gemacht?» fragte sie lachend.

«Du hast mir gesagt, was ich tun soll», rief Kyla, als sei das doch sonnenklar.

«Du hast es dir selbst gesagt», berichtigte Mira.

«Vielleicht. Aber du hast mir geholfen, herauszufinden, was ich zu tun habe. Kann ich mal irgendwann zu dir kommen?»

«Klar», sagte Mira und war erstaunt.

Jemand kam an den Tisch und tippte Kyla auf die Schulter. Es war Martin Bell, ein schweigsamer dunkelhaariger junger Mann.

«Wollen wir tanzen?»

Kyla stellte ihr Glas hin. «Klar, gern.» Sie drehte sich noch einmal zu Mira um. «Vergiß nicht, ich besuche dich mal», sagte sie, und Mira lächelte und nickte.

Mira wanderte weiter. Sie blieb bei ein paar Grüppchen stehen, die weiterredeten, ohne sie zu beachten. Sie blieb bei ein paar Leuten stehen, die aufmerksam umherblickten und sie an ihrem Gespräch darüber, wie schrecklich es in Harvard sei, teilnehmen ließen. Sie holte ihren Mantel. Im Flur streifte sie Howard Perkins, der mit einer wunderschönen jungen Frau in einem langen bunten Zigeunerrock und mit Zigeunerketten sprach. Als Howard Mira am Ärmel festhielt, drehte sich die junge Frau um und ging weg.

«Mira, du gehst schon? Sag mal, wäre es dir recht, wenn ich mal zu dir käme? Irgendwann abends? Okay?»

«Natürlich.»

Kopfschüttelnd machte sie sich auf den Weg. Sie kam sich vor, als wäre sie plötzlich zur weisen Alten von Cambridge avanciert, obwohl sie doch *nichts* wußte, gar nichts.

15

Am nächsten Nachmittag klopfte Howard Perkins an ihre Tür. Vornübergebeugt kam er hereingeschlurft und hängte seine lange Gestalt in einen Sessel.

«Ich bin deprimiert. Ich brauche wen, mit dem ich reden kann. Ich hoffe, ich störe dich nicht.»

Sie murmelte irgend etwas und bot ihm Kaffee an.

«So was trinke ich nicht, das ist Gift. Ich hätte gern einen Tee, wenn du einen guten hast, nicht diese amerikanische Krümelei in Teebeuteln.»

«Tut mir leid, was anderes hab ich nicht.»

«Dann gar nichts.» Er veränderte die Lage seiner Extremitäten. Mira zündete sich eine Zigarette an und setzte sich ihm gegenüber. «Ich halte es hier wirklich nicht mehr aus, hier, in dieser Papierwelt. Ich hoffe geradezu, eingezogen zu werden. Ich würde niemanden töten, ich würde mich weigern. Aber wenigstens wäre ich aus diesem Kokon raus.»

«Lieber die Schlacht als den Papierkrieg?»

«Nichts kann schlimmer sein als das hier.»

«Und wie wär's mit Fließbandarbeit? Oder vielleicht in einer Bude sitzen und Mautgebühren kassieren? Oder Korn mähen mit der Sichel?»

«Zumindest wäre man dann draußen, in der richtigen Welt.»

Sie fragte sich, was er wohl mit seinem Körper in der «richtigen Welt» anfangen würde. Viele der männlichen graduierten Studenten waren so wie er, körperlos, als ob sie nicht in ihrer Haut lebten, sondern irgendwo darüber schwebten, als ob ihr Körper ein Kleidungsstück wäre, das man anziehen mußte, wenn man unter Menschen ging, das man aber abends, wenn man in seine dunkle kleine Wohnung kam, sofort ablegte. Der Körper war ein gesellschaftliches Muß, wie die weißen Handschuhe, die sie selber früher bei feierlichen Anlässen getragen hatte. Wie diese Jungen wohl aussahen, wenn sie alleine waren? Ektoplasma, das linkisch durch den Raum schlingerte, nach einer Suppendose fürs Abendessen greift, sich lesend auf dem Bett räkelt oder in einem Stuhl hängt: keine Gelenke, die seine Geschmeidigkeit behindern, keine Materie, die es ihm verbieten könnte, Wände, Stühle oder Fenster zu durchdringen.

Howard sprach über das Romantik-Seminar. Besonders sauer war er auf Kyla, die er eine «kleine verklemmte Hure» nannte.

«Hat sie kürzlich ein Referat gehalten?» fragte Mira hinterlistig.

«Oh, und ob! Jesus! Typisch! Sie hat über die Theaterstücke der Romantiker geschrieben. Stell dir vor! Ich wußte nicht mal, daß die überhaupt Stücke geschrieben haben. Wen interessiert das schon. Morrison war natürlich begeistert: es wimmelte nur so von ekelhaften, längst vergessenen Details, die ganz zu Recht in Vergessenheit geraten sind. Aber irgendeine emsige Biene mußte sie ja wieder ans Licht zerren!»

«Kyla ist sehr gescheit.»

«Wenn es um solchen Scheiß geht. Aber sind wir deswegen hier? Die Welt bricht zusammen und wir streiten uns über Hugh of St. Victors Bemerkungen zu Chalcidius' Platon-Kommentaren!» Seine Stimme klang empört, er fuchtelte wild mit den Armen.

Mira lachte.

«Jetzt verstehe ich! Die Bombe explodiert, der Himmel flammt auf, aber Kyla Forrester und Richard Bernstein stürzen sich in einen Streit darüber, ob eben diese Entwicklung von dem heiligen Stanislaus aus den dampfenden Sümpfen vorausgesagt wurde oder aber in der Adaption von Pinne v. Pennibell. L. Morrison hört mit ernster Aufmerksamkeit zu, unbeeindruckt von den Flammen, die Boston verzehren, und unterbricht sie schließlich mit feierlicher Stimme: «Sehr interessant», sagt er, «aber Sie übersehen beide eine zwar wenig bekannte, aber interessante Abhandlung von einem großen, zu seiner Zeit hochberühmten Gelehrten, dem Dr. Asinium Scholasticum Claus of Sancta Claus, der die letzte Apokalypse, wie sie von Pinne beschrieben wird, modifiziert, indem er eine sich entfaltende Blume in der Form eines *Agaricus campestris* oder des gemeinen Pilzes hinzufügt, eine Form übrigens, sehr ähnlich der, die wir hier gerade vor uns sehen. Ich verweise Sie auf Teil III, Artikel 72, A 1, glaube ich. Es könnte auch A 2 sein.» Forrester und Bernstein notieren sich beflissen diesen Hinweis, und als die Flammen Cambridge erreichen, fährt Morrison mit ruhiger Stimme in seinem Monolog über Claus fort und vergißt auch nicht die Publikationsdaten sämtlicher Ausgaben aller seiner je veröffentlichten Schriften.»

«Wenn es soweit ist – warum nicht? Eine Beschäftigung, so gut wie jede andere für die letzten Momente.»

«Vielleicht. Aber nur für die letzten Momente.»

Mira stand auf. «Ich glaube, ich mach mir einen Drink. Willst du auch einen? Oder Wein?»

Den Wein akzeptierte er.

Mira war gelangweilt und gereizt. «Ich habe das Gefühl, du hast einfach nur Angst zu versagen und bist sauer auf die Leute, von denen du annimmst, sie seien besser als du.» Sie sagte es etwas nervös, weil sie noch nie jemanden bewußt so heftig angegriffen hatte.

«Natürlich habe ich Angst. Und sauer bin ich vielleicht auch. Trotzdem finde ich, was Forrester und Morrison machen, schafft dich. Es ist sinnlos, parasitär.»

Seine gelassene Reaktion erstaunte sie, und sie entschloß sich, einen Schritt weiter zu gehen.

«Warum bist du dann hier und versuchst es zu schaffen?»

«Das frage ich dich! Warum bin ich hier!»

«Jesus!» Sie bemühte sich nicht, sich ihren Abscheu nicht anmerken zu lassen. «Ihr seid alle gleich! Es ist wirklich zum Kotzen. Ihr seid alle besessen von Harvard, ihr wünscht euch nichts sehnlicher als ein Leben, wie Morrison es führt. Diese ganze Seelenforscherei ist doch nichts weiter als Selbstschutz für den Fall, daß ihr es nicht schafft.»

Er sackte in sich zusammen. «Stimmt», murmelte er. Er sah zu ihr hoch. «Findest du es nicht ekelhaft, solche Ziele zu haben?»

«Nein», sagte sie ruhig. «Was ist daran verkehrt? Es macht dir Spaß, deinen Verstand zu gebrauchen, du suchst die Anerkennung der Gesellschaft, willst ein angenehmes Leben führen. Warum glaubt nur jeder, das einzig anständige Ziel sei die Selbstkasteiung?»

«Also, ich finde es schon ziemlich ekelhaft. Ich verachte mich dafür. Ich hasse mich – Schluß. Weißt du, daß ich dreiundzwanzig Jahre alt und immer noch Jungfrau bin?»

«Nein», antwortete sie ernst und machte die Lampe auf dem Tisch neben sich an. Draußen dämmerte es, die Straßenlaternen gingen an.

«Doch, es ist wahr. Ich nehme an, du glaubst jetzt, daß ich nicht ganz normal bin.»

«Überhaupt nicht. Ich glaube eher, es gibt viele so wie dich.»

«Was soll das heißen, so wie ich?» warf er mißtrauisch ein.

Sie zuckte mit den Schultern. «Jungfrauen mit dreiundzwanzig. Oder vierundzwanzig, fünfundzwanzig, oder dreißig.»

«Glaubst du?» Er beobachtete sie genau, mißtrauisch.

«Ich weiß es», sagte sie mit fester Stimme und fragte sich, was sie denn schon an Zahlen besaß, um diese Aussage zu untermauern. Aber irgendwie war sie sich ganz sicher.

Er lehnte sich zurück, ringelte sein Ektoplasma in das Sitzkissen. Er sprach weiter von seiner Unzulänglichkeit, und Mira erkannte nach und nach, daß er etwas von ihr wollte. Sie empfand wachsenden Widerwillen. Wie konnte er es wagen, das von ihr zu verlangen, ohne von sich selbst etwas zu geben? Selbst wenn er voller Leidenschaft zu ihr gekommen wäre, hätte sie gezögert. Aber er gab nichts. Er erwartete alles von ihr.

Sie sollte ein Wunder vollbringen, sollte nicht nur die Erfahrung zaubern, sondern auch das Verlangen danach. Ich könnte nackt tanzen, dachte sie, und plötzlich begriff sie eine ganze Reihe von Dingen, die sie bisher verwirrt hatten, Bunnies und Stripteaselokale und Pornofilme und andere merkwürdige Arrangements zwischen Männern und Frauen. Ich könnte einen schwarzen Büstenhalter und einen Strumpfgürtel tragen und mit einer Rose zwischen den Zähnen zur Tür hereinkommen, wie eine Frau in einem Roman von Saul Bellow. Wecke die Begierde, auf daß du das Vergnügen habest, sie zu befriedigen. Mein Gott!

Er sprach weiter, scheinbar abschweifend, kreiste aber, wie sie deutlich spürte, um einen bestimmten Punkt. Sie horchte angestrengt auf das, was nicht gesagt wurde, und plötzlich hatte sie es.

«Du meinst also, du könntest schwul sein.»

Er erstarrte und sah sie scharf an. «Glaubst *du*, daß ich schwul bin?»

«Keine Ahnung.»

Er beruhigte sich etwas. «Wie weiß man es?» Seine Stimme zitterte.

Sie starrte ihn an. «Du meinst, von sich selbst?» fragte sie unsicher.

«Ja. Oder von anderen. Wie weißt du, ob du's bist oder nicht?»

Mira war schockiert. Sie wußte nicht, was sie sagen sollte. In diesem Augenblick wurde ihr bewußt, daß ihre engsten Bindungen die mit Frauen gewesen waren, daß es Frauen waren, die sie liebte, nicht Männer. «Ich weiß es nicht, Howard», sagte sie langsam. «Ich weiß es nicht mal von mir selbst.»

«Du und schwul?» lachte er. «Das ist doch verrückt!»

«Woher willst du das wissen?»

«Bist du's?» Er sah sie entgeistert an.

Sie lachte. «Ich sage dir doch, ich weiß es nicht.»

«Wie kannst du über so etwas lachen!» Er war empört.

«Ach, Howard! In meinem Alter machst du dir keine Gedanken mehr darüber, wer du bist, sondern höchstens darüber, wie du es schaffst, so zu bleiben, wie du bist.»

«Das finde ich ziemlich zynisch, Mira. Ich finde es ungeheuerlich. Ich finde es ekelhaft.»

«Und das», sagte sie und beugte sich boshaft vor, «ist der Grund, weshalb du Schwierigkeiten hast.»

Wieder sackte er in sich zusammen. Er hatte nichts, überhaupt nichts, dachte sie, woran er sich festhalten konnte. «Glaubst du?» fragte er ängstlich.

«Du hast Angst vor dem, was du sein könntest, und deshalb bist du überhaupt nichts.»

Niedergeschmettert saß er da, redete unkonzentriert weiter und starrte im Zimmer umher, als ob er nach etwas suchte. Sie beobachtete ihn ängstlich. Sie war zu weit gegangen, hatte Sachen gesagt, die sie nicht hätte sagen dürfen. Aber sie hatte nur die Wahrheit gesagt, protestierte ein Teil in ihr. Und wer bist du, daß du die Wahrheit zu wissen meinst? erwiderte der andere Teil. Sie suchte nach etwas Tröstendem, irgend etwas, das ihre Worte milderte. Aber er murmelte eine Entschuldigung und stand auf. Er wollte fort. Sie konnte es ihm nicht verdenken. Sie fühlte sich sehr schuldig. Sie stand ebenfalls auf. An der Tür drehte er sich um und sah ihr ins Gesicht.

«Hör zu, vielen Dank. War wirklich toll. Ich hab noch nie zu irgendwem solche Sachen gesagt. Vielen Dank. Das war großartig von dir.»

Und sein Ektoplasma schlängelte sich zur Tür hinaus.

Mira rief gleich anschließend Valerie an.

«Ich komme zu dir», rief Val. «Chris hat halb Cambridge zu Besuch, und hier geht es zu wie im Irrenhaus.» Im Hintergrund stampfte Rockmusik.

«Gott bin ich froh, daß du angerufen hast», erklärte sie, als sie zehn Minuten später zur Tür hereinwirbelte. «Von nun an werde ich die Sonntage irgendwo in einer hübschen kleinen Kirche verbringen. Die verdammten Bibliotheken sind alle geschlossen. Hast du schon mal versucht, dich bei *Revolution* zu konzentrieren und *Poly-Olbion* zu lesen. Ich wollte, daß Chris Anschluß findet, aber das ist ja absurd! Und wenn die Gören dann weg sind, muß ich überall fegen und – ich übertreibe nicht – etwa eine dreiviertel Mülltonne voll Dreck zusammenkehren. Man könnte meinen, es sind Kinder vom Lande. Liegt wahrscheinlich daran, daß sie soviel rumlaufen. Natürlich haben sich alle bekifft.»

«Du läßt sie bei dir rauchen? Du kannst Schwierigkeiten kriegen.»

«Sie würden sonst irgendwo hingehen und rauchen. Dann können sie es dabei auch warm und gemütlich haben.»

Sie machte es sich in dem Sessel bequem, in dem Howard gesessen hatte. Der Unterschied war verblüffend. Val bestand aus soviel Körper: sie füllte den Sessel aus, quoll daraus hervor. Und sie lebte in ihrem Körper, war ihr Körper. Sie trug eines ihrer fließenden indischen Gewänder. Mira fragte sich, wo sie die wohl auftrieb. Im Sommer trug sie gar nichts darunter. Der Gedanke war Mira peinlich, verursachte ihr ein feuchtes, schlabbriges Gefühl.

Val schleuderte ihre Sandalen von den Füßen.

«Val», platzte Mira heraus, «wie weißt du, ob du schwul bist oder nicht?»

Val lachte. «Hast du einen Antrag bekommen?»

«Ja, aber nicht so einen.» Sie erzählte Val von ihrer Unterhaltung mit Howard. Dann beugte sie sich ernst vor. «Verstehst du, dadurch wurde ich nachdenklich. Vielleicht bin ich schwul, vielleicht hat mir deswegen der Sex mit Norm nie Spaß gemacht.»

«Nach dem, was du erzählt hast, war es Norms Schuld, nicht deine. Aber es könnte natürlich sein. Ich weiß es nicht. Eine Freundin von mir sagt, du könntest es am Schlag deines Herzens erkennen, wenn jemand ins Zimmer kommt. Wenn dein Herz bei einer Frau schneller schlägt, bist du schwul.»

«Aber was glaubst du?»

Val zuckte mit den Schultern. «Ich weiß es nicht. Ich glaube, im Idealfall sind wir alle bisexuell. Aber nur im Idealfall. Die Menschen scheinen starke Neigungen in die eine oder andere Richtung zu entwikkeln. Aber über all das wissen wir so gut wie gar nichts: es hat immer zu viele ‹Du sollst nicht› gegeben, um herauszufinden, was ist.»

«Hast du jemals . . .?»

«Mit einer Frau geschlafen? Ja.»

«Wie war es?» frage Mira gebannt.

Val zuckte mit den Schultern. «Nichts Besonderes. Wir konnten dem beide nicht viel abgewinnen. Wir liebten einander, aber wir empfanden keine Leidenschaft füreinander. Heute lachen wir darüber, oder haben jedenfalls darüber gelacht, als ich sie das letzte Mal gesehen habe. Sie lebt in Mississippi. Ich habe sie kennengelernt, als ich dort unten den Bürgerrechtskram gemacht habe.»

Mira lehnte sich verwirrt zurück.

«Wenn es dich so interessiert, warum versuchst du es nicht?»

«Na», sagte Mira mit kleiner Stimme, «aber du kannst das doch nicht einfach so machen, oder kannst du das? Einfach losgehen und ausprobieren?»

«Ich hab es getan.»

«Das finde ich nicht richtig.» Sie sah Valerie in die Augen. «Sex ist zu wichtig, er berührt uns zu unmittelbar. Du hast nicht das Recht, das anderen Leuten anzutun, sie einfach auf diese Weise zu benutzen!»

Val sah sie lächelnd an.

«Ich könnte es jedenfalls nicht», sagte Mira abschließend. «Du kannst das, weil du anders darüber denkst. Sex ist nicht wichtig für dich.»

«Oh, doch, wichtig schon. Nur nicht heilig.»

«Heilig ist er für mich auch nicht!» protestierte Mira.

«Und ob er das ist», sagte Val und lächelte.

16

Bis heute habe ich ein unbehagliches Gefühl, wenn ich an Valerie denke. Ich weiß nicht, ob sie nur die größte Egoistin war, der ich je begegnet bin, oder ob ihre Unternehmungslust einem großen Energiereservoir und, wie sie sagte, einem Sendungsbewußtsein entsprangen. In ihrem Kopf war alles erfaßt und geordnet, als ob sie und nur sie allein das geheime Wissen besaß, wie die Dinge sind und was sie sind. Sie konnte das Leben abhaken wie eine Wäscheliste. Und dazu bin ich weder in der Lage, noch glaube ich daran, daß sich das Leben auf solche Weise erfassen läßt. Dennoch merke ich, daß die Dinge, die sie sagte, mir immer wieder in den Sinn kommen. Es passiert etwas, und Vals Kommentar über etwas, das in der Vergangenheit passierte, ist wieder da und kommentiert die Gegenwart. Ihre Art, die Dinge zu sehen, war irgendwie plausibel.

Aber Mira hatte etwas gegen sie, weil sie immer im Recht zu sein glaubte, nie schien sie unsicher zu sein, und sie war in ihren Äußerungen so laut – es war, als käme eine Flutwelle auf dich zu. Jede Erfahrung hatte sie in eine Theorie umgemünzt: sie steckte voller Ideen. Du hattest nur die Wahl, wegzurennen oder in Ideen zu ertrinken. Trotzdem, es stimmt nicht, daß sie nie unsicher war. Als sie sich von Tad trennte, fiel sie in eine Depression, und manchmal, wenn sie zuviel getrunken hatte, fing sie an zu weinen. Sie sagte, am meisten Angst hätte sie davor, so zu enden wie Judy Garland oder Stella Dallas.

«O Gott! Ich werde nie die letzte Szene vergessen, als ihre Tochter in dem großen Haus mit dem hohen Eisenzaun heiratet und sie draußen steht – ich kann mich nicht einmal genau erinnern, wer es war, als ich den Film sah, war ich noch ein junges Mädchen, und vielleicht erinnere ich mich falsch. Aber ich erinnere mich daran – er machte einen ungeheuren Eindruck auf mich . . . also, es könnte Barbara Stanwyck gewesen sein. Sie steht da und es ist kalt und regnet, und sie trägt einen dünnen kleinen Mantel und zittert, und der Regen fällt auf ihren armen Kopf und strömt mitsamt ihren Tränen über ihr Gesicht, und sie steht da und blickt auf die Lichter und hört die Musik, und dann geht sie einfach davon. Wie die uns nur dazu gebracht haben, unserer eigenen Auslöschung zuzustimmen! Ich empfand nicht nur Mitleid, es war der Schock des Wiedererkennens, verstehst du, wenn du das Gefühl hast, das, was du auf der Bühne oder der Leinwand ablaufen siehst, sei dein eigenes Schicksal. Man könnte sagen, daß ich mein ganzes Leben mit dem Versuch zugebracht hab, mir ein anderes Schicksal zurechtzuzimmern.»

Trotzdem vermittelte sie Mira oft das Gefühl, als sei sie ein weiblicher Papst und Mira ein Kind, dem das Evangelium verkündet wird. Ein paar Tage nach ihrem Gespräch über Howard zum Beispiel brachte Mira noch einmal das Thema Sex zur Sprache. Sie aßen im Toga zu Mittag, nur sie beide, und Mira war gelöst, weil sie zwei Dubonnet getrunken hatte.

«Erinnerst du dich an unser Gespräch neulich? Ich will mich jetzt nicht mit dir streiten, du hast sehr viel mehr Erfahrung als ich, aber ich finde, du legst zuviel Nachdruck auf Sex.»

«Stimmt nicht. Unser halbes Leben lang denken wir über Sex nach. Gehen wir einmal davon aus, daß die zwei Haupttriebfedern unseres Verhaltens Sexualität und Aggression sind. Ich glaube zwar nicht, daß es so ist, aber nehmen wir einmal an, es wäre so.»

«Was soll es denn sonst sein?» unterbrach Mira.

«Angst und das Verlangen nach Lust. Aggressivität erwächst vorwiegend aus Angst, und die Sexualität vorwiegend aus dem Verlangen nach Lust. Sie vermischen sich in der Mitte. So oder so, beide Triebe können die Ordnung zerstören, die aus beiden Impulsen entsteht und die ein weiteres Bedürfnis des Menschen ist, das ich noch nicht in mein Schema eingebaut habe. Deshalb müssen beide unter Kontrolle gehalten werden. Tatsächlich aber ist – trotz aller Gebote seitens der Religion – Aggressivität nie wirklich verdammt worden. Sie ist hochstilisiert worden von der Bibel über Homer und Vergil bis hinunter zu Humbert Hemingway. Hat man je gehört, daß ein John Wayne-Film der Zensur zum Opfer gefallen wäre? Hast du je gesehen, daß Kriegsbücher aus den Kiosken entfernt wurden? Man läßt bei Barbie und Ken die Genitalien weg, aber Kriegsspielzeug wird jede Menge hergestellt. Weil Sex uns bedrohlicher erscheint als Aggression. Seit es geschriebene Gesetze gibt, hat es für die Sexualität strenge Regeln gegeben – und sogar schon vorher, wenn wir den Mythen glauben können. Ich glaube, das ist deswegen so, weil die Männer sich in Sachen Sex am verletzlichsten fühlen. Im Krieg können sie mit Tricks arbeiten oder sie haben Waffen. Sex heißt, buchstäblich nackt zu sein und seine Gefühle zu zeigen. Und davor haben die meisten Männer mehr Angst als vor der Gefahr, im Kampf mit dem Bären oder dem Feind zu sterben. Sieh dir die Regeln an! Ein Sexualleben darfst du nur haben, wenn du verheiratet bist, und du hast eine Person des anderen Geschlechts zu heiraten, aber von der gleichen Hautfarbe und gleichen Religion, möglichst gleichaltrig und aus dem gleichen gesellschaftlichen und ökonomischen Milieu, ja sogar von der richtigen Größe, Gott behüte! Oder alle geraten in Aufruhr und enterben dich oder drohen, nicht zur Hochzeit zu kommen, oder machen hinter deinem Rücken dreckige Bemerkungen über dich. Und noch schlimmer, wenn du die Rassenschranken durchbrichst oder dich dem gleichen Geschlecht zuwendest! Bist du dann aber verheiratet, darfst du beim Beischlaf nur bestimmte Dinge tun – die anderen haben alle häßliche Namen. Obwohl doch Sex an sich unschädlich ist und Aggression Schaden anrichtet. Sexualität verletzt niemanden.»

«Das stimmt nicht, Val! Denk doch an Vergewaltigung oder Verführung. Lukrezia wurde durch Sex zerstört.

«Lukrezia wurde durch Aggression zerstört. Die Linien überschneiden sich. Tarquins Aggression gegen sie und ihre eigene Aggression gegen sich selbst. Wenn sie sich selbst ein Messer in den Leib stoßen konnte, dann verstehe ich nicht, warum sie es nicht ihm in den Leib stoßen konnte. Vergewaltigung ist Aggression, bei der die Genitalien einbezogen sind. Es gibt auch Foltermethoden, bei denen das so ist. Aber das alles sind nicht primär sexuelle Handlungen.»

«Und sexuelle Abartigkeiten . . .?»

Val hakte sofort nach. «Was heißt sexuelle Abartigkeit?»

Mira saß wie gelähmt da.

«Na, was? Vielleicht Homosexualität? Cunnilingus? Fellatio? Masturbation?» fragte Val.

Die kluge Mira, die nur eines von allem kannte, schüttelte den Kopf.

«Was dann? Nenne mir eine sexuelle Handlung, die abartig, die schädlich wäre?»

«Na . . . in der Pornographie . . . ja, überhaupt die Pornographie, und . . . Parties, bei denen Männer sich die Lippen schminken . . . Himmel, Val, du weißt doch . . .!»

Val lehnte sich zurück. «Ich weiß es nicht. Sprichst du von Sado und Maso?»

Mira nickte mit gerötetem Gesicht.

«Sado-Maso ist nur Ausdruck einer auf Unterdrückung und Unterwerfung beruhenden Beziehung im Schlafzimmer, die sich genauso in der Küche oder in der Fabrik abspielen kann, zwischen Menschen jeden Geschlechts. Offenbar haben diese Beziehungen irgend etwas Prickelndes, aber es ist nicht die sexuelle Komponente, was sie häßlich macht – sie sind häßlich auf eine andere Weise. Nichts Sexuelles ist abartig. Nur Grausamkeit ist abartig, und das ist ein anderes Thema.»

Val zündete sich eine Zigarette an und sprach weiter. Sie redete über polymorphe Perversität. Die ganze Welt, sagte sie, sei wie ein Wurf junger Hunde, die nur kreuz und quer zusammenliegen und sich gegenseitig ablecken und riechen wollen. Und sie sprach über Exogamie und Endogami über die Absurdität und die zerstörerische Wirkung von Vorstellungen wie Rassenreinheit und darüber, wie das Eigentum, die ganze Idee des Eigentums, die sexuellen Beziehungen vergiftet und korrumpiert habe.

Mira trank noch ein Glas und hörte beklommen zu. Sie war überwältigt. Nicht so sehr von Vals verbaler Schlagfertigkeit und ihren Argumenten, sondern auch von der ungeheuren Energie, die sie investierte, von der Energie, die allein von ihrer physischen Gegenwart ausstrahlte, von ihrer Stimme, ihrem Gesicht. Sie verschloß sich Val gegenüber. Val war eben extrem, war eine Fanatikerin, sie war wie Lily, sie redete und redete, immer über das gleiche, als müßte es für andere von dem gleichen unerschöpflichen Interesse sein wie für sie selbst. Mira kam sich klein vor, als ob ihr der Mund gestopft worden wäre: Valeries Stärke machte ihre eigene null und nichtig.

«Am liebsten würdest du die Welt null und nichtig machen», murmelte sie. «Du wärst gern die Herrscherin der Welt.»

Aber diese Frau ließ sich durch nichts beirren. «Wer wollte das nicht?» meinte sie lachend.

«Ich nicht.»

«Es stimmt schon, ich bin im Grunde meines Herzens eine altmodische Predigerin. Ich würde gern jede Woche auf eine Kanzel steigen und die Welt lehren, wie sie sich retten kann.»

«Und du bist auch davon überzeugt, daß du das Rezept weißt.»

«Selbstverständlich!» trumpfte Val lachend auf.

Mira ging wutentbrannt nach Hause.

Dennoch, sie dachte über das, was Val sagte, nach, und manchmal half es ihr weiter. Val wußte wirklich viel über Sex, teils weil sie soviel Erfahrung besaß, teils weil sie intelligent war und sich ihre Gedanken darüber machte. Sexualität war für sie fast so etwas wie eine Philosophie, nach deren Begriffen sie die ganze Welt beurteilte. Sie sagte oft, nur Blake hätte gewußt, worum es in der Welt eigentlich ging. Sie las Blake nachts – das Buch lag immer auf dem Tisch an ihrem Bett. Sie sagte, selbst wenn er ein männliches Chauvischwein gewesen sei, er habe gewußt, was Ganzheit bedeutete. Val schlief mit Leuten, wie andere Leute mit einem Freund essen gehen. Sie mochte Menschen, sie mochte Sex. Sie erwartete selten etwas anderes als den Genuß des Augenblicks. Und gleichzeitig erklärte sie, die Sexualität würde überbewertet – sie sei so lange tabuisiert gewesen, behauptete sie, daß wir uns nun das Paradies von ihr erwarteten. Sex sei nur Spaß, ein großer Spaß, aber nicht das Paradies.

Und sie war ein glücklicher Mensch – einer der glücklichsten Menschen, die ich je gekannt habe. Glücklich nicht im Sinne lächelnder Heiterkeit: sie war eine große Spötterin. Sie spottete gern über Politik und Moral und intellektuelle Borniertheit. Sie genoß das Spotten. Ich glaube, sie hatte etwas von jener Ganzheit. Sie stürmte durchs Leben, und obwohl sie empfindsam war und meistens merkte, was um sie herum vorging, ließ sie sich selten davon beirren. Über absurde Situationen lachte sie, ging nach Hause und kochte ein Festessen, hatte mit irgend jemandem ein gutes Gespräch, schlief mit irgend jemandem bis zwei Uhr morgens und setzte sich am nächsten Tag wieder an ihre Bücher. Sie ließ sich nicht beirren. Bis zuletzt.

17

Ava war für die Ferien nach Hause gefahren, nach Alabama. Iso begleitete sie, «um aufzupassen, daß keiner keinen umbringt», hatte sie gesagt. Sie kamen jedoch nicht nach zwei Wochen zurück, wie Ava eigentlich beabsichtigt hatte. Ende Januar nahm noch immer niemand das Telefon bei ihnen ab. Mira machte sich Sorgen um Iso, die Wharton im Seminar helfen sollte. Es war seltsam: so nahe sie einander auch waren, keine hätte gewußt, wie sie die andere hätte finden, wie sie Kontakt mit Eltern oder Verwandten hätte aufnehmen können. Wären Ava und Iso nicht zurückgekehrt, hätte Mira sie einfach aus den Augen verloren. Mitte Februar, als das neue Semester schon angefangen hatte, sagte Brad Barnes, er habe Iso aus Whartons Büro kommen sehen. Aber das Telefon wurde immer noch nicht abgenommen.

In der darauffolgenden Woche rief Iso an. Ihre Stimme klang gepreßt, beinahe kurz angebunden, und Mira sagte zu, mit ihr und Val am nächsten Mittag essen zu gehen. Sie wartete auf der Straße am hinteren Eingang der Widener Library, wo sie sich verabredet hatten. Als sie die Mass Avenue hinunterblickte, sah sie Iso kommen. Sie machte große, aber zögernde Schritte, als ob sie sich bei jedem überlegte, ob sie nicht doch noch umkehren sollte. Dadurch bekam ihr Gang etwas Schwerfälliges, Linkisches. Sie hielt den Kopf gesenkt, die Hände hatte sie in die tiefen Taschen ihrer unförmigen Matrosenjacke gesteckt, ein Erinnerungsstück aus ihrer Jugend. Als sie näher kam, sah Mira das angespannte Gesicht. Der Mund war verzerrt, die Backenknochen traten mehr denn je hervor und die Haut darüber war so straff gespannt, als ob das straff nach hinten gekämmte Haar auch noch die Haut mitzöge. Sie sah aus wie eine Nonne in mittleren Jahren, die sich über die Kohlen für die Klosterschule Sorgen macht, während sie ihrer nächsten Aufgabe entgegengeht.

Val kam von der anderen Seite und begrüßte Mira. Als Iso die beiden sah, blieb sie stehen. Sie lächelte nicht. Sie gingen auf sie zu, ohne Eile, vorsichtig, beide hatten, ohne ein Wort zu wechseln, erkannt, wie wichtig es war, nicht einfach auf sie loszustürzen. Sie sah aus, während sie da stand, wie ein schwankendes Rohr. Als sie zu ihr kamen, legte Val ihren großen Arm leicht um sie und sagte zu Mira: «Laß uns zu Jack's gehen.» Das war eine Kneipe, in der man essen konnte und in der es tagsüber immer leer war. Sie setzten sich hinten in eine Nische. Vorn am Tresen standen ein paar Leute, die Musikbox spielte, aber hinten war es leer.

Iso trank von dem Whiskey Sour, den Val ihr bestellt hatte und sah sie an. Ihre Lippen zuckten. Sie hatte tiefe Schatten unter den Augen, und ihr Haar sah aus, als risse es ihr die ganze Haut vom Gesicht. Es war straff und glatt und zu einem straffen glatten kleinen Knoten oben auf dem Kopf zusammengesteckt. Sie wirkte wie eine ältliche Lehrerin, der man gerade gekündigt hatte. «Ava ist weg», sagte sie.

Im Herbst hatte Avas Ballettschule eine Vorführung veranstaltet. Und kurz vor Weihnachten hatte eine Frau, die die Veranstaltung besucht hatte, bei Ava angerufen und ihr ein «Stipendium» für ihre Ballettschule in New York angeboten. Das bedeutete unentgeltlichen Unterricht und die Möglichkeit, im Corps de Ballet der Oper zu tanzen, zu der die Frau Verbindung hatte. Das bedeutete auch, daß Ava nach New York ziehen, sich eine Wohnung und einen neuen Job suchen mußte – ein neues Leben.

«Das ist doch wunderbar!» rief Mira.

«Wann ist sie abgefahren?»

«Gestern.» Iso blickte auf ihr Glas, drehte es zwischen den Händen.

«Wie lange seid ihr zusammen gewesen?» fragte Val weiter.

«Vier Jahre, mit Unterbrechungen. In den letzten drei Jahren ununterbrochen.» Sie bemühte sich, ihrem Mund ein normales Aussehen zu geben.

«Ihr könnt euch doch immer noch sehen», meinte Mira beklommen – sie wußte nicht recht, was eigentlich los war.

Iso schüttelte den Kopf. «Nein. Nein.»

«Eine richtige Scheidung», sagte Val sanft, und Iso nickte heftig, die Tränen begannen über die straffen Wangen herunterzulaufen. Sie unterdrückte ihr Schluchzen und versuchte ihnen alles zu erzählen, stieß Sätze hervor, putzte sich die Nase, trank aus ihrem Glas und griff in ihre Haare, bis die glatte Fläche von Furchen durchzogen war. Ihre Liebe hatte sich leidenschaftlich und alles verschlingend von einem Tag auf den anderen entwickelt. Sie hatten versucht, sich dagegen zu wehren – Iso reiste um die Welt, Ava zog in eine andere Stadt, suchte sich einen neuen Job. Aber sie kehrten immer wieder zueinander zurück, und vor drei Jahren hatten sie nachgegeben, hatten sich entschlossen, zusammen zu leben, sich zu ihrer Liebe zu bekennen, auch wenn sie den Schein aufrecht hielten, als ob sie nur die Wohnung teilten. Ava kuschelte sich unter Isos Fürsorge wie eine kleine Katze, kratzte aber wie eine ausgewachsene Katze, wenn sie weg wollte, wenn die Arme ihr zu warm wurden, das Nest zu eng.

«Ich konnte ihr nie geben, was sie brauchte, ich konnte es ihr nie recht machen. Ständig bedrängte sie mich, forderte und flehte, ich sollte irgend etwas tun, etwas, das alles in Ordnung brächte.»

«Wie solltest du, wenn sie doch eigentlich tanzen wollte?»

Iso nickte. «Ich weiß, aber ich spürte, daß sie mehr wollte, ich wollte es ihr geben, ich hätte es ihr auch gern gegeben, und ich nahm ihr übel, daß ich es ihr nicht geben konnte und daß sie es so sehr brauchte. Im letzten Jahr haben wir uns nur gestritten.»

Aber das war nicht alles. Bis auf ein paar gelegentliche «Ausbruchversuche» waren immer nur sie beide zusammen gewesen. «Wir wußten es und niemand sonst, es war unser Geheimnis, es hielt uns zusammen und die anderen draußen, es kettete uns aneinander, wie wenn man ein behindertes Kind hat, als ob jede von uns ein Glied hätte, das angeschnallt und abgeschnallt werden mußte und von dem niemand etwas wußte, außer uns. Und wenn wir uns trennten, mußten wir entweder andere einweihen oder allein leben, isoliert, völlig abgeschieden . . .»

Val hatte belegte Brötchen bestellt. Iso verstummte, als die Kellnerin sie brachte. Val bestellte noch etwas zu trinken für alle. Niemand aß etwas.

«Wir sind gar nicht nach Alabama gefahren. Wir sind nirgendwo hingefahren. Ava ging nicht zur Arbeit. Spät abends sind wir einkaufen gegangen und haben das Telefon ruhig klingeln lassen. Zwei Monate lang haben wir in unserer Wohnung gesessen und gestritten und geredet und sind auf und ab gegangen und haben gekämpft und einander beschuldigt . . .» Sie legte den Kopf in ihre Hand. «Es war verrückt, ich dachte, ich würde verrückt werden, vielleicht bin ich es, vielleicht sind wir's beide.» Sie blickte wieder auf und sah die beiden mit flehenden Augen an. «Ist alles im Leben so?»

Ava wollte weg, sie wollte die Chance nutzen; sie wollte nicht weg und Iso verlassen; sie hatte Schuldgefühle, weil sie weggehen wollte, deshalb beschuldigte sie Iso, sie wollte sie loswerden; sie nahm es Iso übel, daß sie nicht von Harvard weggehen und mit ihr kommen wollte, während sie, Ava, doch jeden Ort verlassen hätte, um mit Iso zusammen zu sein; sie hatte Angst, allein zu gehen; sie wollte allein gehen, sie hatte es satt, die Auseinandersetzungen, die Vorwürfe, die sich hoffnungslos im Kreise drehten.

«Und ich auch, bei mir war es dasselbe. Ich wollte, daß sie ging, wollte es um ihretwillen, aber ich wollte sie nicht verlieren. Aber ich wollte auch nicht von Harvard weggehen, ich habe so lange gebraucht, bis ich mich hier zurechtfand, und außerdem liebe ich meine Arbeit. Und ich war wütend, daß sie ohne mich weggehen wollte, und ich hatte Angst um sie – wie wird sie ohne mich zurechtkommen? Sie ist so . . . verletzlich, so zerbrechlich. Wir redeten und redeten, immer im Kreis. Es gab keine Lösung. Bis vorgestern nacht, da hatten wir eine gewaltige, alles zerstörende Auseinandersetzung, und sie packte ihre Koffer und rief die Frau an und sagte, sie würde kommen. Dann haben wir beide geweint und uns bei den Händen gehalten. Es war zu Ende. Wie ein Krieg. Der ist zu Ende, wenn alle tot sind.»

Sie stand plötzlich ungeschickt auf und ging schnell quer durch das Lokal zur Toilette. Mira spielte mit ihrem Glas.

«Val . . . hast du das gewußt?»

«Ich wußte, daß sie sich lieben.»

«Ich bin so borniert. Ich habe blinde Flecken im Hirn. Ich will einfach über Dinge, die über einen bestimmten Punkt hinausgehen, nicht nachdenken.»

Iso kam zurück. Ihr Haar war in Ordnung gebracht, aber ihr Gesicht war fleckig, und die roten Flecken betonten ihre Sommersprossen, die man sonst in ihrem blassen Gesicht nicht sehen konnte. Ihre Augen waren blaß und sehr leblos. Sie zündete sich eine Zigarette an.

«Und jetzt?» begann Val.

Iso breitete die Hände aus und zuckte mit den Schultern. «Nichts. Einfach nichts.» Sie paffte nervös. «Obwohl ich sicher bin, daß Ava schnell genug jemand finden wird, der sich um sie kümmert», fügte sie widerwillig hinzu.

«War das ein Teil des Problems?»

Iso nickte, die Augen gesenkt. «Es ist quälend. Es ist demütigend, eifersüchtig zu sein. Und natürlich hat sie behauptet, ich könnte es in Wirklichkeit gar nicht erwarten, sie los zu sein, damit ich mich mit einem ganzen Rudel von Frauen einlassen könnte . . .» Sie preßte die Lippen zusammen. «Ich bin viel zu alt, um es jetzt plötzlich mit allen zu treiben. Außerdem . . .» Sie verzog wieder den Mund und trank einen Schluck.

«Außerdem ist ja alles möglich», sagte Val lachend.

Iso blickte überrascht auf.

«Ich weiß noch, wie ich mich von Neil scheiden ließ. Ich war zu jung, sogar noch jünger als du, um mir für den Rest meiner Jahre ein Leben im Zölibat vorstellen zu können, aber ich hatte Chris und ich wußte nicht, wie ich das auch nur äußerlich mit den Verabredungen regeln sollte, verstehst du? Weil ich Lügen und Heimlichkeiten hasse. Und ich hab meine Lippen genauso verzogen, wie du es jetzt tust –»

Iso entspannte sofort ihre Lippen.

«Und ich hab gesagt, ich würde es nicht mit jedem treiben, und ich machte mir Sorgen, wie ich den *einen* und *einzigen* erkennen würde, wenn ich ihn fand. In Wirklichkeit kam ich um vor Verlangen, herumzuvögeln. Jeder kam mir attraktiv vor. Und wenn mich einer anquatschte, wollte ich es mit ihm probieren, auch wenn ich ihn gar nicht so attraktiv fand. Ich hungerte regelrecht nach Erfahrung.

Und ich bekam sie. Einmal, erinnere ich mich, hatte ich ungefähr sechs Monate lang fünf Liebhaber auf einmal. Das Ganze ist nur einfach zu zeitraubend. Einen Ehemann kannst du links liegen lassen, aber für einen Geliebten mußt du dir Zeit nehmen – ihr redet, eßt, faßt euch an, schlaft miteinander den ganzen Nachmittag oder die ganze Nacht. Du kommst zu nichts sonst. Deshalb hab ich das nach einiger Zeit gelassen.

Abgesehen von zufälligen Begegnungen – und die sind immer nett, irgendwie ganz lieb – sehe ich nur noch Grant. Und auch ihn nicht mal oft, den Meckerer.»

Iso starrte unverwandt auf ihr Glas. Auf beiden Wangen hatte sie zwei kleine hellrote Flecken. Der Mund war verkniffen, fast böse. Als Val fertig war, sah sie auf, ihre Augen blickten hart, verletzt.

«Du tust so, als ob das das gleiche wäre. Als ob ich nicht spezielle Probleme hätte.»

«Das Problem hast du, ob du etwas unternimmst oder nicht. Wie du sicher selbst weißt. Wenn die Leute dich hinterhältig als Lesbe anschießen wollen, dann tun sie das, ob du mit jemand ein Verhältnis hast oder nicht.»

Iso wurde röter. «Wenn ich schon den Ruf habe, soll ich wenigstens auch den Spaß haben.» Ihre Stimme klang scharf und kalt.

«Ich weiß nicht, ob du den Ruf hast. Ich habe nie irgendwen was sagen hören. Außerdem, wer kann hier schon sagen, wer was ist?»

Sie kicherten: es war eine traurige Wahrheit.

«Ich meine, auf längere Sicht.»

Iso beruhigte sich etwas. Sie biß von ihrem Sandwich ab.

«Es ist eine Kostenfrage», fing Val wieder an. «Einsamkeit, angespannte Wachsamkeit, Mißtrauen – das ist eine schreckliche Art zu leben. Dauernd Impulse unterdrücken zu müssen aus Angst, die Wahrheit könnte herauskommen.»

«Aber das Risiko», wandte Iso ein.

«Klatsch? Der kann schädigend sein, das glaube ich schon.»

«Ach, wenn das alles wäre!»

«Wieso? Woran denkst du?»

«Ans Überleben.»

Iso schlich müde davon, als sie sich trennten, in Richtung ihrer Wohnung. Sie hielte sich versteckt, hatte sie ihnen gesagt, und komme nur heraus, um an Whartons Seminar teilzunehmen – sie hatte mit ihm Frieden geschlossen – und um sie zu sehen. Mira hatte Tränen in den Augen, als sie ihr nachblickte, wie sie, den Kopf nach vorn geneigt, die Hände tief in den Taschen ihrer alten Matrosenjacke, die Straße hinuntertrottete, so als sei sie nie ganz sicher, ob sie auch in die Richtung wollte, in die sie ging. Sie ging allein nach Hause, um allein über all dies nachzudenken, um sich allein zu entscheiden oder die Entscheidung zu umgehen, allein. Wie ich, wenn ich bei meinem Brandy sitze, dachte sie und kam sich weinerlich und sentimental vor; sie wußte ja, daß jeder das mußte, daß jeder mit den bittersten Wahrheiten, den schlimmsten Schrecken allein fertig werden mußte. Aber wir tun doch etwas füreinander, protestierte sie, wir können helfen. Wie denn? beharrte eine bittere Stimme. Sie grübelte darüber nach, während sie eilig durch die beißende Februarkälte nach Hause ging. Als sie sich ihrem Haus näherte, sah sie auf den Eingangsstufen eine schmale Gestalt sitzen, die las. Es war Kyla.

«Ist dir nicht kalt?»

«Ach, ich hatte gerade zwei Stunden Zeit zwischen dem Seminar und einer Versammlung und ich wollte dich besuchen, und da du nicht zu Hause warst, dachte ich, daß ich ja auch warten könnte, daß du vielleicht bald kommen würdest, und wenn nicht, wo sollte ich sonst hin, klar, ich hätte mich in die Widener setzen können, aber wegen der Versammlung mußte ich sowieso in diese Richtung, und außerdem dachte ich, vielleicht kommst du ja», verkündete sie lächelnd.

Sie kam rein, schleppte die schwere grüne Büchertasche, die sie immer mit sich herumtrug, und wärmte sich mit zwei Gin Tonic auf, die sie wie Wasser hinunterstürzte. Sie redete über die Unterschiede zwischen der deutschen und der englischen Romantik und über ein Referat, das sie gerade schrieb. «Es ist so *interessant*, Mira, fast so als könntest du etwas über Unterschiede in der deutschen und englischen Seele sagen, als könntest du nationale Charaktereigenschaften definieren. Ich glaube nicht daran und glaube es trotzdem. Wie bei Harley und mir, verstehst du? Er ist typisch deutsch, trotz seines Namens, und ich bin typisch englisch, vielleicht mit einem schottischen Einschlag, Teutonen sind wir beide, glaube ich, aber so verschieden!»

«Sind eure Unterschiede so ähnlich wie die der englischen und deutschen Romantik?» lachte Mira.

Kyla stutze, nahm die Frage ernst. «Nein, nein, also – ich weiß nicht. Ich habe noch nicht versucht, uns mit ihnen zu vergleichen. Aber das ist eine Idee, weißt du? Das könnte eine Erleuchtung sein. Vielleicht hilft das.»

Und sie brach in Tränen aus.

Sie versuchte das Weinen zu unterdrücken, vergeblich.. Sie japste nach Luft, hob den Kopf, putzte sich die Nase, atmete Seufzer ein, trank ihr drittes Glas und redete ununterbrochen, aber bei allem schluchzte sie immer weiter. Harley sei so gescheit, so gescheit. Mira müsse ihn mal kennenlernen, er sei wirklich wunderbar, seine Arbeit, seine Professoren hatten gesagt, gar keine Frage, eines Tages werde er den Nobelpreis bekommen, Kernphysik war so eine schwierige Materie, so aufreibend, das mache alles verständlich, sie sei gemein, sich zu beklagen, sie müsse stolz sein, sie sei auch stolz, einen winzigen Teil dazu beizutragen, wenn sie nur sein Leben das winzigste Bißchen leichter, glücklicher, bequemer machen könnte, dann sei das genug, sie müsse dankbar sein für diese Chance, sie sei ein mieses Miststück, so zu jammern. Und warum sollte sie sich beklagen? Sie war selber so beschäftigt, war Mitglied in vier Organisationen, Vorsitzende der einen, arbeitete für die Prüfung, hatte zwei Seminare und Hootens anstrengende Konferenzvorlesung, und sie mußte viel im Haushalt machen, Harley half zwar, das mußte sie zugeben, er war wirklich wunderbar, er machte immer das Frühstück, aber es mußte eingekauft und saubergemacht und gekocht werden, und das war fast zuviel, aber das war nicht das Problem, das schaffte sie schon, sie schaffte alles, es hätte ihr nichts ausgemacht, wenn, wenn er nur . . .

«Wenn er nur mit mir sprechen würde!» brach es schluchzend aus ihr hervor, und sie sprang auf und rannte zur Toilette und schloß die Tür.

Mira wartete. Nach ein paar Minuten stand sie auf und ging an die Badezimmertür und blieb dort stehen. Nach ein, zwei weiteren Minuten klopfte sie. Sie hörte Kyla schluchzen. Sie öffnete die Tür. Kyla kam auf sie zugestürzt, schlang die Arme um Miras Taille, vergrub den Kopf in ihrem Busen und weinte. Lange standen sie so da. Mira hatte noch nie jemanden so lange und so heftig weinen sehen. Kylas Herz, dachte sie, mußte wirklich gebrochen sein, und dann dachte sie, daß diese alte, abgedroschene Redensart wirklich etwas aussagte. Kylas Herz war nicht gebrochen, aber es war am Zerbrechen. Nach dem Bruch herrscht Stille. Sie dachte auch, daß sie nie jemanden so geliebt hatte, wie Kyla Harley liebte, und sie war voller Demut und Ehrfurcht vor einer solchen Liebe.

Nach einiger Zeit, nach langer Zeit, ließ Kylas Schluchzen nach. Sie bat, allein gelassen zu werden, und Mira ging wieder in die Küche, wo sie gesessen hatten, und sie fühlte sich benommen von so vielen Gefühlen und soviel Alkohol an einem einzigen Tag und setzte eine Kanne Kaffee auf. Kyla kam heraus, ihr Gesicht sah etwas geglättet aus, und ihre muntere Art war wiedergekehrt.

«Tut mir leid. Ich sollte nicht trinken.»

«Ich mache Kaffee.»

«Gut. Ich muß auf der Versammlung einen Bericht verlesen, und ich möchte mich gern in der Gewalt haben.» Sie sah auf ihre Uhr. «Gott, ich hab nur noch vierzig Minuten.» Sie schüttete den Rest ihres Drinks hinunter, warf mit einem Ruck das Haar über die Schultern und fing an, Mira von ihren ersten Erfahrungen mit Alkohol zu erzählen, damals in

Canton, Ohio, in ihren Jungmädchentagen. Sie war Cheerleader gewesen, das beliebteste Mädchen in der Klasse, zweimal zweite Klassensprecherin, «nie die erste, das wurde immer ein Junge», und ihr Spitzname war «Blitzlicht» gewesen. Ihre Eltern waren wunderbar, einfach wunderbar, ihr Vater Professor an einem College, ihre Mutter große Meisterin im Tortenbacken, und ihr Haus lag richtig auf dem Land, man sah über Hügel hin und sah Sonnenuntergänge, wunderbar, wunderbar, so voller Frieden. Doch dann war sie aufs College nach Chicago gegangen, und da war alles so anders, aber auch wunderbar, aber plötzlich war es schwieriger geworden, nach Hause zu fahren.

«Ich weiß nicht weshalb. Sie sind so wunderbar, sie lieben mich so sehr. Und als ich Harley heiratete! Oh, sie beten Harley an! Dad macht Feuer im Kamin an und Mom deckt einen kleinen Tisch davor, mit Spitzentischtuch und Spitzenservietten und Tafelsilber und so, verstehst du, spät am Heiligabend, und dann spielt Dad Klavier, und wir singen und Mom kommt mit allen möglichen Leckereien, sie haben so ein schönes Leben, sie sind so glücklich. Ich weiß nicht, was mit mir los ist, warum ich es hasse, sie zu besuchen . . .»

Sie hielt inne, ihre Augen standen wieder voller Tränen, aber diesmal schluchzte sie nicht, sondern putzte sich nur die Nase. «Und letztes Weihnachten war es wirklich schrecklich – es war alles meine Schuld, ganz bestimmt, ich sollte nicht trinken, ich hatte drei Eierflips getrunken, und ich trinke so schnell, im Grunde meines Herzens bin ich eine Alkoholikerin, ich muß aufpassen, aber dann hat jemand – oh, wahrscheinlich war's ich selber – das Gespräch auf den Parteitag der Demokraten gebracht, ich war so aufgeregt darüber, Daley mit seiner weißen Gestapo, und Humphrey, der sich über die Tränengasschwaden beschwert, die in sein geschütztes Hotelzimmer dringen, und mein Vater legte los, er schrie und tobte über die ungewaschenen Hippies, die undankbaren, dreckigen Gammler . . . oh, all das Zeug, du weißt schon. Und Harley war wunderbar, er vermittelte dauernd und erklärte, wie ich's meinte, und brachte mich zum Schweigen, und dann konnte ich nicht mehr hören, was sie da alle sagten, ich schrie meinen Vater an, ich sagte nichts mehr über Chicago, ich redete über irgend etwas, was er gemacht hatte, als ich klein war – ich kann mich nicht mal mehr erinnern, was es war –, und meine Mutter war wütend auf mich, ihr Gesicht war so groß, ich konnte es funkeln sehen, und mein Vater brüllte, und Harley behielt die Ruhe, ich weiß nicht, was er gemacht hat, er brachte mich dazu, zu Bett zu gehen, und als wir abfuhren, schien alles okay, alle lächelten und mein Vater klopfte Harley immerfort auf die Schulter und sagte: ‹Ich bin froh, daß sie jemand wie dich hat, der auf sie aufpaßt, sie braucht jemand mit einem klaren Kopf.› Und ich war immer noch verwirrt, denn eigentlich bin ich diejenige, die praktisch ist, Harley ist immer im Labor oder in seinem Arbeitszimmer, ich sorge für ihn, und außerdem kann ich mich besser ausdrücken als Harley, und er und ich sind politisch völlig einer Meinung, deshalb konnte ich überhaupt nicht kapieren, was los war, es war, als ob alles, was ich kannte, unter meinen Füßen schwankte, als ob nichts so war, wie ich dachte, und so kam ich zu dem Schluß, ich dürfte nichts mehr trinken, ich darf es nicht, aber jetzt hab ich es wieder getan, so und jetzt weißt du es, und es tut mir entsetzlich leid.»

Sie blieb länger, als sie wollte, und ging, nein, flog buchstäblich aus der Tür, und ihre grüne Büchertasche flog hinter ihr her, zehn Minuten zu spät für ihre Versammlung. Ehe sie ging, umarmte sie Mira. «Oh, ich danke dir, Mira, ich danke dir sehr, du bist so wunderbar, es geht mir jetzt schon viel besser, du bist wunderbar. Vielen Dank, danke!»

Mira legte sich etwas hin, wachte auf, machte sich ein «TV-Essen» heiß und bereitete sich auf einen langen Arbeitsabend vor, um wettzumachen, was sie einen verlorenen Tag nannte. Sie las mehrere Stunden lang, aber sie konnte sich nur schlecht konzentrieren, und gegen ein Uhr morgens hörte sie auf, ging mit ihrer Brandyflasche ins Wohnzimmer und setzte sich ans Fenster, eingemummelt in einen Flanellschlafanzug, einen wollenen Morgenrock und eine Decke, die sie bis zum Kinn hochzog – der Hauswirt stellte abends um zehn die Heizung kleiner. Sie saß so still da, wie sie nur konnte, bemüht, was immer sie tief drinnen fühlte, hochkommen zu lassen und Klarheit darüber zu gewinnen. Immer wieder kam ihr eine Szene in der Lehman Hall vor ein oder zwei Wochen in den Sinn, als Val sie schrecklich in Verlegenheit gebracht hatte. Ein paar Leute saßen herum und redeten über die erst ein paar Monate oder ein oder zwei Jahre zurückliegende Zeit, als den Frauen der Zutritt zur Lamont Library oder zum großen Speisesaal des Faculty Club noch verwehrt war.

«Das war ein Problem», sagte Priss, «weil es in den oberen Stockwerken der Lamont Library Klassenräume gab, und die weiblichen Dozenten durften noch nicht den Haupteingang benutzen: sie mußten den Seiteneingang benutzen und dann die Hintertreppe raufgehen, um ihre Klassen zu unterrichten. Wie in Rom, wißt ihr, wo Sklaven die Kinder der Freigeborenen unterrichteten.»

«In Yale ist es ebenso», sagte Emily. «Da gibt es das Mory, eine Institution, wo sie Ausschußsitzungen abhalten, aber Frauen dürfen dort nicht essen, also müssen sie durch eine Hintertür und über die Hintertreppe rauf, um an den Sitzungen teilzunehmen.»

«Na, das wird nicht mehr lange so sein», sagte Val trocken. «Gott, die ganze Welt gerät aus den Fugen! Ich meine, wenn die Frauen erst einmal zugelassen werden, weiß der Himmel, was dann als Nächstes kommt! Welch grauenhafter Verfall aller Maßstäbe. Ich meine, habt ihr schon mal über den wahren Grund nachgedacht, warum sie Frauen ausschließen? Ihr wißt ja, was sie sagen: die Zulassung der Frauen zum Medizinstudium oder in Harvard oder irgendwo bedeute eine Senkung des Leistungsniveaus, aber ihr wißt ja so gut wie ich, daß Frauen bessere High School-Examen machen als Männer. *Das* meinen sie also nicht. Und Frauen zerfleddern die Bücher und beschmutzen die Titelkartei nicht mehr als die Männer, stimmts? Also ist es bloß Höflichkeit, wenn die Männer von Leistungsniveau reden. Ein Euphemismus. Sie wollen uns nicht in Verlegenheit bringen. Der wahre Grund ist die Hygiene. Laßt die Frauen durch den Haupteingang herein – und was machen sie? Platsch, platsch, ein großer Klumpen Menstruationsblut, direkt auf der Türschwelle! Wo sie auch hingehen, die Frauen, das machen sie doch überall: platsch, platsch. Überall in der Lamont Library sieht man jetzt schon diese kleinen Häufchen klumpigen Bluts. Sie haben Spezial-Putzkolonnen angeheuert, die dafür sorgen, daß immer dezent aufgewischt ist! Diese Kosten! Und sie müssen extra Toiletten einbauen! Auch das ist teuer, und platzraubend! Aber was kannst du schon machen? Die Frauen sind so, sie machen es überall: platsch, platsch. Es ist nur ein weiteres Beispiel für den Verfall der allgemeinen Maßstäbe in der modernen Welt, wenn man die Frauen zuläßt. Niemand», schloß sie in bitterem Ton, «sorgt mehr für Sitte und Anstand.»

Trotz ihrer Verlegenheit hatte Mira schließlich doch lachen müssen. Val hatte damit sehr genau umrissen, wie sie selber sich in Harvard fühlte. Sie war ein Schmutzfleck – wieso, das wußte sie auch nicht, aber auf alle Fälle eine Beschmutzung des reinen Denkens, des reinen Geistes, des reinen Marmors der Büsten reiner Marmormänner. In der ätherischen Atmosphäre von Harvard wurde sie sich ihrer Körperlichkeit und ihrer Gefühle auf eine Art bewußt, die sie bisher nicht gekannt hatte. Während sie sich in den Vororten, damals, in ihrem früheren Leben, das so voller Körperlichkeit und Gefühl war, ihres Intellekts, ihrer engen Verbindung zu Ideen und Abstraktionen nur zu bewußt gewesen war.

Nie bist du richtig, dachte sie ohne Selbstmitleid. War überhaupt jemand «richtig»? Sie sah unter all dem Intellekt, den Abstraktionen, der Unverbindlichkeit die gleichen alten salzigen Tränen und das Sperma und das gleiche süße Blut und den Schweiß, die sie jahrelang aufgewischt hatte. Immer weiter Scheiße und grüne Bohnen. Howards, Isos und Kylas Ängste waren nur augenfälliger als ihre eigenen. Sie hielten sie für ausgeglichen und zufrieden, weil sie schon länger lebte und mehr an Schmerz gewöhnt war. Sie ertrug ihn besser oder jedenfalls stiller. All die modischen Begriffe – Anpassung, Verdrängung, Sublimierung –: sie bedeuteten nur, daß du lernen mußtest, daß die Leere, das gähnende Verlangen in dir, nie ausgefüllt werden würde, daß du ewig dazu verdammt warst, mit einer unausgefüllten Möse zu leben, einem unumschlossenen Schwanz. Das Verlangen war nicht rein sexuell: Möse und Schwanz waren in jedem Gedanken, und ob bereit und zuckend oder trocken und schlaff, das Verlangen war Schmerz.

Sie sagten, sie sei wunderbar. Ich danke dir, ich danke dir, Mira. Du hast mir geholfen. Es geht mir jetzt schon viel besser. Du bist wunderbar. Obwohl sie doch in Wirklichkeit gar nicht wußte, was sie wirklich fühlten, nichts wußte von ihrem besonderen Schmerz, ihrem besonderen Verlangen. Wie konnte sie dann helfen? Sie hatte ihnen nicht geholfen, sie hatte nichts getan, als zuzuhören. Trotzdem, sie hatten es so gemeint: sie hatte geholfen, indem sie zuhörte. Sie hatte ihnen ihre Wahrheit nicht abgesprochen, hatte sie nicht durch einen Blick oder eine Geste zur Selbstzensur genötigt. Sie hatte nicht darauf beharrt, daß sie glückliche Leute mit glücklichen Problemen seien, daß ihr Problem einfach darin bestand, daß sie nicht gelernt hatten, in eine rationale und begreifbare Welt hineinzupassen. Sie hatte sie nur, ohne zu stutzen und ohne sie zu unterbrechen, die schrecklichen Kreaturen sein lassen, für die sie sich hielten.

Wenig genug. Mira und ihre Freundinnen hatten das immer füreinander getan. Aber Howard, Iso und Kyla kam es offenbar wie ein großes Geschenk vor. Was hieß, daß sonst niemand so etwas für sie tat.

Der Gedanke, der ihr gegen vier Uhr früh dämmerte, kam ihr wie eine große Wahrheit vor: Raum zum Leben und ein Zeuge (mit Fehlern behaftet, wie es jeder Zeuge notwendigerweise war). Das reichte aus, und wenn nicht, so war es doch alles, alles, was wir letzten Endes füreinander tun konnten.

18

Val war in den verschiedensten politischen Aktionsgruppen aktiv, und Mira ging manchmal mit ihr zu einer Versammlung. Sie war über ihre Einsamkeit nicht mehr verzweifelt, aber sie hatte immer die leise Hoffnung, einen interessanten Mann kennenzulernen. Aber die Männer in diesen Gruppen waren idealistisch, angespannt, egoistisch und asexuell. Jedenfalls sahen sie Mira nicht zweimal an. Und obwohl sie es immer noch unbewußt für die Aufgabe der Männer hielt, den ersten Schritt zu tun, war sie im Grunde nicht im geringsten an ihnen interessiert. Sie kamen ihr vor wie halbwüchsige Egomanen, Miniaturausgaben von Tamerlan und Edward II.

Die Versammlungen wurden in schäbigen Wohnungen abgehalten, mit Kaffee, der in Plastiktassen serviert wurde, die jeder zum Schluß krachend zerquetschte. Mira wurde oft gebeten, den Kaffee einzugießen.

An einem Donnerstag stritt sich Anton Werther, ein gescheiter Student von der Hochschule für Politik, mit Val. Anton war bemerkenswert wegen seiner schönen dunklen Haut und seiner abgrundtiefen Verachtung für die ganze Welt. Val redete bedauernd von den Dummheiten des Idealismus – die Weigerung der Linken, nach dem Parteitag von 1968 für Humphrey zu stimmen, den Glauben einiger vom linken Flügel, daß ein Sieg Nixons beschleunigt die Revolution herbeiführen werde – das Ergebnis werde ein Nixon unterstehender Oberster Gerichtshof sein, was das Land, wie sie klagend sagte, um vierzig Jahre zurückwerfen werde.

«Das ist keine Politik, das ist Religion», sagte Anton und brachte es fertig, auf Val herabzusehen, obwohl sie beide auf dem Fußboden saßen.

Val schwieg betroffen. «Mein Gott, du hast ja recht!» sagte sie.

Ein Mann, der in einer Ecke saß, ein dunkler Mann mit weißem Hemd und hochgekrempelten Ärmeln, meldete sich zu Wort. «Ja, und natürlich muß man in der Lage sein, politisch vorzugehen. Aber ideell – und ich glaube, wir sind alle Idealisten, sonst würden wir etwas Ergiebigeres machen als das hier – sind Politik und Religion ein und dieselbe Sache. Oder Politik und Ethik, wenn euch das lieber ist. Politik ist einfach ein Bereich angewandter Moral.»

Anton bewies dem Mann gerade soviel Respekt, daß er ihm leicht den Kopf zuwandte. «Überlaß die Moral den Frauen und den Kindern, wo sie hingehört, Ben. Wie erfolgreich war denn das moralische Denken in Lianu?»

Ben lachte. Er hatte ein spontanes, herzliches Lachen. Er schien sich selbst ebenso amüsant zu finden wie alles andere. Er zog an dem nassen Ende einer filterlosen Zigarette. «Ich muß zugeben, Anton, daß Lianu sich zur Zeit nicht damit beschäftigt, eine brauchbare menschliche Moral zu finden. Sein einziges Interesse ist das Überleben, was Macht bedeutet, und genau darüber redest du ja auch. Aber ich glaube, solange wir nicht bei allen unseren Unternehmungen das eigentliche Ziel vor Augen haben, wird alles, was wir tun, so vergiftet sein wie alles andere in der Geschichte.»

«Die Bibliotheken sind voller frommer Ratschläge; sie hatten nie den mindesten Einfluß auf die politische Realität», schnarrte Anton.

«Immerhin», rief Mira mit lauter Stimme, da sie wußte, daß man sie sonst nicht hören würde, «gab es das Christentum.»

Anton drehte sich hastig um und ließ seine Zigarette aus dem Mund fallen. Ein paar Leute lachten. Mira wurde rot. «Und was hat *das* gebracht außer der Inquisition?»

«Was auch immer», sagte Mira ein wenig zögernd, «es war ein ethisches System, das einen Einfluß auf politische Realität hatte.»

«Es war», spottete Anton, «ein Aberglaube, der von Außenseitern benutzt wurde, um an die Macht zu kommen.»

«Es hat ein Erbe hinterlassen», sagte Val. «Jetzt haben wir wenigstens Schuldgefühle bei den miesen Dingen, die wir tun.»

«Erzähl das mal den Nazis.»

«Eine ethische Tradition hielt die Briten davon ab, Gandhi umzubringen», warf Ben ein. «Stellt euch vor, was die Nazis mit ihm gemacht hätten.»

«Ge – nau!» trumpfte Anton auf. «Und bei einem Streit zwischen den Briten mit ihrer sogenannten Ethik (um auf die Schrecken des britischen Imperialismus hier gar nicht einzugehen), bei einem Krieg zwischen diesen ethischen Briten und den Nazis – wer hätte gewonnen?»

«Das ist keine Frage der Ethik. Das hängt von den Mitteln und der Vorbereitung ab, von der Rüstung, der Bevölkerung . . .»

«Genau», sagte Anton. «Von der Macht. Jetzt laßt uns mal ernst werden, Kinder . . .»

Auf der Tagesordnung stand ein praktisches Problem: Sollte die Gruppe das bißchen Geld, das sie hatte, für Flugblätter ausgeben? Und wenn, sollten sie auf dem Square und an anderen zentralen Stellen von Cambridge verteilt werden oder in den Häusern? Und wenn letzteres, woher die Leute dafür nehmen?

Mira saß da und kochte. Trotz unseres ganzen Reichtums und unserer Rüstung haben wir den Vietnam-Krieg nicht gewonnen, wollte sie Anton ins Gesicht schreien. Und den Korea-Krieg wir auch nicht. Und trotz seines Geredes über praktische Politik war er ein lausiger Politiker – wie wollte er je Leute dazu bringen, so zu stimmen wie er, wenn er sie einfach überrollte, sie ohne Rücksicht auf ihre Würde einfach niederwalzte? Die Politik, sagte sie sich, und sie mußte an die griechischen Tragödien denken, beginnt zu Hause.

Tatsächlich aber stimmten, als es zur Abstimmung kam, Ben, Val, Mira und die meisten anderen für Antons Vorschlag.

Nach dem offiziellen Teil der Versammlung ging Mira zu Ben hinüber und erzählte ihm – über sich selbst lachend –, was sie gedacht hatte. Er sah sie mit einem breiten Lächeln, an dem auch seine Augen beteiligt waren, an: er sah sie an, sah sie richtig an, sah sie wie einen Menschen an. «Ich habe dieses Problem auch», lachte er. «Ich weiß, daß es wahr ist, aber Anton behält immer recht. Im übrigen», fügte er ironisch hinzu, «*sind* wir Idealisten, alle, und egal wie Anton darauf herumhackt – er verläßt sich darauf.»

«Idealisten scheinen immer im Nachteil zu sein. Glaubst du, daß es möglich ist, idealistisch und praktisch zugleich zu sein?»

«Sicher ist das möglich. Es gibt doch Mao.»

«Bloß einen pro Generation?»

«Nicht einmal.»

Jemand rief nach Ben: «Wir brauchen dich hier!» Es war Brad, er brüllte quer durch den Raum, aus einer Ecke, wo der innere Kreis der Gruppe – lauter Männer – lebhaft diskutierte. Ben entschuldigte sich und ging zu ihnen und sagte: «Ich kann mir nicht vorstellen, warum.»

Mira und Val gingen. Fast alle waren inzwischen fort, bis auf den inneren Kreis und ein paar jüngere Frauen, die aufräumten.

«Ich hasse diesen Anton», sagte Mira.

«Ja, man wäre sicher nicht sehr glücklich mit ihm als Herrscher der Welt.»

«Ich wäre mit keinem Herrscher der Welt glücklich, aber wenn überhaupt, dann hätte ich schon lieber einen wie Ben oder irgend so einen harmlosen Idealisten.»

«Ich bin anderer Meinung, mal ganz abgesehen von Ben. Harmlose Idealisten werden unweigerlich von Ernst machenden Faschisten gestürzt. Ich frage mich nur, warum wir ständig zwischen unannehmbaren Alternativen wählen müssen. Ich meine, wir leben in moralischer Schizophrenie: unser Verhalten zu Hause, in der Stadt, im Land ist völlig anders als unser Verhalten in der Politik. Ich meine, wenn der Präsident von General Motors zu Hause so behandelt würde, wie er die Welt behandelt, dann würde er zusammenbrechen. All das liegt an der Trennung zwischen Mann und Frau, davon bin ich fest überzeugt. Sie bringen die Frauen dazu, sich menschlich und anständig zu verhalten, damit sie selbst nachts gut schlafen können, obwohl sie den ganzen Tag lang Scheiß in der Welt anrichten. Wenn Anton ein bißchen menschlich wäre – er ist wirklich sehr gescheit –, wenn er eine Frau wäre . . .»

«Unmöglich!»

«Stimmt! Seine Sozialisation macht ihn so unmöglich.»

«Ach, Val, das ist einfach zu fanatisch. Es gibt auch Frauen, die unmenschlich sind, und irgendwo sicher auch Männer, die menschlich sind. Hypothetisch, jedenfalls.»

«Sicher. Die Sache ist nur die, daß die Rollen nach dem Muster männlich–weiblich geteilt sind. Wenn du je einen menschlichen Mann triffst, ich wette mit dir zehn zu eins, daß er schwul ist.»

«O Val!»

«Stell dir vor, Lenin wäre eine Frau gewesen.»

«Jetzt mußte Mira kichern, und den ganzen Heimweg lang dachten sie sich die unmöglichsten Kombinationen aus: einen weiblichen John Wayne, Henry Kissinger in Röcken, Gary Cooper, Jack Palance – alle als Frauen. Vor ihrem Haus angelangt, sagte Mira, die noch keine Lust hatte, den Abend zu beenden: «Kennst du diesen Ben? Komm mit rauf auf einen Drink und erzähl mir von ihm.»

«Warum nicht? Ich hab morgen keine Vorlesung. Wie wär's mit Nixon als Frau? Mit Joe Namath?»

Sie gingen kichernd die Treppe hinauf und Val hakte Mira unter. «Oh, es ist wunderbar, Frau zu sein. Es macht so viel mehr Spaß.»

«Wenn du nur *ein* Leben hast», trällerte Mira vor sich hin, «dann lebe es als Frau!»

Mira machte die Drinks und drängte: «Erzähl, los, erzähl!»

Ben Voler war vor einem Jahr bei einigen Versammlungen gewesen, aber dann hatte er ein Stipendium bekommen, um wieder nach Afrika, nach Lianu, zu gehen, wo er mehrere Jahre lang geforscht hatte. Er war eine Mischung aus Politologe, Soziologe und Anthropologe. Er war älter als die meisten graduierten Studenten, wahrscheinlich Anfang dreißig. Er war verheiratet gewesen, aber seine Frau fühlte sich in Afrika nicht wohl, und sie hatten sich getrennt. Er war erst vor kurzem wieder zurückgekommen, genau gesagt, in diesem Semester. Er hielt ein Seminar über Afrika und schrieb an seiner Dissertation. Aber er wurde in Harvard selbst von den Professoren als *der* Experte für Lianu angesehen. Seiner Meinung nach waren die Tage der Weißen in Lianu, wie fast überall in Schwarzafrika, gezählt, und das war gut so, wie er sagte.

Mira bohrte und hakte nach. Wie seine Frau sei? Was sie nach der Trennung gemacht habe? Ob sie Kinder hätten? Was er werden wolle? An der Uni bleiben? War er wirklich intelligent oder nur ein Experte?

«Mein Gott, Frau, willst du ihn heiraten?»

«Val, er ist der erste interessante Mann, den ich kennengelernt habe, seit ich hier bin!»

Val lehnte sich seufzend zurück und sah Mira liebevoll an. «Mehr kann ich dir beim besten Willen nicht sagen.»

«Erzähl mir von Grant. Ich weiß kaum etwas über Grant.»

«Ach, er ist ein Kreuz. Grant ist ein Kreuz. Ich bin fertig mit ihm.»

«Warum?»

«Na, du hast ihn ja gesehen. In seinem sozialen Verhalten ist er ein Klotz, er ist *so* egoistisch und ewig schlechter Laune, er ist . . . er ist eben ein Mann, mein Gott, und er denkt nur an sich, sich, sich und sein zerbrechliches, kostbares Ich.»

«Warum hast du ihn gemocht? Wie hast du ihn kennengelernt?»

«Ach, vor ein paar Jahren hab ich hier in Cambridge in einer Arbeitsgruppe mitgemacht. Wir haben versucht, etwas daran zu ändern, wie die Schwarzen an der Hochschule behandelt werden. Obwohl wir das nicht laut gesagt haben. Es gibt zum Beispiel Klassen nur für ausländische Studenten. Das hört sich ganz vernünftig an, aber in Wirklichkeit sind dort nur Schwarze. Sie sprechen meist französisch, sie kommen von den Bahamas. Man sperrt sie mit dem Lehrer zusammen, der gerade in Ungnade ist – meist ist es ein neuer Lehrer, der sich im Jahr zuvor wegen irgend etwas mit einem schwarzen Studenten solidarisiert hat – und damit hat sich's. Der Lehrer spricht nur Englisch, die Kinder sprechen kein Englisch. Manche Leute haben versucht, einige Kinder wenigstens in die französische Klasse zu kriegen, aber die Behörde – ein prächtiger Verein – verbot es. Aber sie werden es erleben. Irgendwann in absehbarer Zeit werden sie ein Problem auf dem Halse haben. Das Schlimme ist nur, daß auch die Kinder darunter leiden. Nun ja, wir haben uns also ein bißchen damit beschäftigt, wollten sehen, was man tun könnte, haben versucht, die schwarzen Eltern zu motivieren. Und aus irgendeinem Grund kam Grant zu einer dieser Versammlungen. Hinterher sprach er mich an. Mit leuchtenden Augen sagte er zu mir: «Ich wollte dir nur sagen, daß ich dich großartig finde.» Irgend so etwas. Wir haben eine Zeitlang geredet. Ich fand ihn nicht sehr anziehend – warum hab ich mich nicht auf meinen ersten Eindruck verlassen? –, aber ich fand, er war intelligent und hatte anständige Überzeugungen. Er sagte, es gefiele ihm nicht, wo er wohnte, er suche eine Kommune. Damals lebte ich in einer Kommune in Somerville, und wir waren auf sechs Leute zusammengeschrumpft. Und eigentlich mußten wir acht sein, um die Sache in Gang zu halten. Also erzählte ich ihm davon, und er kam eines Abends hin und sah sich alles an, und es gefiel ihm, und er zog ein.

«Und eines Nachts – oh, lange Zeit später – ging ich in sein Zimmer und bin zu ihm ins Bett gekrochen. Seitdem schlafen wir zusammen, allerdings sind wir weniger eng zusammen, seit ich ausgezogen bin. Er lebt immer noch dort.»

«Warum bist du zu ihm ins Bett gekrochen?»

Val überlegte. «Wegen der Ameisen.»

«Ameisen?»

«Es war eines Abends, beim Abendessen. Die ganze Gruppe saß am Tisch. Ich weiß nicht, wer das Thema aufbrachte, aber Grant hatte offenbar lange Zeit damit verbracht, Ameisen zu beobachten. Er war von ihnen fasziniert. Er sprach viel über ihre Eigenschaften, ihre soziale Organisation, ihre Regeln und Gesetze – ihre Moral, wenn du so willst. Er war fasziniert. Und wenn er darüber sprach, vergaß er sich, war völlig unbefangen, was bei Grant nicht oft vorkommt. Und er sah so wunderbar aus! Es war, bevor er sich den Bart wachsen ließ. Er strahlte, seine Augen glänzten, er war mitteilsam, begeistert, leidenschaftlich. Er wollte, daß wir die Ameisen kennen und verstehen und lieben lernten. Und dafür habe ich ihn geliebt, in der Nacht jedenfalls und noch einige Zeit danach. Unglücklicherweise», schloß sie, «ist das nur bei Ameisen so.»

Dann fragte Mira Val nach Neil, dem Mann, mit dem sie verheiratet gewesen war; dann fragte Val Mira nach Norm. Dann erzählte Mira Val von Lanny und Val erzählte Mira von ein paar anderen Liebhabern. Die Unterhaltung wurde immer intimer, immer ehrlicher. Sie lachten so sehr, daß ihre Hosen feucht wurden. Sie tranken, sie lachten, sie redeten. Sie kamen sich herrlich verrucht und wunderbar frei vor, wie sie einander da Dinge erzählten, die keine einem anderen Menschen erzählt hätte.

Nachts gegen drei sagte Mira: «Wenn wir uns hören könnten! Wir sind wie Teenager, die alle Jungens durchhecheln, auf die sie mal scharf gewesen sind.»

«Ja. Und trotz aller Hiebe, die die dabei abkriegen, sind sie doch immer noch der Mittelpunkt unseres Gesprächs.»

«Na, Val, das ist doch nur natürlich. Ich meine, deine Arbeit ist für dich sicher sehr wichtig, aber wenn du mir davon erzählen würdest, würde ich wahrscheinlich einschlafen. Und umgekehrt.»

Gegen vier stand Val müde auf. «Das war herrlich, Mirabelle.»

Sie gaben sich einen Gutenachtkuß und hielten einander, als seien sie das einzig Feste in der Welt. Dann ging Val, und das erste Tageslicht drang in die Wohnung, und Mira sagte: «Verdammt!» und ging herum und ließ die Jalousien herunter und verfluchte die Scheißvögel.

19

Von da an ging Mira zu jedem Treffen der Friedensgruppe. «Ich kann mir überhaupt nicht vorstellen, warum», meinte Val spöttisch.

«Ich habe mich der Sache voll und ganz verschrieben», erwiderte Mira und lächelte mit gespielter Würde.

Aber Ben erschien nicht, und Mira war verzweifelt. Nach einem Monat, als sie schon aufgeben wollte, kreuzte er auf. In dem Moment, als sie ihn in dem Raum erblickte, begann ihr Herz wie wild zu pochen. Verärgert beschimpfte sie sich. Du machst einen Märchenprinzen aus jemandem, der nicht im geringsten danach aussieht. Aber ihr Herz schlug deshalb nicht weniger heftig. Sie sah und hörte nichts an diesem Abend von der Versammlung. Immer wieder sagte sie sich: er hat wahrscheinlich Schweißfüße, und ich wette, daß er stundenlang mit einer Zeitschrift auf dem Klo sitzt und die Luft verpestet. Wahrscheinlich hat er Nixon gewählt, oder aber er ist Vegetarier und lebt von Sojasoße und Naturreis. Oder er hält Ernest Hemingway für den größten amerikanischen Schriftsteller. Ihre Selbstermahnungen hatten jedoch nicht den geringsten Effekt auf ihren Pulsschlag. Und da während der ganzen Versammlung nichts an ihre Ohren gedrungen war, hatte sie hinterher auch keinen Anlaß, zu ihm zu gehen und mit ihm darüber zu reden. Sie saß da und kam sich vor wie ein Holzklotz und bemühte sich, ausgeglichen und sicher zu wirken. Sie überlegte, ob er wohl zu ihr kommen würde, und jetzt hämmerte ihr Herz regelrecht. Aber er war von einer ganzen Gruppe von Leuten umringt und rührte sich nicht. Aus den Augenwinkeln sah sie, daß Val zu Ben hinging und sich zu den anderen stellte. Sie konnte nicht hören, was sie redeten: ihre Ohren dröhnten zu laut. Aber sie sah Val gestikulieren, hörte Vals Stimme und Vals Lachen. Val ist mal wieder geistreich, dachte sie und haßte sie. Warum? Sie weinte fast. Sie hat doch Grant, sie braucht Ben nicht. Sie saß da mit ihrem pulsierenden Blut und spürte die Tränen in ihren Augen.

Plötzlich stand Val neben ihr, faßte sie am Arm. «Gehen wir, Kleines?»

Mira erhob sich steif und folgte Val nach draußen. Sie wußte nicht, was sie sagen sollte oder wie sie es sagen sollte, sie war sich nicht sicher, ob sie jetzt überhaupt sprechen konnte, ohne in Tränen auszubrechen.

«Also», sagte Val fröhlich, «ich hoffe nur, du hast Sonnabendabend Zeit.»

«Warum?» fragte sie apathisch.

«Ach, ich hab ein paar Leute zum Essen eingeladen. Wir werden nur wenige sein, Chris und Bart, Grant und ich, du und Ben. Es kam mir gerade so, wie eine Erleuchtung! Außerdem», sagte sie zu Mira, «habe ich dich bei der Versammlung beobachtet und gemerkt, daß du mit deinen Gedanken ganz woanders warst. Ich dachte mir, daß es Monate dauern würde, bis du deinen Hintern hochkriegst. Und weiß der Himmel, du kannst nicht erwarten, daß *sie* sich irgend etwas ausdenken. Sie gehen eben nach Hause, geben sich ihren Tagträumen hin und masturbieren. Oder masturbieren auch nicht. Deshalb hab ich die Sache in meine Schmutzfinger genommen. Hoffentlich ist es dir recht.»

Mira war sich nicht sicher, ob sie verstanden hatte, was Val gesagt hatte. Sie versuchte, die Worte in sich aufzunehmen, stotterte fragend und kapierte schließlich. «Val!» rief sie und fiel ihrer Freundin um den Hals. Sie standen auf dem Bürgersteig, und Leute drehten sich um und starrten sie an. Aber Mira kümmerte sich nicht darum.

«Hör zu, Mira, schnapp nicht gleich über, ja?» flehte Val sie an. «Du kennst ihn doch noch gar nicht richtig.»

«Okay, ich paß auf», sagte Mira gehorsam, und Val lachte.

«Gut», sagte sie, und beide lachten.

Sie kam sehr zeitig zu dem Essen. Nur Val und Chris und Bart, der Freund von Chris, waren da. Sie standen alle in der Küche. Val rührte irgend etwas, Chris schnitt irgend etwas, und Bart deckte den Tisch. Außerdem stritten sie sich.

«Ich kann alles machen, was ich will», beteuerte Bart. «Obwohl ich in

Chemie zweimal durchgefallen bin, konnte ich nach Harvard. Mann, wie haben wir denen die Hölle heißgemacht!»

«Herrlich», kommentierte Val sarkastisch. «Erst haben sie dich ausgesperrt, weil du schwarz warst; dann haben sie dich zugelassen, weil du schwarz bist. Ist das Fortschritt?»

Bart sah sie liebevoll an. «Du würdest vielleicht auch die allgemeine Tendenz ausnutzen, solange sie dir zugute kommt!»

«Klar! Allerdings sehe ich nicht, daß du dergleichen tust.»

«Ich bin ja auch mit wichtigeren Sachen beschäftigt», verkündete Bart hochnäsig und brach dann in schallendes Gelächter aus.

«Ja, Drogenhandel», sagte Chris bissig.

«Das ist ein Akt sozialer Fürsorge.»

Sie lachten alle, als Grant hereinkam. Unvermittelt sprang Bart auf, schoß mit erhobener Faust quer durch die Küche und brüllte: «Hab ich's doch gesagt!»

Mira blieb das Herz stehen. Chris' Beziehung zu Bart stellte alle ihre schön konstruierten Denk- und Gefühlsstrukturen in Frage. Immer gegen jegliche Art von Vorurteilen, immer für einen vollständigen Austausch zwischen Gruppen aller Art, war Mira seit ihrer Jugend eine Liberale gewesen. Ihre liberale Haltung war ihr dadurch leicht gemacht worden, daß sie keine Schwarzen kannte, außer den Dienstmädchen von einigen Freundinnen, keine Asiaten, außer einem Arzt, einem Kollegen von Norm (den sie nicht mochte) und überhaupt keine Indianer oder Mexikaner. Als sie Bart zum erstenmal begegnete, war sie entsetzt gewesen, und die unbekümmerte Streitlust – immer vorhanden bei Val – zwischen Bart, Chris und Val machte sie nach wie vor nervös. Sie merkte, daß sie irgendwo in einem Winkel ihres Gehirns damit rechnete, daß der Spaß oder die Diskussion in Gewalt umschlug und daß Bart ein Messer ziehen und sie alle umbringen würde. Obwohl sie gründlich in sich gegangen war, hatte sie es bisher nicht geschafft, über diese Gefühle hinwegzukommen. Daher wurde sie, als Bart auf Grant losging – so stellte es sich für sie dar –, kreidebleich. Aber die anderen lachten alle. Grant drohte Bart mit der Faust. «Du bist ein blöder Arsch, Mann!» brüllte er zurück, und Bart schrie wieder zurück.

Sie setzten sich einander gegenüber an den Tisch. Mira, die an der Anrichte stand und sich Wein eingoß, drückte sich an die Wand. Val sah sie an. «Sie haben einen Dauerstreit», sagte sie leise. Mira beobachtete die beiden.

Sie redeten nicht, sie brüllten. Jeder nahm ein Stück von dem Silberbesteck, das Bart kurz vorher auf den Tisch gelegt hatte, und fuchtelte damit vor dem anderen herum. Beide – nein, nur Bart lachte halb. Grant war ernst. Sie stritten sich – es dauerte eine Weile, das zu entschlüsseln – über die richtige Form für den Protest von Minderheiten. Bart war für Panzer und Kanonen, Grant für die juristische Fakultät.

«Der Marsch durch die Institutionen ist der einzige Weg, sie zu zerstören!»

«Scheiße, Mann, wenn du erst drin bist, fressen sie dich bei lebendigem Leib. Und bis dahin bist du abgeschlafft, bist du genauso lilienweiß wie sie! Sie kaufen deine Seele, waschen und bleichen sie, bis sie weißer ist als weiß.»

Plötzlich brüllte Val: «RAUS!» Beide blickten auf. Ganz ruhig, eine Mohrrübe, die sie schälen wollte, in der Hand, sagte sie: «Würde es euch was ausmachen, im andern Zimmer weiterzumachen? Ich halte den Krach nicht mehr aus.»

Redend, weiterstreitend, stand Bart herum, während Grant sich Wein eingoß, dann gingen sie zusammen ins andere Zimmer. Mira sah Val an. «Ich dachte schon, du wolltest dich einmischen.»

Val stöhnte. «Das alles haben sie schon zigmal durchgekaut. Mindestens zehnmal. Sie streiten sich einfach gern. Und ich verschwende nicht gern meine Energie für sinnlose Streitereien. Sie reden nur. Was hat es für einen Sinn, daß sie hier rumsitzen und sich über den richtigen Weg streiten, die Gesellschaft zu verändern? Manche Leute greifen zum Gewehr, manche wenden andere Formen von Gewalt an. Und außerdem ist es lächerlich. Bart ist in Wirklichkeit ein sanfter Typ – er würde kämpfen, wenn er müßte, aber er würde es nicht gern tun. Und Grant – unter seinem mönchischen, asketischen Äußeren ist er ein Killer. Er hat das Temperament des Wilden vom guten alten Schlag, als sie sich noch von Baum zu Baum schwangen.»

«Ja, das stimmt», sagte Chris nachdenklich. «Erinnerst du dich an den Abend, Mami, als er plötzlich wütend auf dich war und den ganzen Tisch umwarf? Den schweren? Mit allem, was drauf stand. Er hat ganz schön was zerschmettert», sagte sie, zu Mira gewandt, «und hat die Tischplatte völlig ruiniert. Und dann stolzierte er hinaus, und wir konnten den Dreck wegmachen.»

«Einer seiner heroischsten Momente», sagte Val trocken.

«Aber Mami», Chris wandte ihr weiches junges Gesicht wieder Val zu und sah sie ernst an, «wie kannst du so was sagen? Wie kannst du sagen, daß es keinen Sinn hat, über den richtigen Weg zu sprechen, wenn du dauernd über den richtigen Weg sprichst, eine Gesellschaft aufzubauen.»

Val seufzte tief. «Hör zu, Süße, ich weiß, das klingt jetzt sehr hergeholt. Aber es ist ein Unterschied, ob du fragst, was die Leute brauchen, und versuchst, ein paar unzureichende Pläne zur Sprache zu bringen, was ich tue, oder ob du sagst: ‹Jeder soll das und das tun.› Was die beiden machen.»

«Ich finde nicht, daß sie so anders sind.»

«Vielleicht sind sie es nicht.» Val stützte ihr Kinn in die Hand. «Aber ich mache es nicht, um mit jemandem zu kämpfen – und das tun sie. Ich versuche ein Stück Wahrheit zu finden. Sie versuchen sich gegenseitig auszustechen. Oder sich gegenseitig niederzubrüllen.»

«Hmmmm.» Chris dachte nach.

«Schau uns an», sagte Mira lachend, «die Männer im Wohnzimmer und die Frauen in der Küche. Genau wie immer.»

«Ich bin lieber hier», sagte Chris.

«Es kocht!» rief Val und sprang hoch und begann irgend etwas umzurühren.

An der Tür klopfte es. Mira, die Ben völlig vergessen hatte, fühlte ihr Herz klopfen. Einer der Männer öffnete die Tür, dann hörte man Stimmen im Flur und Schritte, die sich der Küche näherten. Sie starrte zum Fenster hinaus. Ihr Gesicht brannte.

«Hallo, Ben», sagte Val und Mira drehte sich lächelnd um, aber Ben küßte gerade Val auf die Wange, und dann gab er ihr eine Weinflasche in einer Papiertüte, und sie dankte ihm, und sie sprachen miteinander, und das Lächeln erstarrte auf Miras Gesicht. Schließlich drehte er sich um, und Val drehte sich auch um, und Val sagte: «Du kennst doch Mira, nicht wahr?» Er lächelte und kam mit ausgestreckter Hand auf sie zu und sagte: «Ja, aber ich wußte nicht, wie du heißt.» Und Val stellte Chris vor, und sie redeten weiter, und das Lächeln war versteinert auf Miras Gesicht, und sie brachte kein Wort heraus.

Sie nahmen ihre Gläser und gingen ins Wohnzimmer. «Was haltet ihr von einem anderen Spiel?» rief Val, als sie eintraten. «Was spielen wir denn jetzt gerade?» fragte Grant finster.

«Leeres Gerede», sagte sie fröhlich und reichte eine Platte mit Appetithäppchen herum. Bart kicherte.

Grant schnitt eine Grimasse. «Du gehst mir wirklich auf den Geist, Val. Du kletterst wegen der harmlosesten Idee auf die Kanzel, aber jede andere Auseinandersetzung ist für dich leeres Gerede.»

«Ich rede über Realitäten.»

«Über meinen Arsch!»

«Ja. Ich nehme an, dein Arsch ist eine Realität. Manchmal jedenfalls.» Sie warf ihm einen drohenden Blick zu. «Ich habe gehört, daß Ben Afrika-Experte ist», sagte sie in einem verbindlichen Ton.

«Das einzige, wo ich behaupten kann, Experte zu sein, ist mein eigener Verdauungsapparat», sagte Ben grinsend. «Darüber erzähl ich euch gern alles.»

Grant wandte sich ab. Bart beugte sich interessiert vor.

«Bist du in Afrika gewesen? Wo? Wie lange? Wie war es? Wie haben sie sich dir gegenüber verhalten?» Bart hatte einen Sack voll Fragen, und Ben antwortete umgänglich, ruhig und im Plauderton, aber aus seinen Erzählungen sprach ein leidenschaftliches Interesse, ein liebevolles Engagement. Alle hörten gespannt zu. Es war so, als ob sie die Wahrheit hörten, nicht eine absolute Wahrheit, aber die wohlüberlegte, aufrichtige Wahrheit eines einzelnen. Mira mußte an das Gespräch zwischen Chris und Val in der Küche denken und glaubte jetzt zu verstehen, was Val gemeint hatte. Bei so vielen Gesprächen wird eine Einstellung unter Vorurteilen vertreten und bis aufs Messer verteidigt. Das hier war etwas anderes: Ben erzählte Dinge, die zu sagen ihm weh tat, Dinge, von denen er wünschte, sie wären nicht wahr, und Dinge, für die er schwärmte. Mira war ganz komisch im Magen wegen ihm. Aber er sah sie nicht ein einziges Mal an. Er sprach mit Bart und, wenn es sich ergab, mit Grant.

Mira trank noch ein Glas, und noch eins. Sie ging hinaus in die Küche, unter dem Vorwand, Val helfen zu wollen. «Was meinst du?» schoß sie los.

Val grinste. «Mir gefällt er. Vielleicht ist er ein kleines chauvinistisches Schwein. Aber vielleicht auch nicht. Der höfliche Ton und so. Ich finde, er ist anständig.»

«Anständig» war Vals höchstes Lob und kam unmittelbar vor Größe. Mira war zufrieden. Aber als sie zurückgingen, sah Ben sie immer noch nicht an. Mira wurde langsam betrunken. Sie lehnte den Kopf zurück, schwebend weit weg von der Unterhaltung.

Ben war attraktiv – sehr attraktiv. Sie hatte Lust – sie errötete, als es ihr bewußt wurde, auch wenn sie das Wort nicht in ihre Gedanken eindringen ließ – sie hatte Lust, mit ihm zu vögeln. Ihre Vagina war feucht und offen, als betrachtete sie ihn. Und sie *war* einsam. Aber ihr dämmerte, während sie da so saß, daß ihre Einsamkeit in den letzten

Monate mehr und mehr eine Formel geworden war. Sie hatte nicht wirklich das Gefühl, daß ihr in der letzten Zeit etwas fehlte. Ihre Einsamkeit – mein Gott, war das immer so gewesen? – rührte zu einem großen Teil aus dem Gefühl heraus, daß man von ihr erwartete, einen Freund zu haben, irgend jemanden, oder daß sie die bemitleidenswerte Frau draußen im Regen war, die auf das hell erleuchtete Haus starrte. Ja, Ben war attraktiv und intelligent und offenbar auch anständig. Mira verstand nicht, warum Val gesagt hatte, er sei ein chauvinistisches Schwein. Sie versuchte sich zu merken, daß sie Val danach fragen wollte. Aber angenommen, Ben fand sie nicht attraktiv? Angenommen, er war mit einer anderen zusammen? Angenommen, es kam nichts dabei heraus heute abend?

Es würde ihr trotzdem gut gehen. Es ging ihr gut. Ein Stein fiel ihr vom Herzen. Weil ich betrunken bin, dachte sie. Es macht dir alles nicht soviel aus, wenn du betrunken bist.

Zum Essen gingen sie in die Küche. Val setzte Mira zwischen Ben und Bart. Sie aßen einen Krabbencocktail, priesen ihn und sprachen über Essen. Ben beschrieb lianesisches Essen. Grant, der immer noch mürrisch war und gierig aß, wischte sich, als er fertig war, den Bart ab und erzählte von dem schlechten vertrockneten Essen, das seine Mutter gekocht hatte. Bart lachte.

«Mann, du weißt nicht, was vertrocknetes Essen ist, solange du nicht das Essen von meiner Tante gegessen hast. Keine richtige Tante von mir», sagte er zu Mira, «sie ist nur die einzige, die bereit war, mich zu sich zu nehmen. Trotzdem, sie ist eine nette alte Dame, und sie kriegt ihren Scheck von der Fürsorge und kocht Spaghetti. Am Montag kocht sie Spaghetti und läßt sie für den Rest der Woche im Topf. Sie kocht zwei Pfund auf einmal, und das steht dann da. Sie wirft nie ein Gramm weg. Bis Freitag, Mann, sind die Spaghetti dann so weit, daß sie zu sprießen anfangen. Sie sind so trocken, daß es beim Essen kracht!»

Sie lachten. «Du übertreibst!» rief Mira.

«Nein, er übertreibt nicht», sagte Chris mit leiser, ruhiger Stimme, die der ihrer Mutter ähnelte.

«Trotzdem, sie ist eine nette alte Dame», fügte Bart hinzu. «Sie hätte sich nicht um mich zu kümmern brauchen. Wahrscheinlich hängt es damit zusammen, daß sie alt ist. Sie selber ißt kaum etwas. Sie gibt mir praktisch das ganze Geld, was sie dafür bekommt, daß sie für mich sorgt. Für Kleidung, sagt sie.»

«Du hast aber auch schicke Sachen, Bart», sagte Mira.

«Er hat einen großartigen Geschmack», stimmte Val zu.

«Klamotten. Ich scheiße auf Klamotten», psalmodierte Grant.

Das Gespräch drehte sich jetzt um die Bedeutung von Stil. Stil war Ausdruck des Ethos der Person, von Kultur, Subkultur und Rebellion – sie diskutierten und ereiferten sich und lachten. Bart jedoch war Experte.

«Du zum Beispiel», sagte er zu Val, «hast wirklich einen eigenen Stil. Du kennst deinen Körper, dich selbst, und du ziehst dich großartig an. Du», fuhr er, Mira zugewandt, fort, «ziehst dich ein bißchen zu ängstlich an. Aber es wird schon besser. Die Hose, die du da anhast, gefällt mir wirklich. Was ist das für ein Stoff?» Er streckte die Hand aus nach einem Stückchen Stoff von der Schenkelpartie ihrer Hose und rieb es zwischen den Fingern.

«Baumwolle und Polyester.»

«Hübsch. Nun zu euch beiden», sagte er zu Grant und Ben, «ihr beide habt einen Geschmack wie Zulukaffer. Nichts gegen meine eigene Rasse!»

«Ich scheiße auf Klamotten», sagte Grant wieder.

«Du kannst leicht auf Klamotten scheißen! Du hast ja auch einen ganzen Schrank voll von deinem Daddy bekommen.»

«Alles was ich je von meinem Vater bekommen hab, war ein Schlag auf den Kopf.»

«Und noch ein paar auf den Hintern, wenn ich mich recht erinnere», warf Val ein.

Grant bedachte sie mit einem bedrohlichen Blick. «Und die kriege ich anscheinend immer noch.»

«Dann solltest du ja inzwischen abgehärtet sein.»

«Ich kenne außer mir niemanden, der einen großartigen Vater hatte», sagte Ben. «Meiner arbeitete bei der Eisenbahn, und er war oft fort. Aber wenn er da war, war er wirklich da. Er redete mit mir und meinen Brüdern und auch mit meiner kleinen Schwester. Und mit meiner Mutter. Ich sehe die beiden vor mir, wie sie an Sommerabenden draußen auf der Hintertreppe saßen und Händchen hielten.»

«Vielleicht war das häufige Fortsein das Geheimnis», sagte Val lachend.

«Vielleicht! Aber du weißt ja auch, was die Soziologen sagen, wenn der Vater fehlt.»

«Mann, ich bin froh, daß mein Vater nicht da ist», sagte Bart. «Ich hab ihn nur einmal erlebt, aber er hat mir einen tödlichen Schrecken eingejagt. Meine Tante sagt, er habe meine Mutter immer halb totgeschlagen, und das gleiche macht er jetzt mit seiner Frau und seinen Kindern.»

Während des ganzen Gespräches saß Mira wie gelähmt da. An der Stelle, wo Bart ihren Schenkel berührt hatte, kaum berührt hatte, als er den Stoff ihrer Hose anfaßte, prickelte es noch. Ihr war das Herz stehen geblieben, als er das getan hatte. Wie konnte er es wagen? Was erlaubte er sich? Das Blut hämmerte in ihren Schläfen, ein gleichbleibender stampfender Rhythmus. Ganz langsam verlangsamte er sich wieder. Sie beruhigte sich. Er war ungehobelt, er wußte nicht, daß Männer so etwas nicht machten bei Frauen, mit denen sie keine intime Beziehung haben. Aber, sagte sie sich, angenommen, Grant hätte es gemacht? Es hätte ihr nicht gepaßt, und sie wäre verletzt gewesen, aber sie hätte es mit einem Achselzucken darauf geschoben, daß Grant der gesellschaftliche Schliff fehlte. Ihr Schenkel hätte nicht immer weiter geprickelt, wie jetzt. Nein, da war noch etwas. Sie saß da und beobachtete, wie Bart redete und lachte, so jung, nur ein Jahr älter als Chris und doch so viel älter, er war imstande, es mit Grant und Ben aufzunehmen, und sogar mit Val, auch wenn er ihr im allgemeinen nachgab. Aber sieh genauer hin, vergiß die dunkle Haut, die ihn automatisch alt und weise machte wie die Hexen und Dämonen der Erde, die vom Augenblick ihrer Geburt an alles wissen und den Rest ihres Lebens damit zubringen, uns, die Unschuldigen, die Privilegierten, die Vornehmen zu vernichten . . . Er hatte weiche runde Wangen, wie Chris, und seine Augen glänzten noch voller Glauben, Hoffnung – oder war es Nachsicht? Es lag an seiner Hautfarbe. Sie biß die Zähne zusammen, als sie es sich eingestand – ihr Protest lautete in Wirklichkeit: Wie konnte er es wagen, sie mit seinen schwarzen Händen anzufassen? Seine Hand lag jetzt auf dem Tisch neben seinem Teller, sie senkte die Augen und betrachtete sie. Wie es wohl sein würde, so eine dunkle Hand auf deinem Körper zu haben? Und plötzlich lehnte sie den Kopf zurück, stumm, aber in der Kehle einen Schrei, einen Aufschrei der Pein, Erkenntnis und der Klage: natürlich, hämmerte es in ihrem Kopf, natürlich!

Aber es war keine Engstirnigkeit. Es war die Fremdheit. Sie war nie mit einem schwarzen Kind Seil gehüpft, hatte nie auf dem Heimweg von der Schule Händchen gehalten. Und im Laufe der Jahre hatte sie trotz ihrer schönen klaren liberalen Ideen die Horrorvorstellung vom großen schwarzen Mann verinnerlicht. Die Vorurteile stecken im Körper.

Barts Hand lag auf dem Tisch neben seinem Teller. Es war eine kurze, dicke Hand, schokoladenfarben, die Handflächen heller, fast rosa. Die

Nägel waren kurz geschnitten, und die Finger sahen irgendwie aus wie Kinderfinger, sie lagen locker und ruhig da, mit einer Unbefangenheit, die unangreifbar schien, sie sahen verletzlich und schön und stark und kräftig aus. Mira hob ihre bleiche schmale Hand und legte sie ganz leicht auf Barts Hand. Bart drehte sich schnell um. Grant ließ sich über seinen miesen Vater aus. Mira flüsterte: «Gibst du mir bitte das Brot, Bart.» Sie nahm ihre Hand zurück, er lächelte und gab ihr den Brotkorb. Es war vorbei. Sie setzte sich zurück, versank in Gedanken.

Sie überlegte, ob er es wußte, ob er ahnte, in welchen Aufruhr seine Berührung sie versetzt und wie sie sich dem Problem gestellt hatte. Sie überlegte, ob er ihr verzeihen würde, wenn er es wüßte. Er würde ihr verzeihen, wenn es ihm mit weißem Fleisch genauso ergangen war – und wenn nicht? Weiß, das war schließlich die «Herrenrasse». Was, wenn es ihm nicht so ergangen war? Ihre Augen verschleierten sich. Vielleicht würde er ihr nicht verzeihen. Wenn er es wüßte. Aber natürlich wußte er es, wenn nicht von ihr, dann von ihrer Rasse. Gab es dafür Vergebung?

«Du siehst abwesend aus», sagte eine Stimme an ihrem anderen Ohr. Sie drehte sich um und blickte in Bens liebes, freundliches Gesicht.

«Glaubst du an Vergebung?»

Er schüttelte den Kopf. «An Vergessen, vielleicht.»

«Ja. Vergessen.»

«Denkst du an etwas Bestimmtes?»

«Oh, ja, an das, was du von Afrika erzähltest. Oder an jeden anderen Ort, wo Unterdrückung geherrscht hat, an alle Menschen, die unterdrückt wurden, die schwarzen Menschen, alle Menschen, die Frauen, zum Beispiel.» Ihre Stimme verklang . . .

«Es gibt nur einen Weg», sagte er sanft. Grant und Bart stritten sich über die richtige Familienstruktur. Beide waren sich einig, daß ein Mann Herr im Haus sein sollte und daß jede Familie aus Vater, Mutter und ein paar Kindern bestehen sollte. In allem anderen waren sie uneins. «Und das ist – nun ja, Unabhängigkeit. Ich weiß nicht, wie ich es sonst nennen soll. Die Menschen – die Lianesen – werden uns nur vergeben, wenn sie uns nicht mehr brauchen, wenn Gleichheit existiert, wenn sie für uns Ebenbürtige sind.»

«Aber das wird noch lange dauern – ich meine, was die Machtverhältnisse betrifft. Wenn es überhaupt je so weit kommt. Lianu ist ein kleines Land.»

«Ja, aber die schwarz-afrikanischen Staaten werden sich zu einer Föderation zusammenschließen. Ich meine nicht absolute Gleichheit.

Ich meine, wenn sie oder ihr Staatenbund gleichberechtigte Verhandlungspartner sind.»

Mira stützte den Kopf in die Hände. Tränen strömten ihr über das Gesicht. Ich habe zuviel getrunken, dachte sie immerfort, ich habe zuviel getrunken.

«Was ist denn?» Bens Stimme klang nicht verärgert oder ungeduldig. Sie klang freundlich, bestürzt. Trotzdem konnte sie nicht aufhören zu weinen, und sie wußte nicht, warum sie weinte. Als er seine Hand auf ihren Rücken legte, hob sie den Kopf.

«Was ist denn?» fragte er noch mal.

«Mein Gott! Das Leben ist unmöglich!» rief sie und sprang auf und lief ins Bad.

20

«Ach, ich war nur betrunken. Ich war nervös, und ich hab zuviel getrunken. So hab ich alles verpatzt», sagte Mira und zuckte mit den Schultern, als ob es ihr nichts ausmachte.

«Ich hab dich so noch nie erlebt», insistierte Val.

Sie versuchte, Val zu erklären, was ihr alles im Zusammenhang mit Bart durch den Kopf gegangen war, wie sehr sie sich dessen auch schämte.

Val hörte ernst zu und nickte mit dem Kopf. «Mir scheint», sagte sie schließlich, «daß du, obwohl du Bart für den Fremden, das fremde Element gehalten hast, dich selbst als Fremde fühltest. Als hättest du sagen wollen: ‹Ich möchte dich lieben, Mann, aber kann ich dir verzeihen, was du mir angetan hast?› Als ob dir Ähnlichkeiten zwischen Barts Beziehung zu Weißen und deiner Beziehung zu Männern bewußt geworden wären.»

«Ach, Val, das ist lächerlich! Mein Gott, daß du aber auch immer alles nach deinen fanatischen, deinen monomanischen Theorien interpretieren mußt! Ich war einfach betrunken und beduselt und hab mich selbst bemitleidet! Das ist alles!»

Val starrte sie einen Moment an, dann wandte sie den Kopf leicht ab. «Okay. Tut mir leid», sagte sie, und es klang etwas kurz. «Ich muß jetzt zur Bibliothek.» Sie nahm ihre Bücher und ging.

Mira saß in der Lehman Hall, fühlte sich ein bißchen schuldig, ein bißchen erleichtert und versuchte, sich gerechtfertigt zu fühlen. Val hatte es gut mit ihr gemeint. Sie hatte die Dinnerparty gegeben und Ben eingeladen. Aber warum mußte sie darauf bestehen, daß jeder die Welt auf die gleiche fanatische Art sah wie sie? Mira nahm ihre Bücher und verließ grübelnd und mit hängendem Kopf das Lokal. Sie beschloß, mit Val nicht mehr zu sprechen; sie beschloß, Val am Abend anzurufen und sich zu entschuldigen. Wieder traten ihr Tränen in die Augen. Ich habe einen Nervenzusammenbruch, dachte sie. Warum war es so schwierig, etwas, auch nur irgend etwas zu begreifen?

«Mira!» wehte eine Stimme zu ihr herüber, und sie sah auf. Eine Erscheinung trieb auf sie zu, eine schöne Frau, die aussah wie eine junge Katharine Hepburn, honigbraun und glänzend das Haar, das hinter ihr im Sonnenlicht wehte, die Gestalt groß und schlank, in Hose und Pullover und offener Jacke, die hinter ihr im Wind flatterte. Es war Iso.

«Iso!»

«Du siehst so ernst aus.»

«Mein Gott. Du siehst prächtig aus. Was hast du denn gemacht?»

«Das ist mein natürliches Ich», sagte Iso fröhlich und drehte sich einmal im Kreis. «Wie meinst du das, was soll ich denn gemacht haben?»

Sie lachten. «Es ist wunderbar!» rief Mira. «Was *hast* du denn gemacht?»

«Ich hab mein Haar aufgemacht und hab mir ein paar neue Sachen zum Anziehen gekauft», sagte Iso lächelnd.

«O Gott, wenn das bei mir auch so einfach wäre!»

«Du hast das doch gar nicht nötig», schmeichelte Iso.

«Iso, bitte laß uns heute abend zusammen essen», sagte sie flehentlich, auf der Suche nach einem Weg aus ihrem Problem heraus. Wenn sie mit jemandem darüber sprechen konnte, würde ihr alles klarer werden.

«O Mira, das tut mir leid, ich bin gerade auf dem Weg zum Mittagessen mit Dawn Ogilvie – kennst du sie? Und zum Abendessen bin ich mit Elspeth verabredet. Und morgen mittag mit Jeanie Braith. Tut mir leid, es klingt so wichtigtuerisch. Ich freu mich nur so.»

Man sah es ihr an. Sie strahlte, sie leuchtete, sie konnte gar nicht aufhören zu grinsen.

«Du versuchst dich wohl in Promiskuität», meinte Mira mit einem leisen Lächeln um den Mund.

«Ich versuche, mir eine Position zu schaffen, wo ich mir Promiskuität leisten kann», berichtigte Iso. «Oh, es geht mir so gut! Am Sonnabendabend gebe ich eine Party, kommst du?»

«Ich komme», sagte Mira voller Bewunderung.

«Gibt es irgendwen, von dem du möchtest, daß ich ihn dazu einlade?»

«Du siehst wunderschön aus.»

Iso wandte ihr ein verletzliches Kindergesicht zu. «Meinst du das im Ernst?» fragte sie mit angstvollem Blick.

«Ich meine es wirklich so», sagte Mira bestimmt. Isos Gesicht leuchtete auf.

«Es ist ein Versuch.» Ihre Stimme schwankte. «Ich hab nichts zu verlieren, stimmt's?»

«Stimmt», sagte Mira mit ebenso schwankender Stimme, voller Zärtlichkeit, erfüllt von Vals Art, die Menschen als eine Schar verschreckter Kinder zu sehen. «Oh, ja», fügte sie hinzu und schloß sich selbst in ihr tränenreiches Mitleid für die Menschheit ein, «deine Party – lad doch Ben Voler mit ein. Kennst du ihn?»

«Du meinst diesen Afrika-Knaben? Ja. Okay! Drück mir die Daumen!» Iso zog beschwingt ab.

Bei der Party herrschte Gedränge. Iso kannte offensichtlich jeden. Mira stand in der Tür des dunklen Wohnzimmers, das leergeräumt worden war, und beobachtete die Tanzenden. Val war auf der Tanzfläche und kasperte herum, während sie mit Lydia Greenspan tanzte. Iso tanzte, und Martin Bell, und Kyla, und sogar Howard Perkins, und das schöne Mädchen, das wie eine Zigeunerin aussah, und Brad, und Stanley, der mit Clarissa tanzte, die ihn nie ansah, sondern allein und ganz für sich zu tanzen schien. Sie tanzte wunderbar, und nach und nach blieben alle anderen stehen und sahen ihr zu. Sie tanzte mit gesenktem Kopf, die Augen fast geschlossen. Ihr langes schwarzes Haar fiel ihr über das Gesicht, ihr fester, straffer Körper wand und krümmte sich. Sie tanzte extrem sexuell, aber nicht sexy. Ihr Körper bewegte sich zu seinem eigenen Vergnügen und nicht um der Schau willen, er hatte Spaß an Sexualität als seiner Ausdrucksform. Mira schaute zu, und plötzlich nahm sie den Unterschied wahr, obwohl sie nie hätte tun können, was Clarissa da machte. Wie konnte Clarissa alle Menschen im Raum so vergessen, daß sie sich frei genug fühlte, um sie selbst zu sein? Andererseits, wenn man sich von seiner Umgebung nicht frei machen konnte, würde man sich dann frei genug fühlen, um man selbst zu sein, wenn man allein war, eine Schallplatte auflegte und zu Hause in der aufgeräumten Wohnung tanzte? Alles schien heute problematisch zu sein.

Iso trug ein langes weißes marokkanisches Kleid mit roten und goldenen Paspeln. Ihr Haar wehte. Ihr Gesicht war so verwandelt, wie es manchmal in Filmen gemacht wird: das Mädchen mit Brille, Hut und verkniffenem Mund setzt den Hut ab, und blonde Locken fließen herab, sie nimmt die Brille ab und zieht die Militärjacke aus und entpuppt sich als Sexbombe. Isos Wandlung war weniger dramatisch, aber das lange Haar, das ihr bis über die Schultern reichte, ließ ihr Gesicht voller erscheinen, und ihre intensivere Gesichtsfarbe, ihre bezaubernden Kleider verliehen dem ehemaligen Schullehrerinnengesicht den Ausdruck von großer Selbstsicherheit, Klugheit und Erfahrung. Mira war hingerissen.

«Komm», sagte Iso, «es wird Zeit, daß du es mal probierst.» Sie streckte die Hand aus.

«Ich mache mich doch lächerlich. Ich habe keine Ahnung, wie man das macht», protestierte Mira.

«Du mußt nur deinen Körper der Musik überlassen», sagte Iso, nahm ihre Hände und führte sie behutsam auf die Tanzfläche.

Sie tanzte. Ihre Verlegenheit und Unsicherheit schwanden, sobald sie merkte, daß niemand ihr zusah. Als die Musik lauter wurde, ließ sie sich mitreißen – sie vergaß sich und gab sich den Rhythmen und Stimmungen hin. Iso driftete von ihr weg und Kyla driftete auf sie zu – sie tanzten einen *pas de deux* und grinsten einander an. Sie tanzte gegenüber von Brad, Howard, Clarissa. Langsam verstand sie. Es war eine herrliche Art zu tanzen. Ganz und gar frei. Sie war nicht abhängig von einem Partner, mußte sich nicht auf die Lippen beißen aus Ärger über seine Ungeschicklichkeit oder sich aufregen, daß er immer auf demselben Fleck tanzte, während sie lieber über die Tanzfläche gewirbelt und geflogen wäre. Sie konnte tun, was sie wollte, aber wohin ihre Bewegungen sie auch trugen, es war jemand da, sie war in einer Gruppe, sie war eine von ihnen, sie waren zusammen, alle voller Lust am eigenen Körper, am eigenen Rhythmus. Plötzlich, einmal die Augen zugedrückt und wieder geöffnet, sah sie sich Val gegenüber. Val war so groß, und sie lächelte, aber in ihrem Gesicht zuckte es, als sie Mira sah, und es versetzte Mira einen Stich, weil es Val einen Stich versetzt hatte, und sie bewegte sich auf sie zu und legte die Arme um Val und flüsterte ihr ins Ohr: «Es tut mir leid, es tut mir leid», und entfernte sich wieder, und Val grinste achselzuckend und strahlte, und sie tanzten und bewegten sich voneinander fort und auf andere Gesichter zu.

Das Tanzen machte müde, und nach einiger Zeit verließ Mira die Tanzfläche, um sich ein Bier zu holen. Die Küche war fast leer. Nur Duke, Clarissas Mann, lehnte am Kühlschrank, und zwei Leute, die sie nicht kannte, unterhielten sich leise in einer Ecke. Mira mußte Duke bitten, zur Seite zu gehen, damit sie an das Bier herankam.

«Du siehst ein bißchen verloren aus», sagte sie voller Verständnis für dieses Gefühl.

Duke war ein großer, vierschrötiger Mann. In ein paar Jahren würde er fett sein. Sein Gesicht war rötlich und aufgedunsen; er sah aus wie ein alternder Fußballspieler. In Wirklichkeit war er ehemaliger West Pointer. Er war erst vor kurzem aus Vietnam zurückgekommen und war jetzt in New England stationiert.

«Na, eine Party in Harvard ist nicht gerade das, was ich mir unter einem idealen Wochenendurlaub vorstelle», sagte er.

«Wie fühlst du dich, wenn du hierherkommst? Ich glaube, Cambridge ist das Zentrum der Friedensbewegung.»

«Das stört mich nicht», sagte er ernst. «Ich wünschte, der Krieg wäre endlich aus.»

«Wie hast du dich da drüben gefühlt?»

Sein Gesicht verriet nichts. «Ich hab meinen Job gemacht. Ich war nicht direkt an der Front. Aber ich mag diesen Krieg nicht.»

Obwohl Mira ihn einfach schon wegen seines Aussehens nicht sehr mochte, empfand sie jetzt Mitleid mit ihm. Auch er saß in der Falle. Sie hätte gern gewußt, was in ihm vorging.

«Es muß schlimm für dich gewesen sein», sagte sie voller Mitgefühl. Er zuckte mit den Schultern. «Nein, man muß die Dinge nur klar auseinanderhalten. Ich glaube an dieses Land, ich glaube an eine gut ausgebildete Armee. Manchmal machen die Politiker einen Fehler. Man muß seinen Job machen und hoffen, daß die Politiker eine Möglichkeit finden, den Fehler zu korrigieren.»

«Aber angenommen, du hättest bei deinem Job auch töten müssen? Angenommen, du hättest das moralisch falsch gefunden?»

Er machte ein verdutztes Gesicht. «Ich habe mich ja nicht als Hüter der Moral der Welt verpflichtet. Wer weiß schon, was moralisch falsch ist?»

«Angenommen, du hättest in Deutschland gelebt und man hätte dir befohlen, Juden in die Züge zu verfrachten?»

Er machte ein ärgerliches Gesicht. «Das ist nicht das gleiche. Für euch ist das immer alles so einfach. Es ist ein schlimmer Krieg, weil eine Menge Amerikaner getötet werden und weil nichts dabei zu gewinnen ist. Er kostet uns Millionen, und wir kriegen nichts für unser Geld.»

«Ich verstehe. Willst du bei der Army bleiben?»

«Vielleicht. Kein schlechtes Leben. Mir gefällt's. Mir hat's sogar in Vietnam gefallen. Ich hab eine Menge dort eingekauft, mußt mal rüberkommen und es dir ansehen. Skulpturen, ein paar Teppiche und wunderbare Drucke. Ich hab einen Druck . . .» Er begann mit einer präzisen Beschreibung eines Druckes nach dem andern, sprach über die Themen, die Farben und die Linienführung. «Sie sind wirklich großartig.»

«Ja. Sie zeigen auch, was sich hinter den Tatsachen verbirgt, die immer ziemlich falsch sind.» Sie trank von ihrem Bier.

«Oh, der Meinung bin ich nicht.» Dann hielt er ihr eine lange Rede zugunsten der Tatsachen. Er sprach über Dinge wie Zielvorrichtungen in Bombenzielgeräten und an Gewehren, Kartenzeichnen, Seekarten, Diagramme und Bestandslisten über Männer und Waffen. Er redete lange und vielleicht sogar gut. Mira konnte es nicht beurteilen. Aber er sprach von oben herab. Sein Tonfall und seine Ausdrucksweise zeigten deutlich, daß er aus der Position dessen, der Autorität und Wissen besitzt, mit einem Einfaltspinsel sprach, der von solchen Sachen keine Ahnung hatte. Da letzteres tatsächlich zutraf, war sein Ton um so kränkender. Sie überlegte, ob er wohl zehn Minuten lang zugehört hätte, wenn sie ihm die Feinheiten der englischen Prosodie hätte erklären wollen.

«Ja, aber mein Argument ist, das, was dir an den Drucken gefällt, ist der Umstand, daß sie über die Fakten hinausgehen.»

«Verdammt! Diese Drucke sind ein Vermögen wert», rief er, und dann erklärte er ihr präzise und in allen Einzelheiten, wieviel er für jeden einzelnen bezahlt hatte und wie hoch ihr Wert nach seiner Rückkehr in die Staaten geschätzt worden war. «Mit den Teppichen ist es genauso», fuhr er fort. «Ich habe jeden von ihnen zu drei verschiedenen Händlern gebracht und sie schätzen lassen . . .»

Mira war wie betäubt. Duke war unfähig zu einem Gespräch. Er hielt immer nur Monologe. Wahrscheinlich konnte er mit niemandem, der ihm ebenbürtig war, ein Gespräch führen. Er konnte auf Leute herunterreden und, weil er in der Armee war, bestimmt auch von unten nach oben: «Ja, Sir, der Feind ist aufmarschiert . . .»

Sie sah sich um. In der Küche war inzwischen niemand mehr. Sie nahm sich noch ein Bier. Sie wußte nicht, wie sie wegkommen sollte. Duke sprach jetzt über den Einsatz von Computern. Es war eine lange und verwickelte Geschichte, und sie mußte sich Mühe geben, ihm zuzuhören. Schließlich fragte sie: «Aber wozu das Ganze? Ich meine, was wollt ihr damit erreichen?»

Offenbar verstand er die Frage nicht. Er redete weiter, aber was er sagte, gab für sie keinen Sinn.

«Ich meine, ihr müßt doch einen Plan haben. Ein Ziel. Was ist das Ziel aller dieser Manipulationen?»

«Wieso, wir wollen sehen, wie gut der Computer planen und vorausberechnen kann. Und wir wollen sehen, wie gut wir seine Einsatzmöglichkeiten verstehen.»

«Das Gegenteil des Zwecks heiligt die Mittel», unterbrach sie ihn, als er weiterreden wollte.

«Wie bitte?»

«Es geht nur um die Mittel. Ihr habt kein Ziel. Ihr spielt nur mit einem großen Spielzeug.»

«Mira, das ist eine ernste Sache.» Er hatte sich trotz seines Zorns in der Gewalt.

Mira war dankbar, als Val hereingewankt kam, hochrot im Gesicht und keuchend «In meinem Alter, mit meinem Gewicht, mit den drei Päckchen täglich für meine Lunge sollte ich so kindische Sachen eigentlich unterlassen!» verkündete sie und griff in den Kühlschrank.

Avery, ein netter, sanftgesichtiger junger Mann, kam in die Küche geschlichen und blieb fasziniert vor einem Stapel Suppendosen stehen, die auf einer Arbeitsfläche standen.

Val sprach ihn an: «Bewunderst du hausgemachte Pop Art?»

«Die Formation ist . . . interessant.» In der untersten Reihe standen fünf Dosen, darüber drei und ganz oben eine.

«Meinst du, Warhol könnte davon lernen?»

«Nein, aber vielleicht gelingt es mir, zum tiefen geheimnisvollen Herzen der Dinge vorzudringen.»

«Du hältst Vorlesungen über Conrad», folgerte Mira.

«Nein, Mailer. *Why Are We in Vietnam?*»

«Anscheinend hörst du ein Donnergebrüll aus diesen Dosen.»

«Genau. ‹Hörst du mein Wort? Gehorche mir, nimm diesen Schweinefraß zu dir!›»

Andere kamen in die Küche. Harley und ein Mira unbekannter Bärtiger holten sich Bier. Sie standen eine Weile da und unterhielten sich. Mira hörte ihnen zu, hütete sich aber aus Erfahrung, ein Gespräch mit Harley anzufangen. Vielleicht war er tatsächlich so gescheit, wie Kyla meinte, und er sah gut aus im Rahmen dessen, was Val eine Art «Schweizer-Alpen-Nazi» nannte: groß, blond, streng und normalerweise mit einem Skipullover bekleidet. Aber Harley konnte nur über Physik reden. Es gab für ihn kein anderes Thema. Solange er Dinge erklärte, unter denen seine Zuhörer sich irgendwie etwas vorstellen konnten, war er anregend, aber im Grunde hielt er, genau wie Duke, nur Monologe, die jedesmal weit über den Horizont seiner Zuhörer hinausgingen. Er war nicht imstande, sich über das Wetter oder über Essen oder über Filme oder über Leute zu unterhalten. Er schwieg, wenn andere schwiegen. Mira hörte zu, sie wollte wissen, worüber er sich mit dem Fremden unterhielt. Harley sah zu ihr herüber.

«Oh, hallo, Mira. Das ist Don Evans. Er ist zu Besuch hier, aus Princeton. Wir haben uns kennengelernt, als ich letztes Mal in Aspen war.»

«Auch ein Physiker, vermutlich», sagte sie und lächelte ihn an.

Er erwiderte das Lächeln mechanisch, dann wandte er sich wieder Harley zu. Er redete. Plötzlich unterbrach ihn Harley und berichtigte irgend etwas. Er ging darauf ein, erklärte etwas und fuhr fort. Harley unterbrach ihn wieder. Und so ging es immer weiter. Es war kein Gespräch, sondern ein Versuch, sich gegenseitig zu übertrumpfen. Sie sprachen nicht miteinander, um zu gemeinsamen Erfahrungen vorzudringen oder ein Stückchen Wahrheit herauszufinden, sondern um anzugeben. Es waren zwei gleichzeitig ablaufende Monologe. Angewidert wandte Mira sich ab. Duke, der immer noch am Kühlschrank lehnte, mischte sich in die Unterhaltung ein. Die beiden hielten inne, sahen ihn an, und dann sagte Harley: «Kommt, laßt uns ins Schlafzimmer gehen, da ist es ruhiger.» Und die drei gingen hinaus.

«Es war voll geworden in der Küche. Clarissa und Kyla unterhielten sich mit der Zigeunerin. Mira ging zu ihnen. Sie stellten sie als Grete vor.

«Ja, ich hab dich mit Howard Perkins tanzen sehen», sagte Mira lächelnd.

Grete verzog das Gesicht. «Er folgt mir auf Schritt und Tritt.»

«Der arme Howard», sagte Kyla. «Eine jedenfalls sollte doch lieb zu ihm sein. *Ich* werde lieb zu ihm sein!» verkündete sie und verließ die Küche.

Grete verdrehte die Augen. «Ich glaube, sie weiß nicht, auf was sie sich da einläßt.»

Sie unterhielten sich über die allgemeinen Abschlußprüfungen, ein Thema, für das sich alle, die gerade dafür arbeiteten, brennend interessierten. Mira fiel auf, daß keine der jungen Frauen im Raum einen BH trug. Das schien die neue Mode zu sein, aber sie fand es etwas peinlich.

Bei manchen konnte man doch ziemlich genau die Konturen der Brüste sehen.

Clarissa sprach sehr sachlich. «Ich meine, es ist ja ganz interessant, ich kann mich für Literatur begeistern, aber manchmal kommt es mir leichtfertig vor, sich mit so etwas zu beschäftigen, wenn alles um uns herum ein einziges Chaos ist – wenn man bedenkt, daß man irgendwas Nützliches machen könnte, irgend etwas, was eine Veränderung in der richtigen Richtung vorantreiben würde, statt das denen zu überlassen, denen es nur um die Macht geht.»

«Ich glaube nicht, daß man das kann», sagte Grete. Ihre Augen waren schnell und durchdringend. «Nur der Stil ändert sich.»

«Aber der Stil ist wichtig», erwiderte Mira. «Er sagt etwas aus. In meiner untersten Schublade habe ich einen Stapel weißer Handschuhe, die allmählich vergilben.»

«Und was heißt das?» fragte Grete.

«Oh – manches wird einfacher, zwangloser. Wir sind nicht mehr so sehr darauf aus, uns gegenseitig zu imponieren.»

«Ich glaube, wir sind noch ganz genauso darauf aus, zu imponieren, nur haben wir andere Formen dafür», widersprach Grete.

Val tauchte hinter ihnen auf. «Mein Gott, es ändert sich aber auch nie was. In dem einen Zimmer sitzen die Männer und planen die Zukunft der Welt, und in dem anderen sind die Frauen und unterhalten sich über Stil.»

Clarissa lachte. «Welche Männer?»

«Dein Mann, zum Beispiel. Und Harley, und dieser Typ aus Princeton. Sie reden über Computertechniken, mit deren Hilfe das Schicksal des Landes vorhergesagt werden kann. Alle wollen Teil eines Denkapparates sein, der die Zukunft Amerikas plant. Gott bewahre uns davor!»

Alle lachten, sogar Clarissa. Mira hätte gern gewußt, was sie über ihren Mann dachte. Er war so anders als sie. «Es wäre eine Welt der Tatsachen», sagte Clarissa lächelnd, «das ist alles, wovon Duke etwas versteht.»

«Wie ist er zu diesem Namen gekommen?»

Clarissa hielt den Kopf schief und sagte in vertraulichem Ton: «Er wurde auf den Namen Marmaduke getauft, aber das ist ein tiefes, dunkles Geheimnis.»

Sie kamen wieder auf das Thema Stil, und ob er eine Bedeutung habe, zurück.

«Ich bleibe dabei, daß unterschiedliche Stile auch verschiedene Bedeutung haben», sagte Mira. «Wenn eine Frau ihren Körper in ein beengendes Korsett zwängen, wacklige Stöckelschuhe tragen und Stunden damit zubringen muß, sich anzuziehen und sich das Haar zu pudern und sich herzurichten, nur um nach draußen zu gehen, dann sagt das etwas aus, und zwar sowohl über die Lage der Frauen, als auch über die Klassenstruktur einer Gesellschaft.»

«Das stimmt», stimmte Grete stirnrunzelnd zu. Immer wenn sie angestrengt nachdachte, runzelte sie die Stirn, und zwischen ihren schwarzen Augenbrauen bildete sie eine tiefe Falte. «Aber wenn der Stil zwangloser wird, bedeutet das nicht notwendigerweise, daß es keine Klassenstrukturen mehr gibt oder daß die Lage der Frauen sich wesentlich verändert hat.»

Sie waren jetzt alle bei der Sache und unterhielten sich angeregt und unter schallendem Gelächter, als plötzlich Ben erschien.

«Ich habe den Eindruck, daß die Party hier stattfindet», sagte er und lächelte.

Mira lächelte ihn strahlend an, weil sie glücklich war und sich wohl fühlte in ihrer Haut, dann sprach sie zu Ende. «Es erweitert das Bewußtsein, du kannst jede Erfahrung machen. Du kannst Blue jeans anziehen und dein Haar locker runterhängen lassen und sehen, wie es ist, als ‹Hippie› behandelt zu werden, oder du kannst dir deinen Pelzmantel und deine Stöckelschuhe anziehen und zu Bonwit's gehen und sehen, wie es ist, die Dame der Gesellschaft zu spielen . . . es ist einfach mehr Freiheit, das ist alles. Eine Erweiterung.»

«Erweiterung! Genau das ist es!» stimmte Val ihr zu. «Der einzig mögliche Fortschritt. Alles, was wir als Fortschritt genannt haben, ist nur Veränderung, bringt nur seine eigenen Schrecken. Aber es gibt Fortschritt, er ist möglich, er äußert sich in einem Zuwachs an Sensibilität. Ich meine, stellt euch mal vor, wie die Welt den Höhlenbewohnern vorgekommen ist – sie muß voller Schrecken für sie gewesen sein. Wir haben eine Menge davon domestiziert. Dann kam das Christentum . . .»

«Das ist aber ein ganz schöner Sprung», sagte Clarissa lächelnd.

Ben berührte Mira leicht am Arm. «Möchtest du etwas trinken?» fragte er leise.

Sie drehte sich um und sah ihm in die Augen. Sie waren von einem warmen goldenen Braun. «Furchtbar gern», sagte sie aus tiefstem Herzen.

«Bier? Wein?»

«Und das Christentum war ein großer Schritt auf dem Weg des

Fortschritts – es brachte uns die Schuld. Das Dumme ist nur, daß wir durch unsere Schuldgefühle noch schlimmer wurden, als wir je waren . . .»

Mira stand da und strahlte. Ihr Arm kribbelte da noch an der Stelle, wo Ben sie angefaßt hatte. Er kam mit einem Glas Wein für sie und einem für sich selbst zurück und stand neben ihr und hörte Val zu.

«Wir müssen über die Schuld hinaus und zu den wirklichen Motivationen all dessen, was wir tun, gelangen. Denn die Motivationen sind nicht böse: der Wunsch, einem anderen zu schaden, ist immer ein sekundäres, ein Ersatzgefühl dafür, daß wir nicht in der Lage sind, zu erreichen, was wir wollen. Wenn wir endlich lernen könnten, herauszufinden, was wir wirklich wollen, und uns selbst zu verzeihen, daß wir es wollen, müßten wir nicht so schreckliche Dinge tun.»

«Klingt gut», sagte Clarissa lachend. «Bis auf ein paar kleine Irrtümer hier und da. Wenn ich mir vorstelle, wie primitive Völker ihre Gefühle ausgelebt haben . . .»

«Primitive Völker kämpfen nicht gern», unterbrach Val.

«Und was ist mit den Kriegsmasken, den Kriegstänzen?» warf Grete ein.

«Ja. Okay. Möglich, daß sie nicht gern gekämpft haben und sich dazu aufpeitschen mußten – beim Militär macht man das immer noch.» Clarissa dachte laut. «Sie kämpften, weil Aggression zum Überleben nötig ist – das hat eine ökonomische Grundlage.»

«Es muß auch eine psychische Grundlage haben, sonst wäre die menschliche Rasse den Weg der Dinosaurier gegangen. Und das passiert offenbar im ungeeignetsten Moment. Ich finde Aggressionen gut, ich finde, es macht Spaß, aggressiv zu sein. Und genau darum geht es mir. Wenn wir herausfinden könnten, welchem Zweck die Aggression – oder Sexualität – dient, wenn wir diese Gefühle bejahen könnten, wenn wir nicht mehr versuchen würden, sie zu verstecken, dann könnten wir einen Weg finden, sie so zu gebrauchen, daß sie nicht mehr so zerstörerisch wären.»

«Nur, wie stellen wir es an, diese grundlegenden Motivationen herauszufinden?» fragte Grete, nicht recht überzeugt von dem, was Val gesagt hatte.

«Forschung. Wissenschaft. Aber ich weiß schon, welche es sind.»

Alle lachten.

«Ich nicht», sagte Clarissa nachdenklich. «Ich sehe einen grundsätzlichen Konflikt zwischen spontanen und freien Gefühlen und Gefühlen, die Ordnung erfordern und aufgezwungene Ordnung, Strukturen, Gewohnheiten . . .»

«Ordnung, wenn es um Gefühle geht, ist etwas Häßliches», sagte Mira leidenschaftlich, zu leidenschaftlich, aber nicht im geringsten verlegen, so sehr war sie sich Bens, war sie sich seines Körpers neben ihr bewußt, seiner dunklen, dunkel behaarten Arme, die aus den aufgekrempelten Hemdsärmeln zum Vorschein kamen. Sie fühlte fast die Wärme seines Körpers, roch ihn fast. «Andererseits wiederum ist alles Ordnung. Was gibt es sonst? Es sind alles nur verschiedene Formen von Ordnung. So etwas wie Anarchie kann ich mir nicht vorstellen.»

«Anarchie», sagte Ben zu ihr, «ist ein kubistisches Gemälde.»

Alle schrien entzückt auf. «Erklären, Exegese, *explication de texte*!»

«Es stimmt, die Anarchie ist nur eine Variation der Ordnung. Versteht ihr, wenn Banden schwarzjackiger Motorradfahrer nachts die Kleinstädte aufreißen, dann mag das Horror sein, aber das ist keine Anarchie; jede dieser Banden hat ihren Führer, und jede dieser Städte auch. Es ist ein Konflikt zwischen zwei unterschiedlichen Ordnungen. Wenn drohend die Anarchie angekündigt wird, dahinter verbirgt sich meist die Furcht vor einer Ordnung, die anders ist als die bestehende. Ich gebe zu, daß es einfacher ist, mit einer einzigen Ordnung zu leben als mit zwei oder drei verschiedenen, aber das gilt nicht unbedingt, wenn die eine Ordnung zum Beispiel ein totalitärer Staat ist. Auf jeden Fall heißt Anarchie – ich habe es nachgeschlagen –», er grinste, «*ohne Herrscher*. Es ist schwer, sich das politisch vorzustellen. Aber wenn wir es auf ein anderes Gebiet übertragen, können wir es uns vorstellen.»

Alle hörten interessiert zu, aber Mira entging das meiste dessen, was Ben sagte. Sie blickte unter ihren gesenkten Lidern auf seine Arme, auf seine Hand, in der er das Glas hielt. Unter dem dünnen weißen Hemd sah man seine breiten, gebräunten Schultern. Er hatte große Hände, mit ein paar dunklen Haaren auf dem Handrücken. Seine Finger waren breit und kurz und doch zugleich zierlich. Er hatte volles, dunkles Haar. Sie wagte noch nicht, in sein Gesicht zu sehen.

«Denkt an ein traditionelles Gemälde – ein Bild von einem Tisch, zum Beispiel. Zu sehen ist fast nur die Oberfläche, die Tischplatte und die Sachen darauf, die Decke oder eine Obstschale, eine Blumenvase, Brot und Käse. Nehmen wir an, es ist ein Bild von einem ganzen Tisch, nicht nur ein Stilleben. Wenn eine große Decke darauf liegt, seht ihr vielleicht nicht mal die Tischbeine. Oder nehmen wir ein anderes Beispiel – ein Gebäude. Ihr seht die Fassade – ihr seht es nicht von hinten, außer wenn ihr herumgeht, und wenn es ein Fabrikgebäude ist, ist die Rückseite aller Wahrscheinlichkeit nach nicht sehr attraktiv – da sind die Schiebetüren der Garagen und die Rampen, da ist die Warenannahme und die Lagerhalle. Aber selbst wenn ihr die Rückseite seht, seht ihr nie die Grundmauern, das Fundament, die Basis, die alles andere trägt. Ja, und das etwa ist unser übliches Bild von der Gesellschaft.»

Mira blickte auf. Sein Gesicht strahlte, seine Augen leuchteten. Er fühlte sich wohl und genoß die Aufmerksamkeit der anderen. Er hatte ein großes rundes Gesicht mit ausgeprägten Backenknochen und dunklen Augenbrauen. Sein Blick war eindringlich.

«Wir kennen die Leute an der Spitze – in unserer gegenwärtigen Gesellschaft und in denen früherer Zeiten. Wir wissen Bescheid über die Reichen, die Mächtigen, die Berühmten. Sie machen die Gesetze – ihre Maßstäbe, ihre Verhaltensweisen, ihr Stil geben den Ton an. Als wären sie die Blume, um deretwillen die ganze Pflanze erschaffen wurde. Aber in Wirklichkeit ist die Blume nur eine Phase des Prozesses, der jede Pflanze ist, und der Zweck der Pflanze ist es, weiterzubestehen und sich zu vermehren. Die Hervorbringung einer Blume ist nur ein Schritt in diesem Prozeß. Der Stengel, die Verstrebungen des Tisches, die Grundpfeiler eines Hauses sind ebenso wesentlich für das Ganze. Ebenso die Wurzeln, die Tischbeine, die Grundmauern. Sie sind wie die unteren Schichten der Gesellschaft: sie sind notwendig, aber man schenkt ihnen nicht viel Aufmerksamkeit, man hält sie selten für schön, sie werden als selbstverständlich hingenommen.

«Aber in einem kubistischen Gemälde ist alles wichtig – allem wird Aufmerksamkeit geschenkt. Sogar der Unterseite des Tisches, dem Innern der Schreibtischschubladen, dem Raum rings um den Tisch – jeder Gegenstand wird gesehen, rundum, alles wird in seiner Wesentlichkeit gezeigt, allem wird Raum gegeben, zu existieren. Was das Bild beherrscht, ist nicht die Tischplatte, die Blume, sondern das Ganze, der Entwurf des Ganzen. Und mit der Gesellschaft könnte es genauso sein. Mit Hilfe von Gesetzen, die mehr für Menschen als für das Eigentum gemacht wären, könnten wir eine Regierung ohne einen einzelnen, dominierenden Herrscher haben. In einem kubistischen Gemälde gibt es keine Einzelheit, die das Ganze beherrscht, und doch hängt das Ganze zusammen. Vielleicht wäre es möglich, jeder Gruppe, jeder Person ihre eigene innere Autonomie, ihren Raum zu gewährleisten. Die Fundamente würden genauso wichtig genommen wie die oberen Teile.»

«Falls es sie geben muß», sagte Grete.

«Es wird immer ein Oben geben, ob es ein Tisch oder eine Hausfassade ist oder Leute, die bekannter sind als andere. Aber jeder hätte nur seinen eigenen Raum und würde darin bleiben.»

«Aber in einem kubistischen Bild», sagte Mira, «bleiben die Dinge nicht an ihrem Platz. Das ist sogar eines der Hauptmerkmale. Jeder kleine Abschnitt greift auf die anderen, die ihn umgeben, über, alles überlappt sich.»

«Stimmt das?» Ben atmete begeistert ein. «Um so besser! Weil wir ja tatsächlich ständig den Raum des anderen verletzen, in ihn eindringen – das Leben wäre fürchterlich steril und langweilig, wenn wir es nicht täten. Wir tun es beim Reden und Handeln – wir tun es, wenn wir einander berühren. So lernen wir, den Raum der anderen ein wenig zu verletzen, aber wir wissen, wann wir uns in unseren eigenen zurückzuziehen haben. Kontakt ohne Konflikt.»

Clarissa schüttelte den Kopf. «Ich würde gern glauben, daß so etwas möglich ist, Ben, aber ich kann mir nicht vorstellen, wie man Konflikte eliminieren könnte.»

«Wir wollen sie nicht eliminieren. Konflikte sind etwas Wunderbares. Wir wachsen durch sie. Wir lernen nur, sie in Grenzen zu halten. Wir lernen zu rangeln», sagte er und lachte, mitgerissen von seinem eigenen Höhenflug.

Clarissa überlegte. «Ja, okay. Aber ist das nicht genau das, was die Menschen seit Jahrhunderten versuchen? Spiele, Sport, Debatten – all diese Sachen. Um Aggressionen zu sublimieren?»

«Ja», schoß Val dazwischen, «aber solange der Menschheit fromm gepredigt wurde, daß Aggression falsch ist, wurde der Held, der Krieger, der Mann, der tötet, verherrlicht.»

«Das stimmt», sagte Clarissa nachdenklich. Trotzdem war sie nicht überzeugt.

«Du meinst, es ist Zeit, daß wir unseren Scheiß zusammenpacken und Schluß machen mit unserer moralischen Schizophrenie», sagte Val zu Ben. «Ein Mann ganz nach meinem Herzen!»

Dann redeten plötzlich alle durcheinander. Mira berührte Ben leicht am Arm, um seine Aufmerksamkeit auf sich zu lenken, zog dann aber ihre Hand sofort zurück, als hätte sie sich verbrannt. Er sah sie an und lächelte. Er hatte es gesehen.

«Das war wunderbar, Ben», sagte sie.

21

Mira war an diesem Abend ein bißchen *high*, und Ben ebenso, und irgendwie – später konnte sie sich nicht mehr erinnern, wer es vorgeschlagen hatte, oder ob es gar keinen Vorschlag gegeben hatte, sondern einfach nur eine einzige Absicht – landete er in ihrem Auto, fuhr sie zu ihrer Wohnung, und als sie ankamen, stieg er aus und begleitete sie bis an die Haustür, und natürlich fragte sie ihn, ob er noch ein Glas bei ihr trinken wolle, und natürlich sagte er ja.

Sie lachten, als sie die Treppe hinaufstiegen, und hielten einander umschlungen. Sie entwarfen die perfekte Welt, versuchten, sich gegenseitig an Albernheit zu übertrumpfen, und kicherten über ihre eigenen Witze, bis ihnen die Tränen kamen. Mira kam mit ihrem Schlüssel nicht zurecht. Ben nahm ihn ihr aus der Hand, ließ ihn fallen, beide kicherten, hoben ihn auf und schlossen die Tür auf.

Sie goß Brandy ein für sie beide, und Ben folgte ihr in die Küche, lehnte sich über die Arbeitsfläche und sah ihr zu, wie sie die Drinks zubereitete, und redete und redete. Er folgte ihr aus der Küche und direkt ins Bad, bis sie sich ein bißchen erstaunt umdrehte und es ihm bewußt wurde, und er rief *«Oh!»* und lachte und ging hinaus, blieb aber gleich neben der geschlossenen Tür stehen und redete auf sie ein, während sie drinnen pinkelte. Dann setzte er sich dicht neben sie auf die Couch, redete, redete, lachte, lächelte sie mit leuchtenden Augen an. Und als er aufstand, um noch einmal einzugießen, folgte sie ihm in die Küche und lehnte sich über die Arbeitsfläche und sah ihm zu, wie er die Drinks zubereitete, und er sah sie dabei an und goß zuviel Wasser in ihr Glas. Und sie saßen diesmal noch dichter beieinander, und ohne Vorbedacht und Berechnung kam der Augenblick, als sie einer nach des anderen Hand faßten, und nur wenige Augenblicke später war Ben über ihr, lehnte an ihr, und sein Gesicht suchte in ihrem Gesicht nach etwas wild Begehrtem, was nicht in Gesichtern zu finden war, aber er suchte und suchte weiter, und sie in seinem. Sein Körper lag jetzt auf ihrem, seine Brust auf ihren Brüsten, und die Nähe ihrer Körper war wie eine Vervollständigung. Ihre Brüste wurden plattgedrückt unter ihm, sie fühlten sich weich an und hart zugleich. Ihre Gesichter blieben beieinander, die Münder suchend, tastend, geöffnet, bereit zu verschlingen, oder sich sanft aneinander reibend. Auch ihre Wangen rieben sich sanft, wie die Wangen kleiner Kinder, nur um des anderen Haut zu fühlen, und obwohl er rasiert war, kratzte sie sein Bart und tat ihrer Wange weh. Er hielt ihren Kopf zwischen seinen Händen, hielt ihn fest, besitzergreifend und sanft, alles auf einmal, und er tauchte sein Gesicht in ihres und suchte hungrig, hungrig nach Nahrung. Sie standen zusammen auf, wie nur ein Körper, und wie ein Körper gingen sie zusammen ins Schlafzimmer, und auch in dem engen Flur ließen sie einander nicht los, sondern drängten sich aneinandergedrückt hindurch.

Für Mira war Bens Art zu lieben die Entdeckung einer neuen Dimension. Er liebte ihren Körper. Ihre Freude allein darüber war so gewaltig, daß es war wie die Entdeckung eines neuen Ozeans, eines Berges oder eines Kontinents. Er liebte ihn. Er frohlockte darüber, als er ihr beim Ausziehen half, er küßte ihn und streichelte ihn und stieß Rufe aus, und sie war stiller, aber sie bewunderte seinen Körper mit ihren Augen, als sie ihm beim Ausziehen half, ließ ihre Hände über die glatte Haut seines Rückens gleiten, faßte ihn von hinten um die Hüften und küßte seinen Rücken, seinen Nacken, seine Schultern. Zuerst hatte sie Scheu vor seinem Penis, aber als er sie an sich drückte und sich an sie schmiegte, drückte er seinen Penis an ihren Körper, und ihre Hand tastete danach, hielt ihn, streichelte ihn. Dann legte er seine Beine um sie, legte sich auf sie, hielt sie fest und küßte ihre Augen, ihre Wangen, ihr Haar. Sanft entwand sie sich ihm und nahm seine Hände und küßte sie, und er nahm ihre und küßte ihre Fingerspitzen.

Sie legte sich wieder zurück, als er sich an sie preßte, und er streichelte ihre Brüste. Sie spürte, wie ihr Körper in die See hinaustrieb, auf einer warmen weichen Welle, die Befehl hatte, sie nicht ertrinken zu lassen, aber es war ihr sogar gleichgültig, ob sie ertrank. Dann, ziemlich plötzlich, legte er seinen Mund auf ihre Brüste und saugte daran und drang rasch in sie ein und kam schnell, schweigend, nur einmal stöhnte er auf, und ein stechender Schmerz voller Selbstmitleid durchfuhr sie, Tränen traten ihr in die Augen. Nein, nein, nicht wieder, es konnte nicht das gleiche sein, das war ungerecht, stimmte denn etwas nicht mit ihr? Er lag auf ihr, hielt sie noch lange danach fest, und sie hatte Zeit, die Tränen herunterzuschlucken und wieder ein Lächeln aufzusetzen. Sie tätschelte ein wenig seinen Rücken und sagte sich, daß sie diesmal wenigstens Spaß daran gehabt hatte, und vielleicht war das ein gutes Zeichen. Wenn nichts anderes, so hatte er ihr doch mehr Lust verschafft als je zuvor ein anderer Körper.

Nach einer Weile lehnte er sich zurück und legte sich dicht neben sie auf die Seite. Sie zündeten sich Zigaretten an und tranken von ihren Drinks. Er fragte sie nach ihrer Kindheit: was für ein Kind sie gewesen sei. Sie war überrascht. Frauen fragen so etwas, manchmal, aber nicht Männer. Sie freute sich. Sie legte sich zurück und warf sich ganz hinein, erzählte, als wäre es hier und heute passiert. Ihre Stimme veränderte sich und paßte sich stets dem an, was sie erzählte: sie war fünf, sie war zwölf, sie war vierzehn. Zuerst merkte sie kaum, daß er angefangen hatte, ihren Körper wieder zu streicheln. Es war einfach nur natürlich, daß sie einander berührten. Er streichelte sanft ihren Bauch und ihre Hüften, ihre Schultern. Sie drückte ihre Zigarette aus und streichelte seine Schultern. Dann beugte er sich über sie, küßte ihren Bauch, fuhr mit den Händen über ihre Schenkel, über die Innenseiten ihrer Schenkel. Verlangen erwachte in ihr, noch stärker als vorher. Sie strich ihm über das Haar, dann ließ er den Kopf nach unten gleiten, und sie zuckte zusammen, riß die Augen weit auf, er küßte ihre Genitalien, leckte sie, sie war entsetzt, aber er strich dabei weiter über ihren Bauch, ihr Bein, er machte weiter, und als sie versuchte ihre Beine zu schließen, hielt er sie sanft auseinander, und sie ließ sich wieder zurückfallen und spürte den warmen feuchten Druck, und ihre Innereien fühlten sich flüssig und nachgiebig an, ganz bis hinauf zum Magen. Sie versuchte, ihn heraufzuziehen, aber er ließ es nicht zu, er drehte sie herum, küßte ihren Rücken, ihren Po, er legte seinen Finger auf ihren Anus und rieb ihn sanft, und sie stöhnte und versuchte, sich umzudrehen, und schließlich gelang es ihr, und dann hatte er ihre Brust im Mund, und heiße Blitze durchschossen sie bis hinauf zur Kehle. Sie hüllte ihren Körper um ihn, umklammerte ihn, ohne ihn noch zu küssen oder zu streicheln, umklammerte ihn jetzt nur und wollte, daß er in sie rein kam, aber er wollte nicht. Sie lieferte ihm ihren Körper aus, ließ ihm die Kontrolle darüber, und in ekstatischer Passivität ließ sie ihren Körper hinaustreiben zu den tiefsten Tiefen des Ozeans. Da war nur noch Körper, nur noch Empfindung: sogar das Zimmer hatte aufgehört zu existieren. Sanft rieb er ihre Klitoris, langsam und gleichmäßig, und sie stieß kleine Seufzer aus, die sie von weither hören konnte. Dann nahm er wieder ihre Brust in den Mund und schlang seinen Körper um sie und drang in sie ein. Sie kam fast sofort und stieß einen hellen Schrei aus, aber er machte weiter, und sie kam immer und immer wieder in einer Folge heftiger Lustgefühle, die dasselbe waren wie Schmerz. Sie spürte, daß ihr Gesicht und ihr Körper naß waren, naß, wie bei ihm, und immer noch kamen die Stiche, jetzt weniger, und sie hielt ihn umklammert, hielt ihn fest, als ob sie wirklich ertrinken würde. Die Orgasmen ließen nach, aber er stieß immer noch in sie hinein. Die Beine taten ihr weh, und die Stöße verschafften ihr keine Lust mehr. Ihre

Muskeln waren müde, und sie war nicht mehr imstande, die Bewegungen mitzumachen. Er zog ihn heraus und drehte sie herum und legte sie auf ein Kissen, so daß ihr Hintern höher lag, und drang von hinten in ihre Vagina ein. Seine Hand strich ihr sanft über die Brust, er war über sie gebeugt wie ein Hund. Es war ein völlig anderes Gefühl, und als er immer fester stieß, gab sie kleine Schreie von sich. Ihre Klitoris wurde wieder gerieben, und ein heftiges, wildes und heißes Gefühl voller Schmerz und Lust durchfuhr sie, und plötzlich kam er und stieß wie wild und gab eine Reihe lauter Schreie von sich, die beinahe wie Schluchzen klangen, und er blieb über sie gebeugt wie eine Blume, schwer atmend, das nasse Gesicht an ihren Rücken gedrückt.

Als er ihn herauszog, drehte sie sich um und hob die Arme und zog ihn herunter und hielt ihn fest. Er legte seine Arme um sie, und sie lagen lange zusammen. Sein feuchter Penis lag an ihrem Bein, und sie fühlte, wie Samen aus ihr auf das Laken tropfte. Es wurde kalt, aber keiner von beiden rührte sich. Dann rückten sie ein paar Zentimeter auseinander und sahen sich ins Gesicht. Sie streichelten einer des anderen Gesicht, dann fingen sie an zu lachen. Sie umarmten sich fest, mehr wie Freunde, und setzten sich auf. Ben ging ins Bad und holte ein paar Kleenex-Tücher, und sie trockneten sich und das Laken. Er ging wieder hinüber und ließ Wasser in die Wanne ein. Mira lag ins Kissen zurückgelehnt und rauchte.

«Komm, Frau, steh auf!» befahl er, und sie sah ihn verwirrt an, und er beugte sich herüber und legte seine Arme um sie und hob sie aus dem Bett, wobei er sie gleichzeitig küßte, und half ihr auf die Füße, und dann gingen sie zusammen ins Bad und pinkelten beide. Das Wasser war gerade richtig. Ben hatte etwas von Miras Badelotion ins Wasser getan, und es sprudelte und roch frisch, und sie stiegen zusammen hinein und saßen mit angezogenen, ineinander verschränkten Beinen in der Wanne, und behutsam bespritzten sie sich mit Wasser und lehnten sich zurück, genossen die Wärme und streichelten sich gegenseitig unter und über dem Wasser.

Sie trockneten sich gegenseitig ab. Mira zog einen schweren Frotteebademantel an, und Ben wickelte sich in ein Handtuch.

«Ich habe Hunger», sagte sie.

«Ich sterbe vor Hunger», sagte er.

Gemeinsam holten sie alles aus dem Kühlschrank und bereiteten ein Festmahl aus Salami und Schafskäse und hartgekochten Eiern und Tomaten und Schwarzbrot und süßer Butter und süßsauren Gurken und großen schwarzen griechischen Oliven und rohen spanischen Zwiebeln und Bier, und sie schleppten alles zum Bett und saßen da und fraßen sich voll und redeten und tranken und lachten und berührten einander mit zärtlichen Fingerspitzen. Und schließlich stellten sie die Schüsseln und Teller und Bierdosen auf den Boden, und Ben drückte sein Gesicht in ihre Brüste, aber diesmal drückte sie ihn nach unten und legte sich auf ihn, und nachdem sie ihm verboten hatte, sich zu bewegen, küßte und streichelte sie seinen Körper und ließ ihre Hände an ihm entlang gleiten und an den Innenseiten seiner Schenkel, hielt behutsam seine Eier, glitt dann nach unten und nahm seinen Penis in den Mund, und er stöhnte vor Lust, und sie bewegte die Hände und den Kopf langsam auf und ab, spürte, wie die Ader pochte, fühlte, wie er hart wurde und wie ein paar Samentröpfchen herausflossen und erlaubte nicht, daß er sich bewegte, bis sie plötzlich den Kopf hob und er sie verwirrt ansah und sie sich auf ihn setzte und ihren eigenen Rhythmus bestimmte, ihre Klitoris an ihm rieb, während sie sich bewegte, und sie kam, sie fühlte sich wie eine Göttin, triumphierend, mit dem Winde reitend, und sie kam immer noch, und er kam dann auch, und sie beugte sich zu ihm hinunter und umklammerte ihn, beide stöhnten zusammen und fanden schließlich erschöpft zum Ende.

Sie ließen sich auf die zerknüllten Laken zurückfallen und lagen eine Weile da, dann zündete sich Mira eine Zigarette an. Ben stand auf und zog das Bettzeug glatt und schüttelte die Kissen auf und legte sich neben sie und zog die Bettücher und Decken über sie und nahm einen Zug von ihrer Zigarette und legte seine Arme unter seinen Kopf und lag nur da und lächelte.

Es war fünf Uhr, und der Himmel über den Häusern war hell, wurde immer heller, ein blasser Streifen hellen Blaus. Sie seien nicht müde, sagten sie. Sie wandten ihre Gesichter einander zu und lächelten nur, lächelten immer weiter. Ben nahm noch einen Zug von ihrer Zigarette, dann machte sie sie aus. Sie streckte die Hand aus und machte die Lampe aus, und zusammen kuschelten sie sich unter der Decke. Sie waren immer noch einander zugewandt, und sie schlangen ihre Körper ineinander. Sie schliefen sofort ein. Als sie am Morgen aufwachten, waren sie immer noch miteinander verflochten.

V

I

Seltsam. Jetzt, während ich das alles aufschreibe, sehe ich, was ich früher nie gesehen habe. Alles, was die Beziehung zwischen Mira und Ben ausmachte, war von Anfang an da. Wie in einer Form geformt. Doch auch wenn ich das jetzt sehe, weiß ich doch nicht, was ich dazu sagen soll. Gibt es irgendeine Beziehung, die nicht in einer Form geformt ist? Ich erinnere mich an einen Ausspruch von Clarissa – als sie und Duke seit über einem Jahr geschieden waren und Duke sich sehnlichst eine Versöhnung wünschte und sie anflehte, ihm zu glauben, daß er sich geändert habe, daß er einfühlsamer geworden sei, mehr imstande, andere zu verstehen. «Er sagt, er hat sich geändert, und vielleicht hat er das sogar. Nur, in meinem Kopf und meinen Gefühlen hat er noch dieselbe Gestalt wie immer. Ich glaube, ich werde ihn immer so sehen. Selbst wenn ich mich überwinden könnte, zu ihm zurückzugehen – was ich nicht kann – und selbst wenn er sich geändert hätte – was unwahrscheinlich ist –, ich würde ihn sofort wieder in den verwandeln, der er war – denn genau das würde ich ja von ihm erwarten. Es ist hoffnungslos.»

Ich finde den Gedanken zum Verzweifeln, daß Menschen sich nicht ändern können, nicht miteinander wachsen können. Wenn es wirklich so ist, sollten die Leute verpflichtet werden, alle fünf Jahre oder so die Heirat zu wiederholen, so wie man einen Mietvertrag unterzeichnet. Oh, Scheiße. Keine Regeln – wir haben schon genug davon. Aber wenn es wirklich so ist, daß Beziehungen in Formen geformt sind, wie leben die Menschen dann zusammen, wenn die Zeit Veränderungen bringt – und eine Veränderung in einer festen Form sprengt entweder das Gefäß oder martert den eingebundenen Fuß.

Aber die Menschen leben nun einmal zusammen – Männer und Frauen, Frauen und Frauen, ältliche Damen mit Spitzengardinen vor den Fenstern, die sich gemusterte kunstseidene Kleider anziehen und Stöckelschuhe, wenn sie losgehen, um ein halbes Dutzend Eier, einen

Viertelliter Milch und zwei kleine Lammkoteletts einzukaufen. Sitzen diese Frauen wie einige ältere Ehepaare, die ich kenne, schweigend in der Abenddämmerung und kauen innen an ihren Lippen vor Zorn auf Mabel oder Minnie?

«Kratz eine Frau, und du findest eine Furie.» Val sagte das oft – ich höre noch ihre Stimme. Führt Mabels Angewohnheit, nach dem Baden so viel Körperpuder zu benutzen, daß der Badezimmerboden ganz bestäubt ist, was wiederum Minnie stört, führt das denn unausweichlich zu Ausbrüchen, bei denen alle anderen lästigen Angewohnheiten Mabels – nach den Namen der Absender aller Briefe an Minnie zu spähen, nie hinter dem Sofa zu saugen und beim Kartoffelschälen immer die Augen zu übersehen – wie eine Reihe Messer auf sie geworfen werden, bis sie in Tränen ausbricht und zum Gegenangriff übergeht? Denn natürlich (tränenreich verkündet Mabel die bittere Wahrheit) – ist auch Minnie nicht vollkommen. Jedesmal, wenn für Mabel das Telefon klingelt (ach, so selten!), fragt sie, wer da anruft, und das ist pure Neugier. Bei der kleinsten Herausforderung holt Minnie ihr Riechsalz hervor, als wäre sie schwach und gebrechlich – dabei ist sie in Wahrheit gesund wie ein Pferd. Sie holte es sogar hervor, als eines Tages die Nachbarshündin läufig war und auf dem Rasen vor dem Haus einen streunenden Hund traf. Dabei hat Minnie mit ihren vierundsiebzig Jahren so etwas bestimmt auch vorher schon gesehen! Und Minnie legt nie, nie, nie die Zeitung wieder so zusammen, wie sie war, was einen verrückt machen kann.

Es ist richtig, daß sie beide zusammenglucken und bei jeder Nachricht über eine neue Kindesmißhandlung in Pfuirufe ausbrechen; daß sie beide bei jeder Sexszene im Fernsehen die Lippen zusammenpressen und die Augen abwenden; daß sie beide ohne zu klagen an jedem dritten Abend von Dosensuppe, Eiern, Lammkoteletts oder Frikadellen leben, weil das alles ist, was sie sich von den Zahlungen der Sozial-Versicherung und ihren winzigen Pensionen leisten können; daß sie beide das Rauchen, das Trinken und das Spielen mißbilligen – und ebenso jede Frau, die diesen Lastern huldigt; daß sie beide den Duft von Lavendel, Zitronenöl und frischgewaschenen Laken lieben. Keine von beiden würde auf den Gedanken kommen, mit Lockenwicklern im Haar auszugehen, wie manche der jungen Frauen es tun, und jede gibt einen großen Teil ihres kleinen Taschengelds dafür aus, sich jede Woche das Haar legen und blau tönen zu lassen. Und keine von beiden würde je unordentlich aus dem Haus gehen oder auch nur unordentlich im Haus herumlaufen. Jeden Morgen kämpfen ihre alten knotigen, arthritischen Finger mit dem panzerartigen Hüftgürtel und den dünnen Strümpfen. Und beide erinnern sich noch, als wäre es gestern gewesen, an die Familie Baum, die nebenan wohnte.

Aber ich frage dich – ist das genug?

Gegenüber auf der anderen Straßenseite wohnen Grace und Charlie, auch um die siebzig und seit über fünfzig Jahren verheiratet. Sie sind genauso. Nur, daß Grace sich ärgert, weil Charlie jeden Tag drei Dosen Bier trinkt und dauernd rülpst, und Charlie sich über Grace ärgert, weil sie ihn nicht alle Fernsehsendungen sehen läßt, die er sehen möchte, sondern unbedingt diese stupiden Unterhaltungsshows sehen will. Beide sind stolz und eingebildet auf den gepflegten Rasen vor ihrem Haus – der nicht wie der Rasen von manchen anderen Leuten ist, wie sie Mabel und Minnie gegenüber vielsagend bemerken, die natürlich der gleichen Meinung sind, und alle vier blicken die Straße hinunter zum Haus der Mulligans. Ja, aber ist das genug?

Was hält die Menschen zusammen? Und warum müssen wir einander so sehr hassen? Ich frage das nicht, damit du mit frommer Miene den Kopf schüttelst und verkündest: wir dürfen aber nicht hassen, wir dürfen unseren Nächsten nicht hassen. *Wir tun es.* Und ich will wissen: warum? Es ist offenbar notwendig, verstehst du, wie das Ausatmen nach dem Einatmen. Okay. Das kann ich akzeptieren. Die wahren Mysterien der wahren Kirche, wenn es je eine solche gäbe, würden diese sein: Warum lieben und hassen wir? Wie um alles in der Hölle stellen wir es an, zusammen zu leben? Ich weiß es nicht. Ich sagte dir schon: ich lebe allein.

Es ist sehr leicht, den Männern die Schuld zu geben für die miesen Sachen, die sie den Frauen antun, aber mir ist dabei etwas unbehaglich. Es erinnert mich zu sehr an das Zeug, das ich in den fünfziger und sechziger Jahren gelesen habe, als alles, was im Leben eines Menschen schief ging, die Schuld der Mutter war. Alles. Die Mütter waren die neuen Teufel. Arme Mütter, wenn sie nur geahnt hätten, wieviel Macht sie besaßen! Kastriererinnen und Unterdrückerinnen – die unbezahlten Dienerinnen «des Bösen». Es ist wahr, die Männer *sind* verantwortlich für einen großen Teil der Schmerzen im Leben der Frauen – auf die eine oder die andere Art, persönlich oder als Teil einer Struktur, die den Frauen den Zugang verwehrt oder sie in untergeordneten Positionen hält. Aber ist das alles?

Wenn jemals jemand eine Chance für ein gutes gemeinsames Leben hatte, dann waren es Mira und Ben. Sie besaßen genug Intelligenz, Erfahrung und guten Willen und auch Raum genug in der Welt – nenn es Glück oder Privileg, wie du willst – um herauszufinden, was sie wollten, und um es zu erlangen. Was sich in ihrer Beziehung ereignete, dürfte also irgendwie beispielhaft sein. Damals schien es jedenfalls so. Sie schien etwas von der göttlichen Glut des Ideals zu haben. Sie besaßen das Geheimnis, Intimität und Spontaneität, Sicherheit und Freiheit zu bewahren. Und sie wußten es sich irgendwie zu erhalten.

Es war April, als Mira und Ben Liebende wurden, Miras erster April in Cambridge, und ihre Stimmung war ganz im Einklang mit den kleinen grünen Bällchen, die sich an den Bäumen zeigten, dem dünnen Gefieder der Forsythien und dem Flieder im Yard, der über die Ziegelmauer hing, die das Haus des Rektors umgab. Als die Sonne wärmer wurde, dehnten sich die grünen Bällchen, öffneten sich und warfen grünliches Licht auf die warmen rauhen roten Ziegel. Die Tage rochen warm, ein leichter Duft von Kornelkirschblüten und Flieder wehte von der Brattle Street, vom Garden und Concord herüber und machte sich sogar auf dem menschenüberfüllten, stickigen Square bemerkbar. Die Leute drängten sich auf den Straßen, mit offenen Jacken, lächelnd und gelöst, in der Hand einen Strauß Narzissen vom Blumenladen in der Brattle Street, ein aufgerolltes Poster vom Coop oder einen polierten Apfel von Nini.

Mira lernte für die Prüfung und beendete ihre letzten schriftlichen Arbeiten. Ben versuchte Ordnung in die Notizen zu bringen – zehn Obstkisten voll –, die er aus Lianu mitgebracht hatte. Sie trafen sich fast jeden Tag zum Mittagessen oder zum Kaffee in der Patisserie oder im Piroschka oder bei Grendel, wo sie draußen sitzen konnten. Wenn alle pleite waren, trafen sich die Leute aus der Gruppe zu einem Drink im Faculty Club, wo Ben oder andere Assistenten anschreiben lassen konnten. Sie gaben immer das meiste Geld aus, wenn sie pleite waren.

Mira kam mit ihrer Arbeit gut voran: das Gefühl von Geborgenheit, das sie in ihrer Beziehung zu Ben hatte, machte ihren Kopf frei. Sie konnte stundenlang konzentriert arbeiten, ohne ruhelos zu werden oder dauernd aufzustehen und in ihrer Wohnung oder im obersten Stockwerk der Widener Library auf und ab zu gehen. Sie konnte so systematisch und tüchtig sein, wie sie es immer gewesen war, ohne das Gefühl zu haben, Leben durch Ordnung zu ersetzen.

Die Liebenden verbrachten den Sonnabendabend und den Sonntag miteinander, gleichsam verlängerte Flitterwochen. Am Sonnabendabend aßen sie auswärts, probierten jedes interessante Restaurant in

Cambridge aus. Sie aßen Guacamole und Szetschuan-Krabben und Gemüsecurry und griechisches Lamm mit Artischocken und Eier-Zitronen-Sauce; sie versuchten die verschiedensten Spaghettigerichte, Bab Ganousch, saure Suppe, Sauerbraten, Quiche, Kaninchen-Gulasch, und an einem besonderen Abend aßen sie Suprêmes de volaille avec champignons. Sie versuchten das Buffalo Stew im Faculty Club. Sie erkundeten die Vielfalt und Güte des Essens und der Umgebung. Sie fanden alles gut und manches wunderbar.

Sonntags, wenn die meisten Restaurants in Cambridge geschlossen sind, kochten sie zu Hause. Manchmal wurde daraus ein richtiges Unternehmen, so als Ben unbedingt Rindfleisch à la Wellington machen wollte und den ganzen Tag dafür brauchte und die Küche wie ein Schlachtfeld hinterließ. Meistens kochten sie einfacher: Soufflés und Überbackenes, gefüllte Crêpes oder Pasta und Salat. Sie luden Freunde zum Essen ein oder aßen allein bei Kammermusik aus der Stereoanlage, die Mira gekauft hatte.

Und immer wieder, das ganze Wochenende über, liebten sie sich. Sie taten es stundenlang und suchten nach immer neuen Variationen. Sie versuchten es im Stehen, über der Bettkante hängend, im Sitzen, oder Ben hielt Mira auf seinen stehenden Körper. Viele ihrer Experimente endeten kläglich in Gelächter. Sie spielten Spiele, spielten Gestalten aus alten Filmen, übernahmen abwechselnd die Rolle der Mächtigen. Sie war Katharina die Große und er ein Leibeigener; er war ein Scheich und sie ein Sklavenmädchen. Sie spielten die Rollen mit Begeisterung. Sie spielte die Frau ihrer masochistischen Phantasien, er spielte den Mann seiner masochistischen Phantasien. Es war, als wären sie wieder Kinder und spielten Mutter und Kind oder Cowboy und Indianer. Es befreite ihre Phantasien, und es gab ihnen die Freiheit, all die mythischen Leben, die sie verdrängt hatten, auszuleben – als spielten sie Verkleiden mit all den Kostümen, die sie auf den Dachböden ihrer Gehirne aufbewahrt hatten.

Sie machten lange Spaziergänge, liefen am Charles River entlang bis zum Fresh Pond, die ganze Strecke am Freedom Trail entlang, bis sie am North End herauskamen und bei einem italienischen Kaffee oder Eis landeten. Und sie redeten und diskutierten über alles Erdenkliche, über Dichtung und Politik und Psychologie, darüber, wie man am besten ein Omelett macht und wie man Kinder am besten erzieht. Viele gemeinsame Wertvorstellungen und Voraussetzungen machten ihre Diskussionen ergiebig und anregend, und beide waren alt genug, um zu wissen, daß kleine Meinungsverschiedenheiten die Dinge interessanter machten.

Im Mai fand eine Studentendemonstration gegen den Krieg in Vietnam statt, zu der eine Gruppe aufgerufen hatte, die militanter war als die Friedensgruppe, der Val und Ben angehörten.

Der Yard war überfüllt von Studenten, die Demonstranten standen um die University Hall herum und sprachen über Lautsprecher, die ihre Stimmen verzerrten. Wortfetzen hallten über den Yard: es sei moralisch richtig, gewaltsame Mittel anzuwenden, um den Krieg zu beenden, weil der Krieg selbst unmoralisch war. Das war der Haken bei der Argumentation. Die Studenten wurden zum Streik aufgerufen. Mira hörte zu, beobachtete die Menge. Die Leute standen da, überlegten, gingen hin und her. Einige diskutierten mit den Rednern, die sich Mühe gaben, fair darauf einzugehen. Aber bei den Diskussionsbeiträgen ging es um Logik und Legalität: die University Hall zu besetzen, hieß gegen das Gesetz zu verstoßen; es war unmoralisch, gegen das Gesetz zu verstoßen; aber noch unmoralischer war es, nicht gegen das Gesetz zu verstoßen, wenn das Gesetz einen unmoralischen Krieg unterstützte.

Mira konnte das Ganze nicht ernst nehmen. Es war intellektuelle Spielerei, Jonglierei mit Begriffen, die nur so lange gültig waren, wie die Redner ihnen Gültigkeit beizumessen beliebten. Der wirkliche Kampf war der Kampf zwischen der Macht von Regierung und Armeen und der Verwundbarkeit einer jungen Generation. So kamen keine Revolutionen zustande, dachte sie. Revolutionen entstanden im Gedärm, in Wut und Empörung, die so tief saßen, so lange erduldet und so tödlich für das Ich waren, daß sie nur in der vollständigen Rebellion enden konnten. Die Kader in Algerien, in China und auf Kuba hatten möglicherweise nach Wegen gesucht, den Sturz der Regierung moralisch und intellektuell zu rechtfertigen, aber ihr Antrieb hatte seine Wurzeln in ihrem täglichen Leben, in den Jahren, in denen sie die Unterdrückung ihres Volkes gesehen hatten, in dem nur geflüsterten Wissen von einer Unterdrückung, so unerbittlich, daß das Leben neben der Sache zweitrangig geworden war. Die schreienden jungen Leute auf den Treppenstufen der University Hall hatten recht; sie waren engagiert; sie waren schon heiser und schrien immer noch durch die Lautsprecher, um die anderen zu erreichen. Aber ihre Zuhörer waren nicht hungrig genug, nicht genügend verängstigt; ihre Familien waren am Leben, lebten nicht schlecht und wohnten in Scarsdale, waren nicht von einer Kugel getötet, nicht durch Folterung verstümmelt, nicht versklavt, wurden nicht nachts abgeholt und in ein Lager gesperrt. Ben sagte, die amerikanischen Imperialisten seien gerissen: sie hätten die Bevölkerung versklavt, indem sie den Leuten zwei Autos, zwei Fernsehgeräte und die sexuelle Unterdrückung bescherten. Val und er vertraten Marcuses Ideen. Mira saß da und sah sich alles an. Das Ganze zündete nicht, es war einfach zu wenig Leidenschaftlichkeit in den Leuten. Dann, eines Nachts, holte der Rektor der Universität die Polizei, die die Studenten aus der University Hall vertrieb. Es wurde Gewalt angewendet. Es gab einige Verletzte, und viele wurden festgenommen. Am nächsten Tag war der Campus in höchster Empörung. Die Studentenschaft war über Nacht radikalisiert worden.

Man vergißt die Atmosphäre dieser Tage so leicht, weil die Leidenschaften, die geweckt wurden, mehr mit Prinzipien als mit der eigenen Existenz zu tun hatten und deshalb kurzlebig waren. Ich weiß noch, wie ich in der Lehman Hall saß und die in der Luft liegende Spannung spürte; Stimmen, die wie zerbrochenes Glas klangen, schwirrten durch den Raum. Ein leichter Stoß, dachte ich, und das ganze Gebäude würde einstürzen. Ein paar Leute – meist ältere, männliche Studenten –, zäh und grimmig und wortreich, trugen immer wieder die Rhetorik der Revolution vor, versuchten die bedrohlichen Anzeichen des vergangenen Herbstes herauszustellen und tuschelten in den Ecken, über schmutzige Kaffeetassen gebeugt, über den bewaffneten Kampf. Die jüngeren Studenten waren ängstlich, am Rande der Hysterie. Sie blickten ständig verschreckt umher, und ihre Hände zitterten, wenn sie Flugblätter verteilten und Petitionen zur Unterschrift herumreichten. Gerüchte – die sich später als wahr erwiesen –, daß in Verwaltungsakten Material gefunden worden sei, fuhren wie sengender Wüstenwind durch die Gebäude und erschütterten scheppernd das fragile Gleichgewicht, die Grundlage jeder hierarchischen Organisation. Eine Menge Leute, zwar alt genug, um es zu wissen, aber zu lange und zu wohlgeschützt hinter ihren privilegierten Mauern, um etwas zu lernen, entdeckten in diesen Jahren, daß Macht nicht etwas ist, was du besitzt, sondern etwas, das dir von denen verliehen wird, über die du Macht hast. Die vornehmen blassen Herren, die so still, so milde und so höflich die Universität leiteten, wurden als unentschuldbare Sexisten und Rassisten entlarvt, die Vorurteile als ihr Recht betrachteten und ihr Recht mit dem Wohl der Nation gleichsetzten. Es war nicht möglich, sie der Konspiration anzuklagen, denn ihr heimliches Einverständnis fand auf einer unbewußten Ebene statt. Es war, dachte Mira, das gleiche, was sie früher bei

Norm so verwirrt hatte: kannst du jemanden für etwas verantwortlich machen, das er sich selbst nicht eingesteht und an dem er auch dann, wenn du ihn darauf aufmerksam machst, nichts Unrechtes finden kann, ja, das er, obwohl es dich erniedrigt oder niederdrückt, «natürlich» nennt?

Aber wenn es für Mira auch eine alte Geschichte war, für die jungen Studenten war es das nicht. Von klein auf hatte man sie gelehrt, daß Amerika das Land der Gleichheit, der Demokratie, der Chancengleichheit sei; sie wußten, daß das System zwar Mängel hatte, aber Leute guten Willens bemühten sich, sie zu beheben. Ihre Vorgesetzten, ihre Lehrer und Dekane und Eltern sprachen alle so, als ob sie nur die besten Absichten hätten – und in der Abgeschiedenheit ihrer Büros schrieben sie solche Briefe! Die Jüngeren hatten nichts davon gewußt, nichts davon gesehen, und so entsetzt, wie man ist, wenn man sich Blindheit und Leichtgläubigkeit vorwerfen muß, liefen sie jammernd und weinend und zitternd auf dem Campus herum. Sie erkannten plötzlich, daß all dies die ganze Zeit offenbar gewesen war, wenn sie es nur hätten sehen wollen, daß dies die häßliche Kehrseite der Ideale war, die man sie gelehrt, und der Hoffnungen, die man ihnen vererbt hatte. Dieses Elitedenken, so nahe den Vorstellungen Hitlers, war haargenau das, worauf sich ihr Luxus gründete, war das, was er erforderte, voraussetzte. Das Wohl des einen ist des anderen Sklaverei. Es war unerträglich.

Sie versuchten es in sich auszufechten. Sie klammerten sich an ihre Ideale und Hoffnungen; sie versuchten dem Luxus zu entsagen. Aber sie brachten es nicht fertig, es mit allen Konsequenzen zu tun. Einige wenige verließen die Universität, trampten durchs Land, lebten in Kommunen, verstießen ihre Herkunft. Auf beiden Seiten gab es Argumente voller Rhetorik, die eine Art Kurzschrift war. Wenn du etwas verändern willst, brauchst du Macht: Armut ist keine Basis für Macht. Manche schlossen sich militanten Gruppen an, die zur Erfolglosigkeit verdammt waren, sich ständig spalteten und so stark vom FBI unterwandert wurden, daß manche Gruppen nur wenige nicht von der Regierung bezahlte Mitglieder hatten. Für all die Sensiblen unter ihnen war der Verlust der Unschuld, die Schuld und das Gefühl der Verantwortlichkeit – der Preis für das Wissen, daß du zu essen hast, weil andere hungern – unerträglich. Für Probleme dieser Art gibt es kaum eine Lösung und gar keinen Trost. Ein Heiliger mag sich entscheiden zu hungern, damit ein anderer essen kann, doch das verändert nicht die Situation.

Aber Val sagte, das sei alles Scheiße. Die Machtverhältnisse der Welt auf solche Art zu simplifizieren, hieße, ein politisches Problem in ein metaphysisches zu verkehren, als ob es eine unveränderliche Gegebenheit wäre, erklärte sie protestierend, daß es mehr Menschen gebe als Essen. Das mußte nicht so sein. Es gab Alternativen. Angenommen, die Leute hörten auf, viel zuviel zu essen; angenommen, sie verzichteten – sie hatte einmal einen Mann kennengelernt, dessen vierköpfige Familie vier Autos und vier Motorschlitten besaß, was seither ihr Paradebeispiel war – auf drei von ihren Motorschlitten und zwei der Autos. Aber wie kannst du ihn dazu zwingen, wandte Clarissa ein, außer durch einen diktatorischen Erlaß? Sozialismus ist wunderbar im Prinzip und schrecklich in der Praxis. So nicht! Wir denken so nur deshalb, weil wir auf den Sozialismus in Ländern starren, die unterentwickelt waren, in denen die Massen des Volkes ohne den Sozialismus verhungert wären. Aber es scheint wirklich so, als ob er Unternehmungsgeist, Kreativität und Individualität unterdrückt. Nicht in Schweden, sagte Val. Die Debatten tobten. Schließlich endete alles so, wie es angefangen hatte – mit Worten.

2

Der Streik lief sich tot, als die Prüfungen begannen, und alles nahm wieder seinen normalen Gang. Das bestätigt jedoch nicht die Behauptungen der Zyniker, die sagen, der Aufruhr und Protest der sechziger und frühen siebziger Jahre hätte nicht mehr Bedeutung als die Begeisterung für den Lindy. Was in diesen Jahren enthüllt, entdeckt und diskutiert wurde, hat sich den Menschen tief eingeprägt; was in diesen Jahren passiert ist, hat unsere Art zu denken beeinflußt. Trotzdem erwarte ich nicht, daß ich eines Tages, wenn ich vom Strand zurückkomme, in meinem Autoradio höre, das Paradies sei proklamiert worden – außer natürlich, wenn einer, der schon im Amt ist, sich um seine Wiederwahl als Präsident bewirbt.

An dem Abend, als Val bei sich zu Hause die Dinnerparty gab, hatte sie mit Grant Schluß gemacht. Sie war ziemlich durcheinander deswegen. «Mein Gott, da bin ich fast vierzig Jahre alt und mache immer noch solche Sachen!» Was sie unglücklich machte, war, daß sie und Grant einander schon seit einiger Zeit nicht sehr gemocht, aber nichts dagegen unternommen hatten. «Er war einfach sauer auf mich – aus vielerlei Gründen. Er wollte eine auf Dauer, eine, die immer da ist, eine, die seiner verwundeten Seele Trost spendet, und dazu war ich nicht bereit. Aber statt abzuhauen, hängt er rum, meckert und stichelt an mir rum, ist im Bett zu nichts zu gebrauchen und fängt dauernd idiotische Streitereien an. Ich wollte nichts anderes als einen Freund, mit dem man Spaß haben kann, im Bett und außerhalb, aber Spaß hab ich mit ihm nicht mehr gehabt, seit – oh, du lieber Himmel, seit ich aus der Kommune ausgezogen bin. Trotzdem hab ich nicht aufgehört, hab ich nicht Schluß gemacht. Ich weiß nicht, warum ich mich in diese deprimierenden Gewohnheiten absacken ließ. Ich fühle mich zehn Jahre jünger und bin soviel fröhlicher, seit Grant nicht mehr zu meinen Verpflichtungen zählt. Denn genau das ist er mit der Zeit für mich gewesen – eine Verpflichtung. Wie ein Hund, den du jeden Abend ausführen mußt. Jesus! Was ist bloß mit mir los!»

«Das geht nicht nur dir so», sagte ihr Iso zum Trost. «Ava und ich sind auch lange Zeit nicht glücklich miteinander gewesen. Trotzdem war ich völlig vernichtet, als wir uns trennten. Das bist du wenigstens nicht.»

«Meine Beziehung zu Grant ging nie so tief wie deine zu Ava. Ihr beide habt euch wirklich geliebt. Wir mochten uns nur gern.»

«Und was ist mit mir?» brummte Mira. «Ich hab den schlimmsten aller Leerlaufrekorde. Fünfzehn Jahre mit einem Mann, den ich wahrscheinlich schon nach sechs Monaten nicht mehr geliebt habe.»

«Du hattest Kinder», meinte Iso, immer bemüht, andere zu stärken und zu trösten.

«Ich hab viel darüber nachgedacht. Versteht ihr, seit Ben und ich zusammen sind. Zuerst wollte ich es im Ernst ganz für mich behalten – ich wollte nur mit ihm zusammen sein.»

«Das haben wir gemerkt», sagte Iso grinsend.

«Aber nach einiger Zeit – als ich mir sicher war, daß ich ihn liebte und er mich – wollte ich – wie heißt das doch in den Schlagern – es von den Dächern pfeifen. Ich wollte mit ihm hinausgehen und der Welt verkünden, daß wir eine Einheit sind, wollte allen sagen, daß wir uns lieben, daß wir zusammen sind. Nicht um anzugeben, sondern aus, ja, aus Freude. Und aus dem Zusammengehören heraus. Ich meine, es ist so, als ob du eine neue Identität besitzt: du bist Mira – und du bist Mira und Ben. Du willst, daß die Umwelt beides zur Kenntnis nimmt. Es ist ein Zusammenschluß der Herzen, eine neue emotionale Identität. Und dann möchtest du diese Identität auch legitimieren, nehme ich an, du möchtest sie auch zur legalen Identität machen. Deshalb heiratest du, machst die Zeremonien mit, besorgst dir die offiziellen Stempel, damit die Leute euch als Einheit behandeln müssen. Aber natürlich verlierst du dann –

jedenfalls als Frau – die andere, deine persönliche Identität. Bei Männern ist das anscheinend nicht so sehr der Fall. Ich weiß nicht warum. Aber wenn du diese vereinigte Identität erst einmal besitzt, wenn sie erst einmal ein Faktum in der Umwelt ist, dann ist es schwer, sie aufzugeben.»

Val zuckte mit den Schultern. «Mit Grant hatte ich das ja nie.»

Iso lachte. «Wie auch? Wohin er auch kam, er kam mürrisch und ging mürrisch. Und er kam und ging allein.»

«Das liegt daran, daß er die ganze Zeit sauer auf mich war, weil ich nicht mit ihm leben wollte, weil wir uns nicht immer erst getroffen haben, um zusammen zu gehen, wenn wir irgendwo eingeladen waren.»

«Und warum konntest du dann nicht eher mit ihm Schluß machen?»

Val war erbittert. «Ich weiß es nicht! Genau das weiß ich nicht!»

Knapp einen Monat später tauchte Val mit einem Neuen im Schlepptau auf. Die Leute redeten darüber. Ihre Freundinnen akzeptierten es, wie sie alles, was eine von ihnen machte, akzeptierten, ohne zu fragen, aber sogar sie wunderten sich. Es war sein Alter, obwohl er erst dreiundzwanzig war. Es war seine Persönlichkeit. In dem Jahr, seit er in Harvard war, hatte er sich den Ruf erworben, ein bißchen verrückt zu sein.

Tadziewski war groß, blaß, blond, blauäugig und wunderschön. Außerdem war er extrem sprunghaft. Er war noch sehr jungenhaft, und seine Augen schweiften, wenn man mit ihm sprach, in alle möglichen Richtungen. Er studierte Politologie, wie Anton, aber die Leute wunderten sich, wieso eigentlich. Er war Mitglied der Friedensgruppe, nahm aber nur unregelmäßig an den Versammlungen teil, und wenn er da war, saß er ganz hinten und sagte wenig. Wenn er etwas sagte, drückte er sich so unzusammenhängend aus, daß alle über das, was er sagte, hinweggingen. Nur einige wenige Frauen schienen ihn zu verstehen, und sie betrachteten ihn mit Zuneigung und Respekt. Bei den seltenen Gelegenheiten, wenn sein Name fiel, verteidigten sie seine Menschlichkeit, seine Empfindsamkeit. Anton und seine Kollegen, die für solche Qualitäten kein Verständnis hatten, taten seine Anziehungskraft als sexuell ab. Das war sie jedoch gar nicht. Seine Schönheit war engelhaft, sein Körper losgelöst. Unmöglich, ihn sich als sexuelles Wesen vorzustellen. Der Grund dafür, daß er sich so unzusammenhängend äußere, sagte Val, sei seine Empfindsamkeit, er sei so feinfühlig den wunden Punkten anderer Leute gegenüber, daß er sich, wenn er sprach, dauernd im Kreis drehe, in dem Versuch, Wege zu finden, das, was er sagen wolle, so zu sagen, daß er niemanden kränke, nicht weil er Angst habe, sich unbeliebt zu machen, sondern weil er davor zurückschrecke, jemanden zu verletzen. «Er ist nicht für diese Welt geschaffen», schloß sie. «Klingt komisch, wenn ich mich das so sagen höre. Er ist ganz einfach menschlich. Aber es gibt verdammt wenige mit auch nur einem Fünkchen Menschlichkeit in diesem Haufen, der es sich zur Aufgabe gemacht hat, Menschenleben in Südostasien zu retten. Männer», fügte sie angewidert hinzu.

Eines Abends kam Val nach einer langen Versammlung die zwei klapprigen Holztreppen in dem Haus, in dem Julius wohnte, herunter und sah Tad im Eingang stehen. Einen Moment lang dachte sie, er warte auf sie, dann kam sie zu dem Schluß, daß sie sich irrte, und ging aus dem Haus.

«Kann ich mit dir sprechen?» Seine Worte überschlugen sich, so daß sie nicht verstand, was er gesagt hatte, aber sie blieb stehen und drehte sich um. Er sah sie mit leuchtenden Augen an. «Ich hätte es nie gedacht, aber es ist eine treffende Metapher», sagte Val zu Iso und Mira. «Seine Augen funkelten wie Sterne.»

Er stotterte, stammelte etwas davon, daß ihm ihre Bemerkungen bei den Versammlungen so gefielen, und daß er sie gern näher kennenlernen würde. Sie starrte ihn ernst an.

«Ich wußte einfach nicht, aus welcher Ecke das kam. Vielleicht hatte er gespürt, daß ich eine von den wenigen in der Gruppe war, die ihm zuhörten – was auch stimmt –, und wollte nun auf irgendeine Art seine Dankbarkeit zeigen. Vielleicht suchte er Zuneigung, einen Halt. Vielleicht war er am Ertrinken und griff nach mir wie nach einem Rettungsring. Vielleicht wollte er sexuell etwas von mir – obwohl das ziemlich unwahrscheinlich war. Aber ich hätte es nicht sagen können – er ist so unbeholfen, so weltfremd, daß er gar nicht auf die Idee kommt, sich ein Image aufzubauen. Was mir sehr gefällt, was es aber auch schwierig macht, jemanden zu durchschauen. Jedenfalls wußte ich nicht, wie ich reagieren sollte.»

«Danke. Ich finde deine Bemerkungen auch interessant.»

«Kein Mensch versteht sie. Ich bin wie auf einem anderen Stern.»

«Kann sein.»

«Die sind nicht imstande, ihr Ich hinter sich zu lassen.»

«Oh – was heißt das?»

«Die sind so mit ihrem eigenen Ich beschäftigt, daß sie keinen Platz haben für wichtigere Sachen.»

«Ja», sagte Val skeptisch. Obwohl sie den Männern in der Gruppe ihre Ichbezogenheit verübelte, hatte sie stark den Verdacht, daß sie und Tad nicht das gleiche meinten.

«Du läßt dein Ich hinter dir», sagte er eifrig. «Und das mag ich an dir.»

«Hmmm». Val war verwirrt. Ihr schien, daß sie genauso mit sich selbst beschäftigt war wie die anderen; der Unterschied lag nur darin, daß sie bei ihrer Beschäftigung mit sich selbst die anderen einbezog, und das taten die anderen nicht. Wenn sie über Menschlichkeit redeten, meinten sie das, was ihrer Ansicht nach die Menschheit als gut ansehen sollte. Wenn Val darüber sprach, tat sie es tastend, wie jemand, der herauszufinden versucht, was den Leuten gut vorkommt, und betrachtete sich selbst nur als eines von vielen Beispielen.

«Ich lasse das Ich hinter mir», erklärte Tad. «Ich töte das Ich.»

«Bist du dir sicher, daß das eine gute Idee ist?»

Er wurde blaß und zog sich zurück. «Aber klar! Du nicht?»

«Nein.» Sie war müde und nicht auf ein hintergründiges Gespräch erpicht. «Aber gib dir nur weiter Mühe», sagte sie lächelnd und ging rasch zur Tür hinaus.

Danach achtete sie bei den Versammlungen, zu denen er kam, noch aufmerksamer auf das, was er sagte – wenn er überhaupt etwas sagte. Sie hörte noch deutlicher, wie er sich Mühe gab, niemanden wegen seines Standpunkts zu verletzen, und obwohl sie es für verschwendete Mühe hielt, mochte sie ihn dafür. «Kannst du dir vorstellen, daß sich jemand um Antons Gefühle Sorgen macht? Das ist so, wie wenn ein Farmer in den Appalachen sich darum sorgt, sein Bach könnte der Tennessee Valley Authority in die Quere kommen!»

Während des Streiks in Harvard ging es bei den Versammlungen sehr stürmisch zu. Brad und Anton, beide Mitglieder des SDS, wollten mit anderen Gruppen zusammenarbeiten; manche waren bis zu einem gewissen Grad dafür, andere dagegen. Es kam zu einer Reihe frustrierender und letztlich zerstörerischer Treffen. Eines Abends fand bei Brad eine Versammlung von Delegierten aller Gruppierungen statt. Entmutigt machte sich Val als eine der letzten auf den Heimweg. Es war ihr klar, daß der Streik am Ende den Effekt haben würde, die Gruppe zu spalten. Mit schweren Schritten ging sie die Treppe hinunter. Tad, der eine Zeitlang dabeigewesen, aber bald wieder gegangen war, stand im Eingang. Diesmal gab es keinen Zweifel: er wartete auf sie. Sie seufzte. Sie war nicht zu einem hintergründigen Gespräch aufgelegt. Mit einem leichten Lächeln versuchte sie an ihm vorbeizugehen, aber er legte seine Hand auf ihren Arm.

«Du warst glänzend heute abend.»

Sie drehte sich zu ihm um, lächelte müde, aber auf einmal hatte er seine Arme um sie gelegt. Er stieß sie gegen die Wand, er küßte sie. Seine Leidenschaft war so stark, daß ihr Körper reagierte – trotz ihrer Unsicherheit. Er küßte sie immer weiter, und sie erwiderte seine Küsse. Seine Augen und sein Gesicht waren feucht. Sie legte ihre Hand auf seinen Arm.

«Tad . . .»

«Nein! Nein! Ich will nichts hören!» Seine Augen waren groß und hell und feucht. «Ich weiß nicht, wie ich sonst . . . Ich hab versucht, es dir zu sagen . . . Ich wollte es höflich machen, aber ich weiß nicht wie . . . Schieb mich nicht weg, du darfst mich nicht wegschieben, du hast mich weggeschoben, du hast dich in der letzten Zeit einfach an mir vorbeigedrückt. Ich weiß nicht, wie ich es dir sagen soll.»

Er stand da, sah ihr fest in die Augen, und seine rechte Hand strich sanft über ihr Haar. «Ich liebe dich», sagte er. Nun, Val war eine alte Expertin. Sie kannte die ganze Skala der möglichen Interpretationen dieser Worte. Aber der Junge rührte sie. Sie war sich ihrer beider Position deutlich bewußt. Sie wußte nicht warum, aber sie wäre unglücklich gewesen, wenn Julius oder Anton in diesem Moment die Treppe heruntergekommen wären. Ihre spöttischen, blitzenden Augen, das Zucken um ihre Mundwinkel – sie wollte sie beide, sich und Tad, nicht mit den Augen von Julius oder Anton sehen. Aber sie konnte, um der Menschlichkeit willen, den Jungen nicht einfach wegstoßen.

«Hier können wir nicht bleiben», sagte sie. «Ich bin mit dem Auto da. Komm doch mit zu mir nach Hause, da können wir reden.»

Er kam mit, als wäre es die selbstverständlichste Sache der Welt, als wäre es so und nicht anders zu erwarten gewesen. Den Arm um sie gelegt, als wäre etwas ausgemacht zwischen ihnen, ging er die Eingangsstufen hinunter und über den Gehweg zum Auto. Val spürte es, und sie war sogar in der Lage, darüber nachzudenken. Sie wußte nicht recht, wie sie damit umgehen sollte. Was stellte sie mit diesem Jungen an?

Chris schlief schon, als sie kamen, und Val machte Drinks für sich und Tad und setzte sich im Wohnzimmer in einen einzelnen Sessel statt an ihren gewohnten Platz auf der Couch. Tad setzte sich auf die Couch, die im rechten Winkel zu ihr stand, und drängte sich gegen den Tisch, der daneben stand, um ihr so nahe zu sein wie möglich.

«Ich habe dich von Anfang an geliebt», sagte er. «Du bist so schön!» Seine Augen und sein Gesicht leuchteten. «Ich wußte, daß es so enden mußte.»

«Enden? Es ist nicht zu Ende», sagte Val ernst, freundlich. «Ich weiß nicht, wie es enden wird. Wie kannst du das wissen?»

«Es mußte so kommen», beharrte er, und dann war er wieder über ihr mit seiner Leidenschaft und seiner Zartheit, und schließlich reagierte Vals Körper, und es endete so, wie er es vorausgesehen hatte.

«Und er ist ein großartiger Liebhaber», sagte Val gedankenvoll. «Ist das nicht merkwürdig? Das würdest du nicht von ihm erwarten. Er wirkt so unzusammenhängend. Aber er denkt vor allem an mich. Was ihn in meinem Buch», sagte sie lachend, «zu einem großartigen Liebhaber macht!»

«Endlich einmal der Fall», spottete Mira, «daß es nicht der Kerl war, der keine Ahnung hatte.»

«Stimmt.» Sie schüttelte den Kopf. «Ich bin mir nicht sicher, wenn ich die Wahl gehabt hätte, ob ich mich dann entschieden hätte, in diese Sache einzusteigen. Aber ich hatte keine Wahl. Jedenfalls nicht so, wie ich nun einmal bin. Für ihn war alles so klar . . . er hatte es sich in seiner Phantasie so oft vorgestellt, nehme ich an . . . Das Ende, wie er es nannte, war so unvermeidlich. Wie kannst du jemandem das Ende seiner Phantasie verderben?»

«Und seine Phantasie genügt dir?» fragte Iso herausfordernd.

«Es scheint so», sagte Val.

3

Zwischen Tad und Val entwickelte sich eine Gemeinsamkeit, wie Val und Grant sie nie gehabt hatten. Die Leute kicherten und tuschelten über sie, aber Val kümmerte sich im Grunde nicht darum. Sie hörte genau den Ton der Bemerkungen über sie und Tad heraus, denn bei all ihrem selbstbewußten Auftreten war Val höchst empfindsam. Ihr Verhältnis mit ihm wurde als Abstieg angesehen. Manche warfen ihr vor, «Minderjährige zu verführen», andere, jetzt ginge sie unter ihr intellektuelles Niveau. Tad galt bei den wenigen, die ihn kannten, als Verrückter.

Aber Val begann, Tad zu lieben, nicht nur weil er sie anbetete, sondern weil er so umsichtig war und so hohe Ansprüche an sein Verhalten stellte. Und obwohl sie in vielem anderer Meinung war als er, achtete sie sein Bemühen, die geringen Bedürfnisse dessen, was er sein Ich nannte, hinter sich zu lassen und ein größeres Verständnis für andere zu entwickeln.

Jeder war glücklich in diesem Sommer. Die meisten belegten Sommerkurse, um Lücken in ihren Sprachkenntnissen auszugleichen oder sich auf Seminare vorzubereiten. Iso und Kyla belegten Dante, Mira belegte Spenser, und Val schlug sich mit etwas herum, das mit Statistik zu tun hatte – gräßlich, aber notwendig für ihren Abschluß. Ben saß an der dritten Kiste seiner Aufzeichnungen.

Die Frauen trafen sich jeden Tag zum Mittagessen. Oft kam auch Clarissa, die Faulkner bei einem berühmten Gastprofessor hörte, dazu. Andere kamen und gingen. Aber in diesem Sommer wurden die Frauen wirklich eine Gruppe.

Die politischen Aktivitäten hatten sich verlagert: die meisten Studenten und Professoren waren abgereist, und die Studentenbewegung ging in Kellern und auf Dachböden in New York, Boston und Chicago weiter. Die Sommergammler kamen, und im Holyoke Center roch man den Duft von Marihuana. Es war die Zeit der Ausreißer und Tramper. Manche sahen sehr jung aus, manche waren vierzig und älter, aber irgendwie sahen ihre Gesichter alle zeitlos aus, als sei für sie alles zum Stillstand gekommen, oder besser gesagt, als lebten sie in einem ewig verlängerten Hier und Heute, als gäbe es für sie weder Vergangenheit noch Zukunft. Hin und wieder saß einer an der Ziegelmauer an der Massachusetts Avenue, im Eingang vom Coop, an der Mauer beim Holyoke Center. Ihre Augen waren leer und feindselig zugleich – vielleicht ein und dasselbe.

Die Frauen verbrachten aufregende, heiße und unbeschwerte Tage. Die Arbeit machte Spaß, die gemeinsamen Treffen machten Spaß, und da Sommer war, fanden sie, sie dürften sich ein paar freie Tage gönnen, und fuhren ab und zu an den Strand. Das Leben graduierter Studenten mag einen unbeschwerten Eindruck machen. In Wirklichkeit ackern die meisten von ihnen mehr als andere Leute. Aber sie hatten sich ihre Arbeit selbst gewählt und taten sie ohne Aufsicht – sie brauchten nicht Erholung zu suchen am Eiswasserspender oder draußen am Schnellimbiß in den erlaubten fünfzehn Minuten, die sie manchmal auf Kosten der Firma auf zwanzig oder dreißig ausdehnten. Sie konnten ihre freie Zeit aufsparen, konnten viele Stunden hintereinander arbeiten und sich dann, alle acht oder zehn Tage, einen ganzen freien Tag gönnen, wenigstens im Sommer.

Isos Wohnung lag am nächsten zum Square, und am späten Nachmittag kamen alle vorbei und brachten Limonade oder Wein. Immer war jemand da. Iso strahlte. Sie trug weiße Shorts und enganliegende weiße Pullis, und als sie immer brauner und ihr Haar immer heller und ihre Sommersprossen immer dunkler wurden, sah sie immer mehr aus wie *das* amerikanische Girl. Die Frauen saßen da, sprachen über Dinge, über die sie anderswo nie sprachen, und spielten Spiele, die keine Spiele waren.

«Welche Spiele hast du gern gespielt, als du klein warst, Clarissa?»

«Oh, Himmel und Hölle und Seilhüpfen und König der Berge. König der Berge mochte ich besonders gern, bis ich eine große Fußballspielerin wurde. Fußball war immer das Größte für mich.»

«Und du, Mira?»

«Mußt du mich ausgerechnet jetzt, nach Clarissa, das fragen? Memory – ein Kartenspiel. Schule – ich war immer die Lehrerin. Und Monopoly.»

Jede kam an die Reihe, und sie lachten über sich selbst und über einander. Isos Lieblingsspiel war Softball; Kyla spielte gern Fangen, liebte Wettrennen und versorgte gern tropische Fische; Val mochte gar keine Spiele, aber sie erinnerte sich, daß sie hinter dem Haus gern ein orientalisches Zelt aufgebaut hatte. Dort verzehrte sie, auf Kissen gebettet, ihr Mittagessen, trank selbstgemachte Limonade mit frischen Pfefferminzblättern darin und las und schrieb Romane.

Und an *ihrem* freien Tag fuhren sie die Küste hinauf nach Gloucester oder Crane's Beach, manchmal mit Tad oder Ben – Harley und Duke kamen nie mit. Sie schwammen, lasen und spielten Karten; manchmal packten sie Hühnchen und Salat, Bier und Eier ein und machten am Strand ein Picknick. Solche Tage waren für sie das höchste Glück: ein Auto war Luxus, ein Tag draußen am Strand ein herrliches Vergnügen.

Gelegentlich zogen Mira und Ben allein los. Sie fuhren nach Walden und spazierten Hand in Hand um den Teich und badeten, abseits vom Strand, obwohl es verboten war, in einer kleinen Bucht, die sie zu ihrer Privatbucht erklärten. Sie besichtigten die Überreste des Thoreauschen Kamins und versuchten sich auszumalen, wie es hier vor mehr als hundert Jahren wohl ausgesehen hatte. Sie besuchten Concord und Lexington, Salem, Plymouth, sie fuhren umher mit der Befriedigung von Leuten, die voneinander erfüllt sind, aber nicht ausschließlich einer im anderen aufgehen. Auf solche Weise geteilte Freude ist mehr als doppelte Freude.

Im August fuhren die meisten Leute weg. Iso machte ihre alljährliche Reise nach Kalifornien. Kyla und Harley, Clarissa und Duke besuchten wie immer ihre Eltern. Chris kam von einem Besuch bei ihrem Vater zurück und fuhr mit Val und Tad in ein Haus am Cape, das Val gemietet hatte. Mira und Ben besuchten sie dort ein paar Tage.

Es war herrlich. Sie ritten, sie schwammen im ruhigen Wasser der Bucht oder fuhren hinüber zur Brandung und ließen sich dort treiben und tauchten. Sie saßen bis in die Nacht beisammen, lachten und tranken und machten Ringkämpfe und Fußringkampf und spielten Karten. Tad und Ben brieten Fleisch auf dem Grill draußen, der zum Haus gehörte, und Val, Mira und Chris hatten großen Spaß, während sie den Kartoffel- und Krautsalat machten. Das Haus lag an einer stillen Straße mit vielen Bäumen, und abends saßen sie draußen, die leeren Papierteller waren langsam durchweicht, und sie lauschten dem Summen der Insekten und beobachteten, wie sich der Himmel lavendelblau färbte und purpurrot, und atmeten die klare knisternde Sommerabendluft ein und sprachen leichthin mit leisen Stimmen. Nach Cambridge mit all seinem Lärm und Gestank schien es das Paradies, solange wenigstens, bis die Mücken kamen. Dann gingen sie hinein und fingen an zu trinken und wurden laut.

Mira und Ben blieben einfach. Nach zwei Tagen meinten sie, eigentlich müßten sie zurück, aber Val schrie «warum denn?», und alles war klar. Sie steuerten Geld für das Essen und die Getränke bei, aber nach vier Tagen wurden sie unruhig. «Wir müssen wirklich fahren», beteuerte Mira eines Abends, obwohl sie nicht wollte, als sie im Kreis auf dem Boden saßen und Karten spielten.

«Hör zu, der Vermieter hat mich heute angerufen. Die Leute, die das Haus eigentlich für die letzten beiden Augustwochen haben wollten, sind abgesprungen. Der Vermieter behält natürlich die Anzahlung, und er hat mich gefragt, ob ich das Haus nicht billiger haben wollte für den Rest des Monats. Ich kann es mir nicht leisten, aber nehmt ihr beide es doch, dann kommen wir und besuchen *euch.*» Sie sah sie grinsend an. «Gerade so, daß euch nicht einsam wird.»

Mira lächelte breit und faßte Val am Arm.

«Ohne euch alle hier wäre es nicht so schön gewesen.» Sie saß da und sah ihre Freundin liebevoll an. Die vier Tage waren ein kurzes, aber wunderschönes Experiment im Zusammenleben gewesen. Aber die Jungen sollten die beiden letzten Augustwochen nach Cambridge kommen. Unmöglich, sie . . .

«Großartig!» sagte Ben. «Wieviel kostet es? Zweihundert Dollar müßten wir beide zusammenkratzen können.»

«Mami», sagte Chris leise, aber scharf, «ich dachte, wir wollten nächste Woche Kleider kaufen fürs College?»

«Das tun wir auch», sagte Val lächelnd und fuhr ihr durchs Haar.

«Wie lange brauchst du, um eine Jeans und drei Hemden oder Pullover zu kaufen?»

«Und Stiefel.»

Mira mischte die Karten. Sie saßen alle im Kreis auf dem Boden und spielten Poker. Ben hatte Mira angesehen, als er den Vorschlag machte, und er sah sie immer noch an, aber sie hatte seinen Blick nicht erwidert. Er hatte den Vorschlag, sie sollten das Häuschen nehmen, mit freudiger Stimme gemacht und hatte erwartet, daß sie ihn strahlend anlächeln würde, aber sie saß mit gesenktem Blick da und mischte die Karten.

«Du scheint nicht gerade erglückt.»

«Ich wünschte, du würdest ein nicht existierendes Wort gebrauchen, Ben», erwiderte sie kurz.

«Was, verdammt, ist denn jetzt los?» Seine Stimme war laut.

«Nichts», sagte sie mit schmalem Mund. «Gar nichts.» Dann stand sie auf und ging zur Toilette. Ben sah Val an. Val zuckte mit den Schultern. Sie alle sahen einander an. Der lärmende Spaß, den sie zusammen gehabt hatten, löste sich auf in Schweigen. Sie tranken, das Eis klirrte in ihren Gläsern.

«Meinst du, daß sie noch weiter mitspielen will?»

«Das muß sie sagen.»

«Gut, dann warten wir.»

«Will noch jemand was zu trinken?» Val stand auf und ging in die Küche.

«Tad, ist noch Tonic da?»

«Wie soll ich das wissen? Keine Ahnung.»

«Jesus, der Gin ist alle.»

«Nein. Ich hab wieder welchen gekauft, Val», rief Ben. «Er steht unter dem Ausguß.»

«Mami! Und eine Jacke. Eine blaue Jeansjacke. Und ein paar Pullover. Und Unterwäsche. Und außerdem brauche ich, glaub ich, ein Kleid.»

«Wofür das zum Teufel?» brüllte Val aus der Küche.

Chris protestierte: «Hör mal, Mami, das kann man nie wissen. Vielleicht findet im College mal irgendwas statt, wo ich hinmuß und wo ich ein Kleid anziehen muß.»

Val kam mit den Drinks und lächelte ihre Tochter an. Chris sah zu ihr hinüber und beruhigte sich. Sie strich ihrer Mutter über die Hand. «Ein langes Kleid. So richtig sexy.»

«Und eine Nerzstola. Was du wirklich brauchst, ist ein Schlafanzug und ein Morgenrock.»

«Wozu das denn?»

«Chris, es gibt Häuser, wo es üblich ist, im Bett etwas anzuziehen.»

«Tust du das?»

«Ich schlafe schließlich nicht in einem Schlafsaal . . .»

Ben stand auf und ging zum Bad hinüber. Die Unterhaltung stockte einen Moment, dann fuhr Val fort. Ben ging ins Bad und machte die Tür hinter sich zu. Val sah Tad und Chris an.

«Wie wär's jetzt mit einem großen Schlemm zu dritt?»

Sie spielten. Herz war Trumpf. Schließlich kamen Mira und Ben aus dem Bad. Miras Gesicht war verschwollen und gerötet. Ben sah verbissen und schweigsam drein. Sie setzten sich wieder zu den anderen. Val versuchte mit ihnen zu reden, und sie antworteten ihr, aber sie sahen sich nicht an und redeten kein Wort miteinander. Schließlich legte Val ihre Karten hin.

«Mira, hab ich was falsch gemacht? Ich weiß, daß ich oft den Mund zu weit aufreiße. Was ist los? Bitte, sag es uns.»

Mira schüttelte den Kopf und biß sich auf die Unterlippe. «Nein», sagte sie mit zitternder Stimme. «Niemand ist schuld. Es liegt an mir, du kannst einfach die Vergangenheit nicht hinter dir lassen, glaube ich.» Sie stand auf, ihre Stimme klang, als hätte sie einen flüssigen Kloß in der Kehle. «Ich hatte einen bitteren Nachgeschmack, ich ärgere mich über mich selbst», fügte sie niedergeschlagen hinzu, mit der sentimentalen Verzweiflung, die Alkohol zum Vorschein bringen kann. «Ich geh jetzt ein bißchen spazieren. Ich bin bald zurück.» Und sie ging.

Sie schwiegen, bis das Hallen ihrer Schritte auf dem Plattenweg, der von der Haustür zur Straße führte, verklungen war. Dann drehten sich alle um und sahen Ben an. Er schüttelte den Kopf, starrte in sein Glas, blickte auf und hatte Tränen in den Augen.

«Sie sagt, ich wäre gefühllos.»

«Inwiefern?»

«Ihren Gefühlen ihren Söhnen gegenüber. Sie sagt, sie könnte nie, nicht in einer Million Jahren, mit mir und ihren Söhnen zusammen im selben Haus sein. Ich habe sie gefragt, ob sie daran gedacht hätte, mich aus ihrem Leben zu verbannen, wenn sie kämen. Sie sagte, sie hätte sich vorgestellt, daß ich mal abends zum Essen vorbeikomme – das war alles. Ich hab gesagt, wie nett von ihr, mir das jetzt mitzuteilen. Wahrscheinlich bin ich gemein geworden. Ich meine, was bin ich denn, ein Wüstling oder sowas? Sie sind jetzt sechzehn und siebzehn Jahre alt und von den Tatsachen des Lebens sicher nicht ganz unbeleckt.» Er trank sein Glas aus. Dann schüttelte er den Kopf wie ein Hund, der gerade aus dem Regen hereingekommen ist. «Sie benimmt sich so, als ob sie sich meiner schämte.»

«Eher als ob sie sich ihrer selbst schämte», murmelte Val.

«Es hörte sich bei ihr so an, als wäre es etwas Abstoßendes, deine Kinder und deinen Liebhaber unter demselben Dach zu haben.» Er sah Val an, dann Chris und wurde rot. «Nicht grundsätzlich, nur für sie», fügte er hinzu.

«Ja, es ist ein Problem», sagte Val und befreite ihn von der Schlinge, in der er sich vergangen zu haben meinte. «Für uns alle, für alle Frauen, die am Ende mit den Kindern dastehen. Es macht einem eine Menge Kopfzerbrechen.»

Chris beugte sich vor, das Kinn in die Hand gestützt, halb über den Spielkarten liegend. «Hast du dir den Kopf darüber zerbrochen, Mami?»

«Ja.»

«Wie alt war ich da?»

«Ungefähr zwei. Ich war ungefähr seit einem Jahr von deinem Vater geschieden, als ich diesen Kerl kennenlernte . . . Ich mußte mich entscheiden. Ich meine, ich hätte mit ihm in ein Motel gehen können. Ich habe ihn nicht mit nach Hause nehmen *müssen.*»

«Aber du hast?»

Val nickte, und Chris lachte. «Und seither hast du sie alle mit nach Hause gebracht.»

Ben sah Chris an. «Und was hältst du davon? Falls die Frage nicht zu unhöflich ist», fügte er hinzu und sah Val an.

Val hob die Hände. «Es ist Chris' Sache, ob sie es sagen will.»

Chris zuckte mit den Schultern. «Es ist okay. Wenn ich dazwischen wählen müßte, ob Mami zu Hause ist oder ob sie weggeht, würde ich mich, glaube ich, für das erste entscheiden. Ich glaube, es hätte mir vielleicht gefallen, wenn sie sich entschlossen hätte, das zu werden, was – wie sagst du doch immer?» Sie sah ihre Mutter fragend an.

«Eine Nonne? Eine von der grauhaarigen, großmütterlichen Sorte, die zu Hause sitzt und wartet, daß du nach Hause kommst, und lange Wollsocken für dich strickt.»

«Ja!» Chris grinste. «*Zölibat!* Verstehst du, eine die ihr ganzes Leben der lieben Kleinen opfert – mir.»

«Hast du auch nur einen blassen Schimmer», sagte Val mit gespielt böser Miene, «wie ich dich das hätte büßen lassen?»

«Ich kann's mir denken», sagte Chris und nickte. «Lisas Mutter ist geschieden, und sie macht das so. Ziemlich schlimme Sache. Trotzdem, manchmal stört es mich, wenn da jemand ist, den ich kaum kenne, und ich dauernd aufpassen muß, daß ich die Badezimmertür zuschließe, oder immer angezogen bin, wenn ich durch unsere Wohnung laufe, oder wenn ich mit Mami reden will und sie mit jemand anders beschäftigt ist. Dann laufe ich rum und knalle mit den Türen und mit anderen Sachen. Aber manchmal ist es ganz schön, wenn einer da ist, selbst wenn's ein Schwachkopf ist –» sie reckte den Kopf und machte Schlitzaugen zu Tad, der ihr einen Nasenstüber verpaßte. «Ist ein bißchen so, als ob du 'ne Familie hättest. Unerträglich ist es nur immer, wenn's ein Kerl ist, den ich nicht mag . . .»

«Richtig!» warf Val ein. «Manche Leute haben Schwierigkeiten mit ihren Eltern, ich hab sie mit meinem Kind! Wenn ich wen einlade, den sie nicht leiden kann, ist sie so gemein und ekelhaft, daß er nicht lange bleibt.»

«Ich hab aber immer recht behalten, nicht?» fragte Chris ernst.

«Du hast mit deiner Einschätzung fast immer recht. Aber du verstehst mich nicht. Ich meine, manchmal ist einfach keiner da, der zu einem paßt, aber ich bin einsam, ich möchte mit einem schlafen, ich möchte mit einem reden, einem Mann – so sehr ich Frauen liebe, ich brauche den Ausgleich –, und dann bring ich ein beschränktes Wesen mit nach Hause. Schließlich kann nicht jeder ein Geschenk Gottes an die Menschheit sein . . .»

«Jetzt ist das alles akademisch», sagte Tad mit gebieterischer Stimme. «Jetzt habt ihr ja mich.»

Val schnellte herum, mit staunendem Blick. Er sah ihr hingebungsvoll in die Augen, streckte die Hand aus und nahm ihre Hand. Sie ließ sie ihm, wandte sich aber mit nachdenklichem Blick ab.

Ben runzelte die Stirn. «Ich weiß nicht. Mira sagte nur ununterbrochen – und sie weinte dabei –, daß es abstoßend sei. Sie sagte es immer wieder. Ich fragte sie, ob sie es abstoßend fände, daß du mit Tad zusammenlebst – hier draußen, jedenfalls –, und sie sagte, das sei etwas anderes, Chris war noch ein Baby, als du geschieden wurdest, und Chris sei ein Mädchen, und das sei was anderes. Aber dann platzte sie damit raus, daß sie schockiert gewesen sei, als ihr das erste Mal klar wurde, daß Grant dein Liebhaber war und manchmal bei dir übernachtete.»

«Also», sagte Val müde, «eines ist sicher. Sie liebt dich.»

«Woher weißt du das? Ist Liebe wie ein Wischlappen für die Schultafel? Wenn ich ihr unbequem bin, wischt sie mich einfach aus ihrem Leben aus?»

«Das ist wieder was anderes. Aber sie wäre bestimmt nicht so durcheinander, wenn ihre Gefühle für dich nicht so stark wären. Du weißt doch, sie hat nicht viel Beziehung zu ihren Söhnen. Wahrscheinlich ist es das ganze Drumherum von Gefühlen, was sie so zerreißt. Sie überlegt, wie den Jungen wohl zumute wär – gerade weil sie weiß, daß sie und die Jungen einander nicht so nahe sind –, wenn sie dich mit ihr sähen . . . Das kannst du doch sicher verstehen, nicht?»

«Ich glaube».

Val setzte sich auf und verschränkte die Beine zum Lotussitz.

Sie beugte den Kopf zu Ben hinüber. Sie war ein bißchen betrunken, und ihre Stimme nahm einen kindlichen Tonfall an wie immer, wenn sie in diesem Zustand war. «Also Ben, ich meine es ernst, und du solltest auf mich hören.»

Er beugte sich vor und küßte sie leicht auf die Lippen. «Ich höre.»

Tads Arm zuckte und er reckte den Kopf.

«Oooookay!» verkündete sie und setzte sich zurück. «Wer hat Lust auf einen Schlag-Abtausch . . .» Sie spähte in die Runde und zählte langsam. «Eins, zwei, drei . . . oh, fein . . . oh! Ich bin vier! Wie wär's mit einem Großen?»

4

Bens Vorschlag, das Haus zu mieten, hatte Mira so entsetzt, daß sie eine Zeitlang überhaupt nicht denken konnte. Er hatte damit einen wunden Punkt getroffen, von dessen Existenz sie nichts gewußt hatte, und nun war sie plötzlich gezwungen, ihn nicht nur zu erkennen, sondern auch zu erforschen. Sie ging langsam zum Strand hinunter; es war eine warme Nacht, und die Grillen sangen Liebeslieder. Hier, weitab von der neonbeleuchteten Stadt, war der Himmel dunkel und die Sterne hoben sich strahlend ab. Sie stellte sich eine Frage nach der anderen. Lag es daran, daß ihr Leben so behütet gewesen war, so *normal*, so sehr dem angepaßt, was die öffentliche Moral für richtig hielt, daß sie nie eine moralische Entscheidung hatte treffen müssen und deshalb auf diesem Gebiet hilflos war? Sie konnte sich erinnern, wie sie in Gedanken Leute verurteilt hatte, die Ehebruch als Todsünde ansahen. Aber sie erinnerte sich auch an den Schock, als ihr klar wurde, daß Bliss tatsächlich ein Verhältnis mit Paul hatte. Damals hatte sie sich gesagt, was sie aufrege, sei der Verrat an Adele, die doch Bliss für ihre beste Freundin hielt. Sie erinnerte sich daran, daß sie nicht entsetzt gewesen war, als Martha sich mit David einließ. Nur – Martha und George waren natürlich aufrichtig miteinander, da war keine Täuschung im Spiel gewesen.

Aber was für eine Täuschung war denn hier im Spiel? Ihre Söhne wußten, daß sie geschieden war. Jedesmal, wenn sie ihren Vater besuchten, lebten sie mit ihm und seiner zweiten Frau unter demselben Dach. Sie würden es verstehen, daß sie auch . . . Sie würden es verstehen müssen! Wer waren sie schon, daß sie über sie urteilen durften? Hatte sie nicht ein Recht auf ihr eigenes Leben, auf *ein* Leben, auf Freundschaft und Liebe?

Sie war am Strand angekommen. Die Bucht war still, sanft kräuselte sich das Wasser unter dem Mondlicht. Der Strand war menschenleer, nur ein paar Autos parkten dicht davor, Autos mit Menschen darin. Sie wandte steif den Kopf ab und ging hinunter ans Wasser.

Es fiel ihr kein einziger vernünftiger Grund ein, warum sie sich so aufregte bei dem Gedanken, die Jungen könnten mit ihr und Ben zusammen wohnen – nein, es war auch nicht das – oder einfach nur von ihr und Ben erfahren. Sie stieß und stocherte in diesem Bereich ihres Innern, in diesem neu entdeckten Territorium herum und riskierte Schmerzen bei jeder Bewegung, aber sie konnte keine Antworten finden. Sie lief immer weiter. Erschöpft und schlafbedürftig beschloß sie nach einiger Zeit, zum Haus zurückzugehen, aber inzwischen kam sie sich vor wie ein wandelnder Zahnschmerz – und sie gab Ben die Schuld für ihre Schmerzen. Schließlich hatte sie all die Jahre gelebt, ohne sich je so wie jetzt fühlen zu müssen, ohne sich je solche Fragen stellen zu müssen – all die Jahre war sie heiter und gelassen ihren Weg gegangen, ohne daß ein Zahnarzt mit dem Bohrer ihre empfindlichen Stellen sondierte. Warum konnte er ihre Empfindlichkeit nicht verstehen? Er ließ nicht locker, er drängte sie, war gewissenlos und unsensibel.

Er vergiftet mein Leben, dachte sie.

Langsam lief sie zurück. Das Bild von Ben in ihrem Kopf war ein

Schreckensbild. Sie wollte ihn nie wieder sehen. Der Gedanke, daß sie zum Haus zurückgehen und ihm gegenübertreten und sogar – notgedrungen – mit ihm im selben Bett schlafen mußte, war ihr eine Qual. Aber es gab nur drei Schlafzimmer. Vielleicht konnte sie bei Chris schlafen. Oder auf der Couch im Wohnzimmer. Entsetzlich, mit dieser Kreatur im selben Bett liegen zu müssen.

In zwei Tagen kamen ihre Söhne zu Besuch. Sie würden nur zwei Wochen bleiben. Sie sah sie selten. Es waren ihre Kinder. Sie beanspruchten wenig genug von ihrer Zeit. Warum mußte er sich da hineindrängen, warum mußte er sich aufdrängen, als ob er dazugehörte?

Sie blieb stehen. Tränen liefen ihr über das Gesicht. Sie versuchte sich an den gestrigen Tag zu erinnern, als sie so voller Liebe für Ben gewesen war. Sie versuchte sich die erste Nacht mit ihm ins Gedächtnis zu rufen. Es war zwecklos. Die Erinnerung war wie ein Zeitungsartikel über einen fremden Ort: reich an Informationen ohne Zusammenhang. Er tat dies, er tat jenes; sie fühlte dies, sie fühlte jenes. Sie hatte einen Orgasmus. Ja. Wahrscheinlich war es gut gewesen. Aber das war in einem anderen Land, und im übrigen, die Dirne ist tot. Ihre Erinnerung daran würde immer einen bitteren Beigeschmack haben, weil es am Ende nur zu dem, was jetzt war, geführt hatte, unvermeidlich. Sie hatte nicht erkannt, wie er war. Er war ein unerträglicher Zwang. Er war eine drohend heraufziehende Dunkelheit, die ihr Leben zu verschlingen suchte.

Ihr Herz kam ihr vor wie eine gequetschte Pflaume. Unglücklich kehrte sie zum Haus zurück. Die Lichter waren an, aber alle waren zu Bett gegangen. Als sie die Haustür aufmachte, kam Val, einen Bademantel locker um die Schultern ziehend, aus dem Schlafzimmer gestolpert.

«Bist du okay?» fragte sie verschlafen.

Mira nickte.

«Tut mir leid, daß ich nicht mit dir reden kann. Ich bin so entsetzlich müde», entschuldigte sich Val.

«Schon gut.»

«Hör zu – es ist ein alter Spruch, aber er stimmt: Am Morgen sehen die Dinge anders aus.»

Mira nickte steif. Sie war zu schüchtern, um Val zu fragen, ob sie glaubte, Chris würde es etwas ausmachen, wenn sie bei ihr schliefe, und sie war zu schüchtern, um einfach in Chris' Zimmer zu schleichen, also zog sie sich im Badezimmer aus und zog ein Nachthemd an und kroch in das Bett, wo Ben lag. Sie lag still und steif da, bemüht, zu vermeiden, daß sich das Bett bewegte. Er lag auf seiner Seite, abgewandt von ihr. Sie lag steif auf ihrer Seite, abgewandt von ihm. Nach ein paar Sekunden wußte sie, daß er nicht schlief. Er atmete, wie man atmet, wenn man wach ist. Aber Gott sei Dank sagte er nichts. Sie lag steif da, bemüht, zu vermeiden, daß ihr Körper sich entspannte und mehr Raum einnahm und womöglich seinen Körper berührte. Nach langer Zeit wurde sein Atem schwerer und sein Körper entspannte sich ein wenig und rollte sich zusammen. Er kann schlafen, dachte sie bitter. Denn sie konnte es nicht. Sie schlummerte im Lauf der Nacht immer mal wieder ein, aber am Morgen fühlte sie sich, als ob ihr Inneres Gift genommen hätte und ihr Äußeres es zeigte.

Nichts war besser am Morgen. Schweigend packten Mira und Ben ihre Sachen und verstauten sie im Auto, sagten gedämpft auf Wiedersehen zu Val und Chris und Tad und fuhren schweigsam die lange stille Landstraße am Cape entlang und zurück nach Boston. Ben fuhr zu seiner Wohnung und stieg aus und nahm seinen Koffer und seine Angelrute vom Rücksitz. Er stand einen Augenblick neben dem Auto, während sie auf den Fahrersitz hinüberrutschte, aber sie sah ihn nicht an. Sie hatte Angst, ihr Gesicht könnte ihre wahren Gefühle verraten, den Haß widerspiegeln auf diesen Rieseneindringling, der ihr nichts bedeutete, der sich in ihr Leben hineinzwängen, es an sich reißen wollte – ja, das war es, ein typischer Mann, der über ihr Leben bestimmen, es nach seiner Vorstellung ummodeln und den Abdruck seines Riesendaumens hineindrücken wollte.

Sie fuhr los. Er rief nicht an. Die Jungen kamen an, und sie versuchte so zu tun, als sei sie glücklich. Sie fuhr mit ihnen nach Walden und Salem und Gloucester. Wie betäubt ging sie mit ihnen die Wege und Straßen, die sie erst in den vergangenen zwei Monaten mit Ben gegangen war, so voller Glück. Sie ging mit ihnen in ein chinesisches Restaurant, und es machte ihnen Spaß: ihr Geschmack hatte sich ein bißchen erweitert. Sie ging mit ihnen in ein italienisches Restaurant, und sie bestellten außer Spaghetti noch etwas anderes. Wie betäubt sprach sie mit ihnen, ihre Antworten kamen wie aus weiter Ferne. Sie hatten den Fernsehapparat nicht mitgebracht, aber nachdem sie zwei Abende lang mitangesehen hatte, wie sie unruhig herumrutschten, mietete sie ihnen einen. Aber sie sahen nicht so oft fern wie letztesmal. Und hin und wieder sah sie sogar beide mit einem Buch.

Eines Abends, als sie schon über eine Woche bei ihr waren, saß Mira mit ihrem Brandy und einer Zigarette im dunklen Wohnzimmer. Die Jungen waren im Schlafzimmer und sahen fern, oder jedenfalls glaubte sie das. Denn Clark kam herein getrottet und setzte sich ihr gegenüber hin. Er sagte kein Wort, er saß nur da, und Miras Gefühle wanderten hinüber zu ihm, dankbar, daß er ihre Einsamkeit, ihr Schweigen, die Dunkelheit mit ihr teilte.

«Danke, Mom», sagte er plötzlich.

«Danke? Wofür?»

«Daß du uns überall rumgefahren hast. Du mußt so viele andere Sachen machen. Und außerdem bist du überall schon mal gewesen. Bestimmt war es langweilig für dich.»

Er hatte ihre Stimmung erfaßt und sie sich als Langeweile erklärt. «Ich hab mich nicht gelangweilt», sagte sie.

«Gut, auf jeden Fall vielen Dank», sagte er.

Es war *nicht* gut. Er hatte ihre Stimmung erfaßt, und wenn sie es ihm nicht richtig erklärte, würde er annehmen, daß sie sich gelangweilt hatte und jetzt nur höflich war. Sie wußte nicht, was sie machen sollte. «Das war das mindeste, was ich tun konnte», hörte sie eine spröde Stimme sagen. «Ich hab euch beiden nicht viel zu bieten. Euer Vater . . .»

«Er hat nie Zeit für uns», fiel Clark ihr mit einer neuen, scharfen Stimme ins Wort. «Wir waren den ganzen Sommer da. Er hat uns dreimal auf dem Boot mitgenommen, mit seiner Frau und einem Haufen von Bekannten. Er redet niemals mit uns. Er schickt uns aus dem Zimmer, wenn die Unterhaltung anfängt . . ., na, du weißt schon.»

«Nein, ich weiß nicht.»

«Na ja . . .»

«Du meinst, wenn sie anfangen, über Sex zu reden?»

«Oh, nein! Nein. Mom», rief er, und seine Stimme war voller Abscheu. «Solche Leute reden nie über Sex. Ich meine – na ja, wenn jemand von irgendwem erzählt, der geschieden ist, oder von einem, der seine Einkommenssteuer nicht bezahlt hat . . . verstehst du? Jedesmal, wenn sie über irgendwas *Richtiges* reden», schloß er. «Alles andere ist höfliches Gerede.»

«Oh.»

Sie schwiegen beide.

Clark versuchte es noch einmal. «Auf jeden Fall – es war nett von dir, besonders wenn wir uns nicht sehr . . . Na ja, wenn wir kein großes Interesse gezeigt haben, weißt du.»

«Diesmal wart ihr besser als letztesmal», bemerkte sie spöttisch. «Ihr habt diesmal wenigstens Lebenszeichen von euch gegeben!»

Sie dachte: er gab mir eine Waffe, und ich machte von ihr Gebrauch.

Warum? überlegte sie. Sie überlegte, was sie wirklich gesagt hatte. Ihr ging auf, daß sie ihm bittere Vorwürfe machte, daß sie ihm, ihrem Sohn, den Vorwurf machte, daß es ihn gab, daß er ihr Sohn war, daß da, über die Jahre hin, soviel Mühe gewesen und so wenig Lohn war, daß sie seine Windeln hatte wechseln müssen, daß er sie mitten in der Nacht aufgeweckt hatte, sie an die Küche, das Bad, das Haus gekettet hatte, daß er ihr Leben wie auch sein eigenes war und es nicht wert war. Wann wäre er es wert gewesen? Wenn er ein Picasso oder ein Roosevelt wäre, hätte das sie entschädigt? Aber er war sechzehn und unbegabt. Und vor allem gab sie ihm und Normie die Schuld an ihrem Elend. Sie mußte sich damit abfinden: entweder die Jungen oder Ben, das spürte sie. Sie hatte sich für die Jungen entschieden, aber sie würde ihnen das nie verzeihen.

Schließlich stand Clark auf. Sie wußte, er würde sich aus dem Zimmer schleichen. Sie mußte etwas sagen, aber ihr schwirrte der Kopf. Sie wußte nicht, was sie sagen sollte.

«Clark.»

Er kam einen Schritt auf sie zu. Sie streckte den Arm aus, er kam näher und ergriff ihre Hand.

«Vielen Dank dafür, daß du mir vielen Dank gesagt hast.»

«Ist okay», sagte er großzügig.

«Hättet ihr vielleicht Lust, mit ein paar Freunden von mir zu Abend zu essen?» fragte sie ängstlich.

Er zuckte mit den Schultern. «Klar. Ich glaube schon.»

«Ich lade sie zum Essen ein. Ich weiß nicht, wer in der Stadt ist, aber ich rufe sie an. Ich habe hier die allerwunderbarsten Freunde, Clark – na, Iso habt ihr ja schon kennengelernt –, wirklich sehr interessante Leute.» Sie hörte sich plappern.

Sie hielten sich noch immer bei der Hand, und er stand auf und senkte den Arm, und so kam es, daß sie sich die Hände schüttelten, die Arme, freundlich und langsam.

«Der Grund», begann sie in dem gleichen, fast hysterischen Plapperton, «der Grund, weshalb du gedacht hast, ich langweilte mich, war, daß ich sehr unglücklich gewesen bin.»

Er ließ ihre Hand los. Ihr blieb das Herz stehen. Klar, er mußte es satt haben, sie über ihr Unglücklichsein reden zu hören. Er setzte sich ihr zu Füßen und sah sie an. In der Dunkelheit schien das Licht von der Straße direkt auf sein junges, klares Gesicht. Er sah ihr ins Gesicht, mit Augen, die wie Löschpapier waren.

«Warum?» fragte er sanft.

Norms lange, schlanke Gestalt erschien in der Tür, eine dunkle Silhouette vor dem Licht im Flur. Er kam ins Zimmer und machte (genau wie sein Vater, dachte sie) die Deckenlampe an.

«Rein oder raus!» rief sie und hörte Vals Stimme. «Auf jeden Fall kein Licht!»

Er machte es aus.

«Du kannst gern reinkommen, Norm. Wenn du möchtest. Wir unterhalten uns gerade.»

Er schob sich unbeholfen herein und setzte sich auf die Lehne der Couch, nahe der Tür.

«Der Grund», rekapitulierte sie Norms wegen, «warum ich euch in der vergangenen Woche vielleicht gelangweilt vorgekommen bin, ist, daß ich sehr unglücklich gewesen bin. Ich bin unglücklich gewesen, weil –» sie hielt inne und versuchte herauszufinden, was der Grund war – «weil ich glaube, daß ich einen Fehler gemacht habe.»

Sie sagten nichts, aber Norm ließ sich von der Lehne auf die Couch gleiten.

«Ich habe einen Freund», begann sie und hielt wieder inne.

«Und?» tönte Norms neue tiefe Stimme – denn dieses Jahr war sie noch tiefer geworden – aus der Ecke.

«Ich habe einen Geliebten», verbesserte sie sich. «Zumindest hatte ich einen. Und er wollte, daß wir alle vier uns für diese zwei Wochen ein Haus am Cape Code nehmen. Und ich hab mich deswegen sehr mit ihm gestritten. Ich war so verlegen. Ich hatte Angst, was ihr darüber wohl denken oder meinen würdet.»

Es herrschte tiefe Stille. Jetzt hab ich nichts anderes getan, dachte sie, als ihnen die Last aufzubürden.

«Und warum warst du verlegen?» fragte Clark schließlich.

«Ja», sagte Norm, «es ist doch schön, daß du wen hast, der dich liebt. Ich wünschte, ich hätte auch wen.» Seine Stimme erstarb.

Ich liebe dich, wollte sie sagen, dann schloß sie den Mund. Ihr Herz schlug so hart, daß es sich selbst weh tat. *Das* war es. *Das* lag unter all den Lügen verborgen. Mutter liebt dich, mein Sohn, aber sie kann dich nicht vögeln, du kannst sie nicht vögeln. Das verstößt gegen die Regeln. Aber sie weiß, daß sie, um ihre Liebe zu beweisen, auch mit keinem anderen vögeln darf; und du darfst deshalb auch mit keiner anderen vögeln. Und so werden wir dereinst alle glücklich in einem Paradiese leben, wo niemand auch nur Genitalien hat.

«Es ist wahr, er scheint mich wirklich zu lieben.» Ihre Stimme klang hoch und kindlich und ungläubig.

«Warum auch nicht?» Clarks Stimme aus dem Dunkeln klang rauh im Vergleich zu ihrer. «Du bist schön!»

«Ich bin nicht schön, Clark . . .»

«Für mich bist du's aber!» antwortete er heftig.

Sie horchte auf, sie vernahm Liebe und Treue, und sie fühlte sich so, als hätte sie eine Moorpackung bekommen und hätte in der Sonne gesessen und das Ding wäre hart geworden und aufgeplatzt und ganz plötzlich abgefallen.

«Vielleicht rufe ich ihn an.»

Sie schwiegen. Es war nach elf, und sicher hatten sie keine große Lust auf Besucher. Aber plötzlich war es ihr gleichgültig, was sie wollten. Sie hatten sie ermuntert. Sie würden es akzeptieren. Und sie – sie wollte Ben. Sie stand auf, aufgeregt, und die Aufregung klang in ihrer Stimme durch. «Ich rufe ihn an. Vielleicht schläft er schon, oder er ist ausgegangen, aber ich glaube, ich rufe ihn einfach mal an.»

5

Er meldete sich mit müder Stimme, und als sie, ein bißchen schüchtern, «Ben?» sagte, klang seine Stimme plötzlich verbissen und hart.

«Ja?

«Ben, ich verstehe jetzt alles. Oh, gut, vielleicht nicht alles, aber etwas. Ich würde mich furchtbar freuen, wenn du vorbeikämst und meine Jungen kennenlernst.»

«Bist du dir sicher, daß ich sie nicht verderbe?» sagte er bitter, und da erst erkannte sie, wie sehr er verletzt war.

«Oh, Ben.» Ihre Stimme war voller Tränen. «Es tut mir leid.»

«Ich bin gleich da», sagte er.

Und zwanzig Minuten später kam er, kam hereingestürmt wie ein frischer Wind und sprach mit ihnen über *football* und Baseball und die Schule und die blöden Lehrer. Erst waren sie ziemlich steif, dann wurden sie freier und erzählten lebendig, dann fingen sie an zu gähnen – es war schon nach zwölf –, und schließlich wurde es ihnen langweilig. Genug mit dem Erwachsenengerede! Sie verzogen sich ins Bett, und Mira sah Ben an, und er sah sie an, und sie gingen aufeinander zu wie damals, in der ersten Nacht, als sie miteinander schliefen, anmutig, wie selbstverständlich, und sie gingen beide auf die Couch zu und setzten sich, ein wenig entfernt von einander, sahen sich eine Weile nur an und faßten dann einer nach des anderen Händen. Sie sagten kein Wort. Sie hörten erst den einen, dann den anderen Jungen im Bad, hörten, wie das Licht ausgeschaltet, die Schlafzimmertür geschlossen wurde, und nach ein paar Minuten herrschte tiefe Stille. Da umarmten sie sich, und Mira merkte, daß ihre Wangen naß waren und daß sie heulte. «O Gott, wie du mir gefehlt hast!» Und Ben rieb seine Wangen an den ihren, so daß niemand hätte sagen können, ob er naß von ihren oder von seinen Tränen war, denn er schluchzte auch und sagte: «Ich kam mir vor wie nach Sibirien verbannt.»

Dann konnten sie nicht mehr an sich halten, konnten ihre Hände nicht mehr festhalten, und bald waren sie dabei, sich zu lieben, dort im Wohnzimmer, auf der Couch, und in einem Wohnzimmer ohne Tür und während am andern Ende des Flurs die Jungen schliefen. Sie konnte sich selbst nicht verstehen, aber sie hielt sich nicht damit auf, es zu versuchen: jetzt war das Lieben das einzige, was für sie zählte. Aber danach, viele Stunden später und nach ein paar Zigaretten und einem Drink, stand Ben auf und zog sich an, um nach Hause zu gehen.

«Du mußt nicht gehen», sagte sie todesmutig und umklammerte seinen Arm. «Ich denke nicht mehr so darüber . . . ich . . . ich möchte nicht, daß du gehst.»

«Kleines, diese Couch ist nicht einmal sehr bequem zum Sitzen, geschweige denn zum Schlafen. Aber wenn wir beide versuchen, darauf zu schlafen, brauchen wir beide morgen einen Chiropraktiker. Und da ich Chiropraktiker nicht besonders schätze, denke ich, ich gehe besser nach Hause.»

«Dann geh doch nach Hause, du Arsch», murmelte sie liebevoll und verschlafen. «Aber bedenke –» sie drehte sich um und legte sich auf den Rücken und streckte Arme und Beine von sich – «bedenke, daß du die Frau, die dich liebt, der Kälte, der Abgeschiedenheit und der Einsamkeit eines leeren Bettes überläßt.»

Er beugte sich über sie und küßte sie zärtlich. «Gut», zischte er boshaft. «Es geschieht ihr recht!»

Sie küßte ihn auch. «Aber sei ja morgen abend um sechs zum Essen da, oder . . .!»

Am nächsten Tag fragte sie die Jungen, wie Ben ihnen gefallen habe. Sie fanden beide, er sei «okay». Er sei sogar sehr nett, räumten sie schließlich ein. Sie hätten ein paar Jungen aus der Nachbarschaft kennengelernt – ob es ihr recht sei, wenn sie heute nichts besichtigten, sondern in den Park in der Nähe zum Ballspielen gingen?

Wunderbar!

Sie setzte sich ans Telefon und rief alle ihre Freunde an, aber nur Val und Iso waren in der Stadt. Sie lud sie zum Essen ein. Dann ging sie zu Savenor's und lud den Einkaufswagen voll. Soviel Essen hatte sie das letzte Mal eingekauft, als sie noch verheiratet war und eine Party plante. Sie war außer sich, sie war selig. Die Sonne schien, sie summte vor sich hin, sie fuhr zurück wie eine selige Verrückte, entging mit knapper Not einigen Unfällen, indem sie das Auto mit dem Tempo ihres Körpers herumriß. Sie schleppte die schweren Tüten die zwei Treppen zu ihrer Wohnung hinauf, ohne ins Keuchen zu kommen. Sie stellte das Radio an: Geigen, die einen Walzer erklingen ließen. Sie tanzte in die Küche, packte die eingekauften Sachen aus, setzte einen großen Topf mit Rinderknochen auf und fing an, das Gemüse zu waschen und kleinzuschneiden. Die Sonne strahlte durch die Küchenfenster herein. Draußen hörte sie die kleinen Kinder spielen – sie stritten sich unten im Hof um den Wasserschlauch.

Friede umhüllte ihr Herz und hielt es wie eine sanfte Hand.

Lächelnd stand sie am Ausguß, ein Bündel grüner Bohnen in der Hand, und überließ sich dem goldenen Strom, der sich über die Küche ergoß, dem milden Wogen des Walzers, dem Grün der Bäume, die sich draußen vor dem Fenster neigten. Schönheit und Friede, die Stimmen der Kinder draußen, der köstliche Duft der brodelnden Suppe, der frische feuchte grüne Geruch der Bohnen. Ihr Heim war ein glückliches helles Summen, und Ben – so sexy, so aufregend – würde um sechs Uhr kommen. Das war das Glück.

Sie richtete sich auf. Mein Gott! Sie ließ die Bohnen fallen, trocknete sich die Hände ab, sank auf einen Stuhl und zündete sich eine Zigarette an. Das war der amerikanische Traum – die weibliche Version. Kaufte sie ihn immer noch? Sie kochte nicht einmal gern, sie haßte es, einkaufen zu gehen, sie mochte in Wirklichkeit die Musik nicht, die durch die Wohnung tönte. Aber sie glaubte immer noch daran, an den Traum vom glücklich summenden Haus. Warum sollte sie glücklich sein, wenn sie eine Arbeit tat, die weder Ziel noch Ende hatte, während die Jungen draußen spielten und Ben an einer Arbeit saß, die ihm Erfolg bringen würde, einer Arbeit, die zählte?

Sie stand auf und schöpfte die Brühe ab und grübelte über die Frage nach, aber sie konnte die Freude nicht fernhalten, die immer wieder über sie kam, so wie die Sonne auf ihr Gesicht und ihre Arme strahlte. Die Jungen kamen nach Hause und wollten etwas trinken.

«Wollt ihr mir nicht Gesellschaft leisten?»

«Klar! Dürfen wir kochen?» fragte Norm eifrig.

Sie gab ihm die Bohnen und ein Gemüsemesser und sagte ihm, wie er sie schneiden sollte. Sie zeigte Clark, wie er den Kohl schnipseln sollte. Sie achtete darauf, daß sie ihnen nicht zusah – bei der Arbeit, sie erinnerte sich daran, wie ihre Mutter sie bei Arbeiten im Haus mißtrauisch überwacht hatte und daß daraus ihre Abneigung entstanden war, in der Küche zu helfen.

«Igitt!» rief Clark angeekelt. Erschrocken sah sie von den Zwiebeln hoch, die sie gerade schälte.

«Was ist denn?»

«Diese schmalzige Musik. Feuchte-Traum-Musik – so hat Iso das doch genannt, nicht?»

Sie lachte. «Stell ein, was du hören möchtest. Nur nicht zu laut.» Er ging ins Wohnzimmer, drehte am Radio herum und fand Joni Mitchell. Er kam zurück in die Küche und sang mit, leise, verhalten. Norm fiel ein. Sie sangen das Lied bis zu Ende mit, sangen mit leisen, hübschen Stimmen. Mira hatte Tränen in den Augen, als sie die Zwiebeln schnitt. Der eine bemerkte es.

«Das sind nur die Zwiebeln», sagte sie und lächelte strahlend, dann ließ sie das Messer fallen und umarmte sie beide mit ihren Zwiebelhänden, und die beiden umarmten sie, und alle drei blieben sie so einen Augenblick stehen. Dann machte Mira sich wieder an die Arbeit.

«Scheiße! Das Öl reicht nicht!»

«Soll ich zu Zolli's rübergehen?»

Es gab einen kleinen Lebensmittelladen nur zwei Blocks von Miras Wohnung entfernt. Bei ihrem ersten Besuch jedoch hatten ihre verwöhnten Vorstadtkinder sich geweigert, so weit zu gehen, um noch etwas Milch zu holen – sie gingen nur, wenn die Limonade alle war. Aber diesmal ging Clark ohne Murren. Dann stellte sie fest, daß sie kein Salz mehr hatte: Norm ging. Eine Stunde später ging Clark und holte Limonade, und dann, als sie merkte, daß sie zuwenig Kaffee hatte, ging Norm. Beim fünftenmal – Clark hatte gerade das letzte Blatt Klopapier verbraucht – fingen die beiden an, zu protestieren. Sie sah sie an, bereit, ihnen eine Predigt halten, sie zu erinnern, wie verzogen und faul sie früher immer gewesen waren. Aber dann mußte sie doch einmal lachen: «Ich glaube, ich hab ein miserables Gedächtnis!»

Clark sagte: «Es macht mir nichts aus, zu gehen, Mom, aber das ist ein kleiner Laden, und der alte Typ, dem er gehört, ist ein Meckerer, und jedesmal, wenn du wieder reinkommst –» Clark fing an zu kichern – «glotzt er dich an, als wärst du ein Spinner!»

Norm krächzte, seine Stimme überschlug sich immer noch: «Genau! Dreimal an einem Tag!»

Sie lachte und vergaß ihre Predigt. Sie waren nicht faul, sie waren empfindlich. Sie hob das Kinn und machte auf Grande Dame. «Sagt ihm, eure Mutter sei eine Exzentrikerin.»

Die Jungen lachten und gingen zusammen los.

Ben kam um halb sechs mit einer Flasche Wein, und sie küßte ihn vor ihren Söhnen. Iso kam lächelnd herein und bedrängte die Jungen mit Baseballgerede und einer Wette. Val kam allein: Chris war zum Abendessen bei Barts «Tante», und Tad war für ein paar Tage zu seinen Eltern gefahren. Sie verwickelte Ben sofort in ein Gespräch über eine politische Frage und Mira, die am Herd stand, grinste, als sie diskutierten. Nein, das war nicht der amerikanische Traum: das war sehr viel freier, sehr viel wilder.

Sie war stolz auf ihr Essen. Sie aßen einen feinen Briekäse und gute schwarze Oliven zu ihren Drinks. Dann gab es Minestrone. Dann veau poêlé mit Naturreis und Spargel und Spinatsalat, Avocados und Pilze mit einer Roquefortsoße. Dann eisgekühlte Trauben und Melonen. Die Mahlzeit verlief herrlich, und nach dem Essen waren die Jungen ohne Murren bereit, das Geschirr abzuwaschen. Sie ging mit Val und Iso und Ben und dem restlichen Wein ins Wohnzimmer, warm und satt und glücklich und zufrieden, und versuchte im Hinterkopf herauszufinden, was das war: Zufriedenheit. Und was es mit dem amerikanischen Traum zu tun hatte. Aber ihr Verstand war so hell vor Freude, daß er nicht scharf arbeitete. Sie unterhielten sich. Nach einer Weile kamen die Jungen dazu. Sie sagten kein Wort, aber sie gähnten auch nicht. Sie zogen sich nicht mit einer Entschuldigung zurück, um fernzusehen. Sicher, Iso bezog sie immer wieder mit ein, sie fragte sie nach ihren Lieblingssendungen im Fernsehen, nach ihren liebsten Sportarten, was sie am liebsten anzogen. Aber das Gespräch entfernte sich mehr und mehr von den wortkargen Jungen. Dennoch blieben sie sitzen, ohne zu blinzeln, ohne mit der Wimper zu zucken, während von *subsumieren* und *Positivismus* und *Revisionismus* und *Votzen* und *Ärschen* und *Scheißern* geredet wurde. Mira hatte das Gefühl, daß der Abend eine Art Triumph gewesen war.

Val und Iso gingen kurz vor zwei – die Jungen saßen immer noch bei ihnen. Als sie gegangen waren, sah Ben sie mit glänzenden Augen an. Er stellte keine Forderungen, die Forderung kam aus ihr. Sie wandte sich ihren Söhnen zu. «Hört zu, ihr zwei, ich werde euch heute nacht ausquartieren aus dem Schlafzimmer. Einer kann auf der Couch schlafen, der andere in einem Schlafsack. Ihr könnt eine Münze werfen. Ihr kampiert hier draußen heute nacht, okay?»

Sie waren sofort einverstanden. Sie half ihnen, sich ihr Lager herzurichten, Ben trug den Fernsehapparat ins Wohnzimmer. Sie machten sich Drinks und gingen zusammen ins Schlafzimmer und schlossen die Tür. Sie breiteten sich auf dem Bett aus, die Drinks und einen Aschenbecher zwischen sich, und redeten miteinander. Die Jungen klopften ein paarmal an. Norm hatte seine Schlafanzughose vergessen. Clark wollte sein Buch. Sie wollten wissen, ob sie den Rest Minestrone aufessen dürften. Jedesmal machten sie scheu, aber voll Neugier die Tür auf. Jedesmal sprachen Ben und Mira unbekümmert mit ihnen, ohne sich Zwang anzutun. Einmal hielten sie sich bei der Hand, als Clark hereinkam: und sie hielten sich weiter bei der Hand, während sie mit ihm sprachen. Und die Jungen standen da und blickten auf ihre Mutter, die mit ihrem Geliebten auf dem Bett lag, blickten und zuckten mit keiner Wimper. Mira war erstaunt über die Ausdruckslosigkeit junger Gesichter. Was empfanden sie, falls sie irgend etwas empfanden?

Endlich gingen die Lichter in der Wohnung aus, es herrschte Stille. Dann versuchte Mira, Ben von ihrem Erlebnis zu erzählen, von ihrer Bestürzung über den amerikanischen Traum. Aber er verstand nicht. Wie sie es auch ausdrückte, er wußte einfach nicht, wovon sie sprach. Außerdem interessierte es ihn nicht sehr. Leidenschaftlich zupfte er immerzu an ihrer Bluse herum; sie wollte noch weiterreden. Nach einer Weile gab sie nach, aber sie ließ sich nicht ganz los. Ob es nun daran lag, daß er die Ungeheuerlichkeit ihres Erlebnisses nicht verstand, oder daran, daß die Jungen da waren, sie fühlte sich ein bißchen allein gelassen, getrennt von ihm. In dieser Nacht liebten sie sich kurz und still. Sie war froh, als Ben sich zurücklegte und einschlief.

6

Als die Jungen abgereist waren und sie mit Val allein war, erzählte sie ihr von diesem Tag. Val verstand sofort. «Das gibt es, daß du einen Moment lang an das ewige Glück glauben kannst.»

«Ja. Und du denkst, wenn du es packst – was es auch sei –, kannst du, nun ja, die Zeit anhalten, den Augenblick festhalten, die Freude bewahren.»

«Aber das gilt für jedes Glück, nicht nur für dieses eine.»

«Ja. Aber was mich dabei auch überkam, war die Angst, wieder dem Hang zum Dauerhaften zu verfallen. Allerdings war ich auch erschrocken darüber, daß ich immer noch diese Packung kaufe, die *glückliche summende Häuslichkeit*, verstehst du?» Sie trällerte die Phrase vor sich hin.

«Aber das war es, nicht?»

«Val, wir hatten soviel Spaß an diesem Nachmittag, die Jungen und ich. Wir lachten, wir sangen . . .» Sie sah mit verklärten Augen ihre Freundin an. «Das Gemüse roch so gut und frisch, die Sonne schien so hell! Aber ich koche trotzdem nicht gern!» fügte sie beharrlich hinzu.

Valerie lachte. «So wie ich nie richtig tippen lerne. Ich tippe natürlich die ganze Zeit, aber noch nach all den Jahren stelle ich mich saublöde dabei an. Ich wollte etwas, wovon wie selbstverständlich erwartet wurde, daß ich es beherrschte, nicht ausgezeichnet können.»

«Oh», stöhnte Mira selbstironisch, «es ist alles nicht so einfach. Was machst du, wenn du entdeckst, daß dir Teile der Rolle, aus der du auszubrechen versuchst, *gefallen*?»

Sie lachten beide resigniert.

«Ihr seid euch nähergekommen, die Jungen und du, nicht?»

«Ja. Aber trotzdem – ich weiß nicht, ich mache mir Gedanken. Ich habe immer noch diese Ängste, Val. Schuldgefühle, nehme ich an, aber es gelingt mir anscheinend nicht, sie loszuwerden. Ich habe immer noch das Gefühl, daß es etwas Schlimmes ist, Ben hierzuhaben, wenn sie da sind. Und sie – na, ich weiß nicht –, sie verlieren nie ein Wort über ihn oder reagieren unverbindlich, wenn ich sie frage, was sie von ihm halten. Und wenn wir alle zusammen sind, ziehen sie ihn auf, aber es ist immer noch etwas anderes dabei, ein bißchen . . . eine Spur –»

«Feindseligkeit.»

Mira nickte.

«Das ist unvermeidlich, verstehst du? Fremdheit, Eifersucht – er ist ein

Eindringling in ihrem Haus, in ihrem Leben. Es ist gut, daß sie es in einer gutmütigen Form herauslassen können.»

Mira seufzte. «Sicher. Warum ich nur immer in Panik gerate, wenn Leute nicht reibungslos miteinander klarkommen? Die kleinste Mißstimmung wirft mich um, ich fange an zu glauben, daß ich etwas falsch mache, daß ich etwas unternehmen muß, um es in Ordnung zu bringen.»

«Das ist nun aber wirklich der amerikanische Traum, weibliche Version.»

«Die totale Harmonie, die ganze Zeit. O Gott, warum habe ich vergessen, daß ein bißchen Chaos gut für die Seele ist? Hör zu», fuhr Mira fort, und ein Lächeln zuckte um ihre Mundwinkel, «gestern abend, es war schon spät, klingelte das Telefon. Es war Clark. Er wollte mich fragen, welche Kurse er im nächsten Sommer belegen soll. Zwei Wochen lang ist er bei mir und sagt praktisch keinen Ton, aber gestern abend hat er zwei volle Stunden geredet . . . ein R-Gespräch natürlich.»

«Ooooooh!» Val hielt sich den Kopf. «Oooooh!»

Chris fuhr in einer Woche ab, aufs College, und Val, die unabhängige Val, die gegen die Familie war, geriet in gelinde Panik. Sie und Chris waren fünfzehn Jahre lang allein zusammen gewesen; das ging nun zu Ende.

Iso, die Vals Ängste spürte und sich vorstellte, daß Chris vielleicht auch Angst hatte, ihre Mutter zu verlassen und allein nach Chicago zu gehen, holte die Frauen der Gruppe zusammen und bereitete eine Abschiedsfeier vor. Sie quetschten sich in zwei Autos und begleiteten Chris zum Flughafen Logan – Val und Chris und Tad und Mira und Ben und Clarissa und Duke und Kyla (Harley konnte nicht kommen) und Bart. Nach Isos Anweisungen hatten sie sich alle verkleidet und schleppten Schilder mit und Trillerpfeifen und Blechtrompeten. Chris war ganz rot vor Verlegenheit und Freude, als sie in das Flughafengebäude zogen.

Sie folgten Chris auf Schritt und Tritt, zum Flugkartenschalter, zur Gepäckannahme, zur Platzreservierung. Sie waren ein komischer Haufen, der sich komisch benahm, aber irgendwie zusammengehörte. Sie standen hinter dem niedrigen Geländer, das die Sitze für die Fluggäste umgab (damals gab es noch keine Absperrungen, keine Durchsuchungen nach Bomben oder Waffen), bis die Aufforderung kam, an Bord zu gehen. Chris küßte sie alle, küßte ihre Mutter und hielt sie einen Augenblick fest, dann rannte sie los, um sich anzustellen. Dann tuteten sie alle und schrien und pfiffen, ließen sie hochleben, trillerten mit den Pfeifen und schwenkten die Schilder.

Kyla trug ihr altes Cheerleader-Kostüm; sie sprang auf und ab und grölte: «Hey, Hey, wer ist okay? Chris, Chris, Chri-i-is!» Clarissa, in enganliegender Strickhose und einer indianischen Decke und mit einem Stirnband, lächelte sphinxhaft und schwenkte ein Schild, auf dem stand: «Oh, Chicago, hier kommt Chris!» Und hin und wieder blies sie die Trillerpfeife, die sie sich zwischen die Zähne geklemmt hatte. Bart hatte sich von Kopf bis Fuß in schimmerndes weißes Leder geworfen; auch er trillerte und hielt, während er blies, Arme hoch und machte mit den Händen über dem Kopf das Zeichen für Sieg. Duke, in ein Laken gehüllt und behelmt wie ein nordischer Gott, trug einen Dreizack und ein Schild: «Auf, nach Walhalla!» Tad sah so aus, als würde er jeden Moment sein Kostüm verlieren, ein Laken, das ein Zwischending zwischen Toga und Lendenschurz war. Er machte einen etwas verwirrten Eindruck, blies aber hin und wieder in seine Blechtrompete. Iso, in einem mit Zechinen besetzten Gymnastikanzug und einer in den Nacken geschobenen Fliegermütze, schwenkte ein Schild, blies in eine Trillerpfeife, pfiff, brüllte und zupfte alle Augenblicke Vals Federboa zurecht, die dauernd von ihren Schultern rutschte. Iso war die Dirigentin, sie fuchtelte mit der Hand herum und drängte zum rauschenden Finale, als die Schlange der Passagiere immer kürzer wurde. Zum Schluß schrien und trillerten und tuteten und winkten sie alle auf einmal und schrien: «Hey, Chris!» Und Chris stand da, schaute sie an, einmal in ihrem Leben in sauberen Blue jeans und einem ordentlichen Hemd und mit gekämmten Haaren, sie sah aus wie fünfzehn und versuchte zu lächeln, aber ihr Mund zuckte verdächtig, und hastig wandte sie den Kopf und verschwand.

«Oh, mein Gott, jetzt ist sie fort!» schrie Val, und die anderen umringten und umarmten sie und führten sie hinaus und verteilten sich auf die beiden Autos und fuhren zu ihr nach Hause und feierten dort eine Party, die bis zwei Uhr morgens dauerte.

So sieht das Leben meiner Schwester aus: sie lebt in einer kleinen Wohngemeinschaft, es gibt die üblichen Mißstimmungen, aber wenn eine ihrer Freundinnen in Schwierigkeiten steckt, sind die anderen da, fangen sie auf und umgeben sie mit Liebe. Sie tun all die kleinen, einfachen Dinge, die zwar nicht heilen, aber den Schmerz lindern. Wahrscheinlich gibt es überall ähnliche Gruppen, deren Ordnung weder festgelegt ist noch zum Gesetz gemacht werden kann; sie sind anpassungsfähig, wechseln, Leute kommen, Leute gehen, Leute sterben, aber die Gruppe besteht weiter, nicht durch Regeln, sondern durch ein gemeinsames Bewußtsein bestimmt, sie stellt sich auf das ein, was passiert.

Meine Freundinnen in Cambridge waren auch so, und vor allem Iso war es, die uns diese Art Liebe lehrte. Ihre Großmutter, die sie mehr als ihre Eltern liebte, hatte während ihrer ganzen Kindheit mit der Familie zusammengelebt. Eine lebhafte, kluge Frau, die immer Zeit für ein Spiel hatte, die genug Phantasie besaß, um sich immer etwas einfallen zu lassen, und genug Besonnenheit, um die Wahrheit zu sagen, auch zu einem Kind. Dabei hatte Lamia Keith all die Jahre über an mehreren Krankheiten gelitten – daß sie sterben würde, war gewiß. Trotzdem fand sie immer einen Grund zum Feiern, backte Kuchen, schmückte das Wohnzimmer mit bunten Bändern aus Kreppapier, weil sie den ersten Rauhreif auf dem Gras oder die erste Zitrone an dem Baum draußen vor dem Haus entdeckt hatte. Sie kaufte Blechtrompeten und Pfeifen und kleine Geschenke für jeden Festtag, von St. Patrick bis zum Columbustag. Clarissa Dalloway sagte: «Der Tod! Während meiner Party.» Lamia Keith sagte: «Ein Fest! Während ich im Sterben liege.» Und Iso erinnerte sich immer daran.

Die Abschiedsfeier auf dem Flughafen hatte sie alle inspiriert. Jeder wollte ein Fest geben. Das Problem war, das nötige Geld zu sparen und einen günstigen Tag zu finden. Sie hatten eine Menge Ideen: Kommt als das, was ihr am liebsten sein möchtet, kommt als eure Lieblings-Romangestalt, verkleidet euch als euer Lieblingsautor und spielt ihn oder sie die ganze Nacht lang.

Das Drumherum war manchmal armselig, das Essen und die Getränke waren oft knapp, aber die Feste rauschend. Sie machten Spiele: drei oder vier Mitglieder eines Teams bekamen eine Geschichte zugeteilt, die sie im Stil verschiedener Autoren darstellen mußten. Val, Grete und Brad sollten spielen, wie ein Ehemann die Untreue seiner Frau entdeckt, und zwar im Stil von Henry James, Tennessee Williams und Dostojewskij. Val erhielt die Rolle des Ehemannes, weil sie die größte war. Iso, Kyla und Duke mußten die gleiche Geschichte im Stil von Fielding, Scott Fitzgerald und Norman Mailer darstellen, aber Duke paßte und Clarissa übernahm seine Rolle. Sie trafen sich oft bei Iso, die eine große Sammlung alter Schallplatten besaß, und alle ließen sich auf das rechte Knie nieder und sangen, zusammen mit Al Jolson, «Swanee», oder klagten mit Judy Garland «The Man That Got Away». Manche Paare tanzten wie Fred Astaire und Ginger Rogers zu Musik der dreißiger und der vierziger Jahre, und Iso brillierte mit einem Tanz, bei dem sie auf das Sofa sprang, über die Lehne tänzelte, bis das Sofa umfiel, und dann absprang und Pirouetten drehend davonsteppte. Sie kamen mit Spazierstöcken und Zylinderhüten und mit anderen lustigen Utensilien, die sie zwischen Gerümpelhaufen und auf Dachböden aufgetrieben hatten. Ben und Tad führten einen Sketch auf, eine Parodie auf Becketts *Warten auf Godot*. Grete und Avery spielten nacheinander eine Liebeszene im Stil von französischen, italienischen, englischen und amerikanischen Filmen. Alle zusammen bildeten eine Schlange und tanzten Soft-shoe, einen Steptanz, oder ahmten die Rockettes nach. Sie machten Gedichte, die Zeile um Zeile von einem nach dem andern ergänzt wurden; sie dachten sich Handlungen aus für pornographische Romane, die nie geschrieben wurden, oder für Krimis, die sie schreiben wollten.

Die Leute, die zu den Festen kamen, wechselten, aber den Kern bildeten immer Iso, Clarissa und Kyla, Mira und Ben, Val und Tad. Duke kam, wenn er in Cambridge war, war aber nicht sehr begeistert davon. Harley kam nie, schaute aber manchmal spät abends noch kurz herein, um Kyla abzuholen. Grete und Avery, die verliebt waren, kamen oft und spielten mit wahrer Begeisterung mit: Grete vor allem war eine großartige Schauspielerin. Mittelpunkt der Feste aber war Iso. Von ihr gingen die phantasievollen Impulse aus, sie beherrschte unbewußt und unmerklich die Zusammenkünfte. Sie war im Sommer sehr braun geworden und die Sonne hatte ihr Haar gebleicht. Nußbraun und schlank und schön, wie im Schlager, die blaßgrünen Augen funkelnd in dem glatten, gebräunten Gesicht, das Haar um die Schultern wehend, schritt sie durch die Räume wie eine himmlische Erscheinung. Alle hielten inne, drehten sich nach ihr um: sie war ein Magnet.

Isos Haltung, immer nur die positive Seite der Menschen zu sehen, war nicht gekünstelt, sondern kam aus ihrer Einstellung sich selbst und ihrem Leben gegenüber. Sie war verklemmt und verschlossen gewesen, sie hatte sich entschlossen, etwas zu wagen, und da war sie nun, tat eine Arbeit, die sie liebte, war umgeben von Freunden, die sie akzeptierten. Sie strahlte Zufriedenheit aus, glaubte an Möglichkeiten. Und alle um sie herum waren auf die eine oder andere Weise in sie verliebt. Alle Gesichter, sogar das von Harley, leuchteten auf, wenn sie hereinkam. Nicht nur, weil sie schön war oder charmant; sie bezauberte, weil man nicht genau wußte, wie sie eigentlich war. Jeder hatte das Gefühl, sie nie wirklich kennenzulernen, sie nie greifen und festnageln zu können.

Selbst Mira, die sie gut kannte, empfand das. Sie und Iso verbrachten viele Abende zusammen, sprachen miteinander. Iso versuchte Mira zu zeigen, wie es ihr in ihrem Leben gegangen war.

«Ich weiß nicht, wann ich es zum erstenmal gemerkt habe, daß ich anders bin – vielleicht hab ich es immer gewußt. Aber gleichzeitig wußte ich auch nicht, daß ich anders war. Wie soll ich das erklären? So wie manche Kinder braune Augen haben und andere blaue. Irgendwie merkst du, daß du das einzige Kind in der Nachbarschaft bist, das grüne Augen hat, aber das spielt keine Rolle. Du kommst dir deswegen noch nicht anders vor. Es ist so, wie wenn das eine Kind schneller laufen kann, das andere besser werfen oder eines irre gut auf dem Skateboard ist, verstehst du, so etwas macht dich zu etwas Besonderem, aber nicht anders. Wichtig ist nicht das Anderssein, sondern die Bedeutung, die diesem Anderssein beigemessen wird. Ich wußte wohl, wie ich Mädchen gegenüber empfand, wußte es schon früh, aber ich nahm an, daß alle anderen genauso empfanden. Ich nahm an, ich würde heiraten und Kinder kriegen, wie meine Mutter oder wie meine Tanten.

Aber irgendwann erkannte ich, daß meine Gefühle Mädchen gegenüber von anderen Mädchen nicht geteilt wurden. Und ich entdeckte, daß mein Gefühl, mein Anderssein einen Namen hatte, daß es ein häßlicher Name war, daß die Art, wie ich war, als verrückt, verdorben und krankhaft angesehen wurde. Das hat mich fertiggemacht. Damals fing ich an, mich in mich zurückzuziehen, mich genau zu beobachten, mich so anzuziehen und zu verhalten, daß ich keine Aufmerksamkeit auf mich zog, in der Hoffnung, daß mein krankhaftes Anderssein nicht zu merken war. Das war es aber doch. Andere Frauen, die so wie ich waren, merkten es mir an. Ich kann dir nicht sagen, wie viele auf dem College versucht haben, sich mit mir anzufreunden. Das hat mich erschreckt, ich stieß sie grausam zurück. Ich wollte nicht sein, wie ich war.

Ich dachte, irgendwie würde ich es schaffen, darüber hinwegzukommen. Ich fing an, mich mit Männern zu verabreden, habe im Auto geknutscht, und ich ließ mich – ziemlich kalt und berechnend, wie ich mich erinnere – verführen. Schließlich habe ich mich verlobt. Meine Eltern waren außer sich vor Freude: sie müssen irgendwie gespürt haben, daß etwas mit mir nicht stimmte. Ich war mit einem sehr gut aussehenden Jungen verlobt, einem Jurastudenten von der University of California. Er war ein netter Kumpel, ein bißchen farblos und uninteressant, aber ein großer Segler – er hatte ein eigenes Boot. Jedes Wochenende fuhren wir damit raus. Das entschädigte mich für alles andere. Ich dachte, ich könnte mich daran gewöhnen, mit ihm verheiratet zu sein.

Ich weiß nicht, was ich mir gedacht habe – daß die Ehe aus vielen Segelwochenenden bestehen würde, nehme ich an. Ich haßte Vögeln, aber ich zwang mich, nicht weiter darüber nachzudenken. Er war nicht zudringlich, und ich habe ihn mir die meiste Zeit vom Leib gehalten. Und wenn ich nachgab, war ich betrunken.

Eines Nachts kam er sehr spät noch zu mir, völlig unerwartet. Ich arbeitete. Am nächsten Tag hatte ich eine Prüfung in Betriebswirtschaft, nicht gerade meine Stärke, wie du dir vorstellen kannst», sagte sie grinsend. Iso war bekannt für ihre Sorglosigkeit. «Er war stockbetrunken – er kam von einer Sauftour mit einer Horde von Kerlen, *macho*-Typen vermutlich, die den ganzen Abend lang über nichts anderes geredet hatten als über «Bräute» und Vögeln. Sie hatten ihn wegen meiner Abneigung gegen Sex hochgebracht, und er war gekommen, um sich – wie er sich ausdrückte – sein Recht zu nehmen. In einer anderen Nacht hätte ich vielleicht nachgegeben, nur damit er still wurde, und um ihn loszuwerden. Aber in dieser Nacht wollte ich nicht. Ich war sauer. Ich hatte die Prüfung vor mir, ich mußte lernen, und ich paukte ja nicht für ein A, sondern nur um nicht durchzufallen. Aber das war ihm egal. Er sah widerlich aus, und er stank nach Alkohol und Kotze. Er stieß mich im Zimmer herum, knallte mir eine. Ich schlug zurück, versuchte, ihn wegzustoßen, aber er war mit seinen achtzig Kilo auf mir. Am Ende vergewaltigte er mich. Es *war* eine Vergewaltigung, auch wenn ein Gericht das nicht anerkannt hätte. Vergewaltigen ist das Recht der Ehemänner und Liebhaber.

Als er fertig war, sackte er weg, und ich setzte mich wieder an den Schreibtisch, konnte mich aber nicht konzentrieren. Ich war wütend, mein Puls hämmerte, mir dröhnte der Kopf, ich konnte nicht denken. Am nächsten Morgen ging ich zur Prüfung. Als ich zurückkam, saß er an meinem Küchentisch und trank Kaffee. Ich sah ihn nur an, aber er schien überhaupt nicht zu merken, daß irgend etwas nicht stimmte. Er lachte und ächzte und hielt sich den Kopf; er redete, als ob er etwas besonders Schlaues und Komisches vollbracht hätte. Ich fragte ihn, ob er sich erinnerte, was er gemacht hatte. Er setzte ein Gesicht auf wie ein kleiner Junge, der um Verzeihung bittet, und sagte, er wüßte, daß er mich gedrängt hätte. Gedrängt! Aber dann lachte er, offenbar voller Begeisterung über sich selbst: «Du hast wirklich nicht gerade die heißesten Höschen in der Stadt, weißt du», sagte er. Das rechtfertigte alles.

Ich stand da und zog ganz langsam meinen Verlobungsring ab – es war ein kleiner Diamant, kannst du dir so etwas an mir vorstellen? – und ging ins Badezimmer. Er stand auf, er war verwirrt. Ich wartete, über das Klo gebeugt, bis er zur Tür hereinkam. Dann ließ ich den Ring ins Klo fallen und zog die Spülung. Er versuchte, mich zu hindern, aber ich war schneller. Er stand da und brüllte los, er konnte nicht fassen, was da passiert war. Als er sich gefaßt hatte, rannte er hinter mir her, aber ich hatte schon den Hörer abgenommen. ‹Rühr mich nicht an, sonst bringe ich dich vor Gericht›, sagte ich. ‹Wegen Körperverletzung und Vergewaltigung. Das wird sich gut machen in deinen Papieren, wenn du vor Gericht erscheinen mußt.› Er war außer sich vor Wut. Er warf mir alle möglichen Schimpfwörter an den Kopf. Er überschlug seine Chancen. Am liebsten hätte er mich verprügelt. Aber mir ging es ähnlich: ich hätte ihn am liebsten umgebracht. Er sah es mir an. Schließlich ging er.

Das war's. Ich habe mich nie wieder mit einem Mann eingelassen. Aber ich war immer noch nicht mit mir im reinen. Deshalb bin ich abgehauen, bin soviel rumgereist, hab versucht, andere Möglichkeiten zu finden, hab versucht, vor mir selbst davonzulaufen. Dann habe ich Ava kennengelernt.»

«Und wie ist deine Prüfung ausgegangen?»

«Ich bin durchgefallen. Aber ich habe immer das Gefühl gehabt, es war ein niedriger Preis dafür, daß ich die ‹Bestie› vor der Heirat durchschaut habe. Sicher, er könnte mir übelnehmen, daß ich nicht ehrlich gewesen, daß ich nicht damit rausgerückt bin. Aber er ist ja auch nicht ehrlich gewesen, bis zu dieser Nacht.»

«Ich habe mir oft überlegt, was Norm gemacht hätte, wenn ich einfach *nein* gesagt hätte. Einfach nur *nein.* Er hatte, weiß Gott, ein *Nein* verdient.»

«Was meinst du, was er gemacht hätte?»

«Ich weiß es nicht. Ich glaube nicht, daß er gewalttätig geworden wäre, nicht sofort. Vielleicht, wenn ich dabei geblieben wäre . . . Aber er hat sowieso immer das Gefühl gehabt, mich zu vögeln, sei Vergewaltigung, weil ich einen solchen Widerwillen dagegen hatte, und er wußte das, spürte das. Ich glaube, das hat ihn geil gemacht.»

«O Gott – Männer!» Iso schüttelte den Kopf. Sie dehnte sich und ließ ihr Haar nach hinten über den Sessel fallen. «Oh, es tut so gut, einfach so zu sein, wie du bist, sich einfach wohl zu fühlen. Es tut gut, sich wohl zu fühlen», sagte sie und sah Mira kichernd an.

Isos Augen leuchteten, ihre Lippen glänzten, ihr Haar war wie ein honigfarbener Heiligenschein. Mira wünschte sich, Iso würde die Arme nach ihr ausstrecken. Sie wollte hinübergehen zu ihrer Freundin und sie umarmen, umarmt werden. Aber sie konnte sich nicht rühren.

Sie interessiert sich nicht für mich, dachte sie, jedenfalls nicht so. Ich bin alt, ich bin unattraktiv.

Sie sahen einander einen Augenblick an. Dann war es vorbei. Iso wandte sich ab und gähnte. «Es ist spät», sagte sie, «ich gehe jetzt besser.»

7

Mira fuhr über Weihnachten zu ihren Eltern nach New Jersey. Sie fuhr nicht gern. Die Wards waren altmodische und sehr biedere Leute. In den vierzig Jahren ihrer Ehe war keiner von beiden jemals im Morgenrock zum Frühstück erschienen und auch keines ihrer Kinder hatte das je getan – bis Weihnachten vor einem Jahr, als Mira nicht nur im Morgenrock nach unten gekommen war, sondern auch noch zwei Stunden in diesem Morgenrock herumgesessen hatte. Die Wards waren so schokkiert gewesen, daß sie kein Wort herausbrachten.

Mr. Ward war noch nie ohne Schlips und Jacke zum Abendessen erschienen, auch nicht am Wochenende, wenn er den ganzen Tag mit der Pflege des Rasens zugebracht hatte, und Mrs. Ward erschien abends nie ohne ein «gutes» Kleid und ohne Schmuck. Wenn Mira in Hose und Pullover kam, holten sie jedesmal tief Luft. Es war für sie besonders schwierig, da es ihnen irgendwie unziemlich vorkam, eine neununddreißigjährige Tochter zu tadeln, die selbst schon große Kinder hatte und nur einmal im Jahr zu Besuch kam. So schwiegen sie, aber es war ein angespanntes und galliges Schweigen.

Die Wards hatten feste Gewohnheiten. Um vier Uhr kleideten sie sich zum Abendessen um, um fünf versammelte man sich zum Drink: zwei Manhattan. Das war das einzige, was sie tranken, und sie konnten nicht verstehen, daß es Leute gab, die etwas anderes oder mehr trinken wollten. Zum Abendessen gab es beispielsweise ein kleines Lammkotelett, dazu zwei Teelöffel Erbsen und Kartoffeln aus der Dose, vielleicht geschnittenen Salat mit einem halben Pfirsich und einem kräftigen Schuß Mayonnaise. Oder gebratene Hähnchenbrust und zwei Teelöffel grüne Bohnen aus der Dose. Oder eine Scheibe Roastbeef und eine gebackene Kartoffel – das allerdings nur bei besonderen Gelegenheiten. Zum Nachtisch gab es immer Kuchen, entweder einen hellen oder einen dunklen, von denen Mrs. Ward abwechselnd jede Woche einen backte – seit nunmehr fast vierzig Jahren.

Das Haus war ähnlich wie das Essen: alles war von guter Qualität, aber langweilig, ausgesucht im Hinblick auf Haltbarkeit und auf das, was die Wards «guten Geschmack» nannten, also nichts «Protziges». Der verblichene Wilton-Teppich war von einem dunkleren Braun als die beige Tapete, die Tweedbezüge der Sessel hatten achtzehn Jahre überdauert. Einer der Gründe, warum ihre Möbel sich so gut hielten, war, wie sie Mira gegenüber immer wieder betonten, daß sie nicht rauchten. Wenn Mira zu Besuch kam, rissen sie energisch die Fenster auf.

Nicht, daß sie ihre Tochter nicht liebten. Aber ihr Haus war so sauber, so ruhig und so ordentlich, wenn sie nicht da war, daß ihnen die Unordnung, die sie machte, körperliche Qualen bereitete. Oh, sie war umsichtig, das konnten sie nicht anders sagen: Mira leerte abends ihren Aschenbecher aus, sie brachte sich ihren eigenen Gin und ihren Brandy mit und wusch ihre Gläser ab. Aber noch Tage nach ihrer Abreise hing der Zigarettengeruch in dem mit Zitronenwachs gebohnerten Wohnzimmer. Und in der Küche roch es jeden Morgen ein bißchen nach Alkohol. Miras Zahnbürste lag unordentlich auf dem Rand des Waschbeckens im Badezimmer herum, ebenso ihr Kamm und ihre Bürste und manchmal sogar ein ausgegangenes Haar. Sie beschwerten sich nicht. Aber Mira spürte, wie schwer es ihnen fiel, sich mit etwas abzufinden, was ihnen wie eine Entweihung vorkam – sie störte die eingefahrenen Bahnen ihres Lebens.

Mira wollte sie noch mehr stören: sie wollte mit ihnen reden. Aber das war unmöglich. Die Regeln der Konversation wurden streng beachtet. Es gab verschiedene Ebenen des Schicklichen. Wenn Mrs. Wards Freundinnen nachmittags auf eine Tasse Kaffee kamen, mochten sie flüsternd eine anstößige Geschichte erzählen. Wenn Mr. Ward beim Eisenwarenhändler jemanden traf, mochte er eine grausige Geschichte zu hören bekommen. Vielleicht teilten sie einander, abends in ihrem Schlafzimmer, solche Gräßlichkeiten mit, und hin und wieder erzählte Mrs. Ward auch mal eine Geschichte weiter: wenn sie Besuch von einem Ehepaar hatten und die Frau mit in die Küche kam, um ihr zu helfen, Kaffee und Kuchen bereitzustellen und zu servieren, sobald die Männer ihre drei *highballs* getrunken hatten. Aber nie, niemals wurden solche Geschichten offen erörtert und schon gar nicht vor den Kindern. Es kam vor, daß Mira, die nun wirklich kein Kind mehr war, von ihrer Mutter ins Vertrauen gezogen wurde, wenn sie nachmittags im Wohnzimmer beisammensaßen und Mr. Ward unten im Keller hämmern hörten. Aber solche Vertraulichkeiten wurden mit gedämpfter Stimme weitergegeben, immer mit einem wachsamen Blick auf die Kellertür, und es verstand sich von selbst, daß diese vertraulichen Informationen später, wenn sie zu dritt zusammensaßen, nicht mehr erwähnt wurden. Mira war von klein auf an diese Unterscheidungen gewöhnt worden. Sie hatte sich wenig Gedanken darüber gemacht, aber es war deutlich, daß diese Trennungslinie zwischen Männern und Frauen verlief. Es gab gewisse Dinge im Leben, die Frauen einander zuwisperten, sei es, daß die Männer nicht stark genug waren, sie zu ertragen, oder sie damit nicht «behelligt» werden durften. Trotzdem hatte sie das sichere Gefühl, daß ihre Mutter sie irgendwann insgeheim ihrem Vater weitererzählte. Es kam ihr wie ein sinnloses rituelles Spiel vor, und sie wollte es durchbrechen, wollte frischen Wind hereinlassen.

Als Mira jung war, durfte die allgemeine Konversation nur bestimmte stillschweigend festgelegte Themen umfassen. Man konnte über die eigenen Kinder sprechen, aber dabei durften keine Probleme erwähnt werden, es sei denn, die Kinder waren noch sehr klein. Erziehung zur Sauberkeit – ja. Versagen in der High School – nein. Nächtliche Zechgelage – niemals. Man konnte endlos über das eigene Haus diskutieren und durfte auch von Geld sprechen, aber nie über Geldprobleme. Die Kosten für den neuen Wasserboiler waren kein Geheimnis, Steuererhöhungen ebenfalls nicht, aber Zahlungsschwierigkeiten waren tabu. Man konnte über den eigenen Mann oder die eigene Frau sprechen, aber auch das wieder nur auf bestimmte Art. Es durfte erwähnt werden, daß er gerade dem Golfclub beigetreten war, sich einen neuen Rasenmäher gekauft hatte oder befördert worden war. Heikel wurde es, wenn man berichtete, daß er zu einer Steuerprüfung vorgeladen worden war. Und wenn man erzählte, daß er am Sonnabendabend im Club betrunken gewesen und in eine Schlägerei verwickelt worden war, waren die Zuhörer über die Tatsache an sich weniger entsetzt als darüber, daß man so etwas erzählte. Gewisse Dinge konnten zwar angedeutet, durften aber nicht benannt werden. Als im vergangenen Sommer die Tochter der Adams, die drei Häuser weiter wohnten, vergewaltigt worden war, erfuhren alle, daß gegen zehn Uhr abends, als sie von der Bushaltestelle nach Hause ging, ein Mann sie angesprochen und, na ja . . . Sie wissen schon . . . das arme Ding schrie, aber niemand kam . . . sie liegt jetzt im Krankenhaus, aber es scheint alles in Ordnung. Seufz. Ts. Ts. Das Ergebnis solcher lückenhaften Berichte war, daß jeder sich den Vorfall auf die gewalttätigste und schändlichste Art in seiner Phantasie ausmalte. «Sie wurde angegriffen», hatte zweifellos viele Bedeutungen für jeden von Mr. und Mrs. Wards Freunden, und die unausgesprochenen Phantasiebilder eines jeden schwebten wie ein farbiges Subleben hinter ihrem blassen Dasein.

Die Wards hatten etwas gegen Juden, Farbige, kinderreiche Katholiken und Leute, die sich scheiden ließen oder sich sonst irgendwie ungewöhnlich benahmen. Mrs. Ward hatte zusätzlich eine sehr schlechte Meinung von Iren (Armeleutemanieren) Italienern (schmutzig, nach Knoblauch stinkend), Engländern, die kühl waren (sie sagte nie, ob sie auch ihren Ehemann da mit einschloß), Deutschen (Trinker und Schläger), Franzosen (sexy – sie kannte allerdings keine) und Kommunisten, die sie überall witterte, ein ungreifbares, aber mächtiges Übel. Alle anderen ethnischen Minderheiten waren zu fremdartig, als daß man sie der menschlichen Rasse zuordnen konnte. In den letzten zwanzig Jahren hatte sich ihre Nachbarschaft jedoch verändert, und Leute aller Art waren zugezogen. Mrs. Ward, die neugierig und gesellig war, beugte sich gern über ein Baby im Kinderwagen und fand sich dann unversehens im Gespräch mit der Mutter wieder. Sie konnte das jedem erklären. Sie sagte ständig: «Na ja, sie sind reichlich .... [negatives Eigenschaftswort], aber sie sind wirklich sehr nett.» Sie hatte sogar eine jüdische Freundin.

Miras Scheidung war für die beiden ein schrecklicher Schlag. Sie konnten Mira nicht verzeihen, daß sie als erste eine solche Schande über die Familie brachte. Obwohl sie wußten, daß Norm die Scheidung gewollt hatte und Mira eine mustergültige Ehefrau gewesen war, meinten sie doch im tiefsten Grunde ihres Herzens, daß es die erste Pflicht der Frau sei, ihren Mann zu halten: Mira hatte versagt. Es kränkte sie, daß Norm jetzt mit einer anderen Frau in diesem herrlichen Haus wohnte; sie erwähnten es Mira gegenüber immer nur flüchtig, aber immer mit einer Schmerzensfalte zwischen den Augen.

«Wir sind neulich auf dem Weg zu den Baxters an deinem alten Haus vorbeigekommen. Norm pflanzt neue Büsche.»

Wenn Mira ankam, wurde sie jedesmal, nach einem Wirbel von Umarmungen und Küssen, gefragt, ob sie noch etwas essen wolle, und dann saßen sie alle am Eßzimmertisch und tranken Kaffee. Wie die Fahrt gewesen sei? Viel Verkehr? Ob der Wagen noch in Ordnung sei? Wie sie mit dem Studium vorankomme? Auch das war ein heikler Punkt, denn Mrs. Ward konnte nicht begreifen, warum eine Frau in mittleren Jahren wieder freiwillig die Schulbank drückte, und sie mußte sich immer sehr zurückhalten, wenn das Thema zur Sprache kam. Was sie denn jetzt mache? Mündliche Prüfungen. Aha. Und wie ging das? Aha, und danach? Wann – darauf liefen alle Fragen hinaus – wirst du endlich fertig sein und in die Welt der Erwachsenen zurückkehren? Dissertation. Oh, ja, natürlich. Und das bedeutete –? Im letzten Jahr hatten sie die gleichen Fragen gestellt, und sie würden sie auch im nächsten stellen.

Bekannte waren als Gesprächsthema erlaubt, und so erzählte Mira ihnen alles, was sie an Neuigkeiten über ihre Freunde wußte. Aber außer an Val konnten sich die Wards nie an jemanden erinnern, obwohl Mira viel von Iso gesprochen hatte und neuerdings in ihren Briefen auch von Clarissa und Kyla. Val war im gleichen Alter wie Mira und konnte deshalb als Freundin akzeptiert werden, während die anderen mit «diesen jungen Studenten» in einen Topf geworfen wurden. Mira beschloß, ihnen von den Festen zu erzählen. Sie hörten verwirrt zu. Mrs. Ward konnte nicht begreifen, warum diese jungen Studenten ihr bißchen Geld für so unsinnige Unternehmungen verschwendeten.

«Aus Spaß», sagte Mira, aber das war ein Wort, das beide Wards nicht verstanden.

Mira ließ beim Erzählen mehrere Male den Namen Ben fallen, aber weder ihre Mutter noch ihr Vater fragten sie, wer er sei.

Dann war Mrs. Ward an der Reihe. Die Wards hatten viele Bekannte, Ehepaare, die sie seit dreißig und mehr Jahren kannten. Sie kannten die Kinder und Enkel dieser Leute. Sie kannten die Cousins und Cousinen, Tanten und Onkel (die meisten waren inzwischen gestorben). Es gab Geschichten in Hülle und Fülle. Die Tochter von dem und dem war umgezogen, weil ihr Mann befördert und nach Minneapolis versetzt worden war; der und der war gestorben. Jemand hatte ein Baby bekommen. Jemand ging jetzt aufs College. Und jemand – die Stimme ihrer Mutter klang plötzlich gedämpft – hatte sich scheiden lassen. Und der Sohn von irgendwem – noch gedämpfter – war drogensüchtig.

Mira wunderte sich. Sogar in Bellview vollzogen sich Veränderungen. Sie erinnerte sich, wie rein und unbefleckt ihr die Welt ihrer Eltern in ihrer Kindheit immer vorgekommen war. Sie kam sich immer wie ein Schandfleck darin vor, weil sie wußte, daß sie den Maßstäben dieser Welt nicht gerecht wurde. Selbstverständlich war sie immer aus dem Zimmer geschickt worden, wenn Freundinnen ihrer Mutter hereinschauten. Sie erinnerte sich, daß sie nach ihrer Heirat, als sie eines Nachmittags ihre Mutter besuchte, eine Aura von Sünde über den Köpfen einiger der ältesten Freunde ihrer Eltern schweben zu sehen meinte. Gerüchte über eine Scheidung in der Familie Martinson gingen um – ein Bruder, glaubte sie. Es gab eine Zeit, wo bei der Erwähnung des Namens Harry Cronkite Schweigen ausbrach – bis man schließlich darüber zu sprechen begann, nachdem «es» vorbei war. Und jetzt sprachen sie am Eßtisch über Scheidung und über Drogen. Beide Wards schüttelten ihre Köpfe. Die Welt geriet mehr und mehr aus den Fugen. Richtig, dachte Mira. Die Welt ihrer Eltern bestimmt, wenn so etwas wie Drogen und das Getuschel über eine Abtreibung die sorgfältig geschmiedete Oberfläche ihres gesellschaftlichen Lebens durchdringen konnte. Überall bricht das Leben hervor, dachte Mira.

Aber nach wie vor mußte sie sich die ermüdende Aufzählung von Taten anhören, die Fremde vollbracht hatten oder Leute, an die sie sich kaum noch erinnern konnte. Taten ohne Motiv und ohne Konsequenzen und ungefähr so interessant wie die Aufzählung der Bestandteile eines Atomunterseeboots. Aber den Wards bereitete das Erzählen Vergnügen. Ab und zu unterbrach Mr. Ward seine Frau mit einem : «Nein, das war nicht Arthur, das war der andere Bruder, Donald, der in Cleveland gelebt hat.» Und manchmal gab es sogar einen kleinen Disput darüber, welcher Bruder es nun war. So ging es ununterbrochen weiter. Sie konnten drei Tage damit ausfüllen. Es erinnerte Mira an ein Pornobuch, das sie sich von Iso geliehen hatte. Der Ich-Erzähler, ein Mann, hatte auf beinahe jeder Seite Geschlechtsverkehr. Er beschrieb auch ein paar Details: er trieb es mit A, B oder C, und zwar auf einem Fellteppich vor einem Kamin, auf einer Schaukel, in der Badewanne. Aber der größte Teil der Story bestand aus langweiligen, immer gleichen Aufzählungen der physischen Details des Akts.

«Daran geilen sie sich auf. Sie masturbieren dabei. Es muß immer dem üblichen Ritus entsprechen», erklärte Iso.

«Es ist Hirnwichserei», fügte Kyla hinzu.

«Ich dachte, dir gefällt so etwas», sagte Mira, noch immer unfähig, das Wort in den Mund zu nehmen.

«Ja, schon, wenn es mit anderen Leuten ist. Verstehst du, wenn man zusammensitzt und zwei Köpfe bringen sich gegenseitig in Fahrt, und du spürst, wie die Funken sprühen. Das ist toll! Aber das hier ist was anderes.»

Mira überlegte, wie ihre Eltern wohl reagiert hätten, wenn sie ihnen erklärt hätte, daß sie ihre Erzählungen für Hirnwichserei hielt.

«Wie wär's mit einem Gin-Tonic?» fragte sie statt dessen. Sie waren so oder so schockiert.

Nachdem alle guten Neuigkeiten erzählt worden waren, kamen die schlechten an die Reihe. Da schlechtes Benehmen und Geldprobleme verboten waren, betrafen die einzig zugelassenen schlechten Nachrichten Krankheit und Tod. Und die Wards waren eine wandelnde Enzyklopädie. Sie kannten bis ins Detail jedes Symptom jeder Krankheit jedes Freundes. Sie kannten die Arztrechnungen ihrer Freunde. Und diese waren beachtlich, da die Wards und ihre Freunde allesamt um die Siebzig waren. Die Krankenhauskosten waren in der Tat horrend. Die Krankheit selbst und die enormen Kosten flößten den Wards Schrecken ein, aber davon abgesehen waren sie verwirrt, auch wenn sie ihr Problem nicht genau formulieren konnten. «Ich weiß nicht, was mit der Welt los ist», sagten sie bekümmert.

Die meisten Freunde waren wie die Wards in der Zeit der Depression arm gewesen. Sie hatten bescheiden gelebt und hart gearbeitet, und gegen Ende der vierziger Jahre ging es ihnen, nicht zuletzt dank des Krieges, recht gut. Sie hatten nie darüber nachgedacht, was es bedeutete, daß es eines Krieges bedurfte, um die Wirtschaft anzukurbeln; sie hatten nicht das Gefühl, daß ihr frisch erworbener Wohlstand mit einem moralischen Problem verknüpft war. Sie glaubten an die Technik und waren überzeugt, daß der Fortschritt, wie sie es nannten, eine gute Sache war. Bei dem Wort *Sozialismus* fröstelte es sie, und selbst die Verstaatlichung des Gesundheitswesens hatte für sie einen üblen Beigeschmack. Eine sonderbare Gesellschaft, dachte Mira, die eben die Menschen zerstört, die ihre Grundsätze unterstützen. Denn diese Leute wurden durch Arztrechnungen vernichtet, und selbst die Wards, die bisher noch keine ernsten Beschwerden hatten, konnten angesichts der Inflation nur mit Mühe von Mr. Wards Rente leben. Dank Ben, der beständig über Politik sprach, interessierte sich auch Mira, mehr als früher dafür, aber hier sah sie zum erstenmal praktisch angewandte Politik. Abgesehen von allen moralischen Erwägungen – ein System, das die Menschen, die es unterstützen, nicht unterstützt, ist dem Untergang geweiht. Sie versuchte es ihren Eltern in einfachen Worten zu erklären, aber sie verstanden sie nicht. In ihren Köpfen gab es zwei verschiedene Schubladen für diese Dinge: Kapitalismus war gut, hohe Arztrechnungen waren schlecht, aber das eine hatte mit dem anderen nichts zu tun. Mira gab auf.

Gegen halb zehn hatte Mira Kopfschmerzen. Sie wartete darauf, daß es endlich zehn Uhr wurde, dann stellten die Wards die Fernsehnachrichten an, und danach gingen sie sofort schlafen. Sie hörte nicht mehr wirklich zu. Morgen war Heiligabend: sie mußte noch ein paar Kleinigkeiten besorgen, Geschenke einpacken, und am Nachmittag sollten die Jungen kommen. Sie würden über Nacht bleiben, bis zum Nachmittag des ersten Weihnachtstags, und dann zu ihrem Vater fahren. Dann würde es ein zweites Weihnachtsessen geben, und danach würde man aufräumen und über die Geschenke reden. Nach Weihnachten brauchte sie nur noch einen Tag zu bleiben. Die Wards waren sicher nicht allzu unglücklich, wenn sie wieder abfuhr. Sie konnten das Haus lüften, den Cognacschwenker polieren und ihn wieder ganz hinten in den Geschirrschrank stellen. Mira überlegte, wie sie es anstellen könnte, vielleicht noch früher abzufahren, und hörte nicht zu, was für ein Leiden die Leber eines Cousins zweiten Grades von Mr. Whitcomb befallen hatte. Plötzlich hörte ihre Mutter auf zu reden.

Mira blickte auf. Mrs. Ward saß neben einer tief hängenden trüben Lampe auf einem Stuhl mit hoher gerader Rückenlehne. Die gichtigen Hände ihrer Mutter lagen still und halb gefaltet im Schoß.

«Wir werden bald tot sein», sagte sie.

Mira sah sie erschrocken an. Mrs. Ward sah nicht alt aus. Ihr Haar war grau, aber es war schon grau gewesen, als sie auf die Dreißig zuging. Sie war eine lebhafte, energische Frau; beim Saubermachen lief sie mit Stöckelschuhen und Ohrringen durchs Haus. Sie bewegte sich schneller als Mira. Ihr Vater war immer langsamer gewesen, und seit er sich zur Ruhe gesetzt hatte, ließ er sich gehen. Er verletzte die Regeln so weit, daß er bis zum Abendessen in Hausschuhen herumlief. Er werkelte von morgens bis abends herum – er behauptete, daß immer viel in Ordnung zu bringen sei.

Sie betrachtete die beiden. Sie waren nicht alt, nicht älter als sie immer gewesen waren. Sie waren immer alt gewesen. Sie konnte sich nicht anders an sie erinnern. Sie rief sich eine Fotografie ihrer Mutter ins Gedächtnis, die vor ihrer Heirat aufgenommen worden war. Sie war dunkelhaarig und sehr schön gewesen – sie sah aus wie Gloria Swanson. Auf dem Bild trug sie einen weichen, breitkrempigen Hut, den sie mit einer Hand auf dem Kopf festhielt. Das Haar wehte – es mußte windig gewesen sein. Und sie lächelte, und ihre Augen blitzten lebhaft; es war ein strahlendes Lächeln, und sie sprühte vor Energie und Lebenslust. Es gab auch ein Foto von ihrem Vater in Uniform; es war aufgenommen worden, ehe er im Ersten Weltkrieg nach Europa ging. Er war schlank und blond; und sie stellte sich vor, daß er rosige Wangen gehabt hatte, wie Clark jetzt. Er hatte sehnsüchtige Augen und wirkte schüchtern und zart wie ein Dichter der Romantik.

Was war diesen Menschen widerfahren? Mit Sicherheit waren sie jetzt nicht hier im Zimmer, gefangen in diesen so anderen Körpern – das schwungvolle, siegessichere Mädchen, der sehnsüchtige, empfindsame junge Mann. Das ganze Leben hatte sich für sie auf die Tilgung einer Hypothek beschränkt. War es das? War das bloße physische Überleben so schwierig für sie gewesen, daß alles andere Luxus war? Hatte sie, die wie durch ein Wunder noch lebte, einfach nur mehr Glück gehabt? Keine Frage, daß das Überleben des Geistes vom Überleben des Körpers abhängt – doch tötet die Mühsal nicht alle ihre Opfer. Oder doch? War ihre Mühsal *so* groß gewesen? Lag es vielleicht an der Art und Weise, wie sie ihr Leben, ihre Pflicht, ihre Ansprüche auffaßten? Und doch, wenn sie bedachte, was sie getan und welchen Bewegungsspielraum sie gehabt hatten, konnte sie ihnen keine Vorwürfe machen. Sie hatten nicht genug Raum gehabt. Und jetzt war nicht nur das, was aus ihnen geworden war, bedrückend, sondern auch ihre Haltung: daß sie nicht zulassen wollten, daß andere vielleicht anders wurden. Das ist der Preis, hörte sie Val sagen, das ist der Preis, den sie dafür fordern, daß sie selbst zuviel bezahlen mußten. Was hatten sie sich gewünscht? Tee aus einer silbernen Kanne auf einer gestickten Decke anzubieten, die so hübsch war wie die von Mrs. Carrington – von den Bellview-Carringtons? Das silberne Teeservice stand unter einer Plastikhülle unbenutzt im Geschirrschrank. Gesellschaftlich aufsteigen. Ja. Was bestimmte Gegenstände, eine bestimmte Lebensart voraussetzte. Sie waren aufgestiegen. Sie hatten die Höhen erklommen. Sie waren jetzt die alte feine Gesellschaft von Bellview, nachdem die Carringtons und ihre Freunde schon lange fortgegangen und nach Paris, Palm Beach, Sutton Place gezogen waren. Das alte Herrenhaus der Carringtons war jetzt eine Privatschule, das Haus der Millers ein Altenheim.

Als der Nachrichtensprecher «Gute Nacht» sagte, standen ihre Eltern auf, schalteten das Fernsehgerät ab, drehten sich zu ihr um und sagten: «Gute Nacht, Mira.» Sie stand auf und umarmte sie, umarmte sie wirklich, gab ihnen nicht nur den üblichen, flüchtigen Kuß. Sie waren überrascht und machten sich kaum merklich steif. Sie lächelten sie an, ihr Vater schüchtern, lieb, ihre Mutter mit einer gewissen Lebhaftigkeit. Aber ihre Mutter vermochte nur zu sagen: «Bleib nicht zu lange auf, Liebes, nicht wahr?» Und ihr Vater: «Du denkst doch daran, den Thermostat herunterzudrehen, ja, Mira?» Dann gingen sie nach oben zu ihren Träumen.

8

Die Wards hatten immer am Morgen des ersten Weihnachtstags «beschert» – eiliges Auspacken, dann stürzte Mrs. Ward in die Küche, um in aufgeregter Geschäftigkeit bis zum Nachmittag ein Weihnachtsessen zuzubereiten. Später saßen dann alle vollgestopft und lethargisch im Wohnzimmer. Der eine oder andere – es konnte nur ein Mann sein – hielt wohl auch ein Nickerchen. Die anderen redeten weiter, bis schließlich gegen acht Sandwiches mit Puter und Kaffee gereicht wurden und das Essen die schleppende Unterhaltung in Gang brachte. Seit Miras Scheidung und seit sie die Jungen an den Feiertagen mit dem Vater teilen mußte, war diese Tradition ausgesetzt worden, womit ihre Eltern sich immer noch nicht abgefunden hatten – sie machten jedesmal eine Bemerkung.

Jetzt gab es am Heiligen Abend immer ein kleines Fest, zu dem Teile der Verwandtschaft eingeladen wurden, «damit die Jungen wenigstens ihre Familie kennenlernen», wie Mrs. Ward sagte, ihren Kummer hinunterschluckend. Die Jungen fuhren am Nachmittag des nächsten Tages wieder ab und verpaßten deshalb Mrs. Wards Weihnachtsfestessen. Sie lud dazu die übrigen Verwandten ein, damit sie ihr halfen, die unnatürliche Situation durchzustehen.

Mira holte die Jungen an der Bushaltestelle ab. Sie wußten, was sich gehörte, und waren gekämmt und trugen Jacken und Krawatten, nur waren ihre Haare etwas zu lang. Im Auto waren sie noch ziemlich lebhaft, aber sobald sie das Haus der Wards betraten, wurden sie still und fast steif. Vorsichtige Küsse ringsum, Austausch von Verkehrsinformationen, Wetterberichten, höflich-forschende Fragen nach der Schule. Sie setzten sich, jeder mit einer Coke, ins Wohnzimmer, und Mira sagte: «Wartet nur, bis ihr seht, was ich gekauft habe!»

Sie lief nach oben und zog sich rasch um. Mit Vals Hilfe hatte sie sich eine leuchtend grün-blaue Tunika gekauft. Sie zog sie über die Hose und verzichtete auf den BH. Sie legte leuchtend blauen Lidschatten auf, der ihre Augen noch blauer machte, und hängte sich riesige goldene baumelnde Ohrringe an die Ohren. Sie taten weh, aber sie biß die Zähne zusammen. Denen werde ich es zeigen, sagte sie sich grimmig. Ich werde ihnen zeigen, wer ich bin. Die anderen, das wußte sie, würden gekleidet sein wie immer – die Männer dunkler Anzug, weißes Hemd und Seidenkrawatte, rot-blau oder rot-golden oder blau-golden gestreift, und die Frauen: dreiteiliges Strickkostüm mit toupiertem, gespraytem Haar und

Stöckelschuhen, die zur Handtasche paßten. Vielleicht erschien eine Waghalsige in einem gestrickten Hosenanzug.

Sie kam die Treppe herunter, als sei dies ihr großer Auftritt, und stand lachend vor ihren Söhnen. Sie lachten zurück. «Hübsch siehst du aus», sagte Clark. «Wo hast du das Ding denn her?» fragte Norm. Es klang irritiert, und als sie nicht antwortete, bohrte er weiter: «Hast du's in dem kleinen Laden auf der Mass Ave gekauft, in der Nähe von dem Geschäft, wo es die Schüsseln gibt? In der Brattle Street?» Er wollte es wirklich wissen. «Warum?» fragte sie ihn schließlich. Er machte ein verschämtes Gesicht. «Weil – die gibt's da doch auch für Jungen, nicht?»

«Das heißt, du willst auch eine?»

Er zuckte mit den Schultern. «Ja, vielleicht.»

Mrs. Wards Augenbrauen hoben sich, als sie ihre Tochter betrachtete, aber dann lächelte sie ein wenig. «Na, das ist mal was anderes», gab sie zu. Mr. Ward meinte, Mira sähe aus wie aus Afrika importiert, aber nach einigem Kopfschütteln beruhigte er sich.

Das kleine Haus der Wards hatte vorn hinaus eine schmale Veranda, die durch eine Glastür mit dem Wohnzimmer verbunden war. Um möglichst wenig Schererei damit zu haben, stellten sie den künstlichen Weihnachtsbaum dort draußen auf eine Holzbank, die unter den vorderen Fenstern stand. Die Geschenke wurden auf der Bank um den Baum herum ausgebreitet. Auf der Veranda stand nichts außer der Bank und einem Sekretär mit schiefen Türen. Das Wohnzimmer blitzte vor Bohnerwachs und sauberen Aschenbechern. Deshalb ging Mira, die mit den Jungen sprechen wollte, mit ihnen auf die Veranda hinaus, nahm einen Aschenbecher mit, und sie setzten sich alle drei auf den Fußboden. Mira rief ihrer Mutter zu, in einer Stunde, wenn sie mit den Jungen gesprochen habe, wolle sie das Gemüse putzen. Aber Mrs. Ward stand mit schmalen Lippen schälend und schnippelnd in der Küche. Mr. Ward war in den Keller gegangen, um den Remmidemmiraum (so nannten sie ihn) aufzuräumen für den Besuch. Mira wußte, daß das, was sie hier tat, nämlich auf dem Fußboden zu sitzen und vor dem Eintreffen der Gäste die Räume zu verqualmen, eine Trotzhandlung war und daß sie sich darüber ärgerte. Aber sie weigerte sich, nachzugeben.

Norm und Clark wirkten viel älter als im Sommer. Sie sprachen jetzt ganz unbeschwert, erzählten ihr von einem blöden Fehler, den jemand beim Fußballspiel gemacht hatte, von einem pingeligen Mathelehrer, ein paar Jungen, die Bier in den Schlafsaal geschmuggelt hatten. Norm sagte, daß er ausführlich mit ihr über das College sprechen wollte: sein

Vater wollte unbedingt, daß er eine gute vormedizinische Schule besuchte – er sollte Arzt werden. Aber er wollte kein Arzt werden. Das Problem war nur, daß er sich nicht sicher war, ob er kein Arzt werden wollte, weil er kein Arzt werden wollte oder weil sein Vater wollte, daß er Arzt werden sollte. Mira lachte und sagte, wahrscheinlich würde er die richtige Antwort darauf nicht rechtzeitig finden. Clark wollte Mira von einem Streit mit seinem Vater erzählen, der ihn völlig verwirrt hatte. Als sie zuhörte, stellte sich heraus, daß Clark verstört war, weil er seinen Vater angeschrien hatte. «Er hat mich angebrüllt», schloß er mürrisch. «Ich finde, du darfst deine Wut ruhig mal rauslassen», sagte Mira und klopfte ihm mit der Hand auf den Rücken. «Alle anderen tun's auch.» Norm war bei einer Vorcollegefete mit einem Mädchen aneinander geraten. Er wollte gern wissen, ob Mädchen immer so waren. Mira stand auf und goß sich einen Gin-Tonic ein.

«Mutter, wirklich, die Jungen und ich machen den Rest», sagte sie, aber Mrs. Ward schälte und schnippelte grimmig weiter. Mrs. Ward haßte es zu kochen und nahm es der ganzen Welt übel, daß sie es tun mußte.

Mira ging auf die Veranda, und sie redeten und lachten. Sie erzählte ihnen von den Festen, sie erzählte ihnen, wie Iso sich verändert hatte. Sie waren fasziniert, stellten Fragen über Fragen. Lautstark fragten sie, was Frauen mit Frauen, was Männer mit Männern machten. Sie erzählten ihr von Gerüchten an der Schule über Schwule, erzählten ihr Witze und Geschichten, die sie gehört, aber nicht verstanden hatten. Sie fragten sie, ein bißchen ängstlich, woran man denn merke, daß man schwul sei. Mira hatte sie noch nie so interessiert erlebt, und sie dachte über die Faszination des Themas nach.

«Val meint, jeder sei schwul und normal zugleich, aber wir würden sehr früh im Leben geprägt, jedenfalls die meisten von uns, das eine oder das andere zu sein. Iso sagt, daß das nicht stimmt, daß sie immer schwul gewesen sei. Ich weiß es nicht, ich glaube, niemand weiß das so recht. Wenn du darüber nachdenkst, ist es nicht so schrecklich wichtig – ich meine, was kommt es darauf an, wen du liebst? Außer daß es, glaube ich, Identitätsprobleme schafft. Aber die kommen so oder so, nicht?»

Sie stutzten.

«Na, ihr seid beide so fasziniert davon. Ihr fragt euch, was ihr selber seid, nicht?»

«Hmmm. Da ist ein Junge, Bob Murphy, der ist echt Klasse, ein irrer Fußballspieler und überhaupt einfach groß, verstehst du, und alle mögen ihn gern, und ich auch, manchmal geht mir das Herz auf, wenn ich ihn sehe, und alle wollen ihn dauernd anfassen, im Umkleideraum, und so. Streicheln ihm den Rücken oder knuffen ihn am Arm. Er lacht bloß darüber, aber einmal hat so ein Typ – so ein richtiger Blödmann, Dick heißt er – gesagt, wir wären alle ein Haufen Tunten. Glaubst du, daß das stimmt?»

«Ich glaube, ihr liebt ihn alle. Findet ihr es komisch, daß ich Val und Iso liebe?»

«Nein, aber du bist eine Dame.»

«Glaubt ihr, Damen und Männer haben verschiedene Gefühle?»

Sie zuckten mit den Schultern. «Haben sie?» fragte Norm skeptisch.

«Ich bezweifle es», sagte sie lächelnd und stand auf. «Kommt!»

Mrs. Ward hatte den Versuch, ihnen Schuldgefühle einzuflössen, aufgegeben und war zum Umziehen nach oben gegangen. Mira und die Jungen gingen in die Küche. Sie machte sich noch einen Drink, bot ihnen einen an – was hysterisches Gekicher auslöste –, und sie unterhielten sich weiter. Sie schälte und schnippelte, während die Jungen den Tisch deckten, Schüsseln aus den obersten Fächern angelten, die Sahnesauce rührten, Essig aus der Speisekammer holten, lachten und redeten.

«Die älteren Jungen in meiner Klasse – ein paar sind wirklich älter, aber manche sehen nur so aus, verstehst du? Die reden immer nur von Saufen und Weibern, Saufen und Weibern.» Norm imitierte eine tiefe männliche Stimme. «Glaubst du, daß die solche Sachen wirklich machen?»

«Was für Sachen?»

«Na, du weißt schon, mit Mädchen und so.»

«Ich weiß nicht, Norm, was sagen sie denn, was sie machen?»

«Na ja, vögeln und so», sagte er mit rotem Kopf. Hochspannung war in der Küche. Sie hörte förmlich, wie sie auf ihre Antwort warteten.

«Kann sein, daß manche es tun», sagte sie langsam. «Und manche geben wahrscheinlich nur an.»

«Das glaube ich auch!» platzte Norm heraus. «Das sind alles bloß Lügen.»

«Das könnte sein. Aber angenommen, daß manche wirklich vögeln.» Mira hörte ihren Vater die Treppe herunterkommen. «Du mußt dir nicht vorstellen, daß sie viel von dem verstehen, was sie da tun, sie sind genauso befangen und ängstlich wie du. Bestimmt sind sie ungeschickt, plump. Und wenn ich Val so höre, bleiben es viele ihr Leben lang.»

Mr. Ward war inzwischen in dem Flur, der zur Küche führte.

«Sie sagen, die Mädchen mögen das», sagte Norm stirnrunzelnd. «Sie sagen, die Mädchen wollen es.»

«Einige vielleicht schon. Aber die meisten tun wahrscheinlich nur so. Sex überkommt uns nicht einfach so, ganz von selbst. Nicht in dieser Welt. Vielleicht früher, als die Leute noch auf Farmen lebten. Ich weiß nicht.»

Mr. Wards Schritte schwenkten rasch ab in eine andere Richtung und wurden vom Wohnzimmerteppich verschluckt.

Die Jungen warfen einen Blick in den Flur, dann sahen sie ihre Mutter an. Sie wurden rot, kicherten leise und hielten sich die Hand vor den Mund. Mira schaute sie lächelnd, aber ernst an.

«Was nicht heißen soll, daß die Leute nicht früh Sexualität haben», fuhr sie unerschütterlich fort und schälte eine Karotte weiter. «Ich weiß noch, daß ich masturbiert habe, als ich vierzehn war.»

Sie sagten nichts dazu, und Mira stand am Ausguß, mit dem Rücken zu ihnen, und konnte ihre Gesichter nicht sehen. Norm kam zu ihr herüber und legte ihr leicht die Hand auf den Rücken. «Soll ich das Wasser von den Zwiebeln abgießen, Mom?»

Um Punkt sechs erschienen die Verwandten, alle auf einmal. Mrs. Wards Schwester und ihr Bruder mit ihren Ehehälften und drei erwachsenen Kindern und deren zwei Ehehälften und fünf Enkelkindern und Mr. Wards Bruder mit Frau und einer erwachsenen Tochter mit Mann und drei Kindern. Nach einer kurzen Begrüßung wurden die kleineren Kinder nach unten in den «Remmidemmiraum» geschickt, den Mr. Ward eigens für solche Gelegenheiten gebaut hatte – sie konnten dort fernsehen oder Tischtennis spielen oder Pfeile werfen. Die Erwachsenen drängten ins Wohnzimmer, und Mr. Ward goß ihnen Manhattans ein. Nur Mira trank etwas anderes. Clark und Norm gingen eine Weile nach unten, kamen aber nach einer knappen halben Stunde wieder herauf und setzten sich in eine Ecke des Zimmers. Niemand schien sie zu bemerken, aber das machte nichts, die Unterhaltung war absolut gesittet – über Sex wurde nicht gesprochen, kein Wort.

Dafür über andere Dinge. Mira wußte nicht, ob sie früher nie richtig zugehört hatte oder ob sie sich geändert hatten oder ob die Tatsache, daß sie in Harvard war, sie zum Ziel ihrer Attacken machte. Die Leute waren neuerdings alle sehr nervös. Und diese Leute, vertraute Tanten, Onkel, Cousins und Cousinen schienen in einem tödlichen Haß vereint. Sie sprachen mit höchster Verachtung über Drogenabhängige und Hippies, über undankbare, verwöhnte Kinder, die sich Bärte und lange Haare wachsen ließen und die Opfer ihrer Eltern nicht zu schätzen wußten. Die Juden waren offenbar noch schlimmer als vor ein oder zwei Jahren, aber sie standen nicht mehr im Mittelpunkt. Jetzt waren es die Nigger. Als Mira sich beschwerte, machte man Farbige aus ihnen. Sie, die Farbigen und die Hippies und die Protestler, ruinierten das Land. Überall verschafften *«die»* sich Zugang; *«die»* bekamen Stipendien fürs College, während der arme Harry, der nur 35000 $ im Jahr verdiente, zahlen mußte, damit seine Kinder aufs College gehen konnten. Und dann, wenn die Farbigen und Hippies erst mal drin waren, nicht auf Grund ihrer Leistungen, da konnte man Gift drauf nehmen, inszenierten sie den Umsturz. In Harvard war es am schlimmsten. Die privilegiertesten Jugendlichen, die es je gegeben hatte, beschwerten sich immer noch. *«Wir»* mußten uns alles hart erarbeiten, *«wir»* haben nichts umsonst gekriegt und hätten nicht gewagt, zu protestieren; aber *«die»* waren immer noch nicht zufrieden.

Mira hörte zu. Sie sammelte Gegenargumente, obwohl sie ein paar Körnchen Wahrheit in dem erkannte, was sie sagten.

«Ihr könnt sie nicht nach den Maßstäben einer vergangenen Welt beurteilen», sagte sie, aber sie fielen wütend über sie her. Diese Maßstäbe hatten ewige Gültigkeit. Harte Arbeit, Sparsamkeit, Unterdrückung von Wünschen – da lag das Rezept für den Erfolg, und Erfolg war das Gute, war Tugend. Und man blieb seiner Frau treu, und man tilgte seine Hypotheken, und man schuf sich den Anschein von Ordnung, denn wenn man es nicht tat, ging die ganze Welt aus den Angeln.

«Stell dir vor», sagte eine Cousine, eine Frau in Miras Alter, verheiratet, drei Kinder, «die Schüler an meiner Schule, die schwarzen Schüler – es sind bloß zehn, und zwar an einer Schule von zweihundertdreißig Schülern –, hatten die Frechheit, den Direktor um einen Kursus in Black Studies zu bitten. Stell dir das vor! Ich war platt! Als ich davon hörte – und dieser Idiot von Direktor war drauf und dran, ihnen nachzugeben! –, bin ich in sein Büro marschiert und hab gesagt, wenn die einen Kurs in Black Studies bekommen, gebe ich einen in English-Irish Studies! Wenn die ihren kriegen, will ich meinen!»

«Es ist ganz schön viel, was die inzwischen bewirkt haben», sagte Mira, aber ihre Cousine hörte nicht hin.

«Und die Lehrerin in der Klasse neben meiner ist Französin. Ich hab zu ihm gesagt, sie könnte dann ja einen Kurs in French Studies geben! Ha! Wie er denn *das* finden würde? Wenn Kinder in der sechsten Klasse *so was* lernen würden.»

«Was denn?»

«Mein Gott, Mira, ich sage doch, sie ist *Französin!»* Sie blickte im Zimmer herum und sah die Jungen. «Du kannst es dir hoffentlich vorstellen!» sagte sie mit spöttischem Lächeln.

Und so ging es weiter. Während des ganzen Abendessens und danach ging es so weiter. Mira erforschte ihr Gedächtnis: war es immer so gewesen? Irgendwann an diesem Abend goß sie sich einen Whiskey on the rocks ein. Norm war gerade dabei, sich eine Coke einzugießen, und bemerkte es.

«Du wechselst das Getränk?»

«Von Gin-Tonic wurde ich anscheinend nicht betrunken genug.»

«Warum trinkst du keinen Brandy?»

«Der ist für später. Wenn ich nachts lange aufbleibe.»

«Kann ich heute ein bißchen davon haben? Wenn wir lange aufbleiben?»

«Klar.» Sie lächelte und legte den Arm um ihn. Er legte seinen Arm um ihre Schultern, und so blieben sie eine Weile stehen.

Die Jungen blieben wirklich lange auf, noch lange nachdem alle gegangen waren. Jeder hatte ein Schwenkglas vor sich, wenn die Jungen auch jeder nur ein paar Tropfen bekamen und den Brandy nicht mochten und bald wieder zu Cola übergingen. Mira fragte die beiden, ob es an ihr liege oder ob die Verwandten tatsächlich dieses Jahr schlimmer seien?

Sie wußten es nicht. Offenbar hatten sie alle drei in den letzten Jahren nicht richtig zugehört. Mira wünschte ihre Familie zum Teufel. Sie nahm ihre politischen Vorstellungen auseinander und verfluchte sie, wünschte sie mitsamt ihrer Engstirnigkeit und Heuchelei zum Teufel. Die Jungen hörten zu. Als Mira sie nach ihrer Meinung fragte, hatten sie keine, nicht mal über Engstirnigkeit und Heuchelei. Sie wußten, erklärten sie, daß Vorurteile etwas Schlimmes waren, aber sie hörten sie überall, wo sie auch waren. Und Juden kannten sie kaum und Schwarze überhaupt keine, wie sollten sie da urteilen?

«Ich meine, es klingt verrückt», erklärte Clark. «Aber ich weiß es nicht. Vielleicht sind schwarze Leute wirklich so, wie sie sagen. Ich weiß, du sagst, das stimmt nicht, und ich glaube dir, aber ich weiß es nicht. Ich weiß es nicht selbst.»

Mira erwiderte nichts. «Ja», sagte sie schließlich. «Du hast recht. Natürlich. Ihr müßt warten, bis ihr selbst eure Erfahrungen gemacht habt.»

Aber die Jungen hatte etwas anderes gestört. Da war soviel Haß gewesen. Noch nie hatten sie soviel Haß erlebt, soviel Wut.

«Sie war so bitter.»

«Und er war doch wirklich verrückt!»

«Ist der immer so verrückt?»

«Redet Onkel Harry immer so komisch?»

Sie erschlossen ihr eine neue Perspektive. Sie dachte an all die Gesichter, Gesichter, die sie seit ihrer Kindheit kannte, Gesichter, bei denen sie nie darüber nachgedacht hatte, ob sie schön oder häßlich waren, und die sie nie mehr ansah, bei denen sie nie mehr versuchte, hinter dem Vertrauten die Charakterzüge zu sehen. Aber als die Jungen redeten, sah sie sie wieder – harte Gesichter mit scharfen Zügen, böse Gesichter mit tiefen, bitteren Falten, mit vor Zorn hervortretenden Augen, verbissenen und von Haß verzerrten Mündern. Und sie erinnerte sich an ihre ersten Tage in Harvard, als sie im Spiegel die bittere, dünne Narbe ihres Mundes wahrgenommen hatte.

«Sehe ich auch so aus?» fragte sie ihre Söhne mit zitternder Stimme.

Sie zögerten. Es drückte ihr das Herz ab. Sie wußte, sie würden einen Weg finden, ihr die Wahrheit zu sagen.

«Eine Zeitlang», sagte Norm. «Aber du bist dicker geworden.»

Sie jammerte. Es stimmte.

«Du bist weicher geworden», sagte Clark. «Ich meine, dein Gesicht ist irgendwie – runder.»

Ihre Eitelkeit wollte es nicht durchgehen lassen. «Sehe ich fett aus im Gesicht?»

«Nein!» beteuerten beide. «Ehrlich nicht. Nur . . . runder», wiederholte Clark und suchte nach Worten.

«Dein Mund ist nicht so beleidigt», sagte Norm, und sie hob die Augen und schaute ihn an.

«Hat mein Mund beleidigt ausgesehen?»

Er zuckte mit den Schultern. Er fühlte sich nicht zuständig. «Ja, doch, irgendwie schon. Du hast ausgesehen, als müßtest du toben, oder als ob du sonst heulen würdest.»

«Ja.» Sie sah sie mit funkelnden Augen an. «Soll ich euch mal sagen, wie ihr euch verändert habt?»

«NEIN!» riefen sie beide und lachten.

Sie kam noch einmal auf den Abend zurück. Sie wollte gewisse Dinge ganz klar machen. Sie wollte nicht, daß die Jungen gedankenlos aufwuchsen, wollte nicht, daß sie die Worte nachplapperten, die sie an diesem Abend gehört hatten. Sie wollte eine Moral herauskristallisieren. Aber davon wollten sie beide nichts wissen. Sie blieben dabei, daß sie die Meinungen und Standpunkte, die sie gehört hatten, nicht beurteilen konnten.

Mira war etwas betrunken und reagierte impulsiv. Sie wollte mit der Faust auf den Tisch hauen und sie nachdrücklich darauf aufmerksam machen, wie schlimm Engstirnigkeit, Heuchelei, Klischees und Vorurteile waren. Sie wollte ihnen klarmachen, daß sie recht hatte. Wütend begann sie: «Ja, alles schön und gut, ihr wollt keine Vorurteile fällen, das klingt großartig. Nur daß jeder und alles um euch herum von Klischees und Engstirnigkeit verseucht ist, wie ihr selbst zugegeben habt, und wenn ihr irgendwann einmal ein paar von den Opfern kennenlernt, werdet ihr nicht mehr fähig sein, sie anders zu sehen als durch die Brille, die man euch aufgesetzt hat.»

Sie hörten nicht auf, Einwände zu machen und zu widersprechen. «Warum sollen wir uns denn von dir das Gehirn waschen lassen?» wollte Norm wissen.

Sie wollte hochfahren wie ein viktorianischer Pfarrer, um DIE WAHRHEIT zu verkünden und ihnen Reue und Buße einzuhämmern. Wie konnten sie es wagen, sich ihrem größeren Wissen, ihrer breiteren moralischen Erfahrung nicht zu fügen!

Plötzlich sank sie in sich zusammen, saß da und starrte auf ihren Drink, die Kehle voller Tränen. Sie trauten ihrem moralischen Urteil nicht, weil sie das Recht verwirkt hatte, sie zu leiten, denn sie hatte sie wissen lassen, daß auch sie ein sexuelles Wesen war. Sie schniefte und stürzte sich in Selbstmitleid. Nie wieder würden sie zu ihr aufblicken, nie wieder konnte sie sie leiten, sanft mit der festen, aber liebenden Hand einer Mutter. Sie putzte sich die Nase. Die Jungen achteten überhaupt nicht auf sie. Die beiden redeten miteinander, wiederholten Bemerkungen, die an diesem Abend gefallen waren, kicherten zusammen.

«Oh, und wie Onkel Charles geguckt hat, als er sich vorbeugte und Mami höhnisch fragte, wie sie es wohl finden würde, wenn ihre Enkelkinder alle Schlitzaugen hätten!» Sie brüllten los.

Mira hörte zu.

«Und wie Mami sagte, Schlitzaugen wären vielleicht besser als manche der Augen, die sie hier sähe, und wie seine Glubschaugen ihm fast aus dem Kopf gefallen sind!»

Sie redeten und lachten über fast alles, was sie beobachtet hatten. Sie sprachen über Häßlichkeit. Das war etwas, das sie störte: die Leute waren häßlich. Sie wollten nicht gern so werden wie sie. Die Jungen hatten ein Gespür dafür, daß etwas mit dem Leben dieser Leute, mit ihrem Denken und mit der Welt nicht stimmte, wenn es Menschen so häßlich machte. Mira atmete auf. Die Jungen waren in Ordnung.

9

Mira und Ben verbrachten Silvester allein. Zwar fanden verschiedene Feste statt, aber sie hatten sich seit den Tagen vor Weihnachten nicht mehr gesehen und hatten nur den Wunsch, zusammen zu sein. Ben brachte seinen Fernsehapparat mit und schloß ihn im Schlafzimmer an. Sie machten es sich, halb angezogen, auf dem Bett bequem, tranken Bourbon – Bens Lieblingsgetränk – und sprachen über ihre Besuche bei ihren Familien, ein Thema, das sie beide beschäftigte, denn beide hatten gemerkt, daß die Atmosphäre zu Hause verändert war, daß es mehr Wut, Haß und Angst gab. Und beide hatten das Gefühl, sie seien etwas anders gewesen als sonst und es sei auch bemerkt worden.

«Meine Mutter hat nach vierunddreißig Jahren plötzlich aufgehört, mich Benny zu nennen.»

Mira berichtete ausführlich von ihrem Gespräch mit den Jungen, und Ben, nicht im mindesten gelangweilt, Geschichten über Kinder zu hören, die nicht seine eigenen waren, hörte aufmerksam zu und stellte Fragen. Er erinnerte sich an seine eigene Jugend, zog Vergleiche, gab manches zu bedenken. Er überlegte, ob sie dieses oder jenes Gefühl haben mochten, das er in ihrem Alter gehabt hatte. Es war ein schönes Gespräch, und sie kamen sich beide reich und stark vor und waren sich nahe.

Kurz vor Mitternacht öffnete Ben den Champagner, und als die Ballons auf dem Times Square platzten, schlangen sie ihre Arme umeinander und tranken aus langgestielten Kelchen. Aber in dieser Stellung klappte es nicht: sie verschütteten den Champagner, bekleckerten einander und sich selbst, kicherten und lachten und küßten sich, und das ganze Bett war naß vom Champagner. Das Laken mußte gewechselt werden, wenn sie nicht auf einer feuchten Matratze schlafen wollten. Sie machten sich an die Arbeit, achteten dabei mehr auf den andern als auf das, was sie taten, verliebt in jede Bewegung des andern. Dann mußten sie ein Bad nehmen, ihre Haut war klebrig von dem süßen Getränk, und so ließen sie die Wanne vollaufen und schütteten die halbe Packung Schaumbad hinein, die Mira zu Weihnachten von ihrer Tante bekommen hatte. Es stank – roch säuerlich süß und nach Lavendel, aber irgendwie war auch das lustig. Sie nahmen die Champagnerflasche mit ins Bad, stellten ihre Gläser neben die Wanne und ließen sich ins Wasser gleiten. Sie wuschen sich gegenseitig, liebkosten jeden Körperteil, jede Rundung und jeden Winkel, den vorspringenden Nackenmuskel und die Schlüsselbeinknochen, die glänzende Haut, die feinen Linien unter den Augen und die traurigen um den Mund. Sie übergossen sich gegenseitig mit Wasser, und jede Handvoll war eine Handvoll Liebe.

«Wie wenn wir in warmem Sperma baden würden», sagte Mira und lachte.

«Nein, wie wenn wir in dem baden würden, was aus dir herauskommt. Etwas kommt doch heraus. Wie nennt man das?»

Mira wußte es nicht. «Schmiere», entschied sie schließlich, und beide platzten fast vor Lachen.

«Mira», sagte Ben plötzlich, «ich muß dir etwas sagen.»

Er war ernst, und sie spürte, wie ihr Herz langsamer pochte – sie wußte, wie dicht die Schrecken unter der Oberfläche der Freude lauerten.

«Was denn?»

«Ich hasse Champagner.»

Sie kicherte. «Ich auch.»

Er nahm die Flasche. «Ich taufe dich auf den Namen Mira Voler», sagte er und goß ihr den Champagner über den Kopf. Sie jammerte los, tat so, als schluchzte sie, packte ihr Glas und schüttete ihm den Inhalt über den Kopf, und sie rangen ziemlich schwach miteinander in der rutschigen Wanne, ihre Körper waren schon ineinandergeschlungen, aber schließlich endete alles in einer Umarmung. Dann trockneten sie sich gegenseitig kräftig ab, klatschten sich gegenseitig auf den Hintern, nahmen sich kräftig in die Arme und tappten dann nackt in die Küche und holten das Festessen, das sie vorher schon vorbereitet hatten, und trugen die übervollen Teller zum Bett, um das frische Bettzeug gleich wieder zu beschmutzen. Und redeten und redeten, tauschten sich aus, fielen sich ins Wort, stritten sich, lachten, und plötzlich sagte Ben: «Ich hab es ernst gemeint, laß uns heiraten!»

Mira wurde still. Ihr kam zum Bewußtsein, daß sie seit einiger Zeit von der Zukunft kaum je in der ersten Person Singular gesprochen hatten: fast immer hieß es «wir». Es hieß zwar: «Wenn ich meinen Doktor habe . . .», aber dann folgte: «machen wir eine Reise.» Sie hatten lauter vage Pläne, wollten mit den beiden Jungen ein Ferienhaus in

Maine nehmen, wollten nach England fahren und durchs Land reisen, wollten noch für dieses Jahr Reisestipendien beantragen.

«Wir brauchen nicht zu heiraten. Wir haben es wunderbar, so wie es jetzt ist. Vielleicht würde die Ehe alles verderben, was wir jetzt haben.»

«Wir könnten die ganze Zeit zusammen sein.»

«Das könnten wir jetzt auch, wenn wir wollten. Anscheinend sind wir lieber immer nur eine bestimmte Zeit zusammen.»

Er beugte sich zu ihr. «Wir müssen es ja nicht gleich tun. Aber irgendwann – ich hätte gern ein eigenes Kind.» Er berührte leicht ihre Fingerspitzen. «Und du bist die einzige Person auf der Welt, mit der ich gern eins hätte.»

Mira antwortete jetzt nicht, sie hätte jetzt nicht antworten können, die ganze Nacht nicht. Und am nächsten Tag schien das Thema vergessen, als Ben zu seinen Karteikästen, seinen unbeschriebenen Seiten und seiner Schreibmaschine zurückkehrte und sie sich lustvoll in Predigten des siebzehnten Jahrhunderts vertiefte.

Nach den Feiertagen beschlossen die Freunde, noch einmal gemeinsam Silvester zu feiern. Kyla stellte ihre Wohnung zur Verfügung, sie hatte von den Studenten die schönste. Flink und zielbewußt, wie sie war, hatte sie nach einigem Suchen das Erdgeschoß einer alten Villa aufgestöbert, mit Parkett in allen Zimmern, Stuckverzierungen, hohen, farbig gestrichenen Decken und mit einem Kamin in jedem Zimmer. Da waren Fenster aus buntem Glas über eingelassenen Sitzbänken und altmodische, schwere Schiebetüren zwischen den Räumen. Zur Küche gehörte ein separater Frühstückserker, aus dem man in einen wuchernden Garten voller wilder Blumen blickte.

An den Sonnenfenstern hatte Kyla Pflanzen aufgehängt, für die anderen hatte sie prächtige Vorhänge genäht – und für die Kissen auf den Bänken darunter Bezüge aus demselben Stoff. Im Schlafzimmer, wo Kyla in einer Ecke ihren Arbeitsplatz hatte, lag ein riesiger Fellteppich vor dem Kamin. Das Eßzimmer, das sehr groß war, hatten sie als Wohn- und Eßzimmer eingerichtet, und das eigentliche Wohnzimmer war Harleys Arbeitszimmer. Sie hatten beide Drucke und Gemälde von befreundeten Künstlern gesammelt, und die Wände waren mit witzigen und geschmackvollen Bildern geschmückt.

Man hatte beschlossen, sich festlich anzuziehen: alle machten mit, und die Männer gingen so weit, sich Dinnerjackets zu leihen. Die Frauen wühlten zwischen den «Sonderangeboten» und fanden tiefausgeschnittene rauschende Gewänder. Kyla trug ein weißes griechisches Gewand und ein mit Rheinkieseln besetztes Band um den Kopf; Clarissa trug meergrünen Chiffon; Iso kam in einem Kleid aus flammendroter Seide, lang und eng und seitlich geschlitzt; Val trug ein schwarzes Samtkleid, tief ausgeschnitten, mit einer Federboa, und Mira hatte ein blaßblaues rückenfreies Gewand gefunden, so sexy, wie sie noch nie etwas besessen hatte.

Sie waren begeistert über sich selbst und über einander. Der Abend begann still, mit Drinks und Gesprächen, und Segovia spielte Bach auf dem Plattenspieler. Harley sah phantastisch aus in einem Dinnerjacket aus schwarzem Samt und einem weißen Rüschenhemd, das sein strenges blasses Gesicht sanfter machte und sein weißblondes Haar unterstrich. Duke wirkte elegant – förmliche Kleidung paßte zu ihm. Die dunkle Jacke ließ seine Fülle vergessen. Tad sah aus, als ob seine Arme für die Jacke ein wenig zu lang wären, und Ben sah ein bißchen unbeholfen aus, wie ein Autoschlosser bei einer Hochzeit, aber ein Hauch von Eleganz umgab sie alle, und ihre Gesten zeigten es. Alles wirkte graziös.

Die Frauen hatten sich viel zu erzählen, die meisten hatten über Weihnachten ihre Eltern oder irgendwelche Verwandten besucht, und sie redeten fast so vertraulich miteinander, wie sie es sonst nur taten, wenn die Männer nicht dabei waren. Mira berichtete von ihrem Gespräch mit den Jungen, nur die Diskussion über Iso und ihr brennendes Interesse an sexuellen Fragen ließ sie aus; sie beschrieb die Gehässigkeit und die Rachsucht ihrer Verwandten. Kyla und Harley hatten ähnliche Erfahrungen gemacht – der Haß der Älteren auf die Jungen, auf die Kriegsgegner, schien maßlos, und Kyla meinte, daß er einen anderen Grund hatte. Die Männer hörten zu, sagten wenig, aber sie zogen sich nicht zurück. Ihr Interesse war spürbar: sie waren *da*, und ihre lebhafte Anteilnahme bereicherte die Unterhaltung mit vibrierender Intensität. Harley meinte, was die Älteren fühlten, sei ohnmächtige Wut über die Freiheit der Wahl, wie sie die Jüngeren hatten: «Es ist ein Luxus, sich weigern zu können, in den Krieg zu gehen. Sie hätten das nicht gewagt. Sie stellen sich vor, daß unter den Jüngeren jeder fröhlich mit jedem schläft. Sie sind eifersüchtig.» Alle gingen darauf ein: jeder hatte persönliche Erfahrungen mit Eltern oder Verwandten, die die Situation erhellten. Alle waren sich darüber einig, daß die Atmosphäre «draußen» in der «wirklichen» Welt fürchterlich war, voller Haß und Mißgunst. «Ich möchte nicht wissen, was los ist, wenn das mal zum Ausbruch kommt», sagte Duke düster.

Aber sie waren zu glücklich, um sich bedroht zu fühlen. Clarissa, deren Familie ebenfalls zornig war, hatte bei ihrem Besuch in der Geschichte ihrer Familie gegraben. «Ich habe so viele Fragen gestellt, daß meine Mutter ein altes Familienalbum anschleppte, das ich noch nie gesehen hatte. Die Bilder darin zeigen fünf Generationen meiner Vorfahren, meist Farmer aus Nord- und Süddakota. Die Gesichter sind faszinierend: so ausgeprägt, so zermürbt und zerfurcht, und man sieht ihnen an, daß sie von der Arbeit an der frischen Luft gegerbt sind, und um den Mund haben sie einen harten Zug. Aber so ausgeprägt! Solche Gesichter siehst du heute einfach nicht mehr. Meine Eltern sehen nicht so aus – sicher, sie arbeiten auch nicht auf einer Farm –, aber auch meine Tanten und Onkel nicht, die jetzt die Farm bewirtschaften. Diese Gesichter, das ist Amerika. Das meinen die Leute, wenn sie von moralischen Werten und dem Rückgrat Amerikas reden. Sie waren zäh. Meine Urgroßmutter hatte zwölf Kinder, sie wurde siebenundachtzig und arbeitete auf der Farm bis an ihr Ende. Meine Großmutter ist neunzig und kocht immer noch für die Tanten und Onkel, die auf der Farm leben, und für alle ihre Kinder. Trotzdem, meine Vorfahren entsprechen nicht dem Bild, das wir haben. Einen Verwandten hat man mit Schimpf und Schande aus der Stadt gejagt, weil er Geld von der Bank veruntreute, um seinen Schatz auszuhalten, der über dem Schneiderladen wohnte. Ein Onkel war Atheist, das Ärgernis der Stadt. Sonntags stand er draußen vor der Kirche auf einem großen flachen Stein, und wenn die Gemeinde herauskam, fing er an, große Reden zu schwingen und über die Übel der Religion zu predigen. Mit dreiundachtzig fiel er in einen Schweinestall und starb, und die Stadt sagte, das war die Strafe Gottes. Mein Ururgroßvater hatte drei Frauen zugleich, die eine war eine Indianerin, eine Kiowa. Ich stelle mir gern vor, daß ich von ihr abstamme. Bei den Kindern ist es etwas unklar, wer zu wem gehörte. Es gibt keine Bilder von ihr, aber eins von ihm, auf dem er sehr wohlhabend und ehrbar aussieht in seinem schwarzen Anzug und mit seiner goldenen Uhrkette. Kaum so, wie man sich einen Trigamisten vorstellen würde.

Sie waren durch und durch bürgerlich; sie hielten ihre Vorratskammern sauber und ihre Speisekammern wohlaufgeräumt, und ihre Scheunen waren voll Heu, und ich stelle mir vor, wie die Frauen mit sauberen weißen Schürzen herumliefen, einen großen Ring mit Schlüsseln am Gürtel, und höchst zufrieden waren, weil Schinken und Speck im Rauchfang hingen, frische Eier in der weißen Schüssel lagen, Gemüse im Kartoffelkeller lagerte, genug um durch den Winter zu kommen, und wie sie alle um den runden Tisch in der guten Stube saßen und nähten, während die Männer schnitzten oder den Frauen vorlasen, und wie das Feuer prasselte und die Lampe, die über dem Tisch hing, leise schaukelte, wenn es draußen stürmte. Sie waren bürgerlich, aber sie glichen nicht dem Bild, das wir uns heute von ihnen machen. Moral bedeutete etwas anderes für sie. Sie akzeptierten die besonderen Eigenarten der Menschen, mit denen sie lebten.»

«Der Männer», warf Val ein.

Clarissa nickte nachdenklich. «Das mag wohl sein. Geschichten über atheistische oder polygame Großtanten kenne ich nicht. Aber meine Großtante Clara – nach der ich genannt wurde – war eine zielsichere Gewehrschützin und führte ihre Farm dreißig Jahre lang allein, nachdem Onkel Tobias mit dem Fuß unter ein Wagenrad gekommen und an Wundbrand gestorben war. Ich denke, da sie zäher waren, da sie nur selten frei wählen konnten, da sie so verdammt schwer arbeiteten, konnten sie es sich leisten, in mancher Weise freier zu sein . . .» Ihre Stimme erstarb. «Ich weiß nicht, ich kann nicht richtig ausdrücken, was ich über sie denke. Sie waren, jedenfalls die meisten, streng religiös. Aber ihre Augen – die Augen auf den Fotos –, die Augen in diesen finsteren, zermürbten, strengen Gesichtern sind wie die Augen von Schwärmern. Und ihr Traum war nicht eine Kammer voller Schinken und Speckseiten oder ein Keller voller Kartoffeln und Rüben.» Sie holte tief Lust und warf den Kopf in den Nacken. «Oh! Sie haben mich einmal zu so einer verrückten Stelle mitgenommen – unglaublich! In West Bend, Iowa, und die Leute nennen es die Grotte der Erlösung. Es sollte eine christliche Gedenkstätte werden – irgendein Priester hat 1912 mit dem Bau begonnen. Das ganze ist völlig irre, es ist aus winzigen, aufeinander gehäuften Steinen errichtet und ist eine Kreuzung aus Kloster, buddhistischem Tempel und Disneyland. Mit gewundenen Türmchen und Schnitzwerk und grotesken Verzierungen wie an viktorianischen Häusern. Es ist verrückt, irre, aber auch das brachten sie hervor, neben den gepflügten Äckern, dem ordentlich gespeicherten Grünfutter für den Winter, den fetten Kühen draußen auf der Weide. Sie haben es gemacht.»

«Und du möchtest wissen, was ihnen vorschwebte.»

Clarissa nickte.

«Du solltest es wissen», sagte Iso liebevoll. «Was schwebt denn dir vor?»

Clarissa starrte sie nur an.

«Du hast die gleichen Augen. Ich überlege oft, was du eigentlich vor dir siehst. Als ob deine Augen so voller Träume wären, daß du nicht genug Raum hast, dich umzusehen. Deine Träume sind prophetisch. Du stößt immer auf merkwürdige Übereinstimmungen. Weißt du noch, wie wir durch die Quincy Street gingen und du eine Feder gefunden hast und sagtest, das bedeute, daß du als Indianerin auf das Kostümfest gehen sollst? Und dann hatte der Kostümladen ganz genau den gleichen Indianerkopfschmuck, den du dir vorgestellt hattest.»

«Hältst du das für mystisch?»

«Na, jedenfalls ist es kein althergebrachter Pragmatismus. Du hast immer so seltsame Träume.»

Clarissa dachte darüber nach. Aber da sprang Kyla auf und holte einen riesigen Wecker herein, der auf Mitternacht gestellt war, und Harley und Ben holten den Champagner, und sie taten so, als sei es eine Woche früher, und alle zählten laut bis zwölf und schenkten ein, und als der Wecker klingelte, stießen sie alle auf das neue Jahr an.

«Auf ein glückliches 1970! Auf ein glückliches 1970!»

Und jeder küßte jeden, und alle strahlten, weil sie glücklich waren und die Zukunft gut aussah. Sie liebten und wurden geliebt, sie mochten ihre Arbeit, sie liebten ihre Freunde, und sie feierten ihr Leben, feierten es, zu leben, zu leben in einer Welt, die sie trotz aller ihrer Einsichten für die beste aller bisherigen Welten hielten, und sie feierten das neue Jahrzehnt, das der Anfang einer besseren Welt sein sollte.

Sie tanzten, tranken, aßen, die Musik wurde lauter. Sie saßen in einem großen Kreis, den die Couch und einige Sessel bildeten, und die Mitte war als Tanzfläche freigelassen. Kyla legte eine Platte von Janis Joplin auf, dann stand sie auf und begann sacht zu tanzen. Voller Anmut wiegte und drehte sie sich. Sie tanzte für sie, tanzte auf sie zu, ihr Tanz war eine Aufforderung an alle auf einmal. Ihr Gesicht leuchtete, ihr rotes Haar flog, das weiße Gewand schwang weit aus, wenn sie sich drehte. Ein paar Augenblicke später stand Clarissa auf und stellte sich hinter sie, legte die Hände auf Kylas Taille und fügte dem Bild ihr schimmerndes, dunkles Haar, ihre blauen Augen voller Träume, ihr meergrünes Kleid hinzu. Sie tanzten miteinander, Clarissa folgte Kylas Bewegungen fast so, als wäre der Tanz einstudiert worden: sie waren zwei Menschen, die tanzend derselben Eingebung folgten. Dann stand Iso auf und gesellte sich zu ihnen, und sie tanzten zu dritt; Iso, die größte, mit ihrem honigbraunen Haar, ihrem roten Kleid, legte ihre Hände auf Clarissas Taille und paßte sich mühelos ihren Rhythmen und Bewegungen an. Dann stand auch Mira auf, ohne zu wissen, was sie dazu trieb, und gliederte sich der Kette an, und alle vier glühten und wiegten und schlängelten sich herum, strahlend, lächelnd, den anderen zugewandt. Und ein Laut kam aus einer Kehle – es war Tad, und seine Stimme klang wie erstickt: «Mein Gott, wie schön! Wie schön ihr seid!» Die anderen sahen regungslos zu, und die Frauen lächelten Val an, die dasaß und verzückt zuschaute, und schließlich stand auch sie auf und gesellte sich zu ihnen und rief Tad, und da schlossen sich die Männer an, und sie zogen durchs Zimmer und in die Küche und wieder zurück, dann bildeten sie einen Kreis und erfanden einen Tanz, der sich aus Elementen der Hora, des alten Square Dance und aus viel reiner Phantasie zusammensetzte. Sie gingen im Zickzack und wanden sich, und alle glühten vor Liebe zu allen anderen und sie umklammerten Hände, und ihre Hände wurden umklammert, und manchmal streiften sich Gesichter, und das Zimmer drehte sich, die Pflanzen, die roten Vorhänge, die blauen Kissen, der blaugrüne Sessel, rot, grün, blau, grün, blau, rot, die ganze Welt war Farbe und Bewegung und Liebe. Als sie erschöpft waren, hielten sie inne und lehnten sich aneinander, alle zusammen, die Arme um die Schultern, gemeinsam, akzeptiert, froh, Teil solcher Schönheit zu sein.

Sie alle schwiegen im Auto, als sie nach Hause fuhren. Nur Mira sagte unterwegs plötzlich: «Ich glaube, das war die schönste Nacht meines Lebens.»

10

Val sagte: «Es war eine Vision.»

An einem Nachmittag saßen die Frauen bei Val zusammen, plaudernd nach den langen Stunden stillen Studiums, und tranken Kaffee, Coke, Bier oder Gin. Sie waren immer noch umhüllt von der Stimmung des Festes, sie glühten immer noch; sie spürten, daß es immer noch um sie herum war. Und sie fielen in Schweigen, als Val das sagte, und warteten, daß sie fortfuhr.

«Es war die Vision einer Gemeinschaft. Dessen, was möglich ist. Des einzelnen, der in einer Gruppe aufgeht und trotzdem für sich ist. Harmonie. Nicht Ordnung, jedenfalls keine unerschütterliche: jeder bewegte sich ein bißchen anders. Jeder war anders angezogen, jeder sah anders aus. Sogar die Männer hatten etwas Individuelles – Harleys Rüschenhemd, Tads Krawatte, Bens rote Rockaufschläge. Und wir haben uns zur Gruppe zusammengetan, weil wir es wollten, nicht weil wir mußten, nicht weil wir Angst hatten . . .»

«Warum hast du nicht eher mitgemacht?»

«Weil ich es *sehen* wollte. Ich wollte mitmachen, wollte gern mitmachen, aber ich mußte es erst *sehen.*»

«Und was hast du gesehen?» fragte Clarissa voll angespannter Neugier.

«Wie alles sein könnte», sagte Val abrupt, traurig und stand auf, um sich noch ein Bier zu holen. Auf dem Tisch, neben dem sie saß, lag ein Bericht über die Bedingungen in Gefängnissen für politische Gefangene in Südvietnam. Sie arbeitete in einer Gruppe, die versuchte, den Bericht auszuwerten. Val vernachlässigte ihr Studium immer mehr.

«Ich verstehe das nicht», sagte Iso, als sie zurückkam. «Was hat dieser Abend mit anderen Leuten zu tun?»

Val zuckte mit den Schultern. «Na, ihr wißt ja, ich habe eine Menge Visionen. Ich bin in den späten vierziger und Anfang der fünfziger Jahre herangewachsen, als die klügsten Köpfe glaubten, daß du dich als einzelne Person nicht behaupten kannst, wenn du dich zu sehr mit der Welt einläßt. Oh, da waren auch die Sozialisten, und die hatten wenigstens ihre Grundsätze, aber Anfang der fünfziger Jahre hatte man sie ganz schön mundtot gemacht. Meine Generation wurde groß mit der Lektüre von Joyce und Woolf und Lawrence und diesen elenden Dichtern der fünfziger Jahre. Und selbst wenn du annimmst, daß Lawrence eine Gemeinschaft zu dritt wollte und Woolf sich anstrengte, aus dem isolierten Ich herauszukommen, so glaubten sie doch alle, die Welt sei grausam, und Macht sei ein Übel, sei Tod. Und in der Alltagskultur war's genauso. Die Liebeskummerspalten gaben alle denselben Rat: Wenn du Schwierigkeiten hast, geh weit weg von deiner Schwiegermutter, verlaß die Stadt, zieh woanders hin, wo all die bissigen Tanten und aufgeblasenen Onkel dich nicht erreichen können.»

«Das stimmt. Wir haben alle gelernt, allein mit unseren Gefühlen zu leben», warf Mira ein.

«Ja. Die Rettung war eine persönliche Angelegenheit. Aber sieh uns an! Wir sind eine Gemeinschaft, eine richtige Gemeinschaft. Wir erleben fast alles gemeinsam und haben trotzdem unsere Privatsphäre. Wir können uns lieben und uns gegenseitig Kraft geben, ohne einander zu unterdrücken. Es ist phantastisch, zu erkennen, daß das möglich ist. Ich fange an zu glauben, daß meine Vision Wirklichkeit werden kann.»

«Welche Vision ist das jetzt?» fragte Clarissa lächelnd.

«Okay.» Sie zündete sich eine Zigarette an, setzte sich zurück und sah aus wie ein Aufsichtsratsvorsitzender, der sich anschickt, den Jahresbericht zu erstatten. Wir alle machten es uns bequem, denn wir wußten, daß wir einen längeren Vortrag zu erwarten hatten.

«Warte!» Kyla kicherte. «Ich will mir meinen Block holen und Notizen machen!»

«Die alten Nachbarschaften funktionierten nicht: die Italiener haßten die Iren, und die Iren haßten die Juden, und die einzelnen Gruppen führten Kriege gegeneinander. Aber der Zerfall der Nachbarschaften bedeutete auch das Ende dessen, was seinem Wesen nach eine Großfamilie darstellte: nur die Schwarzen haben sie heute noch. Mit dem Zusammenbruch der Großfamilie geriet die einzelne Familie zu sehr unter Druck. Die Mama hatte niemanden mehr, der auf Oma aufpaßt, bei der man nie wissen konnte, ob sie nicht das Haus anzündete, während Mama beim Lebensmittelhändler einkaufte. Die Leute in der Nachbarschaft waren nicht mehr da, um ein Auge zu haben auf den Vierzehnjährigen, der der «Dorftrottel» war und mit Zuneigung behandelt wie auch gequält wurde – ich will nicht behaupten, daß die alten Nachbarschaften nur gut waren. So kamen wir auf die Idee, alle getrennt unterzubringen. Wir sperren sie in Gefängnisse, in Irrenanstalten, Altenwohnsiedlungen, Altenheime, Kinderkrippen, in billige Vorstädte, die Frauen und Kinder von den Straßen fernhalten, und in teure Villenvororte, wo jeder seinen eigenen Garten hat und einen Rasen vor dem Haus, der von einem Gärtner gepflegt wird, so daß alle Rasen gleich aussehen – und benutzt werden sie sowieso nicht. Habt ihr schon einmal eine Familie gesehen, die ihren Rasen vor dem Haus benutzt? Wie auch immer, je fester wir sie einsperren, um so höher steigt die Verbrechensrate, die Selbstmordrate, die Anzahl der Nervenzusammenbrüche. So wie es läuft, wird es bald mehr von denen geben als von uns. Da mußt du dich doch allmählich fragen, was mit dem Teil der Bevölkerung los ist, der nicht eingesperrt ist, den Leuten, die behaupten, daß die anderen fünfundfünfzig Prozent verrückt, kriminell oder senil sind.

Wir müssen eine andere Lösung finden. Die Jugendlichen, die in die Kommunen abhauen, haben eine gute Idee, die aber in dieser Form nicht brauchbar ist, weil die meisten Kommunen die Technik ablehnen. Und das können wir nicht. Wir brauchen sie, und irgendwie müssen wir lernen, mit der Zeit, die Technologie zu lieben, mit ihr zu leben, sie menschlich zu machen. Denn ohne sie könnten wir nicht nur nicht anständig leben, ohne sie könnten wir überhaupt nicht leben. Das ist keine Möglichkeit. Sie ist unsere zweite Natur – ich meine das ernst –, sie gehört inzwischen zu unserer Umgebung und ist nicht künstlicher als der erste bebaute Boden, die ersten domestizierten Tiere, die ersten Werkzeuge. Aber Kommunen sind eine gute Idee. Die Leute schimpfen über die Kommunen, weil sie unbeständig sind, aber warum zum Teufel sollten sie beständig sein, kann mir das jemand sagen? Warum muß eine Ordnung denn eine Ordnung auf Dauer sein? Vielleicht sollten wir ein paar Jahre auf die eine Art leben und dann etwas Neues versuchen.

Jedenfalls denke ich schon seit langem über all das nach und rede mit Leuten darüber, und ich beanspruche auch keine Originalität für meine Ideen, weil ich sie sicher irgendwo gestohlen habe, und ich behaupte auch gar nicht, eine besonders gute Idee anzubieten, sondern nur – vielleicht – ein anderes Gleis. Jedenfalls hab ich mir Gedanken gemacht – ich glaube, ich war damals in Spanien – und ihr wißt ja, wie schön manche der ärmsten und elendesten spanischen Städte sind. Die Häuser sind dort alle miteinander verbunden, jedenfalls sieht es von der Straße so aus. Niedrige, weiße, mörtelverputzte Häuser in verrückten Winkeln aneinandergebaut, aber immer durch eine Mauer miteinander verbunden, und sie sind im Kreis gebaut. Sie haben diese roten Ziegeldächer, und sie sehen aus wie eine Schar Menschen, die sich mit ausgebreiteten Armen aneinander halten, um warm und sicher zu sein. Gut, wir können es warm haben und sind vergleichsweise sicher, auch ohne das zu tun, aber ich bin mir nicht sicher, ob wir ohne das gesund bleiben können, im Kopf. Sie hocken einfach so da, diese Häuser, wie im Backofen, unter der Sonne, und drinnen sind sie schön kühl und dämmrig, und der Staub legt sich an der Türschwelle. Bestimmt stinken sie und haben keine Badezimmer und haben all die Sachen nicht, die wir gern haben wollen – und in der Mehrzahl mit Recht haben wollen, wie ich meine, auch wenn es zur Zeit nicht modern ist, das zuzugeben. Aber sie stehen in Gruppen an den Hängen der Hügel und sehen so schön und so natürlich aus wie die Olivenhaine gleich hinter ihnen.

So hab ich angefangen, mir auszumalen, wie es wäre, wenn wir es so machten. Angenommen, wir würden Häuser im Kreis oder im Viereck bauen, wie auch immer, miteinander verbundene Häuser von verschiedenen Größen, aber schön und schlicht. Und in der Mitte müßte ein Garten sein, mit Bänken und Bäumen, und die Leute könnten dort Blumen pflanzen, und der Garten würde allen gehören. Und außen herum, hinter den Häusern, der ganze Platz, der normalerweise für den Rasen vor oder hinter dem Haus benutzt wird, würde auch allen gehören. Dort könnten Gemüsegärten angelegt werden und Äcker und Wälder für die Kinder zum Spielen. Es würde Probleme geben, bestimmt, weil jemand Tomaten pflückt, die ein anderer gepflanzt hat, oder die Rosen, oder wenn Kinder über das Erbsenbeet trampeln, aber die fünfzig Gruppen oder Einzelpersonen, die in den Häusern leben, sind für alles, was in ihrer kleinen Enklave passiert, selber zuständig und verantwortlich. Den Häusern gegenüber, in Sichtweite, liegt ein kleines Gemeinschaftszentrum. Dort gibt es eine Gemeinschaftswäscherei – warum muß denn jeder seine eigene Waschmaschine besitzen? – und ein paar Spielzimmer und ein kleines Café und eine Gemeinschaftsküche. Das Café ist ein Straßencafé, mit Schiebewänden aus Glas für den Winter – wie in Paris. Es wäre nicht eine totale Kommune: jeder würde sich auf seine Weise seinen Lebensunterhalt verdienen, niemand würde von seinem Einkommen abgeben müssen, und der Preis der Häuser würde sich nach der Größe richten. Jedes Haus hätte eine kleine Küche für den Fall, daß die Leute allein essen wollen, und einen geräumigen, aber nicht riesigen Wohnraum, denn es gäbe ja noch das Gemeinschaftszentrum. Das Gemeinschaftszentrum müßte sehr schön sein, vielleicht sogar üppig. Mit Spielräumen für Kinder und für Erwachsene und Aufenthaltsräumen mit Büchern. Aber jeder in der Gemeinschaft, vom kleinsten Kind, das laufen kann an, würde eine Aufgabe darin haben.»

Mira machte ein skeptisches Gesicht.

«Die Kinder können auch was tun!» erklärte Val beharrlich. «Es macht sie stolz. Sicher, du mußt damit rechnen, daß ab und zu etwas passiert. Aber passieren tut immer was. Sie können den Kinderwagen schaukeln, sie können was holen und bringen, sie können die Spielsachen wegräumen, den Tisch decken, beim Erbsenpulen helfen.»

«In Europa arbeiten viele kleine Kinder. Sie helfen in den Läden und Restaurants ihrer Eltern», sagte Iso.

«Sicher. Sie dürften all das tun an Arbeiten, wozu sie Lust haben, und da jeder etwas tun würde, würden sie es auch wollen. Es gäbe keine starre Hierarchie beim Aufteilen der Aufgaben, nur die Zahl der Stunden würde festgesetzt. Die kleinen Kinder brauchten nur, sagen wir, vier Stunden in der Woche für die Gemeinschaft etwas zu tun, Zwölfjährige oder ältere vielleicht acht Stunden, und Erwachsene, na, ich weiß nicht, vielleicht zwölf oder sechzehn. Aber wenn Leute mehr Stunden arbeiten wollten – jemand, der nicht mehr berufstätig ist, zum Beispiel, oder ein Dichter, der keine feste Arbeit übernehmen möchte –, die könnten zusätzliche Stunden arbeiten und brauchten dafür dann weniger Miete zu zahlen. Ältere Leute würden vielleicht gern auf die Kinder aufpassen oder Gemüse züchten. Aber die Gemeinschaft hätte ihre eigene Verwaltung, jeder hätte eine Stimme, und die Gemeinschaft wäre verantwortlich für ihren eigenen Müll, ihre eigenen Gesetze, würde ihre eigene Küche betreiben und ihr – darauf bestehe ich –» sagte Val grinsend, «ihr Straßencafé.»

«Eine wichtige Sache, die vielleicht Probleme schafft: die Gemeinschaft sollte ein Quotensystem haben. Die Altersstruktur sollte gemischt sein, so daß Junge, während sie heranwachsen, auch mit Alten zu tun haben. Ich denke, es müßten da auch sonst die verschiedensten Leute zusammenkommen, sonst hätten wir über kurz oder lang das gleiche Problem wie die alten Nachbarschaften. So wie ich auch von diesen Apartmenthäusern für flotte Alleinstehende nichts halte. Es sollte ein einigermaßen ausgewogenes Verhältnis geben zwischen den verschiedenen Religionen und Hautfarben, zwischen Familien, Alleinstehenden, Paaren . . .»

«Ich sehe da Schwierigkeiten», sagte Iso. «Was wird aus den flotten Alleinstehenden?»

«Hmmm.» Val hielt inne und legte die Stirn in Falten. Sie dachte, so schien es, darüber nach, als wäre das alles greifbare Wirklichkeit. «Also, das werden wir später entscheiden müssen», sagte sie schließlich, und wir alle lachten.

«Okay. Nun gibt es immer eine gewisse Anzahl von solchen Gemeinschaften auf einem Haufen – die Zahl hängt von den natürlichen topographischen Gegebenheiten ab und davon, wo die Leute sie einrichten wollen. Mehrere solcher Kommunengruppen würden jeweils um eine größere Stadt herumliegen. Rund um die Uhr fahren Busse zwischen ihnen hin und her. In den größeren Zentren gibt es Schulen, aber die Schulen würden nicht so sein wie bei uns. Sie würden die Menschen nicht strikt nach Altersklassen trennen. Man geht freiwillig hin, und Leute jeden Alters können sie besuchen. Die Räume werden nach Interessengebieten aufgeteilt. In manchen gibt es Kleintiere, in anderen Pflanzen, oder Malsachen und Papier. Wieder andere sind ausschließlich zum Lesen und Schreiben da, aber zum Lesen und Schreiben aus reinem Spaß, nicht um Aufgabenhefte vollzuschreiben. Versteht ihr? Aber das ist wieder etwas anderes. Im Stadtzentrum gibt es auch Geschäfte, Kirchen, Verwaltungsgebäude, Dienstleistungsbetriebe. Dort müßte man natürlich zu Fuß gehen. In größeren Zentren würden Minibusse verkehren, aber meistens würden es kleine Zentren sein: schmale Wege, Bäume, Straßencafés, vielleicht ein kleiner Platz mit einem Springbrunnen oder eine überdachte Galleria wie in Mailand. Und in einer der

Schulen befindet sich ein großer Saal für Konzerte, für Bürgerversammlungen, Aufführungen von Wandertheatern oder Ballettgruppen. Und natürlich für Amateurgruppen. Und irgendwo – in der Galleria, würde ich sagen – gibt es eine Kunstgalerie. Vielleicht nur für die in der Gegend lebenden Künstler.» Sie hielt inne und runzelte die Stirn. «Nein, alles kombiniert. Kunst aus der Gegend und auch aus den Städten. Aber ich fürchte, wir müssen die Sachen mit Glas schützen, bis die Kleinsten gelernt haben, sie nicht mit Eiscremefingern anzufassen. Aber immer alles offen, nicht eingeschlossen. Damit alle die Bilder sehen können.»

«Val, hast du *Walden Two* gelesen?»

«Hmmm. Hast du einen Diebstahl aufgedeckt?»

«Einen kleinen.»

«Na, ich lege jedenfalls Babies hinter Glas. Und in *Walden Two* gab es überhaupt keine richtigen Kinder. Dort gab es Babies im Brutkasten und heiratsfähige Jungen und Mädchen. Keine Kinder. Weil es von einem Mann geschrieben wurde. Ich habe einmal gehört, wie Mortimer Adler sagte, in der idealen Welt brauchte keiner mehr die Scheißarbeit zu machen. Babies würden von Maschinen in Windeln gelegt. Mein Gott! Ich kann nur hoffen, daß er, was die nächste Welt betrifft, nicht mitreden darf. Nicht daß ich wild darauf bin, Windeln zu wechseln. Aber Babies brauchen es, daß du sie in den Armen hältst, sie streichelst, ihnen etwas vorsingst, sie berührst. Und sie allein läßt. Wir machen alles verkehrtherum. Wenn sie klein sind, wollen wir sie möglichst wenig in den Arm nehmen, aber wenn sie etwas älter sind, lassen wir sie nicht in Ruhe, wollen wir sie dauernd beschützen. Als Chris und ich im Süden lebten, wohnten wir eine Zeitlang in einem reichen Vorort, und die Nachmittage der Kinder dort waren völlig verplant! Im Ernst! Doktor, Zahnarzt, Kiefernorthopäde, Tanzstunde, Religionsunterricht, Sonntagsschule, Pfadfinder, Baseball, Musikunterricht – nie hatten sie eine freie Minute für heimliche Freuden. Ich weiß wirklich nicht, was aus solchen Kindern mal werden soll.

«Wie auch immer», faßte sie geschäftsmäßig zusammen, «auch diese Zentren sind eine Art Gemeinschaft. Sie sind nicht sehr groß. Auch sie haben ihre eigene Verwaltung, ihre eigenen medizinischen Einrichtungen und so weiter, aber die Leute, die dort arbeiten, arbeiten gegen Geld. Kinder zwischen, sagen wir, zehn und zwölf Jahren arbeiten einen Tag in der Woche, Kinder zwischen fünfzehn und neunzehn zwei Tage in der Woche und die Erwachsenen drei oder vier Tage in der Woche – je nach ihren sonstigen Interessen und je nachdem, wieviel Geld sie verdienen wollen. Ältere Leute können kürzer treten, wenn sie wollen, können weniger arbeiten. Wirklich alte oder gebrechliche Leute, die nicht im Zentrum zur Arbeit gehen wollen, brauchen nur noch in der Gemeinschaft zu arbeiten. Aber die Scheißarbeit muß immer aufgeteilt werden. Zum Beispiel kann jemand, der vier Tage in der Woche Arzt ist, ein paar Wochen lang bei der Müllbeseitigung der Gemeinschaft mitarbeiten, oder jemand, der in der Fabrik arbeitet, kann die Verantwortung für die Dekoration des Gemeinschaftszentrums für einen Festtag übernehmen. Versteht ihr? Jeder würde irgendwann kochen, ausgenommen diejenigen, die es absolut hassen. Und jeder würde mal saubermachen. Ja, und dann würde es ab und zu – das hängt von der Bevölkerungsdichte ab – eine richtige Großstadt geben. Ach ja, übrigens, mit den Industriezentren würde es genauso sein, wie mit den kleinen Städten und Großstädten: sie würden nicht nur für die Arbeit, sondern ebenso für das Vergnügen gebaut, und sie würden von freier Natur umgeben sein, damit das ökologische Gleichgewicht in Ordnung bleibt. So wie die Schweizer Genf angelegt haben, versteht ihr? Na, und in den Großstädten wären die Universitäten, die besten Museen, größere Büros für Handel und Gewerbe, Konzerthallen. In den Großstädten leben Menschen, genau wie in den kleinen Städten, aber sie leben in kleinen Gruppen von Gemeinschaften, so wie auf dem Land. Und sie haben auch ein bestimmtes Quantum freies Gelände, kleine unbebaute Flächen für jede Gemeinschaft. Und wenn du die Musik von Gunther Schiller hören oder modernes Theater sehen willst, dann mußt du eben in die Großstadt gehen. Obwohl – du kannst nie wissen. Vielleicht beschließt die Theatergruppe der Gemeinschaft, etwas Ungewöhnliches auf den Spielplan zu setzen. Ja», seufzte sie und trank einen Schluck.

Alle starrten sie an. Wie viele Stunden sie wohl damit zugebracht hatte, sich diesen Tagtraum auszudenken? überlegte Mira.

«Hört sich gut an», sagte Kyla und rüstete sich, das ganze auseinanderzunehmen.

«Ich weiß schon», erwiderte Val traurig. «Ich will ja gar nicht vorschlagen, daß wir alles bis zur Perfektion durchkonstruieren oder auch nur einen Gedanken an einen solchen Versuch verschwenden sollten. Aber wir sollten uns überlegen, wie wir eine menschlichere Art zu leben finden können, ein Leben, bei dem wir uns wohler fühlen. Ich erinnere mich noch an die Zeit, als Chris klein war. Ein paar Jahre lang ging es mir ziemlich schlecht, nachdem ich meinen Mann verlassen hatte. Ich hatte kein Geld, und er zahlte nicht, weil er dachte, er könnte mich auf diese Art zurückkriegen. Der verdammte Idiot hat nie begriffen, daß seine Aussichten weit besser gewesen wären, wenn er sich anständig benommen hätte. Männer denken anscheinend immer, Macht sei anziehender als Freundlichkeit. Ich nehme an, sie haben Gründe dafür, so zu denken. Jedenfalls war mein Leben ganz schön mies und mühsam, und das einzig Gute daran war, daß er nicht da war mit seinen unberechenbaren Launen und seiner lauten Stimme. Ich holte Chris von den Leuten ab, die auf sie aufpaßten, und ging nach Hause und kochte Abendessen und machte sauber, und meistens war ich erschöpft von der Arbeit in diesem elenden Büro, vom Einkaufen im Supermarkt und vom Heimweg – die schweren Einkaufstüten in der einen Hand und Chris an der anderen. Und sie war auch müde und meistens quengelig. Und dann ließ ich das Badewasser für sie ein, froh, daß es Zeit war, sie zu Bett zu bringen, und setzte sie mit ein paar Spielsachen in die Wanne und ging wieder in die Küche, um das verdammte Geschirr abzuwaschen. Und dann ging ich wieder zu ihr, und ich war müde und abgeschlafft, und ich haßte mein Leben und ich sah nur zu, wie sie da in der Wanne saß und krähte und mit ihrem Gummiboot spielte – wahrscheinlich hat sie mich kaum wahrgenommen, ich war einfach ein Zubehör –, und ihre nasse Haut glänzte, und ihr Haar kringelte sich, und sie redete mit ihren Spielsachen, plapperte vor sich hin, und dann hatte sie die Güte, Notiz von mir zu nehmen, und sie lachte mich an und platschte ihr Spielzeug ins Wasser, spritzte mich voll, überall, und ich kriegte lauter Seifenwasser ins Auge, und ich mußte einfach die Arme ausbreiten und sie an mich drücken, sie war so wunderschön, so frei, so sehr sie selbst . . . ich weiß nicht. Das Sorgen für Chris, so schwierig es war, hat mich irgendwie davor bewahrt, unmenschlich zu werden. Und wenn wir alle so etwas täten, wenn wir alle füreinander sorgten, wenn das, nein, nicht ein Zwang, sondern eine selbstverständliche Gewohnheit würde, etwas, was die Leute einfach tun, außer wenn sie es wirklich nicht wollen . . . Eine Szene geht mir nicht aus dem Kopf. Ich sehe einen Rosengarten, der von einem älteren, oft etwas brummigen Mann gepflegt wird. Und ein paar Kinder, die ab und zu bei ihm vorbeikommen und ihm einen Besuch abstatten, wenn er die Rosen pflegt. Und zuerst scheucht er sie immer fort und knurrt sie an, aber sie kennen ihn schon so lange, und darum haben sie keine Angst vor ihm, sie stehen nur rum und reden mit ihm, und eines Tages, im Frühling, Jahre später, zeigt er ihnen, wie man die Rosen richtig pflegt, und er drückt einem Kind sogar die Gartenschere in die Hand und hilft ihm, die abgestorbenen oder welken Triebe abzuschneiden. Schön.» Sie hob abwehrend die Hände und lachte ein wenig. «Laßt mich nur den Narren spielen. Irgend jemand muß doch auch träumen.»

Kyla lief durchs Zimmer und nahms Vals Kopf zwischen ihre Hände. Iso stand auf und holte ihr noch einen Drink. Und Clarissa sah grinsend zu ihr hinüber.

«Ich denke fast, wir haben dich soeben zum Hofnarren unserer Kommune gewählt», sagte sie.

11

Das Bild des Festes blieb Mira im Gedächtnis. Sie dachte darüber nach in Begriffen, die ihren Atheismus Lügen straften – es kam ihr vor wie ein Augenblick der Gnade, der ihnen von etwas Göttlichem gewährt worden war. Es hatte sie alle angerührt, und sie würden nie wieder ganz die gleichen sein wie vorher. Es hatte schon viele schöne Feste gegeben, viele Zusammenkünfte, aber dieses eine hatte alle übertroffen, es war ein Bild vollendeter menschlicher Harmonie und Liebe. Würde es fortdauern? Würden sie, wenn sie in Zukunft zusammenkamen, genauso eng verbunden sein, die Gnade der Verbundenheit fühlen? So etwas konnte man nicht arrangieren, nicht erzwingen, man konnte nicht einmal darauf hoffen. Es gab keine Struktur, die in der Lage gewesen wäre, so etwas zu erzeugen. Val würde es versuchen: sie gab ihre kostbare Zeit hin für den Versuch, sich eine Struktur auszudenken, die den Geist nicht abtötete. Gesegnet sei sie für ihre Mühe, dachte Mira, aber es war aussichtslos. Am besten, du tanzt und wirbelst im Kreis herum, wenn die Gelegenheit da ist, läßt dich Musik, Bewegung werden und erinnerst dich später daran. Aber sie waren alle davon berührt worden: sie konnten wirklich nie wieder ganz die gleichen sein wie vorher. Sie war sich dessen ganz sicher.

Es wurde ein langer und kalter und einsamer Winter. Niemand ging mehr in die Vorlesungen. In der Lehman Hall fehlten die vertrauten Gesichter. Alle hatten sich verkrochen, in der Child Library oder in einer Lesenische in der Widener Library oder zu Hause, ackerten listenweise Bücher durch, machten sich Stapel von Aufzeichnungen, hakten ein Buch nach dem andern ab, nur um dreißig neue am Ende der Liste hinzuzufügen. Mira hatte Dutzende von Ordnern mit den verschiedensten Dingen, zum Beispiel eine Liste der verschiedenen Fassungen der

Canterbury Tales, oder eine Aufstellung der Beiträge in der Martin Marprelate-Kontroverse, oder eine Liste mit den Daten sämtlicher Ausgaben von *The Laws of Ecclesiastical Polity* und *The Anatomy of Melancholy*.

Nur Val bereitete sich nicht auf mündliche Prüfungen vor: sie arbeitete unter anderen Bedingungen und war zur Zeit mit einem komplizierteren Projekt beschäftigt, für das sie Hunderte von sorgfältig ausgewählten Leuten befragen mußte. Aber sie schien in diesen Tagen von einer Versammlung zur anderen, von einer Demonstration zur anderen zu hetzen. Sie war äußerst beunruhigt und engagierte sich immer mehr: die Situation in Südostasien wurde ihr immer unerträglicher – die Bombardierungen wurden verstärkt, die amerikanischen Streitkräfte wurden verstärkt. Aber wir waren alle verzweifelt: Kyla war blaß und sah ganz zerknittert aus, Clarissa hatte tief eingesunkene Augen, Mira war sorgenvoll und in sich gekehrt; nur Iso blühte.

Den größten Luxus, den die Frauen sich gönnten, war ein Besuch bei Iso, zwei- oder dreimal in der Woche. Aber Kyla schaute fast jeden Tag bei ihr herein. Sie ging hin, wann immer das Bedürfnis sie überkam – manchmal um elf Uhr morgens, manchmal um zwei, oder um vier oder sogar um sechs. Wenn Iso nicht da war, setzte sie sich auf die Treppe und wartete, eine kleine verlorene Gestalt, das Gesicht verzogen, verzerrt, mit ständig wechselndem Ausdruck. Sie saß da und las, aber auch während sie las, zuckten ihre Mundwinkel. Wenn sie Iso erspähte, wie sie mit großen Schritten näher kam, sah sie auf und lächelte, und ihr Gesicht glättete sich.

Iso hatte kein Geld, trotzdem sorgte sie dafür, daß möglichst immer Limonade, Wein und Bier für ihre Freundinnen im Kühlschrank war. Auch sie lernte für die mündlichen Prüfungen, aber sie nahm es ihren Freundinnen offenbar nie übel, daß sie ihre Zeit beanspruchten. Sie grinste Kyla an und begrüßte sie stürmisch, als ob Kylas Besuch der wichtigste Augenblick ihres Tages war. Sie sah den zuckenden Mund, die verkrampften Finger. Je nach der Tageszeit gab sie ihr den richtigen Drink und saß ruhig da und hörte zu, stundenlang. Sie stellte Kyla Fragen, nicht nach der Gegenwart, sondern nach der Vergangenheit, nach ihrer Kindheit, ihren beiden erfolgreichen Brüdern, nach ihrer Mutter und ihrem Vater, nach Grundschule und High School. Das waren harmlose Themen, und Kyla erzählte ungezwungen. Geschichten, Erinnerungen, Kränkungen, Triumphe, es strömte aus ihr heraus; sie sprach, wie sie noch nie mit einem anderen Menschen gesprochen hatte, verwundert über sich selbst, wie das möglich war.

Aber Iso hörte offenbar interessiert zu, ehrlich interessiert. «Ich langweile dich doch nicht, oder?» unterbrach sich Kyla häufig und biß sich auf die Unterlippe. Die Worte brachen aus ihr hervor, als wäre die Vergangenheit so lange und so fest verkorkt gewesen, daß ein winziges Nadelloch zum Entweichen genügt hatte, um den Korken und alles herauszuschleudern.

«Ich erinnere mich, daß ich schon als ganz kleines Mädchen alles mögliche gelesen und dazu gesagt habe: ‹So möchte ich gern sein!› Oder: ‹So will ich aber nicht sein.› Als ich neun war oder zehn, fing ich an, Tagebuch zu führen – ein Kassenbuch genau genommen –, in das ich die Eigenschaften eintrug, die ich haben wollte, und die, die ich meiden wollte, und jeden Tag gab ich mir selbst eine Note. So eins, wie Benjamin Franklin, verstehst du? Nur, daß ich nicht so erfolgreich war. Im Gegensatz zu ihm war es mir nicht vergönnt, mir jede Tugend in dreißig Tagen anzueignen, einschließlich der Demut.» Sie lachten. Kylas Mundwinkel zuckte. «Oder was es sonst war», berichtigte sie sich nervös. «In Wirklichkeit konnte ich mir nie auch nur eine dieser Tugenden aneignen. Ich wurde immer wieder rückfällig. Ich kann dir gar nicht sagen, wie entmutigend es war, und es war mir so wichtig, all das zu erreichen.»

«Was denn zum Beispiel?»

«Oh, ehrlich und aufrichtig zu sein. Ehrlichkeit war immer das größte. Und Gerechtigkeit – Fairness, wie immer du es nennen willst. Und freudiger Gehorsam. Das war wirklich ein Ding!» Plötzlich veränderte sich ihr Tonfall, und sie sprang über in eine allem Anschein nach unwichtige Geschichte aus ihrer Zeit als Cheerleader an der High School: sie war auf einem Motorrad, das sie von einem Freund geliehen hatte, die Straße hinuntergerast und ohne Grund in einen Graben gekracht. «Dabei hatte ich das Ding unter Kontrolle. Ich hab das nie kapiert.» Sie trank einen Schluck Gin. «Und Vortrefflichkeit. Nein, Perfektion. In allem, was ich tat . . .»

«Und die ‹bösen› Eigenschaften?»

«Feigheit, Verlogenheit, Protzerei, Mangel an Selbstbeherrschung», stieß sie verächtlich hervor. «Huuu, wie ich das alles hasse. Deshalb mag ich auch Harley so gern. Er hat nichts von alldem.»

Wenn sie über Harley sprach, schwärmte sie zuerst immer in den höchsten Tönen. Das ließ dann nach und endete nach ein paar Gläsern Wein oder Gin in unterdrücktem, hysterischem Schluchzen. Kylas Schlußfolgerung war immer die gleiche, wenn der Anfall vorüber war: Harley war wunderbar, alles bestens, sie sollte nicht trinken.

Dann sprang sie auf – sie war immer für irgend etwas zu spät dran –, ergriff ihre Sachen und sauste los, die Treppen hinunter, die Straße entlang, immer in Hast – außer bei diesen Sitzungen in Isos Wohnung –, sogar während der Seminare war sie ständig in Bewegung, schlug die Beine übereinander und setzte sie wieder nebeneinander, zündete sich eine Zigarette nach der anderen an, paffte, drückte sie wieder aus, klopfte dauernd die Asche ab, gestikulierte wie wild mit den Armen, manchmal so leidenschaftlich, daß sie, was immer sie gerade in der Hand hielt – einen Kugelschreiber, ein volles Glas, eine Zigarette – quer durchs Zimmer schleuderte. Sie kratzte sich am Kopf, zog Grimassen, hob und senkte die Augenbrauen, rutschte auf ihrem Sitz hin und her, raschelte mit ihren Papieren. Ihre Bewegungen waren so sprunghaft und abrupt wie der Lauf eines gehetzten Tiers, das von einem vertrauten Loch zum andern jagt, und jedes ist verstopft, und trotzdem läuft es in panischer Angst immer wieder von einem zum andern. Oft, wenn sie bei Iso ankam, saß sie erst einmal zehn Minuten da und erzählte Iso nur, daß sie eigentlich gar nicht hätte kommen dürfen, weil sie dies und das erledigen mußte, und zählte die einzelnen Punkte eines unmöglichen Programms auf, das sie, wie sie beteuerte, sofort in Angriff nehmen würde, sobald sie diese Tasse Kaffee, diese Cola, dieses Glas Wein, diesen Gin ausgetrunken hätte. Die beiden letzteren zogen unweigerlich weitere nach sich, und schließlich, ebenso unweigerlich, Tränen. Offenbar war sie sich nicht im klaren darüber, daß sie Iso jeden Tag besuchte oder daß sie stundenlang blieb. Oft kam sie am Nachmittag und blieb dann bis spät in den Abend. Harley wußte allmählich, wo sie zu finden war, und manchmal klingelte um sieben, acht oder neun das Telefon, und Kyla kam danach mit verzerrtem Gesicht und kalkweiß aus dem Schlafzimmer, und ihr Mund zitterte nervös und sie schob die Lippen vor. «Ich habe es wieder mal geschafft», verkündete sie dann mit dumpfer Stimme – sie hatte wieder mal eine Dinnerparty versäumt. Zweimal vergaß sie Essenseinladungen, die sie selbst hatte geben sollen. Ihr Gedächtnis war wie ein Sieb.

Eines Tages sprach Iso sie direkt darauf an. Es war eine schlechte Zeit, einen Monat vor Kylas mündlichen Prüfungen, eine Woche vor Isos. Kyla hatte sich die Lippen blutig gebissen, und ihre Hände waren mit Ausschlag bedeckt. In diesen Tagen wurde sie schon von einem Gin-Tonic betrunken oder einem kleinen Glas Wein. Sie trank einen Schluck Wein und berichtete mit zitternder Stimme, wie unmöglich sie sich am Abend zuvor bei einer Party im MIT für graduierte Physikstudenten benommen hatte.

«Ausgerechnet Kontarsky! Der mächtige Kontarsky! Er ist Harleys Doktorvater, Harleys Zukunft liegt in seinen Händen! Bei einem anderen wäre es schon schlimm genug gewesen, aber ausgerechnet ihm so was zu sagen! Harley war totenblaß – den ganzen Weg nach Hause sprach er kein Wort mit mir, und als wir ankamen, packte er eine Reisetasche und stürmte davon. Er wollte nichts sagen. Ich hab geheult, ich hab mich entschuldigt. Ich nehme an, er schläft im Labor. Ich mache ihm keinen Vorwurf. Ich weiß wirklich nicht, wie ich es fertig bringe, immer solche Sachen zu machen.»

«Was hast du denn gemacht, was so schrecklich war?»

Sie versuchte die Geschichte zu erzählen, brach aber immer wieder in Tränen aus. Sie krampfte ihre rechte Faust so fest zusammen, daß die Knöchel blau wurden. Sie schlug sich damit immer wieder aufs Knie. «Wie konnte ich nur? Wie konnte ich nur?» schluchzte sie ununterbrochen mit dünner, hoher, kaum vernehmlicher Stimme. Schließlich beruhigte sie sich. «Ich hatte schon ein paar Gläser getrunken. Kontarsky redete auf mich ein, stand über mich gebeugt, er ist groß, weißt du, und er strahlte mich an mit diesem väterlich-wohlwollenden Blick, aber ich weiß genau, was diese Haltung, was dieser Blick bedeutet – er war scharf auf mich, er hätte gern gewußt, wie weit ich gehen würde, um meinem Mann bei seiner Karriere zu helfen. Ein Haufen anderer Leute standen herum, meist Professoren, und am Rande, hinter ihnen, all die eifrigen kleinen Studenten, begierig eine gute Bemerkung zu machen, begierig um jeden Preis das Kohlendioxyd zu inhalieren, das die großen Männer ausatmeten. Und er redete vom akademischen Leben und was für ein herrliches Leben es sei, und wie nett, daß Harley und ich das zusammen hätten, und ich blickte nur zu ihm hoch und streifte meine Asche ab und sagte, so großartig fände ich es nun auch nicht, soweit ich wüßte, wären alle Männer in der Wissenschaft schwanzlose Wundertiere.»

Iso fing an zu glucksen, und das Glucksen schwoll zu Gelächter an, und dann lachte sie so sehr, daß ihr die Tränen über die Wangen liefen. Kyla starrte sie entsetzt an. «Verstehst du denn nicht, ich wußte doch gar nicht genau, ob er wirklich was von mir wollte. Ich meine, er hat nichts dergleichen gesagt! Wenn er was gesagt hätte, wäre alles nicht so schlimm gewesen! Ich weiß es einfach nicht!» Sie jammerte weiter, und Iso lachte weiter, bis Kyla zu kichern anfing und schließlich in fröhliches schallendes Gelächter ausbrach. «Oh, dieser Scheißkerl!» keuchte sie. «Er ist so ein Scheißkerl, wirklich. Ich bin froh, daß ich das gesagt hab!» Aber sofort wurde sie wieder ernst. «Oh, aber der arme Harley. Es war schrecklich von mir, ihm das anzutun. Man kann wirklich nicht mit mir unter Leute gehen!»

«Ich finde es großartig», stöhnte Iso und wischte sich die Tränen ab. «Dieser pompöse Klumpen von einem aufgeblasenen Ich, dieser Riesenarsch von einem Menschen, Kontarsky! Sie bilden sich ein, daß sie etwas so Großes vollbringen – wie kannst du was Großes für die Menschheit tun, wenn du nichts anderes hast als einen erhabenen Geist? Mira würde sagen, die sollten einmal in der Woche das Klo putzen. Die brauchen das, sie haben es nötig.»

«Ach, Iso, glaubst du das wirklich?» Kyla kaute an ihrer Lippe. «Aber wie konnte ich Harley das antun?»

«Hör mal, Kyla, für eine Person, die Ehrlichkeit und Mut preist, bist du erstaunlich unaufrichtig und feige.»

«Ich?» Kyla schlug sich mit der flachen Hand auf die Brust. «Ich?» Sie knallte ihr Glas auf den Tisch und bespritzte ihr Kleid mit Wein. Sie sprang auf und suchte in ihrer Tasche nach Papiertüchern. «Ich saufe, und ich bin eine elende Schlampe, aber unehrlich bin ich nicht! Das ist nicht fair!» Sie wischte sich den Rock ab.

Iso betrachtete sie liebevoll. «Du bist die größte Lügnerin, der ich je begegnet bis.»

Kyla hockte sich auf die Stuhlkante. Wieder standen ihr Tränen in den Augen.

«Du belügst deine Umwelt, du belügst dich selbst. Du sagst ununterbrochen, als ob du es dadurch wahr machen könntest, daß Harley wunderbar ist, daß du glücklich bist, daß deine Ehe phantastisch ist. In Wirklichkeit bist du am Ende, du bist todunglücklich – es ist nicht zu übersehen für jeden, der hinschaut. Ich verstehe nicht, wieso Harley das nicht merkt. Du lieber Himmel, du weinst doch sogar auf Parties, auf denen er auch ist. Du weinst dauernd.»

Kyla brach in Tränen aus. Diesmal strömten sie lange. Das Schluchzen schüttelte ihren zarten Körper, es sah so aus, als würde er von den Zuckungen, die ihn durchfuhren, zerrissen. Iso rückte näher zu ihr und nahm ihre Hand. Kyla verbarg ihren Kopf an Isos Brust und weinte weiter. Sie klammerte sich an Iso, preßte ihren Arm so fest, daß blaue Flecken zurückblieben. Immer noch schluchzend, begann sie zu erzählen. Sie gab eine Geschichte von sich, die an jeder Ecke mit Selbstvorwürfen eingedämmt wurde. Harley war wunderbar, aber er liebte sie anscheinend nicht, aber das war nur, weil sie zuviel forderte, denn Harley selbst war großartig. Klar, er war sauer, wenn er voller Begeisterung über einen Durchbruch vom Labor nach Hause kam und mit ihr reden wollte, und sie war nicht da. Und klar, wenn sie da war und mit ihm reden wollte und er in seine Arbeit vertieft war, wollte er natürlich nicht gestört werden. Seine Arbeit war so schwierig, so wichtig. Es war alles verständlich. Es lag nur daran, daß sie eine elende Schlampe war. Sie kaute ständig an ihrer Unterlippe, und Blut sickerte ihr am Kinn herunter. «Aber ich bin auch manchmal begeistert und will mit ihm darüber reden, aber er hat immer zu tun, er will es nicht hören. Und dann die mündlichen Prüfungen. Als er sich auf das Mündliche vorbereitete, hab ich alles übernommen, ich habe alles gemacht, damit er in Ruhe arbeiten konnte. Ich hatte auch meine Seminare und Sitzungen, aber ich hab eingekauft, gekocht und saubergemacht. Ich habe den Staubsauger nur benutzt, wenn er nicht da war. Ich hab am Telefon nur geflüstert. Ich verhielt mich so, als wären seine Vorbereitungen aufs Mündliche heilige Handlungen und als wär ich die dienstbare Jüngerin, die den Tempel reinhält.

Aber jetzt, wo ich mich auf die mündlichen Prüfungen vorbereite, was macht er? Nichts. Er erwartet von mir, daß ich weiter die ganze Arbeit mache, und bringt noch Freunde mit nach Hause, um die ich mich kümmern soll. Er hat im Moment nicht viel zu tun, seine Arbeit ist fast fertig, er hat Zeit für Freunde, oh, ich versteh das ja, ich mache ihm keinen Vorwurf, ich liebe Harley, er hat so hart gearbeitet, er hat ein bißchen Vergnügen verdient. Er meint es auch nicht böse – er merkt nur einfach nicht, daß ich in Panik bin. Er ist der Meinung, daß Englisch ein Kinderspiel ist und daß ich intelligent genug bin, die Prüfung ohne viel Arbeit zu schaffen.» Sie hockte immer noch auf der Stuhlkante, aber ihre Beine wackelten nicht mehr. «Ich glaube, das frustiert mich am meisten. Weil es so ist, als ob er mich nicht ernst nimmt.»

«Denkt er so über alle, die Englisch studieren?»

«Ja. Vor Englisch hat er weniger Respekt als vor allem andern. Er schätzt Kunst und Musik und sagt, Geschichte hätte eine gewisse Existenzberechtigung, und auch Philosophie und sogar Philologie – er hat Respekt vor Linguisten. Aber nicht vor Literaturwissenschaftlern. Er sagt, lesen kann jeder. Er glaubt, daß er von Literatur genausoviel versteht wie jede von uns. Und es ist wahr, er weiß eine Menge. Es ist schwer, ihn bei einem Fehler zu ertappen. Er hat meistens recht. Trotzdem – ich komme mir ganz mies vor.»

Gegen elf ging Iso in die Küche und machte eine Suppendose auf und legte ein paar Cracker und etwas Käse auf einen Teller. Die ganze Zeit hatte sie mit Kyla gesprochen, hatte ihr gesagt, wie klug sie war, wie interessant ihre Arbeit. «Ich habe Harley über Bücher sprechen hören, und er ist eben einfach nur exzentrisch. Es hält James Branch Cabell für einen großen Schriftsteller – okay, exzentrische Ansichten sind interessant zu hören, aber letztlich hat das mit dem, was wir machen, nicht viel zu tun. Wir befassen uns mit einer kritischen und literarischen Tradition, mit der Frage, wie sich neue Ideen in neuen Stilrichtungen manifestieren . . .»

Kyla kicherte. «Das mußt du Harley sagen! Bei dir klingt das so unanfechtbar.» Iso stand am Herd, rührte die Suppe um, und Kyla legte den Arm um Isos Taille, und Iso legte den Arm um Kylas Schultern und beugte sich hinunter und küßte sie leicht aufs Haar.

Sie aßen, tranken Wein, sprachen miteinander. Kyla war außer sich vor Freude. «Seit Jahren ist mir nicht so wohl gewesen! Bei dir habe ich das Gefühl, als ob ich etwas wert sei, als ob das, was ich mache, etwas wert sei.» Iso saß halb ausgestreckt auf der Couch, und Kyla ging hinüber und setzte sich zu ihr, da wo ihr Arm war, und Iso legte ihn um sie. Um zwei gingen sie zu Bett, und Kyla schlief, eng an ihre Freundin geschmiegt.

Am nächsten Tag ging Kyla nach Hause, um ihre Pflanzen zu gießen. Zwei ganze Tage und Nächte blieb sie in der leeren Wohnung, versuchte zu arbeiten, doch dann ging sie zu Iso zurück. Danach saßen sie abwechselnd mal in der einen, mal in der anderen Wohnung, lasen, fragten sich gegenseitig ganze Listen von Daten ab, und gelegentlich blickten sie auf, schauten einander lächelnd in die Augen, kochten Kaffee, gossen sich Limonade ein, und ab vier gossen sie sich gegenseitig Wein ein.

Wenn sie ausgingen, schwebten sie zusammen durch die Straßen. Ihre jubelnde Freude war offensichtlich – ein Fremder hätte sie wahrgenommen, dachte Mira. Iso schwebte auch durch ihre mündlichen Prüfungen, und sie gingen mit Freunden zusammen aus, um es zu feiern. Kyla hatte sich erstaunlich verändert – immer noch lebhaft und impulsiv, und immer noch stieß sie Weingläser um und warf mit Löffeln, aber ihr Mund zuckte nicht mehr und meist lächelte er oder erzählte.

Ein paar Tage später saßen Kyla und Iso in Kylas Wohnung und arbeiteten. Iso fragte sie gerade die mittelalterlichen Quellen der Renaissancedichter ab, da kam Harley hereinspaziert. Er bemerkte natürlich die Art ihrer Beziehung nicht. Er war reizend zu Iso, von frostiger Höflichkeit Kyla gegenüber, die sich sofort steif aufsetzte und anfing, ihre Beine übereinanderzuschlagen und nebeneinander zu setzen.

«Wenn es Iso nichts ausmacht, würde ich gern mit dir sprechen.»

«Ich hab zu tun, Harley. Ich muß arbeiten.»

«Es ist einigermaßen wichtig», sagte er milde, in spöttischem Ton.

Kyla biß sich auf die Lippen und sah Iso flehentlich an.

«Ich muß sowieso gehen. Ich bin um halb fünf mit Mira verabredet», log Iso.

Kyla sprang auf und warf die Arme um Iso. «Danke. Vielen Dank, daß du mir geholfen hast. Vielen Dank für alles. Ich rufe dich an.»

«Ich würde gern wieder in meine Wohnung zurückkommen», begann Harleys und fuhr sich mit den Fingern durchs Haar, eine Geste, die größere Unruhe verriet, als er sich je hatte anmerken lassen. Harleys Vater war in West Point gedrillt worden und hatte seine Söhne gedrillt, «Haltung zu bewahren», wie er es nannte, was hieß, alle ausdrucksvollen Gesten zu unterdrücken.

«Ich hab dich nicht ferngehalten.»

«Doch, das hast du, Kyla.» Seine Stimme hob sich, klang fest. Er trug seine Vorwürfe nüchtern vor, wie ein Richter, der die Anklagepunkte verliest, in denen die Angeklagte für schuldig befunden wurde. Es waren etliche: Zeiten, zu denen die Angeklagte abwesend gewesen war, obwohl sie hätte zu Hause sein sollen; vergessene Verabredungen, darunter Abendeinladungen; das unentschuldbare Vergessen von Abendessen, die sie hatte kochen sollen; weinerliche Trunkenheit bei Parties, mehrfach, und dann zuletzt diese schreckliche Bemerkung Kontarsky gegenüber. «Zum Glück hatte seine erste Frau mehrere Nervenzusammenbrüche –»

«Das kann ich mir vorstellen!» fuhr Kyla dazwischen.

– «deshalb hatte er Verständnis», fuhr Harley gelassen fort und sah sie nur stirnrunzelnd an. «Ich hatte ein längeres Gespräch mit ihm –»

«Über mich? Du hast mit ihm über mich gesprochen?» kreischte sie.

«Kyla! Was willst du mir eigentlich noch antun? Ich glaube, du willst mich wirklich zerstören! Ich habe den Eindruck, du bist nicht ganz normal – bu bist reif für die Klinik!»

«So!» explodierte sie, warf die Arme hoch und stieß eine Glasvase um, die auf einem Tischchen stand. «Es ist also alles meine Schuld, ja?»

Mit gleichmütiger Miene und betont gelassenen Bewegungen erhob sich Harley und rettete die umgestoßene Vase, indem er sie auf den Kaminsims stellte – außerhalb der Reichweite des Kindes. Kyla sprang auf, stürmte in die Küche und goß sich ein Glas mit purem Gin voll.

«Falls du vorhast, dich zu besaufen, gehe ich. Man kann nicht mit dir reden, wenn du dich so verhältst.»

Kyla kam zurück und warf sich auf die Couch und begann mit ihrer Litanei. Er war nie zu Hause, und wenn er zu Hause war –

«Das ist unlogisch.»

«Du weißt genau, was ich meine!» Wenn er da war, interessierte er sich nicht für sie, für ihre Arbeit, für ihre Begeisterung, für ihre Entdekkungen – er wollte sie nur als stumme Zuhörerin. Sie hatte alles für ihn getan, als er sich auf seine mündlichen Prüfungen vorbereitete, aber er hatte nichts für sie getan. Und, und (mit abgewandtem Kopf, an den Lippen kauend) in sexueller Beziehung war er – rücksichtslos.

Harley saß da wie eine griechische Statue, das edle, vornehme Profil ruhig und erhaben, aber bei diesem letzten Vorwurf blinzelte er und sah sie an.

«Rücksichtslos – wie?»

«Das weißt du. Du weißt es. Du machst immer so schnell, du machst mich nicht erregt genug, und dann stößt du in mich rein, ehe ich soweit bin, und es tut weh, und das alles weißt du auch. Wie kannst du nur fragen, wenn du es doch weißt?»

Harley sah sie unverwandt an, und in seinen Augen war Angst. Dann senkte er den Blick, aber sein Gesicht hatte sich verändert, Schatten von Unbehagen lagen darüber. Diese Spur von Betroffenheit in seinem Gesicht versetzte ihr einen Stich. Sie versuchte es ihm zu erleichtern: «Wir haben doch schon früher darüber gesprochen. Ich habe dich gebeten. Aber anscheinend vergißt du es immer wieder.»

Er starrte auf den Fußboden, die Hände halb gefaltet zwischen seinen Knien. «Das ist es also. Deswegen hast du die ganze Zeit lang Haß gegen mich aufgestaut. Deswegen all diese Verrücktheiten . . .»

«Nein.» Kyla merkte, daß sie ruhig und gelassen sprach, sicher. «Nein. Es geht darum, daß du mich nicht ernst nimmst. In keiner Beziehung.»

«Das ist doch lächerlich.»

Sie ließ eine weitere Litanei vom Stapel, aber diesmal war ihre Stimme ruhig, würdevoll. Ihre Arbeit sah er als unbedeutend an, ihr Wesen als zu gefühlsbetont und damit krank, ihre Sorgen als unerheblich. Sie erwähnte ein Beispiel nach dem andern. Harley stand auf und fuhr sich wieder mit der Hand durchs Haar. Er kam näher, sah ihr aber nicht direkt in die Augen. Halb zum Fenster hinausstarrend, halb ihr zugewandt, sagte er: «Ich wollte dich nicht kränken, Kyla».

Sie schloß die Augen, und zwischen ihren Wimpern hing eine Träne. Harley stand vor ihr, sah zu ihr herab. «Ich will mir Mühe geben, Kyla.»

Es klang so unsicher, wie sie ihn noch nie gehört hatte, und sie wußte, wieviel ihn das kostete. Er sah wie ein Engel aus, als er so dastand, sein Haar weiß im letzten Sonnenlicht. Ein gefallener Engel, gefallen wegen ihr, von ihr heruntergezogen in die Welt des Fleisches und der Schmerzen, der Grenzen und der Unzulänglichkeiten, wo er nicht zu Hause war. Er gehörte in die Welt des reinen Denkens. Noch nie hatte sein Gesicht so traurig ausgesehen, noch nie hatte seine Stimme gezittert. Sie ergriff seine Hände, küßte sie und schmiegte ihre Wangen an sie, und er beugte sich zu ihr herab und küßte sie aufs Haar, und sie rieb ihre Wangen an seinen Händen, und während sie das tat, roch sie ihre Achselhöhlen, und als er sich herunterbückte, um sie zu umarmen, wurde ihr bewußt, daß sie verschwitzt war, sie meinte fast, den Geruch zwischen ihren Beinen zu riechen, ihre Regel mußte gekommen sein, sie kam sich stinkig und beschmutzt vor, und sie machte sich von ihm los, schickte ihn zu seinem Stuhl zurück, sie kratzte sich am Kopf und merkte, daß ihre Haare fettig waren. «Ich habe eine Affäre mit Iso», sagte sie.

Harley starrte sie an. Sie erklärte, wie es passiert war, wie durcheinander sie gewesen war, wie mitfühlend Iso gewesen war, wie sie sich an Iso geklammert hatte, verzweifelt nach Liebe suchend.

«Hmmmmm.» Harley sagte nichts, obwohl er sie während ihrer Erklärung scharf beobachtet hatte. «Willst du mir damit sagen, daß ich in deinen Neigungen durch eine Frau ersetzt worden bin?» fragte er schließlich, und sein Mund zuckte ein wenig.

«Nein. Es ist anders. Es ersetzt dich nicht, es ist eine Ergänzung zu dir».

«Dann wollen wir es vergessen.» Er stand auf. «Ist es dir recht, wenn ich zurückkomme?»

Sie floß über von Liebe, es floß aus ihren Augen, als sie zu ihm aufsah. «O ja, Harley, ja, Liebster.»

«Dann hol ich jetzt mein Zeug aus dem Auto.»

«Okay. Ich dusche inzwischen schnell.»

Sie summte, als das Wasser ihren Schweiß, ihre Ausdünstungen, das Fett in ihren Haaren wegwusch. Sie wusch sorgfältig alle ihre Körperöffnungen. Er war noch wunderbarer, als sie gedacht hatte, er war großzügig, er konnte Kritik annehmen, er konnte verzeihen und verstehen. Sie würden neu anfangen. Vielleicht sollten sie sich ein Baby zulegen. Sie konnte ein Baby haben und gleichzeitig ihre Dissertation schreiben. Das würde doch vielleicht lustig sein.

Als sie an diesem Nachmittag miteinander schliefen, war Harley rücksichtsvoll und gewissenhaft, er streichelte ihren Körper, nuckelte an ihren Brüsten, rieb ihre Klitoris. Er drängte sich ihr nicht auf, er fragte sie nur zweimal, ob sie soweit sei. Als er sie das drittemal fragte, war sie zu verlegen, um nochmals nein zu sagen, und sie sagte ja, und er drang in sie ein, und es tat weh, und sie war so dankbar für seine Umsicht und so schuldbewußt wegen ihrer Langsamkeit und beschämt wegen ihres Versagens, daß sie einen Orgasmus vortäuschte. Und Harley legte sich danach strahlend vor Freude und mit dem Gefühl, etwas geleistet zu haben, zurück.

Kylas Mund zuckte.

12

Kyla rauchte nervös, während sie Mira von den Vereinbarungen erzählte, die sie und Harley getroffen hatten. Die nächsten beiden Wochen, bis ihre mündlichen Prüfungen vorbei waren, sollte er allein alle Hausarbeit machen, und danach wollten sie die Aufgaben genau zwischen sich aufteilen. Kyla sollte pünktlich zu der Zeit, die sie gesagt hatte, nach Hause kommen; er wollte ihr bei den Vorbereitungen auf die Prüfung helfen, wie sie ihm geholfen hatte. Und sie würde ihre sexuelle Beziehung mit Iso aufgeben, auch wenn sie nach wie vor miteinander befreundet sein würden.

Die Lehman Hall war schon beinahe verödet, aber auf den Tischen um sie herum türmten sich volle Aschenbecher, leere Kaffeetassen, zusammengeknüllte Zellophantüten von Kartoffelchips, Zigarettenpackungen. Mira hörte Kyla zu und gab sich Mühe, mit ihren Augen und mit einem Lächeln auf die beschwingte Zuversicht und die verliebte Freude, die Kyla zum Ausdruck brachte, zu reagieren, aber sie fühlte sich niedergedrückt. Was für ein deprimierendes Lokal, dachte sie, mit all den Resten, all dem übriggebliebenen Schmutz, dem Chaos, das Mittagsimbisse und Nachmittagskaffees hinterließen, die es nicht einmal wert gewesen waren, weil sie nichts befriedigt hatten außer dem nackten Hunger. Val, die neben Mira saß, hielt das Gespräch in Gang, und gerade rechtzeitig sprang Kyla auf, sah auf ihre Uhr und sauste los, um irgend etwas zu erledigen.

«Ich kann einfach nicht daran glauben», sagte Mira traurig.

«Ich weiß.»

«Ich sollte es aber glauben können. Mit Ben und mir geht es immer noch gut. Aber Harley ist anders.»

«Wie bezeichnend, daß er in der Lage war, die Geschichte mit Iso so leicht hinzunehmen.»

«Das war bemerkenswert!»

«Hah!» schnaubte Val. «Das heißt doch nur, daß er es nicht ernst nimmt. Eine Frau als Liebhaber zählt nicht.»

«Glaubst du das wirklich?» Mira war überrascht. «Oh, Val, hab doch ein bißchen Nächstenliebe.»

Val schnitt ein Gesicht. «Es fällt mir immer schwerer.» Val sah verhärmt und hohlwangig aus. Sie arbeitete in der letzten Zeit fast ständig in einem Antikriegs-Komitee. Sie machte jedem, der ihr zuhörte, eindringlich klar, daß der Krieg ohne unser Wissen auf Laos und Kambodscha ausgedehnt wurde und daß wir auf dem Wege waren, ganz Indochina zu vernichten. Meistens war sie verbittert und zornig. Sie seufzte und wandte sich Mira zu. «Wie geht es denn dir und Ben?»

«Es geht uns gut. Wenigstens glaube ich, daß es uns gut geht. Es muß an dem Raum hier liegen –» sie blickte herum – «an all dem Scheiß, den Resten und dem Schmutz . . . Als ob du das alles nie loswirst . . .»

Vals Stirn verdüsterte sich. «Was heißt ‹alles›?»

«Ich weiß nicht. Ich weiß nicht, warum ich so niedergeschlagen bin. Wenn man sich Kyla anhört, ihren Enthusiasmus . . . Sie sieht eine rosige Zukunft für sich voraus, und die sehe ich für sie gar nicht, nicht mit Harley. Und dann dieses Gerede, sie wollte vielleicht ein Kind haben . . . Weißt du, du läufst rum und hast ein gutes Gefühl in allen Dingen, und wer weiß, jemand anders denkt vielleicht, daß du dir Illusionen machst – so wie ich es bei Kyla denke», schloß sie in einem halb fragenden Ton.

Val lachte. «Wenn das eine Frage sein soll – mir jedenfalls kommst du nicht so vor, als ob du dir Illusionen machst. Ich denke, Ben ist ein feiner Kerl.»

«Aber», sagte Mira zaghaft, «er möchte auch ein Baby.» Sie beobachtete Vals Gesicht.

Es veränderte sich nicht. «Und wie stehst du dazu?»

Jetzt war Mira diejenige, die nervös rauchte. «Jaa», sagte sie und lachte unsicher, «es klingt vielleicht seltsam, wenn ausgerechnet ich das sage, aber ich bin mir nicht einmal sicher, ob ich den Gedanken an eine Heirat mag.» Sie erklärte es näher. Val beobachtete sie aufmerksam. Mira hatte vergessen, daß sie das meiste, was sie jetzt sagte, das erstemal von Val gehörte hatte, vor über einem Jahr. Die Ehe gewöhnte an die guten Dinge, so daß man sie als selbstverständlich hinnahm, vergrößerte aber alle unangenehmen Dinge, so daß sie so unerträglich wurden wie ein Staubkorn im Auge. Ein geöffnetes Fenster, ein Liter Milch, der vergessen wurde, ein dröhnender Fernsehapparat, Socken auf dem Fußboden im Bad konnten Anlaß für unglaubliche Wut werden. Und sexuell veränderte sich auch etwas in der Ehe – der Schwur, auf alle anderen zu verzichten, hatte tiefe Auswirkungen, so leicht es war, ihn einzuhalten. Manche fühlten sich wie in einer Falle, fühlten sich getrieben, geltend zu machen, was sie ihre Freiheit nannten. Manche nahmen es hin wie Zügel, und um sich Schmerzen in Gestalt unerfüllbarer Wünsche zu ersparen, mieden sie Gelegenheiten, wo solche Wünsche entstanden, und versagten sich bei Parties längere Gespräche mit anziehenden Angehörigen des anderen Geschlechts. Mit der Zeit erstarb jedes Gefühl für das andere Geschlecht, und der Umgang beschränkte sich auf Höflichkeiten. Die Männer kamen zusammen und redeten über Geschäfte und Politik, und die Frauen redeten über Leute. Aber irgend etwas widerfuhr dir, wenn du so reagiertest, eine Art Tod sickerte von den Genitalien her in deinen übrigen Körper, bis er dir aus den Augen schaute und sich in deinen Gesten, in einer gewissen Leblosigkeit zu erkennen gab. Andererseits würde es sie umbringen, wenn Ben ein sexuelles Interesse an irgendeinem anderen Menschen fände, und sie hoffte, ja sie hoffte, daß er es auch so empfand. Aber wenn sie nun heirateten, was dann? Würde Ben sich abgeschnitten fühlen vom Fest des Lebens? Sie nicht, nein. Sie hatte keine Sehnsucht nach einem anderen, klar, hier gab es ja auch niemanden, anderswo vielleicht . . . aber würde sie nicht ihre Freundinnen verlieren? Die herrlichen Nächte, die sie und Val, sie und Iso miteinander verbracht hatten, wenn sie bis weit in den Morgen miteinander gesprochen hatten – würde so etwas dann noch möglich sein? Und sie und Ben würden plötzlich einfach ein Ehepaar sein. Dann würde die gemeinsam verbrachte Zeit an Intensität verlieren, würde reine Alltäglichkeit werden.

Und dann – sie zögerte und ihre Stimme wurde leiser – ein Baby. Ein Baby. Sie schüttelte entschlossen den Kopf. «Dahin könnte ich nicht mehr zurück, ich könnte es nicht aushalten. Ich liebe meine Kinder, ich bin froh, daß ich sie habe, aber nein, nein, nein! Andererseits – schließlich hat er ein Recht, nicht wahr, sich ein Kind zu wünschen. Es sei denn, er würde nicht selbst für das Kind sorgen. Wenn ich es nur kriegen müßte und sonst nichts – na, ich wäre nicht gerade begeistert, aber ich würde es machen. Aber ich hätte es für immer, du weißt ja, wie es ist. Und angenommen, er verläßt mich, wenn ich sechzig bin und er vierundfünfzig und das Kind ist noch auf dem College, dann hätte ich es immer noch. Trotzdem, er möchte ein Kind, und wenn er darauf bestünde . . .»

«Ja. Wenn er – aber er braucht gar nicht darauf zu bestehen. Nur etwas Druck . . .»

«Ja, was würde ich machen?» Sie paffte nervös. «Ich weiß es einfach nicht, verstehst du. Ich weiß, daß ich kein Kind haben sollte – für mich selbst weiß es es. Aber ich liebe Ben so sehr, ich würde vielleicht nachgeben. Allein der Gedanke, ohne ihn zu sein, erzeugt in mir ein Gefühl, als wäre ich in einem Fahrstuhl, der plötzlich zehn Stockwerke runtersaust. Ben ist mein Mittelpunkt: alles ist gut, weil er da ist, in meinem Leben. Aber wenn ich es täte – o Gott, ich weiß nicht.»

Val schaute sie an, und Mira sah in ihrem Gesicht, was Val so außergewöhnlich machte. Da war ein ganzes Netz prägender und sich verändernder Alterslinien, nicht tief, nur dicht verzweigt. Und Vals Gesichtsausdruck in diesem Augenblick barg alles: Verständnis, Mitgefühl, das Wissen, was Schmerz ist, und die Erfahrung, wie unerreichbar das ist, was wir, wenn wir jung sind, als Glück ansehen. Und gleichzeitig eine belustigte, ironische Heiterkeit, die Freude einer, die überlegt hat und die kleine Vergnügungen zu schätzen weiß.

Mira spreizte die Hände. «Da kann man nichts machen», sagte sie achselzuckend.

«Das Problem ist, daß etwas gemacht werden muß.»

Mira hob fragend die Augenbrauen.

«Du mußt etwas tun. Du wirst mit ihm zusammenbleiben oder du wirst es nicht. Du wirst heiraten oder du tust es nicht. Du wirst ein Kind haben oder du wirst keins haben.»

Mira sank in sich zusammen. «Genau das bringe ich nicht fertig.» Sie sah Val flehentlich an. «Glaubst du, daß er mir je verzeihen wird in den kommenden Jahren, wenn wir zusammenbleiben, aber kein Kind haben?»

«Glaubst du, daß du ihm verzeihen wirst in den kommenden Jahren, wenn ihr zusammenbleibt und ein Kind habt?»

Mira mußte lachen, und sie lachten schallend zusammen. «Dann scheiß auf die Zukunft!» rief Val, und Mira ergriff ihre Hand, und sie saßen da und schauten sich in ihre nicht mehr jungen Gesichter, von den Jahren gezeichnete Gesichter, wach und lebensfroh, Überlebende beide, die über einen Witz grinsten, dem nicht viele der Jungen, die hier verkehrten, zugestimmt hätten. Und Mira erinnerte sich an Vals Auftritt bei einem Kostümfest vor vielen Monaten: sie trug einen aufreizenden schwarzen, mit Federn geschmückten Hosenanzug und hatte Silberspray im Haar und glitzernde blaue Lidschatten, und in der Hand hielt sie eine lange schwarze Zigarettenspitze. Alle blickten auf, als sie hereinkam und sich noch extra in Positur stellte: sie lachte auch. Sie stand da, unbekümmert um ihren Umfang, ihr Alter, posierend wie ein Vamp der dreißiger Jahre, lachend, triumphierend – über sich selbst und ihre Illusionen und Wünsche, über allen eitlen Glamour und das Vergnügen daran und über die Farblosigkeit einer Welt ohne Glamour. Manche von uns verstanden. Wir alle waren in dieses Lachen eingeschlossen, wir alle, die wir wußten, daß unsere Hälse mager, unser Kinn schlaff, unsere Beine zu dick und unser Haar spärlicher geworden war. Und auch die Jüngeren waren einbegriffen, sie, die sich noch nicht eingestehen wollten, daß auch sie älter wurden und daß das herrliche Leben, das sie sich erträumt hatten, nie Wirklichkeit werden würde, die aber wußten, daß irgend etwas an der Länge ihrer Körper oder an der Wölbung ihrer Knie nicht unbedingt ideal war; auch die Jüngsten und Schönsten von uns hatten eine mißglückte Augenbraue oder ein unschönes Nasenloch – alle waren wir schön und alternd, alle schritten wir aufgeputzt inmitten unseres Sterbens munter voran, aufgeputzt mit Leben und mit einem Achselzucken, den Tod abtuend. Sie zeigte uns das. Strahlend und lachend und fröhlich kam sie herein. Ach, Val, unbezähmbare Val!

13

Das erste Mal hatte sie den Alptraum eine Woche vor ihrer mündlichen Prüfung, und von da an jede Nacht. Schweißnaß und zitternd wurde sie wach, stand auf und ging rauchend in der Wohnung umher. Aber sie sagte Harley nichts davon. Sie erzählte es niemandem.

Sie träumte, sie sei in dem Raum, wo die Prüfungen abgehalten wurden, einem holzgetäfelten Raum mit kleinen, in Vierecke unterteilten Fenstern und einem großen glänzenden Tisch. Die drei Männer, die sie prüfen wollten, saßen an einem Ende des Tisches, als sie hereinkam, und stritten miteinander. Sie war kaum durch die Tür getreten, als sie den Haufen in der Ecke bemerkte. Sie wußte sofort, was es war, aber sie konnte es nicht glauben, sie schämte sich so und ging näher, um es genauer zu betrachten. Es war das, was sie dachte. Sie war entsetzt. Diese schmutzigen Binden, diese blutigen Unterhosen gehörten ihr, sie wußte, daß sie ihr gehörten, und sie wußte, daß die Männer das auch wußten. Sie stellte sich davor, aber es war unmöglich, sie zu verbergen. Die Männer hatten aufgehört, sich zu streiten und hatten sich ihr zugewandt und musterten sie . . .

Ihre Befürchtungen schlugen in helle Angst um. Sie legte noch mehr Listen an, hastig, verbissen; sie lief gleich morgens in die Bibliothek und las, bis die Child Library schloß, aber wenn der Tag vorbei war, hatte sie das Gefühl, daß sie nichts in sich aufgenommen hatte, daß sie nichts gelesen hatte als Wörter, Wörter, Wörter. Sie erzählte Harley von ihrer Panik, aber er nahm es nicht ernst.

«Um Gottes willen, Kyla! Das ist doch lächerlich! Du hast überhaupt nichts zu befürchten!»

Er wurde ungeduldig, als ihre Ängste anhielten; er behauptete, ihre Prüfer wären allesamt Arschlöcher, und sie machte viel zuviel von ihnen her. Hinter seiner Ungeduld spürte sie seine Verachtung für erwachsene Männer, die sich mit etwas so Trivialem abgaben wie Englischer Literatur, aber sie war zu sehr in Panik, hatte zu entsetzliche Ängste, um darüber ein Wort zu verlieren. Sie redete kaum mit Harley. Sie las Tag und Nacht, machte Listen, strich Sachen aus, und jede Nacht träumte sie denselben Traum.

Am Tag ihrer Prüfung betrat sie den holzgetäfelten Raum und sah den glänzenden großen Tisch und die drei dort sitzenden Eminenzen. Sie stritten darüber, welches Fenster, wenn überhaupt eins, aufgemacht werden sollte und wie weit. Ihr Streit zog sich eine Weile hin und war erstaunlich verbissen. Wegen eines Fensters? dachte sie. Sie waren wie ein zänkisches altes Trio, das seit fünfzig Jahren zusammenlebte. Sie warf einen Blick in die Ecke, aber die Ecke war leer. Sie setzte sich. Sie zitterte am ganzen Körper.

Rund zwei Stunden später, nachdem der Direktor ihr das Ergebnis ins Ohr geflüstert hatte, ging sie mit zitternden Knien die Holztreppe von Warren House hinab. Sie konnte nichts sehen, aber sie hielt den Kopf hoch. Sie würde nicht weinen, nicht hier vor den Leuten im Warren House. Sie ging vorsichtig und hielt sich am Geländer fest. Sie würde nicht fallen, nicht hier. Die Gegenstände flimmerten und verschwammen vor ihren Augen. Aber da standen ein paar Leute, die vertraut aussahen, es waren, ja, es waren Iso und Clarissa und Mira und Ben, und jemand fragte: «Wie war's?», und sie sagte, die Wörter gurgelten aus ihrer tränennassen Kehle: «Ich hab bestanden.» Und sie brachen in Jubelrufe aus. Aber sie mußten es gesehen haben, mußten wissen, wie ihr zumute war, denn sie fingen sie in ihren Armen auf und halfen ihr nach draußen, und alles war grau, aber dann war da frische Luft, und sie wurde gestützt, und sie gingen zusammen weg, gingen alle zusammen weg, und die Luft war frisch und süß, und es war April und alles blühte.

Sie brachten sie ins Toga und bestellten etwas zu trinken und fragten sie aus, und sie wiederholte ein paar der Prüfungsfragen und beobachtete ihre entsetzten Gesichter, und endlich konnte auch sie lachen. «War das nicht unglaublich? Das haben sie nur gefragt, um mich durcheinanderzubringen, und es *hat* mich durcheinandergebracht!»

Sie tranken und tranken. Jemand stand auf, um Val anzurufen, die eine halbe Stunde später aufkreuzte. Und jemand, sie hatte den leisen Verdacht, es war Mira, da Iso ihr etwas zugeflüstert hatte, rief Harley an. Aber Harley kam nie. Kyla fragte nicht warum, sie fragte überhaupt nicht danach. Sie bestellte etwas zu essen, und einige Zeit darauf verließen sie das Toga und kauften irgendwo ein paar Liter billigen Wein, und dann gingen sie zu Iso und saßen, redeten und tranken bis in die Nacht. Kyla blieb.

Es war nach eins, als Iso die Tür hinter Val schloß. Als sie zurückkam, saß Kyla wie ein kleines Kind auf der Kante eines Holzstuhls, die Arme um sich geschlungen, sich selbst in die Arme nehmend, und zitterte.

«In Wirklichkeit bin ich durchgefallen, Iso. Das ist die Wahrheit», sagte sie.

Iso wurde bleich. Sie setzte sich. «Du meinst, du hast gelogen?»

«O nein. Nein, sie sagten, ich hätte bestanden. Hooten kam zu mir und flüsterte mir zu, daß ich bestanden hätte.» Iso atmete auf. «Aber in Wirklichkeit bin ich durchgefallen.»

Iso goß wieder Wein ein. «Iso, es hat keinen Zweck. Ich schaffe es nicht. Ich schaffe es nicht in ihrer Welt. Ich halte es nicht aus.» Sie erzählte Iso von ihrem Traum.

«Hast du mit jemandem darüber gesprochen? Das hätte dir vielleicht geholfen. Hast du es Harley erzählt?»

Sie schüttelte den Kopf. «Er hätte mich nur noch mehr verachtet.» Sie beschrieb, wie Harley reagiert hatte, als sie ihm von ihrer panischen Angst erzählte. «Es gehört alles zusammen – Harley, Harvard, die ganze beschissene Welt, um Gottes willen! Ich werde einfach nach Hause gehen und Kinder kriegen und den Rest meines Lebens damit zubringen, Brot zu backen, Blumen zu züchten und tolle Kleider zu nähen. Das hier kann ich nicht aushalten. Ich kann's nicht.»

«Quatsch!» fauchte Iso.

«Hältst du das für falsch?»

«Du lieber Himmel!» Iso stand auf und fing an herumzulaufen. «Ich kann nicht ertragen, was in dir vorgeht.»

«Sie haben mich kleingekriegt, sie hatten die Macht, ich gab sie ihnen. An dem Traum kannst du sehen, aus welchen Gründen. Ich fühle mich ihnen gegenüber einfach nicht legitimiert. Ich habe es satt, es weiter zu versuchen. Ich hab es satt, Harley zu beweisen, daß ich ein genauso rationaler und intelligenter Mensch bin wie er, ich hab es satt, Harvard zu beweisen, daß auch ich ätherische intellektuelle Kabinettstücke schreiben kann.»

Iso lief herum, auch sie hatte die Arme um sich geschlungen, sich selbst in die Arme nehmend. Kyla sah es und wußte, daß Iso ihre Qualen genauso schmerzlich empfand wie sie selbst. «Es ist aber doch so», sagte Iso mit einer Stimme, die offensichtlich um Ruhe rang, «daß Brotbacken und Blumenzüchten dich mit der Zeit langweilen würde.»

«Nein, würde es nicht. Das sind großartige Dinge.»

«Ja, sind sie. Und ich möchte fast sagen, es ist das beste, was man tun kann – es sind die Dinge, die wirklich zählen.»

«Nicht für Harvard. Oder für das Pentagon.»

«Nein. Ich finde zwar nicht, daß Harvard oder das Pentagon oder das männliche Establishment, in welcher Form auch immer, das *richtige* sind oder daß du, wenn du drinbleibst, Wichtigeres tust als Brotbacken und Blumenzüchten, denn das meiste, was *sie* machen, ist noch vergänglicher und weniger nahrhaft und weniger kreativ, und Kinder haben muß überhaupt das größte sein, aber –» sie wandte sich Kyla zu – «die Saat ist schon vor langer Zeit in dich gelegt worden. Es gibt kein Entrinnen mehr für dich. Merkst du das nicht?»

Sie setzte sich zitternd hin und trank ihren Wein. Kyla starrte sie an.

«Ich weiß es, denn in mir ist sie auch.» Iso zitterte.

«Die Saat», wiederholte Kyla.

«Ich bin begabt. Du bist begabt. Vielleicht sind wir sogar Genies. Wir haben Chancen gehabt, die viele Frauen nie bekommen. Unser Streben entspricht unserer Intelligenz und unserer Herkunft. Wir wollen es in ihrer beschissenen Welt schaffen. Aber nimm mal an, wir geben auf und sagen: Zum Teufel mit euch, vernichtet euch doch selber, ich haue ab und pflege meinen Garten. Also nimm mal an, *du* tust das, bei mir wäre es etwas anderes, du gehst mit Harley oder sonst jemandem weg und läßt die Scheiße hinter dir und kriegst ein paar Kinder und züchtest Blumen und backst Brot. Dann wirst du dich immer noch nicht legitimiert fühlen, du würdest dich weiter über die Welt draußen ärgern, vielleicht sogar noch mehr. Du wirst sie doppelt hassen, weil du weißt, daß du in ihr versagt hast. Und du wirst *ihn* hassen – den Mann – den, der da draußen legitimiert ist, der es schafft, ohne daß es, so scheint es, seine Seele verschlingt.»

«Das scheint nur so», sagte Kyla hart, sarkastisch. «Mira hat doch Harley heute abend angerufen, nicht wahr?»

«Oh, ich weiß nicht», sagte Iso ausweichend.

«Und er kam nicht. Vermutlich, weil du da warst. Aber warum stand Harley nicht mit unten an der Treppe?»

Iso sah in ihr Glas.

«Ich sitze also in der Falle?» Kyla grinste und streckte die Beine aus. «Die widersprüchliche Saat der Zerstörung in mir geht auf, oder?»

Iso lachte.

«Komm her und gib mir einen Kuß, du Pessimistin, du!»

Iso ging zu ihr. «Hör mal», sagte sie lächelnd, «ich will kein Ersatz sein. Verstehst du – wenn es mit Harley nicht klappt, gibt es immer noch Iso.»

Kyla verzog das Gesicht. «O Gott, und ich hab mir solche Mühe gegeben, es anständig hinzukriegen! Iso, ich liebe dich. Ich kann dir nichts versprechen. Aber kannst du das?»

Iso lachte und setzte sich auf den Fußboden, und Kyla rutschte vom Stuhl zu ihr hinunter, und sie umarmten sich fest und küßten sich lange.

14

«Es ist schwierig, auf dem laufenden zu bleiben», sagte Mira und besah sich das Durcheinander in Vals Zimmer. Überall lagen Papiere, Stapel hektographierter Flugblätter, Broschüren. «Soweit ich weiß, wohnt sie bei Iso. Und Harley tobt. Er erzählt ein paar wirklich gemeine Sachen. Ich glaube, du hattest recht. Er hat es am Anfang nicht ernstgenommen.»

«Männer», sagte Val angewidert.

Mira sah sie an. «Ich habe Tad lange nicht gesehen. Ist was nicht in Ordnung?»

Val verzog den Mund. «Oh, das ist vorbei.»

«Bist du okay?»

Val paffte an ihrer Zigarette. «Wir scheinen zur Zeit alle eine miese Phase durchzumachen.»

«Was ist passiert?»

«Es liegt nicht an Tad. Jedenfalls glaube ich das nicht. Möglicherweise hing ich mehr an ihm, als ich wußte. Das ist *mein* Problem. Manche Leute denken, sie hängen sehr an jemandem, und in Wirklichkeit tun sie es gar nicht. Ich bilde mir immer ein, es wäre mir egal, ich könnte gut ohne sie auskommen, und stelle dann fest, daß ich sie mehr liebe oder mehr brauche, als ich dachte. Aber ich glaube, das ist es diesmal nicht. Es sind Schuldgefühle. Wenn du erst einmal anfängst, alles, was du tust, in Zweifel zu ziehen, und auf den Gedanken kommst, du könntest etwas falsch gemacht haben – dann kracht alles zusammen, weil das, was du letzte Woche falsch gemacht hast, zurückgeht auf eine Entscheidung, die du vor fünfzehn Jahren getroffen hast, und dann mußt du alles in Zweifel ziehen, alles.»

Val legte ihr Gesicht in ihre Hände.

Mira sah sie erschrocken an. Sie war nie auf den Gedanken gekommen, daß Val verletzbar sein könnte wie alle anderen Menschen; offenbar hatte sie Val unbewußt eine übermenschlich dicke Haut zugeschrieben. Aber jetzt saß Val da und zitterte.

«Was ist passiert?»

«Es war in den Osterferien», begann sie.

Chris war in den Ferien nach Hause gekommen. Sie und Val sahen sich seit Weihnachten das erste Mal wieder und waren vollständig miteinander beschäftigt. An dem Abend, als Chris ankam, redeten sie bis spät in die Nacht. Sie wollten nicht, daß Tad dabei war, wollten allein miteinander reden, aber Tad wollte unbedingt bleiben. Es war peinlich, sie ärgerten sich, aber Val wollte ihn nicht verletzen. Gegen halb drei schließlich ging er zu Bett, und sie konnten allein miteinander reden, was sie auch bis zum frühen Morgen taten. Dann küßten sie sich und nahmen sich in die Arme, ehe sie sich in ihre Zimmer verzogen.

Am nächsten Tag war Tad sauer. Die Frauen schliefen lange, weil sie erst um sieben ins Bett gegangen waren, und er war wach und hing herum bis zum späten Nachmittag, als sie aufstanden. Er war sauer, weil sie ihn am Abend zuvor ausgeschlossen hatten. Und rücksichtslos, wie er war, ließ er Val seinen Ärger spüren, sobald sie aufgestanden war und noch ehe sie eine Tasse Kaffee getrunken hatte. Er starrte sie an und machte eine sarkastische Bemerkung über ihr langes Schlafen. Sie ging nicht darauf ein und setzte sich mit ihrem Kaffee hin. Daraufhin schwieg er, raschelte nur geräuschvoll mit den Seiten der *Times* und tat so, als ob er läse.

«Und du verhältst dich so, daß ich mir verdammt ausgeschlossen vorkomme», sagte er unvermittelt. «Gestern abend wolltet ihr absolut nicht mit mir reden, du und Chris. Ihr habt kein Wort mit mir gesprochen. Ihr habt getan, als ob ich überhaupt nicht da wäre. Ihr habt mich glatt ignoriert!» sagte er, sprang auf und ging zum Herd, fluchte über die leere Kaffeekanne und setzte geräuschvoll den Kessel aufs Feuer. Dann drehte er sich zu Val um, sah sie böse an und sagte: «Entweder bin ich ein Teil dieser Familie, oder ich bin's nicht.»

Wenn Val richtig wach gewesen wäre, hätte sie vielleicht anders reagiert. So aber hob sie den Kopf und sah ihn spöttisch an. «Offenbar», sagte sie kühl und knapp, «bist du es nicht.»

Das wirkte wie eine Ohrfeige auf ihn. Sein Gesicht verzog sich, und einen Moment dachte sie, er würde anfangen zu weinen. Als sie das sah, tat er ihr leid. Sie wäre am liebsten zu ihm gelaufen, hätte ihn in den Arm genommen und ihm gesagt, daß es ihr leid tat, aber es war zu spät. Er stand unschlüssig da.

Sie versuchte einzulenken. «Jedenfalls», sagte sie etwas sanfter, «was meine Beziehung zu Chris angeht. Schließlich ist sie mein Kind. Wir mögen uns sehr, und wir haben uns lange nicht gesehen. Es gibt Augenblicke, da wollen wir allein sein.»

Damit wäre vielleicht alles in Ordnung gewesen, sie wußte es nicht. Sie hatte ihn verletzt und würde sicher in Zukunft dafür bezahlen müssen. Vom Verstand her würde er es vielleicht begreifen, aber er würde sich nicht leicht versöhnen lassen. Es wäre vielleicht alles in Ordnung gewesen, aber irrsinnigerweise, wie sie selbst sofort empfand, fügte sie hinzu: «Tatsächlich bist du ein sehr kleiner Teil in meinem Leben, Tad. Das mußt du wissen. Ich bin fast einundvierzig, ich hab mein schwieriges Leben hinter mir. Du platzt da herein und beschließt, wir sollten ein Liebespaar sein, und ich bin einverstanden, und du denkst offenbar, das wäre ein Blankoscheck für dich, für die Dauer in mein Leben einzuziehen. Wann, verdammt nochmal, hörst du damit auf? Hast du mich je gefragt, ob ich dich als festes Inventar in meinem Leben gebrauchen kann? Du ziehst einfach ein. Du bist völlig unsensibel anderen gegenüber. Entweder ziehst du dich völlig zurück, oder du drängst dich in den Vordergrund – du kommst gar nicht auf die Idee, zu überlegen, wie anderen zumute ist. Du benimmst dich, als wären wir verheiratet oder so. Du redest, als ob du erwartest, daß ich nie wieder mit einem anderen schlafe als mit dir. Da hast du dich geschnitten.»

Als sie fertig war, war Tads Gesicht versteinert. Er sah sie ausdruckslos an, ging aus der Küche ins Wohnzimmer, setzte sich hin und hielt sich den Kopf.

Sie trank ihren Kaffee aus. Sie war erregt und zornig und überrascht. Sie hatte nicht bemerkt, daß sie zornig war. «Liebe», murmelte sie vor sich hin. Sie macht, daß du deine eigene Wut vor dir verbirgst, dachte sie, aus Angst, und wenn sie dann endlich herauskommt, ist sie giftig. Aber es tat ihr nicht leid. Sie hatte noch dasselbe Gefühl wie in dem Moment, als sie ihn angefahren hatte.

Chris kam schlaftrunken und mürrisch in die Küche getaumelt.

«Was ist mit Tad los?»

Val erzählte es ihr. «Hm», brummte Chris. Gestern abend war sie sauer auf ihre Mutter gewesen, weil sie Tad nicht weggeschickt hatte. Heute morgen hatte sie den Eindruck, ihre Mutter sei übertrieben unfreundlich zu ihm gewesen. «Das war ganz schön brutal, meinst du nicht?»

«Ja, das war ganz schön brutal!» rief Val gereizt. «Du glaubst wohl, ich sei in allem perfekt?»

«Du tust so, als ob du es wärst», sagte Chris, und Val hatte Lust, ihr eine Ohrfeige runterzuhauen.

Sie machte für Chris und sich Frühstück und schickte Chris ins Wohnzimmer, um Tad zu fragen, ob er auch frühstücken wolle. Er wollte nicht. Die Frauen aßen und lasen schweigend die *Times*. Beide waren inzwischen wach und wechselten hin und wieder ein paar Worte. Val war noch immer sauer auf Chris und antwortete ihr kurz angebunden.

«Es tut mir leid», sagte Chris. «Er sah nur so unglücklich aus. Als ich durchs Wohnzimmer ging, hab ich sogar gedacht, er weint. Ich glaube, ich denke immer, du müßtest imstande sein, jede Wunde mit einem Kuß zu heilen, und wenn du's nicht machst, dann aus purer Boshaftigkeit.»

«Ja», sagte Val bitter. «Und natürlich hätte ich es gekonnt. Ich hätte nur meine Gefühle zu verleugnen brauchen. Das ist es, was die Leute von einer Mutter erwarten!»

«Ich weiß, ich weiß! Ich hab doch gesagt, daß es mir leid tut!»

«Kinder! Mütter!» murmelte Val. «Man gestattet dir nicht, eigene Gefühle zu haben, damit du jederzeit für die anderen als Verbandszeug dienen kannst.»

Chris sah sie an. «Wenn ich dich nicht so gut kennen würde, würde ich schwören, du hast Schuldgefühle.»

Val legte den Kopf in die Hände. «Hab ich auch. Jedenfalls fühle ich mich mies, weil ich ihn verletzt habe.» Sie hob den Kopf. «Und was noch schlimmer ist, ich wollte ihn verletzen. Wahrscheinlich habe ich mich eingeengter gefühlt, als ich dachte. Ich wollte ihn schon lange abkanzeln.»

Am späten Nachmittag ließ Vals Ärger nach. Sie roch, wie der Duft von Marihuana vom Wohnzimmer herüberzog, und wußte, daß er rauchte, um seine Gefühle zu betäuben. Ihr Herz schmolz vor Mitleid. Er schien ihr so hilflos. Es war nicht recht, einen hilflosen Menschen zu verletzen. Sie ging ins Wohnzimmer. Sie setzte sich in seine Nähe, aber in einen anderen Sessel.

«Tad, es tut mir leid, daß ich grausam war», sagte sie. «Ich war sauer und war es wohl schon lange, ohne es zu wissen. Es hat sich angestaut und ist auf diese Weise rausgekommen. Ich *empfinde* dich als Teil meines Lebens – wenn du das jetzt noch hören magst.»

Sein Kopf fuhr hoch. «Hast du mit jemand anders geschlafen?»

«Was?»

«Du hast gehört, was ich gesagt habe, Val! Hast du irgendwo rumgeschlafen?»

«Du Arsch!» Sie war verblüfft. «Was, zum Teufel, geht dich das an?»

«Du hast es gesagt! Du hast gesagt, wenn ich mir einbilde, du tätest es nicht, wäre ich verrückt. Ich will wissen, ob du es getan hast. Ich muß es wissen.» Seine Stimme überschlug sich, und ihr Blutdruck sank ein bißchen.

«Was würde das ändern?»

«Alles. Denkst du denn, ich bleibe bei einer Hure?»

Sie sah ihn kühl an. «Wenn du es so siehst, geh am besten gleich. Was glaubst du denn, was ich die letzten zwanzig Jahre gemacht habe?»

«Das ist mir egal, das war, bevor du mich kennengelernt hast.»

«Ach so. Du hast dich dazu durchgerungen, eine Frau zu akzeptieren, die nicht immer dir gehört hat, aber du kannst nicht akzeptieren, daß sie nicht ausschließlich dein Eigentum geworden ist, als du die Bildfläche betreten hast.»

Er schien sie nicht zu verstehen. «Hast du es getan?»

«Ja», antwortete sie.

«Und wer?» Er ließ sich niedergeschlagen in die Sofakissen zurücksinken, seine Miene war verzweifelt.

«Die Frage steht dir nicht zu. Ich würde es dir sagen, wenn ich es wollte.»

Sein Gesicht wurde plötzlich angespannt. «Wer? Wer? Ich muß es wissen, Val, ich muß es wissen!»

«Mein Gott!» Val war angewidert. «Tim Ryan.»

Tim Ryan war Mitglied der Friedensgruppe und Erstsemester.

«Val, der ist achtzehn! Achtzehn! Jünger als Chris!»

«Na und? Du bist auch nur ein paar Jahre älter als Chris. Seit wann hat das denn eine Bedeutung?»

«Ich bringe ihn um», stieß er zwischen den Zähnen hervor.

«Mein Gott!» Val stand auf. «Mach nur weiter so. Spiel jedes blöde Spielchen aus dem Katalog. Aber ich bin sicher, daß ich meine Zeit nicht damit verschwenden werde, mitzuspielen.»

Sie verließ das Zimmer, ging in ihr Schlafzimmer und setzte sich hin, um an dem Gefängnisreport zu arbeiten. Stunden vergingen. Ein paarmal hörte sie Tad in die Küche gehen und sich einen Drink einschenken, aber er sprach sie nicht an und ging ins Wohnzimmer zurück. Gegen neun Uhr bekam Chris Hunger und machte das Abendessen. Chris fragte Tad, ob er etwas essen wollte, aber er winkte ab. Während sie und Val beim Essen saßen, kam er jedoch zweimal in die Küche und holte sich einen neuen Drink. Er ging nicht mehr gerade, und einmal wäre er fast ausgerutscht. Jedesmal ging er, ohne ein Wort zu sagen, wieder ins Wohnzimmer zurück.

Chris runzelte die Stirn. «Mami, ich wollte heute abend ausgehen. Ein paar Freunde wollen sich treffen. Sie sagten, Bart käme eventuell auch. Ich habe seit Monaten nichts von ihm gehört und würde ihn furchtbar gern sehen.»

«Mach dir keine Gedanken, Schatz, ich komme mit Tad schon zurecht. Was soll passieren? Er steht ja schon nicht mehr fest auf den Beinen. Er wird wahrscheinlich bald hinüber sein. Wenn's hart auf hart geht, kann ich rennen, er nicht», lachte Val.

Sie waren gerade mit dem Essen fertig, als Tad wieder in die Küche getorkelt kam. Aber nachdem er sich einen Drink eingegossen hatte, wankte er hinter ihnen her in Vals Schlafzimmer und fiel aufs Bett. Dann begann er zu reden. Er stieß eine Flut von Verwünschungen aus, ein Ritual ohne Ende: «Nutte, Hure, Schlampe, Votze, dreckige Votze, ich hab an dich geglaubt, ich hab gedacht, ich liebe dich, aber ich sage dir, Val, ich liebe dich nicht so, nicht so sehr, ich werde dir nie verzeihen, du dreckige Schlampe, du Hure, du Nutte . . .»

Und so ging es weiter. Val stand auf und ging zur Schlafzimmertür. «Pack deine dreckigen, verbohrten Wertvorstellungen ein und verschwinde hier», sagte sie. Aber er schrie nur noch lauter. Sie knallte die Schlafzimmertür zu. Er stand unsicher auf – sie konnten hören, wie er fast umkippte – und riß die Tür wieder auf, dann legte er sich wieder aufs Bett und setzte seine Litanei fort.

Val schüttelte den Kopf. «Komisch, das hat ihn umgeschmissen. Ich kann verstehen, daß es ihn verletzt hat, als ich ihm sagte, er sei nicht Teil meines Lebens – ich wäre jedenfalls verletzt gewesen, wenn er das zu mir gesagt hätte. Aber das!»

Sie saßen da und sahen sich über ihre Kaffeetassen hinweg an. Er hörte nicht auf.

«Wir könnten ihn rausschmeißen», sagte Val. «In dem Zustand, in dem er ist, könnten wir es zu zweit schaffen.»

Sie blickten sich an. Undenkbar. Einen Betrunkenen auf die Straße setzen, der nicht einmal gerade gehen konnte und der so gekränkt war wie er? Nein. Es mußte durchgestanden werden. Sie diskutierten nicht darüber, sie ließen die Möglichkeit einfach fallen.

«Ich könnte die Polizei rufen», sagte Val und starrte auf ihre Tasse. Chris antwortete nicht.

Sie saßen eine Weile da. Tad hörte und hörte nicht auf. «Hure, dreckige Hure, Votze, Nutte», deklamierte er weiter, als könnten seine Worte sie vernichten.

Plötzlich fing er an zu heulen. Er schluchzte eine Zeitlang, dann rief er schwach: «Chris! Chrissie!»

Ihr Kopf fuhr hoch, und sie sah ihre Mutter an.

«Chris, Chrissie, komm, rede mit mir, bitte, bitte, komm zu mir, ja?»

Val runzelte die Stirn, verwirrt, mißtrauisch, aber Chris stand auf.

«Chris, komm her, bitte, komm her.»

Chris achtete nicht darauf, daß ihre Mutter ablehnend den Kopf schüttelte, und ging.

Sie stellte sich neben das Bett und sah auf ihn hinab. Val konnte von ihrem Platz aus genau ins Schlafzimmer sehen.

«Setz dich, Chris», er klopfte aufs Bett und sie setzte sich. «Komm zu mir ins Bett, Chris, komm doch. Du und ich, Chris. Kümmere dich nicht um die Schlampe da draußen, mach einfach die Tür zu, komm und fick mich, Chris, ich wollte dich schon immer ficken, seit damals, als ich dich zum erstenmal sah. Wir brauchen keine Rücksicht auf sie zu nehmen. Die findet zehn andere zum Ficken. Los, komm, Chris, leg dich hin, küß mich.»

Val rührte sich nicht. Sie konnte Chris auf dem Bett sitzen sehen. Chris sah weder wütend aus noch erschreckt. Sie streichelte ihm sanft die

Stirn. Er schien nicht zu bemerken, daß seine Worte keine Wirkung hatten. Er wiederholte sie immer wieder und griff ein paarmal nach ihrem Handgelenk. Sie saß ruhig da und sah ihn mitleidig an. Nach einer ganzen Weile stand Chris auf. Sie beugte sich über ihn und küßte ihn auf die Stirn. «Ich muß weg», sagte sie zärtlich.

Sie kam in die Küche. «Wo sind die Autoschlüssel?» fragte sie ihre Mutter mit ausdruckslosem Gesicht.

Val machte eine Kopfbewegung zu ihrer Tasche. Tad kam mühsam auf die Beine.

«Okay, du Nutte, du willst, daß ich gehe, ich gehe. Ich gehe, ich gehe mit Chris, Chrissie und ich werden einen trinken gehen.»

Er taumelte durch das Zimmer und stolperte aus der Tür. Val stand auf und ging hinter ihm her. Das einzige, was sie mit aller Gewalt verhindern würde, war, wenn er Anstalten machte, den Wagen zu fahren, wenn Chris darin saß. Sie war unsicher, was mit Chris los war, unsicher, wie groß ihr Mitleid war, wo sie die Grenze ziehen würde. Sie stand im Eingang, so daß man sie nicht sehen konnte, und beobachtete die beiden. Chris hatte den Wagen schon angelassen; als sie Tad sah, kurbelte sie das Fenster herunter. Er wollte fahren. Er bestand darauf, redete auf sie ein, sagte ihr, sie solle rüberrutschen. Val wollte nicht eingreifen: Das war Chris' Angelegenheit. Aber sie war sprungbereit wie ein Läufer. Falls Chris den Arm bewegte, um die Tür zu öffnen, würde sie dazwischenspringen und der Sache ein Ende machen. Wenn sie auch nur einen Augenblick zögerte, konnte es zu spät sein. Aber sie konnte Chris nicht hören, nur Tads Tiraden, ohne jedoch zu verstehen, was er sagte. Sie hatte den Eindruck, als ob Chris sich bewegte und legte die Hand auf die Türklinke, um die Tür zu öffnen. Aber Chris kurbelte nur das Fenster hoch. Tad ließ die Autotür nicht los. Dann plötzlich ließ er sie doch los, aber bevor Val noch das Gefühl hatte, daß sie sich zurückziehen konnte, war er auf die andere Seite des Wagens getorkelt und hatte sich hineingesetzt. Chris stellte den Motor ab. Sie saßen im dunklen Wagen. Val vermutete, daß sie immer noch redeten. Sie saßen und saßen. Val konnte nicht viel erkennen: Das Straßenlicht beleuchtete den Wagen nur von außen. Chris' Gesicht innen im Wagen war ein weißer Fleck. Val mußte aufs Klo, aber sie blieb stehen und beobachtete. Es dauerte endlos, und im stillen grollte sie Chris.

«Verdammtes Kind. Warum muß sie so empfindsam sein?»

Aber dann ging die Wagentür auf, und Chris stieg aus und kam die Stufen herauf und ging ins Haus. Val hatte sich inzwischen nach drinnen verzogen, sie wollte nicht, daß Chris merkte, wie besorgt sie war. Chris warf die Wagenschlüssel auf den Tisch.

«Ich gehe hinten raus», sagte sie kalt. «Ich gehe zu Fuß.»

Und sie verschwand, bevor Val sie aufhalten konnte. Sie machte sich Sorgen, wenn Chris nachts allein durch Cambridge ging, aber Chris hatte nie eingesehen, warum sie das nicht sollte. Alle ihre Freundinnen taten es, sagte sie. Val sprach von den Gefahren. Chris zuckte die Achseln. Die war der Meinung, daß einem nichts passieren würde, wenn man es nicht wollte. Sie fühlte sich sicher, unverwundbar. Jedenfalls, sie war zu Fuß gegangen. Val nahm die Schlüssel und versteckte sie, in der Hoffnung, sie würde sich morgen daran erinnern, wo sie sie heute nacht versteckt hatte. Dann räumte sie den Tisch ab und fing an, das Geschirr vom Abendessen abzuwaschen. Nach einiger Zeit kam Tad hereingetorkelt, er steuerte auf den Küchenschrank zu und goß sich einen Drink ein, wobei er den Scotch auf Schrank und Fußboden verschüttete.

«Du hast genug getrunken, Tad», sagte Val barsch. «Dir wird schlecht werden.»

«Halt's Maul, du beschissene Hure», stieß er hervor, aber er war zu erschöpft, um weiterzumachen. Er wollte seinen Körper in Richtung Wohnzimmer drehen, aber sein Körper ließ sich nicht drehen, und so folgte er ihm und torkelte ins Schlafzimmer. Er fiel auf Vals Bett und blieb dort im hell erleuchteten Zimmer liegen. Sie machte die Küche fertig, schloß die Türen ab, ließ das Licht vorn im Eingang für Chris an und ging ins Wohnzimmer. Sie hatte sich vorgenommen, aufzubleiben, bis Chris wohlbehalten wieder zu Hause war. Aber sie schlief im Sessel ein. Ein Knall weckte sie. Sie sprang auf und rannte in den Flur. Tad war im Bad und kotzte. Überall im Flur lag Erbrochenes. Sie ging wieder ins Wohnzimmer und zündete sich eine Zigarette an. Tad kam aus dem Bad, rutschte auf seinem eigenen Erbrochenen aus, fluchte, torkelte zurück ins Bett. Sie dachte: Er liegt in meinem Bett, mit seinen bekotzten Kleidern; sie verfluchte ihn, verfluchte sich selbst, verfluchte alle Männer. Gegen fünf Uhr kam Chris leise herein. Val öffnete die Augen, als Chris durch das Wohnzimmer in ihr Zimmer ging, aber Chris warf ihr nicht einmal einen Blick zu.

«Am nächsten Tag ging es ihm natürlich dreckig. Er hat sich entschuldigt, aber zuerst nur für die Schweinerei, als ob das das einzige gewesen wäre. Ich hab ihm den Rest erzählt. Er war sehr betreten. Er weinte. Aber ehrlich, Mira, ich habe überhaupt nichts gefühlt. Oder vielmehr, ich hatte das Gefühl, ich müßte ihn erst wieder aufrichten, bevor ich ihn rausschmiß. Chris schlief fast den ganzen Tag. Es war Ostersonntag. Eigentlich sollten wir alle drei zu Brad zum Abendessen kommen. Er hatte ein paar Leute eingeladen, um, wie er es ausdrückte, die Geburt des neuen Jahres zu feiern, das früher an Mariä Verkündigung, also am 25. März, um Ostern herum, begonnen habe. Jedenfalls mußte ich die Sache mit Tad irgendwie lösen. Er weinte, er jammerte, er grämte sich und entschuldigte sich. Er schrieb Zettel an Chris und zerriß sie wieder.

Aber er hörte überhaupt nicht zu, was ich sagte. Denn er entschuldigte sich immer wieder dafür, daß er versucht hatte, Chris zu verführen. Ich konnte ihm nicht begreiflich machen, daß ich nicht deswegen verletzt war. Er hatte nicht die geringste Chance gehabt, Chris zu verführen.»

«Aber, Val, es war doch schrecklich von ihm! Schrecklich! Sie so zu behandeln!»

«Ja. Es war schrecklich», sagte sie leise, und ihr Gesicht drückte Sanftheit und Trauer aus – ein schreckliches Gesicht. «Aber nicht aus den Gründen, an die er dachte. Er meinte nämlich, es war schrecklich, weil er die Regeln verletzt hätte, weil er Chris' Ehre gekränkt hätte, oder ihren Anstand oder so etwas Albernes. Ich glaube, er ist völlig verkorkst.»

Mira sah sie verwirrt an.

«Sieh mal, er ist wütend auf mich, nicht? Er hat recht, ich hab ihn verletzt, und ich nehme es ihm nicht übel, ich erwarte nicht, daß er wie ein beschissener Heiliger dasitzt und mir die andere Backe hinhält. Ich erwarte, daß er wütend wird. Aber wie er das macht, das ist wichtig. Und er überlegt sich: Womit kann ich Val am tiefsten verletzen? Ich kann ihre Tochter ficken. Oder er denkt sich, am meisten verletzt er mich, wenn er die Gefühle meines Kindes verletzt. Egal, wie es war: Er hat sich überlegt, daß er mich am schmerzlichsten über Chris treffen kann. Was an sich schon mies ist und feige. Aber wenn du dann noch weißt, daß Tad und Chris eine wirkliche Beziehung zueinander hatten, daß sie einander liebten, dann kriegt das ganze noch eine andere Dimension. Ich meine, sie haben einander wirklich geliebt. Chris hat ihn nicht so geliebt, wie sie mich liebt – es war sexueller und weniger persönlich. Sie wollte nicht dauernd mit ihm reden, wollte nicht, daß er dauernd dabei war, wenn sie mit mir redete. Aber sie hingen aneinander. Und daran hat er keinen Gedanken verschwendet. Es kam ihm gar nicht in den Sinn, daß er seine Beziehung zu Chris opferte, um mit mir abzurechnen, daß er ihre Gefühle behandelte, als wären sie ein Konsumartikel.

Und sie hat das alles verstanden. Er tat ihr leid, weil ich ihn so behandelt hatte. Sie hatte das Gefühl – ich glaube, sie hat immer das Gefühl –, daß ein Typ, der sich mit mir einläßt, in der schlechteren Position ist. Ich will nicht behaupten, daß sie darin gerecht ist, aber da sie mein Kind ist und es so empfindet, hat sie Mitleid mit jedem – nun ja, mit jedem jungen Typen, mit dem ich zu tun habe. Zumindest mit denen, die sie nicht auf Anhieb haßt. Dann allerdings ist sie imstande, auf die gleiche Weise grausam zu sein, wie ich ihrer Meinung nach zu Tad grausam gewesen bin. Als sie mit den Wagenschlüsseln zurückkam – ich konnte in ihrem Gesicht lesen –, hatte sie etwas Dumpfes, Wütendes an sich. Sie wußte nicht, gegen wen sie es richten sollte. Sie empfand, glaube ich, ganz allgemein Ekel – sowohl Tad wie mir gegenüber. Und das Verlangen, wegzukommen. Verständlich.»

«Ich verstehe nicht, warum du ihn nicht zum Schweigen gebracht hast, Val. Warum hast du zugelassen, daß er so mit Chris sprach? Ich wäre dazwischengefahren und . . . ich weiß nicht. Ich glaube, ich hätte ihn geschlagen!»

Val schüttelte den Kopf. «Ja», sagte sie und nickte zustimmend, als Mira fragend die Weinflasche hob. «Mira, Chris ist achtzehn. Er hat mit ihr sprechen wollen. Wenn ich dazwischengefahren wäre, hätte es so ausgesehen, als ob ich sie nicht für fähig hielte, selber damit fertigzuwerden. Und sie war, wie sich gezeigt hat, sehr wohl dazu fähig. Wenn sie mich um Hilfe gebeten hätte, hätte ich ihr geholfen. Aber sie hat es nicht getan.»

Mira schüttelte langsam den Kopf, sie verstand es nicht, aber sie erwiderte nichts.

«Sieh mal», sagte Val matt, «ich habe schon vor langer Zeit den Schutz aufgegeben, den Regeln bieten. Und da ich nicht nach ihnen lebe, kann ich sie auch nicht herbeizitieren, wenn ich in Not bin. ‹Wie können Sie es wagen, Sir! Lassen Sie mein Kind los!› Quatsch. Chris und ich haben schon Dinge durchgemacht, die fast genauso schlimm waren, schlimmer sogar, vielleicht. Menschlich gesehen. Du brauchst nicht nach dem Gesetz zu rufen.»

«Wie hat sich Chris danach gefühlt?»

«Allgemein angeekelt. Tad ist wieder zu sich gekommen, und ich sagte zu ihm, er solle gehen. Er fing an zu argumentieren. Er wollte bleiben. Er wollte mit Chris sprechen, aber sie schlief noch. Ich bestand darauf, daß er ging, denn er war okay, das sah ich. Keine Gefahr mehr, daß er auf dem Nachhauseweg vor ein Auto lief. Als er weg war, stand Chris auf.

Ich nehme an, sie hatte gewartet, daß er fortging. Und wir sahen einander nur an. Sie trank eine Tasse Kaffee, und wir sprachen. Er tat ihr immer noch leid, aber sie wollte ihn nicht sehen, nicht mit ihm sprechen. Ich habe ihr nicht gesagt, was ich dir gerade erzählt habe. Ich sagte ihr, ich glaubte, er hätte mich so tief wie möglich verletzen wollen und wäre zu dem Schluß gekommen, am schlimmsten treffe er mich über sie. Einmal sah sie auf und sagte: ‹Er wollte allerdings wirklich mit mir vögeln. Ich meine, vorgestern abend. Und ich wollte auch. Aber ich beschloß, es nicht zu tun. Tad hat es nicht versucht, aber ich hätte es tun können. Es hätte mir gefallen . . .›

Ich fragte: ‹Warum hast du es dann nicht getan?›

Sie sagte achselzuckend: ‹Ich wollte nicht mit dir verglichen werden. Egal, wie es ausgegangen wäre, ich hätte mich mies gefühlt, wenn ich mit dir verglichen worden wäre. Aber er wollte es *wirklich.*› Sie sagte es mit Nachdruck. Ich nickte. Damit war die Sache erledigt. Sie blieb bis zum Ende der Ferien. Tad rief ein paarmal an und wollte sie sprechen, aber sie wollte nicht mit ihm reden. Es ging ihr gut, als sie abfuhr.

Aber – oh, Mira! Wenn ich hier sitze und darüber nachdenke, schüttelt es mich. Alle möglichen Schuldgefühle türmen sich vor mir auf. Ich denke, wenn ich dies und das nicht getan hätte, wäre all das nie geschehen. Ich glaube, es ist passiert, weil ich die Regeln verletzt habe. Aber wie sollte ich leben, ohne die Regeln zu verletzen? Und trotzdem, ich werde das Gefühl nicht los, daß mein Kind dafür bezahlen mußte, daß ich die Regeln verletzte.»

«Und meine mußten dafür zahlen, daß ich es nicht tat. Sie sind durch Norms und meine Scheidung mehr geschädigt, als Chris durch diese Geschichte. Und ich habe keine Regeln verletzt, nicht eine einzige.»

«Deine Kinder sind nie in eine so häßliche Sache hineingezogen worden.»

«Nein. Aber wenn Martha nicht gewesen wäre – oder vielleicht hatte ich wirklich nicht tief genug geschnitten, ich weiß es nicht –, wären sie in eine noch viel häßlichere hineingezogen worden: Sie hätten ihre Mutter mit aufgeschnittenen Pulsadern tot auf dem Fußboden im Badezimmer gefunden.»

«Ich wußte gar nicht, daß du das getan hast.» Val hob den Blick, als sähe sie Mira mit anderen Augen.

«Schätzt du mich deshalb anders ein?»

Val legte Mira die Hand auf die Schulter. «Ein bißchen. Als ich dich kennenlernte, dachte ich, du wärst etwas – flach, vielleicht. Das denke ich jetzt nicht mehr, schon seit langem nicht mehr. Aber ich hatte vermutlich angenommen, daß du erst in den letzten Jahren an Tiefe gewonnen hättest. Daß du dich auslöschen wolltest, zeigt mir, daß du immer starke Gefühle gehabt hast.»

«Trotzdem hast du recht. Ich hatte sie zwar, aber sie waren begraben. Ich habe sie selbst begraben und das Grab mit Blumen bepflanzt. Erst die Scheidung hat diesen Begräbniszeremonien ein Ende gemacht.» Sie hielt inne und dachte nach. «Und Gott weiß, wie sich das auf die Jungen ausgewirkt hat – ein fehlender Vater und eine Mutter, bei der nur die eine Hälfte ihrer Gefühle funktionierte. Chris ist viel klüger, viel zäher – im positiven Sinne – als meine Jungs.»

«Vielleicht. Du hast natürlich recht, so etwas ist nicht berechenbar. Dennoch, sie tun weh, diese Attacken von Schuldgefühlen. Glaubst du, daß sie überhaupt zu irgend etwas nutze sind?»

«O ja, schon. Wenn du zum Beispiel gestern abend auf der Party jemanden rücksichtslos behandelt hast und morgens ein schlechtes Gewissen hast. Das erhält dich menschlich.»

Val schüttelte den Kopf. «Hoffentlich. Sie tun so beschissen weh, ich hoffe, sie haben irgendeinen Nutzen.»

Es klingelte an der Tür, und Iso kam. «Mein Gott, alles bricht auseinander!» sagte sie mit bekümmertem Gesicht. «Ich hab gerade Tad auf dem Square getroffen, und er sagte, ihr beide liegt in den letzten Zügen.»

«Nicht in den letzten Zügen. Es ist aus.» Val erzählte Iso kurz die Geschichte.

«Wow. Das ist ja ein Ding!»

«Was bricht denn noch auseinander?»

«Oh, diese Kyla! Sie war eine Woche bei mir, und währenddessen ist Harley überall rumgelaufen und hat allen erzählt, ich sei eine verkommene Lesbe, die es darauf abgesehen hat, anderer Leute Ehefrauen zu verführen, man müsse auf der Hut vor mir sein – und dergleichen Freundlichkeiten mehr, versteht ihr? Und sie geht zu ihm zurück! Ich komme einfach nicht darüber weg. Wir waren so glücklich miteinander, sie ist so glücklich mit mir. Das bilde ich mir doch nicht nur ein, oder? Habt ihr nicht auch die Veränderung gesehen?»

«Sie war zu sehen.»

«Es war wie eine Häutung.»

«Was hat sie dir gesagt?» fragte Val, während sie die Weinflasche entkorkte.

«Ach, einen Haufen Mist. Jedenfalls, für mich klang es wie Mist. Sie hat gesagt, sie wäre in einem Anfall von Wut zu mir gekommen, weil Harley sich nach ihrer mündlichen Prüfung nicht hat blicken lassen. Ich finde, er hat sich wirklich mies benommen – er wußte doch, wie sehr sie in Panik war. Und falls er's nicht gewußt hat, kann ihm nicht viel an ihr gelegen sein. Und dann sagte sie, daß das nicht der richtige Weg wäre, um eine Entscheidung zu treffen, man müsse es durchdenken, man müsse sicher sein, daß es das richtige sei.»

«So ist Kyla eben. Sie traut ihren Gefühlen nie.»

«Ich weiß.» Iso hob die Hand an den Kopf und strich sich über die Stirn, als ob sie feucht wäre. «Und er erteilte ihr ein paar Ratschläge: Sie müsse lernen, unabhängig zu sein, deswegen sei er nicht gekommen, und später sei er wegen mir nicht gekommen, und jetzt, wo sie den Druck los sei, sollten sie es noch einmal versuchen, und außerdem müsse sie die Wohnung für den Sommer vermieten, denn sie würden nach Aspen gehen, zu irgendeinem Physikerkongreß. Und sie ging!»

«Nach Aspen?»

«Nein. Zurück, um ihre Wohnung zu vermieten. Und um es noch einmal zu versuchen. Scheiße!» Sie schüttelte den Kopf, als wollte sie etwas abschütteln. «Ich weiß, daß sie ihren Gefühlen nicht traut, aber ich wünschte, sie nähme ein bißchen mehr Rücksicht auf meine. An – aus, an – aus. Wißt ihr, ich liebe sie!» Iso fügte das überrascht hinzu. «Ich mußte es ihr sagen, ich mußte ihr sagen, daß sie meiner Meinung nach grausam war. Und sie schlang die Arme um mich und tätschelte mich und behandelte mich wie ein zweijähriges Kind, das ein Loch im Knie hat. Sie beschwichtigte mich und erklärte mir sehr vernünftig, daß sie an erster Stelle Harley verpflichtet sei, weil sie ihn zuerst kennengelernt und sich ihm zuerst verpflichtet habe, und außerdem sei er ihr Ehemann und das sei eine vertragliche Bindung! Könnt ihr euch das vorstellen?»

«Ich kann es mir vorstellen. Sie hat ein moralisches Hauptbuch im Kopf, in dem die Prioritäten eindeutig festgelegt sind: I, A, 1, a.»

«Das ist nicht von Dauer», sagte Val. «Ein oder zwei Wochen mit Harley, und alle ihre Vernunft ist wieder wie weggeblasen. Bei ihm besteht sie nur aus Gefühl.»

«Neben Harley würden alle so aussehen, als ob sie nur aus Gefühl bestehen.»

«Glaubst du, sie kommt zurück?» In Isos Stimme schwang Hoffnung mit.

«Na, ich wette, sie hält den Sommer mit ihm nicht durch. Es sei denn, ihre Entschlossenheit und ihr Selbsthaß sind sehr viel größer, als ich glaube.»

Iso seufzte. «Und ich hatte gedacht, wir hätten einen lustigen Sommer vor uns . . .»

Val tätschelte ihr die Hand. «Ach, Iso, wir können doch zusammen an den Strand fahren und lange Spaziergänge machen . . .»

Iso lachte. «Ich kenne deine langen Spaziergänge, Mann! Ein Marsch auf Washington! Nein, danke!»

Val runzelte die Stirn. «O Gott, das hab ich ja ganz vergessen! Ich muß für heute abend noch einen Bericht vorbereiten . . . Es war schön mit euch. Ich sehe euch beide so selten. Eine Stunde lang hatte ich die ganze Scheiße vergessen.» Sie suchte ein paar Papiere zusammen. «Tut mir leid», sagte sie und schmiß sie beide raus.

Sie verabschiedeten sich fröhlich, aber auf der Straße sahen sie sich an. Sie waren ein wenig gekränkt und mehr als nur ein bißchen besorgt um Val. «Hältst du das für vernünftig, wenn jemand sich so engagiert, bei etwas, das so weit weg liegt? Ich glaube, daß sie damit irgend etwas sublimiert, oder meinst du nicht auch?»

Mira zuckte mit den Schultern: «Ich weiß nicht. Val kommt mir eigentlich nicht neurotisch vor.» Sie gingen langsam nach Hause. «Ich glaube, es ist gut, wenn jemand etwas tut.»

«Selbst wenn es nichts nützt», schloß Iso traurig.

15

Im Februar 1970 wurde Duke an einen Stützpunkt in New England versetzt, der so nahe bei Cambridge lag, daß er täglich hin und her fahren konnte. Er war in Hochstimmung: Seit ihrer Heirat hatten er und Clarissa nie wirklich zusammen gelebt. Ihre gemeinsame Zeit beschränkte sich auf kurze Wochenenden und Ferien, und so hatte sie immer einen bittersüßen Beigeschmack gehabt – die besondere Freude und der besondere Kummer getrennter Liebender. Manchmal sah er Clarissa monatelang nicht. Er hatte zwar viel zu tun, aber sobald er seine Aufgaben erledigt hatte, sehnte er sich sehr nach ihr. Sie war für Duke wie ein warmer Herd, ein lebhaftes lebendiges Feuer, das seine klammen Finger erwärmte. Dieses Gefühl war nicht nur sexuell; auch die Glut ihres Denkens wärmte ihn.

Aber in den anderthalb Jahren, die sie nun in Harvard war, schien es ihm – er konnte es nicht genau definieren –, als ob sie ihm aus den Händen glitte, als ob er sie nicht mehr richtig festhalten könnte. Er schob es auf seinen neunmonatigen Aufenthalt in Vietnam und auf den Einfluß ihrer Freunde. Harvard war in seinen Augen ein Zentrum elitären Denkens und des Radikalismus. Deshalb sah er den neuen Umständen nicht nur mit Freude, sondern auch mit einem klaren Ziel entgegen: er wollte die Bindung zwischen ihnen neu schmieden. Er kaufte einen Porsche und zog zu Clarissa in die Wohnung.

Clarissas zurückhaltende und nachdenkliche Art und ihre ruhige Wachsamkeit gaben ihr den Ausdruck großer Reife und Erfahrenheit. Und sie besaß einen ausgeprägten Intellekt. Aber ihre weichen Gesichtszüge, ihre eher schüchterne Art und ihr unbefangenes Auftreten ließen sie jünger als fünfundzwanzig erscheinen.

Clarissa entsprach dem Ideal ihrer Zeit, sie war das ‹Produkt›, das die Magazine, die Psychologen, die Erzieher, die Eltern allesamt ständig zu produzieren bemüht sind. Sie war eine Quelle unablässiger Bewunderung für die Frauen, denn sie schien überhaupt keine Probleme mit sich und der Welt zu haben. Sie gab ohne Stolz und ohne Scham zu, mit Ausnahme eines Sehnenrisses nie in ihrem Leben einen Schmerz erlitten zu haben. Sie und ihre Schwester waren als Töchter gebildeter Eltern geboren worden und aufgewachsen: geliebt, bestärkt, sanft diszipliniert, liberal erzogen, als Personen anerkannt und nie in die Puppenecke eines Kindergartens abgeschoben. Sie lebten in einem schönen alten Haus in Scarsdale, und Clarissa entging nicht nur der Gefahr, von dem Snobismus der Gegend angesteckt zu werden, sie wußte nicht einmal, daß es ihn gab. Beide Schwestern waren glänzende Schülerinnen, gute Sportlerinnen, beliebt. Clarissas Schwester war dann Kinderärztin geworden, hatte geheiratet, fünf Kinder bekommen und führte die Praxis gemeinsam mit ihrem Mann in einem riesigen Haus im Süden Kaliforniens. Die Beziehung der beiden Schwestern schien makellos: nie war ein Gefühl der Konkurrenz oder irgendwelcher Neid zwischen ihnen aufgekommen – dafür gab es einfach keinen Grund.

Als die Frauen sie kennenlernten, hörten sie Clarissas seltenen Erzählungen aus ihrer Vergangenheit mit verwundertem Schweigen zu. Sie konnten es kaum glauben, wie sie immer wieder sagten. Es war imponierend. Sie bestaunten es wie ein Wunder und wendeten sich dann wieder ihrer eigenen Scheiße und den grünen Bohnen zu. Clarissa wiederum war fasziniert von den Geschichten der anderen Frauen. Sie fragte oft: Was habt ihr dabei *gefühlt*? Ihre Vorstellungen von Gefühlsqualen stammten aus Büchern und aus ihrer Phantasie; als sie heranwuchs, hatte sie stundenlang still dagesessen und versucht zu empfinden, was Anna Karenina oder Iwan Karamasow oder Emma Bovary empfanden. Obwohl ihre Familie gläubig war und sie die Sommerferien oft auf der Familienfarm in Dakota verbracht hatte, wo die frömmsten ihrer Verwandten lebten, hatte sie nicht einmal eine Glaubenskrise durchgemacht. Die Übergänge von der absoluten Anerkennung des katholischen Dogmas zum schlichten Glauben an Gott, zum Nicht-Glauben, zu einem Gefühl der Absurdität gingen so reibungslos vonstatten, wie sie von der Geometrie über Algebra und Trigonometrie zur Differentialrechnung vordrang. Beides waren Schritte von zunehmender Schwierigkeit, die sich mit ihrer wachsenden Fähigkeit zu denken vollzogen.

Sie hatte das Radcliffe-College besucht, hatte Duke auf einer Party, die Freunde ihrer Eltern gaben, kennengelernt und es damit geschafft, sich auch noch auf die denkbar passendste Art zu verlieben. Duke entstammte einer alten und berühmten Familie. Die Tradition schrieb Ausbildung in West Point oder in den Colleges der Ivy League vor, einen Beruf im Dienst des Landes, einen altehrwürdigen Lebensstil – unter den Vorfahren waren ein ehemaliger Gouverneur von New York und ein ehemaliger Minister. Die Heirat war ganz im Sinne beider Familien. Für ihr gemeinsames Leben schien ihnen ein Höchstmaß an «glücklich bis an ihr Ende» bestimmt. Und Clarissas heitere Miene, ihre stille Zufriedenheit nach vier Jahren Ehe schienen das zu bestätigen.

Aber Clarissa hatte noch eine andere Seite, über die sie selten sprach und von der die meisten nichts wußten. Während ihrer College-Zeit hatte sie an einem Nachbarschaftsprojekt in Roxbury mitgearbeitet: die Gettokinder sollten lesen lernen. Sie meisterte diese gewöhnlich hoffnungslose Situation erstaunlich gut – sie benahm sich nicht so wie manche Leute, als brächte sie den armen Unwissenden die Gnade ihres Weißseins und ihrer Kultur, sondern wie jemand, der kam, um von ihnen zu lernen, der zu ihnen kam, um sie kennenzulernen und von ihnen kennengelernt zu werden. So wuchs sie mit der Zeit in das ausgedehnte «Familien»-Netz der Nachbarschaft hinein. Man hatte Vertrauen zu ihr, und sie konnte andere Leute dort einführen. Die Lesekurse, an denen sie beteiligt war, wurden ein großer Erfolg. Nach dem College – Duke war in Übersee – beschafften sich Clarissa und ein paar andere Roxbury-Leute staatliche Zuschüsse, um das Projekt weiterzuführen, und zwei Jahre lang verbrachte sie den größten Teil ihrer Zeit in Roxbury. Sie wohnte dort, sie arbeitete dort. Duke war ziemlich verstimmt; er bestand darauf, daß sie in Cambridge eine Wohnung behielt für die Zeiten, wenn er auf Urlaub war. Er hoffte, die Behaglichkeit würde sie an den meisten Abenden dorthin locken. Doch Clarissa liebte Roxbury: Sie fühlte sich dort auf eine Weise lebendig wie nie zuvor. Und das Leid, das sie dort sah, war mehr als genug, um ihre Ahnungslosigkeit zu beheben. Immer, wenn sie uns von diesen Jahren erzählte, glänzten ihre Augen, wurde ihr Gesicht lebendig. Sie hatte dort sogar Liebhaber gehabt, aber davon erzählte sie uns erst sehr viel später.

Trotz des Erfolgs wurden die finanziellen Mittel für das Projekt unter der Regierung Nixon gekürzt – es war eine seiner ersten Amtshandlungen –, und Clarissa mußte dort weggehen. Sie hatte bereits ihr Studium in Harvard aufgenommen. Mehr als alle anderen, die Englisch als Hauptfach hatten, fragte sie sich nach dem Sinn, allerdings ohne darüber zu sprechen. Nur manchmal, spät in der Nacht, fing sie davon an. «Weißt du, man denkt immer, einer, der junge Wissenschaftler, junge Lehrer mit ausbildet, könnte die Dinge beeinflussen, könnte das Denken der Menschen ändern. Aber ich bezweifle wirklich, ob du in diesem Sinne auch nur einen Schritt vorankommst, wenn du die Könige von England auswendig lernst oder wenn du über die Haken bei Shakespeare Bescheid weißt, oder was wir auch sonst hier machen. Nein, diese Seite in dir wird eher abgetötet, wenn du dich auf gelehrte Debatten über Textinterpretationen konzentrierst.»

«Und du wünschst, du wärest wieder in Roxbury», sagte Val und lächelte.

«Nein. Das ist sinnlos. Die Geldquelle ist versiegt, die Leute, die ich zusammengeholt habe, sind verstreut, das Viertel ist gefährlicher geworden für Weiße – es gibt dort nichts, wohin man zurückkehren könnte, jedenfalls nicht für mich und vielleicht für gar keinen Weißen. Außerdem hatte es etwas Parasitäres: ich bin zwar froh, daß ich es getan habe, aber irgendwie habe ich von ihnen gezehrt, durch sie gelebt, statt aus mir selbst heraus zu leben. Allerdings sehe ich nicht, daß mir Harvard dabei hilft.»

Trotzdem bestand sie alle Kurse und Prüfungen glanzvoll und schien für einen begehrten Posten ausersehen. Für Harvard-Absolventen in Anglistik gibt es drei begehrte Posten: eine Assistentenstelle in Harvard, Yale oder Princeton. Da es 1970 unvorstellbar war, daß eine Frau nach Harvard berufen wurde, und eine Berufung nach Princeton ebenso unwahrscheinlich war, rechneten die meisten damit, daß Clarissa eine Stelle an der Yale University erhielt. Was ihre glänzenden Leistungen und ihr Auftreten nicht schafften, würden die Beziehungen ihrer Familie erreichen.

Nach Dukes Umzug sahen wir sie nicht mehr so häufig. Sie bereitete sich, wie wir alle, auf die mündlichen Prüfungen vor. Sie mußte zum Essen zu Hause sein, und da sie die Abende mit Duke verbringen wollte, machte sie tagsüber keine Arbeitspausen. Anfang April jedoch, immer noch vor den Prüfungen, tauchte sie eines Nachmittags wieder bei Iso auf. Sie wirkte nicht mehr so heiter; es wäre schwer gewesen, den Unterschied genau zu beschreiben; Mira sagte, sie hätte Schatten im Gesicht. Aber Clarissa sagte nichts.

Ihre mündlichen Prüfungen verliefen phantastisch, und die Freundinnen zogen los, um das zu feiern. Duke stieß zu ihnen, sobald er nach Hause kam; er strahlte über ihren Erfolg – anders als Kyla und Mira floß sie danach über vor Freude – und vor Stolz. Er hatte sich irgendwie ein paar Tage Urlaub nehmen können, die er mit ihr verbringen wollte, und alle, die ihnen in jenen Tagen einen Besuch abstatteten, fanden die beiden rosig und rund vor; besonders Clarissa wirkte rosa vor Sinnlichkeit. Iso sagte, du hattest immer den Eindruck, du hättest die beiden aus dem Bett geholt. Dann fuhr Duke zurück, und Clarissa stöberte in der Bibliothek herum, auf der Suche nach einem Thema für eine Doktorarbeit, und sie fing an, sich wieder mit ihren Freundinnen zu treffen. Aber jetzt sprach sie von Schwierigkeiten. Es war schwer für Duke.

«Okay, er ist gezwungen, ein schizophrenes Leben zu führen. Er kommt nach Hause und legt seine Uniform ab, er zieht Jeans an und ein marokkanisches Hemd und macht sich ein Indianerband um den Kopf – wenn er seine Haare schon nicht lang wachsen lassen darf. Mir gefallen sie ja so, aber er hätte lieber lange Haare. Er macht seine Perlen um, und wir gehen zum Square, zum Essen oder ins Kino, oder einfach spazieren. Aber am nächsten Tag steckt er wieder in der Uniform, salutiert und steht stramm und hört, wie seine Kameraden über Gammler und Hippies mit Indianerstirnbändern reden. Ich glaube, er hat Probleme mit diesem ewigen Hin und Her.»

«Wie äußert sich das?» fragte Iso mit böse blitzenden Augen. «Erwartet er von dir, daß du stramm stehst, wenn er hereinkommt? Mußt du täglich einen Arbeitsbericht in dreifacher Ausfertigung abliefern?»

Die Frauen lachten, aber Clarissa runzelte die Stirn. «Du bist näher dran, als du denkst. Okay, einerseits will er zwar zu seiner Generation und zu meiner Welt gehören, aber gleichzeitig betrachtet er Harvard als eine Brutstätte des Radikalismus.»

«Er sollte mal hören, worüber wir normalerweise sprechen», sagte Kyla trocken.

«Nein, nein, er hat recht!» protestierte Val.

Die anderen buhten. Sie wären, beharrten sie, bis auf Val, so ekelhaft unpolitisch, wie man nur sein könne. Ihre politische Apathie sei beschämend.

«Einverstanden, einverstanden», lachte Val. «Aber ihr seid trotzdem politisch. Ihr seid nicht besonders aktiv, das muß ich zugeben. Aber ihr seid es zum Teil deshalb nicht, weil die politischen Dinge hier zu gemäßigt sind, zu losgelöst von eurem eigenen Radikalismus, als daß sie euch interessieren könnten.»

«Wir? Wir?» Vier Stimmen schrien auf sie ein.

«Ja, ihr!» rief sie fröhlich. «Warum sind wir denn zusammen? Warum sind wir befreundet? Wir haben doch kaum etwas gemeinsam: wir kommen aus verschiedenen Teilen des Landes, wir haben sehr verschiedene Interessen, wir sind verschieden alt, und auch was unsere Herkunft betrifft, haben wir wenig gemeinsam. Warum haben wir einen solchen Haß auf Harvard? Warum widern uns die meisten Studenten so an?

Wir hassen die politische, die ökonomische und die moralische Struktur von Harvard, und damit des Landes überhaupt – ebensosehr wie der SDS sie haßt. Aber selbst ich bin nicht Mitglied im SDS: ich war bei zwei Treffen und bin weggegangen. Mein Gott, was für ein Haufen! Das Ärgerliche ist nicht die Militanz dieser Leute, sondern die Tatsache, daß sie dieselben beschissenen Wertmaßstäbe haben wie die Leute, die sie vernichten wollen. Sie sind patriarchalisch wie die katholische Kirche, wie Harvard, wie General Motors und die Regierung der Vereinigten Staaten! Wir rebellieren gegen jedes Establishment; denn wir rebellieren gegen männliche Vorherrschaft, männliche Kameraderie, männliche Macht, männliche Strukturen. Wir wollen eine vollkommen andere Welt, eine, die so anders ist, daß es schwerfällt, Worte dafür zu finden, und unmöglich, sich ihre Struktur vorzustellen . . .»

«Eine Welt, in der ich Brot backen und Blumen züchten und trotzdem als intelligenter Mensch ernst genommen werden könnte», murmelte Kyla und biß sich auf die Lippen.

«Ja.»

«Oder eine Welt, in der Duke nicht das Recht zu haben glaubt, darauf zu bestehen, daß ich jeden Abend koche, weil irgendwie alles, was er tagsüber tut, Arbeit ist, aber das, was ich tue, nicht. Obwohl er gern kocht und ich es hasse», sagt Clarissa mit einer gewissen Schärfe.

Die Frauen wandten sich ihr zu. Das hatte sie noch nie erwähnt.

«Ja. Wir rebellieren gegen die aufgeblasene, sich selbst verherrlichende, hohle Welt der weißen Männer und ihre eingebildete Legitimität; wir sympathisieren mit allen, die das Recht nicht auf ihrer Seite haben, denn wir fühlen, daß wir es selber auch nicht auf unserer Seite haben; wir sind alle gegen den Krieg, gegen das Establishment, gegen den Kapitalismus –»

«Aber wir sind keine Kommunisten», argumentierte Kyla, schlug die Beine übereinander und setzte sie wieder nebeneinander. «Wir sind wirklich beschämend unpolitisch.»

«Mein Gott, was bringt uns denn der Kommunismus? Er ist – jedenfalls in der Praxis – nur eine weitere Spielart derselben Sorte.»

«Okay», sagte Clarissa nachdenklich. «Aber ich glaube, die meisten von uns sind im Prinzip mit dem Sozialismus einverstanden.»

Sie sahen sich gegenseitig an. Alle nickten zustimmend.

«Wißt ihr, das ist erstaunlich!» Kyla sprang auf. «Wir haben nie darüber gesprochen, sind nie rumgelaufen und haben Glaubensbekenntnisse abgegeben! Ich hätte nicht sagen können, was irgend jemand hier glaubt, ich wußte nur, daß wir alle etwas Grundsätzliches gemeinsam haben . . .»

«Aber glaubt denn nicht jeder, was wir glauben?» sagte Mira verwirrt.

Sie johlten. «Und was hast du uns von Weihnachten bei den Wards erzählt?»

Sie kicherte. «Ich bin schon zu lange hier. Die übrige Welt ist mir völlig entschwunden.»

«Auch Duke glaubt nicht, was wir glauben. Ich bezweifle, daß irgendein Mann es tut», sagte Clarissa mit einem traurigen Stirnrunzeln.

Val sah sie mitfühlend an. «Ich weiß. Das macht die Sache so schwer. Und natürlich ist unsere Art von Radikalismus das Bedrohlichste, was es je gegeben hat. Nicht, weil wir Gewehre und Geld hätten. Sie haben versucht, uns mit Gelächter aus ihrem Leben zu verdrängen, jetzt versuchen sie, uns mit Alibipositionen abzuspeisen – genau wie sie es mit den Schwarzen versucht haben, ohne großen Erfolg, glaube ich –, aber ihre Weigerung, uns wirklich ernst zu nehmen, ist Maßstab für ihre Angst.»

Kyla richtete sich gerade auf und starrte Val an. Sie paffte abwechselnd an zwei Zigaretten, ohne es zu merken.

«Denn, was wir bedrohen, ist die angemaßte männliche Legitimation. Nimm einen Mann und eine Frau, beide aus bekannten Familien der weißen Oberschicht, beide mit guter Ausbildung, vermögend – mit anderen Worten, beide ausgestattet mit allen Berechtigungsabzeichen, die unsere Gesellschaft zu bieten hat – der Mann wird ernst genommen, die Frau als unbedeutend abgetan, einerlei, was sie tut oder zu tun versucht. Seht euch doch an, wie sie Eleanor Roosevelt behandelt haben. Und wenn ein Mann das Gefühl seiner Legitimation verliert, verliert er in Wirklichkeit das Gefühl seiner Überlegenheit. Er hat gelernt, die Überlegenheit über andere als existentielle Notwendigkeit zu empfinden. Nicht legitimierte Männer, zum Beispiel Schwarze oder Mexikaner, verfahren nach demselben Muster, nur können sie ihre männliche Überlegenheit lediglich gegenüber Frauen geltend machen. Wenn ein Mann die Überlegenheit verliert, verliert er seine Potenz. Und darum geht es bei all dem Gerede über kastrierende Frauen. Kastrierende Frauen sind die, die sich weigern, so zu tun, als ob Männer besser wären als sie und besser als die Frauen ganz allgemein. Die schlichte Wahrheit, daß die Männer nur Gleiche unter Gleichen sind, kann eine Kultur verheerender unterminieren als jede Bombe. Die Subversion sagt die Wahrheit.»

Die Frauen saßen schweigend da.

«O Gott», seufzte Kyla leise.

«Ein paar Männer entgehen dem. Manche entziehen sich dem», beharrte Mira.

«Eine Zeitlang vielleicht. Und als einzelne, als Individuen wollen es wohl auch manche. Aber die Institutionen schaffen uns am Ende alle. Da entkommt keiner», sagte Val finster.

«Das will ich nicht glauben!» sagte Mira mit tränenverschleierten Augen.

Val sah sie an. «Eines Tages wirst du es glauben.»

Mira wandte hastig den Kopf ab.

«Also gut», begann Clarissa langsam. «Duke zum Beispiel hat das Gefühl, daß irgend etwas Schädliches in seiner Umgebung ist. Es ist tatsächlich in seiner allernächsten Umgebung, zu Hause, aber das kann er nicht zugeben, und so schiebt er es auf Cambridge oder Harvard. Und er ist frustriert, weil er gewohnt ist, auf den Feind zu schießen, und diesen kann er nicht einmal ausfindig machen. Er spürt ihn nur um sich, wie einen feinen Nebel, und er dreht sich dauernd um und versucht, nach etwas zu greifen, das eben vorbeihuschte, aber es ist nichts da.»

«Aber er fühlt sich ständig unter Druck.»

«Ja. Wenn er etwas in der Zeitung oder in einer Zeitschrift oder im Fernsehen findet – hält er mir einen Vortrag, drangsaliert und neckt mich wegen der Übel eines schwammigen Liberalismus. Dabei ist sein

Denken manchmal auch ganz schön schwammig, und ich muß ihn darauf aufmerksam machen. Was dann unweigerlich zu einer Auseinandersetzung führt.»

«Also, gerade ich sollte es natürlich tatkvollerweise nicht sagen, aber ich bin die, die es sagen kann: ist es möglich, mit jemandem zusammen zu leben, dessen Wertmaßstäbe man nicht teilt?» Iso beugte sich vor und vermied es betont, in Kylas Richtung zu blicken.

Val sah Clarissa an. «Was meinst du? Duke wird doch sicher sein ganzes Leben bei der Army verbringen.»

Clarissas Gesicht wurde starr. «Ich meine, Liebe kann Menschen verändern», sagte sie, aber ihre Stimme klang gepreßt. Alle wußten es; das Gespräch war zu weit gegangen. Sie wechselten das Thema, die Weinflasche wurde herumgereicht, aber niemand außer Iso nahm etwas. Alle außer Iso mochten Val nicht an diesem Abend, und seltsamerweise mochten sie sich auch gegenseitig nicht besonders. Sie wollten nicht ihre eigenen Konzessionen – ihr eigenes Beteiligtsein an dem, was Val beschrieben hatte – am Beispiel des Lebens einer anderen unter die Lupe nehmen. Ihr Abrücken von Val und voneinander geschah unmerklich, so daß man es kaum hätte beschreiben können, und doch war es spürbar, und alle empfanden es. Aber der Bruch schuf eine Lücke, und alle rückten noch näher zu Iso hin, die in dieser Sache irgendwie unschuldig war, unfähig, jemandem etwas Böses zu tun.

16

Es war wieder Frühling in Cambridge und die Menschen erblühten wie Blumen; sie ließen die Mäntel zu Hause oder ließen sie offen, und herrlich verrückte Kleider kamen zum Vorschein – bestickte Hemden, Flickenhosen, lange Röcke, kurze Röcke, Stiefel, Sandalen in allen Formen, und der Mann im Kilt wurde im Coop gesichtet. Die Hare Krishna-Jünger schimmerten wieder in Weiß und Orange, nachdem sie ihre alten Regenmäntel und Jacken ausgezogen hatten; und im Holyoke Center war wieder der Klang der Gitarre zu hören.

Val hatte Schwierigkeiten beim Atmen: in ihrer Brust war ein Schmerz, der nicht weggehen wollte. Sie war sicher, es war einfach Angst, oder auch nicht so einfache Angst. Sie vernachlässigte ihr Studium, um weiter im Antikriegs-Komittee mitzuarbeiten, und sie fühlte sich schuldig und frustriert und war schrecklich wütend über die Berichte, die sie las, die sonst aber niemand zu beachten schien, über die sich niemand Gedanken machte. Irgendwie war in den vergangenen Monaten alles nicht so gut gegangen. Sie nahm sich nicht die Zeit, darüber nachzudenken. Sie war zu beschäftigt, zu sehr engagiert, in zehn verschiedenen Gruppen, aber irgendwie war alles nicht so gut gegangen. Sie spürte, wie sie langsam den Kontakt mit dem, was sie vage «Leben» nannte, verlor, aber sie konnte es nicht ändern. *Irgend jemand* mußte sich doch um die Menschen kümmern, die in Südostasien niedergemetzelt wurden.

Der Tag war herrlich, und sie beschloß, über den Square zu schlendern, ehe sie von der Sitzung nach Hause ging. Sie hatte nichts einzukaufen, aber ein Spaziergang würde ihr guttun. Vielleicht würde sie besser atmen können. Vielleicht war es ja nur Mangel an Bewegung und das viele Rauchen. Es würde ihr guttun. Das war etwas, wogegen man etwas unternehmen konnte. Sie ging langsam, blieb stehen, um sich die Schaufenster anzusehen – ein Luxus für sie. Sie stöberte in einer Buchhandlung, kaufte eine Platte, ging in einen Supermarkt und holte ein Pfund Spaghetti. Es tat gut, einfach so herumzuschlendern. Sie konnte schon etwas besser durchatmen, fand sie. Und sie spürte ein schwaches Lächeln auf ihrem Gesicht.

Es dämmerte, als sie sich auf den Heimweg machte. Die Gesichter der Menschen, die wie winzige Punkte pulsierenden Lebens an ihr vorübertrieben, sahen dunkel und heiter aus. Ihre Gespräche, ihr Lachen eilte ihnen voraus oder folgte ihnen. Sie dachte darüber nach, wie wichtig das war: wie sich Leute auf der Straße verhielten. In Warschau rannten die Leute, rannten mit angespannten Gesichtern. In Washington sprachen sie nicht laut und fröhlich miteinander, wenn sie durch die Straßen gingen. Sie merkte, daß sie summte. Sie beschloß, so etwas öfter zu machen.

Ja, sie würde das häufiger tun, möglichst jeden Tag. Aber jetzt, heute abend, mußte sie nach Hause und das Protokoll über die Sitzung vom Nachmittag schreiben. Aber zuerst würde sie sich eine Soße für die Spaghetti kochen, Mohrrüben, Zwiebeln, Knoblauch und Petersilie kleinschneiden und alles zusammen mit Tomaten, Salz und Pfeffer und Basilikum und Oregano schmoren und die Fleischbrühe und die Fleischklößchen, die vor ein paar Tagen übrig geblieben waren, dazu tun und alles zusammen schmoren lassen – ihr lief das Wasser im Munde zusammen. Und sie würde die neue Platte auflegen und an Chris schreiben – sie hatte ihr seit zwei Wochen nicht geschrieben, eine Schande – und dann würde sie sich ein warmes Kleid anziehen und sich hinsetzen und diesen beschissenen Bericht schreiben und versuchen, dabei gelassen zu bleiben. Gelassen, in kühlen Worten, würde sie gegen die Invasion in Kambodscha protestieren, während ihr im Kopf all die am Nachmittag gehörten Geschichten herumgingen. Und die Bilder. Überall wollten die Menschen nichts weiter als leben. Was aber wollten diejenigen, die Kriege anzettelten? Sie würde es nie begreifen, sagte sie sich.

Immer noch vor sich hin summend, schmorte sie das Gemüse an, deckte die Pfanne mit dem Deckel zu, goß sich ein Glas Wein ein, ging durch die Küche und stellte den Fernsehapparat an, für die Abendnachrichten. Es war noch zu früh, es lief noch ein alter Western. Sie sah nicht hin; sie bereitete ihre Soße zu, deckte den Tisch für eine Person, trank ihren Wein. Die Sauce brodelte, es roch lecker, sie hob den Topf hoch, um daran zu riechen – das machte sie immer –, und da sagte es jemand, sie hörte, wie er es sagte, es durfte nicht sein, aber er sagte, es sei so, und sie fuhr herum und sah auf den Bildschirm, es durfte nicht sein, aber da war es, da waren die Bilder, es geschah direkt vor ihren Augen, sie konnte es nicht glauben, und dann waren die Bilder weg, und jemand zeigte mit dem Finger auf einen schmutzigen Hemdkragen und redete über etwas anderes, als gäbe es noch irgend etwas anderes, worüber man sprechen könnte, und sie hörte diesen Schrei, der nichts Menschliches hatte, der aus ihrem Hinterkopf kam, sie konnte es hören, es war eine Frau, die vor Schmerz brüllte, und als sie hinsah, war überall auf dem Küchenfußboden Blut.

Langsam kam Val wieder zu sich. Sie hörte auf zu schreien, aber sie schluchzte noch, und Tränen strömten ihr über das Gesicht, als sie sich hinhockte, um die Spaghettisoße aufzuwischen, die sie über den ganzen Küchenfußboden verschüttet hatte. Und sie blieb so hocken, zusammengekrümmt, und weinte in ihre Hände und konnte es nicht glauben, war aber auch nicht fähig, es nicht zu glauben, und rief schluchzend: «Wir morden unsere Kinder! Wir morden unsere Kinder!»

Damals wußten wir nicht, daß es nur der Anfang war. Es war die Zeit, als der Alptraum eine allgemeine Vision wurde, als du es tatsächlich sehen und mit dem Finger darauf zeigen konntest, auf diese subtilen und kaum merkbaren Strömungen, die neben Duke viele Leute gespürt, aber nicht deutlich genug gesehen hatten, um schießen zu können. Manchmal, wenn ich am Strand entlanggehe und mir alles so still, so friedlich vorkommt, frage ich mich, was aus diesem Alptraum geworden ist. Ich glaube, Alpträume sind wie die brodelnde Glut im Erdinnern, die immer da ist, aber nur gelegentlich ausbricht und die Abgründe erkennen läßt, die mörderischen Risse.

Es kamen Anrufe, Sitzungen fanden statt. In meinem Kopf sind diese Tage ein einziges Durcheinander. Aber dann plötzlich wurde aus den kleinen Friedensgruppen überall in der Stadt eine einzige Gruppe; plötzlich stieg die Zahl ihrer Mitglieder, verdreifachte, vervierfachte, vervielfachte sich. Einige Tage später – es *war* doch einige Tage später, oder? – töteten sie Kinder in Jackson State, widerwillig und fluchend, denn schließlich, wenn sie schon weiße Kinder umbrachten, hätten sie gleich ein paar schwarze mit umbringen können.

Alle bewegten sich wie in Trance. Manche dachten, die Stunde des Wolfes habe geschlagen. Etwas Schlimmeres als 1984 hatte sich ereignet. Die Regierung, eine Regierung, die genau wie Adolf Hitler ins Amt gewählt worden war, hatte sich plötzlich als eine Mörderbande entpuppt. Das war ein *fait accompli*, wir hatten es nicht einmal gemerkt. Einige der jüngeren Studenten wurden fast hysterisch: wer würde der nächste sein? Wenn man sie töten konnte, warum nicht auch uns? Die älteren gingen wie Überlebende umher und fragten sich, was als nächstes geschehen würde. Mütter waren sich bewußt, daß die getöteten Kinder ihre eigenen hätten sein können. Es war ein Unfall, hieß es im Telegramm, herzliches Beileid. Die drei Jahre, die du ihre Scheiße weggewischt und ihnen grüne Bohnen eingetrichtert hast, die fünfzehn Jahre, in denen du für das gleiche verfeinerte Techniken entwickelt hast, sind für null und nichtig erklärt worden, zusammen mit dem Produkt, einem neunzehnjährigen männlichen oder weiblichen Produkt, das, mit Augen und Haaren, hundertundeinige Pfunde mehr wiegt als damals, als es sich stoßend den Weg aus deiner Gebärmutter bahnte. Ein atmender Mensch ist in einen nicht atmenden Menschen umgewandelt worden: das ist alles.

Briefe wurden geschrieben, Telegramme geschickt. Die Gruppe stellte Tische auf dem Square auf und bot für einen Dollar Telegramme an: du brauchtest nur ein Formular auszufüllen. Die Leute, die vor zwei Jahren, vor einem Jahr etwas von Waffenverstecken und Revolution gemunkelt hatten, waren jetzt still und sahen sich ängstlich um. Es gab eine Demonstration: wir versammelten uns am Cambridge Common und hörten den durch Lautsprecher gebrüllten Reden zu, ohne verstehen zu können, was gesagt wurde. Es machte nichts aus. Die älteren Leute, die die Wahrheit von den Traditionen erwarteten, in denen sie erzogen worden waren, hielten sich gerade und marschierten mit erhobenen Köpfen. Die jüngeren, die an jeder Ecke Verrat witterten, duckten sich und beobachteten aufmerksam, was sich tat: für sie war es härter. Sie duckten sich, als plötzlich vom Rand her kleine Schachteln in die Menge geworfen wurden. Kleine Grüppchen bildeten sich, als jemand sich mutig bereitfand, eine zu öffnen: es waren alte Zigarettenpackungen, die mit Klebeband fest zugeklebt waren, und jede enthielt drei oder vier Joints. Die Empfänger waren erleichtert, blieben aber auf der Hut. Kann Marihuana mit Pulver vermischt werden? Ist man beim FBI so gerissen? Der Demonstrationszug setzte sich in Bewegung: die Mount Auburn Street, die Mass Ave hinauf und über die Brücke nach Boston hinein, die Commonwealth Avenue hinunter zum Common. Den ganzen Weg entlang standen Leute am Straßenrand, die beobachteten, Leute in Straßenanzügen und mit Kameras, Männer in Arbeitskleidung und mit harten Gesichtern. Die ganze Welt hatte sich in FBI-Agenten und Zivilbullen verwandelt. Sie waren alle gleich gefährlich. Die Menschen marschierten, redeten miteinander, machten Witze, aber die jüngeren unter ihnen erschauerten jedesmal, wenn ein Hubschrauber über ihren Köpfen dröhnte. Einige von uns waren im People's Park in Berkeley dabeigewesen, als die Menge mit Tränengas eingenebelt worden war; wir alle wußten davon.

Wir erreichten den Common und zwängten uns durch die Menge. Es sah so aus, als ob sich Millionen Menschen dort versammelt hätten. Wir fanden ein Plätzchen, wo wir uns auf den Rasen setzen und ausruhen konnten. Die Sonne war warm, die Luft mild, das Gras und die Bäume rochen nach frischem Grün. Die Leute auf dem Podium, das wir nicht sehen konnten, sangen Lieder und hielten Reden, die wir nicht verstehen konnten. Wir saßen da und sahen einander kaum an. Es gab nur wenige Möglichkeiten: entweder sie würden uns jetzt, hier, vernichten, mit welchen Mitteln auch immer, oder sie würden uns überhaupt nicht beachten, oder es würde uns durch unsere Demonstration gelingen, ihnen zu sagen, daß sie aufhören sollten: Stop, stop, stop, stop! An die letzte Möglichkeit glaubten wir alle nicht wirklich. Aber wir wollten daran glauben. Wir saßen da und betrachteten die, die neu dazukamen. Manche trugen Vietcong-Fahnen, manche Bilder von Mao, andere obszöne Spruchbänder, die Washington, Nixon und den alten Teufel, den militärisch-industriellen Komplex, verwünschten. Ja. Teufel verstehen sich aufs Überleben. Wir schwiegen meistens. Sklaven haben nicht viel Respekt voreinander, und die jüngeren unter uns kamen sich an diesem Tag wie Sklaven vor – lebendige Menschen, die leben wollten, deren Regierung sie aber lieber umbringen würde und weitaus lieber umbringen würde, als sie anzuhören. Ohne Stimme, machtlos, verängstigt, harrten die jungen Leute aus; bei den älteren machte sich allmählich die Arthritis und das Rheuma bemerkbar. Und dann war es vorbei, niemand hatte auch nur den Versuch gemacht, uns etwas aufzuschwatzen. Und Tausende, Tausende von uns gingen zum Bahnhof. Niemand hatte es eilig, dafür gab es keinen Grund. Die Leute gingen so, als ob sie in der Kirche gewesen wären, wirklich in der Kirche. Schließlich saßen wir in der U-Bahn. Ich erinnere mich daran, daß ich mich fragte, wie die U-Bahn das wohl schaffte. Die Züge waren überfüllt, aber niemand drängelte, niemand schimpfte. Wir stiegen aus, unsere ganze Gruppe, und gingen zu einem Imbiß im U-Bahnhof und kauften uns belegte Brote. Dann gingen alle zu Val – Mira, Ben, Iso, Clarissa, Kyla und auch Bart, den sie unterwegs getroffen hatten, und Grant war auch da, und noch ein paar andere –, und sie saßen in Vals Küche und sahen fern, sahen auf allen Kanälen in den Nachrichtensendungen dieselben Bilder und tranken Kaffee und aßen ihre belegten Brote, und ab und zu sagte einer: «Sie werden uns anhören müssen, wir waren so viele.» Und dann schwiegen sie wieder. Ich fürchte, wir kamen uns sehr tugendhaft vor. Sie waren es, die Kinder töteten, gelbe, schwarze, rote und weiße Kinder. Sie, nicht wir. Wir hatten uns gegen sie gestellt. Wir hatten unsere Reinheit bewiesen. Wenn es uns, arm wie wir waren, gut ging, dann nicht, weil wir es mit der Ausbeutung der Völker Afrikas oder Asiens hielten. Unsere Stipendien hatten mit den Beteiligungen der Mobil in Angola oder mit Fords Profiten im Waffengeschäft nicht unmittelbar etwas zu tun. Hofften wir wenigstens. Es ist leicht, über unsere Moral zu spotten. Das kann ich selbst. Aber was hätten wir tun können? Das Pentagon stürmen? Glaubst du, das hätte geholfen? Wir waren bereit, ärmer zu leben, wenn das dazu beitrug, dem Töten ein Ende zu machen. Arm wie wir waren.

Es gibt keine Antworten auf dieses trostlose Durcheinander. Jedenfalls keine, die ich geben könnte. Ein paar Tage später wurde der Gouverneur von Ohio, der die Nationalgarde an jenem Tag in Alarmbereitschaft versetzt hatte, bei den Vorwahlen geschlagen, und Mira wandte sich Ben zu, der den Arm um sie gelegt hatte, während sie beide fernsahen, und rief spontan: «Siehst du! Siehst du! Das ganze Land empfindet wie wir.»

Ruhig und grimmig sagte Ben: «Man hat vorher geschätzt, daß er sehr viel höher verlieren würde. Er hat durch das, was er getan hat, an Popularität gewonnen.»

Mit starrem, weißem Gesicht wandte sich Mira wieder dem Bildschirm zu.

Aber das war später. Damals saßen sie alle in Vals Küche und sprachen darüber, wie viele sie gewesen waren, über die eindrucksvollen Luftaufnahmen, versuchten, die Anzahl der Teilnehmer zu schätzen. Sie saßen eigentlich nur herum und warteten auf die Elf-Uhr-Nachrichten und schlugen die Zeit tot. Vor allen Dingen wollten sie sich, nun ja, nicht gerade gut fühlen, das war unmöglich, oder gar mächtig, nein, auch das war nicht möglich, aber doch so, als hätten sie wenigstens genug Macht, um ein Statement abzugeben. Sie wollten das Gefühl haben, daß sie winzige Teile einer Aktion, eines bedeutsamen Appells gewesen waren. Sie hatten ihre Brandopfer dargebracht und warteten auf einen kleinen Regen als Antwort.

Mitten in diese Spannung hinein klingelte das Telefon, und alle erstarrten. Wir waren still, als Val über Beine und Körper hinweg zu der Wand hinüberging, an der das Telefon hing, wir waren still, als sie den Hörer abnahm. Deshalb hörten wir sie alle, die Stimme am anderen Ende. Weil sie schrie, gellend schrie, eine hohe Kleinmädchenstimme, und es herausschrie: «MAMI! MAMI!»

«Was ist, Chris?» sagte Val. Ihr Körper versteifte sich. Ihre Finger waren, wie Mira bemerkte, zusammengepreßt und weiß. Aber ihre Stimme klang ruhig.

«MAMI!» schrie Chris' Stimme. «Ich bin vergewaltigt worden!»

17

Rückblickend erscheint es mir jetzt kaum glaublich, daß all das durcheinander und zur gleichen Zeit passierte. Ich bin erstaunt, daß auch nur irgendeiner von uns es überstanden hat. Aber ich glaube, die Menschheit hat Schlimmeres überstanden. Ich weiß, daß es so ist. Die Frage ist, um welchen Preis. Denn Wunden hinterlassen Narben, und vernarbtes Gewebe ist gefühllos. Das vergessen die Leute immer, wenn sie ihre Söhne drillen, «Männer» zu werden, indem sie sie verletzen. Das Überleben hat seinen Preis.

Val redete mit ruhiger Stimme auf Chris ein. Schnell hatte sie Einzelheiten heraus. Sie befahl ihr, die Tür abzuschließen, aufzulegen und die Polizei anzurufen, und sie, Val, würde warten, sie würde am Telefon stehenbleiben, und Chris sollte sie anrufen, sobald die Polizei da war, oder besser, sobald sie mit der Polizei telefoniert hatte. Sie sprach schnell und energisch, und Chris sagte ständig: «Ja. Okay. Ja, Mami. Mach ich.» Als ob sie zwölf wäre.

Val legte den Hörer auf. Sie stand an der Wand, lehnte ihre Stirn dagegen. So blieb sie stehen. Alle hatten es mitgehört, niemand wußte, was tun. Schließlich ging Kyla zu ihr hin und faßte sie am Arm.

«Möchtest du, daß wir bei dir bleiben? Oder sollen wir lieber abhauen?»

«Ich wüßte nicht, warum ihr bleiben solltet», sagte Val, immer noch mit dem Gesicht zur Wand.

Schnell und ruhig standen sie auf, um zu gehen. Nicht, weil sie nichts damit zu tun haben wollten, sondern aus Taktgefühl, aus dem Gefühl, in einen Teil von Vals Leben einzudringen, der privater war als ihre sexuellen Abenteuer oder eine Übersicht über ihren Menstruationszyklus. Sie gingen zu ihr, berührten sie leicht, verabschiedeten sich.

«Wenn ich irgend etwas für dich tun kann . . .» sagte jeder.

Aber natürlich gab es nichts zu tun. Was kannst du gegen Schmerz ausrichten, außer daß du ihn respektierst? Nur Bart und Ben und Mira blieben. Val stand an der Wand. Mira machte für alle einen Drink. Val rauchte. Bart holte ihr einen Stuhl und setzte sie darauf, und als das Telefon wieder klingelte, nahm er es ab, und Val schnappte nach Luft, als dächte sie, er wolle den Anruf entgegennehmen, aber er gab ihr den Hörer, und dann brachte er ihr einen Aschenbecher. Die Stimme am anderen Ende war jetzt leiser, sie konnten sie nicht verstehen. Schließlich legte Val auf. Die Polizei war jetzt bei Chris in der Wohnung. Der Junge, der sie vergewaltigt hatte, war verschwunden. Er hatte sie kurz vor ihrem Haus vergewaltigt, und sie war irgendwie nach Hause gekommen und hatte den einzigen Menschen angerufen, den anzurufen sie sich vorstellen konnte und der zufällig, wie Val düster bemerkte, tausend Meilen entfernt lebte. Die Polizei wollte sie ins Krankenhaus bringen. Val hatte den Namen an die Wand gekritzelt. Sie rief die Auskunft in Chicago an und bekam die Nummer des Krankenhauses.

«Es ist verrückt, aber ich muß etwas tun», sagte sie und rauchte nervös. «Jemand muß sich um sie kümmern, auch wenn es nur aus der Ferne ist.»

Sie blieben bis drei Uhr morgens. Val telefonierte ständig. Sie rief das Krankenhaus an. Dort ließ man sie so lange warten, bis sie auflegte und noch einmal anrief. Und wieder und wieder. Schließlich sagten sie ihr, daß Chris nicht mehr da sei. Die Polizei habe sie mit zur Wache genommen. Val rief die Polizei in Chicago an. Es dauerte einige Zeit und bedurfte vieler Anrufe, bis sie herausgefunden hatte, zu welcher Wache man Chris gebracht hatte. Aber schließlich gelang es, und sie kam durch und fragte, was mit ihrem Kind sei. Sie wußten es nicht genau. Sie ließen sie warten, aber sie legte nicht auf. Schließlich kam Chris ans Telefon. Ihre Stimme klang hysterisch, aber beherrscht, berichtete Val später.

«Erstatte keine Anzeige», sagte Val.

Chris widersprach. Sie sagte, die Polizei wollte, daß sie es täte. Sie kannte den Namen und wußte die Adresse des Jungen, der sie vergewaltigt hatte. Es lagen noch mehr Anzeigen gegen ihn vor, und sie wollten ihn festnageln, wie sie sagten.

«Tu es nicht», wiederholte Val. «Du hast keine Ahnung, was dich erwartet.»

Aber Chris hörte nicht auf sie. «Sie wollen, daß ich es mache, und ich werde es machen», sagte sie und legte auf.

Val saß erschlagen da. «Sie weiß nicht, was sie tut», sagte sie und hielt immer noch den Hörer in der Hand. Das Freizeichen tönte durch den Raum. Sie stand auf und wählte wieder, bekam wieder die Wache. Der Mann, der am Apparat war, reagierte verärgert – Val wurde ihnen allmählich lästig. Er sagte, sie solle am Apparat bleiben, kam aber nicht wieder. Sie wartete zehn Minuten, dann hängte sie auf und wählte erneut. Schließlich meldete sich jemand. Er schien nicht zu wissen, wovon sie redete.

«Ich werde mal nachsehen», sagte er. «Bleiben Sie dran.»

Sie wartete lange. Endlich kam er zurück.

«Bedaure, Madam, aber sie ist weg. Sie haben sie nach Hause gebracht.»

Val bedankte sich bei ihm, legte auf und sank auf den Stuhl zurück. Dann stand sie auf, suchte im Schrank nach dem Telefonbuch und blätterte im Branchenverzeichnis. Sie rief bei einer Fluggesellschaft an und buchte einen Flug am nächsten Vormittag. Sie wandte sich an Mira.

«Könntest du mich zum Flughafen fahren?»

Natürlich. Mira und auch Ben würden sie hinfahren.

Val wartete und rauchte. Nach zwanzig Minuten rief sie bei Chris in der Wohnung an. Niemand nahm ab. Sie wartete zehn Minuten und wählte wieder. Keine Antwort. Sie blieben noch eine Stunde bei ihr sitzen. Keine Antwort, obwohl sie sechsmal die Nummer gewählt hatte. Barts Knöchel waren hellrosa.

Val seufzte und sank in sich zusammen. «Sie ist woanders hingegangen. Sehr vernünftig. Wahrscheinlich übernachtet sie bei einer Freundin.»

Sie stand auf, nahm ein kleines Notizbuch aus einem Regel, blätterte darin und wählte eine neue Nummer. Es war vier Uhr morgens. Jemand schien zu antworten, denn Val sagte etwas. Ihre Stimme war gedämpft, aber zittrig. Sie erzählte jemandem von der Vergewaltigung. «Ja, ich fliege morgen zu ihr.» Stille. Dann sagte sie wieder: «Ja.» Und legte auf. Sie wandte sich ihren Freunden zu.

«Das war Chris' Vater. Ich dachte, er sollte es wissen. Ich dachte, er würde es wissen wollen. Seit vierzehn Jahren verbringt sie ihre Ferien mit ihm. Sie ist für ihn keine Fremde.» Ihr Ton klang seltsam.

«Was hat er gesagt?» fragte Mira.

«Er sagte, es sei gut, daß ich zu ihr führe.»

Sie goß sich einen Drink ein. Sie trank einen Schluck und versuchte, die anderen anzulächeln. Das Lächeln sah aus, als ob es ihr das Gesicht zerrisse, so tief waren die Falten.

«Geht nach Hause und schlaft ein bißchen. Und vielen Dank, daß ihr geblieben seid. Vielen Dank, daß ihr einfach geblieben seid, ob ich es wollte oder nicht. Denn ich wollte nicht, daß ihr bleibt, aber ich bin dankbar, daß ihr geblieben seid, und ich weiß jetzt, daß ich nur die hierhaben wollte, denen es scheißegal war, ob ich es wollte oder nicht.»

Sie lachten: Eine so komplizierte Rede nach solchen Aufregungen!

Um halb zehn hatte Val gepackt und war angezogen, und Mira und Ben fuhren sie nach Logan. Ihre Maschine ging um elf. Sie gab zu, daß sie nicht geschlafen hatte, aber man sah ihr die schlaflose Nacht kaum an. Erst am Tag danach kam die Erschöpfung durch. Als sie abflog, ging immer noch ein Leuchten von ihr aus, ein Schimmer.

Als sie wiederkam, war nichts mehr davon zu spüren. Allerdings bekamen ihre Freunde sie bei ihrer Rückkehr gar nicht zu sehen. Sie und Chris nahmen sich ein Taxi am Flughafen, und erst ein paar Tage später rief Val einige von ihren Freundinnen an. Sie war nur wenige Tage weggewesen – vier oder fünf vielleicht. Alle kamen, um sie und Chris zu besuchen, aber die beiden verhielten sich sehr merkwürdig. Chris sagte kaum etwas und starrte die Leute, die sie im Herbst zum Abschied geküßt hatte, nur böse an. Sie saß in einer Ecke des Sessels und blickte mürrisch vor sich hin. Val wirkte verkrampft und zerbrechlich. Sie versuchte, Konversation zu machen, aber es kostete sie sichtlich Mühe. Sie ermunterte sie nicht zu bleiben, und da sie nicht wußten, was sie tun sollten, gingen sie. Sie machten sich Sorgen und sprachen untereinander darüber. Sie beschlossen, sie ein paar Tage allein zu lassen, bis sie aus ihrem Schneckenhaus wieder herauskam, und sie dann einzeln zu besuchen.

Ich sah Val in dieser Zeit hin und wieder, und was mir auffiel, waren ihre Augen. Ich habe solche Augen seither öfter gesehen: sie starrten mich aus dem Gesicht einer polnischen Jüdin an, die in ihrer Jugend in einem Konzentrationslager gewesen war. Die Fälle scheinen kaum vergleichbar zu sein, aber vielleicht waren sie nicht gar so unähnlich. Denn später hörte ich, was geschehen war.

Chris war auf dem Heimweg von einer Friedensdemonstration in Chicago gewesen. Sie war in Hochstimmung, weil sie fand, daß die etwas Gutes getan hatte und daß es schön gewesen war. Nach der Demonstration hatte sie noch mit ein paar Freunden und einer Assistentin von der Universität eine Pizza gegessen und ein paar Glas Bier getrunken. Chris' Apartment lag in einer relativ sicheren Gegend, und sie ging zu Fuß von der U-Bahn nach Hause. Ihre Beine waren müde, und sie hatte unbequeme Schuhe an, mit hohen Keilabsätzen und schmalen Riemen um die Knöchel. Sie war ein paar Häuser von ihrem Apartment entfernt und ging auf dem Gehweg, als ein Junge zwischen zwei parkenden Autos hervorsprang. Er war hervorgesprungen, nicht normal gegangen, und stand ihr direkt im Weg. Sie war sofort zu Tode erschrocken und dachte an ihre verdammten Schuhe, in denen sie nicht schnell wegrennen und die sie auch nicht schnell abstreifen konnte. Er fragte sie nach einer Zigarette. Sie gab ihm eine und versuchte, ganz cool an ihm vorbeizugehen, aber er packte sie am Arm. «Was willst du?» rief sie. «Feuer», sagte er und fuchtelte mit der Zigarette vor ihr herum. «Laß mich los», sagte sie, aber er tat es nicht. «Ich kann keine Streichhölzer rausholen, wenn du mich nicht losläßt.» Er ließ ihren Arm los, stellte sich aber so, daß er wieder vor ihr stand. Sie wußte, hinter ihr waren die zwei leerstehenden Häuserblocks bis zur U-Bahn. Es war erst halb zehn, aber die Straße war menschenleer. Sie gab ihm die Streichholzschachtel. In ihrem Kopf arbeitete es fieberhaft. Rings herum ragten dunkle Apartmenthäuser auf. Sie wollte nicht schreien. Vielleicht wollte er ihr nur Angst einjagen, und ihr Schrei würde ihn erschrecken, und er würde gewalttätig werden. Jede Woche wurden Leute auf den Straßen von Chicago getötet. Sie beschloß, auf cool zu machen. Sie forderte ihn auf, aus dem Weg zu gehen, versuchte dann, um ihn herumzugehen. Er packte sie, legte ihr die Hand über den Mund und zog sie vom Gehweg runter. Er stieß sie zwischen den beiden geparkten Autos auf die Erde, hielt ihr mit der Hand den

Mund zu, beugte sich über sie und flüsterte ihr mit sanfter Stimme ins Ohr, daß er in den letzten Monaten drei Leute in dieser Gegend umgebracht hätte, und wenn sie schreien würde, dann würde er sie umbringen. Sie sah keine Waffe, sie wußte nicht, ob sie ihm glauben sollte, aber sie war viel zu erschrocken, um Widerstand zu leisten. Sie nickte, und er nahm die Hand von ihrem Mund.

Er zog ihr die Hosen runter und steckte seinen Penis, der schon steif war, in sie rein. Er stieß hart und schnell und kam sofort. Sie lag da, mit weit aufgerissenen Augen, unfähig, zu atmen. Als er fertig war, blieb er auf ihr liegen.

«Kann ich jetzt aufstehen?» fragte sie und hörte das Zittern in ihrer Stimme. Er lachte. Sie dachte angestrengt nach. Es war bekannt, daß Vergewaltiger ihre Opfer manchmal umbringen. Er würde sie nicht einfach gehen lassen. Chris zerbrach sich den Kopf. Nicht ein einziges Mal dachte sie an die Möglichkeit, mit physischer Kraft gegen ihn zu kämpfen. Es kam ihr gar nicht in den Sinn, daß es irgendeinen Weg geben könnte, ihm zu entkommen, außer wenn sie ihn austrickste. Sie versuchte sich vorzustellen, wie jemand dazu kam, jemanden zu vergewaltigen. Sie dachte an all die Entschuldigungen für Verbrechen, von denen sie gehört hatte, und überlegte, welche es noch geben konnte.

«Ich wette, du hast es nicht leicht», sagte sie nach einer Weile.

Der Junge stieg von ihr runter und fragte sie nach einer Zigarette. Sie saßen da und rauchten, während er erzählte. Er erzählte ihr wilde, unzusammenhängende Sachen. Er erzählte von seiner gewalttätigen Mutter und was sie ihm alles angetan hatte, als er klein war. Chris schüttelte den Kopf und murmelte.

Plötzlich hörten sie ein Geräusch, und der Junge drückte sie wieder zu Boden, die Hand an ihrer Kehle. Ein paar Leute kamen aus einem Apartmenthaus und standen auf dem Gehweg und redeten. Chris hoffte, sie würden den aufsteigenden Zigarettenrauch bemerken. Sie wagte nicht, zu schreien. Sie wußte, wenn sie es versuchte, würde ihr die Stimme im Hals steckenbleiben. Die Männer stiegen in ein Auto, das nur ein paar Meter weiter weg stand, und fuhren fort. Aber der Junge drückte ihren Kopf immer noch nieder und steckte ihr den Penis in den Mund. «Los!» befahl er, hielt ihren Kopf fest und bewegte sich über ihr auf und ab. Sie war am Ersticken, sie glaubte, sie würde ihre eigene Zunge verschlucken, aber er machte weiter und ergoß sich in ihren Mund, und der salzige, stechende Samen brannte in ihrer Kehle. Sie hob den Kopf, als er fertig war, und würgte und spuckte das Sperma aus. Er lächelte. Sie versuchte, aufzustehen, aber er hielt sie am Arm fest.

«Du bleibst hier!»

Sie setzte sich wieder hin. Sie fühlte sich geschlagen. Sie versuchte, sich zusammenzureißen und ihn wieder zum Sprechen zu bringen. Wenn sie ihn glauben machte, daß sie seine Freundin sei . . . Sie sprach verständnisvoll mit ihm, und er ging aus sich heraus und sprach über die Schule, über seinen Wohnblock, über seine Kenntnis der Gegend und eines großen Teils von Chicago. Er brüstete sich, weit und breit alle Seitenwege und Sackgassen zu kennen. Sie hörte ihm mit äußerster Anspannung zu. Sie spürte, daß es tödlich sein konnte, wenn sie sich bewegte, bevor er in der richtigen Gemütsverfassung war. Sie mußte auf den richtigen Augenblick warten. Einmal, als sie nur eine kleine Bewegung machte, warf er sie sofort wieder zu Boden und war wieder auf ihr, in ihr mit seinem steifen Penis. Es war ihr klar, daß seine eigene Gewalttätigkeit oder ihre Hilflosigkeit ihn scharf machte.

Sie setzten sich wieder auf und rauchten. «Hör mal, ich bin schrecklich müde. Ich möchte gern nach Hause», sagte Chris schließlich.

«Warum? Es ist noch früh. Ist doch schön hier», sagte er.

«Ja, aber ich bin müde. Laß mich jetzt nach Hause gehen, wir können uns mal wieder treffen. Okay?»

Er lächelte sie ungläubig an. «Ehrlich? Meinst du das ernst?»

Sie lächelte zurück. Oh, diese List der Frauen! «Natürlich.»

Er wurde ganz aufgeregt. «He, schreib mir deinen Namen und deine Adresse auf, und ich gebe dir meine, und ich ruf dich morgen an, okay?»

«Okay.» Chris schluckte. Sie tauschten die Adressen aus. Chris traute sich nicht, einen falschen Namen anzugeben, weil er ihren richtigen, der deutlich auf ihrem Notizbuch stand, genau sehen konnte. Und sie hatte auch Angst, eine falsche Adresse anzugeben: er würde sie sicher beobachten, wenn sie in ihr Apartmenthaus ging. Sie schrieb aber eine falsche Telefonnummer auf und hoffte irgendwie, daß sie das retten würde. Er ließ sie aufstehen. Sie zog, so gut es ging, ihre Kleidung zurecht und stand einen Moment lang vor ihm. Sie durfte auf keinen Fall losrennen, sagte sie sich.

«Also, bis dann.»

«Ja, bis bald, Chris.»

«Ja.» Sie drehte sich langsam um und trat auf den Gehweg. «Bye», sagte sie. Er stand da und beobachtete sie, wie sie steif auf ihr Haus zuging, mit den Schlüsseln klapperte – ihre Hände zitterten dabei – und die ganze Zeit versuchte, trotz ihres Herzklopfens darauf zu lauschen, ob er hinter ihr herkam, ob er schon hinter ihr war, ob er sich Einlaß verschaffen, die Tür aufstoßen und sie reinschubsen würde. Aber er folgte ihr nicht. Sie bekam irgendwie die Tür auf, war drinnen, schloß ab und rannte zur Innentür. Sie schloß sie auf, ging hinein, schlug die Tür zu, verriegelte sie. Sie war zu verängstigt, um Licht zu machen. Sie war zu verängstigt, um aus dem Fenster zu sehen – als ob er die Macht hätte, sie noch von der Straße aus zu zerstören. Sie wußte nicht, was sie machen sollte. Sie lief ans Telefon und rief ihre Mutter in Boston an. Aber als sie dann den Mund aufmachte, kamen nur noch Schreie heraus.

Nachdem sie mit Val gesprochen hatte, befolgte sie genau und der Reihe nach deren Anweisungen. Sie schrie und weinte immer noch, sie konnte nicht aufhören. Sie rief die Vermittlung an und verlangte die Polizei. Irgendwie erzählte sie, was geschehen war und wo sie sich befand. Sie kamen sehr schnell. Ohne ans Fenster zu gehen, konnte sie den Widerschein des Blaulichts in ihrem Zimmer sehen. Sie klopften an die Tür, und obwohl ihr die Hände zitterten, gelang es ihr, sie hereinzulassen. Sie weinte immer noch, das Schluchzen kam aus tiefster Tiefe.

Sie erzählte ihnen die Geschichte und gab ihnen das Stückchen Papier mit dem Namen des Jungen und seiner Adresse, und sie zogen die Augenbrauen hoch. Sie sagten, sie würden sie ins Krankenhaus bringen. Sie waren freundlich zu ihr. Sie erinnerte sich daran, daß sie ihre Mutter anrufen mußte. Als sie aufgelegt hatte, drehte sie sich zu ihnen um und kam sich vor, als hätte sie nun alle Taue gekappt und ließ sich in einem furchtbaren Ozean treiben. Sie brachten sie in ein Krankenhaus, wo man sie auf eine Bahre mit Rädern legte und sie in einem Zimmer allein ließ. Sie weinte immer noch. Sie hatte nicht aufgehört zu weinen. Aber sie fing wieder an zu denken. Leute kamen herein und besahen sich ihren Körper. Sie untersuchten ihre Vagina; sie mußte ihre Beine nach oben in Halterungen legen. Und die ganze Zeit weinte sie und fühlte sich wie vernichtet. Die Leute um sie herum waren alle nur an ein- und derselben Stelle interessiert, mehr war sie nicht, eine Vulva, Vagina, Votze, Votze, Votze, das war alles, es gab nichts anderes, es gab nichts anderes in der Welt, mehr war sie für die Welt nie gewesen, Votze, Votze, Votze, das war alles. Sie untersuchten sie und beachteten sie nicht. Sie gaben ihr kein Beruhigungsmittel, versuchten nicht, mit ihr zu sprechen. Mit ihrem Verstand sagte sie sich, während ihre Kehle weiterschluchzte, immer wieder: Ich bin, ich bin, ich bin, ich bin Christine Truax, ich bin Studentin, ich studiere Politologie, ich bin, ich bin Christine Truax, ich bin Studentin, ich studiere Politologie – wie eine Beschwörung, wie hypnotisiert –, während die Leute sie nach draußen führten, immer noch ohne ihr Schluchzen zu beachten, und sie wieder hinten in das Polizeiauto verfrachteten.

Ihr Schock klang ein wenig ab. Sie weinte immer noch, ohne es unterdrücken zu können, aber die plötzlichen, qualvollen Aufschreie wurden seltener. In ihrem Kopf sagte sie sich weiter: Ich bin, ich bin Christine Truax, ich studiere. Sie brachten sie zur Polizeiwache und setzten sie auf einen Stuhl. Sie konnte verstehen, was sie sagten; sie sprachen freundlich zu ihr. Sie wollten diesen Jungen kriegen, sagten sie. Sie hätten drei weitere Anzeigen gegen ihn, sie wollten ihn festnageln. Plötzlich fuhr sie hoch, mit entsetzten Augen. Er hatte ihren Namen, ihre Adresse, er wußte, wo sie wohnte, er hatte das Notizbuch mit dem Aufdruck ‹University of Chicago› gesehen, es gab keinen Ausweg, er würde sie finden . . .

Ihre Mutter war am Telefon. «Sie wollen, daß ich eine Aussage unterschreibe», sagte sie mit tonloser Stimme und immer wieder aufschluchzend.

«Tu es nicht! Erstatte keine Anzeige! Hör auf mich, Chris!»

Er hat meinen Namen, meine Adresse, er weiß, wo ich studiere.

«Sie wollen, daß ich es mache, und ich werde es machen», sagte sie und legte auf. Sie ging zurück. Sie fingen wieder an, drängten sie, flehten sie an. Sie nickte. Sie unterschrieb. Sie beruhigten sich. Sie fragten sie, wohin sie jetzt wollte, und sie sah sie nur an. Sie fing wieder an zu weinen. Sie wurden ungeduldig. Sie konnte nicht denken. Sie konnte nicht nach Hause gehen. Er hat meinen Namen, er hat meine Adresse.

Hinter ihr klingelten die Telefone, saßen Polizisten an Schreibtischen, gingen Polizisten durch den Raum. Name, Adresse. Wie heißen Sie? Ich bin Christine Truax, ich bin Studentin. Ich war mit ein paar Freunden und meiner Lehrerin, Evelyn, in einem Restaurant zum Essen, und als ich gegen 9.30 Uhr abends nach Hause ging . . .

«Bringen Sie mich zu Evelyn», sagte sie.

18

Nach ihrer Ankunft nahm Val am Flughafen einen Bus und fuhr dann mit der U-Bahn in die Nähe von Chris' Wohnung. Von der U-Bahn aus ging sie zu Fuß und sah sich um War es hier passiert? Oder hier? Es war eine freundliche Straße im lieblichen Licht des Mai-Nachmittags. Sie sah Bäume und Frauen, die mit Kinderwagen spazierengingen. Chris saß in dem dämmrigen Wohnzimmer. Lisa, eine Freundin, war bei ihr. Sie rannte auf ihre Mutter zu und umarmte sie fest, und sie standen lange und hielten einander.

«Jedenfalls, du siehst okay aus», sagte Val und sah ihr ins Gesicht.

«Ich bin okay», sagte Chris lächelnd. «Gestern nacht bin ich zu Evelyn gegangen, und sie war großartig. Sie ist meine Lehrerin, sie ist graduierte Englischstudentin, und ich habe meinen Einführungskurs in Englisch bei ihr: Sie war wirklich großartig, Mami. Sie hat gesagt, daß ich das fünfte Mädchen bin, das sie kennt, das in diesem Jahr vergewaltigt worden ist. In diesem Jahr! Sie ist die ganze Nacht mit mir aufgeblieben. Ich war ganz schön hysterisch. Sie hat mir Scotch eingeflößt», kicherte Chris. «Und ich hab ihn sogar getrunken!» Chris drehte sich zu Lisa um. «Und Lisa auch. Ich habe sie von Evelyn aus angerufen, und sie ist hingekommen. Sie waren beide große Klasse. Evelyn hat mir ein Bad eingelassen und hat die tollsten Sachen reingetan, Schaum und Duft, und danach hat sie mich in einen Sessel gesetzt und mir die Haare gekämmt, immer nur gekämmt und gekämmt. Und geredet. Und dann hat sie mir ein belegtes Brot gemacht und mich ins Bett gesteckt. Es war so, als ob du dagewesen wärst», sagte sie, und dann brach ihre Stimme, und sie klammerte sich wieder an ihre Mutter.

«Wir sind hergekommen, um Chris' Sachen zu packen», sagte Lisa.

«Ja.» Val setzte sich, und Chris lief in die Küche und kam mit einer Tasse Kaffee für ihre Mutter zurück.

Als sie mir die Geschichte erzählte, unterbrach Val an dieser Stelle. «Es war, als wüßte sie es damals schon. Als wüßten wir es beide. Wie wir mit dieser Sache fertig werden würden, wie wir uns damit arrangieren würden. Ich tat weiterhin Dinge für Chris, und sie tat weiterhin Dinge für mich. Aber es war anders.»

Val bat Chris, die ganze Geschichte zu erzählen, und unterbrach sie oft, bestand darauf, jede Einzelheit zu erfahren, unterbrach sie, sobald die Einzelheiten ungenau wurden. Sie hörte aufmerksam zu. Es dauerte lange. Lisa ging – sie hatte eine Verabredung. Draußen wurde es dunkel, und Chris fing an, sich nervös umzusehen.

«Ja», sagte Val und stand auf. «Pack einen kleinen Koffer, Liebes, und dann gehen wir in ein Hotel.»

Chris war begeistert über diese einfache Lösung. Alles war wieder gut, jetzt, wo Mami hier war. Mami würde sich um sie kümmern. Sie schloß die Wohnung ab, und sie gingen hinaus auf die Straße, jede mit einem kleinen Koffer. Chris hakte ihre Mutter unter. Sie gingen die Straße hinunter, Chris drängte sich an ihre Mutter, ihr Körper schmiegte sich eng an Vals. An der Kreuzung der Hauptstraße winkte Val einem Taxi, und sie fuhren zu einem kleinen Hotel nur für Frauen. Sie aßen in einem Restaurant, das nur ein paar Häuserblocks entfernt war, und gingen zu Fuß hin – Chris an ihre Mutter geklammert. Dann zogen sie sich ihr Nachtzeug an, und Val holte eine Flasche Scotch aus ihrem Koffer, und sie setzten sich hin, um zu reden. Sie hatten bereits, als sie sich zum Abendessen umzogen und während sie aßen, alle praktischen Dinge besprochen. Da Chris Studentin war und bald nach Hause fahren würde, hatte man ihr einen frühen Gerichtstermin gegeben. Val entwarf, schnell und tüchtig, einen Plan. Am nächsten Morgen würden sie früh losgehen und Chris' Wohnung räumen. Unterwegs würden sie sich in Geschäften Kartons besorgen: in den Supermärkten würde man ihnen wahrscheinlich helfen. Sie würden zwei Tage zum Packen brauchen. Was sie nicht tragen konnten, würden sie per Fracht schicken. Val rief Speditionen an, um sich nach Preisen zu erkundigen. Alles wurde geregelt. In drei Tagen sollte Chris vor Gericht erscheinen. Da sie nicht wußten, wie lange es dauern würde, planten sie ihre Abreise für den darauffolgenden Tag. Val rief bei der Fluggesellschaft an und buchte. An einem Tag mußten sie noch bei Chris' Bank vorbeigehen und an einem anderen wollten sie Evelyn zum Abendessen einladen. Chris ging es gut. Immer wieder umarmte sie ihre Mutter. Es war so gut, alles organisiert zu bekommen, zu wissen, wo du bist, alles genau geplant zu bekommen, heute dies und morgen das und übermorgen das Gericht und überübermorgen nach Hause . . . Chris fing an, sich sicher zu fühlen.

Val goß sich einen Scotch ein und fragte Chris, ob sie auch einen wollte. Aber Chris lachte. «Heute bin ich nicht vergewaltigt worden», sagte sie.

Val setzte sich aufs Bett. «Ich wollte dich noch ein paar Sachen fragen. Hat man dir im Krankenhaus Sedativa gegeben? Haben sie etwas gegen den Schock unternommen?»

Das hatten sie nicht.

«Haben sie einen Syphilistest gemacht, einen Gonorrhöe-Test?»

Nein.

«Hat die Polizei dir Schutz angeboten für den Fall, daß es ihnen nicht gelingt, den Kerl zu fassen?»

Nein.

Val lehnte sich zurück. Chris wurde ängstlich. Sie lehnte sich an ihre Mutter. Sie lagen zusammen auf dem Bett, Chris zusammengerollt in den Armen ihrer Mutter.

«Ist das schlimm, Mami?»

«Ist okay», sagte Val, aber ihre Stimme klang hart. «Wir können die Tests machen lassen, wenn wir wieder in Cambridge sind. Es wird schon alles in Ordnung sein.» Sie streichelte ihr Kind. «Chris», begann sie wieder, in verändertem Ton, «hast du versucht, dich zu wehren?»

Chris' Kopf schnellte hoch, mit weit aufgerissenen Augen. «Nein! Meinst du, ich hätte mich wehren sollen?»

«Ich weiß es nicht. Was, glaubst du, wäre passiert, wenn du ihn weggestoßen hättest und davongelaufen wärst und laut geschrien hättest?»

Chris dachte nach. «Ich weiß es nicht.» Sie dachte lange nach. «Ich hatte zuviel Angst», sagte sie schließlich, und Val sagte: «Klar», und umarmte sie. Aber später sagte Chris nachdenklich: «Weißt du, Mami, da war noch etwas anderes. Weißt du noch, wie ich einmal die Mass Ave runterging und wie dieser Mann, dieser ältere Mann, im Auto neben mir stoppte und mich ansprach? Und ich ging einfach zu ihm hin, vom Gehweg runter. Und er fragte mich, ob ich schon mal als Modell gearbeitet hätte, und ich sagte, nein, aber ich war geschmeichelt, und er sagte, wenn ich einstiege, würde er mir seine Karte geben, und ich könnte zu ihm ins Büro kommen, er hätte eine Agentur für Fotomodelle, und ich tat es, ich stieg in sein Auto ein, obwohl du mir tausendmal gesagt hast, als ich noch klein war, daß ich das niemals tun dürfte – ich hab es getan wie in Trance, als ob ich es tun müßte, weil er es sagte, als ob ich seit dem Moment, als er mich ansprach, keinen eigenen Willen mehr hatte. Erinnerst du dich, wir haben darüber gesprochen. Und das war gut, denn es fiel mir wieder ein, und ich sprang raus, ehe er zu weit gehen konnte – du hast damals gesagt, dem Himmel sei Dank für das Verkehrschaos auf der Mass Ave. Weißt du noch?»

Val nickte. «Du warst ungefähr vierzehn.»

«Ja. Und so etwas ähnliches war auch hierbei. So wie wir beide nur dasaßen, als Tad so häßlich war. Als wäre es ein Verbrechen gewesen, etwas dagegen zu tun, ihn rauszuschmeißen oder die Bullen zu rufen. Ich meine, niemand würde das ein Verbrechen nennen, aber für uns wäre es eins gewesen. Wir hätten uns schrecklich dabei gefühlt, als ob wir etwas getan hätten, was wir eigentlich nicht richtig fanden.»

«In dem Fall hatten wir, glaube ich, recht.»

«Ja. Du hast gemeint, du mußt es ertragen. Aber warum hab *ich* das gedacht? Verstehst du?»

«Ja.»

«Jedenfalls hatte ich so ein ähnliches Gefühl dabei. Fast, als ob er das Recht hätte, das zu tun, was er tat. Als ob es, nachdem er mich angegriffen hatte, nichts mehr gab, was ich hätte tun können. Verstehst du, wie im Film oder wie im Fernsehen. Die Frauen tun nie irgend etwas, nie. Sie weinen, und sie ducken sich, und sie warten auf einen Mann, der ihnen hilft. Und wenn sie versuchen, etwas zu tun, dann klappt es nie, und der Kerl erwischt sie, und alles wird nur noch schlimmer. Ich sage nicht, daß ich in dem Moment daran gedacht habe. Nur, ich habe mich so gefühlt. Als ob es buchstäblich nichts gab, was ich tun konnte. Ich war hilflos. Und ausgelöscht. Er hatte die Macht, mich auszulöschen. Oh, das war noch nicht alles. Er sagte, er hätte ein Messer, und ich hatte solche Angst, daß ich ihm glaubte. Aber ich hatte überhaupt keinen Mut, Mami.» Als sie das sagte, richtete sie sich auf, als ob sie etwas Wichtiges herausgefunden hätte. «Ich dachte immer, ich sei mutig. Du weißt, ich habe mich immer mit meinen Lehrern gestritten. Aber an dem Abend hatte ich überhaupt keinen Mut.»

Val legte den Arm um sie und redete lange mit ihr, und Chris kam zur Ruhe in ihrer Liebe, und ihre Mutter sprach über Konditionierung und Mut und gesunden Menschenverstand. Sie sagte Chris, sie habe das Vernünftigste getan, was sie unter diesen Umständen hätte tun können.

«Ich dachte dauernd, er würde mir das Gesicht zerschneiden», sagte Chris. «Um alles andere machte ich mir keine Sorgen.»

An den folgenden Tagen arbeiteten sie heftig, packten Chris' Habe zusammen und putzten die Wohnung. Chris klammerte sich noch immer an Val auf der Straße, und obwohl zwei Betten im Zimmer standen, schlief Chris jede Nacht bei ihrer Mutter im Bett. Val übernahm und überwachte die Arbeit und machte das meiste selbst. Aber Chris spürte, daß mit Val irgend etwas nicht stimmte. Sie spürte, daß Val so angespannt war, als ob etwas Schreckliches passieren würde. Val sprach und handelte jedoch ruhig und gelassen. Trotzdem machte Chris ihr eifrig eine Tasse Tee oder Kaffee nach der andern, brachte ihr Teller mit kleinen Käsestückchen und Crackern. Sie achtete auf jeden Ausdruck im Gesicht ihrer Mutter und ging oft zu ihr und legte den Arm um sie. «Als wollte sie mich vor etwas beschützen», erzählte Val mir. «Als hätte sie schon gewußt, daß sie es müßte.»

Und wenn sie durch die Straßen gingen, hatte Val ihre Augen überall.

Manchmal hielten mitten auf der Straße Autos an, und Männer riefen zu Chris herüber: «Hey, Baby!» Chris war sehr schön. Sie klammerte sich an ihre Mutter, versteckte sich fast in ihr und hoffte, sie würden alle abhauen. Denn natürlich war sie daran gewöhnt, es passierte ihr, seit sie dreizehn war. Sie hatte nie gewußt, wie sie reagieren sollte, normalerweise ging sie weiter und beachtete sie nicht. Als sie ihre Mutter um Rat fragte, hatte Val gesagt: «Sag ihnen: ‹Fickt euch selbst!›» Chris war entsetzt gewesen. «Willst du ficken, Baby?» sagten viele im Vorübergehen, und sie wandte immer den Kopf ab. Jetzt, an ihre Mutter geklammert, erkannte sie es: es war Vergewaltigung, Vergewaltigung, Vergewaltigung, und sie sah, daß auch Val es so sah. Sie übte sich im Zurückschlagen. «Fick dich selbst!» sagte sie wieder und wieder in Gedanken. Val dagegen sprach es laut aus, als sie eines Abends vom Restaurant zurückkamen. Sie hatten sich untergehakt, und sie kamen an zwei jüngeren Männern auf dem Gehweg vorbei.

«Hey, Mädchen», sagte der eine.

«Wollt ihr was Schönes erleben? Wir können euch was bieten.»

«Fickt euch selbst!» sagte Val und rauschte vorbei, Chris fest am Arm.

Chris kicherte den ganzen Weg zum Hotel, aber ihr Lachen klang ein bißchen hysterisch.

Dann kam der Morgen, an dem sie vor Gericht erscheinen sollte. Sie mußten mit dem Bus fahren. Sie fuhren durch Bezirke von Chicago, die Chris unbekannt waren. Sie sah aus dem Fenster, aber sie sah auch in Vals Gesicht. Irgend etwas an Vals Gesicht beunruhigte sie. Der Bus fuhr an Apartmenthäusern aus gelben Ziegeln vorbei. Jedes Haus hatte einen betonierten Hof und um diesen Hof herum einen hohen gezackten Zaun. Sie waren offenbar für schwarze Menschen gebaut worden, denn in den Höfen standen Schwarze, Dutzende von ihnen, standen einfach da und schauten nach draußen. Chris sah Vals Gesicht und blickte wieder nach draußen. Sie spürte es auch. Eine Welle von Haß strömte aus allen diesen Gesichtern und schwemmte über den Bus, ein Laserstrahl von Haß, der alles, was er traf, auslöschte, Bus, Straße, Autos, alles.

«Daley weiß, wie man die Nigger unten hält», murmelte Val verbittert. «Das versteht er wirklich. Er baut ihnen einen Haufen Gefängnisse und tut so, als stünde es ihnen ja frei, sie zu verlassen, und dann pfercht er sie hier alle zusammen und gibt ihnen Sozialunterstützung. Jeder, der einmal Märchen gelesen hat, weiß, daß ein Drachen, den man in ein Verlies sperrt, ausbricht und das Land verwüstet. Ich nehme an, Daley hat nie Märchen gelesen.»

Chris lief ein Schauder über den Rücken. «Glaubst du, daß sie uns hassen, Mami?»

«Ich kann mir nicht vorstellen, daß sie es nicht tun. Ich an ihrer Stelle täte es. Du nicht?»

Wieder lief Chris ein Schauder über den Rücken, sie schwieg.

«Was ist?»

«Der Junge . . . der mich vergewaltigt hat . . . Mick . . . er ist ein Schwarzer.»

«So? Bart auch.»

Chris beruhigte sich etwas. «Das stimmt.»

Als Val und Chris die Polizeiwache betraten, drehten sich alle Köpfe nach ihnen um. Die Augen der Männer nahmen Val abschätzend zur Kenntnis, verweilten aber lange auf Chris. Val straffte sich, und Chris klammerte sich noch fester an ihre Mutter. Vals Blick wurde starr. Chris folgte ihrem Blick. Val starrte auf die Hüften der Männer. Ihre Hüften und ihre Ärsche waren breit und häßlich in den unförmigen Uniformhosen, und jeder hatte an der Hüfte einen Pistolengürtel mit einer Pistolentasche und einer Pistole darin. Ihr Gang war protzig, ihre Hosen hingen unter dem Gewicht der Waffe nach unten. Wie Hodensack und Schwanz. Es war ihnen egal, wie häßlich sie aussahen, solange das Gewicht und die Größe ihrer Waffe sichtbar war. Vals Mund war verkniffen. Schließlich fanden sie den Gerichtsraum. Aber kaum waren sie drinnen, kamen seltsame Laute aus Chris' Kehle. «Da ist er», keuchte sie und starrte auf einen Hinterkopf, blickte sich dann um und sagte: «Nein, da!» So ging es eine ganze Weile, bis Val sagte: «Ich muß dich einen Moment allein lassen. Ich gehe nur mal eben nach vorn.» Sie stand auf und sprach mit den Männern vorn im Saal, dann rief sie Chris und führte sie in ein anderes Zimmer. Es war ein Umkleideraum, lang und schmal, mit Spinden an beiden Wänden und einer Bank in der Mitte. Der Raum hatte mehrere große Fenster, die auf eine freundliche, von grünen Bäumen gesäumte Straße hinausgingen. Sie hörten Hunde bellen, eine Menge Hunde, zu viele für eine Wohngegend. Sie saßen da und rauchten. Nach einer halben Stunde rollte Chris sich auf der Bank zusammen und schlief ein. Ab und zu gingen Polizisten durch den Raum und bedachten sie mit mißtrauischen Blicken. Val kam zu dem Schluß, daß die Männertoilette am anderen Ende des Umkleideraumes liegen mußte.

Nach drei Stunden kamen zwei Männer in normaler Kleidung mit forschen Schritten herein und näherten sich ihnen. Sie musterten sie kurz, dann wandte sich der eine an Val und fragte sie, auf Chris deutend: «Ist sie das?»

«Ist sie was?» brauste Val auf, aber sie beachteten sie nicht. Chris setzte sich auf. Sie wirkte sehr jung, eher wie fünfzehn als wie achtzehn, das Gesicht weich und rosig vom Schlafen, die Augen groß. Die Männer setzten sich. Beide hatten Klemmbretter mit Schreibpapier bei sich und beide hatten Kugelschreiber. Sie warfen ihr planlos Fragen an den Kopf und warteten kaum ihre Antworten ab. Val beobachtete es entsetzt. Chris saß mit unbewegtem Gesicht da. Sie beantwortete ihre Fragen freundlich, mit leiser Stimme, ohne Erläuterungen. Sie beharrte nicht, wenn sie mit ihr argumentierten. Sie griffen sie an und fielen über sie her und versuchten sie dazu zu bringen, ihre Geschichte zu widerrufen. Chris schien nicht zu bemerken, wie sie sie behandelten. Sie blinzelte und antwortete – und antwortete immer wieder. Sie änderte ihre Aussage nicht, aber sie wurde nicht wütend, schlug nicht zurück. Sie versuchten jetzt, sie einzuschüchtern. «Du erwartest doch nicht, daß wir dir das glauben? Du hast mit ihm über eine Stunde da draußen gesessen!» – «Er sagt, du wärst seine Freundin. Er weiß, wie du heißt. Komm, Mädchen, sag die Wahrheit!»

Val begriff, daß sie prüfen wollten, ob Chris als Zeugin standhalten würde, aber sie sah auch, daß sie weitergingen, als in einem Fall wie diesem nötig war. Der Junge war ein einfacher Junge, kein Millionärssöhnchen mit Anwälten, die einen Ruf zu verteidigen hatten und hohe Honorare dafür kassierten, daß sie ihn rausholten. Sie stellten Chris eine Frage, unterbrachen sie mitten im Satz, und ehe sie noch zwei, drei Worte auf die neue Frage sagen konnte, schleuderten sie ihr eine dritte entgegen. Aber Chris blieb ruhig, zum Kotzen ruhig. Sie schien sie gar nicht wahrzunehmen, obwohl sie sie ansah. Sie begann zu antworten, und wenn sie sie unterbrachen, hielt sie höflich inne, hörte zu, dachte einen Moment nach und antwortete dann auf die nächste Frage, und wenn sie sie auch dabei unterbrachen, hörte sie einfach auf zu sprechen und sah sie an. Ihr Gesicht war ruhig, ihr Verhalten ergeben und gehorsam. Sie hatten sie nicht ein einziges Mal mit ihrem Namen angeredet. Kein Wort war gefallen, das auch nur darauf hindeutete, daß sie vielleicht einen Namen besaß. Als sie aufhörte zu sprechen, begannen sie wieder mit den Fragen, die sie ihr gestellt hatten. Sie sah sie an wie ein Roboter in der Gestalt eines lieben Kindes und begann wieder zu antworten, und sie gab mit ruhiger, nüchterner Stimme und ohne zu blinzeln dieselben Antworten.

Nach etwa einer Viertelstunde wandte sich plötzlich der eine an Val. «Sie sind die Mutter?»

Sie sah ihn mit funkelnden Augen an. «Und wer sind Sie?»

Eine Sekunde war er still und sah sie an, als wäre sie verrückt. Dann stieß er ein paar Worte hervor und wandte sich wieder an Chris.

«Einen Moment», befahl sie und zog ein schmales Notizbuch aus ihrer Handtasche. «Wiederholen Sie Ihren Namen und Ihre Funktion.»

Der Mann sah sie fassungslos an. Er nannte noch einmal seinen Namen – Fetor – und seine Funktion, stellvertretender Staatsanwalt.

«Und brutal. Das schreibe ich dazu», sagte Val.

Beide Männer starrten sie an. Sie flüsterten miteinander. Dann standen sie auf und gingen auf die Tür zu. Chris ließ sich wieder auf die Bank sinken und schlief ein. Val beobachtete die Männer. Der Staatsanwalt war jung, Anfang Dreißig, schätzte sie, und er wäre attraktiv gewesen, wenn er sich nicht so häßlich aufgeführt hätte. An der Tür blieben sie stehen und berieten sich wieder. Der Anwalt kam mit großen Schritten zu Val zurück und sah sie mit einem Gesicht voller Abscheu an.

«Sehen Sie, meine Dame, wissen Sie, was der Junge sagt? Er sagt, daß sie seine kleine Freundin sei. Daß sie genauso scharf darauf war wie er. Sie mögen das schockierend finden», sagte er mit einem höhnischen Lächeln, «aber viele kleine weiße Prinzessinnen möchten gern einmal schwarzes Fleisch probieren.» Er schloß die Akte, die er in den Händen hielt, und verließ den Raum; der andere folgte ihm.

Val trat ans Fenster. Die Hunde bellten und bellten. Der Lärm schien aus dem Gebäude zu kommen, in dem sie waren, vielleicht aus dem Keller. Irgendwo mußte da ein Hundezwinger sein. Sie stand da und rauchte. Sie dachte über den Staatsanwalt nach. Ob er ebenso war, wenn er nach Hause ging? Sah er seine Frau und seine Kinder auch so an, als ob sie Verbrecher wären? Verhörte er seine Familie beim Hühnerfrikassee? Val wußte, sie war im Begriff, die Beherrschung zu verlieren. Sie merkte, wie sie unaufhaltsam in Fahrt geriet, und sie wollte es auch gar nicht aufhalten, denn das hätte bedeutet, daß sie sich einen Haufen Lügen hätte einreden, daß sie die Wahrheit hätte verleugnen müssen, die ihr hier von überall her, aus jeder Ecke entgegenstarrte.

Mehrere Stunden vergingen. Val und Chris waren hungrig, aber sie wußten nicht, ob sie weggehen konnten, um irgendwo etwas zu essen. Der Rauch von all den Zigaretten rumorte böse in ihren Mägen. Schließlich kam ein anderer Mann herein, ebenfalls in normaler Kleidung. Er hatte den gleichen forschen Gang wie der andere – den Gang dessen, der weiß, daß er Macht hat in seiner kleinen Welt. Er war dunkel und schlank, und er kam auf Val zu, die immer noch am Fenster stand. Er war höflicher als der andere.

«Sind Sie die Mutter des Vergewaltigungsfalls?»

«Der Vergewaltigungsfall, wie Sie es nennen, ist meine Tochter, Christine Truax. Wer sind Sie?» Sie zückte wieder ihr kleines Notizbuch.

Er nannte seinen Namen, und sie schrieb ihn auf: Karman, stellvertretender Staatsanwalt.

Er fing an, ihr Fragen zu stellen, die gleichen Fragen, die der erste bereits gestellt hatte, aber in höflichem Ton. Sie sagte: «Der andere, der Unmensch, hat das alles schon gefragt.»

Der Anwalt erklärte, daß er noch einmal fragen müßte.

«Gut, warum fragen Sie mich? Fragen Sie Chris. Sie ist diejenige, der es zugestoßen ist.»

Sie gingen zu ihr hinüber. Sie sah klein und zerbrechlich aus, wie sie da allein auf der Bank saß, dünn und zusammengesunken. Ihr langes Haar hing ihr in ihr ständig staunendes Gesicht. Der Staatsanwalt begann wieder, aber er war höflicher als der andere. Er redete Chris nicht mit ihrem Namen an, aber er schien fast Mitleid zu empfinden.

Nach einiger Zeit wurde Val bewußt, was geschehen war: sie hatte Fetor beleidigt, und er hatte sich geweigert, den Fall zu verhandeln. Karman war vor ihr gewarnt worden. Sie lachte plötzlich laut auf, und Karman sah sie beunruhigt an: *sie* hatte Fetor beleidigt!

Die Befragung war zu Ende, der Anwalt ging und sagte, er werde gleich wiederkommen. Dann kam eine Gruppe streitender Männer herein. Es waren Polizisten. Ein Teil der Prozedur war vergessen worden, Chris hatte den Jungen nicht identifiziert. Der Junge war nicht da, er mußte erst geholt werden, und Chris mußte ihn dann aus einer Reihe von Personen herauskennen. Männer kamen und gingen, aber meistens warteten sie. Die Nachmittagssonne wurde schwächer. Die Hunde bellten immer noch. Ein paar Polizisten kamen in den Raum und befahlen Chris barsch, nach unten zu kommen. Val folgte ihr.

«Da hinein», sagte ein Polizist und deutete auf eine Tür.

«Oh, nein, das wirst du nicht tun!» rief Val aus. Alle starrten sie an. Sie hatten bereits von ihr gehört, das sah sie deutlich.

«Sie können nicht verlangen, daß sie in denselben Raum geht wie er – ohne Trennscheibe», sagte sie. «So ist das Gesetz.»

Sie wandten sich von ihr ab und gaben Chris einen kleinen Schubs.

«Chris!» schrie Val, aber Chris sah sie mit einem starren feindseligen Blick an und ging hinein. Val stand hinter ihr, und die Polizisten versperrten den Eingang, als ob sie vorgehabt hätte, mit Chris in das Zimmer zu gehen. Val blickte hinein. Chris stand mit dem Rücken zu ihr. Sechs schwarze Jungen standen in einer Reihe. Ein Bulle schnarrte Kommandos: «Rechts-um! Gerade-aus! Links-um!»

Die Jungen drehten sich um. Sie wirkten schlaff – bis auf ihre Armmuskeln, bis auf die Nacken einiger. Sie kannten das schon, dachte Val. Sie hätte sich auf den Bullen gestürzt und hätte ihn geschlagen, wenn er so mit ihr geredet hätte. Aber – sie war schließlich privilegiert, weiß und eine Frau. Sie hätten sie nur niedergeschlagen oder ihr die Arme umgedreht und sie in die Irrenanstalt gebracht. Für diese Jungen hatten sie andere Methoden parat. Die Jungen drehten sich um. Die Polizisten – alle, die Val heute gesehen hatte – waren weiß. Die Jungen hatten ausdruckslose Gesichter. Die trauten sich nicht einmal, ihren Haß zu zeigen.

Chris sagte etwas zu einem Polizisten, dann kam sie heraus und hakte ihre Mutter unter. Val verstand, und Chris wußte, daß sie verstanden hatte. Sei nicht böse, ich muß das durchstehen, sagte ihr Chris mit einem Armdruck. Ich muß diese Sache zu einem Ende bringen. Sonst werde ich immer Angst haben, allein auf die Straße zu gehen. Laß mich tun, was ich tun muß. Es ist mir egal, ob es legal ist oder nicht.

Sie gingen wieder hinauf in den Umkleideraum.

Nach einer Weile kam Karman, der stellvertretende Staatsanwalt, und sagte, er rate, die Anklage fallenzulassen. Chris war wie gelähmt. Sie redeten über eine Stunde lang hin und her. Anscheinend behauptete der Junge, sie habe eingewilligt. Karman sagte das, als sei es irgendwie endgültig, als wäre es bis zum Obersten Gerichtshof gegangen und dort so entschieden worden. Unglücklicherweise, erklärte er, habe Chris keine Stichwunden. Sie habe anscheinend ein paar schlimme Schrammen (er warf einen Blick in seine Unterlagen) – zumindest habe sie das behauptet. Bestenfalls könnten sie ihn, da er ihr keine Messerstiche versetzt habe, wegen tätlichen Angriffs belangen, wofür er sechs Monate bekommen würde. Aber der Junge bleibe bei seiner Aussage, daß sie seine Freundin sei, und er bezweifle, daß sie mit der Anklage durchkommen würden. Es sei doch das beste, ihr das zu ersparen, riet er Val mehrmals – Chris sah er nicht an. Chris starrte noch immer mit glasigem Blick vor sich hin. Sie schien nicht recht zu begreifen, was da geredet wurde. Der Junge werde so oder so vor Gericht kommen – wegen zwei anderer Fälle von Körperverletzung und wegen einer Vergewaltigung, bei der es ein paar schöne, saubere Messerstiche gegeben habe, und ohne jeden Zweifel werde er ins Gefängnis wandern.

Chris starrte ihn an. «Nein», sagte sie.

Der Staatsanwalt beschwor sie. Chris sagte einfach nur nein. Der Staatsanwalt sagte, er wolle den Fall nicht übernehmen.

«Wenn Sie es nicht tun, werde ich mir einen Anwalt nehmen und die Regierung verklagen. Aber vielleicht wäre es das beste, wenn ich eine Flinte kaufen und den Jungen erschießen würde, damit meine Tochter sich wieder sicher fühlen kann auf der Straße.»

Er lachte gezwungen. Er sei sicher, ziemlich sicher, daß sie nie jemanden erschießen würde. Er war freundlich, konziliant, aber er disputierte weiter. Und Chris sagte weiter nein. Er sah weiter Val an, aber Val rührte sich nicht. Mit keinem Wort versuchte sie, Chris zu beeinflussen. Und Chris sagte nein.

«Okay», seufzte er schließlich. Es klang ironisch, dachte Val. Er zögerte, den Fall zu verhandeln, und zwar um Chris' willen. Er wollte ihr die Demütigung vor Gericht ersparen – so sehr glaubte er dem Jungen. Der Junge hatte keines der Details abgestritten. Er leugnete nicht, daß er zwischen zwei parkenden Autos hervor auf sie zugesprungen war, daß er sie umgeworfen hatte. Niemand wollte Chris' Schrammen sehen, und sie hatte mehrere, eine große, tiefe an der Schulter, wo mehrere Hautschichten abgeschürft waren, und eine an der Wirbelsäule, nicht groß, aber tief und blutig. Niemand zog es in Zweifel. Und Val dachte, daß nur ein Mann glauben konnte, eine auf solche Weise überfallene Frau könnte auch noch Gefallen daran finden, könnte sich dem Vergewaltiger willig und freudig fügen. Sie hatte solche Sachen auch schon gelesen, in Romanen von Männern. Unterwerfung. Ja, die wollen sie. Wie Könige, Kaiser, Sklavenhalter. Sie wollen Unterwerfung. Und «Weibliche List». Sind Frauen und Sklaven nicht dafür bekannt?

Ihre Gedanken wanderten weiter. Chris führte sie in den Gerichtssaal. Chris setzte sie hin und legte den Arm um sie. Sie murmelte vor sich hin. In dem Saal durfte sie nicht rauchen, und nur das Rauchen hatte sie noch zusammengehalten. Sie murmelte weiter vor sich hin. Um sie herum saßen lauter Männer: Polizisten, Juristen, Kriminelle, Opfer. Sie verfolgten den Gang der Verhandlungen. Und Val begann lauter zu schimpfen. Köpfe drehten sich um.

Es war verblüffend, wie verschieden Richter und Anwälte die Schwarzen und die Weißen behandelten. Es war so offensichtlich, daß Val sich fragte, warum diese große Ungerechtigkeit sich nicht plötzlich im Saal erhob und sie alle erstickte.

«Sexistische Schweine!» sagte sie. Dann: «Rassisten!» Chris hatte den Arm um sie gelegt und streichelte sie behutsam.

«Es ist okay, Mami», flüsterte sie Val ins Ohr.

«Töten, Töten, Töten! Das ist das einzige, was ihr könnt! Es sind zu viele», sagte sie dann zu Chris. «Du kannst nicht einzeln gegen sie angehen. Du brauchst Waffen. Töten!»

Chris küßte sie und legte ihre Wange an die ihrer Mutter.

«Wir müssen sie bombardieren. Das ist die einzige Möglichkeit», sagte Val. «Wir müssen sie alle auf einem Haufen erwischen. Alle auf einmal.»

Ihr Fall wurde aufgerufen. Jemand sagte, der Junge sollte hereingeführt werden. Der Staatsanwalt kam noch ein letztes Mal zu ihnen. Er hatte ein freundliches Gesicht, er war besorgt. Aber er war trotzdem ein sexistisches Schwein. Val hielt sich beide Hände vor den Mund, während er sprach, damit sie ihm das nicht ins Gesicht schrie. Chris hielt Vals Ellbogen fest umklammert. Sie flehte so ihre Mutter an, es nicht zu tun. Dann verstand Val, was der Anwalt sagte: er warnte sie beide vor der Demütigung, die Chris nun wohl erdulden müsse. Er versuchte, zu beschwichtigen, erklärte aber gleichzeitig, daß sie es sich selbst zuzuschreiben hätten. «Sie sind ganz sicher, daß Sie das auf sich nehmen wollen?» fragte er Val. «Noch können wir es abblasen.»

Val nahm die Hand vom Mund. Ihr Mund war von Haß verzerrt. «Ein bißchen schwarzes Fleisch – so redet ihr doch darüber im Hinterzimmer, nicht wahr?»

Der Staatsanwalt war schockiert. Voller Abscheu sah er sie an.

«Wenn meine Tochter nur ein bißchen schwarzes Fleisch hätte vögeln wollen, dann hätte sie das in einem schönen weichen Bett in ihrer Wohnung machen können. Dafür hätte sie sich nicht auf der Straße zerschrammen lassen müssen. Und wenn Sie denken, daß es hier um ihre Jungfräulichkeit oder ihre Keuschheit geht, vergessen Sie's. Wir kämpfen für ihre Sicherheit, um ihr Recht, in dieser Welt zu existieren. Einer Welt, die voll von *euch* ist. Von Männern!» Sie hörte auf. Er starrte sie an, ungläubig und entsetzt. Seine Stirn war von Falten zerfurcht. Er überlegte, ob sie vielleicht verrückt war, abscheulich war sie auf jeden Fall und zweifellos böse. Aber er war ein routinierter Jurist. Er schritt zu seinem Tisch zurück und sah seine Papiere durch. Der Pflichtverteidiger, ein großer, rotgesichtiger Ire, fragte: «Wer ist der nächste?» Und Karman murmelte eine Antwort.

«Oh, Mick», lachte er. Sein Lachen besagte schon alles: das kleine böse Flimmern in seinen Augen, das Wissen, der Spaß. Wir wissen Bescheid über die Votzen, auch wenn uns die kleinen Heulsusen noch soviel weißmachen wollen. «Na, hör mal, den Fall wirst du doch nicht verhandeln, oder?» Er sah lächelnd Karman an. «Du machst wohl Witze. Die Kleine da, die hatte heiße Höschen.»

Der Junge wurde hereingeführt. Er war jung. Er sah nicht älter aus als neunzehn, aber er war einundzwanzig. Er hatte ein nettes Babygesicht. Er war größer als Chris und kräftiger, aber weit davon entfernt, ein Riese zu sein. Er streifte Chris mit einem kurzen Blick, aber sie sah ihn nicht an. Sie wirkte klein und zart, wie sie da mit hängenden Schultern stand; ihre langen Haare hingen ihr in ihr schmales Gesicht, ihre Augen lagen tief in den Höhlen.

Der Richter fragte Chris, was passiert sei, und sie erzählte die Geschichte in aller Kürze. Der irische Anwalt stand hinter seinem Mandanten, mit dem Profil zum Publikum. Er grinste breit.

Der Richter wandte sich an den Jungen. Der Pflichtverteidiger hielt seine Akten in der Hand, bereit, sie zu öffnen, um die Anschuldigung zu erschüttern. Er war bereit.

«Und wie würdest du plädieren?» fragte der Richter den Jungen.

«Schuldig», sagte der Junge.

Es war vorüber. Beide Anwälte waren überrascht. Aber gelassen schlossen sie ihre Akten. Nur Chris rührte sich nicht. Sie wartete, bis der Richter den Jungen wegen Körperverletzung zu sechs Monaten verurteilt hatte, und dann sagte sie mit einer stockenden, zitternden kleinen Stimme, daß sie mehr erwartet hätte von der amerikanischen Justiz, daß sie sich seit Jahren für die Gerechtigkeit interessierte und beabsichtigt hätte, sie zu ihrer Lebensarbeit zu machen, und daß das, was ihr heute zugestoßen sei, ihr jede Lust zerstört habe. Sie war klein und wirkte sehr jung, und ihre Stimme war hoch und unsicher, und sie ließen sie ausreden, und der Richter klopfte mit seinem Hammer, um den nächsten Fall aufzurufen, und sie schenkten ihr keinerlei Beachtung mehr. Wer war sie schließlich schon?

Zitternd ging Chris zu ihrer Mutter. Es war vorbei. Der Gerechtigkeit war Genüge getan. Ein schwarzer Junge, der alles geglaubt, was seine Kultur ihn gelehrt, und sich entsprechend verhalten hatte, mußte für sechs Monate ins Gefängnis. Sicher, es lagen noch andere Anklagen gegen ihn vor. Vielleicht würde er sein Leben im Gefängnis verbringen. Und er würde bitter, verletzt und voller Haß sein. Sie hatte gesagt, sie sei seine Freundin, und er hatte ihr geglaubt. Wie alle Männer war er von einer Frau verraten worden. An all das übrige würde er sich nicht mehr erinnern, wie er sie angesprungen, wie er die Hand auf ihre Kehle gedrückt hatte. Er würde sich nur daran erinnern, daß sie ihn zum Narren gehalten und daß er ihr geglaubt hatte. Eines Tages würde er vielleicht wegen Chris eine Frau töten.

Val saß da und mußte daran denken, daß sie unten, bei der Gegenüberstellung, Mitleid mit den schwarzen Jungen empfunden hatte, und sie wußte, daß dieses Gefühl jetzt verschwunden war, daß sie es nie wieder spüren würde. Egal ob schwarz oder weiß oder gelb oder was auch immer. Hier kämpften Männer gegen Frauen, und es war ein Kampf auf Leben und Tod. Diese weißen Männer stellten sich da oben hin und opferten lieber Chris, als daß sie einem Mann mißtrauten, auch wenn er einer Rasse angehörte, die sie von ganzem Herzen verabscheuten. Was hielten sie dann eigentlich von Frauen? Von ihren eigenen Frauen? Was sahen sie, wenn sie ihre Töchter ansahen?

Sie erhob sich steif. Ihre Knochen kamen ihr vor, als ob das Mark darin vertrocknet wäre. Chris führte sie wie einen Krüppel aus dem Saal, und irgendwie brachte Chris sie zum Hotel zurück. Chris bezahlte die Rechnung und bestellte ein Taxi. Aber überall gab es Ärger. Der Mann an der Rezeption schimpfte über irgend etwas, der Taxifahrer schimpfte lauthals über das viele Gepäck, der Stewart im Flugzeug brüllte Val an: wenn ihre Tochter nicht die Schuhe anbehielte, würde er sie beide aus dem Flugzeug werfen. Und wo immer sie hinblickten, sahen sie die weiten blauen Hosen, die Pistolengürtel, die schweren Schwänze, die echte Kugeln abschossen, oder die anderen, die gepflegten, kurzhaarigen Männer in Gabardineanzügen und weißen Hemden, die genauso aussahen wie die Staatsanwälte und die immer so höflich waren und nie in Gegenwart einer Dame Scheiße sagten und dir immer den Stuhl zurechtrückten, wenn du in ein Restaurant gingst. Sie hatten sogar, dachte Val mit Schaudern, sie hatten sogar selber kleine Töchter, spielten vielleicht sogar mit ihnen, sprachen mit ihnen, wenn sie gut gelaunt waren. Und sie hatten kleine Jungen. Was sie denen wohl beibrachten?

Chris kümmerte sich um Val während der gesamten Heimreise. Als sie zu Hause waren, brach Chris zusammen. Sie rollte sich zu einer Kugel zusammen und verkroch sich in die Couchecke und sprach nicht. Sie konnte niemand anders als ihre Mutter in ihrer Nähe ertragen. Sie schlief bei ihrer Mutter im Bett, hatte aber trotzdem Schlafstörungen. Sie wachte ständig auf und bildete sich ein, seltsame Geräusche zu hören. Da sie nachts so schlecht schlief, war sie tagsüber müde und schlief oft ein. Sie versuchte zu lesen, konnte sich aber nicht konzentrieren. Sie saß jeden Tag stundenlang in ihrem Zimmer, einen Spiegel vor sich aufgestellt, und schnitt die gespaltenen Spitzen ihrer Haare mit einer Nagelschere ab. Wenn jemand kam – Leute, die sie früher geliebt hatte, wie Iso oder Kyla, Clarissa oder Mira –, saß sie abwesend da, sprach kaum mit dem Gast, fuhr ihre Mutter an oder zog sich in ihr Zimmer zurück und machte die Tür hinter sich zu.

Wenn Val sie um Hilfe beim Kochen oder beim Saubermachen der Wohnung bat, reagierte Chris passiv, manchmal gehorchte sie, aber meist verzog sie sich einfach, und Val fand sie zwanzig Minuten später schlafend im Bett.

Val sorgte dafür, daß sie auf Geschlechtskrankheiten und auf ihren physischen Allgemeinzustand untersucht wurde. Gesundheitlich fehlte ihr nichts. Chris begleitete Val überallhin, da sie weder allein weggehen noch allein zu Hause bleiben wollte. Aber Val ging nur wenig fort: zum Markt, zur Wäscherei. Sie stieg aus allen ihren Organisationen aus, kurz, ohne Erklärungen. Mehrmals kamen Leute vorgefahren, um Berge von Protokollen, Notizen, Flugblättern abzuholen. Grimmig übergab Val ihnen die Papiere, als wäre es die pure Scheiße. Die beiden Frauen konnten nichts unternehmen. Gelegentlich stellten sie abends das Fernsehen an, aber binnen zwei, drei Minuten kam eine Reklamesendung – ein Vers, eine Sketch, ein kurzer Dialog –, die unerträglich war, und ohne daß sie einen Blick wechselten, stand eine von ihnen auf und stellte es ab. Wenn Val zu lesen versuchte, kam sie nur ein paar Zeilen weit, dann warf sie das Buch – warf es buchstäblich – an die Wand. Sie konnten noch nicht einmal Platten hören. Chris murrte über die Rocklyrik, und Val murrte über Beethoven. «Opamusik», schimpfte sie. Die ganze Welt kam ihnen verseucht vor. Als Tad eines Tages vorbeikam, würdigte keine von beiden ihn auch nur eines Blickes.

Der einzige Mensch, den Chris sehen wollte, war Bart, und als er kam, saßen sie und Val mit ihm zusammen und tranken Tee, und Chris erzählte die Geschichte. Tränen standen ihm in den Augen, er starrte düster auf den Tisch, aber als sie fertig war, blickte er auf und schilderte ihnen in den finstersten Tönen, wie schwarze Männer über weiße Frauen dachten, wie die Frauen für sie nur Vehikel ihrer Rache an den weißen Männern waren.

Chris und Val sahen ihn an. Kurz darauf ging er.

Val wurde klar, daß es an ihr war, irgend etwas zu unternehmen, aber sie konnte sich nicht entschließen. Sie wußte, daß sie keine Freunde mehr hatte: sie schienen die wahre Bedeutung dessen, was geschehen war, nicht zu begreifen. Sie versuchten sie aufzumuntern, über andere Sachen zu reden – als wäre Vergewaltigung nichts anderes, als wenn jemand bei dir einbricht und die Stereoanlage stiehlt. Sie war ihnen nicht böse; sie wollte sie einfach nur nicht sehen. Sie durchforschte ihr Gedächtnis und erinnerte sich an eine Gruppe, die in der Sommerville-Kommune gelebt hatte und dann, vor anderthalb Jahren, weggegangen war, um in Berkshire eine Landkommune aufzubauen. Sie zogen Gemüse und Kräuter, hatten Hühner und Ziegen, einen Weingarten, ein paar Bienenkörbe. Sie hatten ihren eigenen Käse und Joghurt, ihren Wein und ihren Honig. Sie stellten sich an die Hauptstraßen und verkauften selbstgebackenes Brot, eigene Töpferwaren und selbstgestrickte Sachen. Sie schlugen sich durch.

Sie schrieb an sie wegen Chris, und die Antwort war positiv. Sie sei willkommen, und die Ruhe und die Natürlichkeit müßten ihr helfen. Im übrigen lebe noch eine Frau in der Kommune, die vergewaltigt worden war: sie werde Verständnis haben.

Val versteckte den Brief. An diesem Tag ging sie, während Chris schlief, spazieren. Als sie wiederkam, war Chris kreideweiß und völlig aufgelöst.

«Wo *warst* du!»

«Ich muß manchmal allein weggehen, Chris», sagte sie nur. An diesem Abend bestand sie darauf, daß Chris in ihrem eigenen Bett schlief. Sie hörte, wie Chris die ganze Nacht lang hin und her lief, aber sie blieb hart, auch am nächsten Abend und am übernächsten. Chris hörte auf, nachts umherzulaufen, aber ihrem Gesicht war anzusehen, daß sie nicht schlief. Nach einer Woche ging Val eines Abends weg. Sie sagte der ungläubigen Chris, daß sie nicht mitkommen könne. Chris hielt entsetzt den Atem an, und als ihre Mutter nach elf Uhr wiederkam – sie war im Kino gewesen und hatte nichts von dem Film mitbekommen – starrte Chris sie mit stumpfem und stummem Haß an.

Schließlich schlug Val Chris vor, eine Zeitlang wegzufahren. Es gebe da einen kleinen Ort in Berkshires. Chris sah ihre Mutter an, mit verzerrtem Mund, mit Augen, die aus tiefen schwarzen Höhlen blickten, mit einem Gesicht, in dem stand, daß sie ihr nie wieder trauen würde.

«Ich nehme an, du willst, daß ich gehe.»

«Ja. Du kannst nicht dein Leben lang an meiner Seite kleben.»

«Ich weiß, ich bin dir bestimmt im Weg. Ich nehme an, daß du wen hast, mit dem du bumsen willst, und ich behindere dich in deinem Lebensstil.»

«Nein», sagte Val ruhig und schlug die Augen nieder. Chris' Haß war das Schmerzlichste, was sie je erlebt hatte.

«Wenn du mich loswerden willst, kann ich mit Bart leben.»

«Bart arbeitet. Du kannst nicht täglich mit ihm zur Arbeit gehen. Du müßtest allein zu Hause bleiben. Und er wohnt in einer gefährlichen Gegend.»

«HÖR AUF! HÖR AUF! HÖR AUF!» kreischte Chris und sprang hoch. «Mußt du mir das antun? Hör auf! Ich kann es nicht ertragen. Ich halte es nicht mehr aus.» Sie rannte in ihr Zimmer und schlug die Tür hinter sich zu. Val betrank sich und torkelte ins Bett.

Am nächsten Morgen sah Chris ihre Mutter kühl über die Kaffeetassen hinweg an. «Also gut, ich werde gehen.»

Val holte Luft, errötete, lächelte, griff nach Chris' Hand. Aber Chris zog ihre Hand weg. Sie sah ihre Mutter mit kaltem Gesicht an.

«Ich habe gesagt, ich gehe. Aber ich werde dir nie verzeihen, daß du mich loswerden wolltest, gerade als ich dich am meisten brauchte. Ich gehe. Aber bilde dir nicht ein, daß du mich noch einmal siehst oder je wieder von mir hörst.»

Ein paar Tage später brachte Val ihre Tochter zur Farm hinaus, Chris ging in das Farmhaus wie eine Gefangene, die ins Gefängnis eingeliefert wird, und sie küßte ihre Mutter nicht und sagte nicht auf Wiedersehen, als Val ging.

19

Stella Dallas, hatte sie gesagt. Ja. Aber nicht ganz. Ihre Tochter war nicht in einem hell erleuchteten Haus, aus dem Musik erklang, sie heiratete keinen reichen Erben. Und Val mag draußen im Regen gestanden haben, aber sie weinte nicht.

Wenn sie doch Stella Dallas gewesen wäre! Wenn sie doch hätte weinen können. Ich glaube bis zum heutigen Tag, daß das alles gemildert und geschmeidig genug gemacht hätte, um wieder zu sich zu kommen. Ich glaube es. Aber das ist eine Überlegung im nachhinein.

Die Wahrheit ist, daß sie Chris abschrieb. Sie verhärtete sich gegen den Schmerz und entschied, daß sie sich eine Zeitlang nicht sehen würden, sondern erst wieder in ein paar Jahren. Sie spürte, daß dieser

Verrat unvermeidlich war in einer Beziehung, die so eng gewesen war wie die ihre. Chris war zu abhängig von ihr. Es ist wesentlich für das Erwachsenwerden eines Kindes, daß es von den Eltern enttäuscht wird, sei es, daß sie unzulänglich sind oder böswillig. Und da Val stark und klug war, mußte ihre Schwäche böswillig erscheinen. Natürlich hätte sie Chris wieder in sich zurückschlüpfen lassen können. Aber das kam für sie nicht in Frage. Der Rest ergab sich, wie Dinge sich so ergeben. Sie konnte nichts tun für Chris «außer zu sterben», sagte sie zu Mira, «und ich habe nicht die Absicht, zu sterben.»

Manchmal schrieb sie an Chris, aber Chris antwortete nicht. Und Val schrieb keine ehrlichen Briefe. Weil Val die Grenze überschritten hatte. Außer ihr wußte es niemand.

Moral ist gut, aber sie hat ihre Grenzen. Moral – das ist ein Gefüge von Regeln für Leute, die zusammen leben; sie geht von einer Gemeinschaft aus, und sie geht von der besten Möglichkeit aus. Sie hat keinen Einfluß auf, keine Bedeutung für Menschen, die die Grenze überschritten haben. Vor ein paar Jahren zum Beispiel zerschellte in den Anden ein Flugzeug, und die Menschen, die am Leben geblieben waren, kamen schließlich so weit, daß sie Menschenfleisch aßen. Das brachte eine sogenannte moralische Frage aufs Tapet – freilich nicht wirklich, denn wer könnte darauf eine Antwort geben? Du kannst mit diesem Dogma kommen oder mit jenem, mit diesem Zitat oder mit jenem, mit dieser Autorität oder mit jener Autorität, und du kannst dich auf sie berufen; du kannst reden, bis du tot umfällst. Aber du kannst nicht sagen, ob es richtig war oder falsch. Du bist Jüdin und dein Mann und deine Kinder sind von den Nazis zu Asche gemacht worden (du kamst davon, weil einigen von ihnen dein Körper gefiel), und du gehst auf einer Straße in Argentinien und erkennst den Mann, der der Kommandant des Konzentrationslagers war, in dem du gefangen warst, und du hast eine Pistole in deiner Tasche, eine Pistole, die du mit dir herumträgst, wo immer du bist, immer den Finger am Abzug, während sie warm in deiner Tasche liegt, und du siehst diesen Mann . . . Ach, warum weitererzählen? Manche Dinge lassen sich nicht einordnen, beurteilen, sie können nur von denen ausgelebt werden, die gewillt sind, sie auszuleben, oder sie vielleicht ausleben müssen. Und solche Leute kümmern sich nicht um die Folgen.

Ich frage mich, ob das wirklich wahr ist. Es ist hübsch, hier zu sitzen, wenn die Sonne durchs Fenster hereinscheint, ein Glas Eistee auf dem Tisch, ein Spaziergang am Strand in Aussicht, und über Leute zu schreiben, die sich um die Folgen nicht kümmern. Gibt es solche Menschen? Denkt nicht der engagierteste Untergrundkämpfer, dessen Seele zu viele Narben hat, als daß er sich noch ein schönes Leben machen könnte, dessen Hoffnungen zerronnen sind, in dem Augenblick, wenn er seinen Panzer auf die Mauer zusteuert, sein Flugzeug auf den Flugzeugträger, denkt er nicht flüchtig an die Möglichkeit, daß es in Wirklichkeit nur ein Alptraum ist, der irgendwann aufhört, daß er irgendwie gerettet wird, wieder nach Hause geht und am Kamin sitzt und die Tasse Tee nimmt, oder das Strickzeug, und lacht über die Geschichten aus alten Zeiten und sich ein oder zwei Tränen abwischt?

Oh, Gott. Was soll das? Ich schreibe lauter Lügen. Ich versuche, die Wahrheit zu sagen, aber wie kann ich die Wahrheit sagen? Ich habe jetzt lange darüber nachgedacht, daß außergewöhnliche Ereignisse dich auf einen Platz außerhalb der Menschheit, außerhalb der normalen menschlichen Bedürfnisse stellen und daß wir übrigen nicht die Menschen verurteilen können, die sich in einer solchen Lage sehen. Aber sogar jetzt, während ich das schreibe, befällt ein kalter nervöser Bazillus mein Rückgrat, kriecht hinauf bis in mein Hirn und meint, daß alles Leben so ist, jegliches Leben.

Aber wenn das stimmt, wie kann ich dann auch nur die einfachste Geschichte erzählen? Ich gebe auf. Ich kann nicht mehr denken. Ich kann nichts anderes tun als reden, reden, reden, reden . . . Ja, aber ich will tun, was ich kann. Ich werde reden, reden, reden. Ich werde dir den Rest dessen erzählen, was ich weiß, es so weit zu Ende führen, wie es ein Ende hat. Es ist nicht vorüber. Es wird nie vorüber sein. Aber ich bin endlich. Das ist der einzige Grund, warum dieser Bericht enden wird.

Val verhielt sich so merkwürdig und abweisend und kühl nach ihrer Rückkehr aus Chicago, daß die Frauen, die sowieso in ihrem eigenen Leben befangen waren, nicht oft vorbeikamen. Chris war mürrisch, benahm sich unmöglich, und die Frauen fühlten sich verletzt. Sie kannten nicht die ganze Vergewaltigungsgeschichte, aber da Sex in Vals Haus nie ein tabuisiertes Thema gewesen war, nahmen sie an, daß Chris nur einen Schock hatte, der bald abklingen würde. Val rief von sich aus keine von ihnen an, und sie spürten, daß sie mit ihnen brechen wollte.

Mira, die ihr wahrscheinlich am nächsten stand, hatte deshalb Schuldgefühle und nahm sich immer vor, sie zu besuchen. Aber irgend etwas in ihr fürchtete sich vor der Begegnung mit Val. Sie spürte wie damals, als sie Val kennengelernt hatte, daß Val ihr etwas erzählen konnte, was sie nicht wußte und von dem sie nicht sicher war, ob sie es wissen wollte: nur, daß sie es jetzt noch intensiver spürte. Es kam ihr fast so vor, als litte Val an einer ansteckenden, tödlichen Krankheit. Aber eines Tages überwand sie sich; sie rief an, und Val sagte, ziemlich halbherzig, daß sie zu Hause sein würde.

Val hatte Jeans an und ein Hemd; sie hatte abgenommen. Ihr volles Gesicht war schmal geworden, härter, fester, älter. Ihr Haar war jetzt ganz und gar grau. Die Veränderungen waren nur geringfügig, aber sie sah aus wie ein anderer Mensch.

Eine Zeitlang machten sie Konversation. Kyla und Harley waren nach Aspen gefahren. Clarissa und Duke hatten Probleme. Iso steckte tief in den Forschungsarbeiten für ihre Doktorarbeit. Die Jungen waren bei Norm und würden mit Mira und Ben im August nach Maine fahren.

«Wie geht es Chris?»

Vals Stimme klang dünn, verriet kein Gefühl. «Sie lebt in Berkshire, auf einer Farm. Sie scheinen den Eindruck zu haben, daß es ihr besser geht.»

«Sie war wirklich durcheinander», sagte Mira halb fragend, halb feststellend, aber sie hörte, wie in ihrer Stimme etwas von einem kleinlichen Urteil mitschwang. In Wirklichkeit sagte sie damit, daß Chris übertrieben durcheinander gewesen war.

Val hörte es auch. Sie nickte nur.

«Es tut mir leid, Val. Ich verstehe das nicht, glaube ich. Ich bin nie vergewaltigt worden.»

«Nein. Aber fast, wenn ich mich richtig erinnere.»

Mira hob die Augenbrauen. «Die Nacht bei Kelleys! Gott!» Sie schüttelte sich. «Ich hatte es vergessen. Ich wollte es vergessen. Wie kommt das?»

«Ein Zeichen von Gesundheit, nehme ich an. Die meisten Frauen wollen über Vergewaltigung nichts weiter wissen. Die Männer sind es, die daran interessiert sind. Die Frauen versuchen, Vergewaltigung zu ignorieren, versuchen sich vorzumachen, die Opfer hätten es gewollt. Sie wollen der Wahrheit nicht ins Gesicht sehen.»

Mira fühlte, wie in ihrem Innern alles in Bewegung geriet, als ob jede einzelne Blutzelle in ihrem Körper plötzlich wachsam geworden sei. Aber sie war schon zu weit gegangen. «Die Wahrheit . . .?» fragte sie mit zitternder Stimme.

Val lehnte sich in ihren Sessel zurück und zündete sich eine Zigarette an. In ihrer Haltung und in ihren Bewegungen drückte sich dieselbe Autorität aus, die sie immer besessen hatte, aber sie wurde verstärkt durch ihre neue Magerkeit und etwas, was jetzt fehlte, irgend etwas, das verschwunden war, eine Leichtigkeit, eine Geschmeidigkeit, eine Überschwenglichkeit in den Bewegungen. Sie war intensiver, konzentrierter und knapper – wie ein Lichtstrahl, der sein Ziel gefunden hat und jetzt seine ganze Kraft darauf ausrichtet. Dann erzählte sie Mira die Geschichte der Vergewaltigung, alles. Als sie fertig war, hielt Mira die Armlehnen ihres Sessels fest umklammert. Val setzte sich zurück, und ihre Stimme wurde ein wenig ruhiger.

«Im letzten Herbst – bei einem Meeting draußen in Concord oder in Lexington, ich weiß es nicht mehr genau – fragte mich einer der Teilnehmer, ob ich ihn mit nach Cambridge zurücknehmen könnte. Es war ein junger Kerl, ein bißchen steif und schwülstig, er war Pfarrer. Er wollte reden. Er redete während der ganzen Heimfahrt, und da wir irgendwann im Verkehr steckenblieben, dauerte es eine ganze Weile.

Er war ein netter kleiner Kerl, einer von denen, die sich immer Gedanken über anderer Leute Gefühle machen, so scheint es wenigstens, einer von denen, die kein natürliches ‹Scheiße› über die Lippen bringen und sich nicht dazu durchringen können, *vögeln* zu sagen. Überflüssig zu sagen, daß meine Sprache ihn schockierte.»

Mira lachte ein bißchen, aber Val lächelte nicht einmal.

«Er wollte mir von dem Traum erzählen, den er seit Monaten ab und zu träumte. Er war, wie er sagte, glücklich verheiratet – war Mitte zwanzig, stelle ich mir vor –, und sie hatten einen kleinen Sohn. Er hatte mit dem Kleinen Schwierigkeiten und deshalb Streit mit seiner Frau. Sie fand, daß er zu autoritär und perfektionistisch mit dem Kind sei. Aber darum ging es in seinem Traum nicht. Es ging um ein Mädchen, das er vor Jahren auf dem College kennengelernt hatte. Er träumte dauernd von ihr, konnte sich aber an den Traum nicht erinnern. Was bedeutete das?

Ich fragte ihn nach seinen früheren Gefühlen für das Mädchen. Er hatte sie geliebt, hatte sie angebetet, aber sie flirtete gern, flatterte von einem Mann zum andern und kam zu ihm zurück, wenn sie ihn brauchte. Und er wartete immer mit offenen Armen auf sie. Ich fragte ihn, ob er mit ihr gevögelt hätte. Er antwortete, nein, nein, er hätte nie –» und an dieser Stelle mußte Val dann doch grinsen – «Geschlechtsverkehr mit ihr gehabt und auch sonst niemand, glaubte er. Sie wären sich wahrscheinlich zu sündig vorgekommen: es war ein kleines religiöses College mitten auf dem Land.

Ich fragte ihn, was er heute für sie empfände. Er fand sie äußerst begehrenswert, aber seine Erinnerung an sie war auch versengt von Zorn. Er hatte sie geliebt, er hatte sie begehrt, und er hatte nichts unternommen. Er war zornig auf sie, aber noch zorniger auf sich selbst. ‹Was hättest du denn machen können?› – ‹Ich hätte sie vergewaltigen können.›

Ich war noch nicht einmal erstaunt. Dieser Kerl war unerträglich steif und langweilig und überpenibel, christlich, milde, sanftmütig und so. Aber im Herzen ein Vergewaltiger.»

«Ich weiß das alles, ich habe es immer gewußt», sagte Mira tonlos.

«Diese Geschichte – und Gott allein weiß, wie viele andere noch, wie viele Teile von Geschichten, Gesetzen, Traditionen und Sitten –, alles gerann in mir, als ich mit Chris durch die Straßen von Chicago ging und die Männer beobachtete, wie sie sie ansahen. Und es wurde für mich eine absolute Wahrheit. Was immer sie in der Öffentlichkeit darstellen und wie immer ihre Beziehungen zu Männern aussehen mögen – in ihren Beziehungen zu Frauen sind alle Männer Vergewaltiger und nichts anderes. Sie vergewaltigen uns mit ihren Augen, ihren Gesetzen, ihren Normen.»

Mira legte die Hand vor die Augen. «Ich habe zwei Söhne», sagte sie leise.

«Ja. Das ist eine Möglichkeit für sie, ihre Macht zu bewahren. Wir lieben unsere Söhne. Gott sei Dank habe ich keinen – es würde mich zurückhalten.» Ihr Gesicht war zornig.

Mira richtete sich auf. «Zurückhalten?»

«Es kam alles zusammen. Dieser Kerl – der Pfarrer – und die Art, wie Tad Chris behandelte, der Junge, der sie vergewaltigte, die Anwälte, die ihre Seele vergewaltigten, das Gericht und wie man sie da behandelt hat, die Bullen mit ihren baumelnden Pistolen und die Art, wie sie sie ansahen, und die Männer auf der Straße, einer nach dem andern, wie sie sie ansahen, ihre Bemerkungen machten. Es gab keine Möglichkeit, wie ich sie davor schützen konnte, und so, wie sie sich jetzt fühlt, gibt es keine Möglichkeit, wie ich ihr helfen kann, es zu ertragen.

Und meine Gedanken machten sich selbständig, ich konnte sie nicht zurückhalten. Ich dachte an die Ehe und ihre Gesetze, an die Angst, abends aus dem Haus zu gehen, an die Angst, zu verreisen, an die Verschwörung der Männer, Frauen wie etwas Unwichtiges zu behandeln – es gibt mehrere Formen der Vergewaltigung. Frauen sind unsichtbar, unbedeutend – oder Dämonen, Kastriererinnen; sie sind Magd oder Möse und manchmal beides zugleich. Und schwule Männer können ebenso schlimm sein wie normale – manche Schwule hassen Frauen sogar noch mehr, als andere Männer das tun. All die Jahre, die Jahrhunderte, die Jahrtausende, und all dieser Haß – sieh dir die Bücher an –, und dahinter steht immer die gleiche Drohung, die gleiche Tat: Vergewaltigung.

Und ich dachte: Jesus! Jahrelang habe ich in der Bürgerrechtsbewegung, in der Friedensbewegung gearbeitet, um politische Gefangene zu befreien. Ich habe im Schulausschuß Sommerville und im Schulausschuß Cambridge mitgearbeitet. Und immer hatte ich an die Menschen gedacht, oder an die Kinder. Aber die Hälfte der Menschen, denen ich zu helfen versuchte, waren Männer. Männer, die mich oder meine Tochter sofort vergewaltigen würden. Sie würden, wenn sie könnten, deinen Körper rauben, deine Seele, wenn es ginge, sie würden dich in ihre Gewalt bringen und dich dann mißbrauchen oder zum alten Eisen werfen. Ich habe mein kostbares Leben damit zugebracht, ihnen zu helfen! Einer Bande von Vergewaltigern! Denn hast du es einmal begriffen, gibt es kein Zurück mehr. Der Feind ist der Mann!»

Ihre Augen funkelten, und ihre Stimme war leidenschaftlich, aber beherrscht.

Mira rang nach Atem. Nein, nein, laß es nicht so sein, sagte sie sich immer wieder.

«Man erwartet von dir, daß du deine eigene Vernichtung genießt! ‹Wie soll sich ein Mädchen verhalten, wenn es vergewaltigt wird?› – ‹Sich zurücklegen und es genießen› – ‹Wie soll ein Pazifist sich verhalten, wenn seine Frau vergewaltigt wird?› – ‹Mitmachen.› Ein Ehemann kann seine Frau gar nicht vergewaltigen: das Wort hat keine rechtliche Bedeutung in diesem Zusammenhang, weil er das Recht hat, sie zu vergewaltigen.

Ich sage dir», Vals Stimme war jetzt leise und voll und voller Haß, «ich habe das satt bis obenhin. Scheiße, und ich habe immer trampende Männer mitgenommen! Nie wieder. Sollen sie doch ihre eigenen Füße benutzen, ihre eigenen Scheißschlachten schlagen, kein Mann wird je wieder auf irgendeine Weise Hilfe von mir bekommen. Von jetzt an werde ich jeden Mann nur noch als Feind behandeln. Ich stelle mir vor, daß dieser Fetor, der Staatsanwalt, der Chris eingeschüchtert hat, eine Tochter hat, und ich wette zehn gegen eins, wenn sie je vergewaltigt werden sollte, er würde sie genauso behandeln, wie er Chris behandelt hat. Verzeihung.» Val blickte in Miras Gesicht. «Ich weiß, du hast Söhne. Das ist gut so. Das wird dich befähigen, in dieser Welt zu leben, es wird dich befähigen, geistig normaaal –» sie zog das Wort sarkastisch in die Länge – «zu bleiben.»

Miras Gesicht war von Schmerz durchtränkt. Vals Gesicht war klar, fest, sie sah aus wie ein zäher alter Soldat, der ein Banner hochhält. «Was mich betrifft, so bin ich froh, daß ich keinen Sohn habe, denn er würde mir den Blick verstellen – ich müßte über ihn nachdenken, und das würde mich von der Wahrheit ablenken. Ein Sohn würde mich verleiten, nicht zu sehen, was ich sehe, es nicht zu spüren, es zurückzudrängen, tief in meine Innereien, wo es so lange gelegen hat und mich langsam vergiftete.»

«Aber wie willst du ohne Männer leben? Ich meine, du weißt doch, die Männer sind die Chefs, die Bosse, wenn du einen Job haben willst, sie haben die Gelder unter sich, wenn du ein Stipendium haben willst, dein Doktorvater ist ein Mann . . .»

«Aus dieser Welt bin ich ausgestiegen. Ich gehöre jetzt zu den Frauengruppen. Ich kaufe in feministischen Geschäften, ich habe mein Geld in einer Frauenbank. Ich habe mich einer militanten feministischen Organisation angeschlossen und werde in Zukunft nur noch dort arbeiten. Ich scheiße auf die Dissertation, den Titel, auf Harvard. Das alles ist Teil der männlichen Welt. Du darfst mit ihr keine Kompromisse schließen. Sie frißt dich bei lebendigem Leib, vergewaltigt deinen Körper und deine Seele . . .»

«Aber Val, wie willst du leben?»

Sie zuckte mit den Schultern. «Irgendwie, ich bin zu allem bereit. Es gibt da ein paar Frauen, die in einem alten Haus in North Cambridge leben. Sie kommen so gerade zurecht. Ich werde bald zu ihnen ziehen. Es geht mir nicht mehr um Freude am Leben. Das ist ein Luxus, den ich mir nicht leisten kann. Vierzig verrückte Jahre lang habe ich einem unterdrückten Volk angehört, das mit dem Feind paktiert, die Sache des Feindes gefördert hat. Woanders nennt man das Sklaverei. Damit bin ich fertig. Ich möchte mit den Frauen zusammen arbeiten, die ihr Leben aufgeben für unsere Sache.»

«Ihr Leben dafür aufgeben!»

«Ihr Leben der Sache widmen. Wenn ihr Sprachexperten es so lieber wollt.»

«Opfern.»

«Es ist kein Opfer. Es ist Verwirklichung. Opfer bedeutet, etwas, was du schätzt, aufzugeben für etwas, was du noch mehr schätzt. Das trifft auf mich nicht zu. Genuß, Freude, Spaß – früher war mir das alles wichtig, aber einerlei, was ich jetzt machen wollte, wo ich auch hinginge, das ist vorbei für mich. Für mich gibt es keinen Weg, dorthin zurückzugehen, verstehst du das nicht?»

Sie sah Mira ernst an: «Du siehst gequält aus.»

Miras Stimme trauerte: «Aber du warst so großartig. So wie du warst.»

«Eine großartige Kompromißlerin. Was du bei mir als meine Entstellung siehst, sehe ich als meine Läuterung. Haß ist ein großartiger Lehrmeister. Du verlierst etwas, aber du entwickelst dafür etwas anderes zu größerer Fülle. Wie Blinde, die phantastisch genau hören lernen, oder Taube, die von Lippen, Augenbrauen, Gesichtern ablesen lernen. Der Haß hat mich befähigt, so zu handeln, wie ich schon immer hätte handeln sollen. Meine beschissene Liebe zur Menschheit hat mich davon abgehalten, mich um die weibliche Menschheit zu kümmern.»

Mira seufzte. Sie wollte weinen, wollte Val wieder zurückverwandeln in das, was sie gewesen war, so wie man einen Film zurückspulen und an einer beliebigen Stelle wieder anhalten kann. Sie ertrug es nicht, was sie sah, was sie hörte: sie war erschöpft. Sie beugte sich zu Val hinüber: «Laß uns ein Glas Wein trinken. Um der alten Zeiten willen.» Und ihre Stimme war heiser.

Zum erstenmal lächelte Val wirklich. Sie holte die Flasche und goß zwei Gläser voll.

«Ich fühle, daß all das – dein neues Leben – dich uns wegnehmen wird, uns – mir», sagte Mira traurig.

«Ja», seufzte Val, «aber nicht, weil ich aufgehört hätte, mir Gedanken um dich zu machen. Aber es würde schwierig sein. Ich fürchte, du würdest mir nicht allzuviel zuhören wollen. Und wir würden vieles nicht mehr mit gleichen Augen sehen. Du hast zwei Söhne und Ben – du mußt Kompromisse schließen. Ich meine das ernst – ich sage es nicht herablassend. Ich würde dir wie eine Fanatikerin vorkommen, und du mir wie ein Feigling. Ich gehöre jetzt zu den wahnsinnigen Randfiguren», sagte sie und lachte, «zu den wahnsinnigen Randfiguren, die die Mitte dazu bringen, ein bißchen rüberzurücken. Ich habe das Gefühl, es ist richtig so.»

Sie hat sich damit verabschiedet, dachte Mira. Tränen strömten ihr über das Gesicht, als sie nach Hause ging.

20

Dieser Sommer war, so schien es, für viele von uns eine Zeit der Aufgabe, des Verzichts. Spielten alle Stella Dallas?

Kyla hatte sich von Harley überreden lassen, noch einmal ihrer gemeinsamen Ehe eine Chance zu geben. Sie kehrte zu ihm zurück und versprach ihm, sich mit Iso überhaupt nicht mehr zu treffen. Diesmal war er sehr wütend auf Iso. Kyla war verwirrt. «Du hattest doch damals soviel Verständnis.»

«Damals habe ich es nicht ernst genommen.»

«Warum nicht? Ich habe dir gesagt, daß ich sie liebte.»

«Kyla – mein Gott! – sie ist eine Frau.»

«Ja, und?»

«Ich meine, ich habe nichts gegen eine Ergänzung. Aber ich lasse mich nicht ersetzen.» Er sprach so, daß seine Wut wie Eifersucht klang, und sie freute sich auch noch darüber: er könnte ja nicht eifersüchtig sein, wenn er sie nicht liebte! Sie kümmerte sich darum, daß die Wohnung untervermietet wurde, und fing an zu packen. Harley half ihr mehr als sonst, aber trotzdem kam ihr das Leben leer vor. Sie gewöhnte sich an, Iso nachmittags zu besuchen – schuldbewußt, aber sie konnte nichts dagegen machen. Sie erzählte Harley nichts von diesen Besuchen. Sie sagte sich, daß sie, wenn sie in Aspen waren, Iso überhaupt nicht würde sehen können. Irgendwie rechtfertigte das den Betrug.

Sie suchte, wenn auch nur halbherzig, nach einem Thema für ihre Dissertation. Sie saß in der Child Library und blätterte Bücher durch. Sie saß zu Hause und las die Dichter der Romantik wieder. Aber plötzlich kam ihr die Dichtung der Romantik genauso vor, wie Harley immer gesagt hatte: verspielte Stickereien, die das wahre Geschäft des Lebens verdeckten. Sie brachte nicht mehr die alte Begeisterung für Wordsworths eigenartige Wertvorstellungen oder für Keats' Sprache auf. Aus Coleridge war ein Langweiler geworden, aus Byron ein tobsüchtiges verwöhntes Kind, aus Shelley ein Jüngling in einem fortgesetzten feuchten Traum. Sie las immer mehr, aber je mehr sie las und wiederlas, um so mehr kamen sie ihr alle wie Halbwüchsige vor, die ihre eigene Empfindsamkeit feierten oder prätentiöse Weisheiten zu ihrer Selbstverherrlichung von sich gaben. Sie fragte sich, wie sie das jemals hatte ernst nehmen können. Jeden Tag klappte sie angewidert ihr Buch zu. Als es an der Zeit war, die Bücher einzupacken, die sie sich nach Aspen mitnehmen wollte, legte sie zu Harleys Stapel nur einen vollständigen Shakespeare. Sie beschloß, den

Sommer mit Brotbacken und Blumenzüchten zu verbringen und, vielleicht, schwanger zu werden. Sie betrachtete das nicht als ein Aufgeben, sondern als eine Ruhepause, eine Unterbrechung. Dennoch, als sie mit dem Auto zu ihrem ersten Ziel aufbrachen, nach Ohio und zu ihren Eltern, fühlte sie sich nicht leicht und frei wie jemand, der in die Ferien fährt. Sie sah Harvey von der Seite an, spürte den Schwall von Liebe, den sie immer spürte, wenn sie ihn ansah, ohne daß er es merkte, empfand die gleiche distanzierte Bewunderung für seine Vortrefflichkeit, aber sie kam sich auch herabgesetzt, ja sogar erniedrigt vor. Sie kam sich beinahe so vor, als führe sie fort, ins Gefängnis. Aber sie schob es beiseite und ihre Stimmung hellte sich auf, als Harley ihre «Navigationshilfe» brauchte. Kyla las gern die Karte.

Nach Kylas Aufbruch schmachtete Iso noch ein paar Tage, doch dank ihrer erstaunlichen Flexibilität hatte sie binnen einer Woche neue Freundinnen gefunden und war genauso beschäftigt wie eh und je. Und statt des täglichen Besuchs von Kyla bekam sie jetzt täglich Besuch von Clarissa.

Clarissa und Duke kabbelten sich ständig. Sie wollte nicht darüber reden. «Es ist immer dieselbe alte Scheiße, weißt du – wer die Teller abwäscht. Das Problem ist, glaube ich, daß ich sie nie abwaschen will. Ich hasse den ganzen Kram, das Kochen, das Saubermachen. Ich kann es nicht ausstehen. Als Duke nicht da war, hab ich mir abends ein ‹TV-Essen› heiß gemacht und den Behälter hinterher in den Müll geschmissen. Das Besteck stapelte sich, und ich wusch immer erst ab, wenn ich keins mehr hatte. Und sauber gemacht hab ich nur, wenn er nach Hause kam – wenn überhaupt. Ich mache mir nichts aus Essen. Warum soll ich dann kochen?»

«Ja. Und wie wär's mit einer Haushälterin? Mir macht das Putzen nichts aus, Clarissa», sagte Iso grinsend. «Und ich brauche Geld. Für dich mache ich es, für – also, sagen wir – drei Dollar die Stunde.»

Clarissa lächelte nicht. «Das würde das Problem nur verdecken.»

«Das klingt ernst», sagte Mira.

«Ach, ich denke, wir kriegen es hin.» Und sie schob es beiseite und ging zu anderen Themen über. Aber beim nächsten Treffen der Frauen kam es wieder zur Sprache – und sie schob es wieder beiseite.

Damals war Grete oft unter denen, die sich bei Iso trafen. Sie erschien gegen vier, brachte eine Flasche Wein mit, trug irgendein exotisches Gewand und sah aus wie die Prinzessin im Märchenbuch. Sie entdeckte eigenartig bestickte Blusen, verwendete Saristoffe, um sich irgend etwas

Fließendes zu nähen, fand eigenartige Perlenbänder und Schmuck mit großen schweren Steinen – und trug das alles so, als sei es die ihr gemäße Kleidung. Sie knotete ihr dunkles Haar in Tücher und legte schwere, kunstvolle Ohrringe an. Iso sagte, Grete habe das Ankleiden zu einer Kunst erhoben. Grete interessierte sich für Kunst und hatte vor, eine Dissertation über die Beziehungen zwischen einer Anzahl von Zeichnungen aus dem späten 18. Jahrhundert und sprachlichen Bildern in der Dichtung der gleichen Zeit zu schreiben. Sie brachte Leben in die Gruppe, und den ganzen Sommer über hatten sie wunderbare Gespräche.

Clarissas Problem bestand weiter. Eines Tages, als sie über das System von Leistung und Gegenleistung in der Politik sprachen, platzte sie heraus. «Genau das macht Duke! Das ist mir eben aufgegangen.»

«Ich schätze, zwischen General Motors und Duke ist kein so großer Unterschied», sagte Grete. Grete stammte aus einer armen Familie und hatte Vorurteile – wie sie sagte – gegen Leute mit Geld.

«Okay. Ich verstehe es jetzt. Jedesmal wenn Duke zu einer Party in Harvard geht – und er haßt diese Parties – oder wenn er eine neue Platte hört und zugeben muß, daß eine Rockgruppe, die ich mag, gut ist, oder wenn er sich ein besonders modisches Hemd gekauft hat, dann verhält er sich danach so, als hätte er das Recht, nun irgendeine Gegenleistung zu erwarten, als schuldete ich ihm etwas. Er sitzt auf der Couch, während ich allein das Geschirr abwasche, und wenn ich mich darüber beschwere, wird er regelrecht sauer, sagt, er hätte nie Zeit, auch nur die Zeitung zu lesen. Und ich bin dann manchmal sauer geworden, aber du willst dich ja auch nicht zu einer Dauernörglerin entwickeln. Und ich habe nie kapiert, was da eigentlich vorging.»

«Das ist seine Vorstellung von Kompromiß», sagte Mira lachend.

«Ja. Kompensation. Irgend etwas stimmt nicht an dieser Logik. Trotzdem kann ich nicht klar mit dem Finger darauf zeigen.»

«Er erwartet, daß du die traditionelle Rolle übernimmst», begann Grete an, «während er . . .»

«Ja, während er was?»

«Sich ein bißchen mit deinen Werten abgibt.»

Clarissa reckte ihr Kinn und fing an, Punkte aufzuzählen. «Okay. Eine angemessene Gegenleistung wäre es dann, daß ich mich mit seinen Wertvorstellungen befasse. Aber das tue ich doch. Ich bin mit ihm zu einer Party gegangen, die von seinen Offizierskollegen gegeben wurde, und habe nicht ein einziges Mal Nixon kritisiert. Ich habe mit ihm seine

Verwandten in Rhinebeck besucht und nach dem Abendessen mit den Frauen Kaffee im Salon getrunken, während die Männer im Eßzimmer saßen, Brandy tranken und über Politik redeten.»

«Gibt es so etwas denn immer noch!» sagte Grete und japste nach Luft.

«Ich weiß es nicht, dort war es jedenfalls so. Okay. Ich habe nach einem Angriffspunkt gesucht. Jetzt hab ich ihn. Vielen Dank.»

Damit war das Thema Duke für diesen Tag beendet.

Ein andermal diskutierte Clarissa über den Einfluß der sozialen Strukturen auf den englischen Roman des 19. Jahrhunderts – ihr Dissertationsthema. «Es geht schon früh damit los, natürlich ist es im 18. Jahrhundert da, sagen wir, bei Defoe, auf eine unterschwellige Art, aber bei Leuten wie Crabbe und Austen wird es dann zum abendfüllenden Thema: Geld, Geld, Geld. Das ist die Wurzel von allem. Genau wie neuerdings bei Duke», fügte sie hinzu und verstummte. Sie hatte den Kopf gesenkt, und ihr Haar hing herab und verdeckte fast ihr Gesicht. Trotzdem konnte Mira die kleine Falte auf ihrer Stirn sehen, konnte fast sehen, wie es in ihrem Kopf arbeitete, um die Erkenntnis zu verdrängen, daß sie diese Entdeckungen nie allein machte, sondern immer nur wenn sie mit den Frauen zusammen war, wenn sie über etwas ganz anderes redeten. Als ob solche Erkenntnisse nur ungebeten in ihren Kopf kämen und als ob ihr das zu schaffen machte. Doch sie sagte nichts darüber.

«Geld! Ich liebe Geld!» schrie Grete und fuchtelte mit ihren behängten Armen in der Luft herum. «Aber nicht zuviel Geld.»

Clarissa hob nüchtern den Kopf. «Ja, ich auch. Aber nicht so wie Duke. Er redet die ganze Zeit darüber, er ist besessen davon. Seit er hier wohnt. Wir gehen aus, und er schaut in alle Geschäfte, und er will alles haben. Er will David ein paar Bilder abkaufen, nicht weil sie ihm gefallen, sondern weil er glaubt, daß David eines Tages berühmt wird, und als Geldanlage. Er redet davon, bei der Army aufzuhören – obwohl er im Grunde die Army liebt –, um sich mit irgendwelchen Typen vom Massachusetts Institute of Technology zusammenzutun, die er durch Harley kennengelernt hat. Sie überlegen, wie man Computer für die Stadtplanung einsetzen kann. Das ist offenbar ein lukratives Feld heutzutage. Sie wollen eine Beratungsfirma aufmachen, obwohl sie selber noch in der Ausbildung sind.»

«Eine Beratungsfirma? Wofür?» Iso saß unter dem Fenster. Das Licht schien auf ihr Haar, und sie ließ das eine ihrer langen Beine über die Armlehne ihres Sessels baumeln. In ihrer schlanken Hand hielt sie ein Zigarillo – eine neue Angewohnheit.

«Du siehst aus wie Katharine Ross.»

«Unsinn!»

«Doch.»

«Liebst du Katharine Ross?»

«Hmmmm», meinte Clarissa grinsend und fuhr sich mit der Zunge über die Lippen.

«Dann ist es okay», sagte Iso und lachte. «Ich werde aussehen wie sie.»

«Sie wollen Probleme lösen. Sie hoffen, daß Städte und Institutionen zu ihnen kommen. Und sie wollen sich dann alle wichtigen Daten beschaffen und sie in den Computer füttern und den Behörden sagen, was sie gegen die Umweltverschmutzung machen sollen; oder etwas über die Schulsysteme oder die Abwanderungsquoten oder die Geburtenrate. Sie glauben, daß sie unsere Zukunft planen können. Sie sind der Meinung, daß alles so durcheinander ist, weil nie richtig geplant worden ist und immer alles zufällig passiert.»

Grete stöhnte. Mira sagte: «Igitt.» Iso kicherte. «Dem Himmel sei Dank für das Scheitern menschlichen Planens.»

«Duke glaubt, daß er ein Vermögen verdienen wird. Mir ist es egal, ob er es verdient oder nicht – es ist seine Entscheidung. Aber immer diese Betonung auf dem Geld. Ich verstehe das nicht. Er war immer so idealistisch.»

«Das stimmt», sagte Iso nachdenklich. «Zum Beispiel gestern abend beim Essen, als er auf das Thema zu sprechen kam, das war richtig ein bißchen gespenstisch. Als hätte er das Gefühl, er stünde mit dem Rücken zur Wand, und nur Geld könne die Soldaten draußen noch daran hindern, ihre Gewehre auf ihn abzufeuern. Er hat irgend etwas Verzweifeltes an sich – du kannst es nicht Habgier nennen, obwohl es, wenn er so redet, wie Habgier klingt. Aber ich denke immer, Habgier ist ein Verlangen nach etwas, das du nicht brauchst, sondern nur haben willst, um es zu besitzen. Duke verhält sich so, als hätte er das Geld schrecklich nötig, als würde er von Gläubigern gehetzt.» Sie wandte sich Clarissa zu: «Vielleicht spielt er heimlich.»

«Vielleicht», sagte Mira, die an Norm denken mußte, «empfinden die Männer so.»

«Ich finde es schrecklich», sagte Grete und fuchtelte mit ihren Armen herum, «daß gerade die Leute, die keine Ahnung vom Leben haben, so anmaßend sind, zu glauben, sie könnten unsere Leben planen.»

Mira blickte schnell zu Clarissa hinüber. Sie wußte, daß Clarissa sehr empfindlich war, was Duke betraf; man konnte nicht viel gegen ihn sagen, ohne sie zu verletzen. Aber Clarissa lächelte Grete an. «Ja. Ich habe ihnen gesagt, wenn sie das machen wollen, sollten sie sich lieber gleich nach ein paar Dichtern umsehen, am besten Frauen, die mitmachen.»

Mira sagte sich, daß es zwischen Duke und Clarissa offenbar ernsthaft krachte. Aber Clarissa sprach danach nicht mehr über Duke. Nur über Iso, die Clarissa immer mehr zu ihrer Vertrauten gemacht hatte, erfuhren Mira und Grete, daß es zwischen Clarissa und Duke wirklich schlecht stand. Iso ging nicht ins Detail, aber Clarissa war im Juli anscheinend mehrmals nachts mit verweinten Augen und tränenverquollenem Gesicht bei ihr aufgetaucht. Clarissa redete nicht mehr darüber, wenn die Frauen zusammen waren. Mira war verletzt. Sie fand, daß es der Gruppe darum gehen mußte, eine Gruppe zu sein, eine Gemeinschaft, in der eine für die andere da war. Sie spürte, daß sich die Gruppe irgendwann auflösen würde, wenn Clarissa sich, wie zuvor Val und Kyla, zurückzog.

Clarissas Rückzug hatte jedoch weniger mit ihrer Scheu zu tun, ihre Erfahrungen mit allen zu teilen, als mit ihren Gefühlen für Iso. Sie fühlte sich ihrer Freundin eng verbunden, sie hatte tiefes Vertrauen zu ihr und fühlte sich in ihrer Gegenwart geborgen. Es war leichter, wenn sie mit Iso allein war, leichter und irgendwie schöner. An vielen Abenden stürmte sie nach einem Streit mit Duke aus der Wohnung und lief die fünf Häuserblocks zu Iso. Manchmal schlief sie dort auf Isos ausgebeulter Couch. Duke war fassungslos, er verstand nicht, was mit ihnen geschah. Er versuchte immer wieder, Clarissa zu halten. Immer mehr war er davon überzeugt, daß die Frauen sie ihm irgendwie wegnahmen, und er ließ nichts unversucht, sie in Mißkredit zu bringen, und machte spitze Bemerkungen über sie. Sein Haß und seine Angst vor der Gruppe erstreckte sich auch auf das, was er die Frauenbewegung nannte. Und mit der Zeit richteten sich seine Bemerkungen überhaupt gegen Frauen. «Ich bin eine Frau», brauste Clarissa dann auf und geriet in Wut. «Aber du bist anders!» Clarissa stürmte wieder aus der Wohnung. Beide wurden immer unnachgiebiger. Duke war verzweifelt, aber er hatte niemanden, mit dem er darüber reden konnte. Zweimal ging er selber spät abends weg und nahm Prostituierte mit und ging mit ihnen auf ihr Zimmer. Beide Male war er nicht fähig, mit ihnen sexuell zu verkehren. Was er wirklich wollte, war reden. Sein Potenzgefühl war geschwächt und eines Nachts versuchte er, Clarissa mit Gewalt zu nehmen. Sie wehrte ihn ab. Er ohrfeigte sie, sie gab ihm einen kräftigen Kinnhaken, und als er ein wenig benommen dasaß und sich fragte, wie das passieren konnte, wie ihnen, die sich doch liebten, das passieren konnte, sah sie ihn kalt an, drehte sich um und ging weg. Sie schloß die Tür leise, knallte sie nicht hinter sich zu wie sonst nach einem Streit. Duke saß da, rieb sich das Kinn, sah verdattert die Tür an und spürte, daß sich etwas Endgültiges ereignet hatte.

Clarissas Abende bei Iso waren mit der Zeit immer vertrauter geworden. Sie küßten sich zur Begrüßung, legten häufig eine den Arm um die andere. War Clarissa besonders verkrampft, massierte Iso ihr den Rükken. Clarissa entspannte sich bei ihrer Freundin und redete drauflos, befreit von dem selbstauferlegten Zwang, die Selbstkontrolle nicht zu verlieren und immer nur kluge Sachen zu sagen. Sie spürte, daß sie keine Angst zu haben brauchte, Iso zu langweilen, und sie erzählte ihr von den Belanglosigkeiten, in denen sich die Auflösungserscheinungen einer Ehe zeigen. War sie besonders aufgeregt, dann machte Iso ihr einen Drink, setzte sich auf einen Stuhl neben der Couch, auf der Clarissa lag, und streichelte ihr, während sie redete, den Kopf.

Clarissa verstand nicht, was ihr und Duke widerfuhr, noch warum. Sie versuchte, hinter den oberflächlichen Irritationen den wahren Grund zu erkennen, aber jedesmal, wenn sie meinte, ihn gefunden zu haben, wich sie schaudernd zurück: das war es bestimmt nicht. Das konnte es nicht sein, nicht bei Duke und ihr, es konnte sich doch nicht um die gleiche verfluchte triviale Scheiße handeln, von der alle anderen redeten. Sie waren doch viel besser, viel großzügiger, viel klüger. Aber immer wieder, bei jeder dieser schrecklichen Szenen über den Abwasch, das Kochen und ihre Arbeit – «er sagt, den ganzen Tag lesen ist keine Arbeit, und damit war für ihn natürlich die Unterhaltung beendet» – wurde das gleiche Muster deutlich. «Er versucht, aus mir eine Hausfrau zu machen!» sagte sie atemlos zu Iso. «Warum? Warum? Ich habe gedacht, er liebt mich unter anderem wegen meiner Klugheit, meiner Unabhängigkeit, meiner Persönlichkeit. Warum will er eine von den Frauen aus mir machen, die ihn, wie er behauptet, immer behauptet hat, langweilen? Warum?»

Es ergab keinen Sinn. Es gab keine Antwort darauf.

Clarissa setzte sich auf. Nüchtern nahm sie einen Schluck aus ihrem Glas «Mir ist eben etwas eingefallen. Wie Val – ich weiß noch, daß ich sie an jenem Abend gar nicht mochte – sagte, daß einen die Institutionen am Ende doch kriegen, egal, wie sehr man sich wehrt.»

Iso nickte. «Ich war damals auch wütend auf sie, nicht weil sie nicht die Wahrheit gesagt hätte, sondern weil sie dir und Kyla und Mira gegenüber so unsensibel war. Ich finde, es gibt Augenblicke, in denen man die Wahrheit nicht aussprechen darf.»

Clarissa sah sie an, und beide lachten. «Nicht mal deiner besten Freundin?» Clarissa strahlte sie an.

«Wenn man immer die Wahrheit sagt, hat man bald keine beste Freundin mehr.»

Schweigen. «Sagst du mir die Wahrheit?»

Iso sagte nach einer Pause: «Ja, soweit ich sie zu kennen glaube.»

Clarissa sah Iso mit vollem Blick an. «Ich sage dir die Wahrheit.»

«Ich weiß.» Iso lächelte sie zärtlich an und streichelte ihr Gesicht.

«Heute nacht hatte ich einen schrecklichen Traum. Ganz schrecklich.»

«Erzähl.»

«Duke und ich sitzen im Wohnzimmer, als Kevin Callahan anklopft und reinkommt. Kevin gibt es wirklich. In meinem Traum ist er ein junger Mann, vielleicht drei Jahre älter als ich, aber in Wirklichkeit habe ich ihn seit meiner Kindheit nicht mehr gesehen, vielleicht seit ich acht oder neun war. Als ich das letzte Mal zu Hause war, hat mir meine Mutter erzählt, daß seine Frau und er ein Kind adoptiert hätten. Ich habe nicht weiter danach gefragt, aber ich habe damals wohl einfach angenommen, daß sie ein Kind adoptiert haben, weil Kevin impotent ist. Ich weiß nicht, wie ich darauf kam. Vielleicht, weil Kevin als Kind sehr mädchenhaft war. Jedenfalls merkt Kevin, daß der Haushalt völlig verschlampt ist, und sagt zu Duke, er müsse von mir verlangen, daß ich meine Pflichten als Hausfrau ernster nehme. Ich werde wütend und sage zu Kevin, daß er sich zum Teufel scheren soll und stampfe ins Schlafzimmer und denke, daß nur ein impotenter Mann so auf der rigiden Trennung der Geschlechterrollen bestehen kann.

Aber als ich im Schlafzimmer bin, bereue ich meinen Ausbruch. Ich bitte Duke, Kevin zu erklären, daß ich eine Pille geschluckt hätte, die mein Verhalten verändert. Die Pille habe ich genommen, weil Duke und ich innerhalb der nächsten achtundvierzig Stunden heiraten. Diese Pille wird mich schließlich in einen fast todesähnlichen Dämmerzustand versetzen. Wenn die Wirkung der Pille voll eingesetzt hat, werde ich an einen weit entfernten Ort gebracht, wo das Hochzeitszeremoniell stattfinden soll.

Es wird Zeit. Völlig benommen von der Pille werde ich in einen Güterwaggon verfrachtet, wo ich mich auf einem Laserstrahl niederlege.

Ich befinde mich in einer todesähnlichen Trance. Schließlich kommen wir – ich weiß nicht, ob ich noch etwas vergessen habe – zu dem Hochzeitsort. Ein Freund meiner Eltern, der im wirklichen Leben zufällig Beerdigungsunternehmer ist, übernimmt die Vorbereitungen für die Zeremonie. Er macht nach mir als Modell eine Gliederpuppe, einen Leichnam, und verwendet viel Aufmerksamkeit auf kleine Einzelheiten: den Farbton meiner Haut, die verschiedenen Schattierungen meines Haares. Die Puppe, die er geschaffen hat, kann laufen, mit den Augendeckeln klappern und alles, was von einer Braut auf einer Hochzeit verlangt wird. Irgendwie ist klar, daß die Braut, d. h. die Gliederpuppe, d. h. der Leichnam, statt meiner die Zeremonie über sich ergehen lassen soll. Die Gäste werden denken, daß ich es bin, und ich kann der Zeremonie entkommen. Der Beerdigungsunternehmer fertigt außerdem ein mit reichen Schnitzereien versehenes Bett oder einen Sarg an, der auf den Altar gestellt wird. Am Ende der Zeremonie wird sich das Ehepaar vor den Augen des Publikums in das Bett, in den Sarg legen.

Das geschieht alles – die Hochzeit, das Hinlegen. Aber in der Zwischenzeit reißen Duke und ich zusammen aus und fahren nach New York. Wir werden nicht einmal vermißt.»

«Es kann nähen, es kann kochen, und kann reden, reden, reden», zitierte Iso. «Aber du und Duke, ihr entkommt.»

«Es kommt mir vor, als sei ich wie eine Schlafwandlerin durch mein Leben gegangen. Als sei ich Dornröschen und immer noch nicht aufgewacht.»

Iso sah in Clarissas rundes Kindergesicht, das immer noch lieblich war, trotz neuer Schatten, trotz der beginnenden Falten. «Ja, es war so ein richtig schöner Traum, dort hinter der Rosenhecke. Mami und Papi liebten ihre kleine Prinzessin und sie brauchte sich nie etwas zu wünschen, denn bevor sie es auch nur verlangen konnte, hatte die gute Fee es mit ihrem Zauberstab herbeigezaubert. In der Schule war es genauso. Und mit Duke. Seht sie euch an, ein schönes, strahlendes, junges Paar, das gut zusammenpaßt und zweifellos prächtige Kinder bekommt und eine herrliche Zukunft vor sich hat. Eine Wohnung voll mit den großartigsten Drucken, Teppichen, Vasen, alles für einen Apfel und ein Ei auf dem vietnamesischen Schwarzmarkt erstanden . . .»

«Iso.»

«Sie sind verwandt mit einer ehemaligen Berühmtheit und noch einer ehemaligen Größe, ihre Familien besitzen Häuser in Rhinebeck und Newport und Apartments in den Dakota . . .»

«Iso!»

«Du wolltest doch, daß ich dir die Wahrheit sage. Du hast gedacht, daß du deiner Herkunft und ihren Wertvorstellungen entkommst, wenn du dich in Roxbury vergräbst, aber du hast immer gewußt, daß du zurückgehen wirst und zurückgehen kannst.»

Clarissa sprang auf und stürzte aus Isos Wohnung. Sie schloß noch nicht einmal die Tür hinter sich. Sie rannte die Treppen hinunter.

Iso saß da, bis Clarissas Schritte verklungen waren. Sie stand auch nicht auf, um die Tür zu schließen. Sie kam sich geschlagen, mißbraucht, benutzt vor. Sie rauchte ihre Zigarette zu Ende und ging dann langsam, wie eine alte Frau, zur Tür, machte sie zu und schloß ab, schob alle drei Riegel vor. Seit mehr als einem Jahr war sie nun mit sich im reinen gewesen, hatte sie nun die Empfindung gehabt, ganz sie selbst zu sein. Sie selbst – das war wie ein Paar offener Arme. Und was es wirklich gewesen war? Daß die Leute ihre Wohnung als Restaurant angesehen hatten, ihre Drinks getrunken, ihr Essen gegessen und sich an ihrer Freundlichkeit gewärmt hatten und manchmal an ihrer Liebe. Und wenn sie dann wieder heil waren, ihre Selbstachtung wiedergefunden hatten, waren sie gegangen. Natürlich kamen immer wieder neue. Es würden immer wieder neue kommen, solange sie ihr Herz und ihre Tür öffnete und dafür sorgte, daß der Kühlschrank wohlgefüllt war.

Sie erinnerte sich an einen Tag, den sie mit Kyla verbracht hatte, einen Tag, den sie lange vorher verabredet und für den sie ihre Gefühle aufgespart hatten. Kyla hatte das Auto und sie fuhren nach Concord hinaus, parkten, stiegen aus und machten einen Spaziergang. Sie entfernten sich weit von den öffentlichen Wegen, gingen über eingezäunte Wiesen und Felder. Kyla war nervös und schreckhaft, sie kaute wieder auf ihren Lippen und stolperte über Äste. Schließlich kroch sie unter einem Stacheldrahtzaun hindurch und blieb mit ihren Haaren darin hängen. Iso rannte zu ihr hin und versuchte, sie loszumachen, aber Kyla fing an zu kreischen, zu schreien und sie zu verfluchen.

«Laß mich, verdammt nochmal. Laß mich in Ruhe! Ich kann das allein!»

Iso ließ ihre Haare los, ging ein paar Schritte zurück und setzte sich mit dem Rücken zu Kyla ins Gras. Tränen standen ihr in den Augen. Schließlich hatte Kyla sich losgemacht. Sie ging zu Iso, sah ihr ins Gesicht, und als sie sie ansah, ließ sie sich ihr gegenüber in die Knie sinken und fing an zu schluchzen. Ihr Gesicht wurde fleckig. «Ich brauche dich nicht. Ich will dich nicht brauchen!»

Isos Tränen versiegten. Traurig sah sie Kyla an. Sie wußte, daß Kyla weinte, weil sie herzlos zu ihr, Iso, gewesen war, und weil sie nicht herzlos sein wollte, aber nicht anders konnte. Sie war in ihre eigenen hilflosen Gefühle versponnen, Gefühle, die nur am Rande etwas mit Iso zu tun hatten. Es war Kylas Trip.

«Aber was ist mit mir», fragte sie nach einiger Zeit ruhig. «Ich bin ein Mensch, der gelernt hat, nichts zu verlangen. Zähle ich denn überhaupt nicht?»

«Du! Du! Was mit dir ist! Für dich ist doch alles ein reines Vergnügen, Liebe, ich schulde dir nichts!»

Sie lehnte sich zurück, zündete sich wieder eine Zigarre an und beobachtete, wie sich der Rauch kräuselte. Sie fühlte sich ganz leer. Sie selbst hatte sich ihnen zum Trunk dargeboten, und sie hatten sie getrunken. Sie würden sie weiterhin leertrinken, solange sie sich darbot. Aber wenn sie damit aufhörte, wer würde dann zu ihr kommen und warum würden sie dann zu ihr kommen, zu ihr mit ihrer seltsamen Art? Die Männer, weil sie mit ihr schlafen wollten; die Frauen, weil sie ihnen Liebe anbot. Nie war einer auf die Idee gekommen, daß auch sie etwas haben wollte. Aber schließlich hatte sie sich auch nicht so verhalten, als ob sie etwas haben wollte.

Sie stand auf und fing an, hin und her zu gehen. Sie ging in dem schäbigen Zimmer umher, das soviel Dramatisches erlebt hatte; sie rückte Bilder und Bücher gerade und leerte Aschenbecher, die seit einer Woche herumstanden.

Sie kam sich total isoliert vor. Sie war eine liebende Mutter, deren Kinder wohlbehütet aufgewachsen waren und die sie nun verlassen hatten. Sie dachte: Ich bin so allein, als ob es sie nie gegeben hätte, als ob ich ihnen nie Liebe und Verständnis geschenkt, mich nie für sie hingegeben hätte. Sie setzte sich hin, den Rücken gerade, die Kopfhaltung wachsam. So war es nun einmal. Sie war die Frau für alle. Sie spielte für die Männer unter den Frauen die Frau. Und sie litt so wie die Frauen unter den Männern leiden. Die Illegitimste der Illegitimen, die Magd der Mägde. Es war gut. Es war besser als früher, aber es war nicht gut genug. Sie mußte den – kleinen – Mann in sich entdecken, was immer das heißen mochte. Es hieß nicht, erstklassig zu segeln oder Kanufahrten im Wildwasser zu machen oder zu fechten, was sie alles sehr gut konnte. Es hieß, auf dem eigenen Ich zu bestehen. Nicht so, wie die Männer – Gott bewahre – aber doch ein bißchen. Sonst wird dich alle Welt mit Füßen treten. Ein bißchen nur. Aber wie stellt man das an?

Sie blieb lange auf und dachte darüber nach. Sie hätte gern mit Val gesprochen und wählte mehrmals ihre Nummer, aber Val meldete sich nicht. Val kannte das Geheimnis, sie hatte alles richtig im Griff. Morgen.

Sie ging zu Bett. Ihr Mund sah entschlossen aus. Aber sie konnte sich nicht entschließen, wie sie leben sollte. Der einzige Entschluß, den sie gefaßt hatte, war, ihre Tür zu verschließen. Von jetzt an würde sie sich mehr mit ihrer Arbeit beschäftigen. Sie liebte ihre Arbeit und ließ sich nicht gern dabei unterbrechen. Aber ihnen zuliebe, ihren Freundinnen zuliebe, hatte es ihr nichts ausgemacht. Schluß damit. Laß sie klopfen.

Aber schon ein paar Abende später klopfte Clarissa so gegen zehn an die Tür, und ohne nachzudenken stand Iso auf und öffnete. Sie warf noch einen kurzen Blick auf den letzten Satz, den sie geschrieben hatte.

Sie stand an der Tür und sah ihre Freundin kühl an. Clarissa stand da, mit brennenden Augen. «Ich wollte mich entschuldigen», sagte sie. Iso machte die Tür weiter auf. «Ich arbeite», sagte sie kühl. Clarissa blieb stehen. «Iso. Es tut mir so leid», sagte sie eindringlich. «Du warst aufrichtig zu mir. Du warst wie eine richtige Freundin . . . und ich . . . ich konnte es nicht ertragen, es tat zu weh und dafür habe ich dir die Schuld gegeben. Ich weiß, es ist lächerlich . . .»

Iso bemühte sich, nicht zu lächeln, aber sie freute sich und erwiderte schließlich Clarissas Umarmung.

«Naja, ich bin sowieso zu müde zum Weitermachen. Willst du etwas trinken?»

Clarissa drückte ihr eine Einkaufstüte in die Hand. «Ich habe von unterwegs Scotch für uns mitgebracht.»

Sie machten es sich mit den Gläsern im Wohnzimmer gemütlich. Die alte Verbundenheit war wieder da, die alte Vertrautheit, aber etwas kaum Spürbares hatte sich verändert. Iso war nicht mehr so herzlich, nicht mehr so überschwenglich. Sie schien sich zu einem Teil zu verschließen.

«Ich wollte dich fragen, ob ich hier schlafen kann. Ich gehe nicht mehr zu Duke zurück. Ich will dir auch gern etwas dazu geben, solange ich hier wohne. Darf ich das, bis ich eine Wohnung gefunden habe?»

«Klar.» Fast hätte sie gesagt, «du brauchst mir aber kein Geld zu geben», aber sie hielt sich zurück.

«Ich verstehe wirklich nicht, warum ich solange blind gewesen bin. Ich kann es mir nicht verzeihen.»

Iso lächelte. «Soll ich Mira anrufen? Sie ist dir um mindestens zehn

Jahre voraus. Dann könnt ihr beide zusammen den großen Klagegesang anstimmen.»

«Man verliert einfach das Vertrauen in seine Denkfähigkeit und in sein Wahrnehmungsvermögen.»

«Das machen wir alle durch.»

Clarissa beugte sich vor und grinste. «Scheiße», sagte sie und langte nach Isos Hand. «Darf ich heute nacht mit dir schlafen?»

Clarissa zog sehr zufrieden bei Iso ein. Duke war außer sich. Er stürzte sich jeden Abend und jedes Wochenende in die Arbeit mit der MIT-Gruppe. Er kam nicht auf die Idee, daß Clarissa und Iso ein Liebespaar sein könnten, aber er spürte, daß «die Frauen» gesiegt hatten. Er konnte es nicht ertragen. Er fühlte sich in seiner Männlichkeit getroffen und sagte es allen, die es hören wollten. Er ging seinen Worten jedoch nie auf den Grund und fragte sich nie, was «in seiner Männlichkeit getroffen» eigentlich für ihn bedeutete. Der Ausdruck sollte Mitgefühl wecken, und bei seinen Freunden und ab und zu bei einer Prostituierten tat er das auch. Er konnte immer noch keine Erektion bekommen, aber er kam nie auf die Idee, daß das an ihm liegen könnte. Es lag nur an dieser Hure, an Clarissa. Seine Freunde schüttelten teilnahmsvoll den Kopf. Sie wußten, wie das war. Sie erzählten ihren Frauen von dem armen Kerl, den diese Hure von Ehefrau, die noch nicht mal abwaschen wollte, fertiggemacht hatte. Aber hinter seinem Rücken machten sie sich über ihn lustig.

Mira und Ben ging es immer noch gut. Der Sommer war für die beiden eine einzige Idylle, nur getrübt durch das Unglück der Freunde und dadurch, daß Mira ein paar Tage lang ganz erschüttert und durcheinander war, nachdem sie Val besucht hatte. Nach den mündlichen Prüfungen hatte sie angefangen, für ihre Dissertation zu arbeiten, und es machte ihr großen Spaß. Sie gehörte zu den merkwürdigen Menschen, denen es Freude macht, Bibliographien anzulegen, und die mit Wonne wissenschaftliche Bücher und Aufsätze lesen. Sie ging bei dieser Arbeit genauso gewissenhaft vor wie damals, als sie einen Haushalt führen mußte. Sie besorgte sich besondere Karteikarten, die durch eine geniale Anordnung eingestanzter kleiner Löcher Querverweise ermöglichten. Sie arbeitete systematisch, täglich von morgens halb zehn bis nachmittags um halb vier und dann abends zuhause. Dennoch empfand sie es nicht als Sklaverei, sondern sie hatte ein Gefühl von Freiheit. Zum erstenmal wurde ihr klar, welchen Sinn die vielen Lektionen gehabt hatten, nämlich ihren Geist frei zu machen für das, was sie nun tat. Sie brauchte sich nicht bei jeder Kleinigkeit aufzuhalten. Sie wußte genug, um bestimmte feste

Aussagen machen zu können, und sie wußte auch, wie sie sich neues Wissen erwerben konnte, um zu erkennen, wie man weitere Aussagen macht. Das war wie eine Befreiung. Sie hatte die Freiheit, so systematisch zu arbeiten wie sie wollte, bei einer Arbeit, die wichtig zu sein schien. Was konnte sie mehr verlangen?

Sie hatte das Gefühl, nun die Arbeit zu tun, für die sie geboren war. Sie stürzte sich auf die Stapel von Büchern und Zeitschriften mit einer Begeisterung, wie sie ihrer Vorstellung nach eine Forscherin empfinden mußte, die vor Sonnenaufgang aufbricht, die kühle, frische, reine Morgenluft einatmet, dem Gezwitscher der Vögel lauscht und dem Geräusch der eigenen Schritte im dürren Unterholz, wenn sie sich für einen Pfad hinein in die Wildnis entschieden hat. Jeden Tag, wenn sie die Bücher aufschlug, ging ihr Herz schneller. Würde sie ihre eigenen hart erarbeiteten Erkenntnisse anmutig und einfach formuliert in Sätzen finden, die irgend jemand lange vor ihrer Geburt geschrieben hatte? Oder das richtige Wort oder den richtigen Satz, der den Samen in ihrem Kopf plötzlich fruchtbar machte? Würde sie das ersehnte Land erreichen, jenen Ort, an dem Literatur, Logik und Leben sich zu einem herrlichen Ganzen vereinigten, zu einer kristallenen Kugel, die man in den Händen halten konnte? Oder fand sie eine Interpretation, die so tiefgehend und folgerichtig war, daß sie ihr eigenes Gedankengebäude, ehe es noch vollendet war, zum Einsturz brachte?

Sie spürte ganz stark, daß das, was sie machte, Mut erforderte; vertraute es aber nur Ben an. Es schien so wahnwitzig: Mut gehörte dazu, Tag für Tag in einer Bibliothek zu sitzen und zu lesen und zu schreiben? Der Mut, sich hinzusetzen vielleicht. Aber sie empfand es so. Sie erzählte Ben fröhlich davon, strahlte ihn an, voll von Freude und Forschungsgeist; voller Wut über die unglaublichen Kommentare von A, voller respektvoller Liebe zum armen B, der schon so viele Jahre tot war und vor so langer Zeit so klug gewesen, voller intensiver Beschäftigung mit C, der klug war, aber voller Vorurteile steckte. Ben hörte ihr zu, strahlte zurück und griff nach ihr, kurz bevor sie zu Ende war, unterbrach sie immer mitten im Satz, aber immer im richtigen Moment, um sie zu küssen. Sie spürte, das war der härteste Test für ihre Liebe, und für seine Punktzahl war nicht genug Platz auf dem Testbogen.

Bens Kisten waren schließlich alle ausgepackt, ihr Inhalt sorgfältig zu kleinen Haufen in beiden Zimmern und dem Flur seiner kleinen Wohnung aufgeschichtet. Er hatte angefangen, zu schreiben, empfand es aber als eine schreckliche Quälerei und wollte Mira die fertigen Seiten nicht zeigen. Am meisten beschäftigte ihn, wie er Mira erzählte, der Zustand seiner Bleistife; er spitzte sie alle jeden Tag mehrmals an. «Ein Bleistift hält bei mir maximal fünf Tage. Ich glaube vermutlich, wenn sie richtig spitz sind, dann bin ich auch scharfsinnig.»

Manchmal nahmen sie sich für einen Tag frei. Dann fuhren sie mit Iso und Clarissa und Grete an die Küste, oder mit Freunden von Ben, mit David und Armand und Lee, Armands Frau. Aber weil sie nicht so oft zusammen waren, fuhren sie häufig allein weg. Sie kamen sich dann gegenüber den Freunden, die kein Auto hatten und unter der Hitze von Cambridge litten, ein bißchen treulos vor, aber sie spürten genau dieselbe köstliche Freude wie Schulkinder, wenn sie die Schule schwänzen. Und im August fuhren Mira, Ben und die Jungen nach Maine. Sie hatten ein kleines Haus an einem See gemietet, samt Ruderboot, Kanu und einem Grill. Sie ließen alle Arbeit Arbeit sein und faulenzten zwei Wochen lang. Ben hatte seine Arbeit besonders begeistert unterbrochen. Er raste wie ein Wilder am Strand herum, spielte mit den Jungen Federball und Frisbee, schwamm, ritt, ruderte sie mit dem Boot hinaus, als hätte man seinen Körper aus einem Käfig befreit. Ab und zu spielte Mira mit, aber manchmal saß sie mit einem Buch da, hatte eine riesige Sonnenbrille auf und beobachtete sie mit einem Lächeln voller Zufriedenheit.

Sie kochten gemeinsam, und das bißchen Saubermachen erledigten sie auch gemeinsam. Alle probierten etwas aus. Norm machte Chili (nach Miras Rezept) und Clark Spaghetti-Sauce (nach Bens Rezept), und beide bekamen Beifall. Ben versuchte sich an einem Nußblätterteig, und Mira versuchte, lebende Hummer in einen Topf kochendes Wasser zu werfen. Diese Experimente waren weniger erfolgreich. Abends saßen sie zusammen und redeten, spielten Karten und brachten den Jungen Bridge bei. Der Fernsehempfang am See war mäßig, aber das schien keinem aufzufallen. Spät und müde sanken Mira und Ben ins Bett, lagen sich in den Armen, drehten sich meistens gleich um und schliefen ein. Wenn sie sich tatsächlich einmal liebten, dann leise, das Zimmer der Jungen lag neben ihrem. Aber wenn sie auch weniger leidenschaftlich waren, so waren sie doch zärtlich und sicher. Kein Rülpser und kein Furz störte sie mehr. Sie hätten genausogut verheiratet sein können, dachte Mira.

21

Kyla und Harley hatten Aspen Mitte August verlassen, Harleys Eltern in Wisconsin besuchen und dann Anfang September nach Boston zurückkehren wollen. Doch im August klingelte spät abends, es war nach Mitternacht, bei Iso das Telefon, und eine aufgeregte Stimme platzte heraus: «Iso, ich habe Harley verlassen. Für immer.» Sie war am Bahnhof, ihre Wohnung war untervermietet, und sie wußte nicht, wohin.

In Augenblicken wie diesen werden die Strukturen eines ganzen Lebens sichtbar. Man schreibt ganze Theaterstücke oder Filme, in denen lange und verzweifelt um Entscheidungen gerungen wird, aber ich glaube, daß wir unsere wichtigen Entscheidungen spontan treffen und daß alles Gerede darüber Rationalisierung im nachhinein ist. Isos Leben war ein einziges Versteckspiel, und dementsprechend reagierte sie auch jetzt.

«Nimm dir ein Taxi und fahr zu Miras Wohnung und warte dort auf mich. Sie ist verreist. Ich habe ihren Schlüssel. Wir treffen uns dort in einer halben Stunde.»

Clarissa saß im Wohnzimmer und sah sich im Fernsehen die Wiederholung eines Baseballspiels an, aber Iso flüsterte trotzdem. Sie stand im Schlafzimmer. Das Herz klopfte ihr bis zum Hals und sie fühlte, wie ihr Gesicht brannte, als sie sich eine Geschichte zurechtlegte. Als Mira sie später fragte, warum sie Kyla nicht einfach eingeladen hätte, bei ihr und Clarissa zu wohnen, wußte sie keine Antwort. Sie wußte nur, daß sie jetzt lügen mußte. Sie und Clarissa hatten eine Bekannte, die als Klatschtante und als prüde verschrien war, eine junge Studentin namens Peggy. Clarissa war nicht scharf darauf, daß die wahre Natur ihrer Beziehung bekannt wurde. Diese Tatsachen hatte Iso sofort vor Augen.

«Das war Peggy», sagte sie zu Clarissa, wobei sie irritiert die Stirn runzelte.

«Peggy!»

«Ja, sie klang sehr aufgeregt. Ich konnte sie schlecht bitten, herzukommen . . .» Sie sprach nicht weiter.

«Aber warum ruft sie dich denn an? Du bist doch nicht ihre Freundin!»

«Na, ich glaube, sie hat nicht viele Freundinnen. Ich habe mich neulich mit ihr in der Lehmann Hall unterhalten. Vielleicht glaubt sie deshalb, daß ich ihre Freundin bin. Sie klang beinahe hysterisch. Ich habe ihr gesagt, daß ich zu ihr komme.»

Iso wußte, daß Clarissa weder widersprechen noch groß fragen würde, warum Iso zu Peggy gehen mußte; sie würde Peggy auch nicht anrufen oder sie später darauf ansprechen.

Iso lief zu Miras Wohnung, aber Kyla war schon da, ihre kleine Gestalt stand einsam auf dem Gehweg vor dem Haus, einen Koffer neben sich. Sie sah irgendwie angeschlagen aus. Iso entdeckte sie unter der Straßenlaterne. Sie hätte eine abgetakelte Prostituierte sein können, die auf einen Freier wartet, oder eine Verkäuferin, die zehn Stunden gearbeitet hat und auf den Bus wartet, um nach Hause zu fahren in ihr kaltes Untermietzimmer, zu einem Abendessen aus Brot und Käse. Genauso sah sie aus, und Iso drehte sich das Herz um. Warum sah sie so aus? Kyla sah sie und rannte auf sie zu, und sie umarmten sich lachend und den Tränen nahe. Kyla redete ununterbrochen von Flugzeugen und Bussen und von Wisconsin und Ohio, und Iso mußte sie am Arm ins Haus ziehen, sie auf einen Stuhl drücken und sie zwingen, alles von Anfang an zu erzählen, während sie in Miras Schränken nach etwas Trinkbarem suchte. Außer Brandy konnte sie nichts finden.

In Aspen war es gewesen wie im Grab. Sie wohnten auf dem Institutsgelände, wo es keine Möglichkeiten gab, Blumen zu züchten oder Brot zu backen. Außer Shakespeare hatte sie keine Bücher mitgenommen, die Bibliothek am Ort war schrecklich, und Harley hatte kein Mitgefühl, sie hätte ja klug genug sein und ihre Bücher mitnehmen können. Jeden Tag nahm er an der Konferenz teil, und fast jeden Abend mußten sie zu steifen Essen mit durchreisenden Berühmtheiten oder anderen Physikern gehen, Männern, «die nicht wegen ihrer Gabe der eleganten Konversation berühmt waren», sagte Kyla trocken. Nach zwei Wochen hatte sie sich entschlossen, abzuhauen, das Auto zu nehmen und nach New Mexico zu fahren oder nach Arizona, irgendwohin. Harley hatte nichts dagegen, daß sie wegfuhr, aber er wollte das Auto dabehalten. Harley war in Aspen sehr glücklich; er war ganz in seinem Element. Sie fing an, nachmittags in den hübschen Bars und Cafés herumzuhängen, von denen die Stadt voll war, man konnte den ganzen Nachmittag im Garten sitzen und Bier trinken. Sie lernte Leute kennen, junge Leute auf großer Fahrt, die hergekommen waren, um sich Aspen anzusehen. Sie entschloß sich, mit einigen von ihnen loszuziehen. Sie wollten nach Santa Fe. Harley ging an die Decke, aber sie packte ein paar Kleider und das eine Buch, das sie mitgebracht hatte, in einen Rucksack und zog mit. Sie trampten und campten und fuhren mit dem Bus bis Arizona. Sie ließ sich mit ein paar von ihnen ein. Sie versuchte, «echte» Erfahrungen zu sammeln, aber, lachte sie, «so schäbig sie auch aussahen, der eine war Doktorand in Berkeley und der andere hatte sein Diplom an der Colorado gemacht. Ein dritter war Geologe. Die Frauen waren auch alle Studentinnen, aber jüngere, ohne Abschluß, aus Colorado und Utah. Im ganzen also ein ziemlich harmloses Abenteuer.»

Vorige Woche war sie nach Aspen zurückgekehrt. Harley hatte sich geweigert, mit ihr zu sprechen. «Ich weiß auch nicht. Plötzlich sah ich alles glasklar. Weißt du, du bist der Mensch, der mir gezeigt hat, wie Liebe sein sollte.» Leicht berührte sie Isos Hand. «Mit dir war jeder einzelne Tag ganz ausgefüllt. Ich hatte einen guten Bezug zu mir selbst und zum Leben. Aber ich habe wohl immer gedacht, das liegt nur daran, daß du eine Frau bist, und daß nur Frauen lieben können. Und ich konnte mir meine Zukunft wohl so nicht vorstellen. Entschuldige, Iso.» Iso sah sie aufmerksam an. Sie wirkte nicht verletzt. «Weißt du, ich hatte immer noch das traditionelle Bild im Kopf – Ehe, Kinder, ein schönes Leben – besonders nachdem ich meine Verwandten besucht hatte.» Sie biß auf ihrer Lippe herum. Iso sah, daß sie fast verheilt war, und klopfte Kyla leicht auf die Wange.

«Laß das, sie ist fast verheilt.»

Kyla hörte auf. «Ja. Meine Hände auch!» Sie hielt sie hoch. «Das war die Zeit unterwegs. Nicht, daß es so gut gewesen wäre. Sicher, es war herrlich, zu reisen, und auf diese Art zu reisen, und ich habe es genossen, all diese Orte kennenzulernen. Aber die Leute, mit denen ich unterwegs war – gut, sie waren schon in Ordnung, aber sie waren auch ein bißchen daneben und wieder nicht so interessant. Die Frauen kamen mir schrecklich jung vor. Aber ich habe mich nie so wie bei Harley gefühlt. Der Sex war nicht gerade umwerfend, aber auch nicht schlecht. Ich habe daran begriffen, daß der Unterschied nicht zwischen dir und Harley liegt, sondern zwischen Harley und den meisten anderen. Und dieser Unterschied ist es, den ich an Harley geliebt habe, seine Überlegenheit, seine Klugheit, sein kühler Intellekt, der sich durch so nichtige Dinge wie Gefühle oder Erregungen nicht aus der Fassung bringen läßt», lachte sie. «Bei den Leuten da unterwegs habe ich mich wohl gefühlt, und ich muß zugeben, zum erstenmal in meinem Leben bin ich mir superklug vorgekommen. Ich fühlte mich nicht erdrückt, wie es mir bei Harley immer ergeht. Ich habe nicht mehr geglaubt, das einzige, was ich je könnte, wäre Brot backen und Blumen züchten. Ich kam mir klug vor und energiegeladen. Ich wollte etwas *tun*. Also ging ich nach Aspen zurück, um ihm das zu sagen. Aber er weigerte sich, mit mir zu reden. An dem

Abend, als ich zurückkam, hat er mir nur ganz kühl vorgehalten, daß ich ihn vor seinen Kollegen bloßgestellt hätte, weil ich mit einem Haufen Penner abgezogen sei. Ich hätte ihn *wieder einmal* gedemütigt. Es war genau wie mit Kontarsky. Aber diesmal hatte ich keine Schuldgefühle und diesmal begriff ich, wo mein Problem lag. Denn ich habe Harley geliebt, ich liebe Harley immer noch. Ich glaube, daß er großartig ist. Aber er erdrückt mich. An sich betrachtet ist er großartig, aber für mich ist er nicht gut. Ich weiß nicht, warum das so ist, ich glaube nicht, daß er es absichtlich macht.»

«Kyla, er ist egoistisch und kalt und lieblos», platzte Iso heraus. Sie hatte vorher noch nie ein böses Wort über Harley verloren.

«Nein, er geht nur völlig in seiner Arbeit auf. Und das ist ja auch richtig so.»

Iso zuckte mit den Achseln.

«Egal», sagte Kyla und strich sich das Haar aus dem Gesicht. In den vergangenen zwei Jahren hatte sie es sich wachsen lassen, und ihr Haar hing jetzt glatt gescheitelt herunter. Es sah strähnig und schmutzig aus. Sie wirkte, als hätte sie einen Monat lang dieselben Sachen angehabt. Und wenn ihre Hände auch verheilt waren – die Fingernägel waren bis auf die Fingerkuppen abgekaut. «Ich habe Harley gesagt, ich sei zurückgekommen, um ihm zu erklären, warum ich ihn verlasse, und er wurde bleich. Komisch. Er wird so wütend, er scheint mich tödlich zu hassen, und manchmal sieht er mich mit seinem eiskalten Blick an und ich denke dann, daß er mich am liebsten umbringen würde. Aber er will nicht, daß ich ihn verlasse. Er will, daß ich weiter da bin, damit er mich hassen kann», kicherte sie. «Damit er auf mir rumhacken und mir erzählen kann, wie verdorben ich bin. Ist das nicht seltsam?» Aber sie lächelte, was Iso weitaus seltsamer vorkam. «Er hat sofort angenommen, daß ich zu dir zurückgehe, und fing sofort an, über dich herzuziehen. Es war wirklich merkwürdig. Weißt du, worüber er sauer ist? Er war an dir interessiert, er wollte etwas mit dir anfangen! Er glaubte, du hättest ihn gemocht.»

«Stimmt auch.»

«Aber er hat gedacht, daß du ein sexuelles Interesse an ihm hast.»

«Manche Leute können Äpfel und Birnen nicht unterscheiden.»

«Ihm fehlt jede Gefühlserziehung. Er ist ein Ignorant, wenn es um Gefühle geht, genau das ist er.» Kyla klang jetzt verbittert, wütend, auch das war neu. «Er war wütend und sagte ‹Sie ist in *mein* Haus gekommen, sie war freundlich zu *mir*, sie hat *mein* Essen gegessen, *meinen* Schnaps getrunken, alles nur, um *meine* Frau zu verführen.› Ich sagte, es sei genauso *mein* Haus, *mein* Essen und *mein* Schnaps gewesen wie seins, genauso von meinem Stipendium bezahlt wie von seinem, und daß ich nicht nur einfach seine Frau wäre, sondern daß es auch meine Entscheidung gewesen sei. Er sagte ‹Ich lehne es ab, darüber zu sprechen. Ich lehne es ab, mich in den Dreck dieses Sündenpfuhls Cambridge hineinzerren zu lassen. Es ist ekelhaft. Und erzähl mir bloß nicht, daß du aus freien Stücken zu ihr gehst. Du versuchst nur, mich zu treffen, mir irgend etwas zu beweisen. Los, geh doch zu deiner schwulen Freundin! Aber wenn du mal wieder richtig geliebt werden willst, dann klopf bloß nicht an meine Tür!›» Kyla lächelte ein grausames, kaltes Lächeln. «Ich saß die ganze Zeit ruhig da. Ich habe mir verboten, daran zu denken, wie sehr ich ihn geliebt habe. Als er fertig war, sagte ich ganz kühl ‹Darüber brauchst du dir nicht den Kopf zu zerbrechen, Harley. Wenn ich richtig geliebt werden will, dann gehe ich zu Iso.›

Er saß einfach nur da. Man konnte ihm ansehen, wie niedergeschmettert er hinter seinem ausdruckslosen Äußeren war, aber er sagte kein Wort, er saß ein paar Minuten lang da, dann stand er auf und verließ das Haus. Ich rief die Fluggesellschaft an und buchte den nächsten Flug. Ich war weg, bevor er zurückkam, wir haben uns nicht mal offiziell voneinander verabschiedet. Es tut mir leid, daß ich ihm wehgetan habe. Aber er war so ekelhaft, auf eine so dumme Weise selbstsicher. Ich kann Dummheit bei Harley nicht ertragen.»

«Das können wir nie bei unseren Idolen.»

Kyla spielte mit Isos Fingern. «Findest du, daß ich gemein zu ihm war?»

«Ja. Ich glaube aber auch, es war höchste Zeit.»

Kyla ließ ihren Kopf an Isos Schulter ruhen. Iso legte den Arm um Kyla. «Und wo bist du seitdem gewesen?»

«Bei meinem Bruder. Ich habe ihn für ein paar Tage besucht. Auch das war gut. Richtig gut. Weißt du, sie haben alles erreicht – großes Haus, erfolgreicher Ehemann, kluge und schöne Frau, die nie etwas falsch macht, drei Kinder. Gott, es war tödlich. Worüber sie sich unterhalten, womit sie sich beschäftigen! Igitt. Das könnte ich niemals ertragen. Wenn das alles ist, was beim Brotbacken herauskommt, dann laß ich es lieber. Die Kinder waren allerdings wunderbar», sagte sie leicht nachdenklich, als ob sie solche Vorstellungen bereits hinter sich gelassen hätte. Plötzlich richtete sie sich auf. «Wieso konnte ich nicht bei dir schlafen?»

Iso erzählte ihr von dem Streit zwischen Clarissa und Duke. «Sie wohnt eine Zeitlang bei mir, bis sie etwas eigenes gefunden hat. Ich wollte allein mit dir sein und ich konnte sie schlecht bitten, wegzugehen. Sie kann sonst nirgendwohin. Du weißt ja, daß Clarissa sehr still ist und nicht viele Freunde hat.»

«Hm. Du bist ein Herzblatt, Iso, du bist so gut.» Kyla kuschelte sich in Isos Arme. Iso verbrachte die Nacht mit ihr, sie schlief lange nicht ein, nachdem Kyla ihrer Erschöpfung nachgegeben hatte, und bereitete sich auf die Lügen für den morgigen Tag vor.

Denn nachdem sie so angefangen hatte, blieb ihr keine andere Wahl, als so weiter zu machen. Kyla mußte nach Cambridge zurück, und sie, Iso, mußte Geschichten erfinden, warum Clarissa bei ihr wohnen blieb und warum Kyla ihre Gefühle für Iso vor Clarissa nicht zeigen sollte, und sie mußte Clarissa erklären, wohin sie jeden Tag ging. Clarissas Wunsch nach Heimlichkeit, Dukes Mißtrauen und Miras leere Wohnung kamen ihr beim Geschichtenerzählen sehr gelegen. Während der zwei folgenden Wochen verbrachte sie ihre ganze Zeit entweder mit Kyla oder mit Clarissa oder damit, sich Geschichten auszudenken. Ihre Arbeit blieb liegen. Sie fühlte sich ausgelaugt und wie in einer Falle. Aber sie machte weiter.

Mira kam nach Cambridge zurück, Kylas Wohnung war wieder frei, aber Harley wohnte darin. Kyla wollte nicht da wohnen bleiben und verlangte, daß Clarissa sich jetzt endlich eine eigene Wohnung suchen sollte. Iso entwickelte immer mehr Geschick beim Improvisieren von Lügengeschichten, wenn sie erklärte, daß Clarissa in Iso verliebt sei, Iso die Zuneigung aber nicht erwiderte. Sie wolle Clarissa aber nicht verletzen, nach der Trennung von Duke sei sie in einer schlechten Verfassung. Clarissa schien es gar nicht so schlecht zu gehen, fand Kyla, im Gegenteil, sie schien glücklicher denn je, wenn sie auch irgendwie älter wirkte. Clarissa verstand nicht, warum Iso so oft weg war, und wenn sie in der Bibliothek nach ihr fragte, dann war Iso nicht dort. Iso kam überhaupt nicht mehr zur Ruhe und geriet immer mehr in Panik. Sie nahm sich nicht die Zeit, darüber nachzudenken, in was sie sich verstrickte. Sie fühlte sich wie auf einem Karussell auf dem Jahrmarkt. Es drehte sich so schnell, daß sie nicht darüber nachdenken konnte, an welcher Stelle sie sein würde, wenn die Fahrt endete.

Hektisch und abgehetzt erzählte sie Mira eines Tages alles.

«Die Franzosen würden ein Lustspiel daraus machen», grinste Mira.

«Ich weiß, ich weiß», sagte Iso und zog an ihren Fingern.

«Warum sagst du ihnen nicht die Wahrheit?»

«Das kann ich nicht. Ich kann sie nicht so verletzen.»

Mira starrte sie an. «*Sie* verletzen?»

«Du hast ja recht», sagte Iso, ohne hochzusehen. «Ich kann mich nicht entscheiden.»

Schließlich verlor Iso die Kontrolle. Kyla, die sich mit Harley herumstritt, wer von ihnen die Wohnung behalten sollte, obwohl keiner von beiden sie allein bezahlen konnte, hatte genug von dem, was sie für Nachgiebigkeit von Iso Clarissa gegenüber hielt, und ging selber zu Clarissa. Sie habe Verständnis dafür, daß Clarissa sich vom Scheitern ihrer Ehe immer noch nicht erholt hätte, aber alle stünden auf schwachen Beinen und es sei jetzt höchste Zeit, daß Iso mit Kyla zusammenzöge, und daß Clarissa entweder Isos Wohnung übernehmen oder sich eine andere suchen sollte. Clarissa zwinkerte nervös. Was? Aber Kyla war doch diejenige, die das Scheitern ihrer Ehe so mitgenommen hatte, daß Iso soviel Zeit mit ihr verbringen und ihren Kummer mit anhören mußte. Kyla zwinkerte nervös. Beide stürzten sich auf Iso.

Es war der schrecklichste Augenblick in Isos Leben. Sie saß da auf einem Holzstuhl und war ihrem Kreuzverhör und ihren Vorwürfen ausgesetzt. Sie gab alles zu. Sie hatte keine Entschuldigungen. Ihre Hände zuckten, ihr Mund verzog sich, und sie hatte Tränen in den Augen, aber sie weinte nicht. Sie sagte nur: «Ich liebe euch beide. Ich konnte mich nicht entscheiden!»

«Ich hatte jeden Gedanken an ein normales Leben aufgegeben», wütete Kyla. «Ich war bereit, offen mir dir zu leben, und auf die Ehe und auf Kinder zu verzichten!»

«Ich auch!» fiel Clarissa ein.

«Das stimmt nicht! Du wolltest die Heimlichkeit.»

«Ja», sagte Clarissa traurig. «Aber ich habe viel darüber nachgedacht. Vor ein paar Wochen habe ich mich entschlossen, es gleich nach der Scheidung zu tun, den Sprung zu wagen und dieses Leben und alle die Hoffnungen aufzugeben.»

Zu jenem Zeitpunkt hätte sich vielleicht noch eine Lösung finden lassen, dachte Mira, die in diese nachmittägliche Auseinandersetzung zufällig hineingestolpert war. Wenn Iso wenigstens jetzt zu einer von beiden hätte sagen können: «Du, ich kann ohne dich nicht leben!» Dann hätte es zwar Wunden, Tränen und Anklagen gegeben, aber dieser eine Satz hätte alles gesagt. Aber sie sagte nichts. Sie sah sie mit flackernden Augen und einem boshaften Lächeln an und sagte: «Okay. Dann können wir drei ja in aller Offenheit zusammen leben, oder?» Sie kicherte vor lauter Freude darüber, daß sie sie liebten, und über ihr eigenes Wohlgefallen an ihnen.

Clarissa sprang auf, packte den Stuhl, auf dem sie gesessen hatte, ließ ihn auf den Fußboden krachen und lief hinaus ins Badezimmer. Kyla ging mit einem Satz auf Iso los und schlug auf sie ein. Iso hob die Hände über den Kopf und schrie: «He, hör auf, hör auf, Mann, das ist doch Wahnsinn!» Aber gleichzeitig mußte sie kichern.

Mira versuchte, zu vermitteln, aber es war ein wenig so, als wollte jemand mitten in einem Bombenangriff eine Teeparty veranstalten. Das Schreien, die Tränen, die Vorwürfe, das Aus-dem-Zimmer-Stürzen und Wieder-Hereinkommen dauerten mehr als eine Stunde. Mira lehnte sich in ihren Sessel zurück mit einem Glas beißendem Bourbon, das jemand stehengelassen hatte, in der Hand. Iso saß geduldig mittendrin und sah aus wie eine Märtyrerin, auf die sich die Römer stürzen.

Schließlich fiel Kyla erschöpft auf einen Stuhl, und Clarissa, die durch die Stille wieder zu sich kam, setzte sich ans andere Ende des Zimmers, verschränkte die Arme über der Brust und sah niemanden an. Iso stand auf, ging in die Küche und kam mit vier Gläsern Gin Tonic zurück. Jede nahm ein Glas, ohne die andere anzusehen. Schließlich sagte Clarissa, die immer noch die Wand anstarrte: «Du nimmst uns nicht für voll. Das ist dein Hauptfehler.»

Iso sah sie liebevoll an. Clarissa drehte sich zu ihr um, sah den Blick und drehte sich schnell wieder weg. «Du hast recht», sagte Iso leise, und sie wandten sich zu ihr um und sahen sie an. Sie saß noch immer auf einem Holzstuhl mitten im Zimmer, das übersät war von zerbrochenen Stuhlteilen, ausgekippten Aschenbechern, die durch den Raum geflogen waren, von verschüttetem Kaffee aus heruntergeworfenen Tassen. Sie sah auf ihre Hände, ruhig, aber mit der großen inneren Kraft, über die gebietet, wer ganz tief in sein Inneres taucht und von dort alte Stiefel, verrostete Blechbüchsen und schartig gewordene Äxte heraufholt.

«Ich bitte euch nicht um Verzeihung. Ich habe nicht das Bedürfnis, daß ihr mir vergebt. Es tut mir leid, daß ich euch wehgetan habe, aber es tut mir nicht leid, daß ich dazu imstande war, die ganze Zeit euch beide zu lieben, oder daß ihr mich geliebt habt. Und wenn Schmerz der Preis dafür ist, dann gut, ich bin bereit, diesen Preis zu zahlen. Und ihr sollt wissen, daß ich mir jetzt gar nicht sehr großartig vorkomme.»

«Du hast ihn wissentlich bezahlt», sagte Clarissa. «Wir hatten aber nie die Möglichkeit, uns zu entscheiden.»

Iso nickte. «Richtig. Das stimmt. Ich will damit auch nicht sagen, daß es richtig war, was ich getan habe, oder daß ihr das glauben sollt, oder daß ihr mich nicht hassen sollt, oder was immer ihr fühlt. Ich will euch nur sagen, was in mir vorgeht. Ich nehme euch tatsächlich nicht ernst. Das liegt nicht an euch, nicht daran, daß ich euch oder eure Gefühle nicht respektiere. Es ist schwer zu erklären. Ich nehme überhaupt nichts ernst. Es liegt nicht an euch, es liegt an mir. Ich glaube fast, daß ich Ava so ernst genommen habe wie niemanden sonst, aber selbst da . . . gab es immer einen Teil von mir, der nicht mitspielte. Denkt doch einmal darüber nach! Was steckt dahinter, wenn man etwas ernst nimmt? Es ist nicht die Leidenschaft oder die Zuneigung oder die Freundschaft, das gab es zwischen uns und es war schön, und das ist auch nicht der Grund, warum ihr wütend auf mich seid. Was einen etwas ernst nehmen läßt, ist der Glaube daran, daß es von Dauer ist. Ihr habt beide Pläne für die Zukunft gemacht – und ich habe mitgespielt, ich kann es nicht abstreiten – aber ich vergesse immer wieder, wißt ihr, ich neige dazu, zu übersehen, daß die anderen nicht so sind wie ich. Ihr habt das Gefühl gehabt, daß ihr auf etwas verzichtet, auf das ehrbare Leben, den Ehemann, die Kinder, eine Karriere, ein Haus, egal was, jedenfalls auf einen sicheren Platz auf dieser Welt, für den ihr euch nicht allzusehr hättet abstrampeln müssen. Er wartete auf euch, weil ihr seid wie ihr seid, und weil ihr alles so gemacht habt, wie man es üblicherweise macht.

Aber für mich ist das nie so gewesen. Doch, einmal habe ich es versucht, ich habe mich mit einem Mann verlobt, aber das hat nicht lange gehalten, es war aussichtslos. Also verbrachte ich mein Leben wie ein Bettler, der draußen vor dem Restaurant steht und darauf wartet, was abfällt vom Tische der Reichen . . .»

«Oohhhh!» Das war Kyla.

«Nein, jetzt läßt du mich ausreden. Ich sitze hier nicht, das müßtest du eigentlich sehen, und bemitleide mich. Jedenfalls nicht allzu sehr.» Sie lachte Abbitte leistend, und alle lächelten ihr zu ihrer eigenen Überraschung zu.

«Das Bild drückt aus, was ich empfinde. So sehe ich mich und meine Fähigkeit, mich dem Leben, wie es angeblich ist, anzupassen, so zu sein wie alle anderen, so akzeptiert zu werden wie andere, zu denen zu gehören, mit denen der Pfarrer nach der Kirche spricht und die ihn zum Abendessen einladen, damit er meine weißen Bohnen und meinen Kartoffelsalat probiert und meine Bananencremespeise. Versteht ihr das?»

«Würdest du das denn wollen?»

«Darum geht es nicht. Ich weiß nicht, ob ich es will oder nicht. Ich weiß nur, daß ich es nie haben werde. Ich könnte es nicht ertragen, mit einem Mann zu schlafen; aber ein normales Leben, mit Ehemann, Kindern, Haus, mit allem, was man unter einem schönen Leben, dem richtigen Leben, dem erfüllten Leben versteht – das stand für mich nie zur Debatte. Versteht ihr das nicht? Das ist ein wichtiger Unterschied, man sieht dann wirklich alles ganz anders.»

Die Frauen sprachen nicht, aber die Stimmung veränderte sich. Sie bewegten sich, schlugen die Beine übereinander, tranken einen Schluck, zündeten sich Zigaretten an, und jede von ihnen spürte mehr als daß sie es hörte ein zustimmendes Murmeln.

«Da habe ich gelernt, mir zu nehmen, was ich kriegen konnte. Flüchtige Freuden, oder so ähnlich. Ich denke nicht in Kategorien wie ‹für immer›, denn auf ‹für immer› kann ich nicht hoffen. Daß ich euch liebe, daran könnt ihr doch nicht zweifeln, oder? Daran zweifelt ihr doch nicht?» Sie sah sie beinahe hoffnungslos an.

«Nein», sagte Kyla eifrig und sanft und beugte sich vor.

«Nein», sagte Clarissa und lehnte sich mit verschränkten Armen zurück. Ihr Gesicht sah aus wie eine tragische Maske.

Sie seufzte. «Gut.» Sie seufzte wieder. «Wißt ihr, irgendwie bin ich froh, daß es vorbei ist. Ich wurde langsam mürbe, ich war reichlich überdreht. Betrügen spielen ist kein Spaß.» Sie schwieg, als wäre es jetzt ausgestanden, und lächelte alle strahlend an, wie ein Kind, das spürt, daß die ganze Familie ihm wohl will.

«Du bist aber trotzdem noch nicht aus dem Schneider», sagte Clarissa.

Iso warf ihr einen raschen Blick zu.

«Das eine, was wir dir nicht verzeihen können, ist, daß du uns nicht ernst nimmst. Ich glaube, das können wir jetzt verstehen. Aber die Hauptsache, die wir dir nicht verzeihen können, ist, daß du nicht eine von uns mehr liebst als die andere.»

Iso ließ sich gegen die Stuhllehne sinken und schlug sich mit der Hand an die Stirn. «Ich kann nicht! Ich kann es nicht. Warum kann ich das bloß nicht?» fragte sie Mira völlig außer sich.

Alle wandten sich Mira zu, als wüßte sie eine Antwort darauf. Sie schluckte und lachte verlegen. Sie mußte jetzt etwas sagen. Sie wünschte verzweifelt, Val wäre hier. Val hätte es gewußt. Woher sollte *sie* es wissen? «Mir scheint», hörte sie sich vorsichtig sagen, «Iso wollte sagen, daß sie vor langer Zeit die Hoffnung aufgegeben hat, je den heiligen Gral zu erreichen. Ihr wißt schon: man muß Gott lieben, weil er der einzige ist, den man in alle Ewigkeit lieben kann. Die Liebe, die alles Verlangen stillt, alle Wunden heilt, die Erregung und Anregung ist, wenn die Langeweile über uns kommt, eine Liebe, die absolut ist. Die absolute Liebe enttäuscht uns nie, ganz gleich, was wir tun oder nicht tun, was wir sind oder nicht sind. Ich glaube, daß wir alle unser Leben lang nach dieser Liebe suchen, und offensichtlich finden wir sie nie. Selbst wenn wir sie gefunden haben – manche Menschen werden von ihrer Mutter so geliebt, das wißt ihr ja –, reicht uns das nicht aus. Eine solche Liebe erfüllt uns nicht; entweder erstickt sie alles, oder sie ist zu demütig, zu unterwürfig. Sie ist nicht aufregend genug. Also suchen wir weiter, sind unzufrieden und haben das Gefühl, daß die Welt uns im Stich läßt, oder, schlimmer noch», sie blickte kurz zu Kyla, «daß wir sie im Stich gelassen haben. Es ist uns etwas versprochen worden und wir haben es nicht bekommen. Und einige von uns begreifen, leider allerdings erst spät, daß es so etwas gar nicht gibt. Und wir geben die Hoffnung auf. Wenn das geschieht, dann leben wir anders als andere Menschen. Wir können uns nicht leicht verständlich machen, aber wir haben dann andere Maßstäbe. Wir sind leichter zufrieden, wir freuen uns schneller. Die Liebe, diese seltsame Sache, nehmen wir, wenn sie uns widerfährt, als ein wunderbares Geschenk, als ein Spielzeug, ein Wunder, aber wir rechnen nicht damit, daß sie uns vor der Zukunft schützt, wenn es regnet oder die Schreibmaschine kaputt geht und das sowieso egal ist, weil uns sowieso nichts einfällt, und der Artikel muß bis Montag geschrieben und abgeschickt sein, sonst reicht das Geld nicht für die nächste Monatsmiete. Ihr kennt das ja. Die Liebe ist wie ein goldener Regen, der kommt, wenn es ihm gefällt, und wenn er in deine offenen Hände fällt, schreist du vor Freude über seinen Glanz laut auf, über diesen wunderbaren Tau auf deinem trockenen Leben, sein Gleißen, seine Wärme. Aber das ist alles. Du kannst sie nicht festhalten. Sie kann dir nicht alles sein. Wenn es in Cambridge fünf von Bens Sorte gäbe, könnte ich sie alle genauso lieben wie ihn. Aber es gibt nur sehr wenige Bens. Ihr beide jedoch – und noch ein paar andere, Grete, Val und meine alte Freundin Martha – mein Gott! Ihr seid wie ein Füllhorn, voller Wunder. Iso kann sich nicht zwischen euch entscheiden, weil sie euch nicht wirklich braucht und weil allein keine von euch ihr alles zu sein vermag. Aber beide nährt ihr sie, und sie macht sich nicht vor, daß eine von euch beiden ihr das geben kann, was ihr der Schoß ihrer Mutter gegeben hat.»

Alle sahen sie Iso an, die jetzt Tränen in den Augen hatte und voller Liebe zu Mira blickte. «Eine hast du vergessen», sagte sie, «dich selbst.»

Sie gingen an diesem Abend so anmutig auseinander wie in einem Ballett und genauso formell. Die Förmlichkeit war kein Ausdruck von Unwillen oder Zurückhaltung, sondern entstand aus dem Gefühl, daß für jede von ihnen etwas, eine Art von Beziehung, zu Ende gegangen war, und bis jetzt war noch nichts Neues an dessen Stelle getreten. Bis das geschah, konnten die intime Vertrautheit und die unüberbrückbare Entfernung zwischen ihnen sich nur in einer gewissen Anmut des Betragens, in einer echten Höflichkeit ausdrücken. Man konnte verstehen und verstand, aber man brauchte trotzdem, was man brauchte. Sie blieben Freundinnen, aber aus den früher geradezu lebensnotwendigen täglichen Nachmittagsbesuchen bei Iso wurden immer seltenere Freitag- oder Samstagabende. Clarissa suchte sich ein Zimmer, Kyla fand jemanden, die mit ihr die Wohnung teilte. Immer noch kamen nachmittags Leute bei Iso vorbei, aber nicht mehr so oft, und die Gruppe war ganz neu.

Die Dissertationen machten Fortschritte oder stagnierten. Kyla verbrachte ihre Tage immer noch damit, Bücher durchzublättern, und sie fand nichts, das ihr tiefstes Inneres berührte. Sie bedauerte, daß sie sich nicht auf die Renaissance mit ihren moralischen Kategorien spezialisiert oder sich nicht mit Ethik beschäftigt hatte. Clarissa las viel, kam aber immer mehr von ihrem Thema ab. Die Beziehung zwischen Gesellschaftsstrukturen und den Strukturen des Romans gab zwar als Thema nicht allzuviel her, aber die Strukturen an sich faszinierten sie immer stärker. Iso wurde von ihrer Arbeit völlig absorbiert und bewarb sich um ein Stipendium in England und Frankreich, um Handschriften einsehen zu können, an die man hier nicht herankam. Grete arbeitete gut, aber langsam. Sie und Avery verbrachten viel Zeit miteinander, und auch wenn sie nicht mit ihm zusammen war, drehten sich ihre Gedanken immer um ihn. Grete war ein Wunderkind gewesen, und sie war noch sehr jung, erst vierundzwanzig. «Ich glaube», sagte sie zu ihren Freundinnen, «daß man vielleicht innerlich erst ein bißchen gefestigt sein muß und im eigenen Gefühlsleben irgendwie *sicher*, bevor man sich wirklich hinsetzen und arbeiten kann.»

«Krieg doch ein Baby», stichelte Mira und hörte sich an wie Val.

Miras Arbeit ging so gut voran wie eh und je. Ben hatte fünfzig Seiten geschrieben. Sie rechneten beide damit, innerhalb eines Jahres fertig zu sein. Dann erhielt Ben im November einen Brief aus Lianu, in dem ihm der Präsident des Landes eine Stelle als Berater anbot. Die Afrikaner hatten gewisse Schwierigkeiten, die Besonderheit amerikanischen Denkens zu begreifen. Ben schwebte wie auf Wolken. Es wäre zwar kein sicherer Job, Lianu könnte jeden Augenblick alle Weißen aus dem Land jagen, aber es war so schön dort, die Menschen waren so interessant, so wunderbar, oh, Mira, wenn du erst die Wasserfälle siehst, die Krater der Vulkane, den Dschungel, die Wüsten, seine Freunde . . .

Mira nickte, ja, wunderbar, ja, du solltest hinfahren und solange bleiben, bis sie dich rausschmeißen, was auf jeden Fall passieren wird, Karriere hast du trotzdem gemacht, du wirst «der Afrika-Experte» sein, den alle weißen Länder brauchen, der «weiße Mann, der Afrika wirklich kennt». Sie konnte den sarkastischen Unterton nicht verbergen, und Ben spürte ihn. Er hielt sich zurück, aber wenn sie dann mit anderen zusammen waren, fing er mit derselben Begeisterung, demselben Eifer wieder von vorn an. Mira brauchte zwei Wochen, um der Ursache ihres Ärgers auf die Spur zu kommen.

Ben hatte sie gar nicht gefragt, ob sie überhaupt mit nach Afrika gehen wollte, er war einfach davon ausgegangen, daß sie mitkommen würde.

Das allein reichte aus, um ihre Gedanken zu trüben. Sie erinnerte sich an Normie, der gesagt hatte, er wisse nicht, ob er nicht Arzt werden wollte, weil er es selber nicht wollte oder weil sein Vater wünschte, daß er Arzt würde, und sie erinnerte sich auch noch an ihre Erwiderung: wenn du die Antwort gefunden hast, ist es zu spät. Norm war derzeit in Amherst eingeschrieben, wo es, wie er sagte, «von privilegierten jungen Leuten wie mir wimmelt, die so tun, als seien wir nicht privilegiert.»

Sie mußte sich betrinken, um mit Ben reden zu können, und eines Freitagabends tat sie es auch, unbewußt zwar, und wie damals Kyla erkannte sie im nachhinein, daß sie es absichtlich, wenn nicht sogar vorsätzlich getan hatte. Sie betrank sich also, wurde ausfallend und meckerte an Ben herum, bis sie wieder bei ihr zu Hause waren; dann schrie er sie an und gab ihr damit, wie sie meinte, das Recht, zurückzuschreien. Sie hielt ihm seine Selbstgefälligkeit, seine Arroganz, seine Rücksichtslosigkeit und diverse andere Sünden vor.

Zuerst verteidigte er sich. Er log sogar. Er beharrte darauf, daß er sie gefragt und sie eingewilligt hätte. Zwei Stunden lang behauptete er es stur. Sie hielt ihm entgegen, daß sie es doch wissen müßte, wenn es so gewesen wäre, aber er ließ nicht davon ab. Zuerst rechnete er noch damit, daß sie ihm Recht gab, dann versuchte er es mit Schmeicheleien. Es wäre für ihn so schmerzlich, von ihr getrennt zu sein, daß er es sich überhaupt nicht vorstellen könne, ohne sie nach Afrika zu gehen, und deshalb hätte er sich diese Unterredung, von der sie behauptete, sie habe nie stattgefunden, wohl eingebildet, obwohl er sich genau an sie erinnern könnte – er sei einfach davon ausgegangen, daß sie mit ihm gehen würde.

Sie kreischte. *«Verpiß dich, Ben!»*

Wenn man nie unanständige Ausdrücke benutzt, hat das den Vorteil, daß sie einschlagen, wenn man sie doch einmal verwendet. Mira hatte im Lauf des letzten Jahres Worte in den Mund genommen, die ihr bis dahin nie über die Lippen gekommen waren, aber meist nur, wenn sie mit ihren Freundinnen zusammen war, und nur ganz selten in Gegenwart von Ben. Wie ihre Mutter hatte sie ihre Prinzipien.

Er verstummte mitten im Satz. Er sah sie an. Er senkte den Blick. «Du hast recht. Es tut mir leid. Ich weiß nicht, warum ich das gemacht habe. Aber ich glaube – Mira, ich meine das ernst –, was ich zuletzt gesagt habe, war ehrlich. Ich kann mir nicht vorstellen, ohne dich zu gehen. Ich könnte es nicht ertragen.»

Er sah sie wieder an. Auch sie sah ihn an, mit verkniffenem Mund, und Tränen rannen ihr die Wangen hinunter.

«Ja, das glaube ich dir, Ben», sagte sie mit erstickter Stimme. «Du wolltest gern fahren und es täte dir weh, ohne mich zu fahren, und deshalb nimmst du einfach an, daß ich mitgehe, weil das die einfachste Lösung des Problems ist. Und du hast nie, nicht einmal», sie erhob sich und ihre Stimme wurde lauter, «an mich gedacht! An meine Bedürfnisse, mein Leben, meine Wünsche! Du hast mich *ausgelöscht* als selbständigen, von dir unabhängigen Menschen, genauso gründlich, wie Norm es damals getan hat!»

Sie rannte aus dem Zimmer aufs Klo und verriegelte die Tür hinter sich. Sie saß da und schluchzte. Ben blieb sitzen und rauchte seine kleinen, übelriechenden Zigaretten bis zum letzten Rest. Schließlich öffnete sich die Badezimmertür, Mira kam heraus, ging in die Küche und goß sich etwas zu trinken ein. Ben saß da, sein Mund zuckte. Er drückte seine Zigarette aus und zündete sich eine neue an. Mira kam zurück und setzte sich abseits von ihm nieder. Sie verschränkte ihre Beine zum Lotossitz. Ihre Augen waren verschwollen, aber ihr Gesicht sah knochig und herb aus, und ihr Rücken war sehr gerade.

«Okay», sagte er. «Okay. Deine Bedürfnisse, dein Leben, deine Wünsche. Wie sehen die aus?»

Mira zuckte zusammen. «Ich weiß es nicht genau . . .»

Er sprang vor und zeigte mit dem Finger auf sie. «Aha!»

«Halt die Klappe, Ben», sagte sie kalt. «Ich weiß es nicht genau, weil es in meinem Leben nie genug Raum dafür gab, darüber nachzudenken, was ich wollte. Aber ich weiß, daß ich sehr gern tue, was ich jetzt mache, und ich weiß, daß ich es weitermachen möchte. Ich will meine Dissertation beenden. Darüber hinaus kann ich nichts wollen, weil ich nicht weiß, was ich bekommen kann. Ich habe vor langer Zeit gelernt, als ich noch keine zwanzig war», sagte sie bitter, «nicht zu wollen, was ich nicht bekommen kann. Es tut einfach zu weh. Auf jeden Fall möchte ich gern unterrichten. Ich weiß, daß ich Literaturwissenschaft machen möchte, und ich *werde* meine Dissertation zu Ende schreiben. Und», sie drehte den Kopf zur Seite und sprach mit belegter Stimme, «außerdem liebe ich dich und möchte mich nicht von dir trennen. Dich will ich auch.»

Er war mit zwei Sätzen durchs Zimmer, kniete sich vor ihren Sessel und legte die Arme um sie, den Kopf in ihren Schoß.

«Ich liebe dich auch, begreifst du das nicht, Mira? Begreifst du das nicht? Ich kann den Gedanken, von dir getrennt zu sein, nicht ertragen.»

«Ja», sagte sie kalt, «das begreife ich. Ich begreife auch, daß du bereit warst, mich auszulöschen, um mich behalten zu können. Welche Ironie. Sagt Val immer. Ein Paradox, das man Liebe nennt.»

Er setzte sich auf den Boden und verschränkte seine Beine. Er trank einen Schluck aus ihrem Glas.

«Gut. Was sollen wir also tun? Mira, würdest du mit mir nach Lianu kommen?»

«Und was soll ich in Illusi-anu machen?» Er bemerkte ihre Anspielung nicht.

«Ich weiß nicht. Ich weiß es wirklich nicht. Schau, ich werde tun, was ich kann . . . ich weiß nicht, was es da gibt. Aber wir werden alle Bücher kaufen, die du brauchst, wir werden jeden Aufsatz fotokopieren – ich werde dir helfen. Wir nehmen alles mit. Wir werden alle Zeitschriften abonnieren, die du für wichtig hälst. Dann kannst du deine Doktorarbeit schreiben. Das ist wirklich kein Problem. Du schickst ein Exemplar an Everts. Und später . . .»

«Und später?» Sie wunderte sich über ihre Stimme. Sie klang so leise, so kalt, so gefaßt. So hatte sie sich bis jetzt noch nicht sprechen gehört.

Er seufzte. Er nahm ihre Hand. «Schau, Liebling, ich kann nicht behaupten, daß es dort unten viel für dich gibt. Ich kann dir bestimmt einen Job als Sekretärin in einem Regierungsbüro verschaffen, vielleicht sogar eine Arbeit als Übersetzer – nein, du kannst ja kein Lianesisch. Irgend etwas findet sich.»

«Ich möchte unterrichten.»

Er seufzte und sank in sich zusammen. «Vor zehn Jahren wäre das möglich gewesen! Aber jetzt?» Er fuchtelte mit den Armen. «Das kann ich mir nicht vorstellen. Es gibt dort zwar noch ein paar weiße Lehrerinnen, aber sie werden nach und nach abgebaut, und meist unterrichten sie an Schulen für Sekretärinnen.» Er sah ihr ins Gesicht. «Ich glaube nicht, daß das möglich sein wird.»

«Und doch hast du angenommen, daß ich mitkomme.» Ihr Mund zitterte, als würde sie gleich zu weinen anfangen. «Obwohl du weißt, daß ich die vergangenen fünf Jahre damit verbracht habe, mich aufs Unterrichten vorzubereiten.»

Er senkte den Kopf. «Es tut mir leid», sagte er mit schmerzerfüllter Stimme.

Sie saßen eine Weile schweigend da. «Ich bleibe ja nicht ewig da unten», sagte er schließlich. «Die Tage der Weißen in Afrika sind gezählt. Wir werden zurückkommen.» Er sah wieder zu ihr hinauf.

Sie sah ihn nachdenklich an. «Ja, das stimmt.» Ihre Laune besserte sich. Es gab doch eine Lösung. Mit wachsender Aufregung sagte sie «Und wenn sie dich in ein paar Jahren nicht weggejagt haben und ich das Gefühl habe, ich verblöde vollständig, kann ich ja immer noch zurückgehen. Meine Dissertation wäre bis dahin fertig. Natürlich wird es schwer, so weit weg von jeder Bibliothek. Es wird länger dauern als nötig. Aber ich könnte die Zeit, die ich auf Bücher warte . . . im Garten arbeiten.» Zum erstenmal lächelte sie.

Sein Gesicht wurde ernst. «Aber Mira, Liebling, du könntest doch nicht einfach weggehen und dein Kind verlassen.»

«Mein Kind?»

Er wurde heftig. «Na sicher. Darum geht es doch die ganze Zeit! Um unser Kind. Das wir kriegen werden.»

Sie erstarrte. Sie fror am ganzen Körper. Sie fühlte sich, als hätte sie eine Droge geschluckt, oder als würde sie sterben und stünde vor einer Wand, so schrecklich fest an sie gepreßt, daß sie nur noch die reine Wahrheit sagen konnte. Und ihre Wahrheit hatte sie nun gefunden, und sie war entsetzt darüber, denn sie lautete: *Ich bin, ich bin, ich bin.* Und die zweite Wahrheit folgte aus ihr, so wie eine Welle aus der anderen entsteht: *Ich will, ich will, ich will.* Und ihr war sofort klar, daß dies zwei Aussagen waren, die sie nie auszusprechen, ja, nicht einmal zu denken gewagt hatte. Kalt, in ihrer weißen, eisigen Ecke, öffnete sie ihre blauen Lippen:

«Ich will nicht noch ein Kind, Ben.»

Danach brach alles zusammen. Ben war verletzt, schockiert, alles mögliche. Er konnte verstehen, daß sie nicht noch ein Kind von Norm oder von irgendeinem anderen haben wollte, aber daß sie von ihm keins wollte . . . Sie stritten sich, er voller Leidenschaft, sie voller Verzweiflung, denn sie mußte gegen sich selbst argumentieren. Sie liebte Ben. Sie hätte liebend gern (vor langer, langer Zeit) ein Kind von ihm gehabt, es wäre ihr (vor langer, langer Zeit) eine wahre Wonne gewesen, mit ihm woanders hinzuziehen und Brot zu backen und Blumen zu pflanzen und mit einem kleinen Wesen zu reden, das herumtapst und sagen lernt: «Heiz, Streichholz heiz!» Und wenn er dann abends nach Hause kommt, erklärt er ihr die Feinheiten der Theorien Marcuses und sie ihm die Feinheiten von Wallace Stevens Versmaß. Vorausgesetzt, er hätte noch die Muße, sich für solche Diskussionen zu interessieren. Ab jetzt (nach vierzig Jahren) wollte sie ihre eigene Arbeit machen, wollte weitermachen mit dieser wissenschaftlichen Arbeit, die sie so sehr liebte. Für sie wäre es ein Opfer, nach Afrika zu gehen. Es würde ihrer Karriere schaden, ihre Arbeit würde langsamer vorankommen. Aber sie wäre dazu bereit. Sie würde die Bücher mitnehmen, würde ihre Arbeiten hierher schicken. Aber sie wollte nicht noch ein Kind haben. Nein. Sie wollte nicht. Es reicht, sagte sie. Es reicht.

In Afrika gäbe es viele Haushaltshilfen, sagte Ben. Und wenn wir zurückkommen? Oder stell dir vor, ich brauche etwas und müßte für ein paar Monate zurück? Das ließe sich alles arrangieren, sagte er widerstrebend. Sie wußte aus Erfahrung, daß ein solches Zögern später in zorniges Verweigern umschlagen würde. Und wenn sie dann zurückkämen? Das Kind wäre immer noch ihr Kind, obwohl er derjenige war, der es haben wollte. Sie hatte die Verantwortung für es zu tragen. Hier gab es nicht viele Haushaltshilfen. Er würde sein möglichstes tun, sagte er, aber er war zu ehrlich, mehr zu versprechen.

Sie saß allein bei ihrem Brandy bis spät in die Nacht. Sie und Ben machten nicht Schluß, sie sahen einander einfach seltener. Und sie hatten wenig Grund, sich öfter zu sehen; denn immer, wenn sie sich trafen, hatten sie Streit miteinander. Sie spürte, daß Ben sie distanziert betrachtete, daß ein Teil von ihm kühl auf sie herabsah, auf diese Frau, die er fast zwei Jahre lang geliebt und an der er gerade entdeckt hatte, daß sie selbstsüchtig und egoistisch war. Wenn sie miteinander schliefen, war das eine armselige Angelegenheit, er mechanisch und sie lustlos. Sein Verhalten hatte eine niederschmetternde Wirkung auf sie. Sie empfand das dringende Bedürfnis, sich von seinem unausgesprochenen Vorwurf reinzuwaschen. Aber dazu war sie zu stolz. Sie wußte zwar, daß seine Überlegenheit und ihre Erniedrigung nichts mit ihnen beiden zu tun hatten, sondern kulturelle Errungenschaften waren, daß er menschlich gesehen nicht überlegen und sie nicht unterlegen war, aber dennoch . . .

Sie fühlte sich entsetzlich einsam. Val ging nicht ans Telefon. Iso, Kyla und Clarissa konnten ihr nicht helfen. Sie hörten ihr zu, aber sie wußten nicht, was es heißt, vierzig Jahre alt und allein zu sein. Was wußten sie schon von Einsamkeit? Sie versuchte es mit Systematik. Punkt 1 – die letzte Chance einer glücklichen Liebe. Punkt 2 – was? Mein Ich. Ich. Sie erinnerte sich, wie sie allein auf der Veranda gesessen und darauf bestanden hatte: *Ich, mein Ich.* Wie selbstsüchtig! Vielleicht war sie, wofür Ben sie zu halten schien.

Sie raufte sich die Haare, bis die Kopfhaut weh tat, und versuchte, es genau zu durchdenken. Sie brauchte nur den Hörer abzunehmen und zu sagen: Ben, ich komm mit, Ben, ich liebe dich. Im Handumdrehen wäre er bei ihr und würde sie lieben, so wie er sie früher geliebt hatte. Ihre Hand hielt mitten in der Bewegung inne. So wie er sie früher geliebt hatte. Hieß das, daß er sie nicht mehr liebte? Jedenfalls nicht, solange sie auf ihren eigenen Bedürfnissen bestand. Aber wenn er sie nicht liebte, weil sie auf ihren eigenen Bedürfnissen bestand, wann hatte er sie dann überhaupt geliebt? Als ihre Bedürfnisse noch mit seinen übereinstimmten. Sie goß sich noch einen Brandy ein. Sie merkte, wie sie allmählich betrunken wurde, aber es war ihr gleichgültig. Im Wein liegt Wahrheit, manchmal jedenfalls. Wenn er sie nur liebte, solange ihre Bedürfnisse mit seinen übereinstimmten, und aufhörte, sie zu lieben, wenn ihre Bedürfnisse anders waren als seine, dann bedeutete das, daß er sie nur als Spiegelung seiner selbst liebte, als eine Ergänzung, die ihn begreifen und schätzen konnte, die aber kleiner war und ihm zu schmeicheln hatte.

Aber genauso war es am Anfang gewesen. Sie war sich kleiner vorgekommen als er, sie hatte ihm geschmeichelt, ganz offen und ehrlich, weil sie ihn für bedeutender, größer und besser als sich selbst gehalten hatte.

Diese Erwartungshaltung hatte man ihm beigebracht.

Sie stellte ihr Glas hin.

Diese Erwartungshaltung hatte sie ihm beigebracht. Und jetzt hielt sie sich nicht mehr daran.

Aber sie hatte sich verändert.

Sie hatte sich auch durch ihn verändert.

Das zählte nicht. Er hatte sich auch durch sie verändert.

Sie lehnte den Kopf zurück. Angenommen, sie ginge zu ihm, leidenschaftlich, so wie sie es geliebt hatte, wenn er zu ihr gekommen war, und wenn sie ihn anfaßte, so wie sie es liebte, wenn er sie anfaßte, und fordernd darauf bestünde: «Ich liebe dich! Ich brauche dich! Bleib hier in Cambridge, bleib bei mir. Laß uns so weiterleben wie bisher. Du kannst auch hier Karriere machen!»

Sie lächelte düster und griff nach dem Brandy. «Haha!» hörte sie. Es war Vals Stimme.

Sie zog die Beine hoch und wickelte sich die Decke um Füße und Beine. Sie trank mit kleinen Schlucken ihren Brandy und schaukelte im Sessel vor und zurück, von Kopf bis Fuß in die Decke eingehüllt. Am Ende erwischt es dich doch – hatte sie das nicht gesagt? Mira lächelte, aber es war ein hartes Lächeln ohne jede Heiterkeit. Das Telefon klingelte. Sie sprang auf, sah auf die Uhr. Nach eins. Vielleicht einer von den Jungs? Aber es war Iso.

«Mira, ich habe es eben erfahren. Val ist tot.»

VI

I

Ja. So war es, so ist es geschehen: alles öffnete sich, alles schien möglich, und dann schloß sich alles, Erweiterung, Einengung. Am Ende erwischt es dich doch. Aber sie sagte auch: Warum soll jede Ordnung eine Ordnung von Dauer sein? All das ist es, was mich schließlich an diesen Strand führte. Ich sehe, ich halte Löwenzahnblätter in meiner Hand. Wie kamen sie dahin, hast du eine Ahnung?

Wenn es Erweiterung und Einengung gibt, dann muß es irgendwann wieder Erweiterung geben. Entweder das oder Tod. Naturgesetz. Und wenn es nicht so ist, sollte es doch so sein.

Val war tot. Es geschah unter unseren Augen, und wir haben es nicht bemerkt. Mira dachte an Val nur, wenn sie das Bedürfnis hatte, mit ihr zu sprechen. Nein, das ist ungerecht. Val bedeutete ihr etwas, ihnen allen. Nur nicht ganz soviel, wie sie uns vielleicht gern bedeutet hätte, nicht ganz soviel, wie jede von uns gern den anderen bedeutet hätte.

Was geschehen war, mußte Teilchen für Teilchen zusammengesetzt werden. In groben Zügen war es folgendermaßen abgelaufen. Eine junge schwarze Frau, Anita Morrow, die tagsüber als Hausangestellte arbeitete, besuchte Abendkurse an der Northeastern University. Sie wollte Englischlehrerin werden. (Ein Anlaß für den Ankläger, sie bei ihrem Prozeß lächerlich zu machen, indem er behauptete, Anita sei praktisch Analphabetin.) Eines Nachts war Anita nach dem Unterricht auf dem Weg zum Untergrundbahnhof von einem Mann überfallen worden. Er packte sie von hinten, legte seinen Arm über ihre Kehle und zerrte sie in eine Seitengasse. Er warf sie zu Boden und schob ihr den Rock hoch, aber Anita war auf der Straße groß geworden, und sie hatte ein Messer in der Tasche. Sie gab ihm einen Kinnhaken und sprang auf, und als er sie wieder packte, stach sie zu. Sie stach auf ihn ein, Blut und Angst dröhnten ihr in den Ohren, aber der Lärm, ihre Schreie und seine, hatte ein paar Leute angelockt. Sie sahen, wie sie auf ihn einstach, nachdem er zu Boden gestürzt war, und sie rannten hin und fielen ihr in den Arm. Sie hielten sie fest, bis die Polizei kam.

Sie wurde wegen Mordes angeklagt. Der Mann kam aus einer angesehenen weißen Familie, er war verheiratet und hatte sechs Kinder. Das Messer gehörte Anita. Der Ankläger behauptete, sie sei eine Prostituierte, sie hätte ihn in die Seitengasse gelockt, und als er nicht wollte, sei sie mit dem Messer auf ihn losgegangen, um ihn auszurauben. Hauptsächlich drehte es sich bei dem Prozeß um die Frage, ob Anita bildungsfähig sei oder nicht. Wenn sie die Abendkurse nur besuchte, um sich besser verkaufen zu können, dann war sie eine Prostituierte, und Prostituierte kann man nicht vergewaltigen. Diese Dinge wurden zwar nicht ausgesprochen, aber darum ging es.

Der *Boston Phoenix* machte ein Interview mit Anita. Es wurde behauptet, ihre Grammatik und ihre Syntax seien in dem *Phoenix*-Interview aufpoliert, um sie gebildet erscheinen zu lassen. Der *Phoenix* zitierte sie: «Ich will wieder dahin, wo ich zur Schule gegangen bin. Sie konnten nichts machen, die Lehrer – wir waren wild, wir wollten nicht zuhören. Aber wir haben nichts gelernt. Aber ich weiß, ich könnte mit den Gören reden, weil ich sie kenne, weil ich eine von ihnen bin, und ich weiß, ich könnte ihnen beibringen, das zu verstehen, was ich verstehe. Wie in dem Gedicht von Blake, das so geht: ‹Meine Mutter stöhnte, mein Vater litt / So tat ich ins Leben den ersten Schritt.› Nun, man weiß, daß Babies noch keinen Schritt tun. Dieser Mann erzählte uns davon, er sagte, das Leben entsteht da, sogar da, wo Gefahr lauert, sogar da, wo es schrecklich ist, wie es schrecklich war, wo ich herkomme. Dann heißt es: ‹Hilflos, nackt und pfeifend, wild› – gerade so, als ob das Schreien eines Babys eine Art Musik ist, wie wenn man pfeifend durch eine dunkle Straße geht. Ich kenne das Gefühl, aber ich hab auch immer mein Messer bei mir. Und dann: ‹Ein Teufel, in eine Wolke gehüllt.› Wow! Er sagt, ein Baby ist ein Teufel! Und Sie wissen genauso gut wie ich, das stimmt. Das stimmt!» Sie lachte – ihre Augen glänzten, wie der Reporter behauptete – und sprach weiter über Dichtkunst.

Die Staatsanwaltschaft zog Sachverständige hinzu, die Anitas Grammatik, ihre Syntax und ihre Rechtschreibung beurteilen sollten. Man befand sie für beklagenswert geistesschwach, sie würde nie, niemals, so versicherten die Sachverständigen, imstande ein, das Lehrbefähigungszertifikat zu erlangen. Anita Morrow wurde auf Grund mangelnder Schulbildung des Mordes für schuldig befunden. Eine Gruppe militanter Feministinnen hatte den Prozeß von Anfang bis Ende verfolgt. Am Tag der Urteilsverkündung demonstrierten sie vor dem Gerichtsgebäude. Als einzige Zeitung berichtete der *Phoenix* darüber, und zwar mit einem Foto von den schreienden, Schilder schwenkenden Frauen. Eine von ihnen war Val. Anita wurde wegen versuchten Mordes zu zwanzig Jahren verurteilt. Es gab ein Foto von ihr, wie sie nach dem Prozeß aus dem Gericht geführt wurde, ein Gesicht wie ein Kind, verwirrt und voller Schrecken. «Er wollte mich vergewaltigen, da habe ich zugestochen», sagte sie fassungslos zu den Frauen, bevor sie wieder in den gepanzerten Wagen verfrachtet wurde.

Vals Gruppe war klein, und sie hatten wenig Geld, waren aber als Gruppe offenbar doch bedeutend genug, um die Aufmerksamkeit des Staates auf sich zu ziehen, denn eine Informantin des FBI schlich sich bei ihnen ein. Nur deshalb konnte später überhaupt jemand etwas herausfinden. Die Frauen der Gruppe waren außer sich über das, was man mit Anita Morrow gemacht hatte, und sie faßten den Plan, sie zu befreien. Für die Zeit nach der Befreiung trafen sie ausgeklügelte Vorkehrungen. Sie sollte von einer sympathisierenden Frauengruppe zur nächsten geschickt werden, bis Gras über den Fall gewachsen war, dann mit dem Schiff nach Kuba oder Mexiko gebracht werden, bis sie Verbindung hergestellt hatten zu Leuten, die die nötigen Papiere für sie fälschen würden, damit sie irgendwo als Lehrerin unterrichten konnte. Es war ein verrückter Plan, aus tiefster Verzweiflung geboren. Vielleicht rechneten sie gar nicht damit, daß es klappte. Vielleicht sahen sie unbewußt voraus, was geschehen würde, und waren willens, es geschehen zu lassen, um so die Öffentlichkeit auf die Sache aufmerksam zu machen.

An dem Tag, an dem Anita in das staatliche Gefängnis überführt werden sollte (da sie als unzuverlässig und gemeingefährlich angesehen wurde, ließ man sie während der Berufung nicht frei), kamen die Frauen einzeln, in Jeans oder in Röcken, als ganz normale Frauen verkleidet und schlenderten auf der Straße herum, bis Anita Morrow herausgeführt wurde zum Gefängniswagen. Dann plötzlich bildeten sie einen Kreis und zogen Waffen aus Röcken und Mänteln.

Aber die Behörden hatten sie erwartet. Hinter der Backsteinmauer lauerten ein, zwei, drei Polizisten; sie liefen mit Maschinengewehren hinaus – die Frauen hatten nur Handfeuerwaffen – und mähten sie nieder. Vier, fünf, sechs, sieben, acht Polizisten kamen mit Maschinengewehren heraus. Zwei Fußgänger wurden verletzt, die sechs Frauen waren tot. Anita Morrow wurde in den Gefängniswagen gestoßen und der Wagen raste davon. Das war alles. Aber die Polizei hatte auf zwei Leichen so viele Geschosse abgefeuert, daß sie, während sie tot dalagen, explodierten und ein paar der herankommenden Bullen verletzten. Später hieß es dann, die Frauen hätten Handgranaten bei sich gehabt, die aus irgendwelchen seltsamen Gründen nicht eher losgegangen waren. Der eine der beiden explodierten Körper gehörte Val. Einer von den Bullen starb und bekam ein feierliches Begräbnis: sogar der Bürgermeister nahm daran teil. Der andere überlebte, aber sein Gesicht und seine Oberschenkel waren von Narben gezeichnet.

Es kamen viele Leute zu Vals Begräbnis. Iso meinte, die Hälfte waren wahrscheinlich FBI-Agenten, aber ich glaube das nicht, ich glaube, Val hatte viele Freunde, von denen wir nichts wußten, Leute, mit denen sie einmal gesprochen und denen sie irgend etwas Vernünftiges gesagt hatte. Ich möchte wetten, daß der Pfarrer, der im Herzen ein Vergewaltiger war, auch da war. Howard Perkins war da und Neil Truax, Vals früherer Mann. Chris kam mit ihm zu uns rüber und stellte ihn uns vor. Chris sah blaß und verstört und hilflos aus. Ihr Vater war ein gut aussehender und eleganter Mann, schön graumeliert an den Schläfen, schön gebräunt für Dezember, schön straff um den Bauch (Tennis oder Squash). Er schüttelte den Kopf, während er uns die Hand schüttelte, schüttelte weiter den Kopf, während er Chris ansah, ihr die Hand auf den Kopf legte und sie anlächelte und ihr das Haar zauste. Sie sah ihn nur an.

«Das war unverantwortlich, einfach unverantwortlich! Sie hatte eine Tochter zu versorgen . . . Sie war immer unverantwortlich . . .» Er starrte hoch, in die Wolken. Wir sahen ihn an. Er drehte sich zu Chris um und legte seinen Arm um ihre Schultern. «Komm, Schätzchen, du kommst jetzt mit nach Hause, mit Daddy.» Er lächelte und verabschiedete sich huldvoll von uns.

Chris sah uns mit leeren Augen an. Mira machte eine hastige Bewegung, streckte die Hand aus, aber sie hatten sich schon umgedreht und gingen davon. Chris sah klein und hilflos aus, niedergedrückt von einer schweren Hand auf ihrer Schulter.

Howard Perkins kam augenzwinkernd auf uns zu. «Sie war großartig, versteht ihr, wirklich großartig. Früher. Meine Theorie ist, daß sie in den Wechseljahren durchgedreht ist. Bei Frauen ist das doch so, nicht wahr? Sie wurde alt, sie war für Männer nicht mehr attraktiv, und ihre allgemeine Feindseligkeit Männern gegenüber nahm überhand . . .»

«Verpiß dich, Howard», sagte Mira, und alle drehten sich nach ihr um und sahen sie an. Howard sah sie beleidigt an, dann verlor sich sein Ektoplasma in der Menge.

Die Freunde warteten, bis die Menge sich verlaufen hatte. Ben war da, er hatte den Arm um Mira gelegt, und Harley war da, und Iso und Clarissa und Kyla und Tad, der unstet und verloren aussah, und Grant, der zornig vor sich hinstarrte, und Bart, der Chris nachsah, als sie mit ihrem Vater davonging. Er wandte sich Mira zu, zuckte mit den Schultern, breitete die Hände aus. «Es verändert sich im Grunde gar nichts», sagte er mit erstickter Stimme. Sie faßte ihn an der Hand. «Doch, doch. Es dauert nur länger, als wir leben.»

Die Freunde gingen langsam auf ihre Autos zu. Sie sprachen nicht. Dann stiegen Ben und Tad und Grant in Harleys Auto, und Iso und Kyla und Clarissa in Miras, und die beiden Autos fuhren zurück, setzten die Leute vor ihren Wohnungen ab, und jeder kehrte allein für sich nach Hause zurück.

Mira holte ihren Brandy heraus und setzte sich ans Telefon, die Hände vors Gesicht geschlagen. Das Telefon klingelte nicht. Bens Arm auf ihrer Schulter bei der Beerdigung hatte es alles wiedergebracht, die Wärme der Liebe, den Trost, den Liebe in der Schrecklichkeit des Lebens spendete. Sie nahm den Hörer ab und wählte Bens Nummer. Es klingelte und klingelte. Sie legte auf. Sie war außer sich. Sie versuchte sich alle Auseinandersetzungen ins Gedächtnis zu rufen, die Gründe, die sie sich für ihre Trennung zurechtgelegt hatte, die Worte, Worte, Worte, die sie sich selbst gesagt hatte, um es sich zu erklären, um den Bruch, den Schnitt zu vollziehen. Jetzt erschienen sie ihr lächerlich, angesichts dieses Klumpens zerrissenen Fleisches in einem Grab mit der Aufschrift Val, Val mit der Tunika und dem erhobenen Glas Wein, dem plötzlichen lauten Lachen, der hochgezogenen Augenbraue, Val, die niemand kleinkriegen konnte und die nun ausgelöscht war, und das gleiche erwartete auch sie, Mira, und Ben, Ben, der so lebendig war, seine kräftigen, dunkel behaarten Arme, sein unbändiger, wie ein Grasbüschel wachsender Haarschopf, seine Augen, braun und lebhaft, sein Lachen . . . Sie nahm den Hörer und wählte wieder. Keine Antwort. Das Leben war zu kurz und zu eisig, um Liebe aufzugeben. Selbst wenn man alles andere dafür aufgeben mußte. Sie goß sich einen neuen Brandy ein und wählte wieder. Keine Antwort. Was machte es schon, wenn es so endete wie ihre erste Ehe? Wenn sie mit einundvierzig oder zweiundvierzig ein Kind bekam und nie ihre Dissertation schrieb, oder sie doch schrieb und den Titel hatte, aber dann in Afrika saß, sich Luft zufächelte und zusah, wie ihr Kind mit den fremdartigen Blumen spielte, die im Kral wuchsen? Und vielleicht endete es ja gar nicht. Vielleicht blieb ja ihre Liebe lebendig und innig, vielleicht würden sie einander immer und ewig erregen, vielleicht würden sie die nächsten dreißig Jahre jeden Abend miteinander ins Bett gehen und einander mit immer dem gleichen Verlangen berühren, vielleicht würden sie in den nächsten dreißig Jahren jeden Tag mit dem gleichen Interesse und der gleichen Ungeduld aufeinander warten . . .

Das war lächerlich. Lächerlich. Das war von allen Möglichkeiten die unwahrscheinlichste. Darum war es zum Ideal erhoben worden. Aus dem Ideal hatte man eine Norm gemacht, die irgendwie nie Wirklichkeit wurde.

Sie fühlte sich unerträglich allein. Sie stand auf, zog ihren Mantel über, nahm die Brandyflasche und fuhr zu Iso. Kyla und Clarissa waren schon da. Sie saßen alle schweigend im Kreis. Sie gab die Flasche herum. Sie schenkten Brandy ein und hoben die Gläser: «Auf Val», sagten sie und tranken.

«Da gibt es nichts zu sagen. Es gibt keine Worte dafür», sagte eine.

Keine Worte, um ihren Körper einzuhüllen wie in ein Leichentuch, ihn zu umwickeln wie mit sauberen, weißen Mullbinden, überall, bis sie ganz sauber und weiß und hygienisch und makellos war, das Blut versiegt, der Klumpen zerrissenen Fleisches bedeckt, der Gestank desodoriert und sie hygienisch, vornehm, präsentabel, eine Mumie, aufgebahrt für die öffentliche Zeremonie, ihre bloße Gegenwart ein Versprechen, eine Garantie dafür, daß sie nicht länger stören oder bedrohen wird, daß sie nicht im Zorn auffahren und mit wildem Haar und mit einem Messer in der Hand schreien wird: «Nein! Nein! Lieber töten, als hinnehmen!»

«Ja. Aber sie hat es hingenommen. Sie willigte ein in ihre Zerstörung, als ob sie Stella Dallas gewesen wäre.»

«Aber es gibt keine Möglichkeit, das nicht zu tun, oder? Ich meine, ob du kämpfst oder klein beigibst, ob du auf eine Felsspitze kletterst oder in eine Höhle kriechst, du bist beteiligt, an deinem Schicksal, du schaffst es dir, du bist verantwortlich dafür, oder nicht?»

«Scheiße, Mann, wir müssen doch nicht noch dazu beitragen, wir müssen doch nicht auch noch helfen, sie in den Tiefkühlschrank zu schieben, indem wir ihr ein Etikett verpassen, indem wir sie festlegen: sie war dies, sie war das – klar und schön formuliert wie in einem Nachruf.»

Worte, die ihre Körpersäfte aufsaugten – wie das braune Papier, das der Fischhändler um einen ausgenommenen, geköpften, abgewogenen Fisch wickelt.

«Aber nichts zu sagen, löscht sie genauso aus. Das griechische Wort für Wahrheit – *aletheia* – meint nicht das Gegenteil von Lüge oder Unwahrheit. Es meint das Gegenteil von *lethe*, Vergessen. Wahrheit ist das, was in der Erinnerung bleibt.»

«Gut. Dann laßt es uns so sagen: sie starb für die Wahrheit, und sie starb an ihr. Manche Wahrheiten sind tödliche Krankheiten.»

«Jede Wahrheit ist eine tödliche Krankeit.»

Sie stießen noch einmal an und tranken die Gläser leer.

2

Wir anderen überlebten.

Kyla hatte das Suchen nach einem Thema gründlich satt. Sie ging in die juristische Fakultät hinüber und fragte die Professoren, ob sie in ihren Seminaren dabeisitzen dürfe. Nach einem Monat war sie wieder in Fahrt. Sie war wütend – «Das einzige, worum es in der Juristerei geht, ist Eigentum!» –, aber voller Leben. Das Recht war etwas, das ihrer Art zu denken entsprach, etwas, in das sie sich hineinknien konnte, etwas, das vielleicht nützlich war. Sie bewarb sich für den Herbst zum Jurastudium, eine späte Bewerbung, aber sie wurde angenommen in Stanford und zog sofort hinaus und suchte sich einen Job, um Geld zu sparen und ihre Studiengebühren bezahlen zu können.

Ich habe im letzten Monat einen Brief von ihr bekommen. Sie hat das erste Examen hinter sich und büffelt jetzt für das zweite. Sie hat einen «kleinen Job» als Rechtsanwaltsgehilfin bei einem Richter. Das klingt für mich gar nicht nach einem kleinen Job. Ich rechne damit, daß sie eines Tages hier durch mein Fenster geflogen kommt, wie *Batwoman*, die neuen zehn Gebote unter dem Arm.

Clarissa, die bis zum Ende des Semesters blieb, befaßte sich jetzt mehr mit Dokumentarischem und weniger mit Literatur. Im Juni besuchte sie eine Cousine in Chicago und ging dort zu einer Fernsehanstalt, um Vorschläge für eine neue historische, anschauliche Sendereihe zu machen. Sie wurde auf der Stelle engagiert. Sie kam nach Cambridge zurück, um ihre Sachen zu holen – ihr neues, älter gewordenes Gesicht strahlte. Sie behauptete, das Fernsehen sei die stärkste Kraft in der Geschichte der Menschheit, um eine Veränderung zu bewirken. Ich sagte ihr, meiner Meinung nach sei es die konservativste Institution auf der Welt, ausgenommen die katholische Kirche. Wie eh und je stimmten Clarissa und ich in unserer Nichtübereinstimmung voll überein.

Heute ist sie Leiterin einer Sendereihe in Chicago, die als Geheimtip gilt und als die interessanteste und aufregendste neue Serie des Jahrzehnts bezeichnet wird. Es ist die Rede davon, daß sie in das überregionale Programm aufgenommen werden soll. Clarissa allerdings läßt sich durch so etwas nicht irritieren. Tüchtig und intelligent geht sie ihren Weg, ihre Ideen und immer zugleich die Menschen vor Augen. Sie ist der lebende Beweis dafür, daß es geht. Es geht wirklich. Ich rechne damit, daß sie eines Tages hier durch meinen Bildschirm geflogen kommt, wie *Superwoman*, eine Liste von Kandidaten für das Amt des Präsidenten unter dem Arm, alles Frauen.

Grete hat Avery geheiratet. Beide haben ihr Studium abgeschlossen. Es sah zunächst so aus, als würden sie sich auf ein ruhiges, an kulturellen Ereignissen reiches Leben in Cambridge einrichten, aber dann zogen sie plötzlich fort nach Kalifornien. Grete bekam eine Rolle in einem Film. Ich weiß nicht wie. Wie machen die Leute so etwas? Es war nur eine kleine Rolle, aber Grete war sehr gut und sehr schön, und so bekam sie weitere Angebote. Schließlich zog sie eine größere Rolle in einem größeren Film an Land – einem Film, in dem außer ihr nur Männer mitspielten. Wenn sie genug Geld habe und berühmt genug sei, schrieb sie, wolle sie die Vorurteile in Hollywood ausräumen. Sie möchte Regie führen, vielleicht sogar Drehbücher schreiben oder die alte Gruppe zusammenholen, um welche zu schreiben, Filme mit starken Frauenrollen, Filme, in denen Menschen vorkommen wie Val, Iso, Kyla und Clarissa und sie selbst.

Avery ist in Südkalifornien, wo er an einer Alternativschule unterrichtet. Er hat kein Geld, aber Grete hat es haufenweise. Sie verbringen jedes zweite Wochenende miteinander und versuchen ihre Ehe intakt zu halten. Es klingt fast so, als ob sie diese Qual auch noch genießen.

Ava ist auch verheiratet. Iso hat mir neulich in einem Brief von ihr berichtet. Ava war mit nur zaghafter Hoffnung nach New York gegangen, aber sie machte sich gut. Sie hat tatsächlich ein paarmal auf der Bühne gestanden, im Corps de ballett einer Operntruppe, in einer der hinteren Reihen. Sie tanzte und trainierte weiter. Aber dann fiel sie eines Tages hin. Alle sorgten sich um sie; niemand lachte. Und das quälte sie. Sie wußte: wäre sie jung gewesen, hätten sie gelacht. Sie fiel ein zweites Mal, und diesmal schürfte sie sich das Bein ein wenig auf. Alle kamen herbeigestürzt, um ihr zu helfen. Das gab ihr sehr zu denken. Sie war erschöpft. Sie verdiente sich ihr Geld als Sekretärin in einer Werbefirma und hatte sich mit einem jungen Mann angefreundet, der jünger als sie und sehr verliebt in sie war. Er hatte ihr einen Heiratsantrag gemacht, und sie hatte ihm in ihrer kompromißlosen Aufrichtigkeit gesagt, daß sie ihn nicht liebte. Aber es rieb sie auf, an fünf Tagen in der Woche zu arbeiten, an vier Abenden in der Woche und an jedem Sonnabend zu tanzen und gelegentlich auf der Bühne zu stehen und daneben die Wohnung, so gut es ging, in Ordnung zu halten und sich wenigstens, wenn sie spät abends nach Hause kam, etwas Toast und eine Tasse Tee zu machen. Als sie zum drittenmal fiel, war sie bereit, den jungen Mann zu heiraten, wenn er nichts dagegen habe, mit einer Frau verheiratet zu sein, die ihn nicht liebte. Er hatte nichts dagegen. Und jetzt lebt sie in Pittsburgh. Ich nehme an, sie führt das Leben einer Hausfrau. Ich kann es mir schwer vorstellen. Ava – und kochen, saubermachen? Ich sehe es einfach nicht. Ich sehe sie vielmehr, wie sie angespannt und ergeben am Klavier sitzt, die schmalen Schultern hochgezogen, die Finger ganz in der Gewalt, während sie mit der Musik, mit dem Instrument eins wird, das Gesicht darüber schwebend, so zart und so hingebungsvoll wie das Gesicht einer Liebenden, traurig wie die tragischste aller Muttergestalten, Hekuba, und so streng und unerbittlich wie der schlimmste Feldwebel. Oder beim Spitzentanz, denn ich sah sie einmal tanzen – völlig aus sich herausgehoben, ganz in der Musik, Musik geworden, in Musik verwandelt.

Aber Iso schwört, daß sie verheiratet ist und in Pittsburgh lebt. Es muß wohl so sein. Iso sagt, Ava sehe sich jede Ballettruppe an, die in die Stadt komme. Sie schrieb an Iso: «Ich falle nach wie vor. Ich bin alt. Es ist hoffnungslos.»

Iso selbst geht es blendend. Es hat einiges für sich, wenn man seine Erwartungen herunterschraubt. Sie beendete innerhalb eines weiteren Jahres ihre Dissertation, die nahezu auf Anhieb zur Veröffentlichung angenommen wurde. Sie hat jetzt ein Stipendium – sie sitzt an einem neuen Buch, lebt in England und arbeitet dort in der Bodleian Library und im British Museum. Zur Zeit lebt sie mit einer prächtigen Frau zusammen, die sie in einem Pub kennengelernt hat: sie ist geschieden, hat zwei kleine Kinder und fährt Taxi. Iso erzählt in ihren Briefen von den Kindern so, als wären es ihre eigenen, und sie unterschreibt mit Isolde, aber sie schreibt auch, sie denke nicht einen Moment, daß es etwas von Dauer sein werde. Bei ihr rechne ich damit, daß sie durch nichts anderes als die Lüfte geflogen kommt: sie wird schwerelos über uns schweben und kleine Brocken Mittelenglisch auf uns niederrieseln lassen wie einen Segen, ehe sie zu neuen Ufern aufbricht.

Sie ist immer noch unser Mittelpunkt. Es gab eine Zeitlang Mißstimmungen, aber Kyla schrieb ihr rechtzeitig einen Brief, und dann auch Clarissa. Mira und Grete hatten ihr immer geschrieben. Wir schreiben uns auch alle untereinander, aber Iso ist diejenige, an der wir alle am meisten hängen. Ich werde sie immer vor mir sehen, wie sie schick und munter die Straße hinunterschreitet, so wie sie damals aussah, als sie das erste Mal ihre Verkleidung abgelegt hatte. Sie beugt sich zu einem Kind mit einem Hund herunter und spricht mit ihm; plötzlich erscheint die Mutter des Kindes. Sie hat langes offenes Haar, trägt schwarze Boots und hat einen erschreckten Blick. Iso spricht ein paar Minuten mit ihr, und – zack! – schon ziehen Mutter und Kind und Hund und Iso zusammen ab, zu einem Spaziergang im Park, einer Tasse Kaffee und dann zu einem schönen häuslichen Abendessen.

Ben ging nach Afrika. Mira erfuhr später, daß Harley ihn direkt zum Flughafen gefahren hatte; er war unmittelbar nach der Beerdigung abgeflogen, hatte sogar seinen Abflug verschoben, um dabeisein zu können. Mira hörte nie wieder von ihm, aber sie hörte gelegentlich etwas über ihn. Er war anderthalb Jahre in Afrika, dann wurde er aufgefordert, das Land zu verlassen. Bei seiner Rückkehr erwartete ihn ein gepolsterter Lehrstuhl an einer großen staatlichen Universität. Er ist Berater verschiedener Stiftungen und der Bundesregierung und gilt weltweit als *der* Experte für Lianu. Mit seinen achtunddreißig Jahren ist er ein überaus erfolgreicher Mann. Er hat die Frau geheiratet, die in Lianu seine Sekretärin war, und sie haben zwei kleine Kinder. Sie kümmert sich um die Kinder und das Haus und um ihn, denn er ist ungeheuer beschäftigt, ungeheuer erfolgreich. Sie wohnen in einem großen Haus in einer guten Gegend, und für die Leute sind sie das ideale Paar. Sie werden überall eingeladen, überall sind die Frauen fasziniert von ihm. Seine Frau zeigt die ersten Anzeichen weinerlicher Anklammerung. Ja.

Du siehst, die Geschichte hat also kein Ende. Alle machen weiter, und wer weiß, was sie in zehn oder zwanzig Jahren aus ihrer Welt machen werden. Von Tad habe ich gehört, daß er in ein Zen-Kloster eingetreten ist. Aber das mag ein Gerücht sein. Grant ist Lehrer an einem kleinen College in Oregon oder Washington, wo er als Unruhestifter gilt; es ist nicht sicher, ob er fest angestellt wird. Und Chris. Das Herz tut mir weh, wenn ich an sie denke. Ich weiß nicht, was aus Chris geworden ist.

Und das ist alles, denke ich. Bis auf Mira. Sie beendete ihre Dissertation, und nachdem sie anerkannt worden war, nahm sie das Geld von ihrer Scheidung und fuhr nach Europa und reiste acht Monate lang allein herum, atmete es ein, sog alles gierig in sich hinein. Dann kam sie zurück und versuchte einen Job zu finden, aber der Markt war inzwischen gesättigt, und niemand wollte eine Frau über vierzig anstellen, auch nicht wenn sie ein abgeschlossenes Harvardstudium vorzuweisen hatte, und so landete sie schließlich in dem kleinen College an der Küste von Maine, und jeden Tag geht sie am Strand spazieren, und jeden Abend trinkt sie Brandy und überlegt sich, ob sie allmählich verrückt wird.

Neulich rief Clark mich nachts um zwei an, als ich wie üblich mit einem Brandy und einer Zigarette dasaß. Er sagte: «Hallo! Ich hatte gerade nichts Besseres vor, und ich wollte mit jemand reden, und ich dachte, wer ist sonst noch nachts um zwei wach? Da hab ich dich angerufen.» Er lachte, als ich ihn verwünschte, und sprach eine ganze Stunde lang von dem Mädchen da in seinem Mathe-Kurs und von allgemeiner Geilheit und wie wenig ihm nach dem zumute sei, was man von ihm erwarte, daß er Karriere mache, und von seinem Wunsch, einfach ein reiches Mädchen zu heiraten und zu kochen und sich um ihr Haus zu kümmern. Ich erzählte ihm von dem Mangel an Männern in meiner Welt – da ich nicht im Mathe-Kurs sei – und von allgemeiner Geilheit und wie wenig mir nach dem zumute sei, was man von mir erwarte, nämlich, daß ich Karriere machte. Wir haben eine Menge gelacht. Nur – ich übertraf ihn noch, denn zu allen übrigen Problemen kommt bei mir noch hinzu, daß ich vierundvierzig bin, und das ist Lichtjahre von einundzwanzig entfernt.

Es gibt natürlich Dinge, die ich tun kann. Aber ich habe Alpträume. Sie sind für mich weitaus wirklicher als das, was um mich herum ist, da draußen in diesem schmucken Städtchen mit seinem einen Schnellimbiß und seiner Bibliothek, die zugleich auch noch ein historisches Monument ist – es ist nämlich ein winziges Haus aus dem 18. Jahrhundert –, mit seiner einen Kirche, die so wenige Leute besuchen, und mit seinem einen Supermarkt.

Jede Nacht habe ich diese Träume. Letzte Nacht träumte ich, daß ich allein in einer Wohnung lebe, die so ähnlich ist wie die, die ich in Cambridge hatte. Ich liege im Bett, und ein Mann erscheint im Zimmer. Ich erschrecke ein bißchen, aber ich sehe ihn neugierig an. Ein Weißer, größer als ich, und er hat eine Narbe an der Lippe. Aber was mir am meisten auffällt, sind seine Augen. Sie sind leer. Die Bedrohung, die er durch seine Anwesenheit darstellt, erschreckt mich nicht, mich erschreckt die Ausdruckslosigkeit in seinen Augen. Es ist grauenhaft und widerwärtig: er hat etwas in der Hand – eine Pfeife und ein Taschenmesser. Aber nicht das Messer, sondern seine Ausdruckslosigkeit macht ihn physisch so bedrohlich. Ich setze mich auf, ich verhalte mich unerschrokken, ja, ich verhalte mich sogar höflich. Ich sage: «Es ist kalt, finden Sie nicht. Ist es Ihnen recht, wenn ich die Heizung aufdrehe?» Er nickt, und ich gehe aus dem Zimmer, und kaum bin ich draußen, renne ich die Treppe hinunter und zur Tür hinaus und dann noch ein paar Stufen hinunter zur Haustür, und dann muß ich mich entscheiden, was ich tun will. Ich höre seine Schritte oben im Treppenhaus. Ich beschließe, draußen mein Heil zu versuchen.

Plötzlich komme ich dem Zustand des Bewußtseins etwas näher. Das geht mir oft so in Träumen. Ich komme zu mir, nur ein bißchen, obwohl ich denke, ich wäre völlig wach, und ich beschließe, irgend etwas in dem Traum zu verändern. Später, wenn ich wirklich wach bin, kann ich zurückblicken und erkennen, daß ich nie wach war, ich habe nur geträumt, daß ich wach war. Wie auch immer, genau das passiert mir in diesem Traum. Ich komme zu mir, genügend, um mir klarzumachen, daß um diese Nachtzeit, wenn ich aus meiner Wohnung in Cambridge die Treppe hinunterlaufe, die Häuser draußen alle dunkel und still sind. Deshalb beschließe ich, gleich nebenan einen kleinen Laden anzusiedeln, einen Laden, der zweckmäßigerweise offen hat. Ich renne in den Laden und bitte die Leute, mich zu verstecken und die Polizei zu rufen. Sie tun es. Das ist gut. Ich habe das auch schon in anderen Träumen gemacht, und da haben sich die Leute geweigert – sie hatten selber Angst und weigerten sich.

An eine Reihe von Szenen erinnere ich mich nicht mehr. Dann bin ich in der Stadt, bin in einer Polizeiwache, bin in einem Polizeiauto. Ich zeige ihnen den Weg, sie finden mein Haus, sie gehen hinein, um es zu räumen. Aber inzwischen sind fünf von der Sorte da, alle fünf brutal in ihrer Ausdruckslosigkeit, wie sie da mit gekreuzten Beinen in einem Kreis auf dem Fußboden in meinem Wohnzimmer sitzen. Ich weiß, daß nicht ihre körperliche Anwesenheit mich bedroht, sondern die Leere in ihren Augen. Die Polizei holt sie heraus, und dabei sehe ich, sage es aber nicht, daß die Wohnung leer ist, völlig leer. Die Polizei führt sie ab, und ich gehe weg mit dem Gefühl, daß dies wenigstens erledigt ist, später komme ich dann ins Wohnzimmer zurück und sehe, daß sie immer noch da sind. Ich renne los, um die Polizei zurückzurufen, aber die Treppen sind entfernt worden. Ich weiß nicht, was ich machen soll. Ich halte mich am Treppengeländer fest und rutsche hinunter.

Später gehe ich wieder hinauf. Die Männer sind verschwunden. Und alles andere auch. Die Wohnung ist leer und kalt. Die Polizei kommt vorbei, um nach mir zu schauen, sie sagen, ich solle die Haustür immer abschließen. Ich gehe und will sie abschließen, aber innen fehlt der Türgriff. Ich schreie: «Er hat die Klinke abgeschraubt.» Ich weiß inzwischen nicht mehr, wer vor der Tür steht. Und es ist mir auch egal. Ich bin mir im klaren über meine üble Lage. Wenn ich die Tür schließe, wird sie zuschnappen, und ich werde sie nie wieder von innen öffnen können. Sie kann zwar von außen geöffnet werden, aber ich glaube nicht an das Märchen von Dornröschen. Und selbst wenn ich daran glaubte, wäre ich kaum die richtige Frau. Welcher Prinz würde sich schon durch Dornenbüsche kämpfen, um *mich* zu finden? Außerdem sind es meistens falsche Prinzen aus irgendwelchen nicht historischen Herzogtümern in Europa. Ich stehe da, gelähmt vor Entsetzen. Wenn ich die Tür zumache, sitze ich in der Falle; wenn ich sie nicht zumache, wache ich womöglich auf und sehe mich wieder einer Reihe ausdrucksloser Augen gegenüber, einer gedankenlosen Leere, die mich bedroht. Ich wache auf.

Der August ist fast vorüber. Nächste Woche beginnt die Schule wieder, und ich habe nichts getan, ich habe Chomsky nicht gelesen, noch irgendwelche neuen Märchen, noch habe ich ein besseres Buch über Stilistik gefunden. Es macht nichts.

Ich bin eine gute Wissenschaftlerin, und bei einer anderen Marktlage hätte ich anständige Arbeit leisten können, aber so wie die Lage jetzt ist, scheint es hoffnungslos. Vielleicht versuche ich's trotzdem, einfach nur für mich selbst. Was hab ich sonst schon zu tun – wie Norm mich zu fragen pflegte.

Vermutlich erwarte ich immer noch, daß irgend etwas von draußen kommen müßte, was es leichter macht, hier drinnen zu sein. Drinnen wie die Schnecken, verstehst du? Die haben nichts anderes zu tun als zu existieren. Das ist nicht die Welt, die ich mir gewünscht hätte.

Eines hab ich geschafft: Ich habe sie zur Ruhe gebracht, meine lieben, lieben Geister. «Nein!» schreit eine. Okay. Vielleicht habe ich euch leben lassen, meine lieben Geister. Sie beruhigt sich, aber sie beobachtet mich. Ich spüre ihren Blick.

Es ist vorbei. Zeit, etwas Neues anzufangen, falls ich die Kraft aufbringe, den Mut dazu finde.

Der Strand wird von Tag zu Tag leerer. Ich kann stundenlang spazierengehen, ohne daß jemand sich umdreht, um der Verrückten nachzustarren. Im übrigen haben die Leute in letzter Zeit nicht mehr so gestarrt. Sie haben sich anscheinend allmählich an mich gewöhnt. Hin und wieder nickt sogar jemand und sagt im Vorbeigehen «Morg'n», als sei ich eine von ihnen.

Der Sand wird allmählich bernsteinfarben. Der Himmel ist sehr blaß. Tag für Tag wird er blasser und nach Norden hin ist er weiß, bis er sich in reinstem, makellosem Weiß verliert.

Das Leben ist sehr kurz.

Der Himmel wird von Tag zu Tag eisiger; er ist weit und leer und ausdruckslos.

An manchen Tagen komme ich mir wie tot vor, komme ich mir vor wie ein Roboter, der die Zeit austritt. An manchen Tagen fühle ich mich lebendig, schrecklich lebendig – mit Haaren wie Draht und einem Messer in der Hand. Manchmal vertun sich meine Gedanken, und ich meine, ich bin wieder in meinem Traum, und denke, daß ich die Tür zugemacht habe, die Tür, die innen keinen Griff hat. Ich male mir aus, wie ich morgen früh mit den Fäusten gegen die Tür trommeln und schreien werde, daß man mich rausläßt, aber niemand wird mich hören, niemand wird kommen. Ein andermal wieder denke ich, ich habe die Grenze überschritten, wie Lily, wie Val, und ich kann nichts mehr sagen als die Wahrheit. Neulich hat mich ein älterer Mann angesprochen, als ich am Strand spazierenging, ein weißhaariger Mann mit einem unangenehmen Gesicht, aber er lächelte und sagte: «Ein schöner Tag, nicht?» Und ich sah ihn mit funkelnden Augen an und sagte bissig: «Klar, was sollen Sie auch sagen, es ist das einzige, was Ihnen bleibt.»

Er dachte darüber nach, nickte und ging weiter.

Vielleicht brauche ich einen Wärter. Ich will nicht, daß sie mich einsperren und mir Elektroschocks geben, bis ich vergesse. Vergessen: lethe: das Gegenteil von Wahrheit.

Ich habe alle Türen in meinem Kopf geöffnet.

Ich habe alle Poren meines Körpers geöffnet.

Aber nur die Flut rollt heran.

Die Autorin

Marilyn French, in New York geboren und auf Long Island aufgewachsen, studierte Literaturwissenschaft und promovierte an der Harvard University, wo sie heute lehrt. Sie veröffentlichte neben zahlreichen anderen wissenschaftlichen Arbeiten *«The Book as World: James Joyce's Ulysses»* und schrieb Kurzgeschichten. *«Frauen»* ist ihr erster Roman. Marilyn French lebt heute in der Nähe von Boston.

Die Übersetzerinnen

Barbara Duden, 36 Jahre, Historikerin, bis 1978 Redakteurin der *Berliner Frauenzeitung COURAGE*, verdient ihren Lebensunterhalt in der Erwachsenenbildung, als Rundfunkautorin und mit Lehraufträgen. Sie arbeitet über die Frage, wie die unbezahlte Hausarbeit im 18. und 19. Jahrhundert entstanden ist: sie fordert Lohn für Hausarbeit.

Monika Schmid, 28 Jahre, seit 1973 in der Frauenbewegung, unter anderem als Redakteurin der *Berliner Frauenzeitung COURAGE* und Aufnahmeleiterin bei dem Frauenfilm «Die Macht der Männer ist die Geduld der Frauen» (ZDF 1978), verdient ihren Lebensunterhalt mit feministischer Bildungsarbeit an der Volkshochschule und als Übersetzerin.

Gesine Strempel, 38 Jahre, Mitglied der Berliner Frauengruppe ‹Brot und Rosen›, ist seit 1974 Redakteurin der Zeitschrift für feministische Filmkritik *Frauen und Film* und verdient ihren Lebensunterhalt in der Erwachsenenbildung, als Übersetzerin und Rundfunkautorin. Gesine Strempel hat einen achtjährigen Sohn.

Neue Frau

*Eine Reihe des Rowohlt Taschenbuch Verlages
mit erzählenden Texten aus den Literaturen aller Länder:
Zentrales Thema ist die Beziehung der Geschlechter
und das Selbstverständnis der Frau.*

Neue Frau

Eine Reihe des Rowohlt Taschenbuch Verlages
mit erzählenden Texten aus den Literaturen aller Länder:
Zentrales Thema ist die Beziehung der Geschlechter
und das Selbstverständnis der Frau.

Françoise d'Eaubonne
Das Geheimnis des Mandelplaneten
Ein Science-fiction-Roman. (4253)
Im 21. Jahrhundert gibt es keine Männer mehr.
Kühne Frauen brechen zum Mandelplaneten auf,
einem unbekannten Himmelskörper
voller Wunder.

Evelyn und Claude Gutman
In der Mitte des Bettes
Roman. (4143)
Abwechslungsreiche Aufzeichnungen über eine
schwierige junge Ehe.

Sarah Kirsch
Die Pantherfrau
Fünf Frauen in der DDR. (4216)
Frauen in der DDR erzählen von ihrem Leben
und ihrem Alltag.